Kerstin Groeper

Der scharlachrote Pfad
Eine Sioux-Saga

Für Bruno

Der scharlachrote Pfad

Eine Sioux-Saga

Historischer Roman
von
Kerstin Groeper

TraumFänger Verlag

Impressum

Der scharlachrote Pfad, Kerstin Groeper
TraumFänger Verlag Hohenthann, 2014

ISBN 978-3-941485-23-5
Lektorat: Ilona Rehfeldt
Satz und Layout: Janis Sonnberger, merkMal Verlag
Druck und Bindung: CPI - Clausen & Bosse, Leck
Titelbild: Howard Terpning
4. Auflage November 2017

Printed in Germany

Inhalt

Personae dramatis:

Tschetan-withko, Lakotakrieger
Wah-bo-sehns, seine Crowfrau
Graueulenmädchen, adoptierte Tochter
Wolfssohn, Sohn
Verlorenes-Hirschkalb, adoptierte Pawnee-Tochter
Mahtola, jüngster Sohn

Traumpfeil, bester Freund und Schwager von Tschetan-withko
Uinohnah, Ehefrau von Traumpfeil und Schwester von Tschetan-withko
Blitz-im-Winter, Sohn
Heller-Mond, Tochter

Bärenkralle, Medizinmann

Hitschikyata, Crowjunge und Gehilfe des Medizinmannes

Viele-Feinde, Freund von Tschetan-withko
Kleine-rote-Blume, Pawneefrau
Kleines-Hengstfohlen, adoptierter Sohn
Morgentau-im-Gras, Tochter

Schwarzer-Rabe, Freund von Tschetan-withko
Vogelmädchen, Ehefrau
Breite-Schulter, Sohn
Regenwolke, Tochter

Fisch, Kola von Tschetan-withko
Stern-im-Auge, geraubte Pawneefrau
Tschaske, Sohn

Zwei-Pferde, Häuptling der Gruppe
Untschischi, Ehefrau
Elchkalb, später der Ehemann von Che-ni-win
Krummes-Büffelhorn, Sohn
Blitzwolke, Tochter

Grauer-Wolf, Bruder des Häuptlings
Ehefrau
Rote-Erde, Cousin von Elchkalb
Gras-im-Wind, Tochter und Ehefrau von Antilopensohn
Rote-Erde, adoptiertes Pawneekind

Grauadler, Freund von Tschetan-withko
Gebrochener-Zweig, Ehefrau
Weidenzweig, Tochter
Jenny / Che-ni-win, adoptiertes weißes Mädchen
Lächeln-im-Herzen, 2. Frau
Takukin, adoptierter Sohn

Tschoka-sapa, Freund von Tschetan-withko
Fallende-Sterne, Ehefrau
Otter, ältester Sohn
Blaufeder, Tochter
Habichtkralle, jüngster Sohn
Viel-Schnee, 2. Frau vom Volk der Yanktonnai
Crow-Bären-Mädchen, Tochter

Miles O'Brian, weißer Trapper
Rose, Shoshonefrau
Bonny, Tochter
Dublin, Sohn

Jenny / Che-ni-win, Tochter von Miles O'Brian

Tatokala, junger Indianer, der als Scout für Miles arbeitet

Lacht-am-Boden, junger Indianer, der sich der Gruppe anschließt
Weidenzweig, Ehefrau, Schwester von Che-ni-win
Sieht-die-Büffel, Sohn

Antilopensohn, junger Krieger
Gras-im-Wind, Ehefrau, Freundin von Che-ni-win
Baby-Mädchen
Klares-Wasser, spätere Nez-Percé-Frau
Kleiner-Vogel, adoptierter Sohn

Donnerherz, älterer Krieger
Ältere Frau
Älterer Sohn
Morgenröte, Tochter
Tschapa, Sohn
Rabenfrau, 2. Ehefrau
Blauer-Donner, Tochter

Sohn-des-Windes, junger Crowkrieger
Morgenröte, Ehefrau, Freundin von Che-ni-win
Donnern-am-Fluss, Sohn

Geschichtlich überlieferte Personen:

Sitting Bull, Häuptling und Medizinmann der Hunkpapa
Crazy Horse, Hemdträger und Kriegshäuptling der Lakota
Red-Cloud, Häuptling der Oglala-Lakota
Captain Nelson A. Miles, Offizier in den Indianerkriegen
Brigade General George Crook, Oberbefehlshaber
Lieutenant Cornel George Armstrong Custer, Offizier in den Indianerkriegen
General Alfred Terry, Offizier in den Indianerkriegen
Major General John Gibbon, Offizier in den Indianerkriegen
James Morrow Walsh, Offizier der North-West Mounted Police
Doktor Nevitt, junger Arzt der Mounted-Police
Colonel Eugene Smith, Kommandant von Fort Laramie
Captain Guido Ilges, Kommandant von Fort Laramie

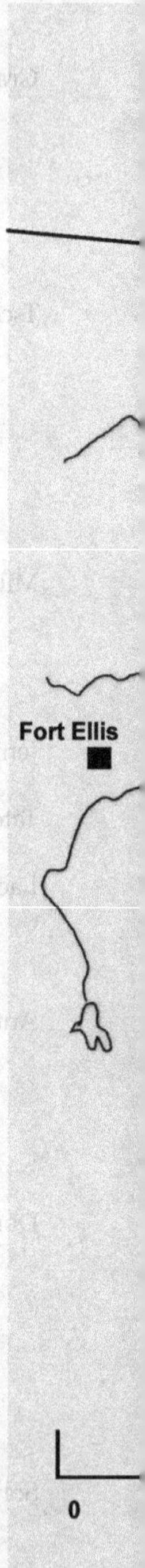

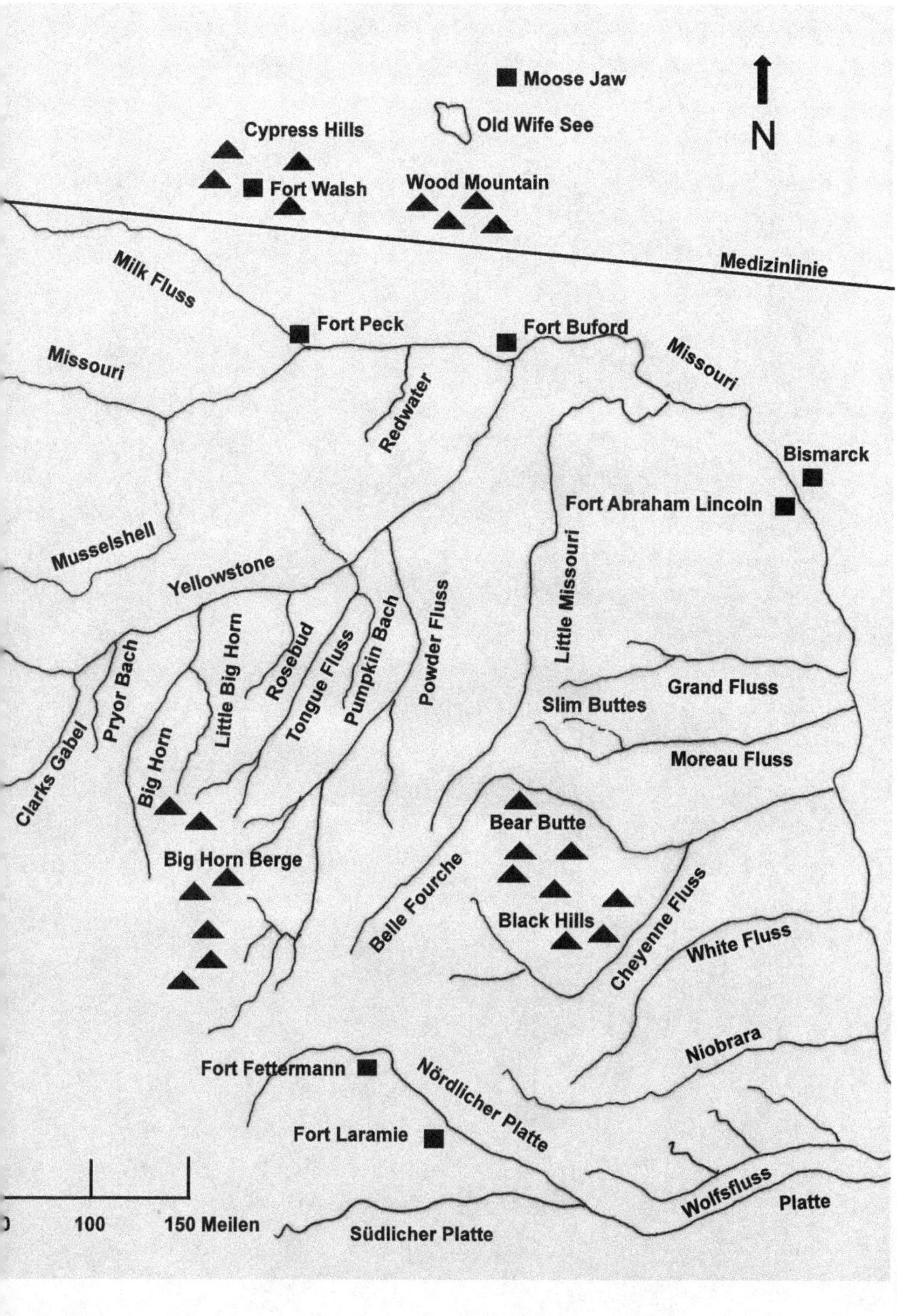
Moose Jaw
Old Wife See
N
Cypress Hills
Fort Walsh
Wood Mountain
Medizinlinie
Milk Fluss
Fort Peck
Fort Buford
Missouri
Missouri
Redwater
Bismarck
Fort Abraham Lincoln
Musselshell
Yellowstone
Little Missouri
Powder Fluss
Pumpkin Bach
Tongue Fluss
Rosebud
Little Big Horn
Pryor Bach
Big Horn
Clarks Gabel
Grand Fluss
Slim Buttes
Moreau Fluss
Bear Butte
Big Horn Berge
Belle Fourche
Black Hills
Cheyenne Fluss
White Fluss
Niobrara
Fort Fettermann
Nördlicher Platte
Fort Laramie
Wolfsfluss
Platte
0
100
150 Meilen
Südlicher Platte

Wah-bo-sehns

Montana Territorium (Winter 1870/71)

Wah-bo-sehns kniete im Schnee und schaukelte leise klagend vor und zurück. Sie hatte schon lange keine Tränen mehr und ihre Stimme war nur noch ein heiseres Krächzen. Eine blaue Decke lag lose um ihre Schultern, längst kein Schutz gegen die bittere Kälte, die das Land in den eisigen Klauen hielt. Die Haare wehten ihr ins Gesicht, peitschten sie, als wollten sie die Frau in ihrer Trauer strafen. Apathisch saß Wah-bo-sehns in der Kälte und nahm dies alles nicht mehr wahr. In ihr herrschte Leere, Fassungslosigkeit und eine Trauer, die körperlich schmerzte. An einem Baumstumpf gelehnt schlummerte die Tochter, warm eingewickelt auf dem indianischen Wiegenbrett, dort schlief sie, nichtsahnend von der Trauer und der Verzweiflung ihrer Mutter. Einige Schritte weiter schwankte das Totengerüst eines Mannes im eisigen Wind. Seine Waffen baumelten hin und her, mit Lederschnüren an den Pfosten befestigt, und das hölzerne Klappern erzeugte eine seltsame Melodie. Gleichmäßig, eintönig pfiff der frostige Atem des Kaltmachers, wie ein Todeshauch umstrich er die Grabstätte mit der trauernden Frau, so als wollte er als nächstes nach ihr greifen.

Wah-bo-sehns dachte an all die Toten, die Kaltmacher sich in diesem Winter bereits geholt hatte. Hatte Ah-badt-dadt-deah, der Schöpfer der Welt, die Absarokee verlassen? Regelmäßig wurden sie von Lakota, Cheyenne oder Blackfeet überfallen, doch diese Geplänkel waren nichts im Vergleich zu den Krankheiten der Weißen, die ihr Volk heimsuchten. Viele Menschen, kleine Kinder, Alte, aber auch junge Frauen und Männer waren bereits an der heimtückischen Hustenkrankheit gestorben, die auch ihren Mann dahingerafft hatte. Wie gelähmt hockte Wah-bo-sehns neben dem aufgebahrten Leichnam, unfähig das Geschehene zu begreifen. Immer wieder sah sie sein erstarrtes Gesicht vor sich, eingefallen von der langen Krankheit und im Tode verkrampft, so als würde er verzweifelt um den letzten Atemzug kämpfen. Micgy, ihr Mann! Wie es Sitte war, hatte sie sich als Zeichen der Trauer die Haare gekürzt, die Stirnhaare geschnitten und sich tiefe Schnitte in den Armen zugefügt. Doch das war äußerlich. Innerlich war ihr Herz kalt und leer. Ohne die Sorge um ihr Baby wäre sie ihrem Mann längst in die Geisterwelt gefolgt, hätte ihr Herz gezwungen, endlich stillzustehen. Doch so lebte sie weiter, stillte

und versorgte ihre Tochter, hockte teilnahmslos im Schnee, vor Trauer wie erstarrt. Höhnisch krächzend saßen die Raben, Schutzsymbol ihres Volkes, in den Wipfeln der Bäume und spotteten über das Leid der jungen Frau. Flatternd setzte sich einer der schwarzen Gesellen auf das Totengerüst und blickte mit schräg geneigtem Kopf auf sie hinunter.
„Warum lacht ihr über meine Trauer?“, flüsterte Wah-bo-sehns vorwurfsvoll, richtete anklagend die Augen auf ihn, als hätte er dieses Unglück über sie gebracht. So wie viele Menschen ihres Volkes suchte sie das Gespräch mit dem Tier und vernahm wie selbstverständlich dessen Antwort.
„Ihr habt zu viel Mitleid mit euch selbst!“, höhnte der Rabe. Überall sterben in diesem Winter die Tiere, das ist der Lauf der Welt, aber ihr Menschen stört die Ruhe mit eurem Wehklagen.“
„Was weißt du schon über den Verlust, der mir den Verstand raubt!“, klagte Wah-bo-sehns ihn an.
Der Rabe öffnete den Schnabel, ruckte seinen Kopf in die Höhe und antwortete krächzend: „Verlust! Tod! Sterben! Wir leben damit! Auch unsere Kinder sterben im Winter, und unsere Alten werden vom Fuchs gerissen.“
„Empfindest du nichts, wenn deine Kinder sterben?“
„Nein, denn im Frühling brüten wir neue Kinder aus, sie sind alle gleich.“
„Unsere Kinder sind nicht alle gleich. Wir lieben sie!“ Kurz schaute Wah-bo-sehns auf ihre Tochter, dann forderte sie den Raben heraus: „Du bist unser Schutzvogel, aber du schützt uns schlecht!“
„Ich schütze nur die Starken!“ Wieder erklang das heisere Lachen des Vogels. „Achte auf dich, sonst holt der Winter auch noch deine Tochter!“
Wütend sprang Wah-bo-sehns auf und schleuderte einen Eisklumpen nach dem unwillkommenen Gast. „Verschwinde! Verschwinde, denn du störst die Totenruhe meines Mannes!“

Eine Hand griff plötzlich beschwichtigend nach ihrem Arm und Wah-bo-sehns hörte die Stimme ihrer Schwiegermutter: „Lass die Raben lachen! Wir müssen für uns selbst sorgen. Komm, meine Tochter! Dein Baby weint und hat Hunger. Hier ist es zu kalt für dich.“
Mit verschwommenen Augen blickte Wah-bo-sehns auf ihre Schwiegermutter. Stille-Frau, eine zerlumpte Gestalt mit schwarz gefärbtem Gesicht, gebrochen von dem Verlust des Sohnes.

„Ich komme schon, Mutter", murmelte Wah-bo-sehns widerwillig. Warum trug sie der eisige Wind nicht einfach davon?
„Du solltest dich nicht so weit von unserem Dorf entfernen", mahnte Stille-Frau eindringlich. Erst im Herbst hatte ihnen eine Gruppe Blackfeet alle Vorräte geraubt und mehrere Angehörige ihres Stammes getötet. Es war gefährlich, den Schutz des Dorfes zu verlassen.
„Ich bin nicht weit weg. Ich bin bei meinem Mann!", antwortete Wah-bo-sehns fast ein wenig trotzig.
„Aber es ist zu kalt!"
Mühsam nahm Wah-bo-sehns das Kind mit ihren steifen Fingern auf und stapfte in Richtung des Dorfes. Ihre Schwiegermutter folgte ihr und leiser Trauergesang erklang, als die beiden Frauen gebückt gegen den Wind kämpften. Der Schnee war zu Eis gefroren und knirschte unter den weichen Sohlen ihrer Mokassins. Die Zweige der knorrigen Nadelbäume brachen bald unter der Last des schweren Schnees und die Zelte in der Ferne waren unter der weißen Decke kaum zu erkennen. Wie große Zuckerhüte lagen die Zelte in einer Senke, zur Westseite hin völlig mit Schnee verweht. Schutzsuchend, als wären es lebende Wesen, schmiegten sich die Tipis an den Rand des Waldes, nutzten den Windschutz, den die dunkle Wand aus Zweigen und Stämmen bot. Die blauen Bighorn Berge, sonst nur schemenhaft im Dunst zu sehen, erschienen in der eisigen Luft zum Greifen nahe.
Wah-bo-sehns war völlig durchgefroren und erschrocken tastete sie nach den Fingern des Kindes. Doch ihre Tochter fühlte sich warm an, ihr Greinen wurde energischer und lauter.
„Meine Tochter!", hörte sie die leise Stimme ihrer Schwiegermutter. „Finde wieder den Pfad in das Licht."
Wah-bo-sehns schaute mit zusammengebissenen Zähnen in den grau verhangenen Himmel. Wo war hier Licht?
„Alles ist dunkel um mich herum", flüsterte sie.
Die dürren Finger von Stille-Frau streichelten über die Wiege. „Sieh nur, deine Tochter lebt! In ihr liegt die Zukunft unseres Volkes. Wenn du nicht auf dich achtest, wird auch sie sterben."
Ein trockenes Schluchzen schüttelte die junge Frau und anklagend blickte sie auf ihre Schwiegermutter. „Vielleicht sterben wir alle. Unsere Vorräte sind erschöpft. Selbst die Raben wenden sich von uns ab."
„Unsere Krieger werden wieder auf die Jagd gehen. Bald. Du wirst sehen."

„Ach! So viele unserer Krieger sind krank. Meine Milch wird versiegen, wenn sie kein Fleisch bringen.“ Zähneklappernd zog Wah-bo-sehns die Decke fester um sich und drückte das Kind an sich. Sie war zu jung für so viel Leid! Traurig blickte sie auf die schön bestickte Wiege in ihren Armen und auf das kleine Mädchen, das mit großen Augen hervorlugte. „Was wird jetzt aus uns?“
„Komm endlich in mein Zelt! Mein älterer Sohn wird dich gewiss als zweite Frau bei sich aufnehmen. Dann hat dein Kind einen Vater. Er wird es gerne großziehen.“
Wah-bo-sehns Kehle schnürte sich zusammen, sie wollte noch nicht an einen anderen Mann denken. Tränen sammelten sich in ihren Augen. Wie sehr hatte sich Micgy über seine Tochter gefreut und jetzt sollte sein Bruder sie großziehen? Noch wollte sie nicht als geduldete Zweitfrau in seinem Tipi leben! Noch nicht. „Ich danke für deine freundlichen Worte. Ich werde darüber nachdenken“, meinte sie ausweichend. Natürlich war es völlig unmöglich, dass sie als Witwe weiterhin allein lebte, aber sie hatte um einige Tage Ruhe gebeten, um ihre Gedanken zu ordnen und Abschied zu nehmen.

Sie huschte in ihr Zelt und schürte hastig das Feuer an, um die Kälte zu vertreiben. Müde bemerkte sie, dass nur noch wenig Holz vorhanden war. Sobald sie ihr Kind gestillt hatte, musste sie sich wieder auf den beschwerlichen Weg machen, um Holz zu sammeln. Sie setzte sich an das Feuer und legte ihre Tochter an die Brust. Das kleine Mädchen saugte gierig, die kleinen Finger vor Anstrengung zu Fäusten geballt. Das Feuer wärmte Wah-bo-sehns und hungrig blickte sie in den rußgeschwärzten Kessel. Nun, viel war nicht mehr darin, aber für heute reichte es. Einige Jungen hatten Fische gefangen, hin und wieder brachte ein Jäger einen Hirsch mit, doch der Winter war noch lang und das Wild in der Nähe des Lagers wurde spärlich. Sie wusste es, trotzdem klammerte sie sich an die Hoffnung, dass es für sie und ihr Kind reichen würde. „Ihr Kind“ – es hatte noch nicht einmal einen Namen! Micgy hatte ihr einen Namen geben wollen, wenn er wieder gesund war. Doch nun war er tot. Sie blinzelte die Tränen weg und blickte auf ihre Tochter. Satt und zufrieden lag sie in ihrem Arm, selig schlafend. Vorsichtig bettete sie das Kind auf einige Felle, dann legte sie noch Holzscheite nach, damit es im Zelt warm blieb. Die Kälte schnitt ihr ins Gesicht, als sie das Tipi verließ und sie zog die Decke fester um sich. Gerne wäre sie länger am Feuer sitzen geblieben, aber sie musste die Zeit nutzen, solange das Baby schlief. Mühsam stapfte sie durch den hohen Schnee in Richtung Wald und trat unter die Bäume. Hier kam sie besser vorwärts und sie wandte sich ostwärts zu einer kleinen Schlucht. Überall lagen umgestürzte Kiefern, grau und tot, die sie mit ihrem kleinen Beil zerhacken konnte. Mit einem Seufzen sammelte Wah-bo-sehns die schweren Äste und legte sie auf einen Haufen. Mit einem langen Riemen band sie das Bündel zusammen und kletterte die Schlucht wieder hinauf. Ruckweise zog sie dabei das Holz hinter sich her, dann nahm sie es auf den Rücken und ging in ihrer Spur zum Dorf zurück.

Sie erreichte ihr Zelt und schob das Holz zum Trocknen in die Nähe des Feuers. Ihre Tochter gluckste leise und behutsam öffnete Wah-bo-sehns die durchnässte Windel. Sie nahm trockenes Moos aus einem Korb und legte es auf das lederne Tuch, das sie als Windel benutzte. Die kleinen Füße ihres Babys strampelten und die winzigen Fäuste flogen ruckartig hin und her, während sie das Kind wickelte. Ein feines Lächeln huschte über das Gesicht des kleinen Mädchens und betroffen blickte Wah-bo-sehns in das winzige Gesicht. Sie hatte in ihrem Kummer gar nicht bemerkt, dass ihre Tochter inzwischen lachen konnte. Behutsam hielt sie das Baby hoch und lächelte zurück. Es krähte vor Freude darüber, endlich die Aufmerksamkeit seiner Mutter zu haben, doch es war nur ein kurzer Moment des Lichts. Während sie das Baby auf die Felle legte, versank Wah-bo-sehns wieder in ihren Erinnerungen. Sie sehnte sich so sehr nach ihrem Mann, dass es schmerzte. Verbissen klammerte sie sich an alltägliche Dinge, verrichtete methodisch ihre Arbeiten, kümmerte sich fast zwanghaft um ihre Pflichten. Jede Kleinigkeit lenkte sie von ihrer Trauer ab.

Die Wunden an ihren Armen waren verkrustet und juckten ein wenig. Vorsichtig rieb sie an ihnen, jedoch ohne die Narben aufzukratzen. Immer wieder erinnerte sie der unangenehme Juckreiz an ihre Trauer und stille Tränen liefen über ihr Gesicht. Eigentlich war es Sitte, dass sie das getrocknete Blut kleben ließ, sich nicht mehr wusch und schmutzige Kleider trug. Aber es hatte sie so sehr angeekelt, dass sie sich doch mit Schnee gewaschen hatte. Auch wegen des Babys. Sie brachte es einfach nicht über das Herz, das kleine Mädchen an ihre verschwitzten Brüste anzulegen oder auf schmutzige, blutverschmierte Arme zu nehmen.

Sie hörte Schritte auf ihr Zelt zukommen und wunderte sich, wer wohl zu ihr käme. Ein leises Kratzen an der Zeltwand deutete an, dass der Besucher zu ihr wollte. „Komm herein!“, hauchte sie un-

willig, denn eigentlich wollte sie allein sein. Es war Hitschikyata, ein stiller Junge, der von den anderen Kindern eher gemieden wurde. Wahrscheinlich, weil sein Vater ein Heiliger Mann war und schon früh begonnen hatte, seinen Sohn in die Geheimnisse der Geisterwelt einzuweihen. So interessierte er sich für Heilpflanzen, hörte lieber die Geschichten seines Vaters, anstatt mit den anderen Jungen wilde Streiche zu spielen. Mit der lässigen Geschmeidigkeit einer Katze ließ er sich auf einem Fell nieder und richtete seine wissbegierigen Augen auf sie. „Wie geht es dir?", fragte er wohlerzogen.
Sie senkte nur verlegen den Kopf. Was sollte sie darauf antworten?
Hitschikyata übersah ihre Verlegenheit und nutzte ihre Unaufmerksamkeit, um heimlich zwei Kaninchen neben den Eingang zu legen. Er wollte die Frau nicht demütigen, indem er ihr zeigte, wie wenig sie tatsächlich hatte. So wenig, dass selbst ein Kind sich genötigt sah, ihr etwas zum Essen zu bringen. Mit einem Lächeln setzte er sich neben das Baby und streichelte gedankenverloren die Finger des Mädchens, staunte wie winzig sie waren. Vielleicht durfte er sie ja mal auf den Arm nehmen? Er wollte wissen, wie schwer so ein Kind war, schließlich war er der Sohn des Medizinmannes und sollte über diese Dinge Bescheid wissen. Eigentlich wusste er reichlich wenig über Frauen und Babys. Bei nächster Gelegenheit würde er Wah-bo-sehns wieder etwas zu essen bringen und eine gute Gelegenheit abwarten, mit ihr über das Kind zu reden. „Sie ist niedlich!", strahlte er aufmunternd, bemerkte zufrieden, dass ein winziges Leuchten in den Augen der trauernden Frau zu sehen war. Mit einem kurzen Nicken verabschiedete er sich und verließ das Zelt, um nach seinen Eltern zu sehen.
Wah-bo-sehns sah die beiden Kaninchen und seufzte dankbar. Ein scheues Lächeln huschte über ihre Züge, ein kleiner Dank an den Jungen, den dieser nie sehen, aber erahnen würde. Dann arbeitete sie weiter an dem Kleid, das sie nach der Trauerzeit tragen würde. Die Arbeit lenkte sie ab und völlig in Gedanken versunken legte sie Perlen auf die Nadel, alles Dinge, die Micgy im Herbst noch für sie bei einem weißen Händler eingetauscht hatte. Zum Nähen benutzte sie feine Tiersehnen, manchmal auch das Garn, auf das die blauen und rosafarbenen Perlen in langen Ketten aufgefädelt waren. Sie säumte den Ausschnitt ihres Kleides mit einer Borte und ließ das Muster über die Schultern weiterlaufen. Ihre schulterlangen Haare steckte sie hinter ihre Ohren, damit sie besser sehen konnte und eine innere Ruhe überkam sie, als etwas Schönes in ihren Händen entstand. Ihre

Augen tränten nach einer Weile, weil das Feuer herunterbrannte und sie fast nichts mehr sah. Schließlich war das Kleid fertig und befriedigt legte sie es neben sich. Ein letztes Mal wickelte sie ihr Baby und stillte es noch einmal für die Nacht. Dann kroch sie unter ihre Decken und fiel sofort in einen tiefen Schlaf.

Der Warnruf ihres Volkes, gefolgt von schrillem Kriegsgeschrei, ließ sie hochschrecken und benommen sprang sie auf. Die Lakota, ein Stamm der Teton-Sioux, hatten das kleine Dorf der Crow entdeckt und einige Krieger wollten den Feinden ihren Mut beweisen und Beute machen. Sie fielen in den Morgenstunden über das schlafende Dorf her, ihre Gesichter schwarz und möglichst furchteinflößend bemalt. Panik brach aus, als Frauen und Kinder aus den Zelten liefen, schreiend in den Wald flüchteten, und schlaftrunkene Krieger sich den Angreifern in den Weg stellten.
Wah-bo-sehns horchte auf die Kriegsschreie und ihr Herz raste. In Windeseile schlüpfte sie in ein Kleid und in die Mokassins, griff nach ihrer schlafenden Tochter und stürmte aus dem Zelt. Zwei wild brüllende Krieger sahen in ihre Richtung und einer warf in einer drehenden Bewegung seinen Speer auf sie. Instinktiv duckte sie sich, der Speer verfehlte sie nur knapp und ohne weiter auf die Feinde zu achten, rannte sie so schnell sie konnte auf den Wald zu. Sie hörte, dass sie verfolgt wurde und die Angst verlieh ihr Flügel. Mit pochendem Herzen erreichte sie den Waldrand und blindlings flüchtete sie ins Unterholz, bemerkte nicht, wie ihr die Zweige ins Gesicht und gegen Arme und Beine schlugen. Sie blieb mit ihrem wehenden Haar an den Zweigen hängen und riss sich mit einem Ruck los. Ihr Atem kam stoßweise, wie von fern hörte sie das Keuchen des feindlichen Kriegers hinter sich, der stetig näherkam.
Sie presste das wimmernde Kind an sich und hastete immer weiter in den Wald. Das Baby behinderte sie, weil sie die Hände nicht frei hatte, um Zweige und Äste zur Seite zu schieben. Ihre Lungen schienen zu bersten, als sie eine Ewigkeit durch das Unterholz hetzte, doch der Feind ließ nicht von ihr ab. Sie stolperte über verschneite Wurzeln und ihre Füße verhedderten sich in verdorrten Ranken, dann hatte der Mann sie erreicht.
Ihr Schrei verhallte unbeachtet in der endlosen Wildnis, ebenso sinnlos wie das Quieken einer Maus, wenn der Bussard zuschlägt. Eine

Hand zog sie ruckartig an ihren Haaren zu Boden, eine andere Hand entriss ihr das Kind und warf es grob in den Schnee. „Nein!" Ihre Stimme wurde schrill, als sie vergeblich versuchte, nach ihrer Tochter zu greifen. Wah-bo-sehns hörte das Baby abgehackt schreien und panisch kämpfte sie gegen den Angreifer, der sie mit seinem schweren Gewicht zu Boden drückte. Ihre Hand krallte sich in seine Zöpfe, mit der anderen versuchte sie, in die Augen des Kriegers zu kratzen. Blitzschnell drehte der Mann den Kopf zur Seite, dann knurrte er ungeduldig und schlug ihre Hand zu Boden. So viel Wucht lag in dem Schlag, dass sie fast jedes Gefühl in ihrer Hand verlor und sie kraftlos, als wäre sie gebrochen, in den Schnee sinken ließ. Ruckartig wurde ihr Kopf nach hinten gebogen und die eiskalte Klinge eines Messers drückte sich an ihre Kehle. Starr vor Entsetzen blickte sie in die schwarze Fratze, die sich über sie beugte. Schlaff lagen ihre Hände im Schnee, tasteten dann flehend nach der Brust des Angreifers. Der Mann lockerte den Griff in ihrem Haar und sagte etwas zu ihr, was sie nicht verstand. Sie lag da wie versteinert, nur ihre Brust hob und senkte sich, als sie versuchte, wieder zu Atem zu kommen. Dann fühlte sie, wie eine Hand des Mannes auf unschickliche Weise unter das Kleid fasste. „Nein!", brüllte ihr Innerstes. „Bitte nicht!" Sie fühlte, wie sein Unterkörper durch den Lendenschurz gegen ihren Schoß drückte und in Todesangst starrte sie ihn an, vor Schreck und Scham wie gelähmt. Sie versuchte, hinter die schwarze Fratze zu blicken, sah, wie seine roten Lippen sich zu einem verächtlichen Grinsen verzogen. Sie biss die Zähne zusammen und lag ganz still, betete, dass er sie und ihr Baby gehen ließ. Ihre Beine brannten in dem kalten Schnee und immer noch fühlte sie seine Hand an ihrer Brust. Ihr Geist wandte sich in Abscheu ab, es war nur ihr Körper, den dieser Halsabschneider berührte. Wenn nur ihre Tochter leben durfte, dann würde sie auch das ertragen. Hoffnungsvoll bemerkte sie, dass die Klinge seines Messers nicht mehr an ihre Kehle drückte, stattdessen stützte sich der Mann mit seiner freien Hand im Schnee ab. Warum kam niemand, um ihr zu helfen?

Der Krieger war überrascht, dass die Frau, die vorher noch gekämpft hatte, nun wie ein verschrecktes Kaninchen unter ihm lag. In der Nähe wimmerte das Baby, kläglich und abgehackt, sonst war nichts zu hören. Er hieß Tschetan, Falke, und im Moment fühlte er wieder die Kraft seines Namensvetters in seinem Blut. Er hatte Pferde von seinem Feinden, den Psa, rauben wollen, doch dann hatte ihn sein Instinkt diese Frau jagen lassen. Wie ein Falke hatte er sie durch den Wald gejagt und war auf sie niedergestoßen wie ein Raubvogel auf seine Beute. Er hielt sie niedergedrückt, so wie er einen feindlichen Mann niederzwingen würde und erst jetzt bemerkte er, dass er unter dem weiten Ärmel des Kleides ihre Brust umfasst hatte. Weiche, warme Haut, wohlgeformt und verwirrend weiblich. Peinlich berührt glitt seine Hand ein wenig tiefer, suchte eine andere Stelle, um sie festzuhalten, ohne an diese Weiblichkeit erinnert zu werden. Fast ein wenig amüsiert beobachtete er, wie sie zusammenzuckte und ahnte ihre offensichtlichen Gedanken. Es lenkte ihn ab, erinnerte ihn unangenehm daran, dass er schon zu lange bei keinem Weib mehr gelegen hatte. Aber nicht hier, nicht jetzt! Verlegen zog er seine Hand zurück, unterbrach den unschicklichen Kontakt mit der Frau. Er hatte ihr genug Angst eingejagt, abgesehen davon, dass es ihm zu kalt wurde. Sollte sie doch ihrem Mann erzählen, welch großmütigem Krieger sie begegnet war! Er wollte seine Kampfkraft nicht schwächen, indem er sich von einer Feindfrau ablenken ließ. Überhaupt, wo waren denn die Krieger, die ihre Weiber verteidigten? Verächtlich blickte er in ihre weit aufgerissenen Augen und plötzlich fühlte er keine Verachtung gegenüber dieser Frau, sondern nur seine eigene Überlegenheit. Das hier war zu einfach, nicht ehrenvoll. Er wollte den Kampf mit ihrem Mann! Zögernd ließ er sie los, richtete sich auf, sicherte bereits mit einem prüfenden Blick die Umgebung.

Wah-bo-sehns fühlte sich erniedrigt und beschmutzt. Immer noch spürte sie seine Hand auf ihrer Brust und die Unschicklichkeit dieser Berührung benebelte sie. Tränen liefen über ihr Gesicht, als sie zu ihrem Baby krabbelte und es hochhob. Das Kind war aus der Decke gerollt und nur mit einem leichten Wildlederhemd bekleidet fror es entsetzlich. Vorsichtig tastete sie nach den dünnen Ärmchen, suchte nach einer Verletzung, aber ihr Baby schien unversehrt. Sie wickelte es wieder in die leichte Schlafdecke und erhob sich zitternd. Würde dieser Feind sie jetzt beide töten? Sie starrte auf den kräftigen Krieger, der sie ausdruckslos beobachtete und wurde ruhig. Wenigstens würde sie ihrem Mann unberührt in die Geisterwelt folgen, wenigstens hatte dieser Feind ihr die Ehre gelassen, schien dies auch gar nicht beabsichtigt zu haben. Er schien eher unschlüssig zu sein, was er nun tun sollte und musterte sie herablassend. Schließlich machte er eine großzügige Geste und bedeutete in Zeichensprache: „Du-gehen-zu-deinem-Mann! Er-viel-feige-nicht-dich-verteidigen!" Wah-bo-sehns verstand die beleidigenden Zeichen, denn sie waren allen Präriestämmen gleichermaßen bekannt. Sie stand im Schnee und plötzlich wallte bodenloser Zorn in ihr hoch. Sie war in Trauer, eine heilige Frau! Selbst diese verhassten Halsabschneider mussten das wissen! Wie konnte er es wagen, sie anzurühren, sie hier zu demütigen! Der Zorn von Ah-badt-dadt-deah sollte ihn treffen! Wider aller Vernunft schleuderte sie ihm ihren ganzen Hass entgegen und unterstrich ihre Worte in Zeichensprache: „Du-Feigling! Ich-nicht-haben-Mann! Ich-in-Trauer! Du-Feigling! Du-kämpfen-gegen-wehrlose-Frauen-und-Babys." Das Kind hinderte sie ein wenig die richtigen Zeichen zu geben, aber ihre Botschaft war trotzdem klar und deutlich. Hochmütig drehte sie sich um und lief in Richtung ihres Dorfes zurück.

Tschetan war sprachlos über diese Beleidigung. Dieses undankbare Weib! Hatte er sie nicht eben noch verschont? Seinen Großmut bewiesen? Wütend setzte er hinter ihr her, hatte sie nach wenigen Schritten eingeholt, am Arm gepackt und brutal zu Boden gerissen. Mit voller Wucht stürzte die Frau rückwärts in den Schnee, hatte seiner Kraft nichts entgegenzusetzen. Sofort kniete er auf ihr, bohrte sein Knie in ihren Bauch und hob seine Kriegskeule zum tödlichen Schlag. Sein Herz pochte im Rausch der Wut, doch dann traf sein mörderischer Blick ihre vor Entsetzen weit aufgerissenen Augen. Durch den Schleier seiner Wut hörte er das hilflose Weinen des Kindes. Er sah den Schmerz der Frau, ihr tränenüberströmtes Gesicht, ihre Todesangst und plötzlich verrauchte seine Wut genauso schnell wie sie gekommen war. Er hatte die abgeschnittenen Haare als Zeichen der Trauer erkannt, aber ignoriert. Seine Backenmuskeln zuckten, als er die Verletzungen an ihren Armen sah, die sie sich selbst zugefügt hatte. Er hatte sie gesehen, aber für Kratzer von den Zweigen und Ranken gehalten. Warum hatte sie ihr Gesicht nicht geschwärzt? Warum trug sie kein Trauerkleid? War ihre Trauerzeit schon beendet? Zögernd ließ er die Keule sinken. Der Augenblick sie zu töten war vorbei und er wusste es. Diese Frau war mutig und sie war stolz. Wieder fühlte er dieses Begehren in sich aufsteigen, den Wunsch nach einer Frau. Ein plötzlicher Entschluss reifte in ihm heran, völlig widersinnig und ohne die Konsequenzen zu überdenken: Er würde sie mitnehmen! Diese Psafrau würde es sicherlich nicht wagen, ihn zu verlassen, denn sie musste an das Kind denken. Kurz wallte Mitleid in ihm hoch, dass eine so junge Frau bereits Witwe war, sie zählte bestimmt noch keine zehnmal zwei Winter. Entschlossen packte er ihren Arm, riss sie hoch und schob sie vorwärts. „Inachni-yo!", befahl er, dabei unterstrich er seine Aufforderung mit einem ungeduldigen Ruck seines Kopfes.

Wah-bo-sehns sah ihn entsetzt an, wagte kaum zu atmen, als der Krieger langsam die Waffe sinken ließ. Sie verstand sehr gut, dass sie mit ihm gehen sollte und schluckte schwer. Noch vor einem Augenblick wollte er sie töten und nun wollte er sie mitnehmen? Es war furchtbar kalt, ohne warme Decken würde das Baby erfrieren. Doch der Krieger trieb sie umbarmherzig zur Eile an, brummte etwas in dieser Sprache, die sie nicht verstand. Sie schüttelte den Kopf und machte eine bittende Bewegung in Richtung ihres Dorfes, hoffte ein letztes Mal auf sein Mitleid.
Tschetans Geduld war erschöpft und unmissverständlich zeigte er auf sein Messer. Bald wären ihm die Psa auf den Fersen und dann gefährdete er nicht nur sich, sondern auch seine Freunde. Er hatte bereits genug Zeit mit diesem Weib verschwendet. „Inachni-yo!", wiederholte er gefährlich leise.
Wah-bo-sehns erbleichte und ließ sich willenlos vor ihm her treiben. Was sollte das? Wieso behinderte dieser Mann sich mit einer Frau und ihrem Kind? Was wollte er? Sie war in Trauer, stand damit keinem Mann zur Verfügung, außerdem stillte sie ein Baby, war also alles andere als begehrenswert! Sein Handeln ergab keinen Sinn! Panische Angst durchlief sie, und sie dachte daran, was geschehen würde, wenn er sein Tun endlich überdachte. Würde er dann zuschlagen? Hinterrücks? Sodass sie seine Keule nicht kommen sah? Ihre Beine wurden schwer vor Angst und wieder hörte sie dieses ungeduldige Knurren.
Schließlich packte der Mann sie am Arm und zwang sie zu einem schnelleren Schritt. Sie keuchte unterdrückt, versuchte ihre Angst irgendwie zu kontrollieren. Aber dieser grausame Mann trieb sie immer weiter in die Kälte, gnadenlos und ohne Pause. Sie taumelte vorwärts, ließ sich immer weiter schieben, während das Entsetzen nach ihrem Herzen griff. Sie wurde verschleppt! Im Winter. Dieser Mann war verrückt! Sie fühlte, wie der Schnee in ihre Beine schnitt und bereits nach kurzer Zeit fraß sich die Kälte in ihren Körper. Es war so kalt! Zu kalt! Der Mann aber drängte sie unbeeindruckt vor-

wärts und sie fühlte seine gefährliche, drängende Nähe hinter sich, jederzeit bereit, sein Beil in ihren Schädel zu schlagen. Mehrmals stolperte sie im hohen Schnee über Wurzeln und umgestürzte Bäume, stützte sich dann mit ihrer Hand auf, bis ihre Finger steif von der eisigen Kälte waren. Sie hatte in diesem Gewirr aus Bäumen und Ästen, durch die der Feind sie umbarmherzig hetzte, bald jede Orientierung verloren.

Der Mann zischte jedes Mal unwillig, wenn sie stürzte und riss sie an ihrem Arm wieder hoch. Schlotternd vor Kälte steckte sie notdürftig das Kind unter ihre Ärmel, um es wenigstens etwas zu wärmen. Ihr Baby wimmerte leise und das kleine Gesicht wurde unnatürlich grau. Es würde in ihren Armen erfrieren. Wieder taumelte sie vorwärts, vor Angst um ihr Kind fast besinnungslos. Das Wimmern wurde leiser, die Bewegungen weniger und sie wusste, dass ihre Tochter nicht überleben würde. Erschöpft sank sie schließlich auf die Knie und weigerte sich weiterzugehen. Sollte der Feind sie doch hier und jetzt töten, aber sie konnte es nicht ertragen, ihr Kind sterben zu sehen.

„Tokah-ho?“, hörte sie die unwillige Stimme des Mannes.

„Tokah-ho?“, wiederholte er fordernd und machte eine fragende Handbewegung.

Sie sah unsicher zu ihm auf, versuchte sein schwarzes Gesicht zu ergründen. „Es-ist-viel-kalt“, erklärte sie eingeschüchtert mit kurzen Gesten. Tränen schimmerten in ihren Augen, als sie die blauen Lippen ihrer Tochter sah.

Tschetan sah auf das Baby und erkannte ebenfalls, dass es zu erfrieren drohte. Was wollte er eigentlich mit einer Frau und einem Säugling? Wahrscheinlich starben die beiden sowieso auf dem Rückweg! Auch die Frau sah schrecklich aus. Ihre Haut wies bereits erste Erfrierungen auf und ihre Bewegungen wurden langsam. Sollte er die Frau wieder zurückschicken? Aber sie waren inzwischen so weit von den wärmenden Tipis entfernt, dass das Kind auf jeden Fall sterben würde. Unsicher blickte er auf die zusammengesunkene Frau, in deren Augen er keine Angst, sondern nur völlige Verzweiflung sah. Mitten im Winter eine Frau mit einem Baby zu entführen. Wakan-tanka, der große Geist, spielte ihm hier einen merkwürdigen Streich. Aber er begehrte sie und er würde sich eine Klapperschlange in sein Bett holen, wenn er jetzt nichts unternahm. Das schlechte Gewissen stieg in ihm hoch, die Erkenntnis, dass er eine trauende Frau in solche Bedrängnis brachte. Er wollte sie lebend an seiner Seite, wollte ihren geschmeidigen Körper spüren und vielleicht eines Tages ihre Liebe gewinnen. Er lächelte, um sie zu beruhigen, aber mit seiner schwarzen Kriegsbemalung wirkte es alles andere als vertrauenerweckend und so wich die Frau instinktiv vor ihm zurück. Kurz entschlossen nahm er ihr das Kind aus den steifen Händen und steckte es unter sein warmes, weit geschnittenes Lederhemd. Die Frau hatte sich aufgerichtet und versuchte, ihm das Kind wieder wegzunehmen, doch er warf ihr einen warnenden Blick zu, es zu unterlassen. Die Tränen liefen über ihr Gesicht und er empfand Mitleid. „Baby-warm", zeigte er mit seiner Hand. Sie stieß ein gequältes Stöhnen aus und befürchtete wohl das Schlimmste. Er übersah ihre Angst und drängte sich mit einem großen Schritt an ihr vorbei. Behutsam hielt er dabei das Kind an seinen Körper gepresst. Es war winzig und leicht und behinderte ihn kaum. Noch versuchte er Distanz zu diesem Wesen zu halten, sich nicht an das Gefühl zu gewöhnen, dass es nun ihm gehörte. Warum hatten seine anderen Frauen ihm keine Kinder geschenkt? Der Gedanke stach und er wischte ihn unwillig beiseite. Ohne sich umzublicken, stapfte er durch den Schnee, wohl wissend, dass sie ihm widerstandslos folgen würde und dass sie all ihre Kräfte zusammenraffen würde, um mit ihm Schritt zu halten.

Wah-bo-sehns war völlig überrascht von diesem Verhalten. Hoffnung regte sich in ihr, dass er sie vielleicht beide leben ließ. Warum sollte er sich sonst die Mühe machen, das Baby zu tragen? Schwankend trat sie in seine Spur und beeilte sich, dem fremden Krieger nachzukommen. Ihre Waden brannten von der Kälte, doch sie biss die Zähne zusammen. Wenn sie jetzt aufgab, hätte ihre Tochter kein Mitleid zu erwarten, abgesehen davon, dass dieser Feind wohl kaum ein Baby ernähren könnte.

Tschetan hörte ihre langsamen Schritte, spürte ihre völlige Erschöpfung und hoffte, dass sie bald den Treffpunkt erreichen würden, an dem ihre Pferde warteten. Mit der gefangenen Frau würde er zu Pferd schneller vorankommen, außerdem konnte er ihr dort zumindest eine Pferdedecke gegen die Kälte geben. Das Wimmern des Babys hatte aufgehört und irgendwie berührte es ihn, etwas so Kleines im Arm zu halten. Erst jetzt wurde ihm die Tragweite seines Handelns bewusst und auch, wie weit er noch von seinem eigenen Dorf entfernt war! Sein Handeln war völlig verrückt, im höchsten Maße

verantwortungslos. Er verringerte seine Geschwindigkeit, damit ihm die Frau folgen konnte, horchte aufmerksam, ob ihm vielleicht sonst noch jemand auf den Fersen war. Schließlich schrie er wie ein Käuzchen und fast augenblicklich antwortete ihm das Geheul eines Kojoten. Erleichtert trat er auf die kleine Lichtung, die sich vor ihm öffnete, und sah seine Freunde, die ihm bereits entgegenliefen. Deutlich war die Freude in ihren Gesichtern zu sehen, doch dann wich die tiefe Erleichterung dem Gefühl des ausgelassenen Triumphes. Hokahey! Es war ein guter Kampf gewesen! Keiner war verletzt und sie hatten eine Menge erbeutet.
Schwarzer-Rabe zeigte triumphierend zwei Pferde, ein Gewehr und eine kunstvoll bemalte Bisonrobe. Viele-Feinde führte zwei weitere Crowpferde herbei, die schnaubend an der Leine tänzelten. Lachend blickte er auf Tschetan. „Wan, was ist denn geschehen? Ich dachte, wir wollten nur Pferde rauben?"
Abwehrend hob der Krieger seine Hand. „Alles lief gut, doch dann trat das Pferd, das Grauadler erbeuten wollte, gegen einen Holzstoß! Jener Psa kam sofort aus seinem Tipi heraus und ehe ich ihn töten konnte, hatte er das ganze Dorf geweckt."
„Das haben wir gemerkt! Hoh, sind wir gerannt!", meinte Viele-Feinde theatralisch.
„Ja!" Tschetan grinste schief. Dann erzählte er weiter: „Plötzlich stürzten die Feinde wie Hornissen aus ihren Zelten und ich wollte zurück in den Wald. Da floh diese Frau aus dem Tipi und ich verfehlte sie knapp mit meinem Speer."
„Hohch! Du hast sie verfehlt?" Völliger Unglauben sprach aus der Stimme von Viele-Feinde.
Tschetan winkte nachlässig ab. „Sie rannte wie ein aufgeschreckter Hirsch in den Wald, ausgerechnet in Richtung unserer Pferde. Ich musste ihr eigentlich nur folgen und trieb sie immer weiter vor mir her. Sie war ganz schön schnell!"
Neugierig blickten die Krieger auf die Frau, die Tschetan erbeutet hatte. Ein guter Coup! Sie klopften ihm anerkennend auf die Schultern und machten anzügliche Bemerkungen: „Eh, eine hübsche junge Frau! Hast du sie schon ...?"
Tschetan schubste sie verlegen zur Seite. „Lasst sie in Ruhe!"
Dann sahen seine Freunde das schlafende Baby in seinen Armen und wechselten verwunderte Blicke. „Was willst du mit einer Frau, die ein so kleines Kind hat?", fragte Schwarzer-Rabe.
„Ich weiß noch nicht", wehrte Tschetan die Frage ab.

„Warum nimmst du es überhaupt mit, wenn du nur die Frau willst? Sie wird dir bald eigene Söhne gebären."
Die Frau sah die abfälligen Handbewegungen der anderen Krieger und verstand sehr gut, dass sie ihren Peiniger fragten, warum er ihr den Säugling gelassen hatte. Deutliche Panik lag in ihrem Blick.
Tschetan aber blickte auf das Baby und zuckte mit den Schultern. „Hätte ich es den Wölfen überlassen sollen? Nein, ich nehme beide mit." Er sagte es ganz einfach, ohne besondere Betonung, trotzdem wussten seine Freunde, dass er es ernst meinte und seinen Entschluss nicht ändern würde.
Verdutzt starrten sie ihn an und schüttelten den Kopf. „Mit dem Säugling wird uns die Frau nur aufhalten!", wandte Viele-Feinde ein. Dann schluckte er eine weitere Bemerkung hinunter, als er in Tschetans zusammengekniffene Augen sah. Die Stimme seines Freundes wurde ganz ruhig, fast eisig: „Dann kann ich immer noch entscheiden, was ich zu tun gedenke."
„Hohch!" Viele-Feinde senkte verlegen die Augen. Ihren Freund sollte man heute besser nicht reizen, er hatte die schlechte Laune eines Stinktieres.
„Sind dir die Psa gefolgt?", fragte Schwarzer-Rabe stattdessen.
„Nein!"
„Waren keine da, oder warst du von dieser Frau so abgelenkt, dass du keine gesehen hast?"
Tschetan strafte seinen Freund mit einem vernichteten Blick. „Keine Frau lenkt mich ab! Es waren keine da. Die Psa sind feige wie die Schneehasen und schützen ihre Frauen schlecht. Ich bin überrascht, dass sie überhaupt noch Frauen haben."
Leises Lachen antwortete ihm auf diesen Scherz und vergnügt musterten die Männer die gefangene Frau. Tschetan schubste sie zu seinem Pferd, bedeutete ihr mit vorgeschobenen Lippen an, dass sie aufsteigen sollte, und reichte ihr das Baby. Dann drehte er sich zu Schwarzer-Rabe um. „Es ist zu kalt für die Frau und das Kleine. Gib mir die Decke!"
Die Augen von Schwarzer-Rabe wurden groß. Sie war doch nur eine Psa, eine Gefangene! Trotzdem gab er Tschetan die schöne Decke und sah erstaunt, wie sein Freund die Frau sorgsam darin einwickelte. Er wechselte einen vielsagenden Blick mit Viele-Feinde und machte mit seiner Faust eine kreisende Bewegung an der Stirn. Tschetan war völlig „withko" – verrückt, eine Frau mit einem Baby im Winter zu rauben. „Tschetan-withko!", murmelte er frech.

Tschetan dagegen hatte es satt! Seine Freunde nahmen ihn nicht ernst und er wollte dem ein Ende bereiten. „Wir müssen hier weg! Die Psa werden uns sicher verfolgen, wenn sie sich von dem Schreck erholt haben. Kommt jetzt!“ Er nahm sein Pferd mit der Gefangenen am Zügel, sprang auf eines der erbeuteten Crowpferde von Schwarzer-Rabe, ohne seinen Freund auch nur zu fragen, ob es ihm recht war, und setzte sich in Bewegung. Das Crowpony tänzelte nervös, als ein fremder Reiter auf seinem Rücken saß, doch Tschetan zwang das Tier mit harter Hand vorwärts. Schwarzer-Rabe wollte sich schon darüber beschweren, dass es eigentlich seine Beute war, mit der Tschetan gerade davonritt, doch er sah ein, dass sie so wesentlich schneller vorankamen. Die Frau war sichtlich erschöpft und würde sie nur aufhalten, wenn Tschetan sie zu Fuß gehen ließ. Also sprang er wortlos auf sein Pferd und folgte Tschetan, das andere geraubte Pferd am Zügel hinter sich herziehend.

Frierend tauchte Wah-bo-sehns unter die schwere Decke und schmiegte ihre Schenkel an den warmen Bauch des Ponys. Sie hatte das Gefühl, nie wieder warm zu werden. Dankbar schlug sie das Kind in eine Falte des Umhangs, sodass es in der weichen Fellseite völlig verschwand. Unter ihren langen Wimpern sah sie sich nach einer Möglichkeit zur Flucht um, aber die Zügel ihres Pferdes lagen fest in der Hand ihres Entführers. „Oh, Ah-badt-dadt-deah, welches Schicksal hast du mir zugedacht?“, flüsterte sie leise. „Bitte, hilf mir und meiner Tochter!“

Die Lakota ritten in einer Reihe hintereinander her, die gefangene Frau zwischen sich, und sie dankten Wakan-tanka, dass es zu schneien begonnen hatte. Sie waren nur eine kleine Gruppe, die ausgezogen war, um Pferde zu stehlen und die Langeweile des Winters zu vertreiben. Bei dem Schneesturm würden die Crow ihre Spuren nicht finden und sie brauchten ihre Rache nicht zu fürchten. Bisher war von irgendwelchen Verfolgern nichts zu sehen gewesen. Die gefürchteten Späher der Crow in ihren Wolfspelzen schienen ihre Spur verloren zu haben. Entspannt saßen die Lakota auf ihren Pferden, freuten sich über den gelungenen Raubzug und lachten übermütig, als die Schneeflocken in ihre Gesichter wehten. Waziya, der tobende Riese im Norden, schickte ihnen seinen kalten Atem und meinte es gut mit ihnen. Nach einer Weile glitten sie von den Pferden und rieben sich mit Schnee die Farbe aus den Gesichtern. Sie lachten wie kleine Jungen und prahlten voreinander mit ihren Heldentaten. „Sieh nur die Pferde, die ich erbeutet habe! Schade, dass du keinen Büffelläufer erwischt hast!", lästerte Schwarzer-Rabe ein wenig über Tschetan.

„Ich habe genügend gute Pferde, aber keine Frau, seit Steht-Groß mich verlassen hat. Also ist es ein guter Raubzug für mich", erklärte Tschetan ruhig und überging die Stichelei.

Viele-Feinde verzog die Lippen. „Frauen gibt es genug, aber Pferde, gute Pferde, die sind etwas wert! Diese Frau wird dir höchstens davonlaufen, dann hast du nichts!"

„Ich habe genug! Und ich habe genug von eurem Weibergewäsch! Diese Frau gehört nun mir und ich werde zu verhindern wissen, dass sie mir wieder davonläuft! Waschté-yelo!" Verärgert drehte er sich zu der Frau um und überlegte, ob sie all diese Sticheleien wert war. Sanfte, verängstigte Augen musterten ihn, ansonsten war unter dem warmen Büffelfell nicht mehr viel von der Frau zu sehen. Nun, zumindest würde sie seinen Lenden Freude bereiten und ein flüchtiges Lächeln huschte bei diesem Gedanken über sein Gesicht.

Wah-bo-sehns schluckte schwer. Zum ersten Mal konnte sie das unbemalte Gesicht ihres Entführers sehen, verstohlen beobachtete sie ihn und versuchte, ihn einzuschätzen. Er hatte eine leicht gebogene Nase und ein kräftiges, energisches Kinn. Seine schwarzen Haare waren in feste Zöpfe geflochten, die er mit Otterfellstreifen umwickelt hatte. Feine Strähnen, eigentlich nur einzelne Haare hatten sich im Kampf gelöst und schimmerten silbern, entweder von dem Fett, das er sich in die Haare geschmiert hatte oder als erstes Grau. Er schien etwas älter als seine beiden Freunde zu sein, vielleicht zählte er zehnmal drei und fünf Winter, außerdem war er größer und kräftiger. Seine Kleidung war sorgfältig genäht, aber ohne Verzierung. Nur eine schön bestickte Messerscheide hing an seinem Gürtel und auf dem Rücken trug er einen Köcher aus Pumafell, Beutestück eines unvorsichtigen Crowkriegers, wie sie unschwer erkannte. Sein Kriegsschild war mit dem Kopf eines Wolfes bemalt, der eindrucksvoll die Zähne bleckte. Lange Fransen säumten seine Leggins, nicht genäht, sondern nur an den Fransen zusammengeknüpft, die er an seinem Gürtel befestigt hatte. Sein Lendenschurz war aus blauem Tuch und reichte ihm bis an die Knie.

Die Kleidung der anderen war ebenso zweckmäßig gehalten, schmucklos und einfach für einen Raubzug.

Nach einer guten Weile legten die Männer eine kurze Rast ein und Tschetan half der Frau vom Pferd. Kurz wagte es Wah-bo-sehns, in sein ungeschminktes Gesicht zu blicken. Es war keine Fratze mehr, sondern ruhige, fast freundliche Augen schauten sie prüfend an. Das Baby quengelte und sie setzte sich auf einen Baumstamm, um es zu stillen. Sie hoffte, dass sie lange genug blieben, bis es satt wäre. Sorgsam wickelte sie die Bisonrobe um ihre Schultern, um sich vor den Blicken der Männer zu schützen. Ungeniert schauten die Lakota zu ihr hinüber und sie senkte verlegen die Augen. Oh! Sie hasste die Hilflosigkeit, mit der sie ihnen ausgeliefert war und langsam dämmerte ihr, welches Schicksal ihr blühte. Sie war eine Gefangene, ohne Rechte und Schutz.
Zwei der Männer traten mit einem anzüglichen Grinsen heran und beleidigten sie mit obszönen Gesten. Diese Männer machten sich einen Spaß daraus, die gefangene Frau ein wenig zu demütigen und Wah-bo-sehns wurde vor Entsetzen schlecht. Unsicher schielte sie auf ihren Entführer und hoffte, dass er sie vor den anderen schützte. Er schien ihre Not zu spüren und mahnte mit einem Kopfnicken zum Aufbruch, dann half er seiner Gefangenen wieder auf das Pferd. Fieberhaft suchte Wah-bo-sehns nach einer Möglichkeit zur Flucht. Hektisch prägte sie sich die Landschaftsmerkmale ein, achtete auf ungewöhnliche Felsformationen oder die geschwungenen Hügelketten in der Ferne. Unablässig horchte sie, ob jemand zu ihrer Rettung kam, ihre Augen ständig in Bewegung. Aber es herrschte die Stille des Winters, alles lag im Tiefschlaf, nur der gleichmäßige Schritt der Ponys und hin und wieder eine geflüsterte Anweisung der fremden Männer war zu hören.

Im Schatten der Bäume vernahm sie plötzlich eine Bewegung, ein Rudel Wölfe, das völlig lautlos neben ihnen herlief. Ihr grauer Pelz unterschied sich kaum von den Grautönen der Umgebung, manchmal verharrten sie zwischen den erstarrten Zweigen der Büsche und starrten geduckt zu ihnen hinüber, als warteten sie bereits auf das Aas ihres Körpers. Hilfe suchend wandte sie sich an den Rudelführer: „Bruder Wolf! Hilf mir!“
„Warum sollte ich dir helfen? Du bist doch inmitten deines Rudels, beschützt von drei Männern!“

Wispernd beugte sie sich zu ihm: „Das ist nicht mein Rudel! Sie werden mich töten und mein Junges auch! Bitte gehe zu den Wolfsspähern meines Stammes und leite sie hierher!"
Hechelnd starrte der Wolf sie an, sah so aus, als lachte er. „Du hast nun ein neues Rudel! Sie werden dich beschützen!"
„Aber meine Tochter", bat sie leise.
„Du wirst neue Junge haben. Die Späher deines Volkes haben zu viele unserer Pelze geholt. Ich kehre nicht zurück, denn dann verliere ich mein Fell. Sorge für dich selbst! Du bist ein Weibchen. Sie werden dir nichts tun. Wenn dein Junges stirbt, wird es meine Jungen ernähren!" Hochmütig, mit steifer Rute verschwand der Wolf im Halbschatten, folgte im lockeren Trab seinem Rudel.
„Nein!", stöhnte sie auf und drückte das Kind fester an sich. Ein Schlag mit der Peitsche traf sie am Kopf und Wah-bo-sehns zuckte sichtlich zusammen.
Schwarzer-Rabe hatte den Ausruf gehört und fauchte die Gefangene unwirsch an. „Inila-yanka-yo!"
„Tokah-ho?", fragte Tschetan ungehalten.
„Sie hat mit den Wölfen geredet!" Schwarzer-Rabe deutete mit der Peitsche auf die Frau.
Verblüfft schaute Tschetan dem Leitwolf hinterher, der sich ohne Eile entfernte. Dann fiel sein Blick auf die Crowfrau, blieb nachdenklich auf ihr haften. Wurde auch sie von den Wölfen beschützt, so wie er? „Warum schlägst du dann nach ihr?", tadelte Tschetan seinen Freund.
Achselzuckend schaute Schwarzer-Rabe ihn an. „Sie ist doch nur eine Gefangene!"
Kopfschüttelnd wandte sich Tschetan ab und zog mit einem Ruck das Pony mit der Frau hinter sich her. Ihm gefiel das Verhalten seiner Freunde nicht und er wusste, dass er es beenden musste.
Kurz fiel sein Blick auf die Frau, die sich zitternd vor Angst und Kälte unter das Fell geduckt hatte. Mit kräftiger Hand zog er das Pony hinter sich her. Noch war keine Zeit für Erbarmen oder freundliche Worte

Nach einer Weile erreichten die Männer einen kleinen Bach, der wegen seiner schnellen Strömung noch nicht ganz zugefroren war. Murmelnd floss er über glitzerndes Gestein, das einzig Lebendige in dieser Wüste aus Schnee. Dann durchbrach der heisere Schrei eines Geiers die unnatürliche Stille und mit plötzlichem Entsetzen blickte

Wah-bo-sehns nach oben. Würden die Geier ihren Leichnam zerfleddern, wenn dieser Mann sie doch tötete? Furchtsam blickte sie auf den kräftigen Krieger und überlegte, was er wohl mit ihr vorhätte.
Achtlos ließ der Krieger die Zügel fallen, dann stiegen die Männer ab, ließen die Pferde trinken und erfrischten sich ebenfalls. Die Fransen ihrer Leggins zeichneten lustige Muster in den Schnee, als sie sich wieder gemächlich der Frau näherten. Ehe sie auf dem Pony fliehen konnte, hatte Tschetan den Zügel ergriffen und schüttelte warnend den Kopf. Seine Hände streckten sich ihr fordernd entgegen und mit seinen Lippen deutete er an, dass sie ihm das Kind geben sollte. Verlegen, weil er ihre Absicht durchschaut hatte, gab sie ihm das Baby und glitt vom Pferd, um ebenfalls zu trinken. Sie nutzte die Gelegenheit sich ein wenig zu waschen und die zerzausten Haare glatt zu streichen.

Leises Knirschen im Schnee war zu hören und erwartungsvoll drehte sie sich um. Vielleicht kamen ja doch einige Absarokee, um sie zu befreien? Nein! Es waren drei weitere Lakota, die triumphierend aus dem dunklen Wald hervorbrachen, offensichtlich mit Beute beladen. Es waren also doch mehr Krieger gewesen, die ihr Dorf überfallen und sich in Gruppen aufgeteilt hatten, um ihren Rückzug zu sichern. Unsicher stand Wah-bo-sehns in der Gruppe von sechs feindlichen Kriegern, die unverhohlen die Beute unter sich aufteilten und offenbar auch über sie sprachen.

Einer der Krieger packte sie und drehte sie abschätzend hin und her, wie ein Pferd, das er eintauschen wollte. Er war etwas älter als ihr Entführer und seine sonst eher gutmütigen Züge wurden hart, als das Begehren in seinen Augen aufblitzte. „Sie ist jung und hübsch! Tauschen wir?"

Deutliche Zeichen untermalten das Gespräch, sodass auch Wah-bo-sehns verstand, was gesprochen wurde. Sie wäre vor Scham am liebsten im Boden versunken.

Ihr Entführer schüttelte entrüstet den Kopf. „Hiya", – nein, betonte er und hielt Wah-bo-sehns am Arm fest. „Sie gehört mir!"

Der andere Mann lachte abfällig. „Sie ist doch nur eine Gefangene. Sie wäre eine Hilfe für meine Frau. Ich gebe dir zwei gute Pferde für sie!"

Wah-bo-sehns senkte die Augen und wollte nichts mehr hören oder sehen. Die Gesten waren beleidigend und demütigend und zeigten ihr, dass es hier keinen Schutz mehr gab. Allein ihr Entführer entschied, was er mit ihr zu tun gedachte.

Tschetan aber senkte ebenfalls die Augen und schluckte schwer. Er wollte diese Demütigung nicht und so überlegte er scharf, was er tun sollte. Grauadler war sein Freund. Wie sollte er diese Bitte ablehnen ohne Grauadler zu beleidigen? Die Gefühle gingen mit ihm durch, als er nach einer Lösung suchte. Sein Blick fiel auf die verschreckte Frau, dann spürte er das Gewicht des Kindes in seinem Arm. Nein! Er wollte sie nicht mehr hergeben. Weder die Frau noch das Kind. Es fiel ihm nicht schwer, den letzten Schritt zu gehen, er hatte die Entscheidung längst getroffen, als er die Frau gezwungen hatte, mit ihm zu gehen. „Hiya! Ich nehme sie zu meiner Ehefrau", erklärte er mit fester Stimme.
Grauadler schaute ihn mit großen Augen an. „Hohch! Du willst eine Psa zu deiner Frau machen!?" Er verwendete mit Absicht das Wort „Psa", wie die Lakota die Absarokee beschimpften, weil er Tschetan die Unsinnigkeit seines Handelns zeigen wollte. Warum hielt er die Frau nicht einfach als Gefangene, wenn er sie in seinem Zelt wollte?
Tschetan hörte die Beleidigung und seine Stimme wurde eisig: „Ja!"
Viele-Feinde und Schwarzer-Rabe wechselten verstohlene Blicke. Sie hatten ein ähnliches Verhalten vorher schon erlebt und genossen es, wie ihr Freund offensichtlich in die Enge getrieben wurde.
Grauadler zuckte mit den Schultern, aber schließlich war es Tschetans Entscheidung, was er mit der Frau tun wollte. Trotzdem stichelte er weiter: „Woher willst du wissen, dass sie eine gute Frau ist? Vielleicht ist sie zänkisch und faul? Und woher willst du wissen, dass sie dich zum Mann will und dir nicht davonläuft?"
„Nun, das werden wir ja sehen!" Tschetans Augen schossen Blitze, nur mühsam hielt er sich zurück, erkannte, dass er sich in den Augen der anderen wirklich seltsam benahm. Trotzdem! Diese Gefangene gehörte ihm und er würde ihnen nun beweisen, dass ihm keine Frau mehr weglaufen würde. Kurz entschlossen drückte er Schwarzer-Rabe das schlafende Kind in die Hand. „Pass darauf auf", flüsterte er drohend.
Erst jetzt sah Grauadler das Baby und seine Augen wurden rund. Soviel Aufregung um eine Frau, die einen Säugling hatte! Tschetan musste völlig verrückt sein. Die Frau stöhnte leise auf, als sie auf den jungen Mann blickte, der nachlässig ihr Kind hielt. Seine strähnigen Haare umrahmten ein rundes Gesicht, das mit abweisenden Augen das Baby musterte, blankes Unverständnis in seinem Blick.
Herausfordernd blickte Tschetan auf seine Freunde. „Ich mache diese Crow zu meiner Frau. Hier und jetzt!"

Dann packte er die Gefangene, die vor Angst ganz steif wurde, und zog sie einige Schritte weiter.

Wah-bo-sehns verstand kein Wort. Verzweifelt blickte sie auf den jungen Krieger, der ihre Tochter hielt, dann auf den Mann, der grob ihr Handgelenk umfasst hatte. Wollten diese Feinde jetzt ihr Baby töten? Panik stieg in ihr hoch, eine entsetzliche Angst, dass diese Männer ihr das Letzte nahmen, was sie noch an Micgy erinnerte. Mit ihren Fäusten schlug sie auf ihren Entführer ein, versuchte vergeblich, sich aus dem festen Griff zu winden. „Hiya! Hiya!", schrie sie das erste Wort, das sie in dieser fremden Sprache aufgeschnappt hatte. „Gib mir mein Kind!" Ihre Stimme wurde hysterisch vor Angst.

„Ayuschtan-yo!" – Hör auf, brüllte Tschetan die Frau an, verwundert über ihren heftigen Widerstand und die Kraft, die sie plötzlich entwickelte. Brutal hielt er ihre Handgelenke fest und der Schmerz ließ Wah-bo-sehns in den Schnee sinken. Entsetzt starrte sie ihn an, ihre haselnussbraunen Augen fraßen sich in den seinen fest, baten um Mitleid.

Tschetan trafen diese traurigen Augen bis ins Mark, Augen ohne jede Hoffnung, die nur noch den Tod erwarteten. Er wollte es beenden! Energisch hockte er sich vor sie hin und suchte ihre Aufmerksamkeit. „Waschté, waschté", sprach er mit dunkler Stimme auf sie ein, ähnlich wie er ein wildes Pferd beruhigen würde. „Waschté!"

„Hör zu!", zeigten seine Hände. „Hör zu!" Und schließlich: „Keine Angst!"

Ihr gehetzter Blick suchte das Baby, aber der junge Krieger stand einfach nur bei den anderen Männern und hielt es mit ausdrucksloser Miene im Arm. Was würde jetzt geschehen? Der Griff ihres Entführers lockerte sich etwas und sie saß still vor ihm, wartete apathisch ab, was er von ihr wollte.

Versuchsweise ließ Tschetan eine Hand los, doch die Frau wehrte sich nicht mehr. Er biss sich auf die Lippen, wollte nicht mehr, dass sie Angst hatte. Nie mehr! Plötzlich amüsierte ihn die ganze Situation. Er heiratete soeben eine Feindfrau! Ruhig blickte er auf die zierliche Frau mit den warmen Augen und stellte fest, dass sie ihm tatsächlich gefiel. Mit deutlichen Gesten fragte er: „Du-gehen-in-mein-Zelt-als-meine-Frau?"

Wie durch einen Nebel drangen die Zeichen zu Wah-bo-sehns. Dieser Feind wollte sie zu seiner Frau machen? Nicht töten! Ihr schwindelte bei diesen Worten, dann traf sie die Bedeutung seiner Worte mit voller Wucht. Sie wollte keinen Mann! Sie wollte nicht in sein Dorf! Micgy! Micgy war ihr Mann und die Erinnerung an ihn schmerzte so sehr. Oh Ah-badt-dadt-deah! Wie konnte er so etwas zulassen? Ungläubig blickte sie in die ruhigen Augen ihres Entführers, der die Zeichen so beiläufig wiederholte, als würde er fragen, ob sie hungrig wäre.

„Du-gehen-in-mein-Zelt-als-meine-Frau?"

Wäre ihre Tochter dann in Sicherheit? Würden die anderen Männer sie in Ruhe lassen? Sie hatte Angst davor, der Spielball für ihre Wünsche zu werden, wenn sie erst ihr Nachtlager aufschlugen. Dieser Mann, der vor ihr kniete und geduldig auf ihre Antwort wartete, versprach Schutz. Ihre Gedanken flogen, als sie wieder Hoffnung schöpfte. Unsicher wanderte ihr Blick zu den anderen Kriegern, die abwartend in der Nähe standen, sichtlich überrascht über das, was dieser Mann hier tat. Dieser Feind wollte sie als Ehefrau in sein Zelt führen, nicht als Gefangene. Mehr konnte sie unter diesen Umständen wahrlich nicht erwarten. „Mein-Baby?", wagte sie zu fragen.

„Baby-leben-bei-dir!", versicherte er großmütig. Fordernd wartete er auf ihre Antwort, und kurz überlegte Wah-bo-sehns, was mit ihr geschehe, wenn sie sich weigerte. Würde er sie dann diesem älteren Mann geben? Oder einem der anderen Männer, die vielleicht nicht so viel Geduld hätten? Es schüttelte sie bei diesem Gedanken, gleichzeitig dachte sie wieder an seine kalte Hand, die unter ihr Kleid geschlüpft war. Nun sollte sie seine Frau werden, damit er endgültig das tun konnte, was er vorher schon angedeutet hatte. Sie wusste, dass sie dazu noch nicht bereit war, selbst unter anderen Umständen nicht, aber sie hatte keine Wahl. Auch bei den Crow hätte sie bald wieder geheiratet, schon allein, damit das Kind versorgt war. Nun schützte sie ihre Tochter eben, indem sie die Ehefrau dieses Kriegers wurde. Letztendlich war es gleichgültig, wen sie heiratete. Ihr Herz würde nie wieder Liebe empfinden. Es gehörte allein Micgy! Mühsam schluckte sie die Tränen hinunter, weil sie diesen Feind nicht verärgern wollte. Ihr beider Überleben hing allein von der Laune dieses Kriegers ab, wahrscheinlich hätten die anderen sie längst getötet und kein Mitleid gehabt, als sie in den Wald geflüchtet war. So war eben das Leben. Vielleicht gab es später eine Möglichkeit, dieser Situation zu entfliehen.

„Deine-Frau-ich-sein", willigte sie ein, hoffte auf seinen Großmut und Schutz. In diesem Moment wollte sie nur noch ihre Tochter unversehrt in die Arme nehmen.
Ein triumphierendes Lächeln huschte über das Gesicht des Mannes. Fürsorglich half er ihr hoch und wickelte sie wieder in die Decke. Dann führte er sie zu den anderen zurück und der junge Krieger übergab ihr mit einem freundlichen Lächeln das Kind. Zu ihrer Überraschung hatte er es in eine weitere graue Decke gehüllt, um es vor der beißenden Kälte zu schützen. Mit klopfendem Herzen drückte Wah-bo-sehns ihre Tochter an sich und sank schwach vor Erleichterung auf die Knie. Sie wollte dem Mann die Decke zurückgeben, doch der winkte großzügig ab, schließlich war sie jetzt die Ehefrau seines Freundes.

Grauadler, Viele-Feinde und die anderen klopften Tschetan anerkennend auf die Schultern. „Ho! Die Psa müssen gut auf ihre Frauen aufpassen, wenn du in der Nähe bist." Es war eine Stichelei gegen ihren Freund, nicht mehr gegen die Frau. Andererseits wunderten sie sich, warum ihm diese Frau so wichtig war? Wie hatte sie es in so kurzer Zeit geschafft, sein Herz zu gewinnen?
Grauadler war ein wenig betreten, denn er hatte nicht erkannt, wie ernst es Tschetan mit dieser Frau gewesen war. Mit schiefem Kopf musterte er sie und überlegte, was wohl an ihr wäre, das Tschetan so gefiel. Gut, sie war jung und hübsch, trotz der deutlichen Zeichen der Trauer, die sie trug. Ihre Haare umrahmten ihr ovales Gesicht und sie hatte die sanften Augen eines Hirschkalbs. Kein Wunder, dass Tschetan sie nicht getötet hatte. Dann war da noch das Kind, es war klein und musste noch lange gestillt werden, war also eher eine Belastung für Tschetan. Er wollte es genau wissen. „Was machst du mit dem Kind, wenn wir im Lager sind?"
„Nichts!" Tschetan zuckte mit den Schultern.
„Du wirst es behalten?"
„Ja!"
Grauadler grinste wie ein Luchs. „Wenn die Psa nun deine Frau ist, wird dann ihr Kind auch dein Kind?"
„Ja ...!" Es war ein lang gezogenes Ja, das Tschetan sich, während er es aussprach, selbst erst überlegen musste.
„Du wirst also sein Vater?", stichelte Grauadler weiter.
Tschetan biss sich auf die Lippen. Vater? Welch seltsamer Ausdruck! Eigentlich hatte er der Frau das Baby nur gelassen, damit sie freiwil-

lig mit ihm ging. Kurz fühlte er das Bedauern, dass seine anderen Frauen ihm noch keine Kinder geschenkt hatten. Aber jetzt gehörte dieses winzige Ding ihm, ebenso wie die Frau. Abgesehen davon, dass er der letzte Mensch wäre, der einer Mutter das Kind aus den Armen riss. Dabei übersah er geflissentlich, dass er genau dies bereits getan hatte und durchaus das Risiko eingegangen war, es zu töten. Er konnte selbst nicht sagen, was ihn verändert hatte, aber jetzt waren seine Gefühle klar, vielleicht hatte der ganze Raubzug nur diesen einen Zweck gehabt: die Leere in seinem Herzen zu füllen. „Ja, ich werde sein Vater", erklärte er entschlossen. „Ich werde darum bitten, dass ich es zu meiner Verwandten machen darf."
Grauadler stutzte. „Ist es ein Junge oder ein Mädchen?"
Tschetan wusste es nicht. Wieder zuckte er mit den Schultern und sah unverhohlenes Gelächter in den Augen seiner Freunde. Ohne Hemmungen prusteten sie los, amüsierten sich köstlich, ihn aus der Reserve gelockt zu haben. Tschetan wusste nicht einmal, ob er ein Mädchen oder einen Jungen adoptierte! In diesem ungezwungenen Augenblick löste das Lachen seiner Freunde seine Anspannung. In ihren Augen musste er wirklich völlig verrückt sein. „Tschetan-withko" würden sie ihn in Zukunft nennen, und zu Recht!

Er drehte sich zu seiner neuen Frau um und machte eine fragende Geste nach dem Geschlecht des Babys, freute sich wie ein Vater auf die Antwort, wenn seine Frau ihm das erste Mal das Neugeborene zeigte.
Wah-bo-sehns verstand nicht, warum plötzlich alle lachten und zögerte verunsichert. Tschetan wiederholte die Geste, diesmal mit einem auffordernden Lächeln, das zeigen sollte, dass ihm eigentlich jede Antwort recht wäre.
Zaghaft deutete sie einen Zopf an, das Zeichen für „Mädchen". Tschetan nickte erfreut und fragte interessiert nach dem Namen. Eine Tochter! Er fühlte sich wie ein Vater und sein Herz klopfte, als wäre er tatsächlich gerade Vater einer Tochter geworden.
Sie dagegen schüttelte betreten den Kopf, denn ihr Baby hatte doch noch keinen Namen.
Tschetan war sichtlich überrascht, aber vielleicht hatte es mit dem Tod ihres Mannes zu tun, dass dieses Kind noch keinen Namen hatte? Es war auf jeden Fall nicht richtig. Jedes Kind brauchte einen Namen! Er schaute auf das winzige Mädchen in ihren Armen, eingewickelt in eine graue Decke, aus der nur die großen braunen Au-

gen hervorlugten. Sie erinnerte ihn an eine kleine graue Eule und er musste lachen. Er würde sie Hihan-Hota-win, Graueulenmädchen, nennen. Er sagte den Namen mehrmals deutlich und zeigte dabei auf das Kind. „Hihan-Hota-win!“ Wohlwollend blickte er auf seine neue Frau, deutete ihren traurigen Blick immer noch als Angst vor der neuen Situation. „In meinem Dorf bist du sicher und in meinem Tipi ist es warm!“, versuchte er sie zu beruhigen.

Wah-bo-sehns blieb die Spucke weg, als sie die Bedeutung der Zeichen verstand. Ihre Trauer verwandelte sich in spontane Wut. Dieser Mann sprach von Sicherheit! Hatte er vergessen, dass er ihr das Messer an die Kehle gesetzt hatte? Ihr das Kind aus den Armen gerissen hatte? Woher nahm er diesen Hochmut, diese Selbstgefälligkeit? Dann senkte sie verwirrt die Augen und versuchte, ihre Gefühle zu kontrollieren. Dieser Krieger nahm sie zur Frau, nicht als Gefangene in sein Tipi. Und er gab dem Kind einen Namen. Ihr Baby würde nicht nur leben, sondern es würde die Tochter dieses Kriegers sein. Sie durfte jetzt nicht undankbar sein, denn tatsächlich zeigte sich dieser Mann als ausgesprochen großzügig. Verräterische Lichter tanzten in ihren Augen, als sie den Kopf hob und voller Kraft in sein Gesicht blickte. Sie war eine Frau und kämpfte mit den Waffen einer Frau, um diesen Krieger gnädig zu stimmen. Aber ihre Liebe galt allein Micgy und sie würde die Erinnerung an ihn tief in ihrem Herzen bewahren, ihn nie vergessen. Sie dagegen musste mit ihrem Kind nun bei den Lakota leben, dieser feindliche Krieger würde Micgys Tochter aufziehen, ihr Überleben sichern. Zumindest solange, bis ihr die Flucht gelang! Sie quälte sich ein zögerndes Lächeln ab, nur darauf bedacht, diesen Mann in Sicherheit zu wiegen.

Tschetan sah das schüchterne Lächeln in den Augen der Frau, seiner Frau, verbesserte er sich, und beschloss, sie oft zum Lachen zu bringen. Sie sah um so vieles hübscher aus!
Er machte eine fragende Geste, weil er ihren Namen wissen wollte.
„Wah-bo-sehns“, antwortete sie schüchtern.
Wah-bo-sehns. Es klang wie ein Tanz. Er wiederholte den Namen, damit er ihn richtig aussprach. Dann zeigte er auf sich und sagte „Tschetan“.
Sie senkte verstehend die Augen, denn sie hatte gehört, wie die anderen ihn nannten. Aber der Name hatte etwas anders geklungen. Sie überlegte kurz und sagte dann: „Tschetan-withko.“

Schallendes Gelächter klang ihr entgegen. Die Lakotakrieger kugelten sich im Schnee und Tränen liefen ihnen vor Lachen über die Gesichter. Selbst Tschetan kicherte wie ein kleiner Junge. Das war es! Jetzt hatte er seinen neuen Namen weg. Nie wieder würde ihn jemand nur „Tschetan" rufen. Er versuchte die Situation zu retten, indem er ihnen seine Familie vorstellte: „Das ist meine Frau. Sie heißt Wah-bo-sehns. Und ich habe eine Tochter. Sie heißt Graueulenmädchen."
Wieder lachten die Männer unbeherrscht los. Was für ein Tag! Tschetan wurde Vater ohne zu wissen, ob es nun ein Junge oder ein Mädchen war, er nahm sich eine Crow zur Frau, die ihm gleich einen neuen Namen gab: Tschetan-withko! Verrückter Falke! Was für ein Tag! Es war freundliches, gelöstes Gelächter und Tschetan-withko nahm es ihnen nicht übel.

Wah-bo-sehns blickte auf die feindlichen Krieger, die nun freundlich lächelnd um sie herumstanden und ihre Tochter bewunderten. Gerade eben hatte sie noch geglaubt, die Lakota würden sie töten. Das war eben der ständige Kriegszustand zwischen ihren Völkern und sie konnte Ah-badt-dadt-deah danken, dass es Tschetan-withko war, dem sie über den Weg gelaufen war und nicht einer der anderen. Dann würde ihr Skalp sicherlich an einem ihrer Gürtel hängen. Sie erschauerte bei diesem Gedanken und drückte Graueulenmädchen fester an sich. Tschetan-withko war jetzt ihr Mann und würde sie beschützen.

Lakota Oyate

Das Volk der Lakota

Die kleine Gruppe Lakotakrieger machte sich wieder auf den Weg, allen voran Tschetan-withko mit der federngeschmückten Bogenlanze, die ihn als Anführer dieser Gruppe auszeichnete. Sie hatten ihr Winterlager am Tongue-Fluss aufgeschlagen, weil es dort auch im Winter viel Wild gab und die Frauen genügend Holz fanden. Von dort hatten sie den Rosebud und Little-Bighorn-Fluss überschritten und waren gegen die Crow gezogen. Erst im Sommer hatten sie die Crow aus diesem Gebiet vertrieben und es machte ihnen diebischen Spaß, weiter gegen ihre Feinde zu kämpfen oder ihnen die Pferde zu stehlen. Ihr Dorf setzte sich aus Familien verschiedener Gruppen der Lakota zusammen. Sie hatten darauf verzichtet, bei den eingerichteten Agenturen zu leben, und zogen es vor, ihr Leben wie bisher zu führen. Zu ihrer Gruppe gehörten Sicangu, Oglala und sogar einige Hunkpapa. Sie hatten Zwei-Pferde, einen umsichtigen und besonnenen Mann, zu ihrem Anführer gewählt. Nach und nach war ihre Gruppe größer geworden, denn immer mehr Menschen lehnten das Leben in der Reservation ab und schlossen sich ihnen an. Sie klammerten sich an die Hoffnung, dass sie ihre Freiheit bewahren konnten, und jagten wie bisher die Büffel, hielten ihre Zeremonien ab und kämpften gegen ihre alten Feinde.

Die Pferde der Lakota mühten sich durch den hohen Schnee, Eisklumpen hingen in dem verzottelten Fell. Manchmal mussten die Männer absteigen, um die Pferde zu führen, wenn die Schneeverwehungen zu hoch wurden. Zwischen den Hügeln östlich des Little-Bighorn-Flusses suchten sie vor Anbruch der Dunkelheit einen Platz zum Übernachten. Die gescheckten Ponys drückten sich unter einigen Kiefern zusammen und die Männer sammelten Zweige, um sie als Unterlage zum Schlafen zu benutzen. Grauadler brachte trockenes Holz und entfachte ein Feuer. Die Männer breiteten die Decken aus und bauten einen Windschutz aus einem großen Büffelfell und aufgeschichteten Zweigen, der die Wärme des Feuers ein wenig reflektierte.

Wah-bo-sehns war völlig erschöpft. Ihre Beine brannten von den kleinen Striemen, die sie sich zugefügt hatte, als sie ins Unterholz ge-

flüchtet war. Außerdem fror sie, weil sie immer noch keine warmen Leggins besaß und sie brauchte unbedingt Moos für ihr Kind. Seit dem Morgen, als sie in Panik aus dem Zelt geflüchtet war, hatte sie ihrer Tochter die Windel nicht wechseln können. Müde ging sie ein paar Schritte unter die Bäume, um zwischen den Wurzeln nach trockenem Moos zu suchen. Ihr Entführer ließ sie gewähren. Sie wäre verrückt, jetzt einen Fluchtversuch zu unternehmen, außerdem konnte jeder sehen, wie erschöpft sie war.
Schnell fand Wah-bo-sehns ein wenig Moos in einem Erdloch und brachte es zum Feuer. Besorgt legte sie ihre Tochter in die Wärme und band den tropfnassen Lederfetzen auf.
Tschetan-withko runzelte die Stirn. Der Winter war wirklich keine gute Zeit, um mit einem Baby zu reisen. Er bedeutete ihr zu warten und schnitt mit seinem Messer ein Stück Leder aus der Pferdedecke. Das war trocken und würde sich besser als Windel eignen. Hoffentlich hielten Wah-bo-sehns und Graueulenmädchen solange durch, bis sie ihr Dorf erreichten. Die Frau wickelte das Baby, wusch es ein wenig mit dem kalten Schnee ab, dann setzte sie sich ans Feuer, um es zu stillen. Tschetan-withko sah ihre entzündeten Beine und kniete sich vor sie hin, um sie zu behandeln. Sie versuchte, ihm das Bein zu entziehen, genierte sich offensichtlich vor der fremden Berührung, doch ein ungeduldiger Blick ließ sie innehalten. Er schmierte eine Paste auf die Striemen und Frostbeulen, dann umwickelte er ihre Waden mit einigen Fellstreifen. Es waren zwar keine Leggins, aber es würde gegen die Kälte helfen.
Die anderen Männer wechselten unverschämte Blicke und verlegen wandte sich Tschetan-withko von der Frau ab. Im Dorf konnte er immer noch freundlich zu ihr sein. Mit ausdruckslosem Gesicht setzte er sich zu den anderen und aß etwas Wasna, eine Paste aus getrocknetem Fleisch, Beeren und Fett, die in die Form von Keksen gepresst worden war.
Wah-bo-sehns Magen knurrte vor Hunger, doch sie wagte nicht, auf das Essen zu blicken. Tschetan-withko steckte ihr einen Keks zu, den sie vorsichtig kaute. Das bisschen war nichts verglichen mit dem Hunger, den sie empfand. Mit gemischten Gefühlen blickte Wah-bo-sehns auf den Mann, der ihr so selbstverständlich half. Kurz schoss der Gedanke durch ihren Kopf, ob sie ihn in der Nacht töten, seine Gutmütigkeit ausnutzen konnte.
Müde legten sich alle um das Feuer. Es war gefährlich, bei Dunkelheit zu reiten und die Lakota wollten nicht, dass sich ihre Pferde ver-

letzten, wenn sie nachts in irgendein Loch traten. Tschetan-withko legte sich zu seiner Frau und sie nahmen das Baby in die Mitte, wo es unter dem warmen Büffelfell vor dem eisigen Wind geschützt war. Er fesselte ihre Hände mit einer Lederschnur, weil er am Morgen nicht mit einem Messer zwischen den Rippen aufwachen wollte.
Enttäuscht biss sich Wah-bo-sehns auf die Lippen. Dieser Mann war nicht dumm, er hatte sie zwar zur Frau genommen, aber das hieß noch lange nicht, dass er ihr vertraute. Wie sollte sie nun zu den Pferden kommen? Ihre Chancen zu fliehen nahmen mit jeden Schritt ab, den dieser Mann sie weiter von ihrem Dorf wegführte. Morgen würden sie die Wolfsberge erreichen und dort lauerten Pumas und Wölfe. Sie wäre mit dem Kind eine leichte Beute für alle Raubtiere. Vor Erschöpfung schlief sie einfach ein.

Die Krieger steckten ihre Füße dem wärmenden Feuer entgegen und unterhielten sich flüsternd. Die Frau lieferte Gesprächsstoff und bot die Grundlage für weitere Anzüglichkeiten.
„Willst du sie jetzt immer fesseln?", stichelte Viele-Feinde. Seine vollen Lippen verzogen sich zu einem amüsierten Grinsen, das sein kantiges Gesicht etwas weicher erscheinen ließ.
„Hoh, das wird aber schwierig, wenn du etwas von ihr willst!" In dem runden Gesicht von Schwarzer-Rabe bildeten sich dutzende kleine, freundliche Lachfältchen, nur eine tiefe Messernarbe in seinem Gesicht war eine sichtbare Warnung, dass man ihn leicht unterschätzte.
Ungläubig blickte Tschetan-withko auf seine Freunde. „Ich werde sie schon zähmen, keine Sorge!"
„Ich werde dir das Messer aus dem Herzen ziehen, wenn sie dich damit ein wenig sticht." Viele-Feindes Augen blitzten belustigt.
„Ich werde dir gleich deinen frechen Mund stopfen, wenn du ihn nicht im Zaum halten kannst!", drohte Tschetan-withko mit dunkler Stimme.
„Du bist verrückt, dir eine Psafrau zu nehmen", erwiderte Viele-Feinde sichtbar unbeeindruckt.
„Nein, ich bin nicht verrückt. Ich habe keine Frau seitdem Steht-Groß mich verlassen hat. Meine Schwester versorgt mich nun oder Wehende-Decke, meine Mutter. Es wird gut sein, wieder eine Frau im Zelt zu haben."
„Ja, aber eine Feindfrau?"
Tschetan-withko blickte kurz auf die gefesselte Frau neben sich. „Ja,

eine Feindfrau! Sie wird mich nicht verlassen, denn dann nehme ich ihren Skalp. Das weiß sie."

Verhaltenes Gelächter erklang von den anderen Männern. „Tschetan-withko!"

Tschetan-withko ließ sie lachen und rollte sich in das Fell. Neben ihm schlief die neue Frau mit dem Kind und es erfüllte ihn mit Zufriedenheit. Nachdem seine erste Frau ihn verlassen hatte, war er in das Zelt seiner Eltern zurückgekehrt, bis er eine weitere Frau gefunden hatte. Aber seitdem Steht-Groß verschwunden war, lebte er in seinem eigenen Zelt, das seine Schwester ihm genäht hatte. Er war kein Jüngling mehr, den es in das Zelt seiner Eltern zog oder zu seiner Schwester, trotzdem lastete die Einsamkeit schwer auf ihm. Vielleicht hätte er bald um eine weitere Frau geworben, aber jetzt war ihm diese Crowfrau in die Hände gefallen und er würde verhindern, dass sie ihn wieder verließ.

Wah-bo-sehns hatte den Eindruck, kaum eingeschlafen zu sein, als Tschetan-withko sie schon wieder weckte. Sie fühlte sich wie zerschlagen und jede Bewegung fiel ihr schwer. Tschetan-withko löste ihre Fesseln und benommen stillte sie ihre Tochter, dann drängte sie der Krieger bereits, auf das Pferd zu steigen. Durfte sie das Kind nicht wickeln? Wie sollte sie sich verständlich machen? Sie machte eine fragende Bewegung mit ihrer Hand, doch Tschetan-withko ruckte mit seinem Kopf nur ungeduldig in Richtung der Pferde. Im Nu hatten die Männer das Lager abgebrochen und waren wieder auf dem Weg. Die Lakota ritten in einer Reihe, nacheinander wechselten sie sich mit der Spitze ab, sodass sich immer nur ein Pferd den Weg durch den Schnee bahnen musste. Oft stiegen sie ab, zerrten die Ponys an den Zügeln hinter sich her, ihre Köpfe vor dem Wind gebeugt. Wah-bo-sehns ging es nicht gut. Trotz des Büffelfells fror sie entsetzlich und das Kind war so schwer. Sie bedauerte, dass sie ihre schöne Wiege nicht mehr hatte, mit der sie das Kind auf dem Rücken tragen konnte. Müde hob sie das Baby von einem Arm in den anderen, bis beide Arme vom Tragen ganz steif waren. Machten sie denn nie eine Rast? Ihr war flau vor Hunger und oft wurde ihr schwindelig. Helle Blitze schossen in ihre Augen und sie presste die Augenlider fest zusammen, um auf dem Pony nicht das Gleichgewicht zu verlieren. Ihre Tochter quengelte leise, denn sie hatte Hunger, und Wah-

bo-sehns Brüste schmerzten, weil sich längst die Milch gebildet hatte und sie nicht stillen durfte.
Die Krieger achteten nicht darauf. Gnadenlos trieben sie die junge Frau vorwärts. Dann erreichten sie die bewaldeten Hänge der Wolfsberge und kletterten einen Pass hinauf. Wah-bo-sehns seufzte tief. Einst waren diese Berge die Grenze ihres Gebietes gewesen, ein vertrauter Umriss, ein Schutz gegen die kriegerischen Lakota. Aber nun wurde ihr Volk immer weiter nach Westen gedrängt und wildreiche Jagdgründe gingen an diese Halsabschneider verloren.
Manchmal schaute sie zurück, blickte in das schneebedeckte hügelige Land, ob wohl jemand käme, um sie zu befreien. Aber ihr Entführer brachte sie immer weiter fort von ihrem Volk. Ohne Pause zog er ihr Pony durch die endlose Wildnis.
Wah-bo-sehns fühlte, wie etwas Feuchtes ihr Wildlederkleid durchnässte. Warme Milch, die ihr Kind so dringend benötigte, floss über ihre entzündeten Brüste. Schließlich hörte Tschetan-withko das hungrige Greinen des Säuglings und mit einer ungeduldigen Geste fragte er, was dem Kind fehlte. Vor Schreck wich das Blut aus dem Gesicht der jungen Mutter. Das Baby hielt alle auf! „Tokah-ho?“, hörte sie ihn fragen.
Sie machte das Zeichen für „hungrig“. Ein Lächeln huschte über das Gesicht des Kriegers und er nickte verstehend. Er machte eine großzügige Geste, dass sie warten würden.
„Warum rasten wir?“, fragte Grauadler etwas unwillig.
„Meine Tochter hat Hunger“, antwortete Tschetan-withko kurz angebunden.
Seine Tochter! Hohch! Grauadler unterdrückte lieber eine spöttische Bemerkung. Belustigt sah er zu, wie Tschetan-withko der Frau beim Absitzen half.

Wah-bo-sehns unterdrückte ein Stöhnen, als sich die hungrigen Lippen ihrer Tochter um die Brustwarze schlossen und gierig saugten. Der Druck in ihrer Brust ließ nach und sie seufzte hörbar.
Stirnrunzelnd blickte Tschetan-withko auf die erschöpfte Frau, die aschgrau vor ihm saß. Sie sah nicht gut aus! „Du-hungrig?“, fragte er. Sie presste die Lippen zusammen, weil sie nicht betteln wollte, doch er drückte ihr nachlässig etwas Wasna in die Hand.
Das Wasser lief ihr im Mund zusammen und dankbar knabberte sie ein wenig an dem Keks aus getrocknetem Fleisch, bemühte sich, vor lauter Hunger nicht zu schnell zu essen. Das flaue Gefühl ver-

ging und sie versuchte ein Lächeln. Wenigstens ließ ihr Entführer sie nicht verhungern! Vorsichtig legte sie das Kind an die andere Brust, während die anderen Krieger wartend auf ihren Ponys saßen. Ihre Federn flatterten im Wind, ebenso wie die Fransen ihrer Kleidung. Ihre Augen musterten die Frau, dann, als wäre ihnen die Unschicklichkeit ihrer Neugier bewusst geworden, schweiften ihre Blicke in die Ferne.
Wah-bo-sehns wagte es endlich, ihrer Tochter die Windel zu wechseln und sah besorgt auf die deutliche Röte, die sich an dem Po des Babys abzeichnete. Wie lange würden diese Männer sie noch durch die Kälte treiben? Ihr Kind würde sterben, wenn es nicht bald in die Wärme eines Tipis käme!

Schließlich ritten die Männer weiter, schweigsam die geraubten Pferde hinter sich herziehend. Nur ihre Bögen und Köcher wippten im Takt des Pferdegetrappels, manchmal unterbrochen von dem Schnauben eines Pferdes. Die Lakota hatten den Pass der Berge überschritten und frohen Herzens blickten die Männer in das weite Land, das sich vor ihnen ausbreitete. Dann kletterten sie die Hänge hinunter, immer darauf bedacht, dass keines der Pferde stürzte. Es wurde dunkel, ehe sie eine Schlucht erreichten, in der sie übernachten wollten. Eine erloschene Feuerstelle zeugte davon, dass die Männer hier bereits auf dem Hinweg übernachtet hatten. Ein kleines Feuer wurde entfacht, dessen Schein sich an den grauen Felswänden widerspiegelte. Die Krieger breiteten ihre Decken aus und setzten sich mit überkreuzten Beinen. Auch sie waren müde. Schweigend sahen sie zu, wie Wah-bo-sehns dem Baby die Windel wechselte. Die Frau hatte hohle Wangen vor Erschöpfung. Ihre Hände zitterten, als sie notdürftig trockenes Moos auf den Lederfetzen legte. Nach kurzem Zögern fesselte Tschetan-withko sie diese Nacht nicht, auch, weil das Baby leise wimmerte.

Wah-bo-sehns war viel zu müde, um die Situation auszunutzen, außerdem fürchtete sie die anderen Krieger. Ihr Kopf dröhnte und ihre Brüste waren hart wie Stein. Mit etwas Schnee versuchte Wah-bo-sehns sie zu kühlen, ehe sie ihre Tochter anlegte. Wenn die Entzündung sich ausbreitete, würde ihre Milch versiegen. Vorsichtig massierte sie den Milchstau weg und ignorierte den verblüfften Blick des Mannes neben sich. Sie war weit über jeden Punkt hinweg, wo sie sich noch genierte, hier ging es nur noch um ihr beider Überleben.

Trotz ihrer Erschöpfung konnte sie lange nicht einschlafen. Immer wieder sah sie das schwarze Gesicht des Mannes über sich, der jetzt ruhig neben ihr lag. Sie war jetzt seine Frau, aber sie fürchtete sich davor, in sein Dorf zu kommen und sie fürchtete sich davor, was er dann von ihr verlangen würde.
Am Morgen zitterte sie am ganzen Körper und ihre Glieder waren schwer. Mühsam hielt sie sich in der Mähne des Ponys fest, hatte kaum noch die Kraft das Kind zu halten.
Tschetan-withko ignorierte die erschöpfte Frau. Umsichtig führte er seine Freunde ins Tal, orientierte sich an dem nächsten Höhenzug und schlug den Weg zum Tongue-Fluss ein. Gegen Mittag erreichten sie die bewaldeten Hügel, die das Tal des Tongue-Flusses säumten und verschwanden zwischen den locker stehenden Kiefern, froh endlich aus dem eisigen Wind heraus zu sein.

Wah-bo-sehns achtete nicht darauf. Zusammengesunken hockte sie mit aufgeplatzten Lippen auf dem Pferderücken und nahm die Landschaft um sich herum nicht mehr wahr. Einmal durfte sie zwischendurch ihre Tochter stillen und wäre fast nicht mehr auf das Pony gekommen. Verwundert schaute Tschetan-withko sie an, als er das Kind hielt, damit sie aufsteigen konnte. Sie presste die Augen zusammen, bis der Schwindel verging, dann nahm sie ihr Kind in den Arm. Wieder trottete sie eine Ewigkeit dahin, Fieber schüttelte sie und Kaltmacher tastete mit eisigen Fingern nach ihrem Körper, schlüpfte unter die wärmende Decke und ließ sie bis ins Mark erschauern. Mit rasenden Kopfschmerzen fiel sie schließlich nach vorne und wäre fast vom Pferd gestürzt.
Tschetan-withko ritt heran und sah bestürzt, dass es ihr schlecht ging. Er nahm das Kind und drückte es Schwarzer-Rabe in die Arme, dann zog er Wah-bo-sehns zu sich auf das Pferd. Dankbar schloss sie ihre Augen. Sie wollte nur ein wenig schlafen, dann würde es ihr bestimmt gleich besser gehen.
Tschetan-withko sah erschrocken auf die ohnmächtige Frau in seinen Armen. Vorsichtig wickelte er ihren schmalen Körper in die Decke, damit er nicht auskühlte. Seine ruhigen Augen fanden Grauadler. „Reite du voran! Wir müssen uns beeilen." Die anderen sahen besorgt zu ihm herüber. „Sie ist nur erschöpft", beruhigte er sie, während sie weiter durch den Wald ritten.
Schwarzer-Rabe schützte das Kind behutsam vor dem eisigen Wind. Er hatte selbst eine kleine Tochter daheim, vielleicht gab Tschetan-

withko ihm deshalb jedes Mal das Kleine. Er würde einige ernste Worte mit seinem Freund wechseln müssen, denn er hielt ihn offensichtlich für eine geeignete Zweitmutter.
Dann verließen die Krieger den Wald und ritten vorsichtig den Hang ins Tal hinunter. Manchmal versanken die Pferde bis zur Brust in den Schneeverwehungen.

Eine Horde Jungen kam ihnen johlend aus dem Dorf entgegen. Ihre Pferde hatten eine Schneise in den Schnee getreten, sodass die rückkehrenden Krieger jetzt besser vorankamen. Kurz machten sie eine Pause, um sich für den Einzug in das Dorf zu schmücken. Nur Tschetan-withko blieb mit der bewusstlosen Frau im Arm auf dem Pony sitzen und wartete ungeduldig, dass sie weiter konnten. Endlich ritten sie über den Kamm einer kleinen Anhöhe, dann lag das Dorf vor ihnen. Für ein Winterlager war es ziemlich groß: zehnmal zwei und fünf Familien hatten sich zusammengefunden und in einer geschützten Senke ihr Lager aufgeschlagen. Die Zelte lagen verstreut am Flussufer, mit den Eingängen nach Osten, um sie vor dem starken Westwind zu schützen. Wie bei dem Dorf der Crow waren die Zelte völlig verschneit und die bemalten Zeltwände drückten sich nach dem Schneesturm nach innen. Die Kochfeuer vor den Zelten waren erloschen, denn bei schlechtem Wetter verzogen sich die Frauen lieber in die Zelte. Es war nicht so kalt wie sonst in den Wintern. Noch war das Wasser des Flusses nicht gefroren und wand sich wie ein grauer Wurm durch die verschneite Landschaft. Am Ufer standen viele Laubbäume und Büsche, jetzt kahl und grau. Von zwei Seiten wurde das Dorf von einem ausgedehnten Kiefernwald geschützt, in dem die Männer zur Jagd gingen. Hier gab es genügend Holz und Wasser und selbst die Pferde fanden Futter im Unterholz des Waldes, oder knabberten an den Zweigen der Pappeln am Fluss. Es war ein guter Platz, weit entfernt von möglichen Feinden.
Die Jungen jubelten lauthals und kündigten die Rückkehr der Krieger an. Das ganze Dorf lief zusammen, um die Heimkehrer zu begrüßen und ihre Heldentaten zu bestaunen. Ein Raubzug war immer gefährlich und es war ein gutes Omen, dass alle unverletzt zurückkehrten. Wie ein Lauffeuer sprach es sich herum, dass Tschetan eine Crowfrau gefangenen genommen hatte und alle wollten die Frau sehen.

Tschetan-withko drängte sein Pferd einfach an ihnen vorbei, bis er vor seinem Tipi stand. Vorsichtig ließ er sich mit seiner Last vom Pferd gleiten, dann verschwand er mit ihr im Zelt. Die Zuschauer waren enttäuscht. Normalerweise trieb man Gefangene durch das Dorf, schubste sie oder riss ihnen die Kleider vom Leib, um sie zu demütigen. Noch erstaunter waren sie, als Schwarzer-Rabe vortrat und mit einem kleinen Baby im Arm ebenfalls in Tschetans Zelt verschwand. Kurz darauf stieg er wieder heraus und eilte zu dem Zelt von Uinohnah, Tschetans Schwester.

Sie stand hoch aufgerichtet davor, warm eingewickelt in eine Büffeldecke, und hatte voller Stolz, aber auch erleichtert, den Einzug ihres Bruders gesehen. Abwartend blickte sie Schwarzer-Rabe entgegen, der hastig und ohne lange Umschweife auf sie einredete. „Hankaschi, dein Bruder hat eine neue Frau. Es geht ihr nicht gut und Tschetan-withko braucht deine Hilfe."

Uinohnah sah ihn verblüfft an. „Tschetan hat eine neue Frau?"

„Ja! Er hat sie sich bei den Psa genommen."

„Dann ist sie seine Gefangene und nicht seine Frau!"

Schwarzer-Rabe hob etwas ratlos die Schultern. „Nein, er hat sie zu seiner Frau gemacht."

„Ma! Warum sollte er das tun? Er könnte sie doch hier zu seiner Frau machen. Warum diese Eile?" Tschetans Verhalten war völlig unangebracht.

Schwarzer-Rabe räusperte sich, unterdrückte damit ein respektloses Kichern. „Das fragen wir uns auch alle!"

Uinohnahs Augen blitzten belustigt. „Was fehlt der Frau?"

„Sie ist erschöpft und hat Fieber. Außerdem hat sie ein kleines Baby dabei."

Jetzt war Uinohnah endgültig überrascht. „Er nimmt eine Frau mit einem Kind?"

„Ja! Es ist ein ganz kleines Baby. Er hat dem Mädchen den Namen Graueulenmädchen gegeben und gesagt, dass es seine Tochter sei."

Uinohnah starrte ihn ungläubig an. Das war „wakan", große Medizin, etwas Geheimnisvolles, und ihr Bruder musste wichtige Gründe haben, so zu handeln. Kurz überlegte Uinohnah, ob sie Wehende-Decke, ihre Mutter verständigen sollte, denn sie war eine große Medizinfrau. Uinohnah hatte die Menopause noch nicht erreicht und solange durfte sie eigentlich nur helfen und noch nicht selbst heilen. Aber vielleicht schadete es nicht, sich erst einmal ein Bild von der Situation zu verschaffen.

Wahrscheinlich war die Crowfrau nur erschöpft. „Ich komme sofort!", erklärte sie entschlossen.
Leise trat sie mit Schwarzer-Rabe in Tschetan-withkos Zelt und wartete höflich ab, wobei sie einen vorsichtigen Blick auf die neue Frau warf. Yun! Die Crowfrau befand sich in einem schlimmen Zustand! Ihre Beine waren mit Lederfetzen umwickelt und sie sah die tiefen Zeichen der Trauer, die sich die fremde Frau in die Arme geschnitten hatte. Offensichtlich hatte sie erst vor kurzem ein Familienmitglied verloren. Sie trug ein schön gearbeitetes Kleid aus Hirschleder, das mit einer dreifachen Wapitizahnreihe am Rock verziert war. Es war nach der Art der Crow gefertigt, zwei Felle, die an den Schultern zusammengenäht wurden. Ihre zierlichen Füße steckten in warmen Mokassins, die mit einer schmalen Borte aus weißen, rosafarbenen und blauen Perlen bestickt waren, für Wintermokassins eher ungewöhnlich. Etwas unschlüssig blieb Uinohnah am Eingang stehen, überlegte, ob sie nicht doch nach ihrer Mutter schicken sollte.
Schwarzer-Rabe fühlte sich überflüssig und verließ das Zelt, um den Umstehenden zu erzählen, was es mit der Frau und dem Kind auf sich hatte. „Es war ein guter Raubzug! Viele gute Pferde! Tschetan hat sich eine hübsche Frau geschnappt, eine, die ihm gehorchen wird!" Er machte eine lockere Handbewegung, als ihn die Umstehenden ungläubig anstarrten. „Ja! Ein Mann, der so handelt, muss wichtige Gründe haben oder er ist von einem Geist besessen. Aber er hat diese Psa zu seiner Frau gemacht. Dabei ist sie ganz schön kratzbürstig und redet mit den Wölfen. Dem Kind hat er auch einen Namen gegeben. Es heißt Graueulenmädchen. Er hat es zu seiner Tochter gemacht. Wan! Wir haben sehr viel erbeutet. Aber ich glaube, dass diese Frau Tschetan erbeutet hat."
Alle staunten, denn die Geschichte war ungewöhnlich. Manchmal wurden Gefangene in den Stamm aufgenommen, doch meist erst nach einiger Zeit, wenn sie die Sprache sprechen konnten. „Warum heiratet Tschetan eine fremde Frau?"
Schwarzer-Rabe zuckte mit den Schultern. „Wahrscheinlich hat sie ihn verhext! Wir nennen ihn deshalb ‚Tschetan-withko'!"

In ihre Decken gehüllt verstreuten sich die Umstehenden in ihre Zelte, denn jetzt gab es vieles, über das sie reden konnten. Bald würden sie die Frau sehen, die Tschetan unter solch außergewöhnlichen Umständen geheiratet hatte. Nein, kicherten einige, von jetzt an würden sie ihn ‚Tschetan-withko' nennen!

In seinem Zelt überließ es Tschetan-withko seiner Schwester, das Feuer anzuzünden, und setzte sich zu seiner Frau. Vorsichtig öffnete er die Fellstreifen um ihre Beine und untersuchte die Striemen. Sie waren etwas entzündet, vielleicht waren sie der Grund für das Fieber. Seine Schwester kniete sich ebenfalls neben Wah-bo-sehns und tastete ihre Stirn ab. „Wir müssen das Fieber senken." Sie redete an ihrem Bruder vorbei, als wäre noch eine weitere Person im Zelt, denn es schickte sich nicht, das Wort direkt an ihn zu richten. Sie nahm einige Kräuter aus einem kleinen Lederbeutel und bereitete selbst einen Tee zu. Schnittwunden, Fieber und Frauenangelegenheiten waren nichts, bei dem man den Beistand der Geister bedurfte. Tschetan-withko schüttelte es, denn er kannte den Tee und allein bei der Erinnerung verzog er bereits das Gesicht. Das Getränk schmeckte schrecklich bitter, doch es half, wenn man den Abscheu überwand und es auch schluckte. Während Uinohnah darauf wartete, dass das Wasser heiß wurde, untersuchte sie behutsam das Kind. Das kleine Mädchen war erst wenige Monde alt, trotzdem strampelte es munter mit Armen und Beinen. Es war ein kräftiges und gesundes Kind, mit lebhaften Augen, die fasziniert in die Welt sahen. Uinohnah schmierte ein wenig Fett auf die Rötungen und suchte ein weiches Fell als Windel heraus.

Der Tee war inzwischen fertig und Tschetan-withko flößte ihn seiner Frau vorsichtig ein. Er war so bitter, dass sie husten musste und die Augen öffnete.

Verwirrt schaute sich Wah-bo-sehns um, nur langsam gewöhnten sich ihre Augen an das Dämmerlicht und sie erkannte, dass sie in einem Zelt lag. „Endlich warm!", waren ihre ersten Gedanken. Doch wo war ihr Baby? Beklommen musterte sie die Frau, die auf der anderen Seite des Feuers ihr Baby wickelte. Ob sie wohl die Frau von diesem Krieger war?

Die fremde Frau näherte sich ihr und sie erkannte erstaunt die gleichen freundlichen Augen wie bei ihrem neuen Mann. Vielleicht seine Schwester?

Tschetan-withko lächelte freundlich, dann nannte er ihren Namen und machte das Zeichen für jüngere Schwester. Oh! Wah-bo-sehns unterdrückte ein belustigtes Kichern, als sie sich in ihrer Annahme bestätigt sah. Uinohnah gab ihr das Kind zurück, das hungrig quen-

gelte und fordernd seinen Kopf zu ihrer Brust drehte. Ohne besondere Gründe mochte Wah-bo-sehns seine Schwester, nippte weiter an dem schrecklichen Tee. Es schüttelte sie, doch die Schwester bestand darauf, dass sie die Schale austrank. Vorsichtig betastete die fremde Frau die heißen Brüste und Wah-bo-sehns zuckte zusammen, als der Schmerz sie durchfuhr.
„Sie sind entzündet! Haben sie dich das Baby nicht stillen lassen?“, fragte Uinohnah die fremde Frau, obwohl die Frage eindeutig an ihren Bruder gerichtet war.
Verlegen blickte Tschetan-withko zu Boden. „Wir waren auf einem Raubzug. Da bleibt nicht viel Zeit für so was.“
Uinohnah sagte nichts, denn es stand ihr nicht zu, ihren Bruder zu tadeln. „Aber jetzt nennt mein Bruder sie Ehefrau?“
„Mhh!“
„Ma!“ Entschlossen stand Uinohnah auf. „Ich bringe eine Salbe gegen die Entzündung in ihrer Brust und Bisonmist für die Windeln. Und etwas Essen!“
„Großartige Idee!“ Seine Schwester hatte immer so gute Ideen!

Tschetan-withko half seiner Frau ein wenig auf und sah zu, wie sie ihre Brust entblößte. Wie viel so ein kleines Kind trinken konnte! Er hoffte, dass trotz des Kindes auch ein wenig Zeit für ihn blieb. Aber er war froh, dass beide jetzt bei ihm waren und behutsam nahm er die kleinen Finger des Babys in seine Hand. Es war ein schönes Gefühl. Etwas, was er bei seinen anderen Frauen vermisst hatte.
Er wurde von Uinohnah überrascht, die mit einem Kessel voller Essen ins Zelt trat. Erstaunt riss sie die Augen auf. Auch wenn ihr Bruder seine Hand gleich wieder zurückgezogen hatte, so hatte sie doch die zärtliche Geste gesehen. Ihm lag also nicht nur etwas an der Frau, sondern auch an dem Kind. Sie erkannte, wie gern er früher schon Vater gewesen wäre. Wakan-tanka wählte manchmal sonderbare Wege. Verschwörerisch lächelte sie ihren Bruder an und er senkte verlegen den Kopf. Vor seiner Schwester konnte er einfach nichts verbergen.
Er stürzte sich auf das reichhaltige Essen, achtete aber darauf, genügend für seine Frau übrig zu lassen. Ihre schmale Nase zuckte sichtbar bei dem guten Duft, der das Tipi erfüllte, und er lächelte belustigt. Mit einem Löffel aus dem Horn eines Dickhornschafes schöpfte er etwas von dem Eintopf in eine Schüssel und beugte sich zu seiner Frau.

Oh! Vorsichtig schlürfte Wah-bo-sehns das Essen und ein angenehmes Gefühl strömte durch den Magen. Diese Menschen hatten offensichtlich genug zu essen!

Uinohnah ließ die beiden alleine. Sie würde am Morgen wieder nach ihnen sehen und ein paar Dinge mitbringen, welche die neue Frau sicherlich brauchen konnte. Sie war neugierig, ihre Geschichte zu hören, aber das konnte warten, bis sie die Frau ihres Bruders besser kannte. Sie eilte in ihr Zelt zurück, in dem ihre Familie schon ungeduldig darauf wartete, was sie zu erzählen hatte. Ihre beiden Kinder Heller-Mond und Blitz-im-Winter saßen höflich im Hintergrund, wagten es nicht, sie mit Fragen zu belästigen. Auch ihr Mann schaute schweigend zu, wie sie sich ans Feuer kniete und das Essen zubereitete. Traumpfeil war Tschetan-withkos bester Freund seit Kindertagen und nun interessierte es ihn brennend, was es mit der Frau und dem Kind auf sich hatte. Schließlich hielt es ihr Mann nicht mehr aus. Er packte Uinohnah wie ein junges Mädchen, warf sie auf das Fell und kitzelte sie, bis sie lachend um Gnade bat. „Erzähl!", befahl Traumpfeil gut gelaunt.

Gehorsam beschrieb seine Frau, was sie gesehen hatte, strich sich dabei einige Strähnen ihrer Haare nach hinten, die sich bei der kleinen Rauferei gelöst hatten. „Die Frau ist sehr erschöpft und hat Fieber. Aber Tschetan-withko sagt, dass sie jetzt seine Frau sei."

„Und das Baby?"

Ihre Arme zeigten die ungefähre Größe des Kindes. „Ein ganz kleines Mädchen!"

„Gehört das Baby jetzt zu unserer Familie?", fragte Heller-Mond gespannt. Vielleicht durfte sie ja mal mit einem echten Baby spielen und nicht nur mit ihrer Puppe.

Uinohnah überlegte kurz, dann antwortete sie: „Ja, sie ist jetzt deine wahre Cousine. Ich glaube, sie heißt Graueulenmädchen."

Ma! Eine richtige Cousine! Die Augen des kleinen Mädchens leuchteten. Sie verzog sich mit ihrer Puppe nach hinten und spielte „Cousine".

Blitz-im-Winter fand die Nachricht über eine neue Tante nicht so aufregend, ihn interessierte viel mehr, wie sein Onkel die Frau gefangen genommen hatte oder wie die anderen Krieger gekämpft hatten. Er verließ das Zelt und ging zu seinem Freund Otter. Mit ihm konnte er sich vielleicht an die Zelte der ruhmreichen Krieger heranschleichen und von ihren Heldentaten erfahren.

Traumpfeil lehnte sich zurück und dachte nach. Er war groß und schlank, wirkte zierlicher als sein Freund Tschetan-withko. Er war etwa gleich alt und hatte lange glänzende Haare, die er gerne offen trug und mit Federn schmückte. Er lachte oft und seine freundlichen Augen waren von kleinen Lachfältchen umgeben. Er trug einen alten, ehrwürdigen Namen, der bereits von dem Großvater an den Vater und schließlich an ihn weitergegeben worden war. Ursprünglich hieß der Name „Mann, der in seinen Traum die Pfeile sieht“, ein Ehrenname, weil der Großvater vor langer Zeit den verbündeten Cheyenne geholfen hatte, die heiligen Pfeile wiederzufinden. Inzwischen wurde der Träger dieses Namens aber mit der kürzeren Form gerufen. Trotzdem kannte jeder die Bedeutung.
„Ich bin froh, dass Tschetan-withko wieder eine Frau hat“, meinte Traumpfeil gutmütig.
Uinohnah stimmte ihm zu: „Ich hoffe, dass sie ihn glücklich macht. Er war sehr einsam in letzter Zeit.“
„Aber eine fremde Frau? Ich weiß nicht?“ Traumpfeil schien ein wenig besorgt.
„Sie ist eine Frau! Eine einsame, verängstigte Frau. Wenn es ihm gelingt, ihr Herz zu berühren, wird sie ihm eine gute Ehefrau sein.“
„Meinst du?“
„Ja“, erklärte Uinohnah selbstsicher.
„Und wenn sie die Flucht wagt?“
Uinohnah kicherte respektlos. „Ich denke, dass mein Bruder Manns genug ist, sie auf ihren Platz zu weisen.“
Ihr freundliches Lachen drang bis nach draußen und sie dachten an die zierliche Frau in Tschetan-withkos Zelt.

Wah-bo-sehns hatte gegessen und sich wieder erschöpft niedergelegt. Unter den Decken blinzelte sie ein wenig hervor und sah sich ihr neues Heim an. Sie erkannte sofort, dass Tschetan-withko ein guter Jäger war, denn das Zelt war in einem guten Zustand und viele Felle lagen herum, die noch bearbeitet werden mussten. Der Boden war dick mit Bisonfellen ausgelegt, als Schutz vor der umbarmherzigen Kälte, und zwischen den Tipistangen hingen weitere Häute, um die Wärme des Feuers zu reflektieren. Ihr Lager war weich gepolstert und ihr Kopf ruhte auf einem Kissen, das mit der Wolle der Büffel ausgestopft war. Sie sah seine Waffen, die ordentlich über seinem

Lager hingen und erblickte ein prächtiges Kriegshemd und seine mit Federn geschmückte Lanze. Ihre Augen konnten den Blick nicht von der Lanze abwenden, als sie daran dachte, wie knapp sie dem Tod entkommen war. Hatte er wohl jemanden in ihrem Dorf getötet? Verunsichert schaute sie auf den Krieger, der gemütlich an einem Rückengestell aus Weidenzweigen lehnte, neben sich Graueulenmädchen, weich gebettet auf einem Lager, das er eigens für sie hergerichtet hatte. Jetzt trug er ein grün gefärbtes Hemd, das reichlich mit Fransen verziert war. Seine Haare fielen offen über seine Schultern, sodass sein Ausdruck an Strenge verlor. Nichts Gefährliches war mehr in diesem Gesicht, sondern Sorge um ihre Gesundheit.
„Du-warm?", fragten seine Hände.
Sie senkte scheu die Augen und ein freundliches Lächeln huschte über sein Gesicht. Wah-bo-sehns war beruhigt und fiel in einen tiefen Schlaf. Irgendwann später legte sich auch Tschetan-withko auf sein Lager.

Uinohnah kümmerte sich die nächsten zwei Tage um die erschöpfte Frau. Wah-bo-sehns verließ das Zelt nur kurz, um zwischen den Bäumen ihre Notdurft zu verrichten oder um sich am Fluss zu waschen, ansonsten blieb sie unter den warmen Decken. Sie schlief viel und versorgte ansonsten ihr Kind, während sie verstohlen ihren neuen Mann beobachtete. Er lachte oft mit seiner Schwester, das gefiel ihr, obwohl sie sich darüber wunderte, warum die beiden fast nicht miteinander redeten. Manchmal versuchte Tschetan-withko auch mit ihr zu sprechen, aber sie senkte nur scheu den Kopf oder gab kurze Antworten in Zeichensprache. Sie haderte nicht mit ihrem Schicksal, denn sie hätte es schlechter treffen können. Ihr neuer Mann war stattlich und es gab keine weitere Frau in seinem Zelt, die sie schikanieren würde. Aber sie konnte ihre Gefühle in sich nicht töten. Immer wieder dachte sie an Micgy und an ihr Dorf. Würde sie ihre Mutter je wiedersehen oder ihre Schwestern und Freundinnen?

Langsam erholte sie sich von den Strapazen und sichtlich zufrieden legte sich der Mann auf das Lager neben sie. Vor Furcht versteifte sie sich, war noch nicht bereit für das, was er vielleicht von ihr forderte. Aber der kräftige Krieger neben ihr drehte sich nur auf die Seite, um zu schlafen. Bilder von ihrer Gefangennahme rasten durch ihren Kopf, wieder stieg die Todesangst in ihr hoch, als sie sich daran erinnerte, wie sein Messer gegen ihre Kehle gedrückt hatte. Und seine kalte unschickliche Hand! Aber sie war jetzt seine Frau. Wann würde er sich zu ihr legen, mehr von ihr fordern? Konnte sie es wagen, zu fliehen? Ihre Augen tasteten in der Dunkelheit nach einem Messer, mit dem sie ihn töten konnte. Sollte sie jetzt im Winter die Flucht wagen? Eine Hand strich sanft über ihre Haare und sie schreckte zusammen. Er flüsterte etwas mit leiser Stimme, was sie nicht verstand, und legte den Arm um ihren Körper. Dann schloss er die Augen. So konnte sie sich nicht bewegen, ohne dass er es bemerkte. Hatte er ihre Gedanken erraten? Vorsichtig drehte sie sich auf die Seite und er grunzte verschlafen. Nein! Erst würde sie ihn in Sicherheit wiegen! Sie schlief schlecht, wurde von Alpträumen geplagt, und so setzte sie sich früh am Morgen auf, versuchte die Schreckensbilder der Nacht zu verscheuchen. Sie war sich nicht sicher, was ihre Aufgaben als Ehefrau eines Lakotamannes sein würden, so schürte sie leise das Feuer und lehnte sich dann an ein Gestell, um ihr Kind zu stillen. Sie fühlte sich unbeobachtet und ließ die Decke achtlos nach unten gleiten.

Als Tschetan-withko erwachte, ließ er seinen Blick auf ihrer entblößten Brust ruhen. Das Baby saugte kräftig und es hatte etwas Erotisches, aber auch unglaublich Sanftes. Wieder spürte er, wie sein Verlangen in ihm wuchs, letztendlich war es diese kurze Berührung, dieses kurze Begehren gewesen, das ihr das Leben gerettet hatte. Sein Herz klopfte unregelmäßig und er wandte den Blick von ihr ab. Sie war jetzt seine Frau, aber war sie auch bereit für ihn? Er unterdrückte seine Erregung und mahnte sich zur Geduld. Andererseits hatte sie eingewilligt, ihn zu heiraten! Ein wenig verunsichert musterte er seine neue Frau, stellte sich vor, wie es sein würde, sie zu berühren. Nun, er würde sehen.
Geschmeidig erhob er sich und verließ das Zelt, um sein Morgengebet zu flehen. Dann lief er zum Fluss, entkleidete sich und sprang hinein. Das eiskalte Wasser wusch ihn rein und er fühlte sich besser. Fröstelnd schlüpfte er in seine Kleider und beobachtete, wie andere Jungen und Krieger in das eiskalte Wasser sprangen. Eine Zeremonie in einer Schwitzhütte würde ihm guttun, um seine Gedanken zu ordnen. Später wollte er mit dem Heiligen Mann darüber reden. Außerdem wollte er mit ihm über die Adoption des kleinen Mädchens reden.

Einige kleinere Jungen sangen ein Spottlied über ihn und rissen ihn unsanft aus seinen Gedanken. Das ging eindeutig zu weit. Er würde sie Respekt lehren. Mit einigen Sätzen hatte er einen der Jungen erwischt und seifte ihn mit Schnee ein. Dann tat er so, als ob er das Kind samt seiner Kleidung ins kalte Wasser werfen wollte. Der Junge wehrte sich nach Kräften und gab ihm einen unsanften Schlag gegen seine Nieren. Uh! Aufstöhnend ließ er den strampelnden Jungen tatsächlich ins Wasser fallen.
Als dieser prustend wieder auftauchte, erkannte er Otter, den Sohn eines Freundes. Gut so, dachte er schadenfroh. Tschoka-sapa, dieser Kuckuck, sollte sich besser überlegen, welche Geschichten er seinem Sohn erzählte! Otter flitzte frierend zu den anderen Jungen zurück, die ihn schallend auslachten, dann blickten sie voller Bewunderung zu Tschetan-withko hinüber. Er hatte sich offensichtlich Respekt verschafft!

Zufrieden schlenderte er in Richtung des Dorfes, freute sich auf die neue Frau in seinem Zelt. Sein Freund Traumpfeil schnitt ihm den Weg ab, hatte offensichtlich auf ihn gewartet, und Tschetan-withko seufzte resigniert. Aber es war klar, dass der Mann seiner Schwester irgendwann mit ihm reden wollte und er tat es lieber hier, wo keine Ohren von frechen Kindern womöglich an der Zeltwand lauschten. Gedankenverloren formte er einen Schneeball und warf ihn gegen einen Busch. Wie in einer Explosion staubte der gefrorene Schnee auf und Tausende kleiner Flocken rieselten durch die erstarrten Zweige.
„Deiner Frau geht es wieder besser?", begann Traumpfeil mit einer eher unverfänglichen Frage.
„Ja, das Fieber ist gesunken."
Tschetan-withko setzte sich auf einen Baumstamm, wohl wissend, dass dies ein längeres Gespräch werden würde, dabei ging er das Risiko ein, dass doch einige Jungen in Hörweite schlichen.
„Es war also ein guter Raubzug?"
Tschetan-withko senkte den Blick, dachte über die Frage nach. „Ja! Aber ich wundere mich, dass wir nicht verfolgt wurden."
Überrascht streifte Traumpfeil seinen Schwager mit einem Blick. „Du hast gute Medizin. Deshalb ist euch keiner gefolgt."
Schweigend saß Tschetan-withko neben ihm und nagte an den Lippen.
„Eigentlich lief nichts gut", begann Tschetan-withko ehrlich. „Unser Angriff wurde entdeckt und jene Psa stellten sich uns entgegen."

„Trotzdem wurde niemand verletzt! Das ist doch gute Medizin!", meinte Traumpfeil.
„Ja, aber niemand folgte uns! Traumpfeil, die Psa sind unsere Feinde, doch selbst sie sind tapfer. Sie hätten uns leicht verfolgen und angreifen können. Aber niemand kam. Nicht einmal, um diese Frau zu schützen."
„Was meinst du, warum haben jene Psa euch nicht verfolgt?"
Nachdenklich lehnte Tschetan-withko sich zurück. „Ich weiß nicht."
„Vielleicht sollte jemand reiten und nachsehen, was mit diesem Dorf ist? Vielleicht sammeln sie viele Krieger, um nun unser Dorf zu finden? Um sich auf diese Weise zu rächen?"
„Vielleicht!"
„Ich werde mit Zwei-Pferde darüber reden", bot Traumpfeil an.
„Waschté!", stimmte Tschetan-withko halbwegs beruhigt zu.
Traumpfeil schubste seinen Freund verschwörerisch an der Schulter. „Das nächste Mal sagst du mir, wenn du dir eine Frau suchen möchtest! Dann musst du dich nicht mit einer Psafrau herumärgern."
Tschetan-withko sah seinen Freund entgeistert an. „Hohch! Ich hatte gar nicht vor, mir eine Frau zu nehmen."
„Nein?"
Wan, wie sollte er das seinem Freund erklären? „Sie lief vor mir weg und ich folgte ihr einfach in den Wald."
„Vielleicht wolltest du sie als Beute", vermutete Traumpfeil.
„Vielleicht!" Tschetan-withko dachte darüber nach. War er der Frau nicht nur zufällig gefolgt, sondern weil er sich nach einer Frau sehnte? Inzwischen glaubte er tatsächlich an eine Fügung der Geister. Leise erzählte er weiter: „Ich folgte ihr eine weite Strecke, fühlte mich plötzlich wie der Falke, der seine Beute erspäht hat! Ich packte sie und setzte ihr mein Messer an die Kehle."
Traumpfeil sah ihn bewundernd an. „Aber dann hast du sie verschont und mitgenommen?"
„Nein, ich ließ sie gehen und beleidigte ihren Mann. Ich ignorierte, dass sie in Trauer war. Doch sie stand da, verteidigte ihren toten Mann und nannte mich einen Feigling."
„Wan, das war mutig!"
Tschetan-withko nickte. „Ich war wütend und wollte sie töten. Ich hob meine Keule zum Schlag, aber dann sah ich ihre Augen ..." Sein Blick wanderte in die Ferne, als er an das Entsetzen dachte, das in ihren weit aufgerissenen Augen aufgeflackert war. Ein winziger Augenblick, der ihn hatte zögern lassen.

Es war unhöflich, einen Mann zu unterbrechen, aber Tschetan-withko schien in Gedanken versunken zu sein. „Ihre Augen?", bohrte Traumpfeil vorsichtig nach.
Tschetan-withko blickte auf seinen Freund und hoffte, dass er es verstehen würde. „Ja, ich sah ihre Angst. Sie umklammerte das Baby und hatte nicht einmal ein Messer, um sich zu verteidigen. Es war nicht ehrenvoll, nicht tapfer, nicht mutig. Niemand war da, um ihre Ehre zu verteidigen und sie zu schützen. Ich konnte sie nicht töten."
Seine Gedanken sprudelten aus ihm heraus, als er versuchte, seinem Freund die Situation zu erklären. Wieder brach er ab und Traumpfeil musterte seinen Freund. „Und das Baby?"
Das Baby? Tschetan-withko dachte daran, wie er es anfangs achtlos in den Schnee geworfen hatte. „Traumpfeil! Wie kann sie meine Frau werden, wenn ich ihr das Kind nehme? Graueulenmädchen ist noch so klein. Sie weiß noch nichts. Sie wird als meine Tochter aufwachsen."

Sie gingen ins Dorf zurück und Tschetan-withko verabschiedete sich von seinem Freund. Dann trat er in sein Tipi. Er war überrascht, seine Nichte Heller-Mond zu sehen. Das kleine Mädchen saß auf den Fellen und hielt glücklich das Baby im Arm. Mit einem Ruck schleuderte sie ihre mit weißem Hasenfell umwickelten Zöpfe nach hinten und warf einen scheuen Blick auf ihren Onkel.
„Wo ist Wah-bo-sehns?", forschte Tschetan-withko freundlich.
„Am Fluss! Sie wäscht sich mit Mama." Das Kind schaute ihn erstaunt an. Wo sollte sie denn sonst sein!
Tschetan-withko hatte das Gefühl, dass er jetzt unbedingt etwas Kluges sagen musste, damit ihn seine Nichte nicht für einen Dummkopf hielt. „Eh! Es ist sehr freundlich von deiner Mutter, Wah-bo-sehns alles zu zeigen, und es ist gut, dass du schon so groß bist, auf das Baby zu achten!"
Die Backen des Kindes glühten vor Stolz und Tschetan-withko war erleichtert, seine Ehre wiederhergestellt zu haben.
Endlich kamen die Frauen zurück, und Tschetan-withko zog die Augenbrauen hoch, als Frage, wo sie so lange geblieben waren.
Uinohnah übersah seinen Missmut völlig. Geschäftig machte sie sich an die nächste Aufgabe, kramte in den Fellen ihres Bruders nach geeignetem Leder, um Leggins für Wah-bo-sehns zu nähen. Sie fand

eine Hirschhaut und bedeutete der neuen Schwägerin sich mit gestrecktem Bein darauf zu setzen. Mit Kohle malte sie die Länge der Unterschenkel auf die Haut und beide mussten kichern. Es würden einfache Leggins werden, nicht bestickt, nur ein Schutz gegen die Kälte und dornige Zweige oder scharfes Gras. Dann holte Uinohnah aus ihrem bunten Ahlenbeutel, den jede verheiratete Frau am Gürtel trug, eine Nadel und Sehnenfäden hervor.
Eine kleine Freundin von Heller-Mond steckte ihren Kopf ins Zelt herein und betrachtete neidisch, wie ihre Freundin das Baby hielt. „Komm nur, Blaufeder!", winkte Uinohnah das Kind herein. Glückstrahlend setzte sich das Mädchen neben das Baby und kitzelte es.

Tschetan-withko wurde es zu viel. Die Frauen betraten und verließen sein Tipi als wäre es die Behausung des Bienenvolkes! Er flüchtete aus seinem sonst so friedlichen Zelt, das nun völlig in weiblicher Hand lag, rief sein Pferd und ritt ein wenig in die Prärie. Wie ruhig es hier doch war! Er dachte an das plötzliche Leben, das sein Tipi nun erfüllte, und lächelte versonnen. Es gefiel ihm, und es gab immer noch genügend Plätze, wo er seine Ruhe fand. Doch er unterschätzte die Neugier seiner Stammesangehörigen, die nichts lieber taten, als seinen Erzählungen zu lauschen! Von der Seite näherten sich ihm zwei Reiter und er erkannte Rote-Erde und Fisch, zwei junge, unverheiratete Krieger. Abwehrend hob er seine beiden Hände, denn er wollte nicht schon wieder über die Gefangennahme seiner Frau berichten.
„Reitest du mit uns auf die Jagd?", fragte ihn Rote-Erde lachend.
„Hoka!" Das würde ihn ein wenig von seinem Bienenstock daheim ablenken. Mit Entsetzen stellte er fest, dass er bei seinem überstürzten Aufbruch seine Waffen im Tipi zurückgelassen hatte. Sein Geist hatte unter dem Geplapper der Frauen offensichtlich Schaden genommen! „Ich muss erst meine Waffen holen!" Verlegen bedeutete er seinen Freunden zu warten.
Sie starrten ihn ungläubig an und Rote-Erde hielt sich vor Lachen die Hand vor den Mund. Tschetan-withko reichte es. Er trieb sein geschecktes Pony gegen das von Rote-Erde und stieß ihn unsanft aus dem Sattel. Rote-Erde purzelte rückwärts vom Pferd und landete im tiefen Schnee. Prustend vor Lachen zog er seinerseits seinen Freund in den Schnee, aber Tschetan-withko war wesentlich kräftiger und seifte seinen Freund mit Genuss ein. Sie lachten wie kleine Kinder, klopften sich gegenseitig den Schnee von den Kleidern, dann spran-

gen sie wieder auf die Pferde. „Wartet kurz! Ich bin gleich wieder da", bat Tschetan-withko gut gelaunt.
„Ja, ja, du frisch verheirateter Mann! Vergiss uns nicht, wenn deine neue Frau dich blendet!"
„Keine Sorge!" Tschetan-withko galoppierte zu seinem Zelt, um seine Waffen zu holen, während die anderen immer noch lachend auf ihn warteten. Sie würden ihren Freund in den nächsten Tagen in die Schwitzhütte mitnehmen, denn sein Geist war von der neuen Frau ganz offensichtlich völlig vernebelt. Der Name „Tschetan-withko" hatte sich bereits herumgesprochen und sie fanden, dass er ausgesprochen gut passte. Ihr sonst so schweigsamer und zurückhaltender Freund war auf einmal wie ausgewechselt, schon seit langem hatten sie ihn nicht mehr so ausgelassen lachen sehen. Ihre Augen blitzten immer noch als Tschetan-withko zurückkam und er kopfschüttelnd die Spitze übernahm. „Wan", dachte er, „ich habe mir doch nur eine Frau genommen."

Mit einigen Schneehasen kehrte er kurz vor Sonnenuntergang gut gelaunt, fast ausgelassen zurück. Er fand seine Frau alleine im Zelt und war froh darüber. Sie legte die Näharbeit zur Seite und nahm ihm die Schneehasen aus der Hand. Schüchtern bat sie um sein Messer, um die Hasen auszunehmen. Tschetan-withko gab ihr seines und nahm sich vor, seine Schwester nach einem kleineren Frauenmesser zu fragen. Die Frau setzte sich an den Kochplatz im Zelt, gleich links vom Eingang, wo sich auch die Vorräte in den Taschen und Körben stapelten. Flink und geübt nahm sie die Hasen aus und fragte ihn, ob sie das Fleisch kochen sollte. Sie hatte das Lakotawort „le spanwakiye he?" für Kochen benutzt und er fragte sich, wie viele Wörter sie schon gelernt hatte.
„Hau! Lo watschin yelo!" – Ich habe Hunger! Zum besseren Verständnis rieb er sich seinen Bauch. Sie verstand, was er meinte und versuchte, es nachzusprechen. Es klang schon ganz gut und er lächelte zufrieden. Er beobachtete, wie sie das Fleisch kochte und überlegte, ob sie ihm nicht noch einen anderen Hunger stillen konnte. Jetzt gehörte ihm wieder eine Frau und er würde sie sich endlich nehmen. Deutlich erinnerte er sich an ihre Rundungen, als er sie mit seinem Körper niedergedrückt hatte. Er lehnte sich zurück und nahm die Essensschüssel in die Hand. Kurz umschmeichelte ihn der Duft nach Yukkaseife, mit der sie sich gewaschen hatte. Schweigend aßen sie und er beobachtete unverhohlen, wie sie anschließend ihr Baby für

die Nacht versorgte. Das Feuer brannte herunter und geschmeidig stand er auf. Mit einer deutlichen Geste befahl er ihr, das Kleid auszuziehen.

Ihre Wangen brannten. Sie war noch nicht bereit dafür! Sie wusste, dass sie seinen Schutz genoss, weil er sie zur Frau genommen hatte, nur deshalb waren die Lakota so freundlich zu ihr. Würde sie ihn verärgern, wenn sie sich jetzt wehrte? Zögernd stand sie auf, wagte es nicht, sich ihm zu widersetzen. Dann ließ sie die Arme hängen und wartete ab, während ihre Gedanken flogen. Micgy! Hilflos sanken ihre Schultern nach vorn und sie hoffte auf sein Verständnis.
Tschetan-withko war kein brutaler Mann, aber das hier war sein Recht. Wozu sonst dieser ganze Aufwand, sie und das Baby hierher zu holen? Für ihn war es eine ähnliche Situation wie damals mit den anderen beiden Frauen, die er geheiratet hatte. Auch damals waren die Mädchen scheu und ängstlich gewesen, aber er hatte ihnen diese Angst genommen. Er hatte keine Ahnung, dass er diese Frau nun völlig überforderte, dass hier die Situation ganz anders war. Wieder befahl er ihr, das Kleid auszuziehen, diesmal mit einem sanften Lächeln. Er wollte sie nicht zwingen oder ihr wehtun, aber er wollte endlich ihren ganzen Körper kosten.
Wah-bo-sehns schloss die Augen und öffnete die Riemen, die ihr Kleid auf ihren schmalen Schultern hielten. Es rutschte zu Boden und sie stand nackt vor ihm. Beschämt verschränkte sie die Arme vor ihren Brüsten. Er lachte leise und hielt sie auseinander, genoss den Anblick ihrer aufgerichteten Brustwarzen, die nun ihm gehören würden. Sie versteifte sich in Abwehr und versuchte, ihn wegzuschieben. Han! Er war groß und kräftig und niemand schob ihn weg, wenn er nicht wollte. Spielerisch berührte er ihre Schultern, neckte sie ein wenig am Hals und strich ihr Haar nach hinten.
In ihrer Not wollte sie weglaufen, doch ihre Beine gehorchten ihr nicht mehr. Und wohin? Tschetan-withko war jetzt ihr Ehemann. Fordernd zogen seine Hände sie auf das Lager und sie gab auf. Jetzt war nicht der Zeitpunkt, um zu kämpfen oder zu fliehen. Sie hatte eingewilligt, seine Frau zu sein und nun forderte der Mann sein Recht.
Zärtlich streichelten seine Hände über ihre Brüste und sie blickte in seine sanften Augen. Warum tat er das? Warum war er nicht brutal,

dann könnte sie ihn wenigstens hassen! Sie dachte an Micgy und ihr Leben bei den Crow. Dieser Mann ließ ihr einfach keine Zeit und sie hatte ihre Trauer immer noch nicht überwunden. Sie war jetzt die Frau dieses Lakotakriegers, war ihm gehorsam, doch sie wünschte, dass er länger warten würde. Unter ihren Tränen merkte sie, dass er sich bemühte, sanft zu sein und so gab sie sich hin. Sein Knie drückte ihre Beine auseinander und er tastete mit seinem Finger nach der dunklen Höhle. Es hatte keinen Sinn, ihn zu verärgern und sie zog die Beine an, damit er in sie eindringen konnte. Sie versuchte sich vorzustellen, dass es Micgy war, der sie liebkoste, aber dieser Mann war nicht verspielt wie ein Fohlen, sondern fordernd und schwer. Mit wachem Verstand fühlte sie den fremden Mann auf sich, lag still unter ihm, bis er erschöpft zusammensank. Dieser fremde Krieger hatte sie zu seiner Frau genommen und damit ihre Trauerzeit ganz einfach beendet. Eine unendliche Verlassenheit überkam sie und hilflos kuschelte sie sich an ihn, suchte Trost ausgerechnet bei dem Mann, der sie fast getötet hätte. Lautlos liefen die Tränen über ihr Gesicht und mit einem gequälten Stöhnen vergrub sie ihren Kopf an seiner Brust.

Ihre Tränen irritierten ihn. Zögernd streichelte er ihre Haare und plötzlich tat es ihm leid, dass er nicht länger gewartet hatte. Was hatte er überhaupt erwartet? Dass sie ihn liebte, nur weil er das Kind verschont hatte? Er musste über sich selbst lachen! Warum hatte sie sich nicht gewehrt, einfach nein gesagt? Hatte sie immer noch Angst? Vorsichtig wischte er ihre Tränen weg, fühlte sich plötzlich rücksichtslos und gemein. „Ksuyetschiya watschin schni!", murmelte er beschämt. „Ich wollte dir nicht wehtun!" Es war zu dunkel für die Zeichensprache und so flüsterte er immer wieder: „Kopechla schni yo! Kopechla schni yo!" Hab keine Angst!
Ihr Zittern ließ ein wenig nach und plötzlich hatte er das unbändige Gefühl, sie schützen zu müssen. Sanft legte er die Arme um ihren zierlichen Körper und zog die Decke über sie beide. Vielleicht sollte er ihr mehr Zeit geben? Eigentlich hatte er sie gerade wie eine Gefangene behandelt, keine Rücksicht darauf genommen, dass sie ein Baby stillte. Sie war jetzt seine Ehefrau und genoss damit den gleichen Schutz wie alle Lakotafrauen. Er musste darüber nachdenken.

Am nächsten Morgen weckte ihn das Gelächter seiner Freunde und er hasste sie dafür. Konnten sie ihn denn überhaupt nicht in Ruhe lassen? In seine Decke eingewickelt schaute er aus dem Tipi und sah Traumpfeil, Fisch und Rote-Erde mit einem Grinsen wie der lachende Mond vor ihm stehen. Sie dichteten irgendwas mit „Tschetan-withko" und „fleißiges Kaninchen", was er gar nicht genauer wissen wollte, und forderten ihn auf, endlich zum Schwimmen mitzukommen. Grinsend schlüpfte er in seine Kleidung, dann lief er mit seinen Freunden zum Fluss, entkleidete sich und sprang hinein. Tausend Nadeln stachen auf ihn ein, als das eiskalte Wasser seine Haut traf. Es wurde Zeit, dass es wieder Frühling wurde. Er beeilte sich, aus dem Wasser herauszukommen und zog hastig seine Kleider an. Dann saß er mit seinen Freunden am Ufer und lud sie zum Frühstück in sein Zelt ein. Fisch und Rote-Erde waren mehr als neugierig, endlich die Crowfrau kennenzulernen, die Tschetan-withkos Herz erobert hatte, und so trabten sie hinter ihm her, als er sie zu seinem Zelt führte. Er ließ sie eintreten und senkte verlegen den Blick.
Seine junge Frau saß am Feuer und stillte gerade ihre Tochter. Daran hatte er überhaupt nicht gedacht. Die anderen schauten höflich weg, denn es war ja nichts Ungewöhnliches, dass eine Frau ihr Kind stillte.

Wah-bo-sehns zog die Decke höher und deutete freundlich auf das Essen, das bereits im Topf schmorte und bald fertig sein würde. So setzten sie sich und Tschetan-withko reichte seine Pfeife herum. Jeder stieß den Rauch in die vier Himmelsrichtungen, sowie zum Himmel und zur Erde aus und gab dann die Pfeife weiter. Sie wiederholten die heilige Handlung viermal und gaben dann die Pfeife ihrem Gastgeber zurück. Verstohlen betrachteten sie die Frau, die im Hintergrund ihr Baby stillte, und sahen die Narben der Trauer auf ihren Armen.
Liebevoll konzentrierte sich die Frau auf ihr Kind und insgeheim achteten die Männer Tschetan-withko für seinen Großmut. Es wäre falsch gewesen, das Kind zu töten, denn die Frau hätte es nie überwunden. Kinder waren heilige Wesen, von Wakan-tanka geschickt und wurden mit höchster Aufmerksamkeit umsorgt. Warum nicht auch ein Feindkind? Einst würde dieses Crowmädchen den Lakota starke Söhne gebären. Das Baby war satt und Wah-bo-sehns wickelte eine Decke um ihren Körper, um das Zelt für ihr Morgenbad zu verlassen.
„Lass Graueulenmädchen hier!", befahl Tschetan-withko.

Sie verstand ihn nicht und drängte sich an ihm vorbei. „Lass Graueulenmädchen hier“, wiederholte Tschetan-withko und unterstrich seinen Befehl mit Gesten. Er hatte keine Lust, sie zu suchen, wenn sie vielleicht auf den Gedanken kam, einen Fluchtversuch zu wagen.
Sie erriet seine Befürchtung und das Blut schoss ihr ins Gesicht. Was dachte er eigentlich? Dass sie ihr Leben und das ihres Kindes aufs Spiel setzte, nur weil er letzte Nacht seine kleine Schlange in sie gesteckt hatte? Sie war eine Absarokee! Sie würde auch das durchstehen. Mit einem bissigen Lächeln legte sie Tschetan-withko das Baby in den Schoß. Schließlich hatte er das Kind adoptiert. Sollte sich doch dieser großartige Krieger darum kümmern! Sie huschte aus dem Zelt und eilte zu den Bäumen, um sich zu erleichtern.
Etwas unbeholfen nahm Tschetan-withko das Kind hoch, denn seit dem Marsch durch den Schnee, als er das Baby unter seinem Umhang gewärmt hatte, war es nicht mehr auf seinem Arm gewesen. Graueulenmädchen rülpste laut und alle lachten gutmütig los. Spielerisch blies Tschetan-withko dem Baby ins Gesicht, und Graueulenmädchen gluckste vor Freude. Voller Vertrauen lächelte sie dem Mann ins Gesicht, wusste nichts von der Gefahr, in der sie noch vor Kurzem geschwebt war.
Tschetan-withko wurde es warm ums Herz und er war fast ein wenig enttäuscht, als Wah-bo-sehns so schnell zurückkehrte. Er winkte ihr mit der Hand, dass sie das Essen zubereiten sollte, und behielt das Baby auf seinem Arm. Es sollte beiläufig aussehen, doch seine Freunde sahen genau, dass er es genoss.
Gut gelaunt schlangen sie das Essen hinunter, legten dann die Hände über die Schalen, als ihnen die Crowfrau unaufgefordert weiteres Essen geben wollte. Auch die Crow hatten höfliche Frauen, die nicht fragten, sondern einfach gaben, sodass der Gast nicht durch ein unhöfliches „ja“ oder „nein“ entweder seine Gier oder seine Ablehnung zeigte.
„Ich habe einige Männer gefragt, ob sie mich zur Jagd begleiten. Gehst du auch mit?“, fragte Traumpfeil, obwohl es eher nach einer Bitte klang.
Stöhnend streckte Tschetan-withko seine Füße näher an das Feuer: „Hiya! Mein Topf ist gut gefüllt und meine Füße immer noch kalt von meinem Raubzug gegen die Psa. Nein, ich bleibe bei meiner neuen Frau und lasse sie meine Füße wärmen.“
Gutmütiges Gelächter schlug ihm entgegen, doch Traumpfeil runzelte ein wenig enttäuscht die Stirn.

„Du willst also ein wenig in den Jagdgründen der Psa jagen?", erriet Tschetan-withko seine Hintergedanken.
Traumpfeil lächelte flüchtig. „Ja!"
„Das ist gut! Vielleicht reitest ja du mit?", wandte sich Tschetan-withko an seinen Freund Fisch.
„Wenn Traumpfeil mich fragt, werde ich ihn gern begleiten!", versicherte Fisch bereitwillig.
„Waschté!", freute sich Traumpfeil und schon kletterten die Männer aus dem Zelt, um die Jagd vorzubereiten.

Traumpfeil lief zurück zu seinem Zelt und griff nach seinen Waffen. „Packe ein wenig Proviant ein!", bat er seine Frau. Dann blickte er überrascht auf die Wiege, die Uinohnah in den Händen hielt. „Was machst du da?"
„Ich möchte Tschetan-withko ein Geschenk für seine Tochter machen", antwortete Uinohnah. „Wah-bo-sehns hat nichts, aber nun hat sie eine neue Familie", fügte sie hinzu.
Traumpfeil sah auf das großzügige Geschenk. Eine Wiege war viel wert, denn es kostete Zeit, die aufwendigen Stickereien anzubringen und die Felle weich zu gerben. Anerkennend blickte er auf seine Frau. Ein wahrlich gutes Geschenk für die neue Frau seines Freundes und etwas sehr Praktisches. „Waschté!", stimmte er zu. „Mein Freund hat dieses kleine Mädchen wirklich gern. Dieses Geschenk wird auch ihn erfreuen!"

Am späten Nachmittag ging Uinohnah zu Tschetan-withkos Zelt und mit einem Lächeln überreichte sie die Wiege. Dankbar nahm Wah-bo-sehns die wunderschöne Arbeit in die Hände. Wehmütig dachte sie an ihr Wiegenbrett, das sie bei den Crow zurücklassen musste und schluckte mühsam die Tränen hinunter. Die Wiege der Lakota war wie eine große Tasche ohne Henkel geformt und gänzlich mit weißen Perlen bestickt. Unterbrochen wurde das Weiß von einigen bunten geometrischen Mustern. Diese Tasche war auf einem hölzernen Rahmen befestigt, der sich über dem Kopf des Babys gabelte. So konnte man die Wiege gut gegen eine Zeltwand oder einen Baum lehnen, ohne dass sie umfiel. Sie war in der Form ganz anders als ihre eigene Wiege. Bei den Crow wurde das Baby mit zwei oder drei breiten Streifen auf das Wiegebrett gebunden. Im Herbst hatte sie die

Wiege vor der Geburt selbst mit Perlen in Blau und Magenta bestickt. Ihre Hände strichen über die wunderschöne Perlenarbeit der Wiege und sie dankte Uinohnah für ihre Großzügigkeit. Warum waren alle so freundlich zu ihr? Verunsichert schielte sie auf den stattlichen Mann neben sich. Warum hatte Tschetan-withko noch keine Frau gehabt?

Höflich bot sie ihrer neuen Schwägerin etwas zu essen an, dann legte sie Graueulenmädchen in die warme Wiege. Heiße Tränen liefen plötzlich über ihre Wangen, als sie daran dachte, wie ihre Tochter fast erfroren wäre. Erschrocken nahm Uinohnah die junge Mutter in ihre Arme, wiegte sie sanft hin und her, während Tschetan-withko betroffen den Blick senkte.

Am Abend kehrte Uinohnah in ihr Tipi zurück und Tschetan-withko folgte ihr zögernd. „Sie weint!", meinte er hilflos, nutzte dankbar die Gegenwart seines Schwagers, um über ihn mit seiner Schwester zu reden.

„Was erwartet ihr eigentlich?" Uinohnah runzelte die Stirn, dann schlug sie einen versöhnlichen Tonfall an: „Sie braucht noch Zeit! Habt Geduld mit ihr."

Zweifelnd nagte Tschetan-withko an seinen Lippen. „In ihrem Herzen lebt noch ihr anderer Mann. Wird sie mich je lieben? Vielleicht ist es besser, wenn ich sie zurückschicke?"

Traumpfeil wechselte einen verblüfften Blick mit seiner Frau und grunzte ungläubig. „Möchtest du das?"

„Nein!"

„Schwager! Du bist ein guter Mann! Eines Tages wird diese Frau das erkennen und dich lieben. Du hast deinen Großmut bewiesen, jetzt braucht sie Zeit, dich kennenzulernen."

„Du hast recht!", murmelte Tschetan-withko. „Ich werde mich in Geduld üben."

Uinohnah dagegen lachte herzhaft: „Darin seid ihr Männer ja geübt, nicht wahr?"

Tschetan-withko runzelte argwöhnisch die Stirn, aber seine Schwester ging nicht weiter darauf ein. Unschlüssig blieb er einfach stehen, denn er hatte noch ein weiteres Anliegen an seine Schwester.

Höflich zwinkerte Traumpfeil ihn an. „Möchtest du noch etwas sagen?"

Tschetan-withko machte eine verlegene Handbewegung. „Ich brauche ein Messer! Ein Messer für Wah-bo-sehns, damit ich ihr nicht immer meines geben muss."

Uinohnah lächelte verständnisvoll und drückte ihm eine wunderschön bestickte Messerscheide samt scharfem Frauenmesser in die Hand.
„Das ist zu schön, Mitankschi, kleine Schwester!", murmelte er betreten.
„Aber nein, es ist für meine neue Schwägerin. Jede Frau braucht ein Messer. Oder ist sie doch nur deine Gefangene?", neckte sie ihn verschmitzt. Nur hier, in der Gegenwart ihres Mannes wagte sie eine solche Vertrautheit mit ihrem Bruder und redete manchmal direkt mit ihm.
Tschetan-withko sah sie nachdenklich an. „Ich habe sie zu meiner Frau gemacht, aber manchmal behandle ich sie doch nur wie eine Gefangene."
„Mitiblo, großer Bruder, mit dem Messer zeigst du ihr, dass sie wirklich deine Frau ist."
Die Worte trafen ihn mitten ins Herz und kurz blinzelte er, weil seine Schwester offensichtlich ahnte, dass er sich nicht in Geduld geübt hatte. Er fühlte sich ertappt und senkte verlegen die Augen, dann verschwand er, um in sein Zelt zu gehen.

Seine neue Frau saß am Feuer und nähte an irgendetwas. Es duftete süßlich nach verbranntem Süßgras und er genoss das harmonische Bild. „Hier!", übergab er Wah-bo-sehns das Messer. „Es ist von Uinohnah!"
Mit einem Blitzen in den Augen nahm Wah-bo-sehns das Messer in die Hand und zog es aus der Messerscheide. „Gut! Ich werde dir damit in der Nacht die Kehle durchschneiden!", drohte sie in der Sprache der Crow, verdeutlichte die Worte allerdings mit Gesten.
Tschetan-withko fiel vor Verblüffung die Kinnlade herunter und er schaute sie so verdutzt an, dass sie kichern musste.
Oh! Er war so froh darüber, sie lachen zu sehen, dass er vergaß, wütend zu werden. „Wenn du mich tötest, werde ich sehr traurig sein!", meinte er ernsthaft.
Wie sicher musste er sich fühlen, dass er ihr eine Waffe gab?
Dann trat der Schalk in seine blitzenden Augen und ein tiefes, dunkles Lachen stieg in ihm auf. Es war schön und ausgesprochen ansteckend. Dieser Mann war völlig verrückt! Doch das Messer gab Wah-bo-sehns ein Gefühl von Sicherheit, sie hatte jetzt die Gewissheit, dass sie sich verteidigen konnte und nicht mehr hilflos war. Es war gut so. Oder wie sagten die Lakota? Waschté?

Wah-bo-sehns verwarf ihre Fluchtpläne. Ihr war klar, dass Tschetan-withko sie im Winter sofort wieder einholen würde und wollte nicht das Risiko eingehen, dass sie ihn verärgerte. Noch konnte sie nicht einschätzen, wie gutmütig er tatsächlich war, wenn sie die Flucht wagte.

In den nächsten Tagen war sie schweigsam und zurückhaltend, versuchte gehorsam, seine Wünsche zu erfüllen. Von Uinohnah lernte sie weitere Worte in der neuen Sprache. Durch sie wurde ihre Gefangenschaft erträglicher, obwohl sie ihre Freundinnen bei den Crow vermisste. Oft hing Wah-bo-sehns ihren Gedanken nach, trauerte still um Micgy und vermisste das Klappern seiner Waffen an dem Totengerüst. Irgendwie hatte es sie beruhigt, ihr das Gefühl gegeben, dass er noch da war. Tschetan-withko! Ihr neuer Mann. Noch konnte sie sich nicht damit abfinden, dass sie jetzt seine Frau war. Er war freundlich zu ihr, abwartend, aber sie wusste, dass er eines Tages wieder mehr von ihr verlangen würde. Inzwischen durfte sie auch mit dem Baby das Zelt verlassen, aber immer wurde sie unauffällig von jemandem begleitet. Sie fühlte sich auf Schritt und Tritt beobachtet und hasste es.

Bald legte sich der Rummel um Tschetan-withkos neue Frau und das Kind. Er war froh darum, denn er hasste die Aufmerksamkeit, die er überall genoss.

Der Witschascha wakan, der Heilige Mann, hatte ihn eingeladen, mit ihm in die Schwitzhütte zu gehen und er war auf dem Weg zum Fluss. Bärenkralle, der Medizinmann des Dorfes, war älter als Tschetan-withko. Er war ein Freund seines Vaters, mit dem er als Kind zusammen gespielt und gejagt hatte. Er war kleiner als Tschetan-withko und sein Gesicht war runzlig, geprägt von zwei stechenden Augen, die alles zu sehen schienen. Der Heilige Mann kannte ihn gut und es würde hilfreich sein, mit ihm zu reden. Sie näherten sich der Schwitzhütte, die bereits im Herbst hier aufgebaut worden war. Ein kleiner Weg war entstanden, der bewies, wie oft die Männer die Möglichkeit nutzten, sich zu reinigen und zu beten. In alle vier Himmelsrichtungen stand ein Stab mit einer Adlerfeder, die sich langsam im Wind drehte. Tschetan-withko kniete sich vor die kleine Hütte, die eigentlich eher wie ein großer Fellhaufen aussah. Sie war aus Weidenzweigen in der Form einer Halbkugel gebaut und dicht mit Fellen abgedeckt worden. Sieben Schritte vor dem Eingang befand sich das große Feuer, in dem die Steine für die Zeremonie erhitzt wurden. Ein Helfer hatte bereits das Feuer entfacht und würde die heißen Steine ins Zelt geben. Daneben war ein kleiner Hügel mit Erde aufgeschüttet worden. Er wurde Visionshügel genannt. Tschetan-withko band Opfergaben aus roten Stoffstreifen und winzige Bündel mit Tabak an Stöcken fest und steckte sie auf diesen Hügel. Leise sang er das erste Gebet:

„Schau, diese Dinge gebe ich dir!
Schau, diese Dinge gebe ich dir!
Diese Opfergaben gebe ich dir!
Ich möchte leben! Deshalb gebe ich dir diese Dinge!“

Er entkleidete sich völlig, duckte sich und krabbelte in die niedrige Schwitzhütte. Im Dämmerlicht saß Bärenkralle und musterte ihn kurz. Tschetan-withko setzte sich ihm gegenüber, während der Feuerhüter die ersten vier Steine mit einem gegabelten Hirschgeweih hineinreichte. Der Medizinmann säuberte sie mit Süßgras, das glühend verkohlte, schob die Steine mit einem Ast in die Grube in der Mitte der Hütte und ordnete sie in den vier Himmelsrichtungen an. Dann schöpfte er aus einem Wasserbeutel etwas Wasser. Er goss es auf die Steine und heißer Dampf füllte den Raum.
Tschetan-withko atmete tief die heiße Luft ein. Schweiß perlte an den Männern hinunter und Tschetan-withko wurde fast ein wenig schwindelig. Er schloss die Augen und konzentrierte sich auf das Atmen. Bärenkralle gab ihm die Pfeife und sie rauchten in der rituellen Weise. Ein weiteres Mal wurden Steine hereingereicht, dieses Mal sieben, und kochend heißer Dampf stieg auf, trieb ihnen den Schweiß aus den Poren. Immer wieder rieb Tschetan-withko sich mit Salbeizweigen ab, um sich zu reinigen. Langsam gewöhnte er sich an die Hitze, der Schwindel ging vorbei und er hing seinen Gedanken nach. Er genoss die Ruhe, denn in seinem Zelt war seit seiner Rückkehr keine Ruhe mehr eingekehrt. Frauen kamen und gingen, versorgten das Baby oder unterhielten sich mit Wah-bo-sehns. Es wunderte ihn ohnehin, wie viel Pflege ein so winziges Ding brauchte und wie sehr es sein Leben verändert hatte. Mehr noch als die Frau. Sie war schweigsam und gehorsam, bemüht, ihm zu gefallen. Sie lernte schnell seine Sprache und er mochte ihre ruhige Art. Er fand, dass sie

gut zu ihm passte und er lobte sich für seine gute Wahl. Es war ein kurzer Blick gewesen, der ihn hatte zögern lassen und der sein Leben verändert hatte. Ohne Bedauern dachte er an die vielen Feinde, die er bereits getötet hatte. Warum hatte er bei der Frau Mitleid gezeigt?
Leise sangen sie die rituellen Lieder, um die Geister einzuladen. Ein äußerst junger Geist machte sich bemerkbar und Tschetan-withko lächelte kurz. Es gab viele Zeremonien, in denen kein Geist erschien, oder Männer flehten vergeblich um eine Vision, aber Bärenkralle stand nah zu den Geistern und konnte sie mühelos rufen. Er war ein mächtiger Mann! Der Geist erfüllte mit seiner Anwesenheit die Dunkelheit und Tschetan-withko konzentrierte sich auf dessen Worte. Es war schwierig, denn die Worte waren verwirrend, unklar, nicht greifbar. Tschetan-withko lächelte amüsiert, stellte sich auf den Geist eines Kindes ein, obwohl der Geist kein Kind war. „Ich suche Antworten", betete er. „Warum schickt das große Geheimnis mir diese Frau?"
Flatternd stob der Geist durch die winzige Hütte, kichernd und aufgeregt. „Das kleine Mädchen …", hörte Tschetan-withko, „achte auf sie, denn sie gehört den Geistern!"
Ihm wurde vor Entsetzen kalt, ein eisiger Schauer lief seinen Rücken hinunter und er schüttelte sich unbewusst. Voller Schrecken dachte er daran, dass er das Kind fast getötet hatte! „Sie gehört den Geistern?", flüsterte er fassungslos.
„Ja, wir haben sie dir anvertraut. Achte gut auf sie!"
„Und die Frau?"
Tschetan-withko bekam keine Antwort mehr und wieder wurden Steine hereingereicht. Bei zwölf weiteren Steinen wurde die Hitze unerträglich, trotzdem vertiefte sich Tschetan-withko in seine Gedanken. Leise flüsterte er ein Gebet, bat um Schutz für seine neue Familie. Dann bat er um Nachsicht: „Ich bin nun der Vater von diesem kleinen Mädchen. Die Geister haben sie mir anvertraut. Noch weiß ich nichts über ein Baby. Vergebt mir, dass ich sie so grob behandelt habe. Ich wusste es nicht anders. Gebt mir Weisheit und Geduld, ein guter Vater für sie zu sein."
Ein letztes Mal wurden sechzehn Steine hereingereicht und die Männer bedankten sich bei den Geistern. Der Medizinmann murmelte „Mitakuye Oyas'in" und beendete die Schwitzhüttenzeremonie.

Tschetan-withko kroch aus der Hütte, froh die eiskalte Luft zu atmen und ins kalte Wasser zu springen. Nach der Hitze traf ihn der Schock

doppelt, aber er fühlte keine Klarheit wie sonst, immer noch schwirrten die Gedanken in ihm. Nachdenklich setzte er sich neben Bärenkralle und suchte das Gespräch mit dem Medizinmann. In ihre Decken gewickelt saßen die beiden Männer nebeneinander und ließen die Zeremonie auf sich wirken. Bärenkralle machte eine auffordernde Handbewegung und Tschetan-withko versuchte seine Gedanken zu ordnen. „Ich hörte einen jungen Geist."
Bärenkralle kicherte ein wenig. „Ja, ich auch. Sie sind manchmal schwer zu verstehen!"
„Die Geister haben mir Graueulenmädchen anvertraut."
Bärenkralle wackelte wichtig mit dem Kopf hin und her. „Eine hohe Verantwortung!"
„Aber was bedeutet es?"
Bärenkralle kniff die Augen zusammen und dachte darüber nach, dann deutete er mit seinen Lippen in die Ferne. „Kinder sind unsere Zukunft. Sie erinnern uns an unsere Verantwortung und warum wir leben. Nicht wir sind wichtig, sondern die kommenden Generationen. Du hattest noch keine Kinder und hast damit den Blick für die Zukunft und für dein Volk verloren. Graueulenmädchen wird dir den richtigen Weg zeigen."
Tschetan-withko dachte darüber nach und lächelte. „Ja, sie hat bereits jetzt mein Herz berührt. Sie jauchzt vor Begeisterung und weiß nicht, dass ich sie fast getötet hätte." Schuldbewusst senkte er den Kopf, dann wischte er den Gedanken mit einer ungeduldigen Handbewegung zur Seite. „Ich werde Geschenke verteilen, um allen zu zeigen, dass sie nun meine wahre Tochter ist."
„Das ist gut!", stimmte Bärenkralle zu.
„Der Geist gab mir keine Antwort auf meine andere Frage", wechselte Tschetan-withko das Thema.
„Vielleicht ist die Antwort ganz einfach?"
„Vielleicht!"
„Du willst wissen, warum Wakan-tanka dir diese Frau geschickt hat?"
Tschetan-withko zögerte, dann nickte er. „Ja!"
„Du weißt die Antwort nicht?"
„Nein!"
Bärenkralle lächelte, dann lehnte er sich zurück und begann zu erzählen: „Eines Tages erlegte ein einsamer Wolf einen Hirsch. Alle Tiere fürchteten ihn, denn er war ein gefährlicher Wolf und ein guter Jäger. Wenn er kam, erzitterten alle Tiere und fürchteten, dass er

sie tötete. Der einsame Wolf fraß gerade den Hirsch, als zögernd eine Wölfin heranschlich. Mit gefletschten Zähnen knurrte er sie an, doch sie blieb einfach stehen, hatte keine Angst vor seinen scharfen Zähnen. Der Wolf war verblüfft, denn stets waren alle Tiere vor ihm geflohen. So fragte er, warum sie nicht auch davonliefe. ‚Ich bin auch ein Wolf', antwortete sie und schlich neben ihn, um von dem Hirsch zu fressen."

Tschetan-withko blickte ihn unsicher an. Musste er denn immer in Rätseln sprechen? Dann traf es ihn wie ein Blitz. War Wah-bo-sehns denn auch ein einsamer Wolf, so wie er? Kurz dachte er an die Begegnung im Wald, als die Gefangene mit den Wölfen gesprochen hatte. Vielleicht war es die Seelenverwandtschaft, die sie zusammengeführt hatte? Hatte er deshalb die Frau nicht getötet? Ja! Es war ein Zauber, der ihn dazu gebracht hatte, diese Frau mitzunehmen, der geheime Wunsch nach einer Gefährtin, die so war wie er. Wakan-tanka ging manchmal merkwürdige Wege. Bewundernd sah er auf den Medizinmann. Das war der Grund!

Der Medizinmann lächelte wissend und entließ ihn mit einer Handbewegung.

Mit einem Satz sprang Tschetan-withko auf seine Füße, erleichtert und wie befreit. Endlich hatte er die richtige Frau für sich gefunden. Er ging in sein Zelt zurück, in dem seine neue Frau saß und etwas nähte. Das Baby lag neben ihr auf einem Fell und strampelte. Er nahm Graueulenmädchen hoch und schüttelte sie sanft über seinem Kopf. Sie krähte vor Vergnügen und er lächelte seine Frau an, stolz darauf, eine solche Reaktion bei dem Kind hervorgerufen zu haben. Bald würde sie so groß sein wie Heller-Mond und dann konnte er richtig mit ihr spielen. Er dachte an das kleine Mädchen, das inzwischen oft in sein Zelt kam und mit dem er noch vor Kurzem so gar nichts hatte anfangen können.

Vielleicht konnte er mit den Kindern seiner Schwester ein wenig ausreiten? Er sprang auf sein Pferd und rief seinen Neffen und seine Nichte.

Heller-Mond sah ihn mit kugelrunden Augen an, noch nie hatte ihr Onkel sie mitgenommen! Tschetan-withko nahm sie vor sich auf sein Pferd und hielt sie behutsam fest. Blitz-im-Winter zerrte sein Pony herbei und sprang behände auf dessen Rücken. Mit einem hellen Schrei galoppierte er voran. Sein Vater war mit anderen Kriegern auf der Jagd und ohne ihn durfte er das Lager nicht verlassen. Er wollte seinem Onkel unbedingt einen Kaninchenbau zeigen und Tschetanwithko folgte ihm gutmütig. Er dachte an Graueulenmädchen und an die Geschenke, die er großzügig verteilen würde, um allen zu zeigen, wie wertvoll ihm dieses Kind war, das nun als seine Tochter aufwuchs.

Hitschikyata

Wolf mit dem roten Kopf

Hitschikyata hockte vor einem Kaninchenbau und wartete geduldig darauf, dass ein unvorsichtiges Kaninchen seinen Kopf in die Schlinge legte, die er um die Öffnung gelegt hatte. Seit dem Angriff der Lakota trauten sich die Frauen der Crow nur noch in kleinen Gruppen in den Wald. Aber Hitschikyata ging nach wie vor alleine und genoss die Einsamkeit. Immer wieder dachte er über ihre Situation nach und presste verbittert die Lippen zusammen. Der Angriff der Lakota hatte einen Toten gefordert und einige wertvolle Pferde waren gestohlen worden. Insgesamt hatte der Überfall das Dorf weiter geschwächt und der Hunger war ein ständiger Begleiter. Die Krieger, die noch jagen konnten, waren teilweise verletzt und sein Vater hatte alle Hände voll zu tun, die Wunden zu pflegen.

Hitschikyata hasste ihre Hilflosigkeit. Sie hatten nicht einmal genügend Männer, um nach Wah-bo-sehns zu suchen. Er hatte die Stelle gefunden, an der sie in den Schnee gedrückt worden war, und hatte nach dem Baby gesucht, weil er sich nicht vorstellen konnte, dass ein feindlicher Krieger sich mit einem Säugling belastete. Aber er hatte nichts gefunden und war der Spur gefolgt, bis ein Schneesturm ihn zur Umkehr gezwungen hatte. Hoffentlich verlegten sie bald das Dorf. Sie waren eine allzu leichte Beute für jeden Feind. Er versuchte mit seiner geringen Jagdbeute zu helfen und kam eigentlich nur noch zum Schlafen zurück. Er genoss die Einsamkeit des Waldes und verbrachte fast den ganzen Tag frierend vor dem Kaninchenbau.

Aus der Ferne hörte er plötzlich entsetzliches Geschrei. Waren die Lakotakrieger zurückgekehrt, um ein zweites Mal Beute zu machen? In Windeseile lief er zurück, ohne an die Gefahr zu denken, in die er sich begab. Atemlos erreichte er den Waldrand, dann blieb er wie angewurzelt im Schutz der herabhängenden Zweige stehen. Blackfeet! Entsetzt sah er, wie die feindlichen Krieger über sein kleines Dorf herfielen und alles niedermetzelten, was sich ihnen in den Weg stellte. Die Blackfeet hatten die Crow völlig überrascht, außerdem konnten sie ihnen ohnehin nichts mehr entgegensetzen.

Hitschikyata sah, wie seine Mutter erstaunt nach einem Pfeil in ihrer Brust griff und leblos nach vorne fiel. Sein Vater lag mit zerschmettertem Kopf vor seinem Zelt, eine rote Blutlache breitete sich im weißen Schnee aus. Ein Würgen stieg in Hitschikyata hoch und fassungslos

schlug er die Hände vor den Mund. Mit weichen Knien sank er in den Schnee, konnte das Bild, das sich ihm bot, kaum begreifen. Frauen versuchten den rettenden Waldrand zu erreichen und wurden erbarmungslos niedergeritten. Ihr Schreien vermischte sich mit dem kehligen Kriegsschrei der Blackfeet. Einzelheiten prägten sich in seine Erinnerung ein: ein gelb bemaltes Gesicht, durchsetzt mit roten Streifen. Ein Blackfeet, dessen nackte Brust und Gesicht mit roten Streifen überzogen waren, als würden dicke Blutrinnsale über seinen Körper laufen. Ein anderer Krieger hatte einen Wolfsschädel tief in das Gesicht gezogen, sein Gesicht weiß bemalt. Er griff lachend nach einer Babywiege, schleuderte sie immer wieder aus der Reichweite der Mutter, während diese verrückt vor Angst nach ihrem Kind griff. Hitschikyata saß wie erstarrt. Er wollte Blauer-Libelle und ihrem Baby helfen, aber seine Beine gehorchten ihm nicht. Schließlich wurde dem Mann das Spiel mit der verzweifelten Mutter zu langweilig. Viel zu hart ließ er die Wiege einfach fallen und sah mitleidlos zu, wie Blaue-Libelle schreiend nach ihrem Kind fasste. Dann zeigte er mit einem unmissverständlichen Nicken an, dass sie sich zu den anderen Gefangenen stellen sollte.
Hitschikyata konnte den Blick nicht von dem grauenhaften Schauspiel abwenden, das sich ihm bot. Er musste miterleben, wie seine Cousine von zwei Männern gefangen genommen wurde, die lüstern an ihre Brüste fassten. Das zierliche Mädchen schrie und wehrte sich, doch sie hatte keine Chance gegen zwei ausgewachsene Krieger. Die Blackfeet lachten, banden ihr grob die Hände auf den Rücken und zerrten sie zu einem Pferd. Hitschikyata wusste, dass er sie zum letzten Mal sah und blickte ihr traurig nach. Ihr würde das gleiche Schicksal blühen wie Wah-bo-sehns, wenn sie denn leben durfte. Zelte wurden niedergerissen, Vorräte geraubt und Kinder zusammengetrieben. Federngeschmückte Lanzen zwangen die Frauen und Kinder in der Mitte des Dorfes zusammen. Es gab kein Entkommen bei der furchtbaren Übermacht der Feinde. Hitschikyata musste mit ansehen, wie die wenigen Krieger starben, als sie vergebens ihr Dorf verteidigten. Die überlebenden Frauen, Mädchen und Kinder wurden gefesselt und auf die geraubten Pferde gesetzt. Dann war der Spuk vorbei und es herrschte Totenstille.

Hitschikyata kniete da und konnte sich nicht bewegen. Zu schrecklich waren die Eindrücke, die er erlebt hatte. Es dauerte lange, ehe er fähig war, aufzustehen und er zitternd zu den Leichen seiner Eltern ging. Er nahm die kalte Hand seiner Mutter und bat sie, wieder aufzustehen. Immer wieder zog er an ihr, während Tränen über sein Gesicht liefen. Schließlich ließ er von ihr ab und streichelte sanft über das Haar. Er konnte nicht glauben, dass sie tot war, obwohl er es verstand, ihren Tod gesehen hatte. Er wagte nicht, zu seinem Vater herüberzusehen, denn er konnte den Anblick seines gespaltenen Kopfes nicht ertragen. Tief in seinem Inneren wuchs ein unbändiger Hass auf die Blackfeet und er schwor, seine Eltern zu rächen.

Ein plötzliches Geräusch riss ihn aus seinen düsteren Gedanken. Es war das kurze Schnauben eines Pferdes und einen Augenblick lang dachte er, dass die Blackfeetkrieger zurückgekehrt wären, um auch ihn zu töten. Erschrocken schaute er hoch und blickte direkt in das Gesicht eines Lakotakriegers, der ruhig auf seinem Pferd saß und auf ihn hinunterstarrte. In einer schnellen Bewegung zog Hitschikyata sein kleines Messer und hielt es drohend gegen den Krieger. „Lass meine Mutter in Ruhe!"

Traumpfeil bewunderte das Kind, das so tapfer seine Mutter verteidigte. Eine Rauchwolke, die sich deutlich am Himmel abzeichnete, hatte ihn und seinen Erkundungstrupp zu dem vollständig zerstörten Dorf geführt. Von hier drohte ihnen keine Gefahr mehr! Zwei Krieger ritten heran und schüttelten nachdrücklich den Kopf. Also hatte sonst niemand mehr überlebt. Nachdenklich schaute Traumpfeil auf den Jungen und überlegte. Im Winter hätte er keine Überlebenschance und Traumpfeil wusste nicht, wie weit das nächste Crowdorf entfernt war. Langsam glitt er von seinem Pferd und ging auf den Jungen zu, dabei hielt er die Hand als Zeichen des Friedens hoch und redete beruhigend auf ihn ein.

Hitschikyata verstand ihn nicht, doch er verstand, dass der Krieger ihm nichts Böses wollte. Es war sowieso gleichgültig. Sollten sie ihn doch töten!
Der Krieger verzog leicht die Lippen, offensichtlich dachte er, dass der Junge die Gestensprache nicht verstand. Er sprang wieder auf sein Pferd und streckte dem Kind eine Hand entgegen.
Entgeistert schaute Hitschikyata ihn an. Warum wollten sie ihn mitnehmen? Er war doch nur ein Kind, ein Feind! Natürlich hatte er die

Gesten verstanden, aber er sah keinen Sinn darin, einem anderen Feind zu antworten. Seine Überlebenschancen alleine im Winter waren verschwindend gering und er wusste es. Doch er wollte leben, groß werden und irgendwann seine Eltern rächen. Er nahm die dargebotene Hand, sprang hinter dem Krieger auf und klammerte sich an ihm fest. Er warf einen letzten Blick auf seine Eltern, dann wischte er sein tränennasses Gesicht an dem Hemd des Kriegers ab. Er wollte nie wieder weinen!

Traumpfeil brummte zufrieden und führte seine Gruppe in Richtung Winterlager zurück. Wie der Kriegstrupp vorher, übernachteten sie am Little-Bighorn und Traumpfeil gab dem Jungen eine Decke gegen die Kälte. Müde saß der Knabe vor dem Feuer und starrte mit leerem Blick hinein. Er musste Schreckliches gesehen haben und Traumpfeil machte sich Sorgen um ihn. Kein Kind sollte mit ansehen, wie seine Eltern getötet wurden.

„Haun! Jene Blackfeet müssen eine gewaltige Wut im Bauch gehabt haben. Es sah aus wie auf einem Rachefeldzug", meinte Tschoka-sapa ernüchtert. Er dachte an seine eigenen drei Kinder und beschloss, sie besser zu schützen als die Crow ihr Dorf.

„Es ist das gleiche Dorf, das Tschetan-withko und seine Freunde bereits überfallen haben. Warum haben die Psa ihr Dorf nicht verlegt, wenn sie zu schwach sind, sich gegen ihre Feinde zu verteidigen?", erklang es ein wenig verächtlich von Grauer-Wolf. Er war älter als Traumpfeil und der Bruder ihres Häuptlings.

„Vielleicht kann uns der Junge etwas sagen, wenn wir im Dorf sind", meinte Traumpfeil.

„Was wollen wir dann mit ihm machen?"

Traumpfeil zuckte mit den Schultern. „Das wird Zwei-Pferde entscheiden."

Sie ritten den ganzen nächsten Tag und das erschöpfte Kind saß abwechselnd bei einem der Krieger auf dem Pony. Gedankenverloren starrte Hitschikyata auf die baumelnden Köpfe der zwei erlegten Antilopen, die an den Seiten der Ponys herabhingen. Ihre großen gebrochenen Augen erinnerten ihn an die toten Augen seiner Mutter. Nie mehr würde er dieses Bild vergessen. Eines Tages wollte er den Blackfeet das Gleiche antun! Er würde ein unerschrockener Krieger werden und dann gegen seine Feinde ziehen. Hasserfüllt ließ er sich von Rachefantasien treiben, achtete kaum auf seine Umgebung.

In der Dämmerung suchten die Männer einen Unterschlupf in den mit Kiefern bewachsenen Wolfsbergen und schlugen erneut ein kleines Lager auf. Hitschikyata sammelte Holz und erntete ein wohlwollendes Nicken eines Kriegers. Aber auch diese Männer waren seine Feinde! Warum sie ihn überhaupt mitnahmen? Mehrmals schreckte er in der Nacht hoch, als der Kriegsschrei der Blackfeet ihn in seinen Träumen heimsuchte. Immer wieder hörte er das surrende Geräusch und den dumpfen Laut, als der Pfeil in die Brust seiner Mutter gedrungen war.
Am nächsten Tag kämpften sich die Ponys durch den Schnee. Hitschikyata rutschte müde auf dem Pferderücken hin und her. Die Nähe zu dem fremden Mann vor ihm war ihm plötzlich unangenehm und er versuchte, Abstand zu halten. Doch das war auf die Dauer anstrengend. Schließlich gab er es auf und klammerte sich an dem breiten Rücken vor ihm fest. Jetzt saß er wenigstens im Windschatten. Ergeben ließ er den Kopf hängen und schloss für eine Weile die Augen.
So trottete er den ganzen Tag dahin, dachte vielleicht zum ersten Mal darüber nach, was ihm die Zukunft bringen würde. Hatte er überhaupt eine Zukunft? Ein letztes Mal blickte er zurück und sah die blutrote Sonne im Westen untergehen. Es erinnerte ihn an das Blut seiner Mutter, das den weißen Schnee rot gefärbt hatte. Er hasste den Sonnenuntergang! Seine Augen schweiften ab und wanderten über die verschneite Landschaft. Die langen Schatten der Bäume spielten über den gefrorenen Boden, wie Geister aus einer anderen Welt. In der Ferne tauchten schließlich die schwarzen Wipfel der Tipis auf und energisch trieben die Krieger ihre Pferde voran.
Hitschikyata blickte apathisch einer unsicheren Zukunft entgegen. Sollten sie ihn doch töten! Er würde tapfer sterben! Doch dann dachte er an das freundliche Gesicht des Kriegers, der ihm seine Hand entgegengestreckt hatte. Nein! Die Lakota würden ihm nichts tun. Irgendwo regte sich sein Lebenswille und er klammerte sich an die Hoffnung, dass er überleben und eines Tages seine Eltern rächen konnte.
Abweisende Augen musterten ihn, als sie durch das Dorf ritten und er versuchte, einen möglichst stoischen Gesichtsausdruck aufzusetzen. Hoh! Er würde den Lakota beweisen, dass er tapfer war.

Sofort lenkte Traumpfeil sein Pferd zu dem Zelt des Häuptlings, dann bat er einen Krieger, Tschetan-withko und seine Frau zu holen. Der Junge strauchelte vor Erschöpfung, als er ihn am Arm packte und ins Zelt schob.
Zwei-Pferde sah überrascht auf den Crowjungen, der sich müde auf ein Fell sinken ließ. Fragend blickte der Häuptling auf Traumpfeil. „Tokah-ho?"
„Wir haben ihn in einem zerstörten Psadorf gefunden. Blackfeet hatten es überfallen. Es müssen viele Blackfeet gewesen sein, denn das Dorf sieht aus, als wäre eine Herde Büffel darüber hinweg getrampelt", erklärte Traumpfeil kurz.
Zwei-Pferde horchte auf, denn es beunruhigte ihn, dass die Blackfeet im Winter einen Kriegszug wagten. Es machte ihm die Verwundbarkeit ihres eigenen Dorfes deutlich. „Und das Kind?"
„Er saß bei seiner toten Mutter und hat sie mutig verteidigt. Ich dachte, dass er uns vielleicht erzählt, was geschehen ist, aber er versteht die Zeichensprache nicht. Vielleicht kann Wah-bo-sehns helfen?"
Der Häuptling schob zustimmend die Lippen vor. „Du hast gut entschieden, den Jungen mitzubringen."
Traumpfeil schaute auf das erschöpfte Kind. „Er war allein und wäre im Winter gestorben. Ich dachte, dass er vielleicht bei uns bleiben kann."
„Er ist ein Psajunge!"
„Ja!"
Zwei-Pferde zögerte. „Jene Psa sind unsere Feinde. Er ist alt genug, um sich zu erinnern, dass die Psa sein Volk sind."
„Er ist nur ein Junge und er wird bald wie ein Lakota denken. Oder willst du ein Kind töten?", fragte Traumpfeil.
Zwei-Pferde winkte ab. „Ich überlege mir nur in Ruhe, was wir mit ihm machen. Er wird niemals gegen die Psa kämpfen und wenn er wieder zu seinem Volk zurückkehrt, wird er eines Tages gegen uns kämpfen."
„Wenn wir ihn aufnehmen, dann wird er dieses Dorf verteidigen."
„Und wenn er zu den Psa zurückkehrt?"
„Lieber habe ich einen Feind mehr, als dass ich einen wehrlosen Jungen töte."
„Dann haben wir uns entschieden?"
„Ja!", erklärte Traumpfeil mit fester Stimme.

Sie setzten sich und warteten auf Tschetan-withko und seine Frau. Der Junge saß müde zwischen ihnen und wusste nicht, auf was sie so offensichtlich warteten. Er vernahm knirschende Schritte und sah, wie ein weiterer Krieger und dessen Frau eintraten. Es war Wah-bo-sehns! Fassungslos starrte er sie an. Es war, als hätte er einen Geist vor sich, und sein Herz setzte einen Augenblick aus. Sie lebte noch!

Wah-bo-sehns schlug erschrocken die Hände vor den Mund. Hatten die Lakota ein zweites Mal ihr Dorf überfallen? Aber sie hatte kein Triumphgeschrei gehört, als die Krieger zurückkehrten. Ganz im Gegenteil. Die Krieger schauten eher betreten auf sie und das Kind. Sie kannte Zwei-Pferde nicht, doch an dem großen Zelt glaubte sie zu erkennen, dass er der Anführer des Stammes war. Er redete schnell auf Tschetan-withko ein und sie sah, wie die Lippen ihres Mannes schmal wurden. Betroffen starrte er auf das Kind, das immer noch ungläubig zu ihr hoch starrte.
Dann sprach ihr neuer Mann in deutlichen Zeichen: „Blackfeet-dein-Volk-töten. Du-reden-mit-Jungen, du-fragen-was-ist-geschehen!"
Ihre Augen waren blank vor Angst, doch dann setzte sie sich vor den Jungen. „Hitschikyata, was ist geschehen?"
Tränen traten in seine Augen, die er nur mühsam zurückhielt. „Blackfeet! Es waren Blackfeet. Sie haben so viele getötet und den Rest gefangen genommen!"
Sie konnte es nicht glauben. „Blackfeet?"
Er nickte, dann brach es aus ihm heraus wie ein Wasserfall. „Ich saß am Waldrand. Wie erstarrt. Ich konnte mich nicht bewegen. Sie haben so viele getötet. Auch meine Eltern!"
„Und Stille-Frau?", erkundigte sich Wah-bo-sehns nach ihrer Schwiegermutter.
Hitschikyata schloss traurig die Augen. „Sie wurde getötet. Auch ihr Sohn. Er hat tapfer gekämpft, aber …!" Seine Stimme brach ab.
„Blaue-Libelle?" Ihre Stimme zitterte.
Der Junge ließ den Kopf hängen. „Ich weiß nicht. Sie wurde fortgetrieben. Und ihr Baby auch ..." Immer noch hörte er das hysterische Schreien der Frau, als der Krieger das Kind einfach fallen gelassen hatte.
Wah-bo-sehns schluchzte hemmungslos und umarmte das weinende Kind. Ihr Dorf existierte nicht mehr, begriff sie fassungslos. Klagend griff sie sich an die Haare und riss einige Strähnen heraus. Wieder hatten die Raben ihr Volk nicht beschützt.

Hitschikyata fiel in den Gesang ein und schaukelte mit gesenktem Kopf vor und zurück. Er ignorierte die anwesenden Feinde und sein schmaler Körper bebte, als er wieder an seine Eltern dachte.
Die Männer hatten das Kind erzählen lassen, jetzt gaben sie den beiden Zeit sich zu sammeln. Betroffen blickten sie auf die zwei Crow und obwohl sie ihre Feinde waren, empfanden sie Mitleid.
Tschetan-withko beugte sich zu seiner Frau und nahm sie tröstend in den Arm. Ihr Kopf sank auf seine Schulter und er hielt sie einfach nur fest. Er wollte sie nie wieder so traurig sehen. Geduldig wartete er, bis sie sich beruhigt hatte, dann machte er eine fragende Handbewegung. Langsam erhob sich Wah-bo-sehns und erzählte in Zeichensprache, was passiert war.
Zwei-Pferde runzelte besorgt die Stirn. Offensichtlich hatten die Blackfeet nicht genügend Vorräte oder es war ein Rachefeldzug gewesen. Die Lakota führten keinen Krieg gegen die Blackfeet, aber er war für die Sicherheit des Dorfes verantwortlich. Vorsichtshalber wollte er Späher ausschicken, um die Umgebung des Dorfes zu sichern.
Dann sah Zwei-Pferde auf den zusammengesunkenen Crowjungen. Auch für ihn musste eine Lösung gefunden werden. Er war noch ein Kind und es war nicht ehrenvoll, ihn wie einen Gefangenen zu behandeln. „Wo soll der Junge bleiben?", überlegte er laut.
„Er könnte bei uns bleiben", bot Tschetan-withko sofort an.
Zögernd legte der Häuptling den Kopf schief. „Deine Frau ist eine Psa! Vielleicht ist es besser, ihn in ein Zelt zu geben, in dem er schnell unsere Sprache lernt?"
Wah-bo-sehns folgte mit gesenktem Kopf der Unterhaltung und verstand, dass die Männer über das Schicksal des Kindes entschieden. Beschützend legte sie den Arm um seine Schultern und bat um sein Leben: „Hitschikyata-sein-Sohn-von-Heiligen Mann! Er-nicht-gegen-euch-kämpfen!"
Ein wenig unwirsch machte Zwei-Pferde eine abfällige Handbewegung. „Er-sein-Psa! In-Zukunft-er-kämpfen!"
Unsicher schaute Wah-bo-sehns auf den Häuptling, denn trotz seiner harten Worte blitzten seine Augen nicht unfreundlich. Er wirkte eher, als hätte er plötzlich einen guten Einfall.
„Wir könnten Bärenkralle fragen. Er lebt allein, vielleicht braucht er jemanden, der ihm hilft. Auch er ist ein Heiliger Mann." Er teilte seine Gedanken Wah-bo-sehns mit, die zu seiner Überraschung zustimmte.

In einfachen Worten flüsterte sie: „Es ist gut!“ Ihre Stimme brach vor Trauer, trotzdem beugte sie sich zu dem Kind hinunter und redete erleichtert auf ihn ein. „Du wirst bei dem Heiligen Mann leben.“
„Ich will nicht bei den Lakota bleiben“, widersetzte sich Hitschikyata.
„Du wirst bei ihnen leben, bis du alt genug bist, um eine eigene Entscheidung zu treffen. Dann kannst du gehen, wohin du willst und gegen deine Feinde ziehen.“
Er starrte sie respektvoll an. Sie hatte recht. „Werde ich dich sehen?“
„Ja! Dieser Mann hier hat mich zur Frau genommen und ich lebe nun bei ihm.“ Das Wort hatte einen bitteren Beigeschmack. Leben! Ja, sie lebte noch! Ohne Tschetan-withko wäre sie jetzt auch tot. Hatte Ahbadt-dadt-deah diesen Weg für sie gewählt, damit sie lebte?
Der Junge dachte an ihr Baby. „Lebt dein Baby noch?“
Wah-bo-sehns sah die Sorge in seinen Augen und war überrascht über die Anteilnahme des Kindes. Trotz ihrer Tränen lächelte sie. „Ja! Sie ist jetzt die Tochter dieses Kriegers und heißt Graueulenmädchen.“
Hitschikyata sah prüfend auf den Krieger, den sie Ehemann nannte. Tschetan-withko hielt dem Blick stand, denn er hatte sich nichts vorzuwerfen. Es war das Recht des Siegers und er hatte seinen Großmut bewiesen.
Hitschikyata senkte die Augen. Er würde bei den Lakota bleiben und sich vergewissern, dass es Wah-bo-sehns gut ging. Das war eine gute Entscheidung!

Zwei-Pferde führte das widerstrebende Kind zu Bärenkralle und schob ihn ins Zelt des Heiligen Mannes. Ein kleines Feuer brannte in der Mitte und überall hingen Bündel an den Wänden. An der Decke baumelten ausgestopfte Vögel und irgendwelche Hölzer klapperten aneinander. Hitschikyata schluckte schwer. Hier sollte er bleiben? Er blickte auf den alten Mann, der mit stechenden Augen an ihm vorbeiblickte, als wäre er gar nicht anwesend und sein Herz wurde schwer.
Ohne Umschweife berichtete Zwei-Pferde, was mit dem Crow passiert war. „Dieser Junge hat als einziger überlebt. Er ist der Sohn eines Heiligen Mannes und wir dachten, dass er vielleicht bei dir bleiben kann. Er ist jung und kräftig. Vielleicht kann er dir ein wenig helfen?“

Bärenkralle war überrascht, aber vielleicht war es keine schlechte Idee, den Jungen zu nehmen. Manchmal wünschte er sich einen Gehilfen, aber unter den Kindern des Dorfes war im Moment niemand, der den nötigen Ernst hatte. Dabei dachte er missbilligend an die wilde Horde von Knaben, die seiner Meinung nach nur Unsinn im Kopf hatte. Er runzelte die Stirn und blickte prüfend auf den Jungen, der müde und traurig vor ihm stand. Er würde ihn eine Weile bei sich behalten und einfach abwarten, ob sich der Junge bei ihm einlebte oder nicht.

„Hetschetu! Er kann bleiben." Er machte eine einladende Geste zu einem Fell in der Nähe des Eingangs, dann schöpfte er etwas Eintopf aus dem Kessel. Hungrige Augen, die in dem schmalen Gesicht riesengroß wirkten, blickten ihn an und der Schein des Feuers spiegelte sich in ihnen. „Wie die Weisheit der Sterne!", dachte der Medizinmann in einer plötzlichen Vorahnung.

Hitschikyata fielen während des Essens die Augen zu und vor Erschöpfung kippte er um.

Der Medizinmann deckte ihn zu, dann lehnte er sich zurück, um über die neue Situation nachzudenken. Warum schickte Wakantanka ausgerechnet jetzt drei Psa in sein Dorf? Hatten die Frau und die Kinder vielleicht eine besondere Bedeutung? Dann dachte er darüber nach, welchen Status er dem Jungen geben sollte. Er war kein Gefangener und sein Sohn war er auch nicht. Vielleicht sollte er ihn „Gehilfen" nennen, obwohl er dafür eigentlich noch zu jung war. Er würde eben schnell erwachsen werden müssen, aber nach dem, was er erlebt hatte, würde er ohnehin kein unbeschwertes Kind mehr sein.

Am nächsten Morgen rief der Medizinmann nach Otter, der schüchtern und ein wenig ängstlich vor ihn trat. Er bat das Kind, seinen neuen Gehilfen zum Fluss mitzunehmen und ihm alles zu zeigen. Er wählte mit Bedacht ein Kind, das ein wenig jünger war und respektvoll zu seinem neuen Gehilfen aufschauen würde.

Otter hob den Kopf, als er eine so ehrenvolle Aufgabe erhielt. Wan, er durfte dem neuen Gehilfen alles zeigen! Seine runden Augen strahlten von tausend Lachfältchen umgeben, ganz wie bei seinem Vater Tschoka-sapa. Stolz warf er seine mit Otterfell umwickelten Zöpfe nach hinten und wartete. Der Medizinmann winkte Hitschikyata herbei und erlaubte ihm, mit Otter mitzugehen. Zufrieden sah er den beiden Knaben nach, die in Richtung Fluss flitzten.

Otter brachte Hitschikyata zu der Stelle, an der die anderen Jungen fröstelnd in das Wasser sprangen. Sofort stand eine Horde Jungen um sie herum, die neugierig den Crowjungen anstarrten. Otter kam sich ungeheuer wichtig vor, als er ihnen den neuen Gehilfen des Medizinmannes vorstellte. Respektvoll sahen sie ihn an und begannen umständlich mit ihm in Zeichensprache zu reden. Sie kicherten ein wenig über seinen Namen, der für ihre Zungen ungewohnt war, aber dann bewunderten sie dessen Bedeutung: Wolf mit dem roten Kopf! Ein starker Name!

Bald lachten alle, als der Crowjunge versuchte, einige Wörter in ihrer Sprache nachzusprechen. Aber es war gutmütiges Gelächter und Hitschikyata staunte, wie freundlich sie ihn aufnahmen.

Er wäre gerne zu Wah-bo-sehns gegangen, doch er wusste nicht, ob es ihm erlaubt war. Er machte eine fragende Handbewegung und sagte deutlich „Wah-bo-sehns?"

Otter brachte ihn zu Tschetan-withkos Zelt. Beide Jungen traten ein, dann setzten sie sich schweigend an das Feuer.

Hitschikyata gefiel, was er sah. Der große Krieger saß am Feuer und hielt das Baby auf dem Schoß, während sich Wah-bo-sehns vorbeugte, um nach dem Essen zu sehen. Mit verweinten Augen begrüßte sie ihn und fragte in der Sprache der Crow, wie es ihm ergangen war.

Er war etwas verlegen. „Gut, alle sind freundlich zu mir, nur der Heilige Mann macht, dass meine Brust eng wird."

Tschetan-withko lachte auf und sagte etwas zu seiner Frau, unterstrichen mit Gesten.

Wah-bo-sehns übersetzte: „Er meint, dass du keine Angst zu haben brauchst. Bärenkralle ist ein guter Mann."

Woher hatte der Krieger verstanden, was er gesagt hatte? Konnte er etwa Crow sprechen? Er schaute prüfend auf den Krieger, der gutmütig schmunzelte. Nein! Offensichtlich hatten alle Kinder ein wenig Angst vor dem Heiligen Mann! Er lächelte zurück und nickte verstehend.

Otter zog ihn ungeduldig am Hemd, denn er wollte nicht zu lange bleiben und sich womöglich den Ärger des Medizinmannes zuziehen. Nur zögernd stand Hitschikyata auf, um seinem neuen Freund zu folgen. Eilig flitzten sie zurück zu Bärenkralle und Otter verabschiedete sich hastig. Er wollte nicht zu lange unter den stechenden Augen des Medizinmannes verweilen. Hitschikyata hatte keine Angst mehr, sondern stürzte sich hungrig auf das Essen. Dann

lauschte er den neuen Worten, die ihn Bärenkralle geduldig lehrte. Er wollte schnell die neue Sprache lernen, damit er sich bald richtig mit den anderen Jungen unterhalten konnte.
Bärenkralle war zufrieden. Der Junge vor ihm lernte schnell, bemüht, die Worte richtig nachzusprechen. Außerdem hatte er keine Angst vor ihm. Das war gut so und Bärenkralle lächelte. Er schickte ihn zum Holz sammeln, obwohl der Junge bald zu alt war, um diese Dinge zu tun. Später wollte er ihn wieder mit den anderen Kindern spielen lassen.

Pferdegetrappel ertönte, als eine Gruppe junger Krieger aufbrach, um auf Kundschaft zu gehen, im Winter normalerweise eine übertriebene Vorsichtsmaßnahme. Doch für Schwarzer-Rabe, Rote-Erde und Fisch eine willkommene Abwechslung. Außerdem beunruhigte sie der Überfall auf das Crowdorf. Sie glaubten nicht an einen Angriff der Blackfeet, denn diese respektierten die Macht der Lakota. Wenn aber die Blackfeet im Winter soweit vordringen konnten, dann konnten es andere Feinde auch. Die Krieger erforschten die Gegend westlich ihres Dorfes, um nach weiteren Crowdörfern zu suchen, die eine Gefahr darstellen würden. Doch die Hügel und Täler waren menschenleer, offensichtlich hatten sich die Crow weit nach Westen zurückgezogen.
Schwarzer-Rabe führte die Männer in die Wolfsberge zurück und wich nach Süden aus. Fisch hoffte insgeheim auf eine feindliche Begegnung, um seinen Mut zu beweisen, doch er war diszipliniert genug, sich an ihren Auftrag zu halten. Sie waren nicht auf einen Kriegszug geschickt worden, sondern sicherten die Umgebung ihres Dorfes in einem Abstand von zwei bis drei Tagesritten. In den vielen Schluchten und Senken hätte man eine ganze Armee verstecken können. Manchmal wippten über dem Kamm einer Anhöhe nur die Federn oder die Spitzen der Lanzen. Dann lösten sich die Umrisse der Reiter aus der glitzernden Kälte. Schwarze Ringe um die Augen sollten gegen die Helligkeit, die sie blendete, helfen, aber aus der Ferne sah es aus, als trügen sie Schneebrillen wie die Trapper. Gegen die Kälte hatten sie sich um die Hüften in blaue Decken gehüllt, doch ihre Oberkörper steckten in bunt geschmückten Hemden aus dickem Wildleder. Fransen flatterten von ihren Ärmeln hinunter, wenn sie die Hand an die Stirn legten und über das endlose Land blickten.

Weiter südlich stießen sie plötzlich auf eine frische Spur. Es war unmöglich zu erkennen, um welche Krieger es sich handelte, oder wie viele Reiter sich vor ihnen befanden, weil diese hintereinander geritten waren. Vorsichtig folgten sie der Spur, nutzten die Deckung der Kiefern, bis sie in einiger Entfernung leise Geräusche hörten.
Fisch hielt die anderen mit einer hastigen Handbewegung zurück. Seine dichten Augenbrauen zogen sich angespannt zusammen. Schnell verschwanden sie hinter einigen Bäumen und glitten von den Pferden. Sie ließen Rote-Erde als jüngsten Krieger bei den Pferden zurück und machten sich zu Fuß auf den Weg. Ohne Worte verständigten sie sich mit Handzeichen und schlichen sich an die fremden Krieger heran. Geduckt huschten sie über die verschneite Landschaft, nutzten jede Deckung, die sich ihnen bot. Zerklüftete Felsen, umgestürzte Kiefern, alles war geeignet die Anwesenheit der Männer zu verschlucken.

Dann sahen sie in einer Senke unter sich die fremden Krieger. Bürstenhaarschnitt! Vor Fett glänzende Gesichter gegen die Kälte, blaue Leggins aus den Wolldecken der Weißen geschnitten. Armeekarabiner auf dem Rücken. Palani! Pawnee! Fassungslos lagen Fisch und Schwarzer-Rabe im Schnee und blickten sich vielsagend an. Die lange Narbe in dem Gesicht von Schwarzer-Rabe zuckte. Palani! Und so weit westlich! Sie zählten an die zehnmal sechs Krieger. Eine gewaltige Bedrohung für ihr Dorf. Gutturale, kehlige Stimmen drangen zu ihnen hinüber, manchmal erklang ein leises Lachen. Diese Krieger fühlten sich sicher. Auf den Rücken ihrer Ponys hingen Proviantttaschen der Armee und viele trugen Uniformjacken. Wahrscheinlich waren diese Pawnee Scouts für irgendein Fort. Aber im Winter? Was taten sie hier? Auf eigenes Risiko ein wenig Beute machen, vielleicht ein paar ihrer Feinde töten?
Unendlich langsam schlichen sich die zwei Lakota zurück. Nutzten die vielen Sommer der Ausbildung, die es ihnen ermöglichte, völlig lautlos zu verschwinden. Wenn jene Palani sie nur nicht entdeckten! Sie mussten das Dorf warnen.
Schwarzer-Rabe dachte an seine Kinder und an das Dorf der Psa, das völlig ausgelöscht worden war. Diese Feinde hier hätten sicherlich kein Mitleid mit Graueulenmädchen oder seiner Tochter Regenwolke. Die Krieger vom Volk der Lügner waren hier, um zu töten! Trotz der Kälte brach ihnen der Schweiß aus, als sie sich langsam auf allen Vieren zurückbewegten.

Atemlos erreichten sie Rote-Erde, der ungeduldig auf ihre Nachricht wartete. Fisch wagte nur zu flüstern: „Palani! An die zehnmal sechs!" Rote-Erde schüttelte ungläubig den Kopf. Das waren sehr viele! Zu viele! Schwarzer-Rabe hauchte fast: „Wir warten besser, bis es dunkel ist, ehe wir heimreiten."
Der sonst eher unbeherrschte Fisch stimmte ihm zu. Hier ging es nicht um Ehre, sondern um das Überleben ihres Dorfes. Er glaubte nicht, dass die Pawnee ihr Dorf gefunden hatten, doch die Gefahr durfte nicht unterschätzt werden. In der Dunkelheit machten sie sich auf den Rückweg. Vorsichtig führten sie ihre Ponys in der Spur der Pawnee zurück. Mit Zweigen verwischten sie die Hufabdrücke und hofften, dass es niemandem auffiel, dass sie in die andere Richtung führten. Dann ritten sie ein kurzes Stück durch das eisige Wasser eines Baches. Sie wählten keinen direkten Weg, falls die Pawnee doch ihre Spuren fanden, sondern gingen mehrere Male über felsiges Gebiet und nahmen Umwege in Kauf. Immer wieder verschwanden sie in den tiefen Schluchten, duckten sich zwischen den Zweigen der Bäume.

Dann erreichten sie endlich ihr Dorf und ritten müde und erschöpft zum Zelt ihres Anführers. Palani! Irgendwo begann jemand wütend eine Trommel zu schlagen. Schwarzer-Rabe blieb das Herz stehen, aber sie waren sicherlich außerhalb der Hörweite ihrer Feinde. Feuer wurden entzündet, um welche die Krieger tanzten, um sich Mut zu machen.
Dann versammelten sich die Krieger im Zelt von Zwei-Pferde und diskutierten erregt. Die Pawnee waren eine erhebliche Gefahr und sie überlegten, wie sie darauf reagieren sollten.
Fisch sprang hitzig auf. „Wir sollten unsere Krieger nehmen und gegen sie kämpfen! Es ist besser, wir finden sie, nicht sie uns!"
Mit seinen buschigen Augenbrauen und finsteren Augen wirkten seine Worte noch glaubwürdiger. Ja, er wollte kämpfen!
Alle kannten ihn als Hitzkopf, doch alle bewunderten seinen Mut. Viele-Feinde und Biber stimmten ihm lauthals zu. Nach ihrem Raubzug bei den Crow wurden sie übermütig und wollten weiteren Ruhm ernten.
Tschoka-sapa schüttelte den Kopf. Sein runzliges Gesicht legte sich in noch mehr Falten, als er an seine Familie dachte, die dann ungeschützt den Feinden ausgeliefert war. „Nein! Unsere Frauen und Kinder sind dann ohne Schutz. Das ist kein guter Plan. Wir sollten

weiter in die Ebenen ziehen und uns verstecken. Zehnmal sechs Palanikrieger sind zu viele für unser Dorf! Wir haben vielleicht die Hälfte kampffähiger Männer!"
Fisch entgegnete angewidert: „Ein Mann, der sich versteckt wie ein Hase, dem wird niemand folgen! Ich kämpfe lieber und zeige allen Feinden, was es heißt, ein Lakotadorf anzugreifen!" Sein muskulöser Oberkörper strotzte vor Selbstbewusstsein.
Tödliches Schweigen herrschte nach diesen beleidigenden Worten und alle sahen entsetzt auf Tschoka-sapa. Dieser blickte Fisch zornbebend an. Seine sowieso schon herabhängenden Mundwinkel zeigten deutlich seine Verachtung. Leise zischte er mit unterdrückter Wut: „Du weißt, dass ich kein Feigling bin! Aber du hast noch keine Kinder, um die du dich sorgen musst. Ich sage, dass so viele Palani unser Dorf niedermetzeln werden."
Fisch erkannte, dass er zu weit gegangen war und hob entschuldigend seine Hände. „Alle wissen, dass du ein großer und tapferer Krieger bist, aber es ist nicht klug, wie ein Hase davonzulaufen. Was, wenn uns jene Palani auch dort finden?"
Zustimmendes Gemurmel erklang und alle waren froh, dass er seine Worte abgeschwächt hatte.

Tschetan-withko stand auf und alle schauten interessiert, was er zu sagen hatte. „Ich denke, wir sollten aufbrechen und uns mit einer anderen Sippe zusammenschließen. Wir sind zu schwach, um mit so vielen Palani zu kämpfen, doch gemeinsam haben wir genug Krieger, um sie zu besiegen."
„Aho!", murmelten die anderen, bewunderten die respektvolle Art, mit der Tschetan-withko vermittelte.
Fisch wollte etwas erwidern, doch er überlegte es sich anders. Tschetan-withko war sein bester Freund und er achtete dessen Meinung. Fast verlegen stimmte er zu: „Eine gute Idee! Wir wären stark und unsere Frauen und Kinder in Sicherheit."
„Wir könnten nach Norden gehen und uns dem Dorf von Sitting Bull anschließen", schlug Tschoka-sapa vor.
Traumpfeil legte zweifelnd den Kopf schief. „Diesen Winter ist es zu warm. Der Yellowstone-Fluss ist nicht gefroren. Wie sollen wir ihn im Winter überqueren?"
„Was schlägst du vor?"
„Ich würde nach Osten gehen und nach den Dörfern der Oglala oder Miniconjou suchen."

Zustimmendes Gemurmel erklang, dann blickte Zwei-Pferde in die Runde und bat um Ruhe. „So sei es! Wir brechen morgen auf und suchen die Lagerplätze der anderen Lakota."
Sie verließen das Tipi, um ihren Frauen zu sagen, dass sie packen sollten. Der Rufer ging bereits durch das Dorf, um allen die Entscheidung mitzuteilen.

Tschetan-withko ging zu seinem Zelt und fand es verlassen vor. Beunruhigt schaute er sich um und fand eine einzelne Spur, die zu den Bäumen führte. Er würde seiner Frau gehörig die Meinung sagen, wenn er sie fand! Unter diesen Umständen das Lager zu verlassen, war einfach zu unvernünftig!

Wah-bo-sehns kniete am Fluss und betete für ihr Volk. Traurig dachte sie an all die Menschen, die gestorben waren: Stille-Frau, ihre Schwiegermutter, immer sanft und freundlich; Medicine-Stone, ihr weiser Medizinmann und seine Frau! Oh Ah-badt-dadt-deah! Dann dachte sie an Blaue-Libelle und ihr Baby. Es war ein wenig älter als Graueulenmädchen gewesen. Jetzt lebte es vielleicht in einem Zelt der Blackfeet, wenn es überhaupt lebte. Was machte Männer so grausam? Wieder stieg die Erinnerung an ihre eigene Entführung in ihr hoch. Die Todesangst, das klägliche Weinen ihrer Tochter, das schwarze Gesicht des Mannes, der jetzt ihr Ehemann war. Ihre Finger spielten zitternd mit dem Saum ihres Kleides. Es war nicht ihr schmutziges Trauerkleid, sondern das schöne Hirschlederkleid, das sie bestickt hatte. In ihrer Panik hatte sie bei dem Angriff auf ihr Dorf nach dem erstbesten Kleid gegriffen. Vielleicht hatte Tschetan-withko aus diesem Grund nicht gleich gesehen, dass sie eine Witwe war: weil sie das schöne Kleid getragen hatte. Hätte er sie getötet, wenn sie in Lumpen und schmutzig im Schnee gelegen wäre? Sie dachte nicht mehr an Flucht. Wohin denn? Zu ihrer Mutter? Hier hatte sie wenigstens einen Mann, der sie versorgte. Tschetan-withko war freundlich und er bemühte sich um Graueulenmädchen. Es gab ihr jedes Mal einen Stich, wenn Tschetan-withko mit dem Baby spielte. Dann stellte sie sich vor, dass Micgy noch lebte und seine Tochter in die Luft wirbelte, bis sie vor Vergnügen krähte. Aber für Graueulenmädchen war jetzt Tschetan-withko der Vater und sie dankte es dem fremden Krieger, dass er sich so sehr an dem Kind erfreute. Ah-badt-dadt-deah ging merkwürdige Wege: Die Blackfeet waren ihre Feinde, ebenso die Lakota. Doch jetzt lebte sie unter ihnen und ein Mann nannte sie seine Ehefrau. Es gab kaum einen Unterschied in ihrer Lebensweise und sie verstand den ganzen Hass nicht, der zwischen ihren Völkern herrschte.

Sie hörte Schritte im knirschenden Schnee und blickte mit verschwommenen Augen hoch. Tschetan-withko! War er verärgert, weil sie sich vom Dorf entfernt hatte?

Tschetan-withko schaute auf die trauernde Frau. Großer Geist! Sein Zorn verrauchte augenblicklich und er kniete sich vor sie hin. Behutsam nahm er ihre kalten Hände in die seinen und drückte sie. „Mitawitschu!", flüsterte er und benutzte zum ersten Mal das einzige Wort, das alles ausdrückte. Mitawitschu, meine Ehefrau.

Sie senkte ihre Augen, damit er ihre Tränen nicht sah. „Tschantémaschitsche, Mihigna!" – Ich bin traurig, mein Mann! Dann fügte sie in Zeichensprache hinzu: „Mein-Volk-tot."

„Du hast jetzt ein neues Volk und Hitschikyata und Graueulenmädchen auch. Wir werden euch schützen!" Er unterstrich seine Worte mit deutlichen Zeichen.

Sie nickte dankbar bei seinen tröstenden Worten. Er würde sie beschützen, das wusste sie.

„Mihakab-u-wo!" – Folge mir, forderte er sie auf. „Wir ziehen fort!"

Sie erhob sich und stampfte mit ihren Füßen auf, weil ihre Beine eingeschlafen waren. Tschetan-withko gab ihr die Wiege und ging mit großen Schritten voran. Wah-bo-sehns sah auf den breiten Rücken des Kriegers, der sich geschmeidig vor ihr bewegte. Wie leicht hätte dieser kräftige Mann sie töten können. Sie verstand nicht, warum er gezögert hatte und bezweifelte, ob die Blackfeet Mitleid gehabt hätten. Sie schauderte bei dem Gedanken und beeilte sich, ihm zu folgen. Angst griff nach ihrem Herzen, als sie daran dachte, was mit ihrem Absarokeedorf passiert war.

Dann schlüpfte sie in ihr Zelt und begann das Hab und Gut ihres Mannes in den bunten Taschen zu verstauen.

Am nächsten Morgen war der ganze Stamm unterwegs. Die Krieger hatten die struppigen Ponys eingefangen, die Frauen bauten die Tipis ab und verschnürten sie zu dicken Bündeln. Die wertvollen langen Stangen der Zelte wurden an einem Ende über den Pferderücken gekreuzt, die anderen Enden schleiften im Schnee, beladen mit den schweren Bündeln. Viele Frauen mussten laufen, weil die Pferde mit ihrem Hab und Gut beladen waren. Sogar große Hunde zogen Travois hinter sich her, bepackt mit den Vorräten des Stammes. Die anderen Hunde rannten kläffend voraus, genauso bunt gefleckt wie die Ponys. Eigentlich sahen die Hunde aus wie zu klein geratene Pferde, allerdings ohne Mähne. Ein Trupp Krieger stob auf ihren Ponys vorbei, um den Zug zu flankieren. Sie hielten ihre Waffen schussbereit in den Händen und machten einen verwegenen Eindruck.

Ansonsten war die Marschordnung streng vorgegeben. Ganz vorne ritten die Späher voraus, dann folgten die Würdenträger des Stammes, sogenannte Wakintschusas, die auch das Feuer und die heilige Pfeife trugen. Sie beschlossen, wohin der Zug reiste und bestimmten die Rastplätze für die Nacht. An den Seiten und am Ende des Zuges befanden sich die Krieger, denen eine Art Schutz- und Ordnungsfunktion übertragen worden war. Diese Akitschitas überwachten, dass sich niemand entfernte oder zu sehr bummelte. Die Strafen bei Übertretung waren streng, denn auf Wanderschaft war der Stamm verletzbar und jede Übertretung gefährdete die anderen. Eine Horde Jungen preschte an ihnen vorbei und die Krieger schüttelten missbilligend die Köpfe. Für die Jungen war das alles nur eine willkommene Abwechslung.

Lediglich Hitschikyata verstand die Gefahr, in der sie alle schwebten. Er hatte ein Pony und ritt neben dem Medizinmann, der als Heiliger Mann den Zug anführte. Sehnsüchtig blickte er den anderen Jungen hinterher. Gerne hätte er sich ihnen angeschlossen.

Bärenkralle bemerkte den Wunsch des Jungen und entließ ihn mit einer großzügigen Handbewegung. Er durfte nicht vergessen, dass Hitschikyata immer noch ein Kind war.

Sie kamen nur langsam voran und Tschetan-withko blickte stirnrunzelnd auf die breite Spur, die sie im Schnee hinterließen. Wirklich eine deutliche Einladung für ihre Feinde, ihnen zu folgen! Er hoffte, dass Waziya bald neuen Schnee schickte. Sie folgten dem Rand der Wälder, immer den Zeichen hinterher, welche die Späher hinterließen. Es schneite endlich, und Tschetan-withko sah befriedigt, wie ihre Spur zugeweht wurde. Jetzt waren sie einigermaßen sicher, so schnell würden die Pawnee sie nicht finden.

Am Abend hielten sie in einer kleinen Schlucht und Bärenkralle rauchte mit den anderen Wakintschusas die heilige Pfeife und bedeutete damit den Menschen, dass sie hier rasten würden. „Eine Nacht!“, signalisierten sie. Schnell bauten die Frauen einige Notzelte auf. Immer einige Familien teilten sich ein Zelt und saßen dichtgedrängt um das Feuer. Viele waren erschöpft und so kehrte bald Ruhe ein.

In den nächsten Tagen überschritten sie den Powder-Fluss und zogen weiter nach Osten. Der hohe Schnee hinderte sie beim Vorwärtskommen und ermüdete die Frauen und Mädchen. Es war beschwerlich, das Lager im Winter zu verlegen und die sonst sanften Hügel wurden zu fast unüberwindbaren Hindernissen. Wehmütig saß Wah-bo-sehns auf einem Pony und ihr Blick schweifte über die unbekannte Landschaft. Noch nie war sie so weit im Osten gewesen. In der Ferne sah sie markante Punkte, schroffe Felsen oder graue Höhenzüge, an denen sich die Späher orientierten, aber für sie war das alles verwirrend. Ihre Kehle wurde eng, als sie an ihre Heimat dachte, an ihr Dorf und ihre Familie. Würde sie ihre Mutter je wiedersehen? Wo brachte dieser Mann sie hin?
Wieder zogen sie über verschneite Ebenen, lagerten in den Flussauen, wo es wenigstens Feuerholz gab. Warum verließen die Lakota den Schutz der Wälder? Der Wind peitschte über die hügelige Landschaft, ungebremst von Wäldern oder Bergen und fröstelnd hüllten sich die Menschen in ihre Decken.
Wah-bo-sehns hatte ihr Baby in eine weitere Decke gehüllt und hielt das Bündel vor sich im Sattel. Sie hoffte auf das Ende der Reise, denn ihre Tochter nieste bereits und gelblicher Schleim sammelte sich um die kleine Nase.

Dann erschien in der Ferne der lange Höhenzug einer Bergkette und stolz wedelte Tschetan-withko mit seiner Hand in diese Richtung. „Das sind die Che-sapa! Die Schwarzen Berge! Dort wird uns niemand bedrohen.“
Die Lakota erreichten die bewaldeten Ausläufer des Gebirges und atmeten erleichtert auf. Hier war das Kerngebiet ihres Volkes und hier würden sie Schutz finden. Trotzdem brauchten sie zwei weitere Tage, ehe die Späher ein anderes Dorf der Lakota fanden. Früher waren die Winterlager allen bekannt gewesen. Doch durch die Eisenbahn und die Bedrohung der Weißen war ihre Welt aus den Fugen geraten und die Menschen hatten sich neue Lagerplätze suchen müssen. Viele lebten bereits in der Nähe der Agenturen und nahmen die

Lieferungen der Weißen an, doch einige Gruppen zogen es vor, auf die altbewährte Art zu leben und lehnten den Kontakt mit den Weißen ab. Eine Gruppe Jungen stakste ihnen auf dürren Ponys durch den Schnee entgegen und sie wurden mit großer Freude begrüßt. Sonst traf man sich erst zur großen Ratsversammlung im Sommerlager, sodass das Erscheinen dieser Familien eine willkommene Abwechslung war. Freunde und Familien begrüßten sich überschwänglich, im Nu waren die Zelte der Ankömmlinge aufgebaut. Selbst die drohende Gefahr der Pawnee konnte die Wiedersehensfreude nicht schmälern und am Abend brannte ein großes Feuer, um das ausgelassen getanzt wurde. Ältere Männer saßen um eine große Trommel, schlugen einen gleichmäßigen Rhythmus, dazu sangen sie eine Melodie, die den anderen Kraft und Mut geben sollte. Die Krieger tanzten mit ihren Waffen um das Feuer und legten ihre Kriegsbemalung an.

Wah-bo-sehns sah mit gemischten Gefühlen, wie sich ihr Mann das Gesicht schwarz bemalte. Es erinnerte sie wieder an seine schwarze Fratze, an die Todesangst, die sie ausgestanden hatte. Doch dieses Mal ging es nicht gegen die Crow, sondern er legte die Farbe an, um sie und ihr Kind zu beschützen. Sie saß mit den anderen Frauen etwas abseits und sie schauten den Männern zu, die sich Mut für den Kampf gegen die Pawnee machten.

Tage vergingen, ohne dass etwas geschah. Niemand rechnete mehr damit, dass die Pawnee ihnen so weit folgen würden und die Aufmerksamkeit ließ nach.

Wah-bo-sehns achtete sorgfältig darauf, ihre Tochter warm zu halten und gab ihr einen Tee von Uinohnah.

Normalität kehrte in das große Dorf ein. Die Jungen hatten zwei Banden gebildet und spielten Krieg gegeneinander, was bedeutete, dass regelmäßig ein Junge ordentlich mit Schnee eingeseift wurde. Die Frauen holten gemeinsam Holz aus dem endlosen Wald und die Männer brachen zu Jagdzügen auf. Auch im Winter gab es Rotwild zu jagen oder sie fingen Stachelschweine, die wegen ihrer Borsten bei den Frauen sehr beliebt waren. Sie färbten die Borsten in verschiedenen Farben und bestickten dann die Kleidung damit. Abends saß man in den Tipis zusammen und tauschte Neuigkeiten aus. Tschetan-withko hatte bereits unzählige Male von seinem Raubzug gegen die Crow erzählt, so verkroch er sich lieber zu seiner Frau in das Zelt. Wah-bo-sehns verließ ihr Tipi so selten wie möglich. Ihr machten die vielen neuen Gesichter Angst und sie wich den abschätzenden Blicken aus. Sie wartete scheu, bis Uinohnah sie holte, um mit ihr zum Fluss zu gehen.

Uinohnah verstand, dass Wah-bo-sehns die vielen Menschen mied. So verbrachten die zwei Frauen viel Zeit miteinander und Wah-bo-sehns fühlte sich bei ihrer Schwägerin geborgen.
Sie ließ sich die schönen Muster der Lakota zeigen und begann damit, ihrem Mann die Mokassins und Leggins zu besticken.
„Warum nähst du nicht ein schönes Kleid für dich?", schlug Uinohnah vor.
„Bald!", wehrte Wah-bo-sehns ab. Sie trug ein einfaches Arbeitskleid, das sie sich genäht hatte, um ihr schönes Gewand zu schonen. Nur die langen Fransen umspielten ihre Beine, wenn sie sich anmutig bewegte, ansonsten hatte das Kleid keine Verzierung. Erst wollte sie den Lakota beweisen, dass auch die Absarokee fleißige Frauen hatten und ihre Männer gut versorgten. In ihren Händen entstand ein schönes blaues Muster an Tschetan-withkos Beinkleidern. Gutmütig blickte Uinohnah auf die neue Frau ihres Bruders. Sie fügte sich gut ein. „Magst du Tschetan-withko?", fragte sie ein wenig neugierig, aber Wah-bo-sehns verstand die Frage nicht.
„Tschetan-withko waschteyalaka he?", wiederholte Uinohnah den Satz und fügte eine erklärende Geste hinzu.
Entgeistert schaute Wah-bo-sehns ihre Schwägerin an. Erwartete sie tatsächlich eine Antwort? Dass sie irgendetwas für diesen Mann, der sie geraubt hatte, empfand? Verlegen senkte sie die Augen und schwieg.
„Lass!", entschuldigte sich Uinohnah. Es war noch zu früh, die fremde Frau diese Dinge zu fragen. „Du wirst sehen! Tschetan-withko ist ein guter Mann!"

Es war schon fast Frühling, als die Pawnee das Dorf der Lakota fanden, viele Skalpe bewiesen, dass sie bereits ein anderes Dorf heimgesucht hatten. Sie befanden sich auf dem Rückweg zu ihren Dörfern, weit im Süden am Platte-Fluss und ihr Weg führte sie mitten durch das Gebiet ihrer Feinde. Sie fühlten sich stark und sicher, wussten sie doch genau, dass die Winterdörfer der Lakota eher klein waren, damit die Pferdeherden genügend Futter fanden. So war es ein Leichtes, ein ahnungsloses Dorf zu überfallen und Beute zu machen. Mit erwartungsvollem Grinsen sahen sie auf das schlafende Dorf hinunter. Dort würde es viel Beute geben und sie fieberten dem Kampf entgegen. Lautlos trieben sie ihre Pferde den Hang hinunter und teilten sich in zwei Gruppen. Die eine Gruppe sollte Verwirrung stiften und die andere den Frauen den Weg abschneiden, wenn sie zum Fluss flüchten wollten. Es würde ein großartiger Sieg werden!

Der Angriff der Pawnee traf die Lakota nicht so unvorbereitet, wie diese es gehofft hatten, doch die Aufmerksamkeit hatte nachgelassen. Außerdem fühlten sich die Lakota stark und glaubten nicht daran, dass die Pawnee ein so großes Dorf angreifen würden.
Tschetan-withko schlief in diesen Tagen tief und fest, ohne die Träume eines Wolfes, die ihn sonst immer begleitet hatten. Er genoss die Anwesenheit seiner neuen Familie, versuchte geduldig, dass Wah-bo-sehns ihre Angst verlor. Ihre Gegenwart machte ihn ausgeglichen und ruhig, nur seine Sinne reagierten unbewusst auf die drohende Gefahr, in der sie ständig schwebten. So überraschte ihn das plötzliche Kriegsgebrüll, doch es überrumpelte ihn nicht. Blitzschnell griff er nach seinen Waffen, hechtete aus dem Zelt, um mit den anderen Kriegern den Rückzug der Frauen und Kinder zu decken.

Wah-bo-sehns Herz schlug bis zum Hals, als sie vor den Pawnee flüchtete. Sie hatte die Wiege mit Graueulenmädchen an ihre Brust gepresst. Der Kopf des Kindes baumelte bei jedem Sprung hin und her, da sie das Kind in der Hast nicht richtig festgebunden hatte. Schreckensbleich erblickte Wah-bo-sehns weitere Pawneekrieger, die plötzlich seitlich von ihr auftauchten und versuchten, ihr den Weg abzuschneiden. Sie hastete weiter, rutschte mit ihren glatten Sohlen in dem matschigen Schnee aus und stürzte hart zu Boden. Ein Beil verfehlte sie knapp und blieb zitternd im Holz der Wiege stecken. Die Wiege fiel ihr aus der Hand und rutschte im abschüssigen Gelände einige Schritte weiter. Mit einem Schrei hechtete sie hinterher und versuchte stolpernd ihr Kind zu erreichen. Ein Pawneekrieger setzte ihr nach und machte einen gewaltigen Satz. Wie eine Raubkatze riss der Mann sie um und der Sturz nahm Wah-bo-sehns die Luft. Verzweifelt versuchte sie, den Krieger von sich zu schieben und stach mit ihrem Messer auf ihn ein. Die Panik verlieh ihr ungeahnte Kräfte,

doch der Krieger fing ihre Faust ab und drehte ihr brutal das Messer aus der Hand. Es sauste auf sie herunter und traf sie an der Schulter. Aufstöhnend zuckte sie zusammen, dann versuchte sie wieder seine Hand zu ergreifen. Der Pawnee hieb ihr erbarmungslos den Knauf des Messers gegen den Kopf.
Wah-bo-sehns wurde schwindelig, Blitze zuckten vor ihren Augen und kraftlos sank ihr Kopf nach hinten. Verschwommen sah sie das bemalte Gesicht des Pawnee, der drohend auf ihr kniete. Sie war eine leichte Beute! Verächtlich hob er das Messer, um sie endgültig zu töten.
Wah-bo-sehns lag wie erstarrt, sah seinen geschorenen Kopf mit dem Bürstenhaarschnitt und suchte flehend seinen Blick. Doch von ihm hatte sie keine Gnade zu erwarten.
Plötzlich erschlaffte der Körper des Kriegers und sein Blick wurde leer. Blut spritzte Wah-bo-sehns ins Gesicht und für einen Augenblick meinte sie, dass es ihr eigenes war. „Jetzt sterbe ich!", dachte sie erstaunt.
Dann erkannte sie das Gesicht ihres Mannes, das wutentbrannt auf den Feind starrte. Er riss den Körper von ihr herunter und blickte erschrocken auf seine Frau. Sie war verletzt!
Entsetzt kniete sich Tschetan-withko neben sie, dann sah er wie im Nebel, dass Tschoka-sapa auf ihn zuraste, stehen blieb und seinen Bogen spannte. Ein Pfeil sauste haarscharf an ihm vorbei und er dachte kurz, ob sein Freund völlig verrückt war, auf ihn zu schießen. Dann starrte er verständnislos auf einen weiteren Pawnee, der neben ihm zusammensackte. Tschoka-sapa erreichte ihn und zerrte an seinem Ärmel. „Tschetan-withko!", schrie er auf ihn ein. „Ho iyaya-yo! – Vorwärts, du musst kämpfen!"
Tschetan-withko riss sich zusammen. Er hob seine Frau wie ein kleines Kind hoch und trug sie die wenigen Schritte zu der Böschung. Sanft legte er sie unter einen verkrüppelten Baum und wartete auf Tschoka-sapa, der Graueulenmädchen brachte. Er sah das Beil, das den Kopf des Babys nur knapp verfehlt hatte und riss es wütend aus dem Holz. Sein Herz wurde kalt. Er würde den Kopf eines Feindes damit spalten!
Sie hörten schrilles Schreien, als ein Mädchen in langen Sätzen auf die schützenden Felsen zurannte, gefolgt von zwei weiteren Pawneekriegern. Es war Weidenzweig, die Tochter seines Freundes Graudler. Tschetan-withko und Tschoka-sapa sahen sich böse an. Diese zwei Feinde würden nie wieder einer Lakotafrau etwas antun!

Sie warteten, bis das Mädchen an ihnen vorbei war und stellten sich den zwei Pawnee in den Weg. Diese hielten in ihrem Lauf inne und musterten die zwei Lakota, die sich drohend vor ihnen aufstellten. Ihre Lippen verzogen sich verächtlich.
Tschetan-withko warf sich auf einen Pawnee und hieb mit dem Tomahawk auf ihn ein. Der Pawnee war jünger und wendiger und wich dem Schlag aus. Beide stürzten in den matschigen Schnee. Sie rollten eine Weile hin und her, jeder versuchte, das Beil des anderen zu ergreifen und sie hielten sich dabei gegenseitig die Fäuste. Tschetan-withko war viel kräftiger und es gelang ihm, dem anderen das Beil aus der Hand zu schlagen. Jetzt hatte der Feind mit beiden Händen seine Hand ergriffen und hielt das Beil von sich weg. Tschetan-withko verzog böse die Lippen, ergriff mit der freien Hand sein Messer und rammte es dem Pawnee in den Bauch. Dessen Widerstand erschlaffte und Tschetan-withkos Beil traf seinen Kopf. Blut spritzte und färbte den Schnee rot. Triumphierend stieß Tschetan-withko einen Siegesschrei aus und nahm seinem Feind den Skalp. Dann schaute er auf Tschoka-sapa.
Sein Freund lag unter dem Krieger und blutete an der Stirn. Verzweifelt hielt er das Messer seines Feindes von sich weg, doch seine Kräfte versagten langsam. Ohne zu zögern sprang Tschetan-withko zu dem Pawnee und schnitt ihm die Kehle durch. Dieser sackte röchelnd zusammen und ein Schwall Blut ergoss sich auf Tschoka-sapas Hemd. Tschetan-withko schaute befriedigt zu, wie der Feind vor ihm starb, während Tschoka-sapa sich schweißgebadet erhob. „Danke, mein Freund!"
„Du hast mir ebenso geholfen!", sagte Tschetan-withko heiser.
Das junge Mädchen kam zurück, immer noch voller Furcht darüber, was hätte geschehen können.
„Bitte!", bat Tschetan-withko. „Meine Frau ist verletzt! Bleibe bei ihr!"
Das Mädchen starrte ihn verstört an, unfähig auch nur ein Wort herauszubringen.
„Keine Angst! Wir schützen dich!", beruhigte er Weidenzweig.
Wieder nur ein kurzes Nicken, als Weidenzweig auf die blutende Frau blickte, daneben das weinende Baby.
„Kümmere dich um sie! Wir verjagen die Feinde!"
Wut erfüllte Tschetan-withko, als er daran dachte, was die Pawnee beinahe mit ihr gemacht hätten. Er packte Tschoka-sapa und zog ihn in Richtung des Dorfes. Es gab noch viele Feinde zu töten!

Sie liefen zu den Zelten und sahen erleichtert, dass wohl die meisten Frauen und Kinder über den Fluss geflüchtet waren. Zwischen den Lakota und Pawnee war ein gnadenloser Kampf entbrannt. Die Pawnee hatten aufgehört, Frauen und Kinder zu jagen, sondern kämpften um ihr Leben, als Ehemänner und Väter, Brüder und Onkel auf sie einstürmten. Die Lakota waren wütend, erbarmungslos schlachteten sie jeden Pawnee ab, der ihnen in die Hände fiel.
Diese versuchten ihr Heil in der Flucht. Tschetan-withko riss einen fliehenden Feind von seinem Pferd, als er an ihm vorbeidrängte. Kaltblütig hieb er seine Axt in seinen Kopf. Hokahey, heute war ein guter Tag zum Kämpfen!
Tschoka-sapa blickte bewundernd zu seinem Freund. Er war ein guter Kämpfer und seit er eine Frau hatte, wurde er zu einer noch tödlicheren Gefahr.
In einiger Entfernung erblickten sie Fisch, der wie rasend mit zwei Beilen bewaffnet auf zwei Pawnee einschlug, die gemeinsam versuchten, ihn zu überwältigen. Er blutete bereits aus mehreren Wunden und seine Kräfte ließen zusehends nach. Tschoka-sapa und Tschetan-withko beeilten sich, ihm zu helfen. Ihre Augen wurden kalt, als sich das Verhältnis zu ihren Gunsten verschob. Die Pawnee kämpften tapfer, doch gegen drei Krieger hatten sie keine Chance und bald lagen ihre Leichen skalpiert im Schnee.
Fisch kniete erschöpft vor ihnen, sein Hochmut hatte einen gewaltigen Dämpfer erhalten. Zum ersten Mal hatte er in seinem jungen Leben erkannt, wie wichtig der Zusammenhalt des Dorfes war und ihm war klar, dass sie alleine gegen diese furchtbaren Feinde keine Chance gehabt hätten. Er wollte das nächste Mal seine Worte mit Bedacht wählen, schwor er sich, als er dankend auf Tschoka-sapa sah, den er noch vor Kurzem so beleidigt hatte. Tschoka-sapa und Tschetan-withko waren wahrhaftig keine Feiglinge!
Das Kampfgetümmel hatte nachgelassen und viele Pawnee lagen tot im Schnee. Die anderen waren gedemütigt geflohen und würden so schnell nicht wiederkommen.

Tschetan-withko blickte besorgt nach ihren eigenen Toten. Haun! Er sah ein kleines Kind still im Schnee liegen und biss sich auf die Lippen. Weiter vorn lag eine tote Frau, aber er sah noch weitere Menschen regungslos im Matsch liegen. Angehörige scharten sich um die Toten und Klageschreie hallten durch das Tal. Tschetan-withko trat hinzu und Trauer wallte in ihm hoch. Es war Zwei-Pferde, ihr Häuptling, der tot im Matsch lag. Das war ein hoher Verlust für ihren Stamm, denn Zwei-Pferde war ein guter und umsichtiger Anführer gewesen.

Tschoka-sapa und Fisch standen fassungslos neben ihm und Fisch stieß einen lauten Klagelaut aus. Alle versammelten sich und langsam trauten sich die Frauen und Kinder wieder aus der Deckung zurück. Mit ihrem schrillen Klagegesang trugen sie die Toten in die Zelte, um sie für das Begräbnis herzurichten. Es war herzerschütternd. Die Angehörigen verstümmelten sich bereits in der rituellen Weise. Die Männer trieben sich Holzspäne durch Oberschenkel und Bizeps und schnitten sich die Haare ab. Auch die Frauen nahmen ihre Messer und machten sich tiefe Schnitte in ihre Beine und Arme. Die Frau von Zwei-Pferde nahm ihr Messer und säbelte sich ihren kleinen Finger ab. Hysterisch schreiend begann sie, sich alle Haare abzuschneiden, bis ihr Sohn Elchkalb schließlich hinzutrat und seiner Mutter sanft das Messer entwand.

Der Angriff der Pawnee hatte das Dorf schwer getroffen und ohne die Hilfe des anderen Dorfes wären sie vermutlich ausgelöscht worden!

Tschetan-withko dankte in Gedanken seinem toten Häuptling für die Umsicht. Dann lief er zum Fluss, wo er seine verletzte Frau zurückgelassen hatte und sah erleichtert, dass Weidenzweig noch bei ihr saß. Sie hatte versucht die Blutung zu stillen und hielt jetzt das Baby auf ihrem Schoß. Behutsam nahm Tschetan-withko seine Frau hoch, damit die Wunde nicht wieder aufplatzte. Er trug sie in sein Zelt und legte sie auf ihr Lager. Vorsichtig zog er ihr das blutdurchtränkte Kleid aus und untersuchte sie. Die Wunde hatte stark geblutet und Weidenzweig hatte so lange mit einem Stück Leder darauf gedrückt, bis die Blutung aufgehört hatte. Tschetan-withko dankte Wakan-tanka, dass Weidenzweig so geistesgegenwärtig gewesen war, das Richtige zu tun, und blickte wohlwollend auf das junge Mädchen. „Du hast ihre Verletzung gut behandelt."

Weidenzweig drückte Graueulenmädchen an sich und erwiderte: „Und du hast mein Leben gerettet!"

Hilfsbereit nahm sie das beschmutzte Kleid von Wah-bo-sehns und lief aus dem Zelt. Sie würde es von dem Blut reinigen und den Riss nähen. Tschetan-withko holte den Heiligen Mann, damit er die Wunde versorgte. Dann kümmerte er sich um seine Tochter. Er flößte ihr ein wenig Fleischbrühe ein und lächelte, als das Kind bei dem unbekannten Geschmack das Gesicht verzog. Erst jetzt wurde ihm klar, wie knapp sie dem Tod entkommen war und er drückte das Baby an sich. Tränen stiegen ihm in die Augen und Bärenkralle blickte verblüfft auf den Mann, der soeben noch mehrere Feinde erbarmungslos getötet hatte.

„Du liebst dieses Kind", stellte er fest.

Tschetan-withko starrte ihn nur an. Ein Kloß in seinem Hals hinderte ihn daran zu antworten.

Wah-bo-sehns rührte sich ein wenig und schreckte orientierungslos hoch. Der Medizinmann drückte sie sanft in die Felle und sagte: „Es ist nur eine Fleischwunde. Aber sie muss sich schonen, damit die Wunde nicht wieder aufbricht und sie muss viel trinken!" Vorsichtig legte er ihren Arm in eine Schlinge, damit die Schulter nicht bewegt wurde.

Tschetan-withko nickte gehorsam, während er ihr mit einem Lederlappen das Blut von der Schulter wusch. Dann legte er das Kind an ihre Brust und sah beruhigt zu, wie das kleine Mädchen trank. Das schmeckte ihr offensichtlich besser!

Der Heilige Mann verließ das Tipi, denn es gab noch viele Wunden zu behandeln. Zwar war er der Medizinmann des Dorfes, was in erster Hinsicht bedeutete, dass er, ähnlich wie ein Priester, die Verbindung zwischen den Menschen und dem Überirdischen herstellte. Er leitete die Zeremonien und deutete Visionen, aber er hatte sich außerdem Kenntnisse über Heilpflanzen und Wundbehandlung angeeignet, was ihn zu einem mächtigen Mann machte.

Hitschikyata wartete vor dem Tipi und hielt die heiligen Bündel seines Lehrmeisters. Besorgt blickte er ihn an, doch Bärenkralle machte eine beruhigende Handbewegung.

Hitschikyata fiel ein Stein vom Herzen, denn Wah-bo-sehns war die letzte Verbindung zu seinem früheren Leben. Er war aufgewühlt. Als sie beim nächsten Zelt eintrafen, richtete er bittend seine Augen auf den Medizinmann.

„Möchtest du mich begleiten?", fragte Bärenkralle mit einem Lächeln.

„Ja! Ich-will-lernen, lernen-wie-ich-kann-heilen-Wunden!"

Bärenkralle war erstaunt, aber insgeheim wusste er, dass er eine gute

Wahl getroffen hatte. Einst würde dieser Crowjunge vielleicht der Medizinmann des Stammes sein.

Die nächsten Tage hallten die schrillen Klageschreie der Frauen durch das Dorf. Alle Verwandten halfen, den Toten die besten Kleider anzuziehen, dazu gehörten auch die Geistermokassins, die mit Perlen an den Sohlen bestickt waren. Die Gesichter wurden rot bemalt und ihre liebsten Dinge wurden neben die Toten gelegt. Bei Zwei-Pferde legten sie die Waffen, seine Flöte und seine Kriegsfarbe neben den Körper, ebenso bei den anderen Männern. Die Frauen wurden mit ihrem Nähzeug bestattet und zu den Kindern legten sie die Lieblingspuppen. So ausgestattet wurden die Körper in Decken eingewickelt und die Verwandten trauerten vier Tage lang neben ihnen. Dann wurden die Leichen aus dem Tipi getragen und zu den Gerüsten gebracht, die inzwischen von anderen Familienangehörigen gebaut worden waren. Dort wurden sie aufgebahrt und bei den Männern wurden Schild, Trommel und Lanze mit Lederriemen an der Stirnseite befestigt. Die Lieblingspferde wurden herangeführt und vor dem Gerüst getötet, denn kein Krieger sollte im Jenseits zu Fuß gehen müssen. Zu Ehren der Toten verschenkten die trauernden Familien viele Pferde und schön gearbeitete Kleidung an ärmere Familien.

Sie hatten viele Verluste zu beklagen und der Tod ihres Anführers machte alle wütend. Die Angehörigen schrien nach Vergeltung. Noch im ausklingenden Winter wollten sie die Pawnee verfolgen, um ihre Toten zu rächen. Zuvor musste jedoch ein neuer Anführer gewählt werden. Elchkalb, als Sohn des Häuptlings war noch zu jung, außerdem fehlte ihm die Erfahrung, einen Kriegszug zu führen. Traumpfeil war im Gespräch und insgeheim fand Tschetan-withko, dass er eine gute Wahl wäre. Er sprach mit ihm darüber, aber Traumpfeil wehrte entsetzt ab: „Hohch! Ich bin noch zu jung und ich weiß nicht, ob ich so viel Verantwortung tragen möchte!“

„Aber die Würde des Häuptlings bringt dir Ehre“, versuchte Tschetan-withko seinen Schwager zu überzeugen.

„Was nützt mir Ehre, wenn mich alle verachten, weil ich kein guter Häuptling bin.“

Tschetan-withko runzelte die Stirn. Es gab nicht viele Männer, die geeignet wären. Vielleicht noch Tschoka-sapa oder Grauadler. Der

Anführer musste bei allen angesehen sein. Die Ältesten, die so genannten Nakas, würden den Anführer bestimmen, doch sie würden niemanden auswählen, der nicht wollte. Tschetan-withko sah seinen Freund an und musterte ihn durchdringend. „Ich würde jetzt nicht mit dir reden, wenn ich nicht der Meinung wäre, dass du ein guter Häuptling wärst."
Zweifelnd schaute Traumpfeil ihn an. „Aber jetzt? Die Trauerzeit für Zwei-Pferde ist noch nicht vorbei!"
„Ja jetzt! Zwei-Pferde muss gerächt werden und dann müssen wir in das Sommerlager ziehen. Wir brauchen jetzt einen Anführer!"
Traumpfeil war beunruhigt. Tschetan-withko hatte recht, aber warum sollte er diese Bürde auf sich nehmen? „Warum ich? Es gibt andere!"
„Weil du ein guter und besonnener Krieger bist", war die einfache Antwort von Tschetan-withko.
Traumpfeil schwieg eine Weile, dann meinte er: „Wir werden sehen!"

Die Ältesten versammelten sich im Ratszelt, um eine Entscheidung herbeizuführen. Sie hörten aber auch die Stimmen der anderen Krieger. Eine gute Wahl musste getroffen werden, die allen gerecht wurde, oder sie liefen Gefahr, dass sich einzelne Familien einfach abspalteten und sich anderen Verbänden anschlossen. Die Krieger drängten auf eine Entscheidung, denn sie wollten endlich Rache üben.
Hitzige Reden wurden geschwungen, angefeuert von ihrem Rachedurst, bis Bärenkralle aufstand und um Ruhe bat: „Wir müssen eine umsichtige Entscheidung fällen! Unser Häuptling wurde getötet und doch müssen wir unsere Herzen kalt werden lassen und in Ruhe überlegen. Wir müssen eine gute Wahl treffen. Wer möchte etwas sagen?"
Tschetan-withko trat vor. „Ich würde Traumpfeil folgen. Er ist tapfer, aber auch umsichtig."
Viele murmelten beifällig, denn Traumpfeil war beliebt und würde ein guter Anführer sein.
„Warum möchtest du nicht unser Häuptling werden?", fragte Traumpfeil zurück und erntete den entsetzten Blick von Tschetan-withko. „Wan! Ich? Aber nein!"
„Aber du hast gute Medizin!", versuchte Traumpfeil ihn zu überzeugen.

„Ja, aber nur auf einem Kriegszug. Nein! Deine Medizin ist gut. Dir würde ich folgen. Außerdem hast du eine gute Frau."
„Warum macht mich das zu einem guten Anführer?", fragte Traumpfeil verblüfft.
„Nun, auch die Frauen wollen gehört sein. Deine Frau Uinohnah genießt großes Ansehen unter den Frauen. Wir brauchen die Macht und den Rat der Frauen. Du hast gute Medizin bei der Jagd und im Kampf, und du hast eine Frau, der die anderen Frauen folgen! Das ist gut. Ich würde dir folgen", wiederholte Tschetan-withko und zustimmendes Gemurmel erklang.
Einige jüngere Männer schlugen Viele-Feinde vor, denn er war wild und mutig. Verlegen senkte der junge Mann seinen Kopf, seine Augen trübten sich vor Trauer. Erst vor Kurzem war seine Frau gestorben und die anderen verwechselten seine Todessehnsucht mit Mut! Er stand auf und sagte ruhig: „ Nein! Ich bin zu jung. Wir brauchen nicht nur einen Anführer, der gut kämpfen kann, sondern wir brauchen einen Mann, der weise ist. Auch ich würde Traumpfeil folgen!"
Tschetan-withko war überrascht über diese Worte, doch sie zeigten ihm, dass Viele-Feinde besonnen handelte. Das war gut so, denn er machte sich Sorgen um seinen Freund.
Tschoka-sapa schlug Grauer-Wolf vor: „Er ist der Bruder von Zwei-Pferde, warum führt er uns nicht?"
„Aho!", murmelten die anderen. Alle blickten auf den älteren Mann, der geschmeichelt aufstand. Doch zu aller Erstaunen lehnte er ab: „Haun! Mein Herz liegt im Staub. Ich sehe nur die Rache für meinen Bruder. Aber ein Anführer muss auch andere Dinge entscheiden. Lasst mir meine Rache. Ich werde jedem folgen, der uns gegen jene Palani führt."
Er kam aus einer angesehenen Familie, eigentlich stand ihm die Häuptlingswürde sogar zu, doch seine Gedanken wurden von der Rache für den Bruder beherrscht. Ein Kriegshäuptling musste jedoch auch den Schutz der Frauen und Kinder garantieren. Alle blickten auf Elchkalb, doch obwohl er der Sohn des Häuptlings war, war er noch zu jung, um diese Aufgabe zu übernehmen. Still saß er mit gekürztem Haar, vor Trauer zusammengesunken, in einer Ecke und folgte kaum der besonnenen Debatte. Niemand sonst wollte etwas sagen und die Ältesten berieten sich leise flüsternd.
Höflich schwiegen die anderen, warteten ruhig eine Entscheidung ab. Hier wurde nichts verheimlicht, alle Stimmen waren gehört worden und letztendlich war klar, wer gewählt werden sollte.

Bärenkralle erhob sich und zeigte auf Traumpfeil. „Viele haben Gutes über dich gesprochen! Du bist jung genug, um zu kämpfen, aber weise genug, um dieses Dorf zu verteidigen. Du sollst uns führen!“
Zögernd stand Traumpfeil auf, beschwichtigte die erregten Krieger, die laut durcheinander riefen, um ihre Zustimmung auszudrücken. „Ich werde euer Vertrauen nicht enttäuschen. Und doch! Ich werde euch nur so lange führen, bis Elchkalb alt genug ist, diese Verantwortung zu übernehmen.“
„Aho!“

Hokahey

Angriff (Frühjahr 1871)

Die Lakota bereiteten sich zeremoniell auf den Rachefeldzug vor. Erst lud Traumpfeil erfahrene Krieger, die ihn als Unterführer begleiten sollten, zu einem Festessen ein. Tschetan-withko, Viele-Feinde, aber auch Grauer-Wolf saßen schweigend in seinem Zelt und sahen zu, wie Bärenkralle in einer heiligen Zeremonie die Kriegspfeife stopfte und anschließend mit Büffelfett versiegelte. Traumpfeil sollte diese Pfeife mit sich führen und erst nach seiner Rückkehr rauchen.
Bärenkralle schloss die Augen, als er ihnen den Ausgang des Kampfes vorhersagte. „Ihr müsst euch an vier Abenden in der Schwitzhütte reinigen. Erst dann dürft ihr reiten. Vor dem Kampf legt eure Kriegsfarben an und betet, dann werden alle von euch zurückkehren. Hört auf die Worte von Traumpfeil, denn er führt euch. Lasst euch nicht von eurem Hass blenden."
Alle senkten gehorsam die Köpfe, schworen, dass sie diese Worte in ihren Herzen behalten würden. Wie geheißen reinigten sie sich in der Schwitzhütte, packten sorgsam ihre Bündel, damit der Rachefeldzug ein Erfolg wurde.
Vier Tage später brachen sie auf. Insgesamt zehnmal drei und fünf Krieger hatten sich ihnen angeschlossen, ritten grimmig in einer Reihe, um den Pawnee zu zeigen, was es hieß, ein Lakotadorf anzugreifen. Viele hatten ihre Pferde bemalt und fast jeder trug stolz seine Zeichen, wie viele Coups er schon errungen hatte. Federn wippten im Haar, manches Hemd war mit einem roten Handabdruck verziert oder Streifen zierten die Leggins der Männer. Gegen die Kälte hatten sie Roben aus Bisonfell übergeworfen, manche aus Wolfspelz, damit die Kraft dieses Tieres auf sie überging. Traumpfeil führte sie. Stolz trug er die mit Federn geschmückte Lanze und er hatte die heilige Pfeife sorgsam verwahrt.
Hinter ihm ritt Tschetan-withko, sein Gesicht dieses Mal gelb bemalt, als Zeichen der Tokalagesellschaft, die er als Akitschita vertrat. Er würde für Ordnung sorgen und verhindern, dass irgendein junger Krieger auf eigene Faust versuchte, einen Coup zu erringen. Er hatte Wah-bo-sehns in die Obhut seiner Schwester gegeben und Tschokasapa gebeten, auf die beiden Frauen zu achten. Der ältere Krieger war zurückgeblieben, denn er hatte eine schlimme Kopfverletzung, die schlecht heilte, und so wollte er mit einigen anderen Kriegern das

Dorf schützen. Aber Fisch, Grauadler und Schwarzer-Rabe warteten begierig darauf, Zwei-Pferde endlich zu rächen. Ebenso wie einige andere junge Männer, unter ihnen Elchkalb, der Sohn des Häuptlings, und sein Freund Rote-Erde. Sie waren zum ersten Mal auf dem Kriegspfad dabei und fieberten dem Kampf entgegen. Elchkalbs Gesicht war hart vor Hass, wie versteinert folgte er den anderen, seine sonst so geschwungenen Lippen zu einer schmalen Linie zusammengepresst. Rote Streifen zierten sein Gesicht, als Zeichen, wie das Blut bei seinen Feinden in Strömen fließen würde. Neben ihm ritt Grauer-Wolf, sein Gesicht in Trauer um den Bruder schwarz gefärbt.

Die Lakota folgten den Spuren, die im aufgetauten Boden immer noch deutlich zu sehen waren. Erste vorwitzige Krokusse steckten ihre Köpfe durch den Schnee und die Krieger werteten es als gutes Zeichen, als Botschaft, dass der Große Geist über sie wachte und ihnen endlich den Frühling schickte. Manchmal zogen Schwärme von Zugvögeln an ihnen vorbei, erfüllten mit ihrem Schnattern und Krächzen die Luft. Die Lakota verließen den Schutz der Schwarzen Berge, unbeirrbar folgten sie den Spuren nach Osten. Für einige Krieger der Hunkpapa war es das erste Mal, dass sie so weit südlich ritten, und so verließen sie sich auf die fähigen Späher, die sich hier auskannten. Endlose Sanddünen breiteten sich vor ihnen aus, teils noch mit Schnee bedeckt, nur unterbrochen von den wenigen Flussläufen, die sich tief in das Land gegraben hatten. Ein ständiges Auf und Ab, wie die hohen Wellen eines Meeres, vom Sturm gepeitscht.

Nach mehreren Tagen erreichten die Krieger schließlich die Jagdgründe der Pawnee. Sie folgten dem Wolfsfluss und blickten hinunter in das weite Tal des Platte-Flusses. Jetzt galt es auf der Hut zu sein, denn hier kannten die Pawnee jede Senke und Schlucht, sie kannten die Flussläufe und wussten, wo sie einer feindlichen Kriegsschar einen Hinterhalt legen konnten. Eine Schlange, die in den ersten warmen Sonnenstrahlen gedöst hatte, ließ das Pferd von Traumpfeil scheuen, und besorgt sah er es als eine Warnung von Wakan-tanka. „Wir müssen vorsichtig sein! Die Schlange ist ein schlechtes Zeichen." Verunsichert ließ er seine Krieger anhalten, um sich mit ihnen zu beraten. „Wir wissen nicht, wo die Dörfer jener Palani sind und in dem hügeligen Gebiet können sie uns gut auflauern."

„Wahrscheinlich schicken sie Späher gegen uns aus. Sie müssten längst ihr Dorf erreicht haben“, meinte Tschetan-withko umsichtig. Fisch schüttelte prahlend den Kopf. „Hohch! Ich fürchte ihre Späher nicht! Ehe mich ein Palani sieht, habe ich ihm schon den Schädel gespalten!“

„Diese Gegend ist günstig für einen Hinterhalt. Sieh nur die vielen Schluchten und Wälder. Selbst die Palani sind gefährliche Gegner und ausgezeichnete Späher. Du würdest einen von ihnen nicht einmal sehen, um ihm den Schädel zu spalten“, widersprach Grauadler. „Ich stimme Traumpfeil zu. Wir müssen acht geben, dass nicht wir zu Gejagten werden!“

Auch Tschetan-withko machte eine zustimmende Handbewegung. Dann erhob Viele-Feinde zögernd seine Stimme: „Ich kenne diese Gegend! In den vielen Schluchten können sich unsere Feinde verbergen, wie die Präriehunde in ihrem Bau. Wir sollten darauf achten, dass wir in keinen Hinterhalt geraten.“

Alle blickten Viele-Feinde an. Wenn er etwas sagte, dann hatte er einen triftigen Grund. Viele-Feinde fuhr zögernd fort: „Als ich um Hirschmädchen warb, hatte ich nicht genügend Pferde, um den Brautpreis zu zahlen ...“

Schwarzer-Rabe lachte auf. „Hohch! Du hattest überhaupt nur ein einziges Pferd!“

Viele-Feinde lächelte schmerzlich, als die Erinnerung ihn einholte. „Ich ging damals alleine in das Land der Palani, um mir Pferde zu holen.“

Jeder der anwesenden Krieger konnte sich an diese Geschichte erinnern, so oft war sie von Mund zu Mund gegangen. „Du hast dem Vater von Hirschmädchen zwanzig Pferde gegeben! Zu viele!“, ergänzte Schwarzer-Rabe.

„Ich wollte ihren Vater ehren. Und ich wollte Hirschmädchen meine Liebe zeigen“, erklärte Viele-Feinde. Seine Stimme war heiser vor Trauer.

Alle senkten betroffen die Augen und Schwarzer-Rabe kniff die Lippen zusammen. Es war ungeschickt von ihm, seinen Freund an den schmerzlichen Verlust zu erinnern. „Was schlägst du vor?“, versuchte er ihn abzulenken.

Viele-Feinde machte mit seiner Hand eine schlängelnde Bewegung und grinste herausfordernd. „Vielleicht sagt uns die Schlange, dass wir uns jetzt wie eine Schlange an das Lager heranschleichen sollten? Ich denke, ich werde zu Fuß weitergehen und versuchen, das Dorf zu finden. Sollten jene Palani uns Späher entgegenschicken, so kann ich sie leicht sehen, aber sie mich nicht."

Alle bewunderten seinen Mut. Er war schon immer einer der verwegensten Krieger gewesen, aber alle wussten, dass er nun den Tod suchte und Hirschmädchen folgen wollte. Traumpfeil stimmte ihm zu. „Hau! Du beachtest die Warnung von Wakan-tanka gut!"

„Aho!", murmelten die anderen, unverhohlene Bewunderung in ihren Stimmen.

„Lass mich mit dir gehen", bat Elchkalb. Ihm missfiel der Gedanke, hier nur untätig herumzusitzen, denn dann würde er wieder über seinen toten Vater nachdenken.

Viele-Feinde schlug ihm aufmunternd auf die Schulter. „Komm nur! Vier Augen sehen mehr als zwei."

Nur mit seinem Bogen und Köcher auf dem Rücken, lief er im ausdauernden Trab los, gefolgt von Elchkalb, während die anderen bei einer Baumgruppe warteten.

Tschetan-withko biss sich auf die Lippen und hoffte, dass er die beiden wiedersehen würde. Niemand hinderte einen Mann, wenn er den Tod suchte, aber seine Freunde würden ihn vermissen und für die Familie bedeutete es einen weiteren Verlust.

Viele-Feinde und Elchkalb folgten dem Wolfsfluss ostwärts, bis sie auf den Zedernbach stießen. Sie hielten sich in der Nähe des Flusses, dessen Uferböschung ihnen Deckung gab. Das Büffelgras war welk und teilweise niedergedrückt, so kamen die beiden gut voran. Nach einem halben Tag wurde Elchkalb plötzlich von seinem Begleiter zu Boden gerissen. Erhitzt vom Laufen lagen die beiden jungen Krieger schwer atmend im Gras.

Viele-Feinde deutete auf ein Gebüsch einen Pfeilflug entfernt, doch Elchkalb bemerkte nichts. Dann lösten sich plötzlich die Umrisse eines Pferdes aus dem Schatten der hohen Sträucher. Sie waren auf einen Späher der Pawnee gestoßen! Anerkennend wechselte Elchkalb einen Blick mit Viele-Feinde. Es gehörte mehr dazu, ein solch großer Krieger zu sein, als eine Anzahl Skalpe genommen zu haben. „Wie hast du ...?", fragte er leise.

Viele-Feinde schob die Lippen vor. „Mein Schutztier warnt mich!"

Energisch fasste Elchkalb nach seinem Bogen. „Soll ich?"

Mit seiner Hand winkte Viele-Feinde ungeduldig ab. „Nein! Wenn

er nicht zurückkehrt, dann wissen die Palani, dass wir in der Nähe sind. Wir warten noch."
Vorsichtig umgingen sie das Gebüsch und dann lag das Pawneedorf in der Ferne vor ihnen. Es war in ihren Augen riesig. Über zehnmal zwei Erdhügel drängten sich um eine große Plaza und ein schützender Wall aus Grassoden umgab das Dorf. Die Pawnee bauten ihre Häuser aus starken Ästen, die kugelförmig zusammengeführt und mit Zweigen verflochten wurden. Darauf kamen Schichten aus Grassoden und Erde. Die ganze Hütte war so stabil, dass mehrere Männer darauf stehen konnten und sie war so groß, dass sie zwei oder drei Familien Platz bot. Das Dorf lag zwischen einem Fluss und einem Hügel in einem geschützten Tal. Ackerfurchen zogen sich um das Dorf und mit abweisenden Augen blickte Viele-Feinde verächtlich auf die Felder seiner Feinde, auf denen einige Frauen arbeiteten. Sie wären eine leichte Beute für ihn! Etwas entfernt graste eine große Pferdeherde in der Nähe des Flusses. Gierig rupften die Pferde die Knospen von den Zweigen, scharrten nach dem ersten Gras, das sich unter dem Matsch zeigte. Die Natur war in dem geschützten Tal bereits etwas weiter als auf der Prärie. Klagelieder waren zu hören und die Lakota hörten befriedigt, dass der Beutezug der Pawnee eine Niederlage gewesen war. Sie beobachteten das Dorf genau und Elchkalb prägte sich jede Kleinigkeit ein. Er hatte noch nie ein Pawneedorf gesehen und war erstaunt über die Größe.
Viele-Feinde stieß ihn an. „Sieh! Dort holen die Frauen Wasser und die Pferde werden von fünf Kriegern bewacht." Ihm waren sofort die Einzelheiten aufgefallen die für ihre Taktik wichtig waren. „Ich bleibe hier und beobachte das Dorf, hole du unsere Krieger. Sollte jener Wachposten dann noch da sein, werde ich ihn töten, wenn ihr kommt."

Elchkalb robbte vorsichtig zurück und trabte in Richtung der wartenden Krieger, aufmerksam darauf bedacht, dass der feindliche Späher ihn nicht bemerkte.
Es war schon spät in der Nacht, als ein ziemlich erschöpfter und durstiger Elchkalb im Lager der Lakota ankam. Geduldig warteten die anderen, bis Elchkalb seinen Durst gelöscht und seinen Hunger gestillt hatte, dann hörten sie seinen Bericht: „Die Palani haben ihr Dorf einen halben Tagesmarsch von hier. Viele-Feinde beobachtet

sie! Ich habe zehnmal zwei Hütten gezählt und ihre Frauen arbeiten bereits auf den Feldern. Viele Krieger sind im Dorf, mehr als hundert."

„Haben sie Wachen aufgestellt?"

„Ja, sie wissen, dass wir kommen. Ich habe fünf Wachen bei den Pferden gezählt, außerdem musste ich einen ihrer Späher umgehen." Er grinste freudlos. „Die Palani rechnen damit, dass wir kommen. Aber sie wissen nicht, dass wir schon da sind."

Entschlossen brachen die Krieger auf. Zunächst ritten sie, doch dann stiegen sie ab und führten ihre Pferde am Zügel. Elchkalb war müde, aber der Gedanke, seinen Vater zu rächen, hielt ihn wach. Dann blieb er stehen und ließ das Rufen einer Eule ertönen. Vor ihnen wurde der Ruf erwidert und wie aus dem Boden gewachsen stand Viele-Feinde vor ihnen. „Der Späher hat sich bei Einbruch der Nacht zurückgezogen, aber die Palani sind auf einen Angriff vorbereitet. Sie haben ihre Pferde am Abend nahe bei ihrem Dorf zusammengetrieben und in jeder Himmelsrichtung steht ein Wachposten."

Traumpfeil beschloss, mit Tschetan-withko und Viele-Feinde das Dorf in Augenschein zu nehmen. Als sie zurückkamen, äußerte Traumpfeil seine Besorgnis: „Jene Lügner sind gewarnt und es ist ein großes und befestigtes Dorf. Wir brauchen einen guten Plan und gute Medizin."

Fisch lachte herausfordernd. „Ja! Lasst uns hineinreiten und viele Skalpe nehmen!"

Traumpfeil schüttelte gereizt den Kopf. „Das Dorf ist mit einem Wall befestigt. Das ist zu gefährlich! Es ist kein Erfolg, wenn wir alle getötet werden."

Tschetan-withko gab ihm recht: „Wenn wir überhaupt hineinkommen, werden sie uns den Rückweg abschneiden und wir können nicht mehr hinaus."

„Ich will hinein und meine Feinde töten, und nicht hinaus!", fauchte Fisch voller Wut.

Viele-Feinde heizte die Stimmung weiter an: „Es ist ehrenvoll, auf dem Schlachtfeld zu sterben. Lasst uns die Feinde töten! Heute ist ein guter Tag zum Sterben!"

Es war ein Spiel zwischen den Männern. Die jungen Krieger zeigten damit ihren Wagemut, wohl wissend, dass die älteren Krieger auf diese Weise überlegtere Angriffstaktiken vorschlagen würden.

Traumpfeil schüttelte ungläubig den Kopf. Es war eine Plage mit diesen jungen Männern. Doch auch er ging auf das prahlerische Spiel

ein, indem er mahnte: „Selbst der Wolf tötet nicht den stärksten Büffel, sondern wartet auf eine Schwäche bei seiner Beute."
„Es ist keine Rache, wenn sie uns töten und nicht wir sie", schloss sich ihm Tschetan-withko an.
Fisch pfiff durch die Zähne. „Hoh! Wollt ihr vielleicht auf eure Rache verzichten?"
Auch Viele-Feinde und Biber schauten herausfordernd auf ihren Anführer. „Hoka! Wir fürchten uns nicht, wir wollen kämpfen!"
Traumpfeil musterte Fisch wie ein Medizinmann seinen dümmsten Gehilfen und erklärte geduldig: „Vielleicht sollten wir unseren Plan ein wenig ändern. Lasst uns nur einige Palani töten und dann die Pferdeherde wegtreiben!"
„Hiya! Hiya! Nein! Nein!", wehrten Biber und Fisch fast gleichzeitig ab und fuchtelten wild mit ihren Händen, entsetzt über diesen Vorschlag. Sie wollten Blut sehen und Beute machen!
Tschetan-withko dagegen stimmte dem Plan zu: „Nur ein Mann, der sein Leben beenden will, greift ein so großes Dorf an. Die Geier und Krähen werden unsere Leichname zerfleddern. Wir sind hier, um Rache zu üben, nicht um uns alle zu opfern."
Zum ersten Mal schaltete sich Elchkalb ein: „Ich bin hier, um meinen Vater zu rächen." Seine dunklen Augen schauten ernst von einem zum anderen und alle senkten betroffen die Augen.
Nur Tschetan-withko runzelte die Stirn und mahnte leise: „Ja! Aber willst du, dass deine Mutter und deine Geschwister auch noch um dich trauern? Wir sind nur zehnmal drei und fünf Krieger. Traumpfeils Vorschlag ist ehrenvoll! Wir holen uns einen Skalp für die Seele deines Vaters und demütigen unsere Feinde, indem wir ihnen die Pferde rauben. Alles andere wäre unser Untergang."
Es war eine lange Rede für den sonst so schweigsamen Krieger und sie verfehlte ihre Wirkung nicht. Die Hitzköpfe überlegten schweigend und stimmten schließlich zu. Alle blickten auf Elchkalb und Grauer-Wolf, denn es war ihre Entscheidung.
Elchkalb schluckte schwer bei der Verantwortung, die auf ihm lag. Er wollte seine Rache, aber er wollte nicht seine Freunde dafür opfern. Schließlich machte er eine auffordernde Geste zu Traumpfeil. „Traumpfeil führt uns und ich werde ihm folgen!"
Auch Grauer-Wolf stimmte zögernd zu. „Mein Hass blendet mich, ich folge Traumpfeil, so wie Bärenkralle es verlangt hat."
Traumpfeil nickte anerkennend und traf seine Entscheidung: „Wir rauben jenen Palani alle Pferde! Einige werden einen Scheinangriff

führen und die anderen treiben die Pferde weg. Waschté-yelo!" Tschetan-withko lachte übermütig. „Jene Lügner werden wie die Hornissen hinter uns her sein. Wir müssen unseren Rückzug decken!"
„Allerdings dürfte ihnen die Verfolgung ohne Pferde schwerfallen", bemerkte Fisch hämisch.
Die anderen dachten mit funkelnden Augen daran, was es für ein Triumph wäre, mit einer ganzen Pferdeherde heimzukommen.
Elchkalb meldete sich. „Ich werde mit Rote-Erde die Pferde wegtreiben!"
Traumpfeil sah ihn bewundernd an. Elchkalb wollte auf seine Rache verzichten und ihnen den Rückzug decken, damit der ganze Raubzug ein Erfolg wurde. Er würde einmal ein großer Krieger und wertvoller Kämpfer werden. Viele-Feinde dachte fieberhaft darüber nach, wie sie die Lage des Dorfes zu ihrem Vorteil nutzen konnten. Jetzt, wo sie davon Abstand genommen hatten, das Dorf anzugreifen, überlegte er sich eine andere Taktik: „Wir sollten nicht im Morgengrauen angreifen!"
Traumpfeil sah ihn verblüfft an: „Warum nicht? Wir könnten sie damit überraschen."
Viele-Feinde zischte belustigt. „Hoh! Sie rechnen doch damit, dass ein Angriff wahrscheinlich im Morgengrauen stattfinden wird. Deshalb treiben sie ja auch ihre Pferde nachts an das Dorf. Noch wissen sie nicht, dass wir hier sind. Wir wiegen sie in Sicherheit, bis sie ihre Pferde zum Fluss treiben und die Menschen ihren Beschäftigungen nachgehen. Dann greifen wir an!"
Tschetan-withko sah ihn bewundernd an. Es entsprach dem Wesen von Viele-Feinde, dass er sich um sein eigenes Leben nicht scherte und bereit war, jedes Risiko einzugehen, doch sofort umsichtig wurde, wenn es um das Leben seiner Freunde ging. Der Vorschlag war gut. Mit glänzenden Augen zwinkerte er seinem Freund zu. „Hoka! Wir beide werden die Wachen bei den Pferden ausschalten."
Traumpfeil schob energisch die Lippen vor. „Und ich führe den Scheinangriff!"
Fisch fuchtelte wild mit seinen Händen. „Ich kämpfe mit dir und dann decke ich euren Rückzug!"
Grauer-Wolf verzog hasserfüllt die Mundwinkel, endlich sah er den Zeitpunkt für seine Rache gekommen. Traumpfeil sah von einem zum anderen und traf seine Entscheidungen, wer die Ehre hatte, einen Coup zu erringen oder wer für andere Aufgaben vorgesehen

war. Natürlich konnten die Männer ihre Bereitschaft signalisieren, aber es war die Wahl des Anführers. Hier wurde Disziplin verlangt oder der Rachefeldzug würde scheitern.
„Aho!“, murmelten alle, signalisierten damit ihre Bereitschaft. Es war ein guter Plan. Schweigend rauchten sie die Pfeife und beteten über ihren Medizinbündeln, in denen jeder Krieger seine heiligen Dinge aufbewahrte. Zwei junge Krieger wurden von Traumpfeil bestimmt, auf die Ausrüstung aufzupassen, denn den Angriff würden die Lakota fast nackt durchführen. Sie bemalten sich ihre Gesichter und schmückten ihre Pferde, dann machten sie sich noch vor dem Morgengrauen lautlos auf den Weg zum Dorf. Sie führten ihre Pferde, nur Elchkalb, Tschetan-withko und Viele-Feinde ließen ihre Pferde in der Obhut der jungen Männer zurück. Wie Wölfe schlichen sie sich nur mit ihren Bogen bewaffnet an das Pawneedorf heran. Sie verbargen sich an verschiedenen Stellen im hohen Gras und warteten geduldig.

Die Sonne ging auf und das Pawneedorf erwachte zum Leben. Zuerst erschienen einige Krieger, doch als sie keine Anzeichen einer Gefahr erkannten, gingen die ersten Frauen und Kinder gähnend zum Fluss, während andere die Ponyherde den lauernden Feinden direkt in die Arme trieben. Tschetan-withko legte einen Pfeil auf die Sehne. Er zielte gut und suchte den Hals des Pawnee, der in ein Fell gehüllt an ihm vorbeiritt. Der Pawnee griff gurgelnd an seinen Hals, als der Pfeil ihn durchbohrte und konnte nicht einmal mehr einen Warnruf ausstoßen. Er sackte zusammen, fiel vom Pferd und starb röchelnd. Sofort nahm Tschetan-withko dessen Decke, sprang auf das Pony und ritt mit umgeschlagener Decke weiter neben der Pferdeherde her. Viele-Feinde war hinter einem anderen Krieger aufgesprungen und hatte ihn mit seinem Messer die Kehle durchschnitten. Er hob seinen Bogen fast gleichzeitig mit Tschetan-withko und sie jagten ihre Pfeile in die Körper von zwei weiteren Pawneekriegern. Dann schauten sie hastig auf Elchkalb, der jedoch triumphierend den Skalp des letzten Wächters schwang. Er hatte seinen Vater gerächt!
Rote-Erde und zwei weitere Krieger kamen angeprescht und halfen Tschetan-withko und Viele-Feinde, mit wehenden Decken die Pferdeherde wegzutreiben. Die Pferde scheuten bei dem plötzlichen Gebrüll und rasten über die Ebene.

Vom Fluss erklang das ohrenbetäubende Kriegsgeschrei der anderen Lakota, die ihr Ablenkungsmanöver starteten.
Traumpfeil führte seine Männer durch den Fluss, sorgte für eine völlige Panik bei den Frauen und Kindern, die schreiend in Richtung ihres Dorfes flüchteten. Aufgestachelte Männer rannten ihnen mit ihren Waffen entgegen, konnten jedoch nicht verhindern, dass zwei fliehende Frauen von Pfeilen getroffen wurden. Die Pawnee rannten zum Fluss, um sich den Feinden entgegenzustellen, andere versuchten, die Pferdediebe aufzuhalten. Es war zu spät! Tatenlos mussten sie mit ansehen, wie ihnen die Pferde gestohlen wurden. Wütend wandten sie sich an die verbliebenen Feinde, stürzten sich wagemutig in den Kampf, der am Fluss entbrannt war.
Traumpfeil wurde von einer Kugel am Arm getroffen und hieb seinem Pony die Fersen in die Seiten. Andere machten sich immer noch einen Spaß daraus, den flüchtenden Frauen hinterherzujagen und verspotteten die Pawnee mit Schmährufen.

Fisch verfolgte ein junges Mädchen, das gänzlich nackt aus dem Wasser geflüchtet war und nun eine Schlucht entlanghetzte. Er traf ihren Kopf mit der Keule, verringerte aber in letzter Sekunde den Schwung seines Armes, ohne tatsächlich darüber nachzudenken. Hastig zog er den zusammensinkenden Körper des Mädchens auf sein Pferd und galoppierte mit einem Siegesschrei davon. Er warf einen Blick zurück und stellte erleichtert fest, dass die Pawnee keine Pferde hatten, um ihm zu folgen. Tschetan-withko und die anderen hatten ganze Arbeit geleistet!
Mit seiner Beute kam er nicht so schnell voran, aber es folgte ihnen auch niemand und so hatte er Zeit, das ohnmächtige Mädchen in Augenschein zu nehmen. Sie war jung und ausgesprochen zierlich, mit langem, schwarzem Haar, das ihren zarten Nacken umspielte. Mehr war nicht zu sehen, denn sie lag bäuchlings auf dem Pferd. Nur kurz erinnerte er sich an ihre großen, schwarzen, entsetzten Augen, ehe er zugeschlagen hatte. Hokahey! Was würden die anderen sagen, wenn er ihnen seine Gefangene zeigte! Er galoppierte eine Weile, mehr auf seine möglichen Verfolger als auf das Mädchen konzentriert.
Erst nach einer Weile erwachte sie aus ihrer Ohnmacht, lag zappelnd vor ihm und versuchte verzweifelt, vom Pferd zu rutschen. Ihre Arme flogen in dem Versuch, ihn zu kratzen und ihre strampelnden

Beine brachten das Pferd aus dem Takt. So ging das nicht weiter! Unwillig zügelte er sein Pferd und hielt an. Mit einem Ruck warf er das Mädchen zu Boden und band ihr grob die Hände auf den Rücken, dann drehte er sie um. Zum ersten Mal in seinem Leben sah er ein nacktes Mädchen aus der Nähe und es verwirrte ihn. Sie wehrte sich und schrie, doch er stieß sie grob zu Boden und fasste herausfordernd an ihre Brust. Sie gehörte ihm! Er spürte das gleichmäßige Klopfen ihres Herzens in seiner Hand und überlegte, was er mit ihr tun wollte. Ein Schlag, ein Stoß und alles wäre still.

Andererseits gefiel sie ihm, er genoss die völlige Kontrolle, die er jetzt hatte. Hasserfüllt starrte das Mädchen ihn an, riss wütend an ihren Fesseln und versuchte, vor ihm wegzurutschen. In ihrer Angst gab sie ihm mit den Füßen einen Tritt und versuchte, ihren Körper von seinem festen Griff wegzudrehen. Ihr Widerstand reizte ihn und so drückte er sie nur noch fester zu Boden. „Ayuschtan yo!", befahl er scharf.

In ihrer Verzweiflung spuckte sie ihn an, wusste nicht, welch fatalen Fehler sie gerade machte. Seine Augen wurden kalt, als er sie wie ein lästiges Insekt musterte. Wütend wischte er sich die Spucke vom Gesicht und zog sie hoch. Diesem Mädchen würde er es zeigen! Wie einen schweren Sack warf er sie wieder auf sein Pferd und galoppierte an.

Viel zu schnell sauste der Boden an ihren Augen vorbei und ihr Kopf schlug hilflos gegen die Schulter des Pferdes. Jeden Augenblick drohte sie kopfüber hinunterzurutschen, doch Fisch hielt sie grob fest, packte ihre Taille und erfreute sich an dem nackten Hintern, der sich ihm entgegenreckte. Es lenkte ihn ab, so gut konnte er sich selbst einschätzen, und so versuchte er, seine Aufmerksamkeit auf die Umwelt zu richten. Noch war er längst nicht aus der Gefahr heraus, auch die Pawnee waren gute Läufer und jederzeit war es möglich, dass einer von ihnen auftauchte. Er folgte den deutlichen Spuren der Pferdeherde, um endlich seine Freunde zu erreichen, überhörte die angstvollen Schreie seiner Gefangenen.

Am Spätnachmittag fand Fisch das Lager seiner Freunde und stellte mit Genugtuung fest, dass alle den Weg aus dem feindlichen Lager geschafft hatten. Traumpfeils Schusswunde wurde bereits versorgt, schien nicht so schlimm zu sein, dass er die Gruppe aufhalten wür-

de. Die beiden jüngeren Männer waren mit der Ausrüstung und den Reservepferden zu ihnen gestoßen, sodass sie ihre wärmende Kleidung wieder anziehen konnten. Übermütig protzten die Männer voreinander, begrüßten Fisch und schauten anzüglich auf das junge Mädchen, das Fisch vom Pferd zog und auf die Füße stellte. „Eh! Wir hatten keine Zeit für so etwas! Wie ist dir das gelungen?"
„Sie war mir im Weg! Ich schlug mit meiner Keule zu, aber sie lebte noch. Die Palani waren zu feige, uns zu verfolgen, da habe ich sie mitgenommen."
Die Krieger lachten anerkennend, musterten ungeniert das nackte Mädchen, das sich im Griff von Fisch hin und her wand. Sie war noch jung und zählte wohl kaum mehr als zehn und fünf Winter. Ihre langen Haare fielen über ihre Schultern und waren nur rechts und links am Haaransatz zu zwei schmalen Zöpfen geflochten.
Grauer-Wolf trat heran, zog sein Messer heraus und packte sie an den Haaren. „Sie ist verletzt und wird uns nur aufhalten! Wir sollten sie töten!" Nur zu gerne wollte er seinen Hass an dieser Feindfrau auslassen.
Das Mädchen hielt vor Entsetzen die Luft an. Panik trat in ihre Augen und in einem Schwächeanfall knickten ihre Beine weg. Hilflos sank sie zu Boden, ihr Kopf nur von der Hand gehalten, die an ihren Haaren zog. Ein Würgen stieg in ihr hoch und eine gelbe, scharf riechende Flüssigkeit breitete sich vor ihren Knien aus, als sie sich übergeben musste. Tränen kullerten über ihre Wangen und flehend blickte sie auf die Männer, suchte in ihren Augen nach einer Seele, die Mitleid mit ihr haben würde. Ihr Blick flatterte, als das Messer ihre Kehle berührte.
Tschetan-withko war zutiefst entsetzt. Er sah die Verzweiflung und ihre Tränen, er sah das Blut an ihrer Schläfe und blickte auf das Häufchen Elend, das zwischen ihnen kniete. Das war nicht richtig! Es war etwas anderes, im Kampf jemanden zu töten, aber hier, jetzt, ein Mädchen, das sich nicht wehren konnte, das war nicht ehrenvoll, auch wenn Grauer-Wolf allen Grund hatte die Pawnee zu hassen. „Sie ist doch nur ein Mädchen!", versuchte er ihn zur Besinnung zu bringen.
Hilfe suchend wandte er sich an seinen Freund Grauadler. „Sie ist doch nicht viel älter als deine Tochter! Fast noch ein Kind!"
Grauadler sah ihn entgeistert an. „Ja, und überlege dir, was jene Palani mit meiner Tochter gemacht hätten, wenn du nicht gekommen wärst. Glaubst du, die Pawnee hätten Mitleid mit ihr gehabt?"

Tschetan-withko überlegte fieberhaft und sagte leise. „Hoh, aber wir sind keine Palani. Es ist nicht richtig!"
„Willst du sie etwa zurückschicken? Die Palani haben unser Dorf überfallen und unseren Häuptling getötet! Wieso hast du nun Mitleid mit ihren Frauen?" Der Griff von Grauer-Wolf wurde fester und er bog den Kopf des Mädchens nach hinten.
Tschetan-withko unternahm einen letzten Versuch. „Es ist die Entscheidung von Fisch! Er hat sie gefangen genommen."
Eindringlich wandte er sich an seinen Freund, legte alle Überzeugungskraft in seine Stimme: „Kola! Das Mädchen gehört jetzt dir. Sie hat dich nichts gekostet und sie wird dein Zelt schmücken und dir fügsam sein. Nimm sie dir, wie ich mir Wah-bo-sehns genommen habe!"
Fisch sah ihn verwundert an. So hatte er das noch überhaupt nicht gesehen. Er hatte bereits zweimal beim Sommertreffen um ein Mädchen geworben und nicht genug Pferde gehabt, um die Geschenke, die von den Eltern gefordert wurden, zu bezahlen. In seinem kleinen Dorf gab es nicht einmal ein Mädchen, um das er werben konnte! Dieses Palanimädchen war ihm sozusagen in den Schoß gefallen. Sie würde für ihn kochen und nähen und er könnte sie sich nehmen, wann immer er wollte. Hokahey! Tschetan-withko war ein schlauer Mann!

Das Pawneemädchen sah starr vor Angst zu dem Mann auf, der als einziger zwischen ihr und den anderen stand. Er half ihr offensichtlich und sie weinte verzweifelt. Zögernd ließ Grauer-Wolf von ihr ab und sah mitleidlos zu, wie sich das nackte Mädchen zusammenkugelte. Die anderen Krieger standen um die Gefangene herum und warteten die Entscheidung von Fisch ab. Schließlich deckte der Krieger das Mädchen mit einer schmutzigen Decke zu und zeigte ihnen damit, dass er sie für sich wollte. Wohlwollend klopften ihm die anderen auf die Schultern, respektierten mit einem ausgelassenen Lachen, dass die Gefangene nun Fisch gehörte.
Unflätige Witze wurden gerissen, die Fisch jedoch mit einem Kopfschütteln ignorierte. Stattdessen musterte er besitzergreifend das junge Ding, das zitternd vor ihm kniete. Sie fror offensichtlich, aber er hatte nichts zum Anziehen für sie dabei. Also nahm er einfach die Decke und schnitt eine Öffnung in die Mitte hinein, damit sie die

Decke wie einen Poncho tragen konnte. Fisch zerrte sie zu einem Platz am Rande des Lagers und warf sie unsanft ins Gras. Dann kehrte er zurück zu seinen Freunden, um sich etwas Proviant geben zu lassen. Nachlässig beobachtete er, wie seine Gefangene sich aufrichtete und einige Schritte ins hohe Gras ging, um sich zu erleichtern. Immer noch waren ihre Hände gefesselt, sodass sie sich ungeschickt hinkniete und es nicht verhindern konnte, dass einige Spritzer den Poncho verunreinigten. Die Männer lachten, als Fisch sie schließlich zum Schlafen unter seine Decke zwang, doch sie war zu geschwächt, um an Gegenwehr oder Flucht überhaupt zu denken. Sie stank nach Erbrochenem und selbst Fisch erkannte, dass es ihr schlecht ging.

Am Morgen löste Fisch ihre Fesseln und ließ sie keinen Augenblick aus dem Auge, als sie taumelnd zum Wasser ging, um sich zu waschen und zu erleichtern. Dann fesselte er ihre Hände auf dem Rücken und setzte sie auf ein Pony, ignorierte ihr leises Stöhnen. Im gleichmäßigen Tempo ging es dahin. Die Männer waren großteils damit beschäftigt, die Pferde zu treiben und kümmerten sich nicht um die Gefangene, die mit gesenktem Kopf auf ihrem Pony hockte. Bis zum Abend waren ihre Handgelenke wund von den Fesseln und ihr Körper versteifte sich vor Angst, als der Mann sie schließlich vom Pferd hob. Fisch schnitt die blutigen Lederriemen durch, dann drängte er sie zu einigen Büschen, damit sie ihre Notdurft verrichtete. Nachdem sie etwas getrunken hatte, fesselte er ihre Hände wieder auf dem Rücken, ignorierte ihre offensichtlichen Schmerzen. Müde sank die Gefangene auf der Decke zusammen, wagte es nicht, auf die anderen Männer zu schauen, um sie nicht zu Brutalitäten zu reizen. Doch sie kannte die Lakota schlecht. Jetzt, da das Mädchen Fisch gehörte, würde niemand so respektlos sein, es anzurühren.

Tagelang ritt die Gruppe weiter und nur der warme Pferderücken wärmte die kalten Schenkel und Füße der gefangenen Pawneefrau. Niemand brachte ihr besondere Sympathie oder gar Mitleid entgegen, denn sie war in erster Linie ein Feind. Ihre Handgelenke waren wund von den Fesseln, die ihr Entführer nur abnahm, damit sie ein wenig essen und trinken konnte. Sie trug den Kopf hoch, obwohl sie vor Erschöpfung schwankte und sich mit den gefesselten Händen kaum noch auf dem Pferderücken halten konnte.
Fisch sah ihre Erschöpfung und löste schließlich ihre Fesseln, damit sie sich besser an der Mähne des Ponys festhalten konnte. Hier, in-

mitten all der Krieger, war ein Fluchtversuch ohnehin unmöglich. Mit gerunzelter Stirn untersuchte Fisch ihre entzündeten Handgelenke und legte einen provisorischen Verband an. Inzwischen bezweifelte er, ob es tatsächlich eine gute Idee gewesen war, sie mitzunehmen. Es war lästig, ewig eine Gefangene zu bewachen und sie auf dem Pony mitzuzerren. Viel lieber wäre er mit seinen Freunden frei und ungebunden galoppiert, hätte Gespräche über die besten Ponys geführt und überlegt, welche Ponys er in seine Herde führen wollte. Mit gerunzelter Stirn betrachtete er die erschöpfte Gefangene, die fiebernd auf dem Pony hockte, nur noch ein Schatten ihrer selbst. Ihre Schenkel waren wund gescheuert, denn so langes Reiten war sie offensichtlich nicht gewöhnt. Sie schien jeden Gedanken an Flucht verloren zu haben, hoffte nur noch auf das Ende dieser Reise.
Die Lakota dagegen sangen Protzlieder vor Begeisterung, freuten sich auf eine triumphale Rückkehr in ihr Dorf.

Endlich zeichneten sich in der Ferne die dunklen Hänge der Berge ab und die Männer bogen nach Norden ab. Sie trieben die Pferde an den dichten Wäldern vorbei und führten sie tiefer in die Bergwelt. Sorglos lagerten sie an einem gurgelnden Bach und ließen die Pferde rasten. Die Ponys stürzten sich hungrig auf das frische Gras, das erste wirkliche Fressen seit Tagen. Die Männer nutzten die Zeit, sich für den Einzug ins Dorf zu schmücken. Nur das Mädchen lag zusammengerollt auf einer Decke und rührte sich nicht. Fisch bemalte ihre Wangen rot, obwohl sie versuchte, den Kopf wegzudrehen. Die Farbe verschmierte so, dass es aussah, als hätte er ihr den Kopf gespalten. Aber das passte zu der Bemalung der Männer, die übermütig zum Aufbruch drängten. Wieder wurde die Gefangene gefesselt und auf ein Pferd gesetzt. Hilflos wurde sie durchgeschüttelt, hatte nicht mehr die Kraft, sich dem Rhythmus des Pferdes anzupassen. Es war nicht nötig, aber Fisch wollte die Gefangene demütigen.
Späher hatten die Ankunft des Kriegszuges längst angekündigt und so schallte ihnen das begeisterte Trällern der Frauen entgegen, als die Männer die riesige Pferdeherde durch das Dorf trieben. Niemand nahm es ihnen übel, dass die Pferde dabei auch die Kochgestelle vor den Zelten umrannten.
Dann erblickten die Frauen die zusammengesunkene Gefangene auf dem Pony und ihr Zorn auf das Volk, das Zwei-Pferde getötet hat-

te, entlud sich. Grobe Fäuste zerrten das Mädchen vom Pferd und schlugen hysterisch auf sie ein. Taumelnd stürzte die Gefangene in den Matsch, nicht mehr in der Lage, sich gegen diese geballte Wut zu wehren. Ihre verzottelten Haare umrahmten sie wie Rabenfedern und ihr kleiner Körper war von Wunden übersät. Tritte und Schläge prasselten auf sie ein, doch sie hatte längst die Besinnung verloren und sich der schwarzen Finsternis ergeben, in der es keine Schmerzen mehr gab. Im Vergleich zu den hochgewachsenen Lakota wirkte sie eher wie ein Kind und bestürzt wichen die Frauen zurück, erkannten langsam, dass hier kein Feind, sondern eine misshandelte Frau lag, die Mitgefühl und Hilfe bedurfte.
Fisch grunzte ungeduldig, als erste Stimmen laut wurden, die keifend mit den Männern schimpften. Kopfschüttelnd hob er seine Gefangene hoch und trug sie wie eine erlegte Antilope in sein Zelt. Er fesselte ihre Füße, warf achtlos eine Decke über sie und verließ das Zelt wieder, um mit seinen Freunden die Rückkehr zu feiern.

Lachende Menschen begrüßten die Männer und das Ansehen von Traumpfeil stieg, weil er die Krieger ohne Verluste heimgeführt hatte. Wohlwollend blickte Tschetan-withko auf seine Frau, die ihm scheu entgegentrat. Sein Herz hüpfte ein wenig, weil sie noch da war. Er wäre ihr nicht gefolgt, wenn sie entschieden hätte, zu ihrem Volk zurückzukehren. Ihre Schulter schien verheilt zu sein, denn sie trug keine Schlinge mehr. Behutsam nahm er das kleine Mädchen in den Arm, während seine Frau, wie es sich gehörte, das Pferd versorgte. Er verlor kein Wort darüber und nahm es einfach als selbstverständlich hin, dass sie nun bei ihm blieb. Widerwillig riss er sich schließlich von ihnen los und setzte sich in den Kreis der Krieger, die Traumpfeil umgaben.
Mit bebenden Händen zog sein Schwager die heilige Kriegspfeife aus dem Pfeifenbeutel und entfernte das Fett. Dann reichte er die Pfeife dem Medizinmann, damit dieser sie entzündete. Alle sahen dem Rauch nach, der nach oben stieg, voller Dankbarkeit, dass Traumpfeil sie alle wieder heimgebracht hatte.

Es war ein großartiger Sieg und zu Recht wurde der Waktegli Watschipi, der Siegestanz, veranstaltet. Ein Pfahl wurde in der Mitte des Tanzplatzes aufgestellt und mit schwarzen Ringen bemalt. Die Krieger färbten sich ihre Gesichter mit schwarzer Farbe und schmückten sich mit ihren Coupfedern. Langsam trafen die Sänger an dem Platz ein und setzten sich östlich des Pfahls an ein großes Feuer. Immer mehr Menschen versammelten sich in einem großen Kreis. Gespannt warteten sie auf die Geschichten, welche die tapferen Krieger erzählen würden. Tschetan-withko zog seine Frau mit sich und stellte sie in den Kreis der anderen Frauen.

Unsicher schaute Wah-bo-sehns sich um, denn sie kannte die Zeremonie nicht. Außerdem erinnerte sie das schwarze Gesicht von Tschetan-withko wieder an ihre Entführung. Sie senkte verlegen den Blick und wünschte sich, dass er sie im Zelt gelassen hätte. Neben Wah-bo-sehns stellten sich andere Frauen und bildeten einen Kreis, mit dem Gesicht nach außen. Sie trugen ihre besten Kleider und zu Ehren der Krieger hatten sie ihre Gesichter rot bemalt. Zusammen mit den gellenden Rufen, die sie ausstießen, machten die Frauen einen kriegerischen Eindruck. Hemmungslos ließen sie ihre Anspannung in hysterischen Schreien heraus, zeigten so die Erleichterung, die sie darüber empfanden, dass ihre Männer lebend heimgekehrt waren. Ihnen gegenüber standen die Krieger und langsamer Trommelschlag ertönte.
Traumpfeil trat als erster zwischen die Kreise und rief mit lauter Stimme, wie er die Pferde der Pawnee erbeutet hatte. Dazu tanzte er in dramatischen Bewegungen, während die Menschen in den Kreisen langsam in eine Richtung schritten. Das erste Lied wurde mit einem lauten Trommelschlag beendet und die Frauen und Kinder verbeugten sich ehrfürchtig. „Kutiyaye!", riefen sie laut. „Die Feinde wurden besiegt!"
Dann tanzten Tschetan-withko und Viele-Feinde. Mit wilden Gesten zeigten sie, wie sie die Pawnee getötet hatten!

Wah-bo-sehns dagegen wurde schlecht. Zu nah war die Erinnerung, wie sie fast gestorben wäre. Nur weg hier, nur weg! Das war nicht ihr Volk! Aber sie war wie gelähmt und ließ sich von den anderen Frauen im Rhythmus der Musik weiterschieben. Der Tanz wollte kein Ende nehmen. Immer wieder traten vor Schweiß glänzende Krieger vor, ihre Bemalung inzwischen längst in grässlicher Weise verschmiert, die ihre Version des Angriffs tanzten. Müde und erschöpft verzogen sich die Menschen mitten in der Nacht in ihre Tipis, doch am nächsten Tag wurde weitergefeiert. Die siegreichen Krieger wurden mit

Festessen belohnt und abends wurde wieder getanzt. Die Lakota lebten in kriegerischen Zeiten. Jederzeit war es möglich, dass auch sie wieder überfallen wurden. Dann konnte sich das Schicksal auch gegen sie wenden, und ihre Frauen würden als Gefangene verschleppt werden. So wie Wah-bo-sehns und das Pawneemädchen.

Immer wieder musste Wah-bo-sehns an den Tänzen teilnehmen, eigentlich eine Ehre für sie, doch ihre Kehle war wie zugeschnürt. Sie spürte ein leichtes Ziehen in ihrer Bauchgegend und erleichtert zog sie sich in das Tipi für menstruierende Frauen zurück. Viel zu früh nach der Geburt hatte ihre Monatsblutung wieder eingesetzt und sie fühlte sich schlecht. Zum ersten Mal seit ihrer Gefangennahme war sie allein mit ihrer Tochter. Uinohnah brachte ihr Essen und getrockneten Bisonmist für die Windeln ihrer Tochter, aber ansonsten blieb sie mit ihren Gedanken allein. Bei den Crow hatte sie die Einsamkeit des Menstruationstipis als schön empfunden, die Möglichkeit genossen, sich einige Tage zu erholen. Hier, bei den Lakota, holten die Geister der Vergangenheit sie wieder ein. Verzweifelt ließ sie ihren Tränen freien Lauf, umklammerte Graueulenmädchen und versank im Nichts. Sie dachte an Micgy und dann wieder an ihren neuen Mann. „Tschetan-withko ist nicht schuld an Micgys Tod!", ermahnte sie sich. Plötzlich sah sie Tschetan-withkos ängstliche Augen vor sich, als sie verletzt vor ihm gelegen hatte. Dieser starke Krieger liebte sie. Und er liebte Graueulenmädchen. Vielleicht konnte sie ihn ja auch ein klein wenig mögen? Ihre Tränen versiegten und ein hysterisches Lachen schüttelte sie. Ihre Gefühle spielten ihr hier offensichtlich einen Streich!
Die Monatsblutung kam nicht richtig in Gang und sie hatte eine plötzliche Vorahnung. Oh Ah-badt-dadt-deah! Was sollte sie jetzt nur tun? Aber sie durfte nicht klagen, denn sie wurde gut behandelt. Nicht wie das arme Pawneemädchen, das es bei Fisch viel schlechter hatte!

Mit ihrer Befürchtung hatte sie recht. Von Fieber geschüttelt lag die Gefangene in dem fremden Zelt, ohne dass sich jemand um sie kümmerte. Der gleichmäßige Trommelschlag, der zu ihr drang, schläferte sie ein. Zwei Tage dämmerte sie dahin, an Armen und Beinen gefesselt. Fisch stellte ihr eine Schüssel mit Wasser vor die Nase, das sie durstig wie ein Hund schlürfte, ansonsten bekam sie nichts. Fisch wusste nicht, was er nun eigentlich mit dem Mädchen anfangen sollte. Schließlich bestimmte er eine alte Frau, die auf die Gefangene achten sollte, wenn er das Lager verließ. Die alte Frau bewachte das Mädchen auf Schritt und Tritt, sogar, wenn sie zwischen die Büsche ging, um sich zu erleichtern. Sie musste Holz sammeln, kochen und nähen, aber nachts fesselte Fisch ihr die Hände wieder auf dem Rücken und band ihre Beine zusammen, damit sie nicht fliehen konnte. Sie war seine Gefangene und das nutzte er weidlich aus. Fisch kam gar nicht auf den Gedanken, dass sie vielleicht bei ihm bliebe, wenn er sie besser behandelte. Manchmal schlief er mit ihr, ungeschickt und ohne Zärtlichkeit, aber mehr, weil er es nicht anders wusste. Er zeigte sie seinen Freunden, die das Mädchen insgeheim bedauerten. Doch niemand sagte etwas. Sie war sein Besitz und er konnte mit ihr machen, was er wollte.

Der Stamm brach auf und machte sich auf den Weg nach Norden ins Sommerlager. Langsam zogen sie am Rand der Black Hills dahin, wichen weit in die Prärie aus, auf der Suche nach dem ersten Wild. Ihr Ziel war der Mato-Paha, der heilige Berg, an dem sie oft gemeinsam mit anderen Gruppen den Sonnentanz tanzten. Sie hatten so viele Pferde erbeutet, dass sogar die Frauen und Mädchen reiten konnten und sie kamen gut voran. Ein steter Wind blies, der nie aufzuhören schien, und die Prärie erblühte in den ersten Frühlingsfarben. Ganze Kolonien gelber Chrysanthemen verwandelten die braune Steppe in ein Blumenmeer, dazwischen die graugrünen Büsche des Salbeis oder die roten Blüten wilder Zwiebeln. Überall blühte der Yucca mit seinen kerzenartigen, gelben Blütenkolben, fast eine Verschwendung der Natur. Im Frühling sah es aus, als hätte der Große Geist mit einem riesigen Pinsel bunte Tupfen gesetzt. Alles leuchtete in hellen Farben, von grell-gelb bis dunkel-grün. Sogar der Himmel schien sich dem Frühling anzupassen. Anstelle der eintönigen grau-weißen Farben, die sich im Winter auch in den Wolken spiegelten, erstrahlte der Himmel nun tiefblau, mit schneeweißen Wolkenfetzen, die sich gegenseitig zu jagen schienen. Überall summte es, als Schwärme von Bienen über die bunten Blüten herfielen und graue Wolken von Stechmücken schwirrten um die buntgescheckten Ponys. Die Natur erwachte zum Leben. Die Leiber brauner Gabelantilopen flohen grazil in langen Sprüngen vor ihnen davon, Präriehunde und Kojoten versteckten sich in irgendwelchen Senken und Erdhöhlen. Gesprenkelte Hühner liefen aufgeregt gackernd zwischen den bunten Tupfen hin und her und versuchten vergeblich, die Menschen von ihren Nestern mit Eiern wegzulocken. An den mit Bäumen gesäumten Flussläufen trillerte und zwitscherte es in allen Tonlagen und bunte Federbälle flatterten von Ast zu Ast in einer taumelnden Liebesbalz. Selbst die bunten Ponys erstrahlten in glänzenden Farben, als hätten die Menschen sie angemalt. Voll gefressen mit dem ersten fetten Gras, verloren sie ihr struppiges Winterfell und glänzten in schwarz, weiß, rostrot und gelb. Alles roch nach Jasmin und süßem Salbei, nicht einmal die Heere von Mücken und lästigen Käfern störten. Alle waren aufgeregt, bald ihre Freunde und Verwandten zu sehen, ausgelassen ritten sie nebeneinander her.

Manchmal streifte ein mitleidiger Blick das gefangene Pawneemädchen, das mit gesenktem Haupt neben einer Schindmähre herlief. Fisch war ein guter Kämpfer, aber von Frauen verstand er nicht viel. Alle konnten sehen, dass das Mädchen hungerte und in der kurzen Zeit bereits abgemagert war. Fisch war nicht freundlich, zumindest nicht zu dem Pawneemädchen. Er sah sogar ausgesprochen grimmig aus mit seiner Hakennase, seinen schmalen Lippen und dichten Augenbrauen, die seine Augen überwucherten, vielleicht hatte er deshalb Hemmungen bei Frauen und ließ nun diese Verachtung an seiner Gefangenen aus. Nur zu seinen Freunden war er freundlich, oder zu den Kindern, aber seine Gefangene behandelte er schlechter als seinen Hund.

Wah-bo-sehns sprach manchmal mit ihrem Mann über das Pawneemädchen, doch er winkte ab. „Hohch! Die Gefangene gehört Fisch. Er entscheidet, was er mit ihr macht."
„Aber sie ist noch so jung", versuchte Wah-bo-sehns ihren Mann zu überzeugen.
„Sie ist eine Palani! Eine Gefangene!"
„Aber ich bin auch eine Gefangene!"
Sprachlos blickte Tschetan-withko sie an. Hatte sie die Gesten nicht verstanden? „Du bist nicht meine Gefangene, du bist meine Frau!"
Wah-bo-sehns seufzte tief. Für diesen Mann war alles so einfach. Er

verschwendete keinen Gedanken daran, dass sie keine Wahl gehabt hatte. „Warum macht Fisch das Mädchen nicht auch zu seiner Frau?“ Unwillig schüttelte Tschetan-withko seinen Kopf. „Jeder Mann entscheidet selbst, was er zu tun gedenkt.“
Sie vertiefte sich in ihre Näharbeit und dankte Ah-badt-dadt-deah, dass sie einen guten Mann hatte. Wie schlecht würde es ihr gehen, wenn er sie nicht zur Frau genommen hätte?

Jetzt im Frühling erweiterte sich das Nahrungsangebot des Stammes. Sie holten Eier aus den Vogelnestern, fingen viele Vögel und die Frauen sammelten die ersten Beeren. Im Frühjahr fanden sie Erdbeeren, wilde Rüben und Felsenbirnen. Manchmal nannten sie sogar die Monate nach den Pflanzen, die sie fanden. So war der Mai der Monat der Knospen und der Juni wurde der Monat der Erdbeeren genannt. Gerne backten die Frauen eine Art Pfannkuchen, indem sie Mehl mit Wasser und Fett mischten und dazu einen Mus aus Erdbeeren und Eschensaft machten. Das Mehl tauschten sie bei den Weißen ein oder stahlen es bei Raubzügen gegen andere Stämme. Das Leben spielte sich jetzt viel im Freien ab, denn die Frauen bereiteten das Essen an den Feuerstellen vor den Zelten zu. Jungen machten sich einen Spaß daraus die Töpfe zu plündern, was allerdings schmerzhaft werden konnte, wenn sie erwischt wurden.

Gut gelaunt kam Tschetan-withko mit einer Honigwabe zurück, die er in einem alten Baum gefunden hatte. Mehrere Stiche an seinem Arm zeugten davon, dass das Bienenvolk seine Vorräte gut verteidigt hatte. Energisch packte Wah-bo-sehns den Arm ihres Mannes, um eine Paste auf die Schwellungen zu streichen. In einem Impuls spannte Tschetan-withko seine Muskeln, um ihr den Arm wieder zu entziehen, aber dann ließ er es zu, dass sie ihn behandelte. Mit einem Finger seiner rechten Hand holte er etwas von dem Honig und steckte ihn in seinen Mund. Mhh! Er sah aus wie ein kleiner Junge, der am helllichten Tag seiner Tante das Fett aus der Suppe stibitzte. Der Schalk blitzte in seinen Augen, als er immer wieder mit dem Finger in den Honig fuhr. Spitzbübisch schmierte er etwas Honig auf ihren Mund und sie wehrte empört ab. „Wan, du willst nicht?“, flüsterte er. Mit einem gefährlichen Glitzern in seinen Augen beugte er sich zu ihr und küsste ihren süßen Mund. Seine klebrigen Hände schoben ihr Kleid hoch und fordernd drängte er seinen Körper auf den ihren. „Nein! Bitte!“, wehrte sie ihn ab.

Doch lachend erstickte er ihren Widerstand, indem er ihr einen weiteren Batzen des Honigs in den Mund schob. Dieser Mann war verrückt! Er duftete nach Honig und seine Haare glänzten frisch von den Yuccawurzeln, mit denen er sich gewaschen hatte. Oh! Er war schwer! Eine plötzliche Angst stieg in ihr hoch und ihre Hände krampften sich in seinen kupferfarbenen Körper. „Bitte!", flüsterte sie.

Mit einem freundlichen Lächeln glitt Tschetan-withko von ihr hinunter und leckte seine Finger sauber. „Komm! Wir gehen baden!"

Sie kicherte belustigt und folgte ihm, um sich die klebrigen Spuren wegzuwaschen. Er versuchte, sie ins Wasser zu ziehen, aber sie wusste, wohin das führen könnte und wurde ernst. „Bitte nicht!"

Er hob unschuldig seine Hände und grinste frech, hatte ganz bestimmt keine unehrenhafte Absicht gehabt. Nein, Wah-bo-sehns war jetzt seine Frau. Es war harmlose Spielerei gewesen, eine Vorfreude darauf, was sie ihm vielleicht geben könnte, wenn Graueulenmädchen größer war und ihre Milch nicht mehr brauchte. Mit einem Satz tauchte er in der schnellen Strömung davon.

Ein wenig verwundert blickte sie ihm hinterher. Sie wusste, dass er ein Krieger war, hatte seine Kraft zu spüren bekommen, aber jetzt war er so sanft wie ein Fohlen zu ihr.

Fisch dagegen war nicht sanft. Mit der Selbstverständlichkeit eines Herrschers schikanierte er seine Gefangene. Er zwang sie hart zu arbeiten und bestrafte sie, wenn es seiner Meinung nach nicht schnell genug ging. Er protzte damit, dass er ihr viel mehr Wild brachte als sie verarbeiten konnte und sie kniete mit ihrem einfachen Schabewerkzeug über den Fellen, bis sich ihre Arme entzündeten. Ihr Unterarm war bis zum Ellbogen rot angelaufen und sie versuchte mit einem nassen Fell, die Entzündung zu kühlen. Sie musste hier weg!

Seit Langem lauerte sie auf eine Gelegenheit, diesem Mann zu entfliehen, doch er ließ in seiner Aufmerksamkeit nicht nach und auch die alte Frau ließ sie nicht aus den Augen. Sie hasste diesen Krieger! Seine Augen, seine finstere Miene, seine Hände und sein Geschlecht, das sich manchmal in sie zwängte. Sie wollte keine Sklavin sein, keine rechtlose Gefangene! Neidisch beobachtete sie die anderen Frauen, erkannte, wie viele Freiheiten sie hatten und das Lagerleben bestimmten. Es gab junge, hübsche Männer unter den Lakota, solche,

die ihr gefielen, warum musste ausgerechnet sie an einen Widerling geraten? Einen, der sie schlecht behandelte! Sie war jung und hübsch, sie wollte geliebt und nicht gedemütigt werden. Geduldig wartete sie auf eine Gelegenheit, spielte die Gehorsame, um das Misstrauen der alten Frau einzuschläfern.
Dann ergab sich doch eines Tages die erste Möglichkeit zur Flucht und ohne zu zögern nutzte das Pawneemädchen die Gelegenheit, dachte überhaupt nicht über die Folgen ihres unüberlegten Handelns nach.
Sie hatte gekocht und die alte Frau war aus dem Zelt gelaufen, weil Unruhe im Dorf ausgebrochen war. Mit einigen Büffelblasen ging das Mädchen wie beiläufig zum Fluss, an dem die Lakota gerade lagerten, um Wasser zu holen. Niemand beachtete sie, weil wieder ein Jagdtrupp zurückkam, den alle begrüßten. Sie schwamm durch den Fluss, wobei sie das Kleid, das er ihr erlaubt hatte zu nähen, auf dem Kopf trug. Fröstelnd schlüpfte sie wieder hinein und lief eine Schlucht entlang. Ihr Herz klopfte plötzlich unregelmäßig vor Aufregung und sie rannte, bis sie vor Erschöpfung umfiel und nach Luft rang. Sie wollte weg, weg von diesem Mann, dabei wusste sie gar nicht wohin. Völlig unüberlegt, ohne Pferd und Vorräte, würde sie nicht weit kommen. Sollte er sie doch töten! Es war ihr plötzlich vollkommen gleichgültig, aber mit diesen Demütigungen wollte sie nicht mehr weiterleben. Sie schluchzte verzweifelt und schleppte sich weiter, bis sie mit ziehenden Schmerzen niedersank. „Bitte Tirawa, lass mich doch einfach sterben!“

Fisch brauchte nicht lange, um sie einzuholen. Er war ein hervorragender Späher und ihre Spuren allzu deutlich. Wutentbrannt schlug er auf sie ein, obwohl sie zu schwach war, um sich zu wehren. Ihr Kopf wackelte bei seinen Schlägen wie ein abgerissener Puppenkopf hin und her. Anfangs versuchte sie noch, sich vor seinen Schlägen zu schützen, doch dann überkam sie eine lähmende Schwäche. Wutentbrannt band er ihre Hände zusammen, dann schleifte er sie hinter seinem Pferd ins Dorf zurück. Ihre Beine zerkratzten an Sträuchern und Felsen und ihre Handgelenke bluteten von dem Strick aus geflochtenem Pferdehaar, der sie hinter dem Pferd herzog. Lange ehe sie das Dorf erreichten, war sie bewusstlos geworden und zwischen ihren Beinen zeichnete sich eine leichte Blutspur ab.
Er ignorierte ihre Verletzungen, wusste nicht, wie nahe sie dem Tod war, und warf sie grob in sein Zelt. Dann legte er sich zufrieden zum

Schlafen nieder. Diesem Mädchen hatte er gezeigt, dass es nichts nützte, wenn sie weglief. Das nächste Mal würden ihre langen, schwarzen Haare an seiner Skalpstange baumeln.

Am nächsten Morgen hatte die Frau hohes Fieber und stöhnte leise, ohne aus ihrer Ohnmacht zu erwachen. Eigentlich wollte er sie weiter bestrafen, doch dann überlegte er, ob er nicht besser den Heiligen Mann holen sollte. Tot würde sie ihm nichts mehr nützen. Er hatte sich daran gewöhnt, dass sie für ihn kochte, nähte, seine Felle gerbte und er auf niemanden mehr angewiesen war, der ihm half.

Einige Zeit später trat Bärenkralle in sein Tipi. Missbilligend sah er auf die geschundene Frau, dann untersuchte er sie gründlich. Er sah das getrocknete Blut zwischen ihren Beinen und brachte seine heiligen Dinge aus der Reichweite des mächtigen Menstruationsblutes, doch dann erkannte er, dass hier Schlimmeres geschah. Stirnrunzelnd reinigte er ihre vielen Verletzungen und befühlte vorsichtig ihre Brüste und ihren Bauch, schätzte ab, wie weit die Schwangerschaft schon gediehen war. Er blickte streng auf Fisch und sagte: „Diese Frau trägt dein Kind. Sie hätte es fast verloren! Du musst sehr vorsichtig mit ihr sein.“
Als der Medizinmann Fischs ungläubigen Blick sah, wurde er deutlicher: „Du darfst sie nicht mehr schlagen oder dein Kind wird sterben.“
Fisch sah ihn immer noch völlig entgeistert an. „Ein Kind?“
Der Medizinmann lächelte amüsiert und erklärte wie zu einem Kind: „Fisch, wenn man sein Geschlecht in eine Frau steckt, entsteht ein Baby.“
Fisch senkte verlegen den Kopf. Diese Tatsache war ihm bekannt, er hatte nur nicht daran gedacht, als er mit diesem Mädchen geschlafen hatte. „Warum läuft sie dann weg?“
Der Heilige Mann schaute ihn mitleidig an. „Vielleicht behandelst du sie nicht gut?“
Das saß! Der Medizinmann sah den Trotz in den Augen des Mannes und wechselte das Gesprächsthema. „Wie heißt sie?“, fragte er beiläufig, als er in seinen Bündeln nach einer Medizin suchte.
Fisch sah ihn verblüfft an. Für ihn hatte diese Frau keinen Namen. Er rief sie „Palani“ oder „Frau“.

Der Medizinmann schüttelte den Kopf. Fisch war wirklich ohne Herz! Er nahm einige Kräuter und erklärte ihm, wie er daraus einen Tee kochen konnte. „Das wird die Blutung unterbinden. Morgen komme ich wieder und sehe nach der Frau. Hier ist noch eine Salbe für die Wunden an ihren Händen und Beinen."
Er zögerte und unternahm einen weiteren Versuch, der Frau zu helfen. „Vielleicht solltest du manchmal eine Frau in dein Zelt bitten?"
Fisch lachte abfällig und meinte: „Diese alte Frau ist doch da!"
Bärenkralle kniff die Augen zusammen und seufzte laut. „Fisch! Ich meinte eine junge Frau! Eine Frau, die vielleicht einmal die Freundin von diesem Pawneemädchen wird."
„Hohch, warum sollte ich das tun?"
„Weil Frauen, die ein Baby tragen, besonderen Schutz brauchen. Diese hier ist jung und weiß vielleicht noch nichts über Babys. Eine Freundin könnte ihr die Angst nehmen."
Der Heilige Mann stimmte einen leisen Singsang an und schlug seine Handtrommel. Sie war zwar nur eine Gefangene, aber der Geist des Ungeborenen musste beruhigt werden. Dieses Kind stammte von einem Lakota, vielleicht würde es einmal ein großer Krieger werden. Dann verließ Bärenkralle das Zelt. Er hatte Fisch genug Denkanstöße gegeben, sollte er darüber nachdenken.

Fisch war das alles zu viel. Was sollte das alles mit dem Baby und ihrem Namen? Und eine andere Frau wollte er auch nicht in seinem Zelt! Trotzdem bereitete er den Tee zu und flößte ihn dem Mädchen ein. Er überlegte kurz, ob er sie fesseln sollte, doch er ließ es bleiben. Sie war in keiner Verfassung, irgendwohin zu gehen. Ganz im Gegenteil!
Langsam schlenderte Fisch zum Fluss und dachte über die Worte des Medizinmannes nach. Er hatte kein schlechtes Gewissen. Bisher war sie seine Gefangene gewesen, doch nun änderte sich die Situation. Sie trug ein Kind. Sein Kind! Er dachte an Otter und Blitz-im-Winter und das Baby in Tschetan-withkos Zelt und überlegte, wie wohl sein Kind aussehen könnte. Natürlich würde es ein Junge werden! Vielleicht sollte er mit Tschetan-withko reden? Auch er hatte eine Frau gefangen, die ihm nicht davonlief, und er wusste vielleicht etwas über Babys.
Zögernd schüttelte er an dem Säckchen mit Kernen, das neben dem Eingang hing, und kündigte sein Kommen an. Auf einen Zuruf trat er in Tschetan-withkos Zelt und blickte auf die Frau, die er sich ge-

nommen hatte. Das kleine Mädchen saß neben ihr auf einer roten Decke und spielte mit einer Rassel aus Kürbis. Sie war niedlich. Er schnalzte leise mit seiner Zunge und erntete ein strahlendes Lächeln aus ihren großen Augen. Fischs finstere Miene verzog sich zu einem vergnügten Lächeln. Er mochte Kinder. Oft tobte er mit den Jungen durch das Dorf oder nahm sie auf kleine Jagdausflüge mit.
„Lo-yatschin he?" – Hast du Hunger, hörte er die sanfte Stimme der Crowfrau. Wohlwollend blickte er auf die weibliche Gestalt, die ihm höflich eine Schale mit Essen anbot. Immer noch flossen die glänzenden Haare nur schulterlang über ihren Rücken, aber bald würden sie wieder ihre ursprüngliche Länge erreicht haben. Süßlicher Duft erfüllte das Zelt, weil sie Süßgras verbrannte. Ihm gefiel es und er überlegte, ob er nicht seiner Gefangenen befehlen sollte, es auch zu tun. Überhaupt sah diese Frau wesentlich besser aus als seine Pawneefrau. Dabei hatte ihm anfangs das rundliche, klein gebaute Mädchen gut gefallen. Er selbst war ja auch nicht groß! Aber jetzt war seine Gefangene abgemagert und in einem schlimmen Zustand. Vielleicht sollte er ihr besseres Essen geben, damit sein Kind in ihrem Bauch stark und kräftig wurde?
Sein Kind! Was sollte er machen, wenn die Palanifrau wieder einen Fluchtversuch unternahm? Tötete er sie, dann tötete er auch das Kind! Wie stark konnte er die Frau bestrafen, ohne dass es dem Kind schadete? Sollte er freundlicher zu ihr sein? Tschetan-withko behandelte seine Gefangene auch gut, das war deutlich zu sehen. Nein, diese Psa war ja seine Ehefrau, verbesserte er sich in Gedanken.

Fisch stellte die leere Essensschale auf die Seite und musterte Wahbo-sehns. Sie hatte bisher keinen Fluchtversuch unternommen, war gehorsam und willig. Sein Blick fiel auf den kräftigen Krieger und er legte amüsiert den Kopf schief. Das war auch besser so, denn Tschetan-withko würde sie ohnehin schnell wieder einholen.
„Möchtest du rauchen?", fragte sein Freund.
Immer noch erheitert schob Fisch die Lippen vor. „Hau!"
„Warum lachst du so?", wunderte sich Tschetan-withko über die Heiterkeit seines Freundes.
„Nichts, nichts!" Dann deutete Fisch mit einer harmlosen Geste auf das Baby. „Sie ist niedlich."
Tschetan-withko nahm seine Tochter hoch und sofort kuschelte sich das Kind müde in seine Arme. Graueulenmädchens kleiner Daumen fand den Mund und nuckelnd schlief sie ein.

Dann sprachen die Männer über das Sommerlager und die bevorstehende Jagd.
Vorsichtig nahm die junge Frau das Baby aus Tschetan-withkos Arm und bettete es auf sein Lager. Ohne aufzuwachen, drehte sich das Kind auf die Seite und schlief weiter.

Tschetan-withko hatte die ganze Zeit den Verdacht, dass Fisch wegen etwas ganz anderem gekommen war und ließ seinen Freund Zeit, doch schließlich verließ Fisch das Zelt. Er wusste nicht, wie er über die Pawneefrau reden sollte, außerdem war es ihm peinlich, dass die Crowfrau zuhörte.
Wah-bo-sehns sah ihren Mann bittend an, mit einer Geste bat sie ihm, seinen Freund zu begleiten.
Tschetan-withko war weit davon entfernt, der Anweisung einer Frau zu folgen, aber er hatte das Gefühl, dass sein Freund ihn alleine sprechen wollte.
Also eilte er aus dem Zelt und fand Fisch in einiger Entfernung stehen. Die beiden gingen gemächlich zum Fluss und setzten sich am Ufer auf einen großen Felsen. Tschetan-withko warf einige Kieselsteine ins Wasser, dann sah er den Kreisen zu, die sich auf der Wasseroberfläche bildeten. Ein zitronengelber Vogel zwitscherte sein Liebeslied in den Zweigen über ihnen. Nachlässig schlug Tschetan-withko nach einer Stechmücke, die sich auf seinen Arm setzte und blickte auf den kleinen Blutfleck, den sie hinterließ. Vorsichtig musterte er seinen Freund von der Seite. Er war wirklich schwierig!
Fisch seufzte und erzählte: „Die Palanifrau ist weggelaufen und ich habe sie wieder zurückgeholt."
Tschetan-withko schluckte schwer. Das ganze Dorf hatte gesehen, wie er die bewusstlose Frau hinter seinem Pferd ins Dorf geschleift hatte.
„Lebt sie noch?", fragte Tschetan-withko.
„Ja! Der Medizinmann kümmert sich um ihre Wunden."
Wieder saßen sie schweigend nebeneinander.
Tschetan-withko rempelte ihn mit seinem Arm an und ermunternde ihn, endlich zu sprechen. „Fisch! Wenn du stumm bist wie ein Fisch, wird das ein kurzes Gespräch! Was ist los?"
Fisch senkte verlegen den Kopf, als Tschetan-withko auf seinen Namen anspielte. Er war wirklich verstockt wie ein Fisch, aber er wollte über ein heikles Thema mit seinem Freund sprechen. Es galt als peinlich, über Frauenangelegenheiten zu sprechen, doch Fisch kannte

niemanden sonst, zu dem er ein solches Vertrauen hatte. Tschetan-withko war sein Kola, sein erwählter Freund, nur mit ihm konnte er über so etwas Persönliches reden! Er sah seinem Freund kurz in die Augen, flehte damit um Verständnis, und sagte: „Das Palanimädchen bekommt ein Kind!"

Das war es also. „Hoffentlich ist es nicht zum Großen Geheimnis zurückgekehrt!", befürchtete Tschetan-withko.

Fisch schüttelte den Kopf. „Nein, Bärenkralle hat ihr eine Medizin gegeben. Er meinte, es wäre gut, wenn eine Frau in mein Zelt kommt und mit ihr spricht."

Tschetan-withko verstand, was sein Freund wollte. Wah-bo-sehns könnte in Zeichensprache mit dem Mädchen reden. Außerdem hatte seine Frau das Gleiche durchgemacht wie das Pawneemädchen. Eine gute und besonnene Idee! Er lächelte und schlug seinem Freund auf die Schulter. „Also wirst du Vater! Gut! Ich schicke Wah-bo-sehns zu deiner Frau."

Fisch war erleichtert, doch die Worte verwirrten ihn. Vater! Seine Frau! Verwirrt horchte er in sich hinein, wunderte sich über die Gefühle, die in ihm hochstiegen.

Kopfschüttelnd ging er zurück in sein Zelt und fand das Mädchen wach auf den Fellen liegend.

Sie starrte ihn ängstlich an, zu schwach, sich vor einem weiteren Wutanfall zu schützen und er schämte sich, dass er so grob gewesen war. Sie war kein Krieger, mit dem er kämpfen konnte, sondern sie brauchte seinen Schutz. Auch für das Ungeborene in ihrem Leib. Prüfend fasste er an ihren Bauch, wunderte sich über die Geheimnisse der Schöpfung, die es einer Frau erlaubten, ein Kind zu empfangen. Zum ersten Mal sah er in ihr einen Menschen und eine Frau.

„Wie heißt du?", fragte er leise.

„Stern-im-Auge", antwortete sie schüchtern und ihre Augen schwammen, weil er sie nicht schlug. Sie konnte keine Schmerzen mehr ertragen.

Fisch nickte und fand den Namen schön. Vielleicht sollte er sie zu seiner Ehefrau erklären? Er blickte stirnrunzelnd auf das zerfetzte Kleid, suchte nach einigen Hirschfellen, die sie bearbeitet hatte und machte eine großzügige Handbewegung. „Du-nähen-neues-Kleid!"

Schunkmanitutanka

Wolf (Sommer / Herbst 1871)

Wah-bo-sehns war gespannt auf das Pawneemädchen, das unter den gleichen Umständen wie sie zu den Lakota gekommen war. Sie wunderte sich über den Wunsch ihres Mannes, nach dem Mädchen zu sehen, aber vielleicht hatte sein Gespräch mit dem Freund ja doch etwas bewirkt. Es war nicht richtig, wie die Pawneefrau behandelt wurde!

Die Eingangsklappe stand offen, als deutliche Einladung, dass sie willkommen war. Mit einem Hüsteln trat Wah-bo-sehns in das Zelt und blieb höflich stehen. Fisch winkte sie heran und bot ihr einen Platz an der linken Seite des Feuers an. Er wirkte unschlüssig, was er jetzt tun sollte, schließlich beschloss er, das Zelt zu verlassen. „Frauengewäsch", dachte er bei sich und holte sein Pferd.

Wah-bo-sehns wartete, bis er das Zelt verlassen hatte, und schaute auf das Mädchen. Yun! Sie war schockiert. Die Pawneefrau lag blass und erschöpft vor ihr, übersät mit Schrammen und blauen Flecken.

Wah-bo-sehns sagte ihren eigenen Namen und machte eine fragende Geste, wie sie hieße.

Stern-im-Auge musterte vorsichtig die fremde Frau. Es war das erste Mal, dass Fisch sie alleine ließ. Sie erkannte an der Kleidung, dass Wah-bo-sehns eine Crow war und wollte wissen, wie sie hierher kam.

Wah-bo-sehns machte das Zeichen für „Gefangen" und Stern-im-Auge runzelte die Stirn. Vielleicht konnte sie mit dieser Frau fliehen! Sie fasste wieder Mut und machte die Zeichen für: „Wir-fliehen!"

Wah-bo-sehns lachte amüsiert. Dieses Mädchen hatte offensichtlich noch nicht ihren Willen aufgegeben! Sie war stark und würde sich erholen. „Du-mutig!", deutete sie an. Aber im Moment war Stern-im-Auge so schwach, dass sie nirgendwo hingehen würde.

Dann dachte Wah-bo-sehns an ihren Mann und stellte fest, dass sie ihn wohl nicht verlassen würde. Schüchtern deutete sie auf ihren Bauch und erklärte der Pawneefrau, dass in ihr ein Kind heranwuchs. Sie hatte es Tschetan-withko noch nicht gesagt, denn es ging ihr nicht gut. Sie hatte manchmal diese Blutungen und sie wollte ihn nicht enttäuschen, wenn sie das Kind vielleicht verlor. Sie war jedes Mal in das Tipi gezogen, das abseits des Dorfes für menstruierende Frauen gebaut worden war. Für sie waren die Tage in dem kleinen Zelt eine wichtige Ruhepause. Tage, an denen sie nicht den beschwerlichen Weg zum Holzsammeln gehen musste, keine Felle gerben oder nach Wurzeln graben musste. Uinohnah hatte sie versorgt, aber Wah-bo-sehns merkte schnell, dass es keine normale Monatsblutung war. Sie war nur zu schnell wieder schwanger geworden und es zehrte sie aus, weil sie noch das andere Kind stillte. Zunächst hatte sie überlegt, den Medizinmann nach Medizin zu fragen und für das Ungeborene zu beten, doch dann hatten die Blutungen aufgehört. Sie sah den entsetzten Blick der anderen Frau und beschwichtigte sie. „Mein-Mann-guter-Mann!" Die Zeichensprache war begrenzt, aber sie meinte, was sie sagte. Tschetan-withko war ein guter Ehemann und geduldiger Vater. Vielleicht konnte sie eines Tages die schwarze Fratze vergessen, die sie in den Schnee gedrückt hatte.

Stern-im-Auge runzelte traurig die Stirn. Der Mann, der sie gefangen hielt, war nicht gut.

Wah-bo-sehns sah die Trauer und auch den Hass in den Augen der anderen Frau. Tröstend nahm sie deren Hand und drückte sie. „Du-Frau-dieses-Kriegers. Morgen-er-Vater-deines-Kindes!" Es war schwer, ihre Gedanken in Zeichen zu setzen, doch die Frau verstand sie. Tränen traten in ihre Augen und sie erkannte die Ausweglosigkeit ihrer Situation.

Wah-bo-sehns wollte sie aufheitern und sagte: „Ich-haben-kleines-Mädchen. Du-sehen?"

Stern-im-Auge schüttelte den Kopf und machte das Zeichen für „Morgen", denn sie war so unsagbar müde.

Wah-bo-sehns verließ das Zelt und machte sich Sorgen. Die Wunden würden verheilen, doch die Wunden des Geistes in dieser Frau waren tief.

In den nächsten Tagen war der ganze Stamm unterwegs. Stern-im-Auge lag auf einer Trage, denn der Heilige Mann hatte ihr verboten zu reiten. Manchmal kam Fisch auf seinem Pony vorbei und blickte besorgt auf seine Frau. Sie hatte sein verändertes Verhalten wohl bemerkt, offensichtlich freute er sich darüber, dass sie ein Kind erwartete. Sie dagegen freute sich nicht. Er hatte dieses Wesen in ihren Bauch gezwungen, aber durch dieses Kind wurde sie immerhin besser behandelt. Nachts wurde sie nicht mehr gefesselt und sie war froh darum. Zum ersten Mal seit gut zwei Monden schlief sie tief und fest und ihr geschundener Körper erholte sich zusehends. Verstohlen beobachtete sie, wie Fisch mit anderen Kindern scherzte und versuchsweise das Baby von Wah-bo-sehns hochhob. Sie hatte erfahren, dass Graueulenmädchen nicht Tschetan-withkos Kind war, sondern dass er es ebenso gefangen genommen hatte. Niemals würde sie vergessen, wie Tschetan-withko sie vor der Wut des anderen Mannes beschützt hatte und sie verstand, warum Wah-bo-sehns diesen Mann mochte.

Fisch dagegen war oft verunsichert, wie er seine Frau behandeln sollte. Bisher hatte er sie schikaniert, in ihr nur eine Gefangene gesehen, eine Feindfrau. Doch wie behandelte man eine Ehefrau, die ein Ungeborenes in ihrem Leib trug? Die Schwangerschaft einer Frau war ein Mysterium, das er einfach nicht verstand. So ritt er schweigend neben Tschetan-withko her und wollte ihn vieles fragen, doch er schwieg.
Am Spätnachmittag erreichten sie den neuen Lagerplatz und Fisch half den Jugendlichen des Dorfes die Pferdeherde mehrmals im Kreis zu treiben, um die Klapperschlangen zu vertreiben. Otter und andere Jungen schlugen mit Knüppeln auf die gefährlichen Schlangen ein. Es war eine Aufgabe, die sie mit Begeisterung erfüllten. Meistens verzogen sich die Schlangen, mieden die Erschütterung und den Lärm des Dorfes. Erst, wenn Frauen und Kinder das Lager verließen, um Früchte oder Holz zu sammeln, wurden die Klapperschlangen zu einer ernsten Gefahr.
Am Abend saß Tschetan-withko vor seinem Zelt, das Wah-bo-sehns gerade mit Uinohnah aufbaute. Es war Frauenarbeit und Tschetan-withko wäre es nicht in den Sinn gekommen, ihnen zu helfen, abgesehen davon, dass die Frauen ihm gehörig die Meinung sagen würden, wenn er sich in ihre Angelegenheiten einmischte. Er hielt das kleine Mädchen auf seinem Schoß und blickte auf, als Fisch sich schweigend neben ihn setzte. Nachdenklich musterte er seinen Freund. Fisch war klein und muskulös und schweigsam. Die richtigen Worte zu finden fiel im schwer, also ließ Tschetan-withko ihm Zeit. Behutsam wippte er seine Tochter auf seinen Oberschenkeln und scherzte mit ihr.
Fisch blickte auf das Mädchen und runzelte die Stirn. „Ich will lieber einen Sohn!"

Tschetan-withko lachte ihn schallend aus. „Wenn es soweit ist, dass dein Baby geboren wird, wird es dir gleichgültig sein, ob es ein Junge oder ein Mädchen ist!"
Was sollte das jetzt schon wieder heißen?
„Möchtest du denn keinen Sohn?" Verunsichert blickte Fisch auf Tschetan-withko.
Dieser biss sich auf die Lippen. „Solange Graueulenmädchen so klein ist, wird von mir Geduld erwartet", meinte er scharf.
„Haun!", verlegen senkte Fisch seinen Blick. Er wusste, dass die anderen Krieger ihn für ungeduldig und unbeherrscht hielten. Umso mehr bewunderte er Tschetan-withkos Großmut, das Leben des Kindes zu verschonen, denn es bedeutete, dass ihm die Frau gar nicht zur Verfügung stand. Gutmütig beugte er sich zu dem Kind. „Sie wird dir einst viele Pferde bringen, wenn ein junger Mann um sie anhält!"
Tschetan-withko lachte breit. „Ja, eines Tages! Aber jetzt bereitet sie mir Freude!"
Das kleine Ding in seinem Arm quengelte leise und ermahnte den Vater, dass jetzt jemand anderer erwünscht war. „Wan! Ich glaube, sie hat Hunger! Warte! Ich bringe sie zu ihrer Mutter!" Eilig verschwand er in seinem Zelt und Fisch lachte in sich hinein. Die Frauen hatten diesen großartigen Krieger ganz schön in ihrer Hand.

Es wurde Hochsommer und die Lakota erreichten den großen Treffpunkt des Stammes. In der Nähe erhob sich der Mato-Paha mit seinen verkrüppelten Kiefern und niedrigen Büschen. Weiter entfernt versprachen die hohen Berge der Che-sapa Kühle und Schatten vor der unbarmherzigen Hitze des Sommers.
Wah-bo-sehns blickte fassungslos auf das riesige Lager, das an einem See aufgeschlagen war. Hunderte von Zelten standen in einem strengen Kreis zusammen, genau geordnet nach dem Status der Familie und in der Mitte wurde das große Ratszelt aufgeschlagen. Unzählige Menschen liefen wie Ameisen hin und her und überall rannten Kinder herum. Eine riesige Pferdeherde graste am See und eine Horde Buben galoppierte durch das Lager, die mutwillig Frauen und Mädchen erschreckte. Wie sollte sie sich bloß in diesem Trubel zurechtfinden? Sie hielt sich an Uinohnah, die sie den erstaunten anderen Frauen vorstellte. Tschetan-withko hatte eine Crow zur Frau genommen!

Diese Neuigkeit sprach sich in Windeseile herum, ebenso dass Fisch ein Pawneemädchen zur Frau hatte. Schnell waren die Frauen im Mittelpunkt der Aufmerksamkeit und die Krieger mussten von ihren Heldentaten erzählen. Abends wurden große Feuer angezündet und die Trommeln geschlagen. Für alle Familien war die Ratsversammlung im Sommer ein großes Ereignis und sie versammelten sich um die Feuer, um zu tanzen.
Das traditionelle Sommerlager sollte die Einheit des Stammes symbolisieren, außerdem wurde der Sonnentanz, als bedeutendste religiöse Zeremonie zum Wohl des Stammes, gemeinsam gefeiert.

Die Lakota fühlten sich sicher, doch sie wussten um die weiße Gefahr. Immer wieder kam es zu Übergriffen seitens der Weißen und die Häuptlinge äußerten sich bei ihren Zusammenkünften besorgt.
Red Cloud war zusammen mit anderen Häuptlingen nach Washington eingeladen worden und berichtete in einer großen Versammlung von seiner Reise. „Ich habe die Dörfer der Weißen gesehen! Sie haben Tipis, die bis in den Himmel wachsen! Seltsame Wägen aus Eisen ziehen die Menschen von einem Ort zum anderen. Nicht wie das Eiserne Ross, sondern mit Pferden werden diese Wägen gezogen. Sehr seltsam! Riesige Boote spucken immer mehr weiße Menschen aus ihren Bäuchen, die uns unser Land wegnehmen wollen! Die Weißen sind so viele wie die Heuschrecken! Wo sie hinkommen, fressen sie alles auf!", sagte er mit unterdrückter Trauer und befürchtete, dass sein Volk untergehen würde.
Die umsitzenden Indianer waren geschockt. Wie sollte man sich gegen Heuschrecken verteidigen?
„Wir müssen vorsichtig sein!", mahnte Red Cloud. „Wir haben einen guten Vertrag und sollten die weißen Soldaten besser nicht reizen!"
Verunsichert senkten die Männer die Köpfe, denn gerade Red Cloud war es gewesen, der die Soldaten gezwungen hatte, drei Forts wieder aufzugeben.
Sitting Bull stand auf und alle Blicke richteten sich hoffnungsvoll auf ihn. Er machte eine Geste in Richtung von Red Cloud und runzelte die Stirn. „Du hast gut gekämpft, doch nun mahnst du zur Vorsicht. Wir sollen uns an die Verträge halten, aber was machen wir, wenn sich die Weißen nicht daran halten?"
Red Cloud machte eine abschließende Handbewegung. „Ich ziehe zu der Agentur, die sie mir zugewiesen haben. Nur so haben wir eine Chance zu überleben!"

Sitting Bull spuckte verächtlich ins Feuer. „Also willst du von ihren Versprechungen leben?"
„Wir haben keine andere Wahl! Wir müssen unsere Lebensweise ändern, wenn wir überleben wollen."
Ein Raunen ging durch die Reihen der Männer und viele standen empört auf. Ihre Lebensweise war gut und sie wollten sie nicht ändern!

Die Ressourcen eines so riesigen Lagers waren schnell aufgebraucht und die Raubvögel stürzten sich auf die Reste, die achtlos im Gras liegen blieben. Die einzelnen Sippen fielen auseinander und zogen in verschiedene Richtungen, um weiter zu sammeln und zu jagen. Die Frauen gruben nach wilden Zwiebeln und Rüben, trockneten Pflaumen und Apfelbeeren und stampften andere Beeren zusammen mit Fleisch und Fett zu einem Mus. Beliebt waren Stachelbeeren, die getrocknet und später wieder zu einem Brei verarbeitet wurden. Bald würden sie auf die Büffeljagd gehen und alle fieberten diesem Ereignis entgegen. Der Jagderfolg würde ihr Überleben im nächsten Winter sichern. Die Büffel lieferten das Fleisch, das getrocknet und haltbar gemacht wurde. Das Fell wurde zu Zelten und Kleidung verarbeitet und aus den Sehnen drehten die Frauen haltbare Stricke oder nutzten sie zum Nähen. Nichts wurde verschwendet.
Ohne Eile folgten die Lakota den Windungen des Belle-Fouche-Flusses. Wah-bo-sehns ging gerne an das Flussufer, um Beeren zu sammeln. Stern-im-Auge begleitete sie und manchmal schloss sich ihnen auch Uinohnah an. Ganze Kolonien von Beerensträuchern säumten die Ufersteilhänge. Wah-bo-sehns liebte die sauren Beeren und aß sie in großen Mengen. Der saure Geschmack ließ ihre Übelkeit vergehen.
Auch Stern-im-Auge stopfte sich kichernd die Früchte in den Mund. Zu ihrer Überraschung ließ Fisch sie mit den anderen Frauen zum Sammeln gehen und auch sonst behandelte er sie nicht unfreundlich. Sie war erleichtert, dass er sie nachts in Ruhe ließ, obwohl sie erkannte, dass er sie nur wegen des Kindes schonte. Ein Krieger legte sich nicht zu seinem ungeborenen Sohn. Sie bemühte sich, ihn nicht zu verärgern und ging ihm ansonsten aus dem Weg. Sie fand ein anderes Mädchen namens Weidenzweig, die sie anfangs nur scheu angesehen hatte. Doch bald reagierte das Lakotamädchen auf ihre Gesten und ihre lustige Mimik. Inzwischen saßen sie oft zusammen und un-

terhielten sich. Uinohnah unterstützte dies, denn sie erkannte, dass Stern-im-Auge noch sehr jung, fast noch ein Kind war, das ein gleichaltriges Mädchen zur Gesellschaft brauchte.
Weidenzweig war ein sanftes Mädchen, stets freundlich und ihren Eltern gehorsam. Sie war das einzige Kind von Grauadler und Gebrochener-Zweig und wie jedes Einzelkind wurde sie geradezu behütet.
In Stern-im-Auge dagegen brodelte ein Vulkan. Weit davon entfernt sich mit der Situation einfach abzufinden, versuchte sie im Moment lediglich Fisch in Sicherheit zu wiegen. Sie wollte eine bessere Gelegenheit zur Flucht abwarten, denn noch einmal durfte er sie nicht erwischen. Fleißig lernte sie die Sprache ihrer Feinde und suchte sich Freundinnen. Vielleicht nützte es ihr eines Tages?
Weidenzweig staunte über das freche Pawneemädchen. Wenn Fisch nicht anwesend war, riss sie respektlose Witze über ihn, aber immer so, dass wirklich alle lachen mussten.
Provozierend legte Stern-im-Auge zwei winzige Tannenzweige über ihre Augenbrauen: „Seht ihr! So sieht Fisch aus!" Mit tiefer Stimme imitierte sie ihren Mann: „Palanifrau! Mach Essen!"
Die Mädchen kicherten hemmungslos und angestachelt von ihrem Erfolg, stichelte sie weiter: „Unter der Decke stößt er Schreie aus wie ein Esel! Huah, huah, huah!"
Eigentlich war Stern-im-Auge noch genauso ein Kind wie Weidenzweig.

Grauadler erstaunte die Freundschaft seiner Tochter mit dem Pawneemädchen. Seit dem Überfall der Pawnee hatte Weidenzweig eine Todesangst ausgestanden und Albträume gehabt. „Vielleicht hilft ihr die Freundschaft mit der Palanifrau, ihre Ängste zu vergessen?", meinte er zu seiner Frau.
Gebrochener-Zweig lachte gutmütig. „Aber nein! Stern-im-Auge ist nur ein Mädchen. Sie sieht in ihr eher eine Schwester. Weidenzweig mag Stern-im-Auge, weil sie so übermütig und lustig ist."
„Ich finde, dass sie sich sehr respektlos verhält. Ich weiß nicht, ob sie der richtige Umgang für unsere Tochter ist."
Empört schaute Gebrochener-Zweig auf ihren Mann. „Yu! Ich finde, dass dieses Mädchen allen Grund hat, sich respektlos zu verhalten. Fisch hat sie wirklich schlecht behandelt! Ihr habt sie alle schlecht be-

handelt! Sie ist noch ein Kind und doch erwartet sie bereits das Baby von Fisch. Was denkt ihr euch eigentlich?"
Grauadler zuckte zurück, denn seine sonst so sanfte Frau war sichtlich verärgert. „Sie war eine Palani! Ein Feind! Sie kann froh sein, dass sie noch lebt. Glaubst du, dass die Palani unsere Tochter besser behandelt hätten, wenn sie ihnen in die Hände gefallen wäre?"
Gebrochener-Zweig wich das Blut aus dem Gesicht, dann senkte sie betroffen den Kopf. „Nein, aber es ist etwas anderes, wenn man sehen muss, wie ein junges Mädchen misshandelt wird."
„Nun, jetzt ist sie seine Frau und nutzt das weidlich aus, findest du nicht?"
Gebrochener-Zweig kicherte nur leise in sich hinein, ignorierte den missmutigen Blick ihres Mannes. Das Pawneemädchen sorgte für Gesprächsstoff in den Zelten und insgeheim sahen es die Frauen mit Genugtuung, wie Stern-im-Auge sich durchsetzte.

Besonders Wah-bo-sehns lachte über das übermütige Pawneemädchen, freute sich, dass sie nicht mehr wie eine aufsässige Gefangene behandelt wurde. Sie hatte die junge Frau ein wenig unter ihre Fittiche genommen, auch weil Fisch der beste Freund ihres Mannes war und nichts dagegen zu haben schien, dass sie nun regelmäßig sein Zelt betrat. „Ich finde, dass Stern-im-Auge überhaupt nicht zu Fisch passt", meinte sie eines Tages lächelnd zu ihrem Mann.
„Warum?", wunderte sich Tschetan-withko.
„Ach, sie ist so lustig und übermütig wie ein Fohlen! Fisch dagegen weiß nie, was er sagen soll."
Tschetan-withko lehnte sich mit einem Grinsen zurück. „Das stimmt! Vielleicht passt das Mädchen deshalb so gut zu ihm."
„Ich bin froh, dass er sie jetzt nicht mehr schlägt", stellte Wah-bo-sehns in ihrer ruhigen Art fest.
„Nun, sie erwartet ja auch sein Kind!"
Verärgert presste Wah-bo-sehns die Lippen zusammen. Wieso nahm sich der Mann das Recht heraus, eine Frau nur deshalb gut zu behandeln, weil sie ein Kind trug?
„Was?" Tschetan-withko, dem die Reaktion seiner Frau nicht entgangen war, runzelte die Stirn.
„Nun!", schnappte Wah-bo-sehns. „Ich bezweifle, dass Fisch noch lange in seinem Zelt das Sagen hat!"

Verblüfft schaute Tschetan-withko auf seine Frau, die energisch das Tipi verließ und die Eingangsklappe zuschlug.

Grübelnd setzte sich Wah-bo-sehns an das Flussufer und legte die Hand schützend auf ihren Bauch. Ihre Gedanken wirbelten, als sie versuchte, den Ärger in ihr zu unterdrücken. Was dachten sich diese überheblichen Lakotamänner eigentlich? Dass es angenehm war, wenn eine Frau geraubt und ein Kind in ihren Bauch gesteckt wurde? Yun! Sie fühlte nach dem Ungeborenen und schalt sich für diese düsteren Gedanken. Natürlich freute sie sich auf dieses Kind, selbst wenn es dieser reichlich großspurige Krieger gezeugt hatte. Sie kicherte in sich hinein, hatte ihm die unbedachte Äußerung längst verziehen. Trotzdem blieb eine Spur Zweifel in ihr, Zweifel, wie wohl ihr Mann auf dieses neue Leben reagieren würde. Sie hatte ihm nichts von der Schwangerschaft gesagt, weil es sich einfach nicht schickte, über diese Dinge zu reden. Außerdem war es jetzt deutlich zu sehen, was sollte sie ihm da noch groß erklären? Aber es wunderte sie, dass er sich ihr nicht mehr näherte. Er schien zunehmend unwirsch und ungeduldig zu sein, blieb oft im Zelt seines Kriegerbundes und kehrte erst spät oder überhaupt nicht zurück. Sie war verunsichert und zog sich in sich zurück.
Sie wusste nicht, dass Tschetan-withko die deutlichen Zeichen eher als Nachlässigkeit seiner jungen Frau deutete und machte das gute Essen dafür verantwortlich. Er dachte nicht an eine mögliche Schwangerschaft, weil sie ja einige Male in die Frauenhütte gezogen war, als sie ihre Blutungen gehabt hatte. Außerdem hielt er sich nachts von ihr fern, um sie zu schonen. Ihm war nicht bewusst, dass manchmal bereits einmal reichte, um ein Baby zu zeugen.

Vielleicht war er auch einfach nur abgelenkt, denn die riesigen Herden der Büffel schoben sich durch die Ebenen. Eine unendliche Flut schwarz-brauner Leiber, die sich schnaubend ihren Weg bahnte und alles niedertrampelte, was sich ihnen entgegenstellte. Nur der Mensch war ein ernstzunehmender Gegner.
Die Krieger hatten eine große Büffelherde entdeckt und gingen täglich auf die Jagd. Sie hatten sich bis auf den Lendenschurz entkleidet und boten einen beeindruckenden Anblick. Ihre Oberkörper und Gesichter waren mit Schutzzeichen für eine erfolgreiche Jagd bemalt, ebenso die Kuppen und Hälse der Pferde. Die Mähnen der Pferde waren mit Federn verziert, denn auch sie waren tapfer, wenn

sie neben einem dieser Großhufigen herliefen. Die Jagd war etwas Heiliges, die Männer durften nur gut vorbereitet daran teilnehmen und viele Männer waren tags davor in der Schwitzhütte gewesen, um sich zu reinigen. Mit Pfeil und Bogen jagten sie neben den Tieren her, doch als mutiger galt es, einen Büffel mit dem Speer zu erlegen. Einige Männer benutzten auch Gewehre, obwohl Pfeil und Bogen zuverlässiger waren. Die Jäger galoppierten neben den schweren Büffeln her, immer auf der Hut, falls ein Büffel plötzlich ausscherte und den Jäger angriff. Schnell konnte aus dem Jäger der Gejagte werden. Es war ein Kampf Mann gegen Tier, der viel Mut und Geschick erforderte. Nicht selten musste ein Jäger versorgt werden, wenn ihn das Horn eines Büffels verletzt hatte und manchmal wurde gar ein ganzes Pferd von einem zornigen Ungetüm aufgespießt. Der Jäger konnte sich dann nur noch retten, indem er blitzschnell auf das Pferd eines anderen sprang, das ihn in Sicherheit trug. Trotz einiger Verletzungen war es eine gute Jagd und abends ehrten sie Wakan-tanka für den Erfolg und beteten für den Geist der getöteten Tiere. Die Frauen kamen kaum nach, die vielen Tiere auszunehmen und die Felle zu gerben, welche die Jäger erlegten. Innerhalb eines Tages zerlegten sie das Fleisch in Streifen und hängten es zum Trocknen auf Gestelle aus Ästen. Kinder vertrieben die Hunde und Fliegen, während das Fleisch an der Luft trocknete.

Wah-bo-sehns hockte tagelang gebückt über den gespannten Fellen und schabte sorgfältig das Fett und das Fleisch von der Haut. In der brütenden Hitze des Indianersommers war es anstrengend, außerdem stanken die toten Tiere erbärmlich und sie musste sich oft übergeben. Ihr Rücken schmerzte und das Ungeborene in ihrem Bauch drückte nach unten. Sie war heilfroh, dass Heller-Mond ihre Tochter beaufsichtigte oder Uinohnah ihr half. Ihre Sprachkenntnisse wurden besser und gespannt lauschte sie den Geschichten über Tschetan-withkos Familie, froh um jede Pause, die sie machen konnte. Aber auch Uinohnah nutzte die Gelegenheit, mit ihrer Schwägerin zu plaudern. Manchmal ließen sie die Schabewerkzeuge liegen, streckten sich ein wenig und Uinohnah erzählte ihr alte Geschichten: „Unsere Eltern sind vor vielen Wintern an der Weißschorfkrankheit gestorben. Linke-Hand und Wehende-Decke nahmen uns bei sich auf. So wuchsen wir zusammen mit unseren Cousinen auf."

„Ah, wie viele Winter zählte Tschetan-withko damals?", fragte Wah-bo-sehns interessiert.
„Er war noch ein Junge. Vielleicht zehn und drei Winter alt. Ich war etwas jünger."
„Also hat Linke-Hand euch adoptiert?"
„Aber nein! Er war der Bruder unseres Vaters, also nannten wir ihn ebenfalls Vater. Wir sind einfach in sein Zelt gezogen. Und aus unserer Tante wurde im Laufe der Zeit ebenfalls unsere Mutter. Wehende-Decke ist eigentlich unsere Tante, aber wir sagen Mutter zu ihr. Kein Kind bleibt allein!"
Wah-bo-sehns senkte die Augen. „Genauso wie bei den Absarokee", dachte sie im Stillen.
„Sei nicht traurig! Du hast jetzt eine große Familie. Linke-Hand und Wehende-Decke sind jetzt die Großeltern von Graueulenmädchen, ebenso wie von Heller-Mond und Blitz-im-Winter."
Wah-bo-sehns lächelte melancholisch. Ihren Schwiegervater kannte sie eigentlich nur aus der Ferne, denn er sah sich als Tschetan-withkos leiblichen Vater und somit war seine Schwiegertochter für ihn tabu.
Aber sie war froh um die Hilfe von Uinohnah und Wehende-Decke, denn ihr Baby konnte inzwischen krabbeln und störte sie sonst nur bei der Arbeit. Gerne gab sie das lebhafte Kind zu ihrer Schwiegermutter, wenn sie über den Häuten kniete. Oft wurde ihr schwindelig und sie setzte sich in den Schatten eines Baumes. Oh! Wenn nur die schreckliche Übelkeit verginge! Außerdem machte sie der ständige Wind fast krank. Ihr Volk lebte in bewaldeten Gebieten, die den Wind bremsten. Hier auf der Prärie wehte er ständig, ohne Unterlass zerrte er an den Tipis, den Haaren, drang durch die Kleider und zerrte an ihren Nerven. Schweiß klebte an ihrer Stirn und besorgt beugte sich Uinohnah zu ihr hinüber. „Ruhe dich aus! Du darfst nicht so hart arbeiten, das ist nicht gut für dein Kind."
Erschöpft lehnte sich Wah-bo-sehns gegen einen Baumstamm und legte ihre Hand auf den Bauch, spürte leicht die ersten Bewegungen des Ungeborenen.
„Ruhe dich aus!", wiederholte Uinohnah.

Tschetan-withko dagegen schikanierte seine Frau. Er fand, dass sie dick und faul wurde. Er kam nicht oft in sein Zelt, denn die Jagd war heilig und die Krieger bereiteten sich rituell darauf vor. So war er enttäuscht, dass seine zierliche Frau offensichtlich rundlicher wurde. Fast beleidigt verbrachte er viel Zeit im Zelt seines Kriegerbundes, kam nur noch selten in sein Tipi und musterte seine Frau mit kritischem Blick. Nach der anstrengenden Jagd wollte er bewundert werden! Warum kümmerte sie sich nicht um sein Pferd? Warum wusch sie nicht seinen verschwitzten Körper? Warum verwöhnte sie ihn nicht mit Leckerbissen? Überhaupt! Sie sah nicht gut aus! Müde und erschöpft kniete seine Frau am Feuer, wagte es kaum, ihn anzusehen. Missbilligend musterte er sie von oben bis unten. Wieso achtete sie nicht auf ihren Körper? Provozierend gab er seinem Hund aus der Büffelblase zu trinken und sah schadenfroh ihren entsetzten Blick. Dann warf er ihr die Büffelblase vor die Füße und befahl ihr, frisches Wasser zu holen. Sie musste sich mehr bewegen oder sie würde bald nur noch rollen.

In Wah-bo-sehns stieg eine unglaubliche Wut hoch. Den ganzen Tag hatte sie die Felle gegerbt, Fleisch in Streifen geschnitten, getrocknet und zerstampft! Was fiel ihm eigentlich ein? „Hetschamu-schni!" – Das mache ich nicht, weigerte sie sich. „Schick doch den Hund zum Wasserholen!"
Tschetan-withko funkelte sie wütend an. „Du bist dick und faul!", sagte er verächtlich und verließ das Zelt.
Er sah nicht die dicken Tränen, die Wah-bo-sehns plötzlich hinunterliefen. Ihr Mann freute sich nicht auf das Kind! Vielleicht würde er sie sogar einfach wegschicken, wie es bei den Absarokee Sitte war, wenn ein Mann seine Frau nicht mehr wollte. Wo sollte sie dann hin? Hier hatte sie keine Verwandten und wer würde sie mit zwei kleinen Kindern aufnehmen? Würde Tschetan-withko sie zu den Absarokee zurückschicken? Sie verstand seinen plötzlichen Stimmungswechsel nicht und wischte sich mit zitternder Hand die Tränen aus dem Gesicht. Aber sie konnte nicht verhindern, dass weitere Tränen über ihre Wangen liefen.
Immer noch wütend ging Tschetan-withko in das Zelt von Traumpfeil. Sein Schwager sah seinen Unmut und bot ihm einen Platz an. „Nitokah-ho?", fragte Traumpfeil. „Was ist denn mit dir los?"
Tschetan-withko machte seinem Unmut Luft: „Meiner Frau tut das gute Leben nicht gut. Sie wird dick und fett."
Traumpfeil starrte ihn sprachlos an, doch es war Uinohnah, die zornbebend aufsprang. Sie vergaß alle Tabus, die ihr den direkten Um-

gang mit dem Bruder verboten. Mit einer Truthahnschwinge, die sie sonst benutzte, um ihr Zelt zu fegen, drosch sie auf ihren Bruder ein. „Raus aus meinem Zelt! Raus! Wie kannst du es wagen, eine schwangere Frau dick und fett zu nennen! Raus!"
Der Angriff seiner Schwester hatte Tschetan-withko völlig überrumpelt. Er hielt abwehrend die Hände über dem Kopf und sprang auf. „Wan! Sie ist nicht schwanger! Sie geht doch ins Isnatipi ...", erklärte er lahm.
Uinohnah starrte ihn entgeistert an. Es war doch offensichtlich! Langsam ließ sie die Truthahnschwinge sinken und wandte sich an ihren Mann: „Mihigna! Sage meinem Bruder, dass seine Frau ihm zu Beginn des Winters ein Kind schenken wird. Sein Kind! Frage ihn, was er für ein Späher ist, wenn er die deutlichen Zeichen nicht sieht?"
Tschetan-withko war völlig fassungslos. Eine unsagbare Freude stieg in ihm auf und überschwänglich drückte er seinen verblüfften Schwager an sich. „Wirklich?", flüsterte er völlig überwältigt.
Traumpfeil schob ihn weg und meinte grinsend: „Vielleicht solltest du besser deine Frau umarmen, nachdem du dich wie ein blinder, alter Büffel benommen hast!"
Wakan-tanka! Er konnte nie wieder heimkehren, nach dem, was er gesagt hatte! Wie sehr hatte er sich immer ein eigenes Kind gewünscht! Völlig entsetzt blickte er auf seinen Schwager. Wie konnte er je wieder vor Wah-bo-sehns Augen treten? Ihm wurde schlecht, als er an die harten Worte dachte, die er ihr an den Kopf geworfen hatte. Sie würde so wütend auf ihn sein!
Mit schlechtem Gewissen trabte er zu seinem Zelt und schlüpfte hinein. Er hatte mit allem gerechnet, aber nicht mit diesen traurigen Augen, die ihn einfach nur hilflos ansahen. Wakan-tanka! Er machte aber auch alles falsch. Er sah die deutliche Wölbung ihres Bauches und eine überschwängliche Freude stieg in ihm hoch. Sie würde sein Kind bekommen! Er nahm sie in den Arm und streichelte sanft ihre Tränen weg. „Mitawitschu! Ich freue mich so auf unser Kind. Warum hast du mir nichts gesagt?"
„Gesagt?" Wah-bo-sehns schaute ihn betroffen an. „Du hast doch gesagt, dass ich dick bin, Mihigna!" Dann verstand sie endlich, was hier vor sich ging: Er hatte nicht gesehen, dass sie schwanger war! Was für ein dummer Mann! Was für ein unglaublich dummer Mann! Ein Glucksen stieg in ihrem Bauch hoch, ein inneres Gelächter, das die eiserne Klammer von ihrem Herz löste. Er freute sich!

Tschetan-withko sah die goldenen Lichter in ihren Augen und lachte befreit. „Ich bin ein alter, blinder Büffel!", flüsterte er in ihr Ohr.
„Nein, du bist ein dummer, blinder Büffel!", schimpfte sie ihn neckend. Und er gab ihr recht. Endlich hatte er die richtige Gefährtin gefunden, die ihm ein Kind schenkte. Er legte zaghaft die Hand auf ihren Bauch und plötzlich fand er sie wunderschön. Sie war seine Wölfin! Wah-bo-sehns genoss die sanfte Berührung. Seine Hand umfasste das ungeborene Kind und sie fühlte sich beschützt. Nichts konnte ihr mehr geschehen, wenn dieser Mann in ihrer Nähe war.
„Ich hätte warten müssen", murmelte Tschetan-withko betroffen, „aber nun freue ich mich so sehr! Tetschichila! Ich liebe dich Wah-bosehns!"

Der nächste Mond verging schnell. Die Frauen verarbeiteten die Felle, trockneten und zerstampften das Fleisch, während die Jungen nur noch Unsinn machten und die Krieger vor ihren Zelten saßen. Zum Feuern verbrannten die Frauen getrockneten Büffeldung, da es auf der Ebene kaum Brennholz gab. Er brannte wie Zunder, völlig vertrocknet von der erbarmungslosen Hitze, obwohl ein beißender Qualm aufstieg. Im Zelt konnte man ein solches Feuer nicht unterhalten, dann wären alle erstickt.
Die Lakota feierten viel und zwei Mädchen erhielten ihre Fruchtbarkeitsriten, als bei ihnen das erste Mal ihre Menstruation einsetzte. Ein Mädchen heiratete und würde im Spätherbst mit ihrer neuen Familie mitreisen. Meist zog ein Mädchen zu der Familie ihres Mannes, nur ein armer Mann zog zu der Familie seiner Frau.
Die Lakota nannten diese Zeremonie auch „Adoption der begrabenen Frau", weil das Mädchen seine Eltern verließ und in die neue Familie hineingeboren wurde. Manche sahen ihre Eltern über viele Winter hinweg nicht mehr und deshalb war es wichtig, dass sie in die neue Familie aufgenommen wurden.
Die Prärie war staubtrocken und alles wurde braun. Wieder zogen sie über die ausgedörrte Ebene auf der Suche nach einer Büffelherde. Die Zeit der Jagd war für die Frauen Schwerstarbeit, besonders wenn sie ein Kind erwarteten. Mühsam schabten die Frauen das verdreckte Fell von den Häuten. Sommerhäute waren nicht viel wert, aber trotzdem nutzten sie die Felle, um daraus Zelte, Taschen oder Satteldecken zu nähen.

Langsam zogen sie wieder in Richtung der Che-sapa, der Black Hills, dem Kerngebiet ihres Stammes. Nach zwei weiteren Tagen erreichten sie endlich die lange Silhouette der Berge, die sich mit ihren bewaldeten Hängen vor ihnen auftürmten. Die Pappeln zwischen den dunkelgrünen Kiefern leuchteten in einem satten Gelb, wie die Farbe von Sonnenblumen. Es war, als bäumte sich die Natur ein letztes Mal gegen den kommenden Winter auf. Schnatternde Schwärme von Enten und Wildgänsen zogen am Himmel über sie hinweg, auf ihrem Weg in den warmen Süden.

Hitschikyata liebte den Herbst. Er war ständig mit den anderen Jungen unterwegs und Bärenkralle ließ ihm die Freiheit. Denn so lernte der Junge in Windeseile Lakota und im Winter würde er ihn weiter ausbilden. Manchmal sprach er mit ihm über Wah-bo-sehns und Stern-im-Auge: „Ich wundere mich, warum ausgerechnet die fremden Frauen dem Stamm bald Kinder schenken."
„Wieso?" Hitschikyatas kluge Augen richteten sich auf den Medizinmann.
„Nun, die Geburt eines Kindes ist stets wichtig für das Überleben des Stammes. Außerdem ist es etwas Heiliges. Es ist ein Zeichen, dass ausgerechnet beide fremde Frauen ein Kind erwarten. Als Heiliger Mann musst du auf solche Zeichen achten."
Hitschikyata dachte über die Worte des Medizinmannes nach. Für ihn waren es nur Frauen, die Babys bekamen! Er sah darin keine besonderen Zeichen. Er sah nur, dass die Frauen den Stamm veränderten oder zumindest ganz gehörig ihre Männer. Er wackelte mit dem Kopf und teilte seine Gedanken dem Medizinmann mit.
„Veränderung!" Das war es! Bärenkralle schaute prüfend auf das Kind. Es war ein guter Beobachter. „Veränderung". Aber warum jetzt und wohin?
Grundsätzlich missbilligte der Medizinmann das Verhalten der Männer. Auch früher hatte es Frauenraub gegeben, doch dann waren die Gefangenen der Obhut der anderen Frauen übergeben worden. Diese Frauen hatten den Schutz nicht erfahren. Er wunderte sich nicht über Fisch, denn der junge Mann war unbeherrscht und aggressiv. Aber warum Tschetan-withko so unüberlegt gehandelt hatte, erstaunte ihn noch jetzt. Vielleicht lag es daran, dass mehr unzufriedene Männer sich in dieser Gruppe zusammengefunden hatten.

Männer, die sich nicht damit abfinden wollten, dass die Weißen ihnen das Land nahmen und ihnen die neue Lebensweise aufzwangen. Wahrscheinlich würden noch mehr Frauen auf diese Weise das Volk vergrößern. Etwas, das er nicht gutheißen konnte. Die Sitten verrohten, ohne dass er etwas dagegen unternehmen konnte. Oder war es einfach nur Veränderung? Er musste darüber nachdenken.

Ohne Hast zogen die Lakota weiter nach Süden. In manchen Nächten kam bereits der erste Frost und ermahnte die Menschen, dass der Winter hart werden würde, doch tagsüber schien die Sonne noch warm vom Himmel.
Die Gruppen trennten sich und jeweils zehnmal zwei Familien machten sich auf den Weg, um einen geeigneten Platz zum Überwintern zu finden.
Die Frauen nutzten die bewaldeten Hänge, um die letzten Eicheln und Nüsse zu sammeln. Der Geruch nach Pinien war angenehm nach der langen Zeit auf der Hochebene. Wah-bo-sehns seufzte auf, als sie in den windstillen Wald kam. Tief sog sie den ihr so vertrauten Geruch ein, manchmal durchsetzt mit Rauch, wenn es irgendwo gebrannt hatte. Der weiche Waldboden verschluckte die Schritte ihrer Mokassins und sie setzte sich zwischen den hellgrünen Farn. Eigentlich wollte sie ein wenig Holz sammeln, aber dann lehnte sie sich an einen riesigen Großvaterbaum, der wahrscheinlich schon seit Anbeginn der Zeit dort stand und ließ ihre Gedanken fliegen. Ein kleiner roter Vogel hüpfte vor ihr im Gras auf der Suche nach einer Fliege. Goldene Sonnenstrahlen tasteten nach ihm, hüllten den Vogel in einen Nebel aus glitzerndem Staub. Sie lauschte auf sein Lied und wunderte sich über den Unsinn, den der kleine Vogel sang. „Fliege mein! Gut du schmeckst! Bald bin ich satt! Dann fliege ich nach Süden!“
„Wie ist es im Süden?“, fragte Wah-bo-sehns.
„Oh, warm!“, zwitscherte der Vogel.
„Warum kehrst du dann wieder hierher zurück!“, wunderte sich Wah-bo-sehns.
„Das ist seit Anbeginn der Zeit so. Wir kommen hierher, um unsere Kinder auszubrüten.“
Sanft umfassten Wah-bo-sehns Hände ihren geschwollenen Leib und sie lächelte, als das Ungeborene nach ihr trat. Wie wohl dieses

Kind aussehen würde? Müde döste sie ein wenig, bis sie durch ein sanftes Rütteln geweckt wurde. Erschrocken fuhr sie hoch. Sie war eingeschlafen! Schuldbewusst blickte sie in die freundlichen Augen von Tschetan-withko, der sie liebevoll anlächelte. „Mitawitschu! Raubt dir unser Kind schon jetzt den Schlaf, dass du dich verstecken musst?", scherzte er ein wenig.
„Es tut mir leid! Ich bin immer so müde, Mihigna", versuchte sie sich zu entschuldigen.
„Ich wäre auch müde, wenn ich so einen dicken Bauch hätte", meinte er frech, dabei bildete er mit seinen Händen eine Kugel vor seinem Bauch.
„Oh, du! Mach dich nicht lustig über mich!"
Erstaunt riss er seine Augen auf. „Das würde ich nie wagen!" Vorsichtig half er ihr auf und zog sie aus dem Wald.
„Wie hast du mich überhaupt gefunden?", fragte sie belustigt.
„Ich bin Späher!"
„Ma?" Mit einem Mal wurde ihr wieder seine Gefährlichkeit ins Gedächtnis gerufen, denn er hatte seine Stimme weder gehoben noch gesenkt. Es war eine einfache Tatsache.

Sie blieben einige Tage und die Männer nutzten das wildreiche Gebiet für die Jagd. Dann brachen sie wieder auf. Sie wollten dieses Jahr südlich der Black Hills überwintern und vielleicht einige Krieger zu den Agenturen am Niobrara-Fluss schicken, um Eisenwaren einzutauschen. Dort, wo die Tipis gestanden hatten, war das Gras niedergetrampelt und überall lag Unrat. Doch bald würde die Natur sich von den Menschen erholt haben und wieder jungfräulich vor ihnen liegen.
Die Nahrungsvorräte waren verstaut und die Menschen machten sich gut gelaunt auf den Weg. Sie ließen sich Zeit, schlugen immer wieder die Zelte auf, um unterwegs zu rasten. Das Winterlager würde noch langweilig genug werden und sie genossen die letzten schönen Tage. Unterwegs sammelten die Frauen Hagebutten und die Männer fingen mit den Jungen einige Fische, die sie meist gleich aßen. Für alle war es eine schöne Reise.
Wah-bo-sehns genoss die klare Luft und die Ruhe. Nach dem Lärm im Sommerlager und bei der Herbstjagd waren die wenigen Familien für sie jetzt eine Erholung. Graueulenmädchen begann zu lau-

fen und forderte ihre ganze Aufmerksamkeit. Es war gefährlich, das Kind durch das hohe Gras laufen zu lassen, und so musste ständig jemand aufpassen, wohin das kleine Mädchen seine Schritte setzte. Wah-bo-sehns ermüdete schnell und war erleichtert, wenn Tschetan-withko das lebhafte Kind zu sich auf das Pferd nahm oder die Großmutter mit ihr spielte. Sie sammelte Nüsse, wie die anderen Frauen auch, und ging ihre Wege, um Holz mit dem Beil zu hacken. Das Bücken strengte sie an, doch es war ihre Aufgabe, ebenso wie das Kochen und Nähen. Sie freute sich auf ihr Kind und arbeitete an einer Geburtsdecke. Manchmal ritt sie neben dem Pawneemädchen, um sich mit ihr über die bevorstehende Geburt zu unterhalten.

Stern-im-Auge würde erst in einigen Wochen entbinden, doch sie hatte Angst und suchte die Hilfe von Wah-bo-sehns. Fisch war bereits ganz aufgeregt und hütete sie wie seinen Augapfel. Jetzt verstand er, was Tschetan-withko gemeint hatte, als er sagte, dass es ihm letztendlich gleichgültig wäre, ob es ein Junge oder ein Mädchen sei. Er war an dem Punkt, wo er froh war, wenn es überhaupt ein Baby war. Freundlich nannte er seine Frau Stern-im-Auge und redete mit ihr über das Kind, erstaunt darüber, dass man mit einer Pawneefrau reden konnte. Er schimpfte nicht, wenn andere Frauen sein Zelt bevölkerten, auch wenn es ihm manchmal in seinen Gedanken störte. Dann ging er eben jagen und kehrte erst abends zurück, wo er den anwesenden Mädchen klar machte, dass er der Herr des Zeltes war. Sie gingen kichernd und er fragte sich, wo seine Autorität geblieben war. Doch dann sah er Stern-im-Auges lustiges Lachen und war zufrieden. Er sah seine Frau gerne lachen.

Stern-im-Auge dagegen war nicht glücklich, aber sie war so zufrieden, wie man es unter diesen Umständen sein konnte. Fisch war freundlich und bemühte sich um sie, das tat ihrer Seele gut. Aber am meisten half es ihr, dass er sie nicht berührte. Manchmal strich er ihr über die Haare, das war alles. Sie fühlte die Bewegungen des Kindes in ihrem Leib und lauschte in sich hinein. Sie wollte dieses Kind nicht, aber sie konnte es benutzen, um sich diesen Krieger vom Leib zu halten.

Wah-bo-sehns sammelte Holz, als eine Wehe sie überraschte, eigentlich ein wenig vor der erwarteten Zeit. Erschrocken hielt sie ihren Bauch und beschloss, lieber zurückzugehen. Graueulenmädchen war bei Uinohnah und Heller-Mond und würde auf sie warten. Sie stöhnte und machte sich Vorwürfe. Sie hätte nicht allein gehen dürfen, aber als sie aufbrach, ging es ihr gut und sie spürte noch keine Anzeichen einer bevorstehenden Geburt. Sie nahm das Holz auf den Arm, als eine erneute Wehe sie packte. Ihr blieb die Luft weg und sie hockte sich hin. Das hatte wehgetan! Sie ließ das Holz liegen und eilte weiter. Eine weitere Wehe zwang sie, sich niederzuknien, und ihre Fruchtblase platzte. Bestürzt sah sie auf das Wasser zwischen ihren Beinen und hechelte eine weitere Wehe weg. Das ging viel zu schnell! Die Geburt von Graueulenmädchen hatte fast den ganzen Tag gedauert. Sie blickte sich in Panik um, nur um festzustellen, dass sie allein war. Aber sie brauchte Frauen, die ihr halfen und eine Geburtsdecke und ... wieder eine Wehe, die ihren Bauch zusammenzog. Sollte sie um Hilfe rufen? Aber vielleicht hörten es die Falschen, vielleicht waren Feinde in der Nähe? Mit schmerzverzerrtem Gesicht kroch sie zu dem kleinen Bach, der in der Nähe floss, damit sie wenigstens Wasser hatte und ergab sich in ihr Schicksal. Sie musste das Kind eben allein bekommen. Die Wehen schüttelten sie jetzt regelmäßig und sie war schweißgebadet. Hastig band sie ihr Kleid ein wenig höher und kniete sich über eine Stelle mit weichem Moos. Schwer atmend stützte sie sich auf einen dicken Ast, den sie am Wasser gefunden hatte und drückte bei jeder Wehe die Stirn dagegen. Oh! Es tat so weh! Warum rutschte das Kind nicht tiefer? Sie presste verzweifelt und pumpte zwischen den Wehen hechelnd Luft in ihre Lungen.

So fand Tschetan-withko seine Frau, der aufgebrochen war, weil sie seines Erachtens viel zu lange ausblieb. Er glitt von seinem Pferd und blieb wie angewurzelt stehen. Sie brauchte sofort Hilfe! Er wollte in das Dorf, um die Frauen zu holen, doch ihr Schrei hielt ihn zurück.
„Mihigna!"
Sie brauchte seinen Schutz und zwar sofort. Tschetan-withko fühlte sich wie ein Wildpferd in der Schlinge. Das hier war Frauensache! Er hatte keine Ahnung, was er tun sollte, und ihre offensichtlichen Schmerzen machten ihm Angst.
Bäche von Schweiß perlten über ihre Stirn, als sie pressen musste, und seine Angst war ihr völlig gleichgültig. Sie konzentrierte sich nur noch auf den Schmerz in ihrem Körper und das Atmen. Ihre Hände krampften sich um den Ast und sie fühlte, wie ihre Kraft schwand. „Bitte, bleibe bei mir!", presste sie hervor, hatte eine furchtbare Angst allein zu sein. Sie brauchte seine Stärke und Kraft.

Tschetan-withko atmete durch und hockte sich zu ihr. Langsam quetschte sich der Kopf des Kindes dem Licht entgegen, dann rutschte der Körper nach. Mit einem erleichterten Seufzen griff Wah-bo-sehns mit beiden Händen danach, zog es zu sich heran, dann sackte sie erschöpft ins Gras. Kurz sammelte sie ihre Kraft, dann besann sie sich auf ihre Pflichten und biss die Nabelschnur durch. Ein zitterndes Weinen erklang, als das Baby zum ersten Mal schrie.

Es war ein kleiner Junge und Tschetan-withko stieg das Wasser in die Augen. Er starrte auf das winzige, blutige, runzlige Ding in ihren Händen und war fassungslos. So etwas hatte er noch nie gesehen! Ein winziger neugeborener Mensch, völlig schutzlos und hilflos. Sein Sohn!

Wah-bo-sehns erhob sich mühsam und ging zu dem kleinen Bach, um sich und ihr Baby mit dem kalten Wasser zu waschen, dann ging sie zu Tschetan-withko zurück. Sie hatte nicht einmal eine Decke und ihr Mann zog sein Hemd aus, damit sie das Baby darin einwickeln konnte. Erschöpft setzte sich Wah-bo-sehns an einen Baum und gab ihrem Sohn die Brust. Es war still, nur das Saugen des Babys war zu hören.

In Tschetan-withko tobten die Gefühle und nur mühsam bekam er sich wieder in den Griff. Wah-bo-sehns hatte ihm einen Sohn geschenkt! Er fühlte sich, als würde er hoch oben in den Wolken schweben, und nur von fern hörte er die Stimme seiner Frau. „Wie möchtest du ihn nennen, Mihigna?"

Er lauschte in sich hinein und hörte auf das Chaos seiner Gefühle. Er sah den einsamen Wolf aus der Geschichte und die einsame Wölfin, die sich zu ihm gesellt hatte. Das war der richtige Name für seinen Sohn: „Tschinkschi-Schunkmanitutanka! Wolfssohn!"

Wah-bo-sehns lächelte glücklich. Das war ein schöner Name für ihr Baby und sie flüsterte ihn in sein Ohr: „Wolfssohn!"

Das Baby hatte kurz getrunken und schlief nun, ebenso erschöpft von der Geburt. Sie drückte es Tschetan-withko in den Arm, der es versonnen betrachtete. Graueulenmädchen war klein gewesen, als er sie geraubt hatte, aber dieser kleine Junge war winzig dagegen. Tschetan-withko bestaunte die kleinen, vollkommenen Hände und Füße. Er streichelte den schwarzen Flaum auf dem Kopf des Neugeborenen und dachte sich, wie um alles in der Welt daraus einmal ein großer, starker Krieger werden sollte.

Er sammelte sich, schließlich war er ein großer, starker Krieger und er musste sich überlegen, wie er seine Frau in das Lager zurückbrachte.

Sie hatte ihr Baby wie eine einsame Wölfin geworfen und ihn verblüffte, wie stark die spirituelle Verbindung mit dieser Frau war. Ihm fröstelte an der kalten Luft, als er mit nacktem Oberkörper vor seiner Frau saß. Zögernd gab er ihr das Baby zurück und half ihr auf. Dann sprang er auf sein Pony und drängte es an sie heran. Er beugte sich herunter und hob sie leicht wie eine Feder mit dem Baby vor sich auf das Pferd. Vorsichtig machte er sich auf den Heimweg.

Eine Horde Jungen kam ihnen entgegen, die ihn eigentlich auffordern wollte, mit auf die Jagd zu gehen. Verblüfft sahen sie die Frau in seinem Arm und das winzige Etwas, das er in sein Hemd eingewickelt hatte.
Otter drängte sein Pferd heran und zog das Leder von dem Gesicht des Babys. Er lächelte begeistert und fragte Tschetan-withko, ob es ein Junge oder ein Mädchen war. Tschetan-withko antwortete ihm: „Ein Junge, er heißt Wolfssohn!"
Hoka! Die Jungen droschen mit den Fersen auf ihre Ponys ein und ehe Tschetan-withko sie aufhalten konnte, preschten sie mit der Neuigkeit ins Dorf zurück. Tschetan-withko hatte einen Sohn!
Er ritt an den lächelnden Menschen vorbei und wie Monde zuvor, ließ er sich mit seiner Last vom Pferd heruntergleiten und trat mit ihr ins Zelt. Seine Schwester eilte herbei und scheuchte ihn aus dem Zelt. Das hier war jetzt Frauensache.

Tschetan-withko war sichtlich erleichtert und zog ein anderes Hemd an. Seine Frau war in guten Händen und er brauchte einen Freund, mit dem er über das Erlebte reden konnte. Völlig durcheinander verzog er sich in das Zelt von Traumpfeil, der ihm mit einem verständnisvollen Lächeln eine Pfeife anbot.
Sie saßen lange schweigend da und Traumpfeil sah, dass sein Freund viel Zeit brauchte, das Geschehene zu verarbeiten. Er dachte daran, wie seine eigenen Kinder geboren worden waren und wie überwältigt er damals gewesen war. Irgendwann reichte er Tschetan-withko eine Schale mit Essen und riss ihn damit aus seinen Gedanken.
Voller Ehrfurcht, fast staunend, wandte sich Tschetan-withko an seinen Freund: „Ich habe einen Sohn!"
Mann, was für eine Neuigkeit! Das wusste eigentlich schon das ganze Dorf und Traumpfeil kicherte in sich hinein.

„Er heißt Wolfssohn!“ Das war auch nichts Neues. Aber Traumpfeil verstand, dass Tschetan-withko seine Gedanken ordnen musste.
„Ich haben seinen ersten Atemzug gesehen und seinen ersten Schrei gehört“, erklärte Tschetan-withko seinem Freund.
Traumpfeil riss die Augen auf. „Ich glaube, das kann einen Mann ganz schön durcheinander bringen.“
Lächelnd saßen sich die beiden Männer gegenüber, schweigend und doch voller Einfühlungsvermögen. Heller-Mond trat ein und hielt Graueulenmädchen im Arm. Tschetan-withko nahm seine kleine Tochter hoch und warf sie begeistert in die Luft. „Mitschunkschi, du hast einen kleinen Bruder.“ Das Mädchen quietschte vor Vergnügen, ohne wirklich zu verstehen, warum er sich so freute. Tschetan-withko setzte sich und stopfte dem Kind etwas von dem Essen in den Mund, dabei lachte er glücklich. Morgen würde er wieder zu seiner Frau und seinem Sohn gehen!

Schüchtern trat er am nächsten Tag in sein Zelt und blieb neben dem Eingang stehen. Graueulenmädchen strampelte sich frei und wackelte unbeholfen zu ihrer Mutter. Sie hatte Durst und wollte bei ihrer Mutter trinken. Wah-bo-sehns entblößte ihre Brust, sie würde noch lange beide Kinder stillen müssen. Normalerweise stillte eine Frau ihr Neugeborenes die ersten drei Tage nicht, doch sie hatte noch das andere Kind und so würde ihre Milch dem Baby nicht schaden. Tschetan-withko runzelte die Stirn. Wenn er geahnt hätte, dass sie von ihm ein Kind empfangen könnte, hätte er auf jeden Fall gewartet. Jetzt mussten sie zwei Kleinkinder durchbringen und in die Freude über die Geburt des Sohnes mischte sich die Sorge um die Zukunft. Er nahm seinen Sohn hoch, der in eine schöne Decke eingewickelt war und leise quengelte. Sogleich nahm Wah-bo-sehns ihm das Baby wieder ab und hielt Wolfssohn mit zwei Fingern die Nase und den Mund zu. Er musste lernen, dass er nicht schreien durfte, denn das konnte das ganze Dorf gefährden. Auch bei ihrer Tochter hatte sie das erste Weinen unterbunden. Selbst als Tschetan-withko sie fast getötet hätte, hatte Graueulenmädchen nur leise gewimmert. Nun musste Wolfssohn das gleiche lernen. Sie wartete eine Weile, dann ließ sie seine winzige Nase los. Empört schnappte der kleine Junge nach Luft und brüllte los. Sofort presste sie wieder die Hand auf seinen Mund. Er war kräftig und stur. Mehrere Male hielt sie ihm den Atem an, bis sein Kopf ganz blau war und sogar Tschetan-withko angst und bange wurde.

„Mitawitschu, willst du meinen Sohn ersticken?" Schließlich hielt Wolfssohn inne und schaute mit seinen neugeborenen Augen erstaunt auf seine Mutter. Sein Kopf verlor die blaue Färbung und vorsichtig wagte er nur ein leises Greinen. Zufrieden mit ihrem Erfolg gab sie ihm die Brust und er nahm sie hungrig in seinen winzigen Mund. Nach wenigen Tagen würde er nicht mehr schreien, wie auch kein anderes Kind in seinem Dorf laut schrie.

Uinohnah und Wehende-Decke versorgten nun das Zelt, damit Wah-bo-sehns sich erholen konnte. Es war ihnen eine Freude, Wasser oder Holz zu bringen und dabei einen Blick auf das Baby zu werfen. Besonders Wehende-Decke ging in ihren Pflichten als Großmutter auf, da es das einzige Baby in ihrer Familie war, während Uinohnah sich geduldig um das kleine Mädchen kümmerte.

Am vierten Tag nach der Geburt feierten sie ein großes Fest. Tschetan-withko verschenkte viel getrocknetes Fleisch und lud alle zu einem Festessen ein, bei dem auch die stolze Mutter verwöhnt wurde. Glücklich zeigte sie ihren Sohn und der Eyapaha, der Rufer des Dorfes, verkündete den Namen. Viele brachten kleine Geschenke, um das Kind willkommen zu heißen.

Manchmal kam Fisch vorbei und sah sich den Trubel an, der wohl auch ihm bald blühte. Aber er trug es mit Fassung. Er hielt behutsam den neugeborenen Sohn seines Freundes im Arm und erfreute sich an den Gehversuchen von Graueulenmädchen, die neugierig auf seinen Schoß krabbelte. Manchmal wurde es beiden Männern zu viel und sie ritten in die Herbstlandschaft. Sie würden schnell weiterreisen müssen, damit sie ihr endgültiges Lager erreichten und noch genügend Holzvorräte anlegen konnten.

So brachen die Lakota die Zelte ab und machten sich wieder auf den Weg. Langsam zogen sie an den Hängen der Berge entlang. Sie hatten einige Tage gerastet, damit Wah-bo-sehns sich erholen konnte. Ein wenig steif saß sie auf einem Pferd, damit die Binden zwischen ihren Beinen nicht verrutschten. Stolz trug sie die Wiege mit Wolfssohn auf dem Rücken und hielt Graueulenmädchen vor sich. Wehende-Decke führte das Pony, damit es keinen unerwarteten Satz machte. Ein eisiger Wind blies und die Menschen fröstelten, wenn sie an den langen Winter dachten, der vor ihnen lag. Sie ritten über die weiten Ebenen, auf denen das Gras fast hüfthoch wuchs und wie ein braunes Meer kleine Wellen in die Ferne schickte. Morgens glitzerte der Frost an den Halmen und verwandelte die Steppe in eine vereiste Zauberlandschaft. Der Himmel war tiefblau und bizarre Wolkenfetzen fegten über den Horizont. Doch östlich von ihnen versprachen die Berge den willkommenen Schutz für den Winter.

Sie kletterten in ein geschütztes Tal nördlich des Cheyenne-Flusses und schlugen erleichtert die Tipis auf. Die Frauen verbrachten die nächsten Tage damit, Brennholz für den Winter zu holen und die Tipis gemütlich einzurichten. Das wertvolle Fleisch war in den Rohhauttaschen verstaut, wo es getrocknet eine ganze Weile halten würde und andere Vorräte wurden an den Zeltwänden verstaut. Dann begann der gemütliche Teil. Die Menschen saßen um die Feuer, erzählten Geschichten und die Frauen verzierten die Kleidung mit gefärbten Stachelschweinborsten und Perlen. Sie bevorzugten klare, kräftige Farben, vielleicht auch als Vorfreude auf den kommenden Frühling, wenn alles wieder erblühte. Sie holten die Sonne und die Farben einfach in ihre Zelte.
Wah-bo-sehns kam nicht oft zum Sticken in diesem Winter, denn die beiden Kinder forderten ihre ganze Kraft und Aufmerksamkeit. Der Schnee fiel und hüllte die Welt in seine kalte Decke. Die Menschen verließen die Zelte nur selten, höchstens die Kinder vergnügten sich beim Schlittenfahren und kehrten mit steifen Fingern wieder zurück. Auch Tschetan-withko blieb viel im Zelt, schnitzte an neuen Pfeilen und erfreute sich an seiner Familie.

Es war friedlich und schön. Zufrieden saß Wah-bo-sehns mit seitlich angezogenen Beinen am Feuer und stillte ihren Sohn.
Sie beobachtete Tschetan-withko, der geduldig mit seiner Tochter spielte und zum wiederholten Male stellte sie sich die Frage, warum er noch keine Frau gehabt hatte. Er saß entspannt auf seinem Platz, das kleine Mädchen auf seinem Schoß, und sie fragte ihn vorsichtig.
Überrascht blickte er hoch, dann erzählte er ehrlich: „Ich hatte schon zwei Ehefrauen, ehe ich dich zur Frau nahm." Er sah ihre offensichtliche Verwunderung und fuhr fort: „Sie verließen mich, weil sie mit mir keine Kinder bekamen."
In Wah-bo-sehns wirbelten die Gedanken, als sie diese Information verdaute. So vieles wurde mit einem Mal klar. Vorsichtig ordnete sie ihre Gedanken, versuchte sein damaliges Verhalten einzuordnen.
„Haben sie jetzt Kinder?"

Tschetan-withko nickte, während er Graueulenmädchen ein Puppentipi aus Zweigen baute.
Wah-bo-sehns staunte. Deshalb hatte er ihre Schwangerschaft nicht bemerkt! Er nahm einfach nicht an, dass eine Frau ihm Kinder gebären könnte. So war das!
Tschetan-withko hatte das Mädchen hochgehoben und blickte ihr gutmütig ins Gesicht. Sie sah so gar nicht wie ihre Mutter aus. „Sie ähnelt dir gar nicht! Sie ist immer in Bewegung, du dagegen so ruhig und überlegt“, meinte er mit einem Lachen.
Ein Schatten lief über ihr Gesicht, als sie an Micgy dachte. Die Erinnerung schmerzte immer noch und doch war sie dankbar für dieses neue Leben. Sie zeigte auf ihre Tochter und sagte mit leichter Wehmut in ihrer Stimme: „Sie ist meinem ersten Mann so ähnlich. Er war jung und sehr lustig. Ein richtiger Draufgänger!“ Sie lächelte bei der Erinnerung. Ihr neuer Mann war ganz anders. Viel kräftiger gebaut, älter und ruhiger. Er sah sie intensiv mit diesem ruhigen Blick an. Er war nicht eifersüchtig, denn er war sich ihrer sicher.

Tschetan-withko ließ das Kind in seinem Arm hüpfen und erfreute sich an dem lebhaften Wesen von Graueulenmädchen, die er als seine Tochter aufzog. Dabei fragte er sich, wie wohl sein Sohn werden würde. Im Moment lag er meistens an der Brust seiner Mutter und saugte. Er musste lachen, als ihm einfiel, wie er schon bei Graueulenmädchen gestaunt hatte, wie viel ein so kleines Ding trank. Er würde aufpassen, dass bis zum nächsten Kind ein wenig mehr Zeit verging, denn er wollte seine Frau schonen. Außerdem war es nicht gut für seinen Sohn, wenn seine Mutter zu schnell wieder schwanger wurde. Er seufzte in Gedanken. Wenn ihn die Lust überkam, dann wurde von ihm erwartet, dass er betete oder jagte oder auf einen gefährlichen Raubzug ging! Vielleicht sollte er auch Fisch fragen, ob er ihn begleitete? Seine Augen blitzten bei diesem Gedanken und er hütete sich, seiner Frau davon zu erzählen.
Er setzte das Mädchen neben sich und lehnte sich mit übergeschlagenen Beinen an das Rückengestell. Geduldig begann er an einem Pfeil zu schnitzen. Manchmal fiel sein Blick auf Graueulenmädchen, die in seiner Nähe mit Eicheln spielte. Das Kind steckte sie einzeln in das kleine Spielzelt, als wären es Puppen. Lächelnd brach er den Pfeil, den er gerade bearbeitete, in lauter kleine Teile. Geschickt bastelte er daraus einige Pferde, indem er die Zweige spaltete und ineinander steckte. Dann legte er sich bäuchlings neben das kleine Mädchen und

spielte mit ihr. „Whihihihi!“, imitierte er das Wiehern eines Pferdes, dann schnaubte er täuschend echt. Zwei Reihen blitzender weißer Perlen in einem braunen Gesicht mit riesigen Augen lächelten ihn an. „Whihihi!“, machte sie das Geräusch nach.

Maka-Luta

Rote-Erde (Winter 1871/72)

Das Baby von Fisch wurde zwei Monde später geboren. Uinohnah hatte Fisch aus dem Geburtszelt vertrieben, doch er strich wie ein Wolf darum herum und lauschte auf die Stimmen, die nach draußen drangen. Er hörte das Stöhnen seiner Frau, dann die beruhigende Stimme von Uinohnah und biss sich auf die Lippen. Warum dauerte das solange?

Die anderen Krieger lachten verhalten. Er bot wirklich einen tragischen Anblick. Tschetan-withko nahm ihn an den Schultern und zog ihn in sein Zelt. Es war Stern-im-Auges erstes Kind und die Geburt konnte noch länger dauern.

Fisch sah ihn Hilfe suchend an. „Ich habe Angst!", erklärte er unumwunden.

Tschetan-withko lächelte bei diesem Gefühlsausbruch und bot ihm seine Pfeife an. Fisch nahm sie dankbar und lauschte nach draußen.

Tschetan-withko winkte ab. „Sie ist in guten Händen. Bald wird dein Baby da sein! Was soll es denn werden?"

„Das ist mir gleichgültig!", meinte Fisch ehrlich und schaute verwundert auf seinen Freund, der ihn einfach auslachte. Er dachte an das Gespräch vor ein paar Monden und musste genauso lachen. Inzwischen war es ihm tatsächlich gleichgültig.

Uinohnah blickte besorgt auf das Mädchen, das völlig erschöpft vor ihr kniete. Inzwischen war sie genauso verschwitzt wie die werdende Mutter, da sie insgeheim befürchtete, dass Stern-im-Auge sterben könnte. Sie war zu jung für eine solche Tortur und das Kind rutschte nicht tiefer, obwohl die Wehen das gebärende Mädchen fast zerrissen.

Stern-im-Auge wollte nicht mehr. Sie wollte kein Kind, sie wollte keine Schmerzen, sie wollte nur noch, dass es aufhörte. Ihre Kraft war erschöpft, sie konnte sich kaum noch an dem Pfahl festhalten, den Uinohnah fest in den Boden gerammt hatte, damit sich das Mädchen abstützen konnte. Uinohnah massierte ihren Rücken und wusch ihr den Schweiß ab, wenn wieder eine Wehe die junge Frau zusammenkrümmte. „Du musst pressen!", befahl sie, doch Stern-im-Auge

fürchtete den Schmerz. Sie hielt die Luft an, als die nächste Wehe ihren Körper quälte.
Uinohnah schüttelte empört den Kopf. „Du musst atmen! Atme!“ Dieses dumme Kind machte aber auch alles falsch! Sie würden beide sterben. Sie und das Baby! Sollte sie Wehende-Decke rufen, damit ihr die alte Frau mit ihrem Wissen half? Das Kind rutschte einfach nicht tiefer.
Bei der nächsten Wehe drückte sie deshalb kräftig mit beiden Händen das Kind im Bauch nach unten, bis Stern-im-Auge vor Entsetzen schrie. „Hetschun schni ye!“ Bitte nicht!
Todesangst stieg in Stern-im-Auge hoch. Sie hasste Fisch für das, was er ihr hier antat.
Uinohnah blieb keine Wahl. Wieder presste sie das Kind in den Geburtskanal, als eine weitere Wehe den Leib von Stern-im-Auge zusammenzog. Der gebärenden Frau blieb vor Schreck der Atem weg und sie drohte ohnmächtig zu werden. Uinohnah gab ihr eine schallende Ohrfeige und brüllte sie an: „Du musst pressen und atmen!“
In Stern-im-Auge regte sich ein letztes Aufflackern ihres Lebenswillens. Sie umklammerte den Pfahl und presste mit letzter Kraft. Etwas in ihrer Scheide riss und ein Kopf zwängte sich durch die Öffnung. Uinohnah atmete durch, beruhigend sprach sie auf das erschöpfte Mädchen ein: „Gleich ist es geschafft! Nur noch ein kleines Stück! Wenn die nächste Wehe kommt, musst du noch einmal kräftig pressen!“
In Stern-im-Auges Ohren rauschte es, aber sie vertraute Uinohnah. Sie hielt die Luft an und presste ein letztes Mal in einem Schwall aus Wasser und Blut das Kind heraus, bevor sie stöhnend zusammenbrach. Uinohnah legte den kleinen Jungen auf ein Hirschfell und massierte vorsichtig seine Hände und seine Brust. Dann gab sie ihm einen kleinen Klaps, als das ebenso erschöpfte Kind nicht atmen wollte. Ein empörtes Weinen erklang und befriedigt sah Uinohnah, wie die Haut des Babys sich von einem ungesunden blau zu einem normalen braun verfärbte. Sie ließ das Kind liegen und kümmerte sich erst einmal um die Mutter. Heftig atmend und schweißgebadet lag Stern-im-Auge neben ihrem Lager. Uinohnah drehte sie vorsichtig auf den Rücken und weitete ihre Beine. Als die Nachgeburt kam, wickelte Uinohnah sie in ein Fell, damit sie später außerhalb des Dorfes vergraben werden konnte. Dann wusch Uinohnah die junge Mutter mit eingeweichtem Süßgras sauber, wickelte ein Band aus Hirschleder um ihren Bauch und legte ihr eine Binde aus Leder

und Moos zwischen die Beine. Besorgt blickte sie auf das völlig erschöpfte Mädchen, das apathisch vor ihr lag und deckte sie zu. Dann kümmerte sie sich wieder um das Neugeborene, durchtrennte die Nabelschnur und stäubte Pilzpulver darüber. Fest wickelte sie einen Streifen aus Hirschleder um den Nabel des Kindes, dann wusch sie es mit Süßgras und Wasser sauber. Anschließend rieb sie das Kind mit Büffelfett ein, wobei sie es kräftig massierte. Sie hatte zwei Amulette in Form von Eidechsen dabei und legte nun in eines einen Teil der Nabelschnur. „Die Eidechse ist schwer zu fangen", erklärte sie der Pawneefrau. „Deshalb hat sie die Macht, dein Kind zu beschützen. Ein Amulett dient dazu, die Nabelschnur aufzunehmen, das andere dient als Köder, um böse Geister in die Irre zu führen. Sorge dafür, dass das Amulett immer an der Wiege deines Kindes hängt!"
Der kleine Junge hatte sich inzwischen erholt und sein zitterndes Greinen wurde energischer. Uinohnah wickelte ihn in ein Fell und legte ihn neben seine Mutter. Stern-im-Auge blickte teilnahmslos auf das Bündel neben sich, zu müde sich zu freuen oder überhaupt etwas zu empfinden.
Uinohnah erhob sich, um endlich Fisch die Nachricht zu überbringen, dass er einen Sohn hatte.
Mit klopfendem Herzen kletterte Fisch in das Zelt. Erschrocken blickte er auf seine Frau, die schweißnass und völlig erschöpft auf ihrem Lager lag, neben sich ein winziges Bündel. Uinohnah reichte ihm das Kind und er schaute lange ohne sich zu regen in das winzige Gesicht seines Sohnes. Er war Fisch. Er fühlte nicht die überschwängliche Freude, die Tschetan-withko die Tränen in die Augen getrieben hatte, doch ein warmes Gefühl der Zufriedenheit schlich in sein Herz. Er würde seinen Sohn und dessen Mutter schützen und jedem das Beil in den Schädel schlagen, der ihnen zu nahe kam. Er lächelte stolz und gab ihr das Baby zurück.
Stern-im-Auge musste sich erholen und er verließ das Zelt, um mit seinen Freunden die Geburt seines Sohnes zu feiern. Er gab ihm den Namen „Tschaske", was schlicht „Erstgeborener Sohn" hieß. Ihm war nichts anderes eingefallen und der Name drückte seinen Stolz aus. Er hatte einen Sohn, warum sollte er ihn nicht „Tschaske" nennen?

Die nächsten Tage drehten sich nur noch um das Baby. Bei Stern-im-Auge saß der Schock über die Geburt tief und sie schwor sich, so-

bald kein weiteres Kind zu empfangen. Sie erholte sich nur langsam und Uinohnah kam jeden Tag besorgt in ihr Zelt. Sie brachte eine alte Frau mit, damit sie die Milch von Stern-im-Auge absaugte, während das Kind mit Beerensaft gefüttert wurde. Stern-im-Auge war so erschöpft, dass sie ihr Baby anfangs nicht einmal hochnehmen wollte, doch Uinohnah drückte es ihr einfach in den Arm. Zweifelnd blickte das Mädchen auf ihren winzigen Sohn, der seinen Mund aufsperrte und gewaltig gähnte.
Stern-im-Auge musste lächeln und drückte ihn vorsichtig an sich. Ein wenig niedlich fand sie ihn doch. Ja! Dieses Kind war ihre Waffe gegen Fisch. Solange sie dieses Kind versorgte, würde der Krieger sehr sanft zu ihr sein und sie in Ruhe lassen!
Uinohnah seufzte erleichtert. Das hätte noch gefehlt, dass die Mutter ihr Kind nicht wollte.

Nach drei Tagen legte sie Stern-im-Auge das erste Mal den Säugling an die Brust und sah befriedigt, wie sich ein versonnenes Lächeln in das Gesicht der Mutter stahl. Sie war zufrieden, denn sie wusste nichts von den wahren Beweggründen, warum Stern-im-Auge ihr Baby annahm.

Sowohl Stern-im-Auge als auch Wah-bo-sehns kümmerten sich gut um ihre Babys. Sie mussten versorgt werden und forderten die ganze Aufmerksamkeit ihrer Mütter. Beide Männer genossen es, doch manchmal entflohen sie dem Treiben und machten lange Ausflüge, um über die neue Situation zu sprechen. Sie schnitten das Holz von Stachelbeersträuchern und brachten es in Bündeln zum Zelt zurück, um es neben dem Feuer zu trocknen. Sie brauchten weitere Pfeile und nutzten die Zeit, das Holz zu schneiden und zu glätten. Tschetan-withko mischte aus Holzkohle und Fett eine schwarze Farbe und markierte seine Pfeile mit Kerben. Er spaltete Truthahnfedern und befestigte sie mit einer feinen Sehne an den Pfeilen.
Manchmal steckte er den Flaum der Federn an kleine Kiefernzapfen und gab sie Graueulenmädchen zum Spielen. Das Kind hatte inzwischen ein ganzes Spieldorf aus Eicheln, Kiefernzapfen und Pferdchen aus Zweigen.
Tschetan-withko bastelte sich neue Schneeschuhe aus einem Geflecht aus Zweigen und Lederriemen, mit denen er oft zur Jagd ging. Manchmal erlegte er Wapitihirsche und brachte Wah-bo-sehns die Zähne, damit sie ein neues Kleid verzieren konnte. Viele Zähne

tauschte er auch ein, denn von jedem Tier wurden nur jeweils zwei Zähne verwendet, so viele Tiere konnte er in kurzer Zeit nicht erlegen.
Wah-bo-sehns freute sich. Sie brauchte tatsächlich ein neues Kleid, weil sie langsam wieder ihre zierliche Figur bekam, die er so liebte.

Traumpfeil schickte regelmäßig Kundschafter aus, um die nähere Umgebung zu sichern. Sie hatten nichts zu berichten und Langeweile breitete sich aus. Auffordernd stupste Fisch seinen Freund Tschetan-withko in die Seite: „Wollen wir nicht auf einen kleinen Raubzug gehen?"
„Hohch! Ich weiß nicht! Wah-bo-sehns hat doch gerade erst geboren", entgegnete Tschetan-withko mit einem verräterischen Grinsen.
„Ja! Und meine Frau auch! Sie sind doch sowieso mit den Kindern vollauf beschäftigt. Hoka, wir beide werden die Ruhe und Einsamkeit genießen."
„Was hast du vor?"
„Wan, nichts Ernstes! Vielleicht ein paar Pferde von unseren Feinden rauben!"
„Mal sehen! Meinst du, dass uns jemand begleitet?"
„Sicher! Rote-Erde und Elchkalb werden sich uns anschließen. Ich habe schon mit ihnen gesprochen."
„Wan, und warum fragst du dann mich?", wunderte sich Tschetan-withko.
„Nun, wir brauchen jemanden, der uns führt! Du hast gute Medizin! Wenn du uns führst, dann werden wir erfolgreich sein."
Tschetan-withko lächelte geschmeichelt und legte den Kopf schief. „Wann reiten wir los?"
„Wir werden Bärenkralle fragen, wann es günstig ist", meinte Fisch vorsichtig. Auch wenn es kein wirklicher Kriegszug war, wollte er nicht ohne den Beistand der Geister reiten.
„Waschté!", stimmte Tschetan-withko zu. „Ich richte für heute Abend eine Schwitzhütte, dann werden wir sehen."
Er sagte seiner Frau nichts von seinen Plänen, weil es sie im Grunde nichts anging. Stattdessen überraschte er sie zwei Tage später. „Mitawitschu, packe mir ein wenig Proviant ein!", bat er seine Frau.
„Wo willst du denn hin, Mihigna?" Ihre braunen Augen wurden groß.

„Hohch, ich reite ein wenig auf Kundschaft!". Er blinzelte sie vergnügt an.

Ihr wurde schlecht vor Sorge, als sie sah, wie er sich die Haare in Zöpfe flocht. Er ging auf einen Kriegszug! So wie vor einem Winter, als er sie geraubt hatte. Würde er jetzt vielleicht einen Menschen töten? Eine andere Frau mitbringen? Fassungslos drückte sie Wolfssohn an ihre Brust und schaute ihn mit zusammengebissenen Zähnen an. Was trieb diese Männer immer wieder an, auf Raubzug zu gehen? Wut stieg in ihr auf und sie fühlte sich verraten. War ihm sein Sohn so wenig wert, dass er jetzt bereits sein Leben aufs Spiel setzte? „Für wie viele Tage soll ich dir Wasna geben?", presste sie hervor.
„Für ein paar Tage!", meinte er locker.
„So!"
Endlich bemerkte er ihren Unmut und fuhr zur Ablenkung sanft mit seiner Hand über das Haar seines Sohnes. „Mach dir keine Sorgen! Ich komme bald zu dir zurück!"
Sie erwiderte nichts, und so versuchte er es mit einem Witz: „Laufe mir ja nicht davon!"
„Du kannst dir ja eine andere Frau rauben!" Ihr Vorwurf war mehr als deutlich, aber er lachte nur harmlos.
„Hohch! Was denkst du denn! Ich liebe nur dich, Mitawitschu!"

Kurze Zeit später ritten die vier Krieger los. Der Tag war schön und warum sollten sie noch länger warten? Tschetan-withko hatte die heilige Pfeife verstaut und trug die federngeschmückte Lanze der Tokala mit sich. Er hatte sein Gesicht gelb gefärbt und auch sein Pony mit gelben Kreisen bemalt, ansonsten trug er eher warme Kleidung und hatte sich zusätzlich in einen Umhang gehüllt.
Sie folgten einer Schlucht, in der nicht so viel Schnee lag und in der sie gut vorwärts kamen. Ihre Stimmen hallten in einem Echo von den grauen Felswänden.
Leise lachend malten sie sich aus, welche Heldentaten sie vollbringen würden. Fisch legte übermütig den Kopf schief. „Wir sind weit im Süden. Vielleicht finden wir ja ein Palani- oder Poncadorf und haben ein bisschen Spaß!"
Tschetan-withko zwinkerte ihn gutmütig an. „Was verstehst du unter Spaß?"

Anstatt zu antworten machte Fisch eine obszöne Geste. Rote-Erde wechselte einen verwegenen Blick mit den beiden Männern. „Vielleicht raube ich mir auch eine Frau, so wie ihr es getan habt!"
Sie fühlten sich wie kleine Jungen, die auf Abenteuer aus waren. Elchkalb war bei den anzüglichen Worten rot geworden und die anderen bemerkten seine Scheu natürlich sofort. Fisch stieß ihn an und neckte ihn: „Weißt du denn schon, was man mit einem Mädchen macht?"
Elchkalbs schwarze Augen funkelten ihn böse an, als er seine Ehre verteidigte: „Ich werde dir zeigen, was ich mit einem Mädchen mache und dann kannst du sie haben!"
Rote-Erde schüttelte empört den Kopf. „Ich nehme mir ein Mädchen zu meiner Frau und dann wird sie auf dem Rückweg für uns kochen und Holz sammeln. Das ist vernünftig!"
Alle klopften ihm bewundernd auf die Schultern. Ja, Rote-Erde würde sich eine Frau rauben. Das war gut! Hokahey!
Es war schön, ohne Verantwortung mit seinen Freunden zu reiten und keine Frau in der Nähe zu wissen, die bei ihren Gedanken missbilligend die Stirn runzelte. Es war die übliche Protzerei und gegenseitige Stichelei, wie sie überall vorkam, wenn Männer unter sich waren.
In warme Bisonroben eingewickelt hockten sie auf ihren Ponys und sahen aus wie Bären. Nur die Federn in ihrem Haar und die mit Federn geschmückten Lanzen verrieten sie als kriegerische Lakota.

Sie schlugen ihr Lager für die Nacht auf und ohne große Worte erledigte jeder die Aufgaben, die sie sonst eigentlich den Frauen überließen. Sie sammelten Zweige, auf denen sie zum Schlafen die Pferdedecken ausbreiteten, sie sammelten Holz und Rote-Erde briet Fleisch über dem Feuer. Am Morgen zogen sie weiter nach Süden und durchquerten die Canyons des Niobrara-Gebietes. Jetzt im Winter erschien der weiße Granit durchzogen mit roten Linien noch gespenstischer. Die Lakota kannten sich hier gut aus, denn hier konnte man gut jagen. Weiter westlich, im Quellgebiet des Niobrara hatten einige Ponca ihre Dörfer. Die Lakota betrachteten sie weder als Freund noch als Feind. Der Stamm war einfach zu klein, um sie weiter zu interessieren. Manchmal tauschten sie Mais mit ihnen oder heirateten ihre Mädchen. Die Lakota ritten weiter nach Südosten und überquerten den Niobrara-Fluss. Selbst in großer Entfernung ihres Lagers gab es keine Spuren, nicht einmal die eines anderen Lakotalagers. Sie verließen die Wälder am Niobrara und zogen südlich über die schneebedeckten Sanddünen. Hier gab es kaum Schutz vor dem eisigen Wind und die Pferde fielen in einen ausdauernden Trab, der die Männer wärmte. Sie hofften, bis zum Abend den Wolfsfluss zu erreichen, an dessen mit Bäumen gesäumten Ufer sie Unterschlupf suchen wollten. Eigentlich bereute es Tschetan-withko bereits, sich auf dieses Abenteuer eingelassen zu haben und er überlegte im Stillen, ob es nicht besser wäre, wieder umzukehren. Er sehnte sich nach seiner Frau, aber so ganz ohne irgendetwas berichten zu können, wäre es kein Triumphzug. Nicht einmal ein Bär hatte sie angegriffen und es wurde langweilig, einfach nur so vor sich hin zu reiten.

Ein gewaltiger Blizzard zwang sie, zwei Tage Schutz in einer verfallenen Hütte zu suchen, die irgendwann mal einem unvorsichtigen Siedler gehört hatte. Immer mehr Siedler drängten in das Tal des Platte-Flusses, aber viele blieben auf der Südseite, obwohl ihnen auch dort Angriffe der Lakota oder Cheyenne drohten. Jetzt nutzten die Lakota die verbliebenen Wände als Windschutz vor dem Sturm und drängten sich unter das halb eingestürzte Dach der Hütte. Ihre Stimmung verschlechterte sich. Sie sehnten sich nach ihren warmen Tipis und ihren Frauen, zumindest Tschetan-withko. Frierend hockten sie um das winzige Feuer. Jetzt, ohne die Bewegung auf dem warmen Pferderücken, kroch ihnen die Kälte in die Glieder.
„Lasst uns zurückreiten!“, bat Tschetan-withko seine Freunde.
„Bist du schon so alt, dass du die Kälte fürchtest?“, giftete Fisch, aber eigentlich fror er genauso.
„Die Zeichen stehen schlecht!“, verteidigte sich Tschetan-withko.
„Hoh, ein Schneesturm ist doch kein schlechtes Zeichen!“
„So? Was sonst?“
„Es ist Winter!“
„Allerdings!“, bemerkte Tschetan-withko und zog den Umhang fester um sich.
„Wir sind doch schon fast bei den Dörfern der Palani! Ein bisschen auskundschaften kann doch nicht schaden!“
„Na gut, wir reiten noch einen Tag! Haben wir dann noch nichts gefunden, kehren wir um!“
Fisch nickte zufrieden. „Waschté!“
Nach dem Sturm folgten sie ein Stück dem nördlichen Wolfsfluss

und erreichten den Biberbach, wohl wissend, dass sie sich längst weit in dem Gebiet der Pawnee befanden. Sie ritten über eine weitere Anhöhe und sahen unvermittelt das Pawneedorf vor sich. Es lag in einem kleinen Tal. Etwas südlich davon schlängelte sich der Wolfsfluss, der jetzt im Winter wenig Wasser führte. Westlich des Dorfes machte er einen Knick nach Norden, sodass das Dorf von zwei Seiten von dem Fluss geschützt wurde. Eine gute Lage! Die Menschen hatten sich vor der Kälte in ihre Erdhütten zurückgezogen. Selbst den Hunden war es draußen zu kalt, so hatte nicht einmal ihr Gebell die heranreitenden Feinde gewarnt.
Die Lakota purzelten vor Schreck fast von den Pferden und zogen sich eilig zurück. Hoffentlich hatte niemand sie gesehen!
Mit Zweigen verwischten sie mit eher geringem Erfolg ihre Spuren im Schnee und hofften, dass keine neugierigen Pawneekinder ausgerechnet in ihre Richtung kamen. Sie versteckten sich hinter einigen Felsen am Fluss und berieten sich.
Tschetan-withko meinte vorsichtig: „Ich will keinen Krieg."
Fisch beruhigte ihn: „Wir wollen nur ein bisschen Spaß! Lasst uns ein paar Pferde rauben."
Tschetan-withko sah ihn unsicher an. Sein Freund neigte eigentlich nicht zur Vorsicht, aber vielleicht hatte ihn die Geburt seines Sohnes ein wenig gezähmt. „Hast du einen Plan?"
Fisch legte spitzbübisch den Kopf schief. „Vor dem ersten Morgengrauen schleichen wir uns an das Dorf. Wir töten die Wächter und holen uns die besten Pferde!"
Rote-Erde war begeistert. „Ja! Wir schleichen uns im Dickicht des Flusses an und greifen sie uns."
Tschetan-withko mahnte zur Vorsicht: „Es muss lautlos geschehen. Wir müssen den Wächter töten und die Pferde unbemerkt wegführen. Wir brauchen einen Vorsprung oder sie holen uns ein."
Sie grinsten bei der Vorstellung und legten sich ihre Kriegsbemalung an. Selbst Tschetan-withko wurde von ihrer Begeisterung angesteckt. Sie entzündeten kein Feuer, sondern warteten die ganze Nacht gespannt auf den Morgen.
Tschetan-withko döste ein wenig, bis ihn ein hechelnder Wolf aus seinem Dämmerschlaf weckte. Hellwach schaute er sich irritiert um, suchte mit seinen Augen die Umgebung nach dem Wolf ab. Er war plötzlich schweißgebadet.
„Tokah-ho?", fragte Fisch besorgt.
„Ein Wolf!", flüsterte Tschetan-withko beunruhigt.

Vorsichtig horchten die Krieger in die beginnende Morgendämmerung, dann winkten sie ab. Hier war kein Wolf! „Vielleicht hast du einen Geist gesehen!", lachten sie spöttisch.
Allerdings! Tschetan-withko wurde grau vor Entsetzen. Sein Traumtier war ihm erschienen, um ihn zu warnen. Hastig wandte er sich an die anderen: „Wir reiten zurück!"
Völlig entgeistert starrten ihn die drei jungen Krieger an. „Bist du verrückt? Wir sind seit Tagen unterwegs und jetzt sollen wir ohne Beute heimkehren! Alle werden uns verspotten!" Elchkalbs schwarze Augen funkelten unternehmungslustig.
„Ja! Mein Traumtier warnt mich! Ich bin der Anführer und ich sage, dass wir zurückreiten. Ich trage die heilige Pfeife!" Tschetan-withkos Tonfall ließ keine Widerrede zu.
Verunsichert blickten sich die jüngeren Männer an. Sie wollten Ehre und Ruhm! „Hast du in deinem Traum auch uns gesehen?", fragte Fisch hoffnungsvoll.
Fieberhaft dachte Tschetan-withko nach, dann schüttelte er den Kopf. „Nein!"
„Wan! Also warnt der Wolf nur dich! Du bleibst bei den Pferden und wir gehen allein. Wir wollen doch nur ein paar Pferde rauben", versuchte Fisch seinen Freund zu beruhigen.
Tschetan-withko legte den Kopf schief, denn das war eine ausgesprochen sorglose Auslegung des Traumes. Aber an den begeisterten Augen der anderen Krieger sah er, dass sie diesen Raubzug erfolgreich beenden wollten. Voller Bedenken ermahnte er sie: „Aber ihr holt nur die Pferde!"
Ihre Hände wischten seine Sorgen beiseite. „Mach dir keine Sorgen! Wir holen dir auch ein gutes Pferd!"
Schon verschwanden die jungen Männer im aufkommenden Nebel und ließen die Pferde bei ihm im Schutz einiger Bäume zurück. Lautlos schlichen sie zum Pawneedorf. Südöstlich des Dorfes döste die Pferdeherde nur von einem Krieger bewacht, der in einem dicken Fell gehüllt auf dem Pferd eingeschlafen war. Jetzt im Winter rechnete niemand mit einem Überfall.

Fisch näherte sich lautlos. Mit einem Satz sprang er hinter dem überraschten Feind auf das Pferd und zückte das Messer. Röchelnd sackte der Pawnee zu Boden, nicht mehr in der Lage, einen Warnruf auszustoßen. Leise banden die Krieger einige gute Pferde aneinander und bewegten sich lautlos zum Fluss zurück. Plötzlich erstarrten sie. Ein kleiner Trupp mit vier feindlichen Kriegern kam auf ihren Pferden durch eine Furt zurück. Sie zügelten überrascht die Pferde, dann erkannten die Pawnee, dass die verhassten Feinde ihre Pferde stehlen wollten. Sofort schossen sie mit ihren Pfeilen auf die frechen Pferdediebe und trafen Rote-Erde an der Schulter. Elchkalb ließ die Leine mit den geraubten Pferden los, dann rannte er geduckt im Schutz des Uferdickichts. Nichts wie weg von hier! Ein Pfeil sauste haarscharf an ihm vorbei und er hechtete im Zickzack zu seinem Pferd.

Tschetan-withko riss entsetzt den Bogen hoch und gab seinen Freunden Deckung. Völlig außer Atem erreichten sie ihn und gaben ihren Pferden die Fersen. Rote-Erde hatte den Pfeil stecken lassen, jetzt saß er blass auf seinem Pony. Elchkalb griff nach dessen Zügel und zog seinen Freund hinter sich her. Verbissen hoben Tschetan-withko und Fisch ihre Bögen und schickten den Feinden weitere Pfeile entgegen. So hatten sie sich den Spaß nicht vorgestellt! Die Pawnee wurden ein wenig vorsichtiger, wütend brüllten sie den fliehenden Lakota hinterher. Im Dorf brummte es wie in einem Hornissennest. Aufgebrachte Menschen liefen hin und her, Kinder kreischten, als alle an einen Angriff der Feinde dachten. Sofort bildete sich ein großer Trupp, der sich an die Verfolgung ihrer Feinde machte, während andere das Dorf gegen einen möglichen Überfall sicherten.

Die vier Lakota unternahmen keine Anstrengung, ihre Spuren zu verwischen. Sie wussten, dass die Pawnee ihnen sofort folgen würden und sicherlich in großer Zahl. Sie droschen auf ihre Ponys ein, kämpften sich die Anhöhe hinauf und bogen dann nach Süden ab. Das Gelände war hügelig, mit Schluchten und Bäumen, die Deckung boten. Doch der Schnee verriet allzu deutlich ihre Spur und würde die Pawnee zu ihnen führen. Verzweifelt wechselten sie mehrmals die Richtung, aber ohne große Taktik. Es war abzusehen, dass die Pawnee sie über kurz oder lang einholen würden! Sie mussten Zeit gewinnen! In einer plötzlichen Eingebung lenkte Tschetan-withko sein Pferd in einem Bogen zum Fluss zurück, führte es ins Wasser und lenkte es ein Stück vom Pawneedorf weg. Dann scheuchte er seine Freunde wieder in Richtung des feindlichen Dorfes zurück. „Bist du verrückt?", zischte Fisch. „Jene Palani werden uns die Haut bei lebendigem Leib abziehen!"

„Das werden sie allerdings, wenn du hier Palaver hältst. Reite zurück!", befahl Tschetan-withko ruhig.
„Ich reite doch nicht freiwillig in dieses Wespennest!", widersetzte sich Fisch.
„Kola! Die Palani folgen unserer Spur! Also sind sie hinter uns und nicht vor uns. Sie werden nicht vermuten, dass wir zum Dorf zurückkehren. Wir brauchen mehr Zeit! Vertrau mir!"
Kopfschüttelnd wendete Fisch sein Pferd, dann sah er erstaunt, wie Tschetan-withko einen vermoderten Ast aus dem Wasser nahm und die Huftritte im sandigen Kiesbett des Flusses verwischte. Die Pawnee würden denken, dass sie in die andere Richtung flohen! Eine gute Idee! Er beeilte sich, eine Biegung des Flusses zwischen sich und die Verfolger zu bringen, die sicherlich bald auftauchen würden. Plötzlich lief allen der Schweiß hinunter, denn ihre List konnte nur gelingen, wenn sie außer Sichtweite blieben.
Nach einigen Schritten ließ Tschetan-withko den Zweig los und beeilte sich, seine Freunde einzuholen. Er betete still, dass es ausreichte, die Pawnee in die andere Richtung zu führen. Lange würde diese Finte die Feinde nicht aufhalten! Spätestens, wenn an beiden Uferseiten keine weiteren Hufabdrücke zu sehen waren, würden die Pawnee umkehren und ebenfalls in der anderen Richtung suchen. Und doch hatten sie auf diese Weise wenigstens einen kleinen Vorsprung.
Sie erreichten eine Furt und verließen den Fluss in südlicher Richtung. Viele Fährten führten hier vom Dorf weg und schnellstens verschwanden sie hinter einer weiteren Anhöhe, achteten darauf, keine verräterischen Zeichen zu hinterlassen. Erst jetzt verstanden die anderen seinen Plan und hoben bewundernd die Augenbrauen. Hier gab es so viele Pfade, dass die Pawnee ein weiteres Mal Zeit verlieren würden, weil sie nicht wussten, welcher Spur sie folgen sollten.

Die Lakota ritten bis tief in die Nacht, ehe sie es wagten, eine kurze Rast einzulegen. Rote-Erde fiel fast vom Pferd und sie mussten sich um seine Wunde kümmern. Sie machten kein Feuer, denn der Feuerschein hätte sie über eine große Entfernung hinweg verraten.
Besorgt kniete sich Tschetan-withko über Rote-Erde und untersuchte die Wunde. Er erkannte mit einem Stirnrunzeln, dass es keine Möglichkeit gab, ihm zu helfen und so verband er seinem Freund nur notdürftig die Schulter. Ohne Feuer, um die Pfeilspitze zu entfernen,

war es zu gefährlich. Zu leicht konnte ihr Freund dabei verbluten. Dann wickelten sie sich in ihre Decken, um ein wenig auszuruhen. Ebenso erschöpft scharrten die Pferde den Schnee weg und suchten nach verdorrtem Gras.
Noch vor Sonnenaufgang ritten die Lakota weiter. Sie mussten den Abstand weiter vergrößern, denn im Schnee würden die Pawnee sie mit Leichtigkeit finden. Tschetan-withko schaute prüfend zum Himmel hinauf. Ein wenig Schneefall würde ihre Spuren verwehen. Doch der Himmel war wolkenlos blau und bald würde die Sonne alles in gleißendes Weiß tauchen. Am Horizont tauchte bereits das erste Morgenrot auf, und wenn ihre Situation nicht so verzweifelt gewesen wäre, hätte er es vielleicht bestaunt.
Tschetan-withko schaute auf seinen Freund und sah, dass er fieberte. Er konnte sein Pferd nicht mehr führen und so wurde es von Elchkalb hinterher gezogen. Wakan-tanka! Hatten sie denn überhaupt kein Glück? Iktomi, der böse Geist, und Wakanka, die Hexe, hatten sich gegen sie verschworen. Es blieb ihnen nichts anderes übrig, als den ganzen Tag ihre Pferde vorwärts zu treiben, damit die Feinde nicht aufschließen konnten.
Mühsam kämpften sie sich durch den Schnee, folgten den Tälern und Senken, immer auf der Suche nach einer geeigneten Möglichkeit, den Feinden zu entwischen. Längst war Rote-Erde auf seinem Pferd zusammengesunken und seine Freunde banden ihn mit Händen und Füßen fest, damit er nicht stürzte.
Tschetan-withko biss die Zähne zusammen, als er einen prüfenden Blick auf den verletzten Krieger warf. Er hatte Angst. Angst um seinen Freund und Angst davor, seine Frau und seine Kinder nie mehr wiederzusehen. Sie entfernten sich immer weiter von ihrer Heimat, führten damit zwar ihre Feinde in die Irre, aber gerieten dabei in Gegenden, die niemand von ihnen kannte.

Einmal stießen sie auf felsiges Gebiet, das nicht von Schnee bedeckt war und sofort änderten sie die Richtung und ritten in westlicher Richtung weiter. Das würde die Feinde verwirren und ein wenig aufhalten. Nachts führten sie ihre Ponys in eine Schlucht und hielten erschöpft unter einigen Bäumen. Sie wagten es, unter einem großen Baum, der den Rauch filtern würde, Feuer zu machen. Außerdem war es dunkel, sodass der Schein sie nicht verraten würde. Sie hatten keine andere Wahl. Sie mussten nach der Wunde sehen oder ihr Freund würde sterben.

Tschetan-withko öffnete den blutdurchtränkten Verband und sah sofort, dass sich die Wunde entzündet hatte. Die Pfeilspitze verhinderte die Heilung und musste schnellstens herausgenommen werden. Er war kein Medizinmann und so überlegte er verzweifelt, was er tun sollte. Fisch saß genauso ratlos neben ihm, still und in sich gekehrt, doch dann war es Fisch, der handelte. Sein Messer schnitt an dem Pfeilschaft entlang in das Fleisch seines bewusstlosen Freundes und drang bis zum Knochen vor. Er weitete die Wunde und fand die Pfeilspitze. Mit der Spitze des Messers legte er sie frei und zog den abgebrochenen Pfeil vorsichtig heraus. Rote-Erde verlor eine Unmenge Blut und sein schönes Hemd war blutverschmiert. Tschetan-withko nahm einige brennende Zweige und legte sie in die Wunde. Mit Schnee wusch er seinen Freund sauber und legte ihm einen festen Verband aus feuchtem Leder an. Wenn es trocknete, würde es sich zusammenziehen und die Schulter noch fester einbinden. Ihr Freund würde entweder leben oder sterben. Das lag jetzt in Wakan-tankas Hand. Aus einigen Ästen bauten sie einen Schlitten, den sie hinter sich herziehen konnten, denn Rote-Erde würde nicht in der Lage sein zu reiten. Dann lehnten sie sich zurück und dösten ein wenig. Sie waren alle erschöpft und bereuten den Tag, als sie so übermütig aufgebrochen waren. „Das ist kein Spaß mehr! Jene Palani wollen unsere Skalpe!", meinte Elchkalb verbittert. Aus dem Spiel war blutiger Ernst geworden.
„Ihr hättet auf mich hören sollen", bedauerte Tschetan-withko. Ihre Überheblichkeit hatte sie in Gefahr gebracht und Wah-bo-sehns würde vielleicht bald wieder in Trauer sein. Er dachte schuldbewusst an seinen kleinen Sohn. Der Trubel um das Baby hatte ihn manchmal verwirrt, manchmal auch vergessen lassen, wie ein Krieger zu denken, doch nun wünschte er sich nichts sehnlicher, als den kleinen Jungen an der Brust seiner Mutter saugen zu sehen.
„Dein Traum sagte nichts über uns", rechtfertigte sich Fisch.
„Aber ich bin der Anführer!"
Fisch vermied es zu antworten und blickte trotzig in das Feuer.
Bei Anbruch des Tages kämpften sie sich weiter durch den Schnee. Rote-Erde lag festgebunden auf dem Schlitten und sein Pferd schleifte ihn hinter sich her. Er war wach, doch das Fieber schüttelte ihn und in seiner Schulter brannte ein pochender Schmerz.
Die Männer folgten einem kleinen Tal in westlicher Richtung und ritten schweigend dahin. Die Sonne wanderte am Himmel entlang, das einzige Merkmal, wie die Zeit verging.

Nach einer Biegung stießen sie unerwartet auf ein weiteres Pawneedorf, das in der weiten Biegung eines Flusses lag, dem sie gefolgt waren. Wakan-tanka! Tschetan-withko starrte ungläubig auf die neuen Feinde. Hatten die Geister sich denn endgültig gegen sie verschworen? Sie konnten unmöglich zurück und umgehen konnten sie das Dorf auch nicht. Es war nur eine Frage der Zeit, wann die Verfolger in ihrem Rücken auftauchen würden und wenn sie nicht schnellstens hier verschwanden, würde irgendein Pawnee in diesem Dorf auf sie aufmerksam werden.

Entschlossen begann er, sein Pferd den steilen Hang hochzutreiben und winkte ungeduldig mit der Hand, damit auch die anderen aus der Sichtweite des Dorfes verschwanden. Wie er es befürchtet hatte, tauchten in der Ferne bereits ihre Verfolger auf. Sie wurden von keinen Verletzten behindert und so hatten sie sich wie Wölfe an die deutliche Fährte gesetzt. Plötzlich schienen sie es nicht mehr sonderlich eilig zu haben, denn die Pawnee ritten erst in das Dorf und tauschten ihre erschöpften Pferde gegen neue. Wütende Stimmen hallten durch das Tal, erreichten die erschöpften Lakota, denen sofort klar war, dass die Pawnee von einigen Heißspornen Verstärkung bekommen hatten, die helfen wollten, die verhassten Lakota zu töten. Die Pferde der Pawnee waren frisch. Munter wie die Bergziegen kletterten sie hinter den Lakota her.

Elchkalb zog verzweifelt das Pferd seines Freundes hinter sich her, zerrte an den Zügeln, während er selbst Mühe hatte, sein eigenes Pferd den Hang hochzutreiben. Schwer atmend keuchte das überlastete Pony, schnaubte unwillig und strauchelte in dem unwegsamen Gelände. Der Schlitten blieb immer wieder an kleinen Felsen und Ästen hängen und hielt alle auf. Elchkalb bemerkte zu spät, wie sich die Riemen durch das Gezerre lösten und der Schlitten plötzlich den Abhang hinuntersauste.

Die Lakota sahen entsetzt ihrem Freund hinterher, konnten nicht verhindern, wie der Schlitten an Fahrt gewann und den Feinden entgegensauste. Elchkalb drehte sein Pony um und wollte ihm folgen, doch Tschetan-withko hielt ihn auf. „Nein, es ist zu spät. Du kannst ihm nicht mehr helfen oder du stirbst auch!“

„Na und! Lieber sterbe ich, als meinen Freund im Stich zu lassen!“, brüllte Elchkalb verzweifelt und versuchte, sich an Tschetan-withko

vorbeizudrängen. Fassungslos beobachtete er, wie sein Freund in sein Verhängnis rutschte, unfähig seinen Blick abzuwenden.
Der Schlitten kam zwischen den höhnisch grinsenden Pawnee zum Stehen und Rote-Erde stimmte heiser seinen Totesgesang an, um ihnen zu zeigen, dass er keine Angst hatte. Einer der feindlichen Krieger beugte sich über Rote-Erde und erstickte seinen Gesang, indem er ihm kaltblütig die Kehle durchschnitt. Rote-Erde röchelte, hilflos zuckten seine Arme in dem Versuch nach Luft zu schnappen, dann brachen seine Augen und sein Körper erschlaffte. Der Pawnee stieß einen gellenden Triumphschrei aus und nahm den Skalp des jungen Lakota. Die anderen lachten anerkennend, dann machten sie sich grimmig an die weitere Verfolgung der drei verbliebenen Lakota.

Tschetan-withko hatte den gellenden Schrei gehört und wusste, was er bedeutete. Rote-Erde war tot! Er zwang seine Freunde weiter zu reiten und deutete auf die heranrückenden Feinde.
„Rote-Erde ist tot! Wir können ihm nicht helfen. Reitet weiter!" Ihm war schlecht vor Hass und er schwor sich, seinen Freund zu rächen.
Verzweifelt schrie Elchkalb den älteren Mann an: „Ich verachte dich! Du läufst lieber feige weg, anstatt tapfer zu sterben!"
Tschetan-withko dachte an seine Frau und er sah den Kampfeswillen in Elchkalbs und Fischs Augen. Sie waren bereit zu sterben, aber er nicht! Noch nicht! Mit harter Stimme befahl er: „Reitet weiter! Es hat keinen Sinn, hier zu kämpfen."
Fisch wollte sich an ihm vorbeidrängen, doch Tschetan-withko hielt sein Pferd fest. „Hiya! Nein! Reite weiter!"
Für einen Augenblick überlegte Fisch, ob er seiner Palanifrau den Skalp nehmen sollte. Er stellte sich ihre blitzenden Augen vor und wie ihr Haar über die nackte Brust fiel. Dann kam die Erinnerung, wie sie seinen Sohn stillte und er erschrak vor seinen eigenen Rachegelüsten. Sie war jetzt seine Frau. Die Mutter seines Sohnes. Wie seltsam das alles war. Hier ritt er nun, kämpfte gegen seine Feinde, während eine Feindfrau zuhause in seinem Tipi saß und auf seine Rückkehr wartete.

Die Lakota erreichten endlich den Kamm der Schlucht und ritten auf ihm dahin. Ihre Pferde schwankten vor Erschöpfung und selbst der Tod von Rote-Erde hatte ihnen keinen großen Vorsprung gebracht. Die Pawnee saßen auf frischen Pferden und würden sie in kürzester Zeit einholen.

Tschetan-withko wusste das und suchte fieberhaft nach einem Ausweg. Hier gab es kein Entkommen! Der Schnee verriet ihre Spur und bald wären die Pawnee in Sichtweite. Verzweifelt blickte er die Felsen hinunter, sah tief unter sich das Pawneedorf und hatte eine gewagte Idee. Die müden Pferde würden ihnen nichts mehr nützen. Sie brauchten neue! Kurz entschlossen traf er eine verzweifelte Entscheidung. Er nahm seine Decke, ließ sich auf einen Felsen gleiten, dann stach mit seinem Messer auf die Kuppe seines Ponys ein. Er wollte, dass es weit rannte und ohne diesen Schmerz würde es einfach in der Nähe warten. Es tat ihm leid, wie das Pony in Panik davonpreschte, denn es hatte ihm gute Dienste geleistet. Er bedeutete den anderen das Gleiche zu tun, dann huschten sie vorsichtig über Felsen, achteten darauf, keine Spuren zu hinterlassen. Ihre Herzen schlugen höher vor Aufregung, als sie sich an die Felswand kauerten und warteten, bis die Pawnee an ihnen vorbei waren. Würde die Finte gelingen oder würden die Pawnee doch irgendwo einen Fußabdruck finden? Nein, offensichtlich achteten sie nur auf die Hufspuren, vermuteten nicht, dass die Lakota irgendwo abgestiegen waren! Flink kletterten die Lakota ins Tal hinunter, während die Pawnee weiter den Spuren der flüchtenden Pferde folgten.
Tschetan-withko hoffte inbrünstig, dass ihm sein Pferd einen letzten guten Dienst erwies und möglichst lange lief, damit es seine Feinde von ihm ablenkte.
Unbemerkt schlichen sie zu der Pferdeherde der Pawnee, die zum Glück nicht bewacht wurde. Warum auch? Die Pawnee rechneten einfach nicht damit, dass die Lakota zurückkehren könnten. Abgesehen davon, dass die meisten Männer ohnehin den Flüchtenden auf der Spur waren. So führten die Lakota drei Pferde von der Herde weg, langsam und vorsichtig, immer mit dem Blick zum Dorf. Fisch überlegte kurz, ob er nicht in das Dorf eindringen und ein paar Skalpe für seinen Freund nehmen sollte. Aber außer verschreckten Frauen und Kindern würde er niemanden vorfinden. Er hüllte sich in seine Decke, wirkte nun aus der Ferne wie ein Krieger, der eher gelangweilt nach seinem Pony sah.
Die Lakota saßen erst auf, als sie ein gutes Stück außer Sichtweite des Dorfes waren, doch dann spornten sie die Tiere zu einem ausdauernden Galopp an. Sie hatten nun nichts mehr, außer ihren Waffen und ihren Bisonroben. Es schneite leise, als hätte Waziya ein Einsehen mit den Lakota, und die drei ritten unverzüglich nach Nordwesten. Sie verschwanden in den weitläufigen Tälern des Indianerlandes.

Che-ni

Lebender Berg (Winter 1871/72)

Es dauerte lange, ehe die Pawnee die völlig erschöpften Pferde der Lakota fanden, die zitternd und vollkommen erschöpft im Schnee standen. Wutentbrannt suchten die Krieger die nähere Umgebung ab, doch ihre Feinde waren längst verschwunden, hatten sich buchstäblich in Luft aufgelöst. Unverrichteter Dinge kehrten die Pawnee in ihr Lager zurück, nur um festzustellen, dass es diesen frechen Halsabschneidern gelungen war, frische Pferde zu stehlen. Die Lakota hatten sie gedemütigt und am nächsten Morgen würde ein zorniger Trupp die Suche fortsetzen. Die Pawnee waren erfahrene Fährtenleser und wie Bluthunde, die eine Spur aufgenommen hatten, hefteten sie sich an die Fersen ihrer Feinde. Ein Schneetreiben jedoch half den Flüchtenden und verwehte gnädig ihre Spur.

Nach dem Schneesturm schwärmten die Pawnee verärgert in einem großen Bogen aus, um vielleicht doch noch auf die Spuren der Lakota zu stoßen. Sie wussten, dass es unwahrscheinlich war, die Lakota jetzt noch zu finden und einige Krieger murrten bereits hörbar. Unschlüssig verharrten sie, überlegten, ob drei gestohlene Ponys diesen Aufwand wert waren. „Wir haben einen Skalp! Sollen die Lakota mit dieser Demütigung nach Hause reiten."
Mehrere Krieger wendeten bereits ihre Ponys, machten durch eindeutige Handbewegungen deutlich, dass sie zurückreiten wollten. Sie trieben ihre Pferde einen Hügel hinunter und stießen unvermittelt auf die deutlichen Spuren von zwei Wagen, die von Pferden begleitet wurden. Die Fahrspur war frisch, denn sie war erst nach dem Schneetreiben in den Schnee gedrückt worden. Sofort wandte sich die Aufmerksamkeit der Pawnee dieser neuen Fährte zu. Im schnellen Trab folgten sie den Spuren und ritten auf einen Höhenzug, um die Weißen zu überholen. Erwartungsvoll sahen sie auf die zwei Wagen hinunter, die sich ihren Weg über den schneebedeckten Boden bahnten. Vielleicht konnten sie hier etwas eintauschen oder fragen, ob die Weißen die Spuren der Lakota gesehen hatten? Es waren zwei Versorgungswagen, die in Begleitung einer kleinen Patrouille Soldaten auf dem Weg ins abgelegene Fort Laramie waren. Viele Krieger der Pawnee arbeiteten in den Forts oder für die Pacific Railroad, um die Eisenbahn zu schützen. Zusammen mit den weißen Soldaten

halfen sie, die feindlichen Stämme zu unterwerfen und genossen es, die Soldaten besonders gegen die verhassten Lakota zu führen. So sahen sie keine Gefahr und ritten überheblich zu den Weißen hinunter. Vielleicht konnten sie ihre Vorräte ergänzen und bekamen etwas geschenkt, dafür, dass diese Weißen durch ihr Land reisten. Mit erhobenen Händen näherten sich die Pawnee den Wagen, ihren Friedenswillen bekundend und begannen vorsichtig in gebrochenem Englisch zu verhandeln.

Jenny saß neben einem übel riechenden Kutscher auf dem Kutschbock und langweilte sich. Sie hatte die Jacke fest um sich gezogen und ein gestrickter Schal schützte ihren Kopf vor dem eiskalten Wind.

„Na, kleine Miss, scheißkalt heute, he!"

Jenny zuckte indigniert zusammen. Erstens, weil dieser Mann überhaupt das Wort an sie richtete, zweitens, weil sie seine ungehobelte Sprache satt hatte. Ständig benutzte er diese Ausdrücke! Sie schaute demonstrativ in die andere Richtung, um zu zeigen, dass sie keine Unterhaltung wünschte. Ihre Tante hätte diesen Umgang bestimmt nicht gutgeheißen!

Sie wünschte das Ende dieser endlosen Reise herbei. Wie viele Tage waren inzwischen vergangen, seitdem sie in St. Louis aufgebrochen war? Sie wusste es nicht mehr. Endlos viele! Immer neue fremde Menschen hatten ihr in Postkutschen gegenüber gesessen und sie mit ihren Fragen belästigt. Aber nun mit diesen ungepflegten Soldaten zu reisen, das war das Letzte! Der ältere Sergeant war ganz nett, aber ansonsten würde sie vor diesen Männern auf der Hut sein, die sie ungeniert gemustert hatten.

Sie klammerte sich an das Geländer ihres Sitzes und versuchte, möglichst viel Distanz zwischen sich und diesen stinkenden Gesellen zu bringen, der scheinbar nichts anderes zu tun hatte, als ständig irgendwohin zu spucken.

„Was machst du überhaupt, wenn wir endlich im Fort sind?", bohrte der Mann unbeeindruckt weiter.

Jenny seufzte. „Ich reise zu meinem Vater in das Fort. Er ist dort Scout."

„So? Wie heißt der denn?"

„Miles O'Brian!"

„Ne, wirklich? Du bist die Kleine von dem alten Miles? Donnerwetter!“
Endlich kam zur Abwechslung nicht das Wort Scheiße vor, dachte das Kind empört.
„Was macht denn so ein kleines Mädel bei einem Trapper? Er hat doch überhaupt keine Zeit für dich!.
Sie schnappte beleidigt: „Ich bin nicht klein! Ich bin schon fast zwölf! Ich kann sehr gut auf mich alleine aufpassen.“
„Na klar!“, brummte der Kutscher und wieder landete ein Batzen Schleim im Schnee. „Wo warst du denn vorher?“
„Bei meiner Tante“, erklärte Jenny einsilbig.
„Und?“
„Sie ist gestorben!“
„Hast du keine Mutter mehr?“
„Nein, sie starb, als ich ganz klein war.“
„Du armes Ding! Und jetzt kommst du in diese Wildnis?“ Mitleidig schaute der Kutscher auf das kleine Mädchen.
„Ach wo! Ich bleibe bestimmt nicht dort. Ich kenne meinen Vater ja kaum. Ich gehe wieder zurück zu meinen Freundinnen und in die Schule zu Miss Grant. Das werde ich ihm sagen, sobald ich angekommen bin.“
„So, so!“ murmelte der Mann belustigt. Dieses Kind hatte offensichtlich den gleichen Dickkopf wie sein Vater, aber er konnte sich nicht so recht vorstellen, dass in dem Abenteuerleben von Miles tatsächlich Platz für ein Kind war. Vielleicht war es wirklich besser, sie zurückzuschicken. Ein Kind in diese Wildnis zu bringen! Miles musste wohl keine andere Wahl gehabt haben. Prüfend blickte der Kutscher auf das Mädchen und schüttelte den Kopf. Hier im Westen war sie bald alt genug, um einem Mann das Bett zu wärmen, und es gab genug Männer, die auf ihr Alter keine Rücksicht nehmen würden.

Missmutig saß Jenny neben ihm und dachte an ihr sauberes kleines Zimmer mit den blauen Vorhängen im Haus ihrer Tante. Die Ankunft der Indianer riss sie aus ihren Gedanken und sie schaute ängstlich auf die Pawnee. Noch nie zuvor hatte sie Indianer gesehen und die wilden Gesichter erschreckten sie. Die Pawnee waren bis an die Zähne bewaffnet, manche trugen Uniformjacken, ansonsten aber indianische Leggins und Mokassins. Einige hatten sich in rote Decken

gewickelt, andere trugen Bisonpelze, als Schutz gegen die Kälte. Am beeindruckendsten war der Kopfschmuck. Ein hochaufgerichteter Bürstenhaarschnitt, neben einem ansonsten kahl geschorenen, manchmal sogar mit roter Kriegsfarbe bemalten Schädel. Federn steckten in dem Haar und einige Krieger hatten sich ein buntes Tuch um den Kopf gewickelt, um ihre Ohren gegen die Kälte zu schützen. Die Indianer sprachen so leise mit den Soldaten, dass Jenny sie nicht verstand. Besorgt sah sie, wie sich die Indianer um die Wagen verteilten und diese in Augenschein nahmen. Furchtsam blickte sie auf den Krieger, der sich ihrem Wagen näherte. Die Unterhaltung wurde lauter und aus den Gesten erkannte sie, dass die Indianer verärgert waren. „Gebt uns Essen und ein Gewehr!", hörte sie einen Indianer fordern.
Die Kutscher schüttelten wild entschlossen die Köpfe. Sie waren Händler aus dem Osten und wollten Geld verdienen. Sie glaubten sich durch den Trupp Soldaten genügend geschützt und wollten den Indianern sicherlich kein teures Gewehr geben. Der Anführer des Trupps, ein erfahrener Sergeant, vermittelte vorsichtig: „Gebt ihnen was sie wollen, dann lassen sie uns ziehen!"
Wütend setzte sich der erste Kutscher zur wehr. „Und wer ersetzt uns den Schaden?"

Die Pawnee waren verärgert. Sie fühlten sich überlegen, außerdem wollten sie endlich den flüchtenden Lakota hinterher. Ein Pawnee schwang sich von seinem Pferd auf den Kutschbock, um in den Wagen zu sehen. Wütend wehrte der Kutscher ihn ab. „He, du! Lass die Finger von meinen Sachen!" Er versuchte den Indianer hinunterzustoßen, doch dieser drückte ihn zurück auf die Bank, um in den Wagen zu sehen. Der Weiße packte den Indianer an der Jacke und schlug ihm ins Gesicht. Blitzschnell zog der Pawnee seinen Tomahawk. Mit der stumpfen Seite drosch er ihn gegen den Kopf des Mannes. Blut rann von seiner Schläfe und der Mann fiel stöhnend in den Schnee. Irgendwo knallte ein Gewehrschuss und die Pferde schnaubten nervös.
Jenny schrie hysterisch, als sie plötzlich allein mit dem Indianer war. Der Geruch von ranzigem Fett schlug ihr in die Nase und schreckensstarr blickte sie in die schwarzen Augen des Indianers. „Wie ein Teufel!", dachte sie kurz, dann schrie sie erneut, als der Mann sich zu ihr niederbeugte. Die Pferde scheuten von dem plötzlichen Lärm und gingen durch. Der Pawnee verlor das Gleichgewicht und klammerte

sich an dem Wagen fest, der heftig hin und her schaukelte. Johlend folgten die anderen Indianer dem Wagen, während Jenny in Todesangst gellende Schreie ausstieß.
Sofort schützten die Soldaten den zweiten Wagen. Blitzschnell gingen sie hinter ihm in Deckung und legten die Gewehre an. „Nicht schießen! Um Himmels Willen! Nicht schießen!", brüllte der Sergeant. Die Soldaten würden nicht ohne Befehl schießen, doch es waren unerfahrene junge Männer dabei, die vielleicht die Nerven verloren. „Ruhig bleiben, Leute! Die Indianer wollen nur Beute machen", beruhigte der erfahrene Mann seine Soldaten. Sie hätten keine Chance gegen dreißig aufgebrachte Pawnee, wenn die Situation weiter eskalierte. Der andere Händler war, blass über die plötzliche Wendung des Geschehens, vom Wagen gesprungen. Aus den eben noch bettelnden Indianern waren im Nu kriegerische Wilde geworden und er bereute es, ihnen nicht die geforderten Waren gegeben zu haben. Der Kutscher des anderen Wagens krabbelte mit einer Platzwunde am Kopf in den Schutz der Patrouille, froh darüber, mit dem Leben davongekommen zu sein. Sie sahen dem Wagen nach, der, gefolgt von den schreienden Pawnee, nach Norden davonraste. Und mit ihm das Kind! Sie hatten keine Möglichkeit einzugreifen oder zu helfen, und wechselten entsetzte Blicke.

Jenny klammerte sich verzweifelt an der Sitzbank fest, um nicht herunterzufallen und war verstummt. Der Indianer neben ihr griff nach den Zügeln, doch es gelang ihm erst nach einer Weile, die Pferde zu bremsen. Schweißgebadet kamen sie zum Stehen und der Wagen legte sich gefährlich auf die Seite, als ein Rad in eine Schlucht rutschte. Jenny raffte sich auf, kletterte nach hinten, wo sich die Vorräte auftürmten, und versteckte sich zwischen den Kisten. Entsetzt sah sie, wie der Indianer hinter ihr her kletterte und sie sprang panisch aus dem hinteren Teil des Wagens. Sie rutschte den steilen Abhang hinunter und überschlug sich mehrmals. Der Pawnee sah ihr kurz nach, doch wandte sich dann achselzuckend der Beute zu.

Jenny stürzte weiter den Hang hinunter und ein vorstehender Ast schlitzte ihr Bein auf. Sie hörte den Lärm der schreienden Indianer und rannte in Panik immer weiter. Nur weg von hier! Sie kämpfte sich durch Dornen und Gestrüpp, bis sie erschöpft niederkniete. Ihr

Schultertuch war in irgendeinem Busch hängen geblieben und ihr rotes Haar stand wirr in alle Richtungen ab. Ihre Beine waren zerkratzt und sie blutete aus einer hässlichen Wunde an ihrem Schenkel.

Die Soldaten verharrten indessen in ihrer Deckung und warteten, ob die Pawnee zurückkehrten.
„Was ist mit dem Kind?", fragte der verletzte Kutscher.
Der Soldat zuckte mit den Schultern. „Wir brauchen Verstärkung! Wir können nicht gegen dreißig wild gewordene Pawnee kämpfen."
„Oh Gott! Was werden sie mit ihr machen?"
Der Sergeant biss sich auf die Lippen. „Ich denke nichts. Wenn Sie den Indianern gegeben hätten, was sie wollten, wäre gar nichts passiert."
Ein älterer Soldat mischte sich ein: „Die Indianer werden den Wagen ausplündern und dann abhauen. Das sollten wir abwarten. Die Pawnee befinden sich mit uns nicht im Krieg. Sie werden dem Kind nichts antun."
Der Sergeant dachte nach und stimmte schließlich zu. Er hielt die Stellung, wartete eine Weile und als nichts zu hören war, folgte er mit der Hälfte seiner Männer vorsichtig der Spur des anderen Wagens. Die Soldaten fanden ihn eine Meile nördlich, völlig ausgeplündert und ohne die Pferde, die ihn gezogen hatten. Das Kind hingegen war weg. Sie fanden seine deutliche Spur und folgten ihr vorsichtig. Zuerst fanden sie den weißen Schal, der an einem Busch hängen geblieben war. Sie sahen, wo das Kind mehrmals gestolpert und gestürzt war und riefen laut ihren Namen. „Jenny! Jenny!", hallte es durch die enge Schlucht, an deren Felswänden gefrorene Tautropfen glitzerten.

Dann stießen sie bedrückt auf eine weitere Fährte. Das Mädchen war drei anderen Indianern in die Hände gelaufen und diese hatten sie anscheinend mitgenommen. „Scheiße, die Indianer haben sie doch erwischt!", raufte sich der Sergeant die Haare. „Los! Sucht die nähere Umgebung ab, ob nicht irgendwo ihre Leiche liegt."
Aber sie fanden nichts. Das Kind war weg. „Wahrscheinlich haben sie irgendwelche Pawnee mitgenommen! Verdammt! Wie sollen wir das ihrem Vater beibringen!", murmelte einer der Soldaten.
„Oh Gott! Und was soll ich dem Kommandanten berichten? Sir! Melde gehorsam! Vorräte geraubt! Kind verschwunden!"
Jemand klopfte ihm auf die Schulter und meinte tröstend: „Wir haben es wenigstens versucht. Aber unsere Patrouille ist zu klein, um

die Verfolgung aufzunehmen. Wir melden es im Fort! Wir können ohnehin nichts mehr tun."
Grübelnd kehrten die Soldaten zu dem verbliebenen Wagen zurück. Zum Glück hatten sie außer dem Kutscher keine Verletzten. Der Angriff der Pawnee hatte sie einigermaßen überrascht. Doch die Indianer waren in ihren Augen nur „Wilde", auf die man sich ohnehin nicht verlassen konnte, und dieser Vorfall bestätigte sie in ihrem Urteil. Sie sicherten den verbliebenen Wagen und machten sich auf den Weg ins Fort.

Jenny irrte immer weiter. Der Lärm der johlenden Indianer war verebbt und es war totenstill. Sie stapfte durch den Schnee und sah sich immer wieder ängstlich um, ob ihr die Indianer folgten. Dort, wo sie aufgewachsen war, gab es keine Indianer und immer wieder hatte sie das Gesicht des Indianers vor sich, der mit dem Kutscher gekämpft und ihm den Tomahawk gegen den Kopf geschlagen hatte. Blut war gespritzt und sie dachte, dass der Mann tot war. Für sie war der Indianer nur eine Fratze mit Bürstenhaarschnitt, die ihr nach dem Leben trachtete. Sie stolperte über ihr langes, blaues Kleid und fiel nach vorne. Ihre Hände waren von der Kälte schon ganz erstarrt und sie richtete sich mühsam auf. Dann hörte sie plötzlich ein Geräusch und blickte erschrocken hoch. Die Indianer! Sie hatten sie gefunden! Sie fiel nach hinten und rutschte rückwärts vor ihnen weg. Ihre Schuhe fanden im Schnee keinen Halt und in ihrer Panik kam sie kaum vorwärts. Wie ein Käfer, der auf den Rücken gefallen war, lag sie im Schnee und strampelte mit ihren Beinen, ihre Lippen zu einem hohen Schrei geöffnet.

Tschetan-withko sah verblüfft auf das weiße Mädchen, das plötzlich aufgetaucht war und nun vor ihm im Schnee lag. Es hatte die Augen weit aufgerissen und ihr Gesicht verzerrte sich vor Angst. Er sah zum ersten Mal blaue Augen, Augen mit der Farbe eisklaren Bergwassers. Ihr Haar hatte den Schimmer der Morgensonne und es wehte um ihr Gesicht wie Flammenspitzen.
Elchkalb drängte sein Pferd an ihm vorbei und ebenso erstaunt blickte er auf das Mädchen. Das Kleid hatte sich hochgeschoben und er

starrte auf ihre weißen Schenkel. Die eisblauen Augen und das rote Haar faszinierten ihn ebenso wie ihre weiße Haut.
Aber es war nur ein Mädchen, ein Mädchen, das bald zur Frau wurde.
Tschetan-withko glitt vom Pferd und näherte sich dem Kind, das schreckensstarr vor ihm lag. Der Schrei war verebbt, nur ihre Augen folgten seinen Bewegungen. Wo war das Kind so schnell hergekommen? Waren noch andere Weiße in der Nähe? Sie hatten den Kampf nicht gehört, so konnten sie das Kind nicht einordnen. Er beugte sich zu ihr hinunter, um die Wunde zu untersuchen. Sie war nicht schlimm, musste nur gesäubert werden, doch das hier ging ihn nichts an. Sie waren auf der Flucht und konnten sich nicht mit einem fremden Kind belasten.
Dem Kind stockte der Atem, als der Indianer sich zu ihm niederbeugte. Seine Augen verdrehten sich und sein Körper erschlaffte, als es einfach in Ohnmacht fiel. Tschetan-withko zuckte die Achseln und schwang sich desinteressiert auf sein Pferd. Er würde das ohnmächtige Kind liegen lassen, sollten sich ihre Angehörigen darum kümmern, obwohl ihm klar war, dass weit und breit niemand zu sehen war. Er drängte sein Pferd weiter und sah erstaunt, wie Elchkalb abstieg. Der junge Krieger betastete die Wunde an ihrem Schenkel und seine Hand fuhr unter die Jacke, um festzustellen, ob sie schon Brüste hatte. Durch den Stoff des Kleides spürte er die Knospen ihrer beginnenden Weiblichkeit. In wenigen Jahren wäre sie eine Frau und dann könnte er sie in sein Zelt führen. Es lohnte sich vielleicht, darauf zu warten. Dann hätte er eine Frau mit weißer Haut und roten Haaren. Das war etwas Besonderes!
Tschetan-withko schüttelte den Kopf. „Was willst du mit ihr? Sie ist doch nur ein Kind."
„Ich nehme sie mit und gebe sie in ein Zelt, damit sie groß wird und lernt, einem Krieger zu gefallen. Dann nehme ich sie zur Frau."
Entschlossen beugte er sich zu dem Mädchen hinunter und behandelte den Schnitt. Dann wickelte er sie in seine Decke und hob sie zu Fisch auf das Pferd. „Wir werden sie abwechselnd tragen!"
Tschetan-withko seufzte. „Sie wird uns aufhalten und wer soll ein weißes Mädchen in sein Zelt aufnehmen?"
„Ich weiß noch nicht! Wir müssen sowieso erst einmal lebend heimkommen."
„Wenn uns jene Palani erwischen, wird auch dieses Mädchen sterben", gab Tschetan-withko zu bedenken.

„Und wenn wir sie hier liegen lassen, stirbt sie auf jeden Fall.“ Tschetan-withko machte eine weite Bewegung mit seiner Hand. „Vielleicht sind ihre Leute in der Nähe?“
Elchkalb schüttelte stur den Kopf. „Und wenn nicht?“
„Sie ist ein weißes Mädchen!“
„Aber mir gefällt sie.“

Jenny spürte das leichte Schaukeln und weigerte sich die Augen zu öffnen. Es war so schön warm hier, wie im Bett ihrer Tante. Aber wo kam das Schaukeln her? Sie blinzelte vorsichtig und sah in die schwarzen Augen eines Indianers. Sofort war sie hellwach und die Erinnerung holte sie ein. Wieso lebte sie noch? Aber es war nicht die Fratze mit dem Bürstenschnitt, in die sie blickte, sondern ruhige Augen, umrahmt von glattem, schwarzem Haar, geschmückt mit einigen Federn, die im Wind spielten.
Tschetan-withko richtete das Kind etwas auf, denn es war schwer in seinen Armen geworden. Nachdem Elchkalb beschlossen hatte, das Kind mitzunehmen, beteiligte er sich ebenso daran, sie zu tragen, wie Fisch. Es gehörte jetzt Elchkalb und er respektierte dessen Entscheidung. Sie würden das Mädchen eben mitnehmen.
Das Kind blieb ruhig vor ihm sitzen, entweder, weil es erkannt hatte, dass er ihm nichts Böses wollte oder weil es sowieso keinen Sinn hatte, gegen einen ausgewachsenen Mann zu kämpfen. Er dagegen machte sich keine Gedanken um ihre Angst, denn sie war nur ein Mädchen und würde in ihrem Stamm aufwachsen.
Die Lakota hatten die Pawnee abgehängt und waren auf dem Rückweg zu ihrem Dorf. Sie durchquerten die Sanddünen der Prärie und suchten immer wieder den Schutz des mittleren Wolfsflusses, in dessen Canyon sie wenigstens etwas vor dem Wind geschützt waren. Am Abend erlaubten sie es sich, endlich ein wenig zu rasten. Elchkalb hob einen Ast und schickte das Kind mit einer erklärenden Geste, um Feuerholz zu sammeln.

Jenny hütete sich, den Indianer zu verärgern. Irgendwann würde ihr Vater kommen und sie befreien. Solange würde sie eben warten und artig tun, was die Indianer von ihr verlangten.
Die Lakota waren müde. Sie hatten seit Tagen nicht richtig geschlafen, außerdem waren ihre Vorräte gänzlich erschöpft. Auch Jenny

hatte Hunger und zog aus ihrer Jackentasche einige zerbröselte Kekse hervor. Gierig stopfte sie das Gebäck in den Mund, dann bot sie den Indianern welches an. Vielleicht war es gut, sich ihre Gunst zu erkaufen? Elchkalb probierte einen Keks und verzog den Mund. Es schmeckte süß und seine verträumten Augen funkelten anerkennend. Jenny mochte den jungen Indianer, aber vor den anderen hatte sie Angst.

Die Männer nahmen ihr lächelnd die wenigen Kekse ab und versuchten sie. Sie waren so hungrig, dass sie bald die Sohlen ihrer Mokassins gegessen hätten, aber das hier schmeckte wirklich nicht schlecht. Durchfroren wickelten sie sich in ihre Decken und Elchkalb packte das Kind in einer durchaus großzügigen Geste unter seine Decke.
Jetzt hatte Jenny doch Angst, so nah bei dem unbekannten Mann zu schlafen, aber es war warm und ihr fielen die Augen zu.

Die Indianer unterhielten sich leise, ihre Stimmung war gedrückt. Fisch bereute, dass er nicht gegen die Pawnee gestürmt war, um seinem Freund zu helfen. Tschetan-withko hatte ihn mit seinem Rückzug überrumpelt und er schämte sich für ihre Feigheit. „Es war nicht richtig vor jenen Lügnern zu fliehen. Es wäre tapferer gewesen, zu kämpfen und zu sterben!"
Elchkalb richtete sich auf und wedelte empört mit der Hand. „Wir sind feige davongelaufen, wie Kojoten."
Das Kind neben ihm rührte sich ein wenig und er senkte die Stimme: „Du hättest uns kämpfen lassen sollen! Rote-Erde war mein Cousin! Was soll ich meinem Onkel sagen?"
Tschetan-withko wickelte die Decke um seinen Körper und starrte ins Feuer. Er hatte sich vor dieser Unterhaltung gefürchtet. Warum nur hatte er seine Freunde aufgehalten?
„Es war nicht feige davonzulaufen", erklärte er leise. „Selbst der Grizzly zieht sich zurück, wenn zu viele Wölfe ihn angreifen. Es ist unsere Pflicht, wieder nach Hause zu kommen."
„Es war unsere Pflicht, unserem Freund zu helfen!", entgegnete Fisch zornig.
„Wir konnten ihm nicht mehr helfen. Er war tot! Und wir wären genauso gestorben. Sie hätten uns erschlagen wie den Hund, der für ein Fest geschlachtet wird."

„Lieber ehrenvoll sterben, als feige davonlaufen!“ Fisch spuckte verächtlich ins Feuer.
„Was ist daran ehrenvoll, wie ein Hund niedergeprügelt zu werden? Überlege dir, was das für unsere Frauen bedeutet.“
Fisch schnaubte vor Zorn. „Wir sind Krieger! Wir können keine Rücksicht auf weinende Frauen nehmen.“
Tschetan-withko schluckte mühsam. Er hatte weniger an Wah-bosehns, sondern an seine zwei Kinder gedacht.
„Wer kümmert sich um Stern-im-Auge und Tschaske, wenn du nicht zurückkommst?“, fragte er herausfordernd. „Sie ist eine Palanifrau! Wer, glaubst du, nimmt eine Palani mit ihrem Kind in sein Zelt?“
Fisch stutzte. Da hatte sein Freund recht. Er hatte keine Familie und wenn er starb, gab es keinen Bruder, Onkel oder anderen Familienangehörigen, der sich um seine Frau und seinen Sohn kümmern würde.
„Deine Frau hat auch keine Familie. Sie ist eine Psa!“, entgegnete er trotzig.
Tschetan-withko seufzte: „Ich habe eine Schwester und ihr Mann Traumpfeil würde Wah-bo-sehns und meine Kinder bei sich aufnehmen. Das hat er mir versprochen.“
Fisch kniff die Lippen zusammen. Seine Frau könnte höchstens zu den Pawnee zurückgehen und er wollte nicht, dass sein Sohn bei den Maisfressern aufwuchs.
Elchkalb schaute von einem zum anderen und meinte nachdenklich: „Es war schrecklich, dass wir tatenlos zusehen mussten, wie jene Palani Rote-Erde getötete haben. Ich habe noch keine Frau und ich hätte lieber gekämpft. Aber ich verstehe jetzt auch Tschetan-withko. Unser Tod hätte dem Stamm geschadet und eure Söhne brauchen ihre Väter!“
Tschetan-withko blickte ihn dankbar an. „Du weißt, dass ich nicht feige bin, aber in unserem Tod lag keine Ehre, nur Verzweiflung für unsere Frauen und Kinder.“
Seine Worte trafen Fisch. Als er Stern-im-Auge gefangen genommen hatte, hatte er nur seinen Spaß gesehen und nicht die Verantwortung, die er nun für sie und seinen Sohn trug. Tschetan-withko hatte recht. Für sie wäre die Situation hoffnungslos, wenn er sterben würde. Er dachte an seinen Sohn und biss sich auf die Lippen. „Kola! Wenn ich sterbe, wirst du dann meinen Sohn großziehen?“
Tschetan-withko blickte ihm gerade in die Augen. Seine Bitte war eine große Ehre, aber auch eine große Verantwortung. Er wollte keine weitere Frau in seinem Zelt, aber er verstand die Sorge seines

Freundes. Er starrte lange ins Feuer und fällte seine Entscheidung: „Ich bin dein Kola und ich werde deinen Sohn wie meinen eigenen Sohn großziehen, wenn dir etwas geschieht! Waschté-yelo!"
Elchkalb schaute betroffen auf seine beiden Freunde. Hier wurden große Worte gesprochen!
Fisch hatte einen dicken Kloß im Hals. Es war ein ehrenvolles Angebot und er schätzte seinen Freund. Er hatte richtig gehandelt und eines Tages würden sie ihren Freund Rote-Erde rächen.
„Pilámaya!", murmelte er, danke, mehr war auch nicht zu sagen.
Elchkalb dachte an seine Mutter. Seitdem sein Vater, Zwei-Pferde, tot war, musste er sie und seine beiden Geschwister ernähren. Es war hart für ihn, obwohl ihn das ganze Dorf unterstützte. Auch für seine Familie wäre es schlimm, wenn er nicht mehr zurückkäme. Sein Onkel half ihnen nach Kräften und nun kehrte auch dessen Sohn Rote-Erde nicht mehr zurück. Ihre Familie hatte schwere Verluste erlitten.

Sie ritten den ganzen nächsten Tag und Jenny saß abwechselnd hinter einem der Krieger und klammerte sich fest. Ihr Magen knurrte und sie hatte es bereits zum hundertsten Mal bereut, ihre Kekse mit den Indianern geteilt zu haben. Am Nachmittag erreichten sie einen Fluss, an dessen Steilwand sie ihr Lager einrichteten. Jenny sammelte Holz und versuchte sich nützlich zu machen. Sie sah überrascht zu, wie die Krieger einfache Speere bastelten und sich an das Ufer setzten. Im Nu hatten sie ein paar Fische aufgespießt und steckten sie über das Feuer, um sie zu braten.
Das Kind saß mit hungrigen Augen daneben und die Krieger lachten gutmütig. Sie verhielt sich wie jedes andere Kind und jetzt, da die Anspannung nachgelassen hatte, bereuten sie es nicht mehr, sie mitgenommen zu haben.
Elchkalb berührte ihre Haare und zog sie erschrocken zurück, so, als hätte er sich die Finger verbrannt. Die anderen lachten verhalten und bestaunten ihre Haare, die im Feuerschein noch rötlicher leuchteten. Sie war zornbebend aufgesprungen und fauchte ihn an: „Lass meine Haare in Ruhe!"
Er verstand die Sprache nicht, doch es war klar, dass sie seinen Scherz nicht witzig fand. Er war beeindruckt von ihrem Mut und bot ihr freundlich einen Fisch an. Sie strich sich geziert die Haare nach hinten, ehe sie großzügig seine Entschuldigung annahm. Hungrig

biss sie hinein, während die Lakota ebenso hungrig über die anderen Fische herfielen.
Dann saßen sie satt um das Feuer und Elchkalb sah nach dem Bein des Kindes. Es heilte gut, Schorf hatte sich über dem Riss gebildet. Er wollte wissen, wie das Mädchen hieß, also versuchte er umständlich dessen Namen zu erfragen. „Taku enitschiapi ho?"
Die anderen beobachteten seine ungeschickten Versuche, schließlich hielt Tschetan-withko es nicht mehr aus. Elchkalb stellte sich wirklich zu dumm an. Weiße Kinder konnten keine Zeichensprache. Das wusste doch jeder!
Er setzte sich vor das Kind und schaute ihm forsch in die Augen. Energisch zeigte er mit einer Geste auf sich und sagte „Tschetan-withko". Dann machte er eine Geste auf das Kind. Sie verstand ihn nicht, so wiederholte er deutlich seinen Namen. Dann stieß er sie an.
Das Kind zögerte kurz, dann flüsterte es: „Jenny."
Tschetan-withko starrte es entgeistert an. Das Kind sah seine Reaktion und wiederholte den Namen, weil es wohl dachte, dass er ihn nicht verstanden hatte. „Jen-ny!"
Tschetan-withko war sprachlos. Ihr Name klang wie „Che-ni", es bedeutete „Lebender Berg", wie die „Che-sapa", ihre heiligen Schwarzen Berge. Wieso hieß dieses Mädchen wie ihre Heiligtümer? Er murmelte „Che-ni" und starrte sie verwundert an. Das war eindeutig großer Zauber! Er wusste mit einem Mal, dass dieses Mädchen ein großes Omen war.
Jenny blickte auf den sprachlosen Indianer. Er hatte ihren Namen nicht ganz richtig ausgesprochen, es klang mehr wie das Fauchen einer Katze, doch sie hütete sich, ihn zu verbessern. Stattdessen wiederholte in seiner Sprache: „Che-ni." Das würde ihr Name sein, solange sie bei den Indianern war.

Die nächsten Tage saßen die Lakota schweigend auf ihren Ponys und ihre Herzen sanken tief. Bald würden sie zu Hause sein und die Dankbarkeit es geschafft zu haben, mischte sich mit einem tiefen Gefühl der Trauer. Bisher ging es um ihr Überleben, doch jetzt traf sie der Schock, ihren Freund verloren zu haben, mit voller Wucht und sie hatten Angst, vor die Augen seiner Eltern treten zu müssen.
Fisch überlegte, ob es nicht leichter wäre, umzukehren und gegen ein Dorf Pawnee zu kämpfen. Das Kind hinter ihm zappelte und er ließ

es absteigen. Es verschwand hinter einen Baum, um sich zu erleichtern und er seufzte. Das Kind war auch nicht wirklich eine Beute, die sie stolz herzeigen konnten und sie hatten nichts, was den Tod von Rote-Erde rechtfertigte.

Tagelang folgten sie den endlosen Wäldern des Niobrara, dann bogen sie endlich nach Norden ab und sahen vor sich den dunklen Schatten der Che-sapa. Keiner hatte den Wunsch zu sprechen, nur das Mädchen plapperte manchmal in der fremden Sprache vor sich hin. Tschetan-withko überlegte, ob sie das Kind nicht nach Fort Laramie bringen sollten, aber stieß mit diesem Vorschlag auf wenig Begeisterung.
„Ich bringe kein weißes Kind zu den Soldaten“, wehrte Fisch unwillig ab. „Sie werden höchstens sagen, dass wir ihre Familie getötet haben und uns hängen.“
„Was sollte sie im Fort? Wenn die Pawnee ihre Familie getötet haben, dann wird sie dort leben, wie manche unserer Mädchen, die sich an die Soldaten verkaufen. Sie ist zu jung für so etwas“, meinte Elchkalb. „Nein, sie braucht noch Zeit und dann werde ich sie heiraten.“
Fast mitleidig musterten die Lakota das Kind und Jenny fühlte sich unbehaglich. Aber bisher waren diese Indianer anständig gewesen und sie hatte ihre Angst fast verloren. Nur, wo brachten diese Männer sie hin und was würde dann geschehen? Sie hatte bereits einige Worte ihrer Sprache gelernt und bemühte sich, die Krieger nicht zu verärgern.
In der Ferne tauchten endlich die Tipis des Dorfes auf. Es lag vor ihnen wie sie es verlassen hatten. Friedlich und ruhig. Tschetan-withko stützte sich mit einer Hand auf seinem Schenkel auf und atmete erleichtert durch. Geschafft! Sie waren lebend wieder heimgekommen. Doch in diese Erleichterung mischte sich der bittere Geschmack der Niederlage, die Nachricht, dass Rote-Erde nicht mehr unter ihnen weilte.
Einige Kinder liefen ihnen entgegen und verharrten entsetzt, als sie erkannten, dass nur drei Reiter zurückkehrten. Sie schlugen die Hände vor den Mund und starrten auf die erschöpften Reiter, die auf fremden Pferden saßen. Wo waren deren eigene Ponys und wo war Rote-Erde? Kläffend lief die Hundemeute neben den Heimkehrern her und ihr geiferndes Bellen klang wie „tot, tot, tot“!
Die Krieger blickten starr geradeaus und mieden die traurigen Blicke der anderen. Hier und da erhob sich Klagegesang und sie bissen die

Zähne aufeinander. Die Lakota sahen auch das weiße Kind, das sich ängstlich an Fisch klammerte und Zorn wallte in ihnen hoch. Vielleicht hatte das Mädchen etwas mit dem Tod von Rote-Erde zu tun?

Jenny schaute in die drohenden Gesichter um sie herum. Diese Indianer sahen überhaupt nicht freundlich aus, ängstlich klammerte sie sich fester an Fisch. Ihr Herz schlug bis zum Hals und sie wünschte, sie wäre wieder mit den drei Indianern allein. Unterwegs waren sie nett zu ihr gewesen, doch jetzt wusste sie nicht, welches Schicksal ihr blühte.
Vor einem großen Zelt kamen sie schließlich zum Stehen. Die Krieger glitten von den Pferden, unsanft zog Fisch das zögernde Kind hinter sich her. Er schob sie in das Zelt und drückte sie im Hintergrund auf ein Fell. Tränen der Angst liefen Jenny über das Gesicht und sie wischte sie mit einer schmutzigen Hand ab. Sie wagte kaum aufzusehen, als andere Krieger das Zelt betraten und sich schweigend setzten. Bald war das Zelt überfüllt und Jenny drückte sich weiter in die dunkle Ecke, wo sie hoffte, dass die prüfenden Augen sie nicht sahen.

Als letzter trat der Medizinmann ein, der sich neben dem Häuptling und den Ältesten niederließ. Die anderen hatten ihm respektvoll Platz gemacht, so blickte er nun mit seinen stechenden Augen auf die drei Heimkehrer. Immer noch schweigend ließ Traumpfeil die Pfeife herumgehen und jeder Krieger nahm einen tiefen Zug. So warteten sie geduldig, bis die Freunde sich gesammelt hatten und erzählen würden. Fisch fand keine Worte, das Erlebte zu schildern und Elchkalb war zu jung. Er wollte nicht respektlos erscheinen, indem er vor den beiden Älteren das Wort ergriff. Er wagte es nicht, seinem Onkel in die Augen zu sehen, denn er fühlte sich mitverantwortlich am Tod seines Cousins.
In Tschetan-withko rumorte es, aber einer musste den anderen Kriegern berichten. Er suchte verzweifelt nach Worten, aus ihrer Niederlage doch noch eine Heldentat zu machen. Aber es gab keine Entschuldigung. Sie waren übermütig gewesen und hatten dafür bezahlt. Er sah in die Augen von Grauer-Wolf, dem Vater von Rote-

Erde, und seine Kehle schnürte sich zu. Er nahm all seinen Mut zusammen und begann zu erzählen. Er beschönigte nichts und er ließ nichts aus. Sollten die anderen über ihre Taten richten. Seine leise Stimme brach ab und alle hörten die Trauer in seinen Worten. Haun! Schweigend rauchten sie die Pfeife und sahen auf Grauer-Wolf. Sein Sohn war tot, aber es waren nicht Tschetan-withko, Fisch und Elchkalb, die ihn getötet hatten, sondern die Palani. Sein ganzer Hass richtete sich gegen das Volk, das erst seinen Bruder und nun auch noch seinen Sohn getötet hatte. Dessen Freunde würden alles tun, um ihn zu rächen. Er stand auf und es herrschte atemlose Stille.
„Ich werde im Frühjahr reiten und den Tod meines Sohnes rächen. Tschetan-withko, Fisch und Elchkalb werden mich begleiten! Hecetu welo!"
Alle murmelten zustimmend und Tschetan-withko fiel ein Stein vom Herzen. Ja, er würde seinen Freund rächen!
Bärenkralle stand auf und erklärte: „Jeder Mann ist für seine eigenen Taten verantwortlich. Rote-Erde ist freiwillig mitgeritten. Niemand hat ihn gezwungen, denn er wollte Ruhm ernten. Er hat seinen Mut mit dem Leben bezahlt und wir werden um einen tapferen Krieger trauern. Dann werden wir ihn rächen!"
Die Männer dachten über diese Worte nach und murmelten zustimmend „Aho". Jeder war für seine Taten verantwortlich, sonst wären sie keine Krieger. Insgeheim bewunderten sie es, dass Tschetan-withko, Fisch und Elchkalb bei dieser Übermacht an Feinden überhaupt wieder heimgekehrt waren.

Ihr Interesse wandte sich dem Kind zu, das still in der Ecke hockte. Was hatte es mit der ganzen Sache zu tun? Tschetan-withko überließ es Elchkalb, von ihr zu erzählen. Etwas verlegen stand der junge Mann auf. „Sie lag plötzlich verletzt vor uns im Schnee. Vermutlich haben die Pawnee ihre Eltern getötet und sie konnte fliehen."
Er sagte ihnen nicht, welche Absicht er später mit ihr verfolgte, sondern erzählte, dass er Mitleid mit ihr hatte und sie in eine Familie geben wollte, damit sie als Lakotafrau aufwuchs. So war das also!
Alle schauten auf das Kind und Tschetan-withko zerrte es hervor. Sie wehrte sich und ihre blauen Augen blitzten angstvoll. Ihr Haar schimmerte noch rötlicher und die Männer bestaunten es, indem sie es vorsichtig anfassten.
Tschetan-withko hielt ihre kleinen Fäuste und stellte sie vor. „Sie heißt Che-ni-win."

Wow! Das war „wakan" – etwas Geheimnisvolles. Die anderen waren genauso sprachlos wie Tschetan-withko, als er ihren Namen das erste Mal gehört hatte, und ließen respektvoll die Hände sinken.
Jenny stand inmitten der Männer und ihr Herz klopfte. Sie hatte furchtbare Angst, ihre Augen suchten verzweifelt die Männer, die ihr vertraut waren. Was würden sie nun mit ihr tun? Sie verstand, dass es um sie ging und blickte flehend auf Elchkalb. Er war doch immer so freundlich zu ihr gewesen!
Aber auch der Medizinmann schaute entgeistert auf das Kind, sah die blauen Augen und das rote Haar als eindeutiges Zeichen von Wakan-tanka. Das waren einfach zu viele geheimnisvolle Hinweise! Was sollte es bedeuten, dass plötzlich drei fremde Frauen bei ihnen lebten? Erst die Crowfrau, dann das Pawneemädchen und nun dieses weiße Kind, das bald zur Frau heranreifen würde. Am deutlichsten waren die Zeichen bei dem Kind: Haare wie die Morgensonne, Augen wie Eiswasser und der magische Name „Che-ni". Er musste in die Einsamkeit gehen, einige Tage fasten und darüber nachdenken. Vielleicht gab Wakan-tanka ihm eine Erleuchtung. Doch zuerst musste für dieses Kind eine Familie gefunden werden, die es aufnahm. Er erhob sich und blickte fragend umher: „Dieses Kind wird bald eine Frau. Sie soll bei uns aufwachsen. Sie hat einen geheimnisvollen Namen. Wer nimmt sie zur Tochter, bis ein Mann sie zur Frau nehmen kann?"
Die Krieger runzelten die Stirn, denn keiner wollte sich mit einem weißen Kind belasten.
Schließlich stand Grauadler auf. „Ich nehme sie in mein Zelt. Ich habe eine Tochter, die nur wenig älter ist, und sie wird mich nicht stören. Meine Frau Gebrochener-Zweig wird sie lehren, wie ein Lakotamädchen zu leben."
Niemand erhob einen Einwand und so nahm er das Kind an einer Hand und zog es aus dem Zelt. Zwei seiner Kinder waren noch im Säuglingsalter gestorben, daher war es gut, dass er sie durch dieses Kind ersetzte.

Jenny dagegen weinte vor Angst. Sie verstand nicht, warum sie jetzt mit diesem fremden Mann mitgehen sollte. Wo waren die anderen Indianer? Der junge Mann mit den schönen Augen, der sie die letzten Tage beschützt hatte?

Grauadler zog das widerstrebende Kind in sein Zelt und ignorierte dessen offensichtliche Angst. Seine Frau Gebrochener-Zweig sah erstaunt auf das fremde Kind, forderte mit ihren Augen eine Erklärung.
„Sie wohnt jetzt bei uns", erklärte er lahm. Was sollte er sonst auch sagen? Seine Tochter Weidenzweig musterte schweigend das Mädchen, das jetzt bei ihnen leben sollte, und wechselte einen überraschten Blick mit ihrer Mutter. „Sie ist weiß!", stellte sie überflüssigerweise fest.
„Ja, Tschetan-withko hat sie gefunden. Wahrscheinlich haben jene Palani ihre Familie getötet."
Gebrochener-Zweig zerfloss geradezu vor Mitgefühl. „Oh! Die Arme! Sie ist ja völlig erschöpft. Sieh nur, wie verdreckt sie ist!"
Grauadler lächelte kurz. „Der Medizinmann denkt, dass sie ein Zeichen von Wakan-tanka ist. Sie heißt Che-ni-win. Es ist eine Ehre für uns, sie aufzuziehen."
Ma! Ein Zeichen! „Es ist bestimmt sehr interessant, ein weißes Kind bei uns zu haben", sagte seine Frau stolz. „Und es ist schön, dass Weidenzweig nun eine Schwester hat."
Sie musterte das Mädchen prüfend und schaute missbilligend auf das völlig verdreckte, stinkende Kind und sein zerrissenes Kleid.

Dann erhob sie sich, um ihre Pflichten als neue Mutter zu übernehmen. Energisch befahl sie ihrer Tochter, ihnen zu folgen und packte das verängstigte Kind am Arm. Sie schleifte es zum Fluss und sofort schlossen sich ihnen andere Frauen und Mädchen an. Das würde interessant werden! Gebrochener-Zweig zog dem widerspenstigen Kind die Sachen aus und staunte über dessen Kraft. Mit ihren kleinen Fäusten schlug es schreiend um sich, bis eine andere Frau vortrat und es festhielt. Zu zweit zerrten die Frauen das um sich schlagende Kind in das eiskalte Wasser und rubbelten es mit Sand ab. Die Frauen sahen erstaunt auf die weiße Haut und die roten Haare, doch sie ließen sich nicht abbringen, dieses Kind sauber zu waschen.
Jenny schrie und weinte, sie schlug und kratzte, doch es half nichts. Diese Frauen würden sie ertränken und sie konnte sich nicht wehren. Schließlich wurde sie aus dem Wasser gezogen und die Frauen wickelten das frierende Kind in eine Decke. Weidenzweig brachte ein frisches Kleid und Mokassins und überreichte sie ihrer neuen Schwester. Jenny blickte auf die neuen Sachen und ihr wurde schlagartig klar, dass ihr die Frauen gar nichts Böses wollten. Sie dachte

schuldbewusst daran, wie sich gewehrt hatte und musste kichern. Es war ein erleichtertes, ansteckendes Lachen und die umstehenden Frauen kicherten mit. Freundlich standen sie um das weiße Kind herum und nannten es „Che-ni-win."

Ihre neue Mutter stand hinter ihr und versuchte behutsam, Ordnung in ihr wirres Haar zu bringen. Jenny jammerte, als es ziepte, doch hartnäckig fuhr der hölzerne Kamm durch die roten Locken. Schließlich hatte Gebrochener-Zweig die Strähnen entwirrt und band sie in ordentliche Zöpfe. Jenny genoss es, denn es war schon lange her, dass jemand sie frisiert oder sich überhaupt um sie gekümmert hatte. Ihre Tante hatte sie versorgt und ihr ein Dach über dem Kopf gegeben, aber ansonsten erwartet, dass sie möglichst unsichtbar blieb.

Dann gingen alle zurück ins Dorf und Gebrochener-Zweig schob das Mädchen in ihr Zelt. Sie zeigte Jenny, wo sie schlafen würde und gab ihr eine große Schüssel gefüllt mit Fleischbrühe, die Jenny mit Heißhunger hinunterschlang. Sie würde bei dieser Familie bleiben, bis ihr Vater sie fand. Im Grunde hatte sie auch keine andere Wahl.

Mit ihren Augen erforschte sie neugierig ihr neues Heim. Es war trotz des Winters erstaunlich warm und sie sah die Waffen an den Zeltstangen baumeln und Kleinigkeiten, die an den Wänden hingen. Die Frauen hatten ihren eigenen Bereich und nun setzten sie sich und begannen mit einer Stickarbeit. Jenny rutschte näher an das Feuer und genoss die Wärme. Es war so gemütlich. Nie hätte sie gedacht, dass Indianerinnen nähten oder stickten! Beeindruckt sah sie zu, wie unter ihren geschickten Händen wunderschöne Muster aus den bunten Perlen entstanden. Sie hätte es auch gern einmal probiert. Gebrochener-Zweig sah ihr Interesse und gab ihr ein kleines Stück Leder und zeigte ihr, wie man es mit Perlen verzierte. Jenny war begeistert. Das hier war fast wie das Sticken bei Tante Kate und sie bekam rote Backen, als sie sich auf ihre Arbeit konzentrierte. Manchmal schielte sie auf die fremde Frau, bei der sie nun leben würde, aber stets lächelte diese freundlich zurück. Auf ihrem Kinn liefen drei feine blaue Linien, die sich wie fließendes Wasser bewegten, wenn sie sprach. Jenny fand es ein wenig seltsam, aber hier war ohnehin alles ganz anders.

Tschetan-withko hatte noch das Gespräch mit Bärenkralle gesucht, doch nun verließ er das große Ratszelt und ging mit eiligen Schritten

zu seinem Zelt. Endlich würde er seine Frau wiedersehen! Er riss die Eingangsklappe auf und bückte sich in sein Zelt. Er fühlte sich wie ein kleiner Junge, als er vor seiner Frau auf die Knie fiel. Schluchzend vor Freude drückte Wah-bo-sehns sich an ihn. „Mihigna! Mein Herz ist so froh! Ich hatte solche Angst um dich! Am liebsten wäre ich in das Ratszelt gestürmt, um dich zu umarmen!" Ihre sanften Augen schauten ihn voller Liebe an. Sie wollte keinen Mann mehr verlieren. Sie liebte diesen großen, ruhigen Mann und würde seinen Tod nicht überwinden. Das wusste sie jetzt.
Er drückte sie fest an sich, sein leises Lachen war Balsam für ihre Seele. Graueulenmädchen jauchzte, als sie ihren Vater sah und zwängte sich zwischen ihre Eltern. Tschetan-withko nahm sie lachend hoch und kitzelte sie. Dann sah er in die ruhigen Augen seines Sohnes, der ihn aufmerksam musterte. Ein Lächeln huschte über das Gesicht des Babys und Tschetan-withkos Herz wurde weich. Er nahm das Baby behutsam hoch, bewunderte stolz, wie schnell es wuchs. Wie oft hatte er sich auf der Flucht vor den Pawnee diesen Augenblick gewünscht, an dem er endlich seine Kinder wiedersehen würde.
Seine Frau stellte ihm eine riesige Schüssel mit einem Eintopf aus Fleisch und Rüben hin und sah zu, wie er heißhungrig aß. Dann zündete er seine Pfeife an und nahm einen tiefen Zug. Seine Gedanken wanderten zu Wakan-tanka und er schickte ein stilles Gebet zum Himmel, dankte den Geistern, dass er wieder bei seiner Frau war. Dann dachte er an Rote-Erde und er fragte sich, warum die Geister sein Leben verschont und ein so junges Leben gefordert hatten. Von draußen waren die schrillen Klageschreie zu hören und er schloss traurig die Augen.

Der ganze Stamm trauerte um Rote-Erde. Der junge Krieger war ehrenvoll auf dem Schlachtfeld gestorben und es war gut, unbestattet im feindlichen Gebiet zu bleiben. Sie würden den Skalp eines Feindes als Zeichen für die Seele von Rote-Erde holen. Doch der Tod eines so jungen Mannes war für die Sippe eine Tragödie.
Grauer-Wolf veranstaltete eine große Trauerfeier für seinen Sohn. Ein riesiges Festmahl wurde bereitet und dazu junge Hunde geschlachtet. Die Freunde und Verwandten gingen zu dem Zelt, unter ihnen auch Tschetan-withko. Die Männer trieben sich Holzsplitter durch die Haut der Arme und Beine und die Frauen schnitten sich mit einem Messer tiefe Verletzungen in ihr Fleisch. Grauer-Wolf nahm ein Messer und fügte sich eine weitere tiefe Wunde zu, dann

gab er das Messer weiter, damit auch die anderen ihre Trauer zeigten. Das Essen wurde verteilt und Grauer-Wolf verschenkte alle Pferde seines Sohnes. Am Ende der Zeremonie nahm er sein eigenes Lieblingspferd und führte es unter einen hohen Baum. Er streichelte es sanft und tötete es zu Ehren seines Sohnes, damit dieser im Jenseits nicht zu Fuß gehen musste. Seine Freunde kamen, banden rote Stoffstreifen in die Zweige des Baumes und hingen Tabakbündel dazu. Das würde die Geister gnädig stimmen. Vier Tage trauerten sie um Rote-Erde und gingen klagend um das Dorf. Seine Eltern hatten sich die Haare abgeschnitten und das Gesicht schwarz gefärbt, ebenso seine Schwester Gras-im-Wind und seine Freunde. Elchkalb trauerte um seinen Cousin und fand keine Worte das Geschehene zu begreifen. Er sah das Leid seiner Cousine und selbst die Aussicht auf Rache brachte keinen Trost.

Viele Freunde kamen vorbei und brachten kleine Geschenke, um die Familie des Getöteten zu trösten. Aber Grauer-Wolf wollte keinen Trost. Er wollte Rache! Im Frühjahr würde er aufbrechen und gegen seine Feinde ziehen.

Auch Tschetan-withko plagten diese Gefühle. Jedes Mal, wenn er in die Augen seines Sohnes blickte, wusste er, dass jemand anderer seinen Sohn verloren hatte und er konnte sich vorstellen, wie sehr Grauer-Wolf leiden musste. Trotzdem genoss er die Zeit des Friedens. Es erfüllte ihn mit Zufriedenheit, wenn seine Frau die Kinder stillte und er liebte es, ihr zuzusehen, wenn sie kochte oder nähte.

Er verließ das Lager nur für kurze Ausflüge und freute sich, ins warme Zelt zurückzukommen. Manchmal fing er Schneehühner und Fische oder sammelte Holz für seine Pfeile. Er schnitt den Stamm einer biegsamen Esche, weil er sich einen neuen Bogen machen wollte. So blieb er viel im Tipi und bastelte mit geschickten Händen an seiner Ausrüstung. Niemand lachte ihn deswegen aus. Für diesen Winter hatte er genug erlebt und im Frühjahr wartete der Rachefeldzug.

Manchmal ging er mit Grauadler fischen, weil es ihn jetzt doch interessierte, wie es dem weißen Kind ging. Tief in seinem Herzen fühlte er, dass ihn etwas mit diesem Mädchen verband.

Che-ni-win war ein Zeichen! Aber was sollte dieses Kind ihnen sagen? Sie lernte schnell die Sprache der Lakota und fügte sich gut in die Familie ein. Sonst erzählte Grauadler nicht viel. „Sie ist doch nur ein Mädchen und noch nicht lange bei uns."

Er würde sehen.

Miles O'Brian

Miles O'Brian starrte entgeistert auf die Soldaten und schluckte schwer. Sein kleines Mädchen war von Indianern entführt worden! Mit seinen Fäusten drosch er wutentbrannt auf den Sergeant ein und drei Männer hielten ihn nur mit Mühe fest. „Beruhige dich doch!", schrien sie auf den verzweifelten Mann ein.

„Beruhigen?!" Miles Kopf war unnatürlich rot. Er lebte lange genug im Grenzland, um zu wissen, was das für das Kind bedeutete. „Wisst ihr, wie grausam die Pawnee sind? Früher haben sie junge Mädchen geopfert!"

Seine Stimme schnappte über vor Zorn. Seine Jenny! Gefangen von Indianern! Er sah sie als Sklavin in irgendeinem Zelt, wie sie geschlagen und misshandelt wurde. All diese Bilder liefen in Sekunden in ihm ab, während er sich immer noch gegen die Umklammerung wehrte. „Lasst mich endlich los!"

Der Kommandant des Forts, im Moment Colonel John Eugene Smith, der sich dieses Amt abwechselnd mit Captain Giudo Ilges von der 14. Infanterie teilte, stellte sich zwischen ihn und den erschöpften Sergeant. „Nur, wenn du vernünftig wirst. Miles! Die Pawnee sind unsere Verbündeten! Komm wieder zu dir! Wir müssen uns überlegen, was wir jetzt tun", versuchte er den aufgebrachten Vater zur Vernunft zu bringen.

„Ich bin okay! Lasst mich los!", schnappte Miles verärgert. Er machte sich unendliche Vorwürfe, das Kind nicht selbst geholt zu haben und bereute es bitter, sie überhaupt in diese Wildnis gebracht zu haben. Er hätte doch eine Mädchenschule suchen sollen, wo sie sicher aufgehoben gewesen wäre und gelernt hätte, Taschentücher zu besticken. Sein Zorn verrauchte und zögernd ließen ihn die Soldaten los.

„Wir haben nichts tun können, Miles", entschuldigte sich der Sergeant. „Es waren dreißig Pawnee! Hätten wir geschossen, wären wir alle getötet worden, auch deine Jenny. So lebt sie vielleicht noch!"

„Vielleicht!", brüllte Miles und die Soldaten wichen drei Schritte zurück.

Beruhigend hob der Kommandant die Hand. „Lass ihn doch erst einmal erzählen."

Die Anwesenheit seines Vorgesetzten und Arbeitgebers dämpfte seinen Zorn und Miles stemmte die Fäuste in die Hüften, damit er nicht doch mit ihnen auf die Soldaten einschlug.

„Die Pferde von Jennys Wagen gingen durch. Wir folgten ihr natürlich, obwohl wir dabei ein hohes Risiko eingegangen sind. Er war ausgeplündert und das Kind war weg. Jenny war in eine Schlucht gerannt. Hier! Wir haben ihren Schal gefunden!"
Verzweifelt drückte Miles den Schal an sich, eine eiserne Klammer schloss sich um sein Herz. „Und dann?"
Ein tiefes Seufzen kam aus der Brust des älteren Mannes. „Sie ist drei anderen Indianern in die Hände gelaufen."
„Anderen Indianern?"
„Ja, die Spuren kamen aus einer anderen Richtung. Sie haben Jenny mitgenommen, denn wir fanden nirgends ihre Leiche."
„Ihre Leiche!" Miles Stimme brach ab. „Oh Gott!"
„Miles! Sie lebte noch, als die Indianer sie gefunden haben. Ich hielt es für besser, ins Fort zurückzukehren, um Verstärkung zu holen."
„Warum bist du den Schweinen nicht sofort hinterher?"
„Miles! Indianer töten ihre Gefangenen, wenn sie zu sehr bedrängt werden!"
Mühsam schluckte Miles eine bissige Bemerkung hinunter, denn tatsächlich hatte der erfahrene Sergeant verantwortungsbewusst gehandelt. Er wollte das Kind nicht in Gefahr bringen! Miles Schultern sackten hilflos nach unten und Tränen traten in seine Augen. „Und jetzt?"
„Ich wollte dir die Spuren zeigen. Vielleicht kommst du mit und schaust dir alles an?"
Unentschlossen wackelte Miles mit dem Kopf. Vielleicht hatten die Soldaten etwas übersehen? Prüfend sah er aus dem Fenster und biss die Zähne zusammen. Es schneite! Bis er zu der Stelle des Überfalls kam, wären alle Spuren längst zugeweht. „In welche Richtung führten die Spuren?"
„Nach Osten! Vielleicht ist sie in einem der Pawneedörfer?", hoffte der Sergeant.
Miles dachte darüber nach. Es war am wahrscheinlichsten. Dann blickte er dem Sergeant in die Augen. „Es tut mir leid!"
Er meinte es ehrlich und der Sergeant schnaufte erleichtert durch. „Schon gut! Wir werden sie schon finden!"
„Das will ich hoffen!"
„Was willst du jetzt tun?"
Miles kaute nervös an einem Fingernagel, dann stellte er sich ans Fenster. Fort Laramie! Er hatte diese Arbeit nur angenommen, weil er Jenny ein festes Zuhause bieten wollte. Fort Laramie war der letzte

Außenposten der Zivilisation, kein Fort im eigentlichen Sinn, sondern eher eine Stadt. Es lag in der Mündung des Laramie-Flusses in den nördlichen Arm des Platte und hatte den alten Pelzhandelsposten, der dort ursprünglich errichtet worden war, ersetzt. Die Gebäude waren um den großen Paradeplatz errichtet worden und Miles wohnte vorübergehend in einem der neu gebauten Gebäude, die extra für die Offiziere und ihre Familien gebaut geworden waren. Er arbeitete als Scout für die Soldaten, kannte das Land hier noch aus der Zeit, als er als Fallensteller durch die Wildnis gezogen war. Er sprach Cheyenne, hatte vor langer Zeit einmal eine Cheyennefrau gehabt, lange ehe er die Mutter von Jenny geheiratet hatte. Er arbeitete manchmal als Dolmetscher, ansonsten passte er sich nur ungern dem strengen Reglement der Armee an. Ohne den Tod seiner Schwester wäre er vermutlich weiter als Jäger durch die Wildnis gezogen. Die Arbeit im Fort war der größtmögliche Kompromiss, den er für sein Kind eingegangen war. Hier gab es sogar eine Schule für die Kinder der Offiziere und der Angestellten!
Miles seufzte tief und überdachte seine nächsten Schritte. Sein Wetter gegerbtes Gesicht zeigte deutliche Spuren seines Abenteuerlebens und ließ ihn älter aussehen als er tatsächlich war. Nur die blitzenden eisblauen Augen verrieten, dass er ein Mann in seinen besten Jahren war. Entschlossen wandte er sich an den Kommandanten: „Ich will nach meinem Kind suchen!"
„Miles! Es ist Winter! Warum wartest du nicht bis zum Frühjahr?"
„Ich lasse sie nicht solange in den Klauen dieser Wilden!"
Der grauhaarige Mann senkte betreten den Kopf. „Sie könnte überall sein! Warum wartest du nicht eine Weile? Wenn sie bei den Pawnee ist, werden sie das Kind vermutlich gegen Lösegeld freigeben."
„Und wenn nicht? Nein! Ich suche sie! Ich kann hier nicht einfach untätig herumsitzen."
„Und wenn sie inzwischen hierher gebracht wird?"
„Kann sie dann bei Ihnen wohnen?"
„Aber sicher! Ich werde auch alle anderen Forts verständigen, damit sie Bescheid wissen." Der Kommandant verstand den Mann. Als Vater musste dieser einfach handeln, musste das Gefühl haben, irgendetwas für seine Tochter zu tun.
„Miles! Sie sind Zivilangestellter, also kann ich sie nicht hindern. Aber ich würde mich freuen, wenn sie im Frühjahr wieder für mich arbeiten."
„Ich überleg's mir!", murmelte Miles dankbar.

„Viel Glück!“ Der Kommandant drückte ihm die Hand. Er ließ seinen Scout ungern ziehen, aber es hätte ihn sowieso niemand aufhalten können. Miles war für sein Temperament bekannt und niemand hielt ihn auf, wenn er nicht wollte.
Der Sergeant blickte betroffen auf den Trapper. „Miles, wenn ich irgendetwas …!“
Miles machte eine ungeduldige Handbewegung: „Lass! Du hast das Richtige getan. Ich hätte sie überhaupt nicht hierher bringen dürfen.“
„Miles! Das konnte doch niemand ahnen!“
„Hier ist die Wildnis! Kinder haben hier nichts verloren“, meinte Miles voller Bitterkeit.
Der Sergeant biss sich betroffen auf die Lippen, hätte lieber in tausend Schlachten gekämpft, als nun diesen Vater so verzweifelt zu sehen. „Viel Glück bei deiner Suche!“, wünschte er ihm betreten.

Miles hielt sich nicht lange auf. Indianer konnten innerhalb kurzer Zeit weite Strecken zurücklegen und die Soldaten hatten bereits zu viel Zeit verschenkt, als sie erst ins Fort zurückgekehrt waren. Mit geübten Handgriffen, die den erfahrenen Jäger und Trapper auszeichneten, packte er seine Bündel. Er lud seinen langen Vorderlader, den er für die Jagd verwenden wollte, einen Sharps-Karabiner zur Verteidigung und seinen Navy Colt. Mehrmals überprüfte er, ob seine Waffen trocken verstaut waren, gut geölt und ob nichts klemmte. Dann belud er ein Maultier mit Tauschgut für die Indianer, packte seine restlichen Habseligkeiten und machte sich auf den Weg, sein Kind zu suchen. Wortlos zog er aus dem Fort, wild entschlossen seine Tochter zu finden. Einige Freunde versuchten ihn aufzuhalten, ihn zu überreden wenigstens bis zum Frühling zu warten, doch ein Blick in seine wütenden eisblauen Augen genügte, sie zurückweichen zu lassen. Nur ein Lebensmüder legte sich mit dem großen, starken, rothaarigen Iren an. Er würde die Indianer, die seine Tochter entführt hatten, mit bloßen Händen in Stücke reißen.

In Gedanken versunken ritt Miles O'Brian durch die verschneite Landschaft und Erinnerungen an damals wurden wach. Jenny! Er hatte sie regelmäßig besucht und ihr kleine Geschenke mitgebracht. Aber er blieb nie lange genug, um wirklich eine Beziehung zu seinem Kind aufzubauen. Sie lebte in ihrer Welt, spielte mit ihren Freundinnen und ging zur Schule. Es gab ihm einen Stich, als er an ihre Mutter dachte. Seine kleine, blonde Kathrin, die er übermütig durch die Luft gewirbelt und die er geliebt hatte. Sie war bald schwanger geworden und mit dem Kind hatte sie ihn nicht in die Wildnis begleiten können. Sie war glücklich gewesen, wenn er zu ihr heimgekehrt war und er wusste nichts von ihrer Traurigkeit, wenn er sie wieder verließ. Er war nicht da, als sie an einer Lungenentzündung starb und es hatte ihn wie ein Schock getroffen. Für ihn war sie ein Ort gewesen, zu dem er immer zurückkehren konnte. Seine kleine Tochter hatte er damals zu seiner Schwester gegeben. Er war ständig unterwegs und konnte schließlich kein kleines Kind mitschleppen. Warum hatte er sie nicht einfach in St. Louis gelassen?

Miles folgte dem Lauf des Niobrara-Flusses nach Osten und wandte sich dann nach Süden. Die Landschaft wurde öde. Abgesehen von dem Dickicht an den Ufern der Bäche und Flüsse lag offene Prärie vor ihm. Endlose Wellen aus Eis und Schnee. Er kam bis ins Tal des Platte-Flusses und hielt sich an den Weg, der von tausenden von Planwagen in den weichen Boden gedrückt worden war. Im Schutz der kahlen Laubbäume schlug er abends sein Lager auf, zündete bedenkenlos ein wärmendes Feuer an, denn außer ihm war weit und breit niemand zu sehen. Die Siedlerströme würden erst im späten Frühjahr einsetzen, selbst die Postkutsche oder die Versorgungswagen kamen nur selten hier vorbei. Dann zog er ein Stück nördlich, bis er den Wolfsfluss erreichte. In den fruchtbaren Tälern hatten die Pawnee ihre Dörfer, aber auch die Siedler hatten bereits ein Auge auf das wertvolle Land geworfen. Miles wusste von den Plänen der Regierung, die Pawnee, aber auch die Ponca aus ihren Dörfern umzusiedeln und das Land für die Weißen freizugeben.
Ohne Schwierigkeiten ritt er in die indianischen Dörfer, viele mit einem Schutzwall aus Grassoden gegen die Lakota versehen. Die Pawnee waren mit den Weißen verbündet, trotzdem kam es immer wieder zu Übergriffen von weißen Siedlern, die keinen Unterschied zwischen den einzelnen Stämmen machten.
Miles hatte keine Angst, er übernachtete oft in den Dörfern und anfangs überraschte ihn die Größe dieser Erdhütten. Wenn man sich durch den engen Eingangstunnel gezwängt hatte, trat man in einen großzügigen Wohnraum, in dessen Mitte sich die Feuerstelle befand. Darüber war eine Öffnung in der Decke, die als Rauchabzug diente. Solange der Eingang frei blieb, konnte die Luft gut zirkulieren, al-

lerdings wurde jetzt im Winter der Eingang meistens mit einem Fell verhängt und in den Behausungen wurde es stickig und warm. Er tauschte seine Waren gegen Biberfelle, Büffeldecken und schön gearbeitete Kleidung und fragte in allen Dörfern nach einem weißen Kind mit rotem Haar. Aber seine Jenny blieb spurlos verschwunden. Die Indianer hatten nicht viel zum Tauschen, zumindest nichts, was er im Moment brauchte. Statt wertvoller Pelze, die ihn nur behindert hätten, tauschte er warme Kleidung.
Er sah inzwischen wie ein Indianer aus: Auf dem Kopf trug er eine warme Mütze aus Waschbärenfell, außerdem besaß er ein wunderschön besticktes, warmes Hemd und hatte ein bemaltes Bisonfell um sich gewickelt. Das war wesentlich wärmer als die Jacke und der Hut, die er anfangs getragen hatte. Jetzt im Februar war der Schnee unerträglich. Entweder kämpfte er sich durch Stürme oder er wurde von dem gleißenden Weiß so geblendet, dass er nichts mehr sah. Nicht umsonst hieß der Februar, manchmal auch der März, bei mehreren Stämmen „Monat der schmerzenden Augen". Zum Schutz band er sich ein Lederband um die Augen und schnitt schmale Schlitze hinein, durch die er kaum etwas sah, aber wenigstens blendete es nicht mehr so stark. Seine Tauschwaren wurden spärlich und er überlegte, ob er nicht umkehren sollte, um sich erneut mit Waren einzudecken. Er war nicht arm, doch den Großteil seines Vermögens hatte er im Fort Laramie gelassen, weil es ihm sicherer erschienen war. Irgendwann wollte er für seine Jenny und sich eine Farm kaufen. Jenny! Seine Lippen wurden zwei schmale Striche, als er an seine Tochter dachte.

Mit seinen Packpferden zog er den Nördlichen Platte-Fluss stromaufwärts und klapperte dort alle Dörfer ab, die er fand, doch Jenny war wie vom Erdboden verschluckt. Sie war vielleicht tot, aber sie war sicherlich nicht bei den Pawnee. Immer wieder fragte er nach einem weißen Kind mit rotem Haar, musterte abschätzend die mit Fett eingeriebenen Krieger und überlegte im Stillen, ob seine Tochter wohl die Sklavin eines dieser wilden Gestalten war. Seine Fantasie ging mit ihm durch, je länger er unterwegs war. Seine hübsche, saubere, unschuldige Jenny in diesen Erdbehausungen zu wissen, raubte ihm den Verstand.

In einem abgelegenen Dorf wurde er schließlich überraschend in den Erdbau eines jungen, grimmig aussehenden Kriegers gebeten. Ihm schlug das Herz höher, denn offensichtlich hatte der Indianer etwas zu berichten. Er wartete höflich, bis ihm sein Gastgeber eine Pfeife angeboten hatte und übergab einige Geschenke. Der Krieger zögerte lange, ehe er in schlechtem Englisch zugab, mit an dem Beutezug gegen die Weißen beteiligt gewesen zu sein. Miles O'Brians Augen wurden schmal. Er würde diesen Pawnee zerhacken, wenn er seiner Jenny etwas getan hatte!

Der Pawnee suchte nach den richtigen Worten, wollte die Situation offensichtlich herunterspielen: „Wir wollten mit den Weißen tauschen, die Pferde eines Wagens gingen durch und er gehörte uns. Ein Kind lief weg. Ein Mädchen mit Haaren wie die untergehende Sonne. Das ist alles."

O'Brian platzte fast vor Wut. „Das war alles?"

„Ja!"

„Du hast das Kind nicht getötet?"

Der Pawnee hob abwehrend die Hand. „Nein, nein, es lief weg. Ich folgte ihm nicht."

„Woher, soll ich wissen, dass du nicht lügst?"

„Ich lüge nicht! Ich dachte, dass die Soldaten es finden würden."

Indianer logen nicht, das wusste O'Brian. Indianer prahlten und übertrieben, aber sie logen nicht. Wozu auch? Wenn dieser Krieger etwas verheimlichen wollte, hätte er einfach nicht mit ihm geredet. Trotzdem bohrte er weiter: „Die Soldaten fanden Spuren von Indianern, die meine Tochter mitgenommen haben."

Der Indianer zögerte überrascht und überlegte. Niemand hatte das weiße Kind mitgenommen. Es bedeutete nur unnötigen Ärger, wenn es in einem Dorf gefunden wurde! Dann fielen ihm die Lakota ein. Der Pawnee seufzte, denn sie waren anscheinend ihren Feinden näher gewesen, als sie gedacht hatten.

„Wir verfolgten damals Lakota, die unsere Pferde stehlen wollten. Wir verloren ihre Spuren und stießen dann auf die Soldaten. Vielleicht haben die Lakota deine Tochter mitgenommen?"

Miles Herz wurde schwer. Oh Gott, wenn sie bei den Lakota war, würde er sie niemals finden! Die Sioux waren kriegerisch und hatten unzählige Dörfer. Außerdem würden sie ein Kind gut verstecken, wenn Weiße in ihr Dorf kamen. Blinzelnd schaute er auf den Pawnee und versuchte, seine Verzweiflung zu verbergen. Die Enttäuschung wallte spürbar in ihm hoch und er schluckte schwer. Trotzdem gab er

dem Pawnee eine Pfanne und etwas Munition für sein Gewehr. An dem kurzen Blitzen in seinen Augen erkannte er, dass die Information gut bezahlt war. Das war wichtig, denn wenn irgendeiner dieser Indianer etwas über seine Jenny erfuhr, würden sie versuchen, ihn zu finden, weil sie sich mehr Geschenke erhoffen konnten.
Enttäuscht macht er sich auf den Rückweg, bis er schließlich im Frühling Fort Laramie erreichte.

Die Soldaten waren nicht schlecht überrascht, als O'Brian lebend wieder auftauchte und jubelten ihm entgegen. „Hey, du Tausendsassa! Und, hast du deine Tochter gefunden?"
Miles schüttelte enttäuscht den Kopf. „Nein, wahrscheinlich ist sie bei den Sioux!"
Die Mienen der Soldaten verdunkelten sich. „Scheiße! Was machst du jetzt?"
Miles zuckte ratlos die Schultern und kniff die Augen zusammen, als er seine weiteren Schritte überdachte. Jenny konnte überall sein! Wo sollte er anfangen zu suchen?
Miles O'Brian blieb erst einmal im Fort Laramie. Er arbeitete wieder als Scout, zum einem, weil er das Herumsitzen satt hatte, zum anderen, weil immer wieder Sioux zum Fort kamen, um Eisenwaren einzutauschen. So hatte er die Möglichkeit, dieses Volk und ihre Sprache näher kennenzulernen. Außerdem konnte er die Indianer zumindest nach seiner Tochter fragen. Vielleicht fiel irgendeinem Soldaten oder Indianeragenten das rothaarige Kind auf! Dann würde er aufbrechen und seine Jenny dort suchen. Er hatte viel Zeit und irgendwann würde er sie finden, dessen war er sich sicher. Aber er war nicht lebensmüde. Erst musste er sich vernünftig vorbereiten, dann würde er sie bei den Sioux suchen! Außerdem war Jenny seine Tochter und sie würde jedem die Faust zeigen, der sie nicht gut behandelte. Und damit hatte er mehr recht, als er ahnte.

Wooyusinke

Hass! (Frühjahr / Sommer 1872)

Seltsamerweise gefiel es Che-ni-win bei ihrer neuen Familie. Sie verbrachte den ersten Winter mit ihnen und lernte schnell. Indianerkinder hatten viele Freiheiten und obwohl Mädchen schon früh in die Arbeiten einer Frau eingewiesen wurden, zwang man sie nicht. So genoss Jenny eine Freiheit, wie sie es noch nie erlebt hatte.
Bei ihrer Tante hatte das lebhafte Kind immer gesittet und wohlerzogen sein müssen, hatte unbequeme Kleider getragen und nicht rennen dürfen. Das schickte sich schließlich nicht für ein anständiges Mädchen.
Hier durfte sie herumtoben, wie sie wollte. Sie sammelte Holz, bis ihr die Muskeln von der ungewohnten Tätigkeit schmerzten und holte Wasser vom Fluss. Das waren die einzigen Pflichten, die sie von ihrer neuen Mutter auferlegt bekam, ansonsten rannte Jenny mit ihren neuen Freundinnen durch das Dorf. Sie spielte mit ihrer neuen Schwester Weidenzweig und lernte durch sie Gras-im-Wind und Morgenröte kennen. Anfangs waren die Kinder nur neugierig gewesen, das rote Haar und ihre weiße Haut zu sehen, doch bald mochten alle das lustige Mädchen.
Che-ni-win verstand bereits einzelne Lakotawörter und ihre neuen Freundinnen waren eifrig bemüht, ihr neue Wörter beizubringen. Die Mädchen kicherten, wenn sie die Worte falsch aussprach oder verwechselte, und dann konzentrierte sie sich wütend. Sie wollte bald genauso gut sprechen wie die anderen. Bei ihrer Tante war sie bei den anderen Kindern wegen ihrer scharfen Zunge gefürchtet gewesen und hier fehlte ihr nun ein wichtiges Mittel, um sich durchzusetzen.
Jenny liebte am meisten die Pferde. Ihr Adoptivvater lehrte sie das Reiten im Indianersattel und schon bald schaute er bewundernd seiner neuen Tochter nach, die unerschrocken über die Ebene raste. Er schüttelte den Kopf über das unbändige Kind. Sie war schlimmer als ein Junge. Doch abends saß sie brav neben Gebrochener-Zweig und lernte geduldig, wie man Mokassins nähte.
Ebenso gern ging sie mit Weidenzweig zu Stern-im-Auge und bestaunte das kleine Baby. Stern-im-Auge war nur wenig älter als Weidenzweig und Jenny wunderte sich, dass ein so junges Mädchen schon ein Baby hatte. Sie wollte auch mal so ein Baby haben, dach-

te sie sehnsüchtig. Manchmal durfte sie es halten und sie schaute glücklich in die lustigen Augen des kleinen Jungen.
Nachts wurde sie oft von Alpträumen geweckt. Immer wieder sah sie die bemalte Fratze des Pawnee vor sich und rannte im Traum stundenlang vor ihm weg, ohne vorwärtszukommen. Schweißgebadet fuhr sie dann hoch und schrie voller Panik. Gebrochener-Zweig nahm sie jedes Mal tröstend in ihre Arme und versuchte sie zu beruhigen. Das Kind verstand ihre Sprache noch nicht richtig und so sang sie ihm die Kinderlieder der Lakota vor. Sie legte schützend die Arme um das zitternde Kind und wiegte es wie ein Baby.
Jenny konnte sich vage an ihre Mutter erinnern, die auch immer gesungen hatte und kuschelte sich dann an ihre neue Mutter. Ihre Tante Kate hatte sie nie in den Arm genommen, selbst als ganz kleines Mädchen nicht. Jetzt fühlte sie sich geborgen und sicher und wollte nie wieder weg.

Eines Morgens wurde Che-ni-win von Grauadler aus dem Zelt gewunken. Lächelnd drückte er ihr die Zügel eines kleinen Ponys in die Hand und brummte: „Schunka-wakan nitawa!"
Verständnislos blickte Che-ni-win auf die bunt gescheckte Stute. Noch wusste sie nicht, dass die Lakota ihr letztes Hemd geben würden, um einem anderen zu helfen oder eine Freude zu bereiten. Geiz galt als schändlich, nur der Großzügige wurde bewundert.
Che-ni-win verstand immer noch nicht, was er meinte. Sie hatte nur „Schunka-wakan", Pferd, verstanden, aber nicht das Wort „nitawa", –dein.
Er wiederholte das Wort und drückte die Zügel gegen ihre Brust. Ungläubig starrte Jenny ihn an. Es sollte ihr gehören! Es war ihr eigenes Pony! Ein richtiges, eigenes Pony! Die Sonne ging in dem Gesicht des Kindes auf und Grauadler lachte zufrieden. Er machte gern Geschenke und ihre Freude war Dank genug.
Che-ni-win gab ihrem Pony einen richtigen Indianernamen: „Tashunka-win", Pferdemädchen, aber meist rief sie es nur kurz „Winny". Weidenzweig hatte schon ein Pony, daher lächelte sie großzügig, als sie die Begeisterung ihrer neuen Schwester sah. Beide Mädchen hatten sich immer eine Schwester gewünscht und nun genossen sie ihr Beisammensein. Sie ritten gerne gemeinsam aus und Weidenzweig lehrte ihrer neuen Schwester geduldig die Lakotasprache.

Bei ihr wurde Che-ni-win nicht wütend, stattdessen versuchte sie sich an den schwierigen Sätzen, die ihre Schwester sie nachsprechen ließ. Einzelne Wörter zu lernen war etwas anderes als der komplizierte Satzbau der neuen Sprache. „Hiyanka!" Sie bat ihre Schwester aufzuhören. Ihr rauchte schon der Kopf und sie konnte sich kein einziges Wort mehr merken. Außerdem verwirrte es sie, dass Männer und Frauen unterschiedliche Wörter für Bruder und Schwester oder Tante und Onkel benutzten. Warum durfte sie nicht einfach den Namen der entsprechenden Person sagen? Immer wieder wurde sie belächelt, wenn sie Ausdrücke in den Mund nahm, die Männern vorbehalten waren. Aber warum sagte ein Cousin „Hankaschi" zu ihr, sie dagegen musste ein fremdes Mädchen mit „Schepanschi" begrüßen? Frauen saßen auch anders. Sie hatte schnell gelernt, dass Mädchen links im Zelt vor dem Feuer saßen und es sich nicht schickte, die Beine zu kreuzen. So winkelte sie sittsam die Beine nach hinten ab und beobachte scharf, ob es noch andere Regeln gab. Abends fiel sie todmüde auf ihr Lager und Gebrochener-Zweig stellte befriedigt fest, dass ihre Alpträume seltener wurden.

Am Morgen lief Che-ni-win wie immer mit Weidenzweig und den anderen Mädchen zum Fluss, um sich zu waschen. Innerhalb kürzester Zeit hatte sie sich an diese Sitte gewöhnt und sich ein wenig gewundert, warum die Weißen immer von den „dreckigen Indianern" sprachen. Bei ihrer Tante hatte sie nur einmal in der Woche gebadet! Hier tat sie es täglich! Auch die Nacktheit störte sie nicht mehr, denn alle anderen Kinder machten es ebenso. Sie legten ihre Kleider an das Ufer und stiegen in das eiskalte Wasser, wobei sie oft erst einmal mit einem Beil ein Loch in die Eisdecke schlagen mussten. Sie rubbelten sich gegenseitig mit Sand ab und kicherten dabei.

Eines Tages entdeckte Che-ni-win zufällig einige Jungen, die sich einen Spaß daraus machten, ihnen aufzulauern. Otter, Blitz-im-Winter und Hitschikyata waren neugierig, die weiße Haut des Mädchens zu sehen. Es war respektlos und frech und die Erwachsenen hätten die Jungen vermutlich zum ersten Mal richtig bestraft, aber Che-ni-win regelte es auf ihre Weise. In ihr wallte eine bodenlose Wut hoch. Ohne zu überlegen stürzte sie nackt wie sie war auf die Jungen los. Sie hatte sich schon bei ihrer Tante gegen kleine, freche Jungs durchgesetzt,

die über ihre roten Haare spotteten. Diese Indianerbengel waren kein Problem für sie. Sie schnappte sich einen Prügel und drosch auf die verdatterten Jungen ein. Sie sah aus wie ein wütender Waldgeist, als sie mit wehendem roten Haar und ihrer weißen Haut gegen die Jungen zog. Die Jungen rannten um ihr Leben und versanken vor Scham fast im Boden. Sie wussten genau, dass es nicht richtig war, doch die Neugier hatte sie übermütig werden lassen. Den Mädchen nachzuspionieren war das eine, doch sich erwischen zu lassen war dumm. Die anderen Mädchen lachten schallend. Hokahey! Wie Che-ni-win mit einem Stock die Jungen in die Flucht schlug, war wirklich zu komisch!
Die sanftmütige Gras-im-Wind hielt sich die Hand vor den Mund. Nie hätte sie es gewagt, die Hand gegen einen Jungen zu heben! Sie würde noch lange darüber lachen und es würde ewig dauern, bis die Jungen ihre Ehre wieder hergestellt hatten.

Otter und Blitz-im-Winter trauten sich kaum in ihre Zelte, denn sie fürchteten eine gehörige Standpauke.
„Lasst uns einfach weglaufen!", schlug Otter verzweifelt vor.
„Wohin denn!", fauchte Blitz-im-Winter. „Meine Eltern sind sowieso schon böse! Ich möchte sie nicht noch mehr verärgern!"
„Du bist ja auch der Sohn des Häuptlings! Du bist der jüngste von uns! Bleibe halt hier, damit alle über dich lachen können!", wetterte Otter mit einem giftigen Blick.
„Hoh, wo willst du denn hin?"
Otter war um keine Antwort verlegen: „Vielleicht gehe ich zu den Palani oder Psa, die von meiner Schande nichts wissen!"
Hitschikyata unterbrach sie böse: „Ihr redet alle beide Unsinn! Ihr müsst nicht zu dem Medizinmann ins Zelt! Was soll ich nur machen?"
Hohch! Mitleid blitzte in den Augen der beiden Jungen auf. „Sei tapfer wie ein Mann!", tröstete ihn Otter. Jedenfalls würden sie in Zukunft um diesen Waldgeist einen großen Bogen machen. Che-ni-win hatte sich wahrlich Respekt verschafft.
Mutlos trollten sich die Jungen nach Hause, doch ihre Eltern sagten nichts, denn der Spott des ganzen Stammes war Strafe genug und ihre Verachtung traf sie schlimmer als eine Standpauke.

Nur Hitschikyata saß vor dem Heiligen Mann und schämte sich. Was er getan hatte, war für den Gehilfen eines Medizinmannes unerhört.

Er fürchtete sich, in die stechenden Augen seines Lehrmeisters zu sehen und streifte seine schweißnassen Hände nervös an seinen Leggins ab.
Bärenkralle ließ ihn schwitzen. Er steckte sich eine Pfeife an und lehnte sich gemütlich zurück. Er blickte schweigend eine Ewigkeit auf den Jungen und überlegte. Hitschikyata war noch ein Kind, doch es war unerhört, was die Jungen getan hatten. Sie hatten den Waschplatz der Frauen betreten, um ihre Neugier zu befriedigen. Das schickte sich einfach nicht. Die Frauen hatten ein Recht auf Abgeschiedenheit und das musste jeder Junge respektieren.
„Du weißt, was du getan hast?", fragte er leise.
Hitschikyata senkte die Augen. Ihm war schlecht vor Scham und seine Wangen brannten. Hätten ihn die Blackfeet doch nur getötet!
„Die Frauen haben es nicht verdient, dass man sich an sie heranschleicht!"
Frauen? Es waren doch nur die Mädchen! Vor allen Dingen jenes weiße Mädchen. Aber er hütete sich davor, seine Gedanken laut auszusprechen.
„Auch das weiße Mädchen genießt diesen Schutz. Sie ist die Tochter von Grauadler."
Hitschikyata zuckte zusammen. Konnte der Medizinmann vielleicht Gedanken lesen? Er schaute zum ersten Mal in diesem Gespräch auf und blickte prüfend in die stechenden Augen von Bärenkralle. Ja, er konnte ganz sicher Gedanken lesen!
Bärenkralle schaute auf den Jungen, der offensichtlich nichts zu seiner Entlastung beitragen konnte, und lachte still in sich hinein. Auch er hatte als Junge am Ufer gelegen und den Frauen zugesehen. Aber er hatte sich dabei nicht erwischen lassen!
Hitschikyata fühlte den plötzlichen Stimmungsumschwung, wusste aber nicht, woher er so schnell kam. Er war nur erleichtert, dass der Medizinmann nicht mehr böse auf ihn war, und beschloss, in Zukunft einen großen Bogen um den Waschplatz der Mädchen zu machen.

Endlich hielt der lang ersehnte Frühling Einzug in das Land und Jenny erlebte zum ersten Mal, wie das Lager abgebrochen wurde. Gemeinsam mit den anderen zog sie nach Süden zum White-Fluss und freute sich über die Abwechslung. Überall duftete es nach süßen

Zwiebeln und tief sogen die Menschen den Duft des Frühlings ein. Jenny ritt neben ihrer neuen Mutter. Ihre Fransen flatterten im Wind und in ihrem Gürtel am Rücken steckte eine schön bestickte Messerscheide. Sie hatte den ganzen Winter dafür gebraucht, das geometrische Muster aus winzigen Perlen zu sticken.
Während die Frauen die ersten Beeren und Knollen fanden, jagten die Krieger Rotwild und Vögel. Sie sammelten Eier, fingen Präriehühner, Enten und Gänse. Der Tisch der Natur war gut gedeckt und sie nutzten das Angebot reichlich. Bei ihrer Wanderung stießen sie bald auf andere Sippen und schlossen sich voller Freude mit ihnen zusammen. Familien fanden zusammen, feierten ihr Wiedersehen, Krieger gingen gemeinsam zur Jagd und Kinder tobten durch die Dörfer.
Natürlich schauten besonders die neu angekommenen Kinder neugierig auf Che-ni-win. Viele hatten noch nie ein weißes Kind gesehen und wunderten sich nun über ihr fremdes Aussehen oder bewunderten ihren Mut.
Jenny hatte keine Angst vor den vielen neuen Kindern und schaute ihnen trotzig in die Augen. Sollten sie nur über ihre roten Haare spotten, dann würde sie es ihnen aber zeigen! Doch keiner spottete über ihr Haar, stattdessen bewunderten sie es. Haare wie die Morgensonne! Außerdem hielten sie das Mädchen, das einfach mitten unter ihnen stand und sie anblickte, für tapfer. Indianerkinder waren scheu. Sie wuchsen in der Obhut ihrer Familie auf und wurden nicht dazu angehalten, mit neuen Situationen umzugehen. Außerdem wurde direkter Blickkontakt unter fremden Menschen vermieden, was dazu führte, dass Indianer ihr „Schafsgesicht" aufsetzten, wenn sie in eine ungewohnte Situation kamen. Jenny kannte diese Tabus nicht, sondern sie hatte gelernt, sich in der Schule bei anderen Kindern durchzusetzen. Sie hatte ein Spiel daraus gemacht, den frechen Jungen drohend in die Augen zu starren, bis diese den Blick senkten. Diese Fähigkeit ließ sie nun bei den Indianerkindern als ungeheuer mutig erscheinen.

Elchkalb schaute manchmal beiläufig bei ihr vorbei und vergewisserte sich ihrer Fortschritte. Er hatte von dem Vorfall am Fluss gehört, als die Jungen den Mädchen aufgelauert hatten, und auch von ihrer Reaktion. Che-ni-win hatte ihre Ehre verteidigt und würde einmal eine gute Ehefrau werden. Er nickte befriedigt. Mit seinem Bruder Krummes-Büffelhorn und dessen Freund Blitz-im-Winter ging er auf die Jagd. Je eher sein jüngerer Bruder lernte, auch größeres Wild zu jagen, desto eher konnte er helfen, seine Mutter und seine kleine Schwester zu versorgen. Dann wären sie nicht mehr ausschließlich auf ihn angewiesen. Irgendwann wollte er schließlich dieses rothaarige Mädchen heiraten! Er träumte mit offenen Augen von ihren roten Locken und blitzenden blauen Augen, achtete kaum auf das Wild, das er jagen wollte. Sein Bruder bemerkte seine mangelnde Konzentration und ärgerte ihn leicht: „Vielleicht jagen wir lieber etwas Kleines, Schlankes?"

„Was?" Irritiert horchte Elchkalb auf, buchstäblich aus seinen Gedanken gerissen.

„Ja!", provozierte Blitz-im-Winter. Er wusste genau, was sein Freund eigentlich meinte. „Etwas mit roten Haaren!"

„Hohch!", schimpfte Elchkalb ungehalten.

Aber auch andere Männer plagten ähnliche Frühlingsgefühle. Fisch hatte es satt, von seiner Frau behandelt zu werden wie ein lästiger Hund und in seinem eigenen Tipi kaum beachtet zu werden. Gut, Stern-im-Auge war seine Frau, aber das gab ihr nicht das Recht, respektlos zu sein. Er achtete ihre Intimsphäre, schon wegen seines Sohnes, aber manchmal wünschte er, dass er sie wenigstens in den Arm nehmen durfte. Er wollte eine Frau und kein Unk'schekila, kein Monster, in seinem Zelt. Er würde sie in ihre Schranken weisen! Sie wurde ihm zu aufmüpfig!

Er verbrachte den Abend bei seinen Freunden und kam erst spät in sein Tipi zurück. Seine Frau schlief bereits und wusste nichts von seinem Ärger oder seinen geheimen Sehnsüchten. Genüsslich zog er ihr die Decke weg, leise und vorsichtig, eigentlich wollte er sie nicht stören, und erfreute sich an ihrem Anblick. Schlaftrunken wachte sie auf und blitzte ihn wütend an. Stern-im-Auge war müde und wollte schlafen, aber sicherlich nicht bei ihm! Sanft streichelte Fisch ihre Haare, ignorierte ihren offensichtlichen Unwillen, dann legte er sich wie selbstverständlich neben sie. Schließlich war er ihr Ehemann!

Stern-im-Auge missverstand die Situation völlig. Eine irrsinnige Panik stieg in ihr hoch, die Angst, dass er sie anfasste und wieder ein

Kind in ihren Bauch steckte. Ihre Hand griff nach einer Pfanne in ihrer Reichweite und mit voller Wucht schlug sie auf ihn ein. „Iyaya-ye! Iyaya-ye!“ Hau ab!
Völlig überrumpelt hechtete Fisch von ihr weg, stolperte rückwärts über die Feuerstelle und verbrannte sich seine Fußsohlen. Stöhnend zog er sein Bein aus der Glut und flüchtete Hals über Kopf aus dem Zelt. Sein Fuß verfing sich dabei an der Lederklappe des Eingangs und wenig heroisch fiel er mit dem Gesicht voraus in den Matsch. Kalte Wut wallte in ihm hoch und er war kurz davor, seiner Frau mit dem Beil den Schädel zu spalten. Leider lagen alle seine Waffen im Zelt! Schlagartig wurde ihm klar, dass er so nackt im Schnee einen reichlich jämmerlichen Anblick bot. Betreten stand er vor dem Zelt, schützte sein Geschlecht mit den Händen und schaute sich vorsichtig um, ob jemand den Lärm gehört hatte. Selbstverständlich hatten die Menschen in den benachbarten Zelten den kurzen Kampf in Fischs Zelt gehört, doch sie hüteten sich, die Köpfe herauszustecken. Stattdessen pressten sie sich die Hände vor den Mund, damit Fisch nicht ihr Gelächter vernahm. Fisch stand verlegen vor seinem Zelt und trat von einem Bein auf das andere. Er war nackt und fror. Wenig rühmlich hockte er sich vor den Eingang und bat seine Frau um Verzeihung. „Ich tue dir nicht weh! Ich wollte dich nur anschauen.“
„Anschauen?“, zischte das Monster von drinnen.
„Ja! Du bist meine Frau! Und mein Platz ist an deiner Seite. Ich tue dir nicht weh.“
Seine Stimme klang ehrlich und Stern-im-Auge überlegte, ob es nicht besser war, ihn gnädig wieder aufzunehmen, anstatt ihn tatsächlich zu verärgern. „Ich hatte Angst!“, bat sie ihn um Verständnis.
„Ich weiß! Das brauchst du nicht.“
Er kletterte wieder in sein Zelt und funkelte sie plötzlich amüsiert an. Wie würden die anderen in ihren Zelten sitzen und lachen!
Stern-im-Auge setzte sich ihm gegenüber und prüfte, ob sie zu weit gegangen war. Schützend hatte sie ihre Decke um ihren nackten Körper gelegt und sah schön aus. Sie hatte sich die Haare nach Lakotaart geflochten und er bat sie schüchtern, die Haare zu öffnen. Er liebte es, wenn ihr die Haare über die Schultern flossen. Sie öffnete die Zöpfe und die Haare fielen über ihre nackten Schultern.
Immer noch sah er die Angst in ihren Augen und er beschloss, mit seinem Freund zu reden, wie er das Herz dieser Frau für sich gewinnen konnte. Fürsorglich deckte er sie zu und legte sich schlafen. Stern-im-Auge dagegen lag noch lange wach. Sie hatte Fisch ihren

Zorn spüren lassen und ihm damit ihre Rechte als Ehefrau gezeigt. Es war hauptsächlich Angst gewesen, die sie so reagieren hatte lassen. Die Geburt hatte ihr große Schmerzen bereitet, jetzt fürchtete sie sich vor einer erneuten Schwangerschaft. Sie wusste nichts von den Tabus der Lakota, wusste nicht, dass Fisch sie nicht anrühren würde, solange sie ihr Baby stillte. Vielleicht sollte sie mit einer anderen Frau sprechen? Seit der Geburt vertraute sie Uinohnah und so suchte sie am nächsten Tag das Gespräch mit der älteren Frau. Sie suchte verlegen nach Worten, verhaspelte sich einige Male, aber dann rückte sie mit der Wahrheit heraus: „Ich habe Angst vor einer weiteren Schwangerschaft! Fisch will mich in seinem Bett, aber ich will kein weiteres Kind! Kann ich das verhindern?"
Uinohnah blickte sie verblüfft an. Dieses Mädchen wusste aber auch überhaupt nichts. Sie musste wirklich noch sehr jung gewesen sein, als Fisch sie geraubt hatte, sodass sie die Riten, die sie zur Frau machten, noch nicht erfahren hatte, oder die Palani unterwiesen ihre Frauen schlecht! Uinohnah fragte sie vorsichtig: „Haben dir die Frauen deines Stammes nichts darüber erzählt?"
„Nicht viel! Nur, dass es meine Aufgabe ist, dem Mann Kinder zu gebären. Aber es tut so weh und ich habe Angst davor."
Uinohnah schaute sie mitfühlend an und erklärte: „Schepanschi! Die Geburt hat dir solche Schmerzen bereitet, weil es dein erstes Baby war und du eigentlich noch zu jung für eine Geburt warst. Beim nächsten Kind geht es viel schneller und leichter. Sonst hätte ja keine Frau mehrere Kinder." Sie lachte und erklärte weiter: „Du wirst die Schmerzen bald vergessen haben und wenn wieder ein Kind in dir heranwächst, wirst du dich darauf freuen."
Stern-im-Auge sah sie zweifelnd an. Doch Uinohnah hatte bereits zwei Kinder und musste es wissen.
„Du bist jetzt seine Ehefrau! Du entscheidest, was du möchtest oder nicht. Kein guter Mann würde dich zwingen, denn sonst kannst du dich von ihm trennen", erklärte Uinohnah außerdem.
„Ma, ich kann mich trennen?" Ungläubig starrte Stern-im-Auge auf ihre Freundin.
„Ja! Wenn Fisch dich nicht gut behandelt, kannst du gehen. Das Zelt gehört dann dir."
„Aber wohin sollte ich dann gehen?"
Uinohnah lachte schallend. „Meistens kommen die Männer reumütig zurück. Sie behandeln dann ihre Frauen nicht mehr schlecht. Ihr Ansehen würde darunter leiden!"

Stern-im-Auge schüttelte ungläubig den Kopf. Wieso war sie dann so schlecht von Fisch behandelt worden?

„Doch! Doch! Wir Lakota glauben, dass die Büffel immer kommen werden, solange die Frauen den scharlachroten Pfad des Lebens gehen und ihre Ehre unangetastet bleibt. Deshalb behandeln uns die Männer mit Respekt."

„Fisch hat mich nicht mit Respekt behandelt."

„Nein! Gefangene Frauen werden oft nicht gut behandelt. Aber jetzt bist du seine Ehefrau und er muss deine Wünsche achten. Er wird nicht zu dir kommen, wenn du nicht willst." Sie zwinkerte vertraulich und lachte leise. „Und dann kann auch kein Kind in deinem Bauch wachsen."

Stern-im-Auge nahm ihr Baby und dachte darüber nach. Sie hatte die kurze Zeremonie nicht verstanden, als Fisch sie zur Frau genommen hatte.

Aber auch Fisch suchte unauffällig die Gesellschaft von Tschetan-withko und begleitete ihn am Morgen zum Fluss. „Lass uns schwimmen gehen!", forderte er ihn auf.

Einige Enten mit grün-blauem Gefieder, das wie Türkise glänzte, glitten schnatternd in das Wasser. Erste Libellen flogen summend über die spiegelnde Wasseroberfläche. Die Füße der beiden Krieger versanken ein Stück in dem Morast des aufgeweichten Bodens und es gab ein leicht klatschendes Geräusch.

Tschetan-withko hatte den kleinen Streit selbstverständlich mitbekommen und gluckste innerlich. Er ahnte, dass sein Freund mit ihm darüber reden wollte. Warum sein junger Freund ausgerechnet ihn um Rat fragte, wenn es um Frauen ging, überraschte ihn, selbst wenn er der Kola, der Bruderfreund, war.

„Meine Frau hat Angst vor mir." Fisch blickte unsicher auf Tschetan-withko und sah ein belustigtes Aufblitzen in dessen Augen. Er seufzte resigniert. „Sie hat Angst vor mir, wenn ich sie anfasse. Sie ist doch meine Frau! Aber sie verhält sich wie ein Pferd, das man zu oft geschlagen hat."

Tschetan-withko sah ihn an. „Wahrscheinlich hat sie es noch nicht vergessen, wie du sie geraubt hast."

Fisch pfiff leise durch die Zähne. „Aber deine Frau hat vergessen, wie du sie geraubt hast?"

Tschetan-withko dachte an Wah-bo-sehns. Sie würde es nie verges-

sen. Sie hatte ihm vielleicht vergeben, aber vergessen würde sie es nie. Tschetan-withko wurde deutlich, wählte bewusst einfache Worte: „Nein, aber meine Frau hatte schon einmal einen Mann, sie hatte sogar schon ein Kind geboren. Du warst sehr unbeherrscht, als du sie gefangenen genommen hast." Er dachte bei diesen Worten an das junge Ding, das zitternd vor ihnen gekniet hatte.
Fisch schaute ihn trotzig an. Er wollte nicht darüber reden. „Das ist vorbei! Sie ist jetzt meine Frau. Ich hätte stattdessen auch ihren Skalp nehmen können."
Er setzte sich auf einen Felsen und warf wütend Steine ins Wasser. Dieses Gespräch führte zu nichts. Was hatte er sich überhaupt dabei gedacht? Wenn ihn die Frau ärgerte, dann konnte er sie immer noch wegschicken!
Tschetan-withko stellte sich neben ihn und meinte beiläufig: „Vielleicht solltest du um sie werben?"
„Sie ist doch schon meine Frau."
„Nein! Du behandelst sie wie deine Gefangene!"
Fisch sah ihn empört an, doch im Grunde musste er seinem Freund zustimmen. Welches Recht hatte er, von seiner Frau überhaupt etwas zu verlangen oder zu erwarten? Sie hatte ihm einen Sohn geboren. Ihrer beider Aufmerksamkeit galt allein dem Kind, nichts anderem!
„Lass uns schwimmen, Kola!"
Sie tauchten ins kalte Wasser und setzten sich anschließend auf die warmen Felsen. Sie genossen die Sonnenstrahlen und dösten ein wenig. Irgendwo keifte ein Vogel, als ein anderer sein Nest plündern wollte. Hektisches Geflatter verriet den Männern, wo er verzweifelt versuchte, sein Gelege zu verteidigen.
Fisch kaute auf einem Grashalm und dachte nach. „Wie sollte ich denn um sie werben?" Er hatte keine Ahnung, was einem Mädchen gefallen könnte.
„Wie hast du denn beim Sommertreffen um jenes andere Mädchen geworben?" Tschetan-withko wusste von Fischs vergeblichen Versuchen, ein Lakotamädchen zu heiraten.
„Nun, ich bot ihrem Vater zwei Pferde, doch er lehnte ab."
„Sonst nichts?"
„Sonst nichts!" Fisch fand zwei Pferde für ein Mädchen sowieso schon einen hohen Preis. Jetzt blickte er Tschetan-withko empört an. Wie viel war er denn bereit, für eine Frau zu bezahlen?
Tschetan-withko kicherte erheitert und Fisch schlug ihn empört in den Bauch. Was war denn in seinen Freund gefahren! Tschetan-with-

ko schnappte nach Luft und erklärte: „Vielleicht nahm der Vater die Pferde nicht, weil seine Tochter nicht wollte!"
So eine Frechheit! Fisch war ein großer Krieger und guter Jäger. Jedes Mädchen konnte froh sein, wenn er sie zur Frau nahm!
Tschetan-withko wurde ernst. „Jedes Mädchen will umworben sein. Sie will sehen, dass der Mann es ernst meint und wirklich an ihr interessiert ist."
„Wie kann ich denn um Stern-im-Auge werben? Sie wohnt doch schon in meinem Zelt." Fisch seufzte resigniert.
Tschetan-withko überlegte. Das war wirklich schwierig und eigentlich lag das Problem ganz woanders.
„Du könntest ihr kleine Geschenke machen. Vielleicht eine Kette oder Federn für ihr Haar."
Das war alles nicht wirklich hilfreich. Er überwand seine Hemmung und meinte: „Im Moment solltest du deine Leidenschaft zügeln, denn es könnte deinem Sohn schaden. Warte, bis er größer ist. Dann hat sie die Schmerzen der Geburt vergessen. Aber dann musst du sehr sanft zu ihr sein. Das Herz einer Frau ist wie eine Kaktusfeige. Nur wenn du sehr vorsichtig und behutsam bist, wird es sich öffnen! Versuche, auch ihr Vergnügen zu bereiten!"
Fisch schaute ihn wie ein kleiner Hund seinen Herrn mit großen Augen an. Wie sollte das gehen?
„Beobachte sie! Du weißt alles über deine Feinde, aber nichts von unseren Frauen. Also lerne, auch sie zu beobachten."

Leise lachend gingen sie zurück ins Dorf, verdrängten, dass ihnen bald der Rachefeldzug gegen die Pawnee bevorstand. Tschetan-withko spielte mit seiner kleinen Tochter und bewunderte, wie sein Sohn wuchs und gedieh. Manchmal nahm er das kleine Mädchen zu sich auf das Pferd, wenn er ausritt, und Wah-bo-sehns war jedes Mal dankbar. Dann konnte sie endlich in Ruhe ihre Arbeiten erledigen. Tschetan-withko lächelte jedes Mal anzüglich, wenn er zurückkam und das Kind hungrig die Brüste seiner Mutter forderte.
Wah-bo-sehns hatte begonnen Graueulenmädchen zu entwöhnen, doch das Kind war eifersüchtig auf seinen Bruder und forderte sein Recht.
Tschetan-withko wunderte sich darüber. „Warum stillst du sie nicht, Mitawitschu? Sie ist doch noch so klein!"

Völlig überrascht blickte Wah-bo-sehns auf ihren Mann. „Ich dachte, dass du Wolfssohn den Vorzug gibst! Vielleicht möchtest du, dass die Milch für dein Kind ist?"
Sein dunkles Lachen zeigte ihr die Absurdität dieser Gedanken. „Hohch, was denkst du denn? Graueulenmädchen ist doch auch meine Tochter. Es macht mir Freude, sie trinken zu sehen."
„Wirklich?"
„Aber ja!"
Energisch nahm Tschetan-withko seinen Sohn auf den Arm und bedeutete Wah-bo-sehns ihm zu folgen. Das Wetter wurde wärmer und es wurde Zeit, Wolfssohn an das Wasser zu gewöhnen, ehe er vergaß, wie das Schwimmen ging. Kinder, die im Sommer geboren wurden, hielt man bereits mit zwei Monden in das ruhige Wasser eines Sees oder in das seichte Wasser eines Flusses, bis ihre Arme und Beine paddelten.
Wolfssohn war Anfang des Winters geboren worden und so konnte das Schwimmen nicht geübt werden. Also wählte Tschetan-withko eine drastischere Methode, dem Kind das Schwimmen zu zeigen Er nahm das nackte Baby und warf es an einer ruhigen Biegung in das kalte Wasser. Wolfssohn stockte der Atem und erschrocken paddelte er mit seinen Armen und Beinen. Er kam an die Wasseroberfläche und wurde mit der Hand von seiner Mutter gestützt. Sein Schmollmund verzog sich weinerlich, doch als die Mutter lachte, ließ er sich schnell ablenken. Tschetan-withko war zufrieden. Weder hatte der kleine Junge geweint, noch ließ er sich einfach treiben. Er hatte gekämpft. Das war gut.
Wah-bo-sehns nahm ihren Sohn und zog ihn spielerisch durch das Wasser. Ihn nach diesem Schreck herauszunehmen war nicht gut. Erst musste er sich an das Nass gewöhnen. Sie stützte seinen Bauch und ließ ihn immer wieder los, damit er selber mit Armen und Beinen paddelte. Schließlich fand er das Spiel schön, zwischen seinen lockenden Eltern hin und her zu schwimmen. Seine Lippen waren schon ganz blau, als Wah-bo-sehns ihn in eine warme Decke hüllte und seinen Körper mit Fett einschmierte.

Tschetan-withko setzte sich neben seine Frau in die warme Sonne und wartete, bis er von selbst trocknete. Dann rieb er sich mit Bärenfett ein und schmierte auch seine Haare ein. So war sein Kopf vor Wind und Wetter gut geschützt. Wolfssohn verlangte nach dieser Anstrengung hungrig nach der Brust und Tschetan-withko lachte, als er seine Mutter ordentlich in die Brust biss. Es gab wenige Augenblicke, an denen er mit seiner Frau ungestört zusammen saß und so genoss er die Zweisamkeit. Trotzdem lagen seine Waffen griffbereit neben ihm, ein Teil seiner Aufmerksamkeit war immer bereit, plötzliche Anzeichen von Gefahr wahrzunehmen. Im Moment hörte er nur den langsamen Schritt einer älteren Frau und kleine trippelnde Füße. Blinzelnd schaute er auf Wehende-Decke, die Graueulenmädchen und Regenwolke, die kleine Tochter von Schwarzer-Rabe, an der Hand führte. Sie setzte sich mit den Kindern an das Flussufer und belustigt sah Tschetan-withko zu, wie sich die pummeligen Finger der beiden Mädchen in den nassen Sand krallten.

„Wo ist Vogelmädchen?", hörte er seine Frau fragen.

Ihn interessierte eigentlich mehr, wo sein Freund Schwarzer-Rabe war.

Nun, die Ruhe war ohnehin gestört und geschmeidig sprang er auf, um ihn zu suchen.

Er fand ihn im Ratszelt, in dem sich die Männer eingefunden hatten, um über den bevorstehenden Kriegszug gegen die Pawnee zu beraten.

Grauer-Wolf drängte die Männer, endlich gegen die Pawnee zu ziehen, diese endgültig aus ihren Dörfern zu vertreiben. „Die Zeit ist gekommen! Ich will meinen Sohn Rote-Erde rächen und erinnere seine Freunde an ihr gegebenes Versprechen!" Seine dunklen Augen musterten Tschetan-withko, der mit einer ruhigen Bewegung aufstand.

„Du musst mich nicht daran erinnern! Auch ich warte darauf, meinen Freund zu rächen!"

„Dann lasst uns reiten!"

Elchkalb, Fisch und Tschetan-withko waren begierig darauf, ihre Blamage zu rächen. So legten sie ihren Kriegsschmuck an, nahmen ihre besten Waffen und bereiteten sich auf den langen Weg vor. Die Männer, die sie begleiten wollten, hatten sich gereinigt und um heilige Medizin gebetet und nicht mehr mit ihren Frauen geschlafen, damit nichts ihre Kraft schmälerte. Anführer waren bestimmt und die heilige Pfeife war versiegelt worden. Jetzt waren sie bereit und feuerten sich gegenseitig an. Niemand verschwendete mehr einen Gedanken an die Frauen, die voller Angst und Sorge den Kriegsvorbereitungen zusahen.

Stern-im-Auge weinte. Sie hasste Fisch, weil sie um ihr Volk fürchtete. Sie wollte nicht, dass die Lakota vielleicht ihre Eltern, Geschwister und Freunde töteten. Innerlich zerriss es sie, dass sie ihren Eltern nicht das Baby zeigen konnte und sie sehnte sich nach der Umarmung ihrer Mutter. Fisch war das alles gleichgültig. Sie war jetzt seine Frau und sollte denken und leben wie eine Lakota. Alles andere war ihm zu schwierig. Er wollte nicht daran denken, dass vielleicht eine Schwiegermutter oder ein Schwiegervater bei den Palani lebten. Die Palani waren seine Feinde.

Stern-im-Auge bemerkte wohl seinen Unmut und weinte im Stillen. Manchmal sprach sie mit Wah-bo-sehns über ihre Sorgen: „Ich hasse meinen Mann, wenn er gegen mein Volk zieht. Ich ertrage seine Nähe nicht! Es ist auch so schon schlimm, aber jetzt wird mir übel, wenn ich ihn nur sehe. Er wird wieder Menschen meines Volkes töten. Das ist nicht richtig!"

Wah-bo-sehns gab ihr recht: „ Es ist nicht richtig, wenn Männer sich bekämpfen. Es bringt nur Leid über die Frauen und Kinder."

Sie versuchte, mit Tschetan-withko darüber zu sprechen, doch auch er wollte nur Rache für seinen Freund. „Jene Palani haben Rote-Erde getötet. Jetzt töten wir einen von ihnen, um seinen Geist zu versöhnen."

„Die Palani haben sich verteidigt! Sie haben Rote-Erde nur getötet, weil ihr ihnen Pferde rauben wolltet."

„Was willst du damit sagen?" Tschetan-withkos Stimme bekam einen drohenden Unterton.

Ihre Gedanken waren ganz klar: Es war ein Kreis. Der eine erschlug den anderen, und dessen Freund erschlug dann wieder jenen. Es würde nie aufhören. Aber sie wagte es nicht, diese Gedanken laut auszusprechen. „Ich habe Angst um dich, Mihigna!", sagte sie stattdessen.

Seine Augen wurden sanft und er nahm ihre Wange in seine Hand. „Mitawitschu, ich kehre zu dir zurück. Meine Medizin ist stark!"

Die Krieger brachen auf und boten einen imposanten Anblick. Ihre Oberkörper und Gesichter waren mit heiligen Zeichen oder mit den Zeichen der verschiedenen Kriegergesellschaften bemalt, und sie trugen ihre Coupfedern im Haar. Die Federn waren nach einem ausgeklügelten Punktesystem markiert, die den anderen zeigten, was sie bereits an Heldentaten vollbracht hatten. Wer einen lebenden Feind, egal ob Mann, Frau oder Kind, mit seiner Hand oder seiner Waffe berührte, erlangte einen „Coup" und durfte eine Adlerfeder senkrecht im Haar tragen. Wenn er einen Gegner tötete, durfte er eine rote Hand auf sein Hemd oder Pferd malen. Die Zeichen von Hufen auf seinem Pferd zeugten von der Anzahl der Pferde, die sein Besitzer bereits erbeutet hatte. Späher, die einen Feind ausgemacht hatten, trugen schwarze Federn. Im Kampf zu sterben galt als höchste Ehre und wer zurückwich, wurde als Feigling beschimpft. Nur Tapferkeit und Standhaftigkeit brachte Ehrungen, alles andere wurde verachtet. So waren die Lakota bei ihren Kriegszügen harte und erbitterte Gegner. So liebevoll sie auch zu Hause waren, umso aggressiver handelten sie gegenüber ihren Feinde.

Insgesamt zehnmal vier Krieger hatten sich Tschetan-withko, Fisch, Grauer-Wolf und Elchkalb angeschlossen, unter ihnen auch Tschoka-sapa und Viele-Feinde. Die Lakota überschritten den Niobrara-Fluss nach Süden, verließen die Wälder und Schluchten und zogen in das Tal des nördlichen Armes des Platte-Flusses. Immer mehr Lakota von anderen Sippen schlossen sich ihnen an, sodass mehr als hundert Krieger die Ebene nach den Jagdlagern der Pawnee durchsuchten.

Diese siedelten zwar weit im Osten, am Wolfsfluss, bauten dort auch Mais an, aber im späten Frühling verließen sie ihre Dörfer, um auf die Büffeljagd zu gehen. Erst im Herbst kehrten sie in ihre befestigten Dörfer zurück, um den Mais zu ernten. Gerne schlugen sie ihr Lager am südlichen Ufer des Nördlichen Platte-Flusses auf, denn sie dachten, dass der breite Plattefluss sie vor den kriegerischen Lakota schützen würde.

Die Pawnee waren auf das Fleisch der Büffeljagd angewiesen und hatten keine andere Wahl, weil die Herden dieser mächtigen Tiere im Osten ihres Landes bereits verschwunden waren, ausgerottet von weißen Siedlern und Büffeljägern. Es war ein eher kleiner Trupp, nur einige Familien, die nicht damit rechneten, dass ihre Feinde so weit südlich vordringen würden. Einige Pawnee arbeiteten als Späher für die weißen Soldaten, trugen daher blaue Uniformjacken und besaßen moderne Sharps-Karabiner, die bei den Lakota noch relativ unbekannt waren.

Die Lakota fanden ihre Feinde in den ersten Tagen des Erdbeermondes und blickten geringschätzig auf das Dorf der Maisfresser. Sie hatten bereits Zelte aus dem hellen Zeltstoff der Weißen, denn diese waren leichter als das schwere Büffelfell und ließen sich besser transportieren. Auch die Kleidung der Frauen bestand zum Großteil bereits aus bunten Stoffen, die sie im Fort eintauschten.
Viele Frauen arbeiteten an den gespannten Büffelfellen und schabten das Fett von der Haut, umgeben von schwarzen Fliegenschwärmen. Die Lakota sahen nicht viele Männer, denn diese waren entweder auf Jagd oder arbeiteten im Fort. Die Lakota fühlten sich siegesgewiss: „Wir werden sie schnell besiegen. Morgen werden wir Rote-Erde rächen!"
Am Abend kamen die Krieger von der Jagd zurück und die Lakota zählten nun insgesamt zehnmal zwei und fünf kampffähige Männer. Vorsichtig zogen sich die Späher zurück und erstatteten Bericht.
„Wir werden von zwei Seiten angreifen und den Palani den Rückzug über den Fluss abschneiden!", bestimmte Grauer-Wolf als Anführer.
Tschetan-withko nickte zustimmend. „Wir greifen gleichzeitig von zwei Seiten an und wenn der Widerstand gebrochen ist, rauben wir die Pferde jener Lügner!"
Sie baten um Segen für den Kriegszug und trugen die Kriegsfarben neu auf. Selbst bei der enormen Übermacht würden Krieger sterben und für jeden konnte es der letzte Abend mit seinen Freunden sein. Manche entkleideten sich bis auf den Lendenschurz und ließen sogar ihre Federn zurück, andere kämpften in ihren prachtvollen Kriegshemden und mit vollem Federschmuck. Sie flochten sich die Haare zu Zöpfen und banden die Schwänze ihrer Pferde hoch.

Der Angriff der Lakota überraschte die Pawnee völlig. Sie fuhren bei dem entsetzlichen Kriegsgeschrei von ihren Lagern hoch und sofort brach Panik bei den Frauen und Kindern aus. Zum Teil unbekleidete Frauen und Kinder rannten entsetzt aus den Zelten und versuchten, den Fluss zu erreichen. Sie liefen direkt in die Arme der zweiten Gruppe angreifender Feinde, drehten ab und versuchten in eine Schlucht zu entkommen.

Die Lakota hatten leichtes Spiel. Sie machten sich einen Spaß daraus, hinter den schreienden Frauen und Kindern herzureiten und sie mit ihren Peitschen oder Bogen zu berühren. Die Krieger der Pawnee hatten inzwischen zwei Schützenlinien gebildet und schossen

eine gezielte Salve in die Feinde, um den Rückzug ihrer Frauen und Kinder zu decken. Mehrere Angreifer stürzten getroffen vom Pferd, reiterlose Pferde flohen kopflos durch das Dorf. Die Lakota waren überrascht von der Feuerkraft der Pawnee. Die neuen Gewehre halfen den Pawnee und sie würden nicht so leicht zu besiegen sein, wie die Lakota es sich vorgestellt hatten. Außerdem kämpften sie verbissen um das Leben ihrer Frauen und Kinder. Die Pawnee liefen einige Pferdelängen nach hinten und formierten sich zu einer weiteren Schützenlinie. Das hatten sie von den weißen Soldaten bereits gelernt. Einige Pawnee stürzten von Pfeilen getroffen zusammen, doch die anderen feuerten eine weitere Salve auf die Angreifer.
Dieses Mal waren die Lakota schlauer. Sie ließen sich von den Pferden fallen, so dass die Kugeln über sie hinweg schwirrten und zogen ihre Beile. Es gab kein Zurück. Mit gellendem Kriegsgeschrei drangen sie auf die Pawnee ein. Ehe diese eine weitere Salve abfeuern konnten, hatten die Angreifer den Feind erreicht. Das brachte Ehre!

Fisch stürzte wie ein Puma auf einen Pawnee. Ein Streifschuss hatte ihn am Arm getroffen, was ihn eher noch wütender machte. Er hieb wie ein Besessener auf den Pawnee ein und spaltete ihm den Schädel. Er nahm triumphierend dessen Skalp und stieß einen lauten Siegesschrei aus. Dann suchte er nach dem nächsten Feind.
Tschetan-withko griff die andere Schützenlinie an und eine Kugel pfiff an seinem Ohr vorbei. Das Blut rauschte in seinen Ohren. Das war knapp gewesen! Dann war er über einem knienden Pawnee und ließ sich auf ihn fallen. Mit seinem Messer hieb er auf ihn ein und wälzte sich mit ihm am Boden. Es war ein harter Kampf und beide Männer waren glitschig vom Schweiß. Die Hände des anderen glitten an seinem Körper ab und Tschetan-withko trieb sein Messer in das Herz seines Gegners. Er skalpierte den Toten und sah sich nach dem nächsten Gegner um. Die Pawnee versuchten ihr Heil in der Flucht und er stürmte hinter ihnen her. Jetzt war kein Verteidiger mehr zwischen ihm und den flüchtenden Frauen. Siegesgewiss setzte er ihnen nach, merkte, wie er leichtfüßig immer näher kam. Vor ihm lief eine Frau mit zwei kleinen Kindern an der Hand, die er gleich einholen würde. Plötzlich verlangsamte er seine Schritte, weil er nicht wusste, was er eigentlich tun wollte, wenn er sie tatsächlich einholte. Er wollte kein Kind töten und eine weitere Gefangene wollte er auch nicht. Er hatte seinen Schwur erfüllt und Rote-Erde gerächt. Das war ihm genug.

Andere Krieger dagegen verfolgten in ihrem Blutrausch die Frauen und Kinder, die verzweifelt in die Schlucht liefen und sich zwischen Felsen und Steinen versteckten. Die meisten waren bereits entkommen, aber einige hatten Zeit verloren, als ihnen der Fluchtweg abgeschnitten wurde und sie in eine andere Richtung laufen mussten. Junge Männer verfolgten gezielt die jungen Pawneemädchen und hechteten von ihren Pferden, um sie umzureißen. Die Pferde waren so abgerichtet, dass sie stehen blieben und auf ihren Reiter warteten. Die Lakota hatten jetzt Zeit, denn das Dorf lag in ihrer Hand. Berührt-den-Himmel fing ein junges Mädchen, fesselte ihre Hände auf dem Rücken und legte ihr eine Schlinge um den Hals. Dann zog er sie hinter seinem Pferd her und sie musste sich beeilen mitzuhalten, damit die Schlinge sie nicht würgte. Sie schluchzte verzweifelt und sah auf die Toten, an denen er sie grob vorbeizog. Wenigstens würde sie leben. Es brachte keine Ehre, eine Frau zu töten, die nicht verteidigt wurde, aber es war durchaus üblich, eine Frau gefangen zu nehmen, um sie als Frau oder auch als Zweitfrau zu behalten. Andere Frauen hatten nicht so viel Glück und wurden erbarmungslos abgeschlachtet.

Auch Viele-Feinde kämpfte einen kurzen und ungleichen Kampf mit einer jungen Frau, die seinen schnellen Sprüngen nicht entkommen konnte. Seine abweisenden Augen wurden schmal, als sie versuchte, sich und ihr kleines Kind mit einem Messer zu verteidigen. Er sah furchterregend aus mit zwei blutverschmierten Skalpen an seinem Gürtel und dem schrecklich bemalten Gesicht. Die Frau schrie ihm ihre Angst ins Gesicht. Das Kind klammerte sich an ihrem Rock fest, so dass sie sich nicht richtig bewegen konnte und er verzog hämisch die Lippen, als er daran dachte, wie sie überhaupt kämpfen wollte. Mit seinem Beil hieb er auf die Frau ein, die über ihr Kind stolperte und stürzte. Der kleine Junge schrie wie am Spieß, als er mit seiner Mutter zu Boden fiel. In seiner Verzweiflung schlug er mit seiner winzigen Faust nach dem Krieger, der unbeherrscht den Kopf des Kindes ergriff, um ihn gegen den harten Boden zu schlagen. Seine Mutter biss Viele-Feinde in die Hand und er hielt den Schmerz ohne mit der Wimper zu zucken aus. Drohend drehte er den Kopf, seine andere Hand hob das Beil und er mahnte sie mit seinem Blick, ihren Widerstand aufzugeben. Sie erstarrte unter seinem Körper und löste ihre Zähne. Zögernd ließ er den Kopf des Kindes los, während sein Beil immer noch drohend über dem Kopf der Frau schwebte. Er wusste noch nicht, was er mit ihr anfangen sollte, doch sie hatte tapfer gekämpft und bewundernd musste er zugeben, dass sie ihm gefiel. Er trieb sie vor sich her und zwang sie zu den anderen Gefangenen. Es war nicht einmal nötig, sie zu fesseln, so froh war sie, dass er das Kind nicht tötete. Es war ein mutiger kleiner Junge und vielleicht würde er ihn adoptieren. Viele Babys starben im ersten Lebensjahr und so waren gefangene Kinder wertvoll für den Stamm.

Andere Lakotakrieger plünderten unterdessen die Vorräte und zerstörten die Zelte. Rote-Erde war auf furchtbare Weise gerächt worden. Dessen Vater, Grauer-Wolf, hatte zwei Männer getötet und deren Skalpe für die Seele seines Sohnes genommen. Nun sah er befriedigt, wie die Zelte seiner Feinde brannten. Es erfüllte ihn mit Genugtuung, obwohl es den Schmerz aus seiner Brust nicht verbannen konnte. Prüfend wanderte sein Blick über das Schlachtfeld, ob es noch irgendwo Überlebende gab, die ihm seinen Hunger nach Blut stillen konnten. Unter einer zusammengefallenen Zeltplane vernahm er eine leichte Bewegung und er ging darauf zu. Kaltblütig zog er sein Messer und schnitt die Plane mit groben Bewegungen auseinander. Er zerrte einen kleinen Jungen heraus, den seine Mutter dort versteckt hatte. Er blutete aus einem tiefen Schnitt im Arm, den Grauer-Wolf ihm beim Aufschneiden der Planen beigebracht hatte, und steckte angstvoll die Faust in den Mund. Er zählte vielleicht drei Winter und hatte noch das mit Fransen besetzte Hemd eines Kleinkindes an. Seine Füße waren barfuß und die braunen Augen starrten entsetzt auf den Krieger, der ihn hervorzog. Grauer-Wolf schrie triumphierend: Dieses Kind würde seinen Sohn ersetzen! Er packte das Kind vor sich auf sein Pferd und wickelte es in eine Decke. Er verband notdürftig dessen Arm und machte sich mit den anderen auf den Rückweg. Einige Krieger trieben johlend die erbeuteten Pferde vor sich her, andere zerrten die gefangenen Frauen und Kinder an Stricken hinter sich her.

Es war ein großer Sieg und die Lakota würden noch lange Lieder über die tapferen Krieger singen. Sie machten sich auf dem Heimweg und setzten bald auch die Gefangenen auf Pferde, weil die stolpernden Frauen sie zu sehr aufhielten. Selbst zu Pferd waren sie noch

eine Belastung, weil sie gefesselt kein schnelleres Tempo anschlagen konnten.
Acht ihrer eigenen Krieger waren auf dem Schlachtfeld gefallen und langsam kehrte die Ernüchterung ein.
Tschetan-withko biss sich traurig auf die Lippen. Nachdenklich beugte er sich zu seinem Kola. „Die Pawnee waren nicht gewarnt und doch haben sie sich gut verteidigt!"
„Hohch! Wir haben sie besiegt und ihre Weiber werden nun in unseren Zelten leben."
„Aber auch wir hatten Verluste!"
Fisch zuckte wenig einfühlsam seine Schultern. „Das war schon immer so! Dieses Mal hatten die Maisfresser neue Feuerwaffen. Das gab ihnen einen kurzen Vorteil."
Tschetan-withko runzelte die Stirn. Diese Weißen kamen mit immer neuen Dingen, die sie an befreundete Indianerstämme verteilten. „Nun haben wir diese Waffen erbeutetet, das gibt uns einen Vorteil!"
„Es wird schwer werden, Munition für diese Gewehre zu bekommen!", gab Fisch zu bedenken.
Tschetan-withko zischte herausfordernd. „Deswegen haben wir auch stets unsere Bögen dabei! Unsere Pfeile werden ganz bestimmt nicht ausgehen."
„Hokahey! Und unsere Krieger auch nicht!", lachte Fisch und deutete auf Grauer-Wolf, der das gefangene Kind vor sich auf dem Pferd hielt. „Wir rauben sie uns einfach!"
Ihr Gespräch ebbte ab, als sie zusahen, wie Grauer-Wolf sich sorgsam um die Verletzung des Kindes kümmerte und es beruhigte.

Die Lakota sicherten ihren Rückzug, doch sie hatten die Pawnee so verheerend geschlagen, dass ihnen niemand folgte.
Sorglos bogen die Lakota nach Nordosten ab, bis sie das Gebiet des Niobrara erreichten. Die Gefangenen und Pferde wurden aufgeteilt und die verschiedenen Gruppen brachen auf, um sich ihren Sippen anzuschließen.
Die Gruppe von Tschetan-withko bog weiter nach Nordosten ab, bis sie wieder auf den White-Fluss stießen. Sie führten nur eine gefangene Frau und zwei Kinder mit sich, außerdem viele der erbeuteten Pferde. Tschetan-withko und Fisch hatten keine Pferde erbeutet. Alles was sie gewollt hatten, war Feinde zu töten und Coups zu erlangen. Sie würden stolz die Skalpe ihrer getöteten Feinde vorzeigen und Tabak für Rote-Erde opfern.

Übermütig trieben die Lakota die Pferde weiter und zerrten das Pony mit der gefangenen Pawneefrau und dem Kind hinter sich her. Ehe sie in ihr Dorf ritten, hielten sie an dem White-Fluss und säuberten sich. Lachend standen die Lakota beisammen, um mit ihren Taten zu prahlen und einige Männer machten anzügliche Gesten zu der Frau, die mit ihrem Kind auf dem Pferd hockte. Ihre Wangen brannten vor Scham und ihr Atem kam stoßweise. Viele-Feinde winkte ungeduldig ab. Er hatte Zeit und er wollte dem Kind keine Angst machen.
Tschetan-withko konnte es nicht lassen, seinen Freund ein wenig zu ärgern. „Was machst du mit ihr, wenn wir im Dorf sind?"
„Ich nehme sie in mein Bett!", betonte Viele-Feinde, übersah das verräterische Glitzern in den Augen seines Freundes.
„Was, eine Palani?"
„Ich werde schon mit ihr fertig, keine Sorge!"
Mit unschuldigem, eher besorgtem Gesicht zog Tschetan-withko sein Messer und reichte es dem verdutzten Viele-Feinde. „Hier, damit du dich verteidigen kannst!"
Viele-Feinde ließ den Kopf auf die Brust sinken und unterdrückte einen Lachanfall. „Du sprichst witzige Worte! Mich wundert, dass du noch dein Herz in der Brust trägst!"
„Ich habe nur eine Crow zum Weib. Die sind um einiges friedfertiger als die Palani."
Immer noch grinsend schminkten sich die Männer ihre Gesichter schwarz. Sie beschmierten die Skalpe mit roter Farbe und befestigten sie an langen Stangen. So stürmten sie brüllend in ihr Dorf, riefen laut ihre Namen und schrien ihre Heldentaten hinaus.
Jubelnde Frauen liefen ihnen entgegen, trällerten mit hohen Stimmen ihr Willkommen und ihre Erleichterung.
Anschließend ritten die Männer zum Versammlungszelt, um den Ältesten Bericht zu erstatten. Die Schwestern und Cousinen der Krieger nahmen inzwischen die Skalpstangen, um zu tanzen, während andere Frauen die Pawneefrau von dem Pferd zerrten.
Viele-Feinde ließ es nur kurz zu, dass die Frauen auf die Gefangene einschlugen, denn er hatte Angst um das weinende Kind, das sie umklammert hielt, und schob sie in sein Zelt.

Auch Grauer-Wolf trug das völlig erschöpfte Kind, das er gefangen hatte, in sein Zelt und überreichte es seiner Frau. „Er heißt Rote-

Erde!" In einer offiziellen Zeremonie würde er ihn später zu seinem Sohn erklären und großziehen.
Seine Frau drückte weinend den kleinen Jungen an ihr Herz und lächelte ihn unter Tränen an. Sie fischte einige Stücke Fleisch aus der Suppe und stopfte sie dem Kind in den Mund. Er war so hungrig, dass er das Fleisch gierig hinunterschluckte. Dann wickelte sie ihn in eine schön bemalte Robe und wiegte ihn in ihren Armen, bis er eingeschlafen war. Sie lächelte versonnen und legte ihn auf das Lager neben sich. Grauer-Wolf fühlte sich gut, denn jetzt hatte auch das Herz seiner Frau wieder Ruhe gefunden. Auch Gras-im-Wind freute sich über den kleinen Bruder und vergaß manchmal die Leere, die der Tod ihres älteren Bruders hinterlassen hatte.

Die Lakota feierten mehrere Tage den Siegestanz. Der Vergeltungszug war so erfolgreich gewesen, dass die Frauen und Mädchen zu Ehren der Krieger den Skalptanz aufführten. Die Sänger setzten sich mit Trommeln oder Rasseln an ein großes Feuer und dann stellten sich die Frauen in zwei Gruppen gegenüber. Alle trugen ihre festlichen Gewänder, die Schulterpartie kunstvoll mit Perlen bestickt. In ihren Händen hielten sie die Stangen mit den Skalpen. Beim Einsetzen der Musik bewegten sich die beiden Gruppen aufeinander zu, bis sie sich trafen. Lautes Rasseln erklang und mit einem lauten Kreischen liefen alle zurück. Ihre Füße durften dabei nicht den Boden verlassen, sodass durch das Schlurfen eine Menge Staub aufgewirbelt wurde.

Dann trat einer der Krieger hervor und erzählte eine Geschichte. Diese musste nicht unbedingt im Zusammenhang mit dem Kampf stehen, denn dazu blieb ihm ja bei dem Siegestanz Gelegenheit genug. Gerne wurden hier unsittliche Geschichten erzählt, damit die Frauen rot wurden. Dadurch aufgeputscht, tanzten die Frauen wieder aufeinander zu. Es war ein Wechselspiel zwischen Männern und Frauen, denn wenn ein Krieger seine Geschichte erzählt hatte, griffen die Musiker das Thema auf und spielten einen Rhythmus dazu. Jetzt durften die Männer tanzen, was sie mit hohen Sprüngen taten, um den Frauen zu imponieren. Zu dem Fest bereitete immer eine andere Familie ein gewaltiges Mahl zu und bot es den Männern dar, bis diese verzweifelt abwehrten. Ihre Bäuche drohten zu platzen. Nach vier Tagen kehrte wieder Ruhe ein und die Männer und Frauen gingen ihren gewohnten Tätigkeiten nach.

Jenny hatte dem Treiben mit gemischten Gefühlen zugesehen. Sie hatte bisher die Lakota als nette Menschen erlebt, doch jetzt hatten sie viele Feinde getötet und Frauen und Kinder geraubt.
Mit Entsetzen hatte sie erlebt, wie die Gefangene geschlagen worden war und der Mob der aufgeputschten Frauen auch vor dem kleinen Kind nicht haltgemacht hatte. Es hatte hysterisch geheult und sich an seine Mutter geklammert. Erleichtert hatte sie gesehen, dass ein Krieger die Frau mit dem Kind schnell weggedrängt hatte, denn ihr war schlecht geworden vor Wut. Nun sah sie entgeistert, wie ihre sonst so sanfte Schwester mit den anderen Frauen die blutigen Skalpe schwang und laut kreischend tanzte. Sie verzog sich in ihr Zelt und dachte darüber nach.
Gebrochener-Zweig kehrte zurück und sah ihre Verwirrung. „Tokahhe, Mitschunkschi?“, fragte sie ihre Tochter.
Jenny kannte noch nicht alle Worte und blickte sie nur hilflos an.
„Tokah-he!“, wiederholte Gebrochener-Zweig, denn sie wollte, dass ihre neue Tochter die Zeremonien verstand.
Jenny zögerte und suchte nach passenden Worten: „Lakota sind böse zu Palanifrau und Kind!“
Gebrochener-Zweig zögerte. Sie hatten nicht wirklich fest zugeschlagen, eben weil die Frau ein kleines Kind trug, aber das konnte Che-ni-win natürlich nicht wissen. Selbst Viele-Feinde war es zu viel geworden und er hatte die Frau in die Sicherheit des Zeltes geschoben.Sie erklärte langsam und deutlich: „Nur heute sind wir böse zu ihr. Morgen ist sie die Frau von Viele-Feinde und das Kind wird sein Sohn. So wie du jetzt unsere Tochter bist.“
Mmh! Jenny bezweifelte das sehr und sie würde sich das Verhalten der anderen sehr genau anschauen. Vielleicht hatte sie sich in den Lakota getäuscht?
Die nächsten vier Tage gefielen ihr nicht, denn sie fand den Skalptanz widerlich, weil sie auch nicht wusste, dass das viele Rot im Haar eigentlich Farbe war. Sie dachte, es wäre Blut und ekelte sich davor. Sie verstand überhaupt nicht, warum Weidenzweig die Skalpstange hielt und mit Begeisterung mittanzte.
Manchmal sah sie die gefangene Frau, wie sie von dem Mann durch das Dorf geschubst wurde. Dieses demütigende Verhalten widerte sie an und sie überdachte ihre eigene Situation. Warum wurde die Frau nicht besser behandelt? Wann würde dieser Krieger die Frau

endlich heiraten, so wie Gebrochener-Zweig es erzählt hatte?

Ähnliches dachte sich auch Schwarzer-Rabe, aber es dauerte einige Tage, ehe er seinen Freund aufsuchte. Er hatte sich an dem Kriegszug nicht beteiligt, weil er Akitschita war und es seine Aufgabe gewesen war, das Dorf zu beschützen. Nun wollte er sich die gefangene Frau und das Kind ansehen, die Viele-Feinde erbeutet hatte. Er trat in das Tipi und setzte sich rechts an das Feuer.
Die Pawneefrau sah überrascht auf den Besuch und hatte offensichtlich Angst. Sie hatte immer noch ihre zerfetzte Bluse an, die kaum ihre Blöße bedeckte und er grinste anzüglich. Seine Augen musterten bewundernd ihre schlanke Gestalt und hingen sich in ihren großen Augen fest. Sie hatte das rundliche, sanfte Gesicht wie viele Pawneefrauen. Das Kind lag auf einem Fell und schlief.
Viele-Feinde huschte in sein Zelt. Sein Oberkörper war nackt und die Haare fielen nass über seine Schultern. Er war baden gewesen und freute sich nun über den Besuch seines Kolas. Der kleine Junge war aufgewacht und kletterte seiner Mutter auf den Schoß. Er schob die Bluse weg und saugte hungrig an ihrer Brust. Die Frau versank fast im Boden vor Scham.
Viele-Feinde erlaubte mit einer Handbewegung, dass sie sich mit dem Kind in den hinteren Teil des Tipis verzog. Bisher ließ er sie in Ruhe, er hatte es nicht nötig, einer Frau Gewalt anzutun. Er wollte, dass sie ihre Angst verlor und er konnte sich durchaus beherrschen. Allerdings erwiderte die Frau seine Geduld mit wenig Entgegenkommen. Erst heute früh hatte er sie erwischt, wie sie mit dem Kind über den Fluss fliehen wollte. Vielleicht hätte er die Frau einfach laufen lassen, aber er wollte das Kind. Und sein neuer Sohn brauchte eine Mutter. Er bot seinem Freund eine Pfeife an und sie rauchten eine Weile. Schwarzer-Rabe schaute verstohlen auf seinen Freund. „Es ist gut, dass du endlich eine neue Frau hast, aber warum eine vom Volk der Lügner?“, begann er vorsichtig das Gespräch.
Die vollen Lippen von Viele-Feinde zogen sich nachdenklich zusammen. „Ich wollte meine Feinde töten! Auch sie!“
Er nahm einen tiefen Zug und zögerte. Warum hatte er gezögert? Wegen dem Kind?
Schwarzer-Rabe lächelte spitzbübisch. „Hohch! Aber sie lebt noch.“
Unsicher musterte Viele-Feinde seine Gefangene. Trotz ihres schmut-

zigen Gesichts und der verweinten Augen war sie hübsch! „Sie ist schön!“, erklärte er.
„Viele-Feinde! Es gibt genügend schöne Lakotamädchen, die du heiraten kannst. Warum tust du dir diesen Ärger mit einer Feindfrau an? Du bist dorthin geritten, um zu töten!“
„Ich habe getötet! Zweifle nicht an meinem Mut, nur weil ich diese Frau verschont habe.“
Schwarzer-Rabe riss bewundernd die Augen auf. Er kannte den Mut von Viele-Feinde. „Warum hast du dich entschieden, gerade diese Frau zu nehmen?“, fragte er vorsichtig.
Viele-Feinde dachte nach. „Sie hat schon ein Kind und stirbt vielleicht nicht, wenn sie mein Kind gebiert. Außerdem ist sie mutig!“ Er deutete auf den kleinen Jungen. „Er wird das Kind ersetzen, das gestorben ist. Er ist nun mein Sohn!“
Schwarzer-Rabe war verblüfft. Sein Freund hatte Angst, nochmals eine Frau zu verlieren! Deshalb hatte er auch nicht wieder geheiratet. Er rechnete sich mehr Chancen bei der Pawneefrau aus, weil diese bereits geboren hatte. Ein kluger Gedanke! Auch Vogelmädchen, seine eigene Frau, wäre bei der Geburt seines Sohnes fast gestorben. Dieser war stecken geblieben und nur durch Uinohnahs umsichtiges Verhalten und das Wissen von Wehende-Decke hatten die beiden überlebt. Deshalb hieß sein Sohn auch Breite-Schulter.
„Wann machst du sie zu deiner Frau?“, fragte er seinen Freund.
Viele-Feinde schaute stirnrunzelnd auf das Häufchen Elend in seinem Zelt und zuckte die Schultern. „Heute früh hat sie versucht zu fliehen, aber ich habe sie zurückgeholt. Sie braucht noch Zeit! Wenn sie erst mein Kind in ihrem Bauch trägt, wird sie bleiben.“
„Vielleicht hat sie Angst? Sie weiß ja nicht, was du mit ihr oder dem Kind vorhast.“
Viele-Feinde lehnte sich zurück und dachte darüber nach. Es war so leicht gewesen, die Frau wieder einzuholen, fast ein Spiel. Ihre Lippen hatten gezittert vor Angst, doch er hatte ihr nur mit einem deutlichen Nicken gezeigt, dass sie ins Dorf zurückgehen sollte. Vielleicht erwartete sie jetzt irgendeine Bestrafung für ihre Dummheit?
„Erst braucht sie richtige Kleidung und der Junge auch“, lenkte er ab. Da hatte er sicherlich recht. Die Gefangene musste sich in eine Decke hüllen, wenn sie in den Wald ging oder zum Fluss, damit niemand ihre zerfetzte Kleidung sah. Ihr Kleid stank nach Schweiß und Pferd, aber sie hatte nichts anderes. So konnte er unmöglich mit ihr vor das Zelt treten und sie zu seinem Weib erklären. Es würde einige Tage

dauern, bis sie sich wenigstens etwas Einfaches genäht hatte und solange hatte sie den Status einer Gefangenen.
Schwarzer-Rabe legte den Kopf schief und beschloss, dem etwas nachzuhelfen. Geschmeidig erhob er sich und verließ das Zelt.

Viele-Feinde aß hungrig und machte dann der Frau ein Zeichen, dass sie sich etwas nehmen sollte. Schüchtern setzte sie sich an das Feuer und schob dem Kind ein wenig Fleisch in den Mund. Viele-Feinde lächelte dem Jungen zu und kitzelte ihn am Bauch. Er krähte vergnügt, während seine Mutter vor Angst fast starb. Viele-Feinde überlegte, ob er dem Kind vielleicht einen Namen geben sollte, jetzt, wo es sein Sohn sein sollte. Versonnen dachte er darüber nach, erfreute sich daran, wie das Kind gierig nach dem Fleisch verlangte.
Schwarzer-Rabe trat wieder in sein Zelt, diesmal in Begleitung von Vogelmädchen und seinen beiden Kindern.
Vogelmädchen setzte sich schüchtern auf die linke Seite des Feuers und Viele-Feinde lächelte ihr und den beiden Kindern freundlich zu. Breite-Schulter war ein kräftiger Junge von fünf Wintern, das kleine Mädchen namens Regenwolke zählte erst zwei Winter.
Schwarzer-Rabe legte einige Geschenke in den Schoß von Viele-Feinde und machte eine großzügige Handbewegung. „Das ist für deine neue Frau und deinen neuen Sohn. Meine Frau wird ihr helfen, sich hübsch zu machen." Damit verließ er das Zelt wieder und nahm seine Kinder mit.
Das kleine Mädchen trippelte an der Hand ihres Vaters und warf ihrer Mutter einen schüchternen Blick zu. Lächelnd hob Schwarzer-Rabe das zögernde Kind auf den Arm und flüsterte leise: „Möchtest du ein bisschen reiten?"
Unentschlossen legte das Kind den Kopf auf seine Schulter und steckte den Daumen in den Mund. Regenwolke wäre lieber bei ihrer Mutter geblieben! Vogelmädchen winkte ihr zu und das Kind strahlte glücklich.
Viele-Feinde bestaunte das schöne Kleid und die Leggins, die ihm sein Freund geschenkt hatte, und hielt das Kinderkleid hoch. Er gab die Sachen der Pawneefrau und befahl ihr, sich anzuziehen. Dann nahm er seine eigenen schönsten Sachen und verließ das Zelt, um sich für die Zeremonie zu reinigen. Er rieb sich mit Salbeiblättern ab und kämmte sich gründlich die Haare. Anschließend schlüpfte er

in sein schönstes Hemd, setzte sich ans Ufer des Flusses und dachte nach. Er wollte seine neue Frau und seinen neuen Sohn mit einem Namen ehren. Das war schwierig. Wieder sah er in Gedanken die Frau vor sich, wie sie mit ihm gekämpft und ihm in die Hand gebissen hatte. Immer noch trug sie diese zerrissene Bluse und einen Rock aus dem Stoff der Weißen, der mit kleinen Blumen bedruckt war. Eh! Er würde sie „Kleine-rote-Blume" nennen, das war ein schöner Name! Dann dachte er an das Kind und ihm fiel nichts ein. Der Junge war noch klein und saugte manchmal gierig an ihren Brüsten, wie ein kleines Fohlen. Er würde ihn Kleines-Hengstfohlen nennen, bis er berechtigt war, einen Kriegernamen zu führen.

Zufrieden kehrte er zurück und wartete vor seinem Zelt, bis er schließlich hereingerufen wurde. Er war sichtlich überrascht. Seine neue Frau stand vor ihm, bekleidet mit einem hellen Wildlederkleid und war wunderschön.

Vogelmädchen hatte sie mit Salbeiblättern gewaschen und ihr sorgfältig die Haare gekämmt. Dann hatte sie ihr Schmuck in die Haare geflochten und den Scheitel rot gefärbt. Vogelmädchen hatte dabei gekichert und gelacht, während die Pawneefrau gehofft hatte, dass jetzt nichts Schlimmes geschah. Vogelmädchen versuchte, ihr in Zeichensprache zu erklären, dass Viele-Feinde sie zur Frau nahm, aber die Gefangene wollte es nicht so ganz glauben.

Eingeschüchtert stand sie vor diesem gefährlichen Krieger, hielt ängstlich ihren Sohn an der Hand, den sie doch nicht beschützen konnte, wenn es ihm einfiel, sein Leben zu beenden.

Auffordernd bedeutete Viele-Feinde ihr, dass sie aus dem Zelt treten sollte, dann nahm er sie an der Hand. Er rief laut die neuen Namen und verkündete, dass die beiden nun seine Frau und sein Sohn waren. Ihnen zu Ehren würde er ein großes Festessen geben.

Die umstehenden Menschen lachten freundlich und die Nachricht sprach sich wie ein Lauffeuer herum. Immer mehr seiner Freunde traten heran, um ihm zu gratulierten. Schließlich schob Viele-Feinde seine neue Frau ins Zelt und forderte sie auf, ein großes Mahl zu bereiten. Sie hatte noch nicht einmal damit angefangen, als bereits die ersten Freunde eintraten und ihm topfweise Essen gaben. Nach kurzer Zeit gab er kopfschüttelnd auf. Er würde auf andere Weise seine Großzügigkeit beweisen, aber seine Freunde wollten offensichtlich nicht, dass seine Frau in der Hochzeitsnacht müde und erschöpft war. Er amüsierte sich über die offensichtlichen Hintergedanken, die seine Freunde hatten, und bot ihnen das Essen an, das sie gebracht hatten.

Kleine-rote-Blume hatte die Zeremonie sehr wohl verstanden, zumindest, dass ihr nichts Böses geschah. Der Krieger hatte ihnen neue Namen gegeben, aber sie wusste noch nicht, welchen Status sie damit innehatte. War sie jetzt keine Gefangene mehr? Endlich kehrte Ruhe ein und sie deckte ihren Sohn zu. Wie sehr hatte sie sich über das schöne Kinderhemd gefreut! Vogelmädchen war freundlich und Kleine-rote-Blume hoffte, dass sie bald wiederkommen würde. Der Sohn von Vogelmädchen war älter als ihr Kind. Wie hatte sie ihn genannt? Breite-Schulter? Noch fiel es ihr schwer, die ungewohnten Laute nachzusprechen, aber sie hatte verstanden, dass der Name mit der schweren Geburt im Zusammenhang stand. Das kleine Mädchen war etwa so alt wie Kleines-Hengstfohlen. Vielleicht konnten die Kinder manchmal miteinander spielen? Die Lakota hatten niedliche Kinder.
Sie zog ihr Kleid aus und legte sich zu Viele-Feinde. Scheu zog sie die Decke über sich, doch er schob sie mit einem Ruck auf die Seite. Sie wusste, was nun folgte, und ergab sich ihrem Schicksal. Sie hatte einmal gegen ihn gekämpft und wusste, dass es nichts nützte.

Viele-Feinde dagegen hatte diesen Augenblick herbeigesehnt. Seit seine Frau gestorben war, hatte er keine Frau mehr angefasst. Er hatte es nicht einmal in Erwägung gezogen, um eine Frau zu werben. Warum ihm gerade diese Frau gefiel, ging über seinen Verstand. Aber er hinterfragte es nicht, sondern sah es als Zeichen der Geister. Sanft streichelte er seine neue Frau und flüsterte ihren neuen Namen. Fordernd schob er seinen Körper auf ihre schlanke Gestalt und genoss die Vereinigung ihrer beiden Körper. Sie war gehorsam und willig und öffnete sich ihm bereitwillig. Er wusste, dass sie es aus Angst tat, aber es kümmerte ihn nicht. Sein Großmut war hier und jetzt erschöpft. Dann lag er befriedigt neben ihr und schlief sorglos ein.

Kleine-rote-Blume dagegen konnte nicht schlafen. Ihre Gedanken kreisten und sie war völlig verwirrt. Widerstandslos hatte sie sich diesem Mann hingegeben, weil sie Angst um ihr Kind gehabt hatte. Aber er war sanft zu ihr gewesen, wie ein Ehemann und nicht wie ein Feind. Wieso heiratete dieser furchtbare Krieger sie und adoptierte ihr Kind? Ihr Mann bei den Pawnee war vermutlich bei dem schrecklichen Angriff der Lakota getötet worden, doch selbst wenn nicht, wie sollte sie je zu ihm zurückkehren? Sie hatte erlebt, wie wenig Sinn ein Fluchtversuch machte und wollte das Leben ihres Kindes nicht noch einmal gefährden. Sie hatte Angst gehabt vor diesem ersten Mal, vielleicht auch vor den Schmerzen, die er ihr zufügen würde. Aber dieser Mann war nicht brutal, dann hätte er sie längst getötet. Er hatte sein Recht gefordert, sonst nichts.

Am nächsten Morgen wartete ein Pawneemädchen vor ihrem Zelt. Ohne bewacht zu werden, durfte sie mit ihr zum Fluss gehen und sogar ihr Kind mitnehmen. „Wie heißt du?", fragte sie schüchtern.
„Stern-im-Auge! Die Lakota haben mich vor einem Winter geraubt. Ich habe bereits ein Baby von einem der Krieger."
Kleine-rote-Blume seufzte tief und unterhielt sich eine Weile mit der anderen Pawneefrau. Sie schätzte die Möglichkeiten zur Flucht ab, doch Stern-im-Auge schüttelte verneinend den Kopf. „Viele-Feinde ist gefährlich! Sei froh, dass du noch lebst."
Kleine-rote-Blume senkte enttäuscht den Kopf. „Hast du aufgegeben?"
Stern-im-Auge antwortete nicht. Sie hatte nicht aufgegeben, aber es machte keinen Sinn.
Sie war froh, als Vogelmädchen sich mit ihrer Tochter Regenwolke zu ihnen gesellte. Sie wollte nicht mit Kleine-rote-Blume über Flucht reden. Dann kam auch noch Wah-bo-sehns mit ihren Kindern und sie lächelte freundlich. Sie hatte hier neue Freundinnen gefunden.
Kleine-rote-Blume war enttäuscht, aber sie erkannte, dass die andere Pawneefrau sich ihrem Schicksal ergeben hatte. Vielleicht hatte sie recht? Gefährdete sie ihr Leben, wenn sie erneut die Flucht wagte?

Viele-Feinde kam wie zufällig auf seinem Pferd vorbei und schaute mit einem Lächeln auf sie hinunter. Es war gut, wenn seine Frau ein paar Freundinnen fand, und es störte ihn nicht, dass eine andere Palanifrau mit ihr sprach. Sie konnte übersetzen und seiner Frau Vieles erklären. Er war nicht dumm, aber reichlich selbstbewusst. Natürlich konnte Kleine-rote-Blume wieder vor ihm davonlaufen, aber das Kind würde sie aufhalten und sie waren weit weg von ihrem

Stammesgebiet. Sie sollte besser nicht seinen Zorn auf sich lenken, indem sie noch einmal so etwas Dummes versuchte! Dann wäre er nicht mehr so freundlich! Er blickte warnend in ihre Augen, doch sie lächelte so scheu zurück, dass er nicht an einen weiteren Fluchtversuch glaubte. Überhaupt kam er sich in der Anwesenheit der vielen Frauen überflüssig vor und ritt weiter, um ein wenig zu jagen.

Wah-bo-sehns blickte dem Krieger nachdenklich hinterher. Wieder dachte sie an ihre Gefangennahme vor zwei Wintern und wie Viele-Feinde und Schwarzer-Rabe sie gedemütigt hatten. Wie viel Angst hatte sie damals ausgestanden! Voller Mitgefühl blickte sie auf die gefangene Pawneefrau. Ausgerechnet von einem so gefährlichen Krieger gefangen genommen zu werden! Sie hatte wahrlich Glück gehabt, dass Viele-Feinde sie nicht getötet hatte. Was taten diese Männer nur? Glaubten sie, dass Frauen keine Gefühle hatten? Doch das Kind lebte. Es war verschont worden, genauso wie Graueulenmädchen vor zwei Wintern. Sie hoffte, dass Viele-Feinde diesem Kind ein guter Vater wurde.
Ihr Mokassin bohrte sich in den Flusssand und sie lächelte Kleine-rote-Blume an. „Dein-Name?"
Kleine-rote-Blume sagte etwas völlig Unverständliches und Wah-bo-sehns prustete los. Für eine Pawnee war der Name in der Sprache der Lakota unaussprechlich.
Vogelmädchen kicherte ebenso und wiederholte den Namen, den Viele-Feinde seiner Frau gegeben hatte: „Wanachtscha-luta-tschik'ala!" Allein das kehlig gesprochene K, das eher wie ein Schnalzen klang, war eine unüberwindbare Hürde für die Pawneefrau.
Stern-im-Auge stellte die andere Frau vor: „Das ist Wah-bo-sehns, eine gefangene Crow!"
„Oh! Vielleicht sollten wir alle fliehen?", schöpfte Kleine-rote-Blume wieder Hoffnung. Vielleicht war eine Flucht in der Gemeinschaft mit mehreren Frauen eher möglich?
„Hasch!", wehrte Stern-im-Auge ab. „Vogelmädchen hört doch zu!"
Wah-bo-sehns beugte sich warnend zu der Pawneefrau hinüber, denn sie konnte sich sehr gut vorstellen, um was es ging. „Sage ihr, dass Viele-Feinde vor zwei Wintern dabei war, als Tschetan-withko mich geraubt hat. Er hätte mit mir und meiner Tochter kein Mitleid gehabt. Sie hat Glück, dass sie noch lebt und auch ihr Kind. Sie soll

nichts tun, was diesen Krieger reizen könnte."
Stern-im-Auge übersetzte ihre Worte und Tränen schossen der Pawneefrau in die Augen. „Ich habe es versucht, aber ich bin nicht weit gekommen. Was soll ich nur tun?"
„Finde dich damit ab!", erklärte Stern-im-Auge lakonisch.
„Warum gibst du so schnell auf? Hast du nie versucht zu fliehen?"
„Doch! Und ich wäre fast gestorben, als mein Mann mich fand. Noch einmal reize ich ihn nicht! Es geht dir besser, wenn du dich fügst. Und auch deinem Sohn."
Stille Tränen liefen der Pawneefrau über das Gesicht, aber es war Wah-bo-sehns, die sie sanft in den Arm nahm. Dieser Frau ging es ebenso wie ihr damals und sie würde keinen Fluchtversuch mehr wagen, um das Kind nicht zu gefährden. Mit Viele-Feinde war nicht zu spaßen! Mit keinem dieser Krieger!

Kowakipe

Angst (Sommer 1872)

Das ganze Volk zog Richtung Norden über die offenen Plains, um sich mit den anderen Stämmen zur großen Ratsversammlung zu treffen. So machte sich auch die Gruppe von Traumpfeil auf den Weg. Die Stimmung war schlecht, denn Crazy Horse hatte als Hemdträger, was ihn als tatsächlichen Häuptling auszeichnete, ein Gelübde gebrochen: Er hatte die Frau eines anderen verführt. Dieser Konflikt hatte das Volk gespalten und Crazy Horse war als Anführer zurückgetreten. Die Ältesten konnten sich auf keinen anderen Hemdträger einigen und so blieb das große Volk ohne einheitliche Führung, die im Ernstfall eine riesige Anzahl Krieger zusammentrommeln konnte. Noch machte sich diese Schwäche nicht bemerkbar, weil die Lakota erfolgreich alle Feinde vertrieben hatten.

Traumpfeil führte seine Gruppe östlich der Che-sapa vorbei, quer durch die Mako-Sitsche, die Badlands.
Am Abend tauchte die Sonne das weiße Tuffgestein in ein gespenstisches Rot. Wie die Rücken riesiger, vorzeitiger Echsen ringelten sich die Höhenzüge über den erodierten Boden. Die Lakota kannten sich hier gut aus, denn hier konnte man gut jagen und so kamen sie oft in dieses Gebiet.
Nach Tagen erreichten sie endlich den Mato-Paha, an dem das große Sommerlager ihres Volkes aufgeschlagen wurde.
Das riesige Lager bot einen gewaltigen Anblick, aber den Pawneefrauen machte es Angst. Sie kannten die Bräuche der Lakota nicht und befürchteten das Schlimmste, als sie sahen, dass feierlich ein Platz für eine Zeremonie gebaut wurde. Sie zogen sich in ihre Tipis zurück und verließen sie nur, um möglichst früh am Morgen Wasser und Holz zu holen.
Wah-bo-sehns verstand ihre Furcht, dachte aber, dass sie die Größe des Lagers erschreckte und ihnen die vielen unbekannten Menschen Furcht einflößten.

Stern-im-Auge versuchte Kleine-rote-Blume zu beruhigen. Sie verstand noch nicht alle Zeremonien der Lakota, aber sie wusste, dass ihnen nichts geschehen würde. Trotzdem hassten die Frauen die abschätzenden und oft feindseligen Blicke der Lakotafrauen.

In den Augen mancher Frauen war es nicht gut, was die Gruppe um Traumpfeil tat. Sie brachte andere junge Männer auf dumme Gedanken, nämlich sich ebenfalls Frauen zu rauben, anstatt anständige Lakotamädchen zu heiraten.
Kleine-rote-Blume ließ ihren Sohn gern im Zelt zurück, damit er nicht grob gestoßen wurde, wie es ihr manchmal passierte, wenn sie zum Wasser ging. Sie wartete stets, bis sie Vogelmädchen oder Stern-im-Auge sah und schloss sich ihnen an. So entstand eine kleine Zweckgemeinschaft aus Wah-bo-sehns und Uinohnah, sowie Stern-im-Auge und Kleine-rote-Blume. Nur in ihrer Gegenwart wagte Kleine-rote-Blume es, ihren kleinen Sohn mitzunehmen und so spielte er oft mit Graueulenmädchen oder Regenwolke am Wasser.

Uinohnah interessierte sich für die Lebensweise der Pawnee und stellte manchmal Fragen, doch Stern-im-Auge senkte nur traurig den Kopf, erinnerte sich ungern an ihr früheres Leben. „Für uns Frauen war es viel Arbeit, die Felder anzulegen. Außerdem war es gefährlich, denn immer wieder wurden Frauen getötet. Außerhalb des Dorfes sind wir nicht geschützt!"
„Stellen denn eure Männer keine Wachen auf?", wunderte sich Uinohnah.
„Nein! Sie bewachen das Dorf oder die Pferdeherde, aber nicht die Felder. Von der einen Seite bedrängen uns die Lakota, von der anderen Seite die Weißen. Immer mehr weiße Siedler drängen in unser Land, nehmen sich, was ihnen nicht gehört. Wir führen keinen Krieg gegen die Weißen, weil wir gehofft haben, dass wir in unseren Dörfern bleiben können, aber die Weißen wollen, dass wir nun unser Land verlassen und in eine Reservation ziehen."
Uinohnah und Wah-bo-sehns sahen sich entsetzt an. Sie hatten immer gedacht, dass die Pawnee mit den Weißen verbündet waren. Wieso sollten sie dann wegziehen? Uinohnah erinnerte sich an die schlimmen Überfälle der Soldaten. „Unser Volk wurde von Soldaten angegriffen, die Palanikrieger als Späher hatten!"
Wah-bo-sehns wechselte einen verblüfften Blick mit ihrer Schwägerin. Auch sie wusste von den Pawneespähern.
Stern-im-Auge zuckte mit den Schultern. „Ja, unsere Häuptlinge dachten, es wäre besser, sich mit den Soldaten zu verbünden. Es sind

zu viele Weiße! Trotzdem wollen die Weißen nun, dass wir in die Reservation nach Süden ziehen."
Uinohnah schüttelte ungläubig den Kopf. „Warum kämpfen die Pawnee für die Weißen, wenn sie keinen Vorteil daraus ziehen?"
„Weil die Lakota uns sonst vernichten!"
Uinohnah schnaubte böse, als sie an die schrecklichen Pawneekrieger dachte, die regelmäßig ihre Dörfer heimsuchten. „Hoh! Weißt du eigentlich, wie viel Leid dein Volk über unsere Familien gebracht hat?"
Stern-im-Auge funkelte zurück. „Und dein Volk über mich!"
Uinohnah schaute auf sie und das Baby, das sie im Arm hielt. Sie hatte recht. Es war nicht richtig, was Fisch mit ihr getan hatte und jetzt zog sie sein Kind als Lakotakrieger groß. Trotzdem waren die Pawnee eine große Gefahr für ihre Dörfer. „Es ist Krieg zwischen unseren Stämmen und du kannst froh sein, dass Fisch dich leben ließ und Viele-Feinde hat Kleine-rote-Blume auch nicht getötet."
Stern-im-Auge wurde böse. „Weißt du, wie viele Frauen und Kinder dein Volk schon getötet hat?"
„Und dein Volk bei uns!"
Wah-bo-sehns dachte an ihr Dorf bei den Absarokee. Erst waren sie von den Lakota angegriffen worden und anschließend hatten die Blackfeet ihr Dorf zerstört. Aber auch die Pawnee waren ihre Feinde. Eigentlich waren alle diese Frauen hier ihre Feinde. Sie hielt diesen Streit nicht mehr aus und ging mit ihren Kindern zum Dorf zurück. Die anderen Frauen blickten ihr verblüfft hinterher. Uinohnah und Vogelmädchen sahen drohend auf die zwei Pawneefrauen und ließen sie allein am Fluss zurück. Die gereizte Stimmung im Sommerlager gegen die fremden Frauen hatte sie angesteckt.
Stern-im-Auge übersetzte kurz, was sie gesprochen hatten und Kleine-rote-Blume brach in Tränen aus. Ohne die Lakota würde ihr Mann noch leben und sie würde bei ihm sein. Vielleicht lebte er noch und sie wusste es nicht einmal. Es war keine Liebesheirat gewesen und doch war er ihr Mann. Dieser ganze Krieg brachte nur Elend über alle. Sie schluchzte und Stern-im-Auge nahm sie in den Arm.

Kleines-Hengstfohlen kam zu seiner Mutter und blickte verstört in ihre Augen. Kleine-rote-Blume riss sich zusammen und hob ihr Kind hoch. Wenigstens ihr Sohn lebte und Viele-Feinde war gut zu ihm.
Sie war froh um die Gesellschaft von Stern-im-Auge, die das gleiche durchgemacht hatte wie sie, und gemeinsam gingen sie ins Dorf zu-

rück. Sie ignorierten die feindlichen Blicke der anderen Frauen und hofften, dass sie bald aufbrechen würden.

Die Lakota dagegen genossen die Zusammenkunft. Sie fühlten sich sicher und viele junge, aber auch ältere Männer nutzten das große Lager, um auf Brautschau zu gehen. Tschoka-sapa hatte eine schüchterne, junge Witwe gefunden, die er als Unterstützung für seine erste Frau in sein Tipi führen wollte. Seine Frau Fallende-Sterne hatte bereits drei Kinder geboren, der jüngste Sohn namens Habichtkralle zählte erst zwei Winter und wurde noch gestillt, so brauchte sie dringend Unterstützung für ihren großen Haushalt.
Schweigend musterte Fallende-Sterne die junge Frau, die mit gesenkten Augen vor ihr stand. „Sei mir willkommen", meinte sie verhalten. Diese junge Frau war keine Konkurrenz, sondern eine nützliche Arbeitskraft.
Tschoka-sapa hatte das Mädchen von einem Krieger eingetauscht, der sie offensichtlich loswerden wollte. „Sie ist faul!", hatte der ältere Mann verächtlich gemeint.
Nun, Tschoka-sapa hatte andere Pläne mit dem jungen Ding.
„Wie heißt du?", fragte er mit einem vergnügten Lächeln. Diese Frau würde ihm das Bett wärmen, solange Fallende-Sterne noch seinen Sohn stillte.
„Viel-Schnee!", antwortete das Mädchen mit einem leichten Akzent in ihrer Stimme.
„So? Du bist keine Lakota?"
Fast erschrocken blickte Viel-Schnee zu Boden, eine unendliche Verlassenheit stieg in ihr hoch.
„Antworte mir!", forderte Tschoka-sapa freundlich.
„Ich bin eine Yanktonnai!"
Wan! Eine Frau vom Stamm der Yanktonnai! „Hokahey!", murmelte Tschoka-sapa erstaunt. „Was habe ich mir denn da eingefangen?"
Die Yanktonnai gehörten zu ihrem Volk, sprachen jedoch einen eigenen Dialekt. Sie lebten weit im Osten an den Ufern des Missouri, bauten Mais und Gemüse an. Sie hatten feste Hütten und er wunderte sich, wie die Frau so weit nach Westen gekommen war. Nun, eines Tages würde er ihre Geschichte erfahren. „
Du lebst nun in meinem Zelt und wirst Fallende-Sterne helfen", erklärte Tschoka-sapa freundlich. „Sie wird dir deinen Platz zeigen!"

Ergeben setzte sich Viel-Schnee in den Hintergrund des Tipis und musterte vorsichtig ihre neue Familie. Sie wollte hier nicht sein, wollte nicht wie ein Stück Holz weitergegeben werden! Warum hatte der alte Mann ihr nicht mehr Zeit gegeben, damit sie ihre Trauer überwinden konnte? Als Witwe war sie darauf angewiesen, dass sie versorgt wurde, aber nicht so!
Hilflos ergab sie sich in ihr Schicksal, dachte wieder an den Tag, als Skalpjäger ihren Mann und ihren kleinen Sohn getötet hatten. Soldaten aus dem Fort, die regelmäßig zu „Skalpritten" aufbrachen. Wehklagend hatte sie sich über die Leichen ihrer Familie gebeugt, als sie mit Holz beladen aus dem Wald zurückgekehrt war. Seitdem war sie herumgereicht worden, von einer Familie zur anderen, aber wirklichen Trost hatte sie nirgendwo gefunden. Niemals würde sie sich bei den Lakota wohlfühlen! Die ständige Wanderschaft, das ewige Reiten! Sie vermisste ihr gemütliches Haus, ihren Garten mit den Bohnen und dem Mais, ihre Freundinnen und ihre Mutter. Die kleine Tochter der Familie blickte zu ihr hinüber und lächelte scheu. Dann kletterte sie über die Felle zu ihr hinüber und zeigte ihr eine Puppe.
„Wie heißt du denn?", fragte Viel-Schnee leise. Tränen stiegen in ihre Augen, als sie an ihren eigenen Sohn dachte, der mitleidlos getötet und verstümmelt worden war.
„Blaufeder! Und das ist mein Baby!", erklärte das Kind mit wichtiger Stimme.
„Soll ich deinem Baby ein Kleid nähen?", fragte Viel-Schnee freundlich.
„Oh, ja!", lachte das Kind voller Freude.
Fallende-Sterne schaute lächelnd auf ihre Tochter und die neue Frau in ihrem Zelt. Jetzt würde Blaufeder mehr Zeit haben mit ihren Puppen zu spielen und nicht immer nur auf ihren kleinen Bruder aufpassen müssen! Nein, die neue Frau war eine Erleichterung für alle, und sie hob den Status ihres Mannes, weil er zwei Frauen ernähren konnte.

Die Gruppe von Traumpfeil zog endlich weiter und ging nördlich der Black Hills auf Jagd. Die Frauen gruben nach Zwiebeln und Rüben, oder trockneten Beeren. Ihr Streit schien vergessen zu sein, zumindest sprachen sie nicht mehr darüber. Uinohnah hatte Wah-bo-sehns einfach abgeholt und so getan, als wäre nichts gewesen. Etwas ver-

legen hatte sich ihnen Vogelmädchen mit ihrer Tochter Regenwolke angeschlossen und nach kurzer Zeit hatte sich auch Stern-im-Auge zu ihnen gesellt.
Sie gingen zu den Fellen, die am Rande des Dorfes im Gras lagen und bearbeitet werden mussten. Keiner sprach ein Wort und es entstand eine unangenehme Stille. Schließlich brach Uinohnah das Schweigen und meinte: „Ihr seid jetzt Lakotafrauen. Wir reden nicht über das, was die Männer tun."
Alle seufzten erleichtert, obwohl Stern-im-Auge sehr wohl darüber reden wollte, was Männer den Frauen antaten. Sie würde abwarten, denn eines Tages gab es vielleicht eine Gelegenheit, mit den Frauen darüber zu reden. Im Moment war es besser zu schweigen und ihre Freundschaft mit Wah-bo-sehns und Uinohnah nicht zu gefährden. Schweigend kniete sie gemeinsam mit Fallende-Sterne und Viel-Schnee über den Fellen und schabte sie sauber.

Auf ihrer Wanderschaft nach Norden veränderte sich die Landschaft. Oft kamen sie über roten Boden: Erde, die durch Blitzeinschläge zu gebranntem Ton wurde. Es klang lustig, wenn die Pferde darüberliefen und es lag ein ständiger, leichter Brandgeruch in der Luft.

Die Frauen genossen die Wanderschaft und die Ruhe. Auch die fremden Frauen gewöhnten sich besser ein und vergaßen ein wenig die Schrecken ihrer Gefangennahme oder wie sie zu dem Volk gekommen waren.
Klaglos kniete die Yanktonnaifrau über den Fellen, schabte das Fett herunter oder grub nach Wurzeln. Sie versuchte sich in die Familie einzufügen, doch manchmal verlor sich ihr Blick in der Ferne. Warum war sie nicht bei ihrem Mann und Sohn gewesen, um mit ihnen zu sterben? Immer wieder sah sie ihre entsetzlich entstellten Gesichter vor sich, grausam getötet. Dabei waren sie nur auf der Jagd gewesen, eine kleine Familie, harmlos und friedlich.
Wenigstens behandelte Tschoka-sapa sie nicht schlecht, war rücksichtsvoll, wenn er sich zu ihr legte.
Oft war sie ausgesprochen schwermütig, arbeitete schweigend vor sich hin und verlor sich in Träumen. Fallende-Sterne war ein wenig enttäuscht, denn sie hatte sich mehr Gesellschaft erhofft, eine Freundin, mit der sie sich unterhalten konnte.

„ Nitokah-he?“, fragte sie die neue Zweitfrau.
„Nichts!“, wehrte Viel-Schnee die Frage ab.
Fallende-Sterne senkte die Augen, dann streichelte sie dem Mädchen verständnisvoll über den Kopf. „Du wirst sehen! Bald wirst du dich hier einleben. Alle werden dich gernhaben!“
In den Augen von Viel-Schnee sammelten sich Tränen. Sie spürte, dass die erste Frau ihres Mannes es gut meinte. „Du bist sehr freundlich zu mir. Dafür danke ich dir. Aber manchmal sehne ich mich nach meiner Mutter und meinem Dorf.“
Fallende-Sterne lächelte verständnisvoll. „Auch unsere Mädchen ziehen zu der Familie des Mannes. Auch sie weinen, wenn sie ihre Mütter verlassen. Aber wenn sie ihr erstes Baby im Arm halten, dann ist der Schmerz vergessen.“
„Ich hatte schon ein Kind. Mein Mann und mein Sohn sind von Soldaten umgebracht worden.“
Fallende-Sterne war so entsetzt, dass ihr Mund offen stand. „Hunhunhe! Du Arme! Das wusste ich nicht! Es muss furchtbar für dich sein.“
Viel-Schnee machte eine hilflose Handbewegung. „Es ist schon lange her. Deine Kinder helfen mir, das Schreckliche zu vergessen. Aber mein Herz ist leer.“
Zögernd wandte sich Fallende-Sterne an die kniende Frau. „Ich möchte, dass du meine Schwester bist. Auch ich wollte, dass Tschoka-sapa eine weitere Frau in sein Zelt führt. Weißt du, die Geburt von Habichtkralle hat mich sehr angestrengt. Jetzt möchte ich, dass du meinem Mann die Freude bereitest, die ich ihm nicht mehr geben kann. Du bist uns willkommen. Ich möchte nicht, dass du dich einsam fühlst. Eines Tages wirst du wieder ein Baby haben und deinen Schmerz vergessen.“
Die freundlichen Worte beschämten Viel-Schnee. Zum ersten Mal erlebte sie Verständnis unter diesen fremden Menschen.
Tränen kullerten über ihr Gesicht und dankbar blickte sie auf die ältere Frau. „Dann werde ich deine kleine Schwester sein!“
„Das ist gut!“ Fallende-Sterne freute sich. Fürsorglich nahm sie die Zweitfrau in die Arme und strich ihre Tränen weg.

Gemächlich folgten die Lakota einer Herde Büffel nach Westen, erlegten unterwegs einige dieser schweren Tiere, ansonsten war die Gegend wie ausgestorben. Hügelige Prärie, fast ohne Strauch und Baum, darüber der endlose Himmel in dem einige Greifvögel schwebten. Nur die Flussauen mit ihren Kirschbäumen waren eine Abwechslung in der Landschaft und boten ein wenig Schatten. In endlosen Wellen breitete sich das Land aus und verschluckte jeden, der sich dort aufhielt. Die Späher orientierten sich an den markanten Höhenzügen und benannten sie mit lustigen Namen: „Wir ziehen zu der liegenden Frau!" Oder sie nannten einen Felsen „erhobener Finger". Oft waren es ausgesprochen anzügliche Anspielungen, die nur die Männer untereinander kannten.

Es wurde Herbst, ehe sie die Wolfsberge überschritten und in das Tal des Little-Bighorn-Flusses zogen. Sie folgten dem Fluss nach Süden, in Richtung der Bighorn-Berge, um dort zu überwintern. In der glasklaren Luft erschienen die schneebedeckten Gipfel zum Greifen nahe. Wah-bo-sehns wurde schwermütig, denn sie waren so nahe an ihrem Stammesgebiet. Wie sehr sehnte sie sich nach ihrer Mutter und ihren Schwestern. Aber die Lakota und Crow waren erbitterte Feinde. Niemals würde sie ihren Mann bitten können, dass er sie zurückbrachte. Tief atmete sie den gewohnten Geruch nach Pinien ein, gab sich der Erinnerung hin, als sie als Kind hier gespielt hatte. Wenigstens hatte der stetige Wind aufgehört.

Traumpfeils Gruppe schloss sich mit einer anderen Gruppe zusammen und so verteilten sich über sechsmal zehn Tipis in dem großen Tal. Es war reich an Wild und es gab genügend Holz für neue Tipistangen und für das Feuer. Die Frauen sammelten die letzten Früchte und Beeren und legten große Holzvorräte an. Neben den Zelten standen Gestelle, auf denen Fleisch und Prärierüben trockneten, welche die Frauen an ihrem Kraut in Zöpfe geflochten hatten. Bei Bedarf schnitten sie einfach die kieselsteingroßen Früchte von dem Zopf herunter und kochten sie mit dem Fleisch im Kessel. Felle wurden mit Gerbflüssigkeit eingeweicht, dann gespannt und bearbeitet. Bei den Frauen herrschte rege Betriebsamkeit im Lager, während die Männer gerne ausgedehnte Jagdausflüge machten. Sie fanden Auerhähne, Biber, Waschbären, Stachelschweine und Rotwild, was einen abwechslungsreichen Speiseplan sicherte. Oft faulenzten die Krieger aber auch und genossen die letzten warmen Tage des späten Indianersommers. Manchmal lag zu dieser Jahreszeit schon Schnee, aber in diesem Land gab es keine Regeln. Waziya entschied selbst, wann er den Schnee schickte und wann nicht.

Die Frauen schauten stolz auf ihre Männer, die nach der Jagd gemütlich vor ihren Tipis saßen, und steckten ihnen Leckerbissen zu. Es gab eine klare Arbeitsteilung zwischen ihnen, jeder einzelne war wertvoll für die Gemeinschaft und niemand zweifelte seine Bestimmung an.
Die einzige Arbeit, die sich Mann und Frau teilten, war die Erziehung der Kinder. So beschäftigte sich Tschetan-withko gerne mit seinen Kindern, genoss die Zeit mit ihnen, während seine Frau ihren Arbeiten nachging.
Wah-bo-sehns besserte ihr Tipi für den Winter aus, denn einige der Felle wiesen bereits starke Abnutzungserscheinungen auf. Seit ihrer Gefangennahme lebte sie nun in diesem Zelt und sie hoffte, dass sie im nächsten Sommer genügend Felle für ein neues Zelt sammeln konnte. Ein wenig angespannt hatte sie Tschetan-withko gebeten, seine kleine Tochter mitzunehmen. Graueulenmädchen zählte fast zwei Winter und war ein lebhaftes Kind, auf das man ständig aufpassen musste.
Tschetan-withko genoss diese Momente mit seiner kleinen Tochter und ging zum Fluss, um mit ihr im Sand zu spielen. Viele-Feinde gesellte sich mit seinem neuen Sohn zu ihm. Kleine-rote-Blume, die gefangene Pawneefrau, machte sich immer Sorgen um ihr Kind, aber jedes Mal, wenn Viele-Feinde das Kind mitgenommen hatte, kehrte es jauchzend und lachend im Arm des Kriegers zurück. Kleines-Hengstfohlen setzte sich neben Graueulenmädchen und zerdrückte die Tierfiguren, die Tschetan-withko mit dem Sand geformt hatte. Beide Kinder lachten begeistert, als Tschetan-withko sie kitzelte und ihnen neue Figuren formte. Mit ihren kleinen Fingern bohrten sie in den Sand und zerstörten die Figuren, damit er ihnen neue baute.
Tschetan-withko lächelte und sammelte einige Kiefernnadeln. Er formte zwei Stachelschweine aus Sand und zeigte den Kindern, wie sie die Nadeln in den Rücken der Sandtiere stecken konnten. Begeistert vertieften sie sich in das neue Spiel, während sich die Männer zurücklehnten und faul in die Sonne blinzelten.
„Ist dir deine neue Frau gehorsam?", fragte Tschetan-withko seinen Freund.
„Oh ja! Ich ließ ihr das Kind, so wie du Wah-bo-sehns das Baby gelassen hast. Das macht die Frauen fügsam!"

Tschetan-withko grunzte verächtlich: „Ich ließ ihr das Baby nicht, um sie fügsam zu machen!“
„Nein?“
„Nein!“
Viele-Feinde schien etwas erstaunt: „Warum hast du ihr das Kind dann gelassen?“
„Weil mir die Frau gefiel!“ Er lachte anzüglich. „Fügsame Frauen sind langweilig!“
Viele-Feinde sah ihn fragend an. „Was willst du mehr, als dass die Frau die Beine für dich breit macht?“
Jetzt lachte Tschetan-withko wirklich. „Viel mehr!“
Viele-Feinde nahm eine Handvoll Sand und ließ ihn langsam durch die Finger rieseln. Er warf einen nachdenklichen Blick auf Tschetan-withko. „Vielleicht hast du recht. Meine Frau sieht mich noch immer als Feind. Sie fügt sich, weil ich ihr Kind verschont habe.“ Er zögerte kurz. „Bleibt deine Frau jetzt gerne bei dir?“
Tschetan-withko blickte ihn verblüfft an. Das war wirklich eine sehr persönliche Frage. „Ja!“
Viele-Feinde merkte, dass Tschetan-withko nicht über seine Frau reden wollte, also lenkte er vorsichtig ab: „Was kann ich tun, damit Kleine-rote-Blume nicht mehr den Feind in mir sieht?“
Hohch! Tschetan-withko wand sich wie ein Fisch im Netz.
„Lass ihr Zeit!“
Viele-Feinde verdrehte seufzend die Augen. Das war wenig hilfreich! Unwillig zuckte Tschetan-withko die Schultern. Männer raubten Frauen, ohne daran zu denken, dass sie mit ihnen gemeinsam im Tipi leben würden. Er formte einige Figuren, damit die Kinder ihre Kiefernnadeln in sie hineinstecken konnten und schaute seinen Freund verstohlen von der Seite an. Nachdenklich beobachtete er, wie dieser mit seinem Adoptivsohn spielte. Das war der richtige Weg! Gutmütig meinte er: „Kleines-Hengstfohlen ist jetzt dein Sohn und du bist auf dem richtigen Weg, auch das Herz dieser Frau zu erfreuen.“
Zweifelnd legte Viele-Feinde seinen Kopf schief. „Wie meinst du das?“
„Nun, du hast ihr Kind nicht nur verschont, sondern du versuchst, ihm ein guter Vater zu sein“, erklärte Tschetan-withko.
Ein amüsiertes Lächeln huschte über das kantige Gesicht von Viele-Feinde. „Es bereitet mir Freude!“
Das war allerdings deutlich zu sehen und Tschetan-withko lachte herzlich. „Mir auch! Ich spiele gern im Sand!

Beide Männer lachten und hielten überrascht inne, als plötzlich der Medizinmann mit Hitschikyata vor ihnen stand. Verlegen standen sie auf, doch der Heilige Mann winkte ab. Er kniete sich zu den Kindern und bedeutete Hitschikyata sich zu ihm zu setzen. Etwas unsicher folgte der Junge der Anweisung und wunderte sich, was der Heilige Mann bei den Kindern wollte. Bärenkralle sah ihn forschend an. „Kinder stehen nahe bei Wakan-tanka, von ihnen kannst du viel lernen."
Graueulenmädchen kletterte auf den Schoß von Hitschikyata und steckte ihm den Finger in den Mund. Er schnappte danach, als wollte er den Finger abbeißen und das kleine Mädchen lachte begeistert. Sie war so klein und zierlich, dass er Angst hatte, sie könnte zerbrechen, wenn er sie anfasste und er erinnerte sich daran, wie er sie schon vor langer Zeit im Dorf der Crow auf den Arm nehmen wollte. Behutsam hob er das Kind hoch und fand, dass es ein richtiger kleiner Mensch war. Sie zappelte und er setzte sie auf den Boden, damit sie zu ihrem Vater laufen konnte. „Ich bin froh, dass du sie damals nicht getötet hast!", meinte er zu Tschetan-withko.
Haun! Entsetzt riss Tschetan-withko die Augen auf. „Ich auch!"
Hitschikyata überlegte ein wenig. „In unserem Dorf wäre sie vermutlich gestorben!"
Tschetan-withko blickte ihn überrascht an. „Warum?"
Hitschikyata zögerte, denn selbst jetzt wollte er seinen ehemaligen Feinden nicht von ihrer verzweifelten Situation berichten. „Wah-bosehns war in Trauer und wir hatten nicht genügend Vorräte", wich er aus.
Tschetan-withko schluckte schwer. So war das also!
Hitschikyata versuchte, ihre Situation zu entschuldigen: „Viele Krieger waren krank, wir hungerten alle! Es war gut, dass du Wah-bosehns und ihr Kind gefangen genommen hast, sonst wären sie verhungert oder bei dem Überfall der Blackfeet gestorben."
Tschetan-withko zog amüsiert die Mundwinkel nach unten. Wah-bosehns hatte es damals bestimmt nicht gut gefunden! Doch ihm war klar, dass Hitschikyata ihm zeigen wollte, dass er keinen Groll gegen ihn hegte.
„Waschté-yelo!", beendete Tschetan-withko das Thema. Sie waren jetzt alle ein Volk.
Graueulenmädchen zog an seinen Haaren, griff mit ihren pummeligen Fingern nach einer seiner Federn und er wehrte das Kind vorsichtig ab. Lächelnd zog er die zerfledderte Adlerfeder aus seinem

Haar und gab sie dem Kind, das glücklich mit seiner Beute tanzte. Alle schüttelten den Kopf. Tschetan-withko! Jetzt gab er dem Kind auch noch eine Coupfeder zum Spielen!
Tschetan-withko war ihre Reaktion gleichgültig. Alle wussten, wie tapfer er war und er konnte sich eine neue Adlerfeder holen, um ihnen seine Taten mitzuteilen. In diesem Moment erfreute er sich nur an dem lebhaften Kind, das in seinem blau bestickten Kleid vor ihm hüpfte und die Feder schwang. Wah-bo-sehns liebte die Farbe blau, verzierte alles, was sie in die Hände bekam, mit blauen Perlen. Selbst Alltagskleidung bestickte sie wenigstens mit einem schmalen Saum oder einfachen Muster. Er hatte inzwischen auch blau-weiß bestickte Leggins und Mokassins, genauso wie das Kind.
Sinnend musterte Tschetan-withko den Medizinmann, dann meinte er beiläufig: „Es ist gut dich zu sehen!"
„Siehst du mich nicht jeden Tag?", wunderte sich Bärenkralle schmunzelnd.
Tschetan-withko grinste zurück, dann wurde er ernst. „Ich sehe dich immer, aber an manchen Tagen ist es besser, wenn ich auch mit dir sprechen kann."
Bärenkralle blickte nachdenklich auf das tanzende Kind und fragte beiläufig: „So! Du hattest also wieder Träume?"
Alle schwiegen atemlos und blickten gespannt auf Tschetan-withko.
Kurz zeigte Bärenkralle mit seinen Lippen zu den anderen, eine wortlose Frage, ob sie sich entfernen sollten.
Tschetan-withko schüttelte unmerklich den Kopf, denn er hatte keine Geheimnisse vor seinem Freund. Zögernd strich er den Sand glatt und atmete tief ein. „Ich hatte wieder Träume! Aber ich träume nicht mehr von dem Wolf!"
Bärenkralle kicherte respektlos. „Natürlich nicht! Du hast ja deine Wölfin gefunden."
Tschetan-withko blickte ihn unsicher an. Konnte das wirklich der Grund sein?
Viele-Feinde wagte keine Bemerkung zu machen, denn über Träume machte man sich nicht lustig. Ihn wunderte die Heiterkeit des Heiligen Mannes.
Bärenkralle machte eine auffordernde Handbewegung. „Wovon träumst du jetzt?"
Tschetan-withko seufzte. Seine Träume waren verwirrend und er verstand ihre Bedeutung nicht. „Ich träume von Rot!"
„Von Rot?" Selbst der Medizinmann war überrascht.

Man träumte von Tieren und Taten, aber nicht von Farben.
„Ja! Ich sah Menschen auf einem roten Pfad gehen."
Das war gut! Der rote Pfad war der heilige, reine und gute Weg des Lebens. Der Medizinmann war erschüttert. Das war wirklich ein starker und heiliger Traum.
Tschetan-withko war verunsichert. Natürlich kannte er die symbolische Bedeutung des roten Pfades. „Die Menschen gingen auf einem roten Pfad nach Norden", wiederholte er.
„Warum sollten die Menschen nach Norden gehen?"
„Ich weiß nicht."
„Von welchem Volk waren die Menschen?"
„Es waren Menschen unseres Volkes."
Bärenkralle legte den Kopf schief. Tschetan-withko hatte starke Träume und er würde über die Bedeutung nachdenken. „Erzähle mir, wenn du wieder solche Träume hast!"
Tschetan-withko machte eine abschließende Handbewegung. Er war froh, dass er mit Bärenkralle geredet hatte.
Graueulenmädchen war inzwischen auf seinen Schoß geklettert, kuschelte sich müde an ihren Vater und steckte den Daumen in den Mund. Tschetan-withko nahm ihr die zerfledderte Adlerfeder aus der Hand und steckte sie grinsend in sein Haar. „Vielleicht sollten wir einen Adler fangen! Ich glaube, ich brauche einige neue Federn!"
Viele-Feinde stieß ihn begeistert an. „Ich komme mit dir!"
„Gut! Bärenkralle soll einen guten Zeitpunkt wählen und dann brechen wir auf!"
Kleines-Hengstfohlen gähnte und Viele-Feinde stand auf, um ihn zu seiner Mutter zu bringen.
Kleine-rote-Blume hatte wieder diesen erleichterten Blick in ihren Augen, als Viele-Feinde in das Zelt trat. Es tat ihm weh zu sehen, dass sie immer noch Angst hatte, ihm das Kind mitzugeben. „Wir haben Hunger!", bedeutete er mit einer deutlichen Geste, während er mit dem Kind unter dem Arm in das Zelt schlüpfte. Etwas verblüfft beobachtete Kleine-rote-Blume, wie sich das Kind vertrauensvoll in seinen Schoß kuschelte. Ihm ging es bei den Lakota gut.

Tschetan-withko trug seine Tochter, die vom Spielen erschöpft eingeschlafen war, zurück zum Zelt. Vorsichtig legte er sie auf ein Fell und blickte auf seine Frau. Sie duftete nach Salbei, mit dem sie sich abgerieben hatte, und ihre langen schwarzen Haare fielen noch nass vom Baden über ihren Rücken. In einem Impuls beugte er sich über die kniende Frau, seine Hände zogen ihr Kleid hoch und suchten ihre Brüste. Empört wehrte sie ihn ab, aber ihr Kichern strafte sie Lügen. Trotzdem zog er ihr gehorsam das Kleid hinunter. Er konnte bis zum Abend warten, wenn auch er frisch gewaschen für sie aus dem Fluss kam.

Sie eilte aus dem Zelt, um ihren Sohn zu holen, der energisch sein Recht forderte. Mit überschlagenen Beinen lehnte sich Wah-bo-sehns bequem an die Rückenstütze, um Wolfssohn die Brust zu geben. Gierig trank der kleine Junge, dabei drehte er entspannt eine Locke seines Haares um seinen Finger, während die andere Hand ihre Brust hielt. Später, als er satt war, krabbelte Wolfssohn zu seinem Vater. Er wich dabei umsichtig dem Feuer aus, denn er hatte bereits schmerzhaft gelernt, wie heiß das Feuer war. Niemand hatte ihn daran gehindert, in das heiße Feuer zu greifen, denn niemand hinderte den Forschungsdrang eines Kindes. So war das Kind nicht wütend auf seine Eltern, die ihm von einem interessanten Spielzeug fernhielten, sondern seine Wut richtete sich gegen das, was ihm wehgetan hatte, nämlich das Feuer! Tschetan-withko nahm das Baby hoch und blickte in die ruhigen Augen seines Sohnes, die ihn vertrauensvoll anlächelten. So wie einst die Augen von Graueulenmädchen. Er würde sie besser beschützen, als es damals die Crow getan hatten, dachte er verächtlich.
„Tokah-he, Mihigna?“, fragte seine Frau, die seinen plötzlichen Stimmungswechsel gesehen hatte.
Er schreckte aus seinen Gedanken hoch und machte eine beruhigende Handbewegung. „Nichts! Vielleicht gehe ich mit Viele-Feinde auf Adlerjagd.“
„Das ist schön!“
Stirnrunzelnd betrachtete er seine Frau. „Wieso ist das schön? Den Adler zu jagen ist gefährlich!“
„Ja! Aber du bist ein guter Jäger!“
Er schnaufte fast ein wenig beleidigt. „Du hast keine Angst?“
„Nein! Ich habe nur Angst, wenn du auf einen Kriegszug gehst.“
Mit finsteren Augen blickte er auf seinen Sohn. „Wir müssen unsere Jagdgründe schützen!“
Wah-bo-sehns sagte nichts, denn diese Gespräche verärgerten ihn höchstens.

„Wann wirst du aufbrechen?", lenkte sie von dem Thema ab.
„Bärenkralle wird einen Zeitpunkt bestimmen, dann reite ich!"
Sie senkte gehorsam den Kopf, aber insgeheim freute sie sich. Wenn er den Adler jagte, würde er keine Crow oder Pawnee töten. Das war gut so. Sie dachte an die anderen Frauen, denen es ebenso ging wie ihr und an ihren Streit mit den Lakotafrauen. Zwar gingen sie seitdem wieder gemeinsam Wasser und Holz holen, doch niemand sprach mehr über den Krieg zwischen ihren Völkern.
Hier war es so schön! Ihr Mann jagte, spielte mit seinen Kindern und Wah-bo-sehns wünschte, dass es für alle Zeiten so blieb.
Es war ein ruhiges, friedliches Beisammensein und ließ manche Schrecken in den Hintergrund treten.

Auch Viel-Schnee, die zweite Frau von Tschoka-sapa, wurde ausgeglichener. Verschwunden war die Schwermütigkeit, stattdessen horchte sie auf die Veränderungen in ihrem Körper. Eine verräterische, kleine Rundung an ihrem Bauch verriet, auf was sie sich freute. Die Wunden in ihrer Seele vernarbten, auch wenn sie Tschoka-sapa nicht unbedingt liebte. Aber vielleicht kam dieses Gefühl später, wenn sie diesen Mann besser kannte. Zumindest liebte sie inzwischen die drei Kinder so, als wären es ihren eigenen. Geduldig spielte sie mit Habichtkralle und Blaufeder, oder nähte neue Kleidung für Otter. Inzwischen ermüdete sie schnell beim anstrengenden Sauberkratzen der Felle und ihr wurde übel. Aber Fallende-Sterne ließ sie oft ausruhen, wenn die anderen ihre Babys stillten. Dann saßen die Frauen im Schatten einiger Bäume und unterhielten sich über ihre Kinder, die unter der Aufsicht von Heller-Mond und Blaufeder mit ihren Puppen spielten.
Es war ein harmonisches Bild und die Männer blickten stolz auf die vielen Kinder, die in ihrem Dorf heranwuchsen.

Che-ni-win liebte den Herbst. Sie konnte inzwischen ganz gut Lakota sprechen, obwohl ihr noch einige Feinheiten der komplizierten Sprache fehlten. Vor allem die Satzstellung trieb sie in den Wahnsinn. Warum sagte ihre Schwester nicht einfach: „Sieh mal, wie dieser junge Mann Kunststücke auf seinem Pferd macht!", sondern sie murmelte: „Sieh, Mann junger dieser reitend auf Pferd, oh sieh, Mann dieser Kunststücke schwierige Pferd schönes auf er macht!"

Selbst wenn Che-ni-win alle Worte verstanden hatte, musste sie manchmal lange über den Sinn des Satzes nachdenken. Gerne machte sie Ausflüge mit Winny, ihrem Pony, obwohl es ihrer Mutter nicht recht war, wenn sie sich zu weit vom Lager entfernte.
„Reite nicht zu weit!", mahnte Gebrochener-Zweig sie. „Sonst kommen die Waschitschu und holen dich!"
Eigentlich hatte sie wörtlich gesagt: „Weg weiter Dorf von Pferd auf reiten du sollst nicht, sonst Weiße jene von uns dich wegholen sie werden!" Auch über diesen Satz hatte Che-ni-win erst einmal nachdenken müssen, ehe sie ihn wirklich verstand. Sie musste jedes Mal lachen, wenn ihre Mutter damit drohte, denn sie war ja auch eine „Waschitschu", eine „Weiße". Ihr indianischer Vater dagegen hatte eine wirksamere Methode gefunden: „Bleib in der Nähe des Dorfes!", hatte er ihr befohlen. „Vielleicht sind Pawnee in der Nähe!"
Ein Schauer war über ihren Rücken gelaufen und sie befolgte die Anweisung lieber. Sie hielt sich an die bekannten Wege, holte Holz oder ging zum Wasserholen. Sie liebte dieses Momente der Ruhe und Einsamkeit und bot sich gerne an, diese Aufgaben zu erledigen.
Missmutig blickte sie auf ihre Finger, die vom Nähen ganz blutig waren und schnappte sich die Büffelblasen, um Wasser zu holen. Gebrochener Zweig blickte kurz auf und lächelte, als sie sah, dass Che-ni-win eine Pause brauchte. Sie war immer noch ein Kind, das spielen wollte.
Che-ni-win hatte es nicht besonders eilig, denn sie sollte weiter an ihren Mokassins arbeiten, wozu sie eigentlich keine rechte Lust verspürte. Sie wollte ihrer Mutter aber auch nicht widersprechen und so schlenderte sie am Fluss entlang, um weiter stromaufwärts sauberes Wasser zu schöpfen. Sie lutschte am Zeigefinger und wartete darauf, dass es aufhörte zu bluten.

Elchkalb erblickte das trödelnde Mädchen, als er zufällig in die gleiche Richtung ritt. Er drängte grinsend sein Pferd an ihr vorbei und Che-ni-win machte ihm höflich Platz. Endlich sah er sie mal allein, ohne die Begleitung ihrer vielen Freundinnen oder der Mutter. Er hatte sein Begehren längst noch nicht vergessen und musterte besitzergreifend ihr indianisches Aussehen. Ihre roten Haare waren in ordentliche Zöpfe geflochten und sie trug ein schön gearbeitetes Kleid aus Hirschleder, unter dem sich langsam ihre wachsenden Brüste abzeichneten. Sie reifte früh zur Frau heran und er musste vielleicht nicht mehr lange warten. Sein Pferd lief an ihr vorbei und mit einem

Schwung drehte er sich auf dem Rücken des Pferdes um, damit er sie noch ein wenig ansehen konnte. Er stützte sich mit der Hand an der Kuppe ab und meinte lästernd: „Vielleicht wärst du deinen Eltern eine bessere Tochter, wenn deine Füße so schnell wie deine Zunge wären!" Er hatte von ihrer scharfen Zunge gehört und wollte sie ein bisschen ärgern.
„Vielleicht wärst du ein besserer Krieger, wenn du wüsstest, wo bei deinem Pferd vorn und hinten ist!", entgegnete sie schlagfertig im besten Lakota. Sie hatte keine Angst vor diesem jungen Mann, der sie gerettet hatte.
Elchkalb purzelte fast vom Pferd, als er diese Beleidigung hörte. Seine Stirn zog sich wutentbrannt zusammen und seine dunklen Augen wurden schmal. Dieses Mädchen wagte es, einen Krieger zu beleidigen! Eigentlich wäre es jetzt angebracht gewesen, sie vollständig zu ignorieren, aber die Gefühle gingen mit ihm durch. Blitzschnell schwang er sich zurück und drehte sein Pony um. Dann schlug er ihm mit seinen Fersen in die Flanken, sodass es vom Stand weg in Galopp fiel. Mit einem gellenden Kriegsgeheul riss er das Mädchen auf sein Pferd, das erschrocken die Büffelblasen fallen ließ, und stob mit ihm durch das Tal. In voller Geschwindigkeit ließ er sein Pony durch das raue Gelände galoppieren, während er sie an den Hüften festhielt. Dann riss er so heftig an den Zügeln, dass das Pferd stieg und schnaubend zum Halten kam. Er rutschte mit dem Mädchen über die Kuppe des Pferdes hinunter und stürzte auf sie. Betroffen sprang er auf, prüfte kurz, ob sie sich verletzt hatte und half ihr hoch. Mit glänzenden Augen lachte sie ihn voller Begeisterung an und fragte aufgeregt: „Reiten wir noch mal zurück?"
Wakan-tanka! Sie hatte überhaupt keine Angst! Er stemmte seine Hände in die Hüften und starrte sie entgeistert an. Er würde sie auf jeden Fall zur Frau nehmen! Geschmeidig glitt er auf sein Pony und hob sie wieder vor sich in den Sattel. Er war sich plötzlich ihrer Nähe bewusst und schlang verlegen seinen Arm um ihre Hüften. Hoffentlich hatte sie niemand gesehen, denn Grauadler würde es nicht gutheißen, was er eben gemacht hatte. Der Vater wachte eifersüchtig über seine Töchter und duldete es nicht, dass sich ein Mann ihnen näherte. Im sanften Galopp kehrte Elchkalb zu dem Ort zurück, wo Che-ni-win ihre Büffelblasen verloren hatte und hob sie vom Pferd. Strahlend nahm sie die Behälter auf und rannte davon, um schnellstens das Wasser zu holen. Er schüttelte den Kopf über ihr ungebärdiges Wesen. Es würde interessant werden, sie zu zähmen.

Che-ni-win kehrte atemlos in das Tipi zurück und ihre Mutter runzelte die Stirn, wo sie so lange geblieben war. Schuldbewusst kniete sich Che-ni-win über ihre Mokassins und begann sie lustlos zu besticken. Sie nähte eigentlich gerne, aber bei dem schönen Wetter wäre sie lieber draußen geblieben. Außerdem tat ihr Finger weh. Gebrochener-Zweig lächelte verstohlen und fragte: „Möchtest du mich begleiten? Ich sammle Pilze!"

„Oh ja!" Geschäftig kramte das Kind nach einem geeigneten Leder, in das sie die Pilze sammeln konnte und hüpfte dann neben ihrer Mutter her, um in den Wald zu gehen. Sie fanden nicht nur Pilze, sondern sammelten auch die letzten Beeren und Hagebutten. Erst am Abend kehrten sie heim und seufzten hungrig, als sie sahen, dass Weidenzweig inzwischen Essen gekocht hatte.

Die Tage vergingen mit Sammeln und Jagen in einer Natur, die sich in einen sanften Goldton verwandelte. Endlich hielt Bärenkralle den Zeitpunkt für gekommen, um auf Adlerjagd zu gehen. Die Männer fieberten diesem Abenteuer entgegen und hatten schon tagelang vorher Vorbereitungen getroffen. Schließlich machten sich Tschetan-withko und Viele-Feinde auf den Weg nach Süden in die Bighorn-Berge. Weit unterhalb der unbewaldeten Gipfel stellten sie ihr kleines Reisezelt auf, dann machten sie sich zu Fuß an den Aufstieg. Eine Herde Bergziegen flüchtete vor ihnen die steilen Hänge hinauf. Ihr Meckern war weithin zu hören und hallte von den Felswänden wieder. Die Männer suchten eine geeignete Stelle mit weichem Boden und hoben gemeinsam eine große Grube aus. Die Erde wurde in kleinen Haufen verteilt, um Wieselhügel vorzutäuschen, dann legten sie den Boden mit Salbeiblättern aus. Viele-Feinde brachte dicke Äste, die er sorgfältig über die Grube legte, nur am Nordende ließ er eine Öffnung, durch die sie hineinsteigen konnten. Weitere Zweige wurden über die Grube gelegt und mit Grasbüscheln bedeckt, während Tschetan-withko am Südende der Falle ein Nest aus Salbeiblättern bereitete. Dann gingen die Krieger zurück zu ihrem Tipi.

Tschetan-withko errichtete hinter der Feuerstelle einen kleinen Altar aus einem Büffelschädel und hängte zehn Tabakgaben an eine kleine Stange. Während der Jagd durften diese Gaben nicht berührt werden. Außerdem sollte kein Lärm gemacht werden. Die Adlerjagd war heilig und durfte nicht durch unnötige Gespräche entweiht wer-

den. Die beiden Männer konzentrierten sich auf ihre Aufgaben und jeder hing seinen eigenen Gedanken nach. Sie genossen die Stille und die Abgeschiedenheit. Später am Abend bauten sie aus Zweigen und Fellen eine kleine Schwitzhütte, um sich vor der Jagd zu reinigen. Lange vor der Morgendämmerung drängten sie sich schweigend um die heißen Steine, atmeten tief die heiße Luft ein, während ihnen aus allen Poren der Schweiß ausbrach. Manchmal schlug Tschetan-withko mit einem Salbeizweig auf seine nackte Haut, um die seelische Reinigung noch zu verstärken. Niemand wollte als erster die Schwitzhütte verlassen und so blieben sie, bis ihre Lungen brannten. Tschetan-withko machte ihrer Qual ein Ende. Er führte diese Jagd und er machte eine befehlende Geste, um zu zeigen, dass die Zeremonie beendet war. „Mitakuye-oyas'in!“
Erleichtert klappte Viele-Feinde die Felle hoch und beide wankten zu einem kleinen Bach, um sich zu erfrischen. Ihre Haut war feuerrot und das kalte Wasser drang in die verschwitzten Poren. Es war eine gute Reinigung!

Sie fingen einen Eselhasen, den sie als Köder benutzen wollten und machten sich an den Aufstieg. Nachdem sie den Eselhasen auf die Grube gelegt hatten, kletterten sie hinein und legten sich auf die Lauer. Den halben Tag kauerten sie mit angezogenen Beinen, bis sie schmerzten, während sie suchend den Himmel beobachteten. Da! Ein Adler schwebte hoch über ihnen. Er kreiste lange, ehe er sich allmählich herunterschraubte. Atemlos warteten die Männer, als der Adler plötzlich auf die vermeintliche Beute heruntersauste. Blitzschnell ergriffen die Männer die kräftigen Beine des Adlers und zogen ihn in die Grube. Der große Vogel schlug aufgebracht mit den Flügeln und hackte mit dem Schnabel nach ihnen. Er traf Tschetan-withko an der Schulter und riss ihm ein Stück Fleisch heraus.
Tschetan-withko zischte vor Schmerz scharf durch die Zähne, packte den Hals des kreischenden Vogels und drehte ihn um. Viele-Feinde hatte sich mit seinem ganzen Gewicht auf den Adler fallen lassen und fühlte nun dessen Todeskampf, bis der Vogel erzitterte und sich nicht mehr rührte. Völlig erschöpft lehnten sich die Männer zurück, denn der kurze Kampf hatte ihnen alle Kräfte abverlangt. Sie legten den Adler auf das Salbeinest und Viele-Feinde versorgte die tiefe Wunde an Tschetan-withkos Schulter.
„Willst du noch einen Adler fangen?“, fragte er augenzwinkernd.
Tschetan-withko schaute ihn nur ungläubig an und schüttelte ab-

wehrend den Kopf. Diese jungen Männer konnten aber auch nie genug bekommen!
Mit dem getöteten Adler machten sie sich an den Abstieg. Sie erreichten ihr Zelt und legten den Vogel in die linke Seite der Schwitzhütte. Dann nahmen sie ein weiteres Schwitzbad, um das Tier zu versöhnen.
Sie verbrachten den ganzen nächsten Tag in ihrem Tipi, um sich zu erholen und rupften die Federn von dem Vogel. Abends saßen sie schweigend um das Feuer, aßen ein wenig und dachten an zu Hause. Tschetan-withko hielt eine kleine Daunenfeder in der Hand und stellte sich vor, wie sein Kind damit tanzte. Lächelnd hob er die Feder hoch und sagte: „Diese Feder bringe ich meiner Tochter mit! Der Geist des Adlers soll sie beschützen!"
Viele-Feinde schüttelte entgeistert den Kopf und machte eine kreisende Bewegung seiner Faust vor der Stirn. „Tschetan-withko, sie ist ein Kind!" Er betonte mit Absicht seinen Namen an, um ihn seine Torheit zu zeigen.
Tschetan-withko betonte: „Sie ist mein Kind!"
Viele-Feinde lachte anerkennend. „Nun, dann werde ich Kleines-Hengstfohlen auch eine Feder schenken. Denn er ist jetzt mein Sohn!"
Am nächsten Morgen brachen sie auf. Es lag Reif auf den Spitzen der Bäume und die Kälte erinnerte die beiden empfindlich daran, dass der Winter vor der Tür stand. Das Gras knirschte etwas, als die Männer ihre Pferde vorantrieben und manchmal brach bereits das erste Eis, wenn ein Pferd in eine Pfütze trat.
Endlich sahen sie die Stangen ihrer Zelte in der Ferne und trieben ihre Ponys zur Eile an. Sie ließen sie nicht bei der Ponyherde, sondern ritten mit ihnen bis vor ihre Tipis, wo sie müde hinabglitten und in die Zelte verschwanden.
Graueulenmädchen fiel Tschetan-withko jauchzend in die Arme und er zog lächelnd die weiche Daunenfeder hervor, die er ihr mitgebracht hatte. Sie hielt die Feder strahlend in ihrer kleinen Hand und tanzte um das Feuer. Wah-bo-sehns schüttelte den Kopf. Dieser Mann war wirklich verrückt!

Iwoblu

Blizzard (Winter 1872/73)

Die ersten Winterstürme fegten über das Land und die Menschen verzogen sich in ihre Zelte. Von einem Tag auf den anderen war es fast unmöglich geworden, die Tipis zu verlassen und die Frauen waren froh um die Holzstöße, die sie neben den Zelten aufgehäuft hatten. Jedes Mal, wenn sie die Eingangsklappe hoben, tobte der Sturm in die Wärme des Tipis und blies den Kindern Schneeflocken ins Gesicht. Sie machten ein Spiel daraus, indem sie kreischend unter die Decken flüchteten und laut „Huh-Huh" schrien.
In einem anderen Zelt saßen die älteren Frauen beim Kartenspiel zusammen. Listige Augen in verknitterten Gesichtern schauten über den Rand der Spielkarten, immer noch strahlend und voller Kraft. Auch Wehende-Decke saß hier, genoss den Lebensabend mit ihren Freundinnen. Ihre Verpflichtungen waren weniger geworden, stattdessen wurde oft ihr Rat gesucht. Gerne kümmerte sie sich um ihre Enkelkinder, aber im Moment war sie ganz in das spannende Spiel vertieft. Das Gelächter der Frauen drang bis nach draußen, übertönte manchmal die Stimme von Waziya.
Der Blizzard jedoch war kein Spiel mehr. Als wäre er von den Kindern und alten Frauen angestachelt, nahm seine Kraft zu. Er schlug wie mit eisernen Fäusten gegen die Tipiwände. Die ledernen Zeltwände bogen sich unter der Schneelast, während sich die Stangen gefährlich zur Seite neigten. Waziya, der Herr des Nordens, ließ seine Wut an den Menschen aus. Eine heftige Böe schlug gegen Tschetanwithkos Zelt und es entstand ein langer Riss in dem brüchigen Leder. Sofort drängte der Sturm in den Spalt und blähte das Tipi auf wie einen Ball. Die Verankerung riss an mehreren Stellen und flatternd riss die Zeltplane nach zwei Seiten auf. Jetzt gab es kein Halten mehr. Wie mit einer unsichtbaren Hand griff der Sturm nach dem Tipi und warf es um, sodass es wie ein umgestürzter Kegel liegen blieb. Die Stangen reckten sich in die Höhe, dann knickten die unteren drei ein, als die Erschütterung und das Gewicht des Zeltes zu schwer wurden. Glühende Holzstücke wirbelten durch die Luft, dann legte sich eine Schicht aus Schnee über die Glut. Blitzschnell warf sich Tschetan-withko über seine weinende Tochter. „Wah-bo-sehns", rief er erschrocken nach seiner Frau.
„Hier!", erklang es dumpf unter den Decken hervor.

Im Hintergrund hörte Tschetan-withko das empörte Schreien seines Sohnes. Panik überfiel ihn. Wenn das Kind von den Schneemassen erstickt wurde! Eisige Flocken klebten in seinen Haaren und Wimpern und zwangen ihn, den Kopf zu senken. Seine Tochter klammerte sich entsetzt an ihm fest und ihm wurde schlagartig klar, dass das nackte Kind zu erfrieren drohte. Unter den Decken vernahm er eine Bewegung und hastig hob er sie ein wenig hoch. Er blickte in die erschrockenen Augen seiner Frau und drückte ihr das Kind in den Arm. „Halte sie warm!", schrie er ihr entgegen, doch selbst auf diese kurze Entfernung trug der Sturm die Wortfetzen davon. Wah-bosehns verkroch sich wieder unter die Büffeldecke, während sie mit ihrem Körper das Kind wärmte. Wo war ihr Sohn? Sie konnte sich unter der schweren Last kaum rühren und betete, dass Tschetan-withko das Kind fand.
Die Kälte fraß sich bis in Tschetan-withkos Herz und seine Hände wurden steif. Mühsam lauschte er in den Sturm, um ein Lebenszeichen von Wolfssohn zu vernehmen. Er versuchte sich zu orientieren, doch er sah kaum die Hand vor den Augen. Er vernahm vereinzeltes Schreien aus benachbarten Tipis, ohne sie jedoch zu sehen. Es interessierte ihn auch nicht. Verzweifelt suchte er die Stelle ab, an der sein Sohn zuletzt in seiner Wiege gelegen hatte. Er fand die Feuerstelle und suchte westlich davon, wo ihr Schlafbereich gewesen war. Hier war das Zelt vollständig weggeweht worden und ihre Schlaffelle lagen ungeschützt im Sturm. Eine dicke Schneeschicht hatte sich im Nu über sie gebreitet und hastig wühlten seine Hände im Schnee. Er fand ihre Ausrüstung, Nähsachen, seine Tasche mit der heiligen Pfeife, aber nicht die Wiege mit seinem Sohn. Er spürte kaum noch seine Hände, als er verzweifelt weiter im Schnee wühlte.
„Wakan-tanka! Lass mir meinen Sohn und ich werde dich mit dem Sonnentanz für deine Güte ehren!" Tränen liefen über sein Gesicht, die sofort zu Eis gefroren. Der Sturm peitschte ihm ins Gesicht, sodass er ihm den Atem nahm. Erschöpft hielt er inne, hielt sich die Hände vor das Gesicht und atmete einige Male durch. „Wakan-tanka! Lass mir meinen Sohn!"

Er konzentrierte sich und suchte weiter am Rand seiner zerstörten Lagerstätte. Er stieß gegen etwas und zog es mit eisigen Fingern hervor. Es war die Wiege! Sie war über und über mit Schnee bedeckt und seine Finger waren zu steif, um den Schnee wegzuwischen. Er war erstickt! Schluchzend drehte er die Wiege um und schüttelte den Schnee von dem Gesicht des Babys. Wolfssohn war durch den Sauerstoffmangel eingeschlafen, jetzt wurde er durch das Schütteln aus seinem Dämmerschlaf geweckt und spuckte empört den Schnee aus seinem Mund. Völlig am Ende sackte Tschetan-withko in sich zusammen. Er drückte weinend die Wiege an sich und schickte ein Gebet an Wakan-tanka. Er würde den Sonnentanz tanzen! Er würde den Sonnentanz tanzen! Es dröhnte in seinem Herzen wie ein Gebet. Als hätten die Geister seinen Schwur gehört, ließ der Sturm etwas nach. Tschetan-withko kroch zu der Stelle, an der er Wah-bo-sehns und Graueulenmädchen zurückgelassen hatte. Er schlüpfte unter das Büffelfell und legte sich völlig außer Atem neben seine Frau. Sie wollte ihm die Wiege abnehmen, doch er drückte sie mit seinen starken Armen gegen seine Brust. Sie hörte das leise Weinen des Kindes und wusste, dass alles in Ordnung war. Sie hob die Decke ein wenig an, damit sie nicht erstickten, dann kuschelte sie sich an ihn, um ihn zu wärmen. Er fror erbärmlich und sein Gesicht und seine Hände brannten, als das Blut wieder in seinen Adern floss. Das Weinen seines Sohnes wurde drängender und er ließ es zu, dass Wah-bo-sehns ihn aus der Wiege nahm. Sie lag dicht neben ihm, öffnete ihr Kleid und gab ihm die Brust.

Schützend legte er den Arm um ihre Schultern und hörte beruhigt, wie sein Sohn trank. Es war nichts Erotisches in seiner Umarmung und er fühlte keine Erregung. Er war nur unendlich glücklich, das Baby an der Brust seiner Mutter zu fühlen.

Eine Ewigkeit lagen sie unter der Decke und lauschten, wie der Sturm endlich an Kraft verlor.

Einige Hände rissen schließlich das Büffelfell hoch und Tschetan-withko blinzelte in die besorgten Gesichter von Traumpfeil und Tschoka-sapa. Sie lächelten erleichtert, als sie ihn mit seiner Familie in Sicherheit sahen.

„Du hast lange genug bei deiner Frau gelegen!", scherzte Tschoka-sapa. „Komm, hilf uns, das Lager wieder aufzubauen!"

Mit zitternden Knien kroch Tschetan-withko aus seinem umgestürzten Zelt und schaute sich um. Es herrschte immer noch ein eiskalter Wind, doch durch die hoch aufgetürmten Wolkenberge stahlen sich bereits die ersten Sonnenstrahlen. Traumpfeil sah sofort an dem zerrissenen Aussehen und der knallroten Haut, dass Tschetan-withko

lange im Sturm gekämpft hatte. Besorgt fasste er seinem Freund an die Schulter. „Alles in Ordnung?"
Tschetan-withko nickte nur mühsam, zu überwältigt, um etwas zu sagen.
„Komm! Bringe deine Familie in mein Zelt. Es ist nicht zerstört worden". bot Traumpfeil hilfsbereit an.
Dankbar half Tschetan-withko seiner Frau aus den Fellen und brachte sie mit den Kindern zu seiner Schwester. Er ließ sie in der wohltuenden Wärme und eilte zu seinem Zelt zurück. Auch andere Zelte lagen zerstört und zerrissen am Boden, stumme Zeugen der verheerenden Kraft des Sturmes. Tschoka-sapa, Traumpfeil und Linke-Hand halfen ihm, das Hab und Gut zu bergen. Sie brachten seine Kleidung und seine Waffen in Traumpfeils Zelt. Dann standen sie ein wenig hilflos vor dem zerstörten Tipi. Die Zeltplanen konnten wieder genäht werden, aber viele Stangen waren regelrecht zersplittert und mussten erneuert werden. „Ich schlage morgen neue Stangen für dich!", bot Tschoka-sapa freundlich an und Tschetan-withko seufzte dankbar.
Diese Nacht verbrachten sie alle im Zelt von Traumpfeil. Die beiden Familien saßen um das helle Feuer und langsam löste sich die Anspannung. Wolfssohn krabbelte zu seiner Tante, die ihn zu sich auf den Schoß nahm, während Graueulenmädchen begeistert mit den Puppen von Heller-Mond spielte.
Die Männer rauchten eine Pfeife, während die Frauen das Essen zubereiteten.
Tschetan-withko blickte erleichtert auf seine Familie. „Mein Sohn wäre fast unter dem Schnee erstickt!" Seine Stimme war noch heiser von dem ausgestandenen Schrecken.
Traumpfeil schaute ihn bestürzt an. „Es wäre schrecklich, sein Kind zu verlieren."
Tschetan-withkos Stimme wurde ernst. „Kola! Ich habe geschworen, den Sonnentanz zu tanzen! Wirst du mir dabei helfen?"
Er hatte Todesangst um sein Kind gehabt und ein Gelübde abgelegt. Die Frauen schauten schweigend ihre Männer an. Sie wollten ein so heiliges Gespräch nicht stören. Selbst Blitz-im-Winter lauschte andächtig.
„Waschté-yelo!" So soll es sein! Traumpfeil würde ihm helfen.

Am nächsten Morgen breiteten die Frauen die schweren Zeltplanen des Tipis aus und begutachteten den Schaden. Das Zelt war an mehreren Stellen eingerissen und eine Haut war so zerfetzt, dass sie ausgetauscht werden musste. Sie durchtrennten die Nähte und suchten nach einer passenden Büffelhaut, um sie zu ersetzen. Sie wechselten sich beim Nähen ab, denn die Kälte schnitt in ihre Finger. Tschoka-sapa kam mit einigen Stangen und alle halfen, das Gerüst aus gut zehnmal zwei Stangen wieder aufzurichten. Sie zogen die reparierten Planen darüber und öffneten die zwei Stangen mit den Rauchklappen. Im Nu brannte ein helles Feuer im Tipi und die Frauen brachten Wah-bo-sehns Sachen zurück. Sie legte den Boden dick mit Fellen aus, bereitete die Schlafstellen und verstaute alles an der Zeltwand. Nur die Rückenlehnen ihrer Lagerstätten waren unter der Schneelast zusammengebrochen und Wehende-Decke begann sogleich, neue zu flechten.
Am Abend kehrte die Familie in ihr Zelt zurück. Der warme Feuerschein drang durch die hellen Lederplanen nach draußen und ihre Umrisse warfen dunkle Schatten an die Zeltwand wie in einem Schattentheater. Tschetan-withko drückte seine Frau an sich, froh seine Familie unversehrt um sich zu haben. Gedankenvoll streichelte Wah-bo-sehns seine Haare. Er gehörte ganz ihr und sie liebte ihn. Er war ein großer und tapferer Krieger und sie hatte erlebt, wie gefährlich er sein konnte. Jetzt würde er für ihre Tochter sterben und auch für sie und Wolfssohn. Er war ein guter Mann.
In den nächsten Tagen blieb Tschetan-withko in seinem Zelt, um sich zu erholen. Außerdem musste er dringend seine Ausrüstung ergänzen, die durch den Schneesturm arg gelitten hatte. Geduldig hockte er am Feuer und schnitzte an neuen Pfeilen. Wenn möglich, verwendete er die Pfeile mehrmals, doch oft waren sie nach der Jagd gebrochen und nicht mehr zu verwenden. Zwischendurch schnitzte er eine kleine Flöte und spielte seiner Tochter einfache Melodien vor. Sie saß fasziniert vor ihm und er gab ihr lächelnd das einfache Instrument. Sie pustete hinein und entlockte ihm einen schrillen Ton. Trotzdem lachte das Kind begeistert und versuchte es erneut. Tschetan-withko beugte sich grinsend über seine Arbeit, während sich Wah-bo-sehns bei dem schrillen Pfeifen die Ohren zuhielt. Vielleicht sollte sie zu Uinohnah flüchten?

Aber auch in anderen Zelten hockten die Frauen beisammen, um die Langeweile des Winters zu vertreiben oder sich gegenseitig Trost zu spenden. Besonders Stern-im-Auge saß gerne bei Kleine-rote-Blume im Zelt und genoss ihre neu gewonnene Freiheit. Fisch schien es nicht zu stören, wenn sie sich regelmäßig mit der anderen Pawneefrau traf, zumindest sagte er nichts. Die beiden Frauen hatten Ähnliches erlitten und so suchten sie gegenseitig Trost in der Gesellschaft der anderen. Ruhig bestickten sie die Mokassins ihrer Männer und unterhielten sich leise. Tschaske, Fischs kleiner Sohn, saß auf einem Fell und nagte an einem Knochen. Seine Zähne kamen durch das Zahnfleisch und er knabberte an allem, was er in seine Finger bekam. Viele-Feinde hatte Kleines-Hengstfohlen auf einen Ausflug mitgenommen und die Frauen allein gelassen.
„Das war ein furchtbarer Sturm", bemerkte Stern-im-Auge kopfschüttelnd.
Kleine-rote-Blume kicherte respektlos. „Ja, wahrscheinlich bestraft Tirawa die Lakota, weil sie so viele Frauen rauben!"
Stern-im-Auge fand die Bemerkung weniger lustig. „Nun, dann sollte er nicht das Zelt von Wah-bo-sehns zerstören", entgegnete sie nüchtern. „Auch sie wurde geraubt. Warum straft er sie?"
„Tschaske ist so niedlich", wechselte Kleine-rote-Blume das Thema. „Möchtest du noch mehr Kinder?"
„Nein!", antwortete Stern-im-Auge in der Sprache der Pawnee.
Ihre heftige Antwort überraschte Kleine-rote-Blume. „Warum nicht?" Bisher hatte sie gedacht, dass sich Stern-im-Auge mit ihrer Situation abgefunden hatte.
„Mein Mann war sehr brutal und ich konnte mich nicht wehren, als er mir das Kind in den Bauch gemacht hat. Jetzt will ich keine Kinder mehr."
„Ist dein Mann immer noch brutal zu dir?"
„Nein! Ich bin jetzt seine Frau und er ist rücksichtsvoll. Aber ich liebe ihn nicht und ich habe Angst vor einer weiteren Geburt."

Kleine-rote-Blume senkte den Kopf. So war das. Auch sie hatte Angst, schwanger zu werden. Viele-Feinde teilte oft das Lager mit ihr und sie wehrte sich nicht. Manchmal träumte sie davon, ihn mit ihrem Messer zu töten, wenn er ruhig neben ihr schlief. Doch, wenn sie ihn nicht tödlich traf, oder er erwachte, wenn sie sich mit dem Messer über ihn beugte? Er würde sie und ihr Kind sicherlich töten! Sie dachte an ihren Mann bei den Pawnee. Vielleicht würde er

sie wieder aufnehmen, wenn sie zurückkehrte. Aber sie wusste nicht einmal, ob er noch lebte.
Stern-im-Auge schaute ihre Freundin prüfend an. „Erwartest du ein Kind von Viele-Feinde?"
Erschrocken schüttelte Kleine-rote-Blume den Kopf. „Nein, noch nicht. Aber er berührt mich so oft, dass ich es nicht verhindern könnte." Plötzlich liefen Tränen über ihre Wangen. „Vielleicht trage ich eines Tages ein Kind in meinem Leib von einem Mann, der mein Volk getötet hat."
Stern-im-Auge blickte niedergeschmettert auf den Boden. „Ich habe bereits ein Kind von einem Mann, der vielleicht meine Mutter oder meinen Vater skalpiert hat!"
Kleine-rote-Blume schluckte schwer. „Manchmal wünschte ich, er hätte mich bei dem Angriff getötet. Aber ich habe einen Sohn."
Stern-im-Auge verstand sie. „Ist Viele-Feinde gut zu dir?"
„Ja! Und er ist nett zu Kleines-Hengstfohlen."
„Du hast Glück, dass er euch leben ließ. Du musst dich damit abfinden, jetzt bei den Lakota zu leben."
„Das sagst du so leicht! Du hattest noch keinen Mann!"
Stern-im-Auge funkelte sie wütend an. „Nein, ich hatte noch keinen Mann. Fisch hat mich einfach geraubt, mir wehgetan und mich behandelt wie eine Sklavin. Trotzdem bleibe ich. Wo soll ich denn hin?" Sie blickte ihrer Freundin trotzig in die Augen.
Kleine-rote-Blume nahm sie schuldbewusst in die Arme. „Es tut mir leid. Ich wollte dich nicht daran erinnern!" Plötzlich weinten beide Frauen hemmungslos und hielten sich in den Armen. Ihr ganzes Elend kam hoch, als sie sich verzweifelt aneinander klammerten.

Viele-Feinde trat unbemerkt ins Zelt und sah überrascht auf die schluchzenden Frauen. Es war das erste Mal, dass er bei seiner Frau so offen Gefühle sah und er war betroffen.
Stern-im-Auge blickte erschrocken hoch. Verlegen nahm sie ihr Baby und rannte aus dem Zelt. Kleines-Hengstfohlen kletterte zu seiner Mutter auf den Schoß und forderte ihre Brust. Unter Tränen gab sie ihm zu trinken, während sie ihrem Mann das Essen reichte.
Viele-Feinde war verstört. Er wusste nicht, was die beiden Frauen gesprochen hatten, aber er fühlte, dass es etwas damit zu tun hatte, dass sie geraubt worden waren. Gut! Er hatte es getan. Aber er ver-

suchte freundlich zu sein und er war zärtlich, wenn er zu ihr unter die Decke schlüpfte. Die Situation überforderte ihn. Unwirsch befahl er ihr, die Tränen zu trocknen.
Kleine-rote-Blume gehorchte und zwang sich zur Ruhe, denn sie wollte ihn nicht verärgern. Still verzog sie sich in eine Ecke und stickte weiter an seinen Mokassins.
„Lass ihr Zeit", hatte Tschetan-withko ihm geraten und er fragte sich, wie lange sie wohl noch um ihren anderen Mann trauern würde. Er dachte an Hirschmädchen, die bei der Geburt seines Kindes gestorben war. Sie hatten sich geliebt und ihr Tod hatte das Licht aus seinem Leben genommen. Vielleicht hätte er doch eine Lakotafrau heiraten sollen? Er hatte diese Pawneefrau genommen, weil sie bereits ein Kind geboren hatte und eine weitere Geburt besser überstehen würde. Aber bis jetzt zeigte sie noch keine Zeichen einer Schwangerschaft und er spürte Ungeduld in sich. Außerdem fühlte er sich von ihr enttäuscht. Sie hatte tapfer gekämpft, doch jetzt gab sie sich ihm hin wie ein Kaninchen. Es machte ihm keinen Spaß. Hätte sie sich gewehrt, oder weiterhin gekämpft, das wäre ehrenhaft gewesen, doch ihre Fügsamkeit verunsicherte und verärgerte ihn. Er wollte kein lebloses Stück Holz in seinem Bett, sondern eine Ehefrau. Er warf ihr verächtlich einen Knochen hin, damit sie ihn abnagen konnte.

Kleine-rote-Blume war rot angelaufen bei dieser Demütigung. Was dachte sich dieser Mann eigentlich? Wütend warf sie ihm den Knochen vor die Füße und suchte nach Worten: „Ich bin kein Hund! Iss du ihn!" Verärgert stürzte sie aus dem Zelt, eine unglaubliche Wut in ihrem Bauch.
In Viele-Feinde brodelte es. Was bildete sich dieses Weib eigentlich ein? Keine Frau durfte sich so benehmen! Mit einem Satz sprang er auf, hechtete aus dem Zelt und folgte ihr. Nach einigen Sätzen hatte er sie eingeholt und riss wütend an ihren Haaren.
Panik stieg in Kleine-rote-Blume hoch und ohne zu denken zog sie ihr Messer. Sie wirbelte herum, hinterließ einige Strähnen ihres Haares in seiner Hand, dann traf ihr Messer den verdutzten Mann am Arm. Ungläubig starrte Viele-Feinde auf die Frau, die sich plötzlich heftig verteidigte.
Wieder stach sie zu und im letzten Augenblick fing der Mann ihre Faust ab. Verzweifelt krallte sie mit ihrer anderen Hand in sein Gesicht und ein angsterfüllter Schrei entwich ihrer Kehle. Reflexartig schlug Viele-Feinde ihr mit seiner flachen Hand ins Gesicht. Das

laute Klatschen klang seltsam fremd in dieser Umgebung. Ihre Finger lösten sich und er packte die Frau brutal am Hals, während seine andere Hand ihr den Arm verdrehte, bis sie stöhnend das Messer fallen ließ und in die Knie ging. Mit seinem Gewicht drückte er die Frau in den Schnee und verstärkte den Druck seiner Hand an ihrer Kehle. Ihre Augen flatterten, als sie keine Luft mehr bekam.
Entsetzt dachte sie an ihr Kind. Er würde es töten, keine Gnade kennen, nachdem was sie getan hatte! Sein zorniges Gesicht verschwamm vor ihren Augen und plötzlich war da nur noch die Todesangst. Die Hand löste sich etwas, stattdessen spürte sie eine Messerspitze an ihrer Halsschlagader. Keuchend sog sie die Luft ein, nicht mehr in der Lage, irgendetwas sonst zu tun.
Viele-Feinde packte die Frau grob und riss sie hoch, bis sie vor ihm kniete, immer noch das Messer an ihrer Kehle. Sein Arm blutete von dem Stich, dem sie ihn beigebracht hatte und schmerzte. Wütend verstärkte er den Druck des Messers. Dieses Weib!
Sie blickte flehend in seine Augen. „Bitte! Kleines-Hengstfohlen nicht tot!", bat sie in gebrochenem Lakota. „Habe Mitleid!"
Viele-Feinde ließ das Messer langsam sinken. Das war also der Grund, warum sie sich wie ein Kaninchen verhielt. Sie war tapfer, das hatte er jetzt schmerzhaft erlebt, doch sie fügte sich, um das Kind zu schützen. Er schüttelte den Kopf. Er wollte das ein für alle mal klären. In deutlicher Zeichensprache sagte er: „Kleines-Hengstfohlen-mein-Sohn. Ich-töten-dich, nicht-dein-Kind!"
Die Frau seufzte erleichtert und wartete ergeben auf seinen Todesstoß. Jetzt musste er doch unwillkürlich lächeln. Er hatte gesagt, dass er sie töten würde, weil ihm das Zeichen für ‚vielleicht' nicht einfiel. Für ihn gab es kein ‚vielleicht': er jagte oder jagte nicht, er kämpfte oder kämpfte nicht, er tötete oder tötete nicht. Nur bei ihr wusste er nicht, was er machen sollte. Sanft berührte er ihre Wange, die von seinem Schlag bereits anschwoll. Seine Wut war wie weggeblasen und er deutete auf seinem Arm. „Komm, wir gehen zurück und behandeln unsere Wunden."
Völlig durcheinander folgte ihm Kleine-rote-Blume. Wollte er sie nicht töten? Wieso zögerte er? Sie schlüpfte vor ihm ins Zelt, kniete sich gehorsam hin und begann vorsichtig, die Verletzung zu behandeln. Viele-Feinde saß mit nacktem Oberkörper vor ihr und zischte durch die Zähne, als sie die Wunde zusammenpresste. Ihr Herz raste, als sie daran dachte, wie knapp sie dieses Mal dem Tod entronnen war. Viele-Feinde war ein gefährlicher Mann! Seine Muskeln

traten deutlich hervor, als er sich vor Schmerz anspannte und sie zitterte plötzlich. Wie leicht hätte er sie töten können! Hatte sie völlig den Verstand verloren? Voller Angst fiel ihr Blick auf das schlafende Kind. Dieser Krieger hatte bedeutet, dass er dem Kind nichts tun würde! Warum nicht? Kleines-Hengstfohlen war doch der Preis, damit sie blieb und keinen Fluchtversuch unternahm? Ihre Hände wickelten vorsichtig einen breiten Lederstreifen um den verletzten Arm und sie war sich der Nähe zu diesem Mann bewusst. Er roch ein wenig nach dem Bärenfett, mit dem er sich immer einrieb.
Der Verband saß fest und abwartend blieb sie vor ihm knien. Würde er sie jetzt bestrafen? Sie dachte kurz an ihren anderen Mann. Wie es Sitte war, hatte ihr Vater sie einem wesentlich älteren Mann zur Frau gegeben, der sie eher wie eine Tochter behandelt hatte. Manchmal war sie mit einem jungen Mann zwischen die Büsche verschwunden, der ihr die Freude gab, die der alte Mann ihr nicht bereiten konnte. Aber er war freundlich zu ihr gewesen, selbst als sie das Kind geboren hatte. Vielleicht hatte der alte Mann gespürt, dass es nicht sein Kind war, das sie aus ihrem Leib herausgepresst hatte, aber diese Tatsache war bei ihrem Volk nicht so wichtig.
Viele-Feinde war anders. Er war jung und stattlich, so wie ihr heimlicher Gefährte. Niemals würde er es zulassen, dass ein anderer Mann sie berührte. Sie blickte Viele-Feinde in die Augen und sah seinen verunsicherten Blick. Er wollte sie als Frau, auch nachdem sie ihn mit dem Messer angegriffen und verletzt hatte. Jetzt saß er wie ein Kind vor ihr, scheu, als wüsste er nicht, was er tun sollte. Plötzlich musste sie kichern, hysterisch und abgehackt, gleichzeitig hielt sie ihre schmerzende Wange. Was für ein Tag! Dieser Mann liebte sie und er liebte Kleines-Hengstfohlen, deshalb würde er dem Kind niemals etwas antun! Die Erleichterung wogte fühlbar durch ihren Körper und ihr Zittern ließ nach.

Viele-Feinde hörte stirnrunzelnd ihr Lachen und verstand endgültig die Welt nicht mehr. Aber eine lachende Frau gefiel ihm auf jeden Fall besser als ein hilfloses Kaninchen. Sein Blick verlor den wilden Ausdruck und wurde weich. Sanft strich er über ihre Wange und er schwor sich, sie nie wieder zu schlagen.
Einem plötzlichen Impuls folgend beugte sich Kleine-rote-Blume zu ihm und strich ihm über die Haare. Sie hatte ihn noch nie zärtlich angefasst oder gar gestreichelt, aber jetzt brauchte sie seinen Trost. Sie schliefen nebeneinander, ohne Zärtlichkeiten, und doch entstand

eine Vertrautheit zwischen ihnen, der Wunsch den anderen wirklich kennenzulernen.

Am nächsten Morgen verließ Kleine-rote-Blume früh das Zelt, um ihre Notdurft zu verrichten. Sie wusch sich und überlegte, wie es wohl wäre, von Viele-Feinde ein Kind zu erwarten. Dieser Mann würde sie sicherlich immer beschützen und er würde sich über ein Kind freuen. Gedankenverloren ging sie zu ihrem Tipi zurück und blickte auf ihre neue Familie. Viele-Feinde saß am Feuer und hielt Kleines-Hengstfohlen auf seinem Schoß, der weinend aufgewacht war. Überrascht schaute Kleine-rote-Blume in seine traurigen Augen. Nie zuvor war ihr diese Trauer und Verwundbarkeit aufgefallen. Viele-Feinde hatte sofort wieder seine stoische Miene aufgesetzt, doch der kurze Augenblick hatte sie berührt. Irgendwann würde sie ihn fragen, was ihn so getroffen hatte. Sie nahm ihm das Kind aus dem Arm und setzte sich an das warme Feuer, um es zu stillen. Viele-Feinde lächelte sie freundlich an und sie senkte nachdenklich den Kopf.

Der Winter kam nun mit aller Macht. Die Bäume bogen sich unter der Last des Schnees und die Ponys fanden kaum etwas zu fressen. Sie durchstreiften den Wald nach Zweigen und Ästen, kratzten mit ihren Hufen den eisigen Schnee weg, aber letztendlich hungerten sie. Hier und da fanden sie noch Pappeln, deren Rinde sie abknabberten und an dessen Wurzeln sie nach den watteartigen Samen suchten. Bis zum Frühjahr aber würden sie bis auf die Knochen abgemagert sein.
Die ganze Landschaft war weiß, selbst die Tipis waren aus der Ferne nur am Feuerschein und den Rauchsäulen zu erkennen. Der Fluss war inzwischen zugefroren und die Jungen hackten Löcher in das Eis, damit die Ponys trinken konnten. Die Frauen trafen sich oft am Fluss, um auf dem Eis Wettspiele zu veranstalten. Ein beliebtes Spiel hieß „Rutschen". Hierzu setzten sich immer zwei Frauen in einiger Entfernung gegenüber, hinter sich einige Wetteinsätze gestapelt, wie zum Beispiel gefärbte Stachelschweinborsten, Schmuck und dergleichen. Vor sich stellten sie einen rot bemalten Holzstumpf, den sie „Rauch" nannten. Nun versuchte eine Spielerin mit flachen Steinen, die sie über das Eis rutschen ließ, den Rauch der anderen zu treffen.

Gelang es ihr, bekam sie den Wetteinsatz. Traf sie daneben, musste sie von ihren Dingen etwas geben. Nach fünf Versuchen durfte die andere Frau ihr Glück versuchen. Wah-bo-sehns war geschickt und hatte bereits einen ziemlichen Stapel hinter sich. Ihre Backen glühten vor Aufregung, als sie die Steine über das Eis gleiten ließ. Ihre Kinder waren bei Wehende-Decke und nach einer Weile nahm sie ihre Schätze hoch und lief in ihr Tipi zurück. „Sieh, was ich gewonnen habe!" Sie lächelte ihrem Mann glückstrahlend zu.
Tschetan-withko winkte nachlässig ab. „Du hattest mehr Glück als ich!"
„So?" Erst jetzt bemerkte Wah-bo-sehns die schlechte Laune ihres Mannes. „Was ist geschehen?"
„Hohch! Ich habe ein Pferd an Tschoka-sapa verloren."
Wah-bo-sehns kicherte ausgelassen. „So? Wieso wettest du auch mit ihm? Du weißt doch, dass er gut würfelt."
„Ja, aber das macht es so spannend", meinte Tschetan-withko etwas besser gelaunt.

Dann verließ er das Zelt, um in das Versammlungszelt zu gehen. Zwei Kriegerbünde hatten zum „Mokassin-Ratespiel" eingeladen und jede Mannschaft brachte wertvolle Wetteinsätze mit. Es versprach ein spannender Abend zu werden. Jede Mannschaft bekam sieben Zählstöcke und voller Erwartung blickte Tschetan-withko auf Fisch und Viele-Feinde. Er hatte nicht vor, an diesem Tag ein weiteres Mal zu verlieren! Mit Trommeln und Gesang versteckte Traumpfeil das erste Stöckchen, das mit rotem Leder umwickelt war, in einer Hand hinter seinem Rücken. Ein Krieger der anderen Mannschaft musste nun erraten in welcher Hand sich das Stöckchen befand und wie es in der Hand lag oder mit wie vielen Fingern es gehalten wurde. Erriet er es richtig, erhielt er einen Zählstock. Gab er die falsche Antwort, musste seine Mannschaft zwei von ihren sieben Zählstöcken hergeben. Der Wettbewerb war vergleichbar mit einem Saloonspiel der Weißen, bei dem ein Spieler geschickt drei Becher mit einer Kugel vertauscht und der Ratende durch genaues Beobachten sagen muss, unter welchem Becher sich die Kugel befindet. Interessant wurde das Mokassin-Ratespiel überhaupt nur wegen der Wetteinsätze. So mancher Krieger stand plötzlich nach einem Spiel ohne Tipi und Pferd, manche sogar ohne Frau da. Immer wieder gab es Krieger, die der Wettleidenschaft völlig erlegen waren und ihr ganzes Hab und Gut verspielten. Auch dieses Mal hatte die Mannschaft um

Tschetan-withko kein Glück, aber er war klug genug, rechtzeitig aufzuhören. Sie hatten mehrere Bisonroben, Pfeile und Felle verspielt! Das war genug! Entsprechend missmutig kehrte Tschetan-withko in sein Zelt zurück und selbst seine Kinder konnten ihn nicht wirklich aufheitern. Er war sich sicher gewesen, mit seiner Mannschaft zu gewinnen und jetzt wurmte ihn der Verlust der wertvollen Felle. Morgen würde er Revanche verlangen. Hokahey!
Oder sollte er sich lieber einen neuen Zeitvertreib suchen und mit den Kindern Schlitten fahren?
Am nächsten Morgen hörte er aus der Ferne, wie die Kinder johlend mit ihren Schlitten oder Lederfetzen den Abhang hinunterrasten und lächelte. Bald würde auch sein Sohn an den wilden Spielen der Kinder teilnehmen!

Während die Kinder ihren Winterspielen nachgingen, saß Hitschikyata bei dem Medizinmann und hörte gebannt die Geschichten der Lakota. Als Heiliger Mann musste er die Überlieferungen des Volkes kennen und Bärenkralle achtete streng darauf, dass der Junge sich den Wortlaut genau einprägte.
Bärenkralle stimmte seinen Singsang an, den er immer benutzte, wenn er Geschichten erzählte: „Wakan-tanka, er ist das Große Geheimnis. Er ist der Schöpfer und der Vollstrecker, er ist der Herr der Schöpfung und alle anderen Schöpfungswesen in einem. Er war, ist und wird immer sein. Er hat keinen Anfang und kein Ende, er ist gut und böse zugleich."
„Wie kann ein Wesen gut und böse zugleich sein?", fragte Hitschikyata wissbegierig.
Bärenkralle runzelte die Stirn. Warum hörte dieser Junge nicht einfach nur zu, wie all die anderen Kinder auch? War es eine Eigenart der Psa, dass sie so viel fragten? Aber er wollte Hitschikyata auch nicht zurechtweisen. „Viele Dinge sind gut und böse zugleich. Wenn du den Büffel tötest, musst du seinen Geist um Verzeihung bitten, doch es ist gut, weil du deine Familie ernährst. Wenn du einen Feind tötest, ist das böse, doch du verteidigst deine Familie. Selbst die Sonne ist gut und böse."
„Wieso kann die Sonne gut und böse sein?"
Bärenkralle seufzte. „Nun, sie gibt uns Licht und Wärme, doch wenn sie zu stark brennt, verdörrt alles."

„Warum hat Wakan-tanka keinen Anfang und kein Ende?"
Bärenkralle blinzelte. Dieser Junge musste noch viel lernen, vor allen Dingen Geduld! Trotzdem beantwortete er die Frage: „Schöpfungswesen haben keine Mutter und keinen Vater. Sie werden nicht geboren, denn wenn sie geboren werden, dann sterben sie auch. Schöpfungswesen sind geschaffen und deshalb sterben sie nicht. Wakan-tanka ist der Lenker des Universums und das Universum in einer Person. Er ist das Sichtbare und das Unsichtbare, das Körperliche und das Gestaltlose und deshalb kann Wakan-tanka jede Erscheinungsform annehmen. Wakan-tanka ist die Kraft, die über allem ragt und alles durchdringt. Doch sein Wesen ist teilbar in viele untergeordnete Wesen." Bärenkralle machte eine Pause und blickte prüfend auf das Kind, ließ ihm Zeit für eine Frage.
„Wie kann ein Wesen teilbar sein?"
„Wir nennen Wakan-tanka doch auch Schöpfer, Großer Geist, Großvater und Vollstrecker. Eben, weil er alles in einem ist. Zum Anbeginn der Zeit bestand Wakan-tanka aus vier Wesen und jedes hatte wichtige Aufgaben zu erfüllen:
Inyan, der Felsen, ist der Ahnherr aller Wesen und Dinge. Er existierte zuerst, und aus ihm entstanden alle anderen Wesen.
Um sich herum erschuf er Maka, die Erde. Sie ist die Beschützerin des Haushaltes und alles Lebendigen.
Skan, der Himmel, entstand aus dem Blut des Felsens und ist die Quelle von Stärke und Macht. Er sitzt zu Gericht über alle anderen Wesen und Seelen.
Und Wi, der Sonnenmann, schützt unsere größten Tugenden. Er verteidigt Tapferkeit, Standhaftigkeit, Großzügigkeit und Treue. Diese vier nennen wir Schöpfungswesen, sie sind Wakan-tanka!"
„Aber alle sind eins mit Wakan-tanka?"
„Ja!"
Der Medizinmann erkannte, dass Hitschikyata dies nicht verstand. „Sieh! Auch du vereinst viele Seelen in deinem Körper. Du bist der Rachedurstige, wenn du an die Blackfeet denkst. Du bist der Fröhliche, wenn du mit deinen Freunden spielst. Du bist der Barmherzige, wenn du für Wah-bo-sehns sorgst. Und doch bist du ein und dieselbe Person. Wakan-tanka verkörpert all das und noch viel mehr in seinen Erscheinungsformen."

Hitschikyata nickte. Aber woher wusste der Medizinmann, dass er sich immer noch für Wah-bo-sehns verantwortlich fühlte und sie be-

obachtete? Er musste noch viel lernen, damit auch er einst ein so guter Seher wie der Medizinmann wurde.
Der Medizinmann schickte ihn hinaus. „Bald erzähle ich dir von den verbündeten Wesen und den Bösen Geistern."
Eigentlich brannte Hitschikyata darauf, sofort diese Geschichten zu hören, doch er musste sich erst einmal diese Namen einprägen. Wie in einem Gebet murmelte er: „Inyan, der Felsen! Maka, die Erde! Skan, der Himmel! Wi, der Sonnenmann!"

Er rannte davon und suchte nach seinem Freund Otter. Natürlich fand er ihn beim Rodeln mit den anderen Jungen. Auch einige Mädchen hatten sich ihnen angeschlossen und die Jungen standen grinsend unten am Berg und warteten, bis den Mädchen beim Rodeln die Kleider hochgeschoben wurden. Die Mädchen provozierten die Jungen ganz gerne und lachten über deren rote Köpfe. Gut, dass keine Erwachsenen in der Nähe waren!
Hitschikyata stellte sich dazu und sah grinsend, wie Che-ni-win auf einem Lederfetzen den Berg hinuntersauste. Bei ihr war es besonders interessant, weil manchmal ihre weiße Haut zu sehen war. Ihre Arme und ihr Gesicht unterschieden sich kaum noch von der Farbe der Indianermädchen, weil sie viel im Freien war. Nur ihre Augen blitzten noch eisblauer in ihrem dunklen Gesicht. Sie sah Hitschikyatas neugierigen Blick und warf ihm einen Schneeball ins Gesicht. Er war so auf ihre Haut konzentriert gewesen, dass er den Ball nicht hatte kommen sehen.
Sie rannte lachend weg und er stürmte ihr sofort hinterher. Wütend packte er sie am Kleid, sie stolperte und stürzte in den Schnee. Grinsend setzte er sich auf ihren Rücken und begann ihr Gesicht mit Schnee einzuseifen. Sie zappelte und schrie gellend, doch er war schwerer und ließ sie nicht hoch. Eine kräftige Hand zog ihn plötzlich von ihr weg und eine Stimme sagte: „Männer beschützen die Frauen und tun ihnen nicht weh!"
Hitschikyata schaute bestürzt in das Gesicht von Elchkalb, der ihn strafend ansah.
„Hohch! Ich habe ihr nicht wehgetan. Es war nur Spaß."
„Warum weint sie dann?"
Die anderen Kinder standen betreten um sie herum. Ihre Spiele waren oft hart, doch Mädchen nahmen daran eigentlich nicht teil.

„Steh auf!", befahl Hitschikyata und schubste Che-ni-win unsanft mit seinem Mokassin. Doch jetzt lag das Mädchen still im Schnee.
„Tu nicht so! Los steh auf!", forderte er verächtlich. Mädchen hielten wirklich nicht viel aus.
Elchkalb schob ihn zur Seite und kniete sich neben das Kind. Er drehte sie um und wurde blass. Ein spitzer Ast hatte ihr Kleid durchdrungen und die Seite ihres Bauches aufgeschlitzt, als sie gestürzt war. Ihr Kleid war an dieser Stelle blutverschmiert. Sie hing ohnmächtig in seinen Armen und sein Herz setzte aus. Auch Hitschikyata sah entsetzt auf das blutende Mädchen. Das hatte er nicht gewollt!

Mit riesigen Schritten trug Elchkalb das verletzte Kind in das Zelt, während Hitschikyata den Medizinmann holte.
Im Halbdunkel des Tipis blickte Gebrochener-Zweig regungslos auf ihre weiße Tochter. „Du musst ihr helfen!", riss Elchkalb die Frau aus ihrer Erstarrung.
Zitternd zog Gebrochener-Zweig dem Mädchen das blutverschmierte Kleid aus, ohne zu beachten, dass Elchkalb immer noch im Zelt stand. „Was ist geschehen?", fragte sie entsetzt.
„Sie ist beim Spielen gestürzt!" Elchkalb sagte nichts von Hitschikyata, denn es war ein Unfall gewesen.
Der Medizinmann trat ein und beugte sich über das Kind, dessen Stirn mit kaltem Schweiß bedeckt war. Bedächtig untersuchte er die Wunde und bereitete einen Umschlag aus Kräutern.
Elchkalb warf einen letzten Blick auf Che-ni-win, ehe er das Zelt verließ. Er stolperte gegen Grauadler, der ihn prüfend musterte. Er hielt dem Blick stand, denn er hatte durchaus ehrbare Absichten, wenn das Mädchen erst erwachsen war. „Che-ni-win ist noch ein Kind!", tadelte ihn der ältere Mann. Längst hatte er das Interesse von Elchkalb erkannt.
Elchkalb hob unschuldig die Hände. „Ich weiß! Ich werde abwarten und dann angemessen um sie werben. Vielleicht erhört sie mich eines Tages und wird meine Frau."
„Vielleicht, eines Tages! Du wirst nichts unternehmen, was nicht ehrenhaft ist."
Elchkalb sah ihm gerade in die Augen. „So sei es!"
Nun, das war geklärt! Zufrieden trat Grauadler in sein Zelt, um nach seiner Tochter zu sehen.
Che-ni-win musste einige Tage liegen bleiben, etwas, das sie hasste. Sie wollte viel lieber mit den anderen Kindern spielen. Sie hatte ein

wenig Fieber und ihre Mutter erzählte ihr Geschichten. Das war auch schön, erinnerte sie vage an ihre wahre Mutter und sie fühlte sich wohl.
Uinohnah sah jeden Tag nach ihrer Verletzung, wechselte den Verband und legte Kräuter auf, damit sich die Wunde nicht entzündete.

Manchmal schlich Hitschikyata mit schlechtem Gewissen um das Zelt und hoffte, dass es Che-ni-win gut ging. Er würde nie ein guter Heiler werden. Statt den Menschen zu helfen, verletzte er sie. Irgendwann würde er es wieder gutmachen. Er stand in Che-ni-wins Schuld.
Verlegen blickte er auf Otter, der ebenso wissen wollte, wie es dem Mädchen ging.
„Die Verletzung heilt anscheinend", wehrte Hitschikyata ab.
Otter seufzte und meinte: „Es war doch nur Spaß!"
„Ich mache keinen Spaß mehr mit Mädchen!"
„Kommst du mit zu mir?", fragte Otter seinen Freund, um ihn aufzuheitern.
„Ja, gern!"
Die Jungen liefen zu Tschoka-sapas Zelt und krochen hinein. Im Zelt trafen sie nur Viel-Schnee an, die an einer Stickerei arbeitete. Sie blickte schüchtern auf die Jungen und Otter bat sie, ihnen etwas zu essen zu geben. Willig erhob sie sich und schöpfte den Jungen etwas Suppe aus dem Topf. Hitschikyata blickte verstohlen auf ihren runden Bauch und stieß Otter von der Seite an. „Freust du dich auf deinen Babybruder oder deine Babyschwester?"
Otter strahlte über das ganze Gesicht. „Wenn es nicht die ganze Nacht schreit!"
Viel-Schnee hatte ihre Worte gehört und spottete: „Wenn das Baby weint, gebe ich es dir und du gehst mit ihm nach draußen!"
Otter lächelte gutmütig. „Waschté! Das mache ich!"
Hitschikyata kehrte in sein Zelt zurück und sah zu, wie Bärenkralle erneut seine Bündel packte. Er war in das Zelt von Tschetan-withko gerufen worden, weil Graueulenmädchen schwer erkrankt war. Hitschikyata biss die Zähne zusammen und schüttelte besorgt den Kopf. Er hoffte, dass es dem Kind bald wieder besserging. Er fühlte sich mit Wah-bo-sehns und Graueulenmädchen verbunden, denn sie erinnerten ihn daran, dass er einst bei den Crow gelebt hatte.

Mit langsamen Schritten folgte er Bärenkralle zu Tschetan-withkos Zelt und schlüpfte in das Innere. Schweigend setzte er sich neben den Medizinmann und beobachtete, was dieser tun würde.

Wah-bo-sehns hatte nur kurz den Blick gehoben, als die beiden eintraten und streichelte dann wieder die heiße Stirn ihrer Tochter. Graueulenmädchen lag fiebernd auf ihrem Bett und trockene Hustenattacken schüttelten ihren kleinen Körper. Eine eiserne Faust umklammerte Wah-bo-sehns Herz, als sie auf das schweißgebadete Kind blickte. An solch einem Husten war auch Micgy gestorben! Sie tupfte die Stirn ihrer Tochter ab und versuchte, ihr einen Tee einzuflößen. Tschetan-withko saß hilflos vor Angst neben seiner Frau. Er liebte dieses Kind und eine Krankheit war eine schlimme Sache. Ein böser Geist war in den Körper des Kindes geschlüpft und quälte ihn nun. Er sah keinen Zusammenhang zu dem Schneesturm, bei dem sich das Kind einfach erkältet hatte.

Bärenkralle untersuchte das Kind gründlich. Die Medizin der Lakota war begrenzt, meist begnügten sie sich damit, Verletzungen zu heilen und die Geister gnädig zu stimmen. Gegen die Krankheiten der Weißen hatten sie keine Medizin, stattdessen beteten sie. Trotzdem war Bärenkralle nicht hilflos. Er erkannte, dass das Fieber gesenkt werden musste, damit das Kind nicht austrocknete.
Mehr Sorgen bereitete ihm der Husten. „Der böse Geist in ihrer Brust muss vertrieben werden“, erklärte er der Mutter.
Wah-bo-sehns saß wie versteinert neben dem Kind. Ihre Gedanken rasten, als sie daran dachte, wie lange sie Micgy gepflegt hatte, der dann doch gestorben war. „Nicht meine Tochter!“, betete sie verzweifelt. Nach allem, was sie durchgemacht hatte, durfte ihr nun Ahbadt-dadt-deah nicht noch das Kind nehmen.
Tschetan-withko fasste sie tröstend an der Schulter. Er nahm den quengeligen Wolfssohn hoch, damit sie sich auf den Medizinmann konzentrieren konnte.
Bärenkralle bat Wah-bo-sehns, Wasser für einen Tee zu erhitzen. Schweigend warteten alle, bis das Wasser kochte und der Heilige Mann aus seinen Bündeln verschiedene Kräuter suchte. Leise murmelnd bereitete er den Tee aus Salbei, Echinaceablüten und Tannennadeln zu. Außerdem warf er Salbei in das Feuer, durch das ein süßlicher Duft aufstieg. Mit seiner Handtrommel sang er heilige Lieder und bat den bösen Geist, das Kind wieder zu verlassen.

„Diese Medizin, weil du krank bist!
Du wirst gesund werden!
Ya heya ya ya heya ya
Heyo weyo we o we!"

Dann befahl er der Mutter, Steine im Feuer zu erhitzen und unter die Decke des Kindes zu legen, damit es ordentlich schwitzte. Er rieb dem Kind den Rücken und die Brust mit Salbei ein und flößte ihr den Tee ein. Graueulenmädchen schüttelte den Kopf wegen des bitteren Geschmacks und der Medizinmann musste lächeln. „Hast du etwas Eschensaft, um den Tee zu süßen?", fragte er Wah-bo-sehns.
Sie war erleichtert, dass der Medizinmann etwas lächelte. Vielleicht war die Krankheit nicht so schlimm? „Ja", flüsterte sie.
„Gebe ihr oft von dem Tee zu trinken und halte sie warm. Es ist gut, wenn sie schwitzt, aber dann braucht sie viel Tee! Morgen sehe ich wieder nach ihr."
Wah-bo-sehns seufzte dankbar und sah dem Medizinmann nach, als dieser das Zelt verließ. Hitschikyata folgte ihm und die Familie war wieder allein.
Wah-bo-sehns nahm Wolfssohn in den Arm, um ihn endlich zu stillen. Besorgt tastete sie seine Stirn ab, ob auch bei ihm sich Fieber zeigte. Doch der kleine Junge saugte kräftig und zeigte keine Anzeichen einer Krankheit.
Wah-bo-sehns wachte die ganze Nacht am Lager ihrer Tochter und verzweifelte, als der Husten schlimmer wurde.
Tschetan-withko saß neben ihr. Hilflos und tatenlos musste er mit ansehen, wie ihr kleiner Körper sich krümmte und zäher gelber Schleim aus ihrem Mund kam, wenn sie hustete. Er konnte jeden Feind mit seinen Waffen töten, doch gegen diesen Geist war er machtlos.
Angstvoll blickte er auf den Medizinmann, als dieser am Morgen in das Tipi trat. Er war nicht feige, aber jetzt hatte er eine Todesangst um das Kind. Vielleicht sollten sie dem Kind einen anderen Namen geben, damit die schlimme Krankheit abgewendet wurde? Unhörbar schickte er ein Stoßgebet zu Wakan-tanka: „Tunkáschila! Lass mir mein Kind und ich werde mein Fleisch opfern!" Vielleicht hatte er Wakan-tanka irgendwie erzürnt? Er musste den Gleichklang mit dem Universum wieder herstellen, indem er den Sonnentanz tanzte, so wie er es schon für Wolfssohn geschworen hatte.
Besorgt kniete sich Bärenkralle neben das Kind. Graueulenmädchen schüttelte es vor Fieber und sie spuckte in einem erneuten rasseln-

den Hustenanfall grün-gelben Schleim. Der Medizinmann kniff zufriedigen die Augen zusammen. Das schien der richtige Weg zu sein. Der böse Geist wurde aus dem Körper des Kindes vertrieben. Beruhigend schaute er auf die besorgten Eltern. „Es ist gut. Der böse Geist wird vertrieben! Es wird noch eine Weile dauern und ihr dürft nicht aufhören, ihr von dem Tee zu geben."
Wah-bo-sehns starrte ihn völlig entgeistert an. Es wurde doch nicht besser! Ganz im Gegenteil!
Bärenkralle sah ihre Zweifel, doch die Frau wagte es nicht, sie zu äußern. Das war gut so! Sie zweifelte also nicht an seiner Autorität. Prüfend blickte er in ihre Augen. Diese Frau war nicht dumm, vielleicht sollte er ihr die Heilung erklären? „Der Tee vertreibt den Schleim, in dem der böse Geist haust. Es klingt schlimmer, aber deine Tochter wehrt sich nun und spuckt den bösen Geist aus!"
Wah-bo-sehns hatte Tränen der Erleichterung in ihren Augen. Plötzlich vertraute sie dem Medizinmann. Er würde ihrer Tochter helfen!
Bärenkralle hatte eine Idee. Er hatte es noch nie versucht, aber vielleicht half es. „Bereite wieder den Tee. Dann nimm einen Kessel mit Wasser und lege Salbeiblätter hinein. Lass es einfach kochen, damit Dampf entsteht, wie in einer Schwitzhütte. Vielleicht vertreibt dies den Geist schneller!"
Wah-bo-sehns gehorchte voller Vertrauen. Bald füllte aromatischer Dampf das Zelt und Graueulenmädchen atmete leichter. Sie hüllte das Kind in warme Decken und erleichtert fühlte sie, dass das Kind zwar schwitzte, aber das Fieber nachließ.

Tagelang bereitete sie den Tee und die Dampfbäder. Dann weinte sie vor Dankbarkeit, als sie merkte, dass es dem Kind besser ging. Sie verließ das Zelt nur, um ihre Notdurft zu verrichten, und Uinohnah versorgte sie mit allem Nötigen. Selbst Tschetan-withko setzte sich oft an das Feuer und bereitete das Essen zu, wenn seine Frau das kranke Kind hielt. Er spielte mit seinem Sohn oder brachte ihn zu seinen Großeltern, damit Graueulenmädchen sich erholen konnte.
Nach vielen Tagen der Sorge und Angst war der Husten endlich vorbei und die Eltern atmeten auf. Das Kind saß bei seinem Vater auf dem Schoß, mager und geschwächt von der schweren Krankheit, doch wieder mit den glänzenden, großen Augen. Sie war in ein graues Fell gewickelt und lächelte ihn an. Tschetan-withko dachte daran,

wie er sie gefangen genommen und ihr ihren Namen gegeben hatte. Graueulenmädchen. Genauso wie jetzt. Unwillkürlich musste er lachen und Wah-bo-sehns schaute ihn verwundert an. „Sie sieht aus wie damals, als ich euch gefangen genommen hatte. Wie eine kleine graue Eule!" Liebevoll drückte er das Kind an sich, nun ganz der besorgte Vater.
Wah-bo-sehns senkte den Blick, denn sie dachte nicht gern daran zurück. Sie schielte auf den Mann, der ihre Tochter hielt. Damals hatte sie die Bedeutung des Namens nicht verstanden. Jetzt verstand sie, wie er darauf gekommen war. Sie sah wirklich wie eine kleine graue Eule aus. Leise kicherte sie und ihr Kichern wurde zu einem erlösenden Lachen. Das Damals war vorbei. Sie hatte ihm verziehen, denn er hatte die gleiche Angst um das Kind ausgestanden wie sie.

In dieses Lachen trat Bärenkralle ein, der befriedigt auf die kleine Familie sah. Verlegen bot Tschetan-withko ihm einen Platz an und der Medizinmann ließ sich schnaufend nieder. Freundlich winkte er ab: „Es ist gut, wenn ihr lacht. Das Kind ist geheilt!" Insgeheim bewunderte er sich selbst für diese gute Heilmethode und er wollte sie wieder anwenden, wenn jemand einen Geist in seiner Brust hatte.
„Ich dachte daran, Graueulenmädchen die Ohren durchstechen zu lassen. Als Dank, weil sie noch lebt", erklärte Tschetan-withko.
„Das ist gut!", stimmte Bärenkralle zu.
„Ich werde Viele-Feinde fragen! Ich werde ihm drei Pferde dafür geben."
Bärenkralle sagte nichts dazu, denn er erkannte, wie viel Graueulenmädchen diesem Krieger bedeutete. Er war wahrhaftig ihr Vater. Die Kraft von Viele-Feinde würde dem Kind in Zukunft helfen.
Tschetan-withko kramte in einer Ecke seines Zeltes nach einigen wertvollen Fellen, die er dem Medizinmann für seine Mühen geben wollte. Er überreichte ihm ein schönes weißes Hermelinfell und eine bemalte Büffeldecke. Bärenkralle nahm sie mit einem Nicken. Er erwartete keine großen Geschenke, denn es war Wah-bo-sehns, die dem hochschießenden Hitschikyata ständig die Kleidung nähte.
Dann zögerte Bärenkralle sichtlich, denn er hatte noch eine Bitte.
Tschetan-withko bot ihm etwas zu essen an und sie aßen schweigend. Es war ein harmonisches Bild. Graueulenmädchen lag auf ihrem Lager und schlief, während Wah-bo-sehns sich um Wolfssohn kümmerte. Trotzdem wurde es Tschetan-withko mulmig. Was wollte der Heilige Mann?

„Läuft dein Sohn schon?", fragte Bärenkralle harmlos, dabei deutete er auf das Kleinkind.
„Ja! Das heißt, er wackelt eigentlich mehr und er möchte nicht mehr in der Wiege liegen."
Bärenkralle bedeutete Wah-bo-sehns, ihm das Kind zu geben und sie drückte es ihm gehorsam in den Schoß. Der Medizinmann lächelte das Kind an. Ihn amüsierte die Ähnlichkeit mit Tschetan-withko: die gleichen ruhigen Augen und das kräftige Kinn. Er schien auch nicht so lebhaft zu sein wie seine quirlige Schwester, sondern ruhte in sich. Er beobachtete alles und untersuchte dann mit seinen kleinen Händen, was ihm in die Finger kam. Wolfssohn! Beobachten, anschleichen und zupacken. Bärenkralle lachte über diesen Vergleich. Die „Medizin" in dieser Familie faszinierte ihn.
Tschetan-withko wurde das Gefühl nicht los, dass der Heilige Mann nicht nur an dem Kind interessiert war. Genauso harmlos fragte er: „Wie geht es Hitschikyata?"
Bärenkralle nickte ihm zufrieden zu. Ohne es zu wissen, hatte Tschetan-withko genau das getroffen, worüber er mit ihm reden wollte. „Er hat starke Träume und er lernt schnell. Er wird einmal ein guter Medizinmann."
Tschetan-withko hob bewundernd den Kopf. Hitschikyata musste wirklich ein guter Gehilfe sein, wenn Bärenkralle ihn so öffentlich lobte.
„Aber Hitschikyata muss nicht nur den Weg des Heiligen Mannes lernen, sondern auch den Weg des Kriegers. Er zählt jetzt vierzehn Winter."
Tschetan-withko legte den Kopf etwas schief. Auch das war klar. Er wusste aber immer noch nicht, worauf der Medizinmann eigentlich hinauswollte.
„Ich bin schon alt. Zu alt, um Hitschikyata den Weg des Kriegers zu zeigen."
Tschetan-withko nagte an seiner Unterlippe. Er hatte eine ungefähre Ahnung, was Bärenkralle von ihm wollte. Er lehnte sich gegen seine Rückenlehne und überlegte.
Wah-bo-sehns sah ihn verstohlen an. Auch sie hatte verstanden, was der Medizinmann wollte, und sie hoffte, dass ihr Mann die richtige Entscheidung traf. Hitschikyata hatte keine Verwandten bei den Lakota und sie fühlte sich für ihn verantwortlich.
„Er ist noch sehr jung", wehrte Tschetan-withko die Verantwortung ab.

Der Medizinmann blickte ihn streng an. „Ich würde nicht fragen, wenn er zu jung wäre!“
Tschetan-withko schmunzelte. Eigentlich hatte der Medizinmann ihn nichts gefragt. Die Frage stand unausgesprochen zwischen ihnen. Doch er machte eine abschließende Handbewegung. „Ich werde ihn fragen, ob er mich begleitet, wenn ich auf einen Kriegszug gehe.“
Der Medizinmann machte eine bedächtige Handbewegung. „Aber du wirst ihm nicht sagen, dass ich dich gefragt habe?“
„Nein!“
„Dann ist es gut so! Waschté-yelo!“
Beide Männer wechselten verschwörerische Blicke und rauchten gemeinsam eine Pfeife.
Wolfssohn war in den Armen des Medizinmannes eingeschlafen und Wah-bo-sehns nahm ihm das Kind ab.
Sie hatte mit gemischten Gefühlen dem Gespräch der Männer zugehört. Sie wollte nicht, dass ihr Mann auf einen Kriegszug mitging, und sie wollte auch nicht, dass Hitschikyata ihn begleitete. Sie hasste den ewigen Krieg.

Bärenkralle war in sein Zelt zurückgekehrt und blickte lächelnd auf den wartenden Hitschikyata. „Möchtest du wieder von Wakan-tanka hören?“
Hitschikyata schaute ihn mit glänzenden Augen an. Für ihn war es das Schönste überhaupt, wenn der Medizinmann ihm Geschichten erzählte. „Du wolltest mir von den verbündeten Schöpfungswesen und den Bösen Geistern erzählen!“, bat er aufgeregt.
„Ah ja! Also, Wi, der Sonnenmann, ist natürlich mit der Mondfrau, Hanwi, verbündet. Die Mondfrau bittest du um den richtigen Zeitpunkt für ein wichtiges Unternehmen. Der Verbündete des Himmels ist Tate, der Wind. Er lenkt die Jahreszeiten und schickt die Seelen der Verstorbenen auf den Geisterpfad.“
Er machte eine kleine Pause, gab damit Hitschikyata die Gelegenheit für seine wissbegierigen Fragen. Inzwischen genoss er sie, wartete fast auf diese Herausforderung.
„Wenn ich nun um den richtigen Zeitpunkt für eine Jagd bitten möchte, bete ich dann zu Hanwi oder zu Wakan-tanka?“
Bärenkralle schüttelte staunend den Kopf. Hitschikyata stellte wirklich schwere Fragen. „Zu beiden! Du bittest die Mondfrau, dein Be-

gehren zu Wakan-tanka zu schicken. Oder du bittest den Wind eine Seele auf den Geisterpfad zu schicken."
„Warum?"
Bärenkralle seufzte: „So ist es für die Menschen einfacher zu verstehen. Die Mondfrau können sie sehen. Den Wind können sie fühlen. Wakan-tanka ist alles und nichts. Ihn kann man nicht sehen oder fühlen. Ihn erkennt man nur in den Dingen, die ihn umgeben."
„Welche verbündeten Wesen gibt es noch?", wollte Hitschikyata wissen.
„Nun, eine wichtige Verbündete ist Whope. Sie ist die Tochter des Sonnenmannes und der Mondfrau und die Verbündete der Erde. Sie heißt auch ‚Schöne' und ist die Mutter der Harmonie und Freude. Dann gibt es noch Wakinyan, der mit dem Felsen verbündet ist. Er hat die Stimme des Donners und gebietet über den Blitz."
„Aber der Orkan ist ein böses Wesen!"
„Han! Sehr böse! Iya ist der Herr alles Bösen. Er ist der Orkan. Aber es gibt auch noch Iktomi, den Sohn des Felsens. Er narrt die Menschen und verleitet sie dazu, Böses zu tun. So nun geh. Für heute habe ich genug erzählt!"

Fröhlich schlüpfte Hitschikyata aus dem Tipi und schlenderte zum Fluss, um seine Freunde zu suchen. Stattdessen kam ihm Che-ni-win entgegen. Sie ging ein wenig steif, weil ihr der Bauch noch wehtat und Hitschikyata runzelte schuldbewusst die Stirn. „Tokeschke yaun-ho?", fragte er sie höflich und zeigte auf ihre Wunde.
Sie blitzte ihn an, schon eine freche Antwort auf der Zunge. Dann sah sie seinen schuldbewussten Blick. „Es ist schon wieder gut!", log sie stattdessen.
Er schaute sie bewundernd an. Sie war nett. „Wo gehst du hin?", fragte er.
Sie senkte empört die Augen. Hatte er die Büffelblasen nicht gesehen? „Zum Fluss", antwortete sie ein wenig schnippisch.
„Er ist zugefroren", meinte er überflüssigerweise.
Sie blickte auf ihre Mokassins. Was wollte er überhaupt?
„Ich gehe mit dir und hacke das Eis auf", bot er großmütig an.
Ohne ihre Antwort abzuwarten, ging er vor ihr her. Er trat auf das Eis und hackte ein Loch hinein.
Sie stellte sich vorsichtig neben ihn und ließ ihre Büffelblasen in das eiskalte Wasser eintauchen. Er sah, dass ihr das Bücken weh tat und nahm ihr die Büffelblasen ab. Er überreichte ihr die gefüllten Blasen,

damit sie zum Dorf zurückgehen konnte. „Es tut mir leid!“, murmelte er.
Che-ni-win kicherte. „Hitschikyata! Es war ein Unfall. Ich bin nicht böse.“
Er lächelte wie befreit. Vorsichtig strich er über ihre roten Haare. „Du hast Haare wie die Morgensonne und Augen wie klares Wasser!“
Sie legte den Kopf schief, testete, ob er es ernst meinte. „Das ist selbst bei den Weißen selten“, erklärte sie ein wenig verlegen.
„Gefällt es dir gut bei Grauadlers Familie?“
Überrascht blickte sie ihn an. Dann fiel ihr ein, dass auch er kein richtiger Lakota war, ebenso wenig wie Stern-im-Auge und Wah-bosehns. „Ja! Ich bin gern bei Gebrochener-Zweig und Grauadler. Sie sind jetzt meine Mutter und mein Vater.“
„Vermisst du manchmal deine weiße Mutter?“
„Nein! Ich bin bei meiner Tante aufgewachsen. Sie ist gestorben und ich sollte zu meinem Vater nach Fort Laramie.“
„Vermisst du denn deinen weißen Vater nicht?“
„Ein bisschen! Er hat mich manchmal besucht.“ Sie dachte an den rothaarigen, großen Mann, der sie lachend durch die Luft gewirbelt hatte. Gemächlich gingen sie zurück in Richtung des Dorfes und Che-ni-win warf einen scheuen Blick auf Hitschikyata. „Vermisst du deine Mutter?“
Hitschikyata schluckte schwer. „Meine Mutter und mein Vater sind von Blackfeet getötet worden. Eines Tages werde ich sie rächen!“ Er klang jetzt wie ein erwachsener Mann, sein Tonfall war hasserfüllt.
„Vielleicht sucht mich mein weißer Vater“, lenkte sie vorsichtig von dem Thema ab.
Überrascht musterte er das weiße Mädchen. „Möchtest du zurück zu den Weißen?“
Che-ni-win zögerte. Wollte sie zurück? Vielleicht zurück. Ja! Aber ihre Tante lebte nicht mehr. Dorthin konnte sie nicht mehr zurück. Sie kannte den Ort nicht, an den ihr Vater sie holen wollte. Jetzt hatte sie eine richtige Mutter, einen Vater und eine Schwester. Eine richtige Familie! „Nein! Ich will nicht zurück. Eines Tages werde ich einen guten Mann heiraten.“
Hitschikyata lachte sie spöttisch aus. „Wer will dich denn heiraten?“
Che-ni-win kicherte harmlos. „Noch niemand!“
Hitschikyata war erstaunt, dass sie keine bissige Antwort auf seine spöttische Frage gab. Hier, mit ihm allein, musste sie sich nicht verteidigen.

Sein Grinsen erstarb und er nahm seinen Mut zusammen. „Erzählst du mir von den Weißen?"
Che-ni-win zögerte ein wenig. Es schickte sich nicht, allein mit einem Jungen zu reden. Schließlich meinte sie: „Du kannst mich manchmal am Fluss treffen, wenn ich Wasser hole."
Sie erreichten das Tipi von Grauadler und Hitschikyata zeigte auf ihre Wunde. „Ich hoffe, sie heilt gut!" Damit drehte er sich um. Etwas verband ihn mit diesem Mädchen und es machte ihn verlegen. Er würde wieder mit ihr sprechen, gleichgültig, was die anderen Jungen von ihm dachten. Vielleicht erfuhr er etwas mehr über die weißen Menschen.

Vorsichtig redete er mit Bärenkralle über sein Vorhaben. Der Medizinmann runzelte eher unwillig die Stirn. „Wieso möchtest du mit Che-ni-win über die Weißen sprechen? Sie ist jetzt ein Lakotamädchen. Du solltest sie nicht an ihr altes Leben erinnern!"
Hitschikyata schwieg enttäuscht. Er war doch nur neugierig. Doch wenn Bärenkralle es nicht wollte, wäre es nicht schicklich, weiter mit dem Mädchen zu reden. Zögernd bat er nochmals: „Ich will nicht ihre Gefühle verletzen. Doch es könnte für unser Volk wichtig sein."
Bärenkralle merkte zwei Dinge: dass es ihm ernst war und zum ersten Mal hatte er von „unserem Volk" gesprochen!
Lächelnd bohrte er weiter: „Warum denkst du, dass es wichtig ist, mit Che-ni-win über die Weißen zu sprechen?"
Hitschikyata zuckte mit den Schultern. „Ich weiß noch nicht. Aber sie ist kein kleines Kind mehr. Vielleicht erfahre ich Dinge, die wichtig sind?"
Bärenkralle versank in Gedanken. Noch niemand war auf den Gedanken gekommen, von dem weißen Kind Wissen über die Weißen zu erhalten. Eigentlich keine schlechte Idee von Hitschikyata. Der Medizinmann konnte sich zwar nicht vorstellen, welches Wissen man von einem kleinen Mädchen bekommen konnte, doch es würde auch nicht schaden. Oder doch? Vielleicht verwirrte sie ja die Gedanken dieses Jungen mit anderen Ideen und Vorstellungen. Er runzelte die Stirn. Veränderung! Und Hitschikyata hatte es wieder erkannt. Vielleicht konnte ihnen Che-ni-win helfen, sich auf diese Veränderungen vorzubereiten? Er nickte. „Rede mit dem Mädchen. Ich werde Grauadler bitten, es gutzuheißen. Du redest mit ihr in Grauadlers Zelt oder hier!"

Hitschikyata zischte verächtlich. „Sie ist noch ein Kind! Sie hatte noch nicht einmal ihre ersten Riten.“
Bärenkralle sah ihn fest an. „Sie wird bald zur Frau. Ich will nicht, dass über sie geredet wird.“
Beschämt senkte Hitschikyata den Kopf. Er hatte nur an sich gedacht, nicht aber daran, dass auch das Mädchen ihren guten Ruf verlieren konnte. „So sei es!“, murmelte er beschämt.

Woablehsa wakan

Geheimnisvolle Zeichen

Einige Tage später passte Hitschikyata das Mädchen wieder am Fluss ab und Che-ni-win blickte ihn einigermaßen verwundert an.
„Möchtest du jetzt mit mir reden?“
„Nein, nein, ich kam nur zufällig vorbei“, wehrte er zum Schein ab.
„Dann ist es ja gut.“ Che-ni-win blitzte ihn spöttisch an. Wenn er wieder den starken Krieger spielen wollte, war er bei ihr gerade richtig. Hurtig lief sie in Richtung des Dorfes, sodass ihm nichts anderes übrig blieb, als ihr zu folgen. „Ape-yo!“ Warte!
Sie drehte sich überrascht um, ihr ganzer Körper ein herausforderndes Fragezeichen. „Ja?“
„Bärenkralle hat erlaubt, dass ich mit dir spreche.“
„So? Vielleicht erlaube ich es dir nicht!“
Verärgert blinzelte Hitschikyata das freche Mädchen an. Dann musste er plötzlich grinsen. Er hatte mit diesem Spiel angefangen und er musste es beenden. Er wurde ernst und musterte sie freundlich.
„Ich möchte mit dir über die Weißen sprechen. Aber nur, wenn du es willst.“
„Es schickt sich nicht, wenn ich mit einem Jungen rede!“
„Bärenkralle meinte, dass wir zu deiner Mutter oder zu ihm gehen könnten.“
Yu! Sie schüttelte sich vor Entsetzen. Sie wollte ganz bestimmt nicht zu dem Medizinmann in das Zelt gehen! „Lieber gehen wir zu Gebrochener-Zweig“, schlug sie vor, „oder wir setzen uns hier auf den Baumstamm, wo uns jeder sehen kann.“
Schon ließ sie sich nieder und bot Hitschikyata den Platz neben sich an.
Hitschikyata wand sich wie ein Wurm, denn hier konnten ihn nun auch alle seine Freunde sehen! Mit einem Mädchen! Mit erhobenem Haupt setzte er sich neben Che-ni-win und unterdrückte seinen aufkeimenden Stolz. Schließlich war er der Gehilfe des Medizinmannes und konnte tun und lassen, was er wollte.
Che-ni-win zögerte lange. „Was möchtest du wissen?“, fragte sie schließlich unsicher.
Er machte eine vage Handbewegung. „Alles!“
Sie wusste nicht, wo sie anfangen sollte. Das Leben hier war so anders. Unentschlossen blickte sie auf ihre Mokassins. Sie waren so viel

bequemer als die ledernen Schuhe, die sie bis dahin getragen hatte.
Hitschikyata bemerkte ihre Unentschlossenheit und wurde deutlicher: „Vielleicht erzählst du mir, was du an einem Tag gemacht hast und ich frage dich, wenn ich etwas nicht verstehe."
Sie zögerte etwas und begann: „Am Morgen hat mich meine Tante geweckt und wir haben gemeinsam gebetet und gegessen."
„Betet ihr jeden Morgen?"
„Ja! Wir haben immer gebetet, bevor wir gegessen haben, um den großen Geist zu danken." Sie wählte das Wort „Großer Geist" in der Sprache der Lakota, um ihn nicht zu verwirren.
Hitschikyata schaute sie verblüfft an, nie hätte er gedacht, dass die Weißen gläubig waren. Er hörte immer nur Geschichten von ihrer Grausamkeit. Dass sie beteten, war interessant. „Erzähle weiter!", bat er sie.
„Dann bin ich in die Schule gegangen." Sie benutzte das englische Wort, weil es hierfür keine Entsprechung gab.
„Was ist eine Schule?"
„Ein Zelt aus Holz, in das weiße Kinder gehen, um zu lernen."
„Sie lernen nicht von ihren Vätern oder Müttern?" Hitschikyata erschien das sehr seltsam.
„Doch! Aber viele Dinge lernen wir in der Schule."
„Was für Dinge?"
Che-ni-win fehlten die Worte. Es gab keine Wörter für Lesen und Schreiben in der Sprache der Lakota. „Wir lernen die sprechenden Zeichen."
„Sprechende Zeichen?"
„Ja! Wir malen Zeichen und ein anderer kann diese verstehen."
„So, wie wir unsere Geschichten auf Leder malen?"
Che-ni-win dachte an die Heldentaten, die ihr Vater immer auf ein großes Fell malte. Ein Pferd, wenn er ein Pferd erbeutet hatte, oder die Zeichnungen von getöteten Feinden. „So ungefähr", erklärte sie, „nur, dass uns die Zeichnungen sagen, wie wir den Mund zu bewegen haben. Dann entstehen Worte und wir können eine ganze Geschichte malen."
Hitschikyata verstand sie nicht.
„Schau!" Sie schrieb mit ihrem Finger „Mama" in den Schnee und zeigte ihm, wie man die Buchstaben sprach. Geflissentlich übersah sie seine Verlegenheit, denn „Mama" bedeutete nicht Mutter, sondern eigentlich „Brust", aber dieser kleine Unterschied war Che-ni-win noch nicht aufgefallen. Sie wusste nur, dass ganz kleine Kinder

zu ihrer Mutter „Mama" sagten, wenn sie die Brust wollten. Dann malte sie „Maka", das Wort für Erde, in den Schnee und erklärte ihm, wie der eine Buchstabe das ganze Wort änderte. Hitschikyata verstand sie nur langsam. „Kennst du für alle Geräusche, die mein Mund macht, ein Zeichen?"
„Ja! Du sagst die Worte und ich male sie auf. Ein anderer kann sie dann sagen, ohne dass er deine Worte gehört hat."
„Wofür brauchen die Weißen diese Kunst?"
„So kann man Geschichten aufschreiben und an die Kinder weitergeben. Oder man malt eine Nachricht für jemanden, der weit weg ist."
Hitschikyatas Neugier war geweckt. Vielleicht würde er diese Kunst einmal brauchen können?
„Kannst du mir zeigen, wie die sprechenden Zeichen aussehen?"
„Ja!" Che-ni-wins Augen leuchteten. Endlich konnte sie auch einmal jemandem etwas zeigen, was sie konnte.
„Ich komme morgen wieder", erklärte Hitschikyata und verschwand.

Che-ni-win blickte ihm nach und verwischte gedankenverloren die Buchstaben im Schnee. Sie dachte an Miss Grant, ihre Lehrerin. Das war alles so lange her, dass sie es fast vergessen hatte. Aufgewühlt lief sie zu ihrem Zelt. Jetzt, nachdem sie schon fast ein Jahr bei diesem Volk lebte, kamen die Erinnerungen an ihr früheres Leben wieder hoch. Ob ihr Vater sie wohl suchte? Sie hätte ihm gerne eine Nachricht zukommen lassen, ihm mitgeteilt, dass es ihr gut ging. Wahrscheinlich dachte er ohnehin, dass sie tot war, hatte sie längst vergessen. Sie brachte ihrer Mutter Feuerholz in das Zelt und setzte sich, ein wenig in sich gekehrt, zu ihrer Schwester. Hier war nun ihre Familie!
Kichernd stieß Weidenzweig sie an und versuchte sie aufzuheitern: „Hat ein junger Mann sein Herz an dich verloren?"
Errötend schüttelte Che-ni-win ihren Kopf. „Hitschikyata ist doch nur ein Junge, etwas älter als ich! Nein! Er möchte wissen, wie die Weißen leben."
„Warum will er das wissen?"
Che-ni-win zuckte mit den Schultern. Noch nie hatte sie jemand danach gefragt, auch nicht, wie sie überhaupt Elchkalb und den anderen in die Arme gelaufen war. Sie nahmen anscheinend an, dass sie die einzige Überlebende eines Pawneeüberfalls gewesen war, oder sie dachten überhaupt nicht darüber nach. Sie zwickte ihre Schwester in den Arm. „Und du? Hast du wieder Lacht-am-Boden gesehen?"

Natürlich hatte Weidenzweig ihn nicht gesehen, denn er lebte in einer anderen Sippe. Doch Che-ni-win hatte ihre verliebten Blicke im Sommerlager gesehen und neckte ihre Schwester gerne damit.

Beide kicherten los und ihre Mutter lachte mit ihnen, genoss die ungezwungene Stimmung im Tipi. Allerdings, wenn sie auf die andere Sippe stießen, würde sie ihrer Tochter das Keuschheitsband umbinden und die Füße fesseln! Sie traute diesem jungen Krieger nicht und wollte nicht, dass er vollendete Tatsachen schuf und Weidenzweig einfach entführte! Sie waren eine ehrbare Familie und sie wollte, dass der junge Mann anständig um Weidenzweig warb. Solange würde sie die Jungfräulichkeit ihrer Tochter bewachen.

Die nächsten Tage trafen sich Che-ni-win und Hitschikyata regelmäßig. Che-ni-win fühlte sich wie eine Lehrerin, als sie Hitschikyata die „sprechenden Zeichen" erklärte. Anfangs war es schwierig, ihm das Verständnis von einzelnen Buchstaben beizubringen. Doch als er den Sinn der Lautmalerei verstanden hatte, lernte er blitzschnell die einzelnen Buchstaben und Wörter. Grinsend malte er seinen eigenen Namen in den Schnee. HITSCHIKYATA. Bald würde er in die Wildnis ziehen, auf der Suche nach einer Vision. Als Mann würde er zurückkehren. Endlich könnte er die Männer auf Kriegszüge begleiten und sich einen neuen Namen verdienen. Einen Kriegernamen! Dann würde er andere Buchstaben in den Schnee malen.
Manchmal erzählte er Bärenkralle, was ihm das Mädchen berichtete. Bedächtig legte der Medizinmann den Kopf zurück. Er sah keinen Nutzen in dem Wissen, das sich Hitschikyata aneignete, andererseits wusste niemand, was einmal wichtig sein konnte und was nicht.
Che-ni-win hatte inzwischen damit begonnen, Hitschikyata Englisch zu lehren. Nachdem er erst vor Kurzem Lakota gelernt hatte, stürzte er sich nun gierig auf die neue Sprache. Im Vergleich zu dem Lakota oder Crow war sie so einfach. Er verbrachte viel Zeit mit Che-ni-win, bis sein Freund Otter schließlich unwillig den Kopf schüttelte. „Wirst du auch bald Frauenkleider tragen, so wie ein Winkte?"
Hitschikyata rang ihn empört zu Boden, kontrollierte ihn mit seinem Körper und hielt drohend sein Messer gegen dessen Geschlecht gedrückt. „Pass auf, dass du nicht in Frauenkleidern gehen musst!", zischte er verärgert.

Otter wagte es nicht, sich zu bewegen. Die Augen seines Freundes ließen keinen Zweifel daran, dass er es ernst meinte. Otter biss sich auf die Lippen und suchte nach einem Ausweg, ohne dass er gänzlich sein Gesicht verlor. „Nun, vielleicht gefällt sie dir", stotterte er schließlich, weil ihm sonst nichts einfiel.
Hitschikyata steckte das Messer ein und zog seinen Freund hoch. „Che-ni-win ist ein nettes Mädchen. Aber sie ist noch zu jung, um einem Mann zu gefallen. Ich rede mit ihr, um die Sprache des weißen Mannes zu lernen."
„Warum möchtest du die Sprache der Weißen lernen?"
„Dann verstehe ich beim Tauschhandel selbst, was sie sagen und niemand kann mich mehr betrügen."
Wan! Auf so eine gute Idee war noch niemand gekommen. Bewundernd blickte Otter auf seinen Freund. „Ist die Sprache schwierig zu lernen?"
„Nein! Nicht schwieriger als Lakota."
Otter runzelte bewundernd die Stirn. Hitschikyata hatte seine Sprache wirklich schnell gelernt und redete jetzt wie all die anderen Jungen. Selbst Che-ni-win sprach inzwischen gut Lakota. „Ich werde nicht mehr lachen, wenn du mit dem Mädchen sprichst", meinte er versöhnlich.
„Das ist auch besser so!", drohte Hitschikyata mit einer deutlichen Geste auf Otters Unterleib. „Außerdem sollten wir Elchkalb keinen Anlass geben, auf mich eifersüchtig zu sein."
„Wieso?" Otter starrte ihn ungläubig an. Elchkalb war schließlich schon ein junger Krieger. Was wollte er mit einem Mädchen?
„Ich denke, dass Elchkalb glaubt, Che-ni-win gehöre ihm. Sie lebt nur in Grauadlers Zelt, weil sie noch zu jung ist. Du wirst sehen. Eines Tages heiratet er sie!"
„Dann solltest du wirklich aufpassen, dass Elchkalb nicht auf dumme Gedanken kommt. Sonst bist du es, der eines Tages Frauenkleider trägt. Elchkalb hat ein scharfes Messer!", bemerkte Otter anzüglich.
Sie lachten herzhaft, ihre Freundschaft war, ohne Schaden zu nehmen, wieder hergestellt.
„Wie geht es Viel-Schnee?", wechselte Hitschikyata das Thema.
Otter streckte seinen Bauch heraus und meinte lächelnd: „Sie platzt!"
Beide Jungen kicherten wieder und wenn andere Kinder in der Nähe gewesen wären, hätten sie vermutet, dass sich dort Mädchen unterhielten. „Das Baby wird bald geboren und sie ist rund wie ein Kürbis."

„Geht es ihr jetzt gut?", fragte Hitschikyata, denn er hatte gesehen, wie traurig sie anfangs gewesen war.
„Ja! Alle sind sehr nett zu ihr."
„Das ist gut!"

Beide Jungen schwiegen eine Weile. Über ihnen zeigte sich die Formation nach Norden fliegender Gänse und Hitschikyata stieß seinen Freund an. „Die Gänse kommen zurück. Gehen wir auf Jagd?"
„Hoka!" Begeistert flitzten die Jungen los, um ihre Bögen zu holen. Sie liefen den Fluss entlang und rannten fast in Tschetan-withko, der ebenfalls jagen wollte. Unwillig blickte er auf die zwei Knaben. „Ihr macht Lärm wie eine Herde Büffel und verschreckt alle Tiere!"
Beschämt senkten sie die Köpfe.
„Wo wollt ihr überhaupt hin?"
„Wir wollten Gänse jagen."
Tschetan-withko überlegte kurz. Vielleicht konnte er auf diese Weise Hitschikyata ein wenig besser kennenlernen? Er bedeutete den beiden Jungen, dass sie ihn begleiten durften, und sie folgten ihm begeistert. Ein Krieger nahm sie mit auf die Jagd!
Sie schlichen geräuschlos den Fluss stromaufwärts und beobachteten, wo die Gänse zur Landung ansetzten. Hinter der nächsten Biegung flogen sie flatternd herunter und planschten in das Wasser. Sie schnatterten aufgeregt und ihr lautes Rufen übertönte die leisen Schritte der Jäger.
Tschetan-withko kniete am Ufer, getarnt von Sträuchern, die bereits die ersten Knospen trugen. Otter und Hitschikyata duckten sich hinter seinen Rücken. Vorsichtig hoben sie ihre Bögen, doch Tschetan-withko winkte ab. Langsam hob er seinen Bogen und zielte sorgfältig. Der Pfeil löste sich von der Sehne, schnellte über das Wasser und traf eine Gans, die in der Gruppe der anderen Vögel nach Fischen tauchte. Die Jungen pressten staunend die Hände vor den Mund. Das war ein guter Schuss! Grinsend nahm Tschetan-withko den nächsten Pfeil und bedeutete den Jungen, sich bis auf Schussweite an die Gänse heranzuschleichen. Sie krochen vorsichtig näher ans Wasser heran, während Tschetan-withko zwei weitere Vögel aus der Entfernung traf. Dann legten die Jungen ihre Pfeile auf die Sehnen und zielten auf die schwimmenden Vögel. Unruhe war ausgebrochen und einige flatterten bereits hoch, um der Gefahr zu entkommen.

Otter erwischte eine Gans am Flügel, die nun nicht mehr fliegen konnte und wütend schnatterte.
Tschetan-withko hatte sich entkleidet und watete auf die getöteten Vögel zu. Er band sie mit einer Sehne zusammen und zog sie hinter sich her. Dabei watete er vorsichtig an der verletzten Gans vorbei, die wütend auf ihn einhieb. Er holte zufrieden die Beute aus dem Wasser und schickte Hitschikyata los, um Holz zu sammeln. „Was haltet ihr von einem Braten?“
Er schüttelte das Wasser von seinem Körper und schlüpfte wieder in seine warme Kleidung. Dann deutete er auf die verletzte Gans. „Otter, dein Pfeil hat das Tier nur verletzt. Geh, und töte es richtig.“
Otter seufzte, denn der Vogel hatte das andere Ufer erreicht und er würde durch den kalten Fluss waten müssen. Sorgsam zielte er auf die Gans und traf sie am Hals. Missmutig zog er seine Kleidung aus, dann stieg er in das eiskalte Wasser. Haun! Vom Ufer aus lachte Hitschikyata schadenfroh und Otter warf ihm einen wütenden Blick zu. Der tote Vogel trieb im Wasser und drohte abgetrieben zu werden. Mit einem Hechtsprung griff Otter nach der Gans und zog sie hinter sich her. Frierend zog er seine Kleidung an und Tschetan-withko unterdrückte ein Kichern. Das nächste Mal würde Otter besser zielen.

Sie rupften einen Vogel und brieten ihn über dem Feuer. Die Jungen wendeten ihn hin und her, während Tschetan-withko noch eine Weile flussaufwärts ging. Dort hatte er einen Biberbau entdeckt und beschlossen, einen Biber zu jagen. Der Schwanz galt als Delikatesse und er wollte Wah-bo-sehns bitten, ihn zuzubereiten. Er fand eine Stelle, an der die flinken Tiere das Wasser verließen und legte sich, nur mit einem Knüppel bewaffnet, auf die Lauer. Jetzt, zu Beginn des Frühlings, waren die Tiere emsig dabei, ihren Bau auszubessern, und er beobachtete sie eine Weile. Er bewunderte ihre Schnelligkeit im Wasser. Schließlich wählte er ein Tier aus, das in seiner Nähe nach Zweigen suchte. Mit aller Kraft schlug er auf den Biber ein und trug ihn zum Feuer zurück. Für heute hatte er genug gejagt.
Die Gans war gebraten, doch die Jungen hatten höflich auf seine Rückkehr gewartet. Mit knurrendem Magen setzte sich Tschetan-withko neben sie, zog sein Messer und trennte sich ein ordentliches Stück ab. Hmm, allein der Duft machte einen bereits schwindelig. Dann gab er endlich ein Zeichen, dass sich auch die Jungen bedienen durften. Er opferte ein Stück des Fleisches, indem er es auf einen Stock spießte, den Geist um Versöhnung bat und es neben dem

Feuer in den Boden steckte. Anschließend bissen alle heißhungrig in das saftige Fleisch. Die Glut brannte herunter und es dämmerte bereits, als sie plötzlich ein tiefes Brüllen hochschrecken ließ. Ein Grizzly! Angelockt von dem Duft der gebratenen Gans kam der Bär auf die drei Menschen zugetapst. Ein gewaltiger Berg aus Muskeln und Fleisch, nun, nach dem Winter, mit einem gewaltigen Appetit. Entsetzt sprangen die Jungen auf, suchten im ersten Impuls ihr Heil in der Flucht.
„Bleibt stehen!", zischte Tschetan-withko energisch. „Wenn ihr rennt, reizt ihr den Bär noch mehr!"
Mit seinem Fuß schob Tschetan-withko einige Äste in die Glut und sah erleichtert, wie das Feuer aufflackerte. Es verfehlte seine Wirkung nicht: irritiert blieb der Bär stehen, brüllte verärgert und schüttelte gereizt seinen Kopf. In den kleinen Augen spiegelte sich der Schein des Feuers, während der Bär witternd seine Nase hob. Tschetan-withko stieß einige Scheite in Richtung des Bären, der mit einem erneuten Fauchen auf die Bedrohung reagierte. Doch dann drehte er sich um und zog von dannen.
Tschetan-withko misstraute dem Frieden. Er nahm einige brennende Äste und folgte dem Bären vorsichtig in das Unterholz, wollte sicher gehen, dass er wirklich verschwunden war. Unweit des Flusses fand er dessen Höhle, in deren Sicherheit der Bär offensichtlich überwintert hatte. Nun lag sie verlassen vor ihm, nur ein Kadaver verriet ihm, dass der Bär hier noch vor Kurzem seine Mahlzeit verschlungen hatte. Ein Wolf, wie noch unschwer am Fell zu erkennen war.
Tschetan-withko legte nachdenklich den Kopf auf die Seite. Es war besser umzukehren, denn die Jagd auf einen Grizzly war Männersache. Er würde im Dorf Bescheid geben, dass sich hier ein Bär herumtrieb, aber er wollte nicht allein oder in Begleitung von Kindern dieses gefährliche Tier jagen. Er kehrte um, als er plötzlich ein leises Fiepen vernahm. Unweit der Höhle des Bären entdeckte er den Bau der gerissenen Wölfin. Vor dem Bau lagen zwei tote Jungtiere, doch im Bau lebte anscheinend noch ein Welpe. Er griff hinein und zog ein winziges Fellbündel heraus, das ihm mit einer rauen Zunge die Hand leckte. Verwundert blickte er auf den kleinen Wolf. Trotz seines wuscheligen Welpenfells war bereits jetzt zu erkennen, dass er eine dunkle Färbung, fast schwarz, haben würde. Ohne lange zu überlegen, nahm er das kleine Tier mit und ging zum Feuer zurück.
Die Knaben hatten das Feuer in Gang gehalten und die erlegten Tiere zusammengepackt. Jetzt blickten sie ihn sichtlich erleichtert an,

fragten mit ihren Augen, ob die Gefahr vorbei sei. Tschetan-withko lächelte beruhigend, signalisierte mit einer flüchtigen Handbewegung, dass der Bär weg war. Er zeigte ihnen das Wolfsbaby, das zitternd in seinem Arm lag. Tschetan-withko! Jetzt brachte er auch noch einen Wolf nach Hause. „Er ist noch sehr klein!", meinte Hitschikyata ein wenig besorgt.
Tschetan-withko runzelte nachdenklich die Stirn. Er dachte an die Wolfsträume, die ihn so lange begleitet hatten. Es war einfach nicht richtig, sein Traumtier, das Hilfe brauchte, im Stich zu lassen. „Ja! Ich werde den Welpen aufziehen und dann weitersehen!"
Sie packten ihre Beute, löschten das Feuer und machten sich auf den Rückweg.

Wah-bo-sehns freute sich über die Gänse, aber nicht über den Welpen. Hatte sie nicht schon genug Arbeit? Was sollte sie mit einem Wolf, der ihr alles vollpinkelte? Dann aber sah sie den erschlagenen Biber und ihre Knie wurden weich. Sie wusste, dass Lakota Biberfleisch aßen und hatte sich immer vor dem Augenblick gefürchtet, an dem Tschetan-withko einen ihrer kleinen Brüder töten würde. In ihren Augen waren Biber menschliche Wesen und sie sah entsetzt auf den leblosen Körper.
„Bereite mir den Schwanz zu!", befahl Tschetan-withko mit einem auffordernden Nicken.
Ihre Augen füllten sich mit Tränen, als sie das Messer nahm, um das Tier auszunehmen. Tschetan-withko bemerkte ihr Zittern und nahm ihr das Messer aus der Hand. „Was ist los?", fragte er freundlich.
Wah-bo-sehns zögerte unentschlossen. Sollte sie ihm von ihrer Sichtweise erzählen? Würde er sie verstehen? Sie blickte in seine besorgten Augen und erklärte: „Für uns sind Biber menschliche Wesen. Sie sind heilig. Wir töten sie nicht!"
Tschetan-withko riss überrascht die Augen auf, dann lächelte er voller Verständnis. Er hatte sich eine Crow zur Frau genommen, die manchmal andere Sitten und Gebräuche hatten. Für ihn war das nicht schlimm. Behutsam wickelte er den Biber in ein schönes Fell und wandte sich voller Ernst an seine Frau: „Ich wollte dich nicht verletzen. Meinst du, wir können Wakan-tanka versöhnen, wenn wir ihn bestatten?"
Sie nickte dankbar, froh um sein Verständnis. Ja, das war der richtige Weg! Ihr Mann hatte eine gute Entscheidung getroffen und achtete

sie. Jetzt störte sie auch der kleine Welpe nicht mehr. Wenn es ihrem Mann Freude bereitete, würde sie ihn eben aufziehen. Mit dem Biber verließ Tschetan-withko das Zelt, erleichtert, seine Frau wieder so schnell aufgeheitert zu haben. Er würde keine Biber mehr jagen.

Unterdessen betrachtete Wah-bo-sehns unentschlossen das kleine Fellbündel. Es war noch viel zu klein, um ohne die Milch der Mutter zu sein, und sie fragte sich, wie sie den Wolf hochpäppeln sollte. Graueulenmädchen griff nach dem Tier, das mit seinem Schwanz wackelte und ihre Finger ableckte. Noch war der Welpe klein und würde ihren Kindern nichts tun. Doch was geschah, wenn er größer wurde? Nun, es war Tschetan-withkos Entscheidung, und wenn der Wolf gefährlich für die Kinder wurde, dann würde ihr Mann sicherlich auch das Richtige tun. Sie kaute etwas Fleisch klein und stopfte es dem Tier in den Rachen. Er bettelte nach mehr und lächelnd stopfte sie weitere Bissen in sein Maul. So dumm war er nicht. Schnell lernte der Welpe, dass er nicht saugen, sondern schlucken musste. Er wollte leben!

Tschetan-withko staunte nicht schlecht, als er in das Zelt zurücktrat und den kleinen Wolf beim Fressen sah. „Du hast jetzt drei Kinder", meinte er gutmütig.
„Was willst du mit dem Wolf?", fragte Wah-bo-sehns gut gelaunt.
Tschetan-withko zuckte mit den Schultern. „Ich weiß noch nicht. Er ist der Wolf aus meinen Träumen."
„Du hast von einem Wolf geträumt?"
„Ja!"
Wah-bo-sehns Gedanken flogen, während sie auf Wolfssohn blickte. „Heißt unser Sohn deshalb Wolfssohn?", fragte sie ihn vorsichtig.
„Ja!"
Sie senkte den Kopf und fütterte weiter den Welpen. Männer redeten nicht gerne über ihre Träume und sie hütete sich, weiter in ihn zu dringen. „Wie möchtest du den Wolf rufen?"
Tschetan-withko zuckte die Achseln. „Vielleicht Sapa!"
Wah-bo-sehns lachte ausgelassen. „Mak'éye! Sehr witzig! Ihn einfach nur ‚Schwarzer' zu rufen!"
„Er heißt Sapa!", wies Tschetan-withko sie zurecht.
„Sapa", flüsterte sie ernst. Wie dumm von ihr, den Mann bei einer Namensgebung zu verärgern. Auch, wenn es sich nur um den Namen eines Wolfes handelte.

Tschetan-withko war nicht verärgert, aber er wollte, dass seine Frau die Bedeutung verstand. „Der Wolf ist ein wichtiges Zeichen. Kümmere dich gut um ihn."
Sie senkte gehorsam den Kopf, plötzlich erleichtert, dass er nicht böse auf sie war.
Tschetan-withko amüsierte sich. So heilig war das Bündel Fell nun auch wieder nicht. „Ich dachte, dass Schunkmani-tutanka-sapa, schwarzer Wolf, für ein so kleines Tier zu lang ist, außerdem heißt unser Sohn schon so ähnlich. Meinst du nicht?"
Der Welpe pinkelte auf ein Fell und Wah-bo-sehns schaute fragend auf ihren Mann, was sie nun mit diesem „Heiligen Zeichen" machen sollte. Tschetan-withko lachte gut gelaunt. Er packte das kleine Tier an der Schnauze, stieß es mit der Nase in den Urin und setzte es vor das Zelt. „Auch ein Traumwolf muss erzogen werden! Du packst ihn an der Schnauze, wenn er etwas macht, was er nicht soll."
Wah-bo-sehns starrte ihn ungläubig an. Sollte sie jetzt noch einen Wolf erziehen?
„Ich baue ihm ein kleines Zelt, das ich vor unser Zelt stelle, wie für die Hunde auch." Sie wollte keinen Wolf in ihrem Wohnzelt.
„Nein! Er bleibt hier!" Sein Ton ließ keine Widerrede zu. „Er soll sich an uns gewöhnen. Er schläft neben dem Eingang."
Und wenn er alles vollpinkelte? Ihre Mokassins zernagte? Die Kinder biss? Das Fleisch aus dem Topf nahm? Ihr Mann musste völlig verrückt sein! Tschetan-withko. Sie würde sehen! Zunächst sagte sie nichts, um ihn nicht endgültig zu verärgern. Vielleicht konnte sie ja den Wolf tatsächlich erziehen, so wie es ihr Mann gesagt hatte.

Der Frühling hielt übergangslos Einzug in das Land. Von heute auf morgen erwachte die Natur. Überall reckten sich bunte Blüten der warmen Sonne entgegen und es duftete nach frischem Regen. Die Pferde füllten ihre Bäuche mit dem ersten fetten Gras und ihre Rippen verschwanden unter ihrem glänzenden Fell. Der letzte Schnee schmolz, verwandelte die Landschaft in Matsch und Pfützen. Mehrmals täglich wechselten die Menschen ihre Mokassins, wenn die kalte Feuchtigkeit durch und durch ging. Nur im Frühling war alles nass. Ansonsten regnete es eher wenig und im Winter war es so kalt, dass alles gefror und die Nässe nicht durch die lederne Kleidung ging. Schlimm war nur die Feuchtigkeit. Manche Familien

bauten sich Tipis aus Rinde, um ihre Zelte aus Büffelfell während des Frühlings vor der Nässe zu bewahren. Trotzdem freuten sich die Menschen, denn bald würde die erste Büffeljagd sie mit den anderen Stämmen zusammenführen.
Es herrschte angespannte Vorfreude im Lager, doch noch hatte Traumpfeil nicht angedeutet, dass sie aufbrechen würden. Er wollte den Ponys Zeit geben, Kraft zu sammeln, außerdem erwartete der ganze Stamm das Baby von Viel-Schnee. Nicht, dass sie wegen der bevorstehenden Geburt Rücksicht genommen hätten, aber Traumpfeil sah auch keinen Grund, überstürzt aufzubrechen. Die Jagdgründe waren gut und die Reise wäre leichter, wenn der Boden etwas trocknete.
Tschoka-sapa war dankbar für diese Rücksichtnahme. Voller Vorfreude tätschelte er den Bauch von Viel-Schnee. Es war das vierte Kind, das ihm geboren wurde und er wurde ungeduldig. „Das kleine Baby ist eigensinnig, weil es seinen Vater noch nicht sehen möchte!", meinte er augenzwinkernd.
Viel-Schnee blitzte ihn an. „Bald wird dieses Kind sich freuen, seinen Vater das erste Mal zu sehen."
Er beugte sich zu ihrem Bauch hinunter und flüsterte fordernd: „Komm bald heraus, du kleiner Junge oder du kleines Mädchen!"
Viel-Schnee lachte lauthals, selbst Fallende-Sterne amüsierte sich. Als ob ein Baby je auf das drängende Bitten eines Mannes gehört hätte!
Übermütig wie ein junger Mann sprang Tschoka-sapa auf, nahm seinen kleinen Sohn Habichtkralle huckepack und lief mit ihm zu den Pferden. Otter folgte ihm grinsend. Sie ritten nebeneinander her und sein Vater warf einen stolzen Blick auf seinen älteren Sohn. „Wenn wir auf Büffeljagd gehen, nehme ich dich mit", sagte er unvermittelt.
Wow! Otter starrte seinen Vater mit glühenden Wangen an. Bald würde er ein Krieger sein! Er trieb seinem Pony die Fersen in die Seiten und preschte mit gellendem Kriegsgebrüll davon. Tschoka-sapa schüttelte den Kopf. Vielleicht sollte er doch noch ein wenig warten, bis sich der Junge besser beherrschen konnte.
Otter galoppierte glückstrahlend zu seinem Freund Hitschikyata. „Mein Vater nimmt mich zur Jagd mit!" Er fiel fast von seinem Pony vor lauter Begeisterung.
Hitschikyata lächelte ihn neidlos zu. „Tschetan-withko hat mich auch gefragt. Er sagte, dass der Medizinmann schon zu alt dafür sei und er nun mein Onkel sei."

„Tschetan-withko ist ein großzügiger Mann“, meinte Otter.
„Ja! Ich denke, dass er mich mitnimmt, weil Wah-bo-sehns seine Frau ist.“
„Warum sollte das der Grund sein?“
„Ich bin auch ein Absarokee. Vielleicht fühlt er sich verantwortlich?“
„Hohch! Du bist jetzt ein Lakota! Tschetan-withko nimmt dich mit, damit du ein Krieger wirst. So wie ich!“ Otter stieß Hitschikyata in die Seite. „Wir werden in die Einsamkeit ziehen und um eine Vision beten.“
Hitschikyata blickte auf seine Mokassins. War er ein Lakota? War er ein Absarokee? Er wusste es nicht mehr. Vielleicht sollte er zu seinem Volk zurückkehren?
Otter fasste ihn mit beiden Händen an den Schultern. „Hitschikyata! Wir werden gemeinsam zu Kriegern und wir werden uns immer gegenseitig beschützen. Du bist mein Freund!“
Hitschikyata schaute seinem Freund in die Augen. „How, so sei es! Wir reden mit Bärenkralle, wann wir auf Visionssuche gehen können.“
Otter sprang wieder auf sein Pony und trieb es in einen wahnwitzigen Galopp durch das Dorf. „Hokahey! Macht den Weg frei! Wir werden bald Krieger sein!“
Selbst Hitschikyata schüttelte den Kopf über Otters ungestümes Wesen. Selbstbeherrschung war des Mannes oberstes Gebot!

Kurze Zeit später rief Bärenkralle die beiden Jungen in sein Zelt. Den ganzen Winter hatte er die Jungen auf die Visionssuche vorbereitet, ihnen von Wakan-tanka und der Ordnung der Welt erzählt, nun folgte der letzte Schritt. Ernst blickte er in ihre aufgeregten Gesichter, obwohl sie versuchten eine stoische Miene aufzusetzen. Er rauchte seine Pfeife in der vorgeschriebenen Weise und bot sie dann Hitschikyata an.
Dieser wiederholte die heilige Handlung, tapfer unterdrückte er dabei den Hustenreiz, der ihn quälte, bevor er die Pfeife an Otter weitergab. Lange blieben sie schweigend sitzen.
Dann erklärte der Medizinmann die Visionssuche: „Ihr geht als Jungen und werdet als Männer wiederkehren! In drei Tagen werdet ihr in die Einsamkeit der Bighorn-Berge ziehen. Ich bereite eine Schwitzhüttenzeremonie für euch vor, damit ihr gereinigt werdet.

Dann zieht ihr nur mit Lendenschurz und Mokassins bekleidet in die Berge. Grauadler wird euch als Helfer begleiten. Er wird über euch wachen, solange ihr um eine Vision fleht. Er bringt euch in die Berge, doch dann muss jeder von euch einen eigenen heiligen Ort wählen."
Bärenkralle schaute mit seinen klaren Augen auf die Jungen, die ihn konzentriert ansahen. Sie saugten jedes seiner Worte in sich auf. „Ihr sucht euch, jeder für sich, fünf kleine Bäume und hackt die Zweige ab. Dann stellt ihr einen Stamm in die Mitte, unter dem ihr auch ein Lager aus Salbeizweigen bereitet, die anderen Pfähle stellt ihr in einigem Abstand in alle vier Himmelsrichtungen auf. Dieser Kreis bildet das Universum. An den Pfahl in der Mitte hängt ihr Geschenke, um Wakan-tanka gnädig zu stimmen. Wenn ihr all dies vorbereitet habt, werdet ihr euch erneut mit Salbei reinigen, dann begebt ihr euch in den heiligen Kreis, den die fünf Pfähle bilden und verlasst ihn vier Tage nicht mehr. Während dieser Zeit, dürft ihr nichts essen und nichts trinken. Immer am Morgen und am Abend geht ihr zu jeden der vier Pfähle und sagt leise eure Gebete. Nachts dürft ihr euch nur mit einer Decke schützen, sonst mit nichts. Nach dem vierten Tag kehrt ihr zurück zu Grauadler. Ihr dürft nicht mit ihm sprechen, bis ihr wieder im Dorf seid! Habt ihr alles verstanden?"
Die Jungen nickten mit trockener Kehle. Sie waren zu bewegt, um zu antworten. Sie erinnerten sich an jedes einzelne Wort, das der Heilige Mann gesprochen hatte, wie sie sich ein Leben lang daran erinnern würden.
„Nun bereitet euch vor!" Der Medizinmann entließ die beiden Jungen.
In einer plötzlichen Eingebung wandte er sich an Hitschikyata: „Hitschikyata! Du wirst die nächsten Tage im Zelt von Tschetan-withko wohnen!"

Hitschikyata blickte verblüfft hoch. Er verstand nicht, warum er bei Tschetan-withko wohnen sollte, doch er würde es genießen.
Er nahm seinen Bogen und lief zu Tschetan-withkos Zelt. Er kratzte an dem Eingangsleder und trat ein. Überrascht blickte Wah-bo-sehns hoch und lächelte.
Hitschikyata stand unsicher am Eingang: „Ich werde hier schlafen", erklärte er zögernd. Wah-bo-sehns machte eine einladende Handbewegung auf die rechte Seite des Zeltes, die für Männer und Gäste vorgesehen war. „Ich bereite dir ein Lager. Möchtest du etwas essen?"

Hitschikyata machte eine verhaltene Handbewegung und stürzte sich hungrig auf das Essen. Neugierig wackelte Wolfssohn herbei und Hitschikyata steckte ihm ein Stück Fleisch in den Mund. Wolfssohn war fast schon so groß wie seine zierliche Schwester, die nun zwei Winter zählte. Er würde einmal ein ebenso großer und kräftiger Krieger werden wie sein Vater. Schon saß auch noch Graueulenmädchen auf Hitschikyatas Schoß und lachte ihn mit zutraulichen Augen an. Er schnaubte kurz. Vermutlich würde er in den nächsten Tagen keine Ruhe vor diesen Kleinen haben. Ihn wunderte, wie er sich dabei auf die Visionssuche vorbereiten sollte. „Das war respektlos!", dachte er bestürzt. Bärenkralle hatte ihn sicherlich nicht ohne Grund hierher geschickt. Endlich trat auch Tschetan-withko in das Zelt und etwas verlegen schob Hitschikyata die Kinder von sich weg. Verwundert sah er, wie sie lachend über ihren Vater herfielen. Tschetan-withko lag grinsend am Boden und wälzte sich mit den kreischenden Kindern hin und her. Keine Spur mehr von dem ruhigen, gefährlichen Krieger. Dazwischen quiekte und winselte ein kleiner schwarzer Wolfswelpe.

Hitschikyata genoss die nächsten Tage. Er genoss die Kinder, das Familienleben und die Gesellschaft von Tschetan-withko und Wah-bosehns. Sie lachten und scherzten mit ihm, hörten seine Sorgen und Gedanken. Ein letztes Mal fühlte er sich wie ein Kind und doch nahm er Abschied von seiner Kindheit. Langsam heilten in ihm tiefe Wunden und er dachte zum ersten Mal ohne Hass an den Tod seiner Eltern. Es war eine geistige Reinigung, die sich in ihm vollzog und die ihn auf die Visionssuche vorbereitete.
Am vierten Tag traf er sich mit Otter am Fluss und gemeinsam mit dem Heiligen Mann begannen sie, eine Schwitzhütte für die Reinigungszeremonie zu bauen. Sie schnitten Weidenzweige und bogen sie zu einer kleinen Hütte, die sie mit Fellen bedeckten. Dann schütteten sie in der vorgeschriebenen Weise den Visionshügel mit der Erde aus der Mitte der Hütte auf. All dies geschah, ohne überflüssige Worte zu wechseln. Sie entkleideten sich, rieben ihre Körper mit Salbei ab und schützten ihre Lenden mit Salbeizweigen. Dann hängten sie Opfergaben an kleine Stangen auf den Visionshügel, während Grauadler in einem Feuer die Steine erhitzte. Der Medizinmann schlüpfte in die niedrige Hütte, dann krochen die Jungen hinterher und Grauadler schob die ersten Steine hinein. Bärenkralle verbrannte erst Salbei, dann Süßgras auf den glühenden Steinen und der aromati-

sche Geruch breitete sich aus. Dann spritzte er etwas Wasser auf die Steine und sofort stieg heißer Dampf auf. Viermal wiederholten sie die heilige Handlung, stimmten ihre Gebete an und rauchten in der rituellen Weise die Pfeife, dann sprangen sie in das Wasser des kalten Flusses. Seelisch gereinigt und voller Erwartung brachen sie auf. Sie trugen nur die nötigste Kleidung und nahmen keine Nahrung mit, selbst auf dem Weg zu den Bighorn-Bergen wollten sie nichts mehr essen, sondern nur noch ein wenig trinken. Grauadler hob bewundernd die Augenbrauen. Diese Jungen nahmen ihre Pflichten wirklich ernst. Langsam verschwanden sie nach Süden, eigentlich noch Kinder, doch in vier Tagen würden sie als Männer wiederkehren.

Kanghi-Witschascha

Die Crow (Frühjahr 1873)

Die Sonne trocknete langsam den Boden, auch wenn morgens noch dicker Nebel über den Niederungen des Flusses lag. Doch dann wärmten gleißende Sonnenstrahlen die Menschen. Gut gelaunte Frauen pflückten die ersten Beeren, besserten die Tipis aus und genossen kleinere Ausflüge in den Wald. Bald, wenn die Jungen von ihrer Visionssuche zurückkehrten, würde der ganze Stamm aufbrechen, um zum großen Sommerlager zu ziehen. Die Lakota fühlten sich als Herren über die Prärie und sie fühlten sich sicher.

Zu sicher - denn feindliche Krieger, in Wolfspelze gehüllte Gestalten, dick mit Kriegsfarbe bemalt, näherten sich dem Dorf auf der Suche nach Beute. Ein Trupp Crow, die wagemutigsten Pferdediebe auf der Prärie, hatte das Dorf entdeckt. Ihre Scouts, mit Wolfspelzen getarnt und dick mit getrocknetem Schlamm bemalt, beobachteten genau, wie die Lakotakrieger auf Jagd gingen und somit ihr Dorf ungeschützt ließen. Ihre Feinde hatten sich zu weit nach Westen gewagt und das würden sie nun büßen. Sie wollten die große Pferdeherde ihrer Feinde stehlen und sich für den einen oder anderen Beutezug der Lakota rächen.

Gellendes Kriegsgeschrei ließ die Menschen zusammenzucken, als die Crow über das Dorf herfielen. Panik brach aus, als Frauen und Kinder versuchten, vor den modernen Gewehren der Crow zu entfliehen. Ein Zelt am Rande des Dorfes wurde sofort überrannt. Völlig entsetzt versuchte sich die Frau mit ihren beiden Kindern außer Gefahr zu bringen, tauchte immer wieder vor dem brüllenden Feind weg, bis endlich Grauer-Wolf angerast kam, um ihr zu helfen. Die wenigen verbliebenen Krieger formierten ihren Widerstand und schossen einen Pfeilhagel auf die angreifenden Crow. Selbst Frauen und Jungen griffen nach ihren kleineren Bögen, um ihr Leben und das ihrer Kinder oder Geschwister zu verteidigen. Es herrschte völliges Chaos. Einige Frauen blieben einfach in den Zelten, hinter sich ihre Kinder, mit einem Messer bewaffnet, das sie jedem Eindringling in die Brust stoßen würden, der es wagte, seinen Kopf in das Zelt zu stecken. Andere liefen ängstlich um sich schauend zum nahen Wald, um sich unter den Zweigen zu verstecken. Andere waren im Wald gewesen und liefen in Richtung ihres Dorfes zurück, weil sie ihre Kinder dort zurückgelassen hatten und um deren Leben fürchteten.

Auch Wah-bo-sehns stürzte mit Graueulenmädchen und Wolfssohn im Arm zum Schutz bringenden Wald. Ein Schuss knallte und instinktiv ließ sich Wah-bo-sehns zu Boden fallen. Entsetzt hörte sie, wie der Schuss über sie hinwegpfiff. Wolfssohn fiel ihr aus dem Arm und rollte unsanft über den Boden. Graueulenmädchen schrie hysterisch. Kreidebleich riss Wah-bo-sehns ihre Kinder wieder hoch und floh in den Wald. „Bäume, bitte verbergt mich!", flehte sie inbrünstig. Hinter sich hörte sie die federnden Sprünge des Mannes, der ihr nachsetzte.
Ihr Herz wurde plötzlich ruhig. Sie war eine Absarokee! Sollte er nur kommen. Sie hielt inne und blickte dem Angreifer in die Augen. „Seit wann ist es Sitte bei den Absarokee, Frauen und Kinder zu jagen?", bemühte sie sich um einen möglichst spöttischen Tonfall.
Der Mann stutzte kurz. „Du sprichst unsere Sprache?"
Aufatmend sah Wah-bo-sehns, wie der wilde Ausdruck aus den Augen des Kriegers verschwand. „Ich bin eine Absarokee! Ich bin Micgys Frau und das ist seine Tochter."
„Was machst du dann bei diesen Halsabschneidern?"
„Sie haben uns geraubt, weil die Absarokee nicht Manns genug waren uns zu beschützen."
Der Krieger blitzte sie wütend an. „Nun, die Lakota schützen dich auch nicht besser!"
„Ich schütze mich selbst!"
Die Augen des Mannes wurden schmal, ein spöttisches Lächeln erschien auf seinen Lippen. „Wie willst du mit zwei Kindern im Arm mit mir kämpfen?"
„Willst du mit einer Frau, die zwei Kinder im Arm hält, kämpfen?"
Jetzt zitterte ihre Stimme doch und sie fasste fester nach den Kindern.
Selbst der Crow musste jetzt lachen. „Nein! Du bist Micgys Frau?"
„Ja", hauchte sie.
„Micgy ist gestorben."
Ein Schatten flog über ihr Gesicht. „Ja!"
„Ist dein neuer Mann gut zu dir?"
„Ja!" Die Kinder wurden schwer in ihren Armen und sie setzte Graueulenmädchen ab, nahm beschützend ihre Hand.
„Du kannst mit mir gehen, wenn du möchtest", bot er großzügig an.
Sie schüttelte traurig den Kopf. „Jetzt ist es zu spät."
Der Crow blickte stirnrunzelnd auf das Baby, dann nickte er verständnisvoll. „Du kannst gehen und lehre deine Kinder, dass die Absarokee keine verängstigten Frauen und Kinder töten."

„Geh in Frieden", flüsterte sie, als plötzlich Tränen der Erleichterung über ihr Gesicht liefen.
Ohne noch etwas zu erwidern, drehte sich der Mann um und lief zu seinem wartenden Pferd.
Erst langsam drangen die Geräusche des abklingenden Kampfes an ihr Ohr. Vorsichtig, wie im Traum, ging sie zum Waldrand. Absarokee hatten sie angegriffen, hätten fast ihre Kinder getötet. Wer war sie? Sie sah Uinohnah, die aufgeregt auf sie zulief. „Was ist passiert?", fragte sie bangend.
Immer noch atemlos berichtete Uinohnah: „Die Psa haben die Pferdeherde davongetrieben! Sie haben Verwirrung gestiftet und einige verletzt. Dann sind sie einfach verschwunden."
„Haben sie jemanden getötet?"
„Ich weiß es nicht! Ich glaube, dass den Frauen, die sich in den Zelten versteckt hatten, nichts geschehen ist. Nur bei Viel-Schnee haben vor Schreck die Wehen eingesetzt. Komm!"
Wah-bo-sehns nahm ihre Kinder an der Hand und folgte den Frauen ins Dorf. Die Crow waren so plötzlich über sie hergefallen, dass sie ohne Weiteres hätten töten können. Warum hatten sie es nicht getan? Wollten die Crow nur Verwirrung stiften, um ungestört die Pferde wegzutreiben? Sie nahm den Wolfswelpen auf den Arm, der kläglich winselte und sich zitternd in ihrer Armbeuge versteckte.
Im Dorf summte es wie im Bienenschwarm. Aufgeregte Frauen beruhigten ihre Kinder, Verletzungen wurden versorgt, nach Vermissten gesucht. Erst langsam trauten sich Frauen aus dem Wald heraus und so war es schwierig, festzustellen, ob jemand fehlte. Heimkehrende Krieger hasteten schreckensbleich zu ihren Tipis und nahmen ihre Frauen und Kinder in den Arm. Die Pferde banden sie vor den Zelten an, um den Feinden nicht noch einmal die Gelegenheit zu geben zuzuschlagen.

Dann kamen der Hass und die Wut. Die Pferde waren wichtig für das Überleben, und ohne zu zögern machte sich ein großer Trupp an die Verfolgung des Feindes. Zwei junge Mädchen waren entführt worden und sie wollten den Crow keine Zeit lassen, ihnen etwas anzutun. Ohne große Zeremonie und Kriegsbemalung preschten die Männer hinter den Feinden her. Jetzt galt es, den Vorsprung nicht zu groß werden zu lassen. Sie folgten der deutlichen Spur der großen

Pferdeherde. Hin und wieder galoppierte ihnen ein gut dressiertes Pferd entgegen, das zu seinem Herrn zurückwollte.
Mit einem bösen Grinsen setzte sich Tschetan-withko auf seinen Schecken, der wesentlich frischer war als das Pferd, auf dem er den ganzen Tag auf Jagd gewesen war.
Nach einer Weile erreichten die Lakota ein kleines Wäldchen und parierten ihre Pferde durch, als ein Späher plötzlich warnend die Hand hob. Er signalisierte nach Süden, wo etwas seine Aufmerksamkeit erregt hatte. Ein gellender Schrei war zu hören, hysterisch und voller Angst. Die Lakota drängten ihre Pferde in die Richtung und sammelten sich fassungslos um die Szene, die sich ihnen bot. Ein Mädchen baumelte mit gefesselten Händen an einem Ast, direkt vor der Nase eines gewaltigen Grizzlys. Es war Gras-im-Wind! Sie blutete bereits aus einer langen Wunde an ihrem Bein und der Bär schlug mit seinen Tatzen nach dem Mädchen, das vergeblich versuchte, seine Beine aus der Reichweite des Bären zu schwingen. Es war ein einfaches Ablenkungsmanöver, doch es verfehlte seine Wirkung nicht. Sofort sprangen einige junge Männer von den Pferden, um den Bären von seiner Beute abzulenken. Irritiert durch das Geschrei, fauchte der Grizzly die Angreifer an, wütend, dass ihm jemand seine Beute nehmen wollte. Völlig erschöpft hing das Mädchen am Seil, nicht einmal ein Flehen auf den Lippen, um den Bär nicht wieder auf sich aufmerksam zu machen. Der Bär machte keine Anstalten sich wegen der Übermacht seiner Widersacher zu trollen, sondern ging unvermittelt zum Angriff über.

Elchkalb und Antilopensohn, die sich als erste dem Bären genähert hatten, rollten sich blitzschnell auf die Seite, doch ein flinker Tatzenhieb des Bären erwischte Antilopensohn am Rücken. Ein Bär konnte auf kurze Entfernung ziemlich schnell werden! Sofort waren die beiden Männer wieder auf den Beinen. Brüllend rissen sie die Arme hoch, während die anderen Krieger gespannt auf ihren Pferden warteten. Es hatte keinen Sinn, den Bär durch Pfeile oder Schüsse, die vielleicht nicht tödlich trafen, weiter zu reizen. Außerdem stand Antilopensohn mitten in der Schusslinie. Aufrecht stehend, mit seinen gefährlichen Tatzen rudernd, brüllte der Grizzly ihn an. Der junge Mann nahm seine Lanze und stieß sie in das Herz des Bären, dann rollte er sich stöhnend zur Seite. Sofort zielten zwei Krieger mit ihren Gewehren auf den Bären, der wütend auf den am Boden liegenden Antilopensohn zuschwankte. Brüllend brach der Bär zusammen,

die Augen des Tieres brachen und er fiel auf Antilopensohn. Elchkalb half seinem Freund sich von dem Bär zu befreien. Eine blutige Schramme verunstaltete das Gesicht des Kriegers und Elchkalb zuckte bei dem Anblick zurück.
Andere Männer schnitten Gras-im-Wind von ihren Fesseln los. Kraftlos sackte sie zusammen. Sie hatte eine böse Wunde am Bein, die sofort behandelt werden musste, denn Verletzungen von Wildtieren waren gefährlich und entzündeten sich leicht.
Antilopensohn presste einige Baststreifen auf sein blutendes Gesicht und bot sich an, das Mädchen ins Dorf zu bringen. „Ich bringe sie in das Dorf. Auch ich habe Wunden, die versorgt werden müssen. Für heute habe ich meinen Mut genug bewiesen."
Elchkalb schlug ihm lachend auf die Schulter. „Das hast du, obwohl der kleine Kratzer wohl kaum nennenswert ist. Allerdings schadet er deiner Schönheit! Aber Gras-im-Wind ist meine Cousine. Es ist meine Aufgabe sie zurückzubringen."
Antilopensohn zuckte merklich zusammen, ein unterdrücktes Stöhnen entfuhr ihm, als er vorsichtig über seine Schulter blickte. Erst jetzt sah Elchkalb den tiefen Prankenhieb und starrte seinen Freund entsetzt an. „Haun! Du reitest nirgendwo mehr hin! Du bist wirklich verletzt!"
„Ich kann reiten!"
„Hohch! Aber nicht noch zusätzlich mit einem Mädchen! Ich begleite dich."
Zögernd willigte Antilopensohn ein. Eine merkwürdige Schwäche schlich in seine Knie und er war sich tatsächlich nicht mehr sicher, ob er das Mädchen halten konnte. Jemand half ihm auf sein Pferd und er hielt sich an der Mähne fest.
Elchkalb band die Zügel von Antilopensohns Pferd um seine Hüften, damit er es hinter sich herziehen konnte. Dann nahm er vorsichtig seine Cousine vor sich auf den Arm. Sie war ohnmächtig geworden, kalter Schweiß verklebte ihre Stirnhaare. Er musste sich beeilen, die beiden in das Dorf zu bringen.
Die Krieger blickten Elchkalb hinterher, wie er das Pferd seines Freundes hinter sich herzog. Sie hatten viel Zeit verloren, aber genau das hatten ihre Feinde damit auch bezweckt. Hoffentlich fiel ihnen mit dem anderen Mädchen nicht noch eine weitere Grausamkeit ein.
In böser Vorahnung preschten die Lakota weiter hinter den Crow her, kalte Wut in ihren Herzen. Einige Augenblicke später und der Bär hätte Gras-im-Wind bei lebendigem Leibe gefressen.

Es dauerte nicht lange und die Lakota stießen auf das andere Mädchen. Regungslos lag sie im Gras, ihr Körper seltsam verkrümmt. Ihr Kleid hing in Fetzen an ihr herunter und sie war übersät mit Schrammen und Wunden. Sie war offensichtlich geschändet worden und die Männer bissen die Zähne zusammen, als sie das Blut zwischen den Beinen bemerkten.

Die Crow hatten das Mädchen an einem Seil hinter sich hergeschleift, um ihr schwere Verletzungen zuzufügen. Dann hatten sie das Mädchen einfach liegen lassen und waren mit den Pferden weitergeritten, damit der Vorsprung nicht verloren ging. Sie hatten das Mädchen am Leben gelassen, denn solange es lebte, würde es die Verfolger aufhalten.

Sie war zu schwer verletzt, um auf einem Pferd zu reiten. Mehrere Rippen waren gebrochen und sie blutete aus dem Mund. Die Lakota mussten erst ein Travois bauen, um sie möglichst schonend ins Dorf zu transportieren.

Donnerherz, der Vater des Mädchens, hielt fassungslos sein Kind im Arm. Ihr Atem kam nur flach und stoßweise, ihr ebenmäßiges Gesicht war zerkratzt, ebenso ihre Arme und Beine. Donnerherz biss sich auf die Lippen. Der Ruf seiner Tochter war dahin. Niemand würde sie tadeln oder verächtlich über sie reden, doch ihre Ehre war beschmutzt. Zu viele Krieger hatten gesehen, was ihr angetan worden war. Das Blut zwischen ihren Beinen hatte eine deutliche Sprache gesprochen. Warum hatten die Crow sie nicht mitgenommen? Warum hatten sie ihr die Schande nicht erspart? Morgenröte würde bald heiraten, falls sich ein junger Mann fand, der sie jetzt noch wollte. Wenn sie überhaupt überlebte. Vorsichtig legte Donnerherz seine Tochter auf das Travois, um sie zu ihrer Mutter zurückzubringen.

Tschetan-withko hielt ihn zurück. „Lass Morgenröte von jemand anderem in das Dorf bringen. Du sollst deine Vergeltung haben für das, was sie deiner Tochter angetan haben."

Traumpfeil bestimmte einen älteren Mann, der ganz froh war, mit dieser Aufgabe betreut zu werden. Dann brachen die Lakota wieder auf. Jetzt lag kein Hindernis mehr zwischen ihnen und ihren Feinden. Blanke Mordlust trieb sie an.

Die Crow waren schlau. Sie trieben die riesige Pferdeherde nach Nordwesten in Richtung des Bighorn-Flusses, denn sie erwarteten

sich Schutz von den anderen Dörfern der Crow. Sie überquerten einen kleinen Bach und einige Krieger legten sich auf die Lauer, während die anderen den Abstand weiter vergrößerten. Einen kleinen Teil der Herde trieben sie zurück, denn die Lakota würden sich aufteilen müssen, um die wertvollen Pferde einzufangen. Sie suchten mit ihren modernen Gewehren Deckung hinter den Bäumen am Ufer und warteten, bis sich die ersten feindlichen Krieger zeigten.
Wie sie es erwartet hatten, teilte sich der Trupp der Lakota. Der eine Teil umkreiste die freigelassenen Pferde, die anderen trieben ihre Pferde in das flache Bachbett.
Eine Salve empfing sie und die Lakota duckten sich an die Seite ihrer Pferde. Zwei Krieger stürzten verletzt von ihren Ponys. Sofort zogen Traumpfeil und Schwarzer-Rabe die beiden in die sichere Deckung der Uferbepflanzung. Traumpfeil brach den Angriff ab. In das Gewehrfeuer der Crow zu reiten war nicht tapfer, sondern dumm. Die Zeiten waren vorbei, in denen seine Krieger sinnlos ihr Leben ließen. Von beiden Seiten des Ufers erklangen Schmährufe und einzelne junge Krieger wagten sich aus der Deckung heraus, um dem Feind ihren Mut zu beweisen. Wütend beugte sich Traumpfeil zu Tschetan-withko. „Dort drüben sind nur wenige! Zwinge du sie, in Deckung zu bleiben! Ich nehme die Krieger, umgehe die Feinde und falle ihnen in den Rücken."
Tschetan-withko ruckte auffordernd mit dem Kopf. „Gute Idee!"
Kurz blickte er seinem Schwager nach, dann beobachtete er scharf das andere Ufer. Die Pferde wären weg, aber wenigstens würden sie die Skalpe jener Crow holen! Neben ihm lag Donnerherz und gemeinsam schossen sie auf die Uferdeckung, verhinderten somit, dass die Feinde einfach verschwanden. Pulverrauch stieg auf und immer wieder pfiffen Querschläger über das Wasser. Dann erklang das schrille Kriegsgeschrei ihres Volkes und kurzer Kampflärm war von der anderen Seite zu hören. Ein feindlicher Krieger brach aus dem Unterholz hervor und versuchte, durch das Flussbett zu entkommen. Seine Hand presste sich auf eine Wunde an der Hüfte, sein Gewehr hatte er fallen lassen, weil ihm längst die Munition ausgegangen war. Hinter ihm tauchten zwei Krieger auf, die ihn mit schrillem Geschrei verfolgten.
Sofort zielte Tschetan-withko auf den Mann und sah befriedigt, wie er ins Wasser stürzte. Mit einem triumphierenden Grinsen zog Tschetan-withko seine Keule und beugte sich über den im Wasser liegenden Crow. Er lebte noch! Sein Schuss hatte den Feind nur am

Kopf gestreift. Ohne zu zögern holte Tschetan-withko aus, um dessen Leben zu beenden, doch eine Faust bremste ihn.
„Nein!", herrschte Donnerherz ihn an. „Das wäre zu einfach! Wir bringen ihn ins Dorf."
Tschetan-withko schluckte betroffen, doch dann ließ er zögernd die Keule sinken. Wenn Donnerherz den Gefangenen dem Hass der Frauen aussetzen wollte, dann hatte er nicht das Recht, ihn aufzuhalten.
Durch den Fluss kam Traumpfeil gewatet und fragend blickte Tschetan-withko ihn an. „Wir haben einen getötet, die anderen sind entkommen. Nur dieser hier war so langsam wie eine Schnecke." Traumpfeil zeigte mit deutlicher Verachtung auf den Gefangenen.
Tschetan-withko hatte eine andere Meinung. „Ich denke, dass er den anderen den Rückzug decken wollte. Er war mutig!"
Donnerherz pfiff angewidert durch die Zähne. „Hohch! Jene Psa sind feige davongelaufen wie die Hasen! Psa sind nicht tapfer!" Wütend packte er die Hände des jungen Mannes und fesselte sie grob. Dann warf er ihn kopfüber auf den Pferderücken. Er wollte ihn nicht hocherhobenen Hauptes, sondern gedemütigt ins Dorf zurückbringen.

Müde erreichten sie erst in der Dunkelheit das Lager. Traumpfeil stellte sofort Wachen auf, wie er von nun an immer Späher losschicken würde. Nochmals würde sie kein Feind mehr überraschen, so viel hatte er gelernt. Wütende Schreie hallten durch das Dorf und die Wut der Menschen entlud sich an dem wehrlosen Crow. Brutale Fäuste rissen den jungen Mann vom Pferd und sofort wurde er mit Stöcken niedergeschlagen. Der hilflose Mann bäumte sich auf, seine Muskeln traten überdeutlich hervor, als er verzweifelt versuchte, nicht zu schreien. Keinesfalls wollte er zulassen, dass die Feinde auch noch seine Seele besaßen.

Tschetan-withko wandte sich angewidert ab. Lieber hätte er diesem Mann den Schädel eingeschlagen, als ihn so schändlich niedergedroschen zu sehen. Warum hatte seine Kugel ihn nicht tödlich getroffen? Müde schlüpfte Tschetan-withko in sein Zelt und blickte betroffen auf seine Frau. Wah-bo-sehns hockte weinend am Feuer, ihre Lippen zitterten.
„Tokah-ho?", fragte er unwillig.

Anklagend zeigte sie nach draußen. „Bitte!", bat sie ihn. „Mach, dass sie damit aufhören!"
Die Hilflosigkeit machte ihn wütend. „Die Psa haben uns überfallen! Niemand hat nun Mitleid. Weißt du nicht, was sie mit Morgenröte und Gras-im-Wind gemacht haben?"
Ihre Züge verzerrten sich vor Wut. „Jener Mann ist von meinem Volk! Er ist mein Cousin. Ich ertrage es nicht. Bitte, mach, dass es aufhört!"
Im Hintergrund weinten die Kinder, aber die Eltern ignorierten sie. Stirnrunzelnd blickte Tschetan-withko auf seine Frau. „Ich kann nicht! Ich erwarte, dass du dich wie eine Lakota verhältst."
Mit ihren Fäusten trommelte sie gegen seine Brust, schrie ihren ganzen Schmerz heraus: „Wie kannst du so etwas sagen? Ich bin eine Absarokee. Eine Absarokee! Verstehst du? Ich wünschte, dass du mich damals getötet hättest!"
Ihm wurde schlecht, als er ihre harten Worte hörte. Betroffen hielt er ihre Fäuste fest. „Weißt du, wie viele Menschen jene Psa heute verletzt haben?"
„Sie hätten töten können. Ihr habt uns schlecht beschützt", griff sie ihn an.
Seine Stimme wurde hart. „Nun, dich hätten sie nicht getötet. Du bist eine Psa."
Sie schluckte und beinahe versagte ihre Stimme. „Auch mich hätten sie fast getötet. In den Augen der Absarokee bin ich nur noch eine Frau, die ihren Feinden Kinder geboren hat. Bitte, mach dass es aufhört. Ich ertrage es nicht! Sohn-des-Windes ist mein Cousin …" Weinend sackte sie zusammen und der ganze Schmerz holte sie wieder ein. Micgy! Warum musste sie ausgerechnet jetzt darin erinnert werden?
Hilflos blickte Tschetan-withko auf seine Frau. „Ich kann nicht! Sie sind voller Wut. Donnerherz will Rache für seine Tochter. Du ahnst nicht, was sie ihr angetan haben." Ein tiefes Seufzen stieg in ihm hoch, als er entschlossen den Kopf schüttelte.
Aufstöhnend vergrub sie den Kopf in ihren Armen, damit sie das entsetzliche Geschrei der Frauen von draußen nicht mehr hören musste.

Tschetan-withko verließ das Tipi und biss sich auf die Lippen. Es war nicht die Art der Lakota, einzugreifen, wenn jemand anderer Rache wollte. Die aufgepeitschte Menge stand immer noch um den Gefangenen herum. Frauen kreischten hysterisch und ließen ihre Wut an dem Crow aus. Tschetan-withko sah die Erschöpfung des Mannes,

der fast bewusstlos im Staub lag und die Schläge über sich ergehen ließ, weil jede Bewegung die Frauen nur noch mehr reizte.
Fast erleichtert sah er, wie Donnerherz sein Messer zog und sich dem Gefangenen näherte. Gleich wäre es vorbei! Gleich wäre das Geschrei zu Ende!
Donnerherz drängte die Frauen beiseite und drehte den gefesselten Crow auf den Rücken. Die Spitze des Messers drückte gegen die Brust des Mannes, die sich unregelmäßig hob und senkte. Ein fast erleichterter Ausdruck flackerte über das Gesicht des Verletzten und sein Körper erschlaffte in Erwartung des Todes. Der Tod wäre eine Gnade für ihn! Das Sternenlicht spiegelte sich in den dunklen Augen und plötzlich ließ Donnerherz das Messer wieder sinken. „Erst soll mein Herz kalt werden. Dann entscheide ich, was mit diesem Mann geschehen soll. Bringt ihn in mein Tipi."
Die Menge beruhigte sich und einige Krieger schleiften den Crow zu dem Zelt von Donnerherz. Der Gefangene konnte keinen Fuß mehr vor den anderen setzen, seine Hände waren geschwollen und er kämpfte sichtlich gegen den aufsteigenden Brechreiz. Sein Körper war übersät mit Schrammen und Beulen und er hatte nicht mehr die Kraft, seinen Kopf zu heben, als die Frauen und Kinder im Zelt von Donnerherz ihn feindselig anstarrten. Ehe die Krieger ihn hinlegen konnten, gab Donnerherz dem Gefangenen einen Tritt in die Kniekehlen und lautlos krachte der Crow zu Boden. Bewegungslos blieb er liegen, seine Augen waren geschlossen und sein Atem kam nur noch unregelmäßig.

Tschetan-withko kehrte halbwegs beruhigt in sein Zelt zurück und blickte unsicher auf seine Frau. Er hatte fast vergessen, dass sie eine Crow war und nun war er unsanft daran erinnert worden. „Donnerherz entscheidet morgen, was er mit dem Gefangenen macht", erklärte er unwirsch. Sie wischte sich geistesabwesend über das Gesicht, froh darum, dass das Geschrei aufgehört hatte.
„Ich verstehe deine Gefühle", murmelte sie leise. Sie wollte ihren Mann nicht verärgern und es war schrecklich, was die Crow heute getan hatten.

Auch in den anderen Zelten kehrte langsam wieder Ruhe ein. Tschoka-sapa saß neben seiner Frau und hielt andächtig das neugebore-

ne Mädchen im Arm. Es war eine schnelle Geburt gewesen, mitten im Angriff der Crow. Fallende-Sterne hatte der Zweitfrau geholfen, während ein älterer Krieger ihren Eingang verteidigt hatte, die beiden anderen Kinder still in eine Ecke gedrückt, weil es keine Möglichkeit für sie gab, während des Angriffes das Zelt zu verlassen. Fallende-Sterne hatte gebetet, dass es den Kriegern gelang, den Angriff abzuschlagen, sonst wären sie alle gestorben. Niemals sonst war eine Frau so verwundbar, wie in der Stunde einer Geburt. Jetzt war die Gefahr vorbei und Tschoka-sapa dankte seiner ersten Frau mit einem Blick, dass sie tapfer bei der jüngeren Frau geblieben war. Viel-Schnee hielt krampfhaft die Hand von Fallende-Sterne. Erst jetzt, nachdem die Schmerzen der Geburt abgeklungen waren, wurde ihr klar, in welcher Gefahr sie geschwebt hatte.
Fallende-Sterne strich ihre Tränen weg und murmelte wie zu einem Kind: „Es ist alles in Ordnung, meine Tochter. Sieh nur, wie schön deine kleine Tochter ist!"
Viel-Schnee lächelte zaghaft, immer noch die Angst in ihrem Herzen. Lakota überfielen die Crow und Pawnee. Dann wurden die Lakota wieder von den Crow, Pawnee oder den Weißen überfallen. Das war von jeher so, doch die Leidtragenden waren die Frauen. Oder die Kinder. Sie hasste alle Männer! Sie wünschte, dass es einen Ort gäbe ohne Blutvergießen, Angst und Hass.
Tschoka-sapa dagegen konnte sich von dem Baby in seinem Arm überhaupt nicht mehr trennen. Ihr neuer Mann würde dem Baby ein guter Vater sein. Warum konnten Männer nicht immer so sein? „Wie möchtest du sie denn nennen?", fragte sie schüchtern.
Tschoka-sapa lachte. „Wan! Heute ist soviel geschehen. Die Psa haben angegriffen. Wir haben einige Pferde wieder zurückgebracht. Das Babymädchen hatte es plötzlich mit der Geburt so eilig. Wir haben einen Grizzly getötet. Ein bisschen viel für so ein kleines Mädchen!" Aber warum nicht? Warum nicht ein großer Name für einen so großen Tag. „Ich nenne sie Kanghi-Mato-Win, Crow-Bären-Mädchen!" Niemals würde er diesen Tag vergessen.

Am nächsten Tag wachte der gefangene Crow orientierungslos aus seinem Dämmerschlaf auf. Er fieberte und nur langsam kehrte die Erinnerung zurück, was geschehen war. Vorsichtig blinzelte er, horchte benommen auf die Schmerzen in seinem Körper. Seine Zunge lag dick und schwer in seinem Mund und entsetzlicher Durst quälte ihn. Pochende Schmerzen gingen von der Schusswunde aus und einige gebrochene Rippen stachen, wenn er sich mühsam bewegte. Der feindliche Krieger musterte ihn kalt. Hinter ihm standen zwei Frauen, die ihn wie ein gefährliches Ungeziefer anstarrten. Auf einen Befehl hin beugte sich eine der Frauen über seine Wunde an der Hüfte und machte einen Breiumschlag. Nach all den Schmerzen kühlte der Verband und zog die Hitze aus dem Körper. Aber er wollte nicht, dass diese Feindfrau sich um seine Wunden kümmerte! Er wollte tapfer sterben! Warum zögerten diese Feinde? Wollten sie die Schläge fortsetzen, wenn er wieder neue Kräfte gesammelt hatte? Sein Kopf wurde angehoben und eine Schale mit Wasser zwischen seine Lippen gepresst. Er wollte stark sein und nichts trinken, aber selbst für diese Verweigerung fehlte ihm die Kraft. Dann sah er das verletzte Mädchen, das ebenso wie er fiebernd auf ihren Decken lag. Bisher war sie nur ein Feind gewesen, dem man wehtun konnte, aber jetzt sah er, wie zierlich sie war, und hübsch! Ihm stockte der Atem, als er die schweren Verletzungen sah und sie tat ihm leid. Er hatte sich nicht beteiligt, als zwei Männer ihr wehgetan hatten, und jetzt bedauerte er, dass niemand sie beschützt hatte. Es war schändlich gewesen. Es sollte eine Demütigung des Feindes, eine Prahlerei der zwei Crowmänner sein, aber im Grunde hatten sie nur eine verletzte Frau misshandelt. Kein Wunder, dass ihr Vater seinen Tod wollte!

Besorgt beugte sich der Vater über seine Tochter, dann drehte er sich drohend zu dem Crow um. „Sie-sterben, dann-du-sterben!", zeigte er in Zeichensprache.

Und was geschah mit ihm, wenn sie lebte? Doch er wagte es nicht, ihn danach zu fragen, obwohl er sehr wohl die Sprache der Lakota kannte. Vielleicht war es besser, die Feinde in dem Glauben zu lassen, dass er sie nicht verstand. Stattdessen beobachtete er verstohlen die Bewohner, überlegte, ob er sie wohl überwältigen konnte. Er war Sohn-des-Windes! Solange er noch nicht den letzten Atemzug getan hatte, gab er nicht auf. Gehorsam trank er das Wasser, denn nur wenn seine Wunden heilten, würde er die Kraft haben zu kämpfen. Die Aufmerksamkeit ließ von ihm ab und bewegungslos lag er auf dem Fell, tat so, als schliefe er wieder. Mit halb geschlossenen Augen jedoch umriss er die Situation und rechnete sich seine Chancen aus. Er sah einen jungen Mann von vielleicht sechzehn Wintern, offensichtlich der Bruder des Mädchens, außerdem zwei kleinere Kinder, von denen das jüngere noch ein Kleinkind war, anscheinend von der

zweiten Frau des Kriegers. Wenn die beiden Männer auf Jagd waren, wäre es ihm bald ein Leichtes, die Frauen und Kinder im Zelt zu überwältigen. Der Junge von vielleicht sechs Wintern zählte nicht als Gegner und das junge Mädchen war schwer verletzt. Probeweise bewegte er seine geschwollenen Hände, doch die Fesseln schnitten tief in seine Handgelenke. Er würde abwarten, ob die Aufmerksamkeit nachließ. Im Moment jedoch sah er sich den wachsamen Augen des Knaben ausgeliefert, der auch den kleinen Ruck an seinen Fesseln bemerkt hatte. Er machte seinen Vater darauf aufmerksam und dieser gab ihm einen Tritt in den Magen, dass ihm die Luft wegblieb. Er würde diesem kleinen Kojoten den Hals umdrehen!
Er versank in seinem Dämmerschlaf und wachte erst wieder nach einiger Zeit auf. Er wusste nicht, wie lange er gedöst hatte, konnte auch nicht abschätzen, welche Tageszeit es nun war. Seine Handgelenke schmerzten und Wut erfüllte ihn. Er würde seine Feinde töten und ihnen genüsslich den Skalp nehmen!
Das Mädchen stöhnte leise, ihr Atem ging immer noch flach. Sie hatte einen festen Verband, trotzdem stach anscheinend jeder Atemzug. Die Rachegedanken von Sohn-des-Windes machten einem plötzlichen Reuegefühl Platz. Sie musste die gleichen Schmerzen ertragen wie er selbst. Nun, jetzt musste er eben dafür büßen. Erschöpft schloss er die Augen, im Moment zu schwach, um ernsthaft über eine Flucht nachzudenken.

Am Nachmittag schaute Tschetan-withko bei Donnerherz vorbei, um nach dem Gefangenen zu sehen, vielleicht auch, weil Wah-bosehns sich darüber freuen würde. Der Crow lag fiebernd am Boden und war nicht in der Lage aufzustehen, obwohl er es versuchte. Die Männer mussten ihn stützen, damit er das Zelt verlassen und seine Notdurft verrichten konnte. Seine Augen waren von den Schlägen zugeschwollen und wie bei Morgenröte nahmen ihm die gebrochenen Rippen die Luft. Er unterdrückte ein Stöhnen und der Schweiß lief ihm in Strömen herunter.
Donnerherz fand es nur gerecht, dass dieser Feind spürte, wie sehr seine Tochter leiden musste. Manchmal gab er dem Feind etwas Wasser, sonst kümmerte sich nur seine zweite Frau um die Wunde. Sie hieß Rabenfrau und sie zeigte wenig Mitgefühl, wenn sie nach dem verhassten Psa sah.

Sohn-des-Windes dämmerte vor sich hin, wartete darauf, dass diese Feinde ihn endlich töten würden. Er hätte gern sein Leben geopfert, um die Flucht seiner Freunde zu decken, aber diese Quälerei war entwürdigend. Warum hatte ihn dieser Lakotakrieger nicht einfach getötet? Sein Magen knurrte schmerzhaft und seine Arme und Beine waren steif von den ewigen Fesseln, außerdem stank er unangenehm. Manchmal setzte sich das kleine Mädchen neben ihn, Blauer-Donner wurde sie gerufen, starrte ihn mit großen Augen an, bis ihre Mutter sie von dem Feind wegzog. Zumindest dieses kleine Kind würde er verschonen, wenn ihm die Flucht gelang. Die Gespräche in dem Tipi plätscherten dahin, keiner ahnte, dass dieser Crow alles verstand.

Oft war er ein beliebter Gesprächsstoff. Wenn Donnerherz das Tipi verlassen hatte, sprachen die Frauen ganz offen über ihn und obwohl diese Menschen seine Feinde waren, amüsierte er sich darüber. Die Frauen ihrer Feinde redeten über den gleichen Unsinn wie die Frauen in seinem Dorf. Nur Morgenröte sprach wenig, wenn sie erwachte, sondern blickte ängstlich auf den gefangenen Crow in ihrem Zelt. Neugierige Kinder jedoch steckten ihre Köpfe in das Zelt hinein und musterten den Gefangenen wie eine seltene Spinne. Einen Feind so nahe zu sehen, reizte sie. Stoisch versuchte Sohn-des-Windes die Schmerzen zu ertragen und setzte seine finsterste Miene auf, um die Kinder abzuschrecken. Viel nützte es jedoch nicht.

Endlich kamen die zwei Kinder zurück, die nun eigentlich keine Kinder mehr, sondern Männer waren. Grauadler führte sie und sie folgten ihm, mit deutlichen Zeichen der Erschöpfung im Gesicht. Nichts deutete auf den Angriff hin und so ritten sie ahnungslos zum Zelt von Bärenkralle. Müde, erschöpft, hungrig und ausgelaugt setzten sich Hitschikyata und Otter in das Tipi des Heiligen Mannes. Bärenkralle nickte zufrieden und bot ihnen Essen und Trinken an, das sie langsam zu sich nahmen.

Dann erst berichteten sie mit leisen Stimmen von ihren Visionen. „Ich sah einen Wolf", berichtete Hitschikyata. „Einen großen Wolf, der mir den Weg versperrte und mich nicht weiter ließ. Ich versuchte immer wieder, an ihm vorbeizukommen, doch er nahm meine Hand in sein Maul und zog mich in die andere Richtung."

Bärenkralle sah ihn durchdringend an. Ein Wolfstraum!

„Tschetan-withko ist ein Wolfsträumer. Du solltest mit ihm über deinen Traum reden. Der Wolf ist jetzt dein Begleiter und dein Beschützer. Höre auf seinen Rat!“
Hitschikyata schloss aufgewühlt die Augen. Der Wolf war sein Begleiter!
Dann erzählte Otter: „Ich sah eine Eidechse! Sie war flink, gewitzt und weise. Ich wollte sie fangen, doch sie war viel zu schnell und lachte mich aus. Sie versteckte sich gut, veränderte ihre Farbe, sodass ich sie nicht sah und entwischte mir in winzigste Spalten. Sie sagte, dass ich so sein sollte wie sie, dann würde mir nichts passieren!“
Bärenkralle lächelte. Die Eidechse war ein starker Begleiter. Sogar Otter hatte dies ohne große Erklärung verstanden. Viele Knaben kehrten ohne Vision zurück, flehten vergebens oder zogen immer wieder in die Einsamkeit, in der Hoffnung erhört zu werden. Doch diese beiden Jungen, die nun Männer waren, hatten sich ernsthaft darauf vorbereitet und ihre Bescheidenheit hatte die Geister gnädig gestimmt. Bärenkralle entließ Otter, der endlich zu seinem Zelt trabte. Er wusste noch nichts von seiner neuen Schwester.
Dann wandte sich Bärenkralle an Hitschikyata: „Die Psa haben unser Dorf überfallen, als ihr in den Bergen wart.“
„Die Crow?“, stammelte Hitschikyata. Sein Volk?
„Ja! Sie haben viele verletzt und die Pferde geraubt!“
Hitschikyata schüttelte benommen den Kopf. Er glaubte das alles nicht. Bärenkralle sah ihn traurig an, er verstand die Verwirrung des jungen Mannes. „Ruhe dich aus“, sagte er sanft.
Hitschikyata schlief schlecht. Er träumte wieder von den Blackfeet, die sein Dorf ausgelöscht hatten, dazwischen mischten sich Bilder von seinen Freunden bei den Lakota, die vor den Kriegern der Blackfeet flohen. Schweißgebadet fuhr er hoch. Doch nicht Blackfeet, sondern Crow hatten seine Freunde angegriffen! Wohin gehörte er?

Die Sonne stand bereits hoch am Himmel, als er erwachte. Er hatte lange geschlafen, aber die Albträume hatten ihn ausgezehrt. Er fuhr in seine Mokassins und lief nur mit dem Lendenschurz bekleidet zum Fluss. Das kalte Wasser erfrischte ihn mehr als der lange Schlaf. Er schwamm einige Züge, bis das kalte Wasser durch und durch ging, dann setzte er sich auf einen Felsen.
Leise trat Che-ni-win zu ihm und er machte eine einladende Handbewegung. Höflich wartete sie, bis Hitschikyata das Wort an sie richten würde. „Ist bei deiner Familie alles in Ordnung?“, fragte er, denn

ihr Vater war bei dem Angriff nicht da gewesen, um seine Familie zu schützen. Grauadler hatte über die beiden Jungen gewacht.
„Ja! Niemand wurde verletzt. Aber ich hatte furchtbare Angst, wie damals, als die Palani unsere Wagen angegriffen haben."
Hitschikyata schaute sie von der Seite an. Klar, dass Mädchen Angst hatten!
„Die Psa sind genauso böse wie die Palani", fuhr sie in ihren Überlegungen fort.
Hitschikyata schob mit seinem Mokassin einige Kieselsteine von einer Seite auf die andere. Waren die Crow böse? Nein! Er glaubte nicht einmal, dass die Pawnee böse waren. Er schaute sie herausfordernd an. „Wah-bo-sehns und ich sind auch Crow. Sind wir deswegen böse? Und denke an Stern-im-Auge und Kleine-rote-Blume. Sind sie böse?"
Che-ni-win schluckte verlegen. Da hatte er recht! „Aber es war trotzdem nicht richtig, was die Psa mit Gras-im-Wind und Morgenröte getan haben. Sie sind meine Freundinnen."
Hitschikyata schluckte betreten und machte eine vage Handbewegung. „Es ist Krieg!" Er wusste, dass es keine Entschuldigung war.

Otter kam angerannt, völlig außer Atem, weil er seinen Freund schon länger gesucht hatte. Ohne auf das Mädchen zu achten, griff er nach Hitschikyatas Hand und zog ihn hoch. „Komm, meine kleine Schwester wurde geboren. Ich möchte sie dir zeigen."
Hitschikyata lächelte erfreut und klopfte seinem Freund auf die Schulter. Dann drehte er sich zu Che-ni-win um. „Möchtest du mitkommen?"
„Gerne!"
Die drei liefen zum Zelt von Tschoka-sapa und traten leise ein. Viel-Schnee saß auf ihrem Lager, das Baby auf ihrem Schoß. Sie winkte die Jugendlichen heran und zeigte ihnen stolz das Kind. „Sie heißt Crow-Bären-Mädchen!"
Hitschikyata bestaunte den eindrucksvollen Namen. Otter legte ihm das winzige Bündel in den Arm und plötzlich war ihm nicht mehr nach Lachen zumute. So ein winziges Baby war etwas Heiliges. Zum ersten Mal begriff er das Geheimnis des Lebens. Jetzt verstand er den Medizinmann, wenn er sagte, dass er von den Kindern lernen konnte. Er hielt einen winzigen, ganzen Menschen im Arm, ein Wesen, das gerade erst von Wakan-tanka geschickt worden war. Völlig rein und unberührt.

Er murmelte leise ein Gebet, das ihm gerade einfiel: „Möge dein Weg immer ohne Dornen sein, mögen deine Schritte niemals müde werden, finde den guten Pfad in deinem Leben, kleines Mädchen! Wakan-tanka, bitte beschütze dieses kleine Leben!"
Otter starrte ihn sprachlos an. Hitschikyata hatte gesprochen wie ein Medizinmann!
Hitschikyata legte ihm sanft das Kind in den Arm und flüsterte eindringlich: „Otter! Schütze sie mit deinem Leben."
Otter hob die Augenbrauen. Was war denn mit seinem Freund los?
Völlig überwältigt lief Hitschikyata aus dem Zelt. Otter drückte der glückstrahlenden Che-ni-win das Baby in die Hand und folgte seinem Freund. „Tokah-ho?"
„Nichts, nichts!"
„Hitschikyata!"
Der Junge drehte sich wütend um. „Otter! Das ist alles nicht richtig. Wir töten Pawnee und Crow. Diese töten uns!"
„Es ist der Weg des Kriegers!"
„Dann will ich kein Krieger sein."
„Hitschikyata!"
„Ich töte keinen Frauen und Kinder."
„Dann wählst du den Weg eines Winkte, eines Mannes, der in Frauenkleidern herumläuft."
„Nein, ich wähle den Weg eines Medizinmannes und Heilers."
„Trotzdem musst du deinen Mut als Krieger beweisen."
„Trotzdem werde ich keine Frauen und Kinder töten."
Otter sah ihn ernst an. „Ich auch nicht!", meinte er plötzlich.
Hitschikyata packte ihn an den Schultern. „Lass uns einen Schwur leisten!"
Otter nickte. „Ich schwöre!"
„Gut! Waschté-yelo."
Unsicher schielte Otter auf seinen Freund. Hitschikyata schien völlig durcheinander zu sein. „Es waren Psa, die uns angegriffen haben. Was fühlst du?"
Hitschikyata senkte die Augen. „Nichts!"
Otter schüttelte ungläubig den Kopf. „Und dieser Gefangene? Fühlst du nichts, wenn sie ihn töten werden?"
Hitschikyata funkelte ihn wütend an. „Dieser Crow wollte Ruhm und nun findet er den Tod. Bald erleiden wir vielleicht das gleiche Schicksal. Das ist der Weg des Kriegers! Aber ich vergreife mich nicht an Kindern und Mädchen."

Otter fasste ihn besänftigend an der Schulter. „Aho! Dieser Mann wird tapfer sterben."
Mit einem Nicken verabschiedete sich Hitschikyata, aber in ihm tobte der Zwiespalt. Mit Unbehagen dachte er an den Gefangenen in dem Tipi von Donnerherz und er hoffte, dass sie ihm einen ehrenvollen Tod gewährten.

Ähnliches dachte auch Tschetan-withko. Immer wieder fühlte er die sorgenvollen Augen von Wah-bo-sehns auf sich gerichtet, die ihn auf diese Weise baten, nach dem Gefangenen zu sehen. Eine Entscheidung musste getroffen werden, aber er konnte Donnerherz auch nicht drängen. Stattdessen begleitete er Donnerherz am Nachmittag zum Fluss, wo der Crow sich endlich erleichtern und waschen konnte. Der Gefangene schwankte bedenklich, als er nach dem langen Liegen plötzlich stehen musste. Nur mit Tschetan-withkos Hilfe schaffte er es bis zum Fluss und er wirkte verblüfft, als ihm die Fesseln gelöst wurden.
„Du-waschen!", befahl Donnerherz.
Der Gefangene tauchte seine Hände in das Wasser und massierte sie, bis das Blut wieder zirkulierte. Er musste unerträgliche Schmerzen haben, doch er zuckte nicht mit der Wimper. Nachdenklich sah Donnerherz zu, wie der Gefangene sich wusch.
„Wie geht es Morgenröte?", fragte Tschetan-withko harmlos.
„Es geht ihr besser. Sie ist erwacht, aber sie hat große Schmerzen."
Tschetan-withko machte eine fragende Handbewegung zu dem Crow. „Weißt du schon, was du mit ihm machst? Du kannst ihn nicht ewig in deinem Zelt fesseln."
Donnerherz hob einen Finger zum Kopf. „Ich hatte einen Traum." Er machte eine Pause, um die Bedeutung des Traumes zu unterstreichen.
„Einen Traum?"
„Ja, es war Winter und wir kämpften. Unsere Frauen und Kinder flüchteten durch den Schnee. Dieser Psa kämpfte für uns. Das habe ich gesehen. Wir brauchen junge Krieger und dieser Crow ist tapfer! Ich werde ihn am Leben lassen, denn wenn ich ihn töte, dann kann mein Traum nicht wahr werden. Ich gebe ihm Morgenröte zur Frau, dann wird er in meinem Zelt leben und ich werde über Morgenröte wachen. Damit ist auch die Schande vergessen."

Tschetan-withko schüttelte ungläubig den Kopf. „Wan, du gibst ihm Morgenröte zur Frau?“
„Ja! Das wird ihn an diesen Stamm binden.“
„Und wenn er nicht will?“
„Dann wählt er den Tod!“
Langsam dämmerte es Tschetan-withko. Das war hart! Dieser Crow würde leben, aber er würde seine Familie, seine Freunde und sein Volk verlieren. Für manche Männer war das schlimmer als der Tod.
„Wie willst du verhindern, dass er deine Tochter zur Frau nimmt und dann doch zu den Psa zurückkehrt?“
„Er wird mir sein Wort geben! Ist er ein Mann, wird er es halten. Ist er ein Feigling, wird er fliehen und ich nehme seinen Skalp.“
Tschetan-withko schaute nachdenklich auf den Gefangenen, dann nickte er. „Aho! Wenn er flieht, helfe ich dir, ihn zu finden.“
Donnerherz schmunzelte wissend. „In meinem Traum kämpfte er mit uns. Er wird bleiben.“
Tschetan-withko schmunzelte leicht. „Ich hoffe, dass dieser Crow die gleichen Träume hat wie du!“
Sohn-des-Windes kam aus dem Fluss und streckte Donnerherz seine Hände entgegen, damit er ihn wieder fesseln konnte. Doch dieser schüttelte den Kopf und bedeutete ihm, ohne Fesseln in das Dorf zurückzugehen. Zum ersten Mal trat der Crow als freier Mann in das Zelt. Unsicher blieb er stehen, da er nicht wusste, was man nun von ihm wollte. Der ältere Sohn war nicht da. Die beiden Frauen blickten ihn ängstlich an, schließlich war er ein Feind, zum ersten Mal ohne Fesseln. Doch der Knabe bot ihm einen Platz neben sich an.
Sohn-des-Windes bewunderte den Mut des Kindes. Doch kein Kojote! Wie selbstverständlich setzte er sich neben das Kind und wartete ab.
Donnerherz setzte sich ihm gegenüber. Langsam entzündete er seine Pfeife und betrachte schweigend den jungen Mann. Er war groß und schlank, wie alle Crow, mit einem muskulösen Oberkörper. Extrem lange Haare umrahmten sein ovales Gesicht und Donnerherz dachte im Stillen, wie eingebildet die Crow wegen ihrer langen Haare waren. Nun, er würde lernen, sie im Kampf nach Lakotaart zu flechten, ebenso wie den Schwanz seines Pferdes. Auf ein Zeichen hin brachte die ältere Frau eine Schale mit Essen, das der Crow langsam aß. Es war das erste richtige Essen nach Tagen und sein Magen musste sich erst wieder an Nahrung gewöhnen.

Morgenröte hatte sich zum ersten Mal etwas erhoben. Sie lehnte gegen eine Rückenstütze und stickte an einem Gürtel. Mit großen Augen blickte sie auf den Crow, immer wieder stieg in ihr die Todesangst hoch, wenn sie zu ihm schaute. Noch immer hörte sie das Johlen der Männer, als sie hilflos an dem Seil gehangen und fast zu Tode geschleift worden war. Sie wusste nichts von der Vergewaltigung, denn da war sie längst ohnmächtig geworden.
Jetzt, wo ihre Wunden heilten, bewunderte Sohn-des-Windes die Schönheit des Mädchens. Wollte Donnerherz ihm dieses zierliche Mädchen wirklich zur Frau geben? Oder wäre es ehrenvoller, abzulehnen und lieber den Tod zu wählen? Leben oder Tod? Warum hatte Ah-badt-dadt-deah sein Leben verschont, ihn diesen Feinden ausgeliefert? War es sein Schicksal, nun mit diesem Volk zu leben? Die Essensschale war leer und die Frau wollte ihm noch etwas nachlegen, doch Sohn-des-Windes winkte ab, er hatte genug.
Donnerzherz bot ihm seine Pfeife an, die er schweigend annahm. Zutraulich kletterte das kleine Mädchen auf seinen Schoß, wusste nichts davon, dass er ein Feind war, der nun nicht mehr gefesselt war. Hastig stürzte Rabenfrau heran, doch Sohn-des-Windes hob begütigend die Hand.
„Ich heiße Sohn-des-Windes und spreche eure Sprache. Ich werde Blauer-Donner nichts tun."
Belustigt sah er, wie die Frauen erstaunt und ein wenig verlegen die Hände vor den Mund schlugen.
Donnerherz runzelte die Stirn. „Hast du auch meine Worte am Fluss verstanden?"
„Ja."
„Gut! So weißt du, was ich von dir fordere?"
„Ja!" Sohn-des-Windes musterte Donnerherz mit offenen Augen. „Du verschonst mein Leben. Aber du musst wissen, dass ich niemals gegen mein Volk kämpfen werde."
„Du wagst es, Bedingungen zu stellen?" Donnerherz konnte kaum seinen Ohren trauen. Misstrauisch und ein wenig besorgt schaute er auf seine Tochter, die immer noch bei diesem gefährlichen Crow auf dem Schoß saß. Zumindest Blauer-Donner schien ihm zu vertrauen!
„Ja", erklärte Sohn-des-Windes. „Ich fürchte den Tod nicht. Ich bin ein Absarokee! Du kannst nicht von mir verlangen, dass ich gegen meine Brüder kämpfe. Ich verstehe deine Wut und bin bereit deine Tochter zu heiraten, denn dein Angebot ist großmütig. Mehr kann ich dir nicht versprechen."

Donnerherz schmunzelte innerlich. Dieser Mann war kein Feigling! Er wäre eine Bereicherung für das Dorf. „Was tust du, wenn deine Brüder uns angreifen?"
Sohn-des-Windes senkte nachdenklich den Kopf. „Ich würde meine Familie schützen", erklärte er leise.
„Gut! Du nimmst Morgenröte zur Frau und lebst als Lakota. Doch du nimmst sie erst auf dein Lager, wenn du es verdienst."
Uh! Sohn-des-Windes wand sich ein wenig. Er nahm eine Frau und dann doch wieder nicht! Aber er verstand Donnerherz. Erst musste er sich als würdig erweisen und Morgenröte musste die Schmerzen vergessen, die sein Volk ihr angetan hatte.
Donnerherz grunzte zufrieden. Die Ehre war wieder hergestellt und er würde er sehen, welches Herz sein Schwiegersohn hatte.
„Muss ich dich für die Nacht fesseln?", fragte er argwöhnisch.
Jetzt musste Sohn-des-Windes wirklich laut lachen. „Nein, der Knabe kann auf mich aufpassen."
Der Junge hieß „Tschapa", das bedeutete Biber, und er würde sicherlich kein Kind töten, das wie seine heiligen Freunde hieß! „Du magst mich fesseln, das ist dein Recht, doch ich gab dir mein Wort."
„Gut, dann tritt mit mir vor das Zelt und verkünde die Ehe mit meiner Tochter!"
„Sollte deine Tochter nicht dabei sein?"
„Sie kann nicht aufstehen."
Sohn-des Windes senkte den Blick und erhob sich schließlich. Er hatte noch keine Frau bei den Crow und so war die Situation für ihn durchaus günstig. Er konnte mit dem Mädchen immer noch fliehen, wenn er erst das Vertrauen der Lakota gewonnen hatte.
Er trat vor das Zelt und rief mit lauter Stimme: „Ich, Sohn-des-Windes, nehme Morgenröte zu meiner Frau!"
Einige Kinder, die darauf gelauert hatten, wieder einen Blick auf den Gefangenen zu werfen, schlugen überrascht die Hand vor den Mund, als er plötzlich in ihrer Sprache redete. Andere blieben stehen und nahmen seine Worte mit ausdruckslosem Gesicht zur Kenntnis. Die Ehre der Familie war wieder hergestellt.
Es war eine sehr einfache Hochzeitszeremonie, ohne Geschenke und das sonst übliche Festessen, aber wenn es Morgenröte besser ging, dann wollte der Vater eine Feier für sie veranstalten.

Die Frauen bereiteten Sohn-des-Windes ein Lager neben Tschapa und er legte sich müde zum Schlafen nieder. Seine Beine und Muskeln schmerzten von der langen Zeit, in der er gefesselt gewesen war. Erleichtert streckte er sie jetzt aus. Ohne lange zu denken, schlief er erschöpft ein.

Am nächsten Morgen war der Crow verschwunden. Donnerherz sprang wutentbrannt auf, enttäuscht über die Falschheit des Crow, doch erleichtert, dass er niemanden getötet hatte. Es war ein Fehler gewesen, diesem Feigling zu vertrauen. Er weckte Tschapa, der entsetzt auf das leere Lager neben ihm blickte. Niemand hatte gehört, wie sich dieser Wurm davongemacht hatte. Donnerherz würde Tschetan-withko bitten, ihm bei der Jagd auf diesen Kojoten zu helfen! Wütend steckte er einige Zweige in das Feuer und befahl seinen Frauen etwas zu essen zu kochen.
Die Eingangsklappe hob sich und ein frisch gebadeter Sohn-des-Windes trat ein, nur mit einem Lendenschurz bekleidet. Ein Lederband stützte seine Rippen, ansonsten vernarbten seine Verletzungen bereits. Mit dem Grinsen eines Präriefuchses überreichte er dem verdutzten Donnerherz zwei frisch gefangene Fische. „Ich habe einen Bärenhunger!", verkündete er scheinheilig. Als ob er nicht den Argwohn in den Augen seines Schwiegervaters gesehen hätte!
„Außerdem brauche ich meine Waffen, um auf Jagd zu gehen."
Donnerherz brummte etwas, gab ihm aber sein Gewehr und Messer zurück. Wie hatte er überhaupt die Fische gefangen? „Mit der Hand!", antwortete Sohn-des-Windes auf die unausgesprochene Frage.
Tschapa musterte ihn bewundernd. Das musste dieser neue Onkel ihm unbedingt mal zeigen!
„Morgen nehme ich dich mit", meinte Sohn-des-Windes großzügig. Es war eine berechnende Großzügigkeit, denn das Herz einer Familie gewann man am schnellstens über die Kinder.

Wi-wahnyang Watschipi

Der Sonnentanz (Sommer 1873)

Es wurde wärmer und die Frauen breiteten ihre Kleidung und ihre Decken nach dem langen Winter im Gras aus. Sogleich stürzten sich Ameisen auf das Ungeziefer und die klebrigen Essensreste. Flecken wurden gereinigt, Zelte ausgebessert, Mokassins geflickt, es herrschte rege Betriebsamkeit, um das Lager für die erste Wanderung vorzubereiten. Traumpfeil stellte jetzt Tag und Nacht Wachen auf, um gegen einen Überraschungsangriff gewappnet zu sein. Besonders die Jugendlichen und die jungen Männer aus den Bünden nahmen ihre Aufgaben ernst. Es galt nicht nur, rechtzeitig die Menschen in Sicherheit zu bringen, sondern auch die Ponyherde und die wertvollen Nahrungsvorräte zu schützen. Das gelang nur, wenn sie rechtzeitig vor Feinden gewarnt wurden und den Frauen genügend Zeit blieb, das Lager abzubrechen. Er verlangte damit auf lange Sicht eine Disziplin, die ihnen unbekannt war, doch sie erkannten ihren Sinn und fügten sich zum Wohle des ganzen Volkes.
Besonders der Crow Sohn-des-Windes gab ihnen hierbei wertvolle Hinweise, hatte er doch bereits als Späher für die weißen Soldaten gearbeitet.
Traumpfeil suchte daher öfter das Gespräch mit dem Crow, denn er misstraute dem scheinbaren Frieden. Ein Cheyennedorf war trotz eines Friedensabkommens niedergemetzelt worden und es war vielleicht gut, etwas über die Kriegsführung der Weißen zu wissen.
„Weiße Soldaten stellen immer Wachposten auf", erklärte Sohn-des-Windes. „So kann man sie nicht überraschen."
„Wan, und wenn die Soldaten nicht wollen oder zu ihren Frauen möchten?", fragte Traumpfeil verwundert. Bei ihnen waren Späher oder Wachdienste freiwillig.
„Das geht nicht. Wenn ein Soldat für einen Dienst eingeteilt ist, darf er diesen Posten nicht verlassen. Das macht die Soldaten stark. Außerdem haben sie keine Frauen und Kinder dabei."
„Wo haben sie dann ihre Frauen und Kinder?"
„In den befestigten Forts, wo sie von anderen Soldaten beschützt werden! Deswegen kommen sie im Krieg auch so schnell vorwärts, viel schneller als wir."
Traumpfeil schaute ihn besorgt an. „Wie können wir uns dann schützen?"

„Nur indem wir rechtzeitig gewarnt werden. Am besten ihr streift als kleine Gruppe durch die Täler und Schluchten. Dann finden sie euch nicht so schnell."
„Warum verrätst du uns das alles?"
„Weil ich jetzt zu euch gehöre."
Traumpfeil machte eine zufriedene Handbewegung. „Das ist gut!"
Sohn-des-Windes zögerte: „Da ist noch etwas!"
„Ja?"
„Weiße Soldaten teilen sich oft in zwei angreifende Gruppen. Die eine zerstört das Dorf und kämpft gegen die Krieger. Die andere reitet gegen die Frauen und Kinder. Sie machen schreckliche Dinge!"
Traumpfeil hatte von den Gräueltaten der Weißen gehört. „Was sie mit den Cheyennefrauen getan haben?" Seine Stimme klang bitter.
„Ja! Und noch viel schlimmere Dinge. Die Soldaten wollen euch damit demütigen und sie sind manchmal schlimmer als Tiere. Haben sie erst eure Frauen und Kinder, zwingen sie auch die Männer in die Reservation."
„Das ist gegen den Vertrag. Wir dürfen zum Jagen, wohin wir wollen."
Sohn-des-Windes zuckte mit den Schultern. „Die weißen Soldaten halten sich nie an Verträge, wenn es ihnen nicht passt. Sie haben schon oft friedliche Dörfer dem Erdboden gleich gemacht. Sie kämpfen, um zu töten, nicht um Pferde zu rauben oder jemanden zu rächen."
Traumpfeil schüttelte resigniert den Kopf. Was sollte er tun? „Wie können wir unsere Frauen und Kinder schützen?"
„Überhaupt nicht. Ihr müsst schneller sein."
In Gedanken versunken ging Traumpfeil zu seinem Zelt zurück. Das klang alles nicht gut. Sie wurden von allen Seiten bedrängt: Nördlich von ihnen wollten die Weißen eine weitere Eisenbahnlinie bauen, deren Vermessungs- und Bautrupps ständig von den Lakota angegriffen wurden; und in den Black Hills waren weiße Goldsucher gesichtet worden. Die Lakota töteten jeden, den sie dort antrafen, doch die Gerüchte über Goldfunde verbreiteten sich schnell. Immer mehr Forts wurden um sie herum errichtet und die Zahl der freien Lakota schrumpfte, weil immer mehr Familien den Verlockungen des weißen Mannes verfielen und in der Nähe der Agenturen lebten. Ihr Volk war gespalten. Es gab sogar Männer ihres Volkes, die ihre Dienste an die Soldaten verkauften und ihre eigenen Leute aufspürten. Traumpfeil wusste von all diesen Dingen, aber er wusste nicht,

wie er darauf reagieren sollte. Es war gut, gegen die Landvermesser und Goldsucher zu kämpfen, doch er fürchtete auch die Vergeltung der Soldaten an den Frauen und Kindern. Wütend biss er sich auf die Lippen. Sie waren Krieger, sie würden ihre Jagdgründe und Familien gegen alle Eindringlinge verteidigen!

Uinohnah hatte die Wände des Zeltes hochgeklappt und ließ den frischen Frühlingswind herein. Sie duftete nach Salbei, ihre Haare waren frisch gewaschen und ein gereinigtes Kleid umspielte ihre schlanke Gestalt. Traumpfeil umarmte sie von hinten und roch an ihrem Hals. Sie kicherte wie ein kleines Mädchen, als sie flink in das Zelt schlüpfte, damit niemand die zärtliche Geste sah. So etwas schickte sich nicht in der Öffentlichkeit!

Noch immer grinsend ging Traumpfeil zu den Ältesten, um sie darüber zu informieren, dass er aufbrechen wollte. Sie sollten einen geeigneten Zeitpunkt bestimmen und dann den Rufer durch das Dorf schicken. Es wurde wirklich Zeit. Die Vorräte der Umgebung waren aufgebraucht, Dreck und Unrat häuften sich und die Menschen wurden unruhig.

Zwei Tage später machte sich der Stamm auf den Weg nach Osten, in das Kernland ihres Volkes. Einige Verletzte lagen noch auf den Travois, wie das Mädchen Morgenröte, die mit ihren gebrochenen Rippen noch nicht reiten konnte. Auch Sohn-des-Windes saß ein wenig steif auf einem Pony, das Donnerherz ihm gegeben hatte. „Erst rauben uns die Psa die Pferde und dann gebe ich sie ihnen auch noch freiwillig“, hatte er gemurmelt.

Kleinkinder hingen in Fellbündeln verstaut an den Seiten der Pferde oder wurden von ihren Müttern auf dem Rücken getragen.

Die Kinder von Wah-bo-sehns waren für die praktische Babywiege inzwischen zu groß. Sie hatte für Wolfssohn und Graueulenmädchen ein Geflecht aus Weidenzweigen gebaut, das die beiden davor bewahrte, von dem Travois zu fallen. Die Kinder sahen aus wie zwei kleine Vögel in einem Vogelkäfig und schauten mit großen Augen auf den Trubel um sie herum. Ihr Hab und Gut war umsichtig verstaut, die Packpferde waren unter den vielen Bündeln, die sie trugen, kaum noch zu erkennen. Heimlich schaute sie zu Sohn-des-Windes, denn bisher hatte sich noch nicht die Gelegenheit ergeben, mit ihm zu sprechen. Sie war froh, dass es ihm gut ging und Donnerherz dessen Leben verschont hatte. Noch hatte sie sich Sohn-des-Windes nicht gezeigt, denn sie wusste nicht, wie er darauf reagieren würde, dass sie nun mit einem Lakota verheiratet war. Mit einem Feind! Mit gesenktem Kopf lief sie neben dem Pony her, das ihre Habseligkeiten trug, bis er außer Sichtweite war.

Viele Frauen mussten nach dem Angriff der Crow und dem Diebstahl der Pferde wieder laufen, so kam der Zug nur langsam voran. Aber die Lakota hatten es nicht eilig, niemand gab ihnen die Reisegeschwindigkeit vor, und niemand sagte ihnen, zu welchem Zeitpunkt sie irgendwo zu sein hatten. Sie zogen zum Tongue-Fluss und lagerten einige Tage dort. Die Natur war hier frisch und unverbraucht, die Männer nutzten die Möglichkeit zur Jagd und zum Fischfang.

Tschetan-withko kam abends mit den Fischen heim und hatte einen Bärenhunger. Wah-bo-sehns lächelte liebevoll und reichte ihm eine Schüssel des schmackhaften Eintopfs. Er liebte diese zierliche Frau und sie war ihm eine gute Ehefrau. Immer war sein Zelt aufgeräumt und reinlich, stets wartete ein warmes Essen auf ihn und ein angenehmer Duft erfüllte das Zelt. Anfangs hatte er sich darüber gewundert, aber er fand es schön, wenn sie Süßgras abbrannte, nur um ihn zu erfreuen.

Wohlig streckte er sich nach dem Essen auf seinem Lager aus und wartete darauf, dass sich seine Frau zu ihm legte. Stattdessen kam der kleine Wolf und leckte schwanzwedelnd sein Gesicht. Empört schob er ihn von sich weg. „Setz dich!", forderte er und der Welpe kringelte sich auf seinem Fell zusammen. Sapa war schlau! Er nagte auch an keinen Mokassins mehr, nachdem Wah-bo-sehns ihm welche um die Ohren geschlagen hatte. Außerdem wartete er auf ein Zeichen, ehe er einen Knochen abknabberte. Die Regeln in diesem Tipi waren streng, doch er lernte sie schnell. Dafür war er sehr geschickt darin, verschiedene Dinge aus den anderen Tipis zu stehlen.

Bewundernd sah Tschetan-withko zu, wie seine Frau aus ihrem Kleid schlüpfte und sich zu ihm legte. So dunkel konnte es überhaupt nicht sein, dass er nicht ihre schlanke Gestalt erahnte. Zärtlich streichelte er über ihre Haare. „Wah-bo-sehns", hauchte er in ihr Ohr. Er liebte diesen Namen. Zum ersten Mal sinnierte er über die Bedeutung nach. „Was bedeutet dein Name?"

„Ich glaube ‚Weißer-Stein'!"

„Du glaubst?" Er lachte dunkel.
„Ja, mein Vater war kein Absarokee. Er stammte von einem anderen Stamm."
Tschetan-withkos Neugier war geweckt, interessiert richtete er sich auf und stützte sich mit einem Arm ab. „Von welchem Stamm war dein Vater?"
„Ich erinnere mich nicht so genau. Vielleicht De-la-ware." Sie stockte, als sie den seltsamen Namen aussprach.
„Delaware! Die stammen aber weit aus dem Osten."
„Ja! Mein Vater sprach meinen Namen anders aus. So ähnlich wie Wah-bach-sehn. Ach!" Ihre Stimme versagte, als sie sich dunkel an ihren Vater erinnerte. „Ich war noch sehr klein, als er meine Mutter wieder verließ. Er kehrte nie zurück."
„Was geschah dann?"
Mühsam kämpfte Wah-bo-sehns die Tränen hinunter. Ihre Mutter hatte einen anderen Mann geheiratet, der sie wie seine eigene Tochter aufgezogen hatte. Trotzdem blieb die Trauer und die Ungewissheit, was mit ihrem wirklichen Vater passiert war.
„Meine Mutter heiratete wieder. Ihr neuer Mann war sehr nett zu mir. Wir sprachen nie über meinen Vater. Er war einfach tabu. Vielleicht wollte meine Mutter auch nicht darüber nachdenken, dass er möglicherweise tot war. Dann hat Micgy mich geheiratet und ich ging mit zu seiner Sippe. Als er starb, wollte ich allein sein. Ich habe die Anwesenheit von anderen Menschen einfach nicht ertragen. Wahrscheinlich wäre ich im Frühling wieder zu meiner Mutter gezogen."
Tschetan-withko sah sie mit seinen ruhigen Augen an. So war das! Er nahm ihre Hand in die seine und meinte: „Niemals hätte dein Vater eine so hübsche Tochter verlassen. Das weiß ich gewiss!"
Ihre Augen schimmerten wie der Sternenhimmel und er suchte nach den richtigen Worten: „Mitawitschu, unser Beginn war vielleicht nicht so, wie du es dir gewünscht hast, aber ich denke, dass Wakantanka uns zusammengeführt hat. Es war vorherbestimmt gewesen, so wie dein Vater deine Mutter getroffen hat."
Sie dachte darüber nach. Auch bei den Crow wäre sie wieder verheiratet worden, wenn Tschetan-withko sie nicht entführt hätte. Doch jetzt lebte sie als geachtete Ehefrau eines angesehenen Kriegers. Sie war froh, dass sie gut behandelt wurde und dachte an die anderen gefangenen Frauen. Warum führten diese Männer so grausame Kriegszüge?

„Woran denkst du?", hörte sie seine sanfte Stimme.
„Ich denke an die anderen gefangenen Frauen."
„Welche gefangenen Frauen?"
Sie lachte über seine Naivität. „Nun, ich, Stern-im-Auge, Kleine-rote …"
„Hohch! Sie sind jetzt Ehefrauen", wies Tschetan-withko sie zurecht.
„Aber warum wurden sie nicht getötet?"
„Wir töten keine Frauen!"
Sie schnaubte böse, als sie an die Keule über ihrem Kopf dachte. „Du hättest mich fast getötet!"
„Du hattest mich gereizt."
„Ich hatte mich gewehrt."
Verunsichert blickte Tschetan-withko auf die schlafenden Kinder. Jetzt nach zwei Wintern sprach sie aus, was die ganze Zeit zwischen ihnen stand. „Ja, du hast dich gewehrt und ich wollte dein Leben."
„Und dann?"
Tschetan-withko legte sich auf den Rücken, um nachzudenken. Sollte er mit einer Frau darüber reden? Zögernd begann er: „Ich war einsam und sah die gleiche Einsamkeit in deinen Augen. Deshalb tötete ich dich nicht."
Sie schluckte schwer, denn mit einem Mal wurde ihr klar, dass die Trauer ihr das Leben gerettet hatte. „Und Graueulenmädchen?", überlegte sie weiter.
Er dachte an den winzigen Säugling, den er anfangs achtlos in den Schnee geworfen hatte. „Sie gehörte zu dir."
„Aber jetzt lebt sie als deine Tochter."
„Sie ist meine Tochter, genauso wie Wolfssohn mein Sohn ist. Ich liebe beide!"
Sie sah wieder die hilflose Angst in seinen Augen, als Graueulenmädchen im Winter fast gestorben wäre. „Ich weiß."
Tschetan-withko strich ihr eine Strähne aus dem Gesicht. Ihre Haare waren inzwischen genauso lang, wie die der anderen Lakotafrauen. Er erinnerte sich an ihre kurzen Haare und die Wunden an ihren Armen, als er sie gefangenen genommen hatte. „Warum hast du nie versucht zu fliehen?"
Sie blickte ihn überrascht an. „Wohin hätte ich denn fliehen sollen, Mihigna? Die Blackfeet hatten mein Dorf zerstört. Ich wusste nicht, wo das Dorf meiner Mutter seinen Lagerplatz hatte. Außerdem hättest du mich schnell wieder eingeholt und getötet. Ich wollte das Kind nicht gefährden."

„Ich hätte dich nicht getötet!“, meinte er empört.
„Nein?“
„Nein!“ Sein Tonfall war völlig ernst. „Ich hätte dich zurückgeholt und dir gezeigt, wo dein Platz ist.“
Neugierig richtete sie sich auf. „Wo mein Platz ist?“
„Ja!“ Mit einem Fauchen warf er sie zurück auf das Lager und legte sich mit seinem ganzen Gewicht auf sie. Übermütig lachend zappelte sie unter ihm, doch er hielt sie fest, bis sie ihren Widerstand aufgab. Sie kuschelte sich vertrauensvoll an seinen kräftigen Körper und schlief beruhigt ein. Micgy hätte ihr nie so deutlich seine Liebe gestanden, wie dieser Mann es nun tat.

Die nächsten Tage sammelten die Frauen die ersten Cheyennerüben, immer begleitet von einigen aufmerksamen Kriegern. Traumpfeil nahm die Warnungen von Sohn-des-Windes ernst und ließ niemanden mehr unbewacht das Lager verlassen.
Wieder zogen sie weiter, diesmal bis zum Powder-Fluss, wo sie mit anderen Stämmen zusammentrafen. Ein riesiges Dorf entstand, das sich über eine lange Strecke am Ufer entlangzog. Immer weitere Gruppen trafen unter der Führung von Crazy Horse, Gall und Sitting Bull ein. Die Kriegerbünde hielten ihre Versammlungen ab, während die Kinder ihre Wettkämpfe veranstalteten.
Tschetan-withko war keinen Abend mehr in seinem Zelt. Es gab viel zu bereden und Neuigkeiten mussten ausgetauscht werden. Außerdem wollte er sich in ritueller Weise auf den Sonnentanz vorbereiten. Zu wichtig war dieses Ereignis, als dass er es durch den Beischlaf mit seiner Frau entehren wollte.

Wah-bo-sehns hatte genug Arbeit. Sie wollte ein neues Zelt nähen, da das ihre im Winter stark beschädigt worden war. Sie hatte bereits viele Felle vorbereitet. Jetzt bat sie Fallende-Sterne, als geachtete ältere Frau, das Zuschneiden und Nähen zu überwachen. Außerdem hatte sie ihre Freundinnen eingeladen, die begeistert die Möglichkeit nutzten, über mehrere Tage zusammenzusitzen und zu plaudern. Bereits frühmorgens kochte Wah-bo-sehns einen großen Topf mit Essen, um ihre Freundinnen anständig bewirten zu können. Dann bat sie die Großmutter Wehende-Decke und ihre Nichte Heller-Mond, auf die Kinder zu achten. Viel-Schnee, die junge Yanktonnai-Frau, über-

nahm in dem Zelt von Fallende-Sterne den Haushalt, doch wenn ihre Aufgaben erfüllt waren, setzte sie sich mit ihrem neugeborenen Baby zu den anderen Frauen.
Fallende-Sterne begann mit dem Zuschneiden der Felle und verteilte bedächtig die Arbeit an die anderen. Bald breitete sich die riesige Form des Tipis im Gras aus und die Frauen verteilten sich darum, um die Fellteile mit winzigen Stichen zusammenzunähen.
Stern-im-Auge kniete zwischen Wah-bo-sehns und Fallende-Sterne und beobachtete aufmerksam den Arbeitsvorgang. „Ich habe noch nie gesehen, wie die Lakota ihre Zelte nähen", meinte die Pawneefrau neugierig.
„Wenn du ein neues möchtest, werde ich dir gerne helfen", versicherte Fallende-Sterne.
„Bald werde ich ein neues Zelt brauchen. Fisch ist ein guter Jäger und wir leben in einem sehr kleinen Zelt."
„Ja! Weil dein Mann bisher keine Frau hatte."
„Aber jetzt bin ich da", erklärte Stern-im-Auge selbstbewusst und alle lachten. Sie war ganz schön frech! Tschaske, ihr Sohn, spielte mit Wolfssohn und Wah-bo-sehns hatte vor Staunen die Hand vor den Mund geschlagen. Diese Pawneefrau war wirklich lustig! Sie verbrachte viel Zeit mit ihr, denn immer noch nahm sie großen Anteil an dem Schicksal von Stern-im-Auge.
Die Lakotafrauen der verschiedenen Gruppen, die hier zusammengekommen waren, waren eifersüchtig auf die fremden Frauen und so zog sich Wah-bo-sehns lieber zurück. Bis auf Uinohnah und Vogelmädchen hatte sie eigentlich keine Freundinnen unter den Lakotafrauen. So war eine kleine Gruppe aus den Frauen entstanden, die ein ähnliches Schicksal miteinander teilten, das sie verband. Es dauerte nicht lange und Kleine-rote-Blume, die Pawneefrau von Viele-Feinde, kam zögernd mit Kleines-Hengstfohlen vorbei, suchte verlegen die Gesellschaft der anderen Frauen. „Kann ich helfen?"
„Gerne. Komm setz dich zu uns!", bot Wah-bo-sehns mit einem freundlichen Lächeln an. Der kleine Junge setzte sich zu Graueulenmädchen und beide Kinder spielten mit dem Puppentipi.
Die Frauen vertieften sich in die Arbeit, die schweren Felle zusammenzunähen. Mit ihren Ahlen bohrten sie Löcher vor, durch sie dann die Nadeln führten. Nur Kleine-rote-Blume hielt manchmal inne. Sehnsüchtig blickte sie auf das neugeborene Baby von Viel-Schnee. „Viele-Feinde wünscht sich einen Sohn, aber noch trage ich kein neues Leben in mir."

„Willst du denn überhaupt ein Kind von ihm?", fragte Stern-im-Auge überrascht.
Kleine-rote-Blume zuckte verlegen mit den Schultern. „Warum nicht?"
„Ma, hast du vergessen, wie er dich geraubt hat? Wie er fast deinen Sohn getötet hat? Vielleicht deine Freunde und deine Familie getötet hat?" Immer noch war Hass in der Stimme von Stern-im-Auge, als sie nun die andere Pawneefrau anfunkelte.
„Nein, doch jetzt bin ich seine Frau. Sag mir, was ich sonst machen soll? Ich möchte wieder leben! Wissen, wohin ich gehöre!"
Fallende-Sterne blickte prüfend auf die Frauen, die noch vor einem Winter gedemütigte Gefangene gewesen waren. Jetzt trugen sie bei den Zeremonien die reich bestickten Kleider der Lakotafrauen und bis auf einen kleinen Akzent in der Sprache, waren sie von den anderen Frauen nicht mehr zu unterscheiden. Zum ersten Mal dachte sie über das Schicksal dieser Frauen nach, verstand die Einsamkeit, unter der sie litten, hier unter fremden Menschen, weggerissen von ihren Familien und Freunden.
Stern-im-Auge senkte wortlos den Blick, als die Gefühle sie überwältigten. Sie wollte kein weiteres Baby! Nein! Obwohl Fisch sie respektvoll behandelte. Ein klein wenig mochte sie sogar seine wortkarge Art, aber niemals würde sie die brutale Gefangennahme vergessen. Manchmal sah sie andere gefangene Frauen, ohne Rechte, ohne Schutz. Sie beachtete sie nicht, denn sie war jetzt eine Lakotafrau. Insgeheim war sie froh, dass sie nicht deren Schicksal teilte, sondern dass Fisch sie zu seiner Frau gemacht hatte. Sie bemühte sich, genauso wie die Lakota zu sein. Sie wollte keine Fremde sein oder mit einer dieser Gefangenen verwechselt werden. Sie hatte kein Mitleid, denn anfangs war es ihr genauso schlecht ergangen. Jetzt verachtete sie die zerlumpten Gestalten. Sie sollten sich besser pflegen, die Gunst eines Mannes erwerben und die Sprache lernen! So wie sie!

Uinohnah gesellte sich zu ihnen und Wah-bo-sehns brachte ihrer Schwägerin auch eine Schale mit Essen, ließ jedoch etwas für Tschetan-withko zurück, falls dieser hungrig von der Jagd zurückkehrte. Leise plätscherte die Unterhaltung der Frauen dahin, fast krampfhaft bemühten sie sich, unangenehme Themen zu vermeiden. Alle sehnten sich nach Normalität, dem Gefühl, einfach dazuzugehören.
Fallende-Sterne spürte diese Spannung, diese Unsicherheit der Frauen, die mit Lakotakriegern verheiratet waren. Sie legte ihre Hände

in den Schoß und lächelte ermunternd. „Gleichgültig, wer ihr früher gewesen seid. Ihr seid nun Lakotafrauen und eure Kinder werden hier aufwachsen und geachtete Krieger oder Frauen sein. Nur das ist wichtig." Es waren versöhnliche Worte und alle blickten achtungsvoll auf die ältere Frau.
Stern-im-Auge kicherte erleichtert und drückte Tschaske an sich. Dann meinte sie übermütig: „Ja, wir sind nun Lakota und mein Sohn wird einmal der wildeste von allen! So wie Fisch!" Alle lachten gutmütig, hielten in der Arbeit inne, um nach ihren Kindern zu sehen. Niemand trieb sie zur Eile an, niemand drängte, jeder tat, was er tun wollte.
Nach einer kurzen Pause begann Wah-bo-sehns mit Hilfe von Uinohnah einen Holzring zu spannen, den sie als Eingangsklappe benutzen wollte. Sie wählte eine runde Form, weil Tschetan-withko den Einstieg mit einem Wolfskopf bemalen wollte. Der Wolf sollte die Bewohner des Tipis schützen und seine Gäste daran erinnern, dass er ein Wolfsträumer war. Über den Holzring wurde sorgfältig ein rund geschnittenes Fell genäht.
Die Frauen brauchten vier Tage, ehe das Zelt fertiggestellt war, dann zogen sie es stolz über die Tipistangen nach oben. Die obere Spitze und die Rauchklappen hatten sie auf Anweisung von Tschetan-withko rot gefärbt. Ihm ging der letzte Traum nicht mehr aus dem Kopf, aber noch hatte er dessen Bedeutung nicht verstanden.

Es wurde Sommer und die kleineren Kinder liefen meist nackt durch das Lager, während die Frauen über den Häuten erlegter Tiere schwitzen. Das rituelle Lager wurde aufgeschlagen und die Zelte standen bald in einem strengen Kreis. Der ganze Stamm bereitete sich auf den Sonnentanz vor. Im Gegensatz zum „Flehen" oder der Visionssuche, bei dem der Einzelne um die Gunst des Überirdischen bat, ging es hierbei um das Wohl des ganzen Stammes. Die Einheit des Stammes mit dem ganzen Universum wurde durch Riten und Zeremonien symbolisiert. Das Volk wurde in einem rituellen Schöpfungsakt wiedergeboren.

Der Sonnentanz dauerte zehn und zwei Tage, wobei die ersten vier Tage den Vorbereitungen galten. Helfer wurden von den Medizinmännern ernannt und unberührte Mädchen ausgewählt, welche die Heilige Pappel fällen sollten. Die nächsten vier Tage verbrachte Tschetan-withko bereits mit den anderen Anwärtern in der Obhut des Medizinmannes. Er bereitete sie auf die Gebete und Gesänge vor und lehrte sie die Ordnung des Stammes und des Universums. Manche tanzten den Sonnentanz bereits zum zweiten oder dritten Mal, trotzdem lauschten sie konzentriert den Anweisungen des Medizinmannes. Jede Unaufmerksamkeit, jede Nachlässigkeit konnte fatale Folgen für den Stamm haben.

Während die einen sich rituell auf die Zeremonie vorbereiteten, hatten manche junge Männer und Mädchen ganz andere Dinge im Kopf. Endlich waren die Lakota geeint und viele nutzten die Gelegenheit, um auf Brautschau zu gehen. Magische Liebesflöten waren sehr begehrt, die zusammen mit einer geträumten Melodie das Herz der Auserwählten berühren sollten.
Lacht-am-Boden setzte sich mit seiner zweifarbigen Brautwerbedecke verhüllt abends vor das Zelt von Grauadler, um für Weidenzweig die Liebesflöte zu spielen. Manchmal durfte sie sich zu ihm unter die Decke setzen und leise mit ihm flüstern. Eine ältere Frau wurde eingesetzt, um zwischen den elterlichen Zelten hin und her zu gehen und zu vermitteln. Grundsätzlich hatten beide Familien nichts gegen eine Heirat einzuwenden. Gebrochener-Zweig hatte ihrer Tochter das lederne Keuschheitsband zwischen die Beine gebunden, um ihre Tochter an ihre Jungfräulichkeit zu erinnern.
Nachts band Grauadler ihr zusätzlich die Beine zusammen, doch er konnte nicht verhindern, dass der junge Mann eines Nachts unter Weidenszweigs Decke schlüpfte. Die Zeltwände waren nicht im Boden verankert, weil sie tagsüber zum Lüften hochgeschlagen wurden, so war der Mann einfach hereingerollt.
Che-ni-win, die neben ihrer Schwester lag, merkte natürlich genau, was da vor sich ging, doch sie hütete sich davor, ihre Schwester zu verraten.
Lacht-am-Boden streichelte zärtlich seine Braut und amüsierte sich über die Fesseln. Leise zog er das Messer, um sie zu befreien und tiefer zu tasten, doch sie wehrte flüsternd ab. „Nein! Ich bin ein ehrbares Mädchen und das geht zu weit!"
„Wan, lass mich doch ein bisschen!", flüsterte der verliebte Mann.
„Bitte! Ich habe Angst!"

„Ich tue doch gar nichts", versicherte Lacht-am Boden. „Gib mir einen Kuss!"
Weidenzweig drückte ihm einen scheuen Kuss auf die Wange, dann rollte sich Lacht-am-Boden wieder aus dem Zelt.
Che-ni-win kicherte lautlos unter ihrer Decke. Morgen würde sie ihre Schwester necken! „War gerade wieder eine Schlange in deinem Bett?", fragte sie unverblümt.
„Sei still!", zischte Weidenzweig empört.
„Wieso!"
„Weil ich dir sonst keine Geschichten mehr erzähle!"
„Oh!" Che-ni-win zögerte merklich. Die Geschichten ihrer Schwester waren einfach zu schön.

Noch ein anderer junger Mann machte sich große Hoffnungen auf ein Mädchen. Die Verletzung von Antilopensohn war verheilt und er beobachte heimlich das Mädchen, welches er vor dem Bären gerettet hatte. Eigentlich hatte er immer versucht, Gras-im-Wind nicht zu bemerken, bis sie vor der Nase des Bären am Seil gehangen hatte und sein Herz stehen geblieben war. Ohne zu zögern hatte er sein Leben riskiert. Ohne zu denken war er in die Pranken des Bären gestürzt und in seinen Fieberträumen danach hatte er das Mädchen vor sich gesehen. Er musste zugeben, dass ihm doch mehr an Gras-im-Wind lag, als er geglaubt hatte. Stolz trug er stets seine Kette aus Bärenkrallen um den Hals, die ihn zusammen mit einer großen Narbe am Rücken an den Kampf erinnerte. In seinem Gesicht war die Schramme verheilt, aber eine lange Narbe zog sich von seinem linken Auge bis zu seinem Mundwinkel. Bewundernde Blicke wurden ihm von Mädchen hinterhergeworfen, aber er hatte nur Augen für Gras-im-Wind. Harmlos suchte er ihre Nähe, beobachtete mit klopfendem Herzen, wenn sie zum Fluss oder zum Holzsammeln ging. Es war zu früh, um Geschenke auszutauschen, denn noch hielten die Eltern Gras-im-Wind für zu jung, um zu heiraten. Außerdem trauerten sie immer noch um Rote-Erde und wollten daher ihre Tochter nicht ziehen lassen. Doch Grauer-Wolf brachte dem jungen Mann sein Wohlwollen entgegen und deutete an, dass sein Werben im nächsten Sommer vielleicht erfolgreich wäre. Antilopensohn dachte kurz darüber nach, sie einfach zu entführen, doch dann unterließ er es. Er hatte Zeit und konnte warten.
Lacht-am-Boden dagegen wollte nicht warten. Er verstärkte seine Bemühungen und die alte Frau eilte geschäftig zwischen den Zelten

hin und her, um eine Heirat möglich zu machen. Weidenzweig ging nur noch in Begleitung ihrer Schwester oder Mutter aus dem Zelt. Gebrochener-Zweig ließ ihre Tochter nicht mehr aus den Augen, obwohl sie innerlich lachte, wenn der junge Mann ihnen am Fluss auflauerte und Kunststücke auf seinem Pferd vorführte. Weidenzweig trug stets ihre beste Kleidung und ging niemals ohne sich lange gekämmt zu haben aus dem Zelt. „Dir werden bald alle Haare ausfallen, wenn du sie weiter soviel kämmst!", hatte Che-ni-win gelästert. „Lass mich doch in Ruhe!", schnappte Weidenzweig zurück.

Abends wurde für die unverheirateten Männer und Mädchen ein Tanz veranstaltet. Es war eine der wenigen Möglichkeiten, bei denen überhaupt junge Pärchen zwanglos zusammenkommen konnten. Anfangs saßen sich die Männer und Mädchen gegenüber und tauschten verliebte Blicke aus, doch beim Einsetzen der Trommel traten die Männer an die Auserwählten heran und forderten sie zum Tanzen auf. Lacht-am-Boden nahm mit großem Selbstbewusstsein die Hand von Weidenzweig. Sie war seine Braut, nur sie würde er heiraten! Geschmeidig erhob sie sich und beide traten zu den anderen Tänzern. Schüchtern hielt sie seine Hand, ihr Herz klopfte so laut, dass sie den Schlag der Trommel kaum vernahm. Wann würde ihr Vater sie diesem Krieger endlich zur Frau geben?
Vor ihr tanzte Gras-im-Wind mit ihrem Retter Antilopensohn, doch auch andere Männer hatten es auf das schöne Mädchen abgesehen. Nach der ersten Runde des Tanzes setzten sich alle wieder auf ihre Plätze und die jungen Männer bedienten die Mädchen.
Dann durften sich die Mädchen ihre Tanzpartner aussuchen. Einen kurzen Augenblick überlegte sich Weidenzweig, ob sie nicht einen anderen Tanzpartner wählen sollte, um Lacht-am-Boden für seine Arroganz zu strafen. Er war sich ihrer zu sicher! Sie schlug eine andere Richtung ein, während sie ihn unter ihren niedergeschlagenen Wimpern aufmerksam beobachtete. Seine Enttäuschung huschte deutlich über sein Gesicht und sie erbarmte sich seiner. Mutwillig grinsend trat sie zu ihm und zog ihn hoch. Sein freundliches Lachen zeigte ihr, dass er den Spaß verstanden hatte und ihr nicht böse war. Weidenzweig tanzte den ganzen Abend mit ihm, während Antilopensohn mehrmals mit knirschenden Zähnen zusehen musste, wie auch andere junge Männer mit Gras-im-Wind tanzten. Er würde seine Bemühungen verstärken! Nach dem Tanz wurden die Mädchen von den aufmerksamen Müttern wieder abgeholt, damit nicht

doch einer der jungen Männer mit seiner Liebsten im Gebüsch verschwand!

Schließlich begannen die vier letzten Tage des Sonnentanzes. Sie waren die „Heiligen Tage“. Zuerst wurde eine kreisförmige Tanzlaube aus achtundzwanzig Pfählen errichtet. Sie wurde mit Kiefernzweigen abgedeckt, damit die Zuschauer im Schatten saßen. Östlich davon wurde das Heilige Zelt errichtet, in dem die Anwärter ihre letzten Anweisungen erhielten.

Am zweiten Tag wurde der „Feind“ gefangen genommen. Einige Frauen fesselten eine Pappel, die gefällt werden sollte und eine Prozession machte sich von dem Dorf aus auf den Weg. Sie bestand aus vier Männern, die den Baum symbolisch besiegen sollten, ausgewählten jungfräulichen Mädchen, den Medizinmännern und Müttern mit Kindern, deren Ohren durchstochen werden sollten. War der Baum gefällt, wurde er nur von Medizinmännern, oder Männern, die den Sonnentanz bereits getanzt hatten, zur Tanzlaube gebracht. Er wurde bis zu der ersten Gabelung entrindet und bemalt, während die Äste ihr Laub behielten. Dann steckten ihn die Männer in das dafür vorgesehene Loch im Boden.

Am nächsten Tag bemalten die Medizinmänner einige Lederstücke mit den Abbildungen der Gottheiten Iya und Gnaske. Die Menschenmenge verspottete diese Götter und machte unfeine Scherze über sexuelle Dinge, die sie sonst nie in den Mund nahmen. Schließlich machten die Krieger dieser Zügellosigkeit ein Ende. Sie tanzten einen Kriegstanz und schossen die Abbilder mit Pfeilen von dem heiligen Baum. Dann wurde der Tanzplatz für die eigentliche Zeremonie hergerichtet.

Tschetan-withko sah all diese Vorbereitungen mit gemischten Gefühlen. Er hatte den Sonnentanz bereits mehrfach getanzt und wusste, welche Qualen ihn erwarteten. Doch er hatte ein Gelübde abgelegt, welches er nicht brechen konnte, wenn er sich nicht den Zorn Wakan-tankas zuziehen wollte. Schweigsam und in sich gekehrt saß er unter den anderen Anwärtern, atmete tief ein und versuchte sein Herz zu einem ruhigen Schlagen zu bringen.

Der letzte Tag brach an und die Medizinmänner bereiteten die Tänzer vor. Nach einer Reinigungszeremonie in der Schwitzhütte färbten sie ihnen das Gesicht, die Hände und die Füße rot und bemalten

die Schultern mit blauen Streifen, als Zeichen des Himmels. Jeder Tänzer trug einen langen Wickelrock, in der rechten Hand hielt er einen Salbeizweig und auf dem Kopf trug er einen Salbeikranz.
Die Zuschauer setzten sich in die Laube, unter ihnen auch Wah-bo-sehns, die Graueulenmädchen und Wolfssohn auf dem Schoß hatte, weil auch ihnen die Ohren durchstochen werden sollten. Bei den Crow gab es diese Zeremonie nicht. Dort durchstach die Mutter vier Tage nach der Geburt die Ohren ihres Babys. Nur Wah-bo-sehns hatte ihrer Tochter die Ohren damals nicht durchstochen, weil sie durch ihren schwerkranken Mann abgelenkt gewesen war. Jetzt würde sie dies in der Zeremonie der Lakota nachholen.
Ein Bisonschädel wurde als Altar gebracht und die Anwärter tanzten mit ruckartigen Bewegungen den Bisontanz, ihre Augen starr auf den Altar gerichtet. Schließlich brachten die Mütter ihre Kinder und legten sie auf ein Salbeilager. Die Tänzer stellten sich auf und begannen, ihre Heldentaten aufzuzählen, die ihnen das Recht gaben diese heilige Handlung durchzuführen.
Tschetan-withko saß hinter dem Kopf eines fremden Kindes, denn niemals durchstachen die Männer die Ohren ihres eigenen Kindes. Wah-bo-sehns hörte staunend zum ersten Mal die Coups, die ihr Mann errungen hatte. Ihr wurde schwindelig, als sie von all seinen Taten und getöteten Feinden hörte. Ihre Hände zitterten, als sie an sein schwarzes Gesicht dachte, und wie er sie fast getötet hätte. Jetzt gehörte dieser Mann ihr! Er beugte sich vornüber und klemmte den Kopf des Kindes zwischen seine Knie. Mit seinem Messer stieß er blitzschnell in die Ohrläppchen, dann ermahnte er die Eltern unter dem Geschrei des Kleinen, das Kind nach den Bräuchen der Lakota zu erziehen. Wah-bo-sehns wurde durch ihre eigenen Kinder abgelenkt. Sie lauschte auf die Worte von Viele-Feinde, der sich über Graueulenmädchen und Wolfssohn kniete. Auch er wollte sein Fleisch opfern und war geehrt gewesen, als Tschetan-withko ihn gebeten hatte, diese heilige Zeremonie an den Kindern zu vollführen. Drei Pferde waren ein ausgesprochen hoher Preis und es gab ärmere Familien, die sich eine solche Zeremonie nie leisten konnten. Viele-Feinde stieß mit einer feinen Ahle zu, dann lächelte er, als die Kleinen empört losbrüllten. Sie waren jetzt mit ihm verbunden und er würde sie genauso beschützen, wie Kleines-Hengstfohlen.
Wah-bo-sehns tupfte die blutenden Ohren ab und führte Kupferdraht durch die Wunden, damit sie sich nicht entzündeten. Uinohnah kam mit neuem Spielzeug, um die Kinder abzulenken. Schnell

hatten die Kleinen den Schmerz vergessen und die Frauen setzten sich, um der Zeremonie zuzuschauen.
Tschetan-withko stellte sich neben Traumpfeil, der die Rolle seines Fängers spielte. Diesmal verkündeten die Fänger ihre Taten, ehe sie sich auf die andere Seite des Platzes zurückzogen. Dann griffen sie in einem Scheinangriff die Tänzer an und fesselten sie. Jeder Fänger sang ein Siegeslied und stach dem Besiegten mit einer Adlerkralle unter die Haut. Helferinnen wischten mit Süßgras das Blut von den Wunden und sangen dazu leise Klagelieder. Traumpfeil zog zwei dünne Holzspieße durch Tschetan-withkos Brust, dann verband er sie mit den Seilen, die an der Astgabel des heiligen Pfahles befestigt waren.
Anderen Tänzern wurden auch am Rücken Holzspäne durch die Haut getrieben. Büffelschädel wurden daran mit Seilen befestigt, welche die Krieger durch den Staub zogen. Langsam begann nun der Tanz. Bei gleichmäßiger Musik taten die Tänzer so, als wollten sie ihre Fesseln sprengen, bliesen dazu auf kleinen Adlerknochenpfeifen und starrten auf das heilige Bündel am Baum. In den Pausen kümmerten sich die Helferinnen um die Tänzer, wuschen ihnen die Wunden und trockneten den Männern mit Salbeibüscheln den Schweiß. Der Tanz dauerte den ganzen Tag. Immer wieder rissen sie an den Seilen, hüteten sich jedoch davor, zu früh befreit zu werden oder in Ohnmacht zu fallen.

Tschetan-withko flehte in einem hohen Singsang ein Gebet:

> „Wakan-tanka, ich erhebe meine Stimme zu dir.
> Wakan-tanka, ich erhebe meine Stimme zu dir.
> Mit dem ganzen Weltall schicke ich meine Stimme zu dir,
> auf dass mein Volk leben möge!"

Am Nachmittag war Tschetan-withko von dem Blutverlust geschwächt und seine Haut glühte unter der umbarmherzigen Sonne. Sein Mund war trocken und sein Herzschlag dröhnte in seinen Ohren. Mit brennenden Augen blinzelte er zu dem Baum, das gleißende Licht der Sonne ließ ihn halluzinieren. Er dachte an seine Kinder und an sein Volk, für das er diese Schmerzen ertrug. Bilder getöteter Feinde vermischten sich mit den starren Blicken getöteter Tiere, dann wieder sah er die entsetzten Augen seiner Frau, als er sie gefangen genommen hatte. Wah-bo-sehns!

Er tanzte diesen Tanz für sie und ihre Kinder. Seine Gedanken schweiften ab. Plötzlich sah er sie mit den anderen Menschen nach Norden gehen. Wieder dieser seltsame Traum! Alle gingen auf einem blutroten Pfad nach Norden, auch seine Frau. Entsetzen packte ihn und er zerrte heftiger an seinen Fesseln, doch die Holzspieße in seiner Brust saßen tief und sein Fleisch wollte nicht reißen.

Immer weiter gingen die Menschen in seinem Traum, vorbei an verendeten Büffeln, bis sich ihnen plötzlich Geister in den Weg stellten. Geister in roten Umhängen! In Panik kämpfte Tschetan-withko gegen die Fesseln. Er wollte seiner Frau helfen! Wütend warf er sich nach hinten, um endlich von dem Pfahl freizukommen.

Traumpfeil blickte entsetzt auf seinen Freund. Er kämpfte wie gegen wirkliche Feinde. Er musste starke Visionen haben! Es war bereits lange nach Sonnenuntergang und einige Tänzer hatten sich bereits von ihren Fesseln befreit. Wieder bäumte sich Tschetan-withko auf, mit aller Kraft stemmte er seinen gepeinigten Körper nach hinten, bis das Fleisch in seiner Brust nachgab. Erschöpft sank er in den Staub, dann richtete er sich wieder mühsam auf, um gegen die imaginären Geister zu kämpfen. Traumpfeil hielt ihn auf und schüttelte ihn an den Schultern. „Tschetan-withko, es ist vorbei! Hör auf!"

Auch Wah-bo-sehns eilte zu ihrem Mann. Behutsam nahm sie ihn in ihre Arme und strich über seine heiße Stirn.

Mit entzündeten Augen starrte Tschetan-withko auf seine Frau. Wah-bo-sehns! Sie war in Sicherheit! Langsam erwachte er aus seinem Traum und mit Hilfe von Traumpfeil ließ er sich in sein Zelt führen.

Tschetan-withko fühlte sich entsetzlich. Seine Knie knickten ein und er brach auf seinem Lager zusammen. Er würde mehrere Tage nicht aufstehen, geschweige denn jagen können, doch Traumpfeil hatte sich bereit erklärt, ihm zu helfen. Er brauchte sich keine Sorgen zu machen und konnte sich auf seine Heilung konzentrieren. Der Sonnentanz verlangte einem Krieger alles ab, deshalb brachte er auch so viel Ehre und Ansehen.

Langsam erholte sich Tschetan-withko unter der Fürsorge seines Volkes, während seine Wunden heilten. Freunde brachten Geschenke, Traumpfeil versorgte ihn mit seiner Jagdbeute und Wah-bo-sehns bediente ihn ehrerbietig. Er konnte sich daran gewöhnen! Nur die beiden Kinder zeigten wenig Respekt, sodass Wah-bo-sehns sie zu Wehende-Decke bringen wollte. Ihm war das nicht recht. „Bitte, lass sie da", flüsterte er leise.

„Aber du bist erschöpft! Sie stören dich nur", murmelte Wah-bosehns besorgt.
„Aber ich will, dass sie bleiben! Sie geben mir Kraft. Ich habe diesen Sonnentanz für sie getanzt. Bitte, lass sie hier!"

Sobald es Tschetan-withko besser ging, stand er wieder auf, um mit den beiden Kindern am Ufer des Flusses im Sand zu spielen. Er verbrachte viel Zeit mit ihnen, genoss einfach die Zeit ohne Verantwortung und sonstige Verpflichtungen.
Bärenkralle schlenderte herbei und auf eine einladende Handbewegung hin setzte er sich zu ihm. Tschetan-withko baute weiter ein Tipi aus Zweigen für seine Tochter und sammelte seine Gedanken. Lächelnd nahm Bärenkralle den kleinen Jungen auf den Schoß. Vorsichtig musterte er Tschetan-withko, dessen Brust immer noch mit Baststreifen eingewickelt war.
„Geht es dir gut?"
Tschetan-withko blickte ihn lächelnd an. „Ja!" Eine schwere Last war von ihm gefallen. Er hatte sein Gelübde eingelöst, sein Gleichklang mit dem Universum war wiederhergestellt.
„Das ist gut!", meinte der Medizinmann.
„Ich möchte dir von dem Sonnentanz berichten. Ich hatte wieder einen Traum."
Der Medizinmann schaute auf die Kinder. Sie waren nicht die richtige Umgebung, um über heilige Dinge zu reden, aber sie nahmen Tschetan-withko offensichtlich die Anspannung. Er ließ Wolfssohn zu seiner Schwester laufen und machte eine auffordernde Handbewegung.
„Ich sah wieder Menschen unseres Volkes nach Norden gehen. Und ich sah Geister in roten Umhängen."
„Geister in roten Umhängen?", wiederholte Bärenkralle ehrfürchtig. Was für ein Traum!
„Ja!"
„Was taten jene Geister?"
Wieder stieg Panik in Tschetan-withko hoch, so Furcht erregend war seine Vision gewesen. Krampfhaft versuchte er, sich an die Bilder zu erinnern. „Sie saßen auf Pferden und taten nichts."
„Nichts?"
„Ja, sie warteten nur ab."

„Auf was warteten sie?"
„Ich weiß nicht!" Es klang aggressiv, denn der Traum machte Tschetan-withko Angst.
Bärenkralle stocherte mit einem Zweig zwischen seinen Zähnen. Seine stechenden Augen blinzelten, während er überlegte. Es war nicht gut, einen Mann mit Fragen zu quälen, wenn dieser nicht wollte. Tschetan-withko musste diese Träume erst verarbeiten, ehe er darüber sprechen konnte.
„Du musst darüber nachdenken! Vielleicht sind diese Geister eine Warnung oder stellen eine Gefahr dar."
„Vielleicht. Ich werde dir sagen, wenn ich wieder von ihnen träume."
„Waschté", stimmte Bärenkralle zu.
Erleichtert lehnte sich Tschetan-withko zurück, fühlte sich irgendwie von einer Last befreit, so wie immer, wenn er mit dem Heiligen Mann gesprochen hatte.
„Gehst du mit, die Büffel zu jagen?", fragte Bärenkralle, dabei deutete er auf Tschetan-withkos Wunden.
„Ja, und ich nehme Hitschikyata mit!"
Bärenkralle grinste von einem Ohr bis zum anderen. „Waschté!"

Der ganze Stamm zog weiter nach Süden auf die Plains zur großen Wani-sapa, der traditionellen Bisonjagd, bei der sich der ganze Stamm beteiligte. Hier galt es strenge Regeln zu beachten und jedem, der sich nicht an die Anweisungen hielt, würde das Zelt zerstört werden. Sie trafen auf eine große Gruppe Oglala, die ihre Reservation verlassen hatte, um ebenfalls zu jagen. Tagelang zogen sie über die Prärie, ohne dass Büffel gesichtet wurden. Die großen Herden waren fast verschwunden, vertrieben oder getötet von der Gier der Weißen. Stattdessen stießen sie auf feindliche Pawnee, die in das Gebiet gekommen waren, um ebenfalls Büffel zu jagen. Im Nu saßen einige hundert aufgestachelte Krieger auf ihren Ponys, um die Eindringlinge zu vertreiben. Sie hatten um Erfolg gefleht und getanzt, ihre Ponys geschmückt und sich in der auffallensten Weise mit Kriegsfarbe bemalt, zum ersten Mal Otter und Hitschikyata unter ihnen. Noch sollten sie nicht kämpfen, sondern nur die Reservepferde hüten.
Die Lakota waren von den ständigen Grenzverletzungen der Weißen gereizt, immer wieder wurden ihre Dörfer von den berüchtigten Pawneespähern aufgespürt und das sollten diese nun spüren.

Die Pawnee waren ein willkommener Anlass, um ihre aufgestauten Aggressionen abzubauen. Doch nicht alle Krieger waren davon begeistert, gegen die Feinde zu kämpfen. Zu viel war in letzter Zeit geschehen. Außerdem hatte die Erfahrung gezeigt, dass auch die eigenen Dörfer verwundbar waren, wenn zu viele Krieger unterwegs waren. Traumpfeil sorgte sich um die Sicherheit des Dorfes und fragte, wer auf den Kriegszug verzichtete.
Zum Erstaunen aller, bot sich Viele-Feinde an, im Lager zu bleiben. Fisch starrte ihn verständnislos an. „Warum willst du nicht gegen die Palani ziehen? Dort kannst du viel Ruhm ernten!"
„Hohch! Ich habe Ruhm genug."
„Du könntest deinen Mut beweisen."
„Ich muss nichts beweisen."
Fisch schüttelte den Kopf. „Es ist gut, wenn wir die Feinde vertreiben, warum reitest du nicht mit uns?"
„Es müssen auch Krieger zurückbleiben, um das Lager zu bewachen."
„Hoka! Es bleiben genug Krieger zurück. Aber die Jungen und Tapferen ziehen gegen die Feinde."
„Fisch! Meine Frau ist eine Palani. Wie kann ich das Lager mit ihr teilen, wenn ich ihr Volk töte?"
Fisch starrte ihn mit blankem Unverständnis an. „Unsere Frauen sind jetzt Lakotafrauen!"
„Fisch, du träumst! Sie leben jetzt mit uns, doch ihre Familien leben bei den Palani. Vielleicht tötest du ihren Vater, wenn du gegen sie ziehst. Wie soll dir deine Frau ein Kind gebären, wenn du sie so verletzt?"
„Stern-im-Auge hat mir bereits einen Sohn geschenkt."
„Ja, weil sie deine Gefangene war. Jetzt ist sie deine Frau, genauso wie Kleine-rote-Blume meine Frau ist. Es gibt genügend Gelegenheiten, unsere Tapferkeit zu beweisen, aber nicht jetzt, wo wir unseren Frauen dann nicht mehr in die Augen schauen können. Ich bleibe hier!"
Fisch überlegte krampfhaft. Innerlich war er zerrissen. Er wollte nicht auf Ruhm und Ehre verzichten, schon gar nicht wegen einer Frau. Doch Viele-Feinde war sein Freund, er respektierte dessen Worte und wollte ihn nicht mit beleidigenden Worten verletzen. Vielleicht hatte er recht?
Es war genauso ehrenvoll, im Dorf zu bleiben, würden es doch die anderen als Zeichen des Großmutes sehen, weil sie zum Wohle des

Volkes auf Ruhm und Ehre verzichteten. „Ich bleibe auch hier", bot er zögernd an.
Viele-Feinde griff ihn zufrieden an die Schulter. „Hetschetu! Okay!"

Gedankenverloren bückte sich Fisch in sein Zelt und fand Stern-im-Auge in Tränen aufgelöst. Er war manchmal unsicher, ob er ein guter Ehemann war, wusste er doch oft nicht, wie er mit seiner Frau umgehen sollte. Doch jetzt war er froh über seine Entscheidung. „Ich bleibe hier und bewache unser Dorf", brummte er.
Sie blickte ihn erstaunt an, eine neue Achtung in ihren Augen. Fisch war schwierig, fand nie die richtigen Worte, doch mit diesen Worten zeigte er ihr, wie viel sie ihm bedeutete. Sie lächelte scheu und reichte ihm neue Mokassins, die sie ihm genäht hatte. Sie hatte sie nach Lakotaart mit bunten Mustern bestickt, denn bei den Pawnee wurden die Mokassins nicht verziert. Uinohnah hatte ihr das Muster gezeigt. Er probierte sie an und stellte mit Genugtuung fest, dass sie gut passten, dann verließ er wortlos das Zelt. Hokahey! Eigentlich fühlte er sich ganz gut.

Die Frauen und Kinder, sowie die zurückbleibenden Krieger sahen der gewaltigen Streitmacht nach, die gegen die Pawnee zog. Die Lakota waren den Pawnee an Kriegern weit überlegen und so griffen sie mitten am Tage an. Sie fielen über das kleine Jagdlager her wie eine Horde Büffel, die alles niedertrampelt, was ihr in den Weg läuft. Wie eine Flutwelle brachen sie die kleine Anhöhe hinunter, gellendes Kriegsgeschrei übertönte das entsetzte Schreien der Frauen und Kinder. Schnell überwanden die Pawnee ihren Schock und die Männer versuchten verzweifelt, eine Schützenlinie zu bilden, um die Flucht ihrer Frauen und Kinder zu decken. Mit ihren Sharps-Karabinern schossen sie eine Salve in die Feinde, einige Krieger stürzten von ihren Pferden, dann waren die Lakota über ihnen. Sie ritten einfach über die Pawnee hinweg, ihre tödlichen Beile und Speere trafen wohlgezielt. Die Pawnee ließen ihre Habe zurück und flüchteten in eine Schlucht. Es war ein Gemetzel. Ohne Ehre, ohne Ruhm, eine Übermacht tötete rücksichtslos eine Minderheit.
Tschetan-withko zügelte sein Pferd. Ihm wurde schlecht, als er sah, wie sein Volk wütete. Eine junge Frau stürzte von einer Kugel getroffen vor die Hufe seines Pferdes, ein kleines Mädchen an der Hand.

Fassungslos starrte das Kind auf seine Mutter, sein Mund in einem stummen Schrei weit aufgerissen. Ohne auf es zu achten, drängten die Lakota ihre Pferde an ihm vorbei und das Kind drohte unter die Hufe zu kommen. Unfähig sich zu bewegen stand das Kind inmitten der tödlichen Gefahr.
Tschetan-withko erwachte aus seiner Starre. In diesem Moment sah er nur noch das vor Schreck erstarrte Kind. Er ließ seine Lanze fallen, beugte sich hinunter und riss das Mädchen zu sich in den Sattel. Hilfe suchend klammerte es sich an ihm fest, seine dunklen Augen waren weit vor Furcht. Eine Kugel zischte haarscharf an Tschetanwithkos Kopf vorbei und er duckte sich instinktiv. Langsam drangen die Geräusche des Kampfes zu ihm durch und ihm wurde klar, dass dieses Kind ihn im Moment nur behinderte. Energisch winkte er nach Otter und Hitschikyata, die auf der Anhöhe warteten und entsetzt auf das Blutvergießen sahen.
Den beiden Jugendlichen war übel geworden und sie übergaben sich. So hatten sie sich den Krieg nicht vorgestellt. Sie dachten an Ehre und Ruhm, doch das hier war schändlich. Hitschikyata schaute weg, zu sehr erinnerte ihn das Gemetzel daran, wie die Menschen in seinem Dorf getötet worden waren. Geschockt ritten sie zu Tschetanwithko, der ihnen das kleine Mädchen übergab. „Ich nehme sie mit. Passt auf sie auf!“
Die Jungen nickten dankbar, denn hier wollten sie niemanden töten.
Tschetan-withko wandte sich dem Dorf zu, in dem einige Krieger begonnen hatten die Zelte zu durchsuchen. Sie plünderten die Vorräte und fanden spätestens jetzt jeden, der versucht hatte sich zu verbergen. Die anderen folgten ihren Feinden weiter in die Schlucht. Niemand würde jetzt noch entkommen. Viele Krieger kämpften zum ersten Mal und triumphierten über den leichten Sieg.
Dann kamen die anderen Krieger von dem Kampf in der Schlucht zurück. Soldaten waren den flüchtenden Pawnee zu Hilfe gekommen und hatten sich den angreifenden Lakota in den Weg gestellt. Die Lakota hatten den Kampf abgebrochen, weil sie die Weißen nicht reizen wollten.
Die Krieger verbrachten die Nacht in dem zerstörten Pawneedorf, die gefangenen Frauen und Kinder gut bewacht in einem Zelt zusammengedrängt. Leises Klagen drang nach draußen, doch die Männer rührte es nicht. Am nächsten Tag trieben die Lakota ihre Gefangenen, ebenso wie die Pferdeherde der Pawnee, vor sich her und schwangen triumphierend die Skalpe, die sie genommen hatten.

Tschetan-withko ritt neben den Männern und blickte nachdenklich auf das kleine Mädchen, das müde neben den anderen Gefangenen herstolperte. Es zählte vielleicht fünf oder sechs Winter und er überlegte, was er mit ihr tun sollte. Vielleicht konnte Wah-bo-sehns eine Hilfe gebrauchen?
Kurz entschlossen nahm Tschetan-withko das völlig erschöpfte Kind zu sich auf das Pferd. Es lehnte seinen Kopf an seine Brust und er schluckte schwer. Er führte keinen Krieg gegen Kinder! Fast unwillig ritt er mit den anderen in sein Dorf und ignorierte die jubelnden Menschen. Ernüchtert glitt er von seinem Pony, dann nahm er das Mädchen an der Hand und brachte es zu Wah-bo-sehns. „Das ist deine neue Tochter. Sie wird dir helfen. Kümmere dich um sie!", befahl er kurz angebunden.
Fassungslos starrte Wah-bo-sehns auf ihren Mann. Dieses kleine Kind war doch keine Hilfe! Sie sah in seine bittenden Augen und nahm das Kind an der Hand.
Tschetan-withko hatte keine Zeit für lange Erklärungen, denn erst musste rituell die Rückkehr der Krieger gefeiert werden. Er wusste, dass seine Frau sich gut um das Kind kümmern würde und verließ beruhigt sein Tipi. Er ging zum Versammlungszelt und hörte auf das Lärmen und Schreien im Dorf. Überall wurde gefeiert und junge Mädchen tanzten kreischend mit den Skalpstangen der Männer.
Tschetan-withko war nicht nach Feiern und Prahlen zumute, er wollte nicht von seinen Heldentaten erzählen, er wollte keine Coups anerkannt bekommen. Heute war ihm das alles zuwider. Er bückte sich in das große Zelt und stellte sich neben Viele-Feinde.
Ein Krieger brüstete sich gerade mit lauter Stimme, wie er tapfer mit einem Mann gekämpft hatte. Alle murmelten bewundernd und die Ältesten verlangten nach einem Beweis für seine Tat.
Tschetan-withkos Augen schossen Blitze, als er vortrat, um eine andere Version der Geschichte zu erzählen: „Ich sah, wie jener Palanimann tapfer seine Frau verteidigt hat. Warum erzählst du nicht, wie du auch die schreiende Frau erschlagen hast. Wir sollten dich Palani-Frauen-Killer nennen!"
Eisiges Schweigen herrschte bei dieser Beleidigung, doch viele senkten verlegen die Blicke.
„Sie war mein Feind!", spuckte ihm der Mann entgegen.
„Hohch! Die Frau? Oder die Kinder, die unsere Pferde fast zu Tode getrampelt hätten?" Tschetan-withkos Stimme triefte vor Hohn.
„Hatten die Palani denn Mitleid mit meiner Frau?", entgegnete der

Mann plötzlich mit belegter Stimme. „Hast du vergessen, wie die Palani auch unsere Dörfer heimsuchen, unsere Frauen töten und unsere Kinder entführen? Heute haben wir gekämpft. Und wir waren siegreich. Heute habe ich meine Frau gerächt und nun wird mein Herz Ruhe finden."
Die anwesenden Männer senkten betroffen die Köpfe und auch Tschetan-withko schluckte schwer. „Du hast recht! Meine Worte waren unbedacht."
Crazy Horse stand auf, um zu sprechen, und sofort herrschte achtungsvolle Stille. Er war kein Hemdträger mehr, hatte an Ansehen verloren, doch bei den jungen Kriegern war er nach wie vor der uneingeschränkte Anführer. „Heute ist zu viel Blut geflossen. So, wie wir heute keine Gnade gewährt haben, wird auch unseren Frauen und Kindern eines Tages keine Gnade gewährt werden. Es ist nicht gut, den Feind zu sehr zu reizen und ich sehe keinen Sinn darin, Frauen und Kinder zu töten. Heute haben wir nicht wie Lakota gekämpft, sondern wie die Weißen getötet. Die Weißen zerstören unsere Tugenden und wir haben vergessen, wer wir sind."
Nach seinen Worten herrschte Stille. Keiner wollte mehr von seinen Coups erzählen. Es war ein Sieg und doch kein Sieg. So verstreuten sie sich bald und zogen sich verwirrt in ihre Zelte zurück.

Nachdenklich holte Tschetan-withko seine Pfeife aus der kunstvoll bestickten Tasche, rauchte sie in tiefen Zügen und musterte das schlafende Pawneemädchen. Sie schluchzte im Schlaf und er hatte Mitleid. Jetzt hatte er noch ein Kind mehr, das er aufziehen würde.
„Was ist geschehen?", fragte Wah-bo-sehns, „Warum bringst du dieses Kind mit?"
„Sie stand mitten unter den trampelnden Hufen der Ponys. Sie wäre fast getötet worden", erklärte er gereizt.
„Haun, so ein kleines Kind?"
„Es ist Krieg. Heute sind auch Frauen und Kinder getötet worden."
Seine Züge waren hart. Er wollte seiner Frau nichts davon erzählen.
Wah-bo-sehns blinzelte verwirrt. „Aber du hast dieses Kind mitgebracht?"
„Ja!"
„Hast du ihre Mutter getötet?"
„Nein! Ich töte keine Frauen", erklärte er knapp.
Sie schnaubte ungläubig, dachte wieder an das Messer, das gegen ihre Kehle gedrückt hatte. „Hast du schon einmal eine Frau getötet?"

„Ja", antwortete er ehrlich. Dann schwieg er, denn er wollte nicht darüber reden. Er hatte damals nicht gesehen, dass es eine Frau gewesen war.
„Was war damals anders als bei mir oder diesem Kind?", wollte Wah-bo-sehns trotzdem wissen.
„Ich war jünger und unbeherrschter."
Sie schluckte hart.
Unsicher schaute Tschetan-withko auf seine Frau. „Ich bin Krieger! Ich töte meine Feinde."
Er sah das ungläubige Entsetzen, das sich deutlich in ihren Augen zeigte, und plötzlich tat es ihm leid, dass er ihr gegenüber den harten Mann spielte. Traurig senkte er die Stimme: „Manchmal sterben auch Frauen und Kinder, aber es war nicht meine Absicht, auch damals nicht."
Sie lächelte erleichtert. „Du bist ein guter Mann!"
Er sah sie zweifelnd an, doch ihr Blick war völlig ernst.
„Ich kämpfe nur noch, wenn ich euch verteidigen muss", erklärte er genauso ernst. Etwas hatte ihn verändert.

Otter dachte ebenso. Er blickte auf seinen Vater, der jetzt friedlich auf seinem Platz saß und vergnügt das winzige Baby hielt. Otter hatte nicht genau gesehen, was sein Vater getan hatte, weil er mit dem Kind beschäftigt war, das Tschetan-withko ihnen anvertraut hatte. Aber er hatte gesehen, wie andere Krieger über die hilflosen Frauen und Kinder hergefallen waren und konnte sich nun genau vorstellen, wie es damals Kleine-rote-Blume oder Wah-bo-sehns ergangen war. Sah so der Krieg aus? „Ich kämpfe nicht mehr!", forderte er seinen Vater heraus.
Völlig verblüfft schaute Tschoka-sapa ihn an. „Du hast doch noch überhaupt nicht gekämpft. Du hast die Pferde gehütet."
„Ich werde trotzdem nicht kämpfen!" Es klang fast wie eine Beleidigung.
Tschoka-sapa gab Crow-Bären-Mädchen ihrer Mutter und wandte sich seinem Sohn zu. Das war ein ernstes Gespräch. „Ich verstehe deinen Zorn, doch auch unsere Frauen und Kinder werden getötet, wenn wir sie nicht schützen."
Otter senkte verlegen den Blick. Das stimmte. Hilflos sah er seinen Vater an. „Ich will das nicht."

„Eines Tages wirst du müssen. Hast du Angst?"
Otter starrte lange in das Feuer. Grübelnd zerbrach er einige Zweige und warf sie hinein. Funken stoben hoch und tanzten im Rauch nach oben. Hatte er Angst?
Entschlossen blickte er seinem Vater in die Augen. „Ich habe keine Angst zu kämpfen oder zu sterben, aber ich habe Angst um meine Familie und es ist nicht richtig, Frauen den Kopf einzuschlagen, auch wenn sie unsere Feinde sind."
Tschoka-sapa lächelte ihn an. „Du bist ein Mann. Du entscheidest selbst, was du tust."
„Ich habe mit Hitschikyata geschworen, keine Frauen und Kinder zu töten."
„Einen Schwur muss man halten!"
Otter senkte erleichtert die Augen.
„Aber was machst du, wenn eine Frau dich angreift?"
„Ich gebe ihr mein Pferd, damit sie schneller davonreiten kann!"
Sein Vater lachte schallend. Seine Anspannung mit einem Mal wie weggeblasen. Für junge Männer war der erste Kriegszug oft ein einschneidendes und schreckliches Erlebnis. Die Antwort seines Sohnes zeigte ihm, dass dieser mit der Situation fertigwerden würde. Tschoka-sapa bot ihm grinsend seine Pfeife an und meinte: „Vielleicht sollte das dein neuer Name sein? Gibt-sein-Pferd-weg! Was meinst du?"
Entsetzt wehrte Otter ab. So hatte er das nicht gemeint.

Wieder zog der Stamm auf der Suche nach einer Büffelherde über die Prärie. Sie waren weit im Süden ihrer Jagdgründe und verschwanden fast in den unzähligen Tälern des hügeligen Landes. Wie eine Kolonne Ameisen krochen sie über die Hügelkämme, nur um für kurze Zeit in einer weiteren Senke zu verschwinden. Es war anstrengend und mühsam, auch weil sie das Dorf immer nur für eine Nacht aufschlugen. Seufzend hörten die Frauen den Ausrufer und packten nur das Nötigste aus. Wo waren die Büffel? Jeder erkannte, dass die Bisons, die sonst in riesiger Zahl durch das Land zogen, immer weniger wurden. Die Lakota verstanden nicht, wie man eine so große Herde einfach abschlachten konnte. Sie wollten ihre Lebensweise nicht aufgeben und Grundlage ihres Lebens waren die Büffel.
Endlich stießen sie auf eine Herde und erleichtert begannen die Krieger mit der Jagd.

Otter und Hitschikyata vergaßen die schrecklichen Eindrücke des Kampfes und ritten zum ersten Mal mit. Sie mussten noch abseits reiten, doch sie trugen stolz ihre neuen Bögen. Ihre Herzen klopften vor Aufregung! Neben einem solchen Ungetüm herzureiten, war wie eine Verabredung mit dem Tod. Wer es überlebte, fühlte sich unbesiegbar. Auch Otter und Hitschikyata wagten einen Schuss mit ihren Bögen, doch dann schickten Tschetan-withko und Tschoka-sapa die Jungen wieder zurück. Für ihre erste Jagd war es genug. Sie knieten neben den erlegten Büffeln und schnitten ihnen die Leber heraus, um in das rohe Fleisch zu beißen. Sie fühlten sich wie richtige Krieger. Hoka! Sie waren Männer!
Krummes-Büffelhorn hielt sich bei seiner ersten Büffeljagd an Elchkalb und Grauer-Wolf. Stolz ritt er zwischen seinem Bruder und seinem Onkel, erhitzt vor Aufregung. „Atme durch!", befahl sein Bruder lächelnd. „Sonst triffst nicht du den Büffel, sondern der Büffel erlegt dich."
Sein Bruder lachte nur, dann trieb er sein Pony entschlossen in die Herde hinein. Mut genug hatte er!

Die Frauen zerlegten das Fleisch, trockneten es und bearbeiteten die Häute. Für Wah-bo-sehns war es viel Arbeit, obwohl ihr Wehende-Decke und Uinohnah halfen. Das kleine Pawneemädchen war keine große Hilfe. Sie passte nicht einmal auf die Kinder auf, sondern saß teilnahmslos neben ihrer neuen Mutter. Wah-bo-sehns hatte versucht ihren Namen zu erfragen, doch selbst mit Hilfe der Pawneefrauen sprach das Kind nicht. Sie redete auch nicht mit Heller-Mond, die versuchte, mit ihr zu spielen. Still und verängstigt saß sie in einer Ecke, aß nur, wenn Wah-bo-sehns ihr etwas in den Mund stopfte und lächelte nie. Das Kind trug ein neues Kleid, das Wah-bo-sehns ihm genäht hatte und drückte eine Puppe an seine Brust, sonst regte es sich nicht. Tschetan-withko nannte sie Verlorenes-Hirschkalb, weil sie sich wie ein Hirschkalb zusammenrollte, das seine Mutter verloren hatte. So war es ja auch.

Graueulenmädchen flitzte in das Zelt von Schwarzer-Rabe und Vogelmädchen, um mit ihrer Freundin Regenwolke zu spielen. „Ich habe eine große Schwester bekommen!", erzählte sie begeistert mit ihrer feinen Kinderstimme. Mit ihren drei Wintern verstand sie nicht, welche Tragödie hinter diesen Worten steckte. „Aber sie sagt nichts."
„Ist sie stumm?", fragte Regenwolke neugierig.

Graueulenmädchen zuckte mit ihren schmalen Schultern. Breite-Schulter, der ältere Bruder schaute belustigt auf die kleinen Mädchen. „Sie ist eine Palani. Deshalb spricht sie nichts."
„Was ist eine Palani?", wollte Regenwolke wissen.
„Na, ein Feind!"
„Verlorenes-Hirschkalb ist kein Feind! Sie ist meine Schwester", verteidigte Graueulenmädchen das neue Familienmitlied.
Breite-Schulter winkte gönnerhaft ab. „Ja, weil dein Vater sie adoptiert hat. Aber eigentlich ist sie ein Kind von unseren Feinden."
Verunsichert zupfte Graueulenmädchen an dem Kleid ihrer Puppe. Für sie waren viele Worte unverständlich. Was bedeutete „adoptiert" und überhaupt, was war eigentlich ein Feind? „Warum sind die Palani unsere Feinde?"
„Die Palani sind böse. Sie rauben unsere Pferde."
„Aber meine Schwester ist nicht böse."
Breite-Schulter senkte nachdenklich den Kopf. Nein, das kleine Mädchen war sicherlich nicht böse. Ebenso wenig wie der kleine Junge, den Viele-Feinde adoptiert hatte. Oft kam er in Begleitung seiner Mutter zu ihnen ins Zelt, um mit ihm oder Regenwolke zu spielen. Er wusste noch genau, wie abgehetzt und ängstlich die Frau damals ausgesehen hatte, als Vogelmädchen ihr die neuen Kleider gebracht hatte. Jetzt tobte Kleines-Hengstfohlen mit den anderen Jungen durch das Dorf, besonders gerne spielte er mit Habichtkralle, dem Sohn von Tschoka-sapa, oder mit Rote-Erde, dem Pawneejungen, den Grauer-Wolf mitgebracht hatte. Auch mit ihm sprach er in Lakota, denn beide Kinder hatten längst vergessen, dass sie früher einmal andere Väter hatten und in einer anderen Sprache gesprochen hatten. Sie waren damals zu klein gewesen, um sich noch zu erinnern.

Dann zog der Stamm zum Tongue-Fluss, wo sie im Schatten der Bäume dem heißen Sommer entfliehen wollten. Außerdem konnten die Frauen dort bereits die ersten Pflaumen und andere Früchte trocknen, fanden vielleicht Prärierüben und Kürbisse. Sie vereinigten sich wieder mit dem Stamm von Crazy Horse. Zudem hatte sich ihnen eine Gruppe verbündeter Cheyenne angeschlossen. Die Jungen der beiden Stämme nutzten die Gelegenheit des großen Lagers, um Pferderennen zu veranstalten. Die Stimmung wurde durch die Wettspiele der Kinder so aufgeheizt, dass auch die Männer und junge Frauen sich in verschiedenen Wettrennen maßen. So kam es, dass junge Frauen beider Stämme ein Pferderennen veranstalten wollten. Besonders die Cheyenne waren stolz auf die Reitkünste ihrer Frauen. Die Krieger gaben den Frauen ihre besten Ponys, dann stellten sich alle an der Rennstrecke auf, die mit roten Bändern abgesteckt wurde. Wetten wurden abgeschlossen und alle fieberten dem Start entgegen.

Stern-im-Auge wollte auch reiten und bekam von dem einigermaßen erstaunten Fisch ein schnelles Pony. Er hatte genügend Ponys und so konnte er es sich leisten, dass dieses Pony nun sicherlich nicht mehr so schnell laufen würde, nachdem eine Frau es geritten hatte. Erwartungsvoll saß Stern-im-Auge in ihrem Sattel, während Fisch bewundernd zu ihr aufsah. Sie war mutig! Plötzlich entdeckte er eine völlig neue Seite an der Frau, die er sich geraubt hatte.

Als Traumpfeil das Zeichen zum Start gab, preschten die Frauen das lange Tal entlang. Überall an der Rennstrecke standen die Zuschauer, die mit gellenden Schreien die Reiter anfeuerten. Die Frauen hielten kleine Peitschen in der Hand, mit denen sie ihre Gegnerinnen schlugen, wenn sie ihnen zu nahe kamen. Stern-im-Auge kümmerte sich nicht um ihre Rivalinnen, sondern drosch mit ihren Fersen auf das Pony ein. Rücksichtslos raste sie über die Ebene, bis sie in das Pferd einer anderen Reiterin prallte. „Hokahey! Mach den Weg frei!", schrie sie den Schlachtruf der Lakota. Ihre ganze Wut und aufgestaute Aggression entlud sich in diesem Rennen. Sie wollte es den Lakota zeigen! Endlich konnte sie ihnen beweisen, dass auch eine Pawneefrau mutig sein konnte.

Fisch schaute entsetzt auf seine wild gewordene Frau und wusste nicht, um wen er sich mehr sorgen sollte: um sein gutes Pferd oder um seine Frau. Dann steckte ihn die Begeisterung der anderen an und er feuerte Stern-im-Auge an.

Ein Pony stürzte, als es auf der unebenen Strecke in ein Erdloch trat. Die Reiterin rollte über den Boden und blieb benommen liegen. Niemand kümmerte sich um sie, denn alle waren gespannt auf den Ausgang des Rennens. Staub wirbelte auf, als die Pferde über den trockenen Boden galoppierten, dann raste Stern-im-Auge unter den begeisterten Rufen ihrer Freundinnen ins Ziel! Triumphierend stieß sie den gellenden Siegesschrei der Pawnee aus, als sie das Pferd hochriss. Die Männer und Frauen zuckten zusammen, als sie den Schlachtruf ihrer Feinde vernahmen, doch dann liefen sie der Pawneefrau johlend entgegen.

Fisch platzte vor Stolz und betrachtete sie mit neuem Respekt. Ho! Er hatte sich eine gute Frau geraubt! Ihr Sieg brachte auch ihm Ehre. Seine Freunde klopften ihm begeistert auf die Schulter, dazu machten sie anzügliche Bemerkungen: „Du hast eine Kriegerfrau in deinem Tipi!"
Fisch lächelte nur stolz, freute sich neidlos über den Erfolg seiner Frau.
Er bereitete für sie ein Festessen und machte sich einen Spaß daraus, ihr die besten Fleischstücke in den Mund zu stecken. Er behandelte sie wie einen Ehrengast. Stern-im-Auge saß verlegen vor ihrem Mann, doch sie genoss die Ehrung. Dann setzte sich Fisch hinter seine Frau und begann ihr vorsichtig die Haare zu kämmen. Zum ersten Mal in ihrer Ehe färbte er ihr anschließend den Scheitel rot, eine alte Sitte, die zeigte, dass Stern-im-Auge eine ehrbare Ehefrau war. Ihre Augen blitzten bei diesem Beweis seiner Achtung und sie kicherte wie ein kleines Mädchen.
„Du reitest gut", flüsterte Fisch ihr neckisch ins Ohr.
„Natürlich! Schließlich war es Tirawa selbst, der uns die Pferde geschenkt hat."
„Tirawa?"
„Ja, unser Schöpfer!"
„Wan!", staunte Fisch ehrlich interessiert. „Und er hat euch die Pferde geschenkt?"
„Ja! Zumindest erzählt das die Legende."
Fischs Neugier war geweckt. Er setzte sich gemütlich auf sein Lager und nahm Tschaske auf den Schoß. „Erzähl sie mir!"
Stern-im-Auge blickte ihn unsicher an. Wollte er wirklich eine Geschichte der Pawnee hören? Doch ihr Mann lächelte sie an, offen und herzlich.
Zögernd begann sie: „Also, vor langer Zeit, da lebte in einem Dorf am großen Fluss ein Waisenknabe. Er war schwach und musste bei den anderen um Essen betteln. Eines Tages zog das Volk zur großen Büffeljagd, doch den Knaben ließen sie zurück, denn jeder Hund konnte mehr tragen als er. Der Knabe weinte und seine Tränen fielen in den Staub. Plötzlich hörte er ein leises Wispern. Eine Stimme rief ‚Spiel mit mir!' und der Knabe begann, den Lehm zu kneten. Er wollte einen Hund formen, doch es gelang ihm nicht. Die Beine waren zu lang, der Kopf seltsam spitz, mit einer langen Mähne. Er legte die Figur enttäuscht in den Staub und formte eine zweite. Doch auch dieses Mal sah die Figur genauso aus wie die erste. Eine plötzliche Mü-

digkeit überfiel ihn und er schlief ein, doch im Traum erschien ihm Tirawa. „Ich war es, der dich diese Pferde formen ließ. Die könnt ihr nun anstelle der Hunde vor eure Lasten binden. Jetzt sind sie noch klein, doch wenn du sie vier Tage lang zum Fluss bringst, werden sie wachsen und euch von großem Nutzen sein!" Der Knabe brachte die Lehmpferdchen zum Fluss und sah freudestrahlend, wie sie wuchsen. Nach drei Tagen hatten sie bereits eine beachtliche Größe und er beschloss, zu seinem Volk zu reiten, denn er sehnte sich nach ihnen. Er missachtete die Anweisung Tirawas, denn bereits jetzt erschienen ihm die Pferde sehr groß, wenn er sie mit den Hunden des Dorfes verglich. Tirawa war ein wenig enttäuscht, denn er wollte seinen roten Kindern genauso große Pferde geben wie seinen weißen Kindern. Aber dann fiel ihm ein, dass ein kleines Pferd wendiger ist als ein großes und auf diese Weise den Indianern vielleicht sogar mehr nützte. So kam das Pony zu den Indianern!"

Fisch lachte auf. Die Palani kannten schöne Geschichten, vielleicht wusste sie noch mehr?

Tschaske krabbelte seiner Mutter auf den Schoß und wollte ihre Brust. Unwillig schob sie ihn weg. Sie wollte erst im Fluss baden, weil sie nach dem Rennen verstaubt und verschwitzt war. Ihre Beziehung zu dem Kind war ähnlich wie zu Fisch. Sie versorgte den Jungen gut, doch nie konnte sie vergessen, wie er in ihr entstanden war. Es tat ihrer Seele gut, dass sie wenigstens bei dem Pferderennen gegen ihre ehemaligen Feinde kämpfen konnte. Mit Genugtuung hatte sie den bewundernden Blick von Fisch gesehen. Hoka! Jetzt hatte er Respekt vor ihr! Sie lächelte wie befreit. So gefiel ihr das Leben mit Fisch schon besser.

Abends erklangen Liebesflöten, als junge Männer das große Lager nutzten, um für ihre Liebsten zu spielen. Verliebt saß Antilopensohn vor dem Zelt von Gras-im-Wind, doch sie war noch zu jung und durfte sich nicht zu ihm unter die Decke setzen. Unbeeindruckt spielte er weiter die verträumten Melodien für seine Angebetete, denn er wusste, dass sein Werben eines Tages erfolgreich sein würde. Bei Lacht-am-Boden dagegen war die Werbung erfolgreich gewesen. Er hatte Grauadler einen Sharps-Karabiner übergeben, den er bei dem Überfall auf die Pawnee erbeutete hatte, außerdem zwei junge Pferde. Wahrlich wertvolle Geschenke! Nun wartete er nervös in seinem

neuen Zelt auf die Ankunft seiner Braut. Er hatte sich gebadet, mit Salbei abgerieben, seine Haare geschmückt und seine schönste Kleidung angelegt. Ein helles Feuer prasselte, obwohl es viel zu warm war. Gebrochener-Zweig und Che-ni-win hatten Weidenzweig geholfen, das neue Zelt zu nähen und die Familie von Lacht-am-Boden hatte die Einrichtung des Zeltes zusammengetragen wie es Sitte war. Seine Mutter hatte ein großes Festessen zubereitet, um die neue Schwiegertochter willkommen zu heißen.
Schließlich kam Weidenzweig und atemlos blickte Lacht-am-Boden seiner Braut entgegen. Sie saß in einem weiß gegerbten Kleid auf ihrem Pferd. Der obere Teil des Kleides war gänzlich mit blauen Perlen bestickt und ihren Hals schmückte eine Kette aus Dentaliumschnecken. Ihre Habe war in Rohhauttaschen verstaut, die rechts und links an ihrem Frauensattel hingen. Sie waren neu und mit bunten geometrischen Mustern verziert.
Scheu blickte sie auf Lacht-am-Boden, als ihr Vater ihm den Zügel übergab. „Hier bringe ich deine Frau!", sagte Grauadler mit einem Lächeln, dann drehte er sich um und ging zu Gebrochener-Zweig und Che-ni-win zurück.
Lacht-am-Boden trat neben das Pferd und hob Weidenzweig herunter. Alle Freunde versammelten sich und nahmen lächelnd an dem Festessen teil. Bis tief in die Nacht saßen sie beisammen, dann verschwand Lacht-am-Boden mit Weidenzweig in seinem Zelt. Die Umstehenden lachten gutmütig, als die Eingangsklappe zufiel, dann ließen sie das frisch verheiratete Paar allein.

Weidenzweig wagte nicht aufzusehen. Ihr Herz klopfte so laut wie die große Trommel, als sie verstohlen ihren Bräutigam musterte. Eigentlich kannte sie ihn nicht. Sie hatten einige Male unter der Decke geflüstert, manchmal hatte sie ihn aus der Ferne beobachtet. Er war groß und drahtig, hatte ein schmales Gesicht mit großen, glänzenden Augen, außerdem lachte er viel mit seinen Freunden. Sie wusste, dass er im Kampf als Draufgänger galt, ansonsten war er ihr fremd. Es gab nicht viele Möglichkeiten für ein Mädchen, einen Mann kennenzulernen. Eine plötzliche Scheu ergriff sie, als sie nun vor ihm kniete und ihre Hände wurden feucht. Schweigend saßen sie sich gegenüber, plötzlich Mann und Frau. Lacht-am-Boden durchbrach die Stille mit einem leisen Lachen. „Möchtest du essen?"
Sie schüttelte den Kopf. Sie war zu aufgeregt, um zu essen. Doch sie nahm eine Schüssel und schöpfte zum ersten Mal das Essen für ihren

Mann aus dem Topf. Sie schwitzte in ihrem schweren Kleid. Gleich morgen würde sie die Feuerstelle nach draußen verlegen. Wieder schwiegen sie, als der junge Mann etwas von dem Essen nahm. Auch ihm lief der Schweiß hinunter und schließlich entledigte er sich unwillig seiner Festkleidung. „Es ist zu heiß", meinte er verschmitzt. „Zieh dich aus!"
Trotz der Hitze wurde sie blass. Sollte sie ihm gehorchen? Sie hatte Angst vor dem, was jetzt geschehen würde. Nervös fingerte sie an den Schnüren ihres Kleides. Sie blickte auf seinen nackten Oberkörper und ihre Ohren rauschten vor Aufregung. Die Hitze in dem Tipi war inzwischen unerträglich, sie fühlte sich fast wie in einer Schwitzhütte.
Lacht-am-Boden hielt plötzlich ihre Hand. „Warte! Hier ist es mir zu heiß. Lass uns schwimmen gehen!"
Sie nickte dankbar, froh darum, ein wenig Aufschub zu bekommen. Das Chaos ihrer Gefühle verwirrte sie. Er führte sie im fahlen Mondschein ein gutes Stück flussaufwärts, dann vergewisserte er sich, dass ihnen niemand folgte. Er schlüpfte aus seiner Kleidung und watete in das kühle Wasser. Dankbar tauchte er unter, um sich den Schweiß von der Haut zu waschen. Dann drehte er sich abwartend zu Weidenzweig um. „Komm schon!", flüsterte er.
Zögernd zog sie ihr Kleid aus und glitt zu ihm in das Wasser. Er packte sie besitzergreifend, zog ihren nackten Körper an sich heran. Mit den Wurzeln einer Yuccapflanze seifte er sie ein und sie erschauerte unter seiner Berührung. Dann planschten sie ein wenig, übermütig spritzte sie ihm Wasser ins Gesicht. Er fauchte wie ein Berglöwe, als sie leise kichernd aus dem Wasser flüchtete. Mit wenigen Sätzen hatte er sie eingeholt. Das Spiel war vorbei, als er sie niederdrückte, um die Ehe zu vollziehen.

Lacht-am-Boden biss in ihr Ohr, um sie von dem Schmerz abzulenken. Dann suchte er ihren Mund und erstickte ihr leises Stöhnen mit seinem Kuss. Sanft streichelten seine Hände ihren Körper, bis sie sich etwas entspannte.
Es war nicht so schlimm, wie sie gedacht hatte. Zärtlich streichelte sie seine Brust, als sein Körper sich aufbäumte. Lacht-am-Boden war vorsichtig, bewegte sich nur langsam, um ihr nicht wehzutun. Obwohl auch er unerfahren war, bemühte er sich, ihr Freude zu bereiten. Erschrocken hielt er inne, als sie aufstöhnte, doch ihre Hände fanden seine Hüften und baten ihn, schneller zu werden. Stöhnend

brach er über ihr zusammen und plötzlich verstand er, warum es Männern nicht erlaubt war, vor einem Kriegszug oder einer Jagd bei ihren Frauen zu liegen. Er fühlte sich müde und so erschöpft wie ein Baby, doch unsagbar zufrieden. Kein Angriff hätte ihn jetzt aus dieser warmen Höhle vertreiben können. Er war genauso verschwitzt wie vorher und sein Herz raste. Unter ihm zappelte Weidenzweig ein wenig, weil sie keine Luft mehr bekam. Zögernd ließ er von ihr ab, doch dann erhellte ein befriedigtes Grinsen sein Gesicht. „Vielleicht sollten wir noch einmal baden?"

Sie wollte nicht, sondern sah ihm nach, wie er im Mondschein ins Wasser stieg. Sie bewunderte seinen Körper, doch dann legte sie sich zurück, um nachzudenken. Das war das also! Jetzt war sie seine Frau. Sie fühlte immer noch das Feuer in ihrem Körper und irgendwie war sie enttäuscht, dass es schon zu Ende war. Provozierend kam Lacht-am-Boden aus dem Wasser und schüttelte seine langen Haare, so dass sie nass gespritzt wurde. Sie wehrte ihn empört ab, zitternd vor der Kühle der Nacht. Er lachte übermütig und legte sich wieder zu ihr, um sie zu wärmen. Schüchtern kuschelte sie sich an ihn, dann fühlte sie erneut seine Härte. Verunsichert suchte sie seinen Blick. Wollte er noch einmal? Sie versuchte ihn wegzudrücken, doch er hielt sie fest, während sein Mund ihre Brüste fand. Sie stöhnte lustvoll, als er sich gleichmäßig in ihr bewegte. Er beobachtete sie genau, wollte er ihr doch dieses Mal wirklich Freude bereiten. Geduldig wartete er ab, bis sie sich staunend ihrer Leidenschaft hingab, dann erst versank er in einem wogenden Meer. Wan! Morgen würde er jedenfalls nicht auf Jagd gehen!

Weidenzweig schob ihn lachend hoch. „Vielleicht sollten wir jetzt beide baden?"

Sie wuschen sich gründlich, schlüpften in ihre Kleider und schlichen leise ins Dorf zurück. Wenn sie jetzt jemand sah, würden sie morgen sicherlich Spottlieder über sie singen!

Das Feuer war erloschen und Weidenzweig klappte die Planen des Zeltes hoch, um die kühle Nachtluft hereinzulassen. Sie deckten sich nur mit einer leichten Decke zu und schliefen eng umschlungen ein.

Am nächsten Morgen weckte sie ein lautes Räuspern vor dem Zelt. Schnell schlüpfte Weidenzweig in ein einfaches Arbeitskleid und Lacht-am-Boden zog seinen Lendenschurz an, dann blickten sie auf ihren ersten Gast. Es war Che-ni-win, die sie unverfroren anlächelte. Bereits nach einer Nacht vermisste sie ihre Schwester und wollte

wissen, wie es Weidenzweig ergangen war. Weidenzweig sah sehr glücklich aus und Che-ni-win nickte zufrieden. Vielleicht bekam sie auch einmal einen so gut aussehenden Mann?
Lacht-am-Boden schaute in ihre eisblauen Augen. Vielleicht nahm er sie als zweite Frau? Schließlich war sie die Schwester seiner Frau und es war durchaus üblich, Schwestern zu heiraten. Aber sie hatte noch nicht einmal ihre ersten Riten, also würde er abwarten. Er wusste nicht, dass auch Elchkalb sich Hoffnungen machte, das rothaarige Mädchen zu heiraten. Er verließ das Zelt, um zu baden und die beiden Mädchen steckten die Köpfe zusammen.
„Und?“, flüsterte Che-ni-win aufgeregt. „Wie ist es mit einem Mann? Tut es sehr weh?“
Weidenzweig war schockiert über die offene Frage. Sie wollte nicht über ihre erste Nacht mit ihrem Mann reden. Unwillig winkte sie ab. „Es tut nicht weh und jetzt sei still!“
Che-ni-win verzog zufrieden die Mundwinkel. Ihr reichte diese Information. Wenn einst ein Mann um ihre Hand anhielt, würde sie keine Angst haben. Sie packte ihre Schwester an der Hand und zog sie hoch. „Komm mit zum Schwimmen!“
Sie liefen zum Fluss, wo die anderen Frauen wohlwollend auf die junge Braut blickten. Verlegen wegen der Aufmerksamkeit stieg Weidenzweig ins Wasser und reinigte sich gründlich. Dann setzte sie sich ans Ufer und flocht ihre Haare in zwei ordentliche Zöpfe, wie es sich für eine verheiratete Frau gehörte.

Wah-bo-sehns kam mit ihren Kindern an den Fluss und mit ihr trabte der junge Wolf. Auf ein deutliches Handzeichen hin entfernte er sich, um auf Mäusejagd zu gehen. Er konnte stundenlang vor den Löchern liegen oder die Gänge aufbuddeln und zeigte sich sehr geschickt darin. Seitdem hatte auch der Diebstahl etwas nachgelassen, sodass die anderen Dorfbewohner ihren Ärger über den Wolf fast vergessen hatten. Er war nun mit anderen Dingen beschäftigt und verzichtete darauf, die Mokassins aus den Zelten zu stibitzen.
Wah-bo-sehns sah ihm schmunzelnd nach, während sie aus den Augenwinkeln sah, wie Wolfssohn und Graueulenmädchen kreischend in das Wasser sprangen. Nur das kleine Pawneemädchen klammerte sich an ihrer Hand fest und schien Angst zu haben. Behutsam zog Wah-bo-sehns dem verängstigten Kind das Kleid aus, dann spritzte

sie es spielerisch ein wenig nass. Ein zaghaftes Lächeln huschte über das Gesicht des Mädchens und zögernd watete sie zu den anderen Kindern ins Wasser. Graueulenmädchen zog ihre neue Schwester in tieferes Wasser und beide Kinder paddelten bis zu einem Felsen. Schwimmen konnte das Pawneemädchen also, stellte Wah-bo-sehns erleichtert fest. Sie badete sich sorgfältig und schrubbte Wolfssohn sauber. Anschließend setzte sie sich mit ihren Kindern in die Sonne und begann, aus einigen Weidenzweigen einen einfachen Korb zu flechten. Sie wollte darin Beeren sammeln. Sie zeigte Verlorenes-Hirschkalb, wie sie die Zweige flechten musste, dann ließ sie das Kind weiterarbeiten. Verlorenes-Hirschkalb bog geschickt die Zweige zu einem Korb und Wah-bo-sehns erkannte sofort, dass sie so etwas schon gemacht hatte. Sie lobte das Mädchen und drückte es an sich. Später gingen sie den Fluss entlang, um die Beeren zu sammeln, die an den Büschen reiften. Sapa, der Wolf, lief neben ihnen her und versuchte, die Fransen der Kleider zu schnappen. Es war drollig. Zum ersten Mal seit ihrer Gefangennahme lachte das Pawneemädchen. Dann hob es den Finger und schimpfte leise mit dem Wolf: „Sapa!"

Wah-bo-sehns erkannte erstaunt, dass Verlorenes-Hirschkalb nicht stumm war. Irgendwann würde sie das Furchtbare vergessen und ihre Sprache wiederfinden.

Sie kamen an den Jugendlichen vorbei, die mit ihren Waffen auf den Pferden saßen, um die Frauen zu bewachen. Sie nahmen ihre neuen Aufgaben ernst, die Traumpfeil ihnen übertragen hatte. Andere Jungen bewachten die Ponyherde, sie teilten sich diese Arbeit mit den Jungen der Cheyenne. Diese sprachen eine andere Sprache, doch die Kinder hatten keine Schwierigkeiten damit, irgendwie gelang es ihnen immer, sich zu verständigen. Die Jungen musterten staunend den Wolf und zeigten mit ihren Peitschen auf das eindrucksvolle Tier.

Als Wah-bo-sehns zurückkehrte, herrschte Aufregung im Lager. Im Yellowstone-Gebiet waren Landvermesser gesichtet worden, die eine nördliche Route für die Eisenbahn finden sollten. Die Bauarbeiten waren bereits bis zum Missouri vorgedrungen und sollten jetzt mitten durch das Gebiet der Sioux fortgesetzt werden. Ein klarer Vertragsbruch! Tschetan-withko bemalte sich bereits sein Gesicht in den Kriegsfarben und flocht den Schwanz seines Ponys. Er sah die

besorgten Augen seiner Frau und blickte auf seine Kinder. Seine Lippen wurden schmal, er würde sie beschützen!
In kürzester Zeit saßen über hundert kampferprobte Krieger auf ihren Pferden, die entschlossen dem Feind entgegenritten. Sie hatten genug! Sie würden die Weißen aus ihrem Land vertreiben! Auch Sitting Bull kam mit seinen Kriegern und Traumpfeil begrüßte den großen Häuptling und Medizinmann ehrerbietig.
An der Stelle, wo der Tongue-Fluss in den Yellowstone mündete, fanden sie die Landvermesser. Sie arbeiteten in der Hitze des Sommers und schlugen fluchend die Moskitos weg, die hartnäckig um ihre Köpfe schwirrten und nach Blut suchten. Für die Indianer waren die Weißen ein leichtes Ziel. Ohne Warnung griffen sie an, schossen mit ihren Pfeilen oder Gewehren auf die verhassten „Waschitschu". Diese suchten ihr Heil in der Flucht. Hals über Kopf rannten sie beim ersten Anblick der Indianer auf ein Dampfschiff, das auf dem Yellowstone vor Anker lag und ließen in der Panik ihre gesamte Ausrüstung zurück. Mühsam drehten die Schaufelräder an, als das Schiff langsam an Fahrt gewann. Die Matrosen waren hinter einer verstärkten Reling in Deckung gegangen. Gezielt nahmen sie die Indianer unter Beschuss, die versuchten das Schiff zu erreichen.
Die Krieger brachen ihren Angriff ab, stattdessen plünderten sie die Ausrüstung. Neugierig durchwühlten sie die Kisten und nahmen alles mit, was sich als lohnenswert erwies. Sie erbeuteten mehrere moderne Repetiergewehre samt Munition und einen Wagen vollgestopft mit Vorräten, die sie gut brauchen konnten: Äxte, Sägen, Mehl, Zucker und Kaffee fielen in ihre Hände. Ebenso Bücher, Farbstifte und Kleidung. Tschetan-withko nahm sich ein Buch mit weißem Papier und Farbstifte. Hokahey! Sie hatten die Weißen in die Flucht geschlagen und kehrten siegreich heim. Die Lakota hatten keine Skalpe erbeutet, trotzdem tanzten sie und spotteten über die Feigheit ihrer Feinde. Allerdings irritierte es sie, dass die Weißen mit einem Schiff so weit in ihre Jagdgründe vorstoßen konnten.
Traumpfeil verlegte sein Lager in die Nähe von Sitting Bull und alle genossen den Stammeszusammenhalt, fühlten sich stark und unbesiegbar, vor allen Dingen, als auch noch Crazy Horse mit seinen Kriegern auftauchte.

Wenige Tage später wurden Soldaten gesichtet. Lieutenant Colonel George Armstrong Custer, der von den Lakota „Langhaar" genannt wurde, war in das Yellowstone-Gebiet beordert worden, um die Bauarbeiten der Eisenbahn zu beschützen. Er führte achtzig Soldaten und zwei Kanonen mit sich, mit denen er sich auf die Suche nach den aufständischen Indianern machte. Crazy Horse versuchte ihn am Tongue-Fluss in einen Hinterhalt zu locken, doch Custer war vorsichtig. Einige Cheyenne ritten in wilden Attacken gegen die Soldaten, bis Crazy Horse und Traumpfeil sie zurückriefen. Am Abend kehrten die Krieger unverrichteter Dinge zurück.

Tschetan-withko schüttelte den Kopf über die Cheyenne. Sie setzten wirklich unnötig ihr Leben aufs Spiel, besonders ein Krieger in seinem Alter. Er sprach mit Traumpfeil darüber, als dieser am Abend in sein Zelt kam. „Die Cheyenne sind nicht mutig, sondern verrückt!", meinte er kopfschüttelnd.
Traumpfeil rauchte bedächtig seine Pfeife. „Sie sind voller Hass gegen Langhaar", erklärte Traumpfeil.
„Hohch! Dieser Hass wird sie vernichten! Besonders den Krieger mit dem Wolfsfell auf seinem Kopf", erwiderte Tschetan-withko gereizt. Sie mussten ihre Kräfte schonen, wenn sie die Soldaten vernichten wollten und nicht sinnlos ihr Leben opfern.
Traumpfeil senkte traurig den Kopf. „Ich kenne ihn. Er heißt Einsamer-Wolf. Er hat die Angriffe am Sand-Creek und am Washita überlebt. Deshalb ist er so voller Wut."
Tschetan-withko hielt entsetzt die Luft an. Er hatte davon gehört, wie vor zehn Wintern weiße Soldaten ein ganzes Cheyennedorf, mit etwa zweihundert Bewohnern, ausgelöscht hatten. Grauenhaftes hatten die Weißen den Indianern angetan. So unvorstellbar, dass die Männer, die die geschändeten Leichen geborgen hatten, nicht darüber sprechen konnten. Aber dieses Schweigen war schlimmer, als wenn die Männer in aller Ausführlichkeit davon erzählt hätten. Nur manchmal drangen Einzelheiten durch, die man den Frauen besser nicht erzählte.
„Einsamer-Wolf hat bei diesem Angriff seine Frau und das ungeborene Kind verloren", erklärte Traumpfeil. „Er war auch am Washita, als Langhaar, den die Weißen Custer nennen, über zehnmal fünf Frauen und Kinder abschlachtete. Seitdem nennen ihn die Cheyenne ‚Frauenmörder', denn er ist feige und greift nur Dörfer an, die sich nicht wehren können. Jetzt will Einsamer-Wolf nur noch Rache."
Tschetan-withko verstand nun die unbändige Wut der Cheyenne. Er blickte Traumpfeil in die Augen. „Ich habe Angst!", erklärte er. „Angst, dass auch wir eines Tages im Schlaf überrascht werden!"

„Wir stellen Wachen auf", beruhigte ihn Traumpfeil.
„Waschté!"

Am nächsten Tag verlegten sie das Lager. Zu gefährlich war die Nähe zu den Soldaten und ihren Kanonen. Sie überquerten den Tongue-Fluss und zogen weiter nach Westen. Custer folgte ihnen mit seinen Soldaten und kam schneller voran als die Indianer, die ihre gesamte Habe transportieren mussten. Crazy Horse verwickelte die Soldaten in kleinere Gefechte, um seinem Volk mehr Zeit zu geben, den Kanonen zu entfliehen. Sohn-des-Windes, der Crow, beteiligte sich an den Gefechten. Er wusste, dass Custer seine Stammesbrüder als Scouts dabeihatte und sein Herz war schwer. Wagemutig ritt er in vorderster Linie und hoffte auf eine gnädige Kugel, die ihn von diesem Gewissenskonflikt befreite.
Es blieb bei den kleineren Scharmützeln, ohne dass auf beiden Seiten Schaden angerichtet wurde. Die Indianer überquerten mit ihren kleinen, zähen Ponys den Yellowstone. Der Fluss führte viel Wasser und so war es eine Herausforderung, ihn mit der gesamten Habe zu überqueren. Sie luden die Bündel auf die Ponys oder banden die Tipistangen zu Flößen zusammen, um ihre Vorräte trocken über den Fluss zu transportieren. Aus gebogenen Zweigen bauten sie runde Boote, die mit Häuten wasserdicht abgedeckt wurden. In ihnen saßen kleine Kinder und drückten Welpen an die Brust, die noch zu klein waren, den breiten Fluss zu durchschwimmen. Alles geschah in völliger Ordnung und Ruhe, obwohl den Frauen und Kindern das Herz bis zum Hals schlug. Wenn nur die Krieger die Soldaten lange genug aufhalten konnten!

Verlorenes-Hirschkalb klammerte sich an ihre neue Mutter. Ihre Augen suchten nach dem Mann, der sie in all diesem Blutvergießen vor einigen Wochen auf den Arm genommen hatte. Wo war er? „Tschetan-withko?", flüsterte sie kaum hörbar, doch für Wah-bo-sehns klang es wunderschön.
„Er kämpft gegen die Soldaten. Er wird uns beschützen", beruhigte sie das verängstigte Kind. Sie war selbst erstaunt über ihre eigene Zuversicht, aber sie wusste, dass Tschetan-withko sie mit seinem Leben beschützen würde. Verlorenes-Hirschkalb war erleichtert. Ja! Tschetan-withko würde sie immer beschützen! Wah-bo-sehns

hob sie auf ein Pony und reichte ihr Graueulenmädchen. „Hilfst du mir?", bat sie das Kind.
Entschlossen hielt das Pawneekind ihre neue Schwester fest. Dann schlug sie mit ihren Fersen in die Flanken des Ponys und folgte Wah-bo-sehns und Wolfssohn.
Am Abend strahlte Verlorenes-Hirschkalb über das ganze Gesicht, als Tschetan-withko in sein Zelt zurückkehrte. Sie umarmte ihren neuen Vater und vergrub ihren Kopf an seinen Bauch. Überrascht streichelte er dem Kind die Haare, dann setzte er sich gut gelaunt an seine Rückenlehne und lachte in sich hinein. „Wir haben die Soldaten abgehängt. Sie haben schlechte Pferde und sie sind so langsam wie Schildkröten!"
„Ja, aber selbst Schildkröten sind schwierig zu töten und haben Ausdauer", meinte Wah-bo-sehns besorgt.
Tschetan-withko ließ sich seine gute Laune nicht verderben.
„Aber sie können nicht schwimmen!"
„Es gibt auch Schildkröten, die schwimmen können!"
Überrascht schaute Tschetan-withko auf seine Frau. „Wirklich?"
„Ja, ich habe es zumindest gehört. Von einem weißen Trapper! Im Großen Wasser auf der anderen Seite der hohen Berge gibt es Schildkröten, die schwimmen können."
Tschetan-withko zischte verächtlich durch die Zähne. „Wenn die Weißen schwimmen wie die Schildkröten, dann stehe ich am Ufer und spieße sie mit meinem Speer auf. Ich mache eine gute Suppe aus ihnen!"
Sogar Verlorenes-Hirschkalb lachte laut, obwohl sie nicht alles verstanden hatte. Aber die Zuversicht ihres Vaters machte ihr Mut. Wenn er keine Angst hatte, brauchte sie auch keine zu haben!
Ohne Hast ritten die Lakota in die Schluchten nördlich des Yellowstone-Flusses, ein Gebiet, in dem sich ganze Heerscharen wochenlang verstecken konnten ohne gesehen zu werden. Crazy Horse alberte mit seiner kleinen Tochter herum und Wah-bo-sehns war überrascht, wie sanft ein so gefürchteter Krieger sein konnte. Die Indianer fühlten sich überlegen und sehr zum Ärgernis der Soldaten waren sie ihnen entkommen.

Custer konnte ihnen mit seinen Militärpferden, wegen der starken Strömung des Yellowstone-Flusses, nicht folgen. Unverrichteter Din-

ge kehrte er ins weit entfernte Fort Lincoln zurück. Ein Börsenkrach stoppte den weiteren Bau der Eisenbahn. Die Indianer konnten dies natürlich nicht wissen und hatten für kurze Zeit das Gefühl, die Weißen vertrieben zu haben.
Wie immer gingen die Lakota im Herbst auf die Büffeljagd und die Frauen legten große Nahrungsmittelvorräte an.
Die Indianer fühlten sich sicher. Traumpfeil führte seine Gruppe in das Bighorn-Gebiet, um dort den Winter zu verbringen.
Die anderen Gruppen wanderten in Richtung der Black Hills und Weidenzweig ritt mit beklommenem Herzen an der Seite ihres Mannes, zum ersten Mal getrennt von ihren Eltern und ihrer weißen Schwester.
Che-ni-win weinte um ihre Schwester, fühlte sich einsam und verlassen. Nicht einmal ihre Freundinnen Gras-im-Wind und Morgenröte konnten sie trösten.
Sanft streichelte ihre Mutter über den roten Schopf. „Im Sommer wirst du sie wiedersehen! Vielleicht heiratest du ja auch bald!“

Wohpeton Witschascha

Der Händler

Miles O'Brian saß auf dem Kutschbock und sah über das öde Land. Er war frustriert, denn seit dem Frühjahr war er nun unterwegs, ohne eine Spur von Jenny gefunden zu haben.
Im Frühjahr hatte er diesen Wagen gekauft, mit Tauschgütern beladen und sich wieder auf die Suche nach seinem Kind gemacht.
Zuerst hatte er einen Scout gefunden: Tatokala, einen jungen Brulé-Lakota, dem er eine Winchester 66 versprochen hatte, wenn er unversehrt zurückkehrte. Die Aussicht auf eine so große Belohnung sicherte ihm die Treue dieses jungen Mannes. So ein Repetiergewehr war kostbar und wurde von den Indianern ehrfürchtig „Many Shots" genannt, weil es sieben Schüsse hintereinander abfeuern konnte. Jetzt ritt Tatokala meist voraus, sicherte die Umgebung und führte Miles zu den Dörfern der Lakota.
Miles hatte angenommen, dass Jenny vielleicht bei den Brulé war, deshalb suchte er südöstlich der Black Hills nach seiner Tochter. Außerdem hatte er alle Indianeragenturen und Forts verständigt, doch bisher keinerlei Nachricht erhalten. Sein Begleiter kam aus der Reservation, ihm gefiel das ungebundene Leben, das er mit Miles führte, denn es erinnerte ihn an die Zeit, als sein Stamm noch frei über die Prärie zog. Jetzt hungerten viele seines Volkes, weil sich die Weißen nicht an die versprochenen Lebensmittellieferungen hielten. Stattdessen bekamen sie Alkohol, Trostlosigkeit und Armut, siechten den ganzen Tag dahin und träumten von längst vergangenen Tagen. Tatokala hatte die Arbeit bei Miles bekommen, weil er einer der wenigen jungen Männer war, die nicht betrunken umhertorkelten. Außerdem hatte er noch sein Pony, auf dem er jetzt in einiger Entfernung saß und auf den Wagen wartete.
Miles blinzelte ihm entgegen. Tatokala trug bereits Jeans und ein Baumwollhemd der Weißen, doch seine Füße steckten in bequemen Mokassins und seine langen Haare waren zu Zöpfen geflochten, in denen einige Federn steckten. Er trug einen Brustpanzer aus Röhrenknochen und sein Messer steckte in einer kunstvoll bestickten Scheide. Ansonsten sah er mit seiner kurzen, frechen Nase eher wie ein kleiner Schuljunge aus. Mit seinen großen Augen und seinem stets leicht geöffneten Mund, der irgendwie immer staunte, erinnerte er an ein Waisenkind, das nicht wusste, wohin es gehörte. Wenn

er sprach, bildeten sich auf seiner Stirn zwei Falten, die diesen Eindruck noch verstärkten. Nur das Gewehr wirkte fehl am Platz und Miles hatte ständig das Gefühl, dass er es ihm wegnehmen müsste, wie ein Vater seinem Kind ein scharfes Messer aus der Hand nahm, damit es sich nicht verletzte. Geduldig hockte der junge Indianer auf seinem Pony, das schwere Gewehr lässig auf seinen Schenkeln aufgestützt, und wartete, bis Miles ihn erreichte. „Bäume und Teich dort unten wir gehen!"

Miles seufzte ungläubig. Seit Monaten versuchte er den Indianer Englisch zu lehren und immer noch übersetzte Tatokala die Worte in der gleichen Reihenfolge, wie sie in der Sprache der Lakota gebraucht wurden, ohne die englische Satzstellung zu beachten. Aber wahrscheinlich war sein Lakota auch nicht besser. „Tschan na ble ta unyanpi", versuchte er, den Satz auf Lakota zu sagen und erntete ein müdes Grinsen. Okay! Soweit zu seinen eigenen Sprachkenntnissen. Aber so schnell würde er nicht aufgeben!

„Wie sage ich es richtig?", forderte er seinen Begleiter auf. Wie sollte er eine Sprache lernen, wenn er nie verbessert wurde?

„Tschan na ble hetschiye ekta unyinkte", kam es wie aus der Pistole geschossen.

Die Sonne stand schon tief und bald würden sie ihr Lager für die Nacht aufschlagen. „Lo yatschin ho? Hast du Hunger?", fragte er seinen Begleiter.

„Lila lo watschin yelo! Ich habe großen Hunger!", betonte Tatokala mit einem breiten Grinsen.

Miles band das Begleitpferd, das er an dem Wagen festgebunden hatte, los, ebenso die Mulis, damit sie grasen konnten. Sie trabten zu dem kleinen Teich und tranken durstig das schale Wasser. Teich war eigentlich ein übertriebener Begriff, eher handelte es sich um eine Pfütze. Trotzdem holte er etwas Wasser in einem Kessel. Er würde es ordentlich abkochen, dann war es trinkbar. Tatokala schöpfte mit seiner hohlen Hand etwas von dem Wasser und trank es durstig. Miles schüttelte den Kopf, sollte er doch daran sterben! Wie oft hatte er ihm schon erklärt, dass es ungesund war! In einer Pfanne brutzelte er Speck mit Bohnen, manchmal gab es auch Bohnen mit Speck, außer Tatokala erlegte ein Präriehuhn, eine Antilope oder was ihm sonst vor das Gewehr lief. Dann schenkte ihm Miles eine Dose mit Pfirsichen, wie man einem Kind Bonbons schenkte, wenn es etwas richtig gemacht hatte. Tatokala würde für eingelegte Pfirsiche vermutlich sterben. Sie waren überhaupt ein gutes Tauschobjekt, hatte er amüsiert festgestellt, deshalb befand sich ein größerer Vorrat auf seinem Wagen. Außerdem hatte er viele Decken, Perlen, Muscheln, Haushaltsgegenstände und einen großen Sack Tabak geladen. Er führte ein kleineres Fass Whiskey mit sich, gerade soviel, dass er bei einer plötzlichen Überprüfung durch Soldaten keinen Ärger bekam. Der Whiskeyhandel mit Indianern war verboten, obwohl es ihn wunderte, woher die Indianer in den Reservationen so viel Alkohol bekamen. Das begehrteste Tauschobjekt lag gut versteckt im doppelten Boden des Wagens: Munition für die Gewehre der Indianer. Zur Tarnung hatte er seinen stinkenden Mantel über die lose Planke gelegt und bisher war noch kein Soldat auf die Idee gekommen, das verlauste Ding hochzuheben. Bei den Indianern sprach es sich wie ein Lauffeuer herum, dass ein Händler mit rotem Haar unterwegs war und so wurde er in den meistern Dörfern freundlich aufgenommen. Überall fragte er nach einem rothaarigen Mädchen, aber entweder setzten sämtliche Indianer, die er traf, ihr stoisches Gesicht auf oder sie wussten tatsächlich nichts. Es bedeutete, dass Jenny offensichtlich nicht bei den Brulé war, denn sonst hätte sich ihre Anwesenheit nicht verbergen lassen. Irgendeinem Indianeragenten oder Soldaten wäre sie sicherlich aufgefallen. Vermutlich war sie überhaupt nicht in der Gegend, in der er sie im Moment suchte. Er verlor Zeit, denn sie war jetzt fast zwei Jahren bei den Indianern und reifte zur Frau heran. Er wusste, was das bedeutete. Indianerinnen heirateten früh, fast noch als halbe Kinder. Bei den Crow war es sogar üblich, ein Mädchen zu verheiraten, ehe es das erste Mal ihre Menstruation bekam. Doch auch bei den Lakota heirateten Mädchen mit vierzehn oder fünfzehn Jahren. Wenn er Jenny nicht bald fand, würde sie die Squaw irgendeines Kriegers sein und ihm seine Mokassins flicken.

Miles starrte gedankenverloren ins Feuer. Er sah seine Jenny, wie sie inmitten einiger schmutziger Halbblutkinder einen Krieger bediente, der ihr mit seinen fettigen Fingern über ihre roten Haare strich. Er schüttelte sich bei dieser Vorstellung und wachte wie aus einem bösen Traum auf.

Tatokala hielt ihm einen Teller mit Essen vor die Nase. Er hatte ihn etwas gefragt, doch Miles war völlig in Gedanken versunken gewesen. Für einen kurzen Augenblick überlegte er, wie es wohl wäre, wenn Tatokala Jennys Mann wäre. Würde er sie dann immer noch lieben? Wollte er sie dann noch zurückholen? Was, wenn sie vielleicht schon ein Kind hatte? Wäre es dann nicht barmherziger, sie bei den Lakota zu lassen, ehe weiße Frauen mit dem Finger auf sie zeigten. „Seht,

sie hat bei einem Indianer gelegen und ihm sogar ein Kind geboren. So eine Schande! Ich würde lieber sterben, ehe mich so ein Wilder berührt!" Er konnte den Klatsch und die Reden förmlich hören. Sie würde immer eine Ausgestoßene sein oder bemitleidet werden. Entweder er fand sie jetzt, solange noch kein Mann sie berührt hatte, oder er schoss ihr besser eine Kugel durch den Kopf, um ihr die Schande zu ersparen. Verflucht! Wo war sie?
„Deine Tochter ist nicht bei den Brulé!", begann Tatokala in Lakota. Miles musste sich auf die Unterhaltung konzentrieren und musterte den jungen Mann. Es war selten, dass dieser von sich aus eine Unterhaltung begann. Offensichtlich hatte er seine schlechte Stimmung erkannt und versuchte ihn abzulenken.
„Wo ist sie dann?"
„Vielleicht bei den Oglala oder bei den Hunkpapa."
„Scheiße!", fluchte Miles.
„Du wirst sie nicht finden!"
„Warum nicht?"
„Sie ist jetzt ein Lakotamädchen. Sie will vielleicht nicht gefunden werden."
„Ich werde sie finden!"
Tatokala schüttelte den Kopf. Er begleitete diesen weißen Mann gerne, denn er würde ihn gut bezahlen. Aber er glaubte nicht, dass die Suche erfolgreich sein würde. Jenny lebte offensichtlich bei den freien Stämmen, die ihre Anwesenheit sicherlich verbergen würden.
„Warum hörst du nicht auf? Sie wird bald die Frau eines Kriegers sein."
Wütend warf Miles seinen Teller in die Flammen. „Deshalb suche ich sie ja!"
„Du willst nicht, dass sie heiratet?" Tatokala fand das sehr ungewöhnlich. Es war doch gut, wenn Mädchen heirateten.
„Ich will nicht, dass sie einen Lakota heiratet!"
Tatokalas Augen funkelten böse. „Wir behandeln unsere Frauen nicht schlecht!"
„Das meine ich nicht", wehrte Miles ab.
„Was meinst du dann?"
„Die Armee wird bald gegen die letzten freien Indianer ziehen. Sie werden ihre Kanonen auf die Dörfer richten und sie werden keinen Unterschied machen, ob die Frauen schwarze oder rote Haare haben. Tatokala! Wenn ich sie nicht finde, ist ihr Leben in Gefahr. Ich fürchte nicht deine Brüder, sondern die Soldaten."

Tatokala hob stolz seinen Kopf. „Crazy Horse und Sitting Bull werden tapfer kämpfen!"
„Ja, sie werden tapfer kämpfen und sterben!", schimpfte Miles, sah seine Tochter bereits bei irgendeinem Gemetzel tot am Boden liegen.
„Lieber kämpfen und sterben, als in der Reservation dahinsiechen."
Überrascht schaute Miles auf seinen jungen Begleiter. „Du lebst doch auch im Reservat."
„Nein! Ich kehre nicht mehr zurück. Wenn ich das Gewehr habe, das du mir versprochen hast, schließe ich mich Sitting Bull an."
Miles schluckte schwer. „Dann wählst du den Tod."
„Ich gehe nicht mehr dorthin", wiederholte Tatokala stur.
„Wirst du auch mich töten, wenn du dich Sitting Bull anschließt?"
Tatokala schaute ihn verblüfft an. „Nein! Du bist mein Freund! Wenn du im Winter in das Fort der Weißen zurückkehrst, suche ich die Winterlager meines Volkes. Vielleicht finde ich deine Tochter, dann bringe ich sie dir zurück."
„Das ist gut!" Miles verstand den jungen Krieger, er hatte die Trostlosigkeit gesehen. Bald würden alle Indianer so leben, spätestens dann würde er seine Tochter finden. Wenn sie nicht tatsächlich bei einem Angriff niedergeschossen wurde. Wahrscheinlich war Tatokala die beste Chance, die er hatte, wenn er sein Kind lebend wiedersehen wollte.
Er nickte ihm verschwörerisch zu. „Wir ziehen weiter zu den Oglala. Wenn der Schnee zu hoch liegt, kehren wir ins Fort Laramie zurück und du bekommst dein Gewehr. Dann reitest du zu Sitting Bull! Findest du meine Tochter, schenke ich dir zwei gute Pferde, damit du ein nettes Mädchen heiraten kannst. Wie findest du das?"
Tatokala belohnte ihn mit einem breiten Grinsen. „Meine Lenden sehnen sich nach einer Frau. Aber vielleicht solltest auch du dir eine Frau suchen, die uns das Essen kocht." Damit erhob er sich und sammelte das Geschirr ein, um es im Teich abzuspülen.

Miles O'Brian stopfte sich seine Pfeife. Nein! Er wollte keine Frau. Manchmal legte er sich auf das Lager einer Indianerin, wenn er ihren Mann mit einigen Tauschgütern bestochen hatte. Manchmal genügte schon ein wenig Whiskey und die Frau eines armen Teufels lag vor ihm, damit er sich an ihr befriedigen konnte. Danach stand er auf, verließ sie, ohne daran denken zu müssen, ob sie am nächsten Tag satt wurde oder nicht. Vielleicht hatte er schon ein Halbblutkind in die Welt gesetzt, aber das war ihm gleichgültig. Für ihn zählte nur Jenny, denn sie stammte von einer ehrbaren weißen Frau. Doch vielleicht würde Jenny eines Tages auch Halbblutkinder in die Welt setzen, dachte er plötzlich bestürzt. Was unterschied denn eine Indianerin überhaupt von einer weißen Frau? Auch sie empfand Schande und Schmerzen, liebte ihre Kinder und trauerte um ihren Mann, wenn dieser im Kampf fiel. Zum ersten Mal überlegte er sich, ob wohl eines seiner kurzen Abenteuer mit der Frau eines Kriegers Folgen gehabt haben könnte. Er ließ die Pfeife ausgehen, denn sie schmeckte ihm nicht mehr. Er handelte immer noch genauso wie einst bei seiner Frau, die er mit der kleinen Jenny allein gelassen hatte, weil er lieber ein freies Leben führen wollte. Und sie war eine Weiße gewesen! Immer wieder hatte er sein Tun damit entschuldigt, dass die Frauen, zu denen er sich legte, ja nur Indianerinnen waren. Doch letztendlich behandelte er sie alle gleichermaßen schlecht. Er hoffte, dass niemand seine Jenny schlecht behandelte. Er würde weitersuchen, damit sie nicht genauso wurde, wie die Weiber, zu denen er sich manchmal legte.

Die nächsten Tage zuckelte der Wagen in Richtung Westen über die karge Landschaft. Häufig war der Boden erodiert und das weiße Tuffgestein zeichnete seltsame Figuren in die Landschaft. Hin und wieder flitzte ein Präriehund in seinen Bau oder der graue Schwanz eines Kojoten verschwand hinter einem Felsen, sonst erblickten sie nichts. Außer den Kadavern abgeschlachteter Büffel, die zum Himmel stanken, mit Wolken dunkler Greifvögel über ihnen. Für sie war es ein Festessen, während die Nahrungsgrundlage eines Volkes in der Sonne verfaulte. Büffeljäger schossen die Herden mit ihren Sharps-Gewehren ab, bis die Läufe glühten und die Jäger sie mit Wasser kühlen mussten. Die Einwirkung von Hitze und Kälte zerstörte das Metall, doch die Büffeljäger sahen in den Gewehren lediglich Arbeitsgeräte, die sie nach kurzer Zeit ersetzten. Sie sammelten die Büffelhäute und die Zungen, den Rest ließen sie verderben.
Tatokala war merkwürdig still, wenn er die Kadaver sah. Für ihn war die Jagd heilig und ein unbändiger Hass auf diese Jäger erfüllte sein Herz.
Ein Trupp Indianer erschien wie aus dem Nichts am Horizont. Sie boten einen prächtigen Anblick in ihren bunten Kriegshemden. Einer hatte einen Wolfsschädel über den Kopf gezogen und sogar auf

die Entfernung bot er einen finsteren Anblick. Als sie den Wagen erblickten, ritten sie im vollen Galopp auf ihn zu, ihre Gesichter mit Kriegsfarben bemalt. Fast zwanzig Krieger stürzten mit schrillem Kriegsgeschrei auf den Wagen zu, wütend zielten sie mit ihren Speeren und Gewehren auf die vermeintlichen Büffeljäger. Miles rutschte das Herz in die Hose. Er hielt den Wagen an und hob die Hände, um zu signalisieren, dass er nicht kämpfen wollte. Schweiß lief ihm plötzlich den Rücken hinunter. Einige der aufgestachelten Krieger hatten ihn erreicht und rissen ihn vom Kutschbock. Unsanft krachte er zu Boden und harte Fäuste drückten ihn auf die Erde. Er wehrte sich nicht, als sie ihn mit ihren Peitschen trafen, denn er wusste, dass sie seinen Mut testeten und Coups erlangten. Hilfesuchend schaute er zu Tatokala, der ebenfalls am Boden lag und hektisch auf die Krieger einredete.
„Wir sind keine Büffeljäger!", war alles, was er verstand. Mit etwas Schadenfreude erkannte er, dass Tatokala in der gleichen Situation war wie er und genauso sterben würde, wenn es ihm nicht gelang, die Krieger zu beruhigen.
Schließlich ließen die Krieger zögernd von ihnen ab, während Tatokala beschwörend mit den Indianern redete.
„Wir sind keine Büffeljäger!", wiederholte er mehrfach. „Der weiße Mann bringt Tauschwaren. Ich begleite ihn und führe ihn als Scout."
Ein junger Krieger kam misstrauisch näher, seine untere Gesichtshälfte war mit roter Farbe verschmiert, so dass er aussah, als hätte er eine blutige Mahlzeit eingenommen. Tatokala zeigte ihm die Waren auf dem Wagen und Miles atmete erleichtert durch, weil er tatsächlich keine Büffelfelle geladen hatte. Schließlich ruckte der Krieger mit dem Kopf und befahl den beiden, ihnen zu folgen. Es gab keine Diskussion. Widerstandslos setzte Miles den Wagen in Bewegung, während Tatokala wieder auf sein Pferd stieg. Hinter ihm ritt ein Indianer, der drohend sein Gewehr auf ihn richtete, falls er einen Fluchtversuch unternehmen wollte. Miles` Mund war trocken vor Aufregung und er hoffte, dass ihm im Dorf nichts Schlimmeres bevorstand. Er kannte Geschichten von Weißen, die von aufgebrachten Indianern grausam zu Tode gefoltert worden waren. Die Anwesenheit von Tatokala war zwar hilfreich, aber keine Garantie.
Miles führte seine Mulis in die Mitte des Dorfes und sofort umringte ihn eine neugierige Menschenmenge. Akitschitas drängten sie mit ihren Peitschen weg, während zwei Krieger Miles und Tatokala zu einem großen Tipi zerrten. Wütende Augen musterten sie, doch nie-

mand rührte sie an. Schließlich trat der Häuptling in das Zelt und respektvolle Stille trat ein. Kluge Augen musterten die Gefangenen. Der Häuptling trug keinerlei Rangabzeichen. Seine Haare waren in zwei einfachen Zöpfen zusammengehalten und mit Otterfell umwickelt. Über seinem Hemd trug er einen Brustschmuck aus Röhrenknochen, das war alles. Entweder er stapelte gern tief oder er drückte damit seine Verachtung gegenüber den vermeintlichen Büffeljägern aus. Alle setzten sich und Tatokala zog Miles auf ein Fell neben sich. „Das ist Young-man-afraid-of-his-horse. Sein Vater ist einer der größten Häuptlinge der Oglala. Er selbst ist Hemdträger", flüsterte Tatokala überrascht.

Nervös wischte Miles seine schweißnassen Hände an seinen Hosen trocken. Hemdträger! So wie Crazy Horse! Tatokala saß gelassen neben ihm, er wartete einfach ab, was der Häuptling entscheiden würde. Er konnte es sowieso nicht mehr ändern. Schließlich sprach Young-man-afraid-of-his-horse, schneidend vor unterdrückter Wut: „Was macht ihr in unserem Land?"

Tatokala wollte antworten, doch Miles hielt ihn zurück. Er hatte sie hierher geführt und er würde dafür die Verantwortung übernehmen. „Ich antworte", kratzte er seine Lakotakenntnisse zusammen. „Ich bin Händler. Mein Name ist Miles. Ich tausche mit den Lakota. Das ist Tatokala. Er führt mich."

„Du lügst! Meine Krieger fanden dich inmitten unserer toten Brüder, den Büffeln. Du jagst sie!"

Miles hatte nicht alle Worte verstanden, aber er erkannte, dass der Häuptling ihm nicht glaubte. „Ich lüge nicht! Ich tausche. Ich habe viele Dinge auf meinem Wagen. Auch viele Dinge für euch!"

„Wir brauchen die Sachen der Weißen nicht."

Miles erlaubte sich ein kleines Lächeln. „Ich habe Dinge, die auch du brauchst."

Tatokala schwitzte bei dem Spiel, das Miles spielte, aber jetzt hatte dieser zumindest das Interesse des Häuptlings geweckt. Langsam erhob sich Miles und machte eine einladende Geste nach draußen. „Ich zeige dir, was ich euch mitgebracht habe, dann kannst du entscheiden."

Die Indianer blickten gespannt zwischen ihrem Häuptling und dem weißen Mann hin und her. Der weiße Händler war mutig und das bewunderten sie. Zögernd folgte Young-man-afraid-of-his-horse dem Händler, der mit einem Grinsen den verlausten Mantel wegzog und die lose Planke auf seinem Wagen entfernte. Darunter lagen in

Wachstuch eingewickelt mehrere Päckchen Munition unterschiedlichster Kaliber. Überrascht blickte der Häuptling ihn an. „Du bringst Munition?"
„Ich bin Händler. Ich bringe Tauschwaren und Munition."
„Woher weißt du, dass wir dich nicht töten?"
„Nun, dann kann ich nicht wiederkommen und euch mehr bringen!"
Miles mühte sich mit den schwierigen Lakotaworten und war dankbar für jede Stunde, in der ihm Tatokala geduldig seine Sprache gelehrt hatte.
„Du spricht gut Lakota", bewunderte ihn der Häuptling.
„Ich habe einen guten Lehrer!", deutete Miles auf den jungen Mann.
Der Häuptling lächelte entspannt. „Lass uns in mein Zelt gehen und verhandeln."
Die umstehenden Indianer kamen wieder erwartungsvoll näher und Miles verschenkte großzügig Perlenketten an die wartenden Frauen. Schließlich bremste ihn der Häuptling gutmütig. „Jetzt ist es genug, sonst hast du nichts mehr zum Tauschen!"
„Ach, das macht nichts. Dafür habe ich noch meinen Skalp", meinte Miles, der seinen Galgenhumor wiedergefunden hatte.
Der Häuptling sah ihn ungläubig an, dann lachte er dröhnend. „Lass die Frauen deine Waren auspacken, während wir eine Pfeife rauchen!", lud er den Händler ein.
Huh! Wenn die Frauen unbeaufsichtigt alles auspackten, blieben vermutlich wirklich keine Halsketten zum Tauschen übrig. Miles warf Tatokala einen verzweifelten Blick zu, doch der machte eine beruhigende Handbewegung. Also folgte er Young-man-afraid-of-his-horse zu dessen Zelt. Es war nicht das große Versammlungszelt, sondern sein Tipi, in dem er mit seiner Familie wohnte. Eine junge Frau kniete vor dem Zelt und bereitete das Essen zu, neben ihr hockte ein kleiner Junge. Die Frau warf ihm einen scheuen Blick zu und Miles hechtete zurück zu seinem Wagen, um ein passendes Geschenk für sie auszusuchen. Er wählte eine Dose mit Pfirsichen und ein Säckchen mit weißen Muscheln, das er der Frau mit einem freundlichen Lächeln in die Hand drückte. Für den Häuptling wählte er ein Päckchen Tabak.
Young-man-afraid-of-his-horse bot ihm höflich einen Platz am Feuer an. Noch war es nicht zu kalt, um draußen zu sitzen.Die Frau reichte ihnen die Essensschalen, dann versuchte sie neugierig, die Dose zu öffnen. Miles half ihr und nahm mit einem Messer eine Pfirsichhälfte auf die Spitze. Ihre Augen wurden rund, als sie die Frucht vorsichtig probierte.

„Waschté? Gut?", fragte er grinsend. Dann bot er auch seinem Gastgeber etwas von den Pfirsichen an.
Er selbst stürzte sich hungrig auf den guten Eintopf. Nach den ewigen Bohnen mit Speck, war dieser jetzt eine willkommene Abwechslung. Nach einer kleinen Geste ihres Mannes, brachte die Frau auch Tatokala eine Schüssel mit dem Eintopf. Schließlich rauchten sie gemütlich eine Pfeife und der Häuptling musterte den Weißen abwartend. „Bist du schon lange im Land der Lakota?"
„Nein, nicht lange!", schüttelte Miles den Kopf.
Aufmerksam legte der Häuptling den Kopf schief. „Wo warst du vorher?"
„Ich besuchte das Land der Pawnee, der Kiowa und der Cheyenne. Ich war Jäger für das Fort Laramie."
„Aber jetzt arbeitest du nicht mehr für die Soldaten?"
„Nein."
„Warum nicht?"
Die Augen von Miles hefteten sich an den Häuptling, warteten gespannt auf eine Reaktion. „Ich suche meine Tochter!"
„Deine Tochter?", blinzelte ihn der Häuptling überrascht an.
„Ja! Sie wurde von Lakota entführt. Sie zählt jetzt dreizehn Winter und hat Haare wie ich."
Miles erkannte sofort an dem ausdruckslosen Gesicht, das der Indianer aufsetzte, dass dieser wusste, von wem er sprach. So weit kannte er inzwischen die Mimik der Indianer.
„Du hast sie gesehen?", forderte er ihn heraus. Auf eine direkte Frage, würde Young-man-afraid-of-his-horse mit keiner Lüge antworten. Trotzdem zögerte der Häuptling eine Weile, während er nachdachte, ob er dem Weißen die Wahrheit sagen sollte.
„Ich suche meine Tochter schon lange. Ich sehe an deinem Gesicht, dass du weißt, von wem ich spreche", forderte Miles.
„Ja! Ich habe sie gesehen" Der Häuptling seufzte tief.
„Wo ist sie?", fragte Miles mit zitternder Stimme. Endlich konnte ihm jemand Auskunft über seine Tochter geben.
„Sie lebt in einem Dorf, das von Traumpfeil geführt wird. Ihr neuer Vater heißt Grauadler. Sie haben deine Tochter verletzt aufgefunden und mitgenommen."
Plötzliche Tränen liefen über Miles` Gesicht. Sie lebte also und es ging ihr gut! Die ganze Zeit hatte ihn die Unwissenheit aufgezehrt. Er hatte nicht gewusst, ob sie tot war oder nicht. Jetzt hatte er endlich Gewissheit, dass sie noch lebte.

Young-man-afraid-of-his-horse blickte auf den weinenden Vater. Auch er hatte Kinder, deren Verlust ihn treffen würde. Mitfühlend bot er Miles die Pfeife an. „Deiner Tochter geht es gut. Du wirst sie finden und dann wird sie zu dir zurückkehren. Niemand wusste, dass ihr Vater noch lebt."
Miles seufzte voller Dankbarkeit. „Wo lebt die Sippe von Traumpfeil?"
Young-man-afraid-of-his-horse wusste es nicht. „Ich habe sie das letzte Mal beim Sommertreffen am Tongue-Fluss gesehen. Ich weiß nicht, wo sie ihr Winterlager haben. Die beste Gelegenheit sie zu finden, ist nächstes Jahr beim großen Sommertreffen."
„Ich werde sie jetzt suchen!"
„Der Winter kommt. Das ist zu gefährlich. Warte bis zum Frühjahr!"
Miles war enttäuscht. Der Häuptling hatte recht. Bald würde der erste Schnee kommen und er konnte froh sein, wenn er es noch vor Einbruch des Winters ins Fort Laramie schaffte. „Kannst du mir etwas von ihr erzählen?"
Der Häuptling lachte leise. „Sie ist nur ein Kind! Sie ist mir nur aufgefallen, weil sie Haare wie die Morgensonne hat. Deine Tochter spielte mit ihren Freundinnen wie alle anderen Kinder auch."
Freundinnen! Es klang so harmlos! Irgendwie beruhigte ihn das. Zumindest wurde seine Jenny gut behandelt. Seufzend stand Miles auf. „Danke für deine ehrlichen Worte. Lass uns jetzt tauschen!"

Tatokala hatte inzwischen die Waren sorgfältig ausgebreitet und auch die Munition sortiert. Er war vermutlich einer der wenigen Indianer, der wusste, welche Munition in welche Waffe gehörte. Ansonsten steckten die Indianer einfach irgendwelche Munition in eine Waffe, Hauptsache sie ließ sich überhaupt hineinstecken. Die Zielgenauigkeit nahm dabei jedoch dramatisch ab, was manchem Weißen bei Angriffen das Leben rettete. Viele Indianer verließen sich daher nach wie vor auf ihre Bögen.
Jetzt zeigten die Krieger ihre Waffen und Miles suchte ihnen die richtige Munition heraus. In die vielen Sharps-Karabiner und Trapdoor-Gewehre, welche die Indianer besaßen, passte die gleiche Munition. Es war normales Armeekaliber, das es überall gab. Trapdoorgewehre waren umgerüstete Springfield-Gewehre, die nach dem Bürgerkrieg von Vorderladern zu modernen Hinterladern umgebaut wurden. Sie waren weit verbreitet und wurden sogar von den Indianeragenturen an die Indianer ausgegeben, damit diese jagen konnten.

Ein Krieger reichte ihm eine moderne Winchester 66, ein Repetiergewehr, das allerdings spezielle Munition brauchte. Er hatte nur eine Schachtel dabei, weil er nicht annahm, dass überhaupt ein Indianer ein so teures Gewehr besaß und zeigte dem Krieger, wie er die Waffe laden musste.
Er tauschte wertvolle Felle und Kleidung, auch für Tatokala, der seine Kleidung ablegte und nun wie ein richtiger Indianer aussah. Obwohl Miles großzügig einige Perlenketten verschenkt hatte, fanden seine anderen Perlen einen reißenden Absatz. Vor allem die kleinen Perlen waren bei den Indianerinnen beliebt, weil sie damit kunstvollere Muster sticken konnten. Aber auch Muscheln und maschinell hergestellte Röhrenknochen, aus denen sich die Krieger ihre Brustpanzer herstellten, wurden getauscht.

Sie verbrachten eine ruhige Nacht unter dem Schutz des Häuptlings und machten sich am nächsten Morgen wieder auf den Weg. Ihr Wagen rollte voll beladen mit sorgfältig hergestellten Lederwaren über das hügelige Grasland. Miles lächelte beim Anblick von Tatokala. Stolz saß er mit seiner neuen Wildlederkleidung auf seinem Pony. So gefiel ihm der junge Mann besser. Nicht der halb angepasste Indianer, der nicht wusste, wohin er gehörte. Sobald Tatokala im Fort sein versprochenes Gewehr bekommen hatte, wollte er wieder zu den Oglala zurück.
Miles würde den Winter im Fort verbringen und sich dann wieder auf die Suche nach Jenny begeben.
„Kommst du im Frühling wieder, um mir bei der Suche zu helfen?", fragte er seinen Begleiter. Tatokala überlegte eine Weile, schließlich meinte er zögernd: „Ich führe dich in das Bighorn-Gebiet!"
Es dauerte zwei Wochen, ehe sie mit dem langsamen Wagen das Fort erreichten. Es hatte bereits geschneit, sodass der Wagen noch langsamer vorankam. Nachts herrschte klirrende Kälte, die sie zwang, ein warmes Feuer zu entfachen und ein Zelt aufzuschlagen. Sie waren froh um die warmen Decken und Felle, die sie eingetauscht hatten.
Endlich erreichten sie in den ersten Novembertagen Fort Laramie. Die Soldaten liefen ihnen johlend entgegen, denn sie mochten Miles und jetzt würde es viel Gesprächsstoff geben. „Du alter Haudegen! Hast du es geschafft, den Rothäuten zu entwischen!" begrüßte ihn ein älterer Soldat.

„Ach, manchmal wurde es knapp, aber meist waren die Sioux friedlich", erzählte Miles.
„Nichts gehört von deinerTochter?"
„Doch! Sie lebt in einem Dorf von aufständischen Indianern. Im Frühjahr werde ich sie wieder suchen."
„Hoffentlich ist sie nicht schon die Squaw eines Indianers", meinte ein jüngerer Soldat.
„Dann werde ich sie trotzdem suchen."
Niemand erwiderte noch etwas, denn niemand wollte den Iren verärgern. Stattdessen bewunderten sie seine Tauschwaren und halfen ihm bei der Suche nach einem Zimmer für den Winter.
Er quartierte sich bei einem Warenhändler ein, der ihm seine Felle abkaufte und ihm ein Hinterzimmer in seinem Geschäft anbot. Miles erzielte einen erstaunlich guten Preis, sodass er Tatokala endlich die versprochene Winchester kaufen konnte. Freudestrahlend nahm Tatokala das wertvolle Gewehr in die Hand, nichts war mehr von seiner indianischen Selbstbeherrschung zu sehen. „Du bist ein guter Freund!"
„Ich hatte es dir versprochen", wehrte Miles großzügig ab.
„Nicht viele Weiße halten ihr Versprechen."
„Ich schon!"
Tatokala war zufrieden. „Ich halte auch mein Wort! Im Frühjahr kehre ich zurück, dann werden wir deine Tochter finden."
Miles hielt ihm seine ausgestreckte Hand hin. Tatokala kannte diese Form des Abschieds inzwischen und ergriff sie. Geschmeidig schwang sich Tatokala auf sein Pony und machte sich auf den Weg zurück zu seinem Volk.
Miles blickte ihm nach, wie er zielstrebig mit seiner neuen Winchester verschwand, dann kehrte er ins Fort zurück. Dort warteten andere Aufgaben auf ihn.
Als erstes räumte Miles auf. Das Zimmer war in seinen Augen ein einziger Saustall und schnell sah er darin ein Problem. Er war Trapper und wollte sich nicht um Frauensachen kümmern. Er brauchte jemanden, der ihm den Haushalt führte, die Wäsche wusch, kochte und vielleicht noch das Bett wärmte. Die Auswahl war gering. Es gab keine unverheirateten Frauen im Grenzland, zumindest keine weißen Frauen. So ging er zu den Zelten der Indianer, die in der Nähe des Forts lebten. Sie waren immer bereit zu einem guten Tauschhandel oder Wettspiel. Viele spielten inzwischen mit Begeisterung Poker, denn sich gegenseitig zu bluffen lag ihnen im Blut. Die Spielkar-

ten waren sogar unter den frei lebenden Indianern weit verbreitet, die damit Poker, aber auch frei erfundene Kartenspiele spielten. Vielleicht konnte Miles ja auf diese Weise eine Frau gewinnen?
Er beteiligte sich an den Pokerspielen bei den Sioux, die über seine guten Sprachkenntnisse staunten. Er spielte gut und er bluffte noch besser. Schnell war er ein gern gesehener Gast, wenn er mit wertvollen Gegenständen die Indianer zu noch mehr Einsätzen reizte.

Es dauerte einige Tage, doch dann ging eine Pokerpartie in die Richtung, die er wollte. Es lagen bereits wertvolle Gegenstände auf dem Fell und der Krieger ihm gegenüber hatte glasige Augen vor Spannung. „Ich gebe dir ein gutes Pferd!", bot ihm ein Krieger an. Er hieß Hinkender-Hund-der-den-Büffel-jagt, wurde aber nur Hinkender-Hund gerufen.
„Ich habe schon ein gutes Pferd." Miles zuckte gelangweilt mit den Schultern.
„Was willst du dann?", forderte der Krieger ungeduldig.
„Ich brauche eine Frau!"
Die Männer lachten gutmütig, aber Hinkender-Hund schüttelte den Kopf. „Ich habe keine Frau, aber mit meinem Pferd kannst du eine Frau tauschen, wenn du gewinnst."
„Ich werde gewinnen!", meinte Miles siegessicher.
„Dann nimm mein Pferd!", lockte ihn der Krieger.
Miles schaute vorsichtig auf seine Karten. Sollte er ein Gewehr auf seine Karten setzen? Er brauchte kein Pferd, er wollte eine Frau. „Wer kann mir dann eine Frau geben?", hielt er den Indianer hin.
Viele schüttelten den Kopf, doch ein Mann zögerte offensichtlich. Miles wandte sich an ihn: „Hast du eine Frau, die du mir für das Pferd dieses Kriegers gibst?"
„Vielleicht! Ich möchte erst das Pferd sehen."
Hinkender-Hund grunzte empört: „Ich biete ein gutes Pferd, es steht neben meinen Zelt."
Der andere Mann stand auf, um sich das Pferd anzusehen. Schnell war er wieder zurück und meinte abwertend: „Es ist kein gutes, aber auch kein schlechtes Pferd. Ich habe eine Gefangene, eine Shoshone, die ich dafür tauschen würde."
„Ist sie jung?", fragte Miles.
„Jung genug für dich, Alter Mann!"
Miles setzte sein Pokergesicht auf. Er wusste plötzlich, dass er gewonnen hatte, denn wenn sich der Indianer seiner Sache sicher

gewesen wäre, hätte er tatsächlich seine Ehefrau und nicht nur ein halbwegs gutes Pony geboten!
Herausfordernd legte er sein Gewehr als Einsatz auf das Fell in der Mitte. Hinkender-Hund starrte auf die wertvolle Waffe, während die umsitzenden Indianer hörbar einatmeten. Sie liebten so spannende Spiele. Zögernd deckte Hinkender-Hund seine Karten auf: zwei Paare, ein ganz gutes Blatt! Das hätte Miles eigentlich nicht erwartet. Er hatte wirklich damit gerechnet, dass der Indianer bluffte. Trotzdem musste er grinsen, ehe er seine drei Damen vorlegte. Die Frau gehörte ihm, die Zeit der einsamen Nächte war vorbei. Hinkender-Hund war ein guter Verlierer. Erstens würde er sich vor den anderen keine Blöße geben, zweitens war er selbst begeistert gewesen von dem spannenden Spiel. Ihm bedeutete Besitz nichts, aber über diesen Abend würden sie noch lange reden!
Mit einer großzügigen Geste brachte er dem Weißen sein Pferd, der es abwartend an den Zügeln hielt. Neugierig wartete Miles auf das Shoshonemädchen, das er für das Pferd eintauschen wollte.
Der Krieger zerrte sie heran und schubste sie auf demütigende Weise vor Miles Füße. Sie war tatsächlich jung, hatte ein rundes Gesicht und runde Hüften. Sie war offensichtlich misshandelt worden und blickte gehetzt auf die Krieger. Miles zog sie auf die Füße und sie wich entsetzt vor dem hünenhaften Mann zurück, was ihr einen Fußtritt ihres Besitzers einbrachte.
Miles wusste, dass Gefangene von den Sioux manchmal nicht gut behandelt wurden, doch die offensichtliche Demütigung der jungen Frau missfiel ihm. Er zog sie aus der Reichweite ihres Besitzers und bot ihm das Pferd an: „Wir tauschen? Waschté-yelo!"
Dann führte er das Mädchen in das Fort zurück. Sie wehrte sich und jammerte. Lieber wollte sie bei den Indianern bleiben, wo sie wusste, was ihr bevorstand. Sie hatte Angst vor diesem Weißen, der mit seinem Bart aussah wie ein Grizzly. Die Soldaten lachten, als er das Mädchen in das Fort zog. Sie machten anzügliche Bemerkungen und einer bot ihm Geld: „Wie viel willst du, wenn du mich auch mal ran lässt?"
Miles schüttelte nur verneinend den Kopf. „Kauf dir doch selbst ein Indianermädchen! Oder geh zu einer der weißen Nutten!"

Energisch schob er die Frau in sein Zimmer und verriegelte die Tür, damit sie nicht weglaufen konnte. Dann befahl er ihr in Zeichensprache, etwas zu essen zu kochen. Er wiederholte die Gesten mehrmals, bis sie sich beruhigt hatte und sich am Feuer zu schaffen machte. Jetzt erst konnte er sie näher in Augenschein nehmen. Sie war ärmlich gekleidet, trug nur ein einfaches Arbeitskleid ohne Verzierung und ihre Füße steckten in ungefütterten Mokassins, die für die Jahreszeit viel zu kalt waren. Er bereute, dass er alle Indianerkleider eingetauscht hatte. Vielleicht sollte er den Händler fragen, ob er etwas Passendes hatte. Er verließ das Zimmer und verriegelte die Tür, dann ging er in den Laden. Er suchte ein warmes Kleid, fand einen schönen Schal und tauschte ein dichtes Fell, aus dem sie sich neue Mokassins nähen konnte. So bestückt kehrte er zurück und legte die Sachen auf sein Bett. Er bereitete einen Kessel mit warmem Wasser und befahl dem Mädchen sich auszuziehen. Sie drückte sich angstvoll an eine Wand. Ungeduldig ging er zu ihr und riss ihr die schmutzige Kleidung vom Körper. Er wollte keine stinkende Frau in seinem Bett. Energisch nahm er ein Stück Seife und schrubbte sie gründlich ab. Dann gab er ihr das neue Kleid, für das er ein scheues Lächeln erhielt. Das war doch schon besser!

Der Winter brach herein und zwangsläufig verbrachten die beiden viel Zeit zusammen. Miles war geduldig und ließ dem Mädchen Zeit, sich an ihn zu gewöhnen. Ihm gefiel die Gesellschaft und dass er nun eine Frau für sich allein hatte. Sie dagegen war nach ihrer anfänglichen Scheu froh darum, dass dieser Mann sie nicht misshandelte, sondern sanft und zärtlich war. Bisher hatte sie viel Leid erfahren, war geraubt und gedemütigt worden, aber hier wurde sie gut behandelt. Endlich hatte sie genug zu essen, ein schönes Kleid und einen Mann, der sie anlachte und bewunderte.
Miles nannte sie liebevoll „Meine Rose", dabei hieß sie eigentlich „Frau, die nachts den Wind ruft", aber den Namen konnte er sich einfach nicht merken. Er sprach kein Shoshone und sie verstand kein Englisch, aber sie konnte ein wenig Lakota, sodass sie sich verständigen konnten. Ihm gefiel ihr rundes Gesicht mit den freundlichen Augen, nur die streng geflochtenen Zöpfe bat er sie aufzubinden. In Wellen fielen ihre schwarzen Locken über ihre Schultern und er vergrub seinen Kopf darin. Er flüsterte ihr Kosenamen in das Ohr, die sie nicht verstand, doch nachts, im Bett, brauchten sie keine Worte. Manchmal erzählte er ihr Witze, von denen sie kein Wort verstand, trotzdem lachte sie, weil er so lustige Grimassen schnitt. Sie lernte das Zimmer sauber zu machen und seine Wäsche zu waschen. Um ihm zu gefallen, plapperte sie die Worte nach, die er ihr vorsprach

und tatsächlich lernte sie einige Brocken seiner Sprache. Sie war stolz darauf, einen Weißen zum Mann zu haben und senkte scheu den Kopf, wenn andere Männer anzüglich hinter ihr her pfiffen.

Eigentlich wollte Miles sich mit ihr nur die lange Zeit im Winter vertreiben, doch dann überlegte er, ob er sie im Frühjahr nicht mitnehmen sollte. Wenn er Jenny fand, würde er eine Frau brauchen, die für das Mädchen sorgte. Außerdem mochte er Rose und er wollte sie nicht im Stich lassen. Sie lenkte ihn von seiner Sorge um Jenny ab und plötzlich machte es ihm nichts mehr aus, die Verantwortung für eine Frau zu haben. Sie erleichterte ihm das Leben und wenn er Lust auf eine Frau verspürte, musste er keine Hure mehr bezahlen. Frau! Sie war halb so alt wie er, nicht viel älter als seine Jenny, die vielleicht auch bald die Squaw eines Kriegers wurde. Er fand es nur gerecht, dass er jetzt auch so ein junges Ding im Bett hatte.

Wie es wohl seiner Tochter erging? Lag auch sie jetzt an einem warmen Feuer? Hatte Jenny eine Mutter bei den Indianern und vielleicht Geschwister oder lag sie bereits in dem Bett eines Kriegers? War sie glücklich?

Wolakota

Frieden (Winter 1873/74)

Che-ni-win war nicht glücklich. Sie hockte in dem Zelt für menstruierende Frauen und ihre Finger waren blutig von dem ewigen Sticken. Zum ersten Mal hatte ihre Blutung eingesetzt und Gebrochener-Zweig hatte sie stolz in das abseits gelegene Zelt geführt. Dort sollte sie die Tage mit Sticken verbringen, denn das brachte das junge Mädchen auf den richtigen Pfad. Je mehr sie in dieser Zeit stickte, desto angesehener würde sie sein. Hier zeigte sich, ob sie eine fleißige Frau sein würde, die den Haushalt eines Kriegers führen konnte. Von morgens bis abends redeten die Frauen auf sie ein und erklärten ihr, was eine ehrbare Lakotafrau alles tun sollte.

Manche Dinge fand Che-ni-win interessant, zum Beispiel wie Babys entstanden oder wie man eine Schwangerschaft verhinderte. Andere Dinge wusste sie schon längst, denn ihre indianische Mutter hatte sie zur Genüge in die Fertigkeit des Stickens und Nähens eingewiesen. Aber sie verstand, dass all dies zu der Zeremonie gehörte und lauschte aufmerksam auf die Stimme ihrer Mutter.

„Du musst sehr acht geben, dass dein Blut keine Sachen berührt, die du gerade nähst, und vor allen Dingen nicht die Waffen der Männer!“, mahnte Gebrochener-Zweig.

„Warum nicht?“

„Nun, dein Blut hat große Macht. Berührt es die Waffen eines Mannes, so verlieren sie ihre Kraft.“

„Warum ist das so?“

„Weil der erste Mann aus dem Blut der Frau erschaffen wurde.“

Che-ni-wins Augen blitzten vor Neugierde. „Wie kann das sein?“

Leise erzählte Gebrochener-Zweig die Schöpfungsgeschichte der Lakota.

„Als die erste Frau, deren Zeichen der Morgenstern ist, auf die Welt kam, hatte sie in einem Bündel alles dabei, was sie zum Überleben brauchte: Kräuter für die Heilkunst, Feuersteine um Feuer zu entfachen, aber sie war einsam. Eines Tages hatte sie ihre Regel und Blutstropfen fielen in den Staub. Daraus formte sie eine winzige Figur, das war der erste Mann! “

Che-ni-win kicherte begeistert. Ihr gefiel es, dass bei den Lakota der Mann von der Frau abstammte. „Wie konnte er leben und atmen?“, fragte sie neugierig.

„Nun, Inyan, der Felsen, gab dem Wesen etwa von seinen Steinen und daraus wurden Knochen. Taté, der Wind, blies ihm Atem ein und Wi, die Sonne, gab ihm Wärme. So entstanden die Menschen!"
Che-ni-win dachte über den Unterschied zu der christlichen Schöpfungsgeschichte nach und erzählte ihrer Mutter davon: „Die Weißen glauben, dass der erste Mensch ein Mann war. Aus seiner Rippe formte Wakan-tanka dann die Frau."
Die Frauen schlugen sich lachend die Hände vor den Mund. So ein Unsinn! Zuerst war immer die Frau! Nur sie schenkte Leben und nur sie trug die kommenden Generationen in ihrem Leib. Che-ni-win erschien das auch viel einleuchtender.
„Stick weiter, meine Tochter, damit bald ein Mann um dich wirbt", mahnte Gebrochener-Zweig.
Gehorsam beugte sich Che-ni-win über ihre Näharbeit. Mit ihren Zähnen biss sie gefärbte Wildschweinborsten platt, bis sie geschmeidig und biegsam waren und faltete sie einzeln auf einem Gürtel. Es war eine Plackerei und die spitzen Borsten stachen ihre Finger blutig. Viel lieber stickte sie mit Perlen, weil man sich mit ihnen schöne Muster ausdenken konnte. Am liebsten mochte sie Blumen, aber sie stickte auch gern die geometrischen Muster, die sie von ihrer Mutter lernte.
Nach vier Tagen wurde Che-ni-win von ihrer Mutter zu dem großen Zeremonienzelt geführt. Grauadler hatte das Zelt entsprechend eingerichtet: ein Bisonschädel als Altar, daneben lag eine heilige Pfeife und ein Feuer aus Pappelästen brannte, dessen Rauch Anog-ite, die Doppelgesichtige Frau, die Göttin unanständiger Dinge, vertreiben würde. Grauadler stellte eine Schüssel mit Kirschsaft neben das Feuer und legte ein neues Kleid bereit. Bärenkralle setzte sich mit Hitschikyata zu den anderen, dieses Mal nur, um die Zeremonie zu segnen.
Dann trat Tschoka-sapa ein, denn er war der einzige Bisonträumer der Sippe. Der Büffel war sein Schutztier, deshalb war es angemessen, dass er die Zeremonie leitete. Der Bison war außerdem der Beschützer der jungen Mädchen und wachte über ihre größten Tugenden: Fleiß, Fruchtbarkeit und Großzügigkeit. Die Gäste setzten sich in das große Zelt und Tschoka-sapa reichte die heilige Pfeife herum, während er ein Lied zu Ehren des Büffels sang. Deshalb hieß die Zeremonie auch „Bisongesang".
Schließlich trat Che-ni-win ein. Sie glühte vor Aufregung, denn jetzt würde sie eine Frau werden.

Tschoka-sapa belehrte sie über ihre moralischen Pflichten, dann tanzte er den Tanz des Bisonbullens in der Brunftzeit, um sie symbolisch in Versuchung zu führen. Gebrochener-Zweig verhinderte die Annäherungsversuche, indem sie Che-ni-win Salbeizweige unter die Arme und in den Schoß legte. Schließlich weihte Tschoka-sapa den Kirschsaft und trank ihn gemeinsam mit Che-ni-win. Auch den anderen Gästen wurde der Saft als Geste der Freundschaft gereicht. Dann wurde Che-ni-win befohlen, ihr Kleid auszuziehen. Scheu ließ sie es zu Boden rutschen, verdeckt durch ein Fell, das ihre Mutter hielt. Gebrochener-Zweig legte das Kleid als Opfer auf den Bisonschädel, dann überreichte sie Che-ni-win das neue Kleid. Es war wunderschön weiß gegerbt und von Gebrochener-Zweig mit viel Liebe bestickt worden, so als wäre Che-ni-win ihre leibliche Tochter. Sie hatte es mit hellblauen Perlen bestickt, welche die Farbe ihrer Augen noch unterstrichen. Vorsichtig flocht sie die Haare ihrer Tochter in zwei dicke Zöpfe und legte sie nach vorne über das Kleid. Nach diesen Vorbereitungen trat Tschoka-sapa an das Mädchen heran und färbte ihren Scheitel rot. Jetzt war sie eine Frau!
Die heilige Zeremonie war beendet und Gebrochener-Zweig verteilte ein Festessen an die Gäste. Auch Che-ni-win erhielt eine Schüssel, denn heute war ihr Ehrentag. Sie war sehr bedacht darauf, nicht auf ihr neues Kleid zu kleckern und traute sich vor Aufregung kaum zu essen. Ihr Vater trat vor und verteilte großzügig Geschenke zu Ehren seiner Tochter. Er war wohlhabend und konnte es sich daher leisten, auch für seine Adoptivtochter eine kostspielige Feier auszurichten. Ihm selbst brachte diese Großzügigkeit Anerkennung im Dorf ein und sie wertete seinen Status auf.
Erst wenn ein Mann an mehreren Zeremonien teilgenommen hatte, wie zum Beispiel am Sonnentanz, am Bisongesang oder beim „Verwandte machen", wobei Männer, Frauen oder Kinder in einer heiligen Zeremonie adoptiert wurden, konnte er in der Stammeshierarchie aufsteigen. Der Bisongesang war ein großartiges Fest für Che-ni-win, das sie endgültig in den Stamm integrierte.
Auch Elchkalb frohlockte: Sie reifte viel schneller zur Frau heran, als er vermutet hätte. Es hatte sich also doch gelohnt, sie mitzunehmen und er würde behutsam ihre Aufmerksamkeit auf sich lenken.

Für Che-ni-win dagegen begann eine neue Zeit. Vorbei war das unbeschwerte Herumtollen. Jetzt wurde von ihr erwartet, dass sie sich wie eine junge Frau verhielt. Sie senkte den Blick, wenn ihr Männer begegneten und ihre Mutter hatte ihr zur Erinnerung an ihre Jungfräulichkeit das Keuschheitsband umgebunden. Sie hasste es, denn es kratzte. Außerdem empfand sie es als unnötig, weil ihre Mutter sie sowieso nie aus den Augen ließ.
Das war auch gut so, denn junge Männer betrachteten unverheiratete Frauen gern als Freiwild. Schamlos warben sie um die Mädchen und es zählte als Coup, ein Mädchen zu entjungfern. Die Männer testeten damit die Tugendhaftigkeit eines Mädchens. Gab sie sich zu schnell oder sogar mehreren Männern hin, nannte man sie „withkowin", verrücktes Mädchen, das nie von einem Mann geheiratet wurde. Die Mütter wussten das und wachten daher sorgsam über ihre Töchter. Auch der Kontakt zu Hitschikyata war ohne Aufsicht unmöglich geworden. So saß jetzt immer Gebrochener-Zweig bei ihnen und lauschte verblüfft auf die fremde Sprache, die Che-ni-win dem jungen Mann lehrte. Im Winter hatte Hitschikyata wieder mehr Zeit, um sich dieses Wissen anzueignen und lernte beharrlich. Er konnte sich mit Che-ni-win inzwischen in der Sprache der Weißen unterhalten, obwohl ihn manchmal ihre Sprunghaftigkeit irritierte. Während sie ihm gerade das komplizierte System des Bezahlens erklärte, konnte sie unvermittelt abschweifen und etwas über blaue Blumen erzählen. Aber sie war ja auch ein Mädchen!
Eines Tages war Che-ni-win besonders unkonzentriert, geradezu abwesend und ungeduldig wollte Hitschikyata den Grund für ihre Zerstreutheit wissen: „Was ist los mit dir? Willst du heute nicht mit mir lernen?"
„Yu! Heute Abend werde ich tätowiert und ich habe ein bisschen Angst."
„Du hast Angst?" Hitschikyata lachte, denn für ein Mädchen war sie ganz schön mutig.
„Ja, Grauer-Wolf macht es und den kenne ich doch überhaupt nicht, außerdem tut es weh!"
„Aber es gehört zu unserem Leben! Damit gehörst du endgültig zu uns. Alle Lakota werden tätowiert, denn nach ihrem Tod sitzt eine alte Frau, die Eulenmacherin, auf der Wolke und lässt nur die Männer oder Frauen zu den Sternen gehen, die an den Handgelenken, Kinn oder Stirn tätowiert sind. Es ist eine Ehre, so eine Tätowierung zu machen und dein Vater hat bestimmt mit einem Pferd dafür be-

zahlt. Grauer-Wolf ist sehr angesehen! Er hat schon viele Tätowierungen angefertigt." Hitschikyata machte eine beruhigende Handbewegung. „Mach dir keine Sorgen. Du bist ein Mädchen, da macht er nur Linien auf dein Kinn. Bei Männern macht er Adlerfedern oder sogar das Zeichen des Donnervogels. Das dauert viel länger und ist sehr schmerzhaft." Hitschikyata erkannte, dass Che-ni-win wohl zu abgelenkt war, und verließ das Tipi mit einem freundlichen Lächeln.

Am Abend kam Grauer-Wolf in Begleitung von Bärenkralle in das Tipi und Che-ni-win schlug das Herz bis zum Hals. Sie musste sich auf ihre Decken legen und Grauer-Wolf klemmte ihren Kopf zwischen seine Schenkel. Gleichmäßig begann Bärenkralle die Trommel zu schlagen, sein monotoner Singsang schläferte sie ein. Sie fühlte sich schwer und unglaublich müde, dabei wollte sie doch sehen, was der Mann tat.
Mit Stachelschweinborsten stach Grauer-Wolf lauter kleine Punkte in ihr Kinn, sodass drei dünne Linien entstanden. „Es tut überhaupt nicht weh", dachte Che-ni-win verwundert.
Grauer-Wolf schmierte blau-gefärbten Lehm in die Haut. Selbst wenn die Wunde blutete, blieb die blaue Farbe erhalten. Anschließend wurden Bärenkralle und Grauer-Wolf zu einem reichhaltigen Essen eingeladen und jeweils mit einem wertvollen Pferd belohnt. Che-ni-win war so in Trance, dass sie von der kleinen Feier nichts mitbekam, weil sie sich müde zurückgezogen hatte und längst eingeschlafen war.

Mit einem benommenen Gefühl wachte Che-ni-win am nächsten Morgen auf. Sie wollte allein sein, um ein wenig nachzudenken. Ohne wärmende Büffeldecke verließ sie das Zelt und so gelang es ihr, auf ihrem Pferd der ständigen Aufsicht ihrer Mutter zu entfliehen. Sie ritt eine Weile über das Grasland und der eiskalte Wind blies ihr ins Gesicht. Sie fror, weil sie zu leicht bekleidet war, aber sie brauchte die Stille, um sich über ihre Gefühle im Klaren zu werden.
Seltsamerweise hatte die Tätowierung sie mehr berührt als ihre Fruchtbarkeitsriten! Ihre Hand tastete nach ihrem Kinn, an dem die drei blauen Striche juckten. Es gefiel ihr bei den Lakota und bald würde ein Mann um sie werben, dann hätte sie als Ehefrau wieder mehr Freiheiten. Sie lächelte, als sie an ihre Mutter dachte.

Einige Krieger ritten ihr entgegen und sie beschloss, lieber umzukehren, ehe ihre Mutter böse auf sie wurde. Sie schlug Winny die Fersen in die Flanken und trabte in Richtung Dorf. Hinter ihr hörte sie den Galopp herannahender Pferde. „Diese Angeber!", dachte sie. Rechts und links wurde sie von den jungen Männern überholt, unter ihnen auch Elchkalb, und einer griff ihr energisch in die Zügel. Sie wurde blass. Das war plötzlich kein Spaß mehr!
„Was macht ein Mädchen so allein, weit weg von ihrem Stamm?", fragte Antilopensohn und seine großen Augen funkelten spöttisch.
Ihr fiel keine passende Antwort ein, denn es schickte sich tatsächlich nicht, dass sie alleine ritt. Verlegen senkte sie den Kopf und versuchte, an ihnen vorbeizukommen. Johlend versperrten sie ihr den Weg und einer der Männer griff in die roten Zöpfe.
Angst schnürte ihre Kehle zu. Niemand hatte ihr gesagt, wie sie mit vier jungen Männern fertigwerden sollte. „Lass mich los!", fauchte sie den jungen Mann an. Mit einer schnellen Bewegung zog sie ihr Messer und hielt es ihm an die Brust. Völlig entgeistert schaute der junge Mann sie an und wich zögernd zurück. Die anderen schrien vor Lachen. Hoka! Sie verteidigte ihre Ehre!
„Ich möchte jetzt bitte zurück", flüsterte sie mit erstickter Stimme und blickte bittend auf Elchkalb. Wenn er sie je zur Frau wollte, sollte er ihr jetzt besser helfen!
Elchkalb zögerte unentschlossen. Einerseits wollte er sie zur Frau und er sah ihre Verzweiflung, andererseits wollte er seinen Freunden nicht den Spaß verderben. Fieberhaft überlegte er, wie er ihr aus der Situation helfen konnte, ohne sich vor seinen Freunden zu blamieren. Kurz entschlossen drängte er sein Pferd an Che-ni-win heran und riss sie vor sich auf das Pferd. Spielerisch wand er ihr das Messer aus der Hand und rief: „Das Mädchen gehört mir! Ich habe sie besiegt! Hokahey!"
Die anderen johlten und berührten sie mit ihren Peitschen, als würden sie Coups erlangen. Es war ein demütigendes Spiel und sie klammerte sich an Elchkalb. Nie wieder würde sie alleine ausreiten!
Mit seiner Beute machte sich Elchkalb auf den Rückweg in das Dorf. Sein Arm lag fest um ihre Hüften, damit sie nicht vom Pferd fiel.
Che-ni-win zitterte plötzlich und ihre Haut war unnatürlich blass vor Kälte. Sie pfiff nach Winny, die ihr gehorsam folgte. Elchkalb brachte Che-ni-win zu ihrem Zelt zurück und ohne ein Wort zu sagen verschwand das Mädchen ins Innere.
Ihre Mutter blickte sie tadelnd an. „Was ist geschehen?"

„Nichts!"
„Warum bringt Elchkalb dich dann zurück?"
Che-ni-win begann zu schluchzen. „Die jungen Männer wollten mich ärgern und Elchkalb hat mir geholfen."
Gebrochener-Zweig schaute sie streng an. „Die jungen Männer ärgern dich nicht, sondern sie wollen dir deine Unschuld rauben! Es war unvernünftig, ohne Begleitung wegzugehen. Die Männer denken dann, dass du ihre Nähe suchst."
„Mutter! Das wusste ich nicht und das wollte ich nicht! Ich wollte nur ein wenig mit Winny reiten, wie ich es sonst auch gemacht habe."
„Das schickt sich jetzt nicht mehr. Es ist gut, dass Elchkalb ehrbare Absichten hat."
„Das weiß ich jetzt. Mutter, ich werde nicht mehr weggehen."
„Das ist gut! Und wenn du reiten möchtest, dann bitte Morgenröte und Gras-im-Wind dich zu begleiten."
„Das mache ich."
„Komm her, du dummes Kind!", rief Gebrochener-Zweig und nahm Che-ni-win in die Arme. „Wie hast du dir die Jungen überhaupt vom Leibe gehalten?"
„Mit dem Messer!" Sie schlotterte am ganzen Leib und besorgt wickelte Gebrochener-Zweig ein warmes Fell um ihre frierende Tochter. Plötzlich schüttelten Lachkrämpfe das Mädchen und es sah aus, als ob ein großer Bär Schluckauf hatte. Kopfschüttelnd betrachtete Gebrochener-Zweig ihre ungebärdige Tochter. Sie war immer noch ein Kind, das spielen wollte. Vielleicht entwickelten sich weiße Kinder langsamer als Lakotamädchen? Sie würde ihr noch ein wenig Zeit geben, ehe sie einen Mann für sie suchte, oder es Elchkalb gestattete, um Che-ni-win zu werben.

Der Winter hielt Einzug in das Land und begrub alles unter seinen Schneemassen. Trotzdem machten sich die Krieger mit ihren Schneeschuhen auf, um ein wenig zu jagen oder Holz für ihre neuen Pfeile zu sammeln. Die Frauen saßen oft zusammen und verarbeiteten die Felle zu neuen Kleidungsstücken oder Taschen.
Wah-bo-sehns hatte das Leder des alten Tipis aufgehoben, denn man konnte es noch gut verwenden. Das Leder der Rauchklappen war durch den Rauch so wasserdicht, dass man wunderbare Mokassinsohlen daraus schneiden konnte. Aus dem restlichen Leder nähte sie

für Verlorenes-Hirschkalb und Graueulenmädchen ein kleines Zelt, in dem sie richtig spielen konnte. In der Mitte brannte sogar ein kleines Feuer und der Boden war mit Fellen ausgelegt. Der junge Wolf liebte es, sich den Kindern anzuschließen und folgte ihnen auf Schritt und Tritt. Mit seinem Hinterteil kuschelte er sich schmeichelnd an die Menschen heran und suchte unterwürfig die Aufmerksamkeit seiner Familie. Zu allen anderen hielt er Distanz und duckte sich scheu nach unten, wenn sie näher kamen. Er war inzwischen ein geschickter Jäger und sorgte selbst für sein Fressen, indem er Mäuse und Kaninchen jagte. Regelmäßig brachte er seine Beute zu seinem Herrn und legte sie demütig nieder. Im Tausch erhielt er Knochen und Reste, die er gierig verschlang. Tschetan-withko schüttelte dann jedes Mal den Kopf, denn anscheinend liebte der Wolf gekochtes Essen und tauschte dafür gern seine blutige Beute.
Die drei Kinder spielten meistens mit ihren Puppen in dem kleinen Tipi, das Wah-bo-sehns neben ihrem großen Zelt aufgestellt hatte. Verlorenes-Hirschkalb hatte endlich ihre Sprache wiedergefunden. Doch sie sprach nur in Lakota, kein einziges Wort der Pawneesprache kam über ihre Lippen. In ihrem Spielzelt redete sie ganz normal mit ihren Geschwistern, aber mit ihren Eltern flüsterte sie nur. Wah-bo-sehns war froh über ihre neue Tochter, denn inzwischen erledigte das Mädchen einfachere Arbeiten, wie Geschirr abwaschen oder Wasser holen und spielte mit den Kindern.
Wah-bo-sehns genoss die Ruhe, die sie dadurch hatte. Gut gelaunt kniete sie über einigen abgeschabten Häuten ungegerbten Leders und strich mit ihrer Hand über das starre Material. Sie brauchte weitere Rohhauttaschen, in denen sie ihre Habe und ihre Vorräte verstauen konnte. Sie schnitt einen breiten Streifen aus dem Leder und schlug ihn dreimal übereinander. Sie nähte zwei Drittel aneinander und benutzte den Rest als Klappe zum Schließen. Dann fertigte sie eine zweite Tasche nach dem gleichen Muster. Sie legte beide Taschen vor sich hin und begann, sie mit ihren Pflanzenfarben zu bemalen. Sie wählte ein zentrales Blumenmuster, das sie mit geometrischen Symbolen umgab. Beide Taschen verzierte sie mit dem gleichen Muster. Zusammen mit den anderen Taschen, die mit unterschiedlichen Farben und Mustern bemalt waren, wusste sie so genau, was in welche Tasche gehörte. Ein perfektes Ordnungssystem!

Wah-bo-sehns liebte den Winter, denn er war eine Zeit der Ruhe und des Friedens. Sie verbrachte viel Zeit mit Nähen und Sticken, unter-

hielt sich mit ihren Freundinnen und musste sich keine Sorgen um ihren Mann machen. Denn auch Tschetan-withko hatte nach dem Angriff auf die Pawnee keine winterlichen Kriegszüge mehr unternommen. Stattdessen genoss er seine Ehefrau. Zum ersten Mal seit er sie geraubt hatte, musste er auf kein Baby Rücksicht nehmen, das gestillt werden musste. Es drohte kein Krieg und es stand auch keine heilige Jagd bevor, die seine ganze Manneskraft forderte, und so schlüpfte er nachts oft unter ihre Decke, um sich an seiner Frau zu wärmen. Er glaubte sowieso, dass die meisten Babys im Winter entstanden, wenn die Krieger Zeit hatten, sich um ihre Frauen zu kümmern. Abends erzählte er den Kindern gerne die Geschichten seines Volkes und erfreute sich an ihren leuchtenden Augen. Er malte die Geschichten mit kleinen Skizzen in das Buch, das er von den weißen Landvermessern erbeutet hatte. Verlorenes-Hirschkalb verstand sie so besser und lachte über die schönen Zeichnungen.
Insgeheim bestaunte Wah-bo-sehns die Kunstfertigkeit ihres Mannes. Er malte so genau, dass die Eigenart der Tiere und Menschen, die er darstellte, gut eingefangen wurde. Verlorenes-Hirschkalb blickte sehnsüchtig auf die bunten Zeichnungen und lächelnd riss Tschetan-withko die Bilder heraus und gab sie dem Kind.
Dann blickte er gedankenverloren auf das Buch in seinen Händen. In ihm ließ es sich viel besser zeichnen als auf Leder. Bisher hatte er seine Heldentaten im Winter immer auf Leder gemalt, so genannte Winterzählungen, wie sie auch von den Weisen des Stammes gemalt wurden, um die Geschichte des Volkes aufzuzeichnen. Mit den bunten Stiften der Weißen und auf dem Papier konnte er genauer und detailgetreuer malen. Vielleicht konnte er in dem Buch nicht nur Geschichten für die Kinder malen, sondern seine eigenen Taten abbilden? So ein Buch ließ sich auch besser aufbewahren als ein gerolltes Fell. Er warf einige Scheite in das Feuer, um mehr Licht zu haben und begann versuchsweise zu zeichnen, dabei lächelte er versonnen. Die Kinder lagen inzwischen in ihren Fellen und schliefen tief und fest. Nach einer Weile beugte sich Wah-bo-sehns neugierig über seine Arbeit. Ihr stockte der Atem, als sie sah, was er darstellte. Er malte eine Frau mit kurzen Haaren und einem Baby im Arm, die vor einem Mann floh. Deutlich war die Bewegung in den Bildern zu sehen und die ausgestreckte Hand, die nach dem Haar der Frau griff. Sie erkannte sich selbst, sogar die drei Reihen Elchzähne an ihrem Kleid waren zu erkennen, während der Krieger deutliche Züge von Tschetan-withko hatte. Wah-bo-sehns schluckte, als sie die Zeichnung sah.

Warum zeichnete er das jetzt und erinnerte sie wieder daran? Empört schlug sie Tschetan-withko auf die Schulter. „Ich hatte damals solche Angst!"
Tschetan-withko lachte gutmütig. „Hast du jetzt auch noch Angst?"
„Nein."
„Aber ich bin immer noch gefährlich." Ohne sie aus den Augen zu lassen, klappte er das Buch zu, legte es auf die Seite und bewegte sich wie ein Raubtier auf sie zu.
Hastig griff sie nach einem Ast und schlug spielerisch auf ihn ein. Tschetan-withko entwand ihr den Stock und klemmte sie zwischen seinen Beinen ein. Grinsend zog er sein Hemd über seinen Kopf und beugte sich über sie. Er lockerte seine Umklammerung nur so weit, dass er ihr das Kleid ausziehen konnte. Es machte ihm Spaß, ihren zierlichen Körper mit seiner Kraft niederzudrücken, während sie unter seinem Gewicht nach Luft schnappte. Seine Haare kitzelten ihre empfindlichen Brüste und seufzend schloss sie die Augen. Ihre Finger fuhren sanft über seinen kräftigen Oberkörper und er stöhnte vor Wohlbehagen. Mit seinen Ellbogen stützte er sich ein wenig ab, machte sich leicht für sie. Dann drang er tief in sie ein. Er bewegte sich ganz langsam in ihr, selbst als sie schon verschwitzt und befriedigt unter ihm lag. Er wollte sie am liebsten mit Haut und Haaren fressen und zögerte den Höhepunkt hinaus. Er wollte die warme Höhle zwischen ihren Beinen nie wieder verlassen.
Wolfssohn quengelte plötzlich und Wah-bo-sehns schob ihren Mann von sich, um ihr Kind zu beruhigen. Wolfssohn trank nur noch selten ihre Milch, sie war schon fast versiegt, doch jetzt in der Nacht war es der schnellste Weg, den Jungen wieder zum Schlafen zu bringen.
Tschetan-withko seufzte unbeherrscht. Es gab Notsituationen für einen Mann, die unerträglich waren. Sein Herz pumpte, als er ihre nackten Brüste sah. Sie ließ ihn zappeln und wartete geduldig, bis das Kind wieder eingeschlafen war, dann drehte sie sich zu ihm um.
Tschetan-withko hatte den Blick eines Raubtieres, als er sie zu Boden drückte und heftig in sie eindrang. Sie war schon wieder enger geworden und er stieß auf leichten Widerstand. Er stöhnte, als die Reibung seine Erregung noch steigerte und er sich schweißgebadet in ihr entlud. Fast schwindelig vor Erleichterung klappte er über ihr zusammen.
Sie wollte ihn von sich weg schieben, weil sie kaum Luft bekam, doch er wollte nicht. Fest umklammert hielt er sie fest und ließ dabei sein Geschlecht in ihr. Es war so schön.

Oh! Sie stöhnte unter seinem Gewicht und er ließ sich mit ihr auf die Seite rollen. Sein Kopf ruhte auf ihrer Brust, während er zufrieden einschlief.
Wah-bo-sehns hielt ihren Mann fest umschlossen und dachte an die Zeichnung in seinem Buch. Wie sehr hatte dieser schreckliche Tag ihr Leben zum Guten verändert! Wakan-tanka wählte manchmal sonderbare Wege. Oder Ah-badt-dadt-deah? Oder war es der gleiche Schöpfer?

An einen anderen Weg dachten einige Jungen, denen die Zeit des Friedens zu langweilig wurde. Otter, Hitschikyata und Blitz-im-Winter saßen auf einem Baumstamm und schmiedeten Pläne. Nach dem Angriff auf die Pawnee, bei dem sie lediglich die Pferde gehütet hatten, warteten sie vergeblich auf eine Möglichkeit, sich als Männer zu beweisen. Die Schrecken waren verblasst und Otter hatte eine Idee, wie sie zu Ruhm und Ehre gelangen konnten. „Lasst uns zu den Psa reiten und einen Coup erlangen!", stiftete er die anderen begeistert an.
Hitschikyata zuckte regelrecht zusammen und sah seinen Freund entsetzt an. „Die Crow sind von meinem Volk, ich kämpfe nicht gegen sie!"
„Hohch! Du bist jetzt ein Lakota", widersprach Otter mit einer abwertenden Handbewegung.
„Aber meine Eltern waren Crow. Ich bin noch nicht so lange bei euch, dass ich dies vergessen würde. Ich bin jetzt ein Lakota, aber ich werde nicht gegen das Volk kämpfen, das mich großgezogen hat."
Otter senkte enttäuscht den Kopf, während Blitz-im-Winter verwirrt auf Hitschikyata blickte. „Hoka! Wenn er nicht kämpfen will, dann komme ich mit dir mit", bot er hoffnungsvoll an.
„Du bist noch ein Baby und solltest überhaupt nicht hier sein, wenn Männer reden", fuhr ihn Otter scharf an.
„Ihr seid noch keine Männer!", entgegnete Blitz-im-Winter frech. „Du kannst mich doch mitnehmen, damit ich die Pferde hüte", versuchte er Otter zu überreden.
„Aber ich gehe nicht ohne Hitschikyata."
Blitz-im-Winter schaute enttäuscht auf Hitschikyata. „Es gibt nicht viele Feinde, gegen die wir ziehen können. Wie willst du je Ehre erlangen?"

„Nicht, indem wir gegen die Crow ziehen!" Es klang endgültig.
„Du wirst wirklich bald ein Winkte sein", stichelte Blitz-im-Winter verächtlich.
„Das werde ich nicht!"
„Gegen wen willst du dann kämpfen? Frauen und Kinder willst du verschonen und gegen die Psa willst du auch nicht ziehen", spielte Otter auf ihren Schwur an.
„Du hast doch das Gleiche geschworen. Dein Vater wollte dir sogar den Namen ‚Gibt-sein-Pferd-weg' geben!", verteidigte sich Hitschikyata.
Otter drosch mit seiner Faust auf Hitschikyata ein. „Verräter!"
Hitschikyata hielt schützend die Hände vor sein Gesicht, dabei schüttelte es ihn vor Lachen.
„Wir müssen ja keinen Psa töten. Wir könnten ja etwas anderes Tapferes machen", versuchte Blitz-im-Winter die Aufmerksamkeit auf sich zu lenken.
„Was denn?"
Blitz-im-Winter zuckte ratlos die Schultern. „Vielleicht ein gutes Pferd aus dem Lager der Psa rauben, ohne jemanden zu töten."
„Und wenn du erwischt wirst? Wie willst du dich dann verteidigen?"
„Ich laufe weg!"
Jetzt lachten die anderen schallend. „Hohch! Das ist dann dein neuer Name: Läuft-vor-den-Crow-davon!"
„Sehr witzig! Habt ihr einen besseren Vorschlag?"
„Nein! Dein Plan ist gut! Wir gehen zu den Psa und stehlen ihnen Tabak. Hitschikyata! Das ist wie unsere Kinderspiele, als wir noch unser eigenes Dorf angegriffen haben und den besten Kriegern die Pferde vor der Nase weggestohlen haben."
Hitschikyata überlegte krampfhaft. Er wollte nicht gegen die Crow ziehen, aber er wollte seine Tapferkeit beweisen. Das hier klang nach Spaß. Sie würden den Crow nur Tabak stehlen, ohne dass etwas Böses geschah. Ihm gefiel der Plan. „Hetschetu, ich komme mit!", willigte er ein.
„Ich auch!", rief Blitz-im-Winter begeistert.
„Du Wurm bleibst hier", wies Otter ihn zurecht.
„Ich komme mit, denn sonst verrate ich euch", forderte Blitz-im-Winter frech.
Otter stand kurz vor einem Mord, wütend musterte er das jüngere Kind, das jetzt zehn und eins Winter zählte. Nun gut, vielleicht war

es wirklich an der Zeit, dass auch Blitz-im-Winter seinen Mut bewies. „Du reitest mit und hütest die Pferde", erlaubte er herablassend. „Und du machst, was ich dir sage!"
„Hokahey!"
Sie wollten schnell aufbrechen, ehe noch mehr Schnee fiel und ein Weiterkommen unmöglich machte. Sie fieberten vor Aufregung, während sie in aller Heimlichkeit ihre Vorbereitungen trafen. Sie stahlen getrocknetes Büffelfleisch und machten sich vor dem ersten Morgengrauen auf den Weg. Sie verwischten mehrmals ihre Spuren, damit ihnen keine Erwachsenen folgten, schlugen Haken und ritten Bögen, um zu vertuschen, dass sie zu den Crow wollten.

Natürlich machten sich die Erwachsenen Sorgen, als die Jungen nach Stunden nicht auftauchten. Traumpfeil wusste sofort, dass sein Sohn sich Otter und Hitschikyata angeschlossen hatte, doch er unternahm nichts, um seinen Sohn zurückzuholen. Der Abstand wäre inzwischen viel zu groß, außerdem wollte er Hitschikyata und Otter nicht blamieren.
Uinohnah dagegen starrte ihn sprachlos an. „Du reitest ihm nicht nach?"
„Nein!"
„Er ist doch noch ein Kind! Es ist viel zu gefährlich!", forderte sie verzweifelt.
„Er ist alt genug. Außerdem sind Otter und Hitschikyata bei ihm", versuchte Traumpfeil seine Frau zu beruhigen.
„Die sind doch selbst noch Kinder!"
„Sie sind Männer und sie werden auf ihn achten."
„Wie kannst du es zulassen, dass sich Blitz-im-Winter in eine solche Gefahr begibt?"
„Er wird bald ein Mann. Er hat die Gefahr selbst gewählt. Hitschikyata ist sehr vernünftig. Er geht kein unnötiges Risiko ein."
„Yu! Hoffentlich wissen das auch die Psa", fauchte sie wütend.
Traumpfeil zuckte die Schultern. Es war geschehen und niemand würde die Jungen jetzt noch einholen. Natürlich war er besorgt, aber alle Eltern bangten um ihre Kinder, wenn sie das erste Mal auszogen, um ihren Mut zu beweisen.
Wutentbrannt verließ Uinohnah das Zelt. Mit ihrer Tochter lief sie zum Zelt ihres Bruders und setzte sich aufgelöst an sein Feuer.

„Tokah-ho?", fragte Tschetan-withko, als er die besorgten Gesichter seiner Schwester und seiner Nichte sah.
„Blitz-im-Winter ist weg", erzählte Heller-Mond voller Sorge um ihren Bruder.
„Weg?"
„Ja! Er hat sich Otter und Hitschikyata angeschlossen, um etwas Dummes zu tun", erklärte Heller-Mond vorwitzig.
Tschetan-withko lächelte. „Er tut vielleicht etwas Tapferes, aber nichts Dummes!"
„Siehst du, meine Tochter! Männer reden immer nur von Tapferkeit!", schimpfte Uinohnah. Sie war so aufgebracht, dass ihr alle Tabus gleichgültig waren.
„Es ist der Weg des Mannes!", wies Tschetan-withko sie zurecht, obwohl er tatsächlich mit Heller-Mond sprach.
„Aber Blitz-im-Winter ist noch ein Kind. Er war noch nicht einmal auf Visionssuche. Wer wird ihn jetzt schützen?"
Tschetan-withko runzelte die Stirn. Eigentlich wäre es seine Pflicht gewesen, den Jungen auf einen Kriegszug mitzunehmen. Er hatte immer gedacht, dass er noch zu jung wäre. Jetzt hatte der Junge selbst entschieden, dass er alt genug war. Das hätte er eigentlich als Onkel besser erkennen müssen. Schuldbewusst senkte er den Kopf.
„Ich werde ihm folgen und ihn schützen!"
Uinohnah schnaubte aufgebracht und wandte sich an ihre Tochter: „Frage deinen Onkel, wie er die Spur seines Neffen finden will!"
Tschetan-withko lachte geringschätzig. „Ich bin Späher! Niemand verbirgt seine Spur vor mir. Schwieriger ist es, sie einzuholen. Wie lange sind sie schon weg?"
„Wahrscheinlich seit dem Morgengrauen."
Tschetan-withko runzelte die Stirn. „Das ist lang! Aber ich werde es versuchen. Zumindest kann ich sicherstellen, dass die Crow nicht unser Dorf ausfindig machen."
Uinohnah schien immer noch zu zweifeln, doch Heller-Mond lächelte erleichtert. „Pilámaya! Danke, Onkel!"

Uinohnah erhob sich wortlos und verließ das Tipi, doch Heller-Mond blieb bei ihrer Zweitmutter. Sie verbrachte inzwischen fast mehr Zeit mit Wah-bo-sehns als bei ihrer eigenen Mutter, aber die Erziehung sah vor, dass die Kinder sich von ihren eigenen Eltern lösten. Besonders für Blitz-im-Winter war der Umgang mit Uinohnah fast tabu, sollte er doch mutig und tapfer sein, und nicht in den Mo-

kassinspuren seiner Mutter kleben. Nur im Zelt seines Onkels konnte er zwanglos über seine Sorgen und Gefühle reden.
Wah-bo-sehns packte sogleich einige Vorräte ein, während Tschetan-withko in warme Kleidung schlüpfte. Er musste den Jungen gleich folgen, damit ihr Vorsprung nicht zu groß wurde. Innerhalb kürzester Zeit saß er auf seinem Pony und lenkte es nach Westen.
Traumpfeil hielt ihn kurz auf. „Du musst sie nicht beschützen!"
„Ich folge Blitz-im-Winter, weil er wie mein Sohn ist. Ich werde sie nur beobachten, damit sie ihre Tapferkeit beweisen können. Aber sollten sie meine Hilfe benötigen, werde ich eingreifen."
Traumpfeil war zufrieden. So war es gut!
Tschetan-withko folgte umsichtig den Spuren der Jungen. Mehrmals hatten sie ihre Spuren sorgsam verwischt oder waren durch Bäche geritten. Sie waren gerissen! Besorgt erkannte er, dass sie tatsächlich auf den Weg zu den Crow waren.

Die Jungen wussten nicht, dass Tschetan-withko ihnen folgte. Sie waren mit ihren Gedanken bei dem geplanten Raubzug und malten sich bereits aus, wie die Lakota bei ihrer Rückkehr jubeln würden. Bei Einbruch der Dunkelheit suchten sie den Schutz einiger Bäume und fanden einen geeigneten Platz zum Übernachten. Blitz-im-Winter hatte das kleine Spielzelt seiner Schwester Heller-Mond entwendet. Zusammengerollt lag es hinter ihm auf der Kuppe des Pferdes. Abends mussten die Jungen nur einige schlanke Bäume schlagen und schon hatten sie eine warme Unterkunft für die Nacht. Sie passten gerade zu dritt um das Feuer, doch dadurch war es sehr warm. Zum Schlafen legten sie einfach Zweige und Pferdedecken auf den Boden.
Am nächsten Tag ritten sie wachsam weiter nach Westen. Das Gebiet wandelte sich vom kargen Boden mit Granitgestein in Gebiete mit etwas Wald. In Teilen der Wälder ragten nur noch kahle Baumstämme hervor, wenn ein Blitzeinschlag einen Waldbrand ausgelöst hatte.
Die Jungen trieben ihre Ponys durch eisklare Bäche und ließen schließlich ihre Pferde unter der Obhut von Blitz-im-Winter zurück. Spuren im Schnee hatten ihnen verraten, dass sie in die Nähe eines Dorfes der Crow oder anderer Indianer kamen. Vorsichtig schlichen Hitschikyata und Otter näher, nutzten jede Deckung und versuchten, das Rasen ihrer Herzen unter Kontrolle zu bringen. Die Lager-

feuer von Indianern brannten fast ohne Rauch, trotzdem hatten sie die dünnen Schwaden entdeckt. Sie waren dem Dorf eigentlich viel zu nahe gekommen, doch noch hatte sie in dem bewaldeten Gebiet niemand gesehen. Das Dorf lag nahe am Waldrand, was ihnen ein Anschleichen erleichterte.
Otter legte die Hand an seine Stirn und signalisierte triumphierend das Zeichen für „Crow". Hitschikyata nickte nur schweigend, fühlte sich nun doch ein wenig unbehaglich, Menschen seines Volkes vor sich zu haben. Sollte er lieber wieder umkehren? Sein Blick schweifte zwischen dem Dorf und Otter hin und her, doch dann siegte die Abenteuerlust. Sie würden niemanden töten, sondern den Crow nur einen Streich spielen!
Die Jungen ließen sich viel Zeit, das Lager zu beobachten, denn von ihrer Sorgfalt hing der Erfolg des Unternehmens ab. Einige Kinder rutschten auf der anderen Seite mit Schlitten einen Hügel hinab, einige Krieger verließen das Dorf mit ihren Schneeschuhen, um zu jagen. Die Jungen merkten sich, welche Krieger ihre Tipis verließen und flüsterten leise miteinander. Endlich verließ auch eine Frau ein Zelt, das am Ende des Lagers stand. Jetzt würde es vielleicht leer sein und sie konnten es wagen heranzuschleichen. Jede Deckung nutzend glitten sie an das Zelt heran, so wie sie es von frühester Kindheit an gelernt hatten. Ihnen kam zugute, dass nicht viele Menschen draußen waren, sondern sich vor der Kälte in die Zelte zurückgezogen hatten. Hinter dem Zelt angekommen, schnitten sie ein Loch in die Plane und krabbelten in das Innere. Atemlos schauten sie durch einen Spalt nach draußen, ob sie jemand gesehen hatte. Nichts rührte sich!
Otter machte eine ungeduldige Handbewegung. „Schnell, such nach dem Tabak! Wir müssen hier weg!"
Hastig wühlte Hitschikyata in den Taschen und Beuteln, während Otter vorsichtig nach draußen schaute.
„Sie kommt!", warnte er seinen Freund.
Noch hatten sie nichts erbeutet und sie würden ohne Coup zurückkehren. Hitschikyata hob die Lederplane des Tipis, um schnell zu verschwinden, doch dann sah er, wie sich Otter mit seinem Messer hinter den Eingang stellte. Er würde die Frau töten! „Nein!", bat er seinen Freund.
„Ich töte sie nicht. Omakiya-yo! Hilf mir!", flüsterte Otter im letzten Augenblick, ehe die Frau gebückt in das Zelt trat. Mit aller Kraft hielt er ihr den Mund zu und setzte sein Messer an ihre Kehle. Die feind-

liche Frau war vor Entsetzen wie gelähmt. Hilflos sackte sie zu Boden, ihre Augen blank vor Todesangst. Blitzschnell fesselte Hitschikyata ihre Hände auf den Rücken und steckte ihr einen Knebel in den Mund. Dann starrten sie beide auf die wehrlose Frau, die sich nicht zu rühren wagte.

„Und jetzt?", fragte Hitschikyata wütend.

„Jetzt durchsuchen wir in Ruhe das Tipi und dann verschwinden wir", meinte Otter übermütig.

Hastig durchwühlten sie die bunten Taschen und fanden einen schön bestickten Beutel mit dem wertvollen Tabak, den die Crow anbauten, außerdem steckten sie noch einige schön gearbeitete Mokassins in eine Tasche.

Draußen dämmerte es bereits und sie mussten hier schnellstens weg, ehe der Ehemann zurückkehrte. Als Beweis ihrer Tat schnitt Otter der Frau die Zöpfe ab, die vor Entsetzen die Luft anhielt. Wahrscheinlich dachte sie, dass die Jungen sie skalpieren wollten.

„Sie wird Krach schlagen, wenn wir sie so liegen lassen", warnte Hitschikyata seinen Freund.

Otter runzelte die Stirn, dann fesselte er die Beine der Frau an eine Tipistange. „Wenn du dich bewegst, töten wir dich!", signalisierte er drohend in Zeichensprache.

Er warf einige Bisonfelle über die Frau, um ihr Stöhnen zu ersticken, dann verschwanden die Jungen aus dem Zelt. Vorsichtig krabbelten die beiden bis zum Waldrand, aber niemand beachtete sie. Mit ihrer Beute gaben sie Fersengeld, denn sie rechneten damit, dass ihnen bald jemand folgen würde. Das war ein Triumph! Auch Hitschikyata fühlte sich jetzt besser, spürte das Klopfen seines Herzens in seiner Brust, aber auch die Bewunderung für seinen Freund. Er hatte nicht getötet!

Blitz-im-Winter erwartete sie schlotternd vor Kälte. „Wo wart ihr denn so lange?", schimpfte er wütend.

„Wir wurden aufgehalten", antwortete Otter kurz angebunden. Sie hatten jetzt keine Zeit für lange Erklärungen.

Blitz-im-Winter pfiff wütend durch die Zähne und folgte seinen Freunden. Was dachten sie sich eigentlich? Er wäre vor Angst fast gestorben! Er war das erste Mal bei einem Kriegszug dabei und er hatte keine Ahnung gehabt, wie es war, auf Freunde zu warten, ohne ein Lebenszeichen von ihnen zu hören. In den ruhmreichen Erzählungen der Krieger stand nie jemand im kalten Schnee und fror. Hastig trieben die Jugendlichen ihre Ponys voran, denn einige ziemlich wütende Crow hatten sich bereits auf ihre Spur gesetzt. Sie würden keinen Spaß verstehen, wenn sie die Diebe erwischten.

Schnell setzte die Nacht ein, doch zur Sicherheit wechselten die Lakotajungen mehrmals die Richtung, um die Verfolger abzuschütteln. Dann erst atmeten sie auf und zeigten Blitz-im-Winter stolz ihre Beute. Übermütig lachten sie, wie unbedarfte Kinder, die einem anderen einen großartigen Streich gespielt hatten. Trotz der Dunkelheit führten sie ihre Pferde an den Zügeln weiter, denn sie wollten einen möglichst großen Abstand zwischen sich und die Crow bringen. Es wurde bitterkalt und die Müdigkeit setzte ihnen zu, trotzdem erlaubten sie sich keine Rast. Im Morgengrauen schwangen sie sich wieder übermüdet auf ihre Ponys und trieben sie vorwärts. Mehrmals ritten sie durch Bäche und Flüsse, wechselten die Richtung und verwischten sorgfältig ihre Spuren, denn sie wollten die Feinde nicht zu ihrem Dorf führen.

Tschetan-withko sah ihnen beifällig zu, trotzdem legte er sich auf die Lauer, falls doch einige Crow auftauchten. Er blieb außerhalb der Sichtweite der Jungen, um ihnen ihren Triumph nicht zu schmälern. Dunkle Wolken zogen auf und kündeten einen Schneesturm an. Zufrieden verzog er die Lippen, denn dann konnte ihnen niemand mehr folgen und alle Spuren würden verwischt werden.
Übergangslos setzte ein verheerendes Schneetreiben ein und Tschetan-withko machte sich auf den Rückweg. Es war zu weit, um ins Dorf zurückzukehren, und er musste dringend einen Unterschlupf finden, wenn er nicht erfrieren wollte. Das wäre ein Tod! Tschetan-withko, im Schneesturm tapfer erfroren! Er hielt sich in der ungefähren Richtung, wo er die Jungen vermutete und suchte nach ihren Spuren. Er verfluchte ihre Gerissenheit, denn in ihrem kleinen Zelt hoffte er den Schneesturm zu überstehen. Er hatte die verlassenen Stangen ihres letzten Unterschlupfes gefunden und innerlich über die Jungen geschmunzelt. Sie hatten an ihre Bequemlichkeit gedacht, aber jetzt rettete ihnen diese Umsicht vielleicht das Leben. Ein Blizzard war kein Spaß!
Schließlich fand er sie, eigentlich stolperte er fast in einen Windschutz, den die Jungen für ihre Pferde gebaut hatten. Längst war er abgestiegen und kämpfte sich mühsam im Schneesturm vorwärts,

sah kaum die Hand vor seinen Augen. Er schaute erleichtert auf die kleinen Bäume und Zweige, welche die Jungen gegen den unteren Ast eines Baumes gelehnt hatten. Bereits jetzt waren sie über und über mit Schnee bedeckt und formten so einen brauchbaren Windschutz für die Pferde. Sie hatten sich vor dem Sturm zusammengedrängt und er stellte sein Pony dazu. Es gab ein kurzes Gerangel unter den Pferden, weil sein Pony nach den anderen biss, doch dann siegte die Vernunft und es drängte sich zitternd zwischen die anderen.
Tschetan-withko schlug die Decke fester um sich, während er nach dem Tipi der Jungen suchte. Er wagte sich nur einige wenige Schritte in jede Richtung, überlegte, ob er sich nicht zwischen die Pferde setzen sollte? Er durfte sich nicht zu weit entfernen oder er würde auch die Pferde nicht mehr finden. Schließlich entdeckte er das kleine Zelt und riss den Eingang auf.
Erschrocken sprangen die Jungen auf, dabei stießen sie fast das kleine Zelt um. Tschetan-withko grinste wie ein Fuchs und hielt seine fast erfrorenen Hände über das kleine Feuer. „Hoh! Es ist kalt", meinte er harmlos.
„Was machst du hier?", fragte sein Neffe.
„Was machst du hier?", gab Tschetan-withko im scharfen Ton die Frage zurück.
Blitz-im-Winter ging zum Angriff über. „Wir haben die Psa genarrt!"
Tschetan-withko riss die Augen auf und schaute ihn ungläubig an. Wo war dessen Respekt vor dem Älteren geblieben? „So! Ihr habt die Crow genarrt. Wusste Traumpfeil davon?"
Verlegen schauten alle zu Boden. Natürlich nicht!
Tschetan-withko lachte versöhnlich. „Natürlich nicht, sonst wäre es ja keine Heldentat. Was habt ihr getan?"
„Wir haben Tabak aus dem Dorf geraubt!" Stolz hob Otter die bestickte Tasche mit der wertvollen Beute. „Niemand hat uns gesehen."
„Wan, das ist eine wertvolle Beute!"
Otter lächelte stolz und zeigte ihm die abgeschnittenen Zöpfe der Frau. Tschetan-withko lachte anerkennend. Das war wirklich ein Coup! „Ihr habt sie nicht getötet?"
Hitschikyata schluckte betreten, denn es war seine Bitte gewesen, die Frau zu verschonen. Otter zeigte auf ihn und meinte: „Er wollte es nicht."
Tschetan-withko machte er leichte Handbewegung und sah Hitschikyata in die Augen. „Du musst nicht gegen dein Volk kämpfen, wenn

du nicht willst. Ihr habt den Crow lediglich einen guten Streich gespielt. Vielleicht ist es gut, dass ihr niemanden getötet habt. So ist es ein Streich, aber kein Krieg."
Hitschikyata lächelte ihn respektvoll an. Tschetan-withko war ein umsichtiger Mann.
„Was machst du eigentlich hier?", fiel Blitz-im-Winter seine erste Frage wieder ein.
Tschetan-withko setzte ein unschuldiges Gesicht auf. „Ich? Ich war auf Jagd."
„So weit vom Lager weg? Hast du den aufkommenden Schneesturm nicht gesehen?" Hitschikyata glaubte ihm kein Wort.
„Doch! Und ich war um Sorge um euch. Deshalb bin ich so weit westlich geritten."
Die Jungen blickten ihn prüfend an. Ihre Taten würden kein so großes Ansehen bringen, wenn er ihnen geholfen hatte.
„Hast du die Psa gesehen?"
„Nein!", beruhigte er sie. „Bei diesem Schnee werden sie unsere Spuren wohl kaum finden. Morgen reitet ihr allein ins Dorf. Ich erlege einen Hirsch, damit niemand weiß, dass wir zusammen waren. Die anderen sollen nicht erfahren, dass ihr mich vor dem Sturm gerettet habt."
Die Jungen grinsten verschwörerisch. Sie wollten ja auch nicht, dass die Anwesenheit eines Kriegers ihre Taten schmälerte! Hokahey! Tschetan-withko war ein wahrer Freund und guter Onkel!

Früh am Morgen machten sie sich auf den Weg. Blitz-im-Winter wollte das völlig verschneite Zelt seiner Schwester zurücklassen, doch ein strenger Blick seines Onkels belehrte ihn eines Besseren. Tschetan-withko wählte eine andere Strecke und tatsächlich erlegte er eine Antilope, um über jeden Verdacht erhaben zu sein. Nur Traumpfeil wusste von seiner wahren Aufgabe und warf ihm einen prüfenden Blick zu. Tschetan-withko machte die Geste für „Nichts", dann verschwand er grinsend in seinem Zelt.
Im ganzen Dorf verbreitete sich die Geschichte von dem Streich und alle spotteten über die Crow. Sie rechneten es Hitschikyata hoch an, dass er an dem Raubzug teilgenommen hatte. Zeigte es ihnen doch, dass er nun einer der ihren war. Keiner machte sich darüber lustig, dass sie niemanden getötet hatten, denn nichts war tapferer, als ein bewaffnetes Feinddorf mitten am Tage zu überfallen. Es ging um die Tat, nicht um die getöteten Feinde. Es war Kriegsführung auf

die alte ehrenvolle Art, wie sie vor der Ankunft der Weißen ausgeübt wurde und dafür wurden sie bewundert. Otter hieß nun Otter-der-die-Crow-narrt, nur Hitschikyata wollte keinen neuen Namen. Es würden sich noch andere Gelegenheiten bieten, einen ehrenvollen Namen zu erhalten.

Wi-Hinachpe
Sonnenaufgang

Die langen Wintermonate vergingen mit Geschichtenerzählen, Sticken und Faulenzen, während Bärenkralle seinen Gehilfen in die Geheimnisse des Medizinmannes unterwies.
Hitschikyata war in die Höhe geschossen wie eine Pinie, fast größer als alle anderen Jungen. Oft begleitete er seinen Lehrmeister in den Wald, um zu beten. Im Sommer würden sie wieder gemeinsam Heilpflanzen sammeln. Er saugte das Wissen mit unglaublicher Geschwindigkeit auf, lernte die Gebete und Tänze der Lakota. Bärenkralle war mehr als zufrieden. Wie oft hatte er sich einen Nachfolger gewünscht und nun fand er ihn ausgerechnet in dem Crowjungen. Seine klugen Augen hefteten sich stets konzentriert auf den Boden, seine Ohren dem Medizinmann zugewandt, damit ihm nichts entging. Endlich hielt Bärenkralle die Zeit für gekommen, ihm die Heiligste aller Geschichten zu erzählen. Die Geschichte, als die Heilige Büffelkalbfrau ihnen die Pfeife überbracht hatte.
Ernst beugte er sich zu dem Jungen und stimmte seinen Singsang an: „Zwei Männern, die ausgeschickt worden waren, nach Büffeln Ausschau zu halten, erschien eine wunderschöne Frau. Ihr Gesicht war strahlend blass und sie trug feinste Gewänder. Sie sagte zu den verblüfften Männern, dass sie vom Bisonvolk käme und eine wichtige Botschaft für das Volk der Lakota habe. Einem der Männer gelüstete es nach ihr und er zwang sie zu Boden. Der Himmel verdunkelte sich und ein Blitz traf den zügellosen Mann, sodass nur sein Skelett übrig blieb. Den anderen Jüngling schickte sie in das Dorf zurück, damit er ihre Ankunft ankündigte. Besondere Vorbereitungen wurden getroffen und ein prächtiges Zelt für die geheimnisvolle Besucherin aufgebaut. Als die Sonne im Osten aufging, erschien die Frau. In der rechten Hand hielt sie einen Pfeifenstiel, in der linken Hand einen Pfeifenkopf. Sie setzte sich auf den Ehrenplatz und erzählte, dass Wakan-tanka sehr zufrieden mit den Lakota sei, denn sie seien treu und ehrerbietig, schützten das Gute vor dem Bösen. Deshalb habe Wakan-tanka die Lakota stellvertretend für alle Menschen ausgewählt, diese Heilige Pfeife zu erhalten. Die Pfeife sei das Symbol des Friedens und solle einen Bund des Vertrauens schaffen."
Der Medizinmann räusperte sich. „Wenn du die Pfeife rauchst, dann stehst du mit Wakan-tanka in Verbindung!"

Hitschikyata nickte andächtig. Nur seine Augen verrieten, dass er die Geschichte weiterhören wollte. Er wagte es nicht, sie mit seiner Ungeduld zu entweihen. Längst konnte er seine Ungeduld zügeln, wartete mit seinen Fragen, bis die Gelegenheit dazu gekommen war.
Bärenkralle sammelte sich eine Weile, ehe er mit seinem Singsang fortfuhr: „Die Heilige Büffelfrau wandte sich an die Frauen und sagte, dass sie das Volk erhielten, wenn sie Kinder gebären. Sie befahl den Männern, freundlich und zärtlich zu den Frauen und Kindern zu sein, denn sie brauchten Schutz. Dann erklärte sie dem Häuptling, wie er die Pfeife zu hüten habe, denn die Nation lebte durch die Pfeife. In Zeiten des Krieges, Hungers oder Krankheit sollte sie geraucht werden, damit Wakan-tanka das Volk beschütze. In sieben Zeremonien könnten die Lakota ihre Dankbarkeit zeigen!"
Bärenkralle wandte sich an Hitschikyata. „Wie heißen die sieben Zeremonien?"
Leise zählte Hitschikyata sie auf: „Die Reinigung, die Visionssuche, das Ballwerfen, der Bisongesang, das Verwandte machen, das Seelehüten und der Sonnentanz!"
„Gut!", lobte der Medizinmann.
Leise erzählte er das Ende der Geschichte: „Die Heilige Büffelkalbfrau blieb vier Tage unter den Menschen, dann verließ sie das Tipi und ging mit langsamen Schritten aus dem Dorf. Alle sahen ihr nach und so konnten sie sehen, dass sie sich in ein weißes Bisonkalb verwandelte."
„Deshalb ist der weiße Büffel so heilig?", fragte Hitschikyata.
„Ja! Er ist der Führer seines Volkes! Wenn er stirbt, dann stirbt auch sein Volk."
Beide schwiegen, dann begann der Medizinmann leise das heilige Lied zu singen:

„Mit sichtbarem Atem wandere ich.
Ich wandere zum Bisonvolk,
und man hört meine Stimme.
Ich wandere mit sichtbarem Atem,
ich wandere diesen scharlachroten Pfad."

Ergriffen lauschte Hitschikyata der Stimme des Medizinmannes. Dann erklärte Bärenkralle: „Wenn du dieses heilige Lied singst, muss alles still sein. Kein Hund darf bellen, kein Kind schreien! Das ist wichtig für die Zeremonie!"

Hitschikyata war so überwältigt von der Geschichte, dass er einige Tage nicht zu Che-ni-win ging. Er wollte seine Gedanken nicht mit der Welt der Weißen vermischen. Oft zog er sich in die Einsamkeit zurück, wickelte sich in eine warme Bisonrobe und hing seinen Gedanken nach. Schon als Kind war ihm der Weg eines Medizinmannes vorgegeben worden und inzwischen sah er es als sein Schicksal an, dass er nun bei Bärenkralle lebte. In seinen Träumen mischten sich die Zeremonien seiner Kindheit mit den Riten und Geschichten der Lakota. Aber auch die Welt der Weißen interessierte ihn, weniger vom Glauben, sondern von ihrer Fremdartigkeit her. Er ließ die Geschichte der Büffelkalbfrau auf sich wirken, doch dann siegte die jugendliche Neugier. Behutsam suchte er wieder den Kontakt zu Che-ni-win, um auch ihre Geschichten zu hören und die englische Sprache besser zu verstehen. Er wusste noch nicht, wie das Wissen der Weißen zu den Bräuchen der Lakota oder Crow passte, aber es lohnte sich vielleicht darüber nachzudenken, oder die Weißen wenigstens in ihrem Handeln zu verstehen. Er war auf etwas Interessantes gestoßen und nun brannte er darauf, mehr darüber zu erfahren.
Bei dem Überfall auf die Landvermesser war den Lakota ein Buch in die Hände gefallen. Niemand konnte damit etwas anfangen, bis Hitschikyata es zu Che-ni-win brachte. Jetzt saßen sie täglich beisammen und mühsam buchstabierte der junge Indianer die sprechenden Zeichen. Er las „Onkel Toms Hütte" und ihn faszinierte die neue Welt, die sich ihm eröffnete. Täglich las er schneller und besser, konzentrierte sich mehr und mehr auf die Geschichte, die er las, und nicht auf die Buchstaben.
Che-ni-win war sichtlich überrascht, wie schnell Hitschikyata lernte. Er wusste bald genauso viel wie sie selbst. Wie ein Schwamm saugte er das Wissen in sich auf und fragte dem Mädchen Löcher in den Bauch. Sie erzählte ihm von anderen Ländern und malte ihm eine Karte aus der Erinnerung. Sie wusste entfernt, dass es ein Land namens China gab und einen Kontinent, der Australien hieß. Wahrscheinlich war es die ungenaueste Weltkarte, die je ein Mensch gezeichnet hatte, aber Hitschikyata bekam eine Vorstellung über Länder und Grenzen. Ihn wunderte, wie klein ihre eigenen Jagdgründe waren im Vergleich zu dem Land, das sie Amerika nannte.

„Warum kämpfen die Weißen dann darum, wenn sie doch schon so viel haben?"
„Weil immer mehr Siedler über das Meer fahren und das Land brauchen."
„Warum bleiben sie nicht in ihrem eigenen Land?"
Che-ni-win wusste es nicht. „Vielleicht geht es ihnen nicht gut. Mein Vater kam nach Amerika, weil es in seinem Land große Hungersnöte gab."
„Wenn immer mehr weiße Menschen kommen, dann werden wir bald hungern", meinte Hitschikyata vorwurfsvoll.
„Dann müssen die Lakota eben wie die weißen Menschen leben und Felder anlegen oder Kühe züchten."
„Hohch! Du redest wirres Zeug. Wir jagen den Büffel!", wehrte Hitschikyata kategorisch ab.
„Und was jagst du, wenn es den Büffel nicht mehr gibt?" Che-ni-win wusste von den Jägern, die rücksichtslos die großen Herden abschossen.
„Die Büffel wird es immer geben!", meinte Hitschikyata mit Nachdruck. Er konnte sich ein Leben ohne Büffel einfach nicht vorstellen.
Che-ni-win erwiderte nichts mehr. „Lies weiter!", drängte sie ihren Freund.
Hitschikyata aber war zu aufgewühlt, um sich auf den Text zu konzentrieren. Er machte eine abschließende Handbewegung und verließ das Zelt. Nachdenklich ging er einige Schritte unter die Bäume, während er über die Worte von Che-ni-win nachdachte. Welchen Sinn hatten ihr Leben, ihre Zeremonien, ihre Gebete, wenn es den Büffel nicht mehr gab? Fast erschrocken blickte er auf, als einige Männer mit ihren Schneeschuhen zur Jagd aufbrachen. Sie lachten harmlos, wussten nichts von seinen sorgenvollen Gedanken.

Tschetan-withko trabte in seinem breiten Gang zu ihm und lächelte freundlich. „Komm mit!", lud er ihn zur Jagd ein. Ein wenig überrascht runzelte der Krieger die Stirn, als dieser ablehnte, aber dann verschwand er mit einem Schulterzucken. Er war in der Begleitung von Fisch, Viele-Feinde und Schwarzer-Rabe, die in ihren Schneeschuhen seiner Spur folgten. Die Männer verbrachten viel Zeit miteinander, auch weil Wolfssohn und Tschaske etwa im gleichen Alter waren, ebenso wie die anderen Kinder. Obwohl Hengstfohlen, der

Adoptivsohn von Viele-Feinde, langsam in das Alter kam, in dem er nicht mehr so gerne mit einem Mädchen spielte. Meist kommandierte er Graueulenmädchen und Regenwolke herum und spielte den wagemutigen Krieger.

Wie ein Schatten löste sich plötzlich der Wolf aus dem Unterholz des Waldes und näherte sich geduckt seinem Herrn. Der Wolf war inzwischen ein ausgewachsenes Jungtier, das nicht nur für sich selbst jagte, sondern auch Tschetan-withko sehr erfolgreich bei der Jagd half. Auf ein Zeichen stöberte er Hühner, Truthähne oder anderes Getier auf, das Tschetan-withko dann mit seinen Pfeilen erlegte. Der Wolf brachte die Beute dann und legte sie Tschetan-withko vor die Füße. Tschetan-withko nahm sie ihm immer weg, erst dann gab er ihm einen Teil der Beute zurück. Der Wolf sollte lernen, dass er der Herr war. Im Winter verschwand der Wolf manchmal für mehrere Tage und alle glaubten, dass er sich wieder einem Rudel anschließen würde. Doch stets kam er mit Bisswunden zurück, die zeigten, dass er Kontakt mit seinesgleichen hatte, aber trotzdem die Menschen vorzog. Kopfschüttelnd versorgte Tschetan-withko dann die Verletzungen und streichelte sein schwarzes Fell.
An diesem Tag war die Jagd wenig erfolgreich. Bis auf einen Hasen, den Sapa aufgestöbert hatte, fanden sie keine Beute. Dunkle Wolken am Himmel warnten die Krieger vor weiteren Schneefällen und so kehrten sie lieber um.

Der tiefe Schnee ließ längere Ausflüge in den nächsten Tagen nicht zu, sodass die Männer viel Zeit für ihre handwerklichen Tätigkeiten hatten. Tschetan-withko blieb ebenfalls in seinem Tipi und fertigte ein neues Traumschild für Fisch an, dessen Überzug er mit einem Habicht bemalte und mit Habichtfedern schmückte. „Fische im Wasser sehen nicht so gut“, sagte er schmunzelnd, als er es seinem Kola zeigte. „Deshalb brauchst du ein Schutztier, das für dich die Feinde erspäht.“
Fisch rempelte ihn scherzhaft mit dem Ellbogen an. „Ich sehe besser als du!“
Tschetan-withko lachte. „Wahrscheinlich, aber ich habe den Habicht für dich geträumt. Er wird dich gut beschützen. Folge ihm, wenn du ihn siehst!“
Fisch nickte zufrieden. Das Schild war große Medizin und er würde es in Ehren halten.

Ein Hüsteln vor dem Eingang verriet den beiden, dass noch weitere Gäste eintreten wollten. Auf einen Zuruf hin tauchten die Gesichter von Viele-Feinde und Schwarzer-Rabe auf. Höflich verzogen sich die Kinder von Tschetan-withko in ihr Spielzeit und auch Wah-bo-sehns verließ das Zelt, um mit ihren Freundinnen zu schwatzen. Die Männer ließen sich nieder, rauchten erst, dann packten sie behutsam die mitgebrachten Federn aus. Sie hatten beschlossen, alle einen Roach, einen Haarschmuck aus Stachelschweinborsten, zu tragen. Dieser Kopfschmuck sollte ihre Freundschaft symbolisieren, außerdem würde er einfach gut aussehen. Sie nähten die schwarz-weißen Stachelschweinborsten auf ein langes Lederband, verstärkt durch eine Knochenplatte, sodass sie senkrecht in die Höhe standen. Dazu färbten sie die Schwanzhaare des Weißwedelhirsches mit roter Farbe und befestigten sie um die Stachelschweinborsten herum. Die rote Farbe ergab einen schönen Kontrast. Zuletzt nahmen sie Patronenhülsen, mit deren Hilfe sie die Adlerfedern an dem Lederband befestigten. Das ganze wurde mit einem Riemen am Kopf festgebunden und sah sehr imposant aus. Die anderen Krieger lachten gutmütig und nannten sie die „Roach-Krieger“, wenn sie durch das Dorf gingen.

Der Frühling kam in diesem Land der Extreme genauso unvermittelt, wie nach einem langen Indianersommer der Winter einsetzte. Übergangslos ließen warme Winde aus dem Süden plötzlich den Schnee schmelzen und die Natur erwachte früher als sonst zum Leben. In nur wenigen Tagen spross das erste Gras und die ausgehungerten Ponys schlugen sich die Bäuche voll. Traumpfeil führte seine Gruppe zum „Fetten Grasfluss“, dem Little-Bighorn, denn hier gab es die besten Weiden für die Pferde. Tschetan-withko begleitete seinen Neffen Blitz-im-Winter auf seine erste Visionssuche in die Bighorn-Berge und würde einige Tage dem Lager fernbleiben. Andere zogen aus, um Antilopen zu jagen. Es summte vor Geschäftigkeit und die Menschen waren ausgelassen und fröhlich, dass der lange Winter endlich ein Ende hatte. Einige Männer verließen das Lager, um mögliche feindliche Dörfer auszuspähen und baten Viele-Feinde als erfahrenen Späher mit ihnen zu reiten. Zu ihrer Überraschung lehnte er ab, denn bald würde seine Frau ihm ein Kind gebären. In die Vorfreude auf das neue Leben mischte sich bei Viele-Feinde fast panische Angst.

Er war unerträglich in seiner Sorge um Kleine-rote-Blume, die oft genug kopfschüttelnd zu ihren Freundinnen flüchtete.
Ihr Mann brachte sie ganz durcheinander, beschwerte sie sich bei Stern-im-Auge und Viel-Schnee. Liebevoll fertigte sie eine Wiege für ihr ungeborenes Kind, was eigentlich die Aufgabe einer nahen Verwandten gewesen wäre. Aber sie hatte keine Verwandten bei den Lakota, so bestickte sie die Wiege für ihr Kind selbst. Es bereitete ihr Freude, war es doch eine Vorbereitung auf die bevorstehende Geburt. Stern-im-Auge beneidete ihre Freundin um diesen Mann, der sie so offen verhätschelte. Nach wie vor stillte sie Tschaske, weil sie sich damit Fisch vom Leibe hielt. Obwohl Fisch jetzt freundlich zu ihr war, hatte sie Angst vor dem, was er eines Tages wieder von ihr verlangen würde. Nur im Umgang mit seinem kleinen Sohn blühte Fisch auf. Zwanglos scherzte er mit dem Kind, nahm ihn mit auf kleine Ausflüge und zeigte ihm geduldig, was es zu entdecken gab.
Viel-Schnees kleine Tochter krabbelte über den Boden und die Frauen lächelten über das drollige kleine Mädchen. Es hatte die gleichen gutmütigen Augen wie Tschoka-sapa und bereits jetzt bildeten sich in ihrem Gesicht die gleichen Lachfältchen wie bei ihrem Vater, was die Frauen erheiterte.
„Sie lacht genauso wie Tschoka-sapa", amüsierte sich Stern-im-Auge.
„Ja, und sie macht auch den gleichen Unsinn", bemerkte Viel-Schnee respektlos. Alle kicherten los, denn nur, wenn sie allein waren, trauten sie es sich überhaupt, solche Reden zu führen.
Kleine-rote-Blume verlagerte ihr Gewicht ein wenig, als das Kind ihr zu sehr gegen den Bauch drückte.
„Es wird Zeit, dass dein Kind geboren wird", meinte Stern-im-Auge frech. „Du bist so rund wie der Mond! Du freust dich bestimmt, wenn du wieder leichter gehen kannst."
„Yun, anstrengend ist nur mein Mann! Ständig fragt er, ob es mir gut geht!"
„Das ist doch gut!"
Kleine-rote-Blume lachte schallend. „Er sieht doch, dass es mir gut geht. Da muss er doch nicht immer fragen!"
„Ich finde es schön, wenn ein Mann sich Sorgen macht. Dann siehst du, dass du ihm etwas wert bist", meinte Stern-im-Auge.
„Hmm", murmelte Kleine-rote-Blume nicht so ganz überzeugt. Viele-Feinde war ein stolzer und gefährlicher Mann, doch im Moment erschien er ihr wie ein ängstliches Kind, das sich an ihr Kleid klam-

merte, weil es nicht von der Mutter weg wollte. Sie nahm die Wiege, an der sie gerade nähte und erhob sich mühsam. „Ich gehe lieber, ehe er nach mir sieht."

Sie schlenderte langsam zu ihrem Zelt zurück und bückte sich durch den niedrigen Eingang. Viele-Feinde hatte gebadet und saß mit nacktem Oberkörper am Feuer. Sie bewunderte seinen kräftigen Körper, gleichzeitig fühlte sie sich dick und hässlich. Seufzend setzte sie sich auch an das Feuer, um die Fische zu braten, die er mitgebracht hatte. Sogleich streifte sie ein prüfender Blick. Kopfschüttelnd nahm sie die Fische, um sie vor dem Zelt an der Kochstelle zu braten. Da wäre sie außer Sichtweite und nicht seiner ständigen Besorgnis ausgesetzt.
Viele-Feinde zündete sich eine Pfeife an. Er verstand den Unmut seiner Frau nicht und grübelte darüber nach, was er falsch machte. Hengstfohlen sprang in das Zelt, müde und hungrig vom Spiel mit den anderen Kindern. Er wollte nicht mehr „Klein" genannt werden, schließlich hatte er jetzt einen Bogen! Er stibitzte sich ein Stück Trockenfleisch und setzte sich grinsend neben seinen Vater. Er hatte Hunger und wollte nicht abwarten, bis seine Mutter die dummen Fische zubereitet hatte! Außerdem mochte er Forellen nicht besonders. Müde kuschelte er sich in seine Felle, während Viele-Feinde lächelnd seine Pfeife rauchte. Er liebte dieses Kind und fragte sich, wie wohl das neue Kind sein würde. Wie sehr hatte er sich über diese frohe Nachricht gefreut, aber jetzt holten ihn die Alpträume der Vergangenheit wieder ein. Jeden Morgen betete er zu Wakan-tanka, damit seine Frau die Geburt gut überstehen möge.

Kleine-rote-Blume brachte ihm den gebratenen Fisch, froh, dass jetzt ihr langer Arbeitstag zu Ende war. Die Schwangerschaft strengte sie an, so verschwand sie abends schnell unter ihren Decken. Kleine-rote-Blume machte sich keine Sorgen. Sie war ausgeglichen und ruhig, bereitete sich in Gedanken auf die Geburt vor, weil nichts diesen, ihr vorbestimmten, Weg aufhalten konnte. Das Baby in ihr würde bald nach außen drängen, wie es die Natur vorsah.
So brach sie nicht in Panik aus, als eines Nachts die Wehen einsetzten und sie stöhnend aufwachte. Ihre Hand tastete nach ihrem prallen Leib und tiefe Freude erfüllte sie, weil sie bald ihr Baby im Arm halten würde.
Viele-Feinde dagegen war völlig überfordert. Entsetzt rumpelte er hoch, hatte keine Ahnung, was er jetzt tun sollte.

„Geh und schicke mir Uinohnah!“, wies Kleine-rote-Blume ihn energisch an.
Erleichtert stand ihr Mann auf, froh, dass sie einen so ruhigen Eindruck machte. Jetzt konnte er ihr sowieso nicht helfen, sondern nur abwarten. Eilig verständigte er Uinohnah, dann holte er seinen Umhang und sein Pferd. Mit einem Blick vergewisserte er sich, dass Kleines-Hengstfohlen noch schlief und ritt aus dem Lager. Er war nervös und wollte mit seinen Gefühlen allein sein.
Wieder kam die Erinnerung hoch, als Hirschmädchen vor Jahren gestorben war. Im letzten Sommer war er zu der Begräbnisstätte geritten. Nach vier Wintern fand er sie eingestürzt und er hatte die Gebeine seiner Frau und seiner Tochter verbrannt. All die Trauer stieg nun in ihm hoch, sein Herz pochte laut vor Angst, dass wieder ein Unglück geschehen könnte.
Grübelnd saß er in seine Decke eingewickelt auf dem warmen Pferderücken, während er zusah, wie Nebelschwaden aufstiegen. Darüber flimmerte das rötliche Licht des nahenden Sonnenaufgangs und er schickte ein Gebet an Wakan-tanka. Vielleicht zum ersten Mal in seinem Leben bewunderte er die Schönheit der Natur. Selbst der Nebel war schön, als er die ersten roten Strahlen widerspiegelte. Langsam hoben sich die Nebelschwaden wie eine Decke, die von einem Lager gezogen wird. Morgentau glitzerte an den Grashalmen und Viele-Feinde bestaunte die gelben Dotterblumen und Glockenblumen, die zögernd ihre Blüten öffneten. Die ganze Flussebene erschien ihm wie eine gelbe Fläche und es roch nach frischen Blüten.
Endlich sah er Uinohnah in der Ferne winken und mit beklommenen Herzen ritt er ihr entgegen. Sie lächelte ihn ermunternd an und plötzlich wurde er ganz ruhig. Mit tief empfundener Freude glitt er von seinem Pony und kletterte in das Tipi. Dann hielt er zum ersten Mal seine kleine Tochter im Arm, die ihn mit den großen erstaunten Augen eines Neugeborenen anstarrte. Die ganze Anspannung der letzten Monate fiel von ihm ab, denn als er in das glückliche Gesicht seiner Frau schaute, wusste er plötzlich, dass alles gut sein würde. Er dachte an seine lange Nacht am Fluss und an die glitzernden Tautropfen im Gras, die ihm genauso zugeblinzelt hatten wie jetzt die feuchten Augen des Babys. Lächelnd flüsterte er ihren Namen: „Morgentau-im-Gras!“ Das war ein schöner Name für sein Mädchen!
Kleine-rote-Blume lächelte andächtig. In diesem Augenblick vergaß sie für immer, wie seine Hand fast ihren Sohn getötet hatte. Jetzt würde dieser Krieger für seine Kinder sterben, auch für Kleines-Hengst-

fohlen, das wusste sie, als sie in seine Augen sah. Niemals zuvor hatte Viele-Feinde so verwundbar ausgesehen, niemals zuvor hatten seine kräftigen Hände etwas so behutsam gehalten. Morgentau-im-Gras! Sie fand, dass es der schönste Name war, der jemals von einem Vater für seine Tochter ersonnen wurde.

Kleines-Hengstfohlen stürmte aufgeregt in das Zelt. Uinohnah hatte ihn zu Wah-bo-sehns geschickt, als die Wehen eingesetzt hatten. Nun setzte er sich neugierig zu seinem Vater und blickte misstrauisch auf das winzige Ding in seinen Armen.

„Das ist deine Schwester! Sie heißt Morgentau-im-Gras", zeigte ihm Viele-Feinde das Baby.

Hengstfohlen musterte das schrumpelige, kleine Wesen und war enttäuscht: „Sie ist ja so klein!"

Viele-Feinde lachte schallend. „Ja, sie ist noch sehr klein. Du bist jetzt ihr großer Bruder und musst gut auf sie aufpassen!"

Wan! Großer Bruder. Er war sich nicht so ganz sicher, was ein großer Bruder mit einem Baby tun sollte. Unsicher blickte er auf seine Mutter. Warum stand sie nicht auf und gab ihm etwas zu essen? Stattdessen legte sein Vater das Baby auf ihren Schoß. Das war sein Platz! Durfte er jetzt nicht mehr bei seiner Mutter sitzen? Eifersüchtig schob er die Lippen vor, als er das Baby dort sah.

Gut gelaunt nahm Viele-Feinde das Kind auf seinen Schoß. „Wir Männer müssen unsere Frauen gut beschützen", formte er eine Allianz mit dem Kind.

Wan! Er war jetzt ein Mann, hatte sein Vater gesagt. Vertrauensvoll drückte sich Kleines-Hengstfohlen an Viele-Feinde und betrachtete seine kleine Schwester. Vielleicht wurde sie ja mit der Zeit ein wenig hübscher? So wie Graueulenmädchen, die er bewunderte, oder Regenwolke, die Tochter von Schwarzer-Rabe. Überhaupt waren Babys nicht so interessant, viel lieber wollte er jetzt mit seinen Freunden spielen. Geschäftig hüpfte er auf, um seinen Bogen zu holen. „Ich gehe jetzt zu Habichtkralle, dann kann das Baby in Ruhe schlafen!", meinte er wichtig und schon war er aus dem Tipi gelaufen.

Viele-Feinde lachte leise. „Ich glaube, dass unser Sohn nicht so beeindruckt von seiner Schwester ist."

Sorgfältig deckte er seine erschöpfte Frau zu, damit sie sich ausruhen konnte. Dann begab er sich zu seinen Freunden, um ihnen von der Geburt seiner Tochter zu erzählen.

Nach drei Tagen verkündete ein Rufer den Namen des Neugeborenen und alle lächelten bei dem schönen Namen.

Es war gut, dass Viele-Feinde wieder den roten Pfad im Leben gefunden hatte. Die Menschen brachten Geschenke und Kleine-rote-Blume erhielt zwei wunderschöne Wiegen für ihr Kind, die zeigen sollten, wie geachtet ihr Mann war. Kleine-rote-Blume war sprachlos vor Freude und zum ersten Mal fühlte sie sich wirklich wie eine Angehörige dieses Volkes.

Okusche

Krankheit (Sommer 1874)

Plötzliche Aufregung herrschte im Lager und neugierig verließen die Menschen ihre Zelte. Sie vermuteten keine Gefahr, denn nach wie vor waren junge Männer zur Wache eingeteilt, die jede feindliche Bewegung melden würden. Mit frohem Lächeln sahen sie, wie Crazy Horse an der Spitze von zehnmal vier Männern in ihr Dorf ritt. Er trug die heilige Lanze mit sich, von der keiner mehr wusste, wie alt sie schon war. Eifrige Jungen rannten herbei und führten vor Stolz platzend die Pferde zur Weide, während die Ankömmlinge im großen Versammlungszelt verschwanden. Einige Frauen trugen Töpfe und Schüsseln herbei, um die Gäste zu bewirten. Die Männer des Dorfes warteten geduldig, bis Crazy Horse seinen Hunger gestillt hatte, dann wurde die heilige Pfeife herumgereicht. Crazy Horse war einfach und bescheiden gekleidet, nur eine Falkenfeder schmückte sein Haar und an seinem Ohr hing ein Kieselstein. Es war seinen Verdiensten nicht angemessen, aber er prahlte nie mit seinen Heldentaten. Schließlich erhob Crazy Horse seine Stimme: „Ich ziehe gegen die Psa. Zu oft haben sie unsere Dörfer überfallen und uns unsere Pferde geraubt. Ich frage auch Männer eures Dorfes, ob sie mit mir ziehen."

Er brauchte nicht zu fragen, denn die Männer brannten darauf, sich die geraubten Pferde wiederzuholen. Sie hatten mit den Crow noch eine Rechnung zu begleichen und ein Raubzug mit Crazy Horse stand unter einem guten Stern. Sein Erfolg war sprichwörtlich und die Crow sagten seinem Gewehr Zauberkräfte nach, weil seine Kugeln immer trafen. Crazy Horse wählte Fisch, Elchkalb und andere junge Krieger, nur bei Otter-der-die-Crow-narrt zögerte er. „Du bist noch zu jung!", meinte er freundlich.

„Ich bin längst ein Mann und ich kann dich führen!", antwortete Otter-der-die-Crow-narrt selbstbewusst.

„Woher willst du wissen, wo die Dörfer jener Psa sind?", fragte Crazy Horse verschmitzt.

„Ich bin Otter-der-die-Crow-narrt und ich habe im Winter ein Dorf jener Psa gefunden. Du tust gut daran, mich als Scout mitzunehmen!"

Crazy Horse staunte über die Sicherheit des jungen Mannes. An dem beifälligen Nicken der anderen Krieger erkannte er, dass Otter-der-

die-Crow-narrt wohl mehr zu bieten hatte. „Hetschetu! Du führst uns als Späher!", lud er den jungen Mann ein. Otter-der-die-Crow-narrt glühte vor Stolz, von einem so angesehenen Krieger mitgenommen zu werden. Er würde als Jüngster in dem Trupp alle niederen Arbeiten machen müssen, aber das war ihm gleichgültig. Crazy Hose nahm ihn mit! Schwarzer-Rabe, Antilopensohn und Biber machten sich ebenfalls auf den Weg, nachdem sie ihre Bündel geschnürt und auf Reservepferde geladen hatten.
Hauptsächlich junge Krieger beteiligten sich an dem Raubzug, denn die anderen wollten jagen oder ihre Familien beschützen.

Tschetan-withko blieb ebenso im Lager, allerdings aus anderen Gründen. Er wollte Wah-bo-sehns nicht verletzen, die eine Crow war, außerdem hatte er geschworen, nur noch zu kämpfen, um seine Familie zu beschützen. Aber auch Hitschikyata und Sohn-des-Windes sahen den Kriegern mit gemischten Gefühlen hinterher, wie diese gegen das Volk zogen, zu dem sie einst gehört hatten. Zum ersten Mal überlegte sich Sohn-des-Windes ernsthaft, ob er nicht zu den Crow zurückkehren sollte. Aber dann müsste er vielleicht gegen die Lakota kämpfen? Er wusste nicht mehr, wohin er gehörte.
Auch Donnerherz sah die Gewissenskonflikte seines Schwiegersohnes und fasste Sohn-des-Windes am Arm. „Eines Tages werde ich dich von deinem Versprechen entbinden. Dann kannst du entscheiden, wohin du gehst."
Verblüfft blickte Sohn-des-Windes ihn an. „Und was ist dann mit deiner Tochter?"
Donnerherz seufzte. „Das muss sie entscheiden!"
Lange blickte Sohn-des-Windes in die Augen seines Schwiegervaters, dann meinte er ehrlich: „Ich bin an mein Wort gebunden, aber mein Herz weint, wenn die Lakota gegen mein Volk ziehen."
„Ich weiß", meinte Donnerherz. Er zeigte auf das Tipi seiner Tochter. „Vielleicht erfreut ja sie jetzt dein Herz."
Unwillkürlich musste Sohn-des-Windes lächeln. „Wir reden nur!" Noch hatte er Morgenröte nicht angerührt, obwohl sie längst in einem eigenen Zelt lebten, auch weil Donnerzherz es nicht erlaubte.
„Reden, he!", griff Donnerherz die Anspielung auf.
Unschuldig hob der Crow seine Hände und beide Männer lachten herzhaft. Langsam schlenderten sie zum Fluss, als Sohn-des-Windes seinen Schwiegervater plötzlich festhielt. „Sieh dort", flüsterte er und zeigte mit seinen Lippen auf einige Knaben, die sich hastig

ins Gras duckten, verzweifelt bemüht ihre Anwesenheit zu verbergen. Donnerherz verzog schmunzelnd die Mundwinkel und meinte: „Das sind die wilden Krieger, die unser Dorf überfallen! Mein Sohn Tschapa eifert dir offensichtlich nach."

Als hätten sie nichts bemerkt, gingen sie weiter zum Fluss. Plötzliches Kriegsgebrüll erfüllte die Stille, als mehrere kleine Jungen, unter der Führung von Tschapa, das Spieldorf der Mädchen überfielen. Heller-Mond rannte mit Graueulenmädchen schnell genug davon, doch andere Mädchen wurden mit ihren Puppen gefangen genommen.

Tschapa schnappte sich die Puppenwiege von Verlorenes-Hirschkalb und schleifte seine Beute hinter sich her. Dazu stieß er grässliche Schreie aus, während dem Mädchen Tränen über die Wangen liefen. Das war kein schönes Spiel!

Tschapa fand weinende Mädchen blöd, trotzdem gab er ihr die Puppenwiege zurück und meinte herrisch: „Du bist jetzt meine Gefangene und musst mir etwas zu essen machen."

Erleichtert drückte Verlorenes-Hirschkalb die Wiege an ihre Hüfte und bückte sich, um dem Jungen eine Schale mit Beeren zu reichen. Jetzt gefiel ihr das Spiel wieder besser. Die anderen Jungen setzten sich und aßen ebenfalls von den Beeren, welche die Mädchen gesammelt hatten. Immerhin waren sie die siegreichen Krieger. Schnell wurde ihnen das Spiel zu langweilig und sie liefen davon, um anderswo ihre Heldentaten zu vollbringen. Vielleicht konnten sie ein wenig Fleisch aus einem Topf stehlen oder eine Schlammschlacht am Fluss machen? Im Dorf herrschte Ruhe, denn viele Krieger waren auf Jagd oder auf dem Kriegszug und die Frauen bearbeiteten die Felle. Einige ältere Jungen hüteten die Pferdeherde und Tschetan-withko wachte mit Viele-Feinde und Hitschikyata über das Dorf. Mit ihren Waffen saßen sie auf ihren Pferden und dösten über den arbeitenden Frauen. Trotzdem waren ihre Sinne geschärft und sie beobachteten aufmerksam, ob nicht irgendwo ein verräterisches Zeichen irgendeiner Gefahr lauerte. Es war ein Bild des Friedens, das nichts darüber verriet, dass im gleichen Moment ein Trupp Krieger ein anderes beschauliches Bild zerstörte.

Otter-der-die-Crow-narrt führte die Krieger zum Pryor-Bach, wo er das Dorf der Crow vermutete, wenn sie es nicht schon verlegt hatten.

Vielleicht sah er ja die Frau mit den abgeschnittenen Haaren, dann würde er ihr endgültig den Skalp nehmen! Jetzt war kein Hitschikyata dabei, der ihn daran hindern würde. Mit plötzlichem Schrecken dachte er an den Schwur, den er geleistet hatte. Vielleicht sollte er sie lieber als Ehefrau heimführen, denn er würde diese Psafrau sicherlich besser schützen. Prahlerisch genoss er den Gedanken, obwohl einige gute Pferde auch nicht schlecht wären.
Die Krieger ritten vorsichtig in die feindlichen Jagdgründe und nachts zündeten sie keine Feuer an, um sich nicht zu verraten. Jetzt, im Frühjahr, kamen sie schneller voran als Otter-der-die-Crow-narrt im Winter, und bald lag das Dorf vor ihnen. Ihre nackten Oberkörper und Gesichter waren mit Schutzzeichen bemalt, ebenso ihre Pferde. Sie hatten sich bis auf das Notwendigste entkleidet und blickten mit angelegten Waffen auf das feindliche Lager. Die Zelte verteilten sich in einer Senke, dahinter dehnte sich schützend der Wald aus. Wie bei den Lakota waren viele Krieger auf Jagd und die Frauen arbeiteten über den Fellen oder sammelten Beeren. Am Fluss graste die riesige Pferdeherde der Crow, bewacht von einigen jungen Männern. Um das Dorf der Crow anzugreifen, mussten die Lakota den schmalen, aber schnell fließenden Fluss überqueren, doch das würde dem Feind Zeit geben, in den Wald zu flüchten. Otter-der-die-Crow-narrt war im Winter von der anderen Seite gekommen und hatte sich so im Schutz der Bäume anschleichen können.
Plötzlich gellte ein Warnschrei durch das Dorf. Die Crow hatten Wachen aufgestellt, die die Lakota entdeckt hatten, und sofort flohen Frauen und Kinder in das Dickicht der bewaldeten Schlucht. Crazy Horse befahl den Angriff. Ohne zu zögern preschten die Lakota durch den Fluss und teilten sich in zwei Gruppen. Die eine verfolgte die flüchtenden Frauen und Kinder, die andere umzingelte die Pferdeherde. Wütende Krieger stürzten ihnen entgegen, doch einen angreifenden Indianer auf einem schnellen Pferd zu treffen, war fast unmöglich.
Im Nu erreichten die Lakota die Feinde und rissen sie zu Boden. Es war ein Kampf Mann gegen Mann, aber die Lakota hatten den Vorteil, dass sie eindeutig in der Überzahl waren. Für ein einzelnes Dorf war der Überfall einer großen Gruppe von Feinden immer verhängnisvoll, besonders wenn kampffähige Männer auf Jagd oder ihrerseits auf einem Raubzug waren. Als die Crow die Lakota unter der Führung von Crazy Horse sahen, suchten sie ihr Heil in der Flucht. Zu mächtig war allein der Name Crazy Horse. Nur einige mutige

Krieger blieben stehen und deckten die Flucht der Frauen, Kinder und alten Leute. Sie hatten Glück, dass Crazy Horse es in erster Linie auf die Pferdeherde abgesehen hatte. Doch diese wurde von den jungen Männern der Crow tapfer verteidigt. Biber stürzte schwer getroffen vom Pferd, sein Körper überschlug sich mehrmals im feuchten Gras.
Otter-der-die-Crow-narrt, der neben ihm ritt, zielte mit seinem Bogen auf den jungen Krieger und ehe dieser einen zweiten Pfeil auflegen konnte, hatte er ihm seinen Pfeil in die Brust geschossen. Seine Ohren rauschten, als er wie im Traum sah, wie der Krieger an seine Brust fasste und vor ihm zusammenbrach. Otter-der-die-Crow-narrt hatte seinen ersten Feind getötet! Die Geräusche des um ihn tobenden Kampfes erstarben, die Bilder verschwammen vor seinen Augen, er starrte nur benommen auf den toten Feind vor den Hufen seines Pferdes. Dann holte ihn die Wirklichkeit wieder ein und er schaute besorgt nach Biber, der regungslos im Gras lag. Elchkalb galoppierte herbei und gemeinsam hoben sie den verletzten Krieger auf ein Pony. Otter-der-die-Crow-narrt schnappte sich die Zügel und zog das Pony hinter sich her, als er von einem Schuss getroffen zusammenzuckte.
Elchkalb wirbelte herum und schoss einen Pfeil auf den im hohen Gras versteckten Crow. Ein kurzes Röcheln war zu hören, dann fiel der Feind mit einem dumpfen Laut zu Boden. Kaltblütig ging Elchkalb zu ihm und nahm seinen Skalp. Dann forderte er Otter-der-die-Crow-narrt auf, es ihm nachzumachen. „Du hast deinen ersten Feind getötet! Nun nimm seinen Skalp!“
Otter-der-die-Crow-narrt musste sich übergeben, so ekelte es ihn davor, als sein Messer in die Kopfhaut des Toten schnitt. Doch Elchkalb klopfte ihm wohlwollend auf die Schulter. Stöhnend fiel Otter-der-die-Crow-narrt auf die Knie, als Elchkalb ohne es zu wollen die verletzte Schulter berührte. Es war nur ein Streifschuss, doch die lange Fleischwunde löste starke Schmerzen aus. Elchkalb half ihm auf sein Pferd und drückte ihm die Zügel von Bibers Pony in die Hand. „Mach, dass du hier wegkommst! Wir folgen dir!“
Gehorsam wendete Otter-der-die-Crow-narrt sein Pferd. Er musste sich jetzt um den verletzten Krieger kümmern. Prüfend warf er einen Blick zum Crowdorf, doch die Feinde befanden sich alle auf der Flucht. Er sah, dass andere Krieger gerade den Waldrand erreichten und von den Pferden sprangen, um hinter den Frauen herzulaufen. Einige Mädchen und Kinder hatten sich in die Äste der Bäume

geflüchtet und nun standen die Krieger darunter, um sie mit ihren Pfeilen herunterzuschießen. Sie lachten und machten obszöne Gesten zu den verängstigten Menschen. Immer wieder schoss ein junger Krieger einen Pfeil durch das Astgewirr, während die Mädchen versuchten, hinter dem Stamm außer Reichweite zu bleiben. Es war ein Heidenspaß für die Lakota.
Nur Fisch fühlte sich ausgesprochen unbehaglich und machte eine befehlende Handbewegung. „Kommt! Wir haben die Pferde der Psa! Es ist genug!“ Er mochte es nicht, wenn kleine Kinder sich ängstigten. Im Astgewirr des Baumes hatte er nur die panischen Augen eines Mädchens gesehen und keinen Feind. Am Ende trafen sie noch mit ihren wahllosen Schüssen ein kleines Kind! Das war das Letzte, was er wollte.
Lachend liefen die Krieger zu ihren Pferden, verzichteten großmütig darauf, ihre Feinde weiter zu demütigen. Sie hatten die Frauen und Kinder der Crow genug erschreckt. Einige ältere Leute hatten sich in den Zelten versteckt, doch die Lakota ignorierten sie, weil sie wussten, dass Crazy Horse es nicht gutheißen würde, wenn sie Feinde töteten, die sich nicht verteidigen konnten. Eilig trieben die Lakota die Pferde über den Fluss, vorbei an den skalpierten Wächtern, die mit verrenkten Gliedern im Gras lagen. Bald würden die Crow heimkehren und sicherlich die Verfolgung aufnehmen. Die Lakota hatten keine Toten zu beklagen, aber drei Krieger waren verletzt. Sie nahmen es mit Humor und sonnten sich in dem Gefühl des Sieges. Besonders Otter-der-die-Crow-narrt trug seine erste Verletzung, die er im Kampf erhalten hatte, so stolz wie eine Adlerfeder. Insgeheim jedoch beneidete er Hitschikyata darum, dass dieser nicht mit ihnen geritten war. Mann zu sein, war manchmal schwieriger, als er gedacht hatte. Doch jetzt, auf dem Rückweg, siegte die Anerkennung, die er erhielt, über den Ekel, seinen ersten Feind skalpiert zu haben. Im Dorf würde er nun eine Tätowierung erhalten, die es seiner Seele erlaubte, in die Geisterwelt einzuziehen. Otter-der-die-Crow-narrt war jetzt ein Mann und die Tätowierung würde das letzte Symbol sein, das dies auch äußerlich zeigte.

Gemächlich trieben sie die Herde vor sich her und ließen sich sogar Zeit, für Biber ein Travois zu bauen. Die Verletzung konnte dadurch ruhig gehalten werden und hörte endlich auf zu bluten. Crazy Horse ließ eine Nachhut zurück, um seinen Rückzug zu decken, denn die Spur der Pferdeherde konnte nicht verborgen werden.

Es war eine triumphale Rückkehr in ihr Dorf. Frauen, Kinder und Krieger liefen ihnen jubelnd entgegen. Abends führten die Krieger ihre Heldentaten an großen Feuern vor und junge Mädchen schwenkten kreischend die Skalpstangen. Die geraubten Pferde wurden verteilt und Otter-der-die-Crow-narrt führte stolz seine drei Pferde zu der Herde seines Vaters. Fallende-Sterne behandelte den Streifschuss ihres Sohnes, doch die Wunde war bereits gut verschorft. Trotzdem genoss Otter-der-die-Crow-narrt die Aufmerksamkeit und erzählte seinen Geschwistern von dem gelungenen Raubzug: „Wir griffen jene Krieger bei den Pferden an. Ho, sie schossen auf uns! Ich duckte mich hinter dem Pferderücken, doch Biber wurde getroffen." Dramatisch spielte er, wie Biber ins Gras gefallen war. Blaufeder presste sich entsetzt die Hände vor den Mund, während Habichtkralle einen imaginären Bogen spannte.
„Dann hob ich meinen Bogen und schoss dem Psa mitten in sein Herz!" Mit finsterem Blick zog Otter-der-die-Crow-narrt sein Messer und führte vor, wie er seinen Feind skalpiert hatte. Habichtkralle war stark beeindruckt von seinem großen Bruder. Er würde auch einmal ein so großer Krieger werden!

Crazy Horse dagegen war besorgt. Nach dieser Niederlage würden die Crow alles tun, um ihre Schmach zu rächen. „Vielleicht ist es besser, wenn ihr mich in mein Dorf begleitet", schlug er Traumpfeil vor.
„Ich habe keine Angst vor jenen Psa!", wehrte Traumpfeil empört ab.
„Nein, aber in unserer Begleitung wäre es sicherer, wenn du dein Dorf verlegst. Ein Stamm auf Wanderschaft ist verwundbar!"
Traumpfeil grunzte angewidert: „Ich laufe doch vor den Psa nicht davon! Sie sollen nur kommen! Unsere Waffen sind geladen und unsere Pfeile werden sie aufspießen."
Crazy Horse lachte schallend. „Niemand sagt, dass du davonläufst! Selbst die Jüngsten deines Stammes sind mutiger als die besten Krieger der Psa. Ich würde mich nur freuen, mein Sommerlager mit dir aufzuschlagen. Das ist alles!"
Traumpfeil lächelte geschmeichelt. Das war ein ehrenvolles Angebot. Im Stillen gab er Crazy Horse sogar recht. Sie waren weit im Westen und die Crow waren tatsächlich eine ernste Gefahr für ihr Dorf. Er beriet sich mit den Ältesten und zwei Tage später war der Stamm unterwegs. Noch hatte niemand die Crow gesehen, aber viel-

leicht suchten sie nach Verstärkung, ehe sie gegen die Lakota kämpften. Das Dorf von Crazy Horse war weggezogen, als sie den ehemaligen Lagerplatz erreichten. Stöcke zeigten, dass die Sippe weiter zum Tongue-Fluss gewandert war. In geordneter Ruhe und ohne besondere Eile folgten sie den deutlichen Zeichen und nach mehreren Tagen sahen sie in der Ferne die Rauchsäulen der Feuer. Doch niemand kam ihnen aus dem Dorf von Crazy Horse entgegen. Eine merkwürdige Stille lag über dem Lager und so schlug Traumpfeils Gruppe ihre Zelte etwas abseits auf. Schnell sprach sich das Entsetzliche herum: Die Krankheit in ihren Bäuchen war ausgebrochen! They-are-afraid-of-her, die kleine Tochter von Crazy Horse, war gestorben und bereits am letzten Aufenthaltsort des Stammes bestattet worden. Immer noch waren viele Menschen krank und Crazy Horse zerbrach fast am Tod seiner geliebten Tochter. Nur in Begleitung eines Freundes ritt er in das feindliche Gebiet zurück, um ein letztes Mal seine Tochter zu sehen. Die Lakota waren fassungslos und ebenso hilflos. Ihr großer Führer, eben noch siegreich von einem Kriegszug zurückgekehrt, war von Trauer gebeugt. Hatte Wakan-tanka ihn verlassen? Verstummt waren die fröhlichen Stimmen. Die eben noch siegreichen Krieger zogen sich verwirrt zu ihren Familien zurück.

Che-ni-win hatte zum ersten Mal seit langer Zeit wieder Angst. Nicht vor den Lakota, sondern vor der heimtückischen Krankheit. Sie wusste, dass Krankheit in den Bäuchen in Wahrheit Cholera hieß. Sie kannte zwar kein Heilmittel, aber sie wusste, dass es eine Seuche war, die von Mensch zu Mensch übertragen wurde. Der Stamm durfte nicht in der Nähe des Lagers von Crazy Horse bleiben oder auch sie würden sich anstecken. Nur mit wem sollte sie darüber reden? Ihre Mutter glaubte, dass die Krankheit von Wakan-tanka geschickt worden war, um sie zu strafen. Sie betete und flehte um Gnade, damit ihre Familie verschont würde. Che-ni-win war gläubig, aber in diesem Fall würde beten nichts nützen. Die Gefahr lag in der Nähe zu den kranken Menschen. Mehrmals versuchte sie mit Hitschikyata zu sprechen, doch der junge Mann war meistens mit seinen Freunden unterwegs und ignorierte das weiße Mädchen.
Schließlich hielt Che-ni-win es nicht mehr aus. Sie sah, wie die Kinder der beiden Dörfer miteinander spielten und die einfachsten Vorsichtsmaßnahmen nicht eingehalten wurden. Sie würden alle krank

werden und hier gab es keinen Doktor, der ihnen helfen konnte. Sie hielt viel von den Heilkünsten Bärenkralles, aber sie glaubte nicht, dass er ein Heilmittel gegen Cholera hatte. Verzweifelt stellte sich Che-ni-win vor das Pony von Hitschikyata, als dieser mit seinen Freunden ins Dorf zurückkehrte. Sie bremste das Pony an den Zügeln und schaute ihn Hilfe suchend an. „Hitschikyata! Ich muss mit dir reden!"
Die jungen Männer lachten über ihr unangebrachtes Benehmen. Was wollte ein Mädchen von einem Krieger? Hitschikyata erkannte an Che-ni-wins Blick, dass etwas Ernstes vorgefallen sein musste. Ohne zu zögern glitt er von seinem Pferd und bat Otter-der-die-Crow-narrt mit einem Nicken, es zu der Herde zurückzubringen, dann folgte er dem Mädchen zu ihrem Zelt. Verblüfft beobachteten die jungen Männer, wie Che-ni-win auf Hitschikyata einredete.
„Hitschikyata, ich rede mit dir, denn die anderen denken, dass ich nur ein Mädchen bin und nichts weiß."
Prüfend schaute er sie an. „Was hast du zu sagen?"
„Es geht um die Krankheit! Viele denken, dass sie eine Strafe von Wakan-tanka ist, aber das ist nicht wahr. Auch bei den Weißen gibt es diese Krankheit. Ich weiß, wie man sich davor schützen kann."
„Du weißt ein Heilmittel gegen die Krankheit in unseren Bäuchen?" Unglauben schwang in seiner Stimme.
„Nein! Nein!", wehrte Che-ni-win hastig ab. „Ich war nur ein Kind, als es diese Krankheit auch in unserem Dorf gab. Aber ich weiß, was meine Tante gemacht hat und was der weiße Doktor gesagt hat."
Der Zweifel stand Hitschikyata deutlich ins Gesicht geschrieben, doch noch hörte er geduldig zu. Sie hatte ihn schon viele interessante Dinge gelehrt. Vielleicht steckte ja die Wahrheit in den Worten, die sie sprach? Er verschränkte abwartend die Arme und forderte sie mit einem Nicken auf, weiterzusprechen.
Nervös fuhr sich das Mädchen mit der Zunge über die Lippen, als sie nach Worten suchte. „Die Krankheit geht von einem Menschen zum anderen. Wir müssen hier weg! Wir dürfen unser Lager nicht neben einem Dorf aufschlagen, in dem die Menschen krank sind. Sonst werden auch wir krank. Es hilft auch, wenn man sich sehr sauber hält und das Wasser kocht, ehe man es trinkt. Wir müssen hier sofort weg! Wir dürfen nicht das Wasser trinken, in dem kranke Menschen baden und die Kinder dürfen nicht mit Kindern spielen, die vielleicht krank sind. Hitschikyata! Ich bin nur ein Mädchen, du musst mir helfen und mit Traumpfeil und Bärenkralle reden!"

In dem Gesicht von Hitschikyata arbeitete es. Er glaubte ihr und überlegte fieberhaft, wie er nun vorgehen sollte. Wenn es stimmte, was sie sagte, waren sie schon viel zu lange hier. „Ich rede mit Bärenkralle. Er wird wissen, was zu tun ist. Komm mit!"
Huh! Zu Bärenkralle! Che-ni-win schüttelte sich unwillkürlich, aber dann überwand sie ihre Angst und folgte ihm. Mit feuchten Händen setzte sie sich auf ein Fell und wartete ab, bis der Heilige Mann das Wort an sie richten würde.
Bärenkralle ließ sich Zeit, während er verstohlen das weiße Mädchen musterte. Sie hatte sich gut in den Stamm eingefügt, eigentlich erkannte man nur bei genauem Hinsehen, dass sie weiß war. Sie hatte ihre Zöpfe mit Fellstreifen umwickelt, sodass nur ein leichter roter Schimmer ihre Herkunft verriet. Ihre blauen Augen waren scheu gesenkt, ihre Beine wie bei jeder anderen Lakotafrau sittsam nach hinten gestreckt.
Che-ni-win schickte einen flehenden Blick an Hitschikyata. Sie würde auf keinen Fall anfangen zu sprechen!
Bärenkralle erkannte sofort, dass es das Mädchen war, das etwas zu sagen hatte. Trotzdem machte er eine einladende Handbewegung zu Hitschikyata.
Dieser biss sich auf die Lippen, als er nachdachte, wie er das Gespräch beginnen sollte. „Che-ni-win hat mir über die Krankheit erzählt, die in unseren Bäuchen tobt. Ich denke, dass es wichtig ist. Vielleicht möchtest du ihre Worte hören?" Mit einem freundlichen Nicken forderte er das Mädchen auf zu erzählen.
Che-ni-win blickte ihn verzweifelt an. Sollte sie jetzt etwa sprechen? Hier? Vor dem Heiligen Mann? Sie fühlte die forschenden Augen auf sich gerichtet und seufzte. „Als ich ein Kind war, gab es diese Krankheit auch in unserem Dorf. Sie ist sehr gefährlich, denn sie wandert von einem Menschen zum anderen. Man kann sich ein wenig davor schützen, wenn man vorsichtig ist. Ich durfte damals nicht mit anderen Kindern spielen. Ich durfte das Zelt nicht verlassen. Meine Tante hat das Wasser, das wir tranken gekocht. Das tötet die bösen Geister im Wasser." Sie zögerte kurz und hob die Augen. „Wir müssen hier weg! Wir dürfen nicht in der Nähe der kranken Menschen bleiben!"
Bärenkralle runzelte die Stirn. „Eine Krankheit ist eine schlimme Sache. Wir müssen beten, damit wir wieder eins mit Wakan-tanka werden. Dann wird die Krankheit verschwinden!"
Verzweifelt nagte Che-ni-win an ihrer Unterlippe. Der Medizinmann glaubte ihr nicht! Sie durfte jetzt nichts sagen, was ihn verärgern

würde. Tränen traten in ihre Augen, als sie Hitschikyata schweigend um Unterstützung bat. „Auch meine Tante und ich haben viel gebetet und so sind wir verschont worden. Es ist wichtig Wakan-tanka um Beistand zu bitten. Aber vielleicht ist es klug, den Worten des weißen Doktors zu folgen und die kranken Menschen zu meiden?“, bat sie leise.
Bärenkralle musterte sie schweigend. Er hatte ihren bittenden Blick um Beistand gesehen. Immer wieder waren sie von den Krankheiten der Weißen heimgesucht worden, doch niemand hatte bisher ein Heilmittel gefunden. War die Antwort so einfach? Mit einem Mal verstand er die Wahrheit ihrer Worte, denn Hitschikyata hatte sie hierher geführt, weil er ihr glaubte. Vielleicht war das jetzt der Nutzen, den es brachte, wenn er sich mit dem weißen Kind unterhielt? Che-ni-win hatte kluge Worte gewählt, ohne ihren Glauben zu beleidigen. Sie hatte nur erzählt, was die weißen Menschen taten, um die Krankheit zu besiegen und keine Heilmittel oder Zaubertricks genannt. Mit einer Handbewegung schickte er Che-ni-win fort, dann wechselte er einen ernsten Blick mit Hitschikyata. „Ich werde die Ältesten um eine Ratsversammlung bitten.“
„Waschté“, murmelte Hitschikyata und verschwand.

Im Ratszelt waren die Ältesten fassungslos über den Vorschlag. „Du willst nur wegen der Worte eines weißen Kindes, das Lager verlegen?“
Bärenkralle richtete sich auf, um seine Worte zu betonen. „Zu oft haben uns die Krankheiten der Weißen heimgesucht. Auch im Dorf von Crazy Horse sind bereits viele Menschen gestorben. Ich glaube Che-ni-win! Sie hat nur erzählt, was sie als Kind beobachtet hat, nichts sonst. Ich halte es für richtig, das Dorf zu verlegen.“
Beifälliges Gemurmel erklang, denn alle fürchteten die Krankheiten, wussten sie doch nicht, wie man sie heilen konnte.
Traumpfeil lächelte plötzlich. „Wenn ihre Worte wahr sind, hat uns dieses Mädchen einen großen Dienst erwiesen.“
Wieder steckten die Ältesten ihre Köpfe zusammen, dann stand Bärenkralle auf, um allen die Entscheidung mitzuteilen. „Wir ziehen fort! Diesen Sommer bleiben wir den Lagern der anderen Sippen fern. So haben wir es beschlossen! Hetschetu-welo!“
In weniger als einer Stunde brach der Stamm auf. Sie waren verwirrt und ängstlich, denn sie verstanden die Bedeutung einer Seuche nicht. Alle hatten sich auf den Zusammenschluss der Stämme

gefreut, doch nun würden sie an den religiösen Zeremonien nicht teilnehmen. Sie zogen langsam zum Powder-Fluss und von dort über die offene Prärie in Richtung der Black Hills. Staub wirbelte auf, denn der Sommer war ungewöhnlich trocken. Die wenigen Wasserlöcher führten nur brackiges Wasser und die Frauen filterten es vorsichtig mit Gras. In der flimmernden Hitze trotteten die Ponys dahin, nicht einmal der Wind wehte. Ein sehr schlechtes Zeichen und für alle ein deutliches Warnsignal!

Zum Abend hin türmten sich bereits lila Wolkenberge auf, die das nahende Unwetter erahnen ließen. Hastig schlugen die Indianer ihre Tipis auf, als bereits erste Böen an den Zeltwänden rissen. Aus der Ferne erklang ein Donnergrollen, tausend mal lauter als eine galoppierende Büffelherde. Ängstlich drängten sich die Menschen in die Zelte, hier auf der Prärie schutzlos den Mächten des Himmels ausgeliefert. Die Welt schrumpfte zu einer kleinen Murmel zusammen, als die Donnerwesen ihre Stimmen erhoben und ihre Wut herausbrüllten. Mit blitzenden Flammenspeeren stießen sie vom Himmel hinab und versuchten, die ameisengroßen Geschöpfe zu treffen. Schreckensbleich klammerten sich die Kinder an ihre Mütter. Das Echo des Donners dröhnte in ihren Bäuchen. Tschetan-withko beugte sich über seine Kinder und nahm ihre kleinen Hände in die seinen: „Kommt, wir vertreiben das Unwetter!“ Mit lauter Stimme sang er ein Lied gegen die Angst. Er begann in einer hohen Tonlage, die sich rhythmisch in Oktaven verdunkelte.

He he heya ya he!
Wir sind Lakota!
Wir fürchten uns nicht!
He he heya ya he!
Wir sind Lakota!
Wir sind stark!

Bewundernd blickten die Kinder auf ihren Vater und sangen leise den Refrain mit.
„Hört ihr?“, deutete Tschetan-withko auf das leiser werdende Gewitter, das seine Wut langsam in der Ferne austobte. „Die Wakinyan ziehen weiter. Wir sind stärker!“
Erleichtert kuschelten sich die Kinder an ihn heran und Wah-bosehns blickte liebevoll auf ihren Mann. Er war erstaunlich!

Sommergewitter waren nichts Ungewöhnliches, aber ihre Kraft erschütterte die Menschen immer wieder in ihrem Glauben, oder bestärkte sie darin, dass sie im Vergleich zu den göttlichen Mächten unbedeutend waren.

Ohne die Unterstützung der anderen Stämme gingen sie auf die große Büffeljagd und errichteten ihr Lager im Norden der Black Hills. Hierher kamen nur gelegentlich Indianer aus den Reservationen, ansonsten blieben sie für sich. In den Tälern und Hügeln der Black Hills gab es reichlich Wild, sodass die Männer oft zur Jagd gingen, während die Frauen im Schatten der Kiefern die Felle bearbeiteten. In den Wochen seit ihrem überstürzten Aufbruch war bisher niemand erkrankt und die Menschen atmeten auf.
Trotzdem blieb Traumpfeil in den Bergen, denn der Sommer war ungewöhnlich heiß und alle genossen den Schatten, den die Bäume boten. Die Bäche waren klar und frisch und die nackten Kinder planschten begeistert in dem kalten Wasser. Viele Frauen tauschten ihre schweren Wildlederkleider gegen leichte Stoffkleider, die in der Hitze erträglicher waren. Elchkalb beobachtete heimlich das weiße Mädchen und fragte sich, wann er endlich um sie werben durfte! In seinen Träumen verfolgten ihn ihre blitzenden blauen Augen und sein Herz klopfte schneller, wenn er sie über Felle gebeugt arbeiten sah. So suchte er sich mit Antilopensohn, den ähnliche Gefühle plagten, eine neue Beschäftigung, die ihn von seinem Begehren ablenkte und seinen Mut erprobte.
Sie gingen Weiße jagen!
Denn trotz der Gefahr feindlicher Indianer, begaben sich immer wieder Abenteurer und Goldsucher in das Kernland der Sioux, um in den Bergen nach Gold zu suchen. Sie waren eifersüchtig und neidisch aufeinander, sodass es den Lakota ein Leichtes war, sie einzeln aufzufinden und zu töten. Auch Hitschikyata hatte hier keine Hemmungen, denn es waren Weiße, bewaffnete Männer, die wussten, auf was sie sich einließen, wenn sie in ihrer Gier nach dem Gold schürften. Noch versuchte die Armee die Goldgräber aufzuhalten, doch wie schützte man eine offene Grenze gegen Wahnsinnige, die bewusst ihren Skalp riskierten?
Immer wieder kehrten junge Männer wie Hitschikyata, Elchkalb und Antilopensohn triumphierend mit den blutigen Skalpen unvor-

sichtiger Goldgräber zurück. Sie nannten sie verächtlich Waschbärenmänner, weil sie meist gebückt in einem Bach standen und mit ihren Pfannen das Gold wuschen. Sie hatten nicht einmal Zeit nach ihren Gewehren zu greifen, da lagen sie mit Pfeilen gespickt im Gras und ein Lakotakrieger skalpierte den Unglücklichen.

Viele Weiße kehrten nicht zurück, um von ihren Goldfunden zu berichten, doch die wenigen reichten aus, um eine wahre Hysterie auszulösen. Das ging soweit, dass die Regierung in Washington beschloss, eine riesige Expedition in das Gebiet zu schicken, um den Wahrheitsgehalt dieser Berichte zu überprüfen. Eine Wirtschaftskrise beutelte das Land, die mit weiterer Expansion bekämpft werden sollte.

Angeführt von „General" Custer, wie er sich immer noch von seinen Soldaten nennen ließ, bewegte sich ein riesiger Tross von Norden auf die Black Hills zu. Zu ihm gehörten Geologen, Botaniker, Bergarbeiter und die unvermeidlichen Soldaten und Kanonen, die den Zug beschützen sollten. Fast tausend Mann strömten in die heiligen schwarzen Berge der Sioux, um sie zu erforschen und nach Gold zu schürfen.

Ohnmächtig musste Traumpfeil mit ansehen, wie die Weißen den Friedensvertrag brachen. Zu uneins war sein Volk, denn Crazy Horse und Sitting Bull hielten sich im Gebiet des Powder-Flusses auf, die anderen lebten befriedet in den Reservaten von den Almosen, die ihnen die Weißen gaben und sie selbst waren viel zu wenige, um den Soldaten nennenswerten Widerstand entgegenzusetzen. So sandte Traumpfeil Späher aus, die den Zug der Weißen beobachteten und wich ihnen aus. Was hätte er sonst auch tun sollen?

Abgesehen von dem Expeditionstross und einigen Goldsuchern herrschte diesen Sommer tiefster Frieden. Selbst Custer beschränkte sich auf seine Aufgabe, die Forscher zu schützen und vertrieb sich die Langeweile mit ausgedehnten Jagdzügen. Manchmal traf er einzelne Indianer, doch sie gingen sich gegenseitig aus dem Weg.

Stattdessen tauchte unerwartet Lacht-am-Boden mit Weidenzweig im Lager von Traumpfeil auf. In die Freude über die Rückkehr der Schwester und Tochter, mischte sich tiefe Trauer, denn Weidenzweig hatte eine Fehlgeburt erlitten. Gebrochener-Zweig streichelte

sanft die Haare ihrer Tochter. Sie hatte selbst zwei Kinder verloren, allerdings als diese schon geboren waren und so wusste sie, was ihre Tochter jetzt durchmachte. „Du musst beten! Dann wird Wakan-tanka dir wieder ein Kind schenken. Wenn es dir besser geht, dann wirst du in die Einsamkeit gehen und um Beistand flehen."
Weidenzweig nickte gehorsam. Noch hatte sie die Hoffnung, dass sie Lacht-am-Boden doch ein Kind schenken würde. Dankbar blickte sie auf ihren Mann, der sie zu ihrer Familie zurückgebracht hatte, damit sie das Furchtbare vergessen konnte. Che-ni-win heiterte ihre Schwester auf und dankbar blickte Gebrochener-Zweig auf das weiße Kind. Sie war ihr eine gute Tochter geworden und sie war Weidenzweig in ihrer Trauer eine wirkliche Hilfe. Wie einst saßen die beiden Mädchen beisammen und kicherten über belanglose Dinge.

Die jungen Männer nutzten den heißen Sommer, um mit ihren Frauen kleinere Jagdzüge zu unternehmen, abseits des Trubels des großen Lagerlebens. Antilopensohn hatte schließlich nach einer für ihn endlosen Zeit des Wartens die sanfte Gras-im-Wind geheiratet. Nach dem Überfall auf die Crow hatte er genügend gute Pferde erbeutet, um seinen Schwiegereltern zu imponieren. Grauer-Wolf hatte nach dem Tod des Sohnes lange gezögert, seine Tochter gehen zu lassen, doch die Zeit der Trauer um Rote-Erde war lange vorbei und er wollte dem Glück seiner Tochter nicht im Wege stehen. Er bewunderte, dass Antilopensohn so geduldig gewartet hatte. Mit gutmütigem Schmunzeln blickte er Antilopensohn nach, wie er in Begleitung einiger Freunde losritt, unter ihnen die junge Braut, die sich mit glühenden Wangen auf das kleine Abenteuer freute.
Der Crow Sohn-des-Windes hatte sich ihnen ebenfalls mit seiner Frau Morgenröte angeschlossen, denn er wollte die Abgeschiedenheit nutzen, um ihr die Angst zu nehmen und sie endlich wirklich zu seiner Frau zu machen. Er hatte dieses Katz- und Mausspiel aus schüchternen Blicken, verlegenen Gesten und höflicher Ablehnung gründlich satt. In einer kleinen Gruppe, abgeschieden von dem Lager und ihren Eltern, würde ihm das eher gelingen. Er sah es schon als gutes Zeichen, dass sie überhaupt mitritt, doch Gras-im-Wind war ihre Freundin und in ihrer Gegenwart fühlte sie sich sicher.
Sohn-des-Windes lachte in sich hinein, denn nachts würde auch Antilopensohn mit seiner Braut alleine sein wollen und die anderen jungen Männer würden diskret das Weite suchen, darauf bedacht, die Liebesnächte der Jungverheirateten zu beschützen.

Elchkalb, Biber und Lacht-am-Boden begleiteten die Paare. Gerne hätte Lacht-am-Boden seine Frau mitgenommen, doch Weidenzweig brauchte immer noch Ruhe und den Beistand ihrer Mutter. Es war gut, dass er mit seinen Freunden ritt, denn auch er war traurig über die Fehlgeburt, obwohl er keine Worte fand, Weidenzweig zu trösten. Der Ausflug würde ihn auf andere Gedanken bringen und er genoss die unaufdringliche Aufmerksamkeit seiner neuen Freunde, die ihm so zu verstehen gaben, dass sie mit ihm fühlten.

Die jungen Leute hatten ein kleines Tal erreicht, in dem sie gut jagen konnten und sammelten Feuerholz für die Nacht. Misstrauisch sahen die beiden jungen Frauen, wie Sohn-des-Windes und Antilopensohn ihre Lager ganz woanders aufschlugen, als die anderen. Es waren kleine, provisorische Zelte, die weitab voneinander an dem kleinen Bach standen. Doch vorerst setzten sich alle um das gemeinsame Lagerfeuer und die beiden Frauen bereiteten still das Essen zu. Die Männer lachten und unterhielten sich leise über ihre Abenteuer, während frisch gefangene Fische über dem Feuer brutzelten. Hungrig aßen die Männer ihre Mahlzeit, nur die Frauen waren zu nervös, um etwas zu essen. Mit anzüglichem Grinsen zogen die jungen Ehemänner ihre leicht widerstrebenden Frauen zu den kleinen Zelten, während die anderen höflich beim Feuer sitzen blieben. Lacht-am-Boden lächelte gutmütig hinter Antilopensohn und Gras-im-Wind her und schüttelte den Kopf. „Die beiden passen überhaupt nicht zusammen!"
„Wie meinst du das?", fragte Biber belustigt.
„Na, er ist lang und schlaksig und sie ist so grazil und zierlich."
Biber lachte auf. „Deswegen nennen wir ihn ja auch oft nur ‚Hanska', der Lange!"
Elchkalb blickte dem Paar nachdenklich hinterher. „Sie gehören sehr wohl zusammen. Beide verbinden die Narben des Bären."
Wow! Das war wirklich starke Medizin! Aber es stimmte. Der Grizzly hatte die beiden zusammengebracht.
„Wakan-tanka wählt seine eigenen Wege, um die Menschen zusammenzuführen", meinte Biber.
Elchkalb horchte in sich hinein, dachte wieder an das weiße Kind im Schnee. Ja! Wakan-tanka hatte Che-ni-win zu ihm geführt, dessen war er sich sicher.
Lacht-am-Boden rempelte ihn übermütig mit dem Ellbogen an. „Wollen wir uns anschleichen und lauschen?"

Elchkalb schüttelte empört den Kopf. „Hiya!" Er dachte dabei weniger an die verliebten Paare, sondern an sich. Er wollte ja auch nicht, dass in naher Zukunft jemand an seinem Tipi lauschte. Er lächelte, als er daran dachte, wie lange Sohn-des-Windes nun bereits Geduld gezeigt hatte. Aber nun würde Morgenröte dessen Frau werden, endgültig!

Morgenröte zitterte leicht, als Sohn-des-Windes sie sanft in das Zelt zog, wusste genau, was nun geschehen würde. Aber irgendwo hatte sie es auch herbeigesehnt, wollte dieses Versteckspiel beenden. Sie wehrte sich nicht, als er ihr behutsam das Kleid über den Kopf zog, während er bei der Hitze sowieso nur seinen Lendenschurz trug. Ein wenig verlegen wich sie vor ihm zurück, genierte sich vor seiner Nacktheit, doch in dem engen Zelt gab es kein Zurück. Sie versteifte sich bei seiner ungewohnten Berührung und er lachte leise. „Schließe deine Augen!"
„Warum?"
„Vertrau mir", flüsterte er verführerisch und nahm sanft ihr Gesicht in seine Hände. Ihre Hände schoben ihn abwehrend von sich, während ihr Herz bis zum Hals klopfte. Er grunzte ungeduldig und hielt ihre Handgelenke hinter dem Rücken zusammen, dabei küsste er sie zart auf den Hals. Sie wollte schreien, aber sie brachte keinen Laut heraus, außerdem würden seine Freunde wohl kaum kommen, um ihr zu helfen. Hätte sie vielleicht nicht mitkommen dürfen? Eigentlich hatte sie geahnt, was er wollte und es unbewusst auch herbeigewünscht, doch jetzt stieg die Angst wieder in ihr hoch. Wenn er ihr wehtat? Ein Band legte sich locker um ihre Handgelenke, aber ohne sie wirklich zu fesseln und sie versteifte sich.
„Es ist ein Spiel", hörte sie die flüsternde Stimme ihres Mannes. „Hörst du den Bach?"
Sie konzentrierte sich auf ihre Sinne und hörte das leise Plätschern des Baches, dann lauschte sie auf die anderen Stimmen der Nacht. Grillen zirpten, Gras raschelte, als irgendein Tier vorbei schlich, in der Ferne hörte sie die Stimmen der anderen Männer.
Etwas strich über ihren Arm und sie zuckte zusammen. Es war keine Hand, die sie berührte, sondern eine Feder, stellte sie fest. Die Feder wanderte über ihre Beine, dann über ihren Bauch. Sie kicherte erschauernd, als die Feder sanft über ihre Brüste strich. Was machte er da? Sie spürte seinen Atem auf ihrem Gesicht und seine Lippen suchten ihren Mund. Er drückte sie fordernd auf das Fell und sie bekam

ihre Hände nicht mehr frei, weil sie mit ihrem Gewicht darauf lag. Aber jetzt wollte sie diese auch gar nicht mehr freibekommen. Seine zärtlichen Hände folgten den Linien ihres Körpers und fanden die braunen Hügel ihrer Weiblichkeit. Sie hielt den Atem an, als die Erregung in ihrem Körper wuchs. Plötzlich war sie ganz entspannt und hatte gar keine Angst mehr. Sie wollte auch Sohn-des-Windes streicheln und flüsternd bat sie ihn, ihre Fesseln zu lösen. Lächelnd hob er seinen Körper etwas an, damit sie ihre Hände vorziehen konnte. Dann stöhnte er unbeherrscht auf, als sie zärtlich seine Brust streichelte. Zu lange hatte er auf diesen Augenblick gewartet. Sie öffnete ihre Augen und blickte liebevoll in sein Gesicht. Sie konnte es nur schemenhaft sehen, denn es brannte kein Feuer und nur ein Schimmer des Mondlichtes fiel durch die Öffnung des Zeltes ins Innere. Dann wollte sie nichts mehr sehen, sondern nur noch seine Hände und seinen Mund fühlen. Sie spürte keinen Schmerz, als er endlich in sie eindrang und Wellen der Lust durch ihren Körper wogten. Davor hatte sie also so lange Angst gehabt. Völlig erschöpft lag er neben ihr, ausgepumpt von der Ekstase, die er endlich erfahren durfte. Das war geschafft! Jetzt war sie seine Frau! Wan! Er würde die nächsten Tage genießen.

Gut gelaunt und völlig entspannt ging er am nächsten Morgen mit seinen Freunden und einem ebenso gut gelaunten Antilopensohn auf die Jagd.
Die jungen Frauen blickten verlegen zu Boden. Beide wussten, was in der Nacht geschehen war und plötzlich kicherten sie ausgelassen. Es war ein schönes Abenteuer für sie, jetzt, wo sie noch keine große Familie zu versorgen hatten. „Antilopensohn ist so liebevoll!", meinte Gras-im-Wind verliebt. „Anfangs habe ich gedacht, dass er ein wenig linkisch ist, aber als er mich vor einem Bären gerettet hat, da habe ich erst gesehen, was er für ein guter Kämpfer ist!"
Morgenröte senkte ihre Augen. „Dieser Tag war für uns beide schlimm!"
Beschämt fasste Gras-im-Wind nach ihrer Hand. „Ich wollte dich nicht daran erinnern."
„Ma! Sohn-des-Windes erinnert mich jeden Tag daran! Aber ich bin nicht mehr böse auf ihn."
„Nein?"
„Nein! Er ist ein Krieger, eigentlich mein Feind, aber es tut ihm leid, was die Crow mit mir gemacht haben und er versucht alles, damit ich

es vergesse!“ Sie gluckste leise, als sie an die letzte Nacht dachte.
Ihre Freundin rempelte sie empört an. „Was?“
„Nichts! Ich bin seine Frau und schweige.“
„Hasch!“ Wieder lachten sie los, sorglos wie die Kinder.

Sie blieben einige Tage in dem Tal, dann luden die Männer ihre reichhaltige Jagdbeute auf die Ponys. Zufrieden und ausgeglichen kehrten sie in den Kreis ihrer Familien heim. Auch Lacht-am-Boden freute sich auf Weidenzweig und hoffte, dass ihr die Tage im Kreis ihrer Familie geholfen hatten, den Verlust zu verkraften. Oft starben Babys im ersten Lebensjahr oder Frauen erlitten Fehlgeburten. Aber er war sich sicher, dass Weidenzweig ihm bald wieder ein Kind schenken würde. So war das Leben!
Die Lakota begrüßten die Heimkehrenden wohlwollend und voller Verständnis. Oft war es zu gefährlich, dass Jungverheiratete einen solchen Ausflug machten, doch hier im Kernland ihres Stammesgebietes fühlten sie sich sicher. So freuten sich alle, dass es den jungen Menschen möglich gewesen war, die übergriffe der Weißen für eine Weile zu vergessen.

Abends tanzten sie zwanglos um die Feuer, tagsüber jagten sie in dem wildreichen Gebiet. Sie beobachteten die weißen Soldaten aus der Ferne, doch diese machten nach wie vor nicht den Eindruck, als ob sie auf Krieg aus wären. Alle genossen die Zeit des Friedens, besonders die Crow und Pawnee unter ihnen. Hitschikyata verbrachte viel Zeit mit seinen Freunden und verdrängte seinen Konflikt um die Crow. Die Pawneefrauen waren glücklich, denn ihr Volk war weit entfernt und kein Raubzug drohte, der sie in einen Gewissenskonflikt stürzte, ob sie sich nun um ihre Ehemänner oder um ihr Volk sorgen sollten. Sie zogen ihre Kinder groß, plauderten mit ihren Freundinnen und fühlten sich wohl.

Sohn-des-Windes unterhielt sich manchmal mit Wah-bo-sehns, wohl darauf bedacht, sie nicht vor ihrem Mann zu beschämen. Erst lange nach seiner Gefangennahme hatte er es überhaupt gewagt, das Wort an sie zu richten, obwohl er sie längst erkannt hatte. Micgy war sein Cousin gewesen und er war überrascht, aber auch erleichtert gewesen, dessen Frau hier zu finden.

„Bist du glücklich hier?", fragte er sie eines Tages. Sie holte mit ihren Töchtern Wasser vom Fluss und er schnitzte an einer Flöte, saß harmlos auf einen umgestürzten Baumstamm in der Nähe des Wassers. Sie blickte ihn überrascht an. „Ja! Tschetan-withko ist ein guter Mann."
Er zwinkerte verblüfft. „Obwohl er dich geraubt hat?"
„Ja, er hat mich geraubt! Aber ich war in Trauer und er hat mich und Graueulenmädchen verschont."
„Graueulenmädchen ist nicht seine Tochter?" Sohn-des-Windes war einigermaßen verdutzt, denn es war offensichtlich, dass Tschetan-withko seine Kinder liebte.
„Jetzt schon, doch er nahm uns gefangen, als sie noch ganz klein war. Sie ist Micgys Kind."
Sohn-des-Windes schüttelte ungläubig den Kopf. „Wieso adoptiert ein Krieger gleich zwei Mädchen?"
Mit einer Handbewegung schickte Wah-bo-sehns die beiden Mädchen zum Spielen. „Für Tschetan-withko zählen alle Kinder gleich. Er liebt seine Töchter genauso wie seinen Sohn. Deshalb liebe ich ihn."
Sohn-des-Windes hob abwehrend sein Messer. „Ich wollte ihn nicht beleidigen. Ich bewundere nur seinen Großmut, gleich zwei Mädchen zu adoptieren." Versuchsweise blies er auf der kleinen Flöte. „Hier, ich schenke sie Micgys Tochter. Ich freue mich, dass sie einen guten Vater hat. Ich werde auch deiner anderen Tochter eine Flöte schnitzen. Er hat sie von den Pawnee geraubt, nicht wahr?"
„Er hat sie gerettet!", betonte Wah-bo-sehns.
„Ich wünschte, alle Lakota wären wie dein Mann, dann wäre es für Hitschikyata und mich nicht so schwer."
Wah-bo-sehns kicherte leise. „Das wünsche ich mir auch oft. Aber auch die Crow haben schon oft die Lakota angegriffen. Hast du das vergessen?"
„Wie könnte ich! Meine Frau und mein Schwiegervater erinnern mich jeden Tag daran. Du hast recht."
Er griff nach einem neuen Zweig und begann eine weitere Flöte zu schnitzen. In der Ferne sah er die Mädchen spielen. Sie hatten ihre Kleider ausgezogen und planschten lachend im Wasser.
Ohne Eile kam Tschetan-withko mit seinem Sohn angeritten und beteiligte sich an dem übermütigen Spiel. Kreischend stürzten sich die Kinder auf ihren Vater, der prustend untertauchte.
Sohn-des-Windes lächelte amüsiert. Mit plötzlichem Ernst in der

Stimme meinte er: „Ich wünsche mir eine Tochter!"
Sie blickte ihn überrascht an. „Keinen Sohn?"
„Doch, aber ich weiß nicht, ob ich ihn dann als Absarokee oder als Lakota großziehen soll. Mädchen sind Mädchen, aber die Kriegergesellschaften sind hier anders. Macht es dir nichts aus, dass Graueulenmädchen wie eine Lakota erzogen wird?"
„Nein, ich erzähle meinen Kindern auch die Geschichten meines Volkes. Ich bin eine Frau und hatte keine Wahl."
„Ich habe auch keine Wahl, denn ich habe mein Wort gegeben."
„Aber niemand verlangt, dass du gegen die Absarokee ziehst."
„Nein, aber ich kann es nicht ertragen, wenn die Krieger mit den Skalpen meines Volkes zurückkehren."
Wah-bo-sehns schluckte schwer, denn ihr ging es genauso. „Du sprichst die Sprache der Lakota gut. Dafür, dass die Lakota deine Feinde sind. Wie kommt das?" Bei den Crow hatte sie nie gehört, dass er die Sprache der Feinde konnte. Aber sie hatte ihn ohnehin nur selten gesehen, weil er in einer anderen Gruppe lebte.
Sohn-des-Windes senkte den Kopf und einige Späne flogen zu Boden, als er heftig an der Flöte schnitzte. „Meine Mutter war eine Sihasapa-Lakota! Mein Vater hat sie von einem Kriegszug mitgebracht."
„So wie ich", bemerkte Wah-bo-sehns nüchtern. So war das eben!
Tschetan-withko kam nass wie er war auf sie zu und schüttelte sich wie ein Hund. Wah-bo-sehns schubste ihn lachend weg, doch Tschetan-withko umarmte sie mit seinen kräftigen Armen. „Yu, du bist kalt wie ein Fisch!", schimpfte sie empört.
„Dann komm doch auch ins Wasser!" Schon nahm er seine zappelnde Frau auf den Arm und warf sie mitsamt ihrer Kleidung ins Wasser. Die Kinder schüttelten sich vor Lachen und stürzten sich auf sie. Sie kam nicht hoch und schlug verzweifelt um sich, ihre Augen wurden weit unter dem fließenden Wasser. Sohn-des-Windes und Tschetan-withko griffen nach den übermütigen Kindern und zogen sie von der Mutter herunter. Nach Luft schnappend kam Wah-bo-sehns wieder hoch, ihr Lederkleid triefte und sie setzte sich frierend ans Ufer. Tschetan-withko! Der Krieger lachte schallend, dann zog er sie auf die Füße und führte sie zum Dorf zurück.
Kopfschüttelnd sah ihnen Sohn-des-Windes nach, wunderte sich über den ausgelassenen Mann, den er bereits als äußerst gefährlichen Gegner erlebt hatte. So gefiel ihm das Leben bei den Lakota, doch wenn sie wieder gegen die Crow zogen, würde er dieses Volk verlassen.

Ignipi

Suche (Sommer bis Winter 1874)

Die Abreise von Miles O'Brian hatte sich verzögert. Schuld daran war die Armee, die alles komplizierte. Er durfte nicht mehr mit seinen Handelswagen ins Indianergebiet, denn die Armee wollte die aufständischen Indianer zwingen, zum Handeln zu ihren Agenturen zu kommen. Handel mit Indianern stand unter strenger Strafe und auch Miles bekam vom diensthabenden Kommandanten im Fort Laramie keine Ausnahmegenehmigung mehr. Trotzig suchte er nach Möglichkeiten, die Vorschriften zu umgehen, und bot schließlich an, die feindlichen Indianer auszukundschaften. Jeder kannte seine wahre Absicht, doch ohne Tauschwaren lag kein direkter Verstoß gegen die Befehle der Armee vor. Dadurch erhöhte sich jedoch auch das Risiko, von Indianern getötet zu werden, wenn er ihnen zur Besänftigung keine Munition anbieten konnte und der Wert seines Besuches minderte sich erheblich.
Miles würde nur einige Wochen ausbleiben, weil er mit Tatokala lediglich zum großen Sommertreffen der Stämme reiten wollte. Wenn er heil zurückkam, hätte er wertvolle Informationen über den Aufenthaltsort und die Stärke der verschiedenen Sippen.
Tatokala erschien wie versprochen im Fort und blickte mit einem verräterischen Lächeln auf den dicken Bauch von Rose. „Du warst fleißig?", stichelte er.
„Komm her, du Halunke!", brummte Miles gut gelaunt. Mit Tatokala an seiner Seite würde die Suche weit weniger gefährlich sein. Er drückte den jungen Mann an seine Brust, sodass diesem die Luft wegblieb. „Hast du inzwischen auch ein Weib?"
„Zu wenig Pferde!", verneinte Tatokala.
„Dann gib doch dein Gewehr!"
„Kein Weib ist soviel wert!", wehrte Tatokala entsetzt ab.
Miles allerdings war da ganz anderer Meinung. Aber er war ja auch älter und weiser. Noch vor Kurzem hätte er Rose ohne Gewissensbisse zu ihrem Volk zurückgeschickt, aber inzwischen genoss er die angenehme Gegenwart einer Frau, freute sich sogar auf das Kind mit dieser Indianerin. Zu ihrem eigenen Schutz ließ er sie in der Obhut des Händlers im Fort zurück.
Bedächtig bepackte er sein Muli mit Vorräten, setzte sich auf seine braune Stute und folgte Tatokala nach Norden.

Die Prärie war wie leergefegt. Keine Indianer, keine Tiere, nur die Skelette tausender erschossener Büffel bleichten im hohen Gras. Es war eine gespenstische Stille, nicht die Stille des Friedens, sondern die des nahenden Todes.
Abends saßen die beiden bedrückt um das kleine Feuer aus getrocknetem Bisonmist. Auf dem Eisengestell brodelte die Kanne mit dem unverzichtbaren Kaffee, später würde Miles zwei Kaninchen zubereiten, die er erlegt hatte. Sie brauchten kein Zelt, sondern wickelten sich zum Schlafen nur in ihre Decken, den Sattel als Kopfkissen.
Miles stopfte gedankenverloren seine Pfeife. Er sah den sehnsüchtigen Blick von Tatokala und reichte sie ihm. Seine Pfeife war mit richtigem Tabak gestopft, nicht mit dem schwer genießbaren Zeug, das die Indianer verwendeten.
„Schmeckt gut!“, meinte Tatokala zufrieden.
Miles schlürfte seinen Kaffee und lächelte gutmütig. „Was hast du im Winter gemacht?“, fragte er Tatokala.
„Ich war im Dorf von Young-Man-afraid-of-his-horse. Der Winter war sehr hart und wir hungerten.“
„Warum seid ihr nicht zu der Agentur geritten?“
„Ich hungere lieber, als dass ich bei den Weißen bettle! Aber viele Familien sind in die Reservation zurückgekehrt.“
„So schlecht ist es im Reservat doch auch nicht. Ihr müsst eben lernen, wie die Weißen zu leben.“
„Du weißt nicht, was du sagst! Wir sind Krieger und Jäger! Ich habe versucht, wie die Weißen zu leben. Ich habe sogar versucht, ein Feld zu bestellen. Die Lebensweise der Weißen ist nicht gut. Wir werden krank und sterben.“
„Ihr sterbt doch nicht, nur weil ihr Felder bestellt!“, lachte Miles.
„Nein! Aber wir sterben an den Krankheiten des weißen Mannes und unsere Bäuche vertragen das Essen nicht. Es ist schlecht und macht unsere Kinder krank. Warum lässt man uns nicht so leben, wie wir es von alters her gewohnt sind?“
„Man nennt es Zivilisation. Ihr stört den Fortschritt, wenn ihr gegen die Siedler kämpft und ihr könnt nicht mehr über die Prärien ziehen, wenn diese für das Vieh der Weißen eingezäunt sind.“
„Aber es ist doch unser Land!“
Miles schaute ihn traurig an. „Ja, es ist euer Land. Ich wandere auch lieber frei über die Prärie, anstatt den Boden zu bestellen.“
Tatokala lächelte flüchtig. „Du bist unser Bruder! Du denkst so wie wir. Du bist auch ein Lakota!“

„Danke! Und solange es noch keine Zäune gibt, werde ich mit euch weiterhin über die Prärie ziehen."
Beide lachten leise, doch es war ein verhaltenes Lachen, denn beide wussten, dass diese Zeiten bald vorbei sein würden.
„Was machst du, wenn du deine Tochter gefunden hast?", fragte Tatokala.
Miles seufzte. Er suchte jetzt schon so lange nach seiner Tochter. Wenn er sie fand, würde er sein Leben endgültig ändern müssen. Aber was sollte er dann tun? Er war kein guter Farmer. Vielleicht sollte er Vieh oder Pferde züchten? Dann konnte er immer noch zur Jagd gehen und sein ungebundenes Leben führen. Doch erst einmal musste er Jenny finden. Dann fiel ihm seine neue Frau ein, die bald ein Kind haben würde. Sie war eine Indianerin und würde tun, was er ihr sagte. Er dachte an das Baby, das bald geboren werden würde. Welche Verantwortung hatte er ihm gegenüber? Er kannte einige Trapper, die Mischlingskinder hatten und sich nicht um sie kümmerten. Er würde sein Kind nicht dem Elend der Reservation überlassen und Rose auch nicht. Sie redete ihm nicht in sein Leben hinein und meckerte nicht, wenn er mit seinen Freunden auch mal zum Saufen ging. So stellte er sich eine gute Frau vor. Sie zog ihm die Stiefel aus, wenn er betrunken nach Hause kam, schimpfte nie und weigerte sich nicht, wenn er sie im Bett wollte. Er kicherte zufrieden in sich hinein. Es war eine gute Pokerpartie gewesen!
„Was lachst du?", fragte Tatokala.
„Ach, ich denke an meine Frau."
Tatokala streckte respektlos den Bauch heraus. „Bald hast du einen kleinen Miles! Du brauchst eine zweite Frau, die deinen Lenden Freude bereitet."
„Wieso? Sie bereitet mir große Freude!"
Tatokala schaute ihn entsetzt an, vergaß völlig, dass es unschicklich war, überhaupt über dieses Thema zu sprechen. „Du liegst bei ihr, obwohl sie dein Kind trägt?"
„Aber ja, nichts ist schöner, als mit einer schwangeren Frau zu schlafen! Sie sind rund und wunderschön!"
„Aber es schadet dem Kind!"
„Pah!", grunzte Miles verächtlich. „Alle Weißen schlafen mit ihren Frauen, ohne dass es den Ungeborenen schadet. Das ist Aberglauben! Vielleicht haben sich das eure Frauen ausgedacht, damit ihr sie in Ruhe lasst."
„Warum sollten sie das tun?", runzelte Tatokala die Stirn.

„Vielleicht seid ihr schlechte Liebhaber?"
Jetzt grunzte Tatokala empört. „Ich werde deiner Frau zeigen, was für ein guter Liebhaber ich bin!"
„Wehe dir! Dann schneide ich dir dein Herz heraus!"
Tatokala lachte schallend. „Ich scherze nur. Du bist mein Freund. Niemals würde ich mich deiner Frau nähern. Aber ich werde sehen, ob dein Kind gesund geboren wird."
„Warte nur ab! Es wird ein großes, gesundes Kind! Dann hast du was gelernt, wenn deine Frau einst ein Kind bekommt. Und überhaupt, andere Stämme glauben ja auch nicht an den Unsinn."
„Nein?"
„Nein! Die Crow, Shoshone und Flathead schlafen mit ihren schwangeren Frauen und andere Stämme auch."
„Wir sind Lakota. Wir sind stolz auf unsere Standhaftigkeit!"
„Ja, ja! Tapferkeit! Enthaltsamkeit! Blah, blah! Ich möchte nicht wissen, wie eure Frauen darüber denken. Seit Rose das Baby erwartet, hat sie Feuer im Bett. Ich sage, dass euch etwas entgeht!"
Kopfschüttelnd betrachtete Tatokala den weißen Mann. Sie waren so anders! Vielleicht sollte er sich doch langsam eine Frau suchen, doch wo sollte er dann mit ihr leben? Er wollte seine Kinder nicht in der Trostlosigkeit der Reservation aufziehen. Was sollte er sie dort lehren? Sinnend blickte er in das Feuer, dann wiederholte er seine erste Frage: „Was machst du, wenn du Jenny gefunden hast und dein Kind geboren ist?"
Miles zuckte mit seinen breiten Schultern. „Ich bin kein guter Farmer. Mich juckt es, wenn ich zu lange an einem Platz bin. Vielleicht versuche ich es mit einer Ranch, züchte Vieh oder Pferde. Dann kann ich wenigstens noch ab und zu auf die Jagd gehen."
Tatokalas Augen blitzten plötzlich begeistert. Pferde züchten! Das war gut! „Vielleicht gehe ich mit dir und helfe dir?" Hoffnung klang in seiner Stimme mit.
„Klar, du wirst mein erster Cowboy!", bot Miles dem Indianer spontan an.
„Waschté-yelo!", beendete Tatokala die Unterhaltung. Für seine Zukunft war gesorgt. Er würde mit Miles auf einer Ranch arbeiten und Pferde züchten. Davon verstand er etwas!
Miles zuckte sichtlich zusammen. Er hatte seinen ersten Cowboy für eine Ranch, die bisher nur in seiner Vorstellung existierte. Verdammt! Mussten die Indianer denn alles wörtlich nehmen? Andererseits gefiel ihm die Idee immer besser, je länger er darüber nachdachte.

Eine innere Ruhe wuchs in ihm, als er versonnen zu den Sternen hochblickte. Eine Ranch, auf der er mit seiner Frau und seinen Kindern leben konnten. Keine schlechte Idee! Den ersten Cowboy hatte er auch schon. Seine blauen Augen blitzten, als er Tatokala die Pfeife reichte und den Vertrag besiegelte. „Waschté-yelo!"
Das Feuer war heruntergebrannt und sie rollten sich in ihre Decken. Die Wahrscheinlichkeit, dass sie jemand in diesem leeren Land fand, war verschwindend gering und so wechselten sie sich nicht mit der Wache ab.

Tagelang ritten sie nach Norden und folgten schließlich dem Lauf des Powder-Flusses. Nichts! Enttäuscht zogen sie zum Tongue-Fluss, falls dort die Dörfer der Lakota wären. Es war bereits Anfang Juni, als sie endlich das große Lager der Sioux fanden. Es war nicht in dem großen zeremoniellen Kreis aufgestellt, sodass der Sonnentanz entweder schon vorbei war oder noch nicht stattgefunden hatte. Die einzelnen Dörfer lagen verstreut am Fluss und nur einige Kinder blickten ihnen misstrauisch entgegen. Zwei Reiter bildeten keine Gefahr, so warteten die Indianer einfach ab, was die Ankömmlinge wollten. Miles und Tatokala erreichten als erstes das Dorf von Crazy Horse. Höflich baten sie um Erlaubnis, ihr Lager in der Nähe aufzuschlagen. Crazy Horse war nicht da. Er hatte sich in die Einsamkeit zurückgezogen, um zu fasten und zu trauern. Einige Kinder und ältere Leute waren an der Cholera gestorben, doch schien sich die Seuche nicht weiter auszubreiten. Miles wurde blass, als er von der Krankheit erfuhr und war froh, dass er Rose im Fort gelassen hatte. Die Indianer waren weder unfreundlich noch freundlich. Distanziert beobachteten sie den Weißen mit seinem indianischen Begleiter und erst als Miles begann, mit ihnen in Lakota zu sprechen, hellten sich ihre Gesichter auf.

Miles bewegte sich mit der angespannten Bereitschaft einer Raubkatze. Sein Skalp juckte und er war ständig auf der Hut. Er war hier mitten unter feindlichen Indianern. Besorgt beobachtete er ihre Kriegsbereitschaft. Dies hier waren keine Halbzivilisierten, sondern bis an die Zähne bewaffnete Krieger, jederzeit bereit, ein weiteres Eindringen der weißen Siedler zu unterbinden. Das letzte Aufbäumen eines verzweifelten Volkes.

Vorsichtig fragte er nach der Sippe von Traumpfeil und erntete nur ein Schulterzucken. „Sie sind noch nicht da", hörte er die abweisende Antwort. „Bis zum Sonnentanz werden sie schon eintreffen."

Tatokala führte ihn zum Dorf von Young-man-afraid-of-his-horse, der ihn um einiges freundlicher aufnahm. Miles schenkte ihm einige Päckchen Patronen, die mit einem Lächeln angenommen wurden. Miles sah sich fast am Ziel und wartete geduldig auf das Eintreffen von Traumpfeils Sippe. Er schätzte die versammelten Indianer auf vielleicht viertausend Menschen, eigentlich nicht so viele, wie er erwartet hatte. Als Gast von Young-man-afraid-of-his-horse stand er unter besonderem Schutz und das Kribbeln unter seiner Haut verschwand. Meist saß er mit einigen Jungen am Fluss, um zu angeln, während Tatokala mit den Männern auf Jagd ging. Miles sah gern dem Plätschern des Wassers nach. Manchmal fing er überhaupt keine Fische, bis er an dem mitleidigen Kopfschütteln der Jungen erkannte, dass er unbedingt etwas tun musste, um ihren Respekt wiederzuerlangen. Also konzentrierte er sich mehr auf seine Angeltechnik und zeigte den Jungen, wie man mit Fliegen und einer langen Schnur, die er über dem Wasser kreisen ließ, Forellen angelte. Begeistert machten es ihm die braunhäutigen Jungen nach und Miles staunte über die Geschicklichkeit der Kinder. Vielleicht hatte er auch bald einen kleinen braunen Jungen, mit dem er im Wasser stehen konnte, um Fische zu angeln? Ihm gefiel die Zutraulichkeit der Kinder und er lachte über die kleinen Mädchen, die am Ufer mit ihren Puppen spielten, wie auch weiße Kinder mit ihren Puppen spielten. Wieso nur hatte er Jenny je alleingelassen? Er hatte nie gesehen, wie sie mit ihren Puppen spielte.
Ihm gefiel das Leben hier. Es war friedlich und schön. Nie hätte er gedacht, dass die Krieger so liebevoll mit ihren Kindern spielten. Er beobachtete, wie die Frauen Beeren sammelten und Felle bearbeiteten, die Krieger zur Jagd gingen und abends Geschichten erzählten. Alles geschah in dieser freundlichen Ruhe, welche die Menschen ausstrahlten. Nicht einmal die Kinder waren laut. Oft saß er einfach nur mit seiner Pfeife am Ufer und beobachtete sie.

Schließlich feierten die Indianer den Sonnentanz und das rituelle Lager wurde aufgeschlagen. Miles O'Brian hielt sich abseits, denn er

wollte die Zeremonie nicht stören. Völlig verblüfft sah er von fern den heiligen Tanz und die Selbstmarter, die sich die Krieger zum Wohle des Volkes auferlegten. Er war so beeindruckt, dass er bald übersah, dass die Sippe von Traumpfeil nicht erschienen war. Nicht immer nahmen alle Stämme teil und niemand wusste, wo Traumpfeil sein Sommerlager aufgeschlagen hatte. Miles gab enttäuscht auf. Das rituelle Sommerlager war die beste Chance, die er gehabt hatte, um seine Tochter zu finden, doch wenn die Gruppe nicht kam, war es sinnlos, sie zu suchen. Zu groß war das Gebiet, in dem sie sich befinden konnte.
Enttäuscht beschloss er, ins Fort zurückzukehren, denn dort wartete Rose auf ihn. Mitten im Hochsommer machten sich die beiden auf den Rückweg. Staub wirbelte bei jedem Tritt der Pferde auf und Fliegen umschwirrten sie, auf der Suche nach Schweiß. Es war brütend heiß, sodass Tatokala nur seinen Lendenschurz trug und Miles in seiner rosa Unterwäsche ritt. Ganz auszuziehen traute er sich nicht, denn er befürchtete, einen gewaltigen Sonnenbrand zu bekommen, außerdem hätten ihn sonst die Moskitos gefressen. Es war ein Anblick, bei dem sich die Götter gebogen hätten vor Lachen, wenn es in diesem verlassenen Land so etwas überhaupt gab. Erleichterung brachte nur die Nacht, wenn es etwas abkühlte. Sorgsam achteten sie auf ihren Wasservorrat und Miles war froh um die Führung von Tatokala, der auch die kleinsten Wasserlöcher für die Pferde fand.
Ende August trafen sie wieder im Fort Laramie ein, wo sie eine strahlende Rose erwartete. Ihre Rundungen traten deutlich unter dem zu engen Kleid hervor und Miles kaufte ihr ein weiter geschnittenes.
Der Kommandant des Forts war inzwischen Major Blunt, der bereits öfter die Leitung dieses Postens gehabt hatte und den er ganz gut kannte. Zögernd erstattete er ihm Bericht über seine Reise. Viel hatte Miles allerdings nicht zu erzählen: „Die Indianer erscheinen mir friedlich. Sie jagen und ich glaube nicht, dass sie eine Gefahr darstellen."
Der grauhaarige Major stemmte zweifelnd die Hände in die Hüften. „Wie viele Indianer haben Sie gesehen?"
„Ach, ich schätze viertausend Menschen, davon keine tausend Krieger."
„Nicht mehr?"
„Bestimmt nicht! Ich war während des Sonnentanzes bei ihnen, da müssten eigentlich die meisten versammelt gewesen sein."
„Und Ihre Jenny?"

Miles senkte frustriert den Kopf. „Sie war nicht da. Die Gruppe, mit der sie anscheinend lebt, ist nicht gekommen."
„Das tut mit leid", murmelte der Kommandant. „Was wollen Sie jetzt machen?"
„Verdammt! Meine Frau bekommt bald ihr Baby und ich will sie nicht allein lassen. Ich werde nächstes Jahr wieder nach Jenny suchen. Vielleicht kommt sie dann zum Sommertreffen."
„Das ist eine lange Zeit!"
„Ich weiß! Aber ich kann es nicht ändern. Wenn sie bis dahin verheiratet ist, werde ich einfach sehen, was dann passiert. Ich hätte früher auf sie aufpassen müssen. Ich kann nur hoffen, dass es ihr gut geht."
Der Kommandant fasste Miles mitfühlend an die Schulter. „Arbeiten Sie wieder für uns! Das lenkt Sie ein wenig ab."
„Danke, Sir! Wann soll ich anfangen?"
„Morgen! Ich setze Sie auf die Soldliste."

Schweren Herzens arbeitete Miles wieder als Dolmetscher und Scout für die Soldaten, nur Rose lenkte ihn abends von seinen düsteren Gedanken ab. Wahrscheinlich hatte seine Jenny längst ebenso einen dicken Bauch! Geschwängert von einem Indianer!
Missmutig dachte er an Tatokala, der in einem kleinen Zelt vor dem Fort lebte, weil er Miles nicht verlassen wollte. So ganz konnte er sich einen Indianer immer noch nicht als Schwiegersohn vorstellen. Unentschlossen lungerte der junge Indianer vor dem Fort herum, wusste offensichtlich nicht, was er den ganzen Tag tun sollte. „Warum kehrst du nicht zu deinem Volk zurück?", fragte Miles gereizt.
„Ich möchte doch für dich als Cowboy arbeiten", kam die erstaunte Antwort.
Miles lachte ihn schallend aus. „Wenn es soweit ist, dass ich eine Ranch habe, wirst du es erfahren. Dann kannst du jederzeit für mich arbeiten, aber jetzt reite lieber zu deinem Volk. Noch leben sie frei und du kannst mit ihnen jagen."
„Meinst du wirklich? Du bist nicht verärgert, wenn ich dich verlasse?"
„Aber nein! Du bekommst ein Pony, und wenn du eines Tages auftauchst, dann arbeitest du für mich." Miles lachte innerlich über die Treue des jungen Mannes.
„Nun gut! Ich gehe zu den Lakota. Im Frühjahr kehre ich zurück, um dir wieder bei der Suche nach Jenny zu helfen."
„Genau, so machen wir das!", bestärkte Miles seinen Begleiter. Wie-

der streckte er ihm seine Hand zum Abschied entgegen, die der junge Indianer dankbar ergriff. „Du bist ein guter Freund!", meinte er ehrlich.
„Pass auf dich auf und lass die Finger vom Whiskey!", ermahnte ihn Miles.
„Ich trinke nichts! Ich weiß, was der Whiskey mit meinen Brüdern macht. Er raubt ihnen den Geist und den Stolz."
Das Pony, das ihm Miles gekauft hatte, an einem Seil hinter sich herziehend, ritt Tatokala nach Norden.

Miles dagegen verzog sich mit seiner Frau in sein Zimmer, ergötzte sich an den Rundungen in dem Wissen, dass bald für eine längere Zeit seine Enthaltsamkeit gefragt sein würde.
Seine Tochter wurde einen Monat später geboren. Rose hatte das Fort im Morgengrauen verlassen, sich zwischen einige Salbeibüsche am Ufer des Laramie-Flusses gekniet und das Mädchen aus ihrem Leib gepresst. Kopfschüttelnd ließen die Wachsoldaten die Frau mit dem Neugeboren vorbei, als sie wieder zu ihrem Zimmer schwankte. „Indianerinnen!", dachten sie abfällig. Doch in Erinnerung an Miles schwingende Fäuste, beeilte sich einer der Männer, sie fürsorglich zu ihrem Ehemann zu begleiten. „Was machst du denn da? Begleitschutz für eine Squaw?", fragte ein Soldat respektlos.
„Ne, aber Miles ist, glaube ich, gerade Vater geworden!"
Vor Schreck hielt sich der vorlaute Soldat die Hand vor den Mund. Hoffentlich hatte ihn keiner gehört!
Schweißgebadet und glücklich kehrte Rose in ihr Zimmer zurück und präsentierte das Neugeborene einem fassungslosen Miles O'Brian. „Oh Gott, warum hast du mir denn nichts gesagt?"
„Gesagt?", stammelte Rose verständnislos. Hatte sie etwas falsch gemacht? Freute er sich nicht über seine Tochter?
„Du kannst doch nicht einfach in die Wildnis gehen und dein Kind werfen wie ein Wolf! Wir haben doch einen Doktor! Wenn dir oder dem Kind etwas passiert wäre?"
Tränen der Enttäuschung traten in ihre Augen. Sie verstand kein Wort von dem, was er sagte.
„Rose, Rose, was machst du nur", murmelte er begütigend, dann blickte er auf das Neugeborene und sein Herz setzte aus. Zaghaft hob er die Decke, um auf das Geschlecht zu sehen. Ein Mädchen, eine

Tochter! Wie seine Jenny! Ein Schluchzen entfuhr dem großen Mann, als er behutsam sein kleines Mädchen in den Händen hielt. Sie hatte bereits die schwarzen Haare ihrer Mutter, doch sie blinzelte ihn mit feuchten, blauen Augen an. Seine Augen!
„Oh, Rose", murmelte er erleichtert. „Das nächste Mal rufst du den Doktor!"
Sie schaute überrascht in seine Augen. Weiße Männer waren wirklich seltsam. Für eine Geburt brauchte man doch keinen Doktor! Mühsam schlurfte sie in das Zimmer und legte sich in ihr Bett. Miles trug seine Tochter hinterher und sah stirnrunzelnd, dass sie noch ganz verschmiert war. Er setzte einen Kessel mit Wasser auf und badete seine Tochter in einer großen Schüssel mit warmem Wasser. Seine großen Pranken hielten behutsam das glitschige Neugeborene, das wohlig mit seinen Beinen strampelte. Dann wickelte er es in ein weiches Tuch und legte es neben seine Frau. Er konnte sich an seine neue Rolle als Vater gewöhnen. Grinsend sah er zu, wie das kleine Wesen an der Brust seiner Frau trank. Bei Jennys Mutter hatte er das nie gesehen.
„Wie soll sie heißen?", hörte er seine Frau fragen.
Er lächelte, als ihm ein altes Märchen einfiel: Haare so schwarz wie Ebenholz, Haut so weiß wie Schnee! Aber Schneewittchen war kein vernünftiger Name. Außerdem war die Haut des Babys nicht weiß wie Schnee, sondern kaffeebraun. Haare wie Ebenholz! So würde er seine Tochter nennen: Ebony!
Tatsächlich wurde daraus in kürzester Zeit Bonny, aber das war ihm gleichgültig, denn abgesehen von Jenny war Ebony das schönste Mädchen, das er sich vorstellen konnte. Regelmäßig nahm er sie aus der indianischen Wiege heraus und schaukelte sie auf seinen Knien. Einmal drosch er einen Soldaten lazarettreif, der respektlos nach seinem „Papoose" gefragt hatte, wie Indianerkinder oder Mischlingskinder verächtlich genannt wurden. So, als wären es gar keine richtigen Kinder, wie auch Indianerfrauen nur „Squaws" waren, die in der Evolution gleich nach den Affen kamen. Nicht bei Miles O'Brian, wie manche Soldaten sehr unsanft feststellten. Seine Ebony war das schönste Kind auf der Welt, sodass der Kommandant sich zum Schutz seiner Soldaten gezwungen sah, Miles offiziell zur Geburt „seiner süßen Tochter" zu gratulieren. Ebony O'Brian hieß es offiziell auf der Geburtsurkunde, die in Fort Laramie ausgestellt wurde, und die Soldaten nahmen hastig neu angekommene Kameraden beiseite, um sie vor unüberlegten Äußerungen zu warnen. Misses

O'Brian wurde Rose höflich genannt, nicht, weil die Soldaten plötzlich eine andere Meinung über Indianer hatten, sondern weil Miles sie sonst eine andere Sprache lehrte. Seine Fäuste waren unmissverständlich, obwohl er eigentlich nicht als Raufbold bekannt war. Nur im Hinblick auf seine Tochter verstand er keinen Spaß. Er sang ihr Lieder vor und erzählte ihr Geschichten, obwohl sie als Neugeborenes natürlich noch nichts verstand. Vielleicht wäre es Miles in diesem Winter langweilig geworden, doch er war vollauf mit seiner Tochter beschäftigt. So bemerkte er kaum, wie eine dichte Schneedecke das Land bedeckte und alles meterhoch zuschneite. In seinem Zimmer war es wohlig warm und er ging nur nach draußen, um stapelweise Holz zu hacken, das Soldaten auf ihren Karren von weither heranschleppen mussten. Oder er stopfte die Ritzen in der Wand mit Moos voll. Es wurde der kälteste Winter seit Jahrzehnten, bei dem sogar die Flüsse gefroren und Raben tot von den Ästen fielen. Wenn er mit dem Baby am Feuer saß und sich Eisblumen am Fenster bildeten, dachte er manchmal an seine Jenny. Wie kalt musste es wohl in einem Zelt sein? „Kind, wo bist du nur?", dachte er dann besorgt.

Seine Jenny war immer noch in den Black Hills. Im Herbst hatten sie nördlich der Berge Büffel gejagt, doch dann war der Stamm wieder in die Black Hills zurückgekehrt. Die Expedition unter der Leitung von George Armstrong Custer war bereits im Herbst nach Fort Lincoln zurückgekehrt und auch die weißen Goldsucher hatten, wenn sie überhaupt überlebt hatten, das Gebiet wieder verlassen.
Für die Lakota war es ein Glück, dass sie ungestört in dem Gebiet lagern konnten, denn die Berge bremsten die Winterstürme und selbst im Winter fanden die Ponys noch ein wenig Nahrung. Sie fraßen die vertrockneten Blätter von den wenigen Laubbäumen, knabberten an den Zweigen und kratzten das Gras frei. Es war zu kalt, um überhaupt die Zelte zu verlassen und so drängten sich die Menschen um die Feuer. Selbst im Inneren behielten sie ihre Kleidung an, denn nur mit dem Feuer aus Ästen und Zweigen war es schwierig, bei diesen Temperaturen das Zelt warm zu halten.
Dabei hatten sie noch Glück, denn in den Black Hills fanden sie genügend Holz, während in den Reservationen in manchen Gegenden überhaupt kein Feuerholz zur Verfügung stand. Die Menschen dort starben wie die Fliegen, wenn nicht an Kälte, dann an den Erkäl-

tungskrankheiten. Schlechte Ernährung, mangelnde Abwehrkräfte und zugige Tipis aus Zeltstoff, welche die Kälte nicht so gut abhielten wie die Zelte aus Büffelfell, forderten ihren Preis, vor allen Dingen bei den Kindern. In manchen Sippen starben fast die Hälfte aller kleinen Kinder und Babys.

Traumpfeil wusste nichts von dem Elend in den anderen Sippen. Sie hatten genügend Nahrungsvorräte und niemand war ernsthaft krank. Mit Begeisterung saßen die Menschen in den Zelten und spielten ihre Wettspiele. Die Frauen machten Wettbewerbe in ihrer Stickfertigkeit und Che-ni-win zeigte ihnen ein Kartenspiel, das schnell die Runde machte und auch von den Männern gespielt wurde. Es hieß „Schwarzer Mann", bei dem immer zwei gleichwertige, gleichfarbige Karten abgeworfen wurden, bis zum Schluss der „Schwarze Mann" übrig blieb. Die Indianer kannten keine geschriebenen Zahlen, aber Jenny musste sie ihnen gar nicht erklären, sie gaben den Symbolen einfach neue Namen: So hieß die Sieben „Karte mit der Axt", eine Acht war einfach das „Eulenauge", und eine Neun „Die gebeugte Frau".
Die Männer spielten eine härtere Variante. Während die Mädchen der Verliererin kichernd einen schwarzen Strich auf die Stirn malten, überwältigten gleich mehrere Männer den Unglücklichen und schwärzten ihm mit Holzkohle das ganze Gesicht. Dieser wehrte sich entsprechend, sodass aus dem Spiel bald eine richtige Balgerei wurde. Vor allen Fisch war ein schlechter Verlierer und ruinierte fast das ganze Zelt von Traumpfeil, als er verzweifelt über die Rückenstützen hechtete. Die anderen prusteten vor Lachen, als sie ihn gnadenlos festhielten und genüsslich sein Gesicht schwärzten. Fisch gab den Widerstand auf. Na wartet! Der nächste Verlierer würde etwas erleben!
Uinohnah sah fassungslos auf das Chaos in ihrem Tipi und warf die Männer wütend aus dem Zelt. „Raus! Sofort raus!"
Immer noch lachend flohen die Männer vor dem wütenden Geist aus dem Zelt und suchten einen anderen Ort, an dem sie das schöne Spiel fortsetzen konnten.
„Wakan-tanka! Lass den Schnee schmelzen, damit mein Mann wieder vernünftig wird!", flehte Uinohnah.
Der Schnee schmolz nicht, doch es wurde zumindest etwas wärmer. Die Männer zogen sich ihre Schneeschuhe über und gingen wieder zur Jagd. Hechelnd lief ihnen Sapa, der schwarze Wolf voraus, stö-

berte Schneehühner und andere Vögel auf. Sie erwischten Stachelschweine und einen ziemlich bissigen Dachs, den sie mit einem gegabelten Stock aus seiner Höhle drehten. Viele-Feinde ging mit seinem Sohn Kaninchen jagen und übte mit ihm geduldig das Bogenschießen. Aus Weidenzweigen flocht er einen Ring, der so eng ausgefüllt war, dass er einen gefiederten Pfeil nicht durchließ. Er ließ ihn als Ziel durch die Luft fliegen und Hengstfohlen versuchte, ihn zu treffen. Er war so mit seinem Vater beschäftigt, dass ihm keine Zeit blieb auf seine Schwester eifersüchtig zu sein. Nicht einmal abends, wenn sein Vater mit dem Baby schmuste, war er neidisch, denn er kroch todmüde und zufrieden unter seine Decke.
Kleine-rote-Blume war glücklich, wenn sie ihren Mann mit seiner kleinen Tochter sah. Morgentau-im-Gras krähte vergnügt, ihre Fäuste klammerten sich um die Finger von Viele-Feinde und ihre kurzen Beine stemmten sich gegen seine Schenkel, als sie sich für kurze Zeit hochzog. Die Zeit des Friedens gefiel den Frauen am besten. Gerne saßen sie über ihren Näharbeiten zusammen und plauderten.

Einige junge Männer sicherten zu Fuß die Umgebung, denn für Pferde gab es immer noch kein Vorwärtskommen. „Wenn unsere Pferde nicht durchkommen, dann auch keine anderen. Es besteht keine Gefahr", bemerkte Otter-der-die-Crow-narrt lakonisch. „Im Umkreis von einem Tagesmarsch gibt es nur unsere eigenen Spuren."
Ohne die Umsicht von Traumpfeil wäre vermutlich niemand auf Kundschaft gegangen, doch nach wie vor kümmerte er sich um die Sicherheit des Lagers. Ansonsten gaben sich die Krieger der Wettleidenschaft hin und so manch gutes Pony oder Gewehr wechselte den Besitzer.

Fisch kehrte nach so einem Wettspiel verärgert in sein Zelt zurück. Er bereute den Verlust seines Gewehres, aber er hatte oft kein Glück im Spiel. Stern-im-Auge half auch nicht, seinen Ärger zu vergessen, denn immer noch stillte sie ihren Sohn. Er wusste genau, dass sie es tat, um ihn sich vom Leib zu halten, aber er wusste nicht, wie er es ändern sollte. Er war kein einfühlsamer Mensch, doch auf seine einfache Art liebte er sie und er wollte ihr nicht wehtun. Außerdem war sie inzwischen selbstbewusst und er fürchtete, sich zu blamieren, wenn sie vielleicht wieder mit einer Pfanne auf ihn losging. Inzwischen dachte er oft an die Worte von Tschetan-withko, und in seiner Fantasie streichelte er zärtlich ihren nackten Körper. Nichts

von seiner inneren Anspannung drang nach draußen, aber im Zelt war oft ausgesprochen übellaunig. Zögernd suchte er das Gespräch mit Tschetan-withko und dieser reagierte unverhältnismäßig gereizt: „Kola! Ich bin doch kein Medizinmann über Frauenangelegenheiten!"
Fisch schluckte peinlich berührt. „Nein! Aber du bist mein Kola und ich weiß nicht, mit wem ich sonst reden soll!"
„Fisch! Wirf sie auf das Fell und steck einfach dein Ding in sie hinein!"
„Das ist nicht das, was du mir das letzte Mal gesagt hast!"
Tschetan-withko schüttelte ungläubig den Kopf. „Du erinnerst dich an meine Worte?"
„Aber ja!"
„Dann mach es halt so!"
„Hohch, aber wenn sie mir wieder die Pfanne auf den Kopf haut?"
„Dann wird das ganze Dorf über dich lachen."
„Tschetan-withko! Das ist wenig hilfreich!"
„Fisch, wenn du ewig Angst hast, wirst du nie wissen, wie sie reagiert. Mach sie endlich wirklich zu deiner Frau. Du hast ihr lange genug Zeit gelassen. Dein Sohn braucht ihre Milch nicht mehr."
„Meinst du wirklich?"
„Ja!" Mit einer unwilligen Geste beendete Tschetan-withko das Gespräch. Dann klopfte er seinem Freund versöhnlich auf die Schultern. „Ich werde mir heute Nacht etwas in meine Ohren stopfen!"
Jetzt musste sogar Fisch verschmitzt lachen, als er mit neu gewonnenem Mut zu seinem Zelt stapfte. Er würde sehen!

Trotzdem war Fisch nervös. Sogar sehr nervös! Er setzte seine stoische Maske auf und wartete geduldig bis Stern-im-Auge seinen Sohn versorgt hatte. Schließlich zog sie ihr Kleid aus und legte sich zum Schlafen nieder. Geschmeidig kniete er sich neben sie und zog mit klopfendem Herzen die Decke weg. Er wollte es diesmal richtig machen, sanft und zärtlich. Sie sah ihn mit runden Augen an und erkannte an seinem Blick, was er wollte. Fisch gab sich redlich Mühe und Stern-im-Auge gehorchte ihm. Es tat nicht mehr weh, das war ihr genug.
Sie hatte soviel Angst davor gehabt, Angst, dass er ihr wieder Schmerzen zufügte. Sie wünschte, dass er von Anfang an so zärtlich zu ihr gewesen wäre, ohne die Demütigung. Dann blickte sie in sein verschwitztes Gesicht mit den buschigen Augenbrauen. Sie hätte ihn

nie freiwillig geheiratet, nicht einmal, wenn er ein Pawnee gewesen wäre. Vermutlich hätte ihn kein Mädchen geheiratet, so wie er aussah, deswegen hatte er sie ja entführt, dachte sie spöttisch. Jetzt war er ihr Mann und sie hatte ihm einen Sohn geboren. Er versuchte nett zu sein, mehr konnte sie nicht erwarten. Jedenfalls hatte sie jetzt keine Angst mehr vor ihm.
Fisch war entspannt wie nie und seine Laune besserte sich zusehends. Tschetan-withko verzog wissend die Lippen, sagte aber nichts. Das war auch besser so!

Noch mehr Männer nutzten die Zeit des Winters, um sich um ihre Frauen zu kümmern oder wenigstens um sie zu werben. Auch Elchkalb saß oft mit einer kostbaren Brautwerbedecke vor dem Zelt von Grauadler und spielte für Che-ni-win die Liebesflöte. Er holte sich dabei eine anständige Erkältung und den Spott seiner Freunde.
Che-ni-win war inzwischen zur Frau gereift und wirkte älter als sie tatsächlich war. Sehnsüchtig streiften ihre Blicke den jungen Mann. Er sah großartig aus und seine Aufmerksamkeit schmeichelte ihr. Er hatte so verträumte Augen! Ihrer Meinung nach war sie längst bereit ihn zu heiraten, doch ihre Eltern wollten bis zum Sommertreffen warten. Die Zeit würde schnell vergehen, dann wäre sie die Braut von Elchkalb. Sie war das einzige unverheiratete Mädchen in ihrem Alter im Stamm. Auch junge unverheiratete Männer gab es sonst keine, denn Hitschikyata und Otter-der-die-Crow-narrt zählte sie zumindest noch nicht zu den Männern. Darin täuschte sie sich allerdings, denn die beiden hatten bereits die ersten Feinde getötet, aber noch spielten sie nicht mit dem Gedanken, eine Familie zu gründen.

Jetzt im Winter saß Hitschikyata wieder bei Bärenkralle, der ihn in die Heilkräuter der Lakota einwies und ihn Gebete und Lieder lehrte. Längst hatte Bärenkralle den jungen Crow in einer Zeremonie zu seinem Sohn erklärt, denn nur so konnte Hitschikyata einst ein Medizinmann für ihr Volk werden. Sein Herz war leicht, wenn er auf den jungen Mann blickte, dem er all sein Wissen anvertraute. In ihm würde es weiterleben.
„Eines Tages musst du dieses Wissen weitergeben", mahnte er eindringlich. „An deinen Sohn oder an einen Menschen, der dir in einer Vision erscheint."

„Hast du auch mich in einer Vision gesehen?“, fragte Hitschikyata. Kurz zögerte der weise Medizinmann, dann fielen ihm die riesigen Augen ein, in denen er die Weisheit der Sterne gesehen hatte. „Nein, ich hatte keine Vision, aber als ich dich zum ersten Mal sah, da wusste ich, dass Wakan-tanka dich geschickt hatte!“
Verblüfft senkte Hitschikyata den Kopf, dann sah er Bärenkralle fest in die Augen. „Ich werde lernen!“
„Gut!“

Hitschikyata schwankte zwischen der traditionellen Welt, die ihn Bärenkralle lehrte und den Erzählungen von Che-ni-win. „Du kennst beide Welten ...“, fragte er sie eines Tages, „an was glaubst du?“
Sie kicherte belustigt. „An beides! Ich glaube an das, was ich bei den Weißen gelernt habe und ich glaube an das, was die Lakota mich lehren.“
„Ist das nicht ganz verschieden?“
Sie seufzte. Er stellte immer so schwierige Fragen! „Nein, nur anders!“
„Das verstehe ich nicht.“
„Schau! Auch die Weißen glauben an Wakan-tanka, sie nennen ihn nur anders und sie erzählen andere Geschichten. Aber das ist nur natürlich, weil sie ja aus einem anderen Land kommen. Wir wissen vieles, was ihr nicht wisst, einfach, weil ihr es nicht kennt und ich lerne viel von euch, was die Weißen nicht kennen. Wenn es die Kriege nicht gäbe, würden wir alle viel voneinander lernen.“
„Und unsere heiligen Zeremonien erscheinen dir nicht seltsam?“
„Aber nein, wir haben ja auch Zeremonien! Sie sind eben anders. Ich lebe jetzt hier und nehme sie so, wie sie sind.“
Hitschikyata amüsierte sich über Che-ni-win. Sie war nur ein Mädchen und nahm die Dinge so, wie sie waren, ohne groß darüber nachzudenken. Er hingegen dachte schon darüber nach. Ihn interessierte auch der Unterschied zwischen den Mythen der Crow und der Lakota, doch im Moment ließ er sich von Che-ni-win die Schöpfungsgeschichte der Weißen erzählen.
Auch Gebrochener-Zweig hörte aufmerksam zu, denn sie liebte diese Geschichten, auch wenn es keine Geschichten ihres Volkes waren. Für sie waren es einfach nur Erzählungen über Menschen und Völker, die sie nicht kannte und die keinen Einfluss auf ihren Glauben hatten. Befremdend war für sie nur die Vorstellung, dass der Mensch über den Tieren stand. Sie waren doch alle gleich! Die Menschen

eher sogar weniger wert, waren doch die Tiere mit allem ausgestattet, was sie zum Überleben brauchten, während die Menschen den Tieren nacheiferten mussten. Sie mussten sich Kleidung und Waffen anfertigten, während die Tiere mit Schnäbeln oder Krallen, Fell oder Gefieder ausgestattet waren. Die Tiere waren ihre Verwandten und Brüder. Alle waren gleichberechtigt und haben ihren Platz im Universum.
Che-ni-win fand diese Vorstellung viel schöner, auch dass man sich bei den getöteten Tieren bedankte. Die Lakota nahmen nicht alles so selbstverständlich wie die Weißen und standen eigentlich viel näher bei Gott. Nur ihre kriegerische Lebensweise passte irgendwie nicht in dieses Bild der Harmonie, aber vielleicht maßen sie dem Tod nicht soviel Bedeutung bei. Sie töteten ja auch die Tiere, selbst, wenn sie anschließend für sie beteten. Sie war froh, dass sie ein Mädchen war und von ihr nicht erwartet wurde, dass sie kämpfte. Aber Elchkalb würde kämpfen! Sie wischte die Gedanken weg und stickte weiter an einer Wiege, die sie für Weidenzweigs Baby machte. Im Herbst war sie, so wie ihre Mutter es ihnen gesagt hatte, mit ihrer Schwester in die Einsamkeit gezogen und hatte drei Tage lang gefastet. Ihre Schwester hatte um ein weiteres Kind gefleht und jetzt ging sie behutsam durch das Dorf, um nicht ihr Ungeborenes zu verlieren. Alle machten ihr Mut und Lacht-am-Boden hütete sie wie seinen Augapfel. Vielleicht half die Ruhe im Winter, weil sie ihr Lager nicht verlegten, dass sich der Bauch von Weidenzweig rundete, vielleicht aber ging es ihr einfach nur besser, in dieser zweiten Schwangerschaft. Niemand weiß, warum ein Kind heranwächst und ein anderes sich bereits im Leib der Mutter entschließt, wieder zu Wakan-tanka heimzukehren.
Che-ni-win jedenfalls nahm ihrer Schwester alle harte Arbeit ab, holte das Holz für sie und heiterte sie auf. Oft saß sie in Weidenzweigs Zelt, kochte mit ihr und erzählte ihr lustige Geschichten. Gebrochener-Zweig lächelte belustigt, denn das fröhliche weiße Kind tat Weidenzweig gut. Trotz ihrer weiblichen Formen war Che-ni-win immer noch ein Kind, deswegen hatte sie auch Elchkalb gebeten, noch ein wenig zu warten.

Elchkalb verstand nicht warum. Che-ni-win war doch schon eine Frau. Doch bis zum Sommer konnte er noch warten, oder nicht? Besitzergreifend schaute er ihr nach und sah es gar nicht gerne, wenn sie im Zelt von Lacht-am-Boden verschwand oder mit Hitschikyata sprach. Sie war seine Beute! Vielleicht hätte er sie doch in sein Zelt aufnehmen sollen, doch damals wollte er sich nicht mit einem Kind belasten. Eifersucht plagte ihn und er biss sich jedes Mal auf die Lippen, wenn sie freundlich mit anderen Männern sprach. Nur sein Wort, das er Grauadler gegeben hatte, hielt ihn davon ab, sie einfach zu entführen. Dabei hatte er ehrbare Absichten! Er würde sie zur Frau nehmen und sie nicht von sich stoßen, wenn er sie erst gehabt hatte. Warum noch bis zum Sommer warten? Sein Verlangen tat ihm körperlich weh und jeder ihrer Blicke traf ihn mitten ins Herz. Er betete den Sommer herbei, der seiner Qual endlich ein Ende bereiten würde. Hätte er das Kind doch damals einfach liegen lassen! Dann könnte sie ihn jetzt nicht so quälen! Er dachte an nichts anderes mehr und seine Freunde schüttelten besorgt die Köpfe. Was war denn mit Elchkalb los? War Che-ni-win vielleicht ein Wesen, das seinen Geist verwirrt hatte? Aber Hitschikyata und Lacht-am-Boden verwirrte sie nicht, auch die anderen Männer verhielten sich ganz normal, also musste es an Elchkalb liegen. Seine Freunde nahmen ihn oft mit zur Jagd, damit er auf andere Gedanken kam, aber nachts, in seinem Zelt, träumte er von ihren roten Locken und den blauen Augen.

Außer Elchkalb sehnte seltsamerweise niemand den Frühling herbei, obwohl der Winter ungewöhnlich hart war. Doch selbst die Ponys fanden genügend Gestrüpp, an dem sie knabbern konnten und die Menschen genossen die unbeschwerte Zeit.
Nur, wenn wieder Schneestürme tobten und die Menschen in die Tipis verbannten, wünschten manche Eltern zumindest besseres Wetter herbei, damit die Kinder wieder draußen spielen konnten.
Die Jungen bauten sich Schneehöhlen, die sie gegenseitig mit viel Geschrei überfielen und unter grölendem Gelächter zum Einsturz brachten.
Graueulenmädchen dagegen langweilte sich und hockte sich neben ihren Vater, der wieder in seinem Buch malte. Vorsichtig riss Tschetan-withko eine der hinteren Seiten heraus und gab sie seiner Tochter. Dann ließ er sie eine Farbe auswählen. Andächtig wählte Graueulenmädchen einen roten Stift und konzentrierte sich auf ihre Zeichnung. Das war schön! Sehnsüchtig blickte sie auf die anderen farbigen Stifte. Ob ihr Vater wohl erlaubte, auch eine andere Farbe zu nehmen? Mit einem Messer spitzte Tschetan-withko die Stifte, dann

legte er sie neben sich. „Du darfst auch eine andere Farbe nehmen“, ermutigte er das begeisterte Kind. Er hielt inne, als er staunend sah, wie das kleine Mädchen eine schöne Blume zeichnete. „Du magst Blumen, hmh?“, fragte er.
„Ja, sie sind wie der Sommer.“
Tschetan-withko kniff amüsiert die Augen zusammen. „Magst du den Sommer?“
„Ja, da spiele ich mit den anderen Kindern und gehe mit Mutter Beeren pflücken. Da ist mir nie langweilig.“
„Aber im Winter kannst du schöne Bilder mit mir malen.“
Sie lachte glücklich. Vielleicht bekam sie ja noch mal so ein weißes Papier! Sie malte die ganze Seite mit Blumen voll und dann noch die andere Seite. Sie wollte kein Stück des wertvollen Papiers auslassen. Lächelnd blickte Wah-bo-sehns auf ihren Mann, liebte ihn für diese großzügige Geste. Dann zeigte sie Verlorenes-Hirschkalb, wie sie mit Perlen sticken konnte. Sie war froh um diese neue Tochter, denn inzwischen war das Pawneemädchen tatsächlich eine wertvolle Hilfe. Tschetan-withko lehnte sich gegen die Rückenlehne, während er versonnen die Kinder beobachtete. So war sein Leben richtig!

Wognaye

Der Betrug (Frühjahr 1875)

Im Frühjahr strömten die weißen Goldsucher in die Berge. In kürzester Zeit entstand aus Bretterbuden eine ganze Stadt: Custer City. Rücksichtslos wurden dafür die Bäume gefällt und die Heiligen Schwarzen Berge entweiht. Ohnmächtig mussten die Indianer dabei zusehen. Nur einzelne Goldgräber, die es an den einsamen Flussläufen auf eigene Faust versuchten und den Schutz der anderen verließen, wurden von ihnen getötet. Crazy Horse führte einen Mann gegen Mann Krieg gegen die Weißen. Er tötete sie mitleidlos, skalpierte sie nicht einmal und ließ einen Pfeil zurück, damit jeder sah, wer die Männer getötet hatte. Er war im Frühjahr mit seiner Gruppe in die Black Hills gekommen und hatte sich mit der Sippe von Traumpfeil zusammengetan. Viele junge Männer folgten seinem Aufruf gegen die Goldsucher zu ziehen und begleiteten ihn auf seinen Kriegszügen. Hartnäckig störten sie den Nachschub zu der Stadt und oft kehrten sie siegreich mit Beute beladen zurück. Ihre alten Feinde die Pawnee waren aus dem Plattetal verschwunden, sie hatten sich den Druck der Weißen gebeugt und waren weit nach Süden ins Indianer Territorium gezogen, wo sie in dem ungewohnten Klima dahinsiechten.

Die unvorsichtigen Goldsucher und die einzelnen Versorgungswagen waren ein willkommener Ersatz und wutentbrannt stürzten sich die Lakota auf die Landräuber. Hitschikyata, Otter-der-die-Crow-narrt, Elchkalb und andere junge Männer besaßen längst Gewehre oder Revolver, die sie den Weißen abgenommen hatten. Oft kehrten sie brüllend mit ihren erbeuteten Skalpen ins Dorf zurück. Dann wurden diese Überfälle gefährlicher, denn die Weißen formierten ihren Widerstand und baten sogar die Armee um Unterstützung. Crazy Horse kämpfte verbittert gegen die Zerstörung der heiligen Schwarzen Berge, doch gegen die Massen von Bergarbeitern, die sich organisiert in ihren hölzernen Dörfern einfanden, hatte er keine Chance. Es gelang ihm nicht, die Lakota zu vereinen und eine entsprechend große Streitmacht aufzustellen, die nötig gewesen wäre, um die Weißen zu vertreiben. Er zog sich nach Westen zurück und bat auch Traumpfeil, ihn zu begleiten.

Im Frühsommer verließ auch die Gruppe von Traumpfeil die Berge, um nördlich davon die Büffel zu jagen. Doch das Büffelvolk war ver-

schwunden! Wochenlang zogen die Lakota über die Prärie, ohne auf eine Spur der mächtigen Tiere zu stoßen. Sie beteten, sie flehten, sie tanzten den Büffeltanz, doch die Herden waren wie vom Erdboden verschluckt. Ihre Vorräte wurden knapp und Hunger breitete sich aus.
Weidenzweig hatte Angst um ihr ungeborenes Kind und ihr Mann, Lacht-am-Boden, jagte Hühner, Präriehunde und alles was er erwischen konnte, damit sie das Kind nicht verlor. Die ständige Wanderschaft strengte die schwangere Frau an und oft lag sie wegen vorzeitiger Wehen auf dem Travois. Sie sang starke Lieder für ihr Ungeborenes und bat Wakan-tanka, ihr das Kind zu lassen. Sie war schmal geworden, nur ihr Bauch wölbte sich wie ein aufgeblasener Ballon nach vorne. Besorgt lief Che-ni-win neben ihrer Schwester, hatte Angst, dass Weidenzweig wieder ein Kind verlieren könnte. Aber alle teilten das gleiche Schicksal und hungerten. Die Krieger verzichteten auf Nahrung, damit wenigstens die Kinder genügend zu essen hatten. Jede Antilope, jeder Schwarzschwanzhirsch wurde aufgeteilt und manchmal wurde sogar ein Pony geschlachtet, um den ärgsten Hunger zu stillen. Schließlich erreichten sie den Powder-Fluss und erleichtert gingen die Krieger in dem wildreichen Gebiet zur Jagd. Sie fanden Stachelschweine, fingen Fische und Truthähne, aber auch hier war das Wild merklich zurückgegangen. Sie trafen auf andere Sippen, die keine guten Nachrichten brachten: Touch-the-clouds, ein großer Häuptling der Miniconjou, hatte diesen Winter versucht, bei der Red-Cloud-Agentur zu leben, doch auch er fand das Leben, das die Indianer dort führten, entwürdigend und war zum Powder-Fluss zurückgekehrt. Er berichtete von dem Ansinnen der weißen Regierung, ihnen die Heiligen Schwarzen Berge abzukaufen.
Allmählich entstand ein großes Lager unter der Führung von Crazy Horse, kriegsbereite Männer, die Verhandlungen mit den Weißen ablehnten. Red Cloud versuchte Crazy Horse zu überreden mit ihm nach Washington zu reisen, doch dieser lehnte ab. Er wollte weder zu irgendeiner Agentur, geschweige denn nach Washington.

Den ganzen Sommer wurde an allen Lagerfeuern diskutiert. Viele Agenturindianer, die von Red Cloud vertreten wurden, wollten die Berge zu einem möglichst hohen Preis verkaufen, andere, wie zum Beispiel Young-man-afraid-of-his-horse wollten sie nicht verkaufen, aber auch nicht kämpfen und die letzte Gruppe, unter Sitting Bull und Crazy Horse wollte die Berge mit Waffengewalt verteidigen. Die große Nation der Sioux war gespalten, zu uneins, um in dieser wichtigen Frage gemeinsam ihre Interessen zu vertreten.

Dann kehrte Red Cloud von seiner Reise zurück und berichtete den versammelten Kriegern von seinen Erfahrungen. Auch für Red Cloud war die Reise in die Hauptstadt ein Fehlschlag gewesen. Immer wieder hatte er auf die schlechten Bedingungen in den Reservationen hingewiesen, doch die Generäle wollten mit ihm nur über den Verkauf der Black Hills verhandeln.

„Sie wollten nicht auf mich hören", erzählte er verbittert. „Ich sagte ihnen, dass ich die Orte sehen möchte, wo sie nach dem gelben Metall graben. Ich habe diese Orte gesehen! Sie plündern bereits unsere Berge, während sie noch mit uns über den Preis verhandeln. Überall schießen ihre hölzernen Dörfer aus dem Boden und für unser Volk wird bald kein Platz mehr sein. Ich wollte nicht mehr mit ihnen reden und kehrte lieber hierher zurück. Doch im Monat der farbigen Blätter sollen sich alle Krieger einfinden, um an weiteren Verhandlungen teilzunehmen. Ihr sprechendes Papier sagt, dass sie die Berge nur kaufen können, wenn alle erwachsenen Krieger damit einverstanden sind. Es wird ein Festessen geben und sie werden Geschenke verteilen. Ihr sollt alle zum Niobrara-Fluss kommen, westlich von dem Ort, an dem die Agentur ist." Er machte eine hilflose Geste. „Die Weißen sind zu viele! Wir können nicht gegen sie kämpfen. Es ist besser, wir erhalten einen guten Preis."

Die Krieger waren entsetzt, ihren Häuptling so gebrochen zu sehen und verzogen sich, um darüber zu beraten.

Auch die Männer aus der Sippe von Traumpfeil nahmen an den Gesprächen teil. Sie gaben Crazy Horse recht, der jeden Kontakt mit den Weißen als schädlich betrachtete.

Immer wieder trafen sich die Krieger verschiedener Gruppen im großen Versammlungszelt, um über ihre Zukunft zu beraten.

„Die Black Hills gehören uns und unseren Kindern! Wir dürfen sie nicht verkaufen!", mahnte Traumpfeil. Er dachte dabei an die kommenden Generationen. Sie konnten doch nicht für Kinder entscheiden, die noch nicht einmal geboren waren.

„Jener Dieb, den die weißen Soldaten Custer nennen, hat die Goldsucher dorthin geführt. Nun werden wir sie nicht mehr los! Wir hätten damals angreifen sollen" Verächtlich spuckte Fisch ins Feuer.

„Wir werden sie wieder vertreiben. Wir haben schon einmal ihre Forts verbrannt. Wir lassen uns nicht zwingen! Die Weißen haben

kein Recht hier zu sein!", drohte Touch-the-clouds. Noch glaubte er an die Kampfkraft seines Volkes.
„Hokahey!", stimmten ihm die anderen Krieger zu. Die aggressive Stimmung steckte sie alle an.
„Wir müssen uns mit den anderen Stämmen vereinen, wenn wir die Goldsucher aus unserem Land rauswerfen wollen. Sie sind zu viele!", wandte Tschetan-withko ein. Ohne die Black Hills wären das Zentrum ihres Gebietes und wertvolle Jagdgründe verloren. Im Winter hatten sie dort hervorragenden Schutz vor den Schneestürmen gefunden und obwohl die Büffel immer weniger wurden, jagten sie dort genügend Wild.
„Red Cloud will lieber verhandeln. Er fürchtet die Kampfkraft der Weißen. Er hat sich in ein altes Weib verwandelt." Die Stimme von Crazy Horse triefte vor Verachtung. „Zu lange lebt er schon von den Geschenken der Weißen. Ich dagegen töte meine Feinde!"
„Wir werden die jungen Krieger fragen, ob sie mit uns kämpfen wollen! Dann werden wir sehen, wer der größere Häuptling ist", stichelte Little Big Man, ein kriegerischer junger Mann aus dem Lager von Crazy Horse.
„Ich will kein großer Häuptling sein. Ich strebe nicht danach", meinte Crazy Horse bescheiden.
„Trotzdem folgen dir die Krieger!", schmeichelte ihm der junge Mann.
Crazy Horse lächelte nur, denn er hatte tatsächlich großen Zulauf. Sein Erfolg reizte junge Männer, die Reservationen zu verlassen und sich ihm anzuschließen.
„Vielleicht ist es gut zu hören, was der weiße Mann zu bieten hat?", fragte Sohn-des-Windes bedächtig. Es war das erste Mal, dass er es als Crow wagte, in einer Versammlung das Wort zu ergreifen, doch inzwischen war er längst ein vollwertiges Mitglied des Stammes geworden. Der Unmut, den er mit dieser Bemerkung auslöste, verblüffte ihn jedoch.
„Ziehst du jetzt einen Weiberrock an?", herrschte ihn Fisch respektlos an.
„Hoh, zweifelst du an meinem Mut?" Die Augen von Sohn-des-Windes Augen schossen Blitze.
„Ich rede nicht, ich kämpfe! Ich bin nicht wie die Psa, die sich mit jenen Weißen verbünden", schleuderte Fisch dem Crow entgegen.
„Das weiß ich, aber zuhören hat noch nie geschadet."
„Hohch! Die Weißen haben bisher immer nur gelogen und jetzt wol-

len sie uns ungestraft unsere Berge stehlen. Ich höre ihnen nicht zu!", empörte sich Fisch.
Darauf wusste selbst Sohn-des-Windes nichts zu sagen, denn tatsächlich hatte Fisch recht. Auch seinem Volk, den Crow, ging es unter der Fürsprache der Weißen nicht gut. Vor allem hielten sie sich nicht an ihr Versprechen, sie vor den Übergriffen der Sioux zu beschützen.
Bärenkralle räusperte sich und Ruhe breitete sich aus. Erwartungsvoll richteten sich die Augen auf den Medizinmann. „Ich bin kein Kriegshäuptling, der euch führt, dennoch solltet ihr die verlogene Natur der Weißen bedenken. Sie sind wie Klapperschlangen! Jeder weiß, dass die Klapperschlange beißt. Niemand würde ihr trauen. Wir nehmen einen Stock und töten sie."
Die Krieger murmelten beifällig. Ja! Die Weißen waren wie die Klapperschlangen, man durfte ihnen nicht trauen!
Crazy Horse stand bedächtig auf und alle warteten gespannt, was ihr großer Führer zu sagen hatte. „Bärenkralle hat recht. Alles, was die Weißen sagen, ist gelogen. Erst sechs Winter ist es her, dass sie uns alles Land zwischen dem Platte-Fluss und dem Missouri zugesagt haben. Solange die Flüsse fließen und die Büffel über die Ebenen ziehen." Er machte eine kunstvolle Pause. „Aber halten sie sich an ihre Worte?" Hasserfüllt blickte er auf die versammelten Krieger, die betreten die Köpfe schüttelten.
„Nein! Stattdessen schleichen sie in unser Land und rauben uns die heiligen Berge! Wer hat sie eingeladen? Wer hat ihnen die Erlaubnis dazu gegeben? Wo ist der Vertrag, der ihnen gestattet, dorthin zu gehen? Ich sage, dass ihre Verträge nichts wert sind! Ich sage, dass sie Lügner sind! Ich gehe zu keinen Verhandlungen! Ich kämpfe um mein Land und wer mit mir kämpfen will, der kann sich mir anschließen!"
Ein Tumult brach aus, als wütende Krieger aufsprangen und ihre Kampfbereitschaft signalisierten.
„Wir wollen kämpfen! Kämpfen! Kämpfen!", erschallte es von allen Seiten. Auch Traumpfeil hob zögernd den Kopf. Er würde Crazy Horse zur Seite stehen und ihm in den Kampf folgen, wenn es dazu kommen sollte.
„Wenn du mich rufst, werde ich dir folgen und auch ich bleibe den Verhandlungen fern, wenn du nicht gehst!", versicherte er gegenüber Crazy Horse.
Fisch war sehr zufrieden und respektvoll schaute er auf seinen Anführer. „Ich folge dir!"

Doch noch hatten sie ganz andere Sorgen. Die Jagd war schlecht und die einzelnen Gruppen verteilten sich, um getrennt bessere Aussichten auf Wild zu haben. Traumpfeil führte seinen Stamm weit nach Westen, fast in das Gebiet der Crow. Südlich des Yellowstone stießen sie endlich auf eine Herde Büffel und für kurze Zeit vergaßen sie die weiße Bedrohung und konzentrierten sich auf die Jagd. Mit bebendem Herzen blickten sie auf die mächtigen Tiere, eine Masse aus braun gelocktem Fell und gewaltigen Schädeln mit den gefährlichen Hörnern. Ahnungslos grasten sie und ignorierten mit ihren dunklen Augen die Gefahr, die sich ihnen näherte. Zimtfarbene Kälber stupsten ihre Mütter und immer wieder erklang das Brunftgebrüll der Stiere. Dann brach Unruhe aus, als die ersten bemalten Reiter von der Seite auf die Büffel zugaloppierten. Wie ein Sommergewitter donnerte die Herde dahin, doch immer wieder überschlug sich ein Koloss, wenn ein gut gezielter Pfeil sein Herz durchbohrte. Sofort kamen die Frauen mit ihren Schlachtmessern und machten sich daran die Tiere auszunehmen. Hungrig schlugen sich die Menschen endlich die Bäuche voll und die Frauen trockneten große Mengen Fleisch.

Weidenzweig hielt glücklich ihren kleinen Sohn im Arm und Lacht-am-Boden verwöhnte seine Frau mit den besten Bissen, damit die Milch nicht versiegte. Er nannte ihn Sieht-die-Büffel, denn er wurde an dem Tag geboren, als sie endlich eine Herde fanden. Das war ein großes Zeichen gewesen!

Verliebt hielt Che-ni-win manchmal ihren neugeborenen Neffen im Arm, staunend, dass dem Baby trotz all der Entbehrungen nichts fehlte. Ach, wie sehr wünschte sie sich auch so etwas Kleines! Verstohlen beobachtete sie Elchkalb und malte sich aus, wie wohl ein Baby von ihm aussehen würde.

Trotz der Nähe zu den Dörfern der Crow unternahmen die Lakota keine Kriegszüge gegen ihre Feinde. Zu sehr waren sie mit ihren Sorgen beschäftigt und die tägliche Suche nach Nahrung füllte die Krieger aus. Sohn-des-Windes, der Crow, atmete erleichtert auf, als niemand Anstalten machte, gegen sein Volk zu ziehen, und auch Hitschikyata war glücklich. Doch die jungen Männer hatten ihren Mut zur Genüge an den weißen Goldsuchern bewiesen und niemand wusste, ob nicht bald ein großer Krieg gegen die Soldaten bevorstand.

Die Hitze des Sommers und die vollen Bäuche machten die Krieger faul. Morgens, wenn der Tau noch auf den Halmen glitzerte, gingen sie jagen und später spielten sie mit ihren Kindern. Tschetan-withko bastelte für Wolfssohn den ersten Bogen und schoss mit ihm auf Puppen aus Gras. Meistens nahm er auch Tschaske mit. Ihm gefiel die Gesellschaft der Kinder. Allen Kindern lehrte er diesen Sommer das Reiten, sodass sie in der Lage waren, auf einem sanften Pony zu sitzen. Wenn sie ihr Lager verlegten, war es nun problemlos für Wahbo-sehns, die Sachen zu verpacken, denn sie brauchte kein Gerüst mehr, das die Kinder hielt. Verlorenes-Hirschkalb war alt genug, um ihr beim Packen zu helfen und mit geübten Fingern schnürte sie die Bündel auf die Packpferde, während ihre Mutter das Zelt auf ein Travois legte.

Als Traumpfeil das erste Mal nach Weidenzweigs Niederkunft das Lager verlegte, war deren Baby noch zu klein für die Wiege, die Che-ni-win ihr geschenkt hatte. Mit zusammengebundenen Beinen, die auf diese Weise ihre Binden besser hielten, saß sie seitlich in ihrem Sattel und hielt das winzige Neugeborene im Arm. Ihre Mutter führte das Pony, damit es keine heftige Bewegung machte. Sie zogen nicht weit, denn die Jagdgründe waren gut, nur gerade so, dass die Ponys wieder Futter fanden und der Unrat zurückblieb. Eine Geburt war für den Stamm immer ein wichtiges Ereignis, sodass sie der Mutter Zeit geben wollten, sich zu erholen.

Elchkalb nutzte die kurze Wanderung, um vor Che-ni-win mit seinen Reitkünsten anzugeben oder sogar neben ihr zu reiten. Immer wieder saß er mit seiner kunstvollen Liebesflöte vor ihrem Tipi und spielte für sie seine Melodien. Mit seiner zweifarbigen Brautwerbedecke stand er manchmal vor ihrem Zelt und wartete darauf, dass sie unter seine Decke schlüpfte und mit ihm flüsterte.

Che-ni-wins Herz glühte vor Aufregung, wenn der junge Mann in ihrer Nähe war und sie hoffte, dass sie Elchkalb bald heiraten durfte. Schließlich hatte Grauadler ein Einsehen und lächelte Elchkalb gutmütig zu. „In unserem nächsten Lager werde ich über dein Ansinnen nachdenken. Vielleicht feiern wir beide Hochzeit?“

Elchkalb schaute ihn verblüfft an. „Du nimmst dir noch eine Frau?"
„Ja, oder meinst du, dass ich schon zu alt bin?"
„Nein, nein, Großvater!", wählte Elchkalb die formelle, höfliche Anrede für einen älteren Mann.
Zweifelnd musterte Grauadler seinen zukünftigen Schwiegersohn. „Großvater, he?"
Irritiert sah Elchkalb ihn an. Er meinte es nicht spöttisch. Außerdem war Grauadler gerade der Großvater von Sieht-die-Büffel geworden.
„Großvater? Habe ich dein Missfallen erregt?"
Grauadler zügelte sein Pferd und blickte Elchkalb streng an. „Hör zu, du darfst mich Grauadler nennen! Auch, wenn du bald meine Tochter heiratest!"
„Gut, Großvater!" Elchkalb grinste frech, dann sauste er mit seinem Pony davon, ehe die Peitsche von Grauadler ihn treffen konnte. Endlich! Endlich würde er Che-ni-win heiraten!
Er suchte seine besten Ponys als Geschenk für seinen Schwiegervater heraus, denn er wollte Grauadler nicht beleidigen oder das Risiko eingehen, dass er es sich vielleicht anders überlegte. Abends band er sie vor dem Tipi von Grauadler an, dann saß er die ganze Nacht in seinem Zelt, bangend, ob sie wohl am Morgen als Zeichen, dass die Gabe angemessen war, verschwunden waren.
Grauadler war nicht habgierig. Che-ni-win war ihm durch einen Zufall in die Hände gefallen, doch er hatte sie lieb gewonnen. Er wusste, dass auch Che-ni-win Gefallen an dem jungen Mann gefunden hatte und betrachtete zufrieden die guten Pferde. Sie waren mehr als angemessen und erleichterten ihm sein eigenes Werben um Lächeln-im-Herzen. Die Frau war Witwe und lebte mit ihrem Sohn wieder im Zelt ihrer Eltern. Der kleine Junge hieß Takukin, Kleines Etwas, und die Mutter erhoffte sich in der Heirat mit Grauadler auch eine bessere Stellung für ihren Sohn.

Vor der ersten Morgendämmerung führte Grauadler die Ponys von Elchkalb zu seiner Herde und deutete damit an, dass Che-ni-win Elchkalbs Frau sein würde. Elchkalb war so nervös, dass er morgens nicht einmal wagte, aus dem Tipi zu sehen. Erst als Antilopensohn kam, fragte er ihn ängstlich, ob er nach seinen Brautgaben schauen könnte.
„Sie sind weg", bemerkte dieser eher unromantisch. „Jetzt komm mit zum Schwimmen!"
Die Erleichterung wallte durch Elchkalb. „Sie sind weg, wirklich?"

„Was denkst du denn! Alle sagen, dass du viel zu viele Pferde gibst. Alle wissen doch, dass Grauadler dir das Mädchen schenkt."
„Ich wollte Grauadler nicht beleidigen!"
„Nun, die Pferde sind weg! Che-ni-win wird dein. Und jetzt komm endlich mit zum Schwimmen!"
Lächelnd sprang Elchkalb auf. Die gute Laune seines Freundes wirkte ansteckend. „Hokahey! Heute wird sie meine Frau!", freute er sich.

Seine Mutter hingegen senkte schweigend den Kopf, unsicher, wie wohl eine weiße Schwiegertochter sein würde. Sie hatte immer noch gehofft, dass vielleicht ein Lakotamädchen das Herz ihres Sohnes gewinnen würde. Hoffentlich hatte Gebrochener-Zweig das Mädchen nach den Sitten und Gebräuchen der Lakota erzogen. Als Witwe war sie darauf angewiesen, dass Elchkalb oder Krummes-Büffelhorn sie weiterhin versorgten. Außerdem hatte sie grundsätzliche Bedenken bezüglich dieser Ehe. Sie teilte nicht die Begeisterung ihres Sohnes, aber es gab hin und wieder weiße Kinder, die sich gut in den Stamm einlebten. Nur, was geschah, wenn Soldaten sie fanden? Würde dann dieses weiße Mädchen bei Elchkalb bleiben oder müsste sie dann zurück? Und was geschah mit Kindern aus dieser Ehe? Es gab viele Kinder, die weder zu der einen noch zu der anderen Welt gehörten.
Elchkalb sah die Zweifel in ihrem Gesicht und wischte sie mit einer ungeduldigen Handbewegung weg. „Che-ni-win wird eine gute Frau und sie wird dir eine gute Schwiegertochter sein. Bitte, nimm sie freundlich in Empfang."
Seine Mutter lächelte. „Ich wünsche nur, dass du glücklich bist und werde sie freundlich begrüßen."
„Aho!"

Che-ni-win dagegen starb fast vor Aufregung. Den ganzen Tag sortierte sie zum hundertsten Mal ihre Bündel und prüfte, ob sie alles eingepackt hatte, was sie als gute Ehefrau brauchte.
„Kind! Du wohnst doch gleich neben uns. Wenn du etwas brauchst, dann holst du es dir einfach", lachte ihre Mutter sie aus.
„Aber ich möchte doch alles richtig machen", widersprach Che-ni-win.
„Schluss jetzt!", forderte ihre Mutter energisch. „Geh dich baden, damit du für deinen Mann schön bist."

In Gedanken versunken ging Che-ni-win zum Badeplatz der Frauen und seifte sich mit Yukkawurzeln ab. Dann rieb sie sich mit Salbei ein, damit sie gut für ihn duftete. Sie versuchte sich vorzustellen, wie es sein würde, wenn seine Hände sie berührten. „Es tut nicht weh!", hatte ihre Schwester damals nach der ersten Nacht mit ihrem Mann gesagt. Jetzt hatte sie sogar schon ein Baby! Eilig lief Che-ni-win in ihr Zelt und die Mutter half ihr in das schön bestickte weiße Kleid. Geduldig kämmte sie die Haare und hängte nur einige Flaumfedern als Schmuck in die roten Locken. Sie waren ein schöner Kontrast zu dem weißen Wildlederkleid, das mit hellblauen Perlen bestickt war. Sie hatte es schon bei ihren ersten Riten getragen und sie sah wunderschön darin aus. Ihre Füße steckten in neuen Mokassins und die Leggins waren ebenso aus weiß gegerbtem Leder gefertigt und mit hellblauen Perlen bestickt. Ein Gürtel aus Silberschnallen lag um ihre Taille und sie trug einen Halsschmuck aus mehreren Reihen Dentaliumschnecken. Sie hatte kein Fett in ihre Locken gerieben, sodass die roten Haare, die sie sonst in strenge Zöpfe flocht und mit Fell umwickelte, nun in ihrer ganzen Pracht lose über den Rücken fielen. Ihre Mutter lud ihre Habe auf Winny und endlich führten die Eltern Che-ni-win zu ihrer neuen Familie.
Elchkalb wartete mit seiner Mutter und seinen Geschwistern auf seine Braut und lächelte breit. Die Warterei war vorbei! Seine Geduld hatte sich ausgezahlt! Vorsichtig nahm er ihre Hand und hörte kaum, was ihr Vater sagte, so war er von ihrem Anblick gefangen. Seine Frau! Seine Geschwister luden scherzend Che-ni-wins Habseligkeiten in sein Zelt, während er seine Frau in das Zelt seiner Mutter führte. Alle setzten sich um das Feuer und seine Mutter verteilte ein Festessen. Che-ni-win hielt vor lauter Nervosität die Augen gesenkt. Für ihre Schwiegermutter würde sie in den nächsten Tagen schöne Mokassins anfertigen, die zeigen sollten, dass sie gut unterwiesen worden war. Sie würde sich viel Mühe geben, denn sie wollte ihre indianische Ziehmutter nicht bloßstellen.
Endlich zog Elchkalb sie aus der Enge des überfüllten Zeltes und brachte sie in sein Tipi, das nun auch ihr Zuhause sein würde. Ihr Herz dröhnte, als Elchkalb lächelnd den Eingang schloss. Jetzt war es soweit! Jetzt würde er sie zur Frau nehmen. Mit verschwitzten Händen saß sie vor ihm und wagte kaum hochzusehen. Plötzlich hatte sie doch ein wenig Angst. Wenn er nicht nett zu ihr war? Misstrauisch beobachtete sie, wie er seine Sachen auszog. Dann trat er zu ihr und zog sie hoch. Was hatte er jetzt vor? Mit einem Ruck riss er ihr Kleid

hoch und energisch zog er es über ihren Kopf. Yu! Ihr ging das alles zu schnell! Am liebsten wäre sie aus dem Zelt gelaufen, aber er stand ihr im Weg. Außerdem gäbe es ein ziemliches Gelächter, wenn sie vor ihrem Mann davonliefe. Trotzig hob sie den Kopf und musterte ihn. Sie hatte keine Angst!
Seine Augen wurden sanft und behutsam zog er sie wieder auf das gemeinsame Lager. „Wir haben die ganze Nacht für uns", flüsterte er leise. Ihre Hände berührten seine Brust, mehr um ihn fernzuhalten, doch er zuckte wie elektrisiert zusammen. Sein Atem wurde schneller, als seine Hände zärtlich ihre Brust berührten. Bisher fand Che-ni-win das noch ganz schön. Abwartend blickte sie in seine Augen und vertraute darauf, dass er wusste, was er tat. So richtig wusste er das allerdings nicht, denn noch niemals hatte er das Lager mit einer Frau geteilt. Unsicher machte er einfach das, was ihm das Gefühl sagte und wozu er Lust verspürte. Ihre Brüste erregten ihn, ebenso ihr roter Mund, also nahm er sich, worauf er schon so lange gewartet hatte. Sein Körper schob sich auf den ihren, während er zaghaft ihren ersten Kuss schmeckte und seine Hand zwischen ihre Beine tastete. Oft hatte sich sein Geschlecht versteift, wenn er sie gesehen hatte, doch jetzt wollte ihm das kleine Ding zwischen seinen Beinen nicht gehorchen. Es wurde nicht hart, obwohl die Erregung ihn plagte. Er streichelte sie fester, saugte an ihren aufgerichteten Brustwarzen, doch seine Manneskraft wollte nicht wachsen. War sein Geist zu schwach? War ihre Medizin zu stark für ihn? Enttäuscht ließ er nach einer Weile von ihr ab, deckte sie mit der Decke zu, damit sie schlafen konnte. Seine Gedanken flogen. War er vielleicht kein Krieger? Würde er wie ein Winkte in Frauenkleidern herumlaufen, dem Gespött des ganzen Dorfes ausgesetzt? Was war er ohne seine Manneskraft und wenn er keine Kinder zeugen konnte? Eine brennende Scham erfüllte ihn und die Selbstzweifel fraßen an ihm. Ruhelos warf er sich auf seinem Lager hin und her, voll bitterer Gedanken. Hatte seine Mutter mit ihren Bedenken recht gehabt?
Che-ni-win dagegen war erleichtert, dass er ihr noch Zeit ließ und ahnte nichts von seiner Not. Sie empfand ihn nur als ausgesprochen rücksichtsvoll und liebte ihn umso mehr. „Ich liebe dich!", flüsterte sie dankbar.
Hielt sie ihn nicht für einen Versager? Misstrauisch schaute er auf seine Frau, ob er nicht ein Zeichen des Spottes sah, doch sie hatte sich zusammengerollt und schlief unschuldig. Was sollte er nur tun? Mit seinen Freunden konnte er über so ein heikles Thema nicht reden.

Sie würden ihn auslachen. Vielleicht sollte er zu den Männern der Hirschgesellschaft gehen, die sich auf Zauberkünste über Frauen verstanden? Hier im Lager gab es niemanden, der dieser Kriegergemeinschaft angehörte, aber bei Crazy Horse kannte er einige Männer, die sich mit ihren Pulvern rühmten. Er würde dorthin reiten und sich ein Pulver holen, das Che-ni-wins Zauberkräfte überwand.

Zu allem entschlossen packte er am Morgen seine Sachen und völlig verwirrt starrte Che-ni-win ihn an. „Soll ich mit dir kommen?"
Zögernd hielt Elchkalb inne, dann meinte er ausweichend: „Wenn du willst. Ich jage ein wenig!"
„Oh! Das ist gut!" Mit blitzenden Augen dachte Che-ni-win an einen schönen Ausflug. Sie beide, ganz alleine! Sie hüpfte wie ein kleines Kind vor Begeisterung. „Ich bin schon lange nicht mehr ausgeritten!"
„Du bist ja auch kein Kind mehr."
„Nein, aber jetzt bin ich deine Frau."
„Gut, pack deine Sachen." Es klang nicht besonders einladend, doch Che-ni-win überhörte den dunklen Unterton in seiner Stimme. Für sie war die Welt in Ordnung.
Begeistert steckte sie einige Vorräte in die Tasche und zog ein einfaches Kleid an. Schnell rannte sie zu ihrer Mutter, um ihr von der Reise zu erzählen.
„Du reitest allein mit Elchkalb?" Gebrochener Zweig war einigermaßen fassungslos.
„Ja, Elchkalb möchte jagen! Ich bin jetzt seine Frau und reite mit ihm. Das wird schön!"
„Aber wenn ihr auf feindliche Crow stoßt?"
„Yun, Elchkalb wird schon aufpassen!"
Stirnrunzelnd blickte Gebrochener-Zweig ihrer Tochter nach. Wenn wenigstens noch einige andere Männer mit ihnen ritten! Was Elchkalb tat, war einfach unverantwortlich. Dann lächelte Gebrochener-Zweig, als sie an ihre eigene Ehe dachte. Auch ihr Mann hatte sie in die Einsamkeit geführt, damit sie einige Tage ungestört waren. Es gab so wenige Möglichkeiten für ein junges Paar dem Trubel des Lagers zu entfliehen.

Che-ni-win genoss die Freiheit. Übermütig reizte sie Elchkalb zu einem Wettrennen und beide Ponys schossen Kopf an Kopf über die Ebene. Es war wie früher, als Grauadler ihr das Pony geschenkt hatte. Elchkalb bewunderte ihre Kraft und hoffte, dass er stark genug sein

würde sie zu bändigen. Die Pferde fielen in einen ruhigen Trab und stundenlang ritten sie über die hügelige Landschaft nach Osten. Am Abend schlugen sie ihr Lager unter einem Felsen auf, entzündeten ein kleines Feuer und aßen etwas Trockenfleisch. Sie hatten nur leichte Schlafdecken dabei und auf ein Reisezelt verzichtet, denn bei der Hitze war es selbst nachts warm genug. Wieder kuschelte sich Che-ni-win an ihren Mann, doch Elchkalb machte keinen weiteren Annäherungsversuch. Sie dachte sich nichts dabei, weil sie nach dem langen Ritt ohnehin müde war.
Am nächsten Tag zogen sie auf der Suche nach dem Dorf von Crazy Horse den Powder-Fluss weiter nach Süden, verschwanden in den unendlichen Senken des Landes.
Immer wieder fielen ihre Pferde in einen leichten Galopp und Che-ni-win genoss die Einsamkeit. Sie fürchteten keine Feinde, denn jeder wäre verrückt, in ein Wespennest hineinzustechen. Zu viele Lakota hielten sich im Sommer in diesem Gebiet auf, gemeinsam mit den letzten Herden der Büffel.
Che-ni-win ließ die Landschaft auf sich wirken, genoss den Wind und die bizarren Tafelberge, die als natürliche Wegweiser überall emporragten. Sonst kämpfte sie mit den störrischen Ponys, kümmerte sich um die Ausrüstung oder schluckte den Staub, der von den anderen aufgewirbelt wurde. Hier hatte sie plötzlich keine Verpflichtungen mehr und genoss die absolute Freiheit, neben ihrem Mann zu reiten. Wieder legten sie abends eine Rast ein und Elchkalb fing einige Fische für das Abendessen. Geschickt nahm Che-ni-win sie aus, dann hob sie eine Grube aus, in die sie die Fische legte. Sorgfältig deckte sie die Fische mit Zweigen ab und entfachte darüber ein Feuer. So wurden die Fische gegart, ohne dass das Feuer sie zu sehr verkohlte. Hungrig bissen sie ein wenig später in das weiße Fleisch und Che-ni-win kicherte verlegen, als ihr der Saft über die Lippen lief. Reiten machte hungrig! Nachts wurde sie von Elchkalb ein wenig gestreichelt und sie seufzte wohlig. Er hatte so viel Geduld mit ihr.

Früh am Morgen blickte sie verliebt auf dem schlafenden Elchkalb und ihr Herz klopfte. Leise, um ihn nicht zu wecken, schlich sie zum Fluss und verrichtete ihr Morgengebet zu Wakan-tanka. Dann schlüpfte sie aus ihrer Kleidung und stieg ins Wasser, um sich zu reinigen. Sie zitterte kurz, als das kalte Wasser ihre Haut berührte, doch selbst im Winter wusch sie sich täglich, da würde ihr das Wasser im Sommer kaum etwas ausmachen.

Elchkalb war ihr gefolgt und sah sehnsüchtig zu. Er erfreute sich an ihrer weißen Haut und dachte wieder an ihre Schenkel, die er schon bewundert hatte, als er sie gefunden hatte. Genüsslich dachte er daran, wie damals seine Hände über ihr Kleid getastet hatten, um zu fühlen, ob ihre Brüste sich schon entwickelten. Doch damals war sie nur ein Kind gewesen, aber jetzt hatte sie volle Brüste und das kalte Wasser hatte ihre rosa Brustwarzen hart werden lassen. Und zwischen seinen Beinen fühlte er etwas anderes hart werden! Ho! War der Zauber gebrochen?

Sie kniete sich neben ihr Kleid, doch ehe sie es anziehen konnte, hatte er sie gepackt und zu Boden gedrückt. Sie kicherte empört, dann verstummte sie, als sie seinen fordernden Blick sah. Er wollte doch wohl nicht jetzt?

Er wollte! Seine ganze zurückgehaltene Lust entlud sich in diesem Augenblick, als sie nackt aus dem Fluss gestiegen war. Etwas fassungslos über sein ungestümes Vorgehen, lag Che-ni-win bewegungslos unter ihm. Ihre erschrockenen Augen baten ihn sanft zu sein, doch er hatte Angst davor, dass ihn die Erregung wieder verließ, das Teil zwischen seinen Beinen erschlaffte. Etwas ungeschickt stieß er zu und Che-ni-wins Augen wurden feucht. Es tat doch weh! Elchkalb dagegen atmete tief ein. Geschafft! Er war da, wo er seit drei Wintern sein wollte und immer noch schwand seine Manneskraft nicht. Er hatte sie besiegt! Er brauchte keine Zaubermittel! Erst jetzt bemerkte er ihre feuchten Augen und zärtlich suchte er ihre Lippen. Seine Hände wurden heiß und streichelten lustvoll ihre Brüste, während er ganz ruhig in ihr lag. Sie entspannte sich etwas, verwundert über seine ungestüme Art, nachdem er so lange Geduld mit ihr gehabt hatte. Sie schloss die Augen und ergab sich seinen Händen und seinem drängenden Verlangen.

Was fühlt ein Mann, wenn er das erste Mal bei einer Frau liegt? Keiner seiner Freunde hatte es ihm je erzählt und er würde es auch niemandem sagen. Keine Worte konnten beschreiben, was in ihm vorging. Es war ein Glücksgefühl, das er noch nie verspürt hatte. Sein Herz pumpte und ein angenehmes Vibrieren lief durch seinen Körper. Ob seine Frau auch so fühlte?

Vorsicht stemmte er sich hoch und schaute in ihre sonst so neckischen Augen. Sie blickten angespannt und ein scheuer Ausdruck lag auf ihrem Gesicht. Etwas verunsichert half er ihr hoch, überspielte seine Verlegenheit mit einem Besitz ergreifenden Blick. Jetzt gehörte sie ihm!

Che-ni-win wusch sich erneut und versuchte dabei, ihre Gedanken zu ordnen. Ihre Angst war vorbei, doch das nächste Mal erhoffte sie sich etwas mehr! Immer noch verwirrt schlüpfte sie in ihr Kleid und vermied den Augenkontakt zu Elchkalb.
Wortlos beluden sie ihre Ponys und machten sich auf den Weg. Zu ihrer Überraschung führte Elchkalb sie wieder zurück.
„Wieso reiten wir zurück. Wir haben doch noch gar nichts gejagt?", fragte sie verwundert.
„Hohch, ich wollte nur ein wenig mit dir allein sein, ohne dass freche Kinder vielleicht an unserer Zeltwand lauschen", erklärte er großspurig.
Che-ni-win schüttelte lachend den Kopf, vergaß ihre leichte Enttäuschung und ihre Bedenken. War er nicht wunderbar?

Sie stießen auf einen kleinen Jagdtrupp und schlossen sich ihm an. Elchkalb hatte einige Zweifel an der Zufälligkeit dieser Begegnung, aber er sagte nichts. In der Begleitung von Biber, Viele-Feinde und Schwarzer-Rabe war es um einiges sicherer zu reiten, vor allen Dingen in Begleitung einer Frau.
Nachts jedoch legten sie ihre Felle abseits der anderen in die Wiese, genossen den Schutz, den die Anwesenheit der anderen ihnen gewährte. Kopfschüttelnd beobachteten die jungen Männer das junge Brautpaar. Doch sie hielten respektvollen Abstand, denn alle verstanden die Sehnsucht des Brautpaares, allein zu sein.
Elchkalb war nach wie vor unsicher, beobachtete scharf seine Frau, ob sie ihn irgendwie gering achtete. Höflich, wie es von einer guten Frau erwartet wurde, bediente sie die anderen und achtete darauf, mit keiner unschicklichen Bewegung die Eifersucht in ihm zu reizen. Sie hatte nur Augen für ihn und das tat ihm gut. Wenn er das Lager mit seiner Frau teilte, war er immer noch ein wenig ungeschickt, doch er musste sich selbst beweisen, dass mit seiner Manneskraft alles in Ordnung war. Für Che-ni-win gehörte es zu ihrer Pflicht und sie wusste es nicht anders. Stolz ritt sie inmitten der Männer zu ihrem Stamm zurück und begann ihr Leben als Elchkalbs Ehefrau.

Sie hatte viel zu tun, denn Elchkalb brachte fast täglich Jagdbeute. Einen Teil brachte er seiner Mutter, obwohl auch sein jüngerer Bruder Krummes-Büffelhorn inzwischen ein guter Jäger war. Manchmal

kam seine kleine Schwester Blitzwolke in ihr Zelt, um ihr zu helfen und sie freute sich über die Gesellschaft. Blitzwolke war stolz auf ihre weiße Schwägerin, denn sie erzählte lustige Geschichten. Manchmal brachte sie auch Heller-Mond mit, die bisher noch nie mit Che-ni-win gesprochen hatte.
Ohne die Kinder aber war es langweilig in ihrem Zelt. Che-ni-win trocknete Fleisch, gerbte Felle, sammelte Früchte und stickte an den Mokassins für ihre Schwiegermutter. Für sie hatte sich viel geändert, für Elchkalb nichts. Jedenfalls äußerlich nicht. Er überspielte seine Unsicherheit, indem er sich benahm wie sonst auch. Er war aufmerksam zu ihr, schenkte ihr Wapitizähne für ein neues Kleid, aber insgeheim hatte er Angst sie zu verlieren. Wenn sie an seiner Männlichkeit zweifelte?
Che-ni-win merkte nichts von seinen Zweifeln. Wie bisher traf er sich mit seinen Freunden, ging mit ihnen jagen, nur mit dem Unterschied, dass sie abends sehnsüchtig auf ihn wartete. Doch ständig brachte er Freunde mit, die sie bedienen musste und sie gewöhnte sich an, in größeren Mengen zu kochen. Oft blieben die Freunde solange, dass sie bereits todmüde auf ihr Lager fiel und fast keine Zeit für sie und Elchkalb blieb. Oder jedenfalls für sie, denn selbst ihr indianischer Vater nahm sich mehr Zeit, wenn er sich zu seiner Frau legte. Würde es etwas ändern, wenn Elchkalb sich mehr Zeit mit ihr ließ? Vielleicht waren die Freunde das Problem? Manchmal flüchtete sie ins Zelt ihrer Schwester und schaukelte das kleine Baby in ihren Armen. Ging es Weidenzweig besser als ihr? Nein! Auch sie bewirtete oft die Freunde ihres Mannes. Lachend stellten die beiden Frauen fest, dass die Männer entweder bei Che-ni-win oder bei Weidenzweig waren!
„Du gewöhnst dich daran", tröstete Weidenzweig ihre Schwester. „Wenn du erst ein Baby hast, wird es besser!"
„Wieso wird es besser? Dann habe ich doch noch mehr zu tun!", zweifelte Che-ni-win.
„Ja, aber dann hast du dich an deine anderen Pflichten gewöhnt. Lade doch auch deine Freundinnen ein."
„Meinst du?"
„Ja, gemeinsam macht das Arbeiten mehr Freude. Mutter hat doch auch oft Freundinnen da."
Mit glänzenden Augen dachte Che-ni-win darüber nach. Bisher hatte sie immer versucht, allein mit Elchkalb zu sein, aber eigentlich hatte ihre Schwester recht. Meist saßen die Frauen zusammen und getrennt von ihnen die Männer. Nur nachts, unter der Decke, waren

sie ein Paar. Aber was machte so ein Paar? Sie traute sich nicht, mit ihrer Schwester darüber zu reden. Vielleicht hatte sie einfach falsche Vorstellungen gehabt.
Also befolgte sie den Rat ihrer Schwester, lud ihre Freundinnen ein und bald erschallte das Zelt von dem Gelächter über Che-ni-wins reichlich respektlose Witze über das Eheleben im Allgemeinen oder die Ehemänner im Besonderen.

Die Lakota blieben den ganzen Sommer in den guten Jagdgründen, zogen ein wenig weiter südlich, um wieder Büffel zu jagen. Sie mieden die anderen Sippen und nahmen nicht an den Verhandlungen um die Black Hills teil. Sie hatten einfach keine Lust. Die Jagd war wichtiger.
Grauadler gab ein großes Fest, als er Lächeln-im-Herzen zur Frau nahm. Er überreichte dem Vater der jungen Witwe zwei Pferde und ein Gewehr für sie, nicht um dem Vater zu gefallen, sondern um der jungen Frau seine Liebe zu beweisen. Sie verstand seine großzügige Geste und zog glücklich in sein Zelt. Gebrochener-Zweig empfing sie freundlich als zweite Frau und blickte lächelnd auf den kleinen Jungen, den sie in die Ehe mitbrachte. Jetzt, wo ihre Töchter verheiratet waren, würde ihr dieses Kind Freude bereiten. Takukin gehörte nun zu ihrer Familie und sie würde ebenfalls seine Mutter sein. Sie war nicht eifersüchtig auf die jüngere Frau. Lächeln-im-Herzen würde ihrem Mann die Freude schenken, wozu sie nicht mehr in der Lage war. Che-ni-win und Weidenzweig begrüßten die junge Frau höflich als zweite Mutter und alle kicherten über diese Bezeichnung, denn Lächeln-im-Herzen war kaum älter als sie.
Takukin war stolz auf seinen neuen Vater, der sich viel Zeit für das Kind nahm. Grauadler war glücklich, nun einen Sohn zu haben! Er war kein junger Krieger mehr, der seine Tapferkeit im Kampf beweisen musste, so kümmerte er sich mit unendlicher Geduld um die Erziehung des kleinen Jungen. Niemand war nach Kämpfen oder Verhandeln zumute. Stattdessen sahen die Menschen zu, wie ihre Kinder gediehen und Morgentau-im-Gras, die Tochter von Viele-Feinde, zu krabbeln anfing.

Ebenso wie Ebony O'Brian, die bereits auf ihren kurzen Beinen durch das Zimmer wackelte und sich in die ausgestreckten Arme ihres Vaters warf. Sie hatte immer noch die strahlend blauen Augen und niemand bezweifelte ihre Herkunft. Miles war den ganzen Sommer über im Fort geblieben. Erstens wollte er sich nicht von seiner kleinen Tochter trennen, zweitens wusste er, dass sich die meisten Indianer zu den Verhandlungen einfinden würden, die im September stattfinden sollten. Vielleicht war ja seine Jenny darunter! Und drittens war Tatokala beauftragt worden, die feindlichen Stämme zu finden und zu dem Treffen einzuladen.
Dieser ritt zu den Lagern am Powder-Fluss, aber die Gruppe von Traumpfeil war zu weit westlich, sodass Tatokala sie erst gar nicht fand. So blieb nur die Hoffnung, dass sie eventuell zu dem Treffen kamen.
Und die Indianer kamen! Oglala, Siasapa, Sans Arc, Brulé, Santee, Yanktonnai, Miniconjou und Hunkpapa! Viele reizten das versprochene Festessen und die Möglichkeit, sich endlich wieder satt zu essen, denn die Versorgungssituation war durchwegs schlecht. Die Indianer versammelten sich auf den umliegenden Hügeln und warteten auf den Beginn der Gespräche. Fast siebentausend Krieger boten einen gewaltigen Anblick und ließen ihre Kampfkraft erahnen. Miles O'Brian nutzte die Gelegenheit, um in die einzelnen Lager zu reiten und nach Jenny zu suchen, doch niemand wusste von ihr oder hatte sie gesehen. Traumpfeil und Crazy Horse waren nicht gekommen, ebenso wenig Sitting Bull. Sie würden auch nicht mehr kommen, hieß es.
„Scheiße!" Warum entwischte sie ihm ständig, soviel Pech konnte doch kein Mann haben. Alle Indianer waren hier! Warum musste ausgerechnet diese Gruppe ausbleiben? Es war wie verhext! Auch Tatokala hatte keine Spur von ihnen gefunden. Vielleicht hätte er seine Tochter doch im Sommer suchen sollen und nicht darauf vertrauen dürfen, dass sie hier sein würde. Aber wo hätte er suchen sollen, wenn selbst Tatokala sie nicht gefunden hatte. Verdammt!

Der Wagen der Armee kam in Begleitung eines berittenen Begleitschutzes aus einhundertzwanzig Mann, mehrerer Generäle und der Dolmetscher. Die Verhandlungen liefen nicht gut, denn bereits zu Beginn ließen die Weißen die Katze aus dem Sack. Sie wollten auch über den Verkauf des Gebietes am Powder-Fluss verhandeln, die letzten Jagdgründe der freien Sioux. Sofort breitete sich Unmut

aus, als die Indianer die wahren Absichten erkannten. Red Cloud war nicht dumm. Er wusste um den Wert der Black Hills und verlangte ein schriftliches Angebot. Er wollte sieben Millionen Dollar für die Black Hills, sowie Lebensmittellieferungen für die nächsten sechs Generationen der Sioux und für jede Familie einen Ochsen, einen Pflug, ein Schaf, Hühner und ein Haus, wie es die Weißen hatten. Der Dolmetscher machte daraus irrtümlich siebzig Millionen Dollar, doch letztendlich spielte der Preis keine Rolle, da die Indianer sowieso keine Vorstellung von Geld hatten.
Mitten in die aufgeheizte Stimmung preschte ein junger Indianer in voller Kriegsbemalung. Little Big Man war von Crazy Horse geschickt worden und wiegelte nun die jungen Männer auf. Überall erklangen Rufe wie „Hokahey!" und „Hanta po!" bis Young-man-afraid-of-his-horse, in seiner Eigenschaft als oberster Reservatspolizist von Red Cloud, ihn von seinem Pony riss und festnahm. Noch hatte er bei den Kriegern einen guten Namen, war sein Vater doch einer der letzten großen gewählten Häuptlinge gewesen, so verhinderte sein Eingreifen vielleicht ein Blutbad. Auch Red Cloud und Spotted Tail beruhigten die aufgebrachten Indianer, denn sie fürchteten die Rache der Weißen.
Hastig verließen die weißen Unterhändler den Versammlungsplatz und verpassten somit eine Gelegenheit, die Mehrzahl der Indianer zu einem Vertragsabschluss zu bewegen. In den nächsten Tagen verhandelten sie weiter mit Red Cloud, doch ohne die Unterstützung der anderen Häuptlinge weigerte sich dieser einen Vertrag zu unterzeichnen.

Die Armee zog daraufhin ihr Verbot zurück, das Gebiet der Sioux zu betreten, und die Flut der Goldgräber setzte endgültig ein. Binnen kürzester Zeit lebten in den Black Hills mehr Weiße als insgesamt Indianer in den Reservationen. Die Regierung war in Verlegenheit, denn es war ihnen nicht gelungen, eine legale Rechtfertigung für die Aneignung der Schwarzen Berge zu finden. Präsident Grant hielt eine Kabinettssitzung ab und man gelangte zu dem fadenscheinigen Schluss, dass es nur an den feindlich gesinnten Indianern läge, dass ein Vertragsabschluss nicht zustande gekommen war. Man musste diese aus ihren Gebieten in Wyoming und Montana vertreiben und sie zwingen, in die Reservate zu gehen. Die Regierung war zum Krieg entschlossen und suchte nun nach einem Grund, um mit reinem Gewissen zu handeln. Sie fanden ihn ausgerechnet in den Crow!

Wie zum Hohn nahmen sie einen Bericht des dortigen Indianeragenten als Vorwand, um den frei lebenden Sioux den Krieg zu erklären, angeblich zum Schutz der Crow! Kurz vor Weihnachten traf der Befehl in der Red-Cloud-Agentur ein, dass sich alle feindlichen Indianer bis zum 31. Januar in ihren Agenturen einzufinden hätten, oder man würde den Befehl erteilen, auf sie zu schießen.

Miles O'Brian lief rastlos in seinem Zimmer auf und ab. Auch er hatte von dem Ultimatum erfahren und machte sich Sorgen. Jenny befand sich inmitten eines Hexenkessels und er wusste nicht, wie er sie finden sollte. Die Armee würde gegen die Indianer zu Felde ziehen, denn er glaubte nicht daran, dass sich Sitting Bull und Crazy Horse widerstandslos zu den Agenturen begeben würden. Mit Bonny auf dem Arm stapfte er durch das Zimmer und verfluchte die Welt. Jenny galt jetzt bei den Indianern als junge Frau, vermutlich war sie längst verheiratet, und er bangte um ihre Sicherheit. Bei einem Angriff machten die Soldaten keinen Unterschied zwischen angreifenden Indianern oder fliehenden Frauen und Kindern, oder seiner Jenny! Viel zu spät würden sie erkennen, dass die getötete Frau rote Haare hatte. „Tut uns leid!", würden sie mit einem Schulterzucken sagen. Bonny war auf seinem Arm eingeschlafen und er legte sie in ihr Bett. Nachdenklich blickte er auf das schlafende Kind, das einen Daumen in den Mund gesteckt hatte. Sie war so niedlich! Es duftete verführerisch nach süßem Fladenbrot und mit einem Seufzen schaute er auf seine indianische Frau. Sie tauchte flache Mehlbrötchen in siedendes Fett und wartete, bis sie goldbraun waren. Dann wendete sie die Fladen in Zucker, denn Miles liebte die Fladen süß. Die Speise lenkte ihn von seinen Sorgen ab und zufrieden lächelte er seine Frau an. Jenny würde seine Rose mögen!

Am liebsten wäre er losgeritten, um Jenny selbst jetzt im Winter zu suchen. Vielleicht suchte die Armee noch Meldereiter, die in die feindlichen Dörfer ritten, um ihnen die Nachricht zu überbringen? Er sprach inzwischen ganz gut Lakota und wäre so sicherlich von Nutzen. Er suchte Tatokala auf, der sich in der Nähe des Forts aufhielt, weil er nicht wie Young-man-afraid-of-his-horse im Reservat leben wollte. Im Frühjahr wollte er dem Aufruf Sitting Bulls folgen und sich den „Aufständischen" anschließen, wie die Indianer nun genannt wurden.

„Könntest du dich nicht wieder als Meldereiter anwerben lassen?", fragte er den jungen Indianer.

„Wieso sollte ich das tun?", fragte Tatokala etwas verblüfft. Er wollte sicherlich nicht für die Armee arbeiten. Ganz im Gegenteil! Er wollte gegen sie kämpfen!
„Nun, die Agenturen brauchen Reiter, welche die einzelnen Stämme aufsuchen und ihnen das Ultimatum mitteilen. Das könntest du doch machen!"
„Die Weißen brechen den Vertrag und du willst, dass ich zu meinen Brüdern reite, damit ich ihnen das sage?"
„Du sprichst ihre Sprache und du weißt viel. Du musst ihnen sagen, dass die Armee es ernst meint und den Kampf sucht."
Tatokala sah die Sorge in den Augen von Miles und mitfühlend senkte er den Kopf. „Du hast Angst um deine Tochter."
„Ja! Aber ich fürchte auch um die anderen Frauen und Kinder! Ich liebe euer Volk und möchte nicht, dass ihm etwas geschieht."
Tatokala erkannte die Wahrheit in Miles Stimme. Ja, dieser weiße Mann war wahrlich ihr Freund!
„Wenn ich zu den Dörfern reite, könnte ich auch nach deiner Jenny schauen", meinte Tatokala mit einem Grinsen. Ihm war langweilig hier im Fort. Der Ritt wäre eine willkommene Abwechslung.
„Ja, das könntest du! Und dann holst du sie dort raus! Ich werde auch reiten, wenn die Armee mich lässt. Wir reiten nicht gemeinsam, so durchkämmen wir ein größeres Gebiet."
„Dein Plan ist gut! Aber wie werde ich Meldereiter für die Agentur?"
„Ich gebe dir einen Brief mit. Die indianischen Scouts sind zu ihren Familien zurückgekehrt. Die Armee dort wird froh sein um jeden Mann, der diese gefährliche Aufgabe übernimmt. Sie werben für den Kriegszug sogar Pawnee aus dem Indianerterritorium an, doch man kann schlecht Pawnee, Crow oder Shoshone als Meldereiter zu den Lakota schicken. Sie würden ihnen höchstens die Haut in Streifen abziehen und sie ohne ihren Skalp zurückschicken."
Tatokala lachte trocken. Da hatte Miles allerdings recht!
„Ich werde es versuchen", meinte er nach kurzem Nachdenken und handelte sich eine so feste Umarmung ein, dass seine Rippen zu krachen schienen und ihm die Luft wegblieb. Haun! Dieser rothaarige Mann hatte Bärenkräfte.
Mit einem Empfehlungsschreiben und zwei Ponys begab sich Tatokala auf den Weg zur Red-Cloud-Agentur. Kurz darauf zog er in Richtung der Black Hills, wo er Crazy Horse vermutete. Andere Meldereiter suchten die Dörfer am Powder-Fluss oder in Richtung Little-Bighorn.

Miles bekam den offiziellen Befehl, die Lager am Powder-Fluss zu informieren. Schweren Herzens ließ er Rose und Bonny im Fort zurück, aber er würde nur einige Wochen ausbleiben. Alleine kam er gut voran und das kalte Wetter machte ihm nichts aus. Schon oft war er im Winter gereist, obwohl er inzwischen ein warmes Bett am Ofen dem Leben in der Wildnis vorzog. Er zog an seltsamen rot-weiß gestreiften kegelförmigen Hügeln vorbei, ließ einen Tafelberg nach dem anderen hinter sich, bis er endlich den Powder-Fluss erreichte. In weißen Wellen lagen die schneebedeckten Hügel vor ihm, manchmal von kleineren Baumgruppen unterbrochen. Er ritt durch die Täler, um dem Wind zu entgehen und zog seine Mütze aus Kojotenfell tief ins Gesicht. Riesige dunkelblaue Wolkenformationen zogen über den Himmel und kündigten weitere Schneefälle an. Alles duckte sich vor der Kälte, sogar die Bäume schienen sich vor dem eisigen Nordwind zu verneigen. Schließlich stolperte er fast über das Cheyenne-Dorf von Old-Bear. Seine Sprachkenntnisse in Cheyenne verblüfften die Indianer und so nahmen sie ihn freundlich auf. Einige Krieger kannten ihn auch noch aus den Tagen, als er als Händler und Trapper unter ihnen gelebt hatte. Sie plauderten über längst vergangene, bessere Zeiten, als noch Frieden geherrscht hatte und die Biber zahlreich an den Flüssen gelebt hatten. Jetzt waren sie fast ausgerottet, ebenso in die Enge gedrängt wie ihre roten Brüder. Eindringlich warnte Miles die Indianer vor dem Ultimatum und den Konsequenzen, wenn sie sich nicht daran hielten.
Old-Bear winkte ab. Sie fühlten sich stark und sicher. Er glaubte nicht daran, dass ihm im Winter Gefahr drohte. Eigentlich wäre Miles' Aufgabe damit erfüllt gewesen, aber eigensinnig wie er war, ritt er zwei weitere Tage stromabwärts, bis er das Dorf von Sitting Bull fand. Dieser war bereits von einem anderen Meldereiter verständigt worden, trotzdem empfing er Miles freundlich. Sitting Bull war gerade Vater von Zwillingen geworden und hatte ausgesprochen gute Laune. Nicht einmal die Quasi-Kriegserklärung konnte daran etwas ändern.
Miles schlug sich den Schnee von den Kleidern und blickte verlegen auf die junge Mutter mit den neugeborenen Babys. Er wollte nicht stören! Höflich gratulierte er dem Medizinmann zu seinen Söhnen. „Ich freue mich, dass deine Frau dir Söhne geboren hat. Mögen sie

gedeihen und ihnen kein Unheil geschehen."
„Das sagt ausgerechnet ein weißer Mann. Du weißt, dass es Krieg geben wird?"
„Ja! Ich bedaure das. Es ist nicht richtig! Es ist euer Land!"
Sitting Bull nickte. „Wir werden unser Land verteidigen. Wir gehen nicht in die Reservation."
„Ihr begebt euch auf einen gefährlichen Pfad!"
„Sag mir, was wir sonst tun sollen?"
Miles zuckte resigniert mit den Schultern. „Ich weiß auch nicht. Auch ich habe vor langer Zeit für mein Land gekämpft."
„Für dein Land?"
„Ja, ich komme aus einem Land, weit über dem großen Wasser. Wir wurden von den Engländern unterdrückt. Sie hielten sich nicht an Verträge und haben uns betrogen. Schließlich musste ich mein Land verlassen."
Sitting Bull runzelte die Stirn. „Noch kämpfen wir für unser Land!"
„Ich verstehe euch. Solange noch Hoffnung ist, werdet ihr kämpfen. Aber ich fürchte um euch, denn ihr seid meine Freunde."
„Das ist gut! Sage mir, woher du so gut unsere Sprache sprichst?"
„Ich habe einen Freund, einen Brulé mit Namen Tatokala, der sie mich lehrte. Er begleitet mich schon lange, weil er mir bei der Suche nach meiner Tochter hilft. Sie lebt bei der Sippe von Traumpfeil."
„Wurde sie dir geraubt?"
„Nein, die Lakota haben sie gefunden und wohl angenommen, dass sie keine Mutter mehr hat. Weißt du, wo Traumpfeil sein Winterlager hat?"
„Nein! Unser Land ist groß!"
„Schade!"
„Was wirst du jetzt tun?"
Miles seufzte resigniert, dann winkte er ab. „Ich reite wieder zurück zu meiner Frau. Ich habe noch eine Tochter, die jetzt gerade laufen lernt. Ich werde wieder im Sommer nach meiner anderen Tochter suchen."
„Du bist uns immer willkommen, aber im Sommer ist kein guter Zeitpunkt, um zu den Lakota zu reiten."
„Vielleicht hast du recht." Miles hoffte auf den Rat des Häuptlings, erkannte in ihm eine Weisheit, wie sie nicht viele Menschen hatten. „Was soll ich nur tun?"
Sitting Bull nickte ihm verständnisvoll zu. „Wir werden deine Tochter gut beschützen. Eines Tages wirst du sie finden!"

„Das weiß ich!" Miles vertraute dem Medizinmann.
„Wie heißt das Land aus dem du kommst?", wollte Sitting Bull wissen.
„Irland! Es ist eine große grüne Insel, voller fetter Weiden und darüber ein blauer Himmel!" Miles Augen wurden feucht, als er an seine Heimat dachte.
„Jetzt weißt du, warum wir kämpfen müssen" sagte der Medizinmann mit ruhiger Stimme.
„Ja! Ich verstehe euch!"

Schweren Herzens ritt Miles den langen Weg zurück ins Fort. Er überbrachte die Nachricht, dass er die Indianer erreicht hatte, gab aber nur vage Angaben, wo genau. Er war mürrisch und schlecht gelaunt, nur Bonny heiterte seine Miene auf, als sie jauchzend zu ihrem Vater wackelte. „Na, du kleines Schneewittchen, mein kleines Ebenholz?", flüsterte er ihr ins Ohr. Er klammerte sich an die Hoffnung, dass Tatokala mehr Glück hatte und die Dörfer von Crazy Horse oder Traumpfeil aufspürte.

Tatokala fand das Lager von Crazy Horse Anfang Januar am Mato Paha, dem Bear Butte, einem heiligen Ort der Lakota, ungefähr einen halben Tagesritt nördlich von der neu entstandenen Stadt Deadwood entfernt.
Nach einer guten Jagd im Herbst am Tongue-Fluss waren die Lakota wieder in die Black Hills gezogen, um dort den Winter zu verbringen. Traumpfeil hatte sich ihm angeschlossen und lagerte mit seiner Sippe in einem Canyon einen halben Tag südwestlich von ihm entfernt. Sie ließen die Goldsucher in Ruhe und diese waren froh, dass die Indianer keine Überfälle machten, wenn sie denn in ihrer Gier überhaupt wussten, dass Indianer in der Nähe waren.
Schweren Herzens überbrachte Tatokala das Ultimatum und Crazy Horse erkannte es als das, was es war: eine Kriegserklärung! Zornbebend sprang er auf und wenn Tatokala nicht einer seines Volkes gewesen wäre, hätte er ihn vermutlich getötet. „Ich gehe nicht zu der Agentur! Ich beuge mich nicht dem weißen Mann!"
„Tahanschi, ein weißer Mann, der ein Freund der Lakota ist, hat mich gebeten, zu dir zu reiten und dich zu warnen."
„Es gibt keine Weißen, die unsere Freunde sind."

„Dieser Mann ist mein Freund! Er sucht schon lange seine Tochter, die bei den Lakota lebt. Er sagt, dass die Soldaten den Krieg suchen und du wachsam sein musst."
Crazy Horse zischte verächtlich durch die Zähne. „Ich bin immer wachsam!"
Tatokala hob bewundernd die Augenbrauen. Ja, dafür war Crazy Horse bekannt! „Du bist ein großer Mann! Ich werde dir folgen und mit dir kämpfen, aber erst muss ich dem weißen Mann deine Antwort bringen."
„Du willst für mich kämpfen und doch arbeitest du für die Soldaten?"
Tatokala zuckte etwas zusammen. Er wollte nicht als Verräter dastehen. „Ja, dieser weiße Mann, mein Freund, hat mich darum gebeten. Er dachte, dass ich vielleicht seine Tochter finde, und wenn nicht, euch wenigstens warnen kann. Ich kehre mit deiner Antwort zurück, dann ist mein Vertrag erfüllt."
„Das ist gut!"
„Was soll ich ihnen sagen?"
Crazy Horse legte voller Spott den Kopf zur Seite. „Sage ihnen, dass jetzt Winter ist und der viele Schnee uns daran hindert, unser Dorf zu verlegen. Unsere Frauen und Kinder frieren und unsere Ponys hungern. Ich komme nicht!"
„Das ist deine Antwort?"
„Das ist meine Antwort!"
„Du weißt, dass das Krieg bedeutet?"
„Das weiß ich!"
Tatokala blickte in die Augen des Kriegers und auf dessen Frau, die ruhig im Hintergrund saß und nähte.
„Ich komme wieder zu dir zurück."
„Hetschetu, aber warte bis zum Frühjahr, wenn wir uns am Powder-Fluss versammeln. Der Winter ist lang und hart!"
„Gut, ich komme zum Powder-Fluss", bestätigte Tatokala, ehe er das Zelt verließ. Dann fiel ihm ein, dass er ja nach Jenny suchen sollte und blickte noch einmal in das Zelt.
Abwartend schaute Crazy Horse ihn an, ohne etwas zu sagen. Etwas verlegen räusperte sich Tatokala. „Ich suche ein weißes Mädchen. Ich überlasse es dir, ob du mir etwas sagst oder nicht!"
Crazy Horse lachte in sich hinein. Dieser junge Mann war schlau! Er wusste, dass ihm niemand etwas sagen würde, wenn die Familie, die eine Weiße gefangen hielt, es nicht wollte. „Wir haben keine Gefan-

genen, aber in der Sippe von Traumpfeil lebt eine weiße Frau mit rotem Haar. Aber sie ist keine Gefangene. Sie gehört zu unserem Volk."
Tatokala unterdrückte ein Seufzen. Davon hatte er auch schon gehört. Er war so nah! „Du weißt nicht, wo diese Sippe jetzt ist?"
Crazy Horse lachte schallend. Frechheit siegte offensichtlich doch. „Sie sind einen halben Tagesritt westlich von uns. Kennst du den Kojote-Canyon?"
Tatokala fühlte eine angenehme Wärme. Würde er dort Jenny finden? Wie würde sein weißer Freund sich freuen! Er machte eine abschließende Handbewegung. „Pilámaya, Tahanschi!"

Ohne abzuwarten schwang er sich wieder auf sein Pony, nahm das Ersatzpferd am Zügel und machte sich auf den Weg zum Coyote-Canyon. Er würde Traumpfeils Gruppe die gleiche Nachricht bringen. Wenn er sich beeilte, konnte er noch vor der Dunkelheit in dessen Lager eintreffen. Doch er hatte den Schnee unterschätzt, der sein Vorwärtskommen verlangsamte. Es wurde Nacht, sodass er eine ganze Weile seine Pferde führte, weil er fast nichts mehr sah. Ohne das Mondlicht hätte er die Nacht nochmals im Freien verbringen müssen, aber so tastete er sich langsam vorwärts. Er hatte den Coyote-Canyon längst erreicht, doch Traumpfeil schien sich tief in die bewaldete Schlucht zurückgezogen zu haben. Mehrmals schrie er wie ein Käuzchen, um seine Anwesenheit anzukündigen und hoffte, dass eventuelle Wachen erst fragen und dann schießen würden. Ein Pfeil sirrte heran und blieb zitternd eine handbreit neben ihm im Stamm einer Kiefer stecken.
„How, Tahanschi!", rief er laut und hob sichtbar seine Hände, um seine friedlichen Absichten zu zeigen.
„Tahanschi, he!", erklang eine jugendliche Stimme. „Du bist ganz schön unvorsichtig!"
„Crazy Horse sagte mir, dass ich euch hier finden würde!"
„Crazy Horse, he?"
„Ja!"
Immer noch mit angelegtem Bogen näherte sich Otter-der-die-Crow-narrt dem jungen Mann. Auf einem Pfiff hin erschien ein weiterer Indianer. „Biber, bleibe hier! Ich bringen diesen Lebensmüden zum Dorf!"
Sofort übernahm Biber die Wache, während Otter-der-die-Crow-narrt den jungen Mann vor sich hergehen ließ.
„Lass deine Hände, wo ich sie sehen kann!", befahl er mit harter

Stimme, die keinen Zweifel daran ließ, das er den jungen Mann töten würde, wenn er eine verdächtige Bewegung machte.
Tatokala hütete sich, den Mann zu reizen, denn im Dorf konnte er die Situation immer noch klären. Er fand, dass dieses Dorf besser beschützt wurde als das Dorf von Crazy Horse, aber vielleicht hatten sie ihn dort auch längst erspäht und keine Gefahr in einem einzelnen Mann gesehen. Hier war es immerhin schon Nacht.

Endlich erblickte er durch die Bäume den schwachen Feuerschein, der durch die Tipiwände flackerte. Er freute sich auf ein warmes Lager und ein warmes Essen. Otter-der-die-Crow-narrt winkte ihn zu einem großen Zelt und schubste ihn ins Innere. Höflich blieb Tatokala im Eingang stehen und musterte die Familie. Ein hübsches Mädchen mit großen Augen zog hastig eine Decke um sich, während die Frau ihn unerwartet direkt anblickte. Sie musste Einfluss haben! Ein Knabe, fast schon ein Mann, musterte ihn herausfordernd und Tatokala dachte kurz, dass es schön wäre, mit ihm in den Kampf zu reiten. Er hatte ehrliche Augen. Dann konzentrierte er sich auf den Mann, offensichtlich der Anführer dieser Gruppe, dessen freundliche Augen nicht so ganz zu seinem ernsten Gesichtsausdruck passten.
„Das ist Traumpfeil! Ihm kannst du erklären, was du hier zu suchen hast", meinte Otter-der-die-Crow-narrt etwas freundlicher.
„Ich komme mit Nachricht von den weißen Soldaten und Crazy Horse!"
Die Miene von Traumpfeil erhellte sich etwas und er bot dem jungen Mann einen Platz an. „Erst sollst du essen und dann rauchen wir!"
Die Frau schöpfte Essen aus dem Kessel und reichte es Tatokala, der sich hungrig darauf stürzte. Auf eine Handbewegung hin, verließ Otter-der-die-Crow-narrt das Zelt und begab sich wieder auf seinen Wachposten.
Traumpfeil entzündete seine Pfeife, die er Tatokala reichte. Jetzt fühlte dieser sich schon um einiges besser. „Meine Pferde müssen versorgt werden!", bat er höflich. Sogleich sprang der Junge mit einem Lächeln auf und verließ das Zelt.
„Du hattest einen weiten Weg?", fragte Traumpfeil.
„Ja, ich komme aus dem Fort Laramie und von der Red-Cloud-Agentur. Ich bringe Nachricht von den weißen Soldaten."
„Was sagen die Weißen?"
„Sie sagen, dass ihr alle, noch jetzt im Winter, zu den Agenturen gehen sollt, oder ihr werdet als Feinde angesehen."

„Wir sind bereits Feinde!"
„Das ist wahr, aber damit erklären jene Soldaten euch den Krieg. Sie werden auch im Winter gegen euch ziehen."
Traumpfeil musterte den jungen Mann skeptisch. „Und du wagst es, uns diese Nachricht zu bringen?"
Tatokala musste unwillkürlich lachen. „Crazy Horse fragte mich das gleiche. Ich werde im Sommer für ihn kämpfen, wenn ich den Weißen seine Antwort überbracht habe."
Die Überraschung stand Traumpfeil ins Gesicht geschrieben. „Wieso arbeitest du dann noch für die Weißen!"
„Das ist eine lange Geschichte!"
„Ich höre gerne gute Geschichten!"
„Ich habe einen Freund, einen weißen Mann, der sich große Sorgen um die Lakota macht. Er schickt mich, damit ich euch warne. Ich soll euch sagen, dass es den Soldaten ernst ist."
„Es gibt wenige Weiße, die unsere Freunde sind."
„Er lernte unser Volk kennen, weil er schon lange seine Tochter sucht, die bei den Lakota lebt. Crazy Horse meinte, dass sie hier ist."
Traumpfeil wusste sofort, von wem er sprach und nachdenklich senkte er den Kopf.
„Du kennst sie!", forderte Tatokala.
Unsicher wechselte Traumpfeil einen Blick mit seiner Frau. Was würde Elchkalb dazu sagen?
Uinohnah half ihm aus der Verlegenheit. Letztendlich war es Che-niwins Entscheidung. „Sie ist die Frau von Elchkalb. Ich bringe dich zu ihr!"
Entschlossen stand die Frau auf und Tatokala folgte ihr verdutzt. Plötzlich war alles ganz einfach. Niemand machte einen Hehl aus der Anwesenheit des weißen Mädchens. Niemand versuchte ihn zu täuschen oder hinzuhalten. Seltsam! Die Frau führte ihn zu einem kleineren Zelt und schüttelte das Säckchen am Eingang, um ihr Eintreten anzukündigen. Hinter der Frau trat Tatokala ins Zelt, dann hielt er verblüfft inne. Da saß Jenny, eindeutig die Tochter von Miles O'Brian! Die gleichen blitzenden blauen Augen wie bei ihm und Bonny. Er musste unwillkürlich grinsen, so ähnlich war sie ihm.

Die junge Frau dagegen senkte verlegen den Blick vor den prüfenden Augen. Was wollte dieser Unbekannte? Warum starrte er sie so unschicklich an? Auch Uinohnah wusste nicht, wie sie beginnen sollte und machte eine verlegene Handbewegung.

Tatokala wandte seine Augen von der weißen Frau ab und blickte auf den Krieger, der ihn verblüfft musterte.
Elchkalb bot den Ankömmlingen einen Platz an und machte eine auffordernde Handbewegung. „Was führt dich zu mir?"
„Ich bin Tatokala! Ich reite für die weißen Soldaten, um ihre Botschaft in die Dörfer der Lakota zu bringen. Aber ich habe auch noch eine andere Aufgabe. Ein weißer Mann ist ein guter Freund von mir. Er spricht unsere Sprache und denkt wie wir. Vor Jahren wurde seine Tochter geraubt und ich helfe ihm bei der Suche. Ich denke nun, dass ich sie gefunden habe", erklärte Tatokala ohne Umschweife. Er wusste, dass er mindestens drei Höflichkeitsregeln auf einmal brach, aber seine Anwesenheit musste irgendwie erklärt werden.

Ein erstickter Schrei erklang und Che-ni-win schlug sich die Hand vor den Mund. Ihr Vater! Er hatte doch nach ihr gesucht! All die Zeit! Wie oft hatte sie von ihm geträumt? Sich vorgestellt, dass er sie fand! Jetzt saß ein Bote von ihm in ihrem Zelt. Einfach so! Plötzliche Tränen füllten ihre Augen und in ihrem Kopf rauschte es, als tausend Fragen gleichzeitig auf sie einstürmten. Wie ging es ihm? Wo war er jetzt? Warum war er nicht mitgekommen? Sollte sie zu den Weißen zurück? Miss Grant und die Schule! Und dann erschreckte sie ein anderer Gedanke: Elchkalb! Würde sie ihn verlassen müssen? Sie brachte keinen Ton heraus, sondern starrte nur auf diesen Mann, der ihr so plötzlich eine Nachricht von ihrem Vater brachte.
Elchkalb fand als erster seine Sprache wieder: „Che-ni-win ist jetzt meine Frau!"
„Che-ni-win, Lebender-Berg!" Tatokala staunte über den Namen, den Jenny bei den Lakota führte.
„Ja, sie ist deine Frau", bestätigte Tatokala. Es klang, als müsste er Elchkalb versichern, dass ihm niemand seine Frau aus den Armen reißen würde. „Lass uns reden!"
„Ich wusste nicht, dass ihr Vater noch lebt! Will er sie jetzt zurückhaben?", fragte Elchkalb besorgt. Er wollte Che-ni-win nicht verlieren.
Tatokala setzte sein Pokergesicht auf. Jetzt nur keinen Fehler machen! Vorsichtig dachte er darüber nach, wie er antworten sollte. „Che-ni-wins Vater möchte nur wissen, wo seine Tochter nun lebt und ob es ihr gut geht." Er wählte ganz bewusst ihren indianischen Namen.

„Es geht ihr gut! Nun reite wieder und berichte das ihrem Vater!"
„Ich werde wieder reiten, denn ich muss den weißen Soldaten die Antwort von Crazy Horse bringen. Vielleicht hat Che-ni-win ja Fragen an mich über ihren Vater?"
Fragend blickte Che-ni-win auf ihren Mann und der gab zögernd die Einwilligung.
„Wie geht es meinem Vater?", fragte sie fast flüsternd.
„Deinem Vater geht es gut. Er hat dich lange gesucht. So habe ich ihn auch kennengelernt. Ich führe ihn." Er hatte in Lakota gesprochen, weil er nicht wusste, ob sie noch die andere Sprache konnte. Außerdem wollte er, dass Elchkalb alles verstand.
Che-ni-win knetete nervös ihre Hände, während sie die nächste Frage stellte: „Wo ist er jetzt?"
„Er ist im Fort Laramie. Er hat eine Frau, eine Shoshone, und eine kleine Tochter. Sie heißt Ebony und kann jetzt laufen. Sie hat so blaue Augen wie du."
Che-ni-win blickte ihn ungläubig an. Sie hatte eine kleine Schwester! Ihr Vater hatte wieder geheiratet! Damit hatte sie überhaupt nicht gerechnet. Immer nur hatte sie daran gedacht, wie er sie suchen würde oder wie verzweifelt er vielleicht war. Dann lächelte sie erfreut. Es war schön, dass ihr Vater nicht mehr alleine war.
„Ich habe auch eine Schwester hier", erzählte sie leise. „Grauadler und Gebrochener-Zweig sind jetzt mein Vater und meine Mutter und Weidenzweig ist meine Schwester. Sie hat auch ein Baby! Sieht-die-Büffel! Ich bin seine Tante."
„Es ist schön, dass du eine neue Familie gefunden hast."
Unschlüssig blickte Che-ni-win auf Tatokala, weil ihr keine weitere Frage einfiel. Ihr Vater war ihr fremd geworden, eigentlich hatte sie ihn noch nie richtig gekannt. Die Lakota waren jetzt ihr Volk und ihre ganze Liebe galt Elchkalb.
„Möchtest du deinen Vater wiedersehen?", fragte Tatokala.
„Hiya! Hiya! Che-ni-win bleibt bei mir!" Elchkalb war blass geworden.
Aber auch Che-ni-win schüttelte entschlossen den Kopf. „Ich freue mich, dass es meinem weißen Vater gut geht, aber ich verlasse meine Familie nicht. Vielleicht führst du ihn zu mir?"
Erleichtert schaute Elchkalb auf seine Frau. „Ja, auch ich würde mich freuen, ihren Vater hier zu sehen."
Tatokala blinzelte seine Überraschung weg. Schnell umriss er die Situation, denn Che-ni-win zeigte in ihrer ganzen Körperhaltung ihre

indianische Erziehung. Sie war jetzt eine Lakota, verheiratet mit einem Lakota, hatte hier ihre Wurzeln. Sogar die blaue Tätowierung trug sie am Kinn. Sie würde sich nur unter größten Schwierigkeiten wieder bei den Weißen einleben, hatte vermutlich auch Angst davor. Jetzt weiter auf sie einzudringen, hatte keinen Sinn. Ihr Vater musste den ersten Schritt tun und behutsam wieder den Kontakt zu ihr aufbauen. Hier, in der gewohnten Umgebung und unter den Menschen, die ihr vertraut waren. Er machte eine abschließende Handbewegung und als wäre es von vornherein festgestanden, unterstützte er ihre Bitte:

„Ja, ich werde ihn gerne hierher führen!"

Elchkalb atmete hörbar ein und besann sich wieder auf die Gastfreundschaft der Lakota. „Warum schläfst du nicht in meinem Zelt, ehe du wieder zurückreitest?"

Tatokala nahm das Angebot gerne an, denn so konnte er noch eine Weile mit den beiden reden und gewann vielleicht einen Eindruck, wie es Jenny ging. Jetzt, da feststand, dass er sie nicht mitnehmen würde, war Elchkalb ganz entspannt und auch Che-ni-win verlor ihre Scheu.

Uinohnah verließ das Zelt, um ihrem Mann von dem Gespräch zu berichten. Auch sie staunte über Che-ni-wins Entschlossenheit bei ihnen zu bleiben. Nicht die Spur eines Zweifels hatte in ihrer Stimme gelegen.

Tatokala erzählte noch einige Geschichten, die er gemeinsam mit Miles erlebt hatte, meist lustige Ereignisse, die Che-ni-win und Elchkalb zum Lachen brachten. Trotzdem erkannte er, dass Che-ni-win all dies verunsicherte und sie an ihre Vergangenheit erinnerte. Er gab vor, müde zu sein, und ließ sich einige Decken geben. Es war schon spät und bald kehrte Ruhe ein. Auch Tatokala fiel erschöpft von dem langen Ritt in einen tiefen Schlaf.

Am Morgen bot sich für ihn das erste Mal die Gelegenheit, mit Che-ni-win allein zu reden, denn Elchkalb hatte das Zelt für sein Morgenbad bereits verlassen.

„Du bist wirklich glücklich hier?", fragte Tatokala vorsichtig.

Sie kicherte unschuldig. „Aber ja! Sage das meinem Vater! Er muss sich keine Sorgen machen."

„Aber es wird bald Krieg geben. Deswegen macht sich dein Vater große Sorgen."

„Bist du deshalb zu Crazy Horse geritten?"

„Ja, ich habe ihn gewarnt! Es ist gefährlich, wenn du hier bleibst."
„Aber ich liebe meinen Mann! Ich verlasse ihn nicht!"
„Fürchtest du den Krieg nicht?"
„Wir leben ständig im Krieg!"
„Und wenn Elchkalb stirbt?"
„Dann habe ich meine Eltern und meine Schwester. Wakan-tanka wird meinen Mann beschützen. Dafür werde ich beten."
Elchkalb trat wieder in das Zelt und blickte misstrauisch auf Tatokala. Höflich erzählte ihm Che-ni-win, über was sie geredet hatten: „Tatokala warnt uns vor einem Krieg!"
„Das ist kein Gespräch für Frauen!", wurde sie von Elchkalb getadelt.
„Nein, denn du wirst mich beschützen!"
Sofort hellte sich Elchkalbs Miene wieder auf. Sie war eine gute Frau!
„Du warst bei Crazy Horse?", fragte er Tatokala.
„Ja, er weigert sich, noch im Winter zu der Agentur zu gehen, wie es die Soldaten fordern. Deshalb werden euch die Soldaten angreifen."
Elchkalbs Augen blitzten wütend. „Hoka! Wir werden uns zu verteidigen wissen!"
„Das ist gut und im Frühjahr werde ich mich euch anschließen."
Elchkalb schmunzelte zufrieden, dann legte er dem jungen Mann seine Hand auf die Schulter. „Komm zu uns! Mein Zelt wird dir offen stehen!"
„Ich werde kommen!"

Es wurde Zeit für Tatokala aufzubrechen, obwohl ihm ein wenig mulmig wurde, als er daran dachte, dass er zwei schlechte Nachrichten überbringen musste. Blitz-im-Winter brachte ihm die Ponys und Tatokala schwang sich auf den Rücken. „Ich werde Jennys Vater hierher bringen", teilte er Traumpfeil mit.
Traumpfeil lächelte nur. „Wir werden nicht mehr hier sein."
Überrascht zügelte Tatokala sein Pony. „Ihr zieht weg?"
„Ja! Sage jenen weißen Männern, dass zu hoher Schnee liegt, um unser Lager zu verlegen. Doch wir werden trotzdem wegziehen. Es ist zu gefährlich, weil die Soldaten uns hier finden können."
Verständnisvoll nickte Tatokala. Es war umsichtig von dem Häuptling so zu entscheiden. „Wo werde ich euch finden?"
„Wir werden im Sommer im Gebiet des Powder-Flusses sein, aber dann ist Krieg. Es wäre nicht gut für den weißen Vater von Che-ni-win in feindliches Gebiet zu reiten."

„Also wird er seine Tochter nicht sehen?“
„Nein, aber vielleicht gibt es einst eine Zeit, in der wir ihn willkommen heißen können.“
„Wakan-tanka möge euch beschützen!“
„Und dich!“
Damit ritt Tatokala aus dem Lager. Er war enttäuscht, denn er hatte Jenny gefunden und gleich wieder verloren. Wie sollte er das Miles beibringen?

Er brauchte mehrere Tage zurück zur Agentur und überbrachte die Antwort von Crazy Horse in abgeschwächter Form: „Wegen des hohen Schnees ist es ihm unmöglich mit Frauen und Kindern zu kommen.“ Ähnliches kam von Sitting Bull, der am Powder-Fluss lagerte: Er käme vielleicht im Sommer oder Herbst, aber nicht jetzt mitten im Winter. Während die Armee noch über diese Impertinenz tobte und mit ihren Kriegsvorbereitungen begann, begab sich Tatokala ins Fort zu Miles und überbrachte ihm die Nachricht, dass er Jenny zwar gefunden, aber nicht mitgebracht habe.
In seinem Zimmer tobte ein wütender Ire: „Du hast sie nicht mitgebracht!“
Seine laute Stimme war vermutlich im ganzen Fort zu hören. Tatokala duckte sich und Bonny begann hektisch zu schreien.
„Bist du völlig übergeschnappt! Seit Jahren suchen wir das Mädchen und jetzt lässt du sie einfach dort?“
„Ja!“, war die knappe Antwort von Tatokala.
„Ja? Was hast du dir dabei eigentlich gedacht?“, brüllte Miles.
„Sie wollte nicht mit!“
„Sie wollte nicht mit?“ Vor Überraschung erreichte Miles' Stimme wieder normale Lautstärke.
„Ja, sie sagte, dass sie sehr glücklich sei und ihren Mann nicht verlassen wollte!“
„Ihren Mann!“ Miles schlug mit der Hand so fest auf den Tisch, dass das Glas des Fensters klirrte. Bonny liefen Kullertränen über die Wangen und nicht einmal die Brust ihrer Mutter konnte sie beruhigen.
„Ja, sie heißt jetzt Che-ni-win und sie hat einen Mann. Außerdem hat sie einen Vater, eine Mutter und eine Schwester. Sie ist glücklich dort!“

Miles brummte etwas Unverständliches und hob seine Tochter hoch. „Was ist denn mit meinem Mädchen? Hat der Papa zu laut gebrüllt?" Er ließ das Kind auf seinen Knien hüpfen und nahm sie behutsam in den Arm, bis sie sich beruhigt hatte. Vor Aufregung hatte das Kind einen Schluckauf.

Miles machte eine einladende Geste auf einen Stuhl. „Setz dich erst Mal und erzähl mir alles!"

Mit der Sprungbereitschaft eines Berglöwen setzte sich Tatokala auf den angebotenen Platz, bereit, sofort aus der Reichweite von Miles Fäusten zu hechten, wenn dieser die Beherrschung verlor.

Rose wartete noch mit dem Essensgeschirr, denn zu leicht verwandelten sich Teller oder Besteck in Wurfgeschosse, wenn Miles lospolterte.

„Ich fand sie im Lager von Traumpfeil, ganz in der Nähe von Crazy Horse. Ich überbrachte die Nachricht der Armee, aber Crazy Horse wird nicht zu der Agentur reiten."

„Ist ja klar!", grummelte Miles. „Und dann?"

„Traumpfeils Frau führte mich ohne zu zögern zu dem Zelt von Elchkalb. Er ist Che-ni-wins Ehemann."

„Che-ni-win, was?" Erstaunlich, dass sie immer noch ihren Namen hatte, wenn auch mit ein wenig anderer Betonung.

„Anscheinend war es Elchkalb gewesen, der sie verletzt gefunden hatte."

„Er hat mein Kind geschändet!" Wieder wurde seine Stimme laut und sein Gesicht unnatürlich rot.

„Nein! Nein! Sie wuchs im Zelt von Grauadler auf. Elchkalb hat sie erst diesen Sommer geheiratet."

„Ach so!" Der Schluckauf des Babys hatte vor Schreck aufgehört und Miles gab das Kind seiner Frau, die es an die Brust legte.

„Miles, deine Tochter ist jetzt eine Lakota! Sie lebt wie sie, sie denkt wie sie! Sie ist glücklich dort und liebt ihren Mann. Es wäre falsch gewesen, sie dort wegzuholen. Ich hätte es mit Gewalt machen müssen. Wolltest du das?"

„Ja!", brummte Miles. „Dann wäre sie jetzt in Sicherheit!"

Ungläubig starrte Tatokala ihn an. „Im Winter? Ich hätte sie vermutlich fesseln müssen, mit dem ganzen Stamm auf meinen Fersen. Du redest wirres Zeug!"

„Dann lass uns jetzt losreiten!"

„Das hatte ich vor. Aber sie verlegen das Dorf, damit die Soldaten sie nicht finden."

„Das ist doch Wahnsinn! Die Armee wird sie alle abknallen!“
„Ich habe sie gewarnt, aber ich konnte ihre Meinung nicht ändern.“
Verzweifelt stützte Miles seinen Kopf in die Hände. Es war zu spät! Er hatte seine Tochter an die Indianer verloren! Wäre er nur selbst in die Black Hills geritten, aber er hatte sich bessere Chancen ausgerechnet, sie am Powder-Fluss zu finden. Es war wirklich wie verhext!
„Wann kann ich zu ihr? Wann werde ich sie endlich wieder sehen?“, fragte er leise und sein Blick verlor sich in der Ferne, als er durch das vereiste Fenster sah.
„Ich werde im Frühjahr zu Crazy Horse reiten und mich ihm anschließen. Dann werde ich über deine Tochter wachen, wie ich über alle Frauen und Töchter meines Volkes wachen werde.“
„Das ist doch Wahnsinn! Du wirst getötet werden! Denke doch an die Ranch!“
Tatokala senkte traurig den Kopf. „Die Ranch war ein schöner Traum, aber ich lasse mein Volk in seinem letzten Kampf nicht im Stich.“
Miles schaute ihm fest in die Augen. „Die Ranch ist kein Traum! Eines Tages werde ich sie haben und dann kommst du zu mir.“
Ohne ihm zu antworten lächelte Tatokala. Er würde sterben, wenn er sich den letzten freien Lakota anschloss. Das wusste er. Aber es wäre ein ehrenvoller Tod.

Thoka

Feinde (Winter 1875/76, Frühjahr 76)

Nach einer kurzen Rücksprache mit den Ältesten befahl Traumpfeil den Aufbruch. Ohne große Reden, Palaver oder sonstige Verzögerungen machte sich der Stamm auf den beschwerlichen Weg, aber nicht zu einer Agentur, wie es die Weißen verlangten, sondern in Richtung Powder-Fluss, um das Lager von Sitting Bull zu finden. Sie reisten zusammen mit der Gruppe von Crazy Horse, sodass ein Zug aus hundert und zehnmal zwei Familien den Schutz der Black Hills verließ, um einem Angriff der Armee auszuweichen. Späher ritten weit voraus und erkundeten die Umgebung, denn ein Tross Soldaten kam im Winter schneller voran als die langsam reisenden Indianer. Die Travois sanken im Schnee ein und viele Frauen gingen zu Fuß, um die Ponys zu führen. Die Kinder waren in warme Felle gewickelt, saßen meist auf den Travois, wo sie vor dem beißenden Wind geschützt waren. Wah-bo-sehns hatte ihre Habe in den bunten Rohhauttaschen oder bestickten Tipitaschen verstaut und stapfte müde neben dem Pony her, auf dem Verlorenes-Hirschkalb und Graueulenmädchen saßen. Die Kinder waren unter dem dicken Fell fast nicht zu sehen. Sie fanden die Reise schön, denn sie wussten nichts von der Gefahr. Tschetan-withko hatte Wolfssohn vor sich auf dem Pony und flankierte den Zug.

Weidenzweig hielt Sieht-die-Büffel in der warmen Wiege vor sich auf dem Pferd und hatte zusätzlich ein Fell um das Baby gewickelt. In Traumpfeils Gruppe war er zur Zeit das jüngste Kind. Morgentau-im-Gras, die Tochter von Viele-Feinde zählte inzwischen acht Monde und schaute neugierig unter der warmen Decke hervor, in der sie huckepack auf dem Rücken ihrer Mutter hing.

Beschwerlich wurde die Reise besonders für Morgenröte und Gras-im-Wind, die ihre Babys im Frühjahr erwarteten. Sie stützten ihren Bauch mit einem breiten Lederband und ritten meistens, da die Schwangerschaft nach unten drückte und fast wehenartige Schmerzen auslöste.

Mehrmals mussten die Lakota wegen einsetzender Winterstürme ein provisorisches Lager aufschlagen. Frierend zogen sich die Menschen in die Zelte zurück, froh eine kleine Verschnaufpause zu bekommen. Nicht einmal die Späher konnten im Schneesturm das Gelände

sichern, aber unter solch widrigen Umständen würden auch Soldaten nicht vorwärtskommen.
Anfangs folgten sie den bewaldeten Ausläufern der Berge, dann zogen sie über die offene Prärie. Es wurde schwierig, Brennmaterial zu finden, sodass die Späher versuchten, die mit Bäumen bewachsenen Flussläufe oder Tümpel zu erreichen.
Die Zeit des Winters war normalerweise eine Zeit der Ruhe und die Lakota hofften, sich durch den Zusammenschluss mit den anderen Gruppen besser verteidigen zu können.

An der Mündung des Little-Powder-Flusses stießen sie endlich auf das Lager von Sitting Bull und erleichtert bauten sie ihre Dörfer in der Nähe auf. Abwechselnd wurden Späher entsannt, die über mögliche Bewegungen der Soldaten wachen sollten. Hier fühlten sie sich einigermaßen sicher und nach kurzer Zeit begann wieder ihr sorgloses Lagerleben im Winter. Die Häuptlinge lachten darüber, den Weißen ein Schnippchen geschlagen zu haben und die Kampfkraft der Weißen war immer wieder Grund für Spott. Sie hielten sich für unbesiegbar und sprachen sich gegenseitig Mut zu. Eigentlich putschten sie sich regelrecht hoch und prahlten damit, wie sie die Soldaten besiegen würden. Es herrschte eine Einigkeit, wie schon lange nicht mehr. Aus zwanglosen Gemeinschaftstänzen wurden schnell aggressive Kriegstänze, welche die Männer aufpeitschten.
Sie waren Lakota!
Die Frauen blickten stolz auf ihre kampfbereiten Männer und sonnten sich in einem Gefühl von Sicherheit. Vergessen waren die Bedenken. Sie würden es wieder schaffen, alle Lakotastämme zu vereinen und die Weißen aus ihrem Gebiet hinauswerfen! Hokahey! Eifrig arbeiteten die Krieger an neuen Pfeilen und Bögen, fertigten Speere an, obwohl viele von ihnen auch schon Gewehre besaßen. Sie waren besser bewaffnet als je zuvor, auch weil viele Indianer aus den Reservaten kamen, wo es ein Leichtes war, Gewehre und Munition zu kaufen. Für die Lakota gehörte das Leben mit der Gefahr von klein auf zur Normalität.
Schnell kehrte wieder die Ruhe des Winterlagers ein und die Menschen erholten sich von den Strapazen der beschwerlichen Reise. Wie immer holten die Frauen und Mädchen Feuerholz, während die Jungen die neue Umgebung auskundschafteten. Sie überfielen gegenseitig die einzelnen Lager und hatten einen Heidenspaß darin, Schneeballschlachten auszutragen.

Einige Männer wollten in ihren Schneeschuhen zur Jagd gehen, unter ihnen Schwarzer-Rabe mit seinem Sohn Breite-Schulter und Tschetan-withko. Regenwolke, die kleine Tochter von Schwarzer-Rabe saß indessen bei Graueulenmädchen im Zelt und spielte mit ihrer Freundin. Die Krieger verließen die warmen Tipis und mit einer Handbewegung schickte Schwarzer-Rabe seinen Sohn voraus. Lächelnd wandte er sich an Tschetan-withko: „Es ist schön, wenn unsere Töchter miteinander spielen."
„Und es ist schön, mit deinem Sohn auf die Jagd zu gehen! Bei meinem Sohn werde ich noch ein wenig Geduld haben müssen."
Schwarzer-Rabe lachte schallend. „Warte nur! Kinder werden so schnell groß. Bald läufst du mit Schneeschuhen durch den Wald, Wolfssohn an deiner Seite."
Breite-Schulter kehrte außer Atem zu seinem Vater zurück und schimpfte leise: „Ihr seid so laut, dass ihr alle Tiere verscheucht!"
Tschetan-withko unterdrückte ein Lachen, dann legte er seine Finger an die Lippen und stieß einen lauten Pfiff aus. Ein schwarzer Schatten sauste auf sie zu und Tschetan-withko gab dem Wolf das Zeichen zur Jagd. Die Augen von Breite-Schulter leuchteten auf. Hoh! Mit dem Wolf zu jagen! Das wollte er schon lange. Vorsichtig strich er dem Tier über das Fell und strahlte Tschetan-withko an.
Das ist eindeutig der Sohn von Schwarzer-Rabe, dachte der Krieger: das gleiche runde Gesicht mit den gebogenen Augenbrauen. Sogar Regenwolke hatte diese runden Augen!
Die Männer ließen sich Zeit für die Jagd, nutzten das gute Wetter und die scheinbare Ruhe des Winters. Von einem Hügel aus blickten sie hinunter auf das verschneite Lager. Kaum etwas rührte sich, denn die Frauen und Kinder blieben lieber in den Zelten. Tagsüber fanden sich die Frauen mit ihren Freundinnen zusammen, um an neuen Kleidern zu nähen. Es war ein friedlicher Anblick und die Männer lächelten, als sie daran dachten, über was die Frauen wohl redeten.

Tatsächlich hatte Che-ni-win ihre Freundinnen Weidenzweig, Morgenröte und Gras-im-Wind zu sich eingeladen. Gemeinsam wollten sie ihren Männern warme Mäntel nach dem Schnitt eines Soldatenrocks nähen. Vorsichtig schnitten sie die einzelnen Teile aus dem Leder des Dickhornschafs, dessen Fellseite sie als Futter nach innen wendeten. Sie setzten sogar Ärmel in die Jacke, ließen jedoch unter der Achselhöhle einen Spalt, damit die Bewegungsfreiheit nicht eingeengt wurde. Sie kannten keine Knöpfe, also befestigten sie an der Vorderseite Schnüre, mit denen man die Jacke schließen konnte. Leise plaudernd saßen die jungen Frauen, fast noch Mädchen, beisammen, stickten für ihre Männer, während Sieht-die-Büffel in seiner Wiege schlief.

Morgenröte und Gras-im-Wind freuten sich auf ihre Babys. Nicht einmal der drohende Krieg belastete ihre Gedanken, es war sowieso nicht gut, seinen Geist mit dunklen Gedanken zu quälen, denn das schadete dem Ungeboren. So herrschte eine gelöste Stimmung, in der viel über andere Frauen, Kinder oder Ehemänner geklatscht wurde. Besonders dass Che-ni-win noch kein Kind erwartete, war Anlass zu gutmütiger Neckerei.

„Du musst beten, damit Wakan-tanka dir ein Kind schenkt!“, forderte Weidenzweig sie unverblümt auf.

„Yun, ich glaube, dass Wakan-tanka da wenig hilft!“ Che-ni-win seufzte.

Weidenzweig war sprachlos über diese Respektlosigkeit. „Wie meinst du das?“, forschte sie neugierig.

„Um ein Baby zu bekommen, muss der Mann sein Ding in mich stecken, aber dazu ist nicht viel Zeit“, erzählte Che-ni-win frech.

Die anderen prusteten los. Was fiel denn Che-ni-win ein! Sie glaubten ihr kein Wort! Viel zu lange hatte Elchkalb um sie geworben, um sie jetzt zu verschmähen.

„Ja gut!“, schwächte Che-ni-win ihre Behauptung ab. „Immer sind Freunde da! Er kommt erst zu mir, wenn ich schon müde bin und schüttelt mich kurz durch.“

Morgenröte verschluckte sich vor Lachen. Keuchend rang sie nach Luft, bis sie endlich empört die Männer in Schutz nahm: „Männer schütteln einen doch nicht durch!“

„Das musst du ja gerade sagen!“, wollte Che-ni-win ihr den Tag ins Gedächtnis rufen, als die Crow sie fast zu Tode geschleift hatten.

Morgenröte schluckte schwer, hielt jedoch ihrem anzüglichen Blick stand. „Jetzt ist Sohn-des-Windes sehr zärtlich zu mir, deshalb wächst ja auch sein Kind in mir!“

„Ma, und wie ist dein Mann zärtlich zu dir?“, wollte Che-ni-win wissen.

Wieder kicherten alle und blickten erwartungsvoll auf Morgenröte, ob sie wohl etwas erzählen würde.

„Das erste Mal hatte ich große Angst vor ihm, doch er bat mich, die Augen zu schließen und berührte mich mit einer Feder. Das war so schön! Ich war ganz entspannt!“
Mit einer Feder! Neidisch schauten sie die anderen an. Was dem Crow so alles einfiel.
„Yu, mein Mann ist nie entspannt!“, bedauerte Che-ni-win. Nachdenklich senkte sie den Kopf. Als müsste sich Elchkalb etwas beweisen.
Gras-im-Wind legte den Kopf schief und zwinkerte verschwörerisch. „Wenn Elchkalb dir keine Freude bereitet, musst du ihn warten lassen! Dann gibt er sich mehr Mühe.“
„So? Ich kann doch nicht ‚Nein‘ zu meinem Mann sagen!“
„Man kann ‚Nein‘ auf viele Arten sagen“, stachelte Weidenzweig ihre Schwester an.
„Ach ja?“
„Ja! Du bist müde, dir geht es nicht gut, dein Kopf schmerzt, du musst zu deiner Mutter ...“
„Ich verstehe deine Botschaft!“, unterbrach Che-ni-win ihre Schwester. Sinnend blickte sie auf ihre Stickerei. Sollte sie wirklich diese Spielchen mit Elchkalb spielen? Vielleicht wirkte es ja! Sie nahm Sieht-die-Büffel aus seiner Wiege, der nach der Brust seiner Mutter verlangte. „Du musst dich noch ein wenig gedulden! Gleich hat deine Mutter Zeit“, beruhigte sie das Baby.
„Siehst du, das Baby lässt du ja auch warten“, bemerkte Weidenzweig. „Männer sind wie Babys. Je länger du sie warten lässt, desto mehr genießen sie es. Und du dann auch!“
„Aha!“ Bisher hatte Che-ni-win ihren Mann Elchkalb nicht als Baby gesehen. Vielleicht sollte sie ihre Meinung ändern.
Elchkalb trat in das Tipi und erntete verlegenes Gekicher hinter hastig vor den Mund gehaltenen Händen. Etwas verunsichert schaute er auf die versammelten Frauen, doch ehe er die Situation durchschaute, hatte Che-ni-win sich erhoben und hielt ihm die warme Jacke hin. „Sieh, ich habe dir diese Jacke gemacht! Gefällt sie dir?“
Geschmeichelt schlüpfte er hinein und drehte sich selbstgefällig im Kreis. „Sie ist schön warm!“, strahlte er.
„Du siehst gut aus!“, bestätigte Che-ni-win mit leuchtenden Augen. Prüfend blickte Elchkalb auf die anderen Frauen, die auch an solchen Mänteln arbeiteten. Beifällig pfiff er durch die Zähne. „Eure Männer werden sich so freuen wie ich. Dann können wir gemeinsam auf Jagd gehen und frieren nicht.“

Kichernd packten die Mädchen ihre Sachen und kehrten in ihre eigenen Zelte zurück, um für ihre hungrigen Männer das Essen zu kochen. Che-ni-win bediente ihren Mann und fischte für ihn die besten Fleischstücke aus dem Essen, während sie über die Worte ihrer Freundinnen nachdachte. Machte sie vielleicht etwas falsch? Sie gab sich doch so große Mühe, ihrem Mann zu gefallen! Elchkalb lächelte sie an und ihr Herz klopfte. Er sah so gut aus!

Die Armee startete unterdessen ihren Winterfeldzug. Das Ultimatum war verstrichen, und geplant war, die feindlichen Indianer von drei Seiten einzukreisen. General Terry sollte von Fort Abraham Lincoln aus nach Westen vorstoßen, unter ihm Lieutenant Colonel Custer. Colonel Gibbon hatte den Auftrag von Fort Ellis in Montana die Indianer den Yellowstone-Fluss entlang suchen und General Crook würde vom Fort Fetterman aus nach Norden vorstoßen. Doch General Terry konnte wegen des schlechten Wetters nicht vorrücken, außerdem hatte er große Bedenken bezüglich des Nachschubes. Colonel Custer wurde unterdessen nach Washington gerufen, um vor einem Untersuchungsausschuss auszusagen. Er beschwerte sich, dass die Versorgung der Armee und auch der Indianer in den Reservationen sich drastisch verschlechtert habe, seit die Regierung Grant diese in die Hände von Zivilisten gegeben hatte. Letztendlich seien gerade die schlechte Versorgung, die Korruption und die Unterschlagungen die Gründe dafür, dass die befriedeten Indianer rebellierten und sich den Aufständischen anschlossen. Schonungslos belastete er den Bruder des Präsidenten und die Presse stürzte sich auf das gefundene Fressen. Die Regierung von Präsident Grant wurde durch einen Skandal nach dem anderen erschüttert, woraufhin die Opposition Armstrong Custer als künftigen Präsidentschaftskandidaten handelte. So aussichtslos wäre seine Nominierung nicht gewesen, denn er sah gut aus, galt als erfolgreicher Indianerkämpfer und war vor allen Dingen nicht korrupt. Ganz im Gegenteil! Bei seinen Männern war er beliebt, denn er sorgte dafür, dass sie gut ausgerüstet und ausgebildet wurden. Besonders seine indianischen Scouts behandelte er ausgesprochen gut und sie glaubten an seine Unbesiegbarkeit. Custer stand damit unter einem enormen Erfolgsdruck, denn ihm war klar, dass dies die letzten Indianerkriege sein würden. Als erfolgreicher, hoch dekorierter Kriegsheld, der das Land von der Geißel der

Sioux befreit hätte, wäre eine Nominierung wahrscheinlich gewesen. Auch die anderen Generäle wussten das, sodass jeder versuchte, den Ruhm für sich zu ernten und Informationen zurückhielt.

Miles O'Brian lachte sich kaputt, denn Colonel Custer als Präsident konnte er sich wahrlich nicht vorstellen. Er hielt ihn für einen aufgeblasenen Angeber.
Besorgt sah Miles, dass sich General Crook mit ungefähr tausend Mann aufmachte, um von Süden her die feindlichen Indianer aufzuspüren. Crook führte zur Versorgung seiner Soldaten Vieh mit, doch kleinere Gruppen der Indianer versprengten die Herde. Mitte März entdeckte Crook ein gemeinsames Dorf der Sioux und Cheyenne und befahl den Angriff. Schnell formierten Old-Bear und He-Dog ihren Widerstand und deckten den Rückzug der Frauen und Kinder. Crook ließ daraufhin das Dorf mit all seinen Vorräten niederbrennen und führte die Ponyherde fort.

In einem verzweifelten Gegenangriff gelang es den Indianern, den Soldaten die Pferde wieder abzunehmen, und schutzlos den immer noch tobenden Winterstürmen ausgeliefert, machten sie sich auf dem Weg zu den anderen Dörfern.
Nach mehreren Tagen erreichten die Cheyenne unterkühlt, halb erfroren, hungrig und nur noch mit dem dabei, was sie auf dem Leibe trugen, die Lager von Crazy Horse und Traumpfeil. Unterwegs waren fünf Babys in den Armen ihrer Mütter an Unterkühlung gestorben und die Indianer bekamen eine Vorahnung davon, was ihnen drohte. Die Familien wurden auf die Zelte verteilt und dankbar setzten sich die Frauen und Kinder an die warmen Feuer. Die Lakota teilten alles, was sie hatten, mit den Heimatlosen.

Auch Tschetan-withko nahm eine Cheyennefamilie bei sich auf. Mit vier weiteren Personen in seinem Tipi wurde es eng, sodass die beiden Männer oft zum Jagen oder in das große Versammlungszelt gingen. Graueulenmädchen und Verlorenes-Hirschkalb verzogen sich mit dem Cheyenne-Mädchen in ihr Spielzelt und Wolfssohn fand es großartig, plötzlich einen älteren Bruder zu haben, der mit ihm Schlittenfahren ging. Nur nachts drängten sich alle zum Schlafen um das Feuer.
Linke-Hand hatte sogar zwei Familien bei sich aufgenommen. Zum Ende des Winters hin gingen auch bei ihnen die Vorräte zur Neige,

sodass die Krieger häufiger gezwungen waren zur Jagd zu gehen, um die vielen Menschen zu ernähren. Für die Kinder war das alles ein großes Abenteuer. Sie hatten einen Platz zum Schlafen, einen vollen Bauch und Freunde zum Spielen. Die älteren Kinder beteiligten sich an der Suche nach Nahrung und fingen Kaninchen, Hasen, Schneehühner und was sie sonst aufspürten. Aus geraubten Zeltplanen früherer Überfälle konnten einige neue Zelte genäht werden, aber es reichte bei Weitem nicht für alle Familien. Sie würden die nächste Büffeljagd abwarten müssen, oder sich Wigwams aus Ästen und Rinde bauen.

Dann kamen die Wildgänse als Vorboten des Frühlings und die ersten Vögel bauten ihre Nester. Gras-im-Wind gebar ein Mädchen und zwei Tage später erblickte der Sohn von Morgenröte das Licht der Welt. Umgekehrt wäre es Sohn-des-Windes fast lieber gewesen, denn bei einem Mädchen wäre die Mutter für die Erziehung verantwortlich gewesen. Wie sollte er seinen Sohn nun erziehen? Einst hatten die Crow auch seine Mutter geraubt und so war er als Crow aufgewachsen. Hätte er sonst einen Lakota zum Vater? Wäre er sonst bei diesem Volk aufgewachsen? Unschlüssig hielt er das Neugeborene in seinem Arm. Er freute sich und doch hatte die Geburt einen bitteren Beigeschmack. Jetzt, mit Frau und Kind, fühlte er sich wie ein Gefangener, der seine Herkunft verleugnen musste. Selbst wenn Donnerherz ihn freigäbe, würde er nicht mehr zu den Absarokee zurückkehren, denn Morgenröte war glücklich hier, inmitten ihrer Familie und ihrer Freundinnen. War er jetzt auch ein Lakota? Sein Sohn würde hier aufwachsen und hätte diese Gedanken nicht.
„Ist er nicht schön?", hörte er seine Frau. Er blickte auf das Kind in seinen Armen und schimpfte sich selbst. Was dachte er sich eigentlich? Er hielt seinen Sohn im Arm, das Schönste, was er jemals gesehen hatte, und schlug sich mit düsteren Gedanken herum. Ahbadt-dadt-deah, wie er den Schöpfer immer noch nannte, würde ihn strafen! Ein Lächeln huschte über sein Gesicht, als er das Baby seiner Frau gab. „Ja, er ist schön!"
„Weißt du schon einen Namen?"
„Nein, dein Vater soll einen wählen!"
Donnerherz fühlte sich sehr geschmeichelt und grübelte lange über einen Namen für seinen Enkelsohn nach. Dann dachte er an das bre-

chende Eis am Fluss und lachte breit. „Er soll Donnern-am-Fluss heißen!"
Sohn-des-Windes lachte fröhlich, denn der Name erinnerte an Donnerherz, aber auch an das Frühjahr, in dem sein Sohn geboren wurde. Das war schön.

Das Leben der Familien verlagerte sich nach draußen und auch die Kochstellen wurden vor die Zelte verlegt, außer es regnete in Strömen. Dann gingen die Krieger auch ungern zur Jagd, denn der Regen weichte die Mokassins auf und es dauerte ewig, die Lederkleidung wieder zu trocken. Aber es blieb den Männern nichts anderes übrig, denn die Vorräte waren erschöpft und jedes Wild wurde gebraucht, um die hungrigen Menschen zu ernähren.

Klatschnass kam Elchkalb mit zwei Gänsen zurück und gab sie Che-ni-win zum Rupfen. Sorgfältig schloss er den Eingang hinter sich und Che-ni-win hatte auch die Rauchklappen geschlossen, um das Zelt trocken zu halten. Die Nässe war überall, obwohl Che-ni-win um das Zelt herum einen kleinen Graben gezogen hatte, in dem das Wasser ablaufen konnte. Sie half Elchkalb aus den nassen Sachen und rieb ihn mit Bärenfett ein. Er seufzte wohlig, als sich die Wärme langsam in seinem Körper ausbreitete. Wie sehr wünschte sich Che-ni-win, dass er sie auch so berührte, sanft und zärtlich! Ihr fiel wieder die Geschichte mit der Feder ein, die Morgenröte kichernd erzählt hatte. Der Crow hatte wirklich nette Einfälle, um seiner Frau zu gefallen! Nun, sie war Che-ni-win! Sie war schon mit ganz anderen Jungen fertig geworden. Herausfordernd stand sie auf. „Findest du mich eigentlich schön?"
Mit blankem Unverständnis starrte Elchkalb sie an. Natürlich fand er sie schön! Vor Schreck begann er zu stottern: „Hau, waschtéla ya-un, lila waschtéla! Aber, ja, du, du … bist wunderschön!"
„Was findest du denn schön?" Verführerisch ließ sie ihr Kleid ein wenig hinuntergleiten, sodass ihre Brüste entblößt wurden.
Er schluckte schwer, als er im Feuerschein ihre Rundungen sah. Anzüglich ließ sie ihr Kleid zu Boden rutschen. Sie stand da, wie eine gespannte Bogensehne, nichts wurde vor seinen Augen verborgen. Geschmeidig stand er auf und spielte das Spiel mit. Mit einer Hand nahm er ihr Kinn in die Hand und blickte in ihre trotzigen blauen

Augen. Mit der anderen Hand berührte er sanft ihre festen Brüste. „Mir gefällt das hier!“, flüsterte er besitzergreifend. Seine Hände folgten ihren Rundungen nach unten, bis sie auf ihren Hüften ruhten. Er kniff ein bisschen in ihren Hintern und lächelte verschmitzt. „Und das hier!“ Eine Hand wanderte tastend zwischen ihre Beine. „Aber am liebsten bin ich hier!“

Che-ni-win zitterte vor Erregung und schob spitzbübisch die Lippen vor. „Mir gefallen deine starken Muskeln“, hauchte sie in sein Ohr, streichelte dabei sanft seinen Brustkorb.

Hoh! Elchkalb schloss die Augen, als ihre Hände nach unten glitten und sein Geschlecht umfassten. Das war ein schönes Spiel! Sanft fuhren seine Finger über die kleine Narbe an ihrem Bauch. Er schob sie auf die Felle und zog eine Decke über sie beide, denn es wurde empfindlich kalt. Sie kuschelte sich an ihn, ohne ihr Streicheln zu unterbrechen. Ihm wurde richtig heiß und er warf die Decke wieder von sich. Er hatte noch nie eine solche Erregung gespürt! Mit einem Mal genoss er die Verzögerung und mit Genugtuung erkannte er, dass auch sie erregt war. Sie bog sich seinen Händen entgegen und glühte vor innerem Feuer. So war es noch nie gewesen! Sie umklammerte ihn mit ihren Beinen, während ihre Lippen an seinen Ohrläppchen knabberten. Heiße Ströme flossen durch seinen Körper, als er sich langsam in ihr bewegte. Ihre Beine gaben den Takt an und völlig versunken gab er sich ihrem Tempo hin. Was hatte er für eine Frau! Was hatte er bisher verpasst! Ein Vulkanausbruch war nichts im Vergleich zu dem, was er jetzt fühlte und auch sie seufzte erschauernd.

Mit wachem Verstand lag Che-ni-win unter ihrem Mann, bewusst lauschte sie auf die Gefühle, die durch ihren Körper wogten. Das war es! Jetzt verstand sie ihre Freundinnen. Es war nicht nur Pflichterfüllung, sondern es machte auch Spaß.

„Oh, Elchkalb, du bist so ein guter Mann!“, flüsterte sie bewundernd. Was redete sie da? Sie war eine gute Ehefrau!

Im Mond des weichen Grases begann das erste Gras zu sprießen und innerhalb weniger Tage warteten überall fette Weiden für die Ponys. Sie zogen weiter nach Norden den Powder-Fluss entlang und mehrere große Lager entstanden. Die Indianer verließen die Reservate, um nach einem weiteren Hungerwinter im Gebiet des Powder-Flusses zu jagen. Selbst Indianer, die schon lange im Reservat lebten, schlossen sich den Aufständischen an, sodass nur noch Alte, Kranke und Kinder bei den Agenturen zurückblieben.

Auch Tatokala machte sich auf den Weg, um das Dorf von Traumpfeil zu suchen. Miles hatte sich überschwänglich von ihm verabschiedet und ihm Geschenke für Jenny mitgegeben. Die Auswahl war schwierig gewesen, denn was schenkte man einer Tochter, die man nicht richtig kannte und die von Indianern aufgezogen worden war? Tatokala war da auch keine große Hilfe. Über was würde sich Rose freuen? Sie liebte ihr Porzellangeschirr mit dem bunten Blumenmuster, aber für ein Reitervolk war das sicherlich nicht das richtige Geschenk. Er packte einen Fächer, eine Babyrassel, einen Spiegel und einen Beutel Tabak für ihren Ehemann ein und gab das Paket Tatokala mit. Außerdem legte er noch einen Schofield Revolver dazu. Hoffentlich brauchte sie ihn nicht! Er schrieb einen kurzen Brief, den sie hoffentlich lesen konnte.
Ob sie überhaupt noch lesen konnte? Wie viel von ihrem früheren Leben hatte sie inzwischen vergessen?

Tatokala überbrachte die Botschaft. Fast zwei Monde war er unterwegs, klapperte die Dörfer ab, bis er endlich das Lager von Traumpfeil fand. Überall schlug ihm entschlossene Kampfbereitschaft entgegen und er war froh, dass Miles nicht mit ihm geritten war. Selbst in seiner Begleitung wäre es nicht sicher gewesen. Mit glühenden Backen packte Che-ni-win die Geschenke aus und reichte Elchkalb den Revolver und den Tabak. Elchkalb war zufrieden. Das waren wertvolle Geschenke! Vielleicht war es gar nicht so schlecht, einen weißen Schwiegervater zu haben. Großzügig bot er Tatokala einen Platz in seinem Zelt an und forderte Che-ni-win auf, auf der Frauenseite zu schlafen. Jetzt war keine Zeit mehr für Frauen oder Zärtlichkeiten! Jetzt war Zeit für die heilige Büffeljagd und den Krieg!

Um die riesige Pferdeherde zu ernähren, zogen die Lakota weiter nach Westen zum Tongue-Fluss. Ständig erreichten weitere Stämme mit ihren Familien die Indianer um Sitting Bull und Crazy Horse. Die Kriegerbünde sorgten dafür, dass die Ordnung in den ständig wachsenden Lagern aufrecht erhalten wurde. Schnell brach Streit um die besten Lagerplätze oder Weiden für die Ponys aus. Die Cheyenne durften als geschätzte Verbündete den Zug anführen und zuerst ihren Lagerplatz wählen, doch dann herrschte Uneinigkeit. Zwar

zweifelte niemand die Autorität von Crazy Horse oder Sitting Bull an, doch beherrschte oft Streit das Lagerleben. Zu viele verschiedene Stämme, mit zu vielen Häuptlingen und Anführern, wollten über das Geschick ihres Volkes bestimmen. Immer wieder trafen sich die Männer in großen Versammlungszelten bis Lösungen gefunden wurden, die allen gerecht wurden, denn nicht einmal Crazy Horse oder Sitting Bull hatten die Macht, einfach Befehle zu erteilen. Letztendlich machte jeder, was er wollte. So geschah es, dass Scharen junger Krieger sich völlig unüberlegt auf einige hundert Soldaten stürzten, als diese plötzlich am Yellowstone entdeckt wurden. Viele Krieger kämpften hier zum ersten Mal, auch der Sohn von Red Cloud. Es waren kleinere Geplänkel, die auf keiner Seite großen Schaden anrichteten und doch zogen sich die Soldaten nach Fort Ellis zurück.
Anschließend wichen die Lakota nach Süden aus, aber nicht, um den Soldaten zu entgehen, sondern weil sie dort Büffel jagen wollten.

Für die Indianer wurde es ein schönes Frühjahr. Sie tanzten, hielten Schwitzhüttenzeremonien ab, gingen auf die große Büffeljagd. Ohne Murren wurde hier zum Wohle des Stammes die Disziplin eingehalten. Besonders nachdem die Akitschitas einem jungen Mann das ganze Zelt zerstört hatten, nachdem er alleine zur Jagd gegangen war. Der gesamte Jagderfolg war dadurch auf das Spiel gesetzt worden, sodass alle Häuptlinge für Ordnung sorgten. Vergessen waren Streitereien, denn das Fleisch war für alle wichtig. Viele Männer hatten seit Jahren keine Büffel mehr gesehen und blickten nun mit klopfendem Herzen auf die mächtigen Tiere. Ja, hier lebten sie wieder!
Wie lange hatten sie schon nicht mehr in die frische Leber eines Büffels gebissen? Überall knieten Frauen über den Leibern und zerteilten das Fleisch. Selbst das Fett, das sie von den Häuten schabten, wurde in aufgespannten, kleinen Fellen gesammelt und später zum Kochen oder als Körperfett benutzt.
Die Indianer zogen weiter zum Rosebud-Fluss. Dort entstand ein riesiges Lager, denn die Lakota bereiteten sich auf den Sonnentanz vor. Pappeln wurden gefällt und die rituelle Sonnentanzlaube errichtet. Überall entstanden Schwitzhütten für die rituelle Reinigung, in denen Männer sich auf die Prüfung vorbereiteten oder einfach um Beistand flehten, denn nicht alle Männer nahmen an dem Sonnentanz teil. Niemand wurde dazu gezwungen, jeder traf diese Entscheidung selbst. Antilopensohn und Fisch nahmen an den Prüfungen teil, denn Antilopensohn wollte Wakan-tanka für die Tochter danken

und um ihren Schutz flehen. Fisch wollte stark sein, um sein Volk zu beschützen und hatte Tschetan-withko gebeten, ihm beizustehen. Hitschikyata half dem Heiligen Mann, denn nur, wenn er alle Zeremonien selbst erlebt hatte, würde er berechtigt sein, die Zeremonien zu leiten. In sich gekehrt lauschte er den Anweisungen der heiligen Männer, fühlte die Verbundenheit zu dem Volk, das ihn bei sich aufgenommen hatte.
Vielen Kindern wurden die Ohren durchstochen, denn selbst diese heilige Zeremonie wurde in den Reservaten kaum noch durchgeführt. Heilige Gesänge wurden gesungen, Zauberzeichen, die Schutz geben sollten, geträumt. Alle bereiteten sich auf den bevorstehenden Kampf vor.
Endlich begann der Sonnentanz. Mit Ausnahme von Fisch und Antilopensohn nahmen nur Männer aus dem Dorf der Hunkpapa daran teil, während die anderen zuschauten.
Sitting Bull opferte zehnmal fünf Stücke seines Fleisches und fiel in Trance. Er wollte eine scharlachrote Decke aus Blut opfern. Als er das Bewusstsein erlangte, prophezeite er, dass sie einen großen Sieg über die Weißen erreichen würden. Mit dem Gesicht nach unten würden die Soldaten in ihr Dorf fallen, damit sie getötet wurden. Wie ein Lauffeuer verbreitete sich die Vision unter den Stämmen und noch mehr Indianer schlossen sich ihnen an, denn sie vertrauten der großen Vision von Sitting Bull.
Er galt als der geistige Führer der Lakota, obwohl selbst seine Macht eingeschränkt war. Doch durch sein Opfer und seine Vision schaffte er es, die Lakota zu vereinen und ein Gefühl von Stärke zu vermitteln.

Traumpfeil zog weiter zum Little-Bighorn-Fluss und erreichte als erster das schöne Tal. Sie bauten ihr Dorf in einer Biegung auf und die Ponys stürzten sich auf das frische Gras. Der Little-Bighorn führte klares Wasser und seine Strömung hatte die Felsen glatt gespült. Lachend ließen sich Jungen und Mädchen treiben, während ältere Geschwister besorgt am Ufer standen. Etwas abseits vom Fluss bauten die Mädchen ihr Spieldorf auf, doch die Jungen spielten „Soldaten" und überfielen es regelmäßig.
Wah-bo-sehns pflückte mit Uinohnah und Wehende-Decke Beeren, die sie in der Sonne trocknen ließen. Es war schön, obwohl Späher

immer wieder von dem Vormarsch der Weißen berichteten. Trotzdem fühlten sie sich sicher, denn niemand glaubte, dass die Soldaten ein so großes Dorf angreifen würden. Unbesorgt plauderten die Frauen, während ihre Kinder spielten oder die Pferde hüteten.

Tatokala zog in das Zelt der Kit-foxes, die ihn in ihren Bund aufnehmen wollten. Er fühlte sich wohl in der kleinen Stammesgemeinschaft und hatte über Elchkalb sofort Freundschaft mit den anderen jungen Männern geschlossen. Che-ni-win war ganz froh, dass der junge Mann das Zelt wieder verlassen hatte, obwohl sie gerne Geschichten über ihren Vater hörte. Sie konnte sich allerdings nicht so ganz vorstellen, dass er mit seiner kleinen Tochter spielte, denn mit ihr hatte er nie gespielt!
„Doch, doch!", hatte Tatokala versichert. „Manchmal lässt sich Bonny nur von ihm beruhigen!"
Che-ni-win lächelte wehmütig. Manchmal würde sie doch ganz gerne ihre kleine Schwester sehen. Aber erst einmal genoss sie wieder die Zweisamkeit mit Elchkalb. Es war so schön hier! Alle nahmen sich Zeit füreinander und die Lakota vergaßen für kurze Zeit den bevorstehenden Krieg. Alles, was sie wollten, war in Ruhe in ihren Jagdgründen zu leben. Wie gewohnt gingen sie ihren Beschäftigungen nach und freuten sich auf den Sommer.

Auch Tschetan-withko genoss die scheinbare Ruhe und zeigte Wolfssohn und Tschaske das Tal. Lächelnd deutete er auf die unzähligen Schmetterlinge, die über den vielen weißen und lila Blüten flatterten. Wolfssohn fand sie nicht so interessant. Er wollte lieber jagen! „Du musst alle Tiere genau beobachten! Von jedem kannst du lernen, denn Wakan-tanka hat sie alle mit einer besonderen Fähigkeit ausgestattet."
„Und was kann ich von den Schmetterlingen lernen?", fragte Wolfssohn nicht so ganz überzeugt.
„Gib mir deinen Bogen!", befahl Tschetan-withko. „Und jetzt lauf und fang einen dieser flatternden Brüder!"
Amüsiert beobachtete er, wie sein Sohn einen Schmetterling verfolgte. Er hechtete im Zickzack hinter ihm her, machte hohe Sprünge ohne ihn zu erreichen. Völlig außer Atem kam Wolfssohn zu seinem Vater zurück. „Der Schmetterling ist zu flink für mich!"
„Hohch! Zu flink!", schimpfte Tschetan-withko mit einem leichten Schmunzeln. „Du musst so werden, wie der Schmetterling. Beobachte ihn, dann kannst du ihn auch fangen."

Beide Buben machten sich auf die Jagd nach Schmetterlingen und Tschetan-withko lachte in sich hinein. Mit glühenden Wangen brachten die Jungen schließlich zwei gefangene Schmetterlinge in ihren Fäusten zurück.
„Ihr müsst sie töten! Reibt sie auf eure Brust, dann geben sie euch Kraft."
Zögernd schauten die Kinder auf ihre Fäuste. Sollten sie die Schmetterlinge wirklich töten? Tschaske zerdrückte den Schmetterling gehorsam und rieb sich die Hand an seiner Brust sauber. Wolfssohn dachte einen Augenblick nach, dann öffnete er seine Hand und ließ den Schmetterling fliegen. Lächelnd blickte er ihm nach.
„Warum hast du ihn nicht getötet?", fragte sein Vater überrascht.
„Er ist jetzt mein Bruder und wird mich beschützen", erklärte der kleine Junge ernsthaft.
„Hetschetu!", lobte Tschetan-withko ihn.
„Können wir von allen Tieren lernen?", fragte Tschaske wissbegierig.
„Ja, beobachtet die Grashüpfer, wie sie springen, oder die Schwalben, wie sie fliegen."
„Aber Fliegen sind unnütz!", erklärte Wolfssohn.
„Fliegen sind vielleicht lästig, aber nicht unnütz. Viele Vögel fressen sie. Ohne die Fliegen würden sie hungern!"
„Stimmt!", bestätigte Wolfssohn mit wichtiger Stimme. „Sogar die Fische schnappen nach ihnen."
„Siehst du, so hat alles seinen Platz." Auffordernd schubste er die Kinder an. „ Wollt ihr schwimmen?"
„Oh, ja! Wir lassen uns zu den Mädchen treiben und erschrecken sie!"
„Erschrecken, hm?"
Tschetan-withko nahm einige Zweige und baute daraus ein einfaches Floß, auf das sie ihre Bögen legten, dann ließen sie sich den Fluss entlang treiben.
Lautlos stiegen sie aus dem Wasser, nahmen ihre Waffen und schlichen sich an das Spieldorf heran.
Graueulenmädchen und Verlorenes-Hirschkalb saßen vor ihrem Zelt und fütterten ihre Puppen, neben sich Regenwolke, die ein kleines Feuer hütete. Alles sah so aus, wie in einem richtigen Dorf. In kleinen Körben, die das Pawneemädchen geflochten hatte, lagen Beeren, Blätter und ein wenig Trockenfleisch. Mit lautem Kriegsgeschrei rannten die Jungen zu den überraschten Mädchen und schossen ihre Pfeile auf die mit Wasser gefüllten Büffelblasen. Die Mäd-

chen kreischten zum Schein und rannten zu ihrem Vater, um Schutz zu suchen. Tschetan-withko nahm sie in den Arm und setzte sich zu ihnen. Sofort beeilten sich die Mädchen ihn zu bedienen und er ließ sich faul ins Gras zurücksinken. Ab und zu öffnete er den Mund, wenn Graueulenmädchen ihm eine Beere hineinstopfte. Er döste ein wenig, während die Kinder leise neben ihm spielten. Deutlich hörte er die Grillen zirpen und lauschte der Melodie eines Vogels. Die Jungen hatten sich verzogen, weil sie Eidechsen fangen wollten.
Dann wurde er unsanft aus seinen Träumen gerissen, als eine volle Ladung kaltes Wasser in sein Gesicht klatschte. Blinzelnd schaute er auf seine Frau, die vor Vergnügen prustete. Na warte! Sein Blick ließ nichts Gutes vermuten und mit langen Schritten lief Wah-bo-sehns vor ihm weg. Er hechtete hinter ihr her, wild entschlossen, sie angemessen zu bestrafen. Die Mädchen hielten sich vor Lachen die Bäuche, als sie sahen, wie ihre Mutter wie eine flüchtende Antilope vor Tschetan-withko davonrannte. Sie war schnell!
Mit einem Satz riss er sie schließlich zu Boden. Sie wälzte sich herum und schlug mit ihren Fäusten auf ihn ein. Er hielt sie mit festem Griff umklammert, bis sie jammernd um Gnade bat. „Mihigna! Du tust mir weh!“ Doch ihre funkelnden Augen straften sie Lügen.
„Was gibst du mir, wenn ich dich loslasse?“, fragte er verschmitzt.
„Einen Kuss?“, versuchte sie ihr Glück.
„Den nehme ich mir auch ohne deine Erlaubnis!“
Empört drehte sie den Kopf weg, sodass sein Kuss ins Leere ging.
„Ich bin heute Abend lieb zu dir!“
„Lieb zu mir?“ Tschetan-withko horchte auf und sein harter Griff löste sich etwas.
„Sehr lieb!“, hauchte sie verführerisch.

Seine Mundwinkel zeigte ihr deutlich, wie sehr ihr Angebot ihm gefiel. Fürsorglich half er ihr auf und begleitete sie ins Dorf zurück. Wah-bo-sehns hatte die gepflückten Beeren auf einem Fetzen Leder vor ihrem Zelt zum Trocknen ausgebreitet. Vorsichtig wendete sie die Beeren, damit sie von allen Seiten austrockneten und nicht an einer Seite Schimmel ansetzten. An einem Gestell neben ihrem Tipi trocknete das Fleisch und im Topf über dem Feuer duftete es verführerisch. Sie war eine fleißige Frau!

Die Luft flimmerte in der Nachmittagshitze und Tschetan-withko ging zu Tschoka-sapa, der gemütlich neben seinem Tipi saß und an einem Pfeifenkopf schnitzte. Viel-Schnee stand neben ihm und briet mehrere Fische über dem Feuer, während Crow-Bären-Mädchen an einem Stück Fleisch lutschte. Sie war nackt wie der Schöpfer sie geschaffen hatte und lächelte Tschetan-withko mit den Augen ihres Vaters an.
„Setz dich!", lud Tschoka-sapa seinen Freund ein.
Viel-Schnee holte eine weitere Rückenlehne und bot sie Tschetan-withko an. Dankbar machte er es sich gemütlich und musterte die junge Frau. Sie hatte sich gut eingelebt!
„Wo ist Fallende-Sterne?", fragte er höflich.
„Sie sammelt Pilze und hat Blaufeder mitgenommen", antwortete Viel-Schnee. Ah, deshalb hatte er das Mädchen nicht bei Verlorenes-Hirschkalb gesehen. Sonst spielten sie immer zusammen. Tschoka-sapa bot ihm eine Pfeife an und die beiden Männer rauchten eine Weile. Tschetan-withko hatte keinen besonderen Anlass, warum er zu Tschoka-sapa gegangen war. Eigentlich war ihm nur ein wenig langweilig. Fisch gesellte sich zu ihnen. Nach dem Sonnentanz war er immer noch ein wenig schwach auf den Beinen. Stirnrunzelnd blickte Tschetan-withko auf seinen Freund.
„Geht es dir gut, Kola?"
„Es ging mir schon besser!", feixte Fisch. „Aber danke, dass du für mich jagst!"
„Ich hatte es dir versprochen."
Tschetan-withko reichte die Pfeife weiter und Fisch nahm einen tiefen Zug.
„Wo ist dein Sohn Otter-der-die-Crow-narrt? Ich habe ihn seit Tagen nicht gesehen", forschte Fisch.
„Er reitet mit Blitz-im-Winter, Krummes-Büffelhorn und Hitschikyata nach Süden, um die Soldaten zu beobachten", erzählte Tschoka-sapa stolz.
„Ja, Otter-der-die-Crow-narrt ist ein guter Späher!", bestätigte Fisch.
„Ich dachte die Soldaten sind am Gelben Schlammfluss, den die Weißen Yellowstone nennen?", fragte Tschetan-withko verwundert.
„Ja! Aber im Winter kamen schon einmal Soldaten aus dem Süden. Crazy Horse meinte, dass es sicherer sei, nach beiden Seiten Ausschau zu halten", erklärte Tschoka-sapa.
„Wir sind viele! Niemand wird uns hier angreifen!" Fisch war sichtlich stolz auf die Kampfkraft seines Volkes.

Das Tal füllte sich mit den einzelnen Stämmen der Lakota, doch noch bot es ausreichend Nahrung für alle.
„Ja, jetzt sind wir stark, aber was passiert, wenn unsere Dörfer wieder auseinander fallen?", wollte Tschetan-withko wissen.
„Warum sollten wir uns trennen?"
„Niemals können wir ein so großes Dorf ernähren! Allein die Ponys benötigen mehr Gras als in den Tälern wächst", gab Tschetan-withko zu bedenken. „Jene Soldaten reisen allein. Wir haben Frauen und Kinder dabei, die uns aufhalten."
Fisch sah ihm kämpferisch in die Augen. „Hohch! Wir werden jene Soldaten besiegen! Sie werden sich wie Weiber in ihre Forts zurückziehen. Dann können wir uns wieder frei in unserem Land bewegen."
„Du hast recht!", beruhigte ihn Tschetan-withko. „Wir werden einen großen Sieg erlangen, dann wagen sich die Soldaten nicht mehr hierher. So hat es Sitting Bull gesehen."
„Du sprichst wahr, mein Bruder!" Erschöpft lehnte sich Fisch gegen die Rückenlehne und besorgt beugte sich Tschetan-withko zu ihm.
„Ich bringe dich besser zurück in dein Zelt", bot er an.
„Na gut", willigte Fisch ein. Bei jedem anderen hätte er vermutlich abgelehnt, aber Tschetan-withko war sein Kola, sein Freund, vor ihm gab er sogar eine Schwäche zu.
Die Beine knickten ihm weg und besorgt stürzte Viele-Feinde hinzu, um ebenfalls zu helfen. Fisch winkte ab, ihm war die Schwäche sichtlich peinlich.
„Haun, du hast für uns den Sonnentanz getanzt! Wir sind deine Freunde! Die Roach-Krieger! Du musst dich nicht schämen", lachte Viele-Feinde großzügig.
„Ja, die Roach-Krieger", flüsterte Fisch. „Im Moment fühle ich mich allerdings eher wie ein Waschbärenmann."
Tschetan-withko und Viele-Feinde brachten Fisch zu seinem Zelt und Stern-im-Auge stemmte ihre Hände in die Hüften. „Ich habe ihm gesagt, dass er liegen bleiben soll!"
„Eine Frau sagt einem Mann nicht, was er zu tun hat!", tadelte Viele-Feinde die aufsässige Frau.
Blitzende Augen hielten seinem Blick mühelos stand und schließlich senkte Viele-Feinde verlegen seine Augen. Auch sie hatte es nur gut gemeint.
„Habt ihr Tschaske gesehen?", fragte sie, um das Thema zu wechseln. Tschetan-withko half Fisch auf sein Lager, dann meinte er ver-

söhnlich: „Ich suche ihn! Heute Morgen war dein Sohn mit mir am Fluss."
Sofort machten sich die Männer auf den Weg, das Kind zu finden. Sie schwangen sich auf ihre Ponys und ritten zu den anderen Dörfern, doch niemand hatte das Kind gesehen. Sie fragten alle seine Freunde und suchten weiter flussabwärts, denn sie machten sich langsam Sorgen. Es war ungewöhnlich, dass ein kleines Kind von vier Wintern sich so weit vom Lager entfernte. War er vielleicht in einen Wasserstrudel geraten und ertrunken? Mit bangem Herzen suchten sie das Schilf am Flussufer ab, inzwischen halfen ihnen auch andere Männer bei der Suche.
Ein Ruf erschallte von der anderen Seite des Ufers und Tschetan-withko trieb sein Pony durch den Fluss. Viele-Feinde hatte das Kind im Schilf liegend gefunden und deutete mit seinen Lippen auf seinen Fund. Entsetzt blickte Tschetan-withko auf das verletzte Kind. Sein Fuß steckte in einer Falle, die offensichtlich Weiße ausgelegt hatten. Es war viel zu klein, um die Falle zu öffnen und geschwächt vom Blutverlust hatte es das Bewusstsein verloren. Vorsichtig zog Viele-Feinde die Fangeisen auseinander, während Tschetan-withko das Kind hochhob. Das Bein sah böse aus. Die eisernen Fangzähne hatten sich tief in das Fleisch eingegraben, zwei Zacken hatten sich bis in den Knochen gebohrt. Im Galopp preschte Tschetan-withko zum Tipi von Fisch und trug Tschaske hinein.
Stern-im-Auge schrie vor Entsetzen auf, als sie die schwere Verletzung sah. Sofort holte Tschetan-withko den Medizinmann, der mit seinen Bündeln herbeieilte. Sorgfältig reinigte Bärenkralle die Wunde und desinfizierte sie mit dem Saft der Scharfgarbe. Er wusste, dass Wunden sich entzündeten, die nicht gut gereinigt waren. Dann band er einen festen Verband um den Knöchel des Kindes. Fisch hockte sich neben das Lager seines Sohnes und schluckte schwer. Tschaske und Stern-im-Auge waren alles, was er hatte, und jetzt hatte er eine Todesangst um sein Kind.
Tschetan-withko legte ihm beruhigend die Hand auf die Schulter. „Wir werden sofort schauen, ob noch andere Fallen ausliegen. Wir werden sie unschädlich machen!"
„Was sind das für Menschen, die Tiere mit solchen Waffen jagen?", schimpfte Fisch wutentbrannt.
Tschetan-withko erwiderte nichts, denn dazu gab es nichts zu sagen. Stattdessen ritt er zum Fluss zurück und bat die anderen Krieger, genauestens das Gelände abzusuchen, um ähnliche Unfälle zu verhin-

dern. Sie fanden fast zehnmal zwei Fallen, eine Gefahr für alle Kinder der Lakota. Irgendwelche Fallensteller waren wohl im Winter hierher gekommen und hatten ihre Ausrüstung liegen lassen. Niemand wusste, ob sie geflohen waren, oder was sie sonst veranlasst hatte, das Tal überstürzt zu verlassen. Sie fanden das Skelett eines Hirsches, der sich nicht aus der Falle hatte befreien können, sonst hatten sich keine Tiere darin verfangen. Die Lakota warfen die Fallen auf einen Haufen. Wieder waren sie darin bestätigt worden, dass es gut war, die Weißen aus ihrem Land zu vertreiben.
Tschaske bekam hohes Fieber und wegen der rasenden Schmerzen warf er sich ruhelos hin und her. Manchmal fiel das Kind in eine gnädige Ohnmacht und die Eltern beteten, dass es nicht starb. Der kleine Junge kämpfte um sein Leben, denn der Knöchel schillerte in allen Farben und war dick geschwollen. Immer wieder machte der Medizinmann Umschläge aus einem Kräuterbrei, um das Feuer aus dem Bein zu ziehen. Die Schmerzen waren unerträglich, obwohl die Umschläge eine schmerzlindernde Wirkung hatten. Tschetan-withko brachte regelmäßig frische Nahrung für die Familie, damit sie sich in Ruhe um Tschaske kümmern konnten.

Indessen beschäftigte sich Traumpfeil mit Wolfssohn. Er war nun der Zweitvater des Kindes und beteiligte sich an der Erziehung seines Neffen. Täglich übte er mit ihm Bogenschießen oder zeigte ihm die unterschiedlichen Spuren der Tiere. Oft schloss sich ihnen auch Takukin an, der in Wolfssohn einen Freund gefunden hatte. Mit zwei Müttern im Zelt, die sich hingebungsvoll um ihn kümmerten, entfloh er ganz gerne der ständigen Aufsicht. „Grauadler ist ein guter Vater, aber zwei Mütter sind schlimmer als eine Glucke mit Küken!“, erklärte er wie ein Erwachsener.
Traumpfeil lachte schallend. „Gebrochener-Zweig meint es doch nur gut!“
Takukin winkte respektlos ab. „Sie soll sich um ihr Enkelkind kümmern! Sieht-die-Büffel ist noch ein Baby. Den stört es nicht, wenn er verhätschelt wird.“
Traumpfeil runzelte tadelnd die Stirn. „Grauadler und Gebrochener-Zweig haben sich lange einen Sohn gewünscht. Aber ihnen wurde nur Weidenzweig geboren. Du gibst ihnen nun die Freude, die sie so lange vermisst haben.“

Verlegen senkte das Kind den Blick. „Ich bin nicht undankbar, aber es ist schön, wenn ich mit Wolfssohn und Tschaske spielen kann."
Traumpfeil legte seine Hand sanft auf die Schulter des Kindes. „Das sollst du auch! Lasst uns nach den Spuren sehen! Seht her! Hier lief ein Dachs."
Interessiert knieten sich die Kinder neben die kleine Spur und untersuchten sie aufmerksam. „Und was ist das?", fragte Wolfssohn.
„Ein Kaninchen!", erklärte Traumpfeil. Dann zwinkerte herausfordernd. „Und was sagt dir das?"
„Dass hier vielleicht ein ganzer Bau in der Nähe ist!", erwiderte Wolfssohn.
„Gut aufgepasst! Dann schaut doch mal, ob ihr den Bau findet und ein paar Kaninchen fangen könnt."
Begeistert machten sich die Buben an die Arbeit. Sorgfältig prüften sie die Spuren und verglichen sie mit anderen Spuren, die sie fanden. Traumpfeil lächelte, denn seit sein Sohn Blitz-im-Winter schon fast als Mann zählte, wurden seine Ratschläge nicht mehr so gebraucht. Ihm machte es Freude, die Jungen zu unterrichten. Kleine Jungen und Mädchen mussten viel lernen, doch die ganze Familie nahm Anteil an ihrer Erziehung. Inzwischen hatten die Jungen den Kaninchenbau aufgespürt und saßen vor einem Eingang. Traumpfeil spitzte einige Stöcke und geduldig setzten sie sich über den Eingang. Sie erlegten zwei Kaninchen, dann brach Traumpfeil die Jagd ab. „Die Kaninchen sind gewarnt! Sie werden andere Ausgänge benutzen. Morgen könnt ihr die anderen Tunneleingänge suchen."

Stolz brachten die Jungen ihre Beute zurück, dann liefen sie zu Linke-Hand. Er erzählte immer so schöne Geschichten!
„Wollt ihr wissen, warum wir uns auch das Adlervolk nennen?", fragte der alte Mann seinen Enkel und dessen Freund.
„Ja! Erzähl uns die Geschichte!", baten Wolfssohn und Takukin mit glänzenden Augen.
Linke-Hand nahm Wolfssohn auf seinen Schoss und nickte Takukin freundlich zu. Dann begann er mit tiefer Stimme zu erzählen:
„Eines Tages kam eine große Flut über das Land. Sie stieg immer höher und höher, fraß Wiesen, Bäume, Tiere und Menschen. Die Menschen flüchteten in die Berge, aber auch dort wurden sie von der Flut erreicht. Ein Adler saß hoch oben in den heiligen Bergen in seinem Nest und beobachtete, wie die Flut alles verschlang. Da sah er, wie ein Mädchen sich an einen Felsen klammerte. Gleich würde auch

sie von dem Wasser fortgetragen werden. Wambli, der Adler, flog zu dem Mädchen und trug sie mit seinen starken Krallen zu seinem Nest. Es war auf dem höchsten Punkt der Schwarzen Berge und dort überlebte das Mädchen die Flut. Der Adler nahm das Mädchen zur Frau und sie gebar ihm zwei Kinder, einen Jungen und ein Mädchen. Als das Wasser sank, sagte der Adler zu den Kindern: „Ihr seid die letzten eurer Art! Geht hinunter auf die Erde und gründet eine Familie!" So entstand das Volk der Lakota und um den Adler zu ehren, schmücken wir uns mit Adlerfedern."

„Ja, wir sind das Adlervolk! Die bösen Weißen dürfen uns nicht die heiligen Berge wegnehmen!" Sogar die kleinen Kinder hatten ein Gespür für Recht und Unrecht und hörten in den Tipis, was ihre Eltern sprachen oder welche Sorgen sie plagten.

„Nein, das dürfen sie nicht, aber sie sind wie die Flut, die alles zerstört", befürchtete Linke-Hand.

„Kommt dann wieder ein Adler, der uns rettet?", fragte Wolfssohn.

„Siehst du die vielen Krieger, die gekommen sind? Sie werden uns retten!", beruhigte ihn Linke-Hand.

Die Augen von Wolfssohn leuchteten vertrauensvoll. Ja! Sie waren ein starkes Volk!

Dann kamen Hitschikyata, Blitz-im-Winter, Krummes-Büffelhorn und Otter-der-die-Crow-narrt als Späher zurück und berichteten, dass sie Soldaten an der Quelle des Rosebud gesichtet hätten. Nur mit Mühe konnten Sitting Bull und Crazy Horse die übermütigen jungen Krieger zurückhalten, waghalsig in den Kampf zu ziehen. Von den Lagern am Little-Bighorn und Rosebud zogen sie erst die Krieger zusammen, um dann gemeinsam gegen die Soldaten aus dem Fort Fetterman zu kämpfen.

Die Lakota stürmten morgens die Hügel hinunter und griffen die Soldaten so überraschend beim Frühstück an, dass nur das beherzte Eingreifen der Crow- und Shoshoneverbündeten auf Seiten der Soldaten ein größeres Chaos verhinderte. Tapfer stellten sie sich der tödlichen Flut entgegen und nutzten den Vorteil, den sie als kampferprobte Männer hatten. Befehle hallten durch die vom Pulverdampf verrauchte Luft und schnell formierten sich Schützenlinien. Sofort zogen sich die angreifenden Indianer wieder zurück. Nur mühsam gelang es Crazy Horse, sie zu zügeln, denn gerade die jungen Krieger

wollten ihre Tapferkeit beweisen. „Was nützt euch eure Tapferkeit, wenn ihr tot seid!", brüllte er ihnen entgegen. Crazy Horse opferte seine Krieger nie sinnlos, sondern wartete immer einen günstigen Augenblick ab, um seine Angriffe durchzuführen. Sie hatten die Soldaten überrascht, aber jetzt war es besser, sie in Rückzugsgefechte zu verwickeln. Aus der Deckung heraus würden sie so eigene Verluste vermeiden. Es war ihnen gelungen, die Soldaten zur Umkehr zu zwingen und das Dorf zu schützen. Die Soldaten waren feige davongelaufen, dabei hatten sie noch nicht einmal hohe Verluste.
Für Crazy Horse ein großartiger Sieg! Im Glauben die Soldaten vertrieben zu haben, kehrten sie frohen Mutes in ihre Dörfer zurück.

Pedschi-sla-wakpa

Little-Bighorn-Fluss (Sommer 1876)

Miles O'Brian war seit Mai auf dem Weg nach Kanada. Er hatte sich den ganzen Winter überlegt, was er tun sollte. Er konnte nicht untätig herumsitzen, doch helfen konnte er auch nicht. Die Armee war wild entschlossen die Indianerkriege zu beenden, koste es, was es wolle. Überall wurde nur noch von den blutrünstigen Wilden geredet und Miles machte sich Sorgen um Rose und Bonny. Er wollte nicht, dass sie angefeindet wurden, oder verächtliche Augen auf seine Tochter blickten. Er war ein Squawmann, einer der sich mit so einer roten Hexe eingelassen hatte. Nur im Fort, wo man ihn kannte, konnte er sich darauf verlassen, dass niemand seine Frau anrührte. Dies war nicht mehr sein Land, denn niemals hätte er seine Frau oder gar seine Tochter im Stich gelassen, wie es andere Weiße taten, die ihre indianischen Frauen und Mischlingskinder in die Reservation zurückschickten, weil sie ehrbare weiße Frauen heirateten. Mit all seinen Ersparnissen zog er am Rande des riesigen Sioux-Gebietes den Missouri entlang nach Norden. Er hatte es nicht eilig. Unterwegs legte er oft Pausen ein, um zu jagen, so dass Rose und Bonny sich erholen konnten. Misstrauisch beobachteten weiße Farmer ihn, wenn er wie ein Indianer gekleidet an ihnen vorbeiritt. Wenn er jedoch freundlich grüßte, wurde er oft eingeladen und neugierig starrten blonde Kinder auf einen echten Trapper und seine Indianerin.

Im Hochsommer erreichte er Fort Abraham Lincoln und erfuhr, dass General Terry, unter ihm Lieutenant Colonel Custer, mit tausend Mann seit Mitte Mai in das Indianergebiet vorgestoßen war. Er wollte sich mit dem 450 Mann starken Regiment von Colonel Gibbon aus Fort Ellis am Yellowstone treffen, um gemeinsam gegen die Aufständischen vorzugehen. Zusammen mit den Streitkräften des General Crook wollten sie die Indianer von drei Seiten in die Zange nehmen. Noch wusste niemand, dass Crook sich bereits auf dem Rückzug befand.

Es wurde eng für die Indianer. Die Armee rückte mit unglaublichem Aufwand und Kosten gegen sie vor. Letztendlich kostete jeder getötete Sioux die Regierung eine Million Dollar. Eine unglaubliche Summe! Zur gleichen Zeit sorgten in Kanada nur 300 berittene Polizisten der North-West-Mounted-Police in einem riesigen Landstrich für Ruhe und Ordnung. Die „Mounties", wie sie genannt wurden, unterbanden den Viehdiebstahl, verboten den Whiskeyhandel mit den Indianern und sorgten für Frieden unter verfeindeten Stämmen. Deshalb wollte Miles dorthin. Außerdem hatte er gehört, dass sich in der Nähe der Wood-Mountains Métis-Familien, also Mischlingsfamilien niederließen. Dort hoffte er Bonny ohne Anfeindungen großziehen zu können.

Die Lakotakrieger befanden sich nach der Schlacht am Rosebud in einem Siegesrausch. Sie hatten eine ganze Armee zurückgetrieben und hielten sich nun für unbesiegbar. Zehnmal drei Krieger waren gefallen, ein hoher Blutzoll. Doch die Trauer der Familien wurde übertönt von den Siegesrufen der zurückkehrenden Krieger.
Alle Stämme der Lakota zogen nach dem Sieg über die Soldaten in das Tal am Little-Bighorn-Fluss. Verschiedenste Bäume und Büsche wuchsen am Ufer und das Tal wurde von steilen Hügeln umsäumt, auf denen gelbe Blumen blühten. Riesige Kreise aus Tipis verteilten sich in dem grünen Tal, durch das sich der klare Fluss schlängelte. Traumpfeils Lager bildete den äußersten Kreis, die anderen zogen mit ihren Lagern weiter in das Tal hinein. Tausend Zelte bevölkerten das Tal, viele schon aus dem Zeltstoff der Weißen genäht.
Die Jungen trieben riesige Pferdeherden an die Weideplätze oder maßen sich in Wettspielen. Lachende Kinder badeten im Fluss und Frauen holten dort das Wasser. Sie ahnten, dass der Krieg mit diesem einen Sieg nicht zu Ende sein würde, doch niemand rechnete hier mit einem Angriff. Sans Arc, Miniconjou, Oglala, Blackfoot, Two Kettle, Brulé, Hunkpapa, sogar Yanktonnai und Santee aus der Reservation östlich des Missouri sowie verbündete Cheyenne und Arapaho fanden sich ein. Trotzdem war es nicht laut. Die einzelnen Zelte standen über eine Strecke von fast sechs Pfeilschüssen verteilt an den Biegungen des Flusses. Die Menschen unterhielten sich leise, wie es ihre Art war, viele Frauen sammelten Früchte oder Feuerholz und die Kinder erforschten das Gelände. In den Hügeln konnte man sich gut verstecken und schnell bildeten sich Jungenbanden, die sich gegenseitig bekriegten. Abends brannten große Feuer, um welche die Menschen tanzten. Viele Schwitzhüttenzeremonien wurden abgehalten, um sich zu reinigen und um Beistand zu flehen. Die Gemeinschaft machte sie stark, aber auch unvorsichtig.

Plötzliche brach Unruhe aus, als eine Gruppe von zehnmal drei Cheyenne in das Tal ritt, die weiter entfernt auf Jagd gewesen war. Soldaten! Soldaten! Trotz der Späher waren die Indianer völlig überrascht. Der Staub der angreifenden Kavallerie war weithin zu sehen. Panik brach aus, als Hunderte von Müttern nach ihren Kindern schrien und in wilder Hast Tipis abgebrochen wurden.
Tschetan-withko sah die Soldaten angreifen und riss Wah-bo-sehns zu Boden, als bereits die erste Salve in die Tipis krachte. „Bleib unten!", schrie er, dann nahm er seine Waffen und raste zum Fluss. Die Kinder! Ihr Spieldorf lag mitten in der Schusslinie! Die Angst griff nach seinem Herzen und mit Entsetzen dachte er an seine Töchter. Aus den Augenwinkeln sah er andere Männer und Mütter zu ihren Kindern rennen. In einiger Entfernung blitzte Mündungsfeuer auf und er tauchte hastig in das Gras. Ein Schuss streifte ihn am Arm, aber er achtete nicht darauf. Graueulenmädchen und Verlorenes-Hirschkalb liefen schreiend auf ihn zu und mit einem verzweifelten Satz riss er die Kinder zu Boden. Sie klammerten sich weinend an ihn und er drückte sie zu Boden. „Bleibt unten! Nicht aufstehen!"
Im hohen Gras verlor er die Übersicht über das Geschehen. Er lag halb auf seinen Töchtern und schützte sie mit seinem Körper. Hilflos spürte er ihr Zittern und blickte sich vorsichtig nach Verstärkung um. Wenn die Weißen weiter vorrückten, würde er mit seinen Töchtern getötet werden! Dann sah er andere Kinder auf ihn zuhasten. „Legt euch hin!", schrie er entsetzt. Blaufeder reagierte in ihrer Panik nicht auf seinen Zuruf und wurde von einer Kugel getroffen. Graueulenmädchen schrie panisch, als sie ihre Freundin fallen sah, während Tschetan-withko hastig zu dem Kind kroch. Eine tiefe Wunde klaffte in Blaufeders Schulter und ihr Atem kam flach und stoßweise. Sie musste sofort zu ihrer Mutter zurück! Vorsichtig zog er das verletzte Kind zu sich heran und horchte auf den Lärm des Kampfes. Wo war Wolfssohn? Vorsichtig schaute er sich um, konnte aber seinen Sohn nirgends sehen. Eine weitere Salve zischte über ihre Köpfe hinweg und er warf sich schützend über die Kinder. Wo war sein Sohn?
Die ersten Krieger preschten an ihm vorbei, um sich den Soldaten in den Weg zu stellen. Er erkannte Biber und Schwarzer-Rabe, die bereits mit hastig aufgelegter Kriegsbemalung vor den Soldaten auf und ab ritten, um das Feuer von den fliehenden Frauen und Kinder abzulenken. „Lauft so schnell ihr könnt!", befahl Tschetan-withko seinen Töchtern. Ihre Gesichter waren verzerrt vor Angst, doch gehorsam erhoben sie sich und begannen ins Dorf zu laufen. Tschetan-

withko richtete sich auf, damit seine Kinder wenigstens seinen Körper zwischen sich und den herumfliegenden Kugeln hatten. Ohne an die Gefahr zu denken, hob Tschetan-withko das verletzte Mädchen hoch und rannte ebenfalls geduckt zu den Zelten. Mehrere Kinder liefen mit ihm, auch Regenwolke, die Tochter von Schwarzer-Rabe, und er flehte still, dass die Soldaten auf die angreifenden Krieger schossen und nicht auf die fliehenden Kinder.

Im Dorf der Hunkpapa war Panik ausgebrochen. Fast die Hälfte der Familie des Häuptlings Gall war bei der ersten Salve getötet worden und viele weitere Menschen wälzten sich stöhnend im Gras.

Wah-bo-sehns krabbelte auf Knien zu dem Zelt ihres Schwiegervaters, um nach ihrem Sohn zu sehen. Sie erblickte Wehende-Decke, die in ihrem Blut lag und sie mit großen Augen anstarrte. „Mutter!“, flüsterte sie entsetzt. Die alte Frau hielt ihre Hand auf die tödliche Verletzung und wusste, dass es zu spät war. Eine weitere Salve pfiff über ihren Kopf und Wah-bo-sehns duckte sich neben die sterbende Frau. Als sie es wagte, ihren Kopf zu heben, waren die Augen der alten Frau gebrochen. Wah-bo-sehns stöhnte leise vor Trauer, dann kroch sie weiter. Wo war Wolfssohn? Das Schießen hatte aufgehört und es herrschte völliges Chaos, als die Pferdehirten die Ponyherde einfach in das Dorf trieben, damit die Menschen fliehen oder angreifen konnten. Kochstellen fielen um, Gestelle mit Trockenfleisch wurden über den Haufen gerannt, als wütende Krieger sich auf herumirrende Ponys schwangen, um den Feind anzugreifen. Frauen hängten hastig ihre Travois auf irgendwelche Pferde, derer sie habhaft werden konnten und flüchteten. Kriegsgeschrei ertönte, als hunderte von Oglala-Kriegern den Hunkpapa zu Hilfe kamen. Die Soldaten zogen sich zu einer Baumgruppe zurück, um sich vor den angreifenden Kriegern zu verschanzen.

Endlich kam Wolfssohn angerannt und erleichtert zerrte ihn Wah-bo-sehns zu ihrem Tipi. Sie sah, wie Fisch seine Frau mit dem verletzten Tschaske auf ein Pferd setzte und sie aus der Gefahr schickte. Tschaske konnte mit der Verletzung am Fuß nicht laufen, also gab Fisch sein Pony, um die Familie in Sicherheit zu wissen. Dann schnappte er sich sein Gewehr. Vergessen waren die Schmerzen des Sonnentanzes, jetzt wollte er kämpfen!

Wah-bo-sehns griff sich ein vorbeilaufendes Pony und packte die wichtigsten Dinge ein, dann kam auch schon Tschetan-withko mit den weinenden Mädchen und dem verletzten Kind auf dem Arm angehetzt. „Schnell, versteckt euch!“, befahl ihr Mann. Es blieb nicht

einmal Zeit, ihm von dem Tod seiner Mutter zu berichten, schon war er mit langen Sätzen zum Zelt von Tschoka-sapa unterwegs.
Wie gelähmt blickte Fallende-Sterne auf ihre Tochter, sah nur den Kopf des Kindes, der wie abgeknickt nach unten hing. „Versuch die Blutung zu stillen! Ich hole Bärenkralle!", herrschte Tschetan-withko die bewegungsunfähige Frau an, dann hetzte er weiter zum Zelt des Medizinmannes. Wie angewurzelt blieb er davor stehen, vergaß vor Entsetzen einen Moment zu atmen. „Hiya!" Nein! Das durfte nicht sein! Alles in ihm erschlaffte, als er auf die Gestalt starrte, die regungslos im Gras lag. Bärenkralle! Ihr Heiler, ihr Medizinmann, sein Freund! Ein Schuss hatte seinen Kopf zerschmettert. All sein Wissen, seine Kunst und seine Freundlichkeit in einem ungerechten Angriff ausgelöscht. Eine rasende Wut stieg in Tschetan-withko auf, als er ihn so daliegen sah. In Trauer versunken kniete Hitschikyata in seiner Nähe, ungeachtet der Gefahr der vorbeifliegenden Kugeln. Tschetan-withko rüttelte ihn an der Schulter. „Komm, jetzt ist keine Zeit für Trauer! Blaufeder ist schwer verletzt und andere auch! Bitte hilf ihnen!"
Verständnislos blickte Hitschikyata ihn an. Er war noch kein Medizinmann! Er fühlte sich noch nicht bereit dafür!
„Hitschikyata! Blaufeder verblutet, wenn du nicht kommst!"
Mühsam sammelte sich der junge Mann. Er holte die Bündel des Medizinmannes und ging festen Schrittes zu dem Zelt von Tschoka-sapa. Er würde helfen, bis von den anderen Gruppen ein Heiler kommen würde. Blass vor Angst saß Fallende-Sterne neben dem schwer verletzten Kind. Sie hatte Viel-Schnee mit Crow-Bären-Mädchen bereits weggeschickt, doch Blaufeder würde verbluten, wenn sie nicht sofort versorgt würde. Sollten die Weißen über das Dorf herfallen, würde sie mit ihrer Tochter hier sterben.
Tschetan-withko schaute kurz auf Fallende-Sterne und nickte ihr aufmunternd zu. „Wir werden die Soldaten aufhalten!" Mit tödlicher Entschlossenheit legte er sich Kriegsfarbe auf und stürzte sich in den Kampf. Der erste Schreck war vorbei! Jetzt würde er seine Familie beschützen. Die Verletzung am Arm ignorierte er, darum konnte er sich später kümmern.

Wie die Hornissen fielen die Indianer über die Soldaten her, zudem überquerten einige Krieger den Little-Bighorn-Fluss, um von hinten anzugreifen. Die Soldaten waren müde, vielen zitterten vor Anstrengung die Knie und die Pferde waren erschöpft. Sie versuchten

sich über den Fluss zu retten, doch die Indianer folgten ihnen auf frischen Pferden und rissen die Soldaten im Vorbeireiten von den Pferden. Tschetan-withko hieb einem Soldaten wohl gezielt sein Beil in den Rücken. Jetzt musste er keine kleinen Mädchen mehr schützen! Schreiend stürzte dieser von seinem Pferd und Tschetan-withko skalpierte ihn bei lebendigem Leib. Verächtlich blickte er auf die kurzen Haare, die bei den Soldaten inzwischen modern waren, und warf den Skalp beiseite. Ohne weiter auf den Mann zu achten, der sich schreiend im Gras wälzte, galoppierte er hinter den anderen Weißen her. Er dachte an Graueulenmädchen, die sich zitternd an ihn geklammert hatte und Verlorenes-Hirschkalb, der vor Angst Urin an den Beinen heruntergelaufen war. Tschetan-withko hatte kein Mitleid mit seinen Feinden, denn diese Soldaten waren gekommen, um zu töten. Wenn er sie nicht tötete, dann würden sie über die Frauen und Kinder herfallen und Blaufeder mit ihrer Mutter töten oder Wah-bo-sehns und die Kinder. Zufrieden sah er, wie Schwarzer-Rabe einen Soldaten mit seiner Lanze durchbohrte und Viele-Feinde am Fluss gezielt die Soldaten unter Beschuss nahm. Kurz zügelte er sein Pferd, um sich einen Überblick über die Lage zu verschaffen.
Die Soldaten versuchten inzwischen über den Fluss zu entkommen. Aber auch auf der anderen Seite warteten bereits Krieger, die gnadenlos jeden Soldaten abfingen, der die steilen Uferwände hochkletterte. Einigen Soldaten gelang es trotzdem, einen Hügel zu erreichen und sie verschanzten sich hinter Steinen und umgestürzten Bäumen. Die Krieger griffen kurz an, dann stürzten sie lieber auf die Soldaten, die den Hügel noch nicht erreicht hatten. Tschetan-withko überließ das Kämpfen nun Elchkalb und Tatokala, die wie die Wiesel auf erhöhte Positionen kletterten und von dort mit ihren Gewehren die eingekesselten Soldaten unter Beschuss nahmen. Hokahey! Sie würden dafür sorgen, dass diese Mörder auf keine Frauen und Kinder mehr schossen! Beißender Pulverdampf lag über ihm, vermischt mit dem aufgewirbelten Staub. Es sah aus wie ein Sandsturm in der Wüste, nur hier wehte ein tödlicher Sturm aus Bleikugeln und Pulverdampf. Tschetan-withko wendete sein Pferd und galoppierte zur anderen Seite des Tales, um dort den Kriegern beim Kampf zu helfen.
An der Nordseite des Dorfes war ebenfalls Unruhe ausgebrochen, als auch dort Soldaten auftauchten. Mehr als hundertmal zwei Soldaten kamen von zwei Seiten den Hügel hinunter, direkt auf die Frauen und Kinder zu, die versuchten, sich im zerklüfteten Gelände eines Baches zu verstecken.

Tschetan-withko schloss sich den anderen Kriegern an, die wild entschlossen waren, auch diesen Angriff abzuwehren.
Kurz dachte er an seine Frau, nahm ihr Bild in sein Herz, damit er mit Freude starb.

Auch Wah-bo-sehns sah, wie die Soldaten auf sie zuritten und trieb die Frauen zur Eile an. „Weiter, weiter!", rief sie und nahm ein kleines Mädchen an der Hand, das seine Mutter in dem Chaos nicht fand. Viele Frauen waren bewaffnet und zogen ihre Revolver, um notfalls sich und ihre Kinder zu verteidigen. Wah-bo-sehns hatte die beiden kleineren Kinder auf das Pferd gesetzt und zerrte es hinter sich her, während Verlorenes-Hirschkalb neben ihr lief. Der ganze Schrecken, als die Lakota ihr Pawneedorf angegriffen hatten, wurde wieder heraufbeschworen. Ihre Lippen zitterten unkontrolliert und mit weichen Knien stolperte sie neben ihrer Mutter her. Sapa, der Wolf, lief mit ihnen, irritiert von dem Rauch und dem Lärm.

Stern-im-Auge hielt ihren Sohn im Arm und betete für ihn. Gleichgültig, was Fisch ihr angetan hatte, es war nicht richtig, dass Tschaske nun litt. Zum ersten Mal hatte sie Angst um ihr Kind. Blass und mit großen Schmerzen hing er in ihren Armen und blickte sie mit seinen großen Augen an. Es waren nicht Fischs Augen, die sie anstarrten, sondern ihre eigenen. In den Augen ihres Sohnes sah sie ihren eigenen Schmerz. Ganz fest drückte sie ihn an sich, nicht weil es ihre Pflicht war, sondern weil sie ihn nicht verlieren wollte. Zum ersten Mal seit ihrer Gefangennahme vor fünf Jahren ließ sie es zu, dass Gefühle sie berührten. Wann würde dieser Krieg endlich aufhören?
Neben ihr liefen Gras-im-Wind und Morgenröte, die ihre Babys fest im Arm hielten. Die jungen Mütter hatten eine Todesangst um ihre Kinder. Gerade erst geboren, erlebten sie bereits ihre erste Schlacht. Bei dem vielen Staub konnten die Frauen fast nichts mehr erkennen und keine wusste, ob ihr Mann noch am Leben war oder nicht. Diese Schlacht unterschied sich gänzlich von den kleineren Raubzügen, zu denen die Krieger sonst auszogen. Hier ging es um ihr Überleben und allen Frauen war klar, dass bis zum Abend viele Männer fallen würden. Das Ausharren war schrecklich, außerdem blieb die Angst, ob es den Kriegern wirklich gelingen würde, sie zu beschützen. Frauen beruhigten weinende Kinder, während sie immer weiter hasteten.

Dann versteckten sie sich zwischen den Felsen und warteten mit gezogenen Revolvern auf den Ausgang des Kampfes.

Che-ni-win hockte fassungslos neben ihrer Schwester, die ihren weinenden Sohn an sich drückte. Dort drüben, am anderen Ufer waren weiße Soldaten! Es war das erste Mal nach vier Jahren, dass sie überhaupt Weiße sah! Sie kamen nicht in Frieden, sondern sie griffen an, bedrohten sie und ihre Schwester und all die anderen, die sie lieb gewonnen hatte. Sie hatte genauso viel Angst wie ihre Schwester, denn bei diesem Staub würde kein Soldat erkennen, dass sie eine der ihren war. Sie flehte leise für Elchkalb, betete, dass er stark sein möge und zu ihr zurückkäme. Ebenso betete Weidenzweig für ihren Mann Lacht-am-Boden. Ihr Sohn verstand die ganze Aufregung noch nicht. Er weinte schluchzend, denn die Verzweiflung seiner Mutter steckte auch ihn an. Che-ni-win legte eine Decke über seinen Kopf, damit er die Aufregung nicht mehr sah, dazu sang sie leise Lieder. Weidenzweig riss sich zusammen und gab dem Baby die Brust. Abgeschirmt von dem Rauch und Lärm beruhigte sich der kleine Junge und schlief erschöpft an der Brust seiner Mutter ein. Erleichtert erkannte Che-ni-win, dass die Lakota scheinbar den Angriff der Soldaten zum Stoppen gebracht hatten. Beherzte Frauen liefen sogar schon zurück, um die gefallenen Soldaten zu plündern. Dieser Tag gehörte ihnen!

Crazy Horse hatte sich bisher nicht an dem Kampf beteiligt, sondern gebetet und seine Farben angelegt. Seine Krieger hatten ungeduldig gewartet, doch dann hatte er sie gegen die Soldaten geführt und ihnen den Weg zu den Frauen und Kinder versperrt.
Häuptling Gall hatte gleichzeitig einer anderen Gruppe Soldaten den Weg über eine Furt des Little-Bighorn abgeschnitten. Zusammen mit den Cheyenne hatte er die Soldaten auf den Hügel zurückgedrängt und reizte nun mit waghalsigen Attacken die Soldaten, ihre Munition zu verschießen. Über dem ganzen Hügel lag dichter Rauch von den abgefeuerten Waffen und durch die Pferde aufgewirbelten Staub.
Die Soldaten waren längst abgestiegen. Verzweifelt schossen sie Salven in die heranreitenden Indianer. Nacheinander fielen die Pferde der Soldaten von Kugeln getroffen in den Staub, sodass ein Ausbruch unmöglich wurde.

Traumpfeil brach indessen seinen Angriff an der Südseite des Tales ab, weil die Soldaten dort Verstärkung bekommen hatten. Mit höhnischen Rufen sahen die Lakota zu, wie sich die demoralisierten Weißen hastig zurückzogen. Dabei gelang es den Indianern nochmals, einige der verhassten Weißen zu töten.
Tschoka-sapa ritt einen flüchteten Soldaten einfach über den Haufen, dann stach er mit seiner Lanze zu. Er sah wie Blut aus dem Mund des Soldaten quoll und riss die Lanze wieder heraus. Mit einem wilden Schrei schleuderte er sie auf einen weiteren Soldaten. Er traf ihn am Bein und der Weiße stürzte schreiend in den Staub. Gleich mehrere Krieger warfen sich auf ihn. Sie ließen sich Zeit, um die Weißen zu demütigen, und Viele-Feinde schnitt dem Soldaten brutal in die Arme und Beine. Der Soldat schrie wie am Spieß, als er blutend versuchte die Stellung der anderen Soldaten zu erreichen. Die Lakota hofften darauf, dass der eine oder andere Feind Mitleid hatte und versuchen würde, seinem Freund zu helfen. Mit hämisch verzogenem Mund sahen Viele-Feinde und Schwarzer-Rabe, wie zwei Soldaten hervorsprangen, um ihren verletzten Kameraden zu bergen. Darauf hatten sie nur gewartet! Gleichzeitig schossen sie auf die beiden unvorsichtigen Männer und töteten zwei weitere Feinde. Dann zielten sie erbarmungslos auf den verletzten Mann, der immer noch durch den Staub kroch, und gaben ihm den Fangschuss. Lacht-am-Boden tötete einen schwarzen Soldaten und schnitt ihm triumphierend den Skalp ab. Hokahey! Dieser Coup war wertvoll.
Aber auch sie hatten Verluste. Donnerherz, der Vater von Morgenröte, lag bewegungslos im Staub, sein Körper von mehreren Kugeln getroffen. Sohn-des-Windes wickelte ihn provisorisch in eine Decke, verschwendete keinen Gedanken daran, dass er nun von seinem Versprechen entbunden war. Er wusste, dass die Soldaten von Crowspähern geführt wurden, aber erst musste der Angriff zurückgeschlagen werden, damit Morgenröte und Donnern-am-Fluss in Sicherheit wären. Jetzt konnte er nicht zu seinem Volk zurück.
Nicht weit von ihm lag Biber im hohen Gras. Er war gleich zu Anfang im Kugelhagel gestorben, als er versucht hatte, das Feuer der Soldaten von den Kindern abzulenken. Niemand wusste, warum gerade Biber immer so todesmutig in vorderster Linie ritt. Er war bereits mehrmals verwundet worden, galt daher als unbesiegbar, weil seine Feinde es nicht schafften, ihn zu töten. Doch dieses Mal brachte ihm sein Mut kein Glück. Aber er hatte vielen Kindern, die vor dem tödlichen Kugelhagel davongerannt waren, das Leben gerettet.

Langsam verklangen die Schüsse und Sohn-des-Windes brachte die beiden Toten zurück ins Dorf, dann ritt er an das nördliche Ende des Tals, um sich dort den Kämpfen anzuschließen. Er kam zu spät, denn von den Soldaten dort lebte niemand mehr. Die ersten Frauen plünderten und verstümmelten bereits die Leichen. Sie nahmen alles mit, was sie finden konnten, rächten sich für die Angst, die sie ausgestanden hatten. Begehrt war die Munition für die Krieger. Die Frauen schnallten den gefallenen Soldaten die Munitionsgürtel ab, aber sie suchten auch nach den Revolvern oder anderen Dingen. Viele Soldaten hatten ihren Sold in Form von grünen Dollarscheinen dabei, mit denen die Frauen allerdings nichts anfangen konnten. Also gaben sie es ihren Kindern, die daraus Tiere bastelten. Einige Krieger erkannten in einem der gefallenen Soldaten den verhassten „General Custer". Das war ein wirklich guter Sieg! Niemand nahm seinen Skalp, denn auch er hatte sich seine langen Locken gestutzt. „Vielleicht wusste er, dass er sterben würde", höhnten die Krieger.

Che-ni-win vermied den Anblick der getöteten weißen Soldaten. Voller Sorge hetzte sie zu ihrem Zelt zurück, um nach Elchkalb zu sehen. Lebte er noch? Erst jetzt, als der Kampflärm verebbte, kam ihr die gesamte Tragweite des Angriffs zu Bewusstsein. Elchkalb hatte gekämpft, um sie und die anderen Frauen zu beschützen. Verzweifelt irrte sie auf der Suche nach ihrem Mann über das Schlachtfeld, vorbei an skalpierten oder verstümmelten Weißen. Sie wagte nicht hinzusehen, denn sie fühlte den Zwiespalt in sich. Hätten die Lakota nicht die Soldaten getötet, wären sie getötet worden. Jetzt verstümmelten die Frauen die toten Feinde, damit sie auch im Jenseits nicht jagen konnten. Sie verstand den Glauben der Lakota, war mit ihm aufgewachsen, trotzdem beteiligte sie sich nicht daran. Völlig außer Atem erreichte Che-ni-win die andere Talseite und ihre Augen irrten umher auf der Suche nach Elchkalb. Ein trockener Hustenreiz quälte sie und der beißende Pulverrauch trieb ihr die Tränen in die Augen. Tatokala lief an ihr vorbei und sie zerrte angstvoll an seinem Ärmel.
„Wo ist Elchkalb?"
„Er war dort oben und hat auf die Soldaten geschossen!"
Wieder rannte sie in die angegebene Richtung, kniff die Augen zusammen, bis sie ihn schließlich sah. Heiße Tränen liefen über ihre Wangen und hinterließen helle Streifen in ihrem rauchgeschwärzten

Gesicht. Ihr Mann! „Mihigna!“ Sie ließ ihre ganze indianische Erziehung außer Acht und klammerte sich Trost suchend an ihn. Ihr ganzer Körper bebte vor Erleichterung, ihn wieder in die Arme schließen zu können. Elchkalb war fassungslos über ihren Gefühlsausbruch. Beruhigend legte er seine Arme um sie und wiegte sie sanft hin und her, drehte sich mit ihr wie im Tanz. „Che-ni-win, Mitawitschu!“, flüsterte er mit belegter Stimme. Sie blickte ihn liebevoll mit ihren wässrigen Augen an, eisblaue Augen, in die er am liebsten versunken wäre. „Mihigna, mein Mann!“
Er war verschwitzt, dreckig und blutbesudelt, doch Che-ni-win hatte noch nie etwas Schöneres gesehen. „Komm, der Kampf ist vorbei“, drängte Elchkalb seine Frau. Gemeinsam gingen sie zurück zu ihrem Zelt, in dem Tatokala sie schon erwartete.
Che-ni-win sammelte sich und versuchte mit zitternden Händen etwas zu kochen. Die Männer wuschen sich, dann stürzten sie sich hungrig über das Essen. Es schmeckte entsetzlich, doch keiner sagte etwas.
Auch andere kehrten langsam in ihre Zelte zurück, viele in Trauer, wenn Angehörige erschossen worden waren.

Tschetan-withko holte sich von den Soldaten, die er getötet hatte, die Gewehre samt Munition. Ihm fielen zwei Munitionsgürtel und eine Munitionstasche in die Hände, in der auch eine Rolle Dollarnoten steckte. Außerdem ein Revolver mit drei geladenen Trommeln und ein Gewehr. Das war gute Beute, weil er endlich genügend Munition für das Gewehr hatte. Stolz ritt er zu seinem Zelt, um auf seine Frau und die Kinder zu warten. Besorgt schaute er kurz bei Tschoka-sapa vorbei, weil er wissen wollte, wie es Blaufeder ging. Sie lebte noch und ein dicker Verband lag um ihre Schulter.
Dann ging er zu dem Zelt seiner Eltern. Entsetzt blieb er stehen, als er Linke-Hand erblickte, der mit erhobenen Händen klagend vor und zurückschaukelte. Ein namenloses Entsetzen erfüllte ihn. Wehende-Decke, die Frau, die ihm über so viele Jahre eine Mutter gewesen war, lag tot im Zelt. Linke-Hand hatte sich bereits in Trauer die Haare abgeschnitten und das Gesicht geschwärzt. Wortlos nahm Tschetan-withko sein Messer und schnitt sich die Haare ab, dann fügte er sich tiefe Wunden in seinen Oberschenkeln zu. Ein leises Klagen kam über seine Lippen, als er sich das Gesicht schwärzte. Vergessen war

die Freude über den des gewonnenen Kampf, die Gewissheit, dass sie die Feinde geschlagen hatten.
Auch aus anderen Zelten drangen leise Klagelaute. Gerade die Zelte der Hunkpapa hatte der erste Angriff schwer getroffen.
Es blieb keine Zeit für Trauer, denn Späher berichteten, dass sich von Norden her weitere Soldaten näherten. Gerade noch siegreich, wurden die Indianer erneut zur Flucht gezwungen. Die Toten wurden auf Gerüsten bestattet, dann verließen die Indianer in einem riesigen Zug das Tal. Viele Tipistangen blieben in der Hektik stehen, vermittelten einen gespenstischen Eindruck. Mitten unter den bleichen Stangen stand das Zelt von Bärenkralle. Er war mit allen Ehren bestattet worden, seine Leiche auf einem Gerüst im Tipi aufgebahrt. Er war einer der letzten großen Medizinmänner gewesen, einer, der noch die alten Lehren gekannt hatte. Niemand konnte diese Lücke aufhüllen, niemand dieses Wissen ersetzen!

Hitschikyata lebte nun bei Tschetan-withko, aber er hatte die Medizinbündel des Medizinmannes dabei. Er versorgte, so gut er es wusste, die Wunden und bat Wakan-tanka um Beistand. Wie viel hätte ihn Bärenkralle noch lehren können, doch nun war er in der Geisterwelt. Zum zweiten Mal in seinem jungen Leben war ihm der Vater genommen worden. Nur die Sorge um Blaufeder lenkte ihn von seiner Trauer ab. Den ganzen Tag kümmerte er sich aufopfernd um das fiebernde Kind. Auch die Wunde von Tschaske verheilte nur langsam und Hitschikyata hatte Angst, dass das Kind einen verkrüppelten Fuß behielt. Immer wieder wurde seine Heilkunst gebraucht und so versuchte er, das Leid, so gut es ging, zu lindern.

Manche Familien hatte es schwer getroffen, wenn der Ernährer getötet worden war. Donnerherz hinterließ zwei Frauen und zwei kleine Kinder, die noch versorgt werden mussten. Seine Tochter Morgenröte und Sohn-des-Windes hatten sich die Haare geschnitten und die Gesichter geschwärzt.
Der Crow überlegte lange, was er nun tun sollte, fühlte sich eigentlich nicht mehr an das Wort gebunden, das er seinem Schwiegervater einst gegeben hatte. Vorsichtig teilte er seine Gedanken seiner Frau mit: „Ich fürchte die Rache jener Soldaten! Vielleicht ist es besser, wenn wir jetzt zu den Crow zurückzukehren? Dann seid du und

Donnern-am-Fluss in Sicherheit. Meine Brüder führen keinen Krieg gegen die Weißen."

Morgenröte sah ihn völlig entsetzt an: „Ich will nicht zu den Crow! Ich spreche ihre Sprache nicht und ich kenne dort niemanden. Sie sind meine Feinde!"

„Aber ich bin doch dein Mann! Die Crow wären sehr freundlich zu dir."

Morgenröte blickte ihm fest in die Augen: „Wir haben gesiegt! Wir werden wieder siegen. Du kannst gehen, aber ich bleibe hier." Damit entband sie ihren Mann von seinem gegebenen Wort. Sohn-des-Windes nickte ergeben. „Wenn du bleibst, dann bleibe ich auch!" Traurig dachte er an Donnerherz und dessen Familie. Irgendwie fühlte er sich verantwortlich für sie. „Was wird nun aus der Familie deines Vaters?"

Morgenrötes Augen füllten sich mit Tränen. „Ich weiß nicht! Meine Mutter kann mit Tschapa zu meinem Bruder ziehen. Aber Rabenfrau ...?", Sie zögerte unentschlossen.

„Wenn sie bei uns lebt?"

„Würdest du das tun?"

Hoffnungsvoll blickte sie ihn an und er seufzte. „Aber nur als meine Ehefrau!"

Sie zuckte merklich zusammen. Erst vor Kurzem hatte sie ihm einen Sohn geboren. Wollte er so schnell eine weitere Frau?

Er winkte nachlässig ab. „Sie wird in Trauer sein, aber ich will nicht an das Schwiegermuttertabu gebunden sein. So wird es für uns alle erträglicher."

Sie schaute ihn voller Bewunderung an. Er war so rücksichtsvoll! Auch für Blauer-Donner, die kleine Tochter von Rabenfrau, bedeutete es, dass sie wieder einen Vater hatte. In erster Linie ging es darum, dass die Witwen und Waisen versorgt wurden.

Linke-Hand zog nach dem Tod seiner Frau zu seiner Tochter Uinohnah, die in ihrer Trauer genauso fassungslos war wie ihr Bruder Tschetan-withko. ie hatte zum zweiten Mal ihre Mutter verloren. Das erste Mal, als sie noch ein kleines Kind war und ihre leiblichen Eltern an den Pocken gestorben waren, und jetzt auch noch Wehende-Decke. Für Linke-Hand war es ein unvorstellbarer Verlust. Sein ganzes Leben hatte er mit dieser Frau gelebt, sie hatte ihm zwei Kinder geschenkt, die an Pocken gestorben waren. Jetzt hatte er nur noch Tschetan-withko und Uinohnah. Sein Leben ging bald zu Ende, das wusste er, denn ohne seine Frau wollte er nicht sein. Schweigend folgte er dem Zug der fliehenden Frauen und Kinder, verlor sich in Gedanken an seine Jugend. Stolz war sein Volk damals gewesen, frei und unabhängig. Er verstand die gesamte Entwicklung nicht mehr, erkannte nur, dass sie in die Enge gedrängt wurden, wie der Bär in der Höhle. Kaum einer der Krieger war zu sehen, denn immer noch war der Kampf nicht vorbei.

Die Indianer beobachteten die eingekesselten Soldaten am Little-Bighorn scharf. Zwei Unvorsichtige wurden getötet, als sie Wasser vom Fluss holen wollten. Mit dem Gesicht nach unten trieben ihre Leichen den Fluss hinunter. „Die haben keinen Durst mehr!", spottete Viele-Feinde, als er zwei weitere Skalpe schwang.
Um die Soldaten aufzuhalten, zündeten die Lakota das Gras an, sodass dunkle Rauchschwaden den Himmel verdunkelten. Sie zogen zu den Bighorn-Bergen, zum Quellgebiet des Little-Bighorn-Flusses und hielten die zeremoniellen Trauerfeiern ab. Doch nach vier Tagen feierten sie endlich ihren großen Sieg über die „Langmesser". Zu groß war der Sieg gewesen und die Hochstimmung der Siegreichen übertönte die Trauer der Hinterbliebenen. Die Lakota hatten selbst viele Tote zu beklagen, trotzdem war es ein großer Sieg. So wurde der schwarze Pfahl aufgestellt und die Krieger schwärzten sich ihre Gesichter. Frauen stellten sich in dem inneren Kreis auf und warteten auf die Aufführungen der Männer.
Tschetan-withko war nicht nach Feiern zumute, zu schwer war der Verlust, der seine Familie getroffen hatte. Stattdessen schaute er bei Tschoka-sapa vorbei, der immer noch um das Leben seiner Tochter bangte. Der Schuss hatte Sehnen und Muskeln durchtrennt. Wenn Blaufeder überhaupt überlebte, würde ihr linker Arm gelähmt bleiben. „Sie wird überleben", versuchte Tschetan-withko seinen Freund zu trösten.
Tschoka-sapa reichte ihm eine Pfeife und nickte dankbar. „Du hast sie gerettet. Ihre Heilung liegt nun in Wakan-tankas Hand. Lass uns beten."
Schweigend saßen die Männer zusammen und hörten auf den schweren Atem des Kindes. „Wir sind Krieger", erklärte Tschetan-withko mit harter Stimme. „Aber es sind unsere Kinder, die leiden. Wir sollten diese Weißen vernichten. Alle!"

Er ließ die Familie allein und kehrte in sein Tipi zurück. Unterwegs begegnete ihm Tschaske und er lächelte erfreut. Der Junge hinkte inzwischen wieder mit einer Krücke durch das Lager. Stern-im-Auge weinte vor Erleichterung, denn Tschaskes lustige Augen leuchteten wieder. Hitschikyata rieb den Fuß regelmäßig mit Bärenfett ein, damit die Kraft des Bären den Fuß heilte. Dazu massierte er die Muskeln und Sehnen. Es half tatsächlich, obwohl vielleicht für immer ein leichtes Hinken bleiben würde, das Tschaske aber nicht sonderlich behinderte. Sie waren ein Reitervolk!

Nach den Siegesfeiern lösten sich die Dörfer auf. Traumpfeil blieb bis zum Erntemond im Quellgebiet des Little-Bighorn-Flusses und sie nutzten die Berge für die Jagd auf Dickhornschafe, Antilopen und Wapitihirsche. Viele Indianer aus anderen Stämmen kehrten den Sommer über aus Angst vor Vergeltungsmaßnahmen in die Reservation zurück, sodass die Zahl der aufständischen Indianer sank.

Ruhe kehrte ein, obwohl viele Indianer als Zeichen ihrer Trauer ihre Haare offen trugen. Aber ihr Überlebenswille ließ es nicht zu, dass sie sich völlig der Trauer hingaben. Vorräte mussten angelegt werden, denn alle wussten, dass sie nur eine kurze Verschnaufpause hatten, ehe die Soldaten sich neu formieren würden. Tatokala blieb bei der Gruppe von Traumpfeil. Er hatte kurz überlegt, ob er sich nicht Crazy Horse oder Sitting Bull anschließen sollte. Aber ihm gefiel der kleine Stamm. Es war wie eine große Familiengemeinschaft, in der alle zusammenhielten. Er baute sich ein Wickiup aus Weidenzweigen und Rinde, obwohl Che-ni-win weiterhin für ihn kochte und nähte. Sie stellte sogar Häute zusammen, um ihm ein kleines Zelt zu nähen. „Das ist doch zu viel Aufwand für mich", wehrte er höflich ab.

„Aber nein, du bist ein Freund meines Vaters." Für Che-ni-win war es selbstverständlich, Tatokala gut zu versorgen.

„Sie ist genauso großzügig wie ihr Vater", dachte Tatokala mit einem dankbaren Lächeln. Nein! Sie war so großzügig wie alle Lakota.

Die Frauen sammelten wieder Kräuter, trockneten die ersten Pflaumen und stampften Beeren. Es hätte nicht friedlicher sein können. Die Kinder nahmen ihre Spiele auf, nur mit dem Unterschied, dass die Mädchen ihr Spieldorf nicht mehr aufbauten. Der Schreck war groß gewesen, als Schüsse in die kleinen Zelte gekracht waren und niemand in der Nähe war, um sie zu beschützen.

Verlorenes-Hirschkalb wich ihrer Mutter nicht mehr von der Seite, so blieb auch Graueulenmädchen in der Nähe, um mit ihrer Schwester zu spielen. Zu tief saß der Schock, den sie erlitten hatten, als Blaufeder vor ihren Augen fast getötet worden war. Blaufeder durfte inzwischen sitzen und so bauten sie ihre Puppentipis bei ihrer Freundin auf, damit sie mitspielen konnte. Ihre Schulter war steif, aber sehr zur Freude ihrer Mutter konnte sie ihre Hand bewegen. Fallende-Sterne hielt Hitschikyata für einen Zauberer, doch der winkte höflich ab. Tschoka-sapa schenkte Hitschikyata ein prächtiges Pferd, das den jungen Mann ganz verlegen machte. Er war doch noch gar kein richtiger Medizinmann!
„Du hast sie geheilt. Also bist du ein Heiler! Wie viele Winter du zählst, ist nicht wichtig", betonte Tschoka-sapa.

Hitschikyata ließen diese Worte nicht mehr los. Heiliger Mann! Er fühlte sich noch nicht wie ein heiliger Mann und so suchte er unbewusst das Gespräch mit seinem väterlichen Freund. Tschetan-withko war nicht nur der Mann von Wah-bo-sehns, die er seit seiner Kindheit kannte, sondern inzwischen betrachtete er ihn als seinen Vater. Nach dem Tod von Bärenkralle war er von dieser Familie wie ein Sohn aufgenommen worden und er schätzte den Rat des älteren Mannes. Gemeinsam gingen sie zur Jagd, lagen anschließend müde im Gras und kauten an einem Grashalm, während Tschetan-withko seiner Frau die weitere Arbeit überließ. Oft ergaben sich dabei tiefgründige Gespräche, in denen Hitschikyata mit Tschetan-withko seine Sorgen teilte, so wie jetzt. Zögernd erzählte der junge Mann von seinen Zweifeln, teilte Tschetan-withko das kurze Gespräch mit, das er mit Tschoka-sapa geführt hatte. „Er denkt, dass ich ein heiliger Mann bin, nur weil ich während des Angriffes seiner Tochter geholfen habe."
Beide Krieger schwiegen, dachten bedrückt an die ungewisse Zukunft. Hitschikyata biss sich nachdenklich auf die Lippen. Er wollte die Verantwortung nicht. Viele Winter hatte Bärenkralle ihn unterwiesen und er war ein aufmerksamer Schüler gewesen. Er kannte die heiligen Gebete und Lieder, wusste von den Heilmitteln des Medizinmannes, aber die Verantwortung, als Heiler dem Stamm zu dienen, war ihm zu groß. Vielleicht sollte er zu den Absarokee zurückkehren? Stirnrunzelnd blickte er auf Tschetan-withko, der immer noch neben ihm im Gras döste. „Tschetan-withko! Ich weiß nicht, was ich machen soll. Vielleicht sollte ich zu meinem Volk zurückgehen?"

Vor Überraschung richtete Tschetan-withko sich auf. Nachdenklich umschlang er seine Knie. Er konnte den jungen Mann verstehen, aber die Lakota brauchten ihn jetzt.
„Es steht dir frei zu gehen, wohin du willst", entgegnete er besonnen. „Aber vergiss nicht, wie wertvoll du für uns bist. Wer versorgt dann unsere Wunden? Wer kümmert sich um Blaufeder? Du hast ihr nicht nur während des Angriffes geholfen, sondern bist auch jetzt noch eine wertvolle Hilfe. Bärenkralle hat dich so vieles gelehrt."
Unwillig setzte sich auch Hitschikyata auf, dabei spuckte er den zerkauten Grashalm im hohen Bogen auf die Wiese.
„Hohch, das können auch andere! Tschoka-sapa kennt die heiligen Zeremonien und deine Schwester ist eine gute Heilerin", antwortete Hitschikyata trotzig.
Tschetan-withko senkte den Blick, denn da hatte Hitschikyata recht.
„Hitschikyata! Du lebst nun schon lange mit uns. Du bist einer von uns. Bärenkralle nahm dich als seinen Sohn an. Niemand möchte, dass du gehst."
„Aber ich habe Angst, wenn ich bleibe", erklärte Hitschikyata offen.
„Angst?" Tschetan-withko fand nicht, dass es Hitschikyata an Mut fehlte.
„Ja!"
Tschetan-withko pfiff verächtlich durch die Zähne. „Du hattest keine Angst, als dir die Kugeln um die Ohren pfiffen."
„Nein! Ich habe keine Angst vor dem Kampf, aber ich habe Angst davor, etwas falsch zu machen."
„Du machst nichts falsch!"
„Woher willst du das wissen?", fragte Hitschikyata.
„Du hast Blaufeder gerettet!"
„Ich konnte nicht anders. Ich musste ihr helfen!"
„Siehst du es nicht?"
„Wie meinst du das?"
„Du handelst, wenn es nötig ist. Ohne dich wäre sie gestorben. Du hast das Wissen, um den Menschen zu helfen und du zögerst nicht."
„So einfach ist das nicht!", wehrte Hitschikyata ab.
„Doch, so einfach ist das! Die Menschen hier vertrauen dir."
Hitschikyata blickte nachdenklich auf seine Mokassins. „Ich werde nicht immer helfen können", murmelte er leise.
„Nein", stimmte Tschetan-withko zu.
„Ich habe Angst davor!"

„Es ist Wakan-tankas Wille! Du kannst nicht alles beeinflussen. Das wäre vermessen."
„Ich bin immer noch ein Absarokee!"
Tschetan-withko warf den Grashalm wütend zu Boden. „Nein, du bist ein Lakota! Bärenkralles Sohn! Du sprichst unsere Gebete, du singst unsere Lieder und eines Tages heiratest du eines unserer Mädchen."
„Und wenn ich gehe?"
Tschetan-withkos Stimme wurde leise. „Das ist deine Entscheidung."
Nachdenklich nagte Hitschikyata auf seinen Lippen. „Ich bin zu jung für diese Aufgabe."
Tschetan-withko fasste ihn an der Schulter. „Das Alter ist nicht wichtig. Du wurdest erwählt, also bist du auch bereit für diese Aufgabe. Alle werden dir helfen."
Hitschikyata schluckte schwer. Wenn er jetzt bliebe, dann würde er vielleicht für immer bleiben. Tschetan-withko sagte nichts, denn er wollte den jungen Mann nicht drängen.
Hitschikyata dachte an Bärenkralle, der die ganzen Jahre wie sein Vater gewesen war und an all die anderen Menschen. Wohin gehörte er wirklich? „Ich werde beten! Ich werde die Geister fragen und sie bitten mir bei dieser Entscheidung zu helfen."
„Das ist ein guter Weg", stimmte Tschetan-withko zu.
Hitschikyata fühlte sich besser und er erhob sich langsam. Ja, ein Gebet würde Klarheit bringen! Er würde um eine Vision flehen. Längst hatte er den Weg des Medizinmannes für sich gesehen und nun würde er ein weiteres Mal Zwiesprache mit den Geistern halten.
„Lass uns schauen, wo die Kinder sind!", forderte Tschetan-withko ihn auf. Er hatte Wolfssohn sein Pferd gegeben, damit er es zur Herde brachte, doch meist ritt der Junge noch ein Stück weiter.
Der kräftige Wolfssohn führte seine Freunde Tschaske und Takukin gerne auf dem Pferd zu irgendwelchen Erkundungsritten. Auf seine ruhige Art hatte er erkannt, dass Tschaske schlecht zu Fuß war, also wählte er Spiele, bei denen Tschaske mitspielen konnte. Er hütete sich, Tschaske etwas merken zu lassen, denn er wollte seinen Freund nicht beleidigen.
Tschetan-withko und Hitschikyata fanden die Jungen am Bach. Sie ließen die Pferde im Wasser planschen und hockten nur mit einem Lendenschurz bekleidet auf den Rücken der Ponys. Grinsend wackelte Tschaske mit seinem verletzten Fuß, als er Hitschikyata sah.

„Kommt her!“, rief Hitschikyata vergnügt. Behände sprang der Krieger hinter dem Kind auf das Pony, dann ließ er es kurz angaloppieren. Tschetan-withko folgte ihm auf seinem Pferd und hielt das Pony von Takukin am Zügel. Glückstrahlend klammerten sich die Jungen an der Mähne fest, während die Krieger sie ins Dorf zurückbrachten.

Im Dorf angekommen gab Hitschikyata seinem Pony einen Klaps auf die Kuppe, dann setzte er sich nachdenklich zu Wah-bo-sehns ans Feuer.
„Wie geht es Tschaske?“, fragte Wah-bo-sehns. Sie kochte vor dem Zelt und so hatte sie das Kind vor ihm auf dem Pferd gesehen.
„Ganz gut! Er wird wieder laufen können.“
„Eh, du bist ein guter Heiler!“, bewunderte Wah-bo-sehns den jungen Mann.
Mit gemischten Gefühlen blickte Hitschikyata auf die Frau. „Wir werden sehen!“
Dann stürmte Wolfssohn heran, begleitet von Tschetan-withko, der hungrig in den Kessel schaute. Lächelnd verteilte Wah-bo-sehns das Essen in den geschnitzten Holztellern. Seit dem Tod von Wehende-Decke hatte sie noch mehr Arbeit. Nur Uinohnah half ihr bei den täglichen Dingen und nähte die Mokassins und Leggins für ihren Bruder. Sie bezeugte damit ihre Liebe und ihren Respekt gegenüber dem Bruder, wie es bei den Lakota Sitte war. Die Trauer schweißte die Frauen enger zusammen, oft saßen sie beieinander, um sich gegenseitig zu helfen. Wah-bo-sehns trug die Haare kurz und es erinnerte Tschetan-withko daran, wie er sie gefangen genommen hatte.

Uinohnah kam schnellen Schrittes herbei und drückte Tschetan-withko neue Leggins in die Hände. Mit einem Strahlen bedankte er sich bei der Schwester, dann schlüpfte er ins Zelt.
Mit einer flüchtigen Handbewegung schickte Wah-bo-sehns die beiden Mädchen zum Fluss, damit sie das Geschirr abwuschen und Uinohnah setzte sich neben sie. Die beiden Frauen sahen den Mädchen hinterher, wie sie geschäftig zum Wasser liefen. Die langen Fransen ihrer Kleider baumelten lustig um ihre Beine. Es entstand ein kurzer Augenblick des Schweigens, in dem die Frauen nur traurig in das Feuer starrten.
„Ich vermisse Wehende-Decke so sehr“, begann Wah-bo-sehns unvermittelt. „Sie war all die Jahre wie eine Mutter zu mir. Sie hat mich getröstet, als ich allein war und hat mir mit Graueulenmädchen ge-

holfen. Nie hat sie es mich spüren lassen, dass ich eine Gefangene war."

Uinohnah schluckte schwer. „Nein, denn sie wusste, dass Tschetanwithko dich liebt."

Über das Gesicht von Wah-bo-sehns huschte ein Lächeln. „Ja, er liebt mich!"

„Und du? Liebst du meinen Bruder?"

Wah-bo-sehns lachte leise, als sie daran dachte, wie Uinohnah ihr diese Frage schon einmal gestellt hatte. Sie richtete die Augen auf ihre Schwägerin und nickte. „Ja, ich liebe ihn! Und ich habe Angst, ihn zu verlieren. Dieser Kampf war schrecklich. Zu viele sind gestorben und die Kinder hatten Todesangst."

„Aber wir haben gesiegt!"

„Werden wir wieder siegen?"

„Wir sind Lakota! Wir werden die Langmesser wieder vertreiben."

Wah-bo-sehns bewunderte Uinohnah für ihr Vertrauen. „Waschté!", versuchte sie sich selbst zu beruhigen.

Als wäre nichts gewesen, als hätte keine große Schlacht stattgefunden, wanderten die Lakota ins Powder-Fluss-Gebiet, um Büffel zu jagen. Sie ignorierten die Gefahr der heranrückenden „Blauröcke", obwohl Traumpfeil weiterhin Wachen aufstellte und Späher ausschickte. Sie spielten mit den Soldaten Katz und Maus, erlegten wie seit jeher die Büffel und zogen über die Prärie. In der trockenen Hitze des Sommers dörrten riesige Mengen Bisonfleisch, während die Frauen nach wilden Zwiebeln suchten oder beim Abschaben der Fleischreste über den Fellen schwitzten. Ohne Hast wichen die Lakota den Soldaten immer weiter nach Norden aus, bis sie die Mündung des Powder-Flusses in den Yellowstone erreichten. Unterwegs trafen sie mit der Sippe von Sitting Bull zusammen, der sich nach „Untschi Makotsche", nach Kanada, in das Land der Großmutter, wie Königin Viktoria liebevoll genannt wurde, absetzen wollte.

„Du willst deine Heimat aufgeben?", fragte Traumpfeil ehrlich entsetzt. Nach all den Kämpfen wollte Sitting Bull einfach aufgeben?

„Nein, aber wir werden dort den Winter verbringen. In Frieden, ohne dass Soldaten unsere Frauen und Kinder abschlachten! Vielleicht kann ich die Blackfeet und Cree als Verbündete gewinnen."

„Die Blackfeet sind unsere Feinde", gab Traumpfeil zu bedenken.

„Jetzt nicht mehr! Ich werde die Friedenspfeife mit ihnen rauchen."
„Hohch, sie werden höchstens deinen Skalp nehmen!", misstraute Traumpfeil seinen Feinden.
„Wir sind viele! Das werden die Blackfeet nicht wagen."
Traumpfeil wiegte zweifelnd seinen Kopf hin und her. „Auch in Untschi Makotsche gibt es Blauröcke!"
„Nein, dort gibt es Rotröcke!"
„Und wo ist der Unterschied?"
„Hier regiert der große, weiße Vater in Washington, der den Krieg will. In Untschi Makotsche herrscht die gütige weiße Mutter, die keinen Krieg mit ihren roten Kindern möchte."
„Aber wird sie dich freundlich aufnehmen?"
„Gewiss, denn einst haben unsere Urgroßväter Seite an Seite mit ihren Soldaten gegen die Blauröcke gekämpft. Warum gehst du nicht mit?"
„Nein, ich schließe mich Crazy Horse an. Gemeinsam werden wir die Soldaten besiegen!", meinte Traumpfeil siegesgewiss.
Sitting Bull schüttelte traurig den Kopf. „Wir haben einen großen Sieg errungen, aber wir haben den gefährlichen Bären nur geweckt. Sie werden alles gegen uns schicken, was sie haben. Es ist besser abzuwarten und unsere Kräfte zu sammeln. Zu viele Krieger sind in die Reservation zurückgekehrt. Wir brauchen Verbündete."
„Ehemalige Feinde sind keine zuverlässigen Verbündeten!", widersprach Traumpfeil.
Sitting Bull lächelte freundlich. „Die Cheyenne sind es! Auch sie waren einst unsere Feinde."
Das war allerdings wahr.
„Sitting Bull, ich werde deinem Ruf folgen, wenn du im Frühjahr gegen die Weißen ziehst. Ich hoffe, dass es dir gelingt, Verbündete zu finden", schwor Traumpfeil dem großen Häuptling die Treue.
„Ich weiß, mein Bruder!"

Tatokala hörte von der Absicht Sitting Bulls nach Kanada zu gehen, denn sie löste heftige Diskussionen bei den Kriegern aus. Low Dog, ein Kriegshäuptling der Oglala, war bereits mit seinen Anhängern nach Kanada geflohen, dicht gefolgt von Soldaten, die jedoch nach der Überquerung des Missouri unverrichteter Dinge zum Fort Abraham Lincoln zurückkehrten. Viele Krieger wollten lieber kämpfen und die offensichtliche Schwäche der Soldaten machte sie übermü-

tig. Tatokala sah dies mit Besorgnis, denn er teilte nicht die Zuversicht der anderen. Selbst wenn die Weißen jetzt gezwungen waren, ihren Feldzug abzubrechen, so bedeutete dies nur einen kurzen Aufschub, bis sie sich neu formiert hatten. Das hatte er selbst im Fort Fetterman erlebt. Kehrte eine Abteilung geschlagen zurück, so wurde sie in kürzester Zeit mit neuen Soldaten aufgefüllt. Er wusste, zu welchen Untaten die Soldaten fähig waren, wenn man sie reizte. Der Untergang von Custer würde die Soldaten in einen Blutrausch versetzen, wenn sie auf ein Indianerdorf stießen.
„Warum gehst du nicht mit Sitting Bull nach Kanada?", fragte er Elchkalb.
„Ich gehöre hierher! Warum sollte ich gehen?" Elchkalb fand die Frage höchst seltsam.
„Die Soldaten werden nicht eher ruhen, bis alle in der Reservation sind. Viele werden sterben! Ich habe Angst um euch!"
„Hohch, ich sehe keine Soldaten! Jene haben sich feige zurückgezogen und werden nicht wiederkommen."
„Elchkalb! Ich habe lange genug mit ihnen gearbeitet, um zu wissen, dass die Soldaten sicher nicht aufgeben werden. Ihr habt sie gereizt, wie man einen Büffel reizt, den der Pfeil des Jägers nicht tödlich trifft."
„Dann werden wir sie noch einmal besiegen!"
„Daran glaubt selbst Sitting Bull nicht. Kommt mit nach Kanada! Dort seid ihr in Sicherheit."
„Nein, ich bleibe hier, solange mein Stamm hier bleibt", sagte Elchkalb entschlossen.
Besorgt blickte Tatokala auf Che-ni-win. „Möchtest du nicht auch sie fragen? Wir könnten zu ihrem Vater gehen."
„Che-ni-win bleibt bei mir!", beendete Elchkalb das Gespräch.
„Nun, dann bleibe ich auch! Ich habe ihrem Vater versprochen, sie zu beschützen", versicherte Tatokala.
„Sie ist meine Frau. Ich werde sie beschützen!"
Tatokala lächelte versöhnlich, denn er wollte Elchkalb nicht eifersüchtig machen. „Natürlich! Sie ist deine Frau. Aber ich bin an das Wort gebunden, das ich ihrem Vater gegeben habe. Ich werde alle Frauen und Kinder dieses Dorfes schützen."
Elchkalb seufzte erleichtert. Ja, Tatokala war ein wertvoller Kämpfer. Elchkalb sah ihm nach, als er das Tipi verließ. Er überlegte eine Zeitlang und wandte sich dann an seine Frau. „Was sagst du?", fragte er sie.

Sie blickte ihn überrascht an. „Ich bleibe dort, wo du bist."
Elchkalb nickte zufrieden, trotzdem wollte er ihre Meinung hören. „Ich entscheide nicht für uns beide. Was sagst du? Möchtest du nach Kanada zu deinem Vater?"
Sie runzelte die Stirn. Gerade eben noch hatten seine Worte ganz anders geklungen. Hatte er vor Tatokala nur angegeben? Hatte auch er Angst? Sie hatte Angst! Angst vor dem, was die Soldaten ihnen vielleicht antun würden. Sie hatte noch aus einem anderen Grund Angst, aber davon wollte sie ihrem Mann noch nichts sagen. Und sie hatte Angst, Elchkalb zu verlieren.
„Mihigna! Ich wünsche mir einen Ort, an dem wir in Frieden leben können, aber ich bleibe bei dir."
Seine Ohren rauschten, als er in ihre Augen blickte und sich sein Herz vor lauter Liebe zusammenzog. Seine Frau! Spontan griff er nach ihrer Hand und drückte sie fest. „Mitawitschu! Ich werde dich beschützen!"
Plötzliche Tränen schossen in ihre Augen, als sie seinen festen Händedruck spürte. Verblüfft schaute er auf ihre Tränen. Was war denn mit ihr los? „Nitokah-ho?", forderte er besorgt.
„Nichts", antwortete sie mit einem leisen Kichern.
„Nichts?"
„Nichts! Nichts! Du bist so besorgt! Ich fühle mich so beschützt von dir."
Er lachte schallend. „Ich bin doch nicht besorgt. Ich bin gereizt! Mutig! Gefährlich!" Seine Nase schnupperte an ihrem Hals und sie wehrte ihn empört ab.

Crazy Horse, Sitting Bull und Traumpfeil zogen mit ihren Dörfern den Yellowstone entlang. Von den Soldaten war weit und breit nichts zu sehen. Es war eine trügerische Ruhe, sodass viele Indianer glaubten, dass die Soldaten den Feldzug eingestellt hatten. Ohne Hast zogen sie über den Little-Missouri zu den Kildear Mountains. Dort trennten sich die Gruppen. Während Sitting Bull nach Norden auswich, bewegte sich Crazy Horse nach Süden.
Auch Traumpfeil führte seinen Stamm den Little-Missouri entlang nach Süden. Seine Gruppe hatte sich inzwischen stark verringert. Nach der erfolgreichen Büffeljagd waren viele Familien wieder zu den Agenturen gezogen, um dort den Winter zu verbringen. Traum-

pfeil wusste, dass sie die Vergeltung der Soldaten fürchteten. Aber noch waren sie siegreich!

Wah-bo-sehns saß auf ihrem Pferd und blickte sehnsüchtig nach Norden. Warum zogen sie nicht auch nach Untschi Makotsche, in das Land der weißen Großmutter. Allein der Name klang schon so friedlich! Kanada! Sie schnupperte in der würzigen Luft und lauschte dem hektischen Zirpen der Grillen. Vor ihr ritt Wolfssohn auf seinem ersten Pony. Der kleine Junge hüpfte auf dem breiten Rücken wie ein Ball. Seine kurzen Beine passten kaum um den Bauch des Ponys, aber Wolfssohn klammerte sich tapfer an der Mähne fest. Etwas seitlich von Wah-bo-sehns hockten Graueulenmädchen und Verlorenes-Hirschkalb gemeinsam auf einem Pony. Ihre Zöpfe wippten im Takt des Pferdes und sie flüsterten leise miteinander. Was würde aus ihren Kindern werden? Abends sprach sie mit Tschetan-withko darüber, doch der wehrte unwillig ab. „Ich laufe nicht davon! Ich verteidige unsere Jagdgründe!"
„Aber in Kanada wären wir in Sicherheit."
„Kanada ist nicht unser Land. Willst du, dass ich davonlaufe?"
„Ja! Was nützt uns deine Tapferkeit, wenn du tot bist?"
Ihre Stimme klang gereizt und verblüfft blickte Tschetan-withko auf seine Frau. Es kam nicht oft vor, dass sie ihm offen widersprach.
„Ich bin ein Krieger! Ich kämpfe gegen meine Feinde. Soll ich Traumpfeil und meinem Stamm im Stich lassen, nur weil meine Frau weint?"
Verlegen senkte sie den Kopf. „Warum redest du nicht wenigstens mit Traumpfeil darüber? Auch Sitting Bull ist nach Norden gegangen und überlege doch nur, wie viele Familien uns bereits verlassen haben, um in der Sicherheit der Agenturen zu leben."
Wütend schüttelte Tschetan-withko den Kopf. „So einen Unsinn sagst du nur, weil du eine Crow bist!"
Fassungslos starrte Wah-bo-sehns auf ihren Mann. Ihr wurde heiß vor Wut. „Ja, ich bin eine Absarokee, aber mein Herz schlägt für dich und meine Kinder! Ich habe Wehende-Decke verloren und fast meine Töchter. Ich will niemanden mehr verlieren! Ich will keinen Krieg mehr! Wann wird das alles aufhören? Hast du vergessen, wie die Blauröcke am Little-Bighorn auf unsere Zelte geschossen haben?"
„Ich habe Blaufeder getragen! Sie wäre in meinen Armen fast gestorben!"

Der sonst so beherrschte Krieger brüllte diese Worte, doch Wah-bo-sehns ließ sich nicht einschüchtern.
„Wie kannst du dann noch von Kampf reden? Willst du, dass auch deine Kinder mit dir sterben?"
„Wenn es unser Schicksal ist!" Seine Stimme war hart.
„Also wirst du kämpfen!"
„Ja, ich kämpfe! Traumpfeil ist unser Häuptling und ich beuge mich seiner Entscheidung. Ich kämpfe für unser Land und ich werde dich und die Kinder mit meinem Leben beschützen."
„Das weiß ich." Hilflos fühlte sie, wie sich ihre Augen mit Tränen füllten. „Ach, Mihigna! Ich wollte dich nicht erzürnen. Ich möchte einfach nur in Frieden mit dir leben."
Sein Zorn verrauchte augenblicklich, denn er erkannte, dass sie nur Angst hatte, ihn zu verlieren. Er lachte leise. „Du erzürnst mich nicht. Du bist eine Frau. Deine Aufgabe ist es, über Frieden zu reden und an deine Kinder zu denken." Sanft nahm er sie in seine Arme und streichelte ihre kurzen Haare.
Verzweifelt legte sie ihren Kopf an seine Brust. Dann kuschelten sie sich aneinander und Tschetan-withko zog fürsorglich die Decke über sie. Doch als er versuchte ihre Brüste zu streicheln, schob sie ihn von sich. Wan? War sie etwa verärgert? „Bist du böse?"
„Nein! Aber wie du schon gesagt hast. Es ist Krieg. Jetzt ist keine Zeit für Babys."
Ein Glucksen stieg in ihm auf und er stieß ihr mit seinem Finger in den Bauch. „Du bist ganz schön frech!"
„Nein, ich bin eine Frau."
In seiner Ecke unterdrückte Hitschikyata ein Lachen und Tschetan-withko warf mit seinem Mokassin auf den jungen Mann. „Sei still, du! Sonst kannst du am Bach schlafen!"

Überraschend stießen sie auf eine Herde Büffel, sodass sie eine Weile in der Nähe der Cave Hills blieben, um Wintervorräte anzulegen. Die Jungen kletterten mit Begeisterung in den zerklüfteten Hügeln herum und jagten Eselhasen. Es war nicht ganz ungefährlich, denn in dem felsigen Gebiet, das durchzogen war von Spalten und Höhlen, lebten viele Klapperschlangen.
In einer Vertiefung hatte sich Regenwasser gesammelt, sodass ein kleines Becken entstanden war, in dem die Frauen mit ihren Kin-

dern badeten. Oft trocknete es im Sommer völlig aus, doch jetzt stand das Wasser noch bis zur Hüfte. Es war warm und wunderbar geeignet, die Babys zu baden. Leises Lachen erklang, das von den Felswänden widerhallte. Gras-im-Wind ließ ihre Tochter untertauchen, indem sie selbst den Mund schloss und mit ihr tauchte. Prustend kamen beide wieder hoch und das Baby krähte vor Vergnügen. Sanft stützte die junge Mutter den Bauch des Babys, damit es alleine im Wasser strampeln konnte. Auch Morgenröte zog ihren Sohn mit den Händen unter Wasser, doch Donnern-am-Fluss kannte das schon und hatte rechtzeitig die Luft angehalten. Die winzigen Nasenflügel bebten, als er wieder nach Luft schnappte und seinen Kopf von selber unter das Wasser tauchte. Das war ein schönes Spiel! Die beiden Babys waren gut ernährt und ihre dicken Beinchen strampelten im Wasser. Ihre Wiegen lagen am Ufer und durch die dichte Perlenstickerei behielten sie ihre Form. Einladend standen sie offen da, die schönen Stickereien zeugten von der Liebe, mit der diese Kinder bedacht wurden. Nach dem Bad würden die Babys dort, warm eingewickelt, bei dem leichten Schaukeln auf den Rücken ihrer Mütter, träumen.
Sieht-die-Büffel, der Sohn von Weidenzweig, konnte gerade laufen, aber im Wasser paddelte er bereits wie ein Hund hinter seiner Mutter her. Sie nahm einen Mund voll Wasser und spuckte es in das Gesicht des Kindes. Sieht-die-Büffel versuchte, es ihr nachzumachen und sein Schmollmund verzog sich zu einem spitzen Fischmaul, als er versuchte, das Wasser auszuspucken. Weidenzweig kicherte ausgelassen und ein weiterer Spritzer landete im Gesicht ihres Sohnes. Für die Frauen war das Bad eine willkommene Abwechslung und ausgelassen spritzte Gras-im-Wind mit der flachen Hand einige Tropfen Wasser auf Antilopensohn, der über ihnen auf einem Felsen wachte. Er trug nur einen Lendenschurz und die unvermeidliche Bärenkette auf der nackten Brust. Sie beschützte ihn, deshalb nahm er sie nur zum Schlafen ab. Stolz beobachtete er die Schwimmkünste seiner kleinen Tochter. Dann setzte sich grinsend sein Freund Sohn-des-Windes hinzu, der bewundernd auf die inzwischen wieder so zierliche Figur seiner Frau blickte. Morgenröte war eine Schönheit! Aber er sah ja auch sehr gut aus!
Die Aufmerksamkeit der beiden Männer galt eindeutig den badenden Frauen, sodass sie die kleinen Halunken übersahen, die vorsichtig heranschlichen, um die Kleidung der Frauen zu erbeuten.

Wolfssohn, Tschaske und Takukin griffen hastig nach den Kleidern und rannten mit einem Triumphschrei davon. Wütend riefen die Frauen hinter ihnen her, doch nackt trauten sie sich nicht aus dem Wasser heraus. Zwei überraschte Männer hechteten in den Teich, um die Jungen zu erwischen. Der Sprung war sehr gefährlich, denn das Wasser war nicht tief.
Mit ihrer Beute flitzten die Jungen davon, sogar Tschaske mit seinem Hinken kam erstaunlich schnell voran. Er verlagerte das Gewicht inzwischen auf das andere Bein, sodass der verletzte Fuß entlastet wurde. So entstand eine Bewegung, die ein wenig an den Galopp eines Pferdes erinnerte. Völlig außer Atem erreichten sie ihre Zelte und versteckten sich hinter Tschetan-withkos breitem Rücken. Grinsend blickte Tschetan-withko auf die Beute und stellte sich mit verschränkten Armen auf, um die Verfolger zu begrüßen.

Antilopensohn und Sohn-des-Windes hielten schnaufend inne. „Sie haben die Kleidung der Frauen gestohlen!", erklärten sie empört, doch die Lachfalten um ihre Augen straften sie Lügen.
„Ihr wollt doch nicht sagen, dass drei kleine Jungen euch vor euren Augen beraubt haben?", stichelte Tschetan-withko.
Antilopensohn machte eine hilflose Handbewegung, denn genau das hatten die Jungen getan.
„Nun, dann müsst ihr verhandeln, damit die Jungen euch die Sachen wiedergeben", vermittelte Tschetan-withko. Hinter ihm kicherten drei kleine Jungen und musterten die zwei Krieger frech mit ihren Augen. Das war ein Spaß!
„Was wollt ihr?", ging Sohn-des-Windes auf das Spiel ein.
„Ihr müsst uns mit euren Pferden zur Jagd mitnehmen!", forderte Wolfssohn.
„Hetschetu!", willigte Antilopensohn ein. Er freute sich, mit den Kindern etwas zu unternehmen, denn noch hatte er keinen Sohn, den er zur Jagd mitnehmen konnte. Die Jungen platzten vor Stolz, als sie den Kriegern die Kleider der Frauen übergaben. Das war ein Coup!
Lächelnd brachten die Männer die Sachen zu ihren Frauen zurück, die empört aus dem Wasser stiegen.
„Dreht euch gefälligst um!", forderten sie streng, denn es waren nicht nur Ehefrauen im Wasser.
Kopfschüttelnd gingen die Krieger ins Dorf zurück. Wo blieb denn die Dankbarkeit der Frauen? Erfrischt beugten sich die Frauen

wieder über ihre Häute, während die Kinder, vom Planschen müde geworden, neben ihnen schliefen. Schwärme von Fliegen summten um ihre Köpfe oder setzten sich auf das Fleisch, das zum Trocknen über den Gestellen hing. Manchmal half es, wenn man in der Nähe ein Feuer anzündete, damit der Rauch die Fliegen vertrieb. Doch diese Maßnahme ergriffen die Frauen nur, um das wertvolle Fleisch zu schützen. Bei ihrer Arbeit nahmen sie die Fliegen einfach hin. Schlimmer waren die Moskitos, die nach Blut suchten. Die Frauen rieben sich die unbedeckten Stellen ihrer Haut mit Lehm ein, denn besonders am Wasser, wenn sie die Häute einweichten, waren die Moskitos lästig.

Che-ni-win wurde von dem Gestank der Büffelhäute schlecht. Mehrmals übergab sie sich, bis ihre Mutter sie aufforderte, sich in den Schatten zu setzen. „Kind, du bist ja ganz weiß! Bist du krank?"
„Nein, nein!", beruhigte Che-ni-win ihre Mutter. „Es ist nur der entsetzliche Gestank."
Wieso war der Geruch plötzlich anders als in den letzten Sommern?
Prüfend blickte Gebrochener-Zweig auf ihre weiße Tochter. „Willst du mir nicht etwas sagen?", fragte sie mit einem verschmitzten Lächeln.
Heiße Tränen stiegen Che-ni-win in die Augen, während sie erschöpft gegen einen Felsen lehnte.
„Tochter, was ist denn?", fragte ihre Mutter besorgt.
„Ich habe solche Angst!", heulte Che-ni-win los. „Es ist doch Krieg! Was soll ich denn da mit einem Baby?"
Entschlossen nahm Gebrochener-Zweig ihre Hand. „Che-ni-win, du bist eine Lakotafrau! Wir haben keine Angst! Wir haben immer unsere Babys bekommen. Und wir leben ständig im Krieg. Auch, wenn unsere Männer sterben, das Volk lebt in unseren Kindern weiter."
„Meinst du?", schluchzte Che-ni-win.
„Aber ja! Jetzt wisch deine Tränen weg, denn du beunruhigst das Ungeborene. Du willst doch, dass es so tapfer wird wie dein Mann!"
Gehorsam trocknete Che-ni-win ihre Augen und blickte um Entschuldigung heischend auf ihre Mutter. „Ina, es tut mir leid! Die Tränen sind einfach so über mich gekommen."
„Das ist der kleine Krieger in deinem Bauch! Er verwirrt die Frauen schon jetzt!"

Jetzt musste Che-ni-win wirklich lachen. Die Vorstellung war so komisch. Wieder liefen Tränen über ihre Wangen, die trotz ihrer energischen Versuche nicht versiegen wollten.
„Siehst du! Es wird ein Junge", bestärkte Gebrochener-Zweig ihre Tochter. „Auf jetzt! Gehe zum Bach und hole frisches Wasser für deinen Mann! Das bringt dich auf andere Gedanken."
Froh, endlich dem Gestank zu entgehen, lief Che-ni-win zu dem kleinen Bach. Drei Jungen hockten dort und stauten den Bach mit Steinen und Zweigen.
„Was macht ihr da?", fragte sie neugierig.
„Wir bauen einen Biberdamm!", erklärte der erste Junge. Es war Hengstfohlen. Der andere Junge war Habichtkralle, der Sohn von Tschoka-sapa. Der dritte Junge war Rote-Erde, eigentlich der Cousin von Elchkalb. Che-ni-win kannte die Geschichte, denn letztendlich war auch sie darin verwickelt gewesen. Grauer-Wolf, der Onkel von Elchkalb, hatte das Kind bei einem Rachefeldzug gefangen genommen, damit es seinen getöteten Sohn ersetzte. Elchkalb hatte lange unter dem Verlust seines Freundes Rote-Erde gelitten. Ihre Gedanken schweiften zurück zu dem Augenblick, als die Lakota sie gefunden hatten. Schon damals war Elchkalb nett zu ihr gewesen! Jetzt war er ihr Mann. Sie stützte die Hände auf und schaute den spielenden Kindern zu. Ob der kleine Junge wohl wusste, dass Grauer-Wolf nicht sein leiblicher Vater war?
„Wie geht es deiner Schwester?", wandte sie sich freundlich an Habichtkralle.
„Blaufeder geht es wieder gut", erklärte der Junge ernst. Er zählte jetzt sechs Winter, ebenso seine Freunde und er war stolz darauf, dass sich eine erwachsene Frau mit ihm unterhielt. „Ihre Schulter ist steif, aber sie kann ihre Hand bewegen", fügte er hinzu.
„Das ist gut", meinte Che-ni-win. „Wozu baut ihr einen Damm?"
„Wir lassen hier eine Öffnung und da müssen dann die Fische durch. Siehst du! Hier bauen wir aus Zweigen eine Falle und dann können wir die Fische mit der Hand greifen." Hengstfohlens Wangen glühten, als er ihr die großartige Falle erklärte.
Che-ni-win konnte sich nicht ganz vorstellen, dass wirklich Fische in dem Bach lebten, aber sie wollte die Jungen auch nicht entmutigen.
„Setzt doch die Äste enger, dann könntet ihr Flusskrebse fangen", schlug sie vor.
„Oh, ja!" Behände machten sich die Jungen an die Arbeit und Che-ni-win setzte sich dazu, um sie zu beobachten.

Versonnen dachte sie an ihr eigenes Kind. Wenn es nur immer so friedlich wäre wie jetzt, wo die Kinder ohne Gefahr spielen konnten. In Kanada wären sie in Sicherheit, hatte Tatokala gesagt. Sie döste ein wenig und ihre Gedanken wanderten zu ihrem Vater.

Untschi Makotsche

Kanada

Miles O'Brian hatte die Moskitos und den Regen satt. Noch nie in seinem ganzen Trapperleben hatte er so schlechtes Wetter erlebt. Tagelang musste er in den verschiedensten Forts am Missouri ausharren und auf besseres Wetter warten. Bonny war quengelig und unruhig, denn die lange Reise strengte das Kind an. Nichts wurde mehr trocken und Miles hatte Angst, dass seine Tochter krank wurde. Nach der Niederlage von Custer war die Stimmung in den Forts schlecht. Aufgebrachte Soldaten wollten am liebsten jeden Indianer umbringen und Rose begegnete man mit offener Ablehnung. Es war verrückt. Er hatte Irland verlassen, um der Herrschaft der Engländer zu entgehen, jetzt flüchtete er wieder in ihre Arme.

In dem „Drecksnest" von Fort Buford, wie er die Bretterbude nannte, wollte man ihm nicht einmal eine Unterkunft geben, also baute er für seine Familie das völlig durchweichte Zelt auf. Ebony hustete und er schwor, das ganze Fort abzufackeln, wenn dem Kind etwas passierte.

Nur mühsam beherrschte er sich, als Soldaten „Indianerhure" oder „Squawmann" hinter ihnen her murmelten. Wenn er eingesperrt wurde, würde niemand für Rose und Bonny sorgen! Er war kurz vor der Grenze und niemand konnte ihn jetzt noch aufhalten. Nicht einmal er selbst. Er verzichtete standhaft auf Whiskey, denn er wusste zu welchen Exzessen er fähig war, wenn er trank. Für die Jahreszeit wurde es erstaunlich früh kalt und er musste sich beeilen, wenn er vor dem Winter noch eine Unterkunft bauen wollte. Rose zündete stoisch das Feuer in dem feuchten Zelt an und trocknete ihre Tochter ab. Sie beschwerte sich nie. Mit Müh und Not hatte Miles etwas trockenes Feuerholz aufgetrieben, aber nur, weil ein Ladenbesitzer Mitleid mit dem blauäugigen Kind hatte. Seine Geste hatte sich ausbezahlt, denn Miles kaufte daraufhin zwei warme Kleider für Rose und Bonny bei ihm.

Rose strahlte ihn dankbar an, als er ihr die warmen Sachen überreichte. Sie war so leicht zu erfreuen. Nicht wie weiße Frauen, die ein Haus wollten, dann einen Ofen, ein Bett, ein größeres Haus, einen Spiegel und vielleicht noch ein Klavier. Ihr genügte ein Kleid, vielleicht eine Kette, eine Puppe für Bonny und dass ihr Mann schön aussah. Um sein Aussehen kümmerte sie sich weit mehr als um ihr eigenes, obwohl sie sich bemühte, ihm zu gefallen. Ihr Englisch war inzwischen ganz gut und er lächelte über manche Redewendung von ihr. Sie hatte in Bismarck zum ersten Mal in ihrem Leben einen Zug gesehen, aber gleichgültig wie oft er sie verbesserte, für sie blieb es einfach das „eiserne Pferd". Aber auch Kleinigkeiten behielten bei ihr einen eigenen Namen: So nannte sie Streichhölzer „Zauberholz", oder ein Fernrohr war ein „langes Auge".

Vor dem Zelt erklang ein Räuspern und misstrauisch schaute Miles hinaus in den Regen. Es war der Kaufmann, der etwas verlegen von einem Fuß auf den anderen trat. „Es ist lausig kalt und ich dachte mir, ob sie nicht in meiner Scheune übernachten möchten? Da ist es wenigstens trocken!"

„Nanu? Ist denn schon Weihnachten?", fragte Miles etwas bissig.

„Ich dachte ja nur!"

„Tut mir leid!", entschuldigte sich Miles. „Das ist wirklich sehr nett. Meine Tochter hustet sowieso schon. Es wäre gut für sie, wenn sie aus dieser Nässe herauskommt."

„Vielleicht würde ein Bad die Kleine wieder aufwärmen? Ich könnte einen Zuber mit warmen Wasser füllen."

Miles war wirklich dankbar. „Das wäre sehr nett!"

„Na, dann kommen Sie mal!"

Schnellen Schrittes führte der Mann sie durch den Regen, vorbei an roh zusammengezimmerten Bretterbuden und einigen zwielichtigen Gestalten, die ihnen misstrauisch hinterher sahen. Auch hier waren Indianer nicht willkommen!

„Wie heißen Sie überhaupt?", fragte Miles.

„Josef Kaufmann."

„Ich heiße Miles O'Brian."

Den Regen abschüttelnd traten sie in die Stube des Händlers, in der eine ältere Frau auf sie wartete. Sie lächelte freundlich und deckte einen Tisch.

„Das ist meine Frau Hanna."

„M'am", murmelte Miles höflich. Irgendwie flößten ihm weiße Frauen Furcht ein. Er hatte immer das Gefühl, irgendetwas falsch zu machen.

„Hanna, die Kleine ist ganz durchfroren. Kannst du ihr nicht ein Bad bereiten?"

„Oh, ja! Meine Güte, hat die aber schöne blaue Augen! Wie heißt sie denn?"

„Ebony!"

„Wie kommen sie denn auf so einen Namen?“
„Weil ihr Haar so schwarz wie Ebenholz ist!“
Die Frau lachte Tränen, während sie einen großen Kessel mit Wasser auf einem Ofen setzte. Wie er es befürchtet hatte: ein Haus, ein Ofen, ein Spiegel … Weiße Frauen raubten einen Mann aus.
In kürzester Zeit hatte Hanna einen Zuber mit Badewasser bereitet und Rose setzte Bonny hinein. Das Kind kreischte vor Vergnügen und planschte mit seinen Händchen im Wasser. „Wie alt ist sie denn?“, fragte Hanna.
„Sie zählt zwei Winter“, antwortete Rose.
„Möchten Sie sich auch waschen, wenn die Kleine fertig ist?“, wandte sich die Frau an die Indianerin.
Rose lächelte dankbar, schien genauso durchfroren zu sein wie das Kind.
Josef bat Miles an dem Tisch Platz zu nehmen. „Meine Frau hat Apfelkuchen gebacken. Möchten Sie ein Stück?“
Apfelkuchen? Miles Augen bekamen einen glasigen Blick. Apfelkuchen! Es war direkt eine Gemeinheit, ihn nach so langer Zeit mit so etwas Gutem in Versuchung zu führen. Etwas, das ihn an die Zivilisation erinnerte und an sein früheres Leben. Vorsichtig nahm er einen Bissen und ließ ihn auf der Zunge zergehen. Ah! Das war fast so schön wie eine Nacht mit Rose. Er verstand nun, warum Tatokala immer so unersättlich auf Pfirsiche reagierte. Er hätte den ganzen Kuchen auf einmal essen können. Rose setzte einen frisch gebadeten Nackedei auf seinen Schoss und wickelte eine warme Decke um das Kind. Lächelnd stopfte er seiner Tochter einen Bissen in den Mund, die ihn mit runden Augen hinunterschluckte. Sofort verlangte sie mit offenem Mund nach mehr und Miles schaute neidisch auf den schwindenden Kuchen.
„Möchten Sie noch ein Stück?“, fragte der Händler mit einem breiten Lächeln.
„Wenn es Ihnen nichts ausmacht“, kratzte Miles seine guten Manieren zusammen. Er blinzelte kurz zu seiner Frau hinüber, die hinter einem Vorhang versteckt in das Badewasser stieg. Dann fütterte er weiter seine Bonny.
„Wo wollen Sie bei dem Wetter überhaupt hin?“, fragte Josef neugierig.
„Wir sind im Mai von Fort Laramie aufgebrochen und ich hoffe, noch vor dem Winter in Kanada zu sein.“
„Oh, mein Gott! Aus Fort Laramie! Mit einem so kleinen Kind!“

„Die Indianer machen das die ganze Zeit."
Der Händler überging diese Bemerkung. „Was wollen Sie denn in Kanada?"
„Ich möchte dort eine Ranch aufbauen."
„Warum denn nicht hier? Die Indianer sind doch bald besiegt, dann wird hier jede Menge Grund frei."
„Weil ich es nicht richtig finde, wie die Indianer behandelt werden."
Ein kurzer Blick auf die indianische Frau seines Gastes sagte dem Händler, dass es keinen Sinn machte, mit ihm über die Indianer zu diskutieren.
Stattdessen brachte er die kleine Familie in seine Scheune, die bereits mit Heu gefüllt war. Und sie war trocken! Miles ließ Rose und Bonny in der Scheune zurück und holte seine Ausrüstung. Er spannte ein Seil als Wäscheleine, damit über Nacht die Sachen trocknen konnten. Dann breiteten sie die Decken im Heu aus und verbrachten eine trockene Nacht in der Scheune.

Am nächsten Morgen verließen sie das Fort in Richtung Norden. Viel zu früh lag in diesem Jahr bereits der erste Frost auf den Halmen des hohen Grases. Sie mussten bald das Ende ihrer langen Reise erreichen! Seit Tagen schien endlich wieder die Sonne und gemächlich ritten sie über die sanften Hügel. Miles hielt Bonny vor sich in dem Sattel und das Kind brabbelte vor sich hin. Zwischendurch verstand er ganz deutlich das Wort „Apfelkuchen" und lachend hob er Bonny hoch. „Wenn wir erst da sind, bekommst du wieder einen Apfelkuchen!"
„Apfelkuchen!", sprach sie nach. Ihr Zähne blitzten.
Kurz vor der Grenze regnete es in Strömen und hastig bauten sie ihr Nachtlager auf. Nachts wurde es empfindlich kalt, und wenn er nicht bald einen Platz für den Winter fand, würde er sich teuer irgendwo einquartieren müssen. Aber er brauchte das Geld für seine Ranch. Trotz des Regens zogen sie am Morgen weiter, ihre Körper fest in dicke Felle eingewickelt. Einige Reiter kamen ihnen entgegen und Miles zog unauffällig seinen Revolver. Es waren Männer der North-West-Mounted-Police, Mounties, wie er unschwer an den roten Uniformjacken erkennen konnte. Beruhigt steckte Miles seinen Revolver wieder weg und wartete auf die erste Begegnung mit der fremden Ordnungsmacht.

Die Mounties grüßten höflich, aber nichtsdestotrotz militärisch: „Sergeant Wilde der North-West-Mounted Police. Wir sichern die Grenze! Darf ich fragen, wohin Sie unterwegs sind?“
„Ich bin Miles O'Brian, das sind meine Frau Rose und meine Tochter Bonny. Wir wollen hier siedeln.“
„Willkommen in Kanada! Wir haben nicht weit von hier unseren Posten. Wollen Sie nicht mit ihrer Familie bei uns übernachten? Das Wetter wird erst in einigen Tagen besser.“
„Gute Idee!“, meinte Miles, dabei war ihm sofort klar, dass die drei Männer ihn ein wenig aushorchen wollten. Aber das war schließlich ihr gutes Recht. Er war froh, wenn er mit dem Kind aus dem verdammten Regen herauskam.
Er folgte den Mounties zu einer bewaldeten Hügelkette und brachte Bonny ins trockene Innere des kleinen Blockhauses, das den Mounties offensichtlich als Station diente. Miles wunderte sich, dass es lediglich ein Blockhaus war und keine Garnison oder befestigtes Fort. Hilfsbereit luden die Mounties sein Gepäck ab und stellten es in eine Ecke.
„Danke!“, meinte er ehrlich überrascht.
„Dort drüben ist noch eine Ecke frei, da können Sie schlafen“, meinte ein Mountie mit einem freundlichen Lächeln. Es war offensichtlich, dass sie sich über die Abwechslung in ihrer Routine freuten. Geschäftig kramte Rose ihre Schlaffelle hervor und legte sie in die angewiesene Ecke. Sofort kuschelte sich Bonny hinein, rollte sich wie eine Katze zusammen und schlief ein.
„Ihre Frau ist Indianerin?“, fragte einer der Mounties, bemühte sich dabei, seine Stimme neutral klingen zu lassen.
Miles konnte nicht ganz einschätzen, ob er nun eher Ablehnung oder Neugier vermuten sollte. „Ja! Muss ich jetzt draußen schlafen?“, feixte er ein wenig.
Er erntete schallendes Gelächter. „Aber nein, hier draußen gibt es viele Männer mit indianischen Frauen. Es gibt nicht viele weiße Frauen, die diese Entbehrungen auf sich nehmen. Eines Tages vielleicht und dafür sind wir hier. Wir sorgen für Ruhe und Ordnung, damit eines Tages auch weiße Frauen und Kinder hier leben.“
„Sorry!“, murmelte Miles beschämt. „Drüben wurde sie oft nicht nett behandelt.“
„Deswegen sind Sie ja jetzt hier, nicht wahr?“
Miles lachte, es war ein unbändiges, erleichtertes Lachen.
„Genau! Deswegen bin ich hier!“

„Und was haben Sie vor?"
„Ich möchte eine Ranch aufbauen, aber zuerst brauche ich eine Unterkunft für den Winter. Im Frühling sehe ich dann weiter."
„Ja, der Winter kommt früh dieses Jahr. Es wird wenig Zeit bleiben, eine Hütte zu bauen."
„Dann muss ich mich eben beeilen."
Die drei Mounties wechselten nachdenklich die Blicke, dann mischte sich der ältere Sergeant ein. „Hey, was ist mit der Hütte von Old Fat Jack? Könnte er nicht dort überwintern?"
Strahlende Augen richteten sich auf Miles. „Ja, das stimmt! Er ist letzten Winter gestorben, wahrscheinlich selbst in eine seiner Fallen getreten. Die Hütte muss sicherlich etwas hergerichtet werden, aber das ist bestimmt nicht so viel Arbeit, wie eine neue Hütte zu bauen!"
Miles Interesse war geweckt. „Wo steht die Hütte?"
„Ungefähr zwei Tage von hier am Old-Wife-See. Wir bringen Sie gern hin, sonst verlaufen Sie sich vielleicht noch."
Miles schüttelte nur den Kopf über so viel Hilfsbereitschaft, aber insgeheim war er wirklich froh. Er brauchte dringend einen Platz, langsam wurde es tatsächlich zu spät, noch eine Hütte zu bauen.
„Gute Idee", brummte er sein Einverständnis. Mit einer dampfenden Tasse Kaffee setzte er sich zu den Mounties und beantwortete ihre Fragen. Harmlos beurteilte er die Politik der Amerikaner und gab seine Einschätzung zur Lage ab. Der grauhaarige Sergeant mit seinem Vollbart zog grübelnd seine Augen zusammen. Die Mounties machten sich Sorgen, denn sie befürchteten, dass die Sioux über die Grenze gehen würden. Miles erzählte ihnen auch von seiner Tochter Jenny und welche Sorgen er sich um sie machte. „Ich hätte sie fast gefunden, aber sie weigerte sich, mit meinem Freund mitzugehen. Sie ist inzwischen verheiratet. Ich habe Angst, dass sie bei irgendeinem Gemetzel getötet wird. Diese verdammten Amerikaner machen keinen Unterschied zwischen Kriegern und wehrlosen Frauen und Kindern!"

Nach drei Tagen ließ der Regen endlich nach und Miles machte sich in Begleitung der Mounties auf den Weg nach Norden. Sie versanken fast im Matsch und Miles war froh, dass die Reise bald zu Ende sein würde. Unterwegs kaufte er bei einem Handelsposten der Hudsons Bay Company einen Sack Mehl und einen kleineren Sack mit Zucker.

Wahrscheinlich würde er vor dem Winter keinen weiteren Händler mehr aufsuchen. Hoffentlich hatte er noch Zeit, wenigstens einige Vorräte anzulegen. „Wie ist hier die Jagd?“, erkundigte er sich.
„Gut“, meinte der Mountie. „Aber keine Sorge, im Winter schauen wir mit ein paar Lebensmitteln bei Ihnen vorbei. Wir kümmern uns um unsere Siedler!“
Schließlich erreichten sie die Hütte des alten Trappers an dem klaren See. Hier konnte er Fische angeln, freute sich Miles. Dann blickte er prüfend auf die Hütte. Sie war in einem verhältnismäßig guten Zustand. Zwischen die Stämme musste zwar Moos gestopft werden, aber das konnte Rose erledigen. Das Dach war in Ordnung und die Hütte hatte sogar einen einfachen Kamin. Dann wurden seine Augen rund. Um die Hütte standen einige kleine Apfelbäume. Irgendein Träumer hatte sie hier angepflanzt und sie erinnerten ihn an seine Heimat. Die Sehnsucht schmerzte fast körperlich. Er pflückte eine der wenigen Früchte und biss hinein. Seine Augen füllten sich mit Tränen, als der süß-saure Geschmack seinen Mund füllte. Hier war sein Platz. Hier würde er seine Ranch bauen!
Er richtete sich häuslich ein, während Rose bereits den Dreck herauskehrte. Bonny saß unter den Apfelbäumen im Gras und biss vergnügt in die Früchte. Die Mounties verabschiedeten sich, versprachen jedoch, regelmäßig bei ihnen vorbeizusehen und sie mit Nachrichten oder Lebensmitteln zu versorgen.
Miles zeigte seiner Frau, wie sie die Hütte winterfest machen konnte, denn er musste jagen, damit sie noch Vorräte anlegen konnten. Bonny war begeistert. Endlich musste sie nicht mehr den ganzen Tag auf dem Pferderücken sitzen, sondern konnte herumtollen. Mit ihrer Mutter sammelte sie Äpfel und andere Früchte oder Nüsse. Rose war glücklich, denn sie hatten eine Bleibe gefunden. Ihr Mann war ausgeglichen und zufrieden. Stundenlang saß er am Ufer, um zu angeln. Rose räucherte die Fische und hängte sie in den kleinen Anbau. Sie war in ihrem Element. Endlich konnte sie das tun, was sie all die Jahre gelernt hatte. Miles hätte keine bessere Frau finden können, um hier in die Wildnis zu ziehen. In einem Land, in dem weiße Siedlerfrauen aus Unkenntnis verhungerten, war für Rose der Tisch der Natur reich gedeckt.

Iyaglupta

Die Flucht (Herbst/Winter 1876/77)

Im Mond der farbigen Blätter wurden die Moskitos in den Niederungen des Little-Missouri unerträglich, also zogen die Lakota auf höheres Gelände. Die Babys in ihren Wiegen hatten völlig zerstochene Gesichter, denn mit ihren eingebundenen Armen konnten sie sich gegen die blutrünstigen Insekten nicht wehren und waren somit bevorzugte Opfer. Dicke Pusteln brachen auf und entzündeten sich, gleichgültig wie viel Fett die Mütter auch auf die kleinen Wangen schmierten. Der stetige Wind auf der Prärie war angenehm und die Moskitoschwärme wurden weniger. Dann regnete es. Die Ebene verwandelte sich in eine Sumpflandschaft aus Matsch und Dreck. Sonst schienen die warmen Strahlen des langen Indianersommers auf die umherziehenden Lakota, doch in diesem Herbst fiel unverhältnismäßig viel Regen. Kalte Winde bliesen über das Land und ließen den nahenden Winter schon früh erahnen. Die Zelte stanken nach nassem Fell und auch für die Indianer wurde es schwierig, noch irgendetwas zu trocknen. Schließlich erreichten sie den nierenförmigen Höhenzug des Slim-Buttes-Massives und lagerten in der Nähe des Dorfes von American Horse. Die weißen Felsen türmten sich im Nebel auf, wie ein Tipidorf in den Wolken. Hier fühlten sie sich sicher, denn es war tiefstes Stammesgebiet, weitab von allen Kampfhandlungen. Es war von den Weißen zugesichertes Land, auf dem sie sicher vor Verfolgung waren.

Meist zogen sich die Menschen vor der Kälte in die Zelte zurück, doch wenn die Sonne endlich ihr Antlitz zeigte, machten sich die Frauen sofort auf den Weg, um die letzten Früchte im Herbst zu sammeln. In kleinen Gruppen verließen die Frauen das Lager, lachend und scherzend. Einige pflückten in der Umgebung wilde Pflaumen und Strauchäpfel, um sie für den Winter zu trocknen, anderen gruben in dem sandigen Boden nach Prärierüben.

Morgenröte hatte sich ihren Freundinnen angeschlossen, entfloh somit der unangenehmen Stille in ihrem Zelt. Rabenfrau trauerte immer noch um ihren Mann, sodass selbst Blauer-Donner lieber zu ihren Freundinnen rannte, um mit ihnen zu spielen. Sie hätte den Trost ihrer Mutter gebraucht, doch diese hatte sich in ihre Welt aus Schmerz und Trauer zurückgezogen. Morgenröte war geduldig und doch war sie froh, wenn sie in Begleitung der anderen manchmal vergessen konnte, dass ihr Vater bei Little-Bighorn gefallen war. Sie bog die Zweige nach unten, damit ihre Freundinnen die Pflaumen ernten konnten und diese kicherten bei der Arbeit. Das Gelände war felsig mit vielen Schluchten und Hügeln und doch erblickte sie plötzlich eine größere Anzahl Reiter, die über einen Hügel direkt auf sie zukamen. Noch sah Morgenröte keine Gefahr, sondern machte ihre Freundinnen lediglich auf die Reiter aufmerksam. Neugierig stellten sie ihre Körbe auf den Boden, um die Ankömmlinge zu begrüßen. Morgenröte erkannte die schlammbedeckten, verdreckten Reiter zuerst. „Mila-hanska! Langmesser!", rief sie entsetzt.

Gras-im-Wind und Lächeln-im-Herzen standen wie erstarrt. Hier war doch das Reservat! Wie gelähmt blickten sie den Soldaten entgegen, von denen sich einige aus dem Trupp lösten und auf sie zuritten. „Lauft!", schrie Morgenröte, die bereits auf eine Schlucht zurannte. Gras-im-Wind fühlte ihre Beine bleischwer werden. Wie in einem bösen Traum drehte sie sich um, ihr Baby in der Wiege auf dem Rücken, als bereits die ersten Schüsse knallten. Die Wucht einer Kugel warf sie nach vorne und sie stürzte in das feuchte Gras. Entsetzt nahm sie die Babytrage nach vorne und fühlte nach ihrer Tochter. Eine Blutlache quoll aus der bestickten Wiege und sie schrie entsetzt auf. Sie dachte nicht an Flucht, nahm die herannahende Gefahr nicht mehr war, sondern starrte nur ungläubig auf das blutige Bündel, das soeben noch friedlich in der Wiege geschlafen hatte. Dann waren die Soldaten über ihr und drückten sie zu Boden. Mit grausamem Gelächter entrissen sie ihr die Wiege und warfen sie den Abhang hinunter, dann hielten sie ihre Beine auseinander. Die Männer waren wochenlang erfolglos den Indianern gefolgt, jetzt war es ihnen gleichgültig, ob es sich um ein friedliches Dorf handelte oder um ein feindliches. Es war ihnen gleichgültig, ob sie sich auf Reservatsgebiet befanden oder nicht. Sie reagierten ihren Hass an der wehrlosen Frau ab.

Gras-im-Wind bäumte sich im Protest auf, doch starke Fäuste hielten sie am Boden fest. Langsam dämmerte ihr, was ihr bevorstand und ein qualvolles Stöhnen entwich ihrem Mund. Angefeuert von den anderen öffnete der erste Soldat seine Hose und stinkender Schweiß verschlug ihr den Atem. Dann zerrissen furchtbare Schmerzen ihren Unterleib und brutale Hände kneteten ihre Brüste.

Auch über Lächeln-im-Herzen beugten sich mehrere Männer. Sie lag schwer verletzt unter ihnen und die Kälte kroch durch ihren Körper.

„Ich spüre gar nichts!", dachte sie verwundert, als ein keuchender Soldat sich in sie zwängte. Nur noch von fern hörte sie das Grölen der Männer. Sie wurde ganz ruhig, obwohl ein weiterer Soldat über ihren Körper herfiel. Ihr letzter Gedanke galt ihrem Sohn, Takukin, dann schloss sie für immer die Augen. Fluchend ließ der Soldat von ihr ab, zog sein Messer und säbelte ihr den Skalp ab. „Na, wer will noch ein Andenken?", grölte er, dann stellte er sich mit heruntergelassener Hose bei der anderen Frau an.

Morgenröte war in Panik den Abhang hinuntergerutscht. Eine Kugel hatte sie an der Hüfte getroffen, trotzdem rannte und stolperte sie weiter. Scharfe Felsen schnitten in ihre Arme und Beine, stachelige Sträucher zerkratzten ihr Gesicht, als sie ungebremst den steilen Hang hinunterrollte. Ein Soldat schoss mehrmals auf die fliehende Frau und eine weitere Kugel traf sie am Arm. Sie tauchte zwischen einige Felsen, zitternd horchte sie, ob der Feind ihr folgen würde. Sie hörte Gras-im-Wind schreien und biss sich auf die Lippen. „Tunkáschila, bitte lass die Soldaten mich nicht finden!", flehte sie um Beistand.
In der Ferne hörte sie den Kriegsschrei ihres Volkes und sie dachte an ihr Baby. Sie hatte es bei Rabenfrau und Blauer-Donner gelassen. Hoffentlich konnten sie mit ihm entkommen! Es quälte sie, dass sie ihren Sohn in der Stunde der Gefahr nicht bei sich hatte. Doch dann wären sie beide vermutlich schon tot. Was hatten sie nur getan, dass die Soldaten so wüteten? Sie waren doch nur hier zum Beerenpflücken! Für jeden schon von Weitem als Frauen erkennbar!
Das Schreien von Gras-im-Wind wurde abgehackt und sie hörte das Gelächter der weißen Männer. Ihre Freundin musste Furchtbares durchmachen. Plötzlich krachte ein Schuss und das Schreien erstarb abrupt. Die Soldaten hatten sie einfach getötet! Schluchzend wagte sich Morgenröte aus der Deckung und kletterte weiter die Schlucht entlang. Nur weg hier, nur weg! Sie presste ihre Hand auf die blutende Hüfte, vor ihren Augen verschwamm alles, als der Blutverlust sie schwächte. Ein schrilles Pfeifen rauschte in ihren Ohren, dann brach sie ohnmächtig zusammen.
Im Dorf formierte sich indessen der Widerstand, als die Kavallerie auch gegen die Menschen dort vorrückte. Blitzschnell brachen die Frauen die Zelte ab und zogen sich in ein Tal zurück, während die

Krieger den Rückzug deckten. Wie am Little-Bighorn riefen die Mütter nach ihren Kindern, packten die nötigsten Sachen ein, luden sie auf die Packpferde. Irritiert lief der schwarze Wolf neben Wah-bosehns her, die ihre Kinder auf zwei Pferde hob und mit fliegenden Fingern das Travois mit einigen Vorratstaschen belud.

Che-ni-win hasste die Soldaten, für das, was sie den Menschen hier antaten. Wieder sah sie die erschrockenen Augen der Kinder, die Angst der Mütter, wieder ritt ihr Mann den Soldaten entgegen, um sie zu schützen. Das war nicht richtig, auch sie hatten ein Recht in Frieden zu leben! In welche Welt würde ihr Kind geboren werden?

Es gelang den Soldaten nicht das fliehende Dorf zu erreichen, denn die Krieger kämpften verbissen um das Leben ihrer Frauen und Kinder. Dabei griffen die Männer nicht an, sondern verschanzten sich in dem hügeligen Gelände hinter Steinen und Felsen. Querschläger jaulten an ihnen vorbei oder rissen tiefe Wunden, wenn sie zufällig trafen. Aber niemand wich zurück, denn dann wären die fliehenden Frauen den Soldaten schutzlos ausgeliefert.

Tschoka-sapa lag verletzt im Gras und zwei Krieger zogen ihn zu einem Pony, um ihn aus der Gefahr zu bringen. Sie warfen ihn kopfüber auf ein Pony und brachten es zu den fliehenden Frauen und Kindern. Mit einem Schrei beugte sich Fallende-Sterne über ihren Mann und rief verzweifelt nach Hitschikyata. Es blieb keine Zeit, ihn richtig zu versorgen, denn erst mussten sie in Sicherheit sein. Sie nickte Viel-Schnee zu, die mit Crow-Bären-Mädchen im Arm hinter dem Pferd von Tschoka-sapa lief. „Komm!“, befahl sie energisch. „Die Krieger werden uns schützen!“

Die Travois der fliehenden Frauen und Kinder verschwanden hinter einem Höhenzug und kurz verebbte der Lärm des Kampfes. Unerwartet kam ihnen Crazy Horse mit hundert mal zwei Kriegern zu Hilfe, der ganz in der Nähe gejagt hatte. Wutentbrannt griffen seine Krieger die Soldaten an, die sich schnell nach Süden zurückzogen.

Die Soldaten waren, nachdem ihnen die Vorräte ausgegangen waren, auf dem Rückzug zum Fort Fetterman. Ohne weiter anzugreifen verschanzten sie sich auf einem Hügel und warteten ab. Sie dachten, dass sie ein kleines Dorf vor sich hätten und die Verstärkung von Crazy Horse hatte ihnen einen gewaltigen Dämpfer versetzt.

Eine andere Abteilung der Soldaten zerstörte zur gleichen Zeit das Dorf von American Horse, und Crazy Horse nahm seine Krieger, um auch diesen Menschen beizustehen. Doch dieses Mal kam er zu spät! American Horse lag im Sterben und die Soldaten hatten das Lager vollständig abgebrannt. Alle Vorräte für den Winter waren zerstört und die Überlebenden begaben sich geschlagen zu der Agentur von Red Cloud, um dort Schutz zu suchen.

Die Gruppe um Traumpfeil suchte indessen ihre Verwundeten und Toten, dann baute sie einige Meilen weiter ein provisorisches Lager auf. Tatokala fand die schwer verletzte Morgenröte und brachte sie ihrem Mann zurück. Sohn-des-Windes blieb das Herz stehen, als er seine blutende Frau sah. Hilfe suchend blickte er auf Rabenfrau, die seinen kleinen Sohn auf den Knien schaukelte. Der Angriff hatte sie aus ihrer Erstarrung gerissen. Ohne zu zögern war sie mit ihrer Tochter und dem Baby von Morgenröte geflüchtet. Jetzt kniete sie sich neben die ohnmächtige Frau und presste Baststreifen auf die Wunden. „Hole Hitschikyata!", bat sie ruhig.
Sohn-des-Windes rannte zu Tschetan-withkos Zelt, um den Medizinmann zu holen. Er war nicht da! Es gab viele Verletzte, um die er sich kümmern musste. Verzweifelt blickte der Crow auf Tschetan-withko, der bereits einen eingebundenen Arm hatte. „Meine Frau ist verletzt! Wo ist Hitschikyata?"
„Er wird nicht kommen können! Er ist bei Tschoka-sapa, er ist schwer verletzt." Tschetan-withko überlegte kurz. „Gehe zu meiner Schwester! Sie kann vielleicht helfen."
Dankbar verabschiedete sich Sohn-des-Windes, dann eilte er zu dem Zelt von Traumpfeil. „Bitte, Uinohnah, meine Frau braucht deine Hilfe!", bat er ohne Umschweife.
Uinohnah packte ihre Tasche und folgte dem Crow. Umsichtig presste sie blutstillende Kräuter auf die Verletzungen und verband sie mit festen Baststreifen. Wenn die Blutung erst mal aufhörte, würden die Wunden schnell heilen. „Gib ihr viel zu trinken, vielleicht auch Fleischbrühe, damit sie wieder zu Kräften kommt!", wies sie Rabenfrau an. Apathisch, wie im Schock machte sich Rabenfrau am Feuer zu schaffen, das Baby gegen ihre Hüfte gedrückt.
Einige Zelte weiter hörte Sohn-des-Windes das verzweifelte Schreien seines Freundes. Die Krieger hatten Antilopensohn seine tote Frau und das Baby gebracht. Gras-im-Wind war entsetzlich zugerichtet und hilflos starrte Antilopensohn auf seine tote Familie. Mit dem

Messer fügte er sich tiefe Schnitte zu, bis das Fell auf dem er kniete blutdurchtränkt war, aber niemand hinderte ihn daran. Büschelweise riss sich Antilopensohn die Haare aus, dabei schrie er unablässig, während Tränen über sein Gesicht liefen. Schluchzend drückte er die blutige Wiege an seine Brust, aus der heraus noch vor kurzem seine Tochter vergnügt in die Welt geschaut hatte. Er wollte sterben, wollte seiner Frau und seiner Tochter in die Geisterwelt folgen. Sein Leben hatte nun keinen Sinn mehr. Warum nur war gerade sie beim Beerenpflücken gewesen? Warum hatte er sie nicht schützen können? Er sah nicht auf, als auch Grauer-Wolf und seine Frau kamen, um sich von ihrer Tochter und dem Enkelkind zu verabschieden. Nach Rote-Erde hatten sie nun auch ihre Tochter verloren. Es gab keine Worte, um ihre Fassungslosigkeit zu beschreiben.

Ebenso erging es Grauadler, der mit schwarz bemaltem Gesicht neben Lächeln-im-Herzen kniete. Ihre Gesichtszüge waren seltsam verzerrt, weil die fehlende Kopfhaut das Gesicht nicht mehr straffte. Gebrochener-Zweig hatte den kleinen Sohn von Lächeln-im-Herzen in das Zelt von Weidenzweig geführt, damit er seine tote Mutter nicht sah. Erst wollte Gebrochener-Zweig sie in ihre schönsten Gewänder hüllen, damit niemand sah, dass sie geschändet worden war. Doch dann durfte auch Takukin sich neben seine tote Mutter setzen. Unablässig streichelten seine kleinen Hände ihre Wangen, während er leise klagte. Er verstand den Tod, er wusste, dass sie ihn nie wieder in die Arme nehmen würde.
Che-ni-win fühlte sich schlecht. Ihr indianischer Vater war mit dieser Frau glücklich gewesen und Lächeln-im-Herzen hatte niemandem etwas zuleide getan. Es war pure Mordlust gewesen, dass sie getötet worden war. Genauso wie Gras-im-Wind mit ihrem Baby. Mit Entsetzen dachte Che-ni-win an ihr eigenes Kind. Würden die Soldaten auch ihr Baby so abschlachten, wenn es geboren war? Sie war keine Weiße mehr, mit diesen Schweinen wollte sie nichts mehr zu tun haben. Schweine? In der Sprache der Lakota gab es keine Schimpfwörter! Wie aus einer anderen Zeit war ihr dieses Wort eingefallen, doch es drückte genau das aus, was sie empfand.

Vier Tage trauerten die Menschen um die Toten. Sie gingen klagend um das Dorf, auch Che-ni-win, die ihre roten Locken bis auf die Schul-

tern abgeschnitten hatte und nun offen trug. Ihre Schwester Weidenzweig klammerte sich unter Schock an ihren Mann. Nur knapp war sie dem Tod entkommen, denn fast hätte sie sich den Frauen beim Beerensammeln angeschlossen. Lacht-am-Boden drückte seine Frau an sich, während seine Augen auf Sieht-die-Büffel ruhten. Die Langmesser kamen in solcher Überzahl, dass es ihnen ein Leichtes war, ein ganzes Dorf auszulöschen. Ohne die Hilfe von Crazy Horse hätten sie die hundert und zehnmal fünf Soldaten kaum aufhalten können. Lächeln-im-Herzen und Gras-im-Wind waren nicht gewarnt worden, weil keine Wachen aufgestellt worden waren. Nie mehr würde Traumpfeil diesen Fehler begehen, denn den Weißen konnte man nicht trauen! Nirgendwo und niemals!
Antilopensohn bestattete seine Frau und sein Baby in ihrem Zelt. Er ließ alles zurück, damit die beiden es im Jenseits schön warm hatten und es ihnen an nichts mangelte. Er brauchte jetzt nichts mehr, er wollte nur noch Rache!
Elchkalb bat ihn, in seinem Zelt zu wohnen, doch Antilopensohn ertrug den Anblick von Che-ni-win nicht. Er brauchte Abstand, um vergessen zu können, dass sie eine weiße Haut hatte. „Später", murmelte er, „ich brauche noch Zeit."
„Gras-im-Wind war meine Cousine", flüsterte Elchkalb. „Und sie war Che-ni-wins Freundin! Du bist uns immer willkommen."
Antilopensohns Augen wurden dunkel vor Trauer, doch er schüttelte verneinend den Kopf. „Ich brauche Zeit!"
Elchkalb ließ ihn gehen. Er wusste, dass Antilopensohn erst Ruhe finden würde, wenn er den Tod der beiden gerächt hätte.
Antilopensohn zog zu Traumpfeil, weil dort die Kinder bereits älter, eigentlich schon fast erwachsen waren. Er konnte den Anblick von kleinen Kindern nicht ertragen, denn das erinnerte ihn an seine kleine Tochter.

Heller-Mond blickte scheu auf den verzweifelten Mann, der nun mit leerem Blick an ihrem Feuer saß. Auch Heller-Mond war traurig, denn manchmal hatte sie das Baby auf dem Arm gehalten. Für sie war es unvorstellbar, dass jemand ein so niedliches kleines Mädchen tötete. Im Schock saß sie still in ihrer Ecke und dachte daran, wie ihr die Kugeln um die Ohren geflogen waren. Ihr Bruder, Blitz-im-Winter, hatte das Dorf tapfer mit seinem Bogen verteidigt, dabei war er doch fast noch ein Kind! Sie hatte eine Todesangst um ihn ausgestanden. Regungslos saß sie einfach da, unfähig irgendetwas zu machen.

Seit Längerem spürte sie leichte Krämpfe in ihrem Bauch und verschwand nach draußen. Vielleicht war sie krank? Sie kniete sich zwischen einige Salbeibüsche und blickte entsetzt auf die Blutstropfen im Staub! Völlig aufgelöst rannte sie zu ihrer Mutter: „Ich blute, ich blute!"
„Wo denn?", fragte sie Uinohnah besorgt.
„Hier, zwischen meinen Beinen!"
Erleichtert lächelte Uinohnah und kniete sich vor ihre Tochter. „Das ist nicht schlimm! Du wirst jetzt eine Frau."
Es war trotzdem ein Problem, denn durch das Chaos war bisher kein Zelt für menstruierende Frauen gebaut worden. Durch den Schock hatte die Blutung bei ihrer Tochter früher eingesetzt als bei anderen Mädchen. Heller-Mond zählte erst zehn und einen Winter, das war zu jung für die erste Menstruation. Kurz entschlossen nahm Uinohnah alle Waffen von ihrem Mann, ihrem Sohn und Antilopensohn und brachte sie in Tschetan-withkos Zelt. Sie ignorierte die Anwesenheit ihres Bruders und flüsterte: „Ich wünschte, mein Bruder könnte meinen Mann und meinen Sohn für ein paar Tage aufnehmen, denn Heller-Mond wird zu einer Frau!"
Tschetan-withko machte eine einladende Handbewegung. Mit der Nähe der Soldaten war es zu gefährlich, abseits ein Tipi aufzubauen. Die Soldaten forderten nicht nur ihr Leben, sondern zerstörten auch ihre Sitten und Bräuche. Tschoka-sapa war schwer verletzt. Wer würde jetzt die Zeremonie für Heller-Mond leiten? Alles löste sich auf. Der heilige Kreis war zerbrochen.

Aber das Überleben ging weiter. In dem Dorf von Crazy Horse gab es einen Büffelträumer, der die Zeremonie für Heller-Mond leitete. Alle atmeten durch, denn an diesem Tag vergaßen sie die Angst und die Trauer. Es war das Fest für Heller-Mond, auch wenn viele an die Menschen dachten, die nun nicht mehr unter ihnen weilten. Anschließend zogen die Männer wieder in ihr Zelt, sodass es in Tschetan-withkos Tipi nicht mehr so eng war. Der schwarze Wolf hatte sich einige Tage verzogen, jetzt kehrte er wieder in das Zelt zurück. Er mochte es nicht, wenn fremde Menschen bei ihnen lebten. Nur noch Hitschikyata blieb im Zelt, der jedoch meistens die Verwundeten besuchte. Bei Tschoka-sapa steckte eine Kugel in der Schulter, die Hitschikyata entfernte. Es war das erste Mal gewesen, dass er einen solchen Eingriff vornahm und Tschoka-sapa hatte viel Blut verloren. Trotzdem erholte sich der Krieger, dank der Pflege seiner beiden Frauen. Viel-Schnee und Fallende-Sterne wechselten sich dabei ab, aber am meisten half ihm Crow-Bären-Mädchen bei der Genesung. Wenn sie neben ihm saß, ihn mit ihren lustigen Augen und blitzenden weißen Zähnen anlächelte, dann kämpfte er gegen die Schwäche in seinen Körper an. Er wollte nicht sterben, er wollte sehen, wie seine Kinder erwachsen wurden. Er wollte erleben, wie auch Habichtkralle zum Mann heranwuchs, so wie Otter-der-die-Crow-narrt, der tapfer gekämpft hatte. Wie stolz er auf seinen Sohn war!

Zusammen mit Crazy Horse zogen die Lakota in Richtung der Black Hills. Sie folgten der Spur der Soldaten, die jedoch zügig nach Süden verschwanden. Für General Crook war der Feldzug, auch wegen des Mangels an Nachschub, beendet.
Die Lakota rächten sich an den Goldgräbern. Immer wieder fielen sie in Scharen über die „Waschbärenmänner" her. Besonders die jungen Krieger reagierten hier ihren Hass ab. Traumpfeil war das nicht recht, denn die Abwesenheit dieser Männer schwächte das Dorf mit den Frauen und Kindern. Doch wenn Crazy Horse rief, dann folgten ihm die Männer. Außerdem war weit und breit kein Soldat zu sehen. Tatokala schätzte, dass es mindestens zwei Monde dauern würde, ehe die Soldaten bereit für einen weiteren Feldzug waren.

Ohne selbst Verluste zu haben, griffen die Indianer die Randbezirke von Deadwood an, steckten die billigen Bretterbuden in Brand und plünderten die Ausrüstung. Zu oft hatten die Goldsucher einzelne Familien abgeschlachtet, die zum Jagen die Sicherheit des Stammes verlassen hatten. Auf beiden Seiten kam es zu Gräueltaten, auch von Seiten der Lakota, denn die Grausamkeit der Weißen hatte die Lakota aufgestachelt. Sie hatten die Leichen einer ganzen Familie gefunden, denen die Köpfe abgetrennt worden waren. Es hatte ein schwunghafter Handel mit Indianerköpfen eingesetzt und die Goldgräber zeigten kein Erbarmen, weder mit Frauen noch mit Kindern. So zeigten sie nun ebenfalls kein Erbarmen.
Hasserfüllt und hartnäckig griffen die Indianer die Störenfriede an, besonders die Postkutsche war ein leichtes Ziel für ihre Angriffe. Dabei fielen ihnen zwei weiße Frauen in die Hände, die brutal misshandelt wurden. Johlend trieben die aufgestachelten Krieger die

beiden Frauen ins Dorf, wo ebenso hasserfüllte Frauen versuchten, den Gefangenen die Kleider vom Leib zu reißen. Die Frauen waren genauso unversöhnlich wie die Männer und kannten kein Erbarmen mehr. Viele Familien hatten Verwandte verloren und so gab es keinen Grund mehr, die Feinde zu schonen.

Nur Che-ni-win schlug die Hände vor das Gesicht, um das alles nicht sehen zu müssen. Sie hielt die Grausamkeiten nicht mehr aus. Immer wieder schwangen schrecklich bemalte Krieger blutige blonde Skalpe an ihren Stangen und auch Elchkalb kam eines Tages mit einer solchen Trophäe zurück. Nichts Sanftes war mehr in seinem Gesicht und sie schreckte vor ihm zurück.
„Sie haben euch doch nichts getan", versuchte sie ihn zu mäßigen.
„Sie sind weiß!", war die einfache Antwort.
„Ich bin auch weiß!", erwiderte sie trotzig.
„Aber du raubst nicht unser Land!" Elchkalb spuckte wütend.
Blass und verstört verließ Che-ni-win das Zelt. Sie konnte den Anblick des blutigen Skalps einfach nicht ertragen.
Erst am Abend kehrte sie widerwillig in ihr Zelt zurück. Elchkalb hatte den Skalp auf einen kleinen Rahmen gespannt und schaute sie finster an. Er verstand ihre Abscheu nicht, denn für ihn zählte dieser Coup als Heldentat. Mutig war er gegen die Eindringlinge gezogen und jetzt erwartete er, dass er dafür bewundert wurde. Er fühlte sich im Recht, denn er verteidigte die Heiligen Schwarzen Berge gegen die Räuber des gelben Metalls.
Müde und verstört setzte sich Che-ni-win neben das Feuer und sah seinen Ärger. Warum verstand er sie nicht? Sah er denn nicht, dass sie trotz ihrer indianischen Kleider noch immer eine Weiße war? All die Jahre war sie glücklich gewesen, aber jetzt wusste sie nicht mehr, wohin sie gehörte. Der Kampf gegen Soldaten, die ihr Dorf angriffen, war das eine, doch einfach Menschen zu töten, hatte sie immer schon verabscheut. Auch als Elchkalb gegen die Crow gezogen war, hatte sie versucht, diese Tatsache zu verdrängen, es damit entschuldigt, dass die Crow ihre Feinde waren, aber letztendlich brach hier ihre christliche Erziehung durch, die in dem Töten eines Menschen eine Sünde sah.
Am nächsten Tag hörte Che-ni-win verzweifeltes Geschrei vor ihrem Zelt. Erschrocken huschte sie hinaus und sah, wie Antilopensohn eine weiße Gefangene an den Haaren durch das Dorf zerrte. Nichts Schlaksiges oder Jungenhaftes war mehr an dem Mann. Er hatte sich

in einen finsteren Krieger verwandelt, der gnadenlos seine Feinde tötete. Völlig entsetzt beobachtete Che-ni-win, wie er sein Messer zückte, um die Frau zu töten.
Antilopensohn sah furchtbar aus in seiner Wut. Ungepflegte Haare hingen ihm in Strähnen um den Kopf und seine Kleidung war blutverschmiert von den Verletzungen, die er sich in seiner Trauer selbst zugefügt hatte. Seine Gesichtszüge waren vor Hass verzerrt, nichts Sanftes lag mehr in ihnen. Er wollte töten! Am Bach würde er endgültig ihren Skalp nehmen, denn die weiße Frau war wertlos für ihn. Ihr Gekreische ging ihm auf die Nerven und eigentlich wollte er überhaupt keine Frau, nie mehr! Er dachte immer nur an Gras-im-Wind, die ihn mit ihren sanften Augen angelächelt hatte.
Ohne zu denken stürzte Che-ni-win zu dem rasenden Krieger und hielt seinen Arm fest. „Nein! Das darfst du nicht!"
Antilopensohn schüttelte sie ab wie eine lästige Fliege und Che-ni-win stürzte heftig zu Boden. Die Luft blieb ihr weg und erschrocken tastete sie an ihren Bauch. Ihr Baby!
Die Geste weckte Antilopensohn aus seinem Blutrausch. Zögernd ließ er das Messer sinken und beugte sich zu Che-ni-win. „Geht es dir gut?"
„Ich glaube nicht", flüsterte sie, dann stöhnte sie laut.
Elchkalb trat hinzu und herrschte seine Frau an: „Die Gefangene geht dich nichts an!"
Che-ni-wins Augenlider flatterten, als ihr Kopf nach hinten sackte und ihr Körper erschlaffte. Was war denn mit ihr los? Unsicher starrte Elchkalb auf seine Frau. Hatte Antilopensohn sie verletzt? Vorsichtig hob Elchkalb seine Frau hoch, um sie in das Zelt zu tragen.
Die weiße Gefangene kniete immer noch weinend im Gras und zitterte am ganzen Körper. Uinohnah kam hinzu und nahm sie sanft an der Hand. „Komm!", zeigte ihre deutliche Geste. Jetzt war Schluss!
Betreten ließ Antilopensohn den Kopf sinken. Es war deutlich zu sehen, dass Uinohnah verärgert war. Zögernd folgte er ihr ebenfalls in das Zelt.
„Du wirst diese Frau zurückbringen!", forderte Uinohnah mit fester Stimme, die keinen Widerspruch zuließ.
Antilopensohns Augen wurden kalt. Das würde er ganz bestimmt nicht! Zumindest nicht lebend!
„Sieh sie dir an! Sieh dir ihre Schmerzen und ihre Angst an! Das gleiche hat deine Frau durchgemacht. Du bist nicht besser als diese Weißen!"

Antilopensohn schluckte schwer. Was fiel denn Uinohnah ein, ihn mit diesen Mördern zu vergleichen! Seine dunklen Augen wurden schwarz vor Wut. Dann schaute er auf die weiße Frau, die sich voller Angst an die Zeltwand drückte. Zum ersten Mal sah er sie tatsächlich an. Blaue, ängstliche Augen, eine Stupsnase mit Sommersprossen, ein zerfetztes Kleid, das kaum die blutigen Striemen seiner Peitsche verbarg. Langsam kam er wieder zur Besinnung. Er war ein Krieger, er hatte es tatsächlich nicht nötig, eine Frau zu misshandeln. Ruhig blickte er Uinohnah in die Augen. „Ich bringe sie zurück!"
„Du wirst sie nicht töten!"
„Nein!"
„Hetschetu!"
Uinohnah wandte sich an die Frau und begann vorsichtig die Striemen zu behandeln. Antilopensohn biss sich auf die Lippen, dann stand er auf, um nach Che-ni-win zu sehen.
Im Zelt von Elchkalb herrschte Aufregung, so blieb er besorgt davor stehen. Wakan-tanka! Was hatte er angerichtet? Gebrochener-Zweig eilte heraus und er blickte sie fragend an. Wütend blitzte die ältere Frau ihn an. „Sie verliert vielleicht das Baby!"
Antilopensohn wurde schlecht vor Entsetzen. Gras-im-Wind! Wie sehr hatte ihr Verlust ihn verändert! Er war nur noch ein böser Geist, der anderen wehtat! Er wollte sterben, wollte wieder zärtlich die Arme um seine Frau legen. Ein qualvolles Stöhnen stieg in ihm hoch, als er an seine kleine Tochter dachte. Seine Hände hatten sie so sanft gehalten, jetzt töteten diese Hände und fügten Schmerzen zu. Er wollte sie nicht mehr. Wie in Trance zog er sein Messer und begann, seine Hand abzuhacken. Das Blut spritzte ihm bis ins Gesicht, doch er spürte den Schmerz nicht.
Gebrochener-Zweig reagierte als erste, denn es war ihre unvorsichtige Anklage gewesen, die ihn zu dieser Tat trieb. Mit einem Satz sprang sie zu dem tobenden Mann und umklammerte sein Handgelenk, damit er nicht noch mehr Schaden anrichtete. „Hör auf! Noch wissen wir nichts."
Niemand hätte Antilopensohn daran gehindert, sein Leben zu beenden, als er neben seiner ermordeten Frau getrauert hatte, aber das hier war nutzlos. Sie waren im Krieg und brauchten jeden Mann. Elchkalb entriss ihm das Messer und blickte entsetzt auf die blutende Hand von Antilopensohn. Eine Menschenmenge entstand, die mitleidig auf den verzweifelten Mann schaute. Schließlich kam Hitschikyata, der geistesgegenwärtig die Blutung stoppte. Vorsichtig stützte

er Antilopensohn, als er ihn zurück ins Zelt brachte. Der junge Medizinmann legte einen festen Verband um das Gelenk des Kriegers, dessen Messer bis zum Knochen vorgestoßen war. Zum Glück waren keine Sehnen verletzt worden.
Völlig außer Atem kam Sohn-des-Windes herbeigeeilt, um nach seinem Freund zu sehen. „Tokah-ho?"
Antilopensohn blickte anklagend hoch, musterte ihn mit geröteten Augen. „Niemals werden unsere Kinder gemeinsam spielen! Niemals!"
Ernst setzte sich der Crow vor den verzweifelten Mann und fasste an seine Schulter. „Nein, aber dein Schmerz wird auch nicht besser, wenn du dich oder andere verstümmelst! Wir brauchen dich, Antilopensohn! Fast wäre auch meine Frau getötet worden! Ich bitte dich! Überwinde deinen Schmerz und hilf mir, Morgenröte und Donnern-am-Fluss zu beschützen."
Antilopensohn schaute ihn mit trüben Augen an. Es war ehrenvoll, dass er Morgenröte und ihr Baby beschützen sollte. Er gab sein Einverständnis und beruhigte sich langsam. „Wie geht es Morgenröte?", fragte er besorgt.
„Sie wird überleben!"
Antilopensohn seufzte erleichtert. „Waschté!"

Leise trat Uinohnah mit der weißen Frau in das Zelt. Sie hatte sich gewaschen und gekämmt, außerdem trug sie ein einfaches Kleid von Uinohnah. Wieder flackerte die Angst in ihren Augen auf, als sie Antilopensohn sah. Der Krieger musterte sie nachdenklich und wandte sich an Hitschikyata: „Hitschikyata? Du sprichst doch ihre Sprache?"
„Ja?" Hitschikyata zögerte etwas, denn bisher hatte er nur mit Cheni-win in der fremden Sprache gesprochen.
„Bitte sage ihr, dass ich sie zurückbringen werden. Sie braucht keine Angst mehr zu haben."
Die anwesenden Krieger murmelten beifällig. Sie bewunderten seine Entscheidung, denn sie war großmütig. Auch Uinohnah war sichtlich erleichtert.
Hitschikyata kniete sich vor die verschreckte Frau und sprach in langsamem Englisch: „Dieser Krieger heißt Antilopensohn. Seine Frau und sein Baby wurden von den Soldaten getötet. Deshalb ist er voller Hass und Wut! Aber du musst dich nicht mehr fürchten. Er hat entschieden, dass er dich zurückbringt."
Voller Hoffnung schaute die Frau ihn an. „Zurückbringt?"

„Ja, du bist frei. Er begleitet dich zurück, damit dir nichts zustößt. Hast du mich verstanden?"
Ungläubig starrte die Frau ihn an, glaubte vielleicht an eine weitere Teufelei, doch Antilopensohn hielt sein Wort. Mit seiner eingebundenen Hand und ohne Begleitung brachte er die Frau in die Nähe der Stadt. Es interessierte ihn nicht, ob zufällig vorbeireitende Weiße ihn töten würden, vielleicht sehnte er den Tod sogar herbei.
Unbehelligt erreichten sie den Waldrand vor der Stadt und mit seinen Lippen deutete Antilopensohn an, dass sie reiten konnte. Das Pferd mit der weißen Frau trottete davon und es ließ ihn völlig kalt. Er fühlte sich weder gut noch schlecht, weder besonders großmütig oder ehrenhaft. Er fühlte einfach nichts.

Die Black Hills waren für die Indianer nicht mehr sicher. Es war vorhersehbar, dass die Goldgräber und Siedler dort Verstärkung von den Soldaten bekommen würden. Außerdem befürchteten die Indianer weitere Vergeltungsaktionen. Immer wieder stießen sie auf grausam verstümmelte Leichen, wenn ganze Familien von den Weißen abgeschlachtet worden waren, und die Indianer waren fassungslos über die Grausamkeiten, zu denen diese Menschen fähig waren. Jene Weißen kannten keine Regeln, keinen Anstand und vor allen Dingen kein Mitleid! Frauen und Mädchen wurden, wenn sie denn überhaupt so ein Massaker überlebten, als Beischlaffrauen an die weißen Männer verkauft. Manchmal konnte eine Frau diesem Leben entkommen und den Lakota erzählen, was geschehen war.

Langsam zogen die Lakota zum Powder-Fluss, um dort den Winter zu verbringen. Tschoka-sapa hatte sich von seiner Schusswunde erholt und ritt wieder mit den anderen Kriegern am Anfang des Zuges. Che-ni-win lag auf einem Travois und Elchkalb ließ sie nicht aus den Augen. Ihm war schlecht vor Angst bei dem Gedanken, was alles hätte passieren können. Warum hatte sie ihm nicht erzählt, dass sie ein Baby erwartet? Das ging über seinen Verstand. Vielleicht war diese Frau doch mehr Weiße als er gedacht hatte?
Che-ni-win dagegen war einfach nur froh, dass Antilopensohn der weißen Frau nichts getan hatte. Dieser Hass war mehr als sie ertragen konnte. Elchkalb schüttelte den Kopf. „Du kannst doch nicht einem Krieger ins Messer greifen! Wenn dem Baby etwas passiert wäre!"

„Ich hatte gar nicht nachgedacht", erklärte Che-ni-win kleinlaut. „Ich wollte nur jene Frau schützen."
„Es war Antilopensohns Entscheidung, was er mit ihr tut."
„Aber es war nicht richtig!", trotzte Che-ni-win.
„Nein, aber du hast Antilopensohn beleidigt, indem du ihn gehindert hast!"
Che-ni-win schwieg, aber sie hasste das ganze Blutvergießen. Vielleicht sollte sie doch zu ihrem Vater nach Kanada gehen?
Antilopensohn kam schuldbewusst vorbei und schaute auf ihren Bauch. „Wie geht es dir?"
„Besser!"
„Ich wollte dir nicht wehtun!"
„Ma! Und ich wollte dich nicht beleidigen", erklärte Che-ni-win mit schlechtem Gewissen.
Antilopensohn grunzte überrascht. „Beleidigen?"
„Ja, als ich jene Frau schützen wollte."
Antilopensohn blickte sie nachdenklich an. „Du hast mich nicht beleidigt. Du hast mich vor großer Schande bewahrt. Ein Krieger sollte keine wehrlose Frau schlagen."
Sie lächelte erfreut, dann stichelte sie etwas: „Du wolltest sie nicht schlagen, sondern töten!"
„Nun, ein Krieger sollte auch keine wehrlose Frau töten", verbesserte er sich. Ein klein wenig blitzte wieder der großmütige Antilopensohn durch, der sich ohne zu zögern vor einen Bären warf, um ein Mädchen zu retten. Dann galoppierte er davon, um als Späher den Zug vor möglichen Attacken zu warnen. Es lenkte ihn von seiner Trauer ab. Doch er glaubte fest daran, dass es seiner Frau und Tochter im Jenseits an nichts mangelte. Es war die Einsamkeit und der Verlust ihrer Gesellschaft, die ihm hier zu schaffen machten, bis er ihnen eines Tages folgen würde. Der Tod war für die Indianer nichts Ungewöhnliches. Von klein auf lebten sie mit der Gefahr, sei es durch Jagd, Krieg oder Krankheit.

Die Lakota schlugen ihr Lager einen halben Tagesmarsch von Crazy Horse entfernt auf. So fanden die Ponys genügend Futter, trotzdem konnte man sich gegenseitig beistehen. Der Winter brach herein und die Indianer fühlten sich sicher, denn im Winter führte die Armee keine Feldzüge.
Im Dorf von Traumpfeil kehrte Normalität ein. Die Tipis wurden winterfest verankert und die Frauen sammelten Holz. Blitz-im-Win-

ter und Krummes-Büffelhorn hüteten mit ihren Freunden die Pferdeherde, während andere Jungen die nähere Umgebung erforschten. Der Winter kam früh, mit ungewöhnlich viel Schnee. Die Kinder rodelten auf selbst gebauten Schlitten aus Büffelknochen, während die Krieger mit Schneeschuhen auf Jagd gingen. Che-ni-wins Bauch rundete sich und sie spürte die ersten Bewegungen des Ungeborenen. Manchmal durfte Elchkalb seine Hand auf ihren Bauch legen, dann lachte sie glücklich. Elchkalb war durch ihr Verhalten völlig verunsichert. Sie benahm sich so, als wäre nichts geschehen und freute sich auf ihr Baby.
Es war friedlich, doch Traumpfeil hatte aus der Vergangenheit gelernt und teilte unerbittlich Späher zum Wachdienst ein. Zu leicht konnten ansonsten heranrückende Feind übersehen werden und Traumpfeil wollte kein Risiko mehr eingehen. Auch im Winter waren bereits Dörfer überfallen worden.

Tschetan-withko wusste diese Vorsichtsmaßnahme zu schätzen und ging mit gutem Beispiel voran, als er sich zu diesen Späherdiensten einteilen ließ. Lieber wäre er in seinem Zelt geblieben, aber er wollte seinen Schwager unterstützen. So saß er halbwegs entspannt auf seinem Pony, seine kurzen Haare flatterten in dem frischen Wind und er hatte eine warme Büffeldecke um sich geschlagen. Neben ihm trottete der schwarze Wolf. Vielleicht trieb er einen Hasen auf, den er erlegen konnte? In der Ferne sah er sein Tipi und davor spielten die beiden Mädchen. Ein Lächeln umspielte seine Lippen, als er an seine Frau dachte. Wah-bo-sehns! Sein Herz schmerzte, wenn er an die Gefahr dachte, in der sie schwebten. Wie lange würden sie noch in Freiheit leben können?
Ein Schneeball traf ihn mitten ins Gesicht und er ließ sich instinktiv von seinem Pferd rollen. Schon fasste seine Hand nach seinem Gewehr, dann erkannte er belustigt, dass es sich um einen Kinderstreich handelte. Hell und klar erklang das Lachen seines Sohnes, der ungeheuer stolz war, dass er es geschafft hatte, seinen Vater zu überraschen. Deshalb hatte auch der Wolf nicht angeschlagen, denn er sah in Wolfssohn keine Gefahr. So ein Verräter! Tschetan-withko lachte über das ganze Gesicht, während er sich den Schnee aus dem Gesicht wischte. „Du bist der bessere Wächter! Willst du mich begleiten?"
Eifrig nickte Wolfssohn und Tschetan-withko wickelte das Kind vor

sich in die Büffeldecke ein. Dann ritten sie gemeinsam über das hügelige Land, das von einer dicken Schneedecke verborgen wurde. Tschetan-withko dachte an Wah-bo-sehns, die ihm diesen Sohn geschenkt hatte. Und Graueulenmädchen! Mit bangem Herzen erinnerte er sich manchmal daran zurück, wie er sie fast getötet hatte. In seinen Gebeten dankte er Wakan-tanka immer wieder dafür, dass er seine Hand gebremst hatte. Aufmerksam beobachtete er das Land, seine geübten Augen bemerkten jede Veränderung. Sein Sohn saß schweigend vor ihm, auch er genoss die Stille und den schützenden Arm seines Vaters. Nichts konnte ihm hier passieren.
Der Wolf hob plötzlich witternd seine Nase und Tschetan-withko zügelte das Pferd. In der Ferne erkannte er einen einsamen Reiter, der sich müde durch den Schnee kämpfte. Es war ein Späher von Crazy Horse, der die unfassbare Nachricht brachte: „Die Soldaten sind auf dem Weg hierher! Ihr müsst weg! Sie haben Kanonen dabei!"
Tschetan-withko biss sich auf die Lippen. Das friedliche Leben war vorbei. Jetzt im Winter mussten sie flüchten. Ergeben wendete er das Pony. Alle hatten gewusst, dass sie nur eine kurze Verschnaufpause haben würden. Sie hatten den Bären gereizt, jetzt schlug er mit seinen Tatzen zurück! Er brachte den Späher ins Dorf, damit er den anderen von der Gefahr erzählen konnte.
Schweren Herzens ritt er anschließend zu Wah-bo-sehns, um ihr zu sagen, dass sie packen sollte.
Die Frauen ließen die großen Holzstöße zurück, die sie für den Winter bereits gesammelt hatten. An dem neuen Lagerplatz mussten sie eben von vorne anfangen. In geordneter Ruhe verlegten sie das Dorf. Crazy Horse zog in die Black Hills, um einen Teil der Soldaten von Traumpfeils Gruppe abzulenken.
Traumpfeil führte sein Dorf zum Tongue-Fluss. Die Kinder saßen in warme Felle gehüllt auf den Ponys, die von den Frauen durch den Schnee geführt wurden. Die Schneeverwehungen erschwerten das Vorwärtskommen und ermüdeten alle. Wah-bo-sehns umwickelte die Pfoten des Wolfes mit Lederfetzen, denn sie wurden von dem gefrorenen Schnee ganz blutig. Die Krieger konnten den wankenden Frauen wenig helfen, denn sie flankierten den Zug. Tatsächlich folgte eine Abteilung der Soldaten der Spur von Crazy Horse, doch die andere folgte unbeirrbar der deutlichen Fährte von Traumpfeil.
Vorwärts, vorwärts, vorwärts! Zwei Tage lang gönnte Traumpfeil dem Volk keine Pause, weil die Soldaten stetig aufholten. Wenn sie erst ihre Vorräte verlieren würden, hätten sie im Winter keine Chance

mehr. Sie mussten um jeden Preis verhindern, dass die Soldaten sie einholten. Nachts legten sich die Frauen und Kinder nur unter einige warme Büffeldecken, denn die Flüchtenden wagten es nicht, Feuer zu machen oder die Tipis aufzubauen.
Linke-Hand wurde schwer krank und konnte nicht mehr auf seinem Pony sitzen. In Decken eingewickelt lag er fiebernd auf einem Travois, das Uinohnah hinter sich her zerrte.

Wieder brach ein Tag an und die müden Menschen kämpften sich durch die schneebedeckte Landschaft. Eben noch hatten sie in der winterlichen Ruhe des Dorfes gelebt und sich über ihre Vorräte gefreut, und nun waren sie auf der Flucht vor den unbarmherzigen Soldaten. Warum gaben die Soldaten nicht einmal im Winter Ruhe? Hatten sie keine Frauen und Kinder zu versorgen? Mussten sie sich nicht um ein warmes Feuer kümmern? Mit gebeugten Häuptern kämpften sich die Menschen durch den Schnee und suchten ihr Heil in der Flucht. Doch wohin sollten sie gehen?

Plötzlich waren die Soldaten da! Kinder schrien vor Entsetzen und Frauen setzten die Ponys in Trab.
Che-ni-win blieb mit ihrem Pony hinter ihrer Schwester Weidenzweig. Ihr Herz raste vor Angst und das Ungeborene in ihrem Bauch bewegte sich empört. Leise sang sie ein Lied, um sich und das Kind stark zu machen. Mütter hoben die Kinder von den Ponys herunter, weil sie auf dem Pferderücken ein zu gutes Ziel waren. Schreckensbleich trampelten ihre kleinen Füße neben ihren Müttern her, ihre Hände in die Kleider der Erwachsenen verkrampft. Einige Kugeln pfiffen über sie hinweg, dann verschwanden die Frauen und Kinder hinter einem Hügel. Das letzte Travois war das von Linke-Hand, das Uinohnah hinter sich her zog. Die Krieger gingen hinter dem kleinen Höhenzug in Deckung, um den Frauen mehr Zeit zu geben zu flüchten. Sie griffen nicht an, sondern hielten mit ihren Gewehren die Soldaten auf Distanz. Ihre Munition schwand besorgniserregend, trotzdem hielten sie tapfer ihre Stellung. Alle wussten, was mit ihren Familien geschehen würde, wenn sie versagten. Die Soldaten brachten ihre Kanone in Stellung, doch die Kugeln richteten im Schnee wenig Schaden an. Wohin sollte man auch zielen, wenn man den Feind nicht sah? Tatokala traf einen der Kanoniere mitten ins Herz und sofort gingen alle Soldaten in Deckung. Grinsend winkte Elchkalb seinem Freund zu: ein guter Schuss! Dann zeigte er nach oben. Hohe

Wolkenberge türmten sich auf und kündigten Schnee an. Vielleicht war das ihre Chance? Tatokala feuerte weiter, dabei flehte er um Beistand: „Lass es schneien! Waziya! Steh uns bei!"
Als hätte der tobende Riese im Norden sein Gebet erhöht, setzte ein verheerender Schneesturm ein und half den roten Kindern, in der endlosen weißen Wüste zu verschwinden. Außerdem verwischte der Schneesturm alle Spuren.

Hastig bauten die Soldaten Notzelte auf, banden die Pferde aneinander und versteckten sich frierend in den Unterkünften. Sie würden im Sturm keinen Angriff durchführen! Viele-Feinde beobachtete dies mit Genugtuung und schickte mit einer ungeduldigen Handbewegung die Krieger zurück zu den Frauen. „Ändert die Richtung! Dann verlieren jene Soldaten die Spur!"
Traumpfeil erkannte umsichtig die Chance, die sie hatten. „Wir gehen nach Norden!" Die Männer banden die Pferde mit Riemen aneinander, um sich in dem Sturm nicht zu verlieren. Man konnte die Hand nicht vor den Augen sehen, trotzdem stapften die übermüdeten Menschen weiter, versuchten den Vorsprung weiter auszubauen. Die Krieger blieben jetzt bei ihren Frauen, denn diese hatten keine Kraft mehr, die unwilligen Ponys weiter zu ziehen. Wie blind taumelten die Menschen vorwärts, wussten längst nicht mehr, in welche Richtung sie eigentlich flüchteten. Hauptsache weit weg von den Soldaten. Nach Stunden erreichten sie endlich ein geschütztes Tal und Traumpfeil ließ einige Tipis aufbauen. Es war Schwerstarbeit, denn der Sturm riss an den Planen, aber mit Hilfe der Männer gelang es ihnen schließlich. Die Kinder brauchten dringend Schutz, aber auch viele Erwachsene waren von den Entbehrungen sichtlich gezeichnet. Die Kinder und Ältesten wurden aus den Decken gerollt und in die Zelte gebracht, die zwar nicht warm, aber zumindest windgeschützt waren. Uinohnah schrie plötzlich voller Verzweiflung, denn Linke-Hand lag nicht mehr auf dem Travois. Die warme Büffeldecke war verlassen, der alte Mann einfach weg. Traumpfeil stand fassungslos daneben, dann nahm er seine Frau in die Arme. „Er ist von uns gegangen, weil er uns nicht zur Last fallen wollte. Du musst dir keine Vorwürfe machen!"
„Ich hätte besser aufpassen müssen", schluchzte Uinohnah voller Verzweiflung.

„Du hast gut aufgepasst! Deshalb wählte dein Vater den Schneesturm, um von uns zu gehen."
„Bitte, wir müssen ihn suchen!"
„Wir werden ihn in diesem Sturm nicht finden. Außerdem will er nicht gefunden werden. Mitawitschu! Er starb bereits, als Wehende-Decke von uns ging. Jetzt geht er endgültig zu den Geistern. Es ist gut!"
„Ich will ihn nicht verlieren! Ich will niemanden mehr verlieren! Ich will keinen Ruhm, keine Tapferkeit, keinen Krieg. Ich will, dass das alles aufhört!", schrie Uinohnah ihre Trauer heraus.
Traumpfeil hielt seine weinende Frau fest. Ihm fielen keine tröstenden Worte ein, denn er hatte die gleiche Angst. Auch er wollte niemanden mehr verlieren. Eine bodenlose Furcht ergriff ihn, dass vielleicht Uinohnah oder seine Kinder starben.
„Uinohnah, deine Kinder haben Hunger! Wir müssen uns um die Lebenden kümmern", flüsterte er beruhigend.
Unter Tränen gehorchte sie. Es blieb keine Zeit für Trauerzeremonien, denn sie waren auf der Flucht. Sie wagte es nicht, sich selbst Wunden der Trauer zu zufügen, denn das würde sie schwächen. Mit abwesendem Blick richtete sie die Schlafplätze her, während Heller-Mond Holz sammelte.
Erschöpft legten sich die Menschen um die warmen Feuer, manche zu müde, um tatsächlich zu schlafen. Was würde der nächste Tag bringen?
Tschetan-withko legte seine Hände an die Schläfen und schaukelte gedankenverloren vor und zurück. So viele Tote! So viele Tote! Würde ihr Volk überleben? Zum zweiten Mal hatte er beide Eltern verloren und er konnte den Schmerz nicht mehr ertragen.

Nach dem Schneesturm machten sich Späher in Schneeschuhen auf den Weg, um die Soldaten zu beobachten. Sorgfältig achteten sie darauf, möglichst keine Spuren zu hinterlassen, die den Soldaten die Lage des Dorfes verraten könnten. Viele-Feinde und Schwarzer-Rabe erblickten die Soldaten in weiter Ferne von einem Felsen aus. Wie eine Kolonne Ameisen bewegten sie sich weiter nach Westen und Viele-Feinde machte eine beruhigende Handbewegung. Sie hatten etwas Zeit gewonnen! In einem flotten Indianertrab kehrten sie ins Dorf zurück, um Traumpfeil von ihren Beobachtungen zu berichten.

Trotzdem zogen sie am nächsten Tag weiter nach Norden, denn sie wollten den Vorsprung ausbauen. Irgendwann würden die Soldaten merken, dass die Indianer sie genarrt hatten und ebenfalls in einer anderen Richtung suchen. Die Soldaten hatten indianische Späher dabei, die schnell ihre Fährte wieder aufnehmen würden. Noch hatten sie Zeit, sodass Traumpfeil nur langsam weiterzog, um die Frauen und Kinder zu schonen. Trotzdem herrschte eine beklemmende Stille, denn alle hatten Angst. Einige Kinder und Erwachsene husteten, aber auf der Wanderschaft konnte man ihnen schlecht helfen. Abends bereitete Hitschikyata einen Tee für die Kranken. Viele wurden von Frostbeulen entstellt, obwohl sie ihre Gesichter dick mit Fett eingerieben hatten.
An einer Biegung des Pumpkin-Baches legten sie eine längere Pause ein. Vielleicht konnten sie hier den Rest des Winters verbringen? Die Ponys waren erschöpft und die Kinder benötigten dringend eine Pause. Wieder sammelten die Frauen Holz, dann saßen sie um die prasselnden Feuer, während sich wohlige Wärme ausbreitete.
Sonst war der Winter eine Zeit der Ruhe, in der die Frauen ihre schönen Gewänder bestickten. Dafür blieb jetzt keine Zeit. Sie prüften ihre Nahrungsvorräte, verpackten sie erneut, damit bei einer weiteren Flucht nichts verloren ging. Noch hatten sie ihren Besitz und ihre Ponys. Meist saßen alle leise in den Zelten, auch den Kindern war das Spielen verboten worden, um die Soldaten nicht zufällig auf das Dorf aufmerksam zu machen.
Unablässig streiften Kundschafter über das verschneite Land, um die Bewegungen der Soldaten zu beobachten.
Tschetan-withko hatte es satt! Trotz des anstrengenden Trabes mit den Schneeschuhen, stieg die Kälte in seine Glieder. Er sehnte sich nach dem warmen Feuer und Wah-bo-sehns, selbst sein Wolf war im Zelt zurückgeblieben und leckte seine blutigen Pfoten. Übermüdet biss er die Zähne zusammen, während er unwillig die Kälte abschüttelte. „Tokah-ho?", fragte Tschoka-sapa, dankbar für eine kurze Verschnaufpause, denn seine Schulter schmerzte ihn.
„Haun, ich bin zu alt dafür!", meinte Tschetan-withko trocken.
Tschoka-sapa schlug ihm ermunternd auf die Schulter. „Komm schon! Heute Abend sitzt du wieder bei deiner Frau!"
„Traumpfeil könnte ruhig jüngere Männer als Kundschafter aussenden", brummte Tschetan-withko.
„Auch junge Männer brauchen eine Rast! Sie sind die ganze Zeit unterwegs, während du dich ausruhst!"

„Ich ruhe mich nicht aus!", verteidigte sich Tschetan-withko empört. „Nein! Aber die Weißen lassen uns einfach nicht in Ruhe. Ich habe Angst davor, was passiert, wenn sie uns finden."
Tschetan-withko blickte ihn ernst an. „Ich habe noch nie erlebt, dass jene Soldaten so beharrlich sind. Wenn sie uns finden, werden sie uns alle töten, auch die Frauen und Kinder."
Tschoka-sapa kniff betroffen die Lippen zusammen. „Das fürchte ich auch!"
Tschetan-withko schubste ihn an. „Dann lass uns nicht jammern wie alte Weiber, sondern die Gegend beobachten!"
„Wan, ich dachte, dass ich dich antreiben muss und nicht umgekehrt!"
Tschetan-withko grinste nur, dann trabte er in seinen Schneeschuhen davon. Sie fanden keine verdächtigen Spuren und kehrten erleichtert in ihre Zelte zurück. Tschetan-withko war steif vor Kälte. Sanft massierte Wah-bo-sehns seine Oberschenkel, die durch den breiten Trab in den Schneeschuhen steinhart waren. Haun! Tschetan-withko stöhnte leise, als das Blut zu zirkulieren begann. Belustigt schauten die Mädchen auf ihren erschöpften Vater. Sie hatten still mit ihren Puppen gespielt, denn sie durften nicht draußen herumtollen. Wolfssohn war mit Takukin im Zelt von Tschaske. Fisch schnitzte mit ihnen neue Pfeile für ihre Bögen. Noch nie war ein Dorf im Winter so ruhig gewesen. Nur leises Flüstern drang durch die Zeltwände nach außen. Obwohl ständig Kundschafter unterwegs waren, hatten die Menschen Angst. Nicht Knaben, sondern junge Männer bewachten die Pferdeherde. Zu gefährlich war die Nähe der Soldaten und ohne ihre Pferde wären sie den Weißen ausgeliefert. Die Herde war das größte Risiko, denn sie musste bewegt werden, damit die Ponys Futter fanden.
Alle waren angespannt und gereizt, die ständige Gefahr zehrte an den Nerven. Krieger schliefen mit den Waffen neben sich, bei jedem Laut schreckten sie hoch.

Am Morgen ging ein Flüstern durch das Lager: „Mila-hanska! Sie sind ganz nah!" In fliegender Hast beluden die Frauen die Travois und setzten die verschlafenen Kinder auf die Ponys. In ihrer Panik ließen sie viele Tipistangen einfach stehen, denn die Soldaten waren ihnen dicht auf den Fersen. Sie kamen nicht aus Westen, sondern von

Süden her, den Pumpkin-Bach entlang. Es wehte ein eisiger Wind, der die Menschen erschauern ließ. Nur in Decken eingewickelt stampften die Frauen durch den Schnee, bis sie ihre Füße nicht mehr spürten. Die Soldaten hatten das verlassene Dorf gefunden und folgten sofort den flüchtenden Menschen. Traumpfeil führte seinen Zug auf das gefrorene Eis des Flüsschens. Fieberhaft schnitten die Frauen Lappen aus Lederresten und umwickelten damit die Hufe der Pferde. Eilig trieben die Männer ihre Familien nach Norden über das Eis, dann verwischten sie mit Fichtenzweigen die Spuren. Ein gnädiger leichter Schneefall half ihnen dabei.

Einige Krieger, unter ihnen Elchkalb, führten zwei Travois nach Westen, um die Soldaten auf eine falsche Spur zu locken. Außerdem trieben sie viele der Ponys mit sich. Später wollten sie nach Norden umschwenken, wenn die Frauen und Kinder genügend Vorsprung hatten. Die List gelang, denn die Soldaten dachten, dass sie die fliehenden Indianer vor sich hatten. Als sie dann noch zwei verlorene Travois fanden, waren sie endgültig sicher, dass sie die Indianer bald einholen würden und setzten sich auf die vermeintliche Spur.

Traumpfeil erreichte am Abend das Ufer des Yellowstone-Flusses. Mit seinen gelben Steilwänden grub sich das Flussbett tief in die zerklüftete, menschenfeindliche Landschaft. Völlig erschöpft sanken die Menschen in den Schnee. Sie bauten keine Zelte auf, sondern hüllten sich die Nacht über nur in Büffeldecken. Die Kinder bekamen etwas Wasna zum Essen, die Erwachsenen kauten an getrockneten Fleischstreifen. Nervös horchten sie auf die Geräusche der Nacht, nicht einmal die Hunde winselten, als ob sie die Gefahr verstanden, in der alle schwebten.

Che-ni-win hatte sich zu einer Kugel zusammengerollt. Ihr ganzer Körper schmerzte und sie spürte die Bewegungen ihres Babys nicht mehr. Elchkalb lockte mit seinem Bruder Krummes-Büffelhorn und zwei anderen Kriegern die Soldaten auf eine falsche Spur und sie vermisste ihn. Sie brauchte seinen Trost, dabei wusste sie nicht einmal, ob er noch lebte. Sie lauschte auf die geflüsterten Anweisungen der Mütter und spürte die Angst der Menschen fast körperlich.

In dieser Nacht starben zwei alte Menschen und ein Kind an Unterkühlung. Es blieb ihnen keine Zeit, sie zu bestatten und so wickelten sie die Toten nur in Felle und ließen sie liegen.

In der Morgendämmerung führte Traumpfeil seinen Stamm über den gefrorenen Yellowstone-Fluss. Eisschollen türmten sich übereinander, merkwürdige Muster hatten sich gebildet, als fließendes Wasser plötzlich bei der extremen Kälte gefroren war. Mühsam schlitterten und kletterten die Menschen über das brüchige Eis, zerrten abgemagerte Ponys hinter sich her. Einige Männer warfen Sand auf das Eis, damit die Pferde besseren Halt mit ihren Hufen fanden. Traumpfeil war verzweifelt, denn sie konnten nicht den ganzen Winter über fliehen. Zuerst würden die Ponys zusammenbrechen, dann die Kinder. Er dachte an die Worte von Sitting Bull, der nach Untschi Makotsche flüchten wollte, um dort den Winter zu verbringen. Sollte er das auch versuchen? Sie konnten es in vier bis fünf Tagen schaffen! Suchend schaute er sich nach Tschetan-withko um. Die ersten Menschen erreichten bereits das andere Ufer und kletterten dort die Böschung hinauf. Er sah Tschetan-withko, der sein Kriegspony mit den Kindern über das Eis führte. Hinter ihm ging Wah-bo-sehns, die mit dem Travois kämpfte. Traumpfeil holte die Familie ein und packte Tschetan-withko am Arm. „Wir folgen dem Redwater-Fluss bis zum Missouri und gehen ins Land der Großmutter!“
Tschetan-withkos Kiefermuskeln arbeiteten. Also Flucht! Ihre Heimat verlassen! Dann blickte er auf seine Kinder. Wenn sie leben würden, dann ging er auch in das Land der Großmutter. Mit einem kurzen Nicken deutete er sein Einverständnis an.
„Ich rede mit den anderen! Geh du voraus und führe uns zum Redwater!“, bat Traumpfeil.
Entschlossen drängte sich Tschetan-withko an den anderen vorbei und übernahm die Spitze. Er folgte einem kleinen ausgetrockneten Flussbett, dessen steiles Ufer ein wenig Schutz vor dem Wind bot. Fisch und zwei weitere Krieger ritten voraus, denn sie kamen in das Gebiet der Gros Ventre und Assiniboin. Jetzt hatten sie nicht nur die Soldaten hinter sich, sondern mussten aufpassen, dass sie nicht in die Arme ihrer Feinde liefen.

Am Nachmittag kamen ihnen Elchkalb und seine Freunde mit der Ponyherde entgegen. Sie hatten einen Bogen geschlagen, um die anderen wieder einzuholen. Fisch hätte die Krieger fast abgeschossen, weil er sie erst für feindliche Gros Ventre hielt. Elchkalb, Krummes-Büffelhorn, Tatokala und Antilopensohn konnten vor Erschöpfung kaum noch reiten, auch die Ponys waren mit ihren Kräften am Ende. Die Krieger hockten schwankend in ihren Sätteln, ihre Hände in die

Mähne ihrer Ponys gekrallt. Mit letzter Kraft trieben sie die zehnmal fünf Ponys in das Flussbett zu der Herde. Dann suchten sie Traumpfeil.
Besorgt sah der Häuptling sie an. „Wie viel Vorsprung haben wir?"
„Vielleicht einen halben Tag! Wir haben die Ponys fast zu Tode gehetzt, drei sind unterwegs gestorben. Die Soldaten kommen zu schnell voran!"
Traumpfeil nickte nur. Sie durften noch keine Pause machen, sondern mussten bis in die Dunkelheit weitermarschieren. „Bleibt jetzt hier und ruht euch aus!"
Elchkalb lächelte ohne Freude. Wie sollte man sich auf einem Pferderücken ausruhen? Er hatte Hunger und sehnte sich nach seiner Frau. Sein müder Blick schweifte über die stolpernden Frauen und Kinder. Haun! Er dachte, dass er erschöpft wäre! Aber die Menschen hier waren am Ende. Weiter hinten in der Kolonne erblickte er Che-ni-win, die zusammengekrümmt auf einem Pony hockte. Besorgt ritt er zu ihr und sah erschrocken in ihre schmerzverzerrten Augen.
„Elchkalb!" Ihre Lippen zitterten, während Tränen über ihr Gesicht liefen, die bei der Kälte sofort zu kleinen glitzernden Tropfen gefroren. Elchkalb sprang von seinem Pony und seine Beine schwankten, als ihm etwas schwindelig wurde. Mit seiner Hand stützte er sich auf ihren Oberschenkel ab. „Mitawitschu! Alles in Ordnung?"
Sie schluchzte nur und sein Herz gefror. Traurig ließ er den Kopf hängen. „Das Ungeborene?", flüsterte er.
„Ich fühle es nicht mehr!"
Er atmete tief ein. Er durfte sich jetzt nicht seiner Trauer hingeben. Che-ni-win brauchte seinen Trost und seine Kraft. Er sammelte sich und sah ihr fest in die Augen. „Eines Tages werden wir ein Baby haben!"
Sie starrte ihn wortlos an, froh, dass wenigstens er wohlbehalten zurück war.

Tschetan-withko führte den Stamm aus dem Flussbett heraus, dann drehte er nach Nordwesten ab. Sie schleppten sich an einer bewaldeten Hügelkette vorbei, die sich zu einem kleinen Tal öffnete. Hier lag nicht so viel Schnee und kurz entschlossen schlugen sie das Lager auf.
Die Ponys stürzten sich hungrig auf das vertrocknete Gras und scharten es mit ihren Hufen frei. Das Tal wäre ideal, um zu überwintern, wenn die Armee ihnen nicht auf den Fersen wäre. Die Lako-

ta schaufelten den Schnee beiseite und bauten ihre Zelte auf, denn heute würden die Soldaten nicht mehr heranrücken. Nur langsam wärmten sich die ausgekühlten Körper an den flackernden Feuern. Einige Menschen hatten ernste Erfrierungen und viele Kinder plagte der Husten.
Wah-bo-sehns hatte das Gefühl, nie wieder warm zu werden und dieses Gefühl rief lang vergessene Erinnerungen in ihr wach. Ihre Kinder lagen ganz nah an sie heran gekuschelt, nur Tschetan-withko fehlte, weil er mit dem Wolf das Dorf bewachte.

Unterdessen saß Hitschikyata mit Uinohnah bei Che-ni-win und untersuchte ihren dicken Bauch. Er konnte das Ungeborene nicht fühlen, so hart war der Bauch. Auch Uinohnah wusste nicht weiter. Wenn das Baby tot war und nicht geboren wurde, würde auch Che-ni-win sterben. Aber sie sagte nichts von ihren Befürchtungen. „Wir sind bald in Untschi Makotsche, dann kannst du dich erholen!", ermutigte sie Che-ni-win.
„Und das Baby?"
„Ich weiß es nicht! Wenn du in einigen Tagen immer noch nichts spürst, dann muss ich dir einen Trank geben, der das Baby aus deinem Bauch heraustreibt."
Che-ni-win drehte sich weinend auf die Seite. Welchen Sinn hatte ihr Leben jetzt noch?
Ihre Schwiegermutter saß leise am Feuer und wärmte für Elchkalb und Che-ni-win eine Suppe. Mitfühlend schaute sie auf ihre weiße Schwiegertochter. Sie hatte sich mit der Entscheidung ihres Sohnes, das weiße Mädchen zu heiraten, schwergetan. Doch Elchkalb war glücklich und sie musste zugeben, dass Che-ni-win von Gebrochener-Zweig gut erzogen worden war. Sie füllte eine Schüssel mit Suppe und brachte sie zu ihrer Schwiegertochter. „Hier, trink etwas Heißes!"
„Ich brauche nichts", flüsterte Che-ni-win mit tränenerstickter Stimme.
„Du musst etwas essen, damit du zu Kräften kommst und es dem Baby an nichts fehlt."
„Ich spüre es doch nicht mehr!"
„Schluss jetzt! Es ist dein erstes Kind. Woher willst du wissen, was richtig oder falsch ist? Vielleicht ist es nur die Anstrengung. Jetzt iss!"
Hoffnung regte sich in Che-ni-win und sie schaute Hilfe suchend in die schwarzen Augen ihrer Schwiegermutter. „Schwarze Augen wie

bei Elchkalb!", dachte sie plötzlich. „Ich danke dir, Untschischi!", sagte sie höflich, indem sie die vorgeschriebene Anrede für ihre Schwiegermutter benutzte.
Sanft legte die ältere Frau ihre Hand auf den geschwollenen Leib ihrer Schwiegertochter. „Meine Tochter, du musst beten, dann wird alles gut!"
Che-ni-win lächelte unter Tränen. Jetzt hatte sie schon zwei Mütter, die sie „Tochter" nannten, als wäre sie nur ein kleines Kind. Aber Elchkalbs Mutter gab ihr wieder Hoffnung. „Ich danke dir!", wiederholte sie. „Ich werde beten!"

Noch vor Sonnenaufgang brachen die Lakota die Zelte ab und machten sich auf den Weg. Die kurze Ruhepause hatte allen gut getan, auch den Ponys. Ein Schneetreiben setzte ein und wieder änderten sie die Richtung. Traumpfeil führte die Menschen nach Norden in Richtung Redwater-Fluss. Wieder verloren die Soldaten die Spur, als sie weiter in Richtung Osten, in den geschützten Bergen, nach den Flüchtigen suchten. Die zehnmal fünf Ponys taten den Indianern gut, weil jetzt alle reiten konnten. Warm eingepackt saßen die Frauen und Kinder auf den Packpferden, obwohl sie in dem Schneetreiben kaum etwas sahen. Aber Traumpfeil wollte den Vorsprung weiter ausbauen. Die Krieger flankierten den Zug, zur Sicherheit ritten einige weit voraus. Die Sorge war unbegründet, denn bei diesem Wetter wagten sich nur Lebensmüde hinaus, oder verzweifelte Menschen auf der Flucht.
Tschetan-withko ritt in der Kolonne mit den Frauen, denn er war todmüde von der Nacht ohne Schlaf. Er hielt Wolfssohn in einem warmen Fell eingewickelt vor sich auf dem Pony, um Wah-bo-sehns etwas zu entlasten. Fisch trottete neben ihm, ebenfalls müde und mit Tschaske vor sich auf dem Pferd. Die Männer schwiegen, jeder hing seinen Gedanken nach.
„Hast du Angst?", fragte Fisch unvermittelt.
Tschetan-withko staunte, dass Fisch eine solche Frage in der Gegenwart seines Sohnes stellte.
„Ja!", antwortete er ehrlich.
„Was machst du, um deine Angst zu überwinden?"
Tschetan-withko dachte lange über diese Frage nach. Früher, als er jünger gewesen war, hatte er die Angst einfach verdrängt. Er hatte

sich von den anderen anstecken lassen und sich in das Kampfgetümmel gestürzt. Aber jetzt? „Ich denke an meine Kinder! Wenn ich nicht mehr bin, dann ist niemand mehr zwischen ihnen und dem Feind. Das macht mir Mut!"

Fisch blickte auf seinen Sohn. „Ja, wir kämpfen für unsere Kinder!"

Wieder schwiegen sie lange, dann bohrte Fisch weiter: „Wie es wohl in Untschi Makotsche sein wird?"

Tschetan-withko lachte leise, dabei flogen ihm Schneeflocken in den Mund. „Ich weiß es nicht, aber für meine Kinder werde ich es herausfinden."

„Kehren wir nicht zurück?"

„Kola, ich weiß nicht! Im Moment bin ich nur froh, wenn wir in diesem fremden Land in Sicherheit sind. Dafür kämpfe ich!"

„Dann kämpfe ich mit dir!"

Am Nachmittag fanden sie einen Rastplatz und bauten ihr Dorf auf. Das Schneetreiben hatte ihre Spuren verwischt und sie fühlten sich sicher. Erschöpft setzten sich die Menschen um die Feuer. Füße wurden massiert, Kinder unter warme Decken gesteckt, Wasna verteilt. Hoffnung breitete sich aus. Bald wären sie in Sicherheit, denn die Armee würde ihnen nicht über die Grenze folgen.

Okize

Kampf (Januar 1877)

Die lange Nacht hatte allen gut getan, auch Che-ni-win fühlte sich besser. Sie glaubte ganz fest daran, dass sich das Baby bewegt hatte und klammerte sich an diese Hoffnung. In zwei, drei Tagen würden sie in Kanada sein! Die Sonne ging über den schneebedeckten Hügeln auf und tauchte alles in rotes Licht. Obwohl es bitterkalt war, empfanden die Menschen eine angenehme Wärme, denn die Sonnenstrahlen brannten auf der Haut und es war eine trockene Kälte. Der Schnee knirschte bei jedem Tritt und es war so kalt, dass die Mokassins nicht durchweichten. Guten Mutes zog der Stamm weiter nach Norden, folgte in einiger Entfernung dem Redwater-Fluss und versteckte sich in den Senken des welligen Landes. Von den Soldaten war nichts zu sehen und alle atmeten auf. Die Späher wachten nach allen Seiten, da niemand den Weg der Soldaten vorhersehen konnte. Vielleicht war es ihnen ja wirklich gelungen, sie abzuschütteln? Traumpfeil ging kein Risiko ein. Energisch setzte er durch, dass die jungen Krieger ihren Marsch sicherten.

Nach drei Tagen hatten sie den Missouri fast erreicht und bauten am Abend ihr Lager in einem abseits gelegenen Tal auf. Alle waren erschöpft, aber die Hoffnung gab ihnen Kraft. Elchkalb übernahm mit seinem Bruder Krummes-Büffelhorn und einigen Freunden die erste Wache, dann wurden sie von Tschetan-withko und Tschoka-sapa abgelöst. Nichts rührte sich, kein Schuss schreckte die müden Kinder aus ihrem Schlaf. Im ersten Morgengrauen erreichte Tatokala, der ihren Rückzug gedeckt hatte, das Dorf. „Jene Soldaten sind nicht hinter uns! Wahrscheinlich haben sie unsere Spur verloren", meldete er zufrieden.

„Das ist gut!", freute sich Tschetan-withko. Sie würden in aller Ruhe den Missouri überqueren und in das Land der Großmutter ziehen.

Am Vormittag erreichten sie den zugefrorenen Missouri. Er bot einen gewaltigen Anblick. Eingebettet zwischen den weißen Hügeln, hatten sich riesige Eisschollen übereinander getürmt. Es war eine trügerische Eisfläche, denn darunter war immer noch fließendes Wasser. Emsig machten sich die Frauen daran, den Pferden Lederfetzen um die Hufe zu wickeln, damit sie auf dem glatten Eis nicht ausrutschten. Einige Krieger wagten sich bereits auf die Eisfläche, um die Belastbarkeit zu testen. Es war zu gefährlich, alle an nur einer Stelle

über den Fluss zu schicken, so verteilten sich die Menschen am Ufer. Die Scouts hatten bereits das andere Ufer erreicht und sicherten dort die Umgebung. Eilig machten sie Zeichen, dass alles in Ordnung war und sofort wagten sich die ersten Frauen auf das Eis.
Mit den Travois im Schlepptau kletterten die Ponys über die Eisschollen, oft noch Kinder auf ihren Rücken. Ältere Kinder schlitterten über das Eis und hielten alles für einen großen Spaß. Die ruhige Nacht hatte sie erholt. Traumpfeil rief einige Jungen zu sich und bat sie, die Pferdeherde über das Eis zu führen, denn das eine oder andere bockige Pony weigerte sich, auf das Eis zu gehen. Mit Stöcken trieben die Jungen die Tiere an, bis sie endlich das andere Ufer erreichten.

Warnrufe erschallten, begleitet von angstvollen Schreien, als in der Ferne Soldaten gesichtet wurden. Im Galopp kamen sie auf die fliehenden Lakota zu. Die ersten Schüsse hallten über das Eis und Menschen wälzten sich in ihrem Blut. Schreie erklangen und Panik brach aus, als die Frauen die Ponys hinter sich her zerrten, um das rettende Ufer zu erreichen. Die Mila-hanska! Die Soldaten waren ihnen nicht gefolgt, sondern hatten einen Bogen geschlagen, um ihnen den Weg abzuschneiden! Sofort gingen einige Krieger in Stellung und eröffneten das Feuer, um den Rückzug der Frauen und Kinder zu decken. Auch am anderen Ufer gingen Männer in Stellung, damit die Soldaten den Missouri nicht überschritten. Wieder peitschten Schüsse über den Fluss und verzweifelte Mütter rissen ihre schreienden Kinder von den Ponys. Entsetzt starrten die Männer auf das Blutbad, schwankten zwischen dem Drang zu helfen oder sich den Soldaten entgegenzuwerfen, um Schlimmeres zu verhindern.
Schwarzer-Rabe zögerte nicht. Von Panik erfasst stürzte er auf das Eis, als er mit ansehen musste, wie seine Frau und seine Tochter gleich in der ersten Salve von mehreren Schüssen getroffen wurden. Entsetzt sank er neben seine Frau, deren Blut das Eis rot färbte. Vogelmädchen blinzelte überrascht, dann tastete ihre Hand nach ihrer Tochter. Schwarzer-Rabe folgte ihrem Blick, dann starrte er entsetzt auf seine Tochter. Still lag Regenwolke da, kein Hauch eines Atems war mehr zu sehen. Fassungslos schaute er wieder auf seine Frau, die er in seinen Armen hielt, schlaff und mit gebrochenen Augen. Nur langsam erreichte die Wahrheit seinen Verstand. Auch sie war von ihm gegangen! Die Trauer nahm ihm die Luft, dann hörte er seinen Sohn stöhnen und mit einem Ruck riss er sich aus der Erstar-

rung. Eine weitere Salve pfiff über ihn hinweg und er duckte sich. Vorsichtig rutschte er ein Stück weiter, bis er seinen Sohn erreichte. Ein Schuss hatte Breite-Schulter in den Bauch getroffen und der Junge wand sich in Qualen. Ganz ruhig nahm Schwarzer-Rabe ihn hoch und die blutigen Hände des Kindes krallten sich in sein Hemd. „Es tut so weh!", kam es zitternd über seine Lippen. Vorsichtig drückte Schwarzer-Rabe sein sterbendes Kind an sich. Breite-Schulter! Nie würde er einen Kriegernamen erhalten! Es war vorbei. Eine Kugel traf ihn an der Schulter, aber er kümmerte sich nicht darum. Er hatte nur Augen für seinen Sohn. „Gleich hört es auf", flüsterte er tröstend. Die Augen des Kindes richteten sich vertrauensvoll auf seinen Vater.
„Kommst du mit mir?"
Schwarzer-Rabe nickte nur, dann wartete er auf die Kugeln, die sie beide erlösen würden.
Leise sang er für sie beide den Totesgesang, der abrupt endete, als mehrere Kugeln in seinen Körper schlugen.

Viele-Feinde sah vom Ufer aus, wie sein Freund starb und Tränen stiegen ihm in die Augen. Unwillig wischte er sie weg, denn es blieb ihnen keine Zeit für Trauer. Entschlossen nahm er weiter die Soldaten unter Beschuss, zielte genau, um seine Munition nicht zu verschwenden. Aus den Augenwinkeln erkannte er, dass sich seine Freunde auf der anderen Seite des Flusses am Ufer verteilten, damit die Soldaten ihn nicht überqueren konnten. Auf dem Eis wieherten verletzte Ponys, doch er hatte keine Kugel übrig, um sie von ihren Qualen zu erlösen. Hastig suchte sein Blick die Eisfläche ab, ob er Kleine-rote-Blume mit seinen Kindern sah. Doch sie schien es geschafft zu haben. Stattdessen erblickte er Viel-Schnee, die leblos auf dem Eis lag, neben sich Crow-Bären-Mädchen. Das Pony zuckte noch, von mehreren Kugeln zerfetzt. Tschoka-sapa schlitterte geduckt heran und Viele-Feinde gab ihm Feuerschutz, damit der ältere Krieger sich um seine Frau kümmern konnte. Auch andere Krieger eröffneten das Feuer, zwangen somit die Soldaten hinter einigen Felsen in Deckung zu gehen, während andere die Pferde außer Reichweite der Kugeln zogen. Befehle wurden gebrüllt, als die Soldaten in Stellung gingen, Flüche schallten über den Fluss und mischten sich mit dem Stöhnen der Verwundeten. Ein Teil der Kompanie schlug einen großen Bogen, um an einer anderen Stelle den Fluss zu überschreiten.

Viele-Feinde schoss unablässig und traf einen Mann, der zu nahe an sein Versteck herankam. Er hörte ihn stöhnen und kroch näher zu dem Weißen heran, um ihm sein Gewehr abzunehmen. Wan! Er blickte direkt in die Mündung eines Revolvers und schnellte blitzartig nach vorne. Der Schuss krachte pfeifend an seinem Ohr vorbei und für kurze Zeit konnte er nichts mehr hören. Wutentbrannt riss er dem Feind mit der einen Hand die Waffe aus der Hand, während er mit der anderen nach seinem Messer griff. Kaltblütig stach er zu, doch die Klinge rutschte an dem dicken Büffelfellmantel des Mannes ab. Die Weißen waren gut ausgerüstet! Mehrere Schüsse zwangen Viele-Feinde hinter dem Mann in Deckung zu gehen. Haun! Wenn er sich nicht beeilte, würden sie ihn einkreisen! Er schnappte sich das Gewehr des Soldaten, sicherte vorsichtig die Umgebung und zog sich hastig zurück. Mit einem Blick hatte er erkannt, dass sein Feind kampfunfähig war. Vielleicht konnte er noch weitere Soldaten treffen, wenn sie ihn bergen wollten? Hämisch grinsend blieb er in der Nähe und hörte, wie der Mann um Hilfe rief.

Indessen kniete Tschoka-sapa immer noch neben seiner jungen Frau, verstand nur langsam, dass er ihr nicht mehr helfen konnte. Fassungslos schaute er auf Viel-Schnee, ungeachtet der Kugeln, die um ihn pfiffen. Wie im Traum fiel sein Blick auf das kleine Mädchen, konnte nicht begreifen, was er dort eigentlich sah. Crow-Bären-Mädchen! Eine weitere Kugel zischte an ihm vorbei und er tauchte er weg. Dann rutschte er näher an seine Tochter heran und beugte sich über ihr zartes Gesicht. Er bemerkte den leichten Atem, der bei der eisigen Kälte aus ihrem geöffneten Mund drang und hob sie hoch. Ohnmächtig hing sie in seinen Armen, ihr Gesicht unnatürlich grau. Otter-der-die-Crow-narrt saß am Ufer und brüllte ihm etwas zu, während er weiter mit seinem Gewehr auf die Soldaten schoss.
„Lauf!", erreichten ihn endlich die Worte seines Sohnes. Wie im Traum erhob er sich, trug sein Kind in den Armen und hechtete in die Sicherheit eines Felsens am Ufer.
„Bring sie zu Fallende-Sterne! Ich brauche dich hier!", brüllte sein Sohn.
Tschoka-sapa gehorchte mühsam und rannte zu den fliehenden Frauen und Kindern. Schreie der Angst hallten durch das Tal, als die Menschen in ihrer Panik die Ponys weiterzerrten und versuchten,

dem tödlichen Gewehrfeuer zu entkommen. Er fand Fallende-Sterne, die mit Blaufeder und Habichtkralle in fliegender Hast ihre Habe durch den Schnee zog. Ihnen fehlte nichts! Wortlos drückte er seiner Frau das verletzte Kind in die Arme, dann kehrte er zu seinem Sohn zurück. Tatenlos kniete er sich neben Otter-der-die-Crow-narrt und starrte fassungslos auf seine tote Frau. Viel-Schnee!
„Ho iyaya-yo!", bellte sein Sohn. „Vorwärts! Du musst kämpfen!"
Verständnislos schaute Tschoka-sapa ihn an.
„Vater, kämpfe, oder sie werden alle töten!"
Endlich erwachte Tschoka-sapa aus seiner Starre und hob sein Gewehr. Er dachte an seine Kinder, die vielleicht überleben würden, wenn er hier starb.
Kein Krieger lief mit den Frauen und Kindern, sondern alle versuchten verzweifelt, die Soldaten am Überqueren des Flusses zu hindern. Bis auf wenige hatten alle im Kugelhagel den Missouri überquert, nur Viele-Feinde konnte immer noch seine Stellung nicht verlassen. Von zwei Kugeln getroffen lag er im kalten Schnee, wild entschlossen sein Leben möglichst teuer zu verkaufen. Ihm ging die Munition aus, deshalb gab er nur wenige Schüsse ab, versuchte, die Soldaten wenigstens etwas auf Distanz zu halten. Sein Gewehr klickte hell, dann war seine Munition zu Ende. Er musste hier weg! Die Soldaten wussten, dass er hier war und würden von allen Seiten auf ihn vorrücken, wenn er sich nicht mehr verteidigen konnte. Er rutschte zum Missouri hinunter und erreichte Tschetan-withko und Fisch, die ihn verzweifelt ansahen. „Wir müssen auf die andere Seite!"
„Dann lasst uns endlich laufen", meinte er ruhig. Sie hatten keine andere Wahl! Immer mehr Soldaten krochen auf sie zu und wenn es noch mehr wurden, hatten sie überhaupt keine Chance mehr.
„Jetzt!", befahl Tschetan-withko. Dann rannte er im Zickzack über das Eis davon. Vom anderen Ufer erhielt er Deckung, doch bei dieser Entfernung konnten die Kugeln seiner Freunde nicht viel ausrichten. Der Fluss war breit und bot keine Deckung. Die Soldaten lachten höhnisch, stellten sich provozierend ans Ufer und begannen auf die drei Indianer zu feuern.
Tschetan-withko fühlte, wie eine Kugel sein Bein traf, trotzdem humpelte er weiter. Neben sich hörte er den keuchenden Atem von Fisch und Viele-Feinde, die wie die Hasen auf der Flucht in großen Sätzen hin und her sprangen. Entsetzt sah er, wie Viele-Feinde stöhnend die Arme hochriss, wie vom Blitz getroffen nach vorne fiel und in einer Eisspalte zum Liegen kam. Tschetan-withko rannte weiter,

wusste, dass er ebenfalls sterben würde, wenn er jetzt anhielt, und warf sich schließlich in die Deckung der Felsen am Ufer. Elchkalb und Krummes-Büffelhorn setzten sich neben ihn und schossen auf mehrere Soldaten, die hinter ihm her waren. Fisch stürzte neben ihn und Tschetan-withko zog ihn weiter in die Deckung des Felsens. Am anderen Ufer erklangen Befehle und wieder eröffneten die Soldaten das Sperrfeuer, verschwendeten eine Unmenge Munition, weil eigentlich niemand zu sehen war. Querschläger prallten an den Felsen ab, pfiffen durch das Tal, ohne großen Schaden anzurichten. Trotzdem zwangen die Soldaten die Indianer, in Deckung zu bleiben, während eine andere Abteilung einen Bogen machte, um den Frauen und Kindern den Weg abzuschneiden.

Die Indianer erkannten diese Taktik und immer wieder zogen sie sich unter Lebensgefahr zu einigen wartenden Ponys zurück, um zu den Frauen aufzuschließen.
Die Zahl der Indianer, die am Fluss kämpfte, nahm stetig ab, nur Blitz-im-Winter hielt auf Anweisung von Traumpfeil die Stellung. „Du musst hier bei den Ponys bleiben, sonst haben die Krieger unten am Fluss keine Chance!", hatte er gebeten. Wieder wartete der junge Mann im Schnee, ohne zu wissen, wie es seinen Freunden ging oder wer überhaupt noch am Leben war. Doch das hier war kein Spiel mehr, kein Tabak- oder Pferderaub. Das hier war Krieg!
Endlich kamen Antilopensohn und Tatokala angerast und sprangen auf die nervös tänzelnden Ponys. „Warte noch, einige von uns halten die Soldaten weiterhin auf!"
Blitz-im-Winter wollte lieber kämpfen, doch die Vernunft ließ ihn ausharren. Hier ging es nicht um Ruhm und Ehre, sondern um ihr Überleben.
Dann stolperte Lacht-am-Boden mit Sohn-des-Windes herbei, der sich verletzt auf ihn stützte. „Hilf mir, ihn auf das Pony zu setzen!", bat er Blitz-im-Winter.
Gemeinsam wuchteten sie den jungen Krieger auf ein Pony, dann zog Lacht-am-Boden es hinter sich her. Sie hatten nicht mehr viel Zeit, dann wären die Soldaten hinter ihnen. „Sind noch Krieger am Ufer?", fragte Blitz-im-Winter.
„Ja, ich habe Elchkalb und Tschetan-withko gesehen. Ich glaube Fisch wurde verletzt! Warte noch!" Er schwang sich auf sein Pony und griff nach den Zügeln des anderes Pferdes. Dann hieb Lacht-am-Boden dem Pony seine Fersen in die Seiten und verschwand.

Die Dämmerung brach herein und die Lakota konnten vielleicht einen Vorsprung gewinnen, wenn sie in der Nacht weiterzogen.
Am Flussufer wurde immer noch geschossen, weil einige wenige Krieger verzweifelt die Soldaten aufhielten, die nun in Scharen über das Eis kamen. Sie schossen auf alles, was sich bewegte, und näherten sich unerbittlich der Stellung der Indianer. Ein Soldat schlich sich bereits von der Seite an und schoss auf den knienden Fisch. Stöhnend fiel Fisch auf die Seite, griff mit der Hand nach seinem Bauch, während Elchkalb ohne zu zögern auf den Feind schoss und diesen mitten ins Herz traf.
Tschetan-withko half Fisch auf und lehnte ihn mit dem Rücken gegen den Felsen. Vorsichtig tastete er nach der Verletzung und seine Augen wurden groß. Eine Kugel war seitlich in dessen Bauch eingedrungen und hatte die Bauchdecke seines Freundes nach vorne durchschossen. Fisch presste seine Hand auf die Wunde, sein Hemd war innerhalb von Sekunden blutverschmiert. Er atmete abgehackt durch seine zusammengebissenen Zähne, wobei ein leiser Pfeifton entstand. Es war das einzige Zeichen, an dem Tschetan-withko erkannte, dass Fisch ungeheure Schmerzen ertrug.
Elchkalb und Krummes-Büffelhorn schossen unablässig weiter, damit Tschetan-withko seinen Freund behandeln konnte.
„Unsere Munition geht aus! Wir müssen hier weg!", schrie Elchkalb verzweifelt.
Tschetan-withko gab keine Antwort, denn Fisch konnte nicht mehr weg. Er fühlte eine Hand auf seiner Schulter und schaute traurig auf seinen Freund.
„Tschetan-withko?", flüsterte Fisch. „Tschaske!" Das war alles, was er unter den Schmerzen hervorbrachte.
„Ich habe es nicht vergessen", nahm ihm Tschetan-withko die Sorge um den Sohn. „Ich werde ihn aufziehen!"
Fisch schloss erleichtert die Augen. Dann war es gut!
„Sing mit mir", bat er leise.
Tschetan-withko hatte einen Kloß im Hals, mit heiserer Stimme sang er für Fisch einen Gesang, der ihn stark machte, immer wieder unterbrochen von dem Krachen der Gewehre. Die Finger der Männer wurden klamm und steif, aber die Kälte verhinderte wenigstens, dass die Wunden zu stark bluteten. Tschetan-withko fühlte den

Schuss im Oberschenkel überhaupt nicht, als er für seinen Freund sang. Mit letzter Kraft richtete sich Fisch plötzlich etwas auf. „Tschetan-withko! Iyaya-yo!"

Tschetan-withko schüttelte wortlos den Kopf. Er wollte seinen Freund nicht im Stich lassen. Ein schmerzverzerrtes Lächeln huschte über Fischs Gesicht und er flüsterte: „Wie willst du dein Versprechen halten, wenn du tot bist? Iyaya-yo! Ich halte die Soldaten auf!"

„Fisch, du bist schwer verletzt!"

„Tschetan-withko, ich bin schon tot! Ich wehre mich nur noch ein bisschen. Geh!"

Tschetan-withko rang nach Fassung. Er wollte seinen Freund nicht die Kraft nehmen, indem er selbst die Selbstbeherrschung verlor und ihm die Tränen herunterliefen.

Er lud sein Gewehr durch und drückte es Fisch in die Hände. „Hier! Halte sie auf!"

Fisch drehte sich mühsam um und brachte das Gewehr in Anschlag. Die Schmerzen hatten aufgehört und das kündigte ihm seinen nahenden Tod an. Auf eine Handbewegung von Tschetan-withko hin zogen sich Elchkalb und Krummes-Büffelhorn zurück. Für kurze Zeit entstand eine Feuerpause und über den Hügeln verschwand der glühende Ball der untergehenden Sonne über einem blutroten Schlachtfeld. Vielleicht dachten die Soldaten, die jetzt über das Eis liefen, dass die Indianer endgültig die Stellung verlassen hatten. Einer richtete seinen Colt auf den am Boden liegenden Viele-Feinde, wollte ihm wie bei einem Tier den Fangschuss geben oder vielleicht seinen Skalp nehmen, wie die anderen es bereits taten, die sich mit den blutigen Trophäen unschuldiger Frauen und Kinder schmückten. Sorgsam zielte Fisch auf den Mann, konzentrierte sich mit aller Kraft auf diese letzte Tat. Dieser Soldat würde seinen Freund nicht entehren oder verstümmeln! Der Schuss krachte und der Rückstoß der Waffe ließ die Schmerzen wieder durch Fischs Körper wallen. Sofort suchten die Soldaten nach Deckung. Sie warfen sich hinter ein verendetes Pony und schossen wahllos auf das Ufer. Fisch lächelte böse. An ihm kamen sie nicht vorbei! Dann sackte er mit offenen Augen vornüber, seine Finger umklammerten fest das Gewehr seines Freundes. Er war zu den Geistern gegangen.

Tschetan-withko erreichte mit den anderen die verbliebenen Ponys. „Mach, dass du wegkommst!", brüllte er seinem Neffen Blitz-im-Winter zu, der ihm die Leine eines Ponys zuwarf. Elchkalb saß be-

reits auf einem Pony, als ein Schuss krachte und er nach vorne fiel. Entsetzt stürzte sein Bruder zu ihm, fasste nach seiner Hüfte, um ihn aufzufangen.
„Lass ihn auf dem Pferd! Wir haben keine Zeit!“, herrschte ihn Tschetan-withko an. Krummes-Büffelhorn sprang hinter Elchkalb auf das Pony und galoppierte davon, dabei hielt er seinen zusammensinkenden Bruder fest. Tschetan-withko nahm seinen Bogen und schickte den heranlaufenden Soldaten einige Pfeile entgegen. Ohne Deckung stand er einfach da, damit seine Freunde einen kurzen Vorsprung bekamen. Die Feinde hechteten zur Seite und Tschetan-withko nutzte den kurzen Augenblick, um ebenfalls auf seinem Pony zu entkommen. Kugeln pfiffen ihm um die Ohren, aber die Dunkelheit schützte ihn vor einem gezielten Treffer.

Die Soldaten verloren Zeit, als sie ihre Pferde über das Eis brachten, dann erst sammelten sie sich und machten sich an die Verfolgung. Sie mussten die Pferde führen, doch sie ließen nicht nach. Eine andere Abteilung näherte sich inzwischen den fliehenden Frauen und Kindern. Doch auch sie kam in der Dunkelheit nur langsam voran. Fluchend stiegen die Soldaten ab und zerrten die müden Pferde hinter sich her.

Verzweifelt trieb Traumpfeil die Menschen vorwärts. Zitternde Kinder mit entsetzten Augen saßen auf müden Ponys, die von ebenso erschöpften Frauen geführt wurden. Sie liefen um ihr Leben. Einige waren verletzt, aber niemand hielt an, um die Wunden zu versorgen. Crow-Bären-Mädchen lag ohnmächtig auf einem Travois. Fallende-Sterne hatte ihr hastig den blutenden Arm abgebunden und sie in eine Decke gehüllt. Mehr konnte sie im Moment nicht für das kleine Mädchen tun. Noch wusste sie nichts von dem Tod der anderen Frau, aber sie ahnte es. Stundenlang kämpften sich die Menschen durch die Kälte und den Schnee. Nur die Hoffnung ließ sie einen Fuß vor den anderen setzen.
Che-ni-win fühlte die Kälte in ihren Gliedern und der Bauch drückte nach unten. Wehenartige Schmerzen nahmen ihr die Luft und sie hielt sich in der Mähne des Ponys fest. Sie konnte nicht mehr, nur ihr Wille ließ sie immer weiter gehen. „Tunkáschila! Omakiya-ye! Großer Geist, bitte hilf mir!“

Einige Krieger holten sie ein und hoffnungsvoll blickte sie auf, ob Elchkalb dabei war. Es war Krummes-Büffelhorn, der eine Gestalt vor sich auf dem Pony hielt. Ein trockenes Schluchzen schüttelte Che-ni-win. Elchkalb! Nein! Bitte nicht! Ohne ihn hatte ihr Leben keinen Sinn. Mit zitternden Händen lief sie zu ihrem Mann und hielt seinen Kopf, als Krummes-Büffelhorn ihn langsam zu Boden gleiten ließ.
Traumpfeil kam heran und blickte fragend auf Tschetan-withko.
„Jene Soldaten folgen uns, können aber in der Dunkelheit nicht schnell voran. Wir müssen weiterziehen, bis wir über der Medizinlinie sind", berichtete Tschetan-withko kurz.
Traumpfeil seufzte. „Haben wir Zeit, dass die Wunden versorgt werden?"
Tschetan-withko biss die Zähne zusammen, als er auf Elchkalb blickte. Ohne Hitschikyata würde er bis zum Morgen sterben. Konnten sie sich eine Pause erlauben? Zögernd willigte er ein. „Aber nur kurz!"
„Du bist auch verletzt!", deutete Traumpfeil auf Tschetan-withkos Oberschenkel.
„Wah-bo-sehns wird sich darum kümmern. Wo ist Hitschikyata?"
„Ich hole ihn! Reite du zu deiner Frau! Sie ist weiter vorne."

Vorsichtig half Traumpfeil den Männern, Elchkalb auf das Travois zu legen. Che-ni-win schlug die Hände vor das Gesicht, als sie die schwere Wunde ihres Mannes sah. Hitschikyata eilte bereits herbei, denn er hatte gesehen, dass einer der Ankömmlinge verletzt war. Vorsichtig schnitt er mit seinem Messer das Hemd auf, dann versuchte er in dem fahlen Mondlicht etwas zu sehen. Eine Kugel steckte nahe der Wirbelsäule in Elchkalbs Rücken und er konnte nichts tun. Nicht unter diesen Umständen! Er brachte die Blutung zum Stillstand und wickelte einen festen Verband um den Oberkörper. „Er darf sich nicht bewegen oder er wird sterben", erklärte er ohne Umschweife. „Geh langsam und versuche Unebenheiten im Boden zu vermeiden!"
Wie sollte das gehen, bei dem Schnee und der Dunkelheit? Mit erschreckender Klarheit erkannte Che-ni-win, dass Hitschikyata nicht daran glaubte, dass Elchkalb überleben würde. Sie wurde ganz ruhig. Es lag an ihr und sie würde nicht aufgeben! Entschlossen blickte sie Hitschikyata nach, der zu Crow-Bären-Mädchen ging, um sich den verletzten Arm anzusehen. Auch hier konnte der Medizinmann kaum helfen. Das Blut staute sich und er erneuerte den Verband.

Mehr konnte er im Moment nicht tun. Das Kind stöhnte leise, aber noch erwachte es nicht aus seiner Bewusstlosigkeit. Langsam setzte sich der Zug wieder in Bewegung und einige junge Krieger bildeten die Nachhut. Tatokala, Antilopensohn, Lacht-am-Boden und einige andere wussten, dass jetzt nur noch sie zwischen den verzweifelten Menschen und den Soldaten standen.
Tschetan-withko erreichte Wah-bo-sehns und die Erleichterung wallte in ihm hoch. Die Kinder saßen erschöpft, aber unverletzt auf dem Pony, neben ihnen humpelte der verstörte Wolf. Verlorenes-Hirschkalb trat tränenüberströmt zu ihrem Vater und tastete schutzsuchend nach seiner Hand. „Vater!", flüsterte sie bittend.
Er blieb auf dem Pony, denn wenn er jetzt hinabglitt, würde er nie mehr aufsteigen können. Der Blutverlust schwächte ihn, obwohl die Kälte die Schmerzen erträglich machte. Voller Sorge wickelte Wah-bo-sehns einige Baststreifen um die Wunde, ihre Gesichtszüge waren hart vor Erschöpfung und Angst. Dann trieb Tschetan-withko sein Pony an, um an die Spitze des Zuges zu reiten. Auch dort musste gesichert werden. Wah-bo-sehns schaute ihm hilflos nach. Sie wollte ihn nicht verlieren!

Schweren Herzens ritt Tschetan-withko an Stern-im-Auge vorbei. Ihre fragenden Augen schienen ihn zu durchbohren, aber er konnte nicht sprechen, zu tief hatte ihn der Verlust seines Freundes getroffen. Unmerklich schüttelte er den Kopf, dann ließ er sein Pony weitergehen. Jetzt war nicht die Zeit, um zu trauern oder zu trösten. Vielleicht waren sie am Morgen alle tot.
Stern-im-Auge sank in den Schnee. Kein Laut kam über ihre Lippen, als die Gewissheit sie einholte. Fisch war tot! Der Mann, den sie solange gehasst hatte. Ihr Mann! Stille Trauer stieg in ihr hoch, denn sie dachte an Tschaske, der nichts ahnend auf seinem Pony saß. Er hatte die stille Zwiesprache zwischen den beiden nicht gesehen und hätte sie auch nicht verstanden. Er fror entsetzlich und seine Augen waren bleischwer vor Müdigkeit. Mit ganzer Kraft hielt er sich wach, damit er nicht vom Pferd fiel.

Einige Jungen, noch viel zu klein für diese Aufgabe, trieben die Ponyherde vor sich her. Heller-Mond und Blitzwolke halfen ihnen, denn auch Mädchen konnten kämpfen. Krummes-Büffelhorn wollte seine Schwester zurückschicken, doch Blitzwolke weigerte sich. „Gehe du und kämpfe!"

Seine Augen blitzten bewundernd und er ritt er zu den jungen Männern am Ende des Zuges. Jetzt, da Elchkalb und viele andere verletzt waren, würden sie seine Hilfe brauchen.

Otter-der-die-Crow-narrt folgte seinem Vater zum Anfang des Zuges. Seit dem Tod von Viel-Schnee ließ er Tschoka-sapa nicht mehr aus den Augen. Sie hatten ihre Gewehre zurückgelassen, denn ohne Munition waren sie nutzlos. Jetzt trugen sie wieder ihre Bögen mit den Pfeilen im Köcher.

Traumpfeil folgte dem Polarstern, der klar am Himmel stand und die Menschen stolperten hinter ihm her. Ein Baby schrie, doch seine Mutter konnte es bei der Kälte nicht stillen. Sie kaute etwas Fleisch weich und stopfte es ihrem Sohn in den Mund. Nur keinen Lärm machen! Niemand wusste, wie nah die Soldaten waren. Auch Weidenzweig umklammerte ihren Sohn. Sie hatte ihn in ein dickes Fell gewickelt, trotzdem fror das Kind. Ein leiser Husten schüttelte den kleinen Körper und seine Stirn glühte. Weidenzweig fühlte eine Faust in ihrem Herzen. Leise flehte sie zu Wakan-tanka, ihr das Kind zu lassen und ihr Volk zu beschützen. Grauadler schaute kurz bei ihr vorbei, um ihr und Che-ni-win Mut zu machen, dann setzte er sich an die Spitze des Zuges. Seine Frau, Gebrochener-Zweig, blieb bei Che-ni-win und half ihrer Tochter auf das Pferd. Vorsichtig hob sie auch Takukin zu ihr hoch, dann führte sie das Travois mit dem verletzten Elchkalb. Sonst konnte sie nichts für ihre Töchter tun. Trotz ihrer Schmerzen klammerte sich Che-ni-win an den kleinen Jungen und beschloss ihn mit ihrem Leben zu beschützen. Wenn auch ihr Baby vielleicht schon tot war, so sollte doch dieser kleine Junge leben! Vielleicht verschonten die Soldaten ja wenigstens ihn, wenn die Mila-hanska sahen, dass sie eine Weiße war. Oder auch ihre indianische Schwester! Sie blickte auf die vielen Menschen, ihre Freunde, die sie nicht retten konnte, ebenso wenig wie Elchkalb. Wie viele waren schon gestorben!

Hinter ihr ritt Kleine-rote-Blume, die trockene Tränen um Viele-Feinde weinte. Sie konnte es nicht glauben, dass er nicht mehr zurückkam. So lange hatte sie sich gegen die Liebe zu diesem Mann gewehrt, jetzt wurde ihr Herz von dem Verlust zerrissen. Krampfhaft hielt sie Morgentau-im-Gras vor sich, Hengstfohlen folgte ihr verstört auf seinem Pony. Wie sehr hatte sich ihr Mann über die Geburt des kleinen Mädchens gefreut. Mit keiner Geste angedeutet, dass ihm ein Sohn vielleicht lieber gewesen wäre. Für ihn war Hengstfohlen sein Sohn! Bald würde sie ihrem Mann in die Geisterwelt folgen und ihre Kinder auch. Dann wären sie wieder vereint. Sie glaubte nicht daran, dass die Soldaten sie oder die Kinder verschonen würden! Warum überhaupt noch fliehen?

Kurz vor Morgengrauen ließ Traumpfeil rasten, als sie eine kleine Baumgruppe erreichten. Ein Zelt wurde hastig aufgebaut und ein Feuer für die Kinder angezündet. Sie mussten schon längst über der Medizinlinie sein, trotzdem wollten sie noch weiterziehen. Traumpfeil misstraute der trügerischen Sicherheit. Morgenröte stillte ihren Sohn, ihre Brüste waren entzündet, und schmerzten, als das Kind hungrig trank. Neben ihr lag Sohn-des-Windes mit schmerzverzerrtem Gesicht auf dem Travois. Er hatte einen Streifschuss an der Hüfte, der nur notdürftig versorgt worden war.
Doch es blieb keine Zeit zum Ausruhen. Die Soldaten hatten keine Gnade mit den halb erfrorenen, fliehenden Menschen. Sie wussten längst, dass hier kaum Widerstand drohte und doch lautete der Befehl, alle Indianer ausnahmslos einzuholen und sie zu zwingen, in die Reservate zurückzukehren.
Ein Warnpfiff ertönte und in Todesangst rannten alle zu ihren Ponys. Kinder schrien vor Entsetzen und die Mütter unterbanden ihr Weinen nicht, denn die Soldaten wussten ohnehin, wo sie sich befanden. Tschapa und seine Freunde trieben die Ponyherde voraus, dahinter zerrten verzweifelte Frauen die Ponys mit den Travois. Tatokala und einige andere junge Krieger legten sich hinter einer Anhöhe auf die Lauer, um die Soldaten aufzuhalten. Es würde ein kurzer Kampf werden, denn sie hatten kaum noch Munition.
Traumpfeil ritt voraus. Wo war die Medizinlinie? Wie sollte man in diesem weiten, schneebedeckten Land eine Grenze erkennen? Taumelnd folgten ihm die Menschen, setzten mühsam einen Schritt vor den anderen.

Che-ni-win konnte nicht mehr. Die Schmerzen in ihrem Bauch waren unerträglich geworden, als sie neben dem Travois mit Elchkalb her stapfte. Ihre Mutter führte das Pony und biss traurig die Zähne zusammen. Schon oft waren Frauen und Kinder auf der Flucht vor Feinden getötet worden. Was zählte, war, dass das Volk überlebte. Entweder ihre Tochter hielt mit ihnen mit oder sie starb. Sie konnte ihr jetzt nicht helfen. Leise Gebete kamen über ihre Lippen, als sie um

Hilfe flehte. „Wakan-tanka, onschimala ye! Großer Geist, habe Mitleid mit mir!"
Noch einmal wurde es dunkel, als der Mond verschwand und die Sterne verblassten. Dann erschien eine sanfte Morgenröte, die nichts von der Verzweiflung der Menschen ahnen ließ. Einige Raben erhoben sich krächzend von dem Kadaver eines verendeten Wolfes, gestört von den Menschen, die an ihnen vorbeistolperten.

Plötzlich tauchte vor ihnen ein Trupp Reiter auf und geschockt blieben alle stehen. Sie konnten sich unmöglich nach zwei Seiten verteidigen. Ihre einzige Hoffnung bestand darin, dass die jungen Männer die Soldaten hinter ihnen solange aufhielten, dass wenigstens die Frauen und Kinder die rettende Medizinlinie erreichten.
Regungslos saß Tschetan-withko auf seinem Pferd. Er dachte an seine Familie, die er nun nicht mehr retten konnte. Wie gern wäre er gestorben, wenn wenigstens sie lebten!
Kinder schrien abgehackt, als sich die Reiter näherten und Frauen rissen ihre Kinder an sich, um gemeinsam mit ihnen zu sterben. Mit ruhigen Augen blickte Tschetan-withko den Reitern entgegen, gefasst sah er dem Tod entgegen. Er wünschte, dass er bei Wah-bosehns und den Kindern wäre, um ihnen die Angst vor dem Tod zu nehmen.
Tschoka-sapa, Grauadler und Traumpfeil kamen von der Seite, um sich den Soldaten in den Weg zu stellen. Es war nur eine tapfere Geste, denn letztendlich würden sie nichts ausrichten. Tschetan-withko lächelte stolz, dann schloss er sich ihnen an. Langsam lösten sich die Umrisse der Reiter aus dem Nebel und er erkannte eine rot-blaue Fahne, die im eiskalten Wind flatterte.
Rot!
Er blinzelte vor Überraschung, als er unter den geöffneten Mänteln der Soldaten rote Uniformjacken erblickte.
Rot!
Sein Traum! Sein Atem ging unregelmäßig, als die Tortur des Sonnentanzes in seiner Erinnerung aufflammte. Benommen sah er, wie Traumpfeil seine Waffe hob. „Nein!", schrie er entsetzt.
Verständnislos starrte sein Schwager ihn an.
„Mein Traum!", krächzte er, als ihm die Bedeutung schlagartig klar wurde. „Sie werden nicht kämpfen!"
Traumpfeil blickte ihn ungläubig an. Sie konnten immer noch einige der Soldaten mit in den Tod nehmen, das war ehrenvoll! „Sie werden

nicht schießen!", versuchte Tschetan-withko seinen Schwager mit fester Stimme zu überzeugen.
Andere Krieger drängten nach vorne, um sich der Gefahr entgegenzustellen und Tschetan-withko riss verzweifelt die Arme hoch. „Es sind die Geister aus meinem Traum! Sie werden uns nichts tun!"
Verunsichert hielten die Krieger an. Sein Traum?
Zögernd ließen sie die Waffen sinken und warteten ab. Die Reiter hielten in kurzer Entfernung und der Anführer hob die Hand zum Friedenszeichen. Eine unendliche Erleichterung wogte durch Tschetan-withko. Sein ganzer Körper sank in sich zusammen, als die Erschöpfung seinen Geist besiegte und er vom Pferd stürzte.

Verblüfft blickten die Männer der North-West-Mounted-Police auf den verletzten Indianer. Dann sahen sie entsetzt auf die anderen Menschen. Noch nie hatten sie Indianer gesehen, die so erschöpft waren. Frauen sanken einfach, wo sie standen, in den Schnee und völlig verängstigte Kinder hockten mit angstverzerrten Gesichtern auf Ponys, die nur noch zum Notschlachten taugten.
Seitlich von ihnen kam eine Ponyherde zum Stehen, bewacht von erschöpften Kindern, die sich an der Mähne festklammern mussten, um nicht hinunterzufallen.
Eine Frau mit einem Pony im Schlepptau kam auf sie zu und richtete ihre eisblauen Augen auf den Anführer. „Bitte! Das sind gute Menschen! Bitte lassen Sie uns durch!"
Der Anführer der Patrouille legte grüßend die Hand an seine Stirn und salutierte zackig. „Ich bin Inspector Walsh der North-West-Mounted-Police im Auftrag der kanadischen Regierung", stellte er sich der jungen Frau vor. „Was ist hier los? Warum sind Sie bei diesen Indianern?"
„Wir sind auf der Flucht vor der amerikanischen Armee. Sie sind kurz hinter uns. Bitte lassen Sie uns durch! Mein Mann ist schwer verletzt!" Ein verzweifeltes Schluchzen schüttelte plötzlich ihren Körper. Sie waren so nah!
Inspector Walsh schüttelte fassungslos den Kopf. „Ihr seid bereits auf kanadischem Boden! Wenn die Armee der Vereinigten Staaten euch bis hierher folgt, so ist das eine Grenzverletzung, die wir nicht tolerieren werden!"
Che-ni-win starrte ihn nur wortlos an. Sie waren bereits in Kanada!

„Junge Miss! Sagen Sie dem Häuptling, dass sie dort bei den Wood Mountains ihr Lager aufschlagen sollen! Wir schicken diese Blauröcke weg!"
Diese Polizisten würden die Blauröcke wegschicken! Che-ni-win kicherte bei dieser Formulierung und sank dann weinend in den Schnee. Es war vorbei! Es war endlich vorbei!
Tschetan-withko hatte sich aufgerappelt und hockte mit schmerzverzerrtem Gesicht im Schnee. Erstaunt schaute er auf die weinende Frau, dann erkannte er erleichtert, dass es Freudentränen waren. Die ersten Strahlen der Sonne streichelten Che-ni-wins rote Locken und ließen sie wie ein Flammenmeer leuchten. Sie war auch ein Zeichen gewesen! Aber keiner hatte es verstanden! Sie war geschickt worden, um ihnen den scharlachroten Pfad zu zeigen.Benommen schüttelte er den Kopf über so viel Medizin.

Hitschikyata kniete sich vor Che-ni-win hin und nahm sie in die Arme. „Sch, sch", flüsterte er. „Was ist los?" Solange sie so weinte, würden sie keine vernünftige Information von ihr bekommen.
„Wir, wir, sollen da, da, drüben warten", stotterte sie.
„Auf was sollen wir warten?"
Ein Lachanfall schüttelte sie. „Sie schicken die Blauröcke fort!"
„Sie schicken die Blauröcke fort", wiederholte Hitschikyata völlig ruhig.
Sie nickte nur. Vorsichtig half Hitschikyata ihr hoch und sie klammerte sich erschöpft an ihren Freund.
„Ist das ihr Ehemann?", hörte sie den Inspector fragen.
„Nein, das ist Hitschikyata. Er ist unser Medizinmann. Mein Mann liegt hier auf dem Travois und es geht ihm sehr schlecht." Ein Schluchzen stieg in ihr hoch, als all die Verzweiflung sie plötzlich wieder einholte. Wie sollte sie ohne ihren Mann überleben? Wie sollte sie ohne ihn weiterleben?
„Ich habe einen Arzt dabei, vielleicht kann er helfen?"
Fassungslos starrte Che-ni-win ihn an. Ein Soldat, der ihnen helfen wollte? Ein Arzt?
Hitschikyata biss sich auf die Lippen, dann blickte er fest in die Augen des weißen Mannes. „Ich kann Elchkalb nicht helfen. Dazu reicht meine Kunst nicht aus. Der weiße Medizinmann ist uns willkommen!"
Mit keiner Silbe erwähnte Inspector Walsh die guten Englischkenntnisse des jungen Mannes. Im Moment musste Wichtigeres geklärt

werden. Er drehte sich zu seinem Sergeant um und befahl: „Begleiten sie die Indianer mit fünf Mann zu den Wood Mountains und nehmen Sie den Doktor mit! Er soll sich um die verletzten Indianer kümmern!"
„Zu Befehl, Sir!", salutierte der Sergeant. Er tat so, als sollte er lediglich einige Damen zum Kaffeekränzchen begleiten.
Walsh drehte sich wieder zu Che-ni-win. „Ich gehe davon aus, dass sie freiwillig bei den Indianern sind. Ich möchte, dass sie bei den Wood Mountains ihr Lager aufschlagen. Später komme ich vorbei und wir werden uns ein wenig unterhalten!"
Che-ni-win schloss einen Augenblick die Augen. Ihre Qual hatte ein Ende. Sie durften ein Lager aufschlagen und ein Arzt würde sich um Elchkalb kümmern. Wieder liefen ihr die Tränen hinunter, als sie den Rotröcken hinterher sah. Mit einem Mal betete sie, dass die kanadische Polizei rechtzeitig die jungen Männer erreichte, ehe sie ihr Leben sinnlos opferten. Ein plötzlicher Schreck fuhr ihr in die Glieder. „Hitschikyata! Die Krieger dort hinten wissen doch nicht, dass die Rotröcke uns wohlgesinnt sind! Wenn sie schießen?"
„Du hast recht! Ich folge ihnen lieber." Kurz entschlossen preschte Hitschikyata den Rotröcken hinterher und setzte sich an die Spitze.
Überrascht zügelte Walsh sein Pferd, als der Indianer neben ihm auftauchte. „Das ist jetzt unsere Angelegenheit!"
Hitschikyata lächelte freundlich. „Wir haben dort hinter der Anhöhe Krieger versteckt, die unseren Rückzug decken. Ich möchte nicht, dass sie euch als Feinde ansehen!"
„Ach so!", brummte Walsh. „Dann bleib mal lieber neben mir!"

Die Krieger trieben indessen die Frauen ein letztes Mal an. Traumpfeil half Tschetan-withko, sich auf das zusammengefaltete Zelt zu setzen, denn er kam mit seinem Bein nicht mehr auf das Pony. Halb bewusstlos lag er auf dem Travois. Bald, ja bald würden sie die Zelte aufstellen. Er wollte nie wieder kämpfen!

In gespenstischer Stille zogen sie durch den Schnee, bis sie die Hügel der Wood Mountains mit ihren Kiefernwäldern erreichten. Zu Tode erschöpft fielen die Menschen einfach um und sechs ratlose Mounties schauten auf das Mitleid erregende Häuflein Menschen. So etwas hatten sie noch nie gesehen!

Als erste rafften sich Grauadler und Gebrochener-Zweig auf, die Che-ni-win halfen, das Zelt aufzubauen, damit Elchkalb behandelt werden konnte.
Der Sergeant schaute prüfend auf die halb erfrorenen Kinder, die immer noch auf den Ponys hockten, weil die Erwachsenen zusammengesunken im Schnee saßen. Es war zum Gotterbarmen! „Jungs!“, feuerte er seine Männer an. „Helft ihnen die Tipis aufzubauen und dann sammelt Holz!“
Es kam kein Protest, denn erstens war es ein Befehl und zweitens konnte jeder sehen, dass diese Menschen Hilfe brauchten. Vorsichtig hoben die Mounties Kinder von den Ponys, entluden die Travois und stellten die ersten Zelte auf. Ein letztes Mal erhoben sich die Indianer und halfen den Rotröcken den Schnee fort zu schaufeln. Gemeinsam arbeiteten sie nebeneinander. Rot und weiß, Indianer und Polizisten. Erste Tipis reckten sich in den Himmel, wurden mit Fellen ausgelegt und müde Kinder in warme Decken gewickelt. Dankbar sahen die Indianer, wie ihnen die Rotröcke Feuerholz brachten, dann brachen sie auf ihren Lagern zusammen.

Wah-bo-sehns hatte Stern-im-Auge zu sich ins Zelt gerufen. Dort saß sie nun apathisch mit ihrem Sohn, der zu müde war, um zu begreifen, dass sein Vater tot war. Erst in den nächsten Tagen würden der Schock und der Verlust sein kleines Kinderherz treffen. Ausgepumpt lag Tschetan-withko unter einem Berg von Decken, zu müde, um zu begreifen, dass sie in Sicherheit waren. Immer noch war er geschockt von dem Traum, der ihnen den Weg gezeigt hatte. Mit letzter Kraft zog er sich zu seinen Kindern und legte seine Hand auf ihre Herzen. Er musste einfach fühlen, dass sie leben durften. Wah-bo-sehns wollte ihn zurückhalten, denn die Wunde blutete stark, aber sie erkannte, dass er die Nähe zu den Kindern brauchte. Tränen liefen über ihr Gesicht, denn sie wusste, dass er für sie genauso gestorben wäre, wie Fisch für seinen Sohn.
Ein Mountie kam herein und brachte einen Stoß Holz. Dankbar nahm Wah-bo-sehns dem weißen Mann das Holz ab und öffnete ihre kleine Tasche am Gürtel, in der sie die Geräte zum Feuermachen aufbewahrte.
Verlegen blickte der Mountie auf die erschöpfte Familie. Dunkle Kinderaugen starrten ihn weder ängstlich noch feindselig an. Dann sah der Mountie den verletzten Indianer und machte die Zeichen für: „Ich-schicken-Medizinmann!“

Wah-bo-sehns wehrte ab. „Medizinmann-zuerst-gehen-zu-weiße-Frau! Mann-dort-schwer-verletzt!"
Der Mountie nickte verstehend und verließ das Zelt. Er war froh, dass diese Indianer die gleichen Zeichen verwendeten, die er in seiner Ausbildung für die kanadischen Stämme gelernt hatte.
Er verständigte den Arzt und suchte das entsprechende Zelt. „Dem Krieger scheint es sehr schlecht zu gehen!", erklärte er. „Anschließend sollten Sie sich aber um die anderen kümmern."
Mit seiner Tasche trat der Arzt zögernd in Che-ni-wins Zelt. Er war ausgesprochen jung, Inspector Walsh hatte ihn direkt von der Universität angeworben und er sah in der Arbeit bei den Mounties eine gute Gelegenheit, ein wenig Erfahrung zu sammeln. Mit dem Verdienst wollte er später einmal eine Praxis eröffnen. Energisch strich er seine schulterlangen Haare hinter die Ohren. „Ich bin Doktor Nevitt!", stellte er sich höflich vor, dabei musterte er prüfend das Innere des Zeltes. Die weiße Frau kniete neben dem verletzten Indianer, erst jetzt erkannte er die deutliche Rundung ihres Bauches. Sie sah aus, als würde sie auch dringend ärztliche Hilfe benötigen. Zwei ältere Frauen saßen im Tipi und schauten ihn misstrauisch an. Er brauchte mehr Platz und so schickte er sie mit einer Handbewegung hinaus, dann kniete er sich neben den Krieger. Er sah nicht gut aus. Blaue Lippen deuteten auf Sauerstoffmangel oder Erfrierungen hin. „Wo ist er verletzt?", fragte er.
„Er hat eine Kugel im Rücken!"
Nebenbei registrierte der Arzt, dass die junge Frau offensichtlich noch nicht solange unter den Indianern lebte, dass sie ihre Muttersprache vergessen hätte.
Vorsichtig drehte er den Verletzten auf den Bauch, zog das Lederhemd hoch und schnitt den provisorischen Verband auf. „Verdammt!", entfuhr es ihm.
Geschockt fasste Che-ni-win an ihren Bauch und ihr Atem wurde schwer. Elchkalb!
Fachmännisch untersuchte der Arzt die Schussverletzung und tastete nach der Kugel. Sie saß nahe an der Wirbelsäule und musste sofort herausoperiert werden. Irgendwer hatte die Blutung zum Stillstand gebracht, sonst wäre der Verletzte schon längst tot. „Wer hat den Verband angelegt?", fragte er, um die Frau ein wenig abzulenken.
„Unser Medizinmann!"
„Aha, der junge Mann! Ist er nicht ein bisschen zu jung?"
„Ohne ihn wären viele gestorben! Also ist er nicht zu jung!"

Dazu gab es nichts zu sagen! Außerdem hörte er das Vertrauen in der Stimme der jungen Frau.
„Ich brauche kochendes Wasser, denn ich muss die Kugel herausholen! Schaffen Sie das?"
Schweigend setzte Che-ni-win einen Kessel mit Schnee auf das Feuer, während der Arzt seine Instrumente auspackte.
„Ich brauche mehr Licht!", befahl der Arzt.
Sofort öffnete Che-ni-win das Zelt, sodass die Sonne hereinschien. Gleichzeitig wurde es wieder empfindlich kalt. „Dann blutet es wenigstens nicht so", murmelte der Arzt.
Er desinfizierte die Instrumente in dem kochenden Wasser, dann beugte er sich über Elchkalb, der sich die ganze Zeit nicht gerührt hatte. „Sie gehen jetzt besser raus!", ordnete er an, als er Che-ni-wins weißes Gesicht sah.
Vehement schüttelte sie ihren Kopf. Gerade jetzt wollte sie ihren Mann nicht alleinlassen. Der Arzt zuckte mit den Schultern und schnitt mit seinem Skalpell in die Wunde. Blut floss und Che-ni-win schlug entsetzt die Hände vor das Gesicht. Vorsichtig drang der Arzt immer weiter in dem Fleisch vor, bis er die Kugel ereichte. Ströme von Blut flossen über den Rücken des Mannes. „Verdammt, verdammt!", fluchte der Arzt, ganz auf seine Arbeit konzentriert. Aber es half nichts. Erst musste die Kugel heraus, oder der Mann hatte überhaupt keine Chance. Mit einer kleinen Zange griff er nach der Kugel und zog sie langsam aus dem Fleisch. Dann klemmte er eine Ader ab, aus der schwallweise das Blut sickerte. Mit Nadel und Faden vernähte er sie, dann schloss er die Wunde. Schweiß stand auf seiner Stirn, aber genau hierfür war er ausgebildet worden: Schussverletzungen bei den Mounties zu versorgen. Jetzt behandelte er eben einen Indianer. Sorgfältig legte er einen festen Verband an, dann wischte er das Blut ab und deckte den Verletzten sorgfältig zu. „Sie können das Zelt schließen. Er braucht jetzt Wärme!"
Mit weichen Knien schloss Che-ni-win den Eingang und schürte das Feuer. „Wird er überleben?", flüsterte sie heiser vor Angst.
„Das werden die nächsten achtundvierzig Stunden zeigen", kam die wenig beruhigende Antwort des Arztes.
„Achtundvierzig Stunden?", rechnete Che-ni-win im Geist nach.
Der Arzt hob zwei Finger. „Zwei Tage, dann wissen wir mehr! Wie lange leben Sie denn schon bei den Indianern?"
„Seit ich ein Kind war", flüsterte Che-ni-win tonlos.
„Na, na, da vergisst man doch nicht alles!"

„Ich habe es nicht vergessen, aber hier lebt man nach einer anderen Zeit."
„So, welche denn?", versuchte der Arzt sie ein wenig abzulenken.
„Wir essen, wenn wir hungrig sind. Wir schlafen, wenn wir müde sind. Die Indianer haben keine Stunden oder Tage. Wenn sie etwas für notwendig erachten, dann tun sie es einfach. Sagen Sie, wird mein Mann überleben?", wiederholte sie ihre Frage.
Der Arzt blickte ihr ehrlich in die Augen. „Er hat viel Blut verloren! Sein Leben liegt jetzt in Gottes Hand!"
„Dann werde ich zu Wakan-tanka beten", erklärte Che-ni-win fest.
Überrascht schaute der Arzt auf die junge Frau, die mit ihren Zöpfen und der Wildlederkleidung wirklich wie eine Indianerin aussah. Aber sie benahm sich ja auch wie eine Indianerin. Fürsorglich fasste er sie an der Hand. „Es wird schon wieder. Jetzt sollten wir uns erst einmal um Sie kümmern. Wann erwarten Sie das Baby?"
„Wenn das Eis der Flüsse bricht. Aber ich kann seine Bewegungen nicht mehr spüren!" Plötzliche Tränen liefen über ihr Gesicht. Sie würde beide verlieren, ihr Baby und ihren Mann!
„Hey, hey, kleine Miss! Das kann schon mal passieren, wenn man sich überanstrengt! Jetzt legen Sie sich hin und dann untersuche ich Sie."
„Das geht doch nicht!"
„Wieso nicht?"
„Ich bin eine Frau. Sie sind ein Mann!"
„Ich bin Arzt!", korrigierte er sie.
Sollte sie ihm vertrauen? Konnte er feststellen, ob das Ungeborene noch lebte? Ihre Sorge war größer als ihre Scham und so legte sie sich auf ihr Lager, sah in dem jungen Arzt einfach nur einen Medizinmann.
Entschlossen zog der Arzt das Kleid hoch und tastete nach ihrem Bauch. Er war steinhart! Leise pfiff der junge Arzt durch die Zähne. „Na dann, wollen wir doch mal sehen!"
Er kramte in seiner Tasche und zog ein Hörrohr heraus. Aufmerksam horchte er auf die Töne, die aus dem Bauch zu ihm drangen. Stöhnend zog Che-ni-win die Beine an, als ein leichter Krampf ihren Bauch zusammenzog.
„Haben Sie schon manchmal Wehen?", fragte Nevitt.
Mit schmerzverzerrtem Gesicht nickte Che-ni-win. „Was ist mit meinem Baby?"
Die Angst stand ihr ins Gesicht geschrieben.

„Die Herztöne sind deutlich zu hören, aber sie müssen unbedingt liegen bleiben, damit das Kind nicht zu früh geboren wird!", erklärte der Arzt.
„Die Herztöne?", fragte Che-ni-win mit blankem Unverständnis.
„Ja, die Herztöne. Bei dem Baby schlagen sie auch schon im Mutterleib. Ich konnte sie deutlich hören!"
Ihr Baby lebte! Ein erlösendes Stöhnen kam über ihre Lippen, während sie gleichzeitig lachte und weinte.
Oh Gott, gleich wird sie zusammenbrechen, befürchtete der Arzt. Behutsam nahm er die Frau in die Arme, um sie zu beruhigen. „Na, na, Sie dürfen sich nicht so aufregen, sonst kommt das Baby noch heute Nacht! Das wäre für sie beide nicht gut. Sie müssen sich erst von den Strapazen erholen. Haben Sie gehört? Ich will Sie die nächsten Tage nur liegend sehen! Verstanden?"
Unter Tränen gab sie ihr Einverständnis. „Meine Mutter wird sich um mich kümmern. Aber bitte kommen Sie wieder und sehen Sie nach meinem Mann."
„Kind! Ich schaue nach den anderen Verletzten und dann bleibe ich hier!"
Er hatte Kind zu ihr gesagt! Eine unsagbare Erleichterung überfiel sie, denn alles würde gut werden. Sie schloss ihre bleischweren Augen und überließ ihren Körper der Ruhe, die er so bitter benötigte.

Inspector Walsh erreichte inzwischen den kleinen Höhenzug, hinter dem die jungen Männer der Lakota in Deckung gegangen waren. Die Krieger hatten sich hastig etwas Kriegsfarbe in das Gesicht geschmiert, die keineswegs ihre völlige Erschöpfung verbarg. Vor den Lakota tauchten in kurzer Entfernung die Blauröcke auf und mit klammen Fingern legten sie ihre Gewehre in Anschlag. Hinter sich hörten die Männer das leise Knirschen von Sattelleder und das Getrappel weiterer Pferde. Hilflos erkannten sie, dass ihre Feinde von zwei Seiten kamen. Hokahey! Sie würden tapfer sterben!
Dann erblickten sie Hitschikyata, der ihnen verzweifelt zuwinkte. War er ein Gefangener? War es eine Falle? Völlig verunsichert starrten sie den Soldaten entgegen, die jedoch ohne ihre Waffen zu ziehen auf sie zukamen.
„Das sind die Soldaten der großen, weißen Großmutter. Sie sagen, dass wir hier in Sicherheit sind", erklärte Hitschikyata.

„In Sicherheit?“, spottete Lacht-am-Boden, dabei deutete er auf die heranrückenden Blauröcke.
„Die Rotröcke werden sie wegschicken!“
„Wegschicken?“
„Das haben sie gesagt“, bestätigte Hitschikyata.
„Wie wollen so wenige Rotröcke so viele Blauröcke wegschicken?“, zweifelte Lacht-am-Boden.
„Das werden wir sehen! Tschetan-withko sagt, dass es die Geister aus seinem Traum sind. Vielleicht sind sie so mächtig wie er denkt.“
Das war allerdings starke Medizin! Geister aus Tschetan-withkos Traum! Mit Respekt schauten die entkräfteten Männer auf die Mounties.
„Sollen wir mit ihnen kämpfen?“, fragte Lacht-am-Boden begeistert. Ihn lockte die Aussicht neben Geistern zu kämpfen!
„Nein, zieht euch zurück! Die Rotröcke sagen, dass es ihre Angelegenheit sei. Die Blauröcke haben sie beleidigt, weil sie in ihr Land eingefallen sind. Sie wollen sich selbst darum kümmern. Wir kehren zu unseren Zelten zurück.“
Lacht-am-Boden schaute bewundernd auf die Mounties. Hokahey! Das waren Krieger!
Walsh erwiderte den Blick. Er sah die ausgezehrten Männer, fast noch Jungen, die um das Leben ihrer Familien kämpften. Kopfschüttelnd führte er seine Abteilung den Soldaten der Vereinigten Staaten entgegen, während einige ehrfürchtige Indianer vorsichtig und aus sicherer Entfernung dem Spektakel zusahen.

Inspector Walsh ließ seine Männer in einem Halbkreis Aufstellung nehmen, dann wartete er ruhig auf die Ankunft der Amerikaner. Er war auf ihre Erklärung gespannt.
Ein ziemlich ungepflegter, ebenso erschöpfter Haufen Soldaten kam vor ihm zum Stehen und er runzelte indigniert die Stirn. Ein britischer Offizier zeigte sich stets gepflegt und ordentlich gekleidet! Ein solch heruntergekommenes Aussehen würde zu keiner Zeit toleriert werden. Er salutierte vorschriftsmäßig und stellte sich vor.
Der Amerikaner erwiderte lässig den Gruß und ohne den Austausch irgendwelcher Höflichkeitsfloskeln kam er zur Sache: „Colonel Nelson Miles aus dem Fort Keogh! Wir verfolgen marodierende Indianer! Lassen Sie uns durch!“
„Das werde ich nicht!“, erklärte Walsh völlig ruhig.
Der Oberst riss vor Überraschung die Augen auf. „Sie werden uns

doch wohl nicht mit ihren zwanzig Mann aufhalten!", spielte er arrogant auf ihre eigene Übermacht an.
„Doch, das werde ich!", erklärte Walsh genauso selbstsicher.
„Machen Sie den Weg frei!", schnauzte der Oberst.
Auf ein Zeichen von Inspector Walsh hin stiegen die Rotröcke ab, stellten sich hinter ihre Pferde und zogen ihre Gewehre. Das Klicken war in der Schneewüste weithin zu hören.
„Sind Sie wahnsinnig? Sie werden doch nicht zwanzig Mann für ein paar feindselige Indianer opfern!", versuchte Nelson Miles den Inspector zur Besinnung zu bringen.
„Sie beschwören einen Konflikt zwischen zwei Regierungen herauf", erklärte Walsh ruhig. „Sie befinden sich auf kanadischem Boden, bedrohen Offiziere Ihrer königlichen Polizei und hetzen Frauen und Kinder zu Tode. Ich werde Sie nicht vorbeilassen, denn dann mache ich mich mitschuldig an einem Gemetzel!"
„Es sind aufständische Sioux, die an der Vernichtung von General Custer beteiligt waren!"
„Ich dachte, dass der korrekte Dienstgrad ‚Lieutenant Colonel' war? Nun, es spielt auch keine Rolle. Sie befinden sich auf kanadischen Boden und das ist eine Grenzverletzung. Ich möchte Sie höflich auffordern, sofort in Ihr Land zurückzukehren."
„Sie lassen feindliche Indianer laufen?"
„Sie unterstehen jetzt meiner Verantwortung."
Wütend schnaufte der Oberst durch die Nase. Aber wenn er keinen Krieg auslösen wollte, dann musste er klein beigeben. Er tat es mit Würde, obwohl er innerlich vor Wut tobte, weil die Indianer ihm so knapp entkommen waren. „Na dann, viel Glück!", salutierte er schneidig. „Kompanie kehrt!", gab er den Befehl und sein Zug setzte sich nach Süden in Bewegung.

In einiger Entfernung sahen die entgeisterten Indianer, wie die Soldaten abdrehten und tauschten bewundernde Blicke. Diese Rotröcke verdienten Respekt. Mit weichen Knien schwangen sich die Indianer auf ihre wartenden Ponys, erst langsam begriffen sie das Ausmaß dieser kurzen Auseinandersetzung. Sie hatten überlebt! Sie waren in Untschi Makotsche! Lacht-am-Boden sackte in sich zusammen und schloss vor Erleichterung die Augen. Weidenzweig und Sieht-die-Büffel! Er würde sie wiedersehen! Tatokala klopfte ihm gutmütig auf die Schulter. „Hoka, du tapferer Krieger! Lass uns zu deiner Frau reiten, ehe du hier einschläfst!"

Unwillig schüttelte Lacht-am-Boden den Kopf, dann lachte er über das ganze Gesicht. „Ich brauche jetzt ein warmes Feuer und eine Frau, die mich wärmt!"
„Das brauchen wir alle!", betonte Tatokala.
„Wan, aber nicht bei mir!"
Er erntete schallendes Gelächter, als langsam die Anspannung von ihnen wich.
Müde wuschen sich die Krieger mit Schnee die Kriegsfarbe vom Gesicht, dann machten sie sich in Begleitung der Mounties auf den Weg ins Lager. Beruhigt sahen sie, dass einige Rotröcke zurückblieben, um über die Bewegungen der feindlichen Armee zu wachen. Immer wieder warfen sie bewundernde Blicke auf die Mounties. „Wanachi wakan luta!", murmelten sie. Heilige rote Geister.
Ergriffen blickten die Männer auf die Zelte ihres Dorfes, das in der Ferne auftauchte. Es lag im Sonnenschein, als wäre nichts gewesen. Nichts deutete darauf hin, wie viele Menschen gelitten hatten und gestorben waren. Lacht-am-Boden zog Antilopensohn am Ärmel. „Komm mit in mein Zelt!"
Antilopensohn schluckte schwer. „Ich kann noch nicht!" Immer noch erinnerte ihn der Anblick eines Babys an seine kleine Tochter.
Lacht-am-Boden legte voller Verständnis die Hand auf seine Schulter. „Du weißt, dass mein Zelt immer offen für dich ist."
Sie ließen ihre Ponys einfach laufen, die hungrig in den Wald streunten, um an Zweigen und Bäumen zu knabbern.
Der Sergeant kam auf Walsh zu und erstattete Meldung: „Sir, ich bitte dringend um Unterstützung. Die Indianer sind zu erschöpft, um Holz zu sammeln und in einigen Tipis brennt immer noch kein Feuer."
Fragend blickte Walsh auf seinen Arzt und Nevitt schüttelte ernst seinen Kopf. „Die Indianer sind völlig erschöpft, Sir. Viele haben Schusswunden, davon ein Kleinkind und ein Krieger mit lebensgefährlichen Verletzungen. Ich brauche einen Mann, der bei dem Schwerverletzten bleibt, während ich die anderen Wunden versorge."
„Und die weiße Frau?"
„Sie ist hochschwanger und hatte einen Nervenzusammenbruch."
„Kann ich mit ihr reden?"
„Keinesfalls! Sir, all diese Indianer sind im Moment meine Patienten und niemand ist in der Verfassung mit irgendjemanden zu reden."
Walsh sah seinem Arzt fest in die Augen, doch dieser zuckte mit keiner Wimper. Resigniert wandte sich Walsh an seinen Trupp: „Ihr habt es gehört, Männer! Sammelt Holz und sorgt dafür, dass die Tipis endlich

warm werden. Constable Webber! Sie melden sich bei dem Arzt!"
Nevitt führte den jungen Constable in das Zelt von Elchkalb und gab ihm Anweisungen: „Sie setzen sich hierher und melden mir sofort, wenn der Indianer sich rührt."
„Sonst nichts?"
„Hören Sie! Der Mann ist schwer verletzt und hat viel Blut verloren. Sobald er ein wenig zur Besinnung kommt, muss er etwas trinken oder er stirbt auf jeden Fall. Ist Ihnen das klar?"
„Ja, Sir!", versicherte der junge Mann. „Und die Frau?"
„Lassen Sie das Mädchen schlafen! Sie hat genug durchgemacht und braucht Ruhe!"

Mit seiner Tasche verließ Nevitt das Zelt und stapfte zu Tschetan-withkos Zelt. Hitschikyata schloss sich ihm an. Ein schwarzer Wolf zog warnend die Lefzen hoch und starrte den Arzt aus gelben Augen an. Erschrocken wich der Arzt zurück, doch ein Handzeichen von Wah-bo-sehns beruhigte das Tier.
Mit schmerzverzerrtem Gesicht saß Tschetan-withko gegen die Rückenlehne gestützt auf einem Fell, denn in der Wärme begann die Wunde zu pochen.
Ohne große Umstände schnitt der Arzt den Verband auf und untersuchte die Schussverletzung. Noch eine Kugel, die er entfernen musste. Aber das konnte er immerhin.
„Ich werde sie herausschneiden", erklärte er Hitschikyata. „Sage ihm, dass er sich hinlegen soll!"
Hitschikyata übersetzte kurz und Tschetan-withko sank stöhnend nach hinten. Wah-bo-sehns setzte sich so vor die Kinder, dass sie nichts sahen, aber sie waren vor Erschöpfung ohnehin eingeschlafen. Stern-im-Auge hielt sich die Hand vor dem Mund, als sie mit großen Augen auf die blutende Wunde sah.
Konzentriert bereitete der Arzt sein Operationsbesteck vor, während Hitschikyata dem Verletzten ein Stück Holz zwischen die Zähne schob. Der Arzt lächelte etwas. „Das ist nicht nötig. Wir sind schließlich keine Barbaren!"
„Wir sind auch keine Barbaren!", korrigierte Hitschikyata den Arzt und dieser errötete vor Verlegenheit.
Nevitt legte Tschetan-withko ein Tuch über die Nase und träufelte einige Tropfen aus einer Flasche darauf. „Sage ihm, dass er jetzt schlafen wird", befahl er Hitschikyata, aber schon fielen Tschetan-withko die Augen zu.

„Was ist das?", fragte Hitschikyata misstrauisch.
„Chloroform! Es macht, dass die Menschen schlafen, sodass sie keine Schmerzen verspüren, wenn ich sie behandle!"
„Aber er ist tot!"
„Aber nein! Er schläft nur! Achte auf seinem Atem. Hier ist die Flasche! Wenn er sich bewegt, dann lässt du noch einen Tropfen auf das Tuch fallen. Aber keinesfalls mehr, denn sonst stirbt er tatsächlich."
Staunend hockte sich der junge Medizinmann an das Kopfende von Tschetan-withkos Lager. Der weiße Arzt hatte wirklich starke Zaubermittel!

Geschickt holte Doktor Nevitt die Kugel heraus und legte einen Verband an. Das wäre geschafft! Erleichtert setzte sich der Arzt an das Feuer und sah sich neugierig um. Die beiden Frauen waren grau vor Erschöpfung und mehrere Kinder lagen unter Bergen von Decken.
„Sind die Kinder gesund?", fragte er Hitschikyata. Der nickte nur, mühsam kämpfte er darum, dass ihm nicht die Augen zufielen. Eine der Frauen erhob sich langsam und begann mit steifen Fingern eine mannshohe zweite Zeltwand zwischen die Tipistangen zu hängen. Sofort wurde der Rauch des Feuers wie in einem Kamin besser nach oben gezogen und die Wärme des Lagerfeuers nach innen reflektiert. Staunend blickte der Arzt auf die schönen Zeichnungen, mit denen diese Häute verziert waren. Abwechselnd schmückten Blumen und Tiere sie, eindeutig von Kinderhand gemalt, und Jagdszenen, offensichtlich von dem Krieger gezeichnet. Nevitt wunderte sich, dass keine Kriegsszenen dargestellt waren, wie er es sonst oft in den Tipis sah. „Wann wacht er wieder auf?", hörte er die beunruhigte Stimme des jungen Mannes.
„Gleich! Nur Geduld!"
Tschetan-withko rührte sich bereits etwas und Hitschikyata sah erleichtert, wie sein Freund die Augen aufschlug. Grinsend zeigte ihm der Arzt die Kugel, dann packte er seine Sachen, um nach den nächsten Indianern zu sehen.
Hitschikyata wollte mit, doch Nevitt hinderte ihn. „Du bleibst hier und ruhst dich erst mal aus. Ich kümmere mich schon um deine Freunde, mach dir keine Sorgen!"
„Aber ich bin der Medizinmann!", wehrte sich Hitschikyata.
Nevitt lachte ihn aus. „Du bist halb tot! Lege dich hin! Morgen kannst du dich um deine Freunde kümmern." Es war ein freundliches und sympathisches Lachen, das sofort Vertrauen zu dem jungen Arzt auf-

baute. Trotzdem zögerte Hitschikyata, denn er machte sich Sorgen um Crow-Bären-Mädchen. „Da ist ein kleines Mädchen …", begann er leise.

„Ich habe sie schon behandelt", unterbrach ihn der Arzt. „Ich sehe noch mal nach ihr und dann gehe ich in das Zelt von der weißen Frau."

„Das ist gut", murmelte Hitschikyata, dann kroch er unter einige Felle und die Augen fielen ihm zu.

Langsam kehrte Ruhe ein, nur aus einigen Zelten war leiser Trauergesang zu hören. Tschoka-sapa hatte sich in seiner Trauer um Viel-Schnee mit dem Messer mehrere Schnittwunden zugefügt. Weinend saß er neben seiner kleinen Tochter. Sie hatte erst drei Winter gesehen, jetzt kämpfte ein weißer Medizinmann um ihr Leben. Würde sie je wieder erwachen und ihn mit ihren lustigen Augen ansehen? Traurig schaute er auf Fallende-Sterne, die ihre kurzen Haare offen trug. „Viel-Schnee ist tot! Du bist jetzt die Mutter von Crow-Bären-Mädchen."

Fallende-Sterne weinte um die zweite Frau, denn sie war ihr ans Herz gewachsen. Gerne würde sie das Kind großziehen, wenn es nur überlebte.

Leise trat der weiße Medizinmann ein und hockte sich neben das fiebernde Kind. Vorsichtig fühlte er nach der Stirn und kontrollierte den Wundverband. Er nässte nicht, das war ein gutes Zeichen. Beruhigend schaute er auf den Vater des Kindes und redete in Zeichensprache: „Sie-trinken, wenn-wach! Du-mich-holen, wenn-Mädchen-viele-Schmerzen! Ich-im-Zelt-weiße-Frau!"

Tschoka-sapa sah ihn ausdruckslos an. Zu schnell ging ihm die plötzliche Veränderung. Erst wurden sie von Soldaten zu Tode gehetzt, dann kam so ein Rotrock und half ihnen. Er wusste nicht mehr, was er davon halten sollte.

Die Mounties hatten inzwischen das Holz verteilt und Walsh ließ seine Abteilung aufsitzen. Über Nacht wollten sie zu ihrem kleinen Stützpunkt zurückreiten, nur der Arzt und ein Constable blieben im Dorf. Am Morgen würde Walsh wiederkommen und mit dem Häuptling reden.

Trakini

Die Überlebenden

Es wurde still in dem Dorf, als die Menschen zum ersten Mal seit langer Zeit ohne Angst schlafen konnten. Nur aus dem Zelt von Kleine-rote-Blume kam heiseres Wehklagen, als die Frau verzweifelt neben ihren Kindern hockte und um Viele-Feinde trauerte. Hengstfohlen und Morgentau-im-Gras schauten mit riesengroßen braunen Augen auf ihre Mutter. Sie begriffen nicht, was geschehen war und ihre Mutter flößte ihnen Angst ein. Niemand kam, um die Frau zu trösten, denn Elchkalb und Tschetan-withko waren verletzt und die anderen Freunde ihres Mannes tot. Mit dem Messer begann sich die Frau ihre schönen langen Haare abzuschneiden, dann schnitt sie eine tiefe Wunde in ihren Oberschenkel, während sie unentwegt schrie. Tatokala kletterte in das Tipi, weil er sich wunderte, warum diese Frau allein trauerte. Es war nicht richtig! Vorsichtig entwand er der Frau das Messer und nahm sie in den Arm. Er sagte nichts, sondern hielt sie einfach nur fest. Seine Augen ruhten auf den völlig verstörten Kindern. Wie sehr mussten sie leiden! Schließlich kam Uinohnah und mit einem Nicken nahm sie die trauernde Frau in die Arme und bedankte sich bei Tatokala. Der Mann rutschte zu den Kindern und strich ihnen sanft über die Haare. Das Klagen war leiser geworden, denn die Erschöpfung machte sich bemerkbar.

Die Eingangsklappe wurde plötzlich geöffnet und jemand trat in das Zelt. Tatokala konnte ihn nicht sehen, denn er saß mit dem Rücken zum Eingang, aber er merkte, wie die Frau im Arm von Uinohnah plötzlich steif wurde. Ein nicht enden wollender Schrei entwich ihrem Mund und hastig drehte er sich um. Waren die Soldaten doch über die Grenze gekommen? Hatten sie die Dunkelheit genutzt, um die Rotröcke zu umgehen?
Haun! Es war Viele-Feinde! Tatokala konnte es nicht fassen. Viele-Feinde lebte!
Sein Freund sah schrecklich aus. Nur mühsam hielt er sich auf den Beinen und getrocknetes Blut deutete auf mehrere Wunden hin.
Kleine-rote-Blume schrie wie am Spieß. Ihre ganze Angst und Trauer entlud sich, als sie ihrem Mann um den Hals fiel. Viele-Feinde knickten die Beine weg, als er seine Frau fest umklammerte und vor Erleichterung die Augen schloss. Er war daheim!

Tatokala fing die Kinder ab, die sich weinend vor Freude auf ihren Vater stürzen wollten. Er sah nicht so aus, als würde er der Umarmung der Kinder standhalten können! Auch Uinohnah erwachte aus ihrer Erstarrung und schlug vor Staunen die Hand vor den Mund.
Kleine-rote-Blume nahm keine Rücksicht auf ihren Mann. Weinkrämpfe schüttelten sie und ihre Tränen fielen auf Viele-Feindes ausgezehrtes Gesicht. Sanft nahm Uinohnah sie am Arm. „Ich glaube, wir sollten uns um seine Wunden kümmern."
Benommen blickte Kleine-rote-Blume auf ihren verletzten Mann. Wieder schluchzte sie verzweifelt, als sie seine Erschöpfung sah. Aus den umliegenden Zelten kamen die ersten Menschen, um nach dem Grund der Aufregung zu sehen. Fassungslos blickten sie auf Viele-Feinde, der abgekämpft und zu Tode erschöpft in seinem Zelt kniete. Er war zurückgekehrt!
Tatokala holte Hitschikyata und auch Doktor Nevitt kam, von dem Geschrei angelockt.
Vergebens versuchte Viele-Feinde sich aufzurichten, als er den Rotrock sah, doch Hitschikyata beruhigte ihn: „Das ist der Medizinmann der roten Geister. Er hilft uns!"
„Rote Geister?", hauchte Viele-Feinde verständnislos. Mühsam zwang er seinen Verstand, wach zu bleiben.
„Ja, das sind die roten Geister aus Tschetan-withkos Vision! Sie haben die Blauröcke zurückgeschickt!"
Vor Ehrfurcht blieb Viele-Feinde die Luft weg. Tschetan-withkos Traum! Er erinnerte sich, wie sie gemeinsam mit ihren Kindern vor langer Zeit am Fluss im Sand gespielt hatten. Wie lange war das schon her? Damals hatte Bärenkralle der Vision von Tschetan-withko vertraut! Nur langsam drangen die anderen Worte zu ihm vor. „Sie haben die Blauröcke zurückgeschickt?"
Alle lachten über seine ungläubigen Augen. Dann verstand er! Er hatte gesehen, wie die Armee umgekehrt war und hatte das Schlimmste befürchtet. Voller Liebe blickte er auf seine Frau und die Kinder. Sie waren in Sicherheit!
Hitschikyata schob den Verletzten auf ein Lager und zog ihm den Büffelfellmantel eines weißen Soldaten aus. „Wo hast du denn den her?", fragte er.
„Ein Streifschuss traf mich am Kopf und ich stürzte ohnmächtig auf das Eis des Missouri. Ich weiß nicht, wie lange ich dort lag, aber ich wachte auf, als ein Soldat tot auf mich fiel. Ich dachte mir, dass das Büffelvolk mir den Mantel geschickt hatte, damit ich nicht so friere",

erzählte er leise, während Hitschikyata ihm das blutbesudelte Hemd über den Kopf zog.
Kleine-rote-Blume hatte sich beruhigt und kniete neben ihrem Mann. Mit einer sanften Geste schickte Viele-Feinde sie zu ihren Kindern. „Sie brauchen dich!", erinnerte er sie an ihre Mutterpflichten.
Hilfsbereit setzte sich der weiße Arzt neben ihn, aber Hitschikyata schüttelte den Kopf. Die wenigen Stunden Schlaf hatten ihn guttan und er war durchaus imstande, Viele-Feinde zu helfen. Trotzdem blieb der Arzt sitzen, doch Hitschikyata ließ sich nicht aus der Ruhe bringen. Vorsichtig tastete er nach dem Streifschuss, der bereits verschorfte. Dann untersuchte er die anderen Wunden. Ein Schuss hatte Viele-Feinde seitlich am Bauch getroffen, ein anderer am Arm.
Nevitt wunderte sich, dass dieser Mann noch lebte, geschweige denn so weit laufen konnte. Aber diese Menschen waren zäh.
Langsam jedoch griff die Erschöpfung nach Viele-Feinde. Seine Augenlider flatterten, als er ohnmächtig wurde. Vorsichtig reinigte Hitschikyata die Wunden und legte einen Verband aus Baststreifen an.
Nevitt saß neugierig daneben, aber er hütete sich davor einzugreifen. Eines hatten sie ihm in seiner Ausbildung als Arzt der Mounties eingebläut: niemals in die Angelegenheiten der Indianer einmischen, wenn sie es nicht ausdrücklich wollen. Sonst machten sie ihn vielleicht noch für den Tod dieses Kriegers verantwortlich! Aber der junge Medizinmann machte seine Arbeit nicht schlecht!
Zufrieden kehrte Nevitt in Che-ni-wins Zelt zurück, um ein wenig zu schlafen. Wachsam saß Constable Webber neben Elchkalb und beobachtete ihn. Auf einen fragenden Blick des Arztes hin schüttelte er nur den Kopf. Elchkalb hatte kein Lebenszeichen von sich gegeben. Besorgt biss sich der Arzt auf die Lippen. Je länger Elchkalb ohnmächtig war, desto geringer waren seine Überlebenschancen.

Am Morgen verließ er das Zelt, um nach dem kleinen Mädchen zu sehen. Sie lag in den Armen von Tschoka-sapa und blinzelte ihn an. Sie hatte die gleichen freundlichen Augen wie ihr Vater. Tränen stiegen dem Arzt in die Augen. Wie konnte jemand nur auf so ein kleines niedliches Mädchen schießen? Mit plötzlicher Wehmut dachte er daran, dass vermutlich viele Kinder auf der Flucht umgekommen waren. Er legte Tschoka-sapa seine Hand auf die Schulter und machte das Zeichen für „gut".
Tschoka-sapa sah das Mitgefühl in den Augen des Arztes und mochte ihn. Dieser Weiße war ein guter Mann!

Das Dorf erwachte, als die ersten Menschen die Zelte für ihr Morgenbad verließen. Auch Nevitt kam aus dem Zelt und sah erstaunt, wie halbwegs erholte Jungen sich um die Pferde kümmerten. In einigen Zelten roch es bereits nach gekochtem Fleisch. Frauen gingen in den Wald, um Feuerholz zu holen. Alles sah ganz normal aus, bis auf einige Verletzte in den Zelten deutete nichts auf die Strapazen hin, die diese Menschen durchgemacht hatten.

Kopfschüttelnd ging Nevitt in das Zelt zurück, um nach dem Verletzten zu sehen.
„Legen Sie sich eine Weile hin!", befahl er dem übermüdeten Constable.
Eine ältere Frau bückte sich in das Tipi und streichelte Che-ni-win über das Haar. Nevitt kam hinzu und lächelte freundlich: „Na, kleine Mama! Wie geht es Ihnen denn heute?"
„Mein Bauch tut weh!" Dann flüsterte Che-ni-win mit bangem Herzen: „Wie geht es meinem Mann?"
„Er lebt, aber er ist bisher nicht aus seiner Bewusstlosigkeit aufgewacht", seufzte der Arzt.
„Vielleicht sollte Hitschikyata kommen und für ihn beten?", bat Che-ni-win.
Der Arzt zuckte mit den Schultern, ein wenig göttlicher Beistand konnte sicherlich nicht schaden.
Leise flüsterte Che-ni-win mit ihrer Mutter, die eilig das Zelt verließ.
„So, jetzt wollen wir mal nach dem Baby sehen!", befahl der Arzt. Vertrauensvoll legte Che-ni-win sich hin, damit Nevitt ihren Bauch abtasten konnte. Er war immer noch steinhart und Che-ni-win stöhnte, als er ihn sachte hin und her bewegte.
„Setzen Sie sich mal hin. Ich glaube, die Schmerzen kommen vom Rücken. Vielleicht hilft es, wenn ich Sie ein wenig massiere."
Er nahm eine stinkende Paste aus seinem Koffer und strich ihren unteren Rücken damit ein. Mit geübten Fingern massierte er ihre völlig verspannten Muskeln. Die Paste brannte auf ihrer Haut, aber erleichtert merkte Che-ni-win, wie die Schmerzen nachließen.
„Besser?", fragte der Arzt.
Che-ni-win antwortete mit einem kurzen Nicken und ließ ihr Kleid wieder nach unten gleiten.

Hitschikyata betrat das Zelt, um eine Heilungszeremonie durchzuführen. Wie er es von Bärenkralle gelernt hatte, verbrannte er Süßgras und sang die heiligen Lieder, während er gleichmäßig eine Trommel schlug.

„Pedschuta kin le eyatscha oyaya
Nizani nunwe ya.
Ya heya ya ya heya ya
Heyo weyo we o we!"

„Hokuspokus!", dachte der Arzt, aber er wartete höflich, bis der Medizinmann fertig war, denn die Frau glaubte offensichtlich an den Heilerfolg der Zeremonie.

Hufgetrappel ertönte, als die Mounties in das Dorf zurückkehrten. Neugierige Kinder versteckten sich hinter ihren Müttern und flüsterten „Wanachi wakan luta".
Inspector Walsh wartete höflich, bis ihn ein Krieger begrüßte. Er hätte gern gewusst, wie es der weißen Frau ging, aber es wäre respektlos gewesen, erst mit einer Frau zu sprechen. Hier galt es gewisse Spielregeln einzuhalten.
Mit zwei Männern folgte er dem Häuptling in dessen Zelt und setzte sich geduldig auf den angebotenen Platz.
Sie rauchten eine Weile, während der Häuptling offensichtlich auf etwas wartete. Walsh zügelte seine Ungeduld, bis endlich der junge Medizinmann eintrat.
Fragend blickte Traumpfeil auf Hitschikyata, aber der schüttelte nur den Kopf. Elchkalb ging es weder besser noch schlechter, aber in seiner Verfassung war das vielleicht kein schlechtes Zeichen.
Hitschikyata setzte sich neben den Häuptling, was Inspector Walsh deutlich zeigte, welchen Status der junge Mann hatte.
„Sind sie gut aufgewacht?", fragte ihn der junge Mann.
„Danke, ich bin gut aufgewacht! Ich freue mich, dass es den Kindern besser geht!" Walsh lächelte.
„Das ist unser Anführer. Sein Name ist Traumpfeil", stellte Hitschikyata den Häuptling vor.
„Und ich bin Inspector Walsh. Ich spreche für die Weiße Mutter in diesem Land", stellte sich der Mountie erneut vor.
Traumpfeil murmelte etwas und Hitschikyata übersetzte: „Traumpfeil möchte sich bei Walsh bedanken, dass er ihm in der Stunde der Not beigestanden hat."

„Es war unsere Pflicht!", wehrte der Inspector ab. „Jetzt seid ihr hier in Sicherheit und ich möchte euch von den Gesetzen hier erzählen!"
„Gesetze?", forschte Hitschikyata, dann übersetzte er für Traumpfeil.
„Ja, Regeln, an die ihr euch halten müsst, damit alle in Frieden leben können."
Misstrauisch kniff Traumpfeil die Augen zusammen. Würden ihnen die Rotröcke jetzt die Ponys und Gewehre nehmen?
Walsh räusperte sich und begann: „Die Weiße Mutter möchte, dass alle Kinder ihres Landes in Frieden miteinander leben, dann wird sie euch ebenso beschützen! Hört also! Ihr dürft keinen Krieg gegen andere Stämme in diesem Land führen! Ihr dürft niemandem Pferde oder andere Sachen rauben und wenn euch ein Unrecht geschieht, dann dürft ihr es nicht selbst rächen, sondern müsst es den Mounties melden. Wir werden uns dann darum kümmern."
Leise flüsterte Hitschikyata mit dem Häuptling, dann wartete er auf weitere Anweisungen. Es kamen keine. War das alles?
Schließlich blinzelte Traumpfeil seine Überraschung weg und redete in Zeichensprache: „Wir-gehorchen-deinen-Anweisungen. Wir-kommen-hierher, weil-wir-Frieden-wollen. Wir-nicht-kämpfen!"
Walsh schenkte ihm ein breites Grinsen und machte das Zeichen für einen abgeschlossenen Vertrag. Wieder rauchten sie lange die Pfeife, während Uinohnah ihnen etwas zu essen brachte.
„Wo hast du so gut Englisch gelernt?", fragte Walsh den jungen Indianer.
„Ich war neugierig und Che-ni-win lehrte mich diese Sprache."
„Che-ni-win?"
„Ja, die weiße Frau! Ich kann auch lesen und schreiben", erklärte Hitschikyata nicht ohne Stolz. Endlich zeichnete es sich aus, dass er so viele Tage mit Che-ni-win gelernt hatte.
„Das ist gut! Du bist deinem Volk eine große Hilfe!"
Schließlich fragte Walsh nach seinem Arzt und Hitschikyata erhob sich bereitwillig, um den Mountie zu Elchkalbs Zelt zu führen. Wieder murmelten die Kinder „Wanachi wakan luta" und irritiert fragte Walsh nach der Bedeutung.
„Sie nennen euch ‚Heilige rote Geister', erklärte Hitschikyata.
„Heilige rote Geister? Wieso denn?" Walsh lachte erstaunt. Sonst nannten ihn die Indianer immer „weiße Stirn", weil er seinen Hut so tief in die Stirn zog, dass sie in seinem sonst so sonnenverbrannten Gesicht weiß leuchtete.

„Ein Krieger hat euch vor langer Zeit in seiner Vision geträumt. Er sagte, dass er Geister mit roten Umhängen gesehen hatte. Deshalb der Name!"
„Eine Vision?"
„Ja! Auch Che-ni-win, die weiße Frau war ein Zeichen."
„Kann ich mit diesem Krieger sprechen?"
„Er ist verletzt, aber wenn es ihm besser geht, führe ich dich zu ihm!"
„Gut!"
Sie erreichten das Zelt von Elchkalb und Walsh blickte hinein.
Che-ni-win lag blass unter ihren Decken, neben sich ihre Mutter. Die Mutter von Elchkalb kochte über dem Feuer, während der Arzt sich leise mit dem Constable unterhielt.
„Darf ich eintreten?", fragte Walsh vorsichtig.
„Ja, kommen Sie ruhig!", erlaubte es ihm der Arzt.
„Wie geht es den beiden?"
„Der Mann schwebt weiterhin in Lebensgefahr, aber der Frau geht es etwas besser. Ich hatte Angst, dass das Baby zu früh kommt, aber anscheinend haben die Wehen aufgehört. Ich habe ihr strenge Bettruhe verordnet!"
Walsh kniete sich neben Che-ni-win und setzte ein harmloses Lächeln auf. „Na, kleine Miss! Wie geht es Ihnen denn?"
„Viel besser, danke!", antwortete Che-ni-win.
„Dann können wir uns ja ein bisschen unterhalten, mhh?"
„Mhh!" Etwas verunsichert schaute Che-ni-win auf den Inspektor. Sie wollte nicht von Elchkalb weg und hatte Angst, dass man sie zwang.
„Ich bin Polizist und deshalb muss ich dafür sorgen, dass hier alles seine Ordnung hat. Sie haben gesagt, dass Sie nicht gefangen gehalten werden?"
„Nein!", beeilte sich Che-ni-win zu versichern. „Die Lakota haben mich vor einigen Jahren gefunden, als ich vor den Pawnee flüchtete. Seitdem bin ich Tochter von Gebrochener-Zweig." Sie deutete auf die ältere Frau neben sich.
„Und wie ist das passiert?"
„Ich war auf dem Weg zu meinem Vater in das Fort Laramie, als Pawnee die Versorgungswagen angriffen. Ich wurde verletzt und die Lakota haben mich gefunden."
„Haben die Indianer nie versucht, Sie zurückzubringen?"
„Nein!"
„Warum nicht?"

„Ich glaube, sie haben einfach angenommen, dass meine Eltern tot sind, und ich konnte mich ja noch nicht verständigen. Ja, und dann wollte ich gar nicht mehr weg."
„Ach so!" Die Verblüffung stand dem Mountie ins Gesicht geschrieben.
„Ja, hier habe ich eine richtige Familie und jetzt auch einen guten Mann. Warum sollte ich zurückwollen?"
„Wollen Sie denn nicht wissen, wie es ihren leiblichen Eltern geht?"
„Oh, meine Mutter ist schon lange tot und meinem Vater geht es gut. Ich habe einen Brief von ihm!"
„Einen Brief?"
Eifrig kramte Che-ni-win in einer Tasche und zog das arg zerknitterte Papier heraus. Strahlend reichte sie dem Mountie den Brief, fast wie eine Rechtfertigung, dass alles seine Ordnung hatte.
„Ja, ich habe erst vor Kurzem erfahren, dass er mich die ganze Zeit gesucht hat, aber ich wollte nicht zu ihm, ich wollte bei meinem Mann bleiben."
Die Schrift war so verwaschen, dass Walsh sie nicht entziffern konnte, dennoch tat er so, als studierte er ein offizielles Dokument. „Wissen Sie, wo er jetzt ist? Vielleicht kann ich ihm eine Nachricht zukommen lassen?", meinte er freundlich.
Che-ni-win schniefte nervös und Walsh runzelte besorgt die Stirn. Das Mädchen hatte offensichtlich Angst! „Ganz ruhig!", murmelte er. „Niemand will Ihnen etwas Böses."
Che-ni-win tastete nach der Hand ihrer Mutter, hatte plötzlich eine furchtbare Angst, dass die Mounties sie hier fortholen würden. „Mein Vater wollte nach Kanada gehen."
Walsh legte überrascht seinen Kopf auf die Seite. „Nach Kanada?"
„Ja, er schreibt, dass er hier eine Ranch aufbauen möchte." Ihr Zeigefinger deutete auf die unleserlichen Zeilen.
Walsh lächelte amüsiert. „Wie heißt Ihr Vater denn?"
„Miles O'Brian."
Walsh blinzelte überrascht. Sergeant Wilde hatte ihm von einem Mann erzählt, der genauso hieß!
Mit einem erhobenen Finger befahl er Che-ni-win zu warten, während er das Tipi verließ, um den Sergeant zu suchen. Kurze Zeit später kehrte er mit dem älteren Mann im Schlepptau zurück.
Che-ni-win versank fast unter ihren Decken. Was sollte das alles? Mit einer höflichen Verbeugung stellte sich der ältere Mountie vor: „Ich bin Sergeant Wilde. Ich glaube, ich weiß, wo Ihr Vater ist!"

„Wo?“, flüsterte Che-ni-win matt. Plötzlich drehte sich alles in ihrem Kopf und die Stimme des Sergeanten klang nur noch wie aus weiter Ferne zu ihr.
„Er lebt mit seiner Frau und dem kleinen Mädchen zwei Tage von hier an einem See. In zwei oder drei Wochen komme ich wieder bei ihm vorbei. Dann könnte ich ihn herbringen!“
Ungläubig schüttelte Che-ni-win den Kopf, versuchte das aufkommende Dröhnen zu unterdrücken. Ihr Vater war hier, ganz in der Nähe! Eine Woge der Erleichterung wallte in ihr hoch, eine irrsinnige Freude, doch dann überkam sie eine merkwürdige Ruhe. Alles würde gut werden. Sie hatte ihre indianische Familie und nun tauchte wie von Zauberhand auch ihr weißer Vater wieder auf. Plötzlich wusste sie, dass auch Elchkalb wieder genesen würde, einfach, weil Wakan-tanka über sie wachte. Sie glaubte ganz fest daran!
„Geht es meinem Vater gut?“, fragte sie mit leiser Stimme. Die Hoffnung gab ihr Kraft, trotzdem liefen Tränen der Erleichterung über ihr Gesicht.
„Ja! Er ist ein netter Kerl“, antwortete Sergeant Wilde.
Che-ni-win ließ sich erschöpft zurücksinken und der Arzt wechselte einen besorgten Blick mit Walsh. „So, Schluss jetzt! Die kleine Miss braucht noch Ruhe. Besuchszeit beendet!“ Energisch schickte der Arzt die anwesenden Männer hinaus und ließ nur Gebrochener-Zweig bei ihrer Tochter.

Takukin schaute neugierig zum Zelt hinein und Che-ni-win winkte ihn freundlich zu sich. Ein leiser Husten schüttelte das Kind, aber seine Augen waren wieder klar.
„Nanu, wer ist denn der junge Mann?“, fragte der Arzt.
„Mein kleiner Bruder. Seine Mutter wurde im Herbst bei einem Angriff der Soldaten getötet. Sie war die zweite Frau meines Vaters. Jetzt ist Gebrochener-Zweig seine Mutter.“
„Ihr habt viel durchgemacht, mhh?“
Traurig dachte Che-ni-win an Lächeln-im-Herzen und Gras-im-Wind. Wie schön wäre es, wenn auch sie jetzt hier sein könnten!
Takukin kuschelte sich an Gebrochener-Zweig und blickte neugierig auf den Arzt. Che-ni-win fühlte einen schmerzenden Druck auf ihrer Blase und erhob sich mühsam.
„Na, na!“, schimpfte der Arzt. „Sie dürfen nicht aufstehen!“
„Ich muss aber mal nach draußen!“ Auf ihre Mutter gestützt verließ Che-ni-win das Zelt und auch Takukin rannte davon, um nach sei-

nen Freunden zu sehen. Die Kinder erholten sich schnell von den Strapazen und hatten bereits ihre Spiele wieder aufgenommen.

Nevitt nutzte die kurze Abwesenheit von Che-ni-win, um in Ruhe nach der Wunde von Elchkalb zu sehen. Sie hatte sich geschlossen und der Arzt öffnete sie wieder, damit der Eiter ablaufen konnte. Ein leises Stöhnen erklang und vorsichtig erneuerte der Arzt den Verband. Dann drehte er Elchkalb wieder auf den Rücken und schaute in große schwarze Augen, die ihn verwirrt anstarrten. Der junge Mann war wach! Panik blitzte in den dunklen Augen auf, als er den weißen Mann in Uniform erblickte.
Hastig machte der Arzt das Zeichen für Freund, trotzdem verschwand die deutliche Furcht nicht aus dem Gesicht des Indianers. Keine Schmerzen, sondern Angst!
„Che-ni-win?", flüsterte Elchkalb. In seinem ganzen Leben hatte der Arzt noch nie eine solche Verwundbarkeit in den Augen eines Mannes gesehen! Nevitt machte die Zeichen für: „Deine-Frau-gut!" Doch noch immer war der junge Mann nicht beruhigt. Nevitt wiederholte die Zeichen mehrfach, bis sich Elchkalb auf die Bedeutung der Gesten konzentrierte. Es ging ihr gut! Aber wo war sie? Immer noch tobte die Panik in ihm und seine Augen tasteten suchend das Tipi ab. Seine eigenen Schmerzen nahm er überhaupt nicht wahr.
Leise trat Che-ni-win in ihr Zelt und sofort winkte der Arzt die Frau neben sich, damit Elchkalb sie sehen konnte. Hemmungslos liefen Che-ni-win die Tränen hinunter, als sie in die wachen Augen ihres Mannes sah. Zitternd tastete sie nach seiner Hand und führte sie an ihre Wange. Die Erleichterung der beiden Menschen berührte auch Nevitt: Trotz aller Vorbehalte, die gegen eine Ehe zwischen Rot und Weiß sprachen, vor allen Dingen, wenn ein Ehepartner eine weiße Frau war, hier saßen zwei Menschen, die zusammengehörten.
Er riss sich zusammen, denn der Junge musste unbedingt etwas Flüssigkeit zu sich nehmen oder es wären die letzten verliebten Blicke, die beide miteinander austauschten!
„Hier!", sagte er entschlossen. „Flößen Sie ihm etwas Suppe ein!"
Vorsichtig nahm Che-ni-win den Kopf ihres Mannes hoch und hielt ihm die Schüssel an die Lippen.
Elchkalb war so müde und jeder Schluck strengte ihn an, trotzdem trank er etwas. Im Schoß seiner Frau war es so schön!
Dann fielen ihm die Augen zu und erschrocken schaute Che-ni-win auf den Arzt.

Dieser machte eine beruhigende Handbewegung. „Das ist normal! Er wird einige Stunden schlafen. Wenn er wieder wach wird, müssen Sie ihm sofort etwas Suppe geben, okay?“
„Hetschetu!“, antwortete Che-ni-win in der Sprache der Lakota.
„So, ich schaue mal nach meinen anderen Patienten. Ich glaube, dass viele Frauen eine Blasenentzündung haben.“
„Was ist eine Blasenentzündung?“
„Wenn es beim Wasserlassen schmerzt“, erklärte der Arzt.
Verlegen senkte Che-ni-win den Kopf. „Ich habe auch Schmerzen!“
„Das ist ja auch kein Wunder! Hier, aus diesen Kräutern machen Sie sich einen Tee. Dann wird es besser!“
„Sie sind nett!“

Mit einem Zwinkern verabschiedete sich der Arzt und ging zu den nächsten Zelten.
Unterwegs wurde er von Inspektor Walsh gerufen. „Wie sieht es aus?“
„Ganz gut!“
„Ich möchte aufbrechen, denn wir haben noch andere Stämme, um die wir uns kümmern müssen.“
Nevitt zögerte sichtlich. „Sir, ich möchte noch zwei, drei Tage bleiben.“
Überrascht runzelte Walsh die Stirn. „Ist das denn nötig?“
„Ich denke schon! Ich möchte nicht, dass sich Wundbrand bildet und der Verletzte doch noch stirbt.“
„Na schön! Ich lasse Sie mit zwei Männern hier. Aber in zwei Tagen folgen Sie mir zum Que`Appelle-Fluss!“, befahl Walsh kurz entschlossen.
„Jawohl, Sir!“
Walsh rückte mit den Mounties ab, denn er hatte andere Sorgen. Immer mehr Sioux überschritten die Grenze und lösten unter den kanadischen Stämmen Unruhe aus.
Einige Kinder liefen neben ihnen her und lachten sie freundlich an: Wanachi wakan luta!

In seinem Zelt öffnete Tschetan-withko endlich die Augen und schaute auf Wah-bo-sehns, die geduldig neben ihm saß. Er fühlte sich völlig zerschlagen und konnte kaum seine Glieder bewegen.

Wah-bo-sehns flüsterte sofort die unglaubliche Nachricht: „Viele-Feinde ist zurück! Er lebt!"
Eine tiefe Freude jagte spürbar durch Tschetan-withkos Körper, als er das Unfassbare vernahm. Er hatte gesehen, wie Viele-Feinde fiel und jetzt war er wieder da! Das Herz schlug ihm bis zum Hals, als er sich auf seinen Ellbogen stützte, um zu seinem Freund zu gehen. Weiter kam er nicht, denn eine besorgte Frau drückte ihn wieder auf die Felle. „Du bleibst hier!", schimpfte sie mit fester Stimme.
„Seit wann befiehlt eine Frau ihrem Mann, was er zu tun hat!", murmelte er empört.
Sie blitzte ihn drohend an. „Seit der Mann eine Schusswunde am Bein hat!" Dann lächelte sie über seine ungläubigen Augen und fasste ihn an der Wange. „Ich laufe zu Kleine-rote-Blume und frage erst, wie es Viele-Feinde geht. Er ist schwer verletzt."
Tschetan-withko senkte beschämt die Augen. Ja, erst sollte Wah-bo-sehns fragen, ob er willkommen war.
Kurze Zeit später kehrte sie mit Hitschikyata zurück. „Viele-Feinde ist wach und freut sich, seinen Freund zu sehen. Komm!"
Vorsichtig stützte sich Tschetan-withko auf Wah-bo-sehns und Hitschikyata. Der Schweiß brach ihm bei dieser Anstrengung aus, aber er wollte nach seinem Freund sehen.
Doktor Nevitt kam ihnen entgegen und runzelte empört die Stirn. „Himmel!", entfuhr es ihm. Waren denn jetzt alle verrückt geworden? Wütend stapfte er zu Hitschikyata. „Seid ihr wahnsinnig!", fuhr er ihn an. „Dieser Mann gehört in sein Tipi!"
Tschetan-withko blickte ihm gerade in die Augen. Als hätte er verstanden, was der Arzt gesagt hatte, ließ er Hitschikyata übersetzen: „Ich bin ein Krieger! Niemand befiehlt mir, was ich tun soll!"
„Na schön!", gab der Arzt nach. „Aber ich hoffe, dass dein Bein richtig wehtut!"
Tschetan-withko grinste schief, denn sein Bein schmerzte tatsächlich. Die wenigen Schritte zu dem Zelt erschienen ihm wie eine Ewigkeit, aber dann stieg er hinein. Seine Augen wurden feucht, als er seinen Freund sah und seine Stimme war nur leises Flüstern: „Viele-Feinde!"
Viele-Feinde lächelte ebenso bewegt zurück und meinte mit seinem trockenem Humor: „Ich glaube, dass mein neuer Name ‚Viele-Decken' sein wird, denn ich komme bestimmt nie wieder hoch!"
Tschetan-withko lachte herzhaft. Stöhnend lehnte er sich an eine Rückenstütze, während er sich überhaupt nicht mehr beruhigen konn-

te. Viele-Decken! Hemmungslos liefen ihm die Tränen hinunter und er schämte sich ihrer nicht. Viele-Feinde gluckste vor Lachen und hielt sich seinen Bauch. „Hör auf!", bat er verzweifelt. „Das Lachen tut so weh!"
Tschetan-withko rang nach Luft, immer wieder kicherte er los, bis Viele-Feinde nach seiner Pfeife verlangte. „Lass uns rauchen!"
Vorsichtig richtete ihn Hitschikyata etwas auf, sodass Kleine-rote-Blume eine Rückenstütze unter ihn schieben konnte. „Haun!", entfuhr es Viele-Feinde.
Dann wartete er, dass Hitschikyata die Pfeife anzündete. Schweigend rauchten sie und hingen ihren Gedanken nach.
„Ich dachte, du wärst tot!", meinte Tschetan-withko ernst.
„Fast!", bestätigte Viele-Feinde.
Sie verloren darüber kein weiteres Wort, denn Viele-Feinde wusste, dass Tschetan-withko ihn sonst niemals liegen gelassen hätte.
„Viele-Feinde, erlöse mich endlich von meiner Qual und erzähle mir, was geschehen ist!", forderte Tschetan-withko schließlich.
Hoffnungsvoll setzte sich auch Hengstfohlen neben seinen Vater und wartete auf die Geschichte.
Viele-Feinde atmete tief ein. „Wir rannten wie die Hasen!", erinnerte er seinen Freund an die Flucht über das Eis. „Ein Streifschuss traf mich am Kopf und ich stürzte bewusstlos zu Boden. Lange lag ich dort, denn als ich erwachte, war es schon fast dunkel. Ein Soldat lag tot auf mir und ich nahm mir seinen Mantel und seine Waffe. Dann schlich ich an das Ufer, weil Soldaten kamen, um nach ihren Toten zu sehen. Ihr wart alle weg, so machte ich mich auf den Weg eurer Spur zu folgen. Das ist alles", beendete Viele-Feinde seine Geschichte.
„Das ist alles?", zischte Tschetan-withko empört. „Du bist der mutigste Krieger weit und breit!"
„Im Moment bin ich der müdeste Krieger", meinte Viele-Feinde.
„Das stimmt! Du siehst furchtbar aus!"
Das fand Kleine-rote-Blume allerdings nicht. Liebevoll blickte sie auf ihren Mann, Morgentau-im-Gras auf ihren Schoß. Spätestens jetzt war sich Viele-Feinde sicher, dass diese Frau ihn liebte. Ihre abgeschnittenen Haare redeten eine deutliche Sprache, aber sie würden wieder wachsen.
Sie schwiegen eine Weile, denn Viele-Feinde wagte nicht zu fragen, wer noch gefallen war. Es schickte sich nicht, über die Toten zu sprechen. Er hatte den Tod von Schwarzer-Rabe und seiner Familie gesehen. Jetzt hatte er Angst zu fragen.

Tschetan-withko sah sein Zögern und biss die Lippen aufeinander. „Viel-Schnee ist tot und Fisch blieb zurück, um zu sterben. Er hatte einen Bauchschuss. Ich ließ ihm mein Gewehr, damit er unseren Rückzug decken konnte. Weißer Kranich und seine kleine Tochter sind tot, Geht-Weit und Stein-mit-Hörnern sind gefallen, Elchkalb und Crow-Bären-Mädchen wurden schwer verletzt, aber auch andere." Seine Stimme war tonlos, als er Viele-Feinde ihre Verluste aufzählte. „Schwarzer-Rabe und seine ganze Familie wurden getötet", erzählte er weiter.

Viele-Feinde schnürte es die Kehle zu. „Ich weiß, ich habe es gesehen!"

Wah-bo-sehns liefen die Tränen herunter. Sie dachte daran, wie Schwarzer-Rabe bei ihrer Gefangennahme vor sechs Wintern ihre Tochter in die graue Decke gewickelt hatte. Wie oft hatte Graueulenmädchen danach mit seiner Tochter gespielt und jetzt lag diese tot auf dem Eis des Flusses. Sie dachte an ihre Tochter, die verzweifelt um ihre Freundin trauerte, genau wusste, dass sie Regenwolke nie wieder sehen würde. Wah-bo-sehns hatte ihr tränennasses Gesicht gestreichelt, aber auch ihr waren keine Worte des Trostes eingefallen.

„Und die roten Geister?", fragte Viele-Feinde nach einer Weile des Schweigens.

„Du weißt, dass ich vor vielen Sommern diesen Traum hatte?"

Die Augen von Viele-Feinde blitzten kurz, als er sich erinnerte.

„Wir ritten bis zum Morgengrauen und dann tauchten die Soldaten vor uns auf. Alle dachten, dass wir nun sterben würden, aber ich sah ihre roten Jacken! Ich wusste, dass diese Männer uns nicht vernichten würden. Sie waren das Zeichen, von dem ich geträumt hatte, genauso wie Che-ni-win!"

„Wie Che-ni-win?"

„Ja, als wir sie fanden und sie uns ihren Namen sagte, wusste ich gleich, dass sie ein Zeichen von der Büffelfrau war."

„Che-ni-win wurde von der Büffelfrau geschickt?" Selbst Hitschikyata war schockiert über dieses mächtige Zeichen.

„Das ist das, was ich glaube! Sie hat Haare in der Farbe der roten Geister!"

„Aber was machen wir, wenn jemand so Heiliges bei uns lebt?" Hitschikyata war völlig verunsichert. Wie oft hatte er sie geneckt!

„Nichts! Sie hat ihre Aufgabe erfüllt! Sie ist Elchkalbs Frau und erwartet sein Kind. Sie hat gewählt, als Frau mit uns zu leben. Das müssen wir respektieren!" Für Tschetan-withko war alles ganz einfach.

Unsicher sahen sich Hitschikyata und Viele-Feinde an. Wollte Tschetan-withko sich über sie lustig machen?
„Du kannst doch ein heiliges Zeichen nicht wie eine normale Frau behandeln?"
„Warum nicht! Ich jage doch auch den Büffel oder den Hirsch, auch wenn ich eine Vision von ihnen habe. Che-ni-win lebt schon lange als Frau unter uns. Nie hat sie etwas anderes verlangt!"
Hitschikyata fand die Erklärung sehr beruhigend, denn er dachte an seine Verfehlungen! Wenn ihn nun ein Blitz getroffen hätte, als er sie als Kind nackt am Fluss gesehen hatte? Haun! Ihm wurde noch im Nachhinein ganz heiß!
„Was werden wir jetzt tun?", fragte Viele-Feinde leise.
„Che-ni-win hat uns hierher geführt. In dieses Land, damit wir in Frieden leben können. Ich werde hier bleiben!", erklärte Tschetan-withko fest.
Wah-bo-sehns blickte staunend auf ihren Mann. Er wollte in Frieden leben! Sie liebte ihn für diese Worte.
Viele-Feinde schloss erschöpft seine Augen und wortlos kehrten Wah-bo-sehns und Tschetan-withko in ihr Zelt zurück.
Dort saß Stern-im-Auge still am Feuer, den Kopf in Trauer gesenkt. Wah-bo-sehns hatte sie in ihr Zelt gerufen, doch noch war ihre Situation nicht geklärt. Sie war nur froh, dass sie nicht alleine war.
Tschetan-withko plumpste auf sein Lager und musterte die junge Pawneefrau. Er war an sein Versprechen gebunden, obwohl er keine weitere Frau wollte. Er musste darüber nachdenken, wie er Stern-im-Auge behandeln würde. Mit Tschaske war die Situation einfacher. Er würde ihn einfach zusammen mit Wolfssohn aufziehen.
„Ich heiße dich in meinem Tipi willkommen!", wandte er sich an die Frau. „Ich werde dir sagen, wann deine Trauerzeit beendet ist.

Stern-im-Auge senkte den Kopf. Sie war etwas verunsichert, weil er ihr nicht gesagt hatte, als was sie in seinem Zelt wohnen sollte. Doch im Moment ließ er ihr Zeit um Fisch zu trauen. Wie sehr hatte sie Fisch gehasst, als er sie vor mehreren Wintern geraubt hatte. Nie hatte sie die Misshandlungen und Demütigungen vergessen, aber irgendwie fehlte er ihr jetzt. Wie oft hatte sie anfangs seinen Tod herbeigesehnt, sich von Rachefantasien treiben lassen. Manchmal war der Hass und die Wut alles gewesen, was sie überleben ließ. Jetzt fühlte sie eine plötzliche Leere, die sie verwunderte. Sie hatte sich an seine wortkarge Art gewöhnt gehabt. Auf seine Weise war er rücksichtsvoll gewesen und sie wusste, dass er sie geliebt hatte. Sie fühlte Mitleid mit Tschaske, den der Tod des Vaters ins Nichts stürzen ließ. Fisch war vielleicht kein guter Mann gewesen, aber um seinen Sohn hatte er sich liebevoll gekümmert! Sie war froh, dass Tschetan-withko sie aufgenommen hatte, weil sie hoffte, dass er Tschaske half, den Verlust zu überwinden.

Aber was geschah mit ihr?

Wenn Tschetan-withko eines Tages von ihr verlangte, was ein Mann von einer Frau verlangen konnte, dann würde sie das tun. So wie sie es auch für Fisch getan hatte. Ihre Gefühle hatte sie tief in sich vergraben. Noch war sie in Trauer und Tschetan-withko würde eine angemessene Zeit warten. Sie strich ihre vorschriftsmäßig abgeschnittenen Haare nach hinten und hüllte sich in eine Decke. Nach außen hin zeigte sie alle Zeichen einer trauernden Witwe, nur in ihrem Herzen tobte der Zwiespalt der Gefühle. Sie fühlte sich einsam und allein, wurde vielleicht wieder gezwungen mit einem Mann zu leben, den sie nicht liebte. Oft ging sie klagend durch das Dorf, aber eigentlich klagte sie nur um sich, um das junge Mädchen, das sie einst war. Sie war immer noch jung, zählte zehnmal zwei Winter, aber die schweren Schicksalsschläge und die abgeschnittenen Haare ihrer Trauer ließen sie älter aussehen.

Sie brachte Tschetan-withko etwas zu essen und verließ das Zelt um Tschaske zu suchen. Möglichst bald wollte sie ihr eigenes Zelt aufbauen, aber sie wollte eine gute Gelegenheit abwarten, damit sie Wah-bo-sehns und Tschetan-withko nicht vor den Kopf stieß.

Sie fand ihren Sohn nicht weit entfernt mit Wolfssohn auf einem Baumstamm sitzend. Beide Jungen hielten sich mit ihren Händen umklammert, während Tschaske die Tränen hinunterliefen.

„Nicht wahr?“, flüsterte Wolfssohn um Beistand heischend. Seine ruhigen Augen spiegelten das Unfassbare, das geschehen war. „Tschetan-withko ist jetzt auch Tschaskes Vater.“

Stern-im-Auge nickte wortlos und kniete sich vor ihren Sohn. Seine sonst so lustigen Augen waren entzündet von dem vielen Weinen. Sanft legte sie ihrem Sohn die Hand auf das Herz. „ Dein Vater lebt jetzt hier! Für immer! Verstehst du das?“

„Aber warum ist er nicht mehr hier?“

„Weil Wakan-tanka gewählt hat, dass er in die Geisterwelt geht.“

„Werde ich auch bald in die Geisterwelt gehen?“

„Nein! Du musst groß werden, damit du eigene Kinder hast. Dann

wirst du ihnen von ihrem tapferen Großvater erzählen. Hier ist jetzt Tschetan-withko dein Vater", tröstete Stern-im-Auge das Kind. Sie versuchte stark zu sein, obwohl sie selbst nur mit Mühe ihre Tränen zurückhielt.
Wolfssohn umarmte seinen kleinen Freund. „Siehst du, du bist jetzt mein richtiger, echter Bruder!"
Stern-im-Auge nahm die beiden Jungen an der Hand und brachte sie zurück in Tschetan-withkos Zelt, damit sie etwas aßen. Die Kinder waren immer noch erschöpft und mussten sich erholen.
Hitschikyata kehrte zurück und Tschetan-withko warf ihm einen kurzen Blick zu. „Wie geht es Elchkalb?"
„Er ist aufgewacht, aber die Wunde nässt", erzählte der junge Medizinmann. „Der weiße Medizinmann hat gute Medizin für ihn und ich habe für Elchkalb gebetet."
„Das ist gut!" Tschetan-withko war sichtlich erleichtert, denn er wollte nicht noch einen Freund verlieren.
Seine Augen fielen zu, denn er fühlte sich so schwach wie ein Baby.
Aber auch aus den anderen Zelten war kaum etwas zu hören. Zu erschöpft waren die Menschen, als dass sie sich groß gerührt hätten. Bei Sonnenuntergang lag eine merkwürdige Stille über dem Dorf, weil die meisten Menschen unter ihren Decken lagen und schliefen.

Am nächsten Morgen huschte Hitschikyata als erstes in das Zelt von Elchkalb. Vorsichtig legte er seine Hand auf die heiße Brust des Kriegers und fühlte nach dessen Herzschlag. Er lebte noch! Erst dann schaute er zu Che-ni-win und Doktor Nevitt. Er saß neben der Frau und horchte konzentriert mit einem seltsamen Instrument auf ihren Bauch. Sie lag unter einer Decke, weil sie sich genierte.
„Was ist das?", fragte Hitschikyata wissbegierig.
Endlich nahm der Arzt den jungen Indianer wahr und nahm das Stethoskop aus seinem Ohr. „Das ist ein großes Ohr, mit dem kann ich die Herztöne besser hören", erklärte er sachlich.
„Kannst du damit auch das Baby hören?", wunderte sich Hitschikyata.
„Ja! Auch ein Baby im Mutterleib hat bereits Herztöne. Möchtest du mal hören?", fragte der Arzt.
Hitschikyata winkte ab. „Sie ist eine Frau!"
Der Arzt lachte schallend. „Auch eine Frau muss untersucht werden.

Oder willst du sie sterben lassen, nur weil sie eine Frau ist?"
Hitschikyata war völlig verunsichert. Natürlich nicht! Er würde genauso auch für sie beten.
Che-ni-win lächelte ihn an. „Komm nur! Es macht mir nichts aus."
Mit dem Zögern eines neugierigen Fohlens näherte sich Hitschikyata und nahm das seltsame Instrument in die Hand.
„Hier! Das steckst du in dein Ohr! Und damit hörst du den Bauch ab."
Hitschikyata lauschte verwundert auf das laute Pochen, das klar und deutlich aus dem Bauch in sein Ohr drang. „Woher weißt du, dass es nicht Che-ni-wins Herz ist?"
Der Arzt legte das Stethoskop auf das Herz der Frau. „Hörst du den Unterschied?"
Hitschikyata runzelte die Stirn. „Es ist langsamer."
„Ja, das Herz eines Babys schlägt viel schneller."
„Warum schlägt es so unregelmäßig?", fragte Hitschikyata unbedarft.
Doktor Nevitt biss sich auf die Lippen. Das war ihm auch schon aufgefallen, aber nie im Leben hätte er erwartet, dass es dem Indianer bei seiner ersten Untersuchung auch auffiel. „Das Baby reagiert damit auf die Gefahr. Bald wird es besser!"
„Woher weißt du das alles?"
„Ich habe es studiert und ich lese es in Büchern."
„Es gibt Bücher, in denen so etwas steht?"
„Aber ja! Ich habe eines dabei! Willst du es sehen?"
„Ja!" Hitschikyatas Augen blitzten vor Begeisterung.
Umständlich kramte Doktor Nevitt ein völlig zerfleddertes Anatomiebuch aus seinem Gepäck. Er schlug eine Seite auf, die das Wachstum eines Kindes im Mutterleib zeigte. Hitschikyata war sprachlos. Vorsichtig blätterte er weiter und blickte auf Zeichnungen über den Blutkreislauf oder den Verdauungstrakt. Leise erklärte ihm der Arzt die Bedeutung, doch viele Wörter verstand Hitschikyata nicht.
„Woher wisst ihr das alles?", fragte er stattdessen.
„Von Untersuchungen an Leichen", erklärte der Arzt. Er war sichtlich stolz auf sein aufgeklärtes Wissen.
Hitschikyata wurde blass vor Entsetzen. Die Weißen verstümmelten ihre eigenen Toten! Nun verstand er, warum die Weißen so grausame Feldzüge gegen sein Volk führten, denn sie zeigten nicht einmal Respekt vor ihren eigenen Toten. Es war ein grausames, gottloses Volk! Übelkeit stieg in ihm hoch und hastig verließ er das Tipi.

Der Arzt verzog amüsiert die Mundwinkel. „Der junge Mann hält wohl nicht viel aus?"
„Doch, aber dieses Buch verletzt unsere Art zu leben", erklärte Che-ni-win, die ihn genauso entsetzt ansah. „Indem ihr die Toten so verstümmelt, können sie im Jenseits nicht mehr richtig leben. So etwas macht man nur mit seinen schlimmsten Feinden, aber man tut es niemandem seines eigenen Volkes an. Hitschikyata hält euch jetzt für unglaublich grausam!"
„Verdammt!", murmelte der Arzt. „Ich hätte ihm das Buch nicht zeigen dürfen. Ich habe es gut gemeint. Er schien so wissbegierig!" Verlegen packte er das Buch wieder weg. Es war ihm eine Lehre, in Zukunft vorsichtiger zu sein, was er den Indianern zeigte! Fast dankbar schaute er hoch, als ein weiterer Gast ins Tipi trat. Es war Weidenzweig mit ihrem kleinen Sohn, die ihre Schwester besuchen wollte.
„Nanu, wer ist das?", fragte der Arzt.
„Das ist meine Schwester Weidenzweig und ihr Sohn Sieht-die-Büffel", stellte Che-ni-win die beiden vor.
„Wie geht es dir?", zwinkerte Weidenzweig mit einem schüchternen Blick auf den weißen Medizinmann.
„Besser!", antwortete Che-ni-win. Der kleine Junge wackelte zu seiner Tante und Che-ni-win nahm das Kind auf ihren Schoß. Sie war so froh, dass es der Familie ihrer Schwester gut ging.
Der Arzt betrachtete die beiden und fragte plötzlich: „Der kleine Kerl ist so niedlich! Darf ich ihn zeichnen?"
„Sie zeichnen?" Che-ni-win war halbwegs verblüfft. Sie tuschelte kurz mit ihrer Schwester und gab schließlich ihr Einverständnis.
Sofort kramte der Arzt einen Block und einen Stift heraus und begann zu kritzeln. Seine schmalen Finger tanzten über das Papier und er lehnte entspannt an einer Rückenstütze.
Sieht-die-Büffel wurde ungeduldig und hastig holte der Arzt eine Zuckerstange hervor. „Hier, für den kleinen Kerl, damit er noch ein wenig sitzen bleibt. Ich bin gleich fertig!"
Che-ni-wins Augen wurden groß. Eine Zuckerstange! Das hatte sie schon so lange nicht mehr gehabt!
Mit einem verführerischen Lächeln zückte der Arzt eine weitere Zuckerstange, als er Che-ni-wins sehnsüchtigen Blick wahrnahm. Dann kritzelte er weiter, nur unterbrochen von dem genießerischen Schmatzen der beiden Modelle. Schließlich gab er Che-ni-win mit einem breiten Schmunzeln das Bild. Es zeigte sie, ganz deutlich als Weiße zu erkennen, mit Sieht-die-Büffel auf ihrem Schoß. Beide mit

einer Zuckerstange im Mund. „Ich nenne das Bild ‚Erinnerung an die Weißen'!"
Che-ni-win lachte Tränen, denn tatsächlich hatte sie darüber nachgedacht, ob es nicht schön wäre, öfter mal eine Zuckerstange zu lutschen.
Elchkalb rührte sich ein wenig und kaum hörbar fragte er nach dem Grund des Gelächters. Der Arzt zeigte ihm das Bild und zum ersten Mal wurden die Augen des Kriegers klar. „Was isst du da?", fragte er seine Frau.
Che-ni-win rutschte neben ihn und ließ ihn probieren. „Zuckerstange", sagte sie auf Englisch, denn dafür gab es kein Wort auf Lakota. In Elchkalbs Augen tanzten Sterne, als er vorsichtig lutschte. „Sukestang", versuchte er das Wort nachzusprechen.
„Zuckerstange!", wiederholte Che-ni-win liebevoll.
„So, jetzt flößen wir dem jungen Mann einen Tee gegen das Fieber ein und ich muss nach der Wunde sehen!", hörte sie die energische Stimme des Arztes. „Besuchszeit beendet!", meinte er mit einem Blick auf Weidenzweig.
Diese verstand die Bedeutung auch ohne Übersetzung und schlüpfte mit ihrem Sohn aus dem Zelt.
Vorsichtig drehte der Arzt Elchkalb auf die Seite und löste den Verband. Wieder öffnete er die Wunde, doch anstelle des Eiters floss rotes Blut. Das sah nicht schlecht aus. Der Krieger brauchte sicherlich noch einige Zeit, um sich zu erholen, doch das Schlimmste war überstanden. Elchkalb murmelte etwas und fragend blickte der Arzt auf Che-ni-win.
„Er muss mal nach draußen!"
„Nach draußen?" Dann dämmerte es dem Arzt. Hilflos blickte er sich in dem Tipi um, denn der Indianer konnte unmöglich aufstehen. „Haben Sie vielleicht eine Schale, oder so was?"
Wortlos zeigte ihm Che-ni-win eine Büffelblase.
„Die ist noch besser! Darf ich?" Ohne Hemmungen beugte sich der Arzt zu dem Verletzten hinunter, doch schwarze Augen, die ihn zu ermorden schienen, ließen ihn zögern. Er lächelte verständnisvoll und übergab die Büffelblase lieber an Che-ni-win. „Es ist bestimmt besser, wenn Sie das übernehmen. Ab Morgen bin ich sowieso nicht mehr da."
Höflich ließ er die beiden alleine und wartete geduldig eine Weile. Schließlich trat Che-ni-win mit der vollen Blase vor das Zelt und leerte sie im Schnee aus.

„Hören Sie!", wandte sich Nevitt an die junge Frau. „Die nächsten vier Tage darf Ihr Mann nicht aufstehen. Und wenn Sie ihn fesseln müssen! Haben Sie verstanden?"
Che-ni-win bejahte, obwohl ihr überhaupt nicht klar war, wie sie einen Mann am Aufstehen hindern sollte, wenn dieser nicht wollte. Der Arzt hatte vielleicht Vorstellungen! Aber sie würde Hitschikyata bitten, sie zu unterstützen.
Die beiden verbliebenen Polizisten kamen auf den Doktor zu und fragten: „Alles in Ordnung bei Ihnen?"
„Ja! Morgen reiten wir weiter und schließen uns den anderen an. Seid ihr gut untergebracht?", fragte der Arzt die beiden.
„Oh ja, die Indianer geben sich redliche Mühe uns zu mästen. Sie scheinen genügend Vorräte zu haben."
Einige Kinder standen um die Mounties herum und lächelten zutraulich.
„Na, dann! Ich kümmere mich um meine anderen Patienten. Morgen, bei Sonnenaufgang, brechen wir auf", entließ der Arzt seinen Begleitschutz.
„Und was sollen wir solange machen?"
„Freundschaftliche Beziehungen knüpfen!" Nevitt deutete auf die wartenden Kinder.
„Ist das ein Befehl?"
„Allerdings!"
Grinsend verschwanden die beiden Mounties mit der Horde Kinder im Schlepptau. Einer zog eine Mundharmonika aus seiner Manteltasche und spielte ein lustiges Cowboylied. Kreischend rannten die Kinder vor dem unbekannten Instrument davon, aber nur um gleich wieder neugierig hinter den Tipis hervorzuschauen. Unbeeindruckt spielte der Mountie weiter, bis die Kinder sich wieder um ihn versammelt hatten. Er ließ ein kleines Mädchen pusten und ein grässlicher Ton erklang. Alle Kinder lachten und auch einige Erwachsene gesellten sich dazu. Diese Soldaten waren so anders wie die Weißen, die sie bisher kennengelernt hatten.

Doktor Nevitt ging zu Tschetan-withkos Zelt, um nach der Schussverletzung zu sehen. Hitschikyata war nicht da, so unterhielt sich der Arzt in Zeichensprache mit dem Krieger: „Du-gut? Du-wieder-jagen-viele-Büffel?"

Tschetan-withko verdrehte die Augen, er war froh, wenn er es zum Urinieren vor das Zelt schaffte! Auch die Frau kicherte empört und schien ihn lustig zu finden. Ein kleiner Junge stürmte in das Zelt und Nevitt fiel sofort auf, dass der Junge dem Krieger wie aus dem Gesicht geschnitten war. Ein weiterer Junge schlüpfte in das Zelt und musterte den Arzt durchdringend. Die beiden setzten sich neugierig in die Nähe, um zu sehen, was er mit dem Vater machte. Im Hintergrund saßen zwei kleine Mädchen, die leise mit ihren Puppen spielten. Dieser Mann hatte eine große Familie. Nevitt bemerkte auch, dass die beiden Mädchen ganz anders aussahen als der eine der Jungen. Nevitt lebte lange genug unter den Indianern, um die Gesichtszüge unterscheiden zu können, aber hier war er mit der Zuordnung der Kinder etwas überfordert. „Deine-Kinder?", fragten seine Hände.

Tschetan-withko nickte nur und obwohl er die Überraschung in den Augen des Arztes sah, fügte er keine Erklärung hinzu.

Geschickt wechselte der Arzt den Verband. Auf dem Weg zu den Mounties würde er bei der Hudson's Bay Company halten müssen, um neuen Verbandsstoff zu besorgen. Mit einem Grinsen verabschiedete sich der Arzt und verließ das Tipi. Vor dem Zelt lief er fast in Hitschikyata, der ihm ausweichen wollte. „Warte!", bat der Arzt. „Lass uns reden!"

Zögernd blieb Hitschikyata stehen. „Ich verstehe euch nicht!", erklärte er unumwunden.

„Ich weiß! Ich hätte dir das Buch nicht zeigen dürfen." Sie gingen eine Weile nebeneinander her und der Arzt ließ den jungen Mann nachdenken. Schließlich meinte er harmlos: „Tschetan-withko geht es wieder besser." Manchmal war es besser, wenn man mit Indianern über etwas anderes sprach und sich erst langsam dem eigentlichen Thema näherte.

Hitschikyata griff nach dem Strohhalm. „Ja!"

„Er hat viele Kinder. Sind es alles seine leiblichen Kinder?"

Hitschikyata überlegte kurz, denn die Lakota machten keinen Unterschied zwischen leiblichen und adoptierten Kindern, aber er verstand, was der Arzt meinte.

„Das ältere Mädchen hat er bei einem Überfall auf die Pawnee gefangen genommen, das jüngere Mädchen hat er adoptiert, als er die Frau geraubt hat. Aber er ist der Vater von Wolfssohn."

Nevitt schüttelte verwundert den Kopf, denn keines der weiblichen Wesen im Zelt dieses Kriegers machte einen unglücklichen Eindruck.

„Er hat sie alle geraubt?"
Hitschikyata lachte amüsiert. „Ja, vor vielen Wintern. Verlorenes-Hirschkalb war ein kleines Mädchen und Graueulenmädchen war ein winziges Baby."
„Und der andere Junge in seinem Zelt?"
„Sein Vater wurde erst vor Kurzem getötet, deshalb ist Tschetanwithko jetzt sein Vater."
„Mir scheint, dass dieser Mann Kinder recht gern hat, mhh?"
„Ja!"
Hitschikyata überlegte kurz, dann brachte er das Gespräch wieder auf das Buch: „Ich hielt euch für grausam, aber vielleicht sollte ich so nicht urteilen."
„So?"
„Ja, ihr lebt anders und habt eine andere Sicht der Dinge, deshalb denke ich, dass ihr nicht in böser Absicht gehandelt habt."
„Nein! Wir denken, dass nur die Seele ins Jenseits einzieht, also ist es nicht so schlimm, wenn der Körper untersucht wird. Wir haben dadurch viel erfahren."
Hitschikyata legte nachdenklich den Kopf schief. „Unsere Vorstellungen sind sehr verschieden, aber ich möchte trotzdem von dir lernen." Er nahm sich fest vor, Che-ni-win zu fragen, was die Weißen unter einer Seele verstanden. Er staunte, dass sie überhaupt glaubten, dass es so etwas gab.
„Was möchtest du denn wissen?", fragte Nevitt.
„Alles! Wie ihr Krankheiten behandelt. Wie es in einem Menschen aussieht. Warum Frauen bei der Geburt oft sterben. Welche Medizin es gegen die Krankheiten der Weißen gibt."
Vor Verblüffung stand Nevitt der Mund offen, denn die Fragen von Hitschikyata ließen erkennen, dass er über Ursache und Wirkung nachdachte. Er behandelte also nicht nur mit irgendwelchem Hokuspokus, sondern kannte eindeutig den Zusammenhang zwischen Krankheit und Medizin. Das war eine ausgesprochen moderne Denkweise für einen indianischen Medizinmann! Vielleicht sollte er seine Meinung ändern und sich besser über dieses Volk informieren.
„Zeigst du mir jetzt noch mal das Buch?", fragte Hitschikyata.
Lachend schlug ihm der Arzt auf die Schulter. „Na klar, aber dass du mir nicht umfällst! Was willst du denn sehen?"
„Alles über ein Baby! Ich mache mir Sorgen um Che-ni-win! Vielleicht helfen Uinohnahs Heilkünste nicht aus, wenn das Baby geboren wird."

„Wer ist Uinohnah?"
„Sie ist die Frau unseres Anführers und auch eine Heilerin. Sie hilft den Frauen bei ihren Beschwerden oder bei Geburten."
„Mach dir keine Sorgen, denn ich werde in der Nähe sein, wenn es bei Che-ni-win soweit ist. Ich bleibe dann in den Wood Mountains und du kannst mich holen."
„Machst du dir auch Sorgen?"
„Ja!", erklärte der Arzt ohne Umschweife.
„Warum?"
„Du hast es auch schon gemerkt. Die Herztöne des Babys sind unregelmäßig. Wenn ich fort bin, musst du dafür sorgen, dass sie sich erholt. Fessle die beiden von mir aus aneinander, aber lass nicht zu, dass Elchkalb die nächsten Tage aufsteht und Che-ni-win am besten auch nicht!"
Hitschikyata wunderte sich über den Arzt, der sich solche Sorgen um die Lakota machte und nicht nur um die weiße Frau.
„Du bist unser Freund! Du bist uns immer willkommen", erklärte er ernst.
„Jetzt komm, mein neugieriger Freund, sonst wird es zu dunkel, um dir die furchtbaren Bilder der Weißen zu zeigen!"
Hitschikyata lächelte schief, denn nach wie vor schockierte ihn die Grausamkeit der Weißen.

Omnitschiye

Zusammenkunft (Frühjahr 1877)

Über eins war sich Miles O'Brian völlig im Klaren: Die Winter in Kanada waren kalt, eisig kalt! Trotz des riesigen Büffelfells, das er zur besseren Isolierung vor die Tür gehängt hatte, wurde es sofort empfindlich kalt, wenn das Feuer herunterbrannte. Und das tat es nun mal in der Nacht. Er gewöhnte sich an, einmal nachts aufzustehen und Holz nachzulegen, denn sonst konnte es passieren, dass das Trinkwasser in der Hütte am Morgen eingefroren war. Nachts verschwanden sie unter riesigen Fellbergen und nahmen Bonny in die Mitte, damit das Kind nicht auskühlte. Ansonsten gefiel es ihm hier, denn er hatte seine Ruhe. Er ging in den nahen Hügeln der Cactus-Hills jagen, die eigentlich nur ein übergroßer Lehmklumpen waren, kaum mit Büschen und Kiefern bewachsen. Aus der Ferne sah der eher spärliche Baumbewuchs tatsächlich wie Kakteen aus, daher vielleicht der irreführende Name.

Er hängte die Felle der erlegten Tiere zusätzlich an die Wände und langsam gelang es ihm, die Hütte zu einer gemütlichen Wohnung umzubauen. Rose hatte für sich und das Kind richtige Stiefel nach Art der Shoshone genäht, außerdem steckte sie Bonny in eine Art Overall, damit sie warm blieb. Sie hatte den Anzug selbst erfunden, der, mit dem Fell nach innen, wunderbar warm hielt. Sie war stolz auf ihre Erfindung. Bonny sah darin aus wie ein kleines Bärenkind und Miles nannte sie „Bonny Bärenmädchen“.

Sie waren so damit beschäftigt, sich gegen die Kälte zu wappnen, dass sie gar nicht bemerkten, wie die Zeit verflog. Rose hatte sich ein warmes Lederkleid genäht, denn das Stoffkleid war viel zu kalt und außerdem passte es ihr nicht mehr. Sie erwartete das zweite Kind von Miles. „Vielleicht wird es dieses Mal ein Junge!“, machte sie ihrem Mann Hoffnung. Miles hatte nur dröhnend gelacht. „Ich wünsche mir noch fünf so hübsche Mädchen wie Bonny!“

Weiße Männer waren wirklich seltsam! Aber sie war so glücklich mit diesem Mann.

Die ersten Zugvögel kehrten bereits zurück, die am Old-Wife-See ihre Nistgebiete hatten. Miles jagte Wildgänse und Kraniche, die eine willkommene Abwechslung darboten. Er hatte einige Birken gefällt und damit begonnen, die ersten Möbel zu schreinern. Mit viel Geschick hobelte er das Holz, baute einfache Hocker und einen Tisch. Er hatte es satt, immer auf dem Boden zu essen. Zufrieden begutachtete er den stabilen Tisch, der einem Erdbeben standgehalten hätte. Rose schaute ein wenig zweifelnd auf die ungewöhnliche Konstruktion, doch Miles hob sie gut gelaunt auf die Tischplatte. „Siehst du, der Tisch hält sogar dich aus!" Rose warf den Kopf zurück und lachte leise. Ihre Haare fielen in Wellen über ihren Rücken, ihre Augen blitzten ihn schelmisch an. Zärtlich streichelten seine Hände über ihren bereits geschwollenen Bauch. Wozu doch so ein Tisch gut war! „Meine schöne, wunderbare Rose!", flüsterte er leise in ihr Ohr. Wenn er ein richtiges Haus für sie beide baute, dann musste er eine Menge Kinderzimmer einplanen!

Hier draußen in dieser Wildnis konnte es verdammt einsam werden, aber mit einem Stall voll Kinder ließ es sich aushalten! Bei dem Stichwort Stall wurde er nachdenklich, denn ehe er ein weiteres Haus baute, brauchte er einen Stall und eine Scheune für die Pferde. Sie waren bedenklich abgemagert, sahen fast so dürr wie Indianerponys aus. Für den nächsten Winter brauchte er unbedingt Heu!

Am Morgen ging er frühzeitig los, um nach seinen Pferden zu sehen. Sie liefen schon den ganzen Winter frei herum, aber im Frühling wollte er eine Einzäunung für sie bauen.

Er fand sie unter einer kleinen Baumgruppe, wo sie den harten Schnee weggescharrt hatten, um an das niedergedrückte Gras zu kommen. Ihre Augen sagten deutlich: „Hey, wo bleibt der Hafer?", und er streichelte sie voller Mitgefühl. „Nächsten Winter sorge ich besser für euch! Versprochen!"

Er fand zwei Hasen in seinen Schlingen und brachte sie zurück zu seiner Hütte. Wie angewurzelt blieb er stehen, als er zwei Pferde vor seiner Hütte sah. Rose! Bonny! Doch dann beruhigte er sich, denn bei einem Überfall würden kaum zwei Pferde so friedlich angebunden vor der Tür warten.

Trotzdem nahm er sein Gewehr aus dem Überzug und trat vorsichtig in seine Hütte. Ein breites Grinsen erhellte sein Gesicht, als er die zwei Mounties erblickte, die vor zwei dampfenden Tassen Kaffee saßen. Wie Rose es geschafft hatte, ihr Geschirr über die weite Strecke zu retten, war ihm ein Rätsel, aber Indianerfrauen vollbrachten ja sowieso unglaubliche Dinge. Er schnupperte den Kaffee, der ihm schon lange ausgegangen war und Rose schenkte ihm auch eine Tasse ein. „Jungs, ich freue mich riesig euch zu sehen!", begrüßte er Sergeant Wilde.

„Wir haben ein bisschen Kaffee, Zucker und Mehl mitgebracht und Ihre Frau war so freundlich, uns eine Tasse anzubieten", erwiderte der Mountie höflich.
Seine Frau! Diese Mounties waren ganz erstaunlich. Er fühlte sich wie ein Großgrundbesitzer, der seine Gäste bewirtete. „Vielen Dank! Meine Vorräte neigen sich dem Ende zu, aber es ist noch zu kalt, um mit Bonny und Rose zum Handelsposten zu reiten. Ich will die beiden aber auch nicht allein lassen."
Die Mounties runzelten verständnisvoll die Stirn. Hier war immer noch Wildnis, obwohl die geringste Gefahr von den Indianern ausging. Aber immer wieder versuchten Viehdiebe und Whiskeyschmuggler ihr Glück, oder Kriminelle kamen über die Grenze, weil sie dachten, in Kanada vor Verfolgung sicher zu sein. Die Mounties waren gut beschäftigt, in diesem riesigen Gebiet für Recht und Ordnung zu sorgen.
Miles schlürfte den heißen Kaffee und schloss genießerisch die Augen. „Gibt es Neuigkeiten?", fragte er. „Oder hat euer Besuch einen besonderen Grund?"
„Ach!", meinte der Mountie mit einem verräterischen Grinsen. „Wir wollten mal sehen, wie es Ihnen hier geht, aber wir haben auch ein paar Neuigkeiten."
Verwundert blickte Miles auf das unverschämte Grinsen der beiden. „Was ist denn mit euch los?"
Statt einer Antwort erntete Miles nur vergnügtes Gelächter.
„Wir haben Neuigkeiten ...", fing der erste an.
„Große Neuigkeiten!", meinte der zweite verschwörerisch.
„Muss ich euch erst erschießen, oder was!?", bohrte Miles ungeduldig.
Sergeant Wilde wurde rot vor unterdrückter Freude. Mühsam beherrschte er sich und begann umständlich zu erzählen. Er wollte den Mann schonend auf die Nachricht vorbereiten.
„Immer mehr Sioux kommen über die Grenze. Die Armee der Vereinigten Staaten setzt ihnen ganz schön zu."
Miles schlug das Herz plötzlich bis zum Hals, als er das Funkeln in ihren Augen sah. Jenny! Sie hatten Nachricht von Jenny! Diese Teufelskerle wussten etwas über seine Tochter! „Ihr habt etwas von Jenny gehört!", polterte er los und stemmte herausfordernd die Hände in die Hüften. „Nun los, ihr Halunken, sagt schon!"
Das Grinsen der beiden wurde noch breiter, wenn das überhaupt noch möglich war.

„Wir haben sie gefunden! Sie ist hier!" Jetzt war die Katze aus dem Sack. Sie überbrachten gerne gute Nachrichten!
Miles war zu keinem klaren Gedanken mehr fähig. In seinem Kopf rumorte es und die lachenden Gesichter der beiden Mounties verschwammen vor seinen Augen, als ihm die Tränen kamen. Das gelobte Land! Jetzt brachte es ihm noch seine Tochter zurück. Fassungslos schüttelte er seinen Kopf. Das konnte alles nicht wahr sein!
„Doch, doch! Wir haben sie mit eigenen Augen gesehen! Rote Haare! Blaue Augen! Jenny O'Brian!", versicherte Sergeant Wilde.
„Wo ist sie?", krächzte Miles mühsam.
„Sie kam mit einer Gruppe Sioux bei den Wood Mountains über die Grenze. Sie waren auf der Flucht vor den Amerikanern. Es war ganz schön knapp! Viele waren verletzt und wenn wir nicht gekommen wären, hätten die Amerikaner wahrscheinlich alle niedergemetzelt."
„Und Jenny?"
„Unser Arzt hat ihren Ehemann behandelt, denn er war schwer verletzt und dem Mädchen ging es auch nicht gut. Sie ist hochschwanger."
Seine Jenny! Schwanger von einem Indianer! Er schluckte schwer. Aber das hatte er irgendwie schon lange gewusst, nachdem sie nicht mehr zu ihm wollte. Mit einem Kind im Bauch war sie auf der Flucht vor ihren eigenen Landsleuten. Welche Angst musste sie ausgestanden haben!
Er blickte auf den dicken Bauch von Rose und lachte plötzlich. Er wurde zur gleichen Zeit Vater und Großvater. Es war alles völlig verrückt! Die Mounties waren seinem Blick gefolgt und lachten ebenfalls.
„Ihre Frau bekommt noch ein Baby?", meinten sie wohlwollend. Das brauchte ihr Land: Siedler und Kinder!
Freudentränen liefen Miles über die Wangen: „Ja, ich werde gleichzeitig Vater und Großvater! Oh Himmel, was mache ich denn jetzt nur?"
Verunsichert schauten sich die Mounties an. Was sollten sie nur mit dem heulenden Trapper machen?
„Oh Mann! Was soll ich nur machen?", wiederholte Miles. Er wollte seine Tochter sehen, aber er konnte doch Rose und Bonny nicht allein lassen!
„Können wir helfen?", fragten die Mounties hilfsbereit.
„Ich möchte zu meiner Tochter, aber ich kann doch meine Familie nicht allein lassen!"

„Dann nehmen Sie die beiden doch mit! Ihre Tochter freut sich bestimmt, wenn sie Sie nach all den Jahren wiedersieht."
„Aber es ist zu kalt, um draußen zu übernachten und wir haben nur ein leichtes Reisezelt."
Die Mounties überlegten kurz, denn sie kannten sich in der Umgebung besser aus. „Also, einen Tagesritt südlich von hier ist eine Ranch, wo Sie übernachten könnten. Dann lernen Sie gleich ihren Nachbarn kennen. Von dort erreichen sie in einem Tagesritt unseren neu errichteten Stützpunkt in den Wood Mountains und dann ist es nicht mehr weit."
„Wunderbar!", erklärte Miles entschlossen, dann zwinkerte er seiner Frau zu. „Rose, wir machen einen Ausflug!"
Rose wurde blass vor Schreck. Es war Winter! Sie wollte nicht zu den Lakota! Sie hatte sich für ihren Mann gefreut, dass er nun endlich seine Tochter finden würde, aber sie wollte unter keinen Umständen zu den Lakota, die sie so schlecht behandelt hatten. Zitternd fasste sie sich an ihr Herz.
„Was ist los? Freust du dich nicht?"
Ängstlich schüttelte Rose ihren Kopf. „Miles, bitte, ich möchte nicht zu den Lakota! Ich habe Angst vor ihnen!"
„Blödsinn, jetzt bin ich doch bei dir! Da brauchst du doch keine Angst haben. Wenn dich einer nur schief ansieht, haue ich ihm den Schädel ein!" Er hob drohend die Faust. „Du bist meine Frau, meine Prinzessin, meine Königin, meine Rose O'Brian!", erklärte er selbstsicher. „Niemand wird dir etwas tun, denn sonst lernt er meine Fäuste kennen!"
Rose kicherte erleichtert. Ihr Mann war so besorgt! Und er war unglaublich stark. Ja, sie war seine Frau! Sie brauchte keine Angst mehr zu haben. Begeistert wirbelte Miles sie durch die Luft, bis ihm einfiel, dass sie ja schwanger war. Vorsichtig stellte er sie wieder auf die Füße und gab ihr einen Kuss. „Jungs! Bleibt ihr über Nacht? Heute Abend gibt es ein Festessen!"

Die Mounties waren begeistert und Roses Kochkünste überzeugten sie endgültig, dass Miles eine Königin geheiratet hatte.
Gut gelaunt vernagelte Miles am nächsten Morgen seine Hütte, dann schrieb er in großen Buchstaben:

„Miles O'Brian, Eintritt verboten!"

Die Mounties begleiteten ihn, denn sie wollten zu ihrem Posten in Wood Mountain. Am Abend erreichten sie die Ranch von Jonathan Sinclair, der sie freudestrahlend empfing, denn besonders im Winter war jeder froh um ein bisschen Abwechslung oder neueste Nachrichten von den Mounties.
„Miles O'Brian!", stellte sich Miles vor. „Ihr neuer Nachbar! Das ist meine Frau Rose und meine Tochter Bonny."
„Kommen Sie nur herein! Das Kind muss ja ganz erfroren sein! Das ist meine Frau Alice. Sie ist Métis!", erklärte Sinclair stolz. „Das sind meine Söhne Nick und Tom!" Er zeigte auf zwei kleine Jungen, die neugierig aus der Küche des großen Hauses hervorschauten. „Kommt her und begrüßt unseren neuen Nachbarn!"
Zögernd kamen die beiden Jungen näher und blickten interessiert auf das Mädchen. Es kamen nicht oft Kinder bei ihnen vorbei. Bonny quietschte und ließ sich von den beiden in die Küche entführen. Es wurde ein langer Abend, denn Jonathan Sinclair bekam nur selten Besuch, außerdem hatte sein neuer Nachbar eine interessante Geschichte zu erzählen. Miles schwirrte der Kopf von den vielen Tipps, die er bekam. Aber es wurde auch über Politik gesprochen und der Rancher äußerte seine Sorgen über die Indianer, die über die Grenze kamen. Schließlich wehrte Miles übermüdet ab, denn bei Tagesanbruch wollten sie weiter.
„Entschuldigen Sie bitte!", bat Sinclair. „ Ich bin unhöflich! Aber es ist schön, einen netten Nachbarn zu haben. Vielleicht kommen Sie ja auf dem Rückweg noch einmal vorbei, dann können wir uns weiter unterhalten."
„Ja, gerne!"

Am nächsten Tag wehte ein warmer Wind, der den Schnee schmelzen ließ. Sofort wurde alles matschig und die Pferde rutschten aus. Erste Knospen zeigten sich und hier und da zwängte sich der erste Krokus durch den tauenden Schnee. Miles hing seinen Gedanken nach, eine seltsame Scheu hatte ihn ergriffen. Jetzt, so kurz davor nach so vielen Jahren seine Tochter wiederzusehen, fühlte er sich gehemmt. Wie würde er darauf reagieren, plötzlich einer Indianerin gegenüber zu sitzen? Wie würde ihr Ehemann sein? Er schwankte zwischen dem Gefühl, diesem jungen Mann das Herz herausreißen zu wollen, und der Erkenntnis, dass dieser Mann seiner Tochter eigentlich gar nichts getan hatte. Todmüde erreichten sie am Abend den Stützpunkt der Mounties bei den Wood Mountains und gedankenverloren ließ er

Bonny auf seinen Knien schaukeln. Er summte „My Bonnie lies over the Ocean!", für sie, bis sie eingeschlafen war. Morgen würde er Jenny wiedersehen, nach so langer Zeit!
Sergeant Wilde schlug ihm aufmunternd auf die Schulter. „Wird schon nicht so schlimm! Wie lange haben Sie ihre Tochter jetzt nicht mehr gesehen?"
„Fünf Jahre!"
„Sie werden sehen! Sie ist eine wunderschöne junge Frau geworden. Vielleicht ist das Baby ja schon da."
Seine Jenny! Mit siebzehn bereits das erste Kind! Er schwor sich, dass er besser auf seine Bonny aufpassen würde! Wenn sie in das Alter kam, würde er mit einem Schrotgewehr darauf aufpassen, dass keine liebeshungrigen Kater um sein Haus herumschlichen! Er schlief schlecht und malte sich in Gedanken aus, wie die Begegnung wohl sein würde.

Am nächsten Morgen ritten die Mounties los, einen reichlich übermüdeten Miles in ihrer Mitte. Die Nervosität war ihm deutlich anzusehen und selbst Bonny schaffte es nicht, ihn mit ihrem Geplapper aufzuheitern.
In Gedanken versunken hockte er auf seinem Pferd und tatsächlich fürchtete er sich vor der Begegnung mit seiner Tochter. Wie würde er reagieren? Wie würde sie reagieren? Würde sie ihm Vorwürfe machen oder ihn gar nicht sehen wollen?
Sie näherten sich gegen Mittag des nächsten Tages dem Lager, das seit der Ankunft nicht verlegt worden war und Miles zügelte unentschlossen sein Pferd. Gleich. Jetzt!
Eine Horde Kinder rannte ihnen neugierig entgegen, doch als sie seine roten Haare sahen, blieben sie abrupt stehen und hielten sich als Zeichen allergrößten Erstaunens die Hand vor den Mund. Miles ignorierte sie, versuchte zu vergessen, dass auch seine Jenny einst in diesem Alter gewesen war. Ein lebhaftes Kind, das er im Stich gelassen hatte.
Dann erblickte er Tatokala, der ihm mit einem freundlichen Lächeln entgegenschritt. Miles fiel vor Erleichterung buchstäblich vom Pferd und presste den jungen Mann so gegen seine Brust, dass dessen Rippen krachten. „Du Teufelskerl!", flüsterte er schluchzend. „Ich dachte schon, dass ich dich nie wiedersehen würde!"

Tatokala grinste unverschämt. „Fast!" Er befreite sich aus der Umklammerung und stellte Miles den Lakota vor: „Das ist mein Freund Miles! Er ist der weiße Vater von Che-ni-win."
Sprachlos starrten die Lakota auf den rothaarigen Mann. Sie sahen sofort die Ähnlichkeit mit Che-ni-win und verschränkten erwartungsvoll die Arme. Das würde interessant werden.
Immer mehr Lakota drängten sich um die Ankömmlinge und Rose presste Bonny ängstlich an sich. Miles half seiner Frau vom Pferd, dann drehte er sich zu Tatokala um. „So, wo ist meine Tochter?"
Eine Schneise entstand, als die Lakota beiseite traten, um Che-ni-win durchzulassen. Auch sie hatte die Aufregung im Dorf gehört und kam langsam herbei, doch sie hatte bisher nur die Mounties auf ihren Pferden gesehen. Als jetzt die Indianer eine Gasse für sie öffneten, blieb sie einfach stehen, obwohl ihr Herz einen Satz machte. Da stand er! Ihr Vater! Einfach so! Nach all der langen Zeit!
Lächelnd blickten die Lakota auf das Spektakel, das sich ihnen bot. Ein Vater, der nach vielen Wintern seine Tochter wieder fand. Indianer liebten solche Geschichten, noch lange würde sie diese hier an ihren Lagerfeuern erzählen.
Miles blinzelte seine Benommenheit weg und stemmte seine Hände in die Hüften. Teufel auch! Das war sie! Seine Jenny! Ein bisschen älter, ein bisschen fraulicher, ein bisschen verteufelt schwanger! Er würde diesen Rothäuten doch das Herz herausreißen!
Dann vergaß er alle Rachegelüste, als in dem Gesicht seiner Tochter die Sonne aufging und sie ihn schüchtern anlächelte. Teufel auch! Sie sah gut aus! Und glücklich! Nur die blaue Tätowierung störte ihn! Verdammt! Er hatte Jenny an die Indianer verloren! Sie trug sorgfältig gearbeitete Kleidung, schön bestickte Leggins und Mokassins, obwohl ihr Kleid nur aus einfacher blauer Wolle war. Ihre Hände ruhten auf dem Bauch, in dem ihr Kind heranwuchs.
„Jenny, Jenny!", flüsterte er, dann drückten seine großen Hände seine Tochter an sein Herz.
Keiner wusste, was er sagen sollte, so standen sie nur eng umschlungen beieinander und Che-ni-win vergrub ihr Gesicht in dem Mantel ihres Vaters. Erst langsam dämmerte es ihr, wie sehr sie ihn vermisst hatte. Seine großen Hände, sein fröhliches Lachen, seine feste Umarmung. Sie war immer so wütend gewesen, wenn er sie nach seinen kurzen Besuchen wieder verlassen hatte. Jetzt hatte sie ihn wieder! Ein unbändiges Lachen stieg in ihr auf, das ihren ganzen Körper schüttelte und mit seiner Kraft ihren Vater ansteckte. Sie lachten, bis

sie keine Luft mehr bekamen und die umstehenden Indianer besorgt die Köpfe schüttelten. Das war eine eigenwillige Begrüßung!
„Komm!", bat Che-ni-win schließlich ganz außer Atem. „Ich möchte dir meine Familie zeigen!"
„Gute Idee! Schließlich möchte ich sehen, wer dich so nett aufgenommen hat, dass du gar nicht mehr zurück wolltest", brummte Miles.
„Aber das war doch wegen meines Mannes!" Che-ni-win lachte ihn aus. „Weiße Mädchen heiraten doch auch und verlassen ihre Eltern dann", erklärte sie weiter.
„Aber nicht so jung!"
„Ich bin doch nicht jung! Ich bin schon siebzehn!", betonte Che-ni-win. „Jetzt komm, ich möchte dir Elchkalb vorstellen."
„Warte, ich habe meine Frau und Tochter bei mir."
„Oh!", staunte Che-ni-win und blickte neugierig hinter die breite Gestalt ihres Vaters. Endlich würde sie ihre kleine Schwester sehen! Lächelnd beugte sie sich zu dem kleinen Mädchen hinunter und blickte ungläubig in die gleichen eisblauen Augen wie bei ihrem Vater. Sie betete, dass auch ihr Baby so niedlich sein würde! „Ebony!", hauchte sie gerührt.
Dann begrüßte sie die junge Frau, die ihr Vater geheiratet hatte. „Komm! Ihr müsst müde sein", lud sie die beiden ein.
Energisch schickte Che-ni-win die umstehenden Indianer weg. „Ihr habt genug gesehen, jetzt lasst mich in Ruhe meine Familie begrüßen!" Mit einem freundlichen Kopfschütteln gingen die Indianer in ihre Zelte zurück, obwohl sie gerne gesehen hätten, wie es weiter ging.
Che-ni-win beugte sich als erste in ihr Zelt, um ihren Mann auf den Besuch vorzubereiten: „Mein weißer Vater ist gekommen!"
Miles blickte in riesige verträumte Augen, die ihn ein wenig erschrocken musterten. Der junge Mann lehnte blass an einer Rückenstütze, immer noch erschöpft von der schweren Verletzung. „
Hau, Tahanschi!", begrüßte Miles ihn auf Lakota. Der Wunsch ihm das Herz herauszureißen, war mit einem Mal verflogen.
„Ich grüße den Vater meiner Frau", brachte Elchkalb über seine Lippen.
„So, so, du bist also der junge Mann, der meine Tochter entführt hat?"
„Nein, ich habe sie gefunden!", verteidigte sich Elchkalb.
„Gefunden!", feixte Miles. „So nennt man das jetzt!"
Elchkalb merkte erleichtert, dass der weiße Vater nur einen Scherz gemacht hatte. „Wollen wir rauchen?", fragte er seinen Gast.

„Das ist eine gute Idee!“, meinte Miles. „Wir Männer rauchen und die Frauen können es sich bequem machen.“
Mit einer Handbewegung bat Elchkalb um seine Pfeife und sofort reichte Che-ni-win ihm die schön bestickte Tasche, in der sie verwahrt wurde.
Dann verzog sie sich nach hinten, um für die Familie ihres Vaters ein Lager herzurichten. Sie schnaufte ein wenig, als die gebückte Haltung ihr die Luft nahm. Lächelnd blickte sie auf Rose, denn sie hatte sofort erkannt, dass auch sie ein Baby erwartete. „Mein Baby wird bald geboren. Wann kommt deins?“
„Im Monat, wenn die Erdbeeren wachsen“, antwortete Rose. Leise plauderten sie weiter, um die Männer nicht bei ihrem Gespräch zu stören.
Doch diese schwiegen sich erst einmal an. Keiner wusste so recht, was er sagen sollte, also rauchten sie nur. Etwas unsicher musterte Elchkalb seinen Schwiegervater und Miles erkannte den Blick als das, was er war: Angst, dass er ihm Che-ni-win wegnehmen könnte.
„Hey, ich nehme sie dir schon nicht weg!“, murmelte er begütigend.
Elchkalb lachte plötzlich: „Das könntest du auch nicht!“
„So!“ Miles war über den Stimmungsumschwung von Elchkalb etwas verblüfft.
„Nein! Ich könnte sie nicht halten und du könntest sie mir nicht nehmen, wenn sie nicht wollte!“, erklärte Elchkalb ernst.
Miles schlug sich vor Lachen auf die Schenkel. Dieser Rotzlöffel von einem Indianer hatte erkannt, dass er eine Irin geheiratet hatte. Eine dickköpfige, sture Irin! „Sie hat einen Dickkopf, was?“
„Nein, sie hat ein starkes Herz!“ Elchkalbs Augen wurden sanft, als er auf seine Frau blickte.
Himmel, dieser Bengel liebte seine Jenny wirklich!
Che-ni-win überreichte den Männern etwas Essen, dann setzte sie sich bescheiden zu Rose.
„Kind, jetzt setz dich endlich zu mir!“, verlangte ihr Vater. „Wir haben uns doch so viel zu erzählen.“
Kind! Che-ni-win verdrehte empört die Augen. Hielt sie denn niemand für erwachsen? Sie brachte Rose und Bonny auch eine Schüssel des Eintopfes, dann setzte sie sich neben ihren Vater.
„Wann kommt denn dein Baby?“, erkundigte er sich.
Heiße Tränen liefen plötzlich über Che-ni-wins Wangen und erschrocken fasste Miles seiner Tochter an die Schulter. „Hey, hey, was ist denn jetzt los?“

„Nichts, nichts! Die Flucht war so schrecklich und ich hatte solche Angst um Elchkalb und um mein Baby! Aber der Arzt der Mounties meinte, dass es noch lebt, aber ich spüre kaum eine Bewegung."
Sie plapperte lauter zusammenhangloses Zeug und Elchkalb presste seine geschwungenen Lippen zu einem schmalen Strich zusammen.
„Wir werden ein Baby haben!", versuchte er sie zu trösten.
Miles legte seine Hand auf den gewölbten Bauch seiner Tochter und lachte zuversichtlich. „Du bist so rund, dass bestimmt alles in Ordnung ist!"
„Ja! Ich bin rund wie ein Ball und watschle wie eine Ente!" Ein Glucksen kam aus ihrem Bauch, als sie wieder kicherte.
„Na also!"
Elchkalb blickte dankbar auf seinen weißen Schwiegervater. Er strahlte so viel Zuversicht aus, dass es ansteckend war.
„Wann stellst du mich denn deinen indianischen Eltern vor?", fragte Miles.
„Morgen bringe ich dich zu Grauadler und Gebrochener-Zweig! Heute gehörst du nur mir!"
„Na, dann werde ich mal die Pferde versorgen. Kommst du mit?", Auffordernd wandte sich Miles an Elchkalb.
Der junge Mann zögerte sichtlich, denn er war immer noch schwach auf den Beinen.
„Sag mal, wie lange seid ihr schon in Kanada?", fragte Miles.
„Vielleicht zwanzig Tage!", erwiderte Che-ni-win.
„So lange kann doch eine Verletzung nicht dauern! Los auf, junger Mann! Du wirst bald Vater! Da müssen wir sehen, dass du wieder zu Kräften kommst!" Energisch packte er Elchkalb unter den Armen und zog ihn hoch.
Haun! Schwindel erfasste Elchkalb, als er sich verzweifelt an der Jacke von Miles festklammerte, doch dann hörte das Schwanken auf. Das wäre ja noch schöner vor dem weißen Mann Schwäche zu zeigen! Seine Kiefermuskeln arbeiteten, als er mühsam hinter Miles aus dem Zelt kletterte.
Vorsichtig stützte Miles den hoch gewachsenen Indianer, der fast so groß war wie er. Dessen sonst so muskulöser Körper war durch die lange Untätigkeit geschwächt, aber ein wenig Bewegung würde die drahtige Spannkraft wieder herstellen.
„Das faule Leben in deinem Tipi hat dir nicht gutgetan", ärgerte Miles den Indianer ganz bewusst. „Jetzt ist Schluss! Ich bleibe einige Tage hier, damit ich sehe, ob du meine Tochter auch verdienst."

Blitzende, schwarze Augen zeigten ihm, dass er mitten ins Herz getroffen hatte.
Tatokala eilte herbei und blickte wohlwollend auf Miles. „Es ist gut, dass Elchkalb seine Füße bewegt. Ich dachte schon, dass er lieber Frauenkleider näht."
Elchkalb richtete sich mühsam auf, seine Haut wurde grau vor unterdrückten Schmerzen und sofort taten Tatokala seine Worte leid.
„Hey, lege dich besser wieder hin!"
„Nein! Ich gehe zu den Pferden!", zischte Elchkalb trotzig.
Miles bereute jetzt jedes einzelne Wort, das er im Spott gesagt hatte und drehte Elchkalb wieder um. „Reicht schon wieder!", murmelte er besorgt.
„Nein! Ich will zu den Pferden gehen!"
„Hör zu, du musst mir nichts beweisen! Morgen gehen wir zu den Pferden!"
„Nein! Jetzt! Ich werde dir beweisen, dass ich deine Tochter verdiene!"
„Elchkalb, meine Tochter wird mich töten, wenn dir etwas passiert! Komm! Für heute hast du genug bewiesen", flehte Miles.
„Na schön!", gab Elchkalb nach, denn seine Knie wurden weich. Mit Hilfe von Tatokala schlurfte er zu seinem Zelt zurück und ließ sich hineinfallen. Schweißgebadet legte er sich auf sein Lager und schloss müde die Augen.
„Wir werden jetzt jeden Tag ein bisschen aufstehen, damit er wieder zu Kräften kommt", meinte Miles mit einem festen Blick auf Che-ni-win.
Sie nickte dankbar, denn sie hatte im Moment nicht die Energie, ihren Mann aufzurichten. „Bleibst du ein wenig?", fragte sie hoffnungsvoll.
„Ja, ich bleibe solange, bis hier alles in Ordnung ist! Außerdem möchte ich mein Enkelkind sehen."
„Und was ist mit deiner Ranch?"
„Im Moment lebe ich in einer kleinen Hütte und die kann auch mal ein paar Tage ohne mich sein. Im Frühjahr reite ich über die Grenze und kaufe Vieh."
„Aber Rose kann doch in ihrem Zustand nicht so weit reiten!"
„Nein, ich wollte sie bei den Mounties oder bei meinen Nachbarn lassen. Ich weiß noch nicht."
„Warum lässt du sie nicht hier? Ich würde mich sehr freuen!"
„Meinst du? Rose hat Angst vor den Lakota. Sie war eine Gefangene

bei ihnen und wurde nicht gut behandelt.“
„Aber jetzt wäre sie unser Gast!“
„Mhh, mal sehen. Das muss Rose entscheiden. So, kleine Mama, jetzt schlüpf unter deine Decken und schlaf ein bisschen. Morgen reden wir weiter.“

Am Morgen begleitete Che-ni-win einen sichtlich nervösen Miles zu dem Zelt ihrer Eltern. Grauadler und Gebrochener-Zweig hatten ihre besten Gewänder angezogen, um den weißen Vater ihrer Tochter zu beeindrucken.
Che-ni-win kniete sich ehrerbietig vor ihre Mutter, um sie zu begrüßen, dann setzte sie sich neben sie. Stille trat ein, als Miles sich auf den Ehrenplatz setzte und Grauadler ihm die Pfeife anbot.
Schließlich stellte Che-ni-win ihre Eltern vor: „Das ist mein Vater Grauadler und hier sitzt meine Mutter Gebrochener-Zweig. Dort hinten ist mein kleiner Bruder Takukin. Ich habe noch eine Schwester, aber die lebt bereits im Zelt ihres Mannes.“
Wie begrüßt man Menschen, die jahrelang seine Tochter großgezogen hatten? Sie ernährt, getröstet und geliebt hatten? Sie offensichtlich zu einer glücklichen, selbstbewussten jungen Frau erzogen haben? „Ich grüße die Eltern meiner Tochter“, erklärte er einfach.
Grauadler war zufrieden. Dieser weiße Mann wählte die richtigen Worte. Er hatte die Wahrheit erkannt, denn für Che-ni-win wären sie auch weiterhin die wahren Eltern.
„Wie kam es, das Che-ni-win in eurem Zelt lebte?“, fragte Miles.
Grauadler legte den Kopf schief und musterte den weißen Mann. Aber er verstand seine Neugier. Er wollte wissen, wie seine Tochter die letzten Sommer und Winter hier verbracht hatte.
„Tschetan-withko und Elchkalb fanden sie nach einem Raubzug gegen die Pawnee. Sie war verletzt und Elchkalb wollte sie nicht im Schnee sterben lassen, also nahm er sie mit. Sie war nur ein Kind, zu jung, um schon einem Krieger zu gefallen, deshalb gab er sie als Tochter in mein Zelt, damit sie lernte eine gute Lakotafrau zu sein. Che-ni-win bereitet uns große Freude. Sie wurde uns eine gute Tochter!“
Miles O'Brian war sprachlos über die Großzügigkeit dieser Menschen. Grauadler erzählte nur, welche Freude sie mit Che-ni-win hatten, nicht wie viel Arbeit sie mit ihr gehabt haben mussten. Er for-

derte keinerlei Dankbarkeit, ganz im Gegenteil, Grauadler wäre vermutlich beleidigt, wenn er etwas Ähnliches anbieten würde. Trotzdem wollte Miles sich irgendwann revanchieren, er wusste nur noch nicht wie. Er schaute auf die indianischen Eltern seiner Tochter und seufzte tief. „Ich sehe, dass es meiner Tochter hier gut geht, dass ihr sie wie ein eigenes Kind aufgenommen habt. Ich habe sie all die Winter verzweifelt gesucht, denn ich machte mir große Sorgen. Meine Sorgen waren unbegründet!"

Grauadler lächelte zufrieden, denn die Worte des weißen Mannes schmeichelten ihm.

„Mir fehlen so viele Winter, in denen sie groß geworden ist", erklärte Miles mit plötzlicher Trauer.

„Aber du hast sie wiedergefunden und jetzt kann dir Che-ni-win alles erzählen."

„Es ist merkwürdig, wenn man plötzlich seinem Kind begegnet, das man viele Winter nicht gesehen hat. Damals war sie ein kleines Mädchen, jetzt trägt sie bereits das Kind ihres Mannes in ihrem Leib."

Grauadler lächelte verschmitzt. „Wir ließen Elchkalb lange warten, denn wir merkten, dass weiße Kinder nicht so schnell zur Frau werden wie Lakotamädchen."

Miles verschluckte sich fast. Sie war eigentlich immer noch viel zu jung zum Heiraten! Er unterdrückte eine anzügliche Bemerkung, denn es war geschehen.

Gedankenverloren ging er in das Zelt seiner Tochter zurück. Unterwegs nahm er seine beiden Pferde mit, denn er wollte mit Elchkalb ein wenig reiten.

Der junge Krieger schaute ihn mit seinen schwarzen Augen an, aber kein Wort des Widerstandes kam über seine Lippen. Schwankend stand er vor dem Pferd, das ihm höher erschien wie die Rocky Mountains, und überlegte, wie er sich dort hochziehen sollte.

„Na, komm schon, Junge!", munterte ihn Miles auf. „Einen Fuß in den Steigbügel, dann hebe ich dich hoch."

Mühsam setzte Elchkalb seinen Fuß hinein und Miles schob ihn hoch. Ein entsetzlicher Schwindel befiel Elchkalb, doch nach einer Weile ließ er nach. Er hasste diesen weißen Mann, der ihn kalt lächelnd zu Tode marterte. Dann riss er sich zusammen, als er sah, dass Tschetan-withko und Viele-Feinde auf ihren Ponys auf ihm zukamen. Haun! Sie sahen auch nicht besonders gut aus!

Stirnrunzelnd blickte Miles auf die drei Krieger, die aussahen wie aus einem Invalidenheim nach dem Sezessionskrieg. Es war deutlich

zu sehen, dass sie verzweifelt um das Leben ihrer Frauen und Kinder gekämpft hatten, auch um das Leben seiner Jenny.
„Das sind meine Freunde Tschetan-withko und Viele-Feinde", stellte Elchkalb sie vor.
„Ah, Tschetan-withko! Du hast damals meine Tochter gefunden", stellte Miles fest.
„Ja, aber es war Elchkalb, der entschieden hatte, sie mitzunehmen!"
„Und warum? So wie mir die Geschichte erzählt wurde, seid ihr auf der Flucht vor den Pawnee gewesen. Sie hat euch doch nur aufgehalten."
Tschetan-withko nickte. „Stimmt, aber jeder Mann hat seine eigenen Träume!"
Nachdenklich schaute Miles zu Elchkalb, der ihn mit seinen verträumten Augen unschuldig anblickte.
„Du wolltest sie damals schon zur Frau und hast fast vier Winter lang gewartet?" In Miles Stimme klang völliger Unglauben.
Elchkalb warf ihm einen sonderbaren Blick zu. Warum auch nicht, dachte er verwundert.
„Du belastest dich mit einem Kind, obwohl du weißt, dass du lange warten musst? Dass sie dich vielleicht gar nicht will?"
Wieder kam nur dieser sonderbare Blick, während die anderen leise in sich hineinkicherten. Miles schaute in Elchkalbs dunkle Augen und schüttelte den Kopf. „Du bist wirklich ein Träumer!"
„Ja, ich bin ein Träumer, aber meine Träume wurden wahr! Che-niwin ist jetzt meine Frau!"

Sie ritten ein Stück die Ebene entlang und Elchkalb fühlte sich besser. Die frische Luft und die schaukelnde Bewegung taten ihm gut. Langsam pressten sich seine Schenkel an den Bauch des Pferdes, während er vorsichtig seinen Rücken aufrichtete. Die Wunde war gut verheilt, jetzt musste seine Kraft wiederkehren. Es war eine gute Idee von Miles, ihn reiten zu lassen. „Wie lange bleibst du noch?"
„Bis du wieder deine Frau ernähren kannst", provozierte ihn Miles.
Elchkalb grinste frech. „Hohch! Das wird eher sein als du denkst, alter Mann!"
„Werde nur nicht übermütig! Nein, im Ernst, ich möchte gerne bleiben, bis mein Enkelkind geboren ist", bat Miles.
„Du bist uns willkommen!"
Tschetan-withko dachte an das unbenutzte Tipi von Fisch, das zusammengefaltet neben seinem Zelt lag. „Wir könnten deiner Familie

ein eigenes Zelt aufbauen", schlug er vor.
„Das ist wirklich sehr großzügig!"
In einem Bogen ritten sie langsam zurück, dann half Miles seinem Schwiegersohn vom Pferd.
Che-ni-win lachte fröhlich, denn sie erkannte sofort, dass es ihrem Mann besser ging. Er hatte wieder Farbe im Gesicht und seine Augen bekamen den funkelnden Glanz, den sie so liebte.
„Bleibe doch hier!", bat sie Viele-Feinde. „Deine Frau ist mit Morgentau-im-Gras bei uns. Sie spielt mit meiner kleinen Schwester."
„Gerne!"
Viele-Feinde kletterte in das Zelt und lachte seine Frau an, die sich in Zeichensprache mit Rose unterhielt. Es entstand ein ziemliches Wirrwarr an Sprachen in dem Tipi, denn Che-ni-win unterhielt sich mit Rose auf Englisch, die Krieger sprachen in Lakota und die kleinen Mädchen flüsterten offensichtlich in ihrer eigenen Sprache, die nur Kindern vorbehalten ist.
Die Männer setzten sich zu Elchkalb, der sich erschöpft aber glücklich an eine Rückenstütze lehnte und seinen Freunden die Pfeife anbot.
Tschetan-withko bat indessen seine Frauen, für Miles das Zelt aufzubauen. Es würde Che-ni-win entlasten, wenn sie nicht noch drei Personen in ihrem Tipi bewirten musste, denn sie sollte sich für die bevorstehende Geburt schonen.

Rose fühlte sich wohl. Sie hatte mit Miles ein eigenes Zelt und die Lakota waren ausgesprochen höflich. Vorbei waren die Schrecken ihrer Gefangenschaft, jetzt erlebte sie ihre ehemaligen Feinde von einer ganz anderen Seite. Sogar wenn sie allein zum Wasser oder in den Wald ging, begegneten ihr die Menschen mit Achtung. Sie war keine Shoshone, keine Feindfrau, keine Gefangene, sondern die Frau von Miles, dem weißen Vater von Che-ni-win. Mehr interessierte nicht.
Che-ni-win unterhielt sich gerne mit ihr, denn so erfuhr sie vieles über ihren Vater. Sein Heiligenstatus geriet allerdings ein wenig ins Wanken, als Rose ihr erzählte, dass er sie beim Poker gewonnen hatte. Che-ni-win war es bei den Lakota so gut gegangen, sie war so liebevoll aufgezogen worden. Deshalb konnte sie sich nicht vorstellen, dass es anderen schlechter erging. Doch dann erinnerte sie sich daran, wie Stern-im-Auge und Kleine-rote-Blume zu ihnen gekommen

waren. Aber eine Gefangene als Spieleinsatz beim Poker zu setzen? Für sie war Miles immer nur ein liebevoller Vater gewesen. Nie hatte sie ihn sich als Menschenhändler oder Liebhaber vorgestellt. Aber dann schaute sie auf die kleine Kugel, die sich bereits über Roses Bauch bildete. Ihr Vater war einfach nur ein Mann!

In den nächsten Tagen kümmerte sich Miles um die Genesung von Elchkalb. Erbarmungslos setzte er ihn auf das Pferd und ließ ihn sogar manchmal traben. Aber eines Tages schwang sich Elchkalb mühelos auf den blanken Pferderücken und lehnte den Frauensattel ab! Hokahey! Stolz trug er seinen Roach im wehenden Haar, außerdem seine Waffen auf dem Rücken. Tschetan-withko und Viele-Feinde galoppierten neben ihm. Die Roach-Krieger! Doch der Verlust von Schwarzer-Rabe und Fisch schmerzte noch immer und würde nie ganz verschwinden. Sehnsüchtig blickten sie nach Süden und überlegten, ob sie je in ihre Heimat zurückkehren konnten. Auch Tschetan-withko fühlte diesen Schmerz, denn für ihn stand bereits fest, dass er in diesem Land bleiben würde. Es brachte Unglück, nicht auf seine Träume zu hören.
Aber Elchkalb und Viele-Feinde gaben sich der Illusion hin, dass sie eines Tages zurückkehren könnten. „Im Sommer werden Crazy Horse und Sitting Bull die weißen Männer besiegen!", erklärten sie zuversichtlich.
Miles schnaubte unbeherrscht. „Jungs, der Kampf ist vorbei! Mit was wollen denn eure Häuptlinge noch kämpfen? Den Indianern in den Reservationen wurden alle Pferde und Waffen abgenommen! Sie können euch nicht mehr helfen!"
Fassungslos schwiegen die drei Indianer. Sie waren ein besiegtes Volk!
Nachdenklich wandte sich Miles an Elchkalb: „Wenn du Che-ni-win wirklich liebst, dann kannst du nicht zurück!"
„Warum nicht?" Elchkalbs schwarze Augen schienen ihn fast zu durchbohren.
„Sie bringen alle Weißen weg von ihren indianischen Familien, auch, wenn sie es gar nicht wollen."
„Aber Che-ni-win ist meine Frau!"
„Das spielt keine Rolle. In den Augen der Weißen bist du nur ein Wilder. Elchkalb, du kannst mit Che-ni-win nicht in einer Reservation leben. Du kannst dort überhaupt nicht leben! Was ist das für ein Leben? Ohne dein Pferd, deine Waffen und die Möglichkeit überall hin-

zugehen, wohin dein Herz dich führt. So etwas nennt man Freiheit! Das gibt es dort nicht mehr. Tatokala hat es erlebt. Nie würde er dorthin zurückkehren."
Viele-Feinde ritt schweigend neben ihnen her. Die Worte von Miles hatten ihn tief ins Herz getroffen. Unsicher blickte er zu Tschetan-withko, der mit gesenktem Kopf auf seinem Pferd saß. Er hatte nicht erkannt, wie ernst es Tschetan-withko gewesen war, als er gesagt hatte, dass er in dem Land bleiben würde. Was sollte er tun, wenn seine Freunde beschlossen hier zu bleiben? „Ich werde hören, was Traumpfeil beschließt", erklärte er kurz angebunden.
Elchkalb nickte, obwohl für ihn bereits feststand, dass er Che-ni-win nicht aufgeben würde.
Miles blickte auf die betretenen Gesichter und versuchte sie aufzuheitern: „Hey, Jungs! Hier ist es doch schön! Hier könnt ihr in Freiheit leben!"
„Aber es ist nicht unsere Heimat!"
Das drückte genau das aus, was alle hier dachten. Elchkalb ließ seinen Blick über das hügelige Land schweifen. „Nein, es ist nicht unsere Heimat. Aber es wird die Heimat meines Kindes sein. Und hier nimmt mir niemand Che-ni-win weg."
Nachdenklich und auch traurig ritten sie zurück zu den Zelten.

Öfter kamen jetzt Abordnungen von anderen Lakotagruppen zu ihnen ins Dorf, denn immer mehr flohen über die Grenze, wie auch Sitting Bull. Er versuchte ein Bündnis mit den kanadischen Indianerstämmen zu schließen, was der kanadischen Regierung ein Dorn im Auge war, denn sie fürchteten einen Krieg im eigenen Land. Die Mounties erhielten die Aufgabe, die Indianer zur Umkehr zu ermutigen. Auf höchster Ebene wurde zwischen den Regierungen verhandelt, denn die Vereinigten Staaten wollten die Herausgabe der Lakota erzwingen. Der Druck in der Öffentlichkeit war enorm, die Indianer nach dem „Massaker" an „General" Custer zu bestrafen. Niemand sprach davon, dass die Indianer eigentlich nur einen Angriff auf ihr Dorf abgewehrt hatten, selbst mit eigenen hohen Verlusten, denn schätzungsweise über fünfzig Indianer waren in dem Kampf am Little-Bighorn gefallen.
Sitting Bull selbst verhielt sich friedlich in Kanada, aber laufend gingen junge Krieger zu Raubzügen oder zum Jagen über die Grenze

zurück. Ein diplomatisches Desaster. Immer wieder ritt ein genervter Walsh, inzwischen Superintendant, in ihre Lager, um für Ruhe zu sorgen.
„Es geht nicht, dass eure Krieger über die Medizinlinie ziehen! Das nächste Mal halte ich die Blauröcke nicht auf, wenn sie hinter euch her sind!", drohte er wutentbrannt.
Diese Drohung traf die Indianer mitten ins Herz! „Entweder ihr haltet euch an die Gesetze, oder wir schützen euch nicht mehr!", forderte er von dem großen Häuptling in Anwesenheit von hundert mal fünf Kriegern. Sitting Bull war so erstaunt über den Mut der Mounties, dass er versprach, für Ordnung zu sorgen.

Traumpfeil hörte von den Unruhen und beschloss, das Lager zu verlegen, denn er wollte nicht, dass sich die jungen Krieger seines Stammes an den Raubzügen beteiligten. Er hatte andere Sorgen. Sie mussten sich in diesem neuen Land zurechtfinden, außerdem wollte er die Mounties nicht verärgern. Also brachen sie die Zelte ab und wanderten durch den Matsch weiter nach Westen. Sie folgten dem Tal des Frenchman-Flusses und jagten dort Antilopen.
Miles war begeistert! Vielleicht sollte er einfach Indianer werden? Dann könnte er immer mit diesen Familien durch die Gegend ziehen. Aber er wusste besser als die Indianer, dass diese Zeiten bald vorbei sein würden.
Tschetan-withko machte mit den beiden Jungen lange Ausflüge und jagte mit seinem Bogen Wildenten und Gänse, die in Scharen in den Flüssen landeten, müde von dem langen Flug aus dem Süden. Sapa sprang begeistert in das kalte Wasser, um die erlegten Vögel an Land zu ziehen. Die Kinder suchten nach den Eiern in den Nestern am Flussufer, manchmal fingen sie auch Fische.

Täglich erwarteten sie die Geburt von Che-ni-wins Kind und die Indianer schlossen Wetten ab, wann und wo das Baby zur Welt kommen würde. Che-ni-win fühlte sich regelrecht belauert, außerdem hatte sie Angst, dass doch etwas mit ihrem Baby nicht in Ordnung war.
Für die junge Frau war es anstrengend und ermüdend. Jedes Mal das schwere Zelt aufzubauen war eine Tortur, obwohl ihre Mutter und manchmal auch die Schwiegermutter ihr halfen. Ächzend zogen sie die schweren Planen in die Höhe, packten die Bündel in das Zelt und richteten die Schlaffelle. Für eine schwangere Frau gab es keine be-

sondere Schonzeit, abgesehen davon, dass ihr jemand für die schweren Arbeiten zur Seite stand. Che-ni-win spürte, wie ihr Bauch hart wurde, trotzdem wanderte sie noch eine große Entfernung, um Holz zu sammeln.

Nachts setzten die Wehen ein und stöhnend wälzte sie sich von einer Seite auf die andere. Elchkalb war völlig planlos, aber noch sollte er Uinohnah nicht rufen. „Es dauert noch! Lass Uinohnah noch ein wenig schlafen!", bat Che-ni-win mit gepresster Stimme.

Dann krümmte sie sich stöhnend zusammen und Elchkalb wurde blass. „Ich hole Uinohnah lieber sofort!"

„Warte noch!", forderte Che-ni-win. „Du hast das gemacht, also kannst du es auch ertragen, noch ein bisschen bei mir zu bleiben."

Tatsächlich wäre er jetzt lieber gegen die Crow gezogen!

Sie umklammerte seine Hände und flüsterte: „Elchkalb, ich habe solche Angst!"

Er lächelte sie mit seinen dunklen Augen an. „Bald halten wir unser Baby in den Händen. Du wirst sehen!"

„Bitte halte mich ganz fest!", bat sie mit tränenerstickter Stimme.

Behutsam nahm er sie in die Arme und sie schöpfte Kraft aus seiner Nähe. Ihre Hände krampften sich in sein Hemd, als eine weitere Wehe durch ihren Bauch wallte.

„So, jetzt kannst du Uinohnah holen", flüsterte sie zögernd, denn eigentlich wollte sie ihn nicht gehen lassen. Aber das hier war jetzt Sache der Frauen und sie wollte genauso stark wie ihre Schwester sein. Mühsam schleppte sie sich in das kleine Geburtstipi, das für sie bereits aufgebaut worden war.

Elchkalb wischte sich den Schweiß von der Stirn, denn jetzt wusste er, warum Frauen stärker als Männer waren. Er könnte das niemals durchstehen! Mit einem Feind zu kämpfen war nichts gegen die Schmerzen einer Geburt. Er war zu aufgewühlt, um allein in seinem Zelt zu bleiben, so kletterte er leise in das Zelt seiner Mutter.

„Ist es soweit?", fragte sie mitfühlend. Sie bot ihm einen Platz an. „Schlaf ein wenig! Beim ersten Kind dauert es lange!"

Schlafen? Wie stellte sie sich das vor? Seine Mutter lachte leise, dann richtete sie sich auf. „Ich mache dir etwas zu essen und warte mit dir."

Der Tag brach an, ohne dass sich etwas rührte, nur das Stöhnen in dem Geburtszelt wurde lauter, unterbrochen von englischen Wortfetzen, die er nicht verstand. Besorgt näherte er sich dem Geburtstipi.

Was redete sie da? Inzwischen schlich auch sein Schwiegervater aufgeregt um das Zelt herum. „Was redet Che-ni-win da?", fragte Elchkalb ihn.
„Sie flucht!"
„Sie macht was?"
„Fluchen, das sind schlimme Schimpfnamen in unserer englischen Sprache!"
„Warum schimpft sie nicht in unserer Sprache?"
„Glaube mir, mein Sohn! Solche Wörter gibt es nur in englischer Sprache. Sei froh, dass du sie nicht verstehst!"
Che-ni-win fluchte wie ein Bierkutscher, als immer öfter die Wehen ihren Bauch zusammenpressten. Längst war sie wieder aus ihrer knienden Stellung aufgestanden und stampfte breitbeinig durch das Zelt. „Es tut so weh! Es tut so weh!", schimpfte sie auf Lakota.
Am Nachmittag war sie so erschöpft, dass sie nicht mehr stehen oder knien konnte. Schweißgebadet rollte sie sich zu einer Kugel zusammen und wollte, dass es aufhörte.
Selbst Uinohnah wusste sich keinen Rat mehr. Doktor Nevitt konnte nicht verständigt werden, weil sie das Lager verlegt hatten und Che-ni-win bekam Todesangst.
„Ich will Hitschikyata! Ich will, dass Hitschikyata kommt!", rief sie in tiefster Panik.
„Aber er weiß nichts über Babys!"
„Das ist mir gleichgültig! Ich will, dass er sofort kommt! Er soll beten!" Sie schrie vor Verzweiflung.
„Ich hole ihn!", versuchte Uinohnah sie zu beruhigen. Besorgt blickte sie aus dem Zelt und winkte nach Elchkalb. „Hole sofort Hitschikyata!"
Elchkalbs Beine wurden bleischwer, als der Schreck in seine Glieder fuhr. Che-ni-win, seine Che-ni-win!
Miles wollte sofort zu seiner Tochter, doch Uinohnah ließ ihn nicht herein. „Du kannst nicht helfen! Ich brauche Hitschikyata!"
Der junge Medizinmann eilte herbei und kniete sich besorgt vor das Geburtstipi. Das hier war Frauensache! Aber er konnte die Geister um Unterstützung bitten. Mit ruhigen Bewegungen verbrannte er erst Salbei und dann Süßgras. Mit einer Adlerschwinge wedelte er den Rauch in das Tipi, dazu sang er heilige Lieder, um die Geister zu rufen.
Besorgt schaute Uinohnah auf Che-ni-win, die in sich zusammengesunken war, von Wehen geschüttelt.

„Komm!“, bat sie mit fester Stimme. „Halte dich an dem Pfahl fest!“
„Ich kann nicht mehr!“
„Doch, du kannst! Du bist stark!“
„Bin ich nicht!“, keimte der alte Trotz in ihr auf.
Trotzdem kroch sie zu dem Pfahl und richtete sich mühsam auf. Der Gesang des Heiligen Mannes beruhigte sie und gab ihr neue Kraft. Eine weitere Wehe zog ihr Inneres zusammen und sie hatte plötzlich den Drang zu pressen.
Uinohnah legte die Hände auf ihren geschwollenen Bauch. „Che-ni-win! Jetzt pressen wir gemeinsam das Baby heraus!“
„Gemeinsam?“
„Ja! Schau mich an! Du hörst erst auf zu pressen, wenn ich es dir erlaube.“
„Okay!“
Eine Wehe zerriss ihren Körper und mit aller Kraft drückte Che-ni-win mit Hilfe von Uinohnah nach unten. Ihr Gesicht wurde knallrot vor Anstrengung, doch dann fühlte sie, wie etwas zwischen ihre Beine rutschte. Ihre Stirn fiel gegen den Pfahl, als sie das jämmerliche Klagen eines Neugeborenen hörte. „Oh, Uinohnah!“
Eine weitere Wehe presste ihren Körper zusammen und sie stöhnte laut.
„Das sind die Nachwehen“, erklärte Uinohnah, während sie den kleinen Jungen sanft auf ein Hirschfell legte.
„Aber es tut so weh!“, zischte Che-ni-win. Wieder fühlte sie diesen Drang zu pressen und ihre Atmung kam nur noch stoßweise. Etwas verblüfft musterte Uinohnah die junge Frau, dann wurden ihre Augen rund, als ein weiteres Baby auf das Fell rutschte. Ein empörtes Weinen erklang, als keine sanften Hände den kurzen Fall aufhielten, dann fiel Che-ni-win in sich zusammen. Sie hörte das Weinen der beiden Kinder und schluchzte vor Glück. Sie leben, sie leben! Sie konnte es kaum glauben.
Uinohnah erwachte aus ihrer Erstarrung und legte das kleine Mädchen neben ihren Bruder. Sie waren beide klein, aber das war nichts Ungewöhnliches für Zwillinge. „Hitschikyata! Ich brauche hier noch eine Frau!“, rief sie nach draußen.

Sofort erhob sich der junge Mann, um nach Gebrochener-Zweig zu schauen. Er war hier jetzt überflüssig! Unterwegs zeigte er nur kurz dem wartenden Elchkalb an, dass ihm zwei Kinder geboren worden waren.

Zwei Kinder! Che-ni-win hatte ihm zwei Kinder geboren! All seine Sorgen waren vorbei! Er wollte nicht einmal wissen, ob es Mädchen oder Jungen waren, wenn er nur Che-ni-win nicht verlor. Die lächelnden Menschen um ihn herum verschwammen vor seinen Augen, als Elchkab versuchte, die Fassung zu wahren. Zwei Kinder!
Gebrochener-Zweig schlüpfte in das Geburtstipi und betrachtete glückstrahlend ihre Enkelkinder. Sofort begann sie die Neugeborenen mit warmem Wasser abzuwaschen, dann trennte sie die Nabelschnur ab und behandelte sie mit Pilzpulver. Uinohnah trug die Nachgeburt vor das Zelt und half Che-ni-win auf ihr Lager. Sie rieb die durchschwitzte Mutter mit Gras ab und half ihr in ein leichtes Gewand, dann klemmte sie Binden zwischen ihre Beine. Sehnsüchtig blickte Che-ni-win auf ihre Babys, sie konnte es überhaupt nicht erwarten, sie endlich auf den Arm zu nehmen. Lächelnd reichte ihr Gebrochener-Zweig das erste Bündel. „Hier begrüße deine Tochter!“ Dann kümmerte sie sich um den kleinen Jungen, der immer noch ein wenig blau war.
Che-ni-win schaute in das zerknautschte Gesicht ihrer Tochter und wie alle Mütter, fand sie das Baby wunderschön. Es hatte bereits schwarze Haare am Kopf und sie lachte leise. „Dich ärgert niemand wegen roter Haare!“
Dann drückte ihr Uinohnah den kleinen Jungen in die Arme. Che-ni-win fühlte sich leicht überladen und dachte mit Schrecken daran, wie sie zwei Babys satt bekommen sollte. Hatte sie so viel Milch? Große Augen blickten staunend in die Welt und sie seufzte glücklich. Er sah aus wie Elchkalb. Sie hatte zwei richtige Indianerbabys geboren!
Nach einer kurzen Zeit der Erholung führte Uinohnah sie in ihr eigenes Zelt zurück und half ihr auf das Lager.
„Bist du bereit für deinen Mann?“, fragte Uinohnah.
„Oh, ja!“

Elchkalb hörte ihr Rufen und wischte sich seine nassen Hände an seinen Leggins ab, dann schaute er unsicher zu Miles.
„Jetzt geh schon und schau dir deine Kinder an“, brummte Miles gutmütig. Er würde sich noch ein wenig gedulden.
Zögernd kletterte Elchkalb in das Zelt und schaute auf seine Kinder. Nur seine Augen spiegelten seine Gefühle, als er die winzigen Gesichter dieser Geschöpfe sah. Dieses Wunder war unfassbar! Nach all der Angst, der Flucht und dem Kampf lagen hier seine Kinder in den Armen seiner Frau und lebten.

Sein besorgter Blick wanderte zu Che-ni-win. „Geht es dir gut?"
„Mir ging es im ganzen Leben nie besser!", versicherte sie ihm und er wusste, dass sie die Wahrheit sagte.
Ein sanftes Lächeln erhellte sein Gesicht und seine Hände streichelten die Finger seiner Kinder.
„Was sind sie denn?", wagte er zu fragen.
„Das ist ein Junge, und das hier ein Mädchen."
Er schluckte schwer, konnte dieses Wunder kaum fassen. „Ein Junge und ein Mädchen", flüsterte er ehrfürchtig.
„Elchkalb, ich liebe dich so sehr! Haben wir nicht wunderschöne Kinder?"
Er blickte auf die runzeligen Neugeboren und gab ihr recht: „Ja, sie sind wunderschön!"
„Wie möchtest du sie nennen?"
Er hatte keine Ahnung. Die ganze Zeit waren sie so in Sorge gewesen, dass er überhaupt nicht über Namen nachgedacht hatte. Außerdem war sie die Mutter! „Wähle du Namen für sie!"
„Aber nein! Du bist doch ihr Vater!"
Elchkalb fühlte eine wohlige Wärme in sich aufsteigen, eine tiefe Liebe zu dieser Frau und seinen Kindern: „Hetschetu! Ich werde darüber nachdenken."
Er genoss den Augenblick, konnte sich überhaupt nicht satt sehen an seinen beiden Kindern, dann fiel ihm Miles ein. „Dein Vater wartet draußen, darf er hereinkommen?"
Sie lächelte erschöpft. „Ja, mir geht es gut!"

Miles zwängte sich in das Zelt und schaute mit einer dicken Falte auf der Stirn auf seine Tochter. „Hat dir dieser Bengel doch tatsächlich Zwillinge gemacht!", brummte er besorgt. Dann nahm er mit der Selbstverständlichkeit eines irischen Dickkopfes das erste Baby auf den Arm. Er konnte es locker mit einer Hand halten, so klein war es im Vergleich zu seinen Pranken. „Na du, du musst aber noch ein bisschen wachsen", flüsterte er leise. Er konnte es jetzt schon kaum noch erwarten, bis sein eigenes Kind geboren wurde.
„Hier, halte mal!" Er drückte Elchkalb das Baby in den Arm, damit er das andere hochheben konnte.
Verhielten sich Weiße immer so? Etwas unsicher hielt Elchkalb seine Tochter im Arm, denn sie war so leicht, so winzig, so zerbrechlich. Kleine Hände reckten sich ihm entgegen und eine winzige Nase kräuselte sich zu einem ersten Niesen. Erschrocken fasste er fester

nach dem Baby, dessen ganzer Körper von der Erschütterung bebte. Erstaunte grau-braune Augen blickten ihn an und er schmolz dahin. Dann wagte er kaum noch zu atmen, als Miles ihm seinen Sohn in den anderen Arm drückte. Seine Kinder! Geboren in dem neuen Land! „Sieh nur!“, flüsterte er lächelnd. „In seinem Haar leuchtet die Sonne!“
Er hatte recht! Jetzt, wo die Haare nach der Geburt getrocknet waren, konnte man in dem schwarzen Haar ein leichtes Rot erahnen. Neugierig beugte sich Che-ni-win über ihr Kind und kicherte belustigt. „Oh ja!“ Dann blickte sie in die Augen des Babys, die bereits jetzt wesentlich dunkler waren als die seiner Schwester. Die Augen von Elchkalb! Glücklich lehnte sie sich zurück, alle Sorgen und Ängste mit einem Mal verflogen. Sie genoss den Anblick, wie Elchkalb behutsam seine Kinder im Arm hielt.
„Na, du großartiger Vater! Hast du dir schon überlegt, wie sie heißen sollen?“, unterbrach Miles die andächtige Stille. Er hatte einfach kein Gefühl für romantische Momente.
Zu seiner Überraschung antwortete Elchkalb. „Ja, meine Tochter soll Maya, Ufer, heißen, denn ihre Mutter führte uns in dieses Land, fast so, wie an ein fernes Ufer. Mein Sohn führt den Namen Pehin-scha, Rotes-Haar, denn er soll uns daran erinnern, wer uns hierher geführt hat!“
Miles und Che-ni-win waren sprachlos über so viel Mystik in den Gedanken des jungen Kriegers. Maya und Pehin-scha!
Miles schnaufte erleichtert. So viel Poesie hätte er dem Bengel überhaupt nicht zugetraut. Er hatte schon befürchtet, dass er sich in Zukunft mit einem Namen wie „Schwarzer-Hund-der-den-Mokassin-seines-Herrn-anknabbert“ abfinden müsste. Er kannte die Vorliebe der Indianer zu langen, manchmal ausgesprochen witzigen Namen. Pehin-scha und Maya waren in seinen Augen wirkliche schöne Namen! Da konnte er sich damit abfinden, dass sie nicht englisch klangen. Immer noch gab es ihm einen kleinen Stich, dass seine Tochter nun hier als Indianerin lebte. Er hatte sie sich immer in einem weißen Hochzeitskleid vorgestellt, vielleicht mit einem schneidigen Offizier an ihrer Seite. Wie hatte sie wohl hier geheiratet?
„An was denkst du denn?“, fragte seine Tochter, die sich über sein Schweigen wunderte.
„Ach, wie du hier geheiratet hast. Ich hätte dich gerne in einem weißen Hochzeitskleid gesehen!“
„Aber ich hatte ein weißes Hochzeitskleid! Willst du es sehen?“

Er nickte verwundert und schaute ungläubig zu, wie sie ihr wunderschönes, weiß gegerbtes Kleid mit der blauen Perlenstickerei herauszog. Selbst er erkannte, dass es viel Zeit gekostet hatte, diese aufwendige Stickerei anzubringen.
„Meine Mutter hat es mir gemacht!“, erzählte sie mit leuchtenden Augen.
Mit einem Mal erkannte Miles die Wahrheit in ihren Worten. Hier, bei diesen Menschen, hatte sie ihre Mutter wiedergefunden. Deshalb war sie nicht zurückgekommen! Wie sehr musste sie ihre wahre Mutter vermisst haben und er hatte sich auch nicht um sie gekümmert. Diese völlig fremden Menschen hatten ihr das gegeben, was er nicht bereit gewesen war, ihr zu geben: eine Familie! Jetzt gehörte sie hierher! Zu ihrer Familie, ihren Kindern und ihrem Ehemann. Seine Jenny führte jetzt ihr eigenes Leben, erkannte er mit völliger Klarheit. Er war nur noch ein gern gesehener Großvater.
„So, kleine Mama, jetzt werde ich dich ein bisschen ausruhen lassen, mhh“, verabschiedete er sich nachdenklich. Er wollte diesen Fehler nicht noch einmal machen! Niemals würde er es zulassen, dass er nicht miterlebte, wie seine Bonny zu einer Frau heranwuchs.

In den nächsten Tagen kehrte er zu seiner Hütte zurück, denn er musste an seine eigene Familie denken. Im Sommer wollte er über die Grenze, um nach einer Möglichkeit Ausschau zu halten, Vieh zu kaufen, doch vorher musste er die „Ranch“, wie er seine Hütte stolz nannte, herrichten. Er brauchte Zäune, einen Stall, Heu und er musste an das Kind denken, das Anfang des Sommers geboren werden sollte.
Tatokala wollte ihn begleiten, doch er lehnte ab. „Ich brauche dich frühestens im Herbst oder nächstes Jahr, wenn ich das Vieh hole“, erklärte er. „Genieße noch ein wenig das freie Leben mit den Lakota, ehe du dich der harten Arbeit beugst.“
Tatokala zuckte nur grinsend die Schultern. „Wir müssen lernen, wie die Weißen zu leben. Aber lieber lerne ich das von dir.“
„Tatokala! Mein Wort gilt! Wenn es soweit ist, wirst du mein erster Cowboy.“
„Hetschetu, aber es macht mir gar nichts aus, wenn ich noch ein bisschen jagen kann.“
„Das denke ich mir“, lachte Miles und knuffte ihn in die Rippen.
Gutmütig lächelte der junge Indianer dem weißen Trapper hinterher, als dieser mit seiner Familie das Lager verließ.

Am nächsten Morgen tauchte ein Trupp Mounties auf, unter ihnen ein reichlich verärgerter Doktor Nevitt. Fassungslos starrte er auf die Zwillinge, die Che-ni-win geboren hatte. „Seid ihr alle wahnsinnig? Ihnen steht eine schwere Geburt bevor und trotzdem verlegt der verdammte Häuptling das Lager?“
Elchkalb blickte verständnislos auf den verärgerten Mountie und Che-ni-win übersetzte schnell.
„Ich gebe es auf!“, stöhnte der Mountie und untersuchte die Neugeborenen. „Na, ja, sie sind ein bisschen klein, aber das wird schon noch. Klappt es mit dem Stillen?“
Che-ni-win wurde feuerrot. Dieser Arzt kannte aber auch überhaupt kein Schamgefühl!
„Ich darf erst in zwei Tagen stillen.“
„So ein Blödsinn! Wieso denn?“
„Die erste Milch schadet dem Kind.“
„Das ist finsterer Aberglaube! Ganz im Gegenteil! Sie müssen die Babys möglichst oft an die Brust legen, damit Sie schnell genügend Milch bilden. Sonst verhungern die Babys nämlich.“
Che-ni-win wurde blass, denn genau das hatte sie befürchtet. Aber was würde Elchkalb sagen, wenn sie sich plötzlich anders verhielt als andere Frauen. „Uinohnah sagte mir, dass ich drei Tage warten soll.“
„Dann sagen Sie ihr, dass sie eine weiße Frau sind und ihr Körper anders ist. Wenn Sie den Babys jetzt nicht die Brust geben, dann wird ihre Milch versiegen.“
Elchkalb wurde ungeduldig, denn er verstand den Wortwechsel nicht, trotzdem sah er die Besorgnis in den Augen seiner Frau.
„Ich soll meinen Babys sofort die Brust geben oder meine Milch wird versiegen“, übersetzte Che-ni-win.
Elchkalb schwankte sichtbar zwischen dem Glauben seines Stammes und dem Vertrauen, das er dem Arzt entgegenbrachte. Schließlich siegte die Angst, dass seinen Kindern etwas fehlen könnte und er gab sein Einverständnis.
Ohne weiter auf ihn zu achten, untersuchte Doktor Nevitt die junge Mutter. Sorgfältig tastete er ihren Bauch ab und ermahnte sie, im Wochenbett sehr reinlich zu sein. Er gab ihr einen kleinen Stoß weißer Leinentücher, die sie als Binden benutzen konnte. „Wenn Sie die

Tücher gut auskochen, dann können Sie die Binden öfter benutzen. Die Infektionsgefahr ist dann nicht so groß wie bei dem Zeug, das die Indianer benutzen."

Trotz der schweren Geburt, sah Che-ni-win erholter aus als beim letzten Mal, als er sie gesehen hatte. Dann beobachtete er scharf, wie sie ihren Sohn an die Brust legte. Es kam, wie er es befürchtet hatte: Der Junge saugte nicht! Ohne Hemmungen griff er dem Kind an den Kopf und stupste es an die Brustwarze. „Komm!", flüsterte er, „Alle Männer können das!"

Elchkalb hüstelte etwas seine Verblüffung weg. Das war im höchsten Maße ungehörig! Warum sagte Che-ni-win nichts?

Der Arzt ignorierte die Scham des Indianers völlig, nicht ahnend, dass er mindestens drei Tabus gleichzeitig brach. „Haben Sie vielleicht etwas Süßes?", fragte er unbedarft.

„Etwas Süßes?"

„Ja, damit streichen Sie die Brust ein. Vielleicht können wir den kleinen Mann damit überreden, zu saugen!"

„Ja, aber bitte gehen Sie jetzt! Ich habe verstanden, was Sie meinen."

„Okay! Die Babys müssen unbedingt heute noch etwas trinken. Rufen Sie mich, wenn es nicht klappt."

„Ja, ja, aber bitte gehen Sie jetzt, ehe mein Mann endgültig wütend wird!"

Der Arzt blickte in die zusammengekniffenen Augen von Elchkalb, die gefährlich schwarz funkelten. „Ich bin schon weg", murmelte er besänftigend. „Hat die Heilerin vielleicht einen Tee, der die Milchbildung anregt?"

„Bestimmt!" Che-ni-win schob den Arzt aus ihrem Zelt, denn langsam fürchtete sie wirklich um sein Leben.

Elchkalb suchte mühsam nach Worten. „Der weiße Mann hat mein Leben gerettet, doch das gibt ihm nicht das Recht, dich respektlos zu behandeln!"

„Elchkalb! Nevitt ist nicht respektlos! Bei weißen Medizinmännern gibt es keine Tabus. Sie untersuchen auch Frauen. Er meint es nur gut und er macht sich Sorgen, dass ich nicht genügend Milch für die Babys habe."

Sofort wurden seine Augen wieder sanft. „Und nun?"

„Gebe mir etwas Eschensaft, vielleicht saugt dein Sohn dann besser."

Völlig überrascht schaute Elchkalb zu, wie Che-ni-win etwas süßen Eschensaft auf ihre Brust schmierte. Dann lockte sie das Kind, daran zu saugen. Kleine Lippen schmiegten sich an die süße Quelle und ein leises Schmatzen erklang. Elchkalb schüttelte ungläubig den Kopf. Was diesem weißen Medizinmann so alles einfiel!

Der grauhaarige Sergeant Wilde saß indessen im Versammlungszelt und blickte auf die Krieger. Er brachte keine guten Nachrichten! In Ruhe wartete er ab, bis die Pfeife herumgereicht wurde, dann ließ er Hitschikyata seine Worte übersetzen. „Viele Lakota sind in das Land der Großmutter geflüchtet! Das ist nicht gut, denn die Stämme, die hier leben, haben Angst. Sie fürchten die Lakota und sie fürchten, dass es bald nicht mehr genügend Wild geben wird. Deshalb möchte die Weiße Großmutter, dass die Lakota in ihre Heimat zurückkehren."

Abweisendes Schweigen ließ ihn innehalten. Vorsichtig wählte der Sergeant seine weiteren Worte: „Der Krieg ist vorbei! Die weißen Soldaten bieten euch den Frieden, wenn ihr zurückkehrt. Sogar Crazy Horse hat seine Waffen abgegeben und lebt nun in Frieden in der Reservation."

Völlig entsetzt starrten sich die Indianer an. Crazy Horse hatte sich ergeben? Das war unfassbar! Wie oft hatten sie mit ihm gekämpft, seine Führung und sein Geschick bewundert. Wie verzweifelt musste ihr Freund gewesen sein, dass er sich nun den verhassten Langmessern ergeben hatte.

Der Sergeant schaute auf seine Stiefel und wartete, bis sich die Indianer gesammelt hatten. Niemand schrie auf, niemand sprach, alle blickten ihn nur mit der Hilflosigkeit von Menschen an, die nicht wussten wohin.

„Die Amerikaner schicken im Monat der farbigen Blätter eine Abordnung in das Fort Walsh, um mit euch zu verhandeln. Sitting Bull wird kommen! Hört meine Worte! Niemand wird euch zwingen in eure Heimat zurückzukehren. Aber hört wenigstens die Worte, die gesprochen werden."

„Sind das nur deine Worte, die du hier sprichst?", fragte Traumpfeil.

„Nein, es sind meine Worte und die von Walsh. Niemand zwingt euch zu irgendetwas, solange ihr euch an die Gesetze haltet."

Traumpfeil sah ihn scharf an. „Die Assiniboin, Cree und Blackfeet in diesem Land brauchen sich nicht zu sorgen. Wir werden sie als Freunde behandeln. Wir werden uns mit Sitting Bull beraten und an den Verhandlungen teilnehmen, wie du es verlangst. Aber ich kann nicht für alle sprechen und jeder Mann wird seine eigene Entscheidung treffen."

Sergeant Wilde blickte dem Häuptling in die Augen. Er mochte ihn und er wusste, dass einige Familien auf jeden Fall bleiben würden. Er hatte gesehen, wie diese Gruppe fast zu Tode gehetzt über die Grenze gekommen war und wie tief das Misstrauen in diesen Menschen saß.

Witscha-itschache Tokahe

Die erste Generation (Frühjahr 1877)

Ein Rufer verkündete die Namen der Babys und ein großes Festessen wurde veranstaltet. Che-ni-win erhielt eine wunderschöne Wiege von ihrer Schwester Weidenzweig und eine weitere von ihrer Schwiegermutter. Es war ein Zeichen der allerhöchsten Wertschätzung, die Elchkalbs Mutter für ihre weiße Schwiegertochter empfand.

Alles drehte sich nur noch um die Versorgung der Zwillinge und Che-ni-win kam zu nichts mehr. Die Milch war eingeschossen und ihre Brüste drohten zu platzen. Sie versuchte sie mit kalten Lappen zu kühlen und schmierte ihre Brustwarzen dick mit Fett ein, damit sie sich nicht entzündeten. Alle zwei Stunden lag ein Zwilling an ihrer Brust und Che-ni-win hatte vor Übermüdung dicke Ränder unter den Augen. Elchkalb war zu seiner Mutter gezogen, denn in seinem eigenen Zelt würde er sonst ständig ein Tabu brechen, da Che-ni-win auf die Hilfe beider Großmütter angewiesen war. Sie kochten für sie, gerbten die Felle, sammelten erste Knollen, brachten Feuerholz, damit Che-ni-win sich um die Zwillinge kümmern konnte. Immer wieder schaute Elchkalb in sein Zelt und wunderte sich über das Chaos. Che-ni-win überkam das heulende Elend, denn sie hatte Angst, dass es nie wieder besser werden würde. „Das liegt daran, dass sie noch so klein sind. Bald wird es besser!“, versuchte Gebrochener-Zweig sie aufzumuntern.

„Ich habe den Eindruck, dass ich meinem Mann nie wieder versorgen kann“, weinte Che-ni-win verzweifelt.

Ihre Schwiegermutter schaute sie ernst an. „Du bist meinem Sohn eine gute Frau. Aber jetzt liegt deine Pflicht bei deinen Kindern. Kümmere dich um sie, wir helfen dir bei den anderen Dingen.“

Diese energischen Worte ließen schließlich ihre Tränen versiegen.

„Ach, Untschischi!“, flüsterte sie dankbar.

In den nächsten Wochen gewöhnten sich die Lakota an ihre neue Umgebung. Die Anspannung ließ nach, niemand bedrohte ihr Dorf, kein Warnruf schreckte die Frauen und Kinder hoch. Die Mounties sorgten mit eiserner Hand für Ruhe und Frieden unter den Stämmen.

Ohne Hemmungen ritten sie in kriegerische Dörfer und verhafteten Pferdediebe inmitten ihrer Stammesgenossen. Aber sie hatten Erfolg, denn die Indianer respektierten ihren Mut.

Nach einiger Zeit ließen die Zwillinge ihre Mutter zum ersten Mal eine Nacht schlafen und sofort ging es Che-ni-win besser. Langsam spielte sich das Leben mit den Kindern ein, sodass Elchkalb zurück in sein Zelt zog. Er konnte sich an seinen Kindern überhaupt nicht satt sehen. Tagsüber begleitete er seine Freunde auf ihren Jagdausflügen und erzählte ihnen mit glänzenden Augen von seiner Familie. Tschetan-withko schüttelte unmerklich seinen Kopf, aber er verstand die Begeisterung von Elchkalb. Auch er konnte sich gut daran erinnern, wie beeindruckt er bei der Geburt von Wolfssohn gewesen war.

Tschetan-withko beschäftigten andere Gedanken, denn die Wolfsträume waren zurückgekehrt. Wie gerne hätte er mit Bärenkralle darüber gesprochen, aber sein Freund war lange tot, aufgebahrt am Little-Bighorn-Fluss.
Schließlich suchte er das Gespräch mit Hitschikyata. Er wartete einen passenden Augenblick ab, bis Wah-bo-sehns mit den Mädchen in den Wald ging und er mit dem jungen Mann allein im Zelt war.
„Ich träume wieder von einem Wolf", erzählte er leise.
„Du hattest diese Träume schon früher?"
„Ja!"
Hitschikyata erinnerte sich an das Gespräch am Fluss vor sehr, sehr langer Zeit. Damals träumte Tschetan-withko von der Farbe rot.
„Hast du damals mit Bärenkralle auch über deine Wolfsträume gesprochen?"
„Ja!"
„Was sagte er dazu?"
„Bärenkralle meinte, dass es nicht verwunderlich wäre, denn der Wolf ist mein Schutztier."
„Aber dann hörten die Träume auf?"
„Ja!"
„Wusste Bärenkralle eine Erklärung dafür?"
„Er meinte, dass ich jetzt nicht mehr von einem einsamen Wolf träume, weil ich ja meine Wölfin gefunden habe."
Hitschikyata zögerte verblüfft. „Deine Wölfin?"
„Ja, Wah-bo-sehns! Sie hatte mich gereizt und ich wollte sie töten, doch Wakan-tanka hielt meine Hand. Ich konnte den tödlichen

Schlag nicht führen. Sie war die Wölfin, die mir gefehlt hat."
Hitschikyata schluckte schwer. Zum ersten Mal erkannte er, wie knapp Wah-bo-sehns damals mit dem Leben davon gekommen war. Er musste das erst einmal verdauen. Prüfend blickte er in die freundlichen Augen von Tschetan-withko und es wunderte ihn, dass dieser ruhige Krieger so unbeherrscht gewesen war, dass er fast eine Frau getötet hätte. Er wischte diese Gedanken weg und konzentrierte sich wieder auf den Mann, der vor ihm saß.
„Danach hattest du keine Wolfsträume mehr?"
„Nur manchmal! Und dann lange nicht mehr."
„Nun, das ist sicherlich ein Zeichen. Ich werde darüber nachdenken", beendete Hitschikyata das Gespräch.
Zufrieden rauchte Tschetan-withko seine Pfeife. Er fühlte sich erleichtert, mit jemandem über seine Träume gesprochen zu haben. Vielleicht lag es an Stern-im-Auge. Er war froh, dass sie wieder in ihrem eigenen Zelt lebte, denn im Grunde wollte er keine weitere Frau. Sie gefiel ihm nicht einmal. Sie war klein und rundlich, mit einer wesentlich dunkleren Haut als Wah-bo-sehns, die immer noch so schlank und zierlich war, wie an dem Tag, als er sie gefangen genommen hatte. So versorgte er Stern-im-Auge mit allem Nötigen, ohne dass er sonst irgendwelche Verpflichtungen ihr gegenüber wahrnahm. Im Moment verdrängte er einfach, was sein würde, wenn die Trauerzeit beendet war. Er wusste, dass er dieser Frau nicht gerecht werden konnte, weil er sie nicht liebte. Das stürzte ihn in einen Gewissenskonflikt, den er bisher nicht wahrhaben wollte. Vielleicht hatte er deshalb die Wolfsträume? Aber wie sollte er einer trauenden Witwe gestehen, dass er sie nicht wollte? Solange er sie nur versorgte, war es kein Problem, aber was, wenn sie mehr von ihm forderte? Sie war noch jung, irgendwann würde auch ihr Herz wieder sprechen. Konnte er ihr die Wahrheit sagen?

Graueulenmädchen und Verlorenes-Hirschkalb kletterten in das Tipi und stellten einen geflochtenen Korb voller Beeren an die Zeltwand. Lächelnd beugten sie sich zu ihrem Vater hinunter, ihre Haare zu festen Zöpfen geflochten, die ihnen nach Art der Mädchen über den Rücken fielen. Sie trugen einfache Kleider, doch selbst diese waren noch mit einem kleinen Muster an den Nähten verziert.
„Mutter kommt gleich!", bemerkten sie mit einem Blick auf den leeren Kochtopf.
„Ich habe noch keinen Hunger!" Er winkte freundlich ab.

Erleichtert kramten die Mädchen ihre Puppentipis hervor und begannen zu spielen. Tschetan-withko hörte Wah-bo-sehns vor dem Zelt arbeiten. Im Knospenmond war es bereits so warm, dass sie draußen kochen konnte. Aufregung brach aus, als ein Trupp Jäger zurückkehrte. „Tatanka, Tatanka!“, riefen sie lauthals. Die Büffel sind da!
Sofort machte sich ein Teil des Stammes auf den Weg, der Herde zu folgen. Die Menschen waren frohen Herzens, denn es war ein gutes Zeichen, dass ihnen die Büffel auch hierher gefolgt waren. Wie gewohnt ritten sie zur Jagd, verdrängten ihre Sorgen und die Bedenken vor den kommenden Verhandlungen.

Die nächsten Tage hatten die Frauen genug zu tun, um das viele Fleisch zu trocknen und die Felle zu verarbeiten. Auch Che-ni-win kniete wieder über den Häuten, schabte sie sauber, während die Zwillinge in ihren Wiegen schliefen. Sie musste ihre Arbeit oft unterbrechen, wenn die Kinder Hunger hatten, aber dann halfen ihr Gebrochener-Zweig oder ihre Schwiegermuter. Che-ni-win fühlte sich manchmal wie eine Kuh, aber schließlich wurden die Kinder kräftiger und die Pausen zwischen dem Stillen wurden länger. Oft leistete ihr Weidenzweig Gesellschaft, während Sieht-die-Büffel neben ihnen spielte. Dann setzte sich auch Morgenröte mit ihrem Sohn Donnern-am-Fluss dazu. Der kleine Junge versuchte seine ersten Gehversuche und die Frauen lächelten, wenn er vorsichtig wie ein Kranich durch die Wiese stakste. Traurig dachten alle an Gras-im-Wind, die nie erleben durfte, wie ihre kleine Tochter ihre ersten Schritte machte.
„Wie geht es Rabenfrau?“, erkundigte sich Che-ni-win nach der zweiten Frau im Zelt von Morgenröte.
„Es geht ihr gut! Ich glaube, dass einer der roten Geister ihr Herz berührt hat. Vielleicht geht sie mit ihm.“
„Ist denn Sohn-des-Windes nicht verärgert?“, fragte Weidenzweig verblüfft.
„Nein, er hat gesagt, dass er sie frei gibt, wenn ihr Herz Liebe für einen anderen Mann empfindet.“
„Das ist sehr großzügig!“
„Welcher der roten Geister ist es denn?“, fragte Che-ni-win neugierig.
„Der mit den doppelten Augen!“, erklärte Morgenröte.

Ein Lächeln huschte über die Gesichter der Frauen. Den Mountie mit der Brille und den kurzen braunen Locken fanden alle lustig. Die Frauen schwiegen eine Weile und dachten an Rabenfrau. Es wäre schön, wenn sie den Tod ihres Mannes überwinden könnte und neue Liebe fände. Wie sich wohl eine Ehe zwischen einem Mountie und einer Lakotafrau gestalten würde? Aber es war gut, dass das Leben weiterging und die Schrecken langsam verblassten.

Wieder kamen einige Mounties in ihr Dorf. Seit der Ankunft von Sitting Bull war der Posten in Wood Mountain ausgebaut worden, von dort aus kontrollierten die Mounties regelmäßig die Grenze und die Dörfer der Lakota. Mit einer Tüte voller Zuckerstangen verschwand der Sub-Inspektor Robert Schultz in dem Tipi von Sohn-des-Windes. Rabenfrau lächelte scheu, während ihre Tochter zutraulich zu dem Mountie lief. Da die Lakota kein „R" kannten, war der Name des Mannes unaussprechlich für sie. Sie nannten ihn „Chobäh". Er drückte dem kleinen Mädchen die Tüte Zuckerstangen in die Hand. „Für-alle-Kinder!", zeigte er in Zeichensprache. Sie nickte eifrig und eilte aus dem Zelt, um die Süßigkeiten zu verteilen. Ein gewaltiges Gekicher erschallte von draußen, als Dutzende von Kindern die Zuckerstangen in den Mund schoben. „Wir-gehen-spazieren?", gestikulierte der Mountie mit einem freundlichen Grinsen.
Rabenfrau glühte vor Freude und bat ihn, draußen zu warten, damit sie ein schöneres Kleid anziehen konnte. „Du-viel-schön!", lobte der Mountie, verließ aber höflich das Zelt. Glänzende schwarze und braune Kinderaugen schauten ihn vergnügt an und seine Kameraden schüttelten die Köpfe. „Die Kinder wirst du nie mehr los!"
„Will ich auch überhaupt nicht!", zwinkerte der Mountie zurück.
Dann trat Rabenfrau aus dem Zelt. Sie trug ein sorgfältig genähtes Kleid, das mit Kaurimuscheln verziert war. An ihren Ohren hingen Anhänger aus Dentaliumschnecken und eine lange Kette aus Röhrenknochen schmückte ihre Brust. Ihre Zöpfe hatten nach fast einem Jahr der Trauer um ihren Mann Donnerherz fast ihre ursprüngliche Länge erreicht und sie hatte sie mit bunten Bändern geschmückt. Ein bewunderndes Pfeifen erklang und empört wandte sich Robert Schultz an seine Männer. „Habt ihr nichts anderes zu tun?"
Sie schüttelten frech die Köpfe. „Wir warten auf Befehle, Sir!"
„Haut endlich ab! Geht Frösche jagen oder macht sonst was!"
Hastig verschwanden die beiden anderen Mounties, um ihre Pferde zu versorgen. Lange Zeit für ein Techtelmechtel blieb dem Sub-

Inspektor ohnehin nicht, denn sie waren auf dem Weg zur Grenze. Schüchtern nahm Robert seine Auserwählte an der Hand und ging mit ihr ein wenig den Fluss entlang. Eigentlich war ihm die Frau nur aufgefallen, weil sie ihn unter ihren langen Wimpern lange gemustert hatte. Er hatte ihren Blick mit einem vertraulichen Zwinkern erwidert. Sie war daraufhin so rot geworden, wäre am liebsten im Boden versunken, dass es ihm schon wieder leidtat, überhaupt Notiz von ihr genommen zu haben. Jedenfalls hatte er sie danach öfter beobachtet und festgestellt, dass sie offensichtlich Witwe war, obwohl er nicht einordnen konnte, in welcher Beziehung sie zu Sohn-des-Windes stand. „Ist-Sohn-des-Windes-dein-Mann?", hatte er überflüssigerweise gefragt, denn dann hätte sie sicherlich überhaupt nicht mit ihm geredet.
Zu seiner Überraschung hatte sie mit „Ja und Nein" geantwortet. „Er-wie-Bruder!", hatten ihre Hände gezeigt.

Offensichtlich war die Zeichensprache zu begrenzt, um die ganze Geschichte zu erzählen, aber es hatte ihn neugierig gemacht. Nur wenige Mounties hatten eine Frau, so war die Gegenwart dieser Indianerin für Robert eine schöne Erfahrung. Sie waren gedrillt worden, besonders die Frauen und Mädchen respektvoll zu behandeln, um keine Konflikte heraufzubeschwören, wie es bei der Hudson's Bay Company passiert war. Dort hatten Trapper und Angestellte teilweise Frauen benutzt und wieder weggeschickt, sodass die entsprechenden Stämme eine „Ehe" zwischen ihren Mädchen und diesen Männern nicht mehr erlaubten. Robert war klar, dass er hier nur ernsthafte Absichten haben durfte oder er würde sich erhebliche Schwierigkeiten mit seinen Vorgesetzten einhandeln. Aber ihm gefiel die Frau und auch das kleine Mädchen störte ihn nicht, so hatte er um Erlaubnis gebeten, diese Frau heiraten zu dürfen. Aber wie machte man in Zeichensprache einen Heiratsantrag?
Tatsächlich war das ganz einfach, aber es war so wenig romantisch: Man zeigte auf sein Gegenüber, dann führte man die Zeigefinger parallel aneinander und deutete auf sich. Du-heiraten-mich! Um etwas höflicher zu sein, konnte er vorher noch das Zeichen für Frage machen, aber das klang dann auch nicht besser: Frage-du-heiraten-mich? Außerdem war es bei den Indianern Sitte, dass man den Vater des Mädchens fragte und seine Absicht mit großzügigen Geschenken unterstrich. Aber wen sollte er in diesem Fall fragen? Rabenfrau? Sohn-des-Windes? Eine verzwickte Situation. Vielleicht sollte er mit

dem Medizinmann sprechen, ob dieser ihm einen Rat geben könnte. Verliebt führte er Rabenfrau zu ihrem Zelt zurück und machte sich auf die Suche nach dem jungen Medizinmann. Er fand ihn vor einem Zelt, wo Hitschikyata gerade den Fuß eines kleinen Jungen massierte. Der kleine Fuß war von üblen Narben verunstaltet. „Wie ist denn das passiert?", fragte der Mountie betroffen.
„Tschaske ist in eine Falle getreten. Aber er kann den Fuß schon wieder gut bewegen! Ich reibe ihn nur noch manchmal mit Bärenfett ein."
Mit einer Handbewegung entließ Hitschikyata das Kind, das in seinem seltsamen Trab davonrannte.
„Was kann ich für dich tun?", fragte der Medizinmann höflich, als er das Zögern des Mounties sah.
„Ich wollte mit dir über Rabenfrau sprechen."
„So?"
Der Mountie lachte etwas verlegen. „Ja, ich möchte sie heiraten, aber ich weiß nicht, was ich machen soll. Sie hat keinen Vater, den ich fragen könnte."
Hitschikyata war einigermaßen verblüfft, denn diese Worte zeigten ihm, dass der weiße Mann versuchte, ihre Sitten zu beachten.
„Möchte denn Rabenfrau deine Frau werden?"
Der Mountie stieß einen langen Seufzer aus. „Ich glaube schon! Das heißt, dass ich es sehr hoffe!"
„Hast du sie denn noch nicht gefragt?"
„Nein! Ich möchte ihr in vielen Worten meine Liebe erklären, aber in Zeichensprache ist das schwierig."
Hitschikyata kicherte belustigt. „Ihr Weißen müsst immer alles in viele Worte packen. Hier fragst du ein Mädchen einfach, ob sie deine Frau werden möchte. Sie sagt dann ja oder nein."
„Ach so?"
„Ja!"
„Und wenn ich sie gefragt habe? Sie hat keinen Vater."
„Dann bringst du Sohn-des-Windes Geschenke, denn er sorgt für sie."
„Aha, und was wäre angemessen?"
„Die Geschenke sollen ausdrücken, was du für Rabenfrau empfindest. Hier gibt es keine Regeln. Sohn-des-Windes wird sie dir nicht verweigern, wenn sie dich wirklich will."
„So einfach ist das?"
„Ja!"

Robert Schultz war glücklich. Jetzt brauchte er nur noch die Erlaubnis seines Vorgesetzten. Gut gelaunt machte er sich auf den Weg zur Grenze, um seine Patrouille fortzusetzen.

Ohne Hast zog der Stamm nach Nordosten den Büffeln hinterher. Immer wieder gingen einige Krieger auf Jagd, während die Frauen die vielen Felle verarbeiteten. Sie erreichten den Old-Wife-See und zogen das Ostufer entlang, auf der Suche nach der „Ranch" von Miles. Das würde eine großartige Überraschung sein, wenn sie plötzlich in der Nähe lagerten! Im Schwarzbeerenmond fanden sie endlich die kleine Hütte und ein strahlender Miles rannte ihnen entgegen. „Willkommen, willkommen!", schrie er auf Lakota. Dann zerrte er Che-ni-win mit den Zwillingen in sein Haus. „Komm, ich muss dir zuerst meinen Sohn zeigen!"
Stolz zeigte er ihr den kleinen Jungen, der im Vergleich zu den Zwillingen noch winzig erschien. Anfangs hatte Miles nicht so ganz gewusst, was er mit ihm anfangen sollte. Für ihn waren alle Kinder wie Bonny, da konnte er sich nicht vorstellen, dass ein Kind anders war. Doch als er in das braune Gesicht seines Sohnes sah, fielen ihm lauter schöne Dinge ein, die er einmal mit ihm machen konnte. Er sah sich schon mit ihm in einem Boot beim Angeln, oder gemeinsam Vieh treiben oder zur Jagd gehen. Ein Sohn war ganz etwas anderes als seine Bonny.
Che-ni-win blickte lachend auf Rose, denn der Junge sah genauso aus wie seine Mutter. Nicht einmal der rötliche Schimmer wie bei Pehin-scha hatte sich durchgesetzt. Sie war gespannt darauf, wie die anderen Kinder ihres Vaters einmal aussehen würden. „Wie heißt er denn?", fragte sie, während sie sanft den winzigen Säugling schaukelte. Sie fühlte sich mehr als Tante, dabei war er doch ihr Bruder.
„Dublin!"
Che-ni-win lachte schallend. „Dublin? Wie kommst du denn auf so eine Idee?"
Mit einer ausladenden Geste deutete Miles auf seine Apfelbäume. „Sie erinnern mich an Irland. Deshalb! Hier ist jetzt meine Heimat!"
„Das ist schön!" Behutsam gab Che-ni-win das Baby zurück. „Vater, ich muss das Tipi aufbauen", entschuldigte sie sich. Die nächsten Tage wäre noch genug Zeit, um ihr Wiedersehen zu feiern.
Die Lakota zogen ein Stück den See entlang, damit ihre Pferde nicht

das ganze Gras an der Hütte weg fraßen. Miles hatte damit begonnen, eine erste Koppel für sein Vieh zu bauen, außerdem arbeitete er an einer einfachen Scheune aus Grassoden. Von dem Handelsposten hatte er eine Sense mitgebracht, mit der er das Gras mähte, damit seine Pferde diesen Winter besser versorgt waren.
Am Abend ging er mit seiner Familie zu dem großen Dorf, das in seiner Nähe errichtet worden war. Ein großes Feuer brannte, um das die Indianer tanzten und in vielen Töpfen schmorte das Fleisch. Miles schäkerte mit seinen Enkelkindern und staunte, wie sehr sie inzwischen gewachsen waren. „Das sind ja richtig runde Babys! Irinnen sind halt doch die besten Mütter!", bemerkte er mit einem vielsagenden Blick auf ihre Brüste. Che-ni-win wurde dunkelrot! „Vater!", zischte sie empört.
In ihrem besten Kleid begab sie sich zum Tanzplatz. Viele Indianer trugen inzwischen Kleider oder Hemden der Weißen, doch bei ihren Festen zogen sie wieder die schön bestickten Gewänder an. Che-ni-win überließ Maya und Pehin-scha der Obhut ihrer Mutter und reihte sich unter die Tänzerinnen. Staunend beobachtete ihr Vater, wie sie sich graziös zu dem Rhythmus der Trommel bewegte. Die Tanzschritte waren bereits fest in ihr verwurzelt, so als wäre sie von klein auf bei diesem Volk aufgewachsen. Bonny tanzte mit ihrer Freundin Morgentau-im-Gras neben den Frauen und versuchte bereits, die Schritte nachzuahmen. Manchmal drehte sie sich im Kreis, sodass ihre Zöpfe mit den roten Schleifen wehten. Miles lachte voller Stolz, denn seine Bonny war das hübscheste Kind weit und breit, obwohl das kleine Indianermädchen auch ganz niedlich war, musste er gerechterweise zugeben.

Am nächsten Tag zeigte Che-ni-win ihrem Mann das Haus von Miles. Neugierig trat Elchkalb in das Innere, denn er hatte noch nie das Haus eines Weißen gesehen. Verwundert betrachtete er den Tisch und die Hocker, aber auch das erhöhte Bett. „Im Winter ist das nicht so kalt, weil man nicht auf dem gefrorenen Boden liegt", erklärte Miles. Elchkalbs dunkle Augen erforschten jede Kleinigkeit, aber ohne etwas zu sagen oder die Dinge zu bewerten. Sein Blick haftete auf den Porzellantassen mit dem Rosenmuster. Das war wirklich schön! Interessant fand er den Kamin. Den Rauch über eine Steinmauer nach außen zu führen war eine gute Idee.

Tatokala kam herein und setzte sich auf einen Hocker. Er kannte das alles schon und hoffte auf eine Tasse Kaffee mit Zucker. Schmunzelnd stellte Miles eine Dose mit Pfirsichen auf den Tisch, dann lachte er laut, als er Tatokalas sehnsüchtige Augen sah. Die leichte Stupsnase des jungen Mannes zuckte, während Miles vorsichtig die Dose öffnete. Mit seinem Messer fischte Tatokala eine Pfirsichhälfte heraus, dann schloss er genießerisch die Augen und schob sie in den Mund. Eh! Wie der sanfte Kuss einer Frau!
Höflich bot Miles auch seinem Schwiegersohn ein Stückchen an. Vorsichtig biss Elchkalb in die fremde Frucht. In seinen Augen blitzte ein ganzer Sternenhimmel und seine geschwungenen Lippen zogen sich verzückt zusammen. Noch ein Indianer, der vermutlich für Pfirsiche töten würde, lachte Miles.
Rose deckte den Tisch, während sich Miles mit den Männern unterhielt: „Wie lange bleibt ihr hier?"
„Wir sind keine Häuptlinge! Traumpfeil wird das mit den anderen entscheiden." Eigentlich entschied das der Rat, aber in dieser Sippe vertrauten alle der Führung von Traumpfeil.
„Schade, ich dachte, dass ihr vielleicht solange hier bleibt, bis ich wieder da bin. Dann könnte ich Rose mit den Kindern bei euch lassen."
„Wo willst du denn hin?", fragte Che-ni-win.
„Ich reite über die Grenze und kaufe Vieh. Ich werde einige Wochen unterwegs sein."
Tatokala zuckte mit den Schultern. „Ich kann doch hier bei Rose bleiben und auf sie achten."
„Würdest du das tun?"
„Aber ja, ich bin doch dein erster Cowboy!"
Miles lachte dröhnend. „Stimmt."
Aber auch Elchkalb schaltete sich ein. „Wir bleiben sicher eine Weile in der Nähe, denn in dem See können die Frauen die Felle einweichen. Ich bleibe gern mit Che-ni-win hier, bis du zurückkehrst."
„Großartig! Dann reite ich morgen los, damit ich nicht soviel Zeit verliere! Los, greift zu!", deutete er auf die Essensschüsseln.
Ausdruckslos starrten die beiden Indianer auf ihre Teller. Niemals würden sie sich selbst etwas nehmen! Rose sah ihre Verlegenheit und schöpfte ihnen reichlich Eintopf auf die Teller. Elchkalb balancierte auf dem wackeligen Hocker wie auf einem schmalen Baumstamm. Für ihn war es unbekannt und unbequem. Er wunderte sich, wie Weiße überhaupt so sitzen konnten, aber das Essen schmeckte ihm.

Dann richtete Rose für Tatokala ein Bett, damit er im Haus schlafen konnte. Ehe Miles losritt, zeigte er Tatokala, wie er weitere Pfosten fällen konnte, damit der Zaun nach seiner Rückkehr weitergebaut werden konnte.

In Begleitung von Otter-der-die-Crow-narrt, Blitz-im-Winter und Antilopensohn machte sich Miles auf den Weg zur Grenze. Die jungen Krieger waren neugierig, wie es in ihrer Heimat aussah, deshalb hatten sie beschlossen, den weißen Mann zu begleiten.
Miles besorgte ihnen beim Handelsposten neue Kleidung, sodass die Krieger nicht sofort als Lakota zu erkennen waren. Aber er war froh um ihre Begleitung, denn die Zeiten waren rau und immer wieder überfielen Banditen harmlose Reisende, oder feindliche Indianer gingen auf Raubzug.

Die Lakota verbrachten indessen einen warmen Sommer am See. In Ruhe bearbeiteten die Frauen die schweren Felle, während die Kinder im Wasser badeten. Beim Spielen stießen sie zufällig auf das versteckte Kanu des verstorbenen Trappers von Miles' Hütte und sofort nutzen es einige Krieger, um zu fischen. Rose zeigte den Frauen, wie man den Fisch räuchern konnte, eine ganz neue Methode, um Nahrungsvorräte anzulegen. Aber auch hier war der Frieden trügerisch: Immer wieder erschallte der Warnruf, wenn nachts feindliche Indianer an das Lager heranschlichen, um Pferde zu stehlen. Meist waren es harmlose Geplänkel, doch die Stimmung war gereizt, weil niemand zur Ruhe kam. Traumpfeil musste stets Wachen einteilen. Eine Vorsichtsmaßnahme, die zwar notwendig, aber auch lästig war. Trotzdem verschwanden gute Pferde oder Männer wurden bei ihrer Verteidigung verletzt.
Traumpfeil beschwerte sich bei den Mounties über die nächtlichen Überfälle und konnte die jungen Männer seiner Gruppe nur mit Mühe von unüberlegten Vergeltungsaktionen abhalten.
Walsh schüttelte genervt den Kopf. „Es sind keine Blackfeet oder Assiniboin! Ich denke, dass Crow über die Grenze kommen und eure geschwächte Situation ausnutzen!"
„Wir sind nicht geschwächt!", meinte Traumpfeil ungewohnt harsch. „Aber wir versuchen, dass wir uns an eure Gesetze zu halten. Ich weiß nicht, wie lange ich meine Männer noch im Zaun halten kann."

Insgesamt war die Situation angespannt und die Lakota rückten näher zusammen.
Tatokala nahm seine Aufgabe ernst und ließ Rose nicht aus den Augen. Aber auch Che-ni-win und Elchkalb kamen oft mit ihren Babys vorbei, damit Rose Gesellschaft oder auch Schutz hatte. Nur dann wagte es Tatokala, sich von der Hütte zu entfernen. Der Zaun war längst fertig und er freute sich darauf, ihn Miles zu zeigen. So nutzte er die Zeit, um für Rose zu jagen, und brachte ihr Antilopen, Kaninchen oder Gänse. Unauffällig beobachtete er dabei die Umgebung und achtete auf verräterische Spuren. Es erfüllte ihn mit Unruhe, ganz allein mit Rose zu sein und für sie und die Kinder die Verantwortung zu tragen. Im Ernstfall könnte er sie kaum schützen, abgesehen davon, dass ihn die Nähe der stillenden Frau auf ganz andere Gedanken brachte. So war er dankbar, wenn Elchkalb auftauchte und er sich die Verantwortung teilen konnte. Nur zu gerne ging er dann Vögel jagen und kühlte sein Gemüt in dem kalten Wasser des Sees.
Bei einem seiner Jagdausflüge fand er allerdings etwas anderes: eine junge Frau, die im Wasser planschte und nichts davon wusste, dass er sie beobachtete. Ihre Kleidung lag an der Stelle, an der er gerade stand und amüsiert überlegte er, wie sie wohl aus dem Wasser herauskommen wollte. Vielleicht wäre es angebracht gewesen, nun fortzugehen, aber er gab sich seiner Erregung hin und blieb im Dickicht hocken. Er fühlte ein angenehmes Erschauern. Warum hatte er sich noch keine Frau genommen? Inzwischen wäre er sogar bereit, sein Gewehr dafür zu geben! Genüsslich beobachtete er die badende Frau und hoffte, dass sie sich umdrehte und ihm ihre Brüste zeigte. Überhaupt musste er lachen, als er zuschaute, wie sie schwamm. Wie ein Frosch! So etwas hatte er überhaupt noch nie gesehen! Ohne nachzudenken zog er sich aus, watete ins Wasser und glitt an sie heran. Dunkle Augen blitzen empört, als er sich ihr näherte. „Mich wundert, dass du noch nicht ertrunken bist!", ärgerte er sie.
„Ich schwimme gut genug für dich!"
Jetzt erkannte er sie! Stern-im-Auge! Verunsichert zog er sich wieder zurück, denn er wollte sie nicht beleidigen. Sie gehörte zu Tschetanwithko.
„Gibst du so schnell auf?", forderte sie ihn heraus.
„Ich gebe nicht auf, aber ich messe mich nicht mit einer Frau!"
Sie lachte spitzbübisch. „Feigling!"
„Na warte!", drohte er und schwamm auf sie zu.

Lachend glitt sie vor ihm davon, ihre schneller werdenden Schwimmbewegungen verschafften ihr einen gewaltigen Vorsprung. Nach kurzem Zögern kraulte er hinter ihr her. Noch war es ein Wettschwimmen und doch spürte er nicht nur die Erregung des Wettkampfes, sondern eine lang unterdrückte Lust. Manchmal erkannte er vor sich ihre Gestalt, wenn sie kräftig vorausschwamm. Er konnte jetzt unmöglich aufgeben, denn dann hätte ihn eine Frau besiegt. Also kraulte er unermüdlich hinter ihr her und bemerkte mit Genugtuung, dass ihre Kräfte nachließen und der Vorsprung kleiner wurde.
Stern-im-Auge drehte zum Land ab und kletterte mit zitternden Knien aus dem Wasser. Völlig außer Atem hastete sie in das Schilf des Ufers. Wie ein Puma schnellte Tatokala hinter ihr her, erreichte die flüchtende Frau und brachte sie zu Fall. Die Frau kicherte empört, versuchte sich zu befreien, doch nicht mit der nötigen Ernsthaftigkeit. Er blickte anzüglich in ihre schelmischen Augen und erkannte schlagartig, dass sie überhaupt keine Angst vor ihm hatte. Stattdessen lachte sie übermütig wie ein kleines Mädchen und nur halbherzig versuchte sie, ihre Brüste vor seinen frechen Augen zu verbergen. „Lass mich!“, bat sie wenig überzeugend. Seine Hände fuhren zärtlich über ihre Rundungen und er gab ihr einen nassen Kuss auf den Hals. Sein Bein umschlang ihre Knie und in einer geschmeidigen Bewegung drückte er die Frau zu Boden. Tatokala stöhnte lustvoll, als ihn die Erregung überwältigte. Unter seinen Lenden lag eine vollblütige Frau und jetzt gehörte sie ihm.
Stern-im-Auge erschauerte von der sanften Berührung und ließ ihren Kopf wohlig nach hinten fallen. Sie fühlte, wie Tatokala ihre Hände zur Seite schob und sich mit seinem Oberkörper an ihre Brust schmiegte. Yu! Sein hartes Geschlecht drückte gegen ihren Unterleib! In einem Reflex versuchte sie noch, ihn wegzuschieben, doch dann wurden ihre Beine energisch auseinandergeschoben. Ein völlig neues Gefühl stieg in ihr auf und sie stöhnte unerdrückt. Was tat er da? Auch ihr Körper hatte sich lange nach einer zärtlichen Berührung gesehnt. Sie gab ihren Widerstand auf und fühlte erstaunt, wie sich seine Lippen zu seinem ersten Kuss auf ihren Mund pressten. Seine Hände streichelten ihre Schenkel und fanden den Spalt zwischen ihren Beinen. Sie zuckte zusammen, horchte auf die Gefühle, die plötzlich in ihr hochstiegen.
Dann vergaß sie alle Scham, alle Tabus, als sie zum ersten Mal wirkliche Lust empfand. Ihr Körper bog sich ihm entgegen, erschauerte

vor unbekanntem Vergnügen. Sie lag weit und offen vor ihm, ganz und gar eine Frau, die ihm Freude bereiten wollte. Sie war die Frau eines anderen, doch ihr Verstand schaltete diese Tatsache aus. Dann lagen sie erschöpft nebeneinander und nur ihr heftiger Atem war in der plötzlichen Stille zu hören. So, als hätten selbst die Grashüpfer vergessen zu zirpen, um die Liebenden nicht zu stören. Dann durchbrach leises Schluchzen die Stille. Sie weinte! Behutsam, aber auch schuldbewusst nahm Tatokala sie in die Arme und versuchte sie zu trösten. Hatte er etwas falsch gemacht? Stern-im-Auge hatte es doch auch gewollt! Dachte sie an Tschetan-withko, den sie hier mit ihm betrogen hatte? Dachte sie an Fisch? Noch war ihre Trauerzeit nicht beendet.

„Es war so schön!", flüsterte sie in sein Ohr.

Er war völlig verwirrt. „Was machen wir jetzt?", fragte er, dabei strich er zwei Strähnen zurück, die sich aus seinen Zöpfen gelöst hatten. Irgendwie sah er aus, wie ein kleiner Junge, der etwas angestellt hatte.

„Ich weiß nicht!" Langsam wurde ihr klar, was sie hier getan hatten. „Tschetan-withko darf es nicht wissen!"

Tatokala war betroffen. Endlich hatte er eine Frau, dann musste er sie wieder aufgeben. Er blickte sie sehnsüchtig an, doch sie schlug traurig die Augen nieder. „Es darf nicht sein! Wir dürfen uns nicht mehr sehen."

„Aber es muss eine Zukunft für uns geben! So darf es nicht aufhören!"

„Es hat überhaupt nie angefangen!", zischte sie böse. „Wir haben beide den Verstand verloren, jetzt müssen wir an unsere Pflichten denken."

Abrupt stand sie auf und lief davon. Tatokala blieb im Chaos seiner Gefühle sitzen. Stern-im-Auge! Er würde das Feuer, das zwischen ihnen gelodert hatte, nie vergessen! Aber ihre Liebe hatte keine Zukunft, denn sie gehörte Tschetan-withko.

Die nächsten Tage verfolgte Tatokala sie mit seinen Blicken und suchte sie in unbeobachteten Momenten auf. Gleichgültig ob beim Holzsammeln, beim Beerenpflücken oder Wasserholen. Er richtete es immer so ein, dass er unauffällig bei ihr auftauchte und dabei sogar Rose vernachlässigte. Unwillig schüttelte Stern-im-Auge den Kopf, wenn er sie sanft berührte. Es musste doch schon dem ganzen Dorf auffallen! Aber eigentlich hatte Stern-im-Auge kein schlechtes Ge-

wissen, denn Tatokala verlangte nichts, was Tschetan-withko von ihr gefordert hätte. Tschetan-withko kam nie in ihr Zelt, sondern brachte ihr nur einen Anteil an der Beute. Stets freundlich, aber immer respektvoll und kühl.
Tatokala! Warum durfte sie keine Liebe empfinden? Sie musste mit Tschetan-withko reden und die richtigen Worte finden, um ihn nicht zu beleidigen.

Tschetan-withko hatte ähnliche Gedanken, doch er wagte es nicht, mit Stern-im-Auge darüber zu reden, weil auch er die Frau nicht beleidigen wollte. Er versuchte sie weitgehend zu ignorieren, kümmerte sich um Tschaske, damit dieser seinen Schmerz um den toten Vater verkraftete. Aber die Trauerzeit von Stern-im-Auge beendete er nicht, denn dann hätte er sich der Frage stellen müssen, als was sie nun mit ihm lebte. Er wusste nur, dass er keine weitere Frau wollte.
Die Wolfsträume hörten nicht auf, so suchte er ein weiteres Mal das Gespräch mit Hitschikyata. Wah-bo-sehns saß schweigend auf ihrem Platz und stickte an Mokassins für ihre Tochter. Es wunderte sie, dass Tschetan-withko so offen in ihrer Anwesenheit über seine Träume redete.
„Was macht denn der Wolf in deinen Träumen?", fragte Hitschikyata.
Tschetan-withko sammelte sich, denn oft wusste er am Morgen nur noch, dass der Wolf da gewesen war, aber nicht, ob er etwas getan oder gesagt hatte.
„Ich glaube, er lächelt mich an!"
„Hat er früher auch gelächelt?"
„Ja!"
„Und Bärenkralle meinte, dass der Wolf nicht mehr erscheint, weil du deine Wölfin gefunden hast?"
„Ja. Ich dachte erst, dass es ein Scherz war, aber Bärenkralle meinte es ernst."
Wah-bo-sehns hatte aufgehört zu nähen. Zu verwunderlich war das, was ihr Mann da erzählte. Sie war die Wölfin aus seinen Träumen?
Hitschikyata dachte lange nach, dann fiel ihm eine andere Frage ein.
„Was ist passiert, als du damals von einem Wolf geträumt hast?"
„Ich fand Wah-bo-sehns!"
„Das war das letzte Mal?"

„Nein, ich träumte noch einige Male von dem Wolf."
„Aber da ist nichts passiert?"
„Doch!"
„Tschetan-withko, was?"
„Er warnte mich vor einem unüberlegten Angriff und das nächste Mal, als ich ihn sah, wurde Wolfssohn geboren."
Das war starke Medizin! Immer, wenn etwas Wichtiges geschah, dann sprach das Traumtier zu diesem Krieger.
„Hast du noch andere Zeichen gesehen?", bohrte Hitschikyata.
„Nein!"
Nachdenklich lehnte sich der Medizinmann zurück und überlegte: „Der Wolf ist ein Rudeltier! Siehst du ihn immer nur alleine?"
„Nein, manchmal sehe ich die Wölfin bei ihm."
„So?"
„Ja, in meinem letzten Traum liefen sie nebeneinander."
„Seltsam, wieso leben sie ohne ihr Rudel? Ein Wolf hat doch mehrere Weibchen, die ihm folgen."
„Ja, aber nur eine, die ihm die Jungen gebiert", meinte Tschetan-withko.
Im Hintergrund wurde Wah-bo-sehns unnatürlich rot und beiläufig richtete sich die Aufmerksamkeit des Medizinmannes auf die Frau. Mit einem vergnügten Grinsen stand Hitschikyata unerwartet auf und deutete auf Wah-bo-sehns. „Vielleicht solltest du besser mit deiner Frau über deinen Traum sprechen!"
„Mit meiner Frau?" Etwas verblüfft blickte Tschetan-withko dem jungen Mann hinterher, denn es wunderte ihn, dass er ein so ernstes Gespräch einfach abbrach.
„Tokah-ho?", wandte sich Tschetan-withko kurz angebunden an seine Frau, fühlte sich plötzlich als Opfer eines Streiches.
Sie rutschte verlegen hin und her, dann kniete sie sich vor ihn. „Du träumst von dem Wolf?"
Tschetan-withko verdrehte die Augen. Wollte jetzt eine Frau mit ihm über seine Träume reden? Das nächste Mal würde er darauf achten, dass er mit Hitschikyata ungestört war!
Ihre braunen Augen lächelten ihn geheimnisvoll an und er schluckte eine bissige Bemerkung hinunter. Sanft führte sie seine Hand gegen ihren Bauch und sein Herz machte einen Satz. „Vielleicht wollte dir der Wolf das hier verraten?", flüsterte sie geheimnisvoll.
Wan! Bei Frauen war immer alles ganz einfach. Seine Wölfin, seine Wah-bo-sehns, würde ihm ein weiteres Kind schenken!

„Warum hast du so lange gewartet? Ich dachte, dass du kein weiteres Kind bekommen wolltest."
„Es war keine Zeit für ein weiteres Kind. Es war Krieg!"
Da hatte sie recht, aber hier, in diesem neuen Land, hatte sie beschlossen, ihm ein weiteres Kind zu schenken.
Eine unendliche Ruhe und Dankbarkeit überfiel ihn, als er sie sanft in die Arme nahm. „Tetschichila! Ich liebe dich!", brach es aus ihm hervor und es klang wie ein Kriegsschrei.
Ihr Volk würde leben!
Mit einem Mal verstand er die Bedeutung des Traumes! Es war so einfach! Es bedeutete nicht, dass sie ein Kind von ihm erwartete, sondern, dass Wah-bo-sehns seine Wölfin war. Seine einzige Frau! Es war eine Warnung, dass er den Traum nicht missachten durfte.

Mila-hanska

Langmesser (Herbst 1877)

Ende August kehrte Miles in Begleitung der Indianer und mit einigen Pferden, die er gekauft hatte, zu seiner Ranch zurück. Unendlich erleichtert stürzte ihm Rose entgegen, all die Alpträume, dass er vielleicht nicht zurückkehren könnte, waren mit einem Mal verflogen. Übermütig wirbelte Miles seine Frau durch die Luft, während die Indianer ausdruckslos auf ihren Ponys saßen und sich bemühten, die Zärtlichkeiten zwischen den beiden zu ignorieren. Tatokala stand in der Tür der Hütte mit Dublin auf dem Arm, dann zwängte sich Bonny an ihm vorbei, um kreischend ihren Vater zu begrüßen. Lachend warf er sie in die Luft, doch dann nahm er Tatokala seinen Sohn ab und staunte, wie sehr sein Sohn inzwischen gewachsen war. „Teufel auch, der sieht ja aus wie ein Indianer!", stöhnte er, als er in die dunklen Augen seines Sohnes blickte.

„Na du, kleiner Indianer! Dir bringe ich das Schießen mit Pfeil und Bogen bei", scherzte er freundlich und erntete ein breites Lächeln seines Sohnes. Dann drückte er das Baby seiner Frau in die Arme, damit er sich um die Pferde kümmern konnte. Staunend bewunderte er den Zaun, den Tatokala gebaut hatte. „Junge, Junge, gute Arbeit!"

„Ja, und du hast gute Pferde mitgebracht!", lobte Tatokala, während er mit Kennerblick die Pferde begutachtete, die Miles mitgebracht hatte.

„Ja, Quarter Horses! Sie wurden extra für die Arbeit auf einer Ranch gezüchtet. Gut im Antritt und ausdauernd! Nächstes Jahr möchte ich wieder dorthin, denn der Rancher hat auch gutes Vieh. Er wird mir eine Herde zusammenstellen. Aber solange gibt es hier eine Menge Arbeit. Wir müssen für die Pferde Gras mähen, damit sie im Winter Heu haben und nicht verhungern."

Stolz trieb er die Pferde auf die Koppel, dann bedankte er sich bei den Indianern, ohne die er die Pferde sicherlich nicht den weiten Weg hätte treiben können. Er gab jedem ein Bündel Geldnoten. Sie wussten allerdings nicht so recht, was sie damit anfangen sollten. Blitz-im-Winter schüttelte unmerklich den Kopf und zerknitterte das Geld in seiner Hand.

Miles kicherte belustigt. „Damit reitet ihr nach Wood Mountain zum Handelsposten und tauscht etwas, was euch gefällt! Versteht ihr?"

Otter-der-die-Crow-narrt und Antilopensohn tauschten einen verwirrten Blick. Was sollten sie gegen wertloses Papier eintauschen? „Freunde! Ihr wisst, dass ich euch nicht betrüge, oder? Behaltet die grünen Blätter, bis ihr zum Handelsposten kommt, dann zeigt sie dem Händler und wartet ab, was er euch dafür bietet. Einverstanden?“

Ihre Zähne blitzten freundlich. Ah, es war ein Geheimnis! Im Galopp überwanden sie die kurze Distanz zu ihrem Lager. Die Lakota waren ein kleines Stück weitergezogen, um neue Weideplätze für die Pferde zu finden. Freudestrahlend schlüpfte Blitz-im-Winter zu seinen Eltern in das Tipi. Uinohnah hielt sich vor Freude die Hand vor den Mund, dann begrüßte sie auch Antilopensohn mit einem freundlichen Nicken. Immer noch wohnte der junge Mann in ihrem Zelt, machte keine Anstalten eine neue Familie zu gründen. Er schien ruhiger zu sein, ausgeglichener, so, als würde er langsam den furchtbaren Verlust verkraften.

Otter-der-die-Crow-narrt rannte gut gelaunt zu seiner Mutter Fallende-Sterne, aber als erste fiel ihm Crow-Bären-Mädchen um den Hals. „Na, meine kleine Schwester!“, begrüßte er sie liebevoll. Noch war sie so klein, dass niemand von ihr verlangte, das Bruder- und Schwestertabu zu beachten. Blaufeder dagegen senkte bereits höflich den Blick und hielt sich gegenüber ihrem Bruder sittsam zurück.

Tschoka-sapas zerknittertes Gesicht verzog sich zu einem breiten Lächeln, als er seinem Sohn die Pfeife reichte. Er fragte nichts, denn später würde Otter-der-die-Crow-narrt ohnehin alles im Versammlungszelt berichten. Seine Geschwister wollten allerdings nicht so lange warten, also erzählte Otter-der-die-Crow-narrt ein wenig von seiner weiten Reise.

„Ich habe weiße Mädchen gesehen“, erzählte er seinen Geschwistern. „Sie hatten eine Haut wie die Federn des Kranichs und Haare wie die Farbe des Mais. Sie trugen ein kleines, buntes Zelt über ihren Köpfen, damit die Sonne ihre helle Haut nicht verbrennt.“

Die Kinder kicherten belustigt und drängten ihren Bruder mehr zu erzählen. „Sie gingen wie Kraniche und reckten ihre Nasen in den Himmel. Hier, auf der Prärie, würden sie über jeden Stein stolpern!“

Wieder presste Blaufeder ihre Hand vor den Mund, um nicht laut loszulachen.

Doch abends im Versammlungszelt hatten die Männer nichts Lustiges zu berichten. Ernüchtert und betreten erzählten sie von ihrer langen Reise: „Wir kamen bei Fort Peck vorbei und haben mit unseren Brüdern und Schwestern dort gesprochen. In den Reservationen leben die Menschen der Lakota in Armut. Sie haben nichts zu essen, die Gewehre und Ponys wurden ihnen weggenommen. Die Kinder werden in die Schulen des weißen Mannes geschickt. Das Leben dort ist nicht gut! Sie jagen nicht die Büffel, sondern trinken das Heilige Wasser des weißen Mannes. Es ist nicht gut, dorthin zurückzukehren!"

Tschetan-withko blickte trotzig auf seine Mokassins. Er würde niemals dorthin gehen! Auch wenn er der einzige war, der in Kanada blieb. Zornig dachte er an seine Kinder und an das Ungeborene. Niemand würde sie ihm wegnehmen! Unter seinen Wimpern beobachtete er Elchkalb, der offensichtlich ähnliche Gedanken hegte.

Otter-der-die-Crow-narrt fuhr fort: „Wir waren wie Fremde in unserem Land. Überall schlug uns nur Hass und Verachtung entgegen. Wir mussten die Dörfer der Weißen meiden, sonst hätten sie uns getötet. Auch die Lakota dürfen die Reservation nicht verlassen, sonst werden sie in den Gefängnissen der Weißen eingesperrt. Miles hatte ein sprechendes Papier der Mounties dabei, das er den Mila-hanska gezeigt hat, wenn sie uns aufhalten wollten. Immer noch sprechen sie davon, dass alle Lakota zurückkehren müssen."

Tschoka-sapa sprang auf, um zu sprechen. „Die Blauröcke haben Viel-Schnee getötet! Sie haben Blaufeder so schwer verletzt, dass sie ihren Arm nie wieder richtig bewegen kann! Sie haben Crow-Bären-Mädchen fast getötet! Glaubt ihr, dass ich dorthin zurückkehre? Ich sage nein!"

Zustimmendes Gemurmel erklang bei seinen Worten.

Blitz-im-Winter erhob sich und berichtete weiter: „Die Prärien sind verlassen. Selbst unsere Feinde leben nun in der Reservation. Stattdessen haben wir Cree gesehen!"

Empörte Schreie waren zu hören, denn die Cree waren ein Volk, das sonst weit im Norden von Kanada lebte. „Cree? So weit südlich?"

„Ja, einige Familien. Sie haben Büffel gejagt."

„Wieso verlassen die Cree ihr Land? Hier gibt es doch auch Büffel!"

„Vielleicht machen sie Platz für uns, weil wir nun hier sind", scherzte ein Krieger und alle lachten amüsiert.

„Nein! Die Rotröcke wollen, dass auch die Cree ihr Land verlassen. Walsh hat erzählt, dass die Cree in ein Reservat weit im Norden von

Kanada gehen sollen. Alle Stämme in Kanada bekommen Reservate zugewiesen, in denen sie leben sollen. Deshalb sollen wir auch zurückkehren. Hier ist kein Platz mehr für uns", meinte Tschetan-withko verbissen. Mit Sorge dachte er an die kommenden Verhandlungen. „Wir sollten nicht nach Fort Walsh gehen! Ich gehe nicht zurück zu den Mila-hanska!"
Wieder erklang beifälliges Gemurmel und die Indianer senkten nachdenklich die Köpfe.
Traumpfeil hob seine Hand und sorgte für Ruhe. „Ich spreche für niemanden, aber wir sollten an den Verhandlungen teilnehmen. Ich möchte die Rotröcke nicht beleidigen, denn sie sind unsere Freunde. Sie haben gesagt, dass sie uns zu nichts zwingen werden. Wir sollten hören, was gesprochen wird und dann entscheiden."
Es waren überlegte Worte, die keine Entscheidung vorwegnahmen, und so stimmten alle zu. Betroffen von den Worten der drei jungen Krieger kehrten sie in ihre Zelte zurück. Viele Lakota waren nach Kanada geflüchtet und mit gutem Grund!

Viele-Feinde begleitete Tschetan-withko zu dessen Zelt und schaute ihn fragend an. „Was denkst du?"
„Du hast meine Worte schon früher gehört. Ich bleibe hier, auch wenn ich Mais anbauen muss. Niemand nimmt mir meine Kinder weg", erklärte Tschetan-withko mit fester Stimme.
„Das ist endgültig?
„Ja, das ist endgültig!"
„Hetschetu! Dann bleibe ich bei dir!"
Tschetan-withko traten Tränen in die Augen. „Du bist ein guter Freund!"
„Vielleicht! Wer wird noch bleiben?"
„Otter-der-die-Crow-narrt, Antilopensohn und Blitz-im-Winter! Sie haben das Elend gesehen. Und Elchkalb! Er will Che-ni-win nicht verlieren."
„Das sind wenige!"
„Ja, aber wir werden frei sein!"
Wieder dieses Wort, das früher für sie so selbstverständlich gewesen war.
„Wir werden viel lernen müssen", befürchtete Viele-Feinde.
Tschetan-withko lachte leise. „Einst haben unsere Frauen viel lernen müssen, als wir sie von ihren Stämmen entführten, nun müssen wir lernen!"

Viele-Feinde verdrehte die Augen, als Tschetan-withko ihn in sein Zelt zerrte. Dort saß Hitschikyata, der fragend auf die beiden Krieger blickte.
„Hitschikyata! Wir möchten die Sprache der Weißen lernen", bat Tschetan-withko.
„Okay!", stimmte der Medizinmann zu.
„Okejj?", fragte Tschetan-withko.
„Okay! Das bedeutet ‚Hetschetu' in der Sprache der Weißen."
„Okay!", lernte Tschetan-withko das erste Wort in dieser fremden Sprache. Von nun an saß er täglich bei Hitschikyata, um möglichst schnell Fortschritte zu machen.

In den nächsten Tagen zog der Stamm nach Süden. Sie verabschiedeten sich von Miles und übergaben ihm das Kanu, das sie gefunden hatten. Miles war froh darum, denn jetzt konnte er noch besser Fische fangen. Ansonsten war er damit beschäftigt, Heu für den Winter in die kleine Scheune zu stopfen. Die Apfelbäume trugen dieses Jahr keine Früchte, weil Miles sie im Frühjahr zurückgeschnitten hatte, damit die Zweige kräftiger wurden.
Che-ni-win umarmte ihren Vater, dann folgte sie Elchkalb mit ihrem Travois und ihrer ganzer Habe, eine Babywiege auf ihren Rücken, die andere an den Knauf ihres Sattels gebunden. „Pass auf dich auf", murmelte Miles hinter ihr her, aber er wusste, dass sie glücklich war. Sehr glücklich sogar! Dann lachte er in sich hinein: Elchkalb war ein netter Junge! Ehrlich, offen, stets in Sorge um seine Frau! Verdammt! Sein Mädchen hatte Glück gehabt, so einen Mann zu bekommen, gleichgültig, ob er Indianer oder Weißer war. Dann schaute er in die braunen Augen seines Sohnes und in die blauen seiner Tochter: Er würde diesen Kindern ein besserer Vater sein als er es bei seiner Jenny war! Verdammt!

Die Indianer erreichten nach einigen Tagen den Handelsposten bei Wood Mountain und schauten neugierig in die Regale. Sie hatten viele Felle zum Tauschen, aber mehr interessierte die Krieger, ob sie für die seltsamen grünen Scheine etwas erhielten, die Miles ihnen gegeben hatte. Tschetan-withko hatte noch von der Schlacht am Little-Bighorn einige Dollarnoten, mit denen er nichts hatte anfangen können. Eigentlich hatte er sie Graueulenmädchen geschenkt, damit sie

vielleicht darauf malte, aber das Kind nahm dafür lieber sein weißes Papier. Sie hatte die grünen Froschlappen einfach nicht benutzt und ihrem Vater zurückgegeben. Unsicher zeigte er sie dem Händler und kramte seine ersten englischen Sprachkenntnisse hervor: „Du mir etwas geben?"
„Häuptling! Was du willst!", bot der Händler an.
Tschetan-withko senkte den Kopf, denn das Verhalten des Händlers war im höchsten Maße unhöflich. Er war kein Häuptling! „Ein Buch?", fragte er kurz angebunden.
Abwehrend schüttelte der Händler den Kopf: „Ich habe keine Bücher."
Tschetan-withko war sichtlich enttäuscht und der Händler fragte nach: „Wofür brauchst du denn ein Buch?"
„Zum Malen", erklärte Tschetan-withko.
Lachend zeigte ihm der Händler mehrere leere Kassenbücher. „Hier, Häuptling! Dafür bekommst du drei Bücher."
Tschetan-withko konnte es überhaupt nicht glauben! „Drei-Bücher-für-einen-Papierfrosch?", fragten seine Hände, denn so viel Englisch konnte er nun doch nicht.
„Ja! Sonst noch was?"
„Stifte!"
Für zwei Papierlappen erhielt Tschetan-withko drei leere Bücher und ein Päckchen Farbstifte. Für ihn ein unglaublicher Reichtum! Am meisten freute er sich auf die leuchtenden Augen von Graueulenmädchen, wenn er ihr ein Buch schenken würde. Ansonsten tauschten die Lakota Munition für ihre Gewehre, neue Pfeilspitzen, Töpfe, Zucker und Perlen, damit die Frauen im Winter die Gewänder verzieren konnten.
Sie lagerten in der Nähe der Mounties und Robert Schultz nutzte die günstige Gelegenheit, Rabenfrau zu umgarnen. Er schenkte ihr einige bunte Perlenketten, war aber schlau genug, auch Morgenröte einige Geschenke mitzubringen. Bisher hatte er keine Heiratserlaubnis bekommen, da die Politik es vorsah, dass die Lakota zurückkehrten. Da es sich bei der Indianerin um eine Siouxfrau handelte, versuchten die Vorgesetzten Robert die Heirat auszureden. Dem Mountie hingegen waren die Vorbehalte gleichgültig. Händchen haltend ging er mit Rabenfrau und Blauer-Donner spazieren, erfreute das Kind mit Zuckerstangen oder Spielzeug.

Die Nächte wurden bereits frostig kalt, als die Lakota nach Westen aufbrachen, um wie versprochen an den Verhandlungen mit den Amerikanern teilzunehmen. Ohne Eile zogen sie in Richtung Fort Walsh, folgten dann aber der Spur einer Büffelherde nach Süden. Wie ein Spieler in einer Glückssträhne, glaubten sie, dass sich für sie nichts ändern würde. Sie waren in Sicherheit, jagten die Büffel und ergänzten ihre Vorräte für den Winter. Es war wie ehedem, so, als würde sich nie etwas ändern.
Die Krieger konzentrierten sich auf die Jagd, hatten die düsteren Gedanken und Sorgen einfach beiseite geschoben. Das Büffelvolk war zurückgekehrt, das allein war ein Zeichen, dass das große Geheimnis ihnen wohlgesinnt war. Frohen Mutes ritten sie den mächtigen Tieren entgegen, nur mit Lendenschurz bekleidet und mit schützenden Zeichen für die Jagd bemalt, bei dieser Kälte nur bei wirklich abgehärteten Menschen möglich, denn erste Schneestürme zogen bereits über das Land, ungewöhnlich früh in diesem Jahr.
Mit leuchtenden Augen trieben die Lakota die riesigen Tiere vor sich her, um einen tödlichen Schuss abgeben zu können. Viele Büffel lagen bereits erlegt am Boden und alle frohlockten über die gute Jagd. Dann bemerkte Antilopensohn eine flüchtige Bewegung im hohen Gras. Kurz dachte er, dass es sich vielleicht um einen verletzten Büffel oder ein Kalb handelte. Mit angelegtem Pfeil ritt er auf die kleine Senke zu, dann zügelte er überrascht sein Pferd. Wan! Er blickte direkt in die Mündung eines Revolvers, der gekrümmte Finger einer Frau am Abzug, bereit ihn zu erschießen!
Die Frau kniete erschöpft im Gras und hielt Antilopensohn mit zitternder Hand die gespannte Waffe entgegen. Verfilztes Haar umrahmte ein ausgezehrtes Gesicht, aus dem ihn fiebrige schwarze Augen entgegenglänzten. Bewegungslos saß Antilopensohn auf seinem Pony und blickte dem Tod ins Auge. Selbst wenn er den Pfeil abschoss, würde die Kugel ihn noch treffen. Er fürchtete sich nicht, wusste er doch, dass er bald seine Frau und seine Tochter wieder in die Arme schließen würde. Eine Ewigkeit starrten sie sich gegenseitig an, keiner wusste, was er tun sollte. Irgendwie amüsierte Antilopensohn die Situation: Entweder diese Frau schoss oder sie ließ besser die Waffe sinken, ehe er ernsthaft böse wurde! Wahrscheinlich dachte sie, dass er mit seiner Bemalung im Gesicht auf dem Kriegspfad war. Er bemühte sich um ein Lächeln, das in seinem bemalten Gesicht mit der langen Narbe eher eine Grimasse war und ließ den Bogen sinken. Außerdem hatte er gesehen, dass die Frau verletzt war

und kaum noch die Waffe halten konnte. Mit einem Satz sprang er von seinem Pony und trat zu ihr. Ängstlich versuchte die Frau, ihre Waffe zu heben und seiner Bewegung zu folgen, doch Antilopensohn war schneller. Problemlos wand er ihr den Revolver aus der Hand und steckte ihn in seinen Gürtel.

Er hörte Hufschlag und wusste ohne sich umzusehen, dass seine Freunde kamen. „Du-welcher-Stamm?", fragte er die Frau in Zeichensprache. Sie starrte ihn mit schmerzverzerrtem Gesicht an. Ihr Atem ging unregelmäßig, fast stoßweise, und glänzender Schweiß lag trotz der Kälte auf ihrem Gesicht. Zitternd führte sie ihren Finger zu ihrer Nase und machte das Zeichen für „Nez Percé".

„Steh auf!", forderte er und versuchte, sie am Arm hochzuziehen. Schmerz trübte ihre Augen, dann fiel ihr Kopf nach hinten. Kraftlos sackte sie unter ihm weg und er schaute unschlüssig auf die bewusstlose Frau. Erst jetzt sah er das kleine Kind, das sie mit ihrem Körper geschützt hatte. Es lag bewegungslos auf der Erde und kurz dachte er, ob es vielleicht schon tot war.

Lacht-am-Boden stellte sich neben ihn und machte eine fragende Handbewegung. „Wo kommt die Frau her?"

Antilopensohn zuckte nur die Schultern. „Sie ist eine Nez Percé! Wir sollten Späher ausschicken, ob noch mehr in der Nähe sind!"

Sofort ritten einige Männer los, während Lacht-am-Boden sich neben das Kind kniete, um es zu untersuchen. „Was jetzt?", fragte er.

Antilopensohn nagte unentschlossen auf seinen Lippen. „Wir nehmen sie mit. Was ist mit dem Kind?"

„Es hat hohes Fieber!"

„Wir reiten zurück zu unserem Dorf! Gib mir die Frau!"

Geschmeidig sprang Antilopensohn auf sein Pferd, dann reichte ihm Lacht-am-Boden die verletzte Frau. Ein großer Blutfleck breitete sich an ihrer Hüfte aus und für einen Augenblick dachte Antilopensohn an Gras-im-Wind, die blutüberströmt vor ihm gelegen hatte. Sein Herz krampfte sich vor Trauer zusammen. Seit diesem schrecklichen Tag hatte er keine Frau mehr im Arm gehalten und nun fühlte er, wie das Leben aus dem Körper dieser fremden Frau wich. Er blendete seine Gefühle aus, denn er wollte diesen Schmerz nie wieder erleben. Diese Frau hier ging ihn nichts an!

Seine Fersen schlugen in die Seiten des Ponys und lenkten es in das Dorf zurück.

Vor Traumpfeils Zelt ließ er sich mit der Frau im Arm hinuntergleiten. Sofort umringten ihn neugierige Menschen, doch er verschwand

in dem Tipi. Er hatte jetzt keine Zeit für Erklärungen, wenn er nicht wollte, dass die Frau in seinen Armen starb.
Uinohnah zog ihr sofort das blutverschmierte Kleid aus und untersuchte die Verletzung.
„Von welchem Volk ist die Frau?", fragte sie erstaunt.
„Nez Percé! Vielleicht kommen noch mehr! Ich kann mir nicht vorstellen, dass sie ganz allein war, nur mit einem Kind."
„Mit einem Kind?", fragte Uinohnah verblüfft.
Aber da trat bereits Lacht-am-Boden mit dem bewusstlosen Kind ein. Ein kleiner Junge, der vor Fieber glühte und von trockenen Hustenanfällen geschüttelt wurde. Uinohnah wickelte ihn schnell in warme Decken, dann kümmerte sie sich wieder um die Frau. Ihr abgemagerter Körper zeugte ebenso von den Entbehrungen, die sie durchgemacht haben musste, wie ihre blutigen Füße. Hitschikyata schlüpfte in das Zelt und beugte sich über die Frau. „Wo kommt sie her?"
„Antilopensohn sagte, dass sie eine Nez Percé ist."
„Wan, wie kommt sie hierher? Die Nez Percé leben eigentlich weit in den Bergen."
„Sie kniete einfach im Gras! Sonst haben wir niemanden gesehen", erzählte Antilopensohn.
Sorgsam behandelte Hitschikyata die Verletzung, dann beugte er sich über das Kind. „Es geht ihm sehr schlecht! Mache ihm einen Tee gegen das Fieber und halte ihn warm", meinte er besorgt.
Vorsichtig flößte Uinohnah dem Kind ein wenig Tee ein, dann trocknete sie ihm die schweißnasse Haut. Der kleine Kerl war nur noch Haut und Knochen, der geschwollene Bauch zeugte deutlich von seiner Unterernährung. Sorgsam wickelte Uinohnah das kleine Wesen in eine warme Decke und nahm es auf ihren Schoß. Irgendwie hatte sie das Gefühl, dass die Seele dieses Kindes sonst entschweben würde. Leise summte sie eine Melodie und streichelte die erschlafften Finger, die aussahen wie Vogelknochen.

Den ganzen Nachmittag rührte sich keiner der beiden und so saßen am Abend alle um das Lagerfeuer, um sich leise zu unterhalten. Antilopensohn war verstört, zu sehr hatte ihn der Anblick der verletzten Frau aufgewühlt. Manchmal hustete das Kind, dann richtete Uinohnah es etwas auf. Hitschikyata bereitete einen Dampfkessel vor, wie ihn Bärenkralle schon öfter angewendet hatte. Wohlriechender

Kräutergeruch breitete sich im Tipi aus und Uinohnah fächelte dem Kind den Dampf unter die Nase. Nachts nahm sie ihn zu sich unter die Decke, um ihn warm zu halten und flößte ihm immer wieder ihren bitteren Tee ein. Die Mühe lohnte sich, denn am Morgen schlug er zum ersten Mal die Augen auf. Erleichtert lächelte Uinohnah ihm zu, dann stopfte sie ihm etwas Fleisch in den Mund. Das Kind war so ausgehungert, dass es sofort wieder seinen kleinen Mund aufsperrte, wie ein Küken, das auf die Fütterung wartet. Immer wieder steckte Uinohnah ihm einen Brocken in den Mund und gab ihm den Tee zu trinken. Dann bat sie ihre Tochter, auf die beiden zu achten, während sie sich um die Verarbeitung des Fleisches kümmern wollte. Bereitwillig setzte sich Heller-Mond neben die beiden Nez Percé und Uinohnah verließ beruhigt das Tipi. Sofort wurde sie von neugierigen Frauen umringt, die wissen wollten, was es mit der fremden Frau auf sich hatte.

Uinohnah kniete sich über die Büffelhäute. „Ich kann noch nichts sagen", wehrte sie die Frauen ab. „Beiden geht es nicht gut und die Frau ist noch nicht wieder aufgewacht."

„Ist es nicht gefährlich, eine Feindfrau im Zelt zu haben?", fragte Weidenzweig.

„Ich sehe nur eine verletzte Frau und ihr todkrankes Kind", antwortete Uinohnah kurz angebunden. Dann schaute sie zu Wah-bo-sehns, die schweigend neben ihr arbeitete. Auch sie war einst eine Feindfrau gewesen, doch nun war sie das Liebste, das ihr Bruder hatte.

Die erneute Schwangerschaft strengte Wah-bo-sehns an und ächzend streckte Wah-bo-sehns ihren schmerzenden Rücken.

Uinohnah lächelte verständnisvoll. „Komm wir gehen zum Bach! Ich möchte die Kleidung der Nez-Percé-Frau reinigen."

Dankbar richtete Wah-bo-sehns sich auf und folgte Uinohnah zu ihrem Zelt. Dort saß Heller-Mond, den kleinen Jungen auf ihrem Schoß und fütterte ihn wieder mit Fleisch. Zutraulich sperrte er immer wieder seinen Mund auf, während Heller-Mond ihn nebenbei über den dampfenden Kessel hielt. Leise nahm Uinohnah die Gewänder der beiden, dann ging sie mit Wah-bo-sehns zum Bach. Geschäftig knieten die Frauen nebeneinander und wuschen notdürftig das Blut und den Dreck aus den Gewändern.

„Was wird mit der Frau werden?", fragte Wah-bo-sehns.

„Das wird Antilopensohn entscheiden. Er hat sie gefunden."

Schweigend beugte sich Wah-bo-sehns über das Kleid. Warum mussten immer alles die Männer entscheiden? Warum überließ man es

nicht einfach der Frau, was sie tun wollte? Lag dort wieder eine Frau in dem Zelt, getrennt von ihrer Heimat, ihren Lieben, allem, was sie kannte?
„Was denkst du?", forschte Uinohnah, die sich über das Schweigen ihrer Schwägerin wunderte.
„Immer entscheiden die Männer, aber die Frauen sind es, die dann leiden."
„Bist du nicht glücklich hier?" Die Überraschung stand Uinohnah ins Gesicht geschrieben.
„Doch!"
„Aber?"
Wah-bo-sehns lächelte leise, denn ihrer Freundin konnte sie nicht so schnell etwas vormachen. „Ich lebe nun schon lange bei euch und Tschetan-withko ist ein guter Mann."
„Aber?"
„Ich sehne mich so oft nach meiner Mutter! Noch nie hat sie ihre Enkelkinder gesehen. Sie weiß nicht einmal, dass ich noch lebe. Und ich weiß nicht, ob sie noch lebt. Vielleicht geht es dieser Nez-Percé-Frau auch bald so. Weggerissen aus dem Leben, das sie kennt. Genauso wie Stern-im-Auge und ich!" Heiße Tränen liefen über ihre Wangen, als sie an ihr Ungeborenes dachte. Ihre Mutter würde auch dieses Baby nie sehen.
Erschrocken legte Uinohnah ihren Arm um Wah-bo-sehns. „Du darfst nicht weinen, sonst weint doch auch dein Baby!", mahnte sie tröstend. „Wir haben dir doch eine neue Familie gegeben! So verschieden ist unser Leben nicht."
„Nein. Ach, ich bin ganz durcheinander von dem Ungeborenen", entschuldigte sich Wah-bo-sehns.
Nachdenklich gingen sie zu ihren Zelten zurück und Wah-bo-sehns blickte auf ihre Familie. Wieder liefen ihr die Tränen hinunter und Tschetan-withko schaute sie erschrocken an.
„Nitokah-ho?", fragte er besorgt.
Schluchzend setzte sich Wah-bo-sehns auf eine Decke und verbarg ihr Gesicht in den Händen. „Ich musste an meine Mutter denken. Es ist so dumm! Bitte entschuldige!"
Fassungslos starrte Tschetan-withko auf seine Frau. Jetzt nach sieben Wintern weinte sie um ihre Mutter! Das schlechte Gewissen krampfte seinen Magen zusammen, als er daran dachte, wie er sie geraubt hatte, aber er konnte es nicht ungeschehen machen. Außerdem bedauerte er nicht die Tat, sondern nur, dass sie jetzt traurig war.

„Bitte, Tschetan-withko, das Baby in meinem Bauch verwirrt mich. Ich bin nicht böse auf dich!", schluchzte Wah-bo-sehns, aber genau diese Worte machten für Tschetan-withko eigentlich alles noch viel schlimmer. Mit einem Blick schickte er die Kinder hinaus, dann nahm er seine Frau fest in die Arme und Wah-bo-sehns weinte die Tränen, die sie sieben Winter zurückgehalten hatte. Tschetan-withko sagte nichts, denn Worte konnten hier nicht trösten. Irgendwann kuschelte sie sich vertrauensvoll an ihn und seine Hand ruhte auf ihrem Bauch, in dem sein Kind heranwuchs. Unter Tränen lächelte sie ihn an. „Tetschichila, ich liebe dich!" Und an ihren sanften Augen erkannte er, dass sie die Wahrheit sprach. Kein Mann würde je das Herz einer Frau verstehen!

In Traumpfeils Tipi beugte sich Uinohnah über die fiebernde Nez-Percé-Frau. Dem Kind ging es etwas besser, aber die Frau bereitete ihr Sorgen. Aus einer Büffelblase bastelte sie eine Saugvorrichtung, mit der sie der Frau etwas Tee einflößte. Langsam schluckte sie, ohne jedoch aus ihrer Ohnmacht zu erwachen. Vorsichtig rieb ihr Uinohnah mit eingeweichten Süßgrasbüscheln, wie bei einem neugeborenen Baby, den Schweiß von der Haut. Dann kümmerte sie sich um den kleinen Jungen. Er zählte vielleicht drei Winter und ständig stopfte das ausgehungerte Kind mit seiner kleinen Hand Essen in seinen Mund, was ihm den Namen „Kleiner-Vogel" eingehandelt hatte. Es kehrte Ruhe ein, ohne dass die Frau aus ihrer Ohnmacht erwacht wäre.

Am nächsten Morgen stand der kleine Junge verlegen im Zelt, seine Hand zwischen die Beine gepresst. Blitz-im-Winter und Heller-Mond hatten das Zelt für das Morgenbad bereits verlassen, so bat Uinohnah Antilopensohn, mit dem Kind vor das Zelt zu treten.

Zögernd nahm Antilopensohn den Jungen an der Hand und ging mit ihm zum Fluss. Dann stellten sie sich nebeneinander und urinierten. Vorsichtig schrubbte der Krieger das Kind anschließend mit Yuccaseife und Sand ab, ließ aber nicht zu, dass der Junge mit seinem Husten tatsächlich badete. Er selbst tauchte nur kurz unter, dann brachte er ihn zu Uinohnah zurück.

Die Nez-Percé-Frau war wach. Mit ängstlichen Augen starrte sie auf ihr Kind, hatte offensichtlich Angst gehabt, dass man es ihr wegnehmen könnte.

Kleiner-Vogel jauchzte vor Freude und Antilopensohn setzte ihn neben seine Mutter. Sofort versuchte der Junge zu trinken, aber die ausgezehrten Brüste gaben keine Milch mehr. Enttäuscht wandte sich das Kind an Uinohnah, die ihm eine Schüssel mit Essen gab, das er gierig in sich hineinstopfte.
Antilopensohn lächelte freundlich und ohne Bemalung wirkte sein Gesicht nicht wie eine menschenfressende Grimasse. Nur seine Narbe von der Tatze des Grizzlys in seinem Gesicht wirkte immer noch bedrohlich und ließ die Frau ein wenig zurückzucken.
„Wir-Freunde!", bedeutete er in Zeichensprache.
Sie blinzelte ängstlich, dankbar, dass sie überhaupt noch lebte. „Ich-haben-Angst! Du-Farbe-im-Gesicht!"
Antilopensohns Augen blitzten amüsiert. „Keine-Angst! Wir-jagen-Büffel! Wir-jagen-keine-Frauen!"
Ein leichtes Blitzen in ihren Augen verriet ihm, dass sie den Witz verstanden hatte.
Er stellte keine Fragen, weil deutlich war, dass die Frau immer noch erschöpft war.
Stattdessen ging er zu seinem Freund Sohn-des-Windes. Erfreut bot ihm dieser eine Pfeife an, denn nach langer Zeit kam Antilopensohn das erste Mal wieder in sein Zelt. Mit einer Handbewegung wollte der Crow seine Frau und Donnern-am-Fluss hinausschicken, doch Antilopensohn wehrte ab. „Es ist gut! Ich freue mich zu sehen, wie euer Sohn wächst."
Manchmal stellte er sich vor, wie seine Tochter jetzt so durch das Tipi wackeln würde, mit Gras-im-Wind an ihrer Seite und der Gedanke schmerzte. Sohn-des-Windes sah die stille Trauer des Mannes, als der kleine Junge neugierig zu dem Gast krabbelte.
„Hat die fremde Frau schon gesprochen?", versuchte Sohn-des-Windes seinen Freund auf andere Gedanken zu bringen.
„Nein! Sie ist noch zu erschöpft. Ich werde erst später fragen." Auch für Antilopensohn war klar, dass er für die Frau verantwortlich war.
„Vielleicht ist ihre Geschichte für alle wichtig?", überlegte Sohn-des-Windes.
„Vielleicht", winkte Antilopensohn ab.
„Was wirst du mit ihr machen?"
„Nichts."
Überrascht blickte der Crow auf seinen Freund. „Nichts?"
Antilopensohn zuckte nur die Schultern und ging nicht weiter auf die Frage ein.

Sohn-des-Windes provozierte seinen Freund ein wenig: „Vielleicht will die Frau zu ihrem Stamm zurück?"
„Vielleicht."
„Du lässt sie gehen?"
„Ja." Antilopensohn sagte es ohne Betonung, denn die Frau war ihm gleichgültig.
„Ich dachte auch daran, zu meinem Volk zurückzukehren", meinte Sohn-des-Windes nachdenklich. Schon lange dachte er über diese Möglichkeit nach, aber bis jetzt hatte er noch mit niemandem darüber gesprochen. Diese Ankündigung riss Antilopensohn aus seiner Lethargie. „Hohch, du willst zu den Crow zurück?"
Auch Morgenröte saß schreckensstarr in ihrer Ecke und wagte nicht zu atmen. Ihr Mann wollte von den Lakota weg! Zu den Crow! Was sollte dann aus ihr und ihrem Sohn werden?
„Ich dachte daran, im nächsten Sommer zu ihnen zu reiten. Ich möchte meinen Eltern meinen Sohn zeigen."
„Wirst du dann dort bleiben?"
„Ich weiß noch nicht! Ich werde sehen, was Morgenröte dazu sagt." Sohn -des-Windes übersah dabei die entsetzte Reaktion seiner Frau. Antilopensohn dachte an seinen Ritt mit Miles. „Mit dem Pferd ist es nicht so weit, vielleicht begleite ich dich?"
„Du würdest mit zu deinen Feinden reiten? Hast du keine Angst deinen Skalp zu verlieren?"
„Nein!" Antilopensohn hatte tatsächlich keine Angst, denn der Tod würde ihn nur mit Gras-im-Wind zusammenführen. „Außerdem wirst du mich ja beschützen!", scherzte er locker.
„Wan, vielleicht werde auch ich getötet, wenn ich in Begleitung eines Lakota reite", entgegnete Sohn-des-Windes. Dann meinte er lächelnd: „Nein, wenn du mich begleitest, werde ich mich sehr freuen! Es ist gefährlich, allein mit Frau und Kind eine so weite Reise zu machen."
„Hetschetu! Das wird ein Spaß!", freute sich Antilopensohn.
„Spaß?", wunderte sich Sohn-des-Windes.

Die beiden Krieger rauchten eine Weile, dann fragte Sohn-des-Windes unvermittelt: „Traumpfeil reitet in den nächsten Tagen zu diesen Verhandlungen. Begleitest du ihn?"
„Nein!", lehnte Antilopensohn ab. „Ich jage die Büffel und wache über die Frauen. Es ist wichtig, dass wir die Vorräte für den Winter anlegen, damit wir nicht hungern. Außerdem kehre ich sowieso

nicht in unsere Heimat zurück. Ich habe das Elend dort gesehen. Nein, ich bleibe und schütze das Dorf!"
Er hatte klug gesprochen. Tatsächlich war es nicht möglich, das ganze Dorf zu verlegen, weil die Frauen noch einige Tage brauchten, um die Beute zu zerlegen und zu verarbeiten. Also würde Traumpfeil nur mit einer kleinen Gruppe zu den Verhandlungen reiten und die übrigen Krieger zum Schutz des Dorfes zurücklassen.

Antilopensohn kehrte in sein Tipi zurück und sah überrascht, dass die Nez-Percé-Frau an einer Rückenstütze lehnte. „Du-wieder-gut?", fragten seine Hände.
„Ja!", kam eine schüchterne Handbewegung.
Abwartend setzten sich alle um das Feuer, aber sie überließen es Antilopensohn, mit der Frau zu reden, obwohl Blitz-im-Winter vor Neugier fast platzte. Traumpfeil mahnte ihn mit einem stillen Blick, seine Ungeduld zu zügeln.
„Du-allein-mit-Kind! Warum?", fragte Antilopensohn schließlich.
Die Augen der verletzten Frau trübten sich vor Trauer und ihre zitternden Hände erzählten eine grauenhafte Geschichte:
Die Nez Percé waren im Frühjahr aus ihren Jagdgründen in den Rocky Mountains aufgebrochen, immer wieder von den Soldaten verfolgt. Mehrmals hatten sie kämpfen müssen und viele Menschen ihres Volkes waren getötet worden. Mit großen Gewehren, wie sie das Zeichen für Kanonen machte, hatten die Soldaten auf sie geschossen. Ihr Mann war bereits bei den ersten Gefechten gefallen, aber sie hatte sich mit dem Kind immer weitergeschleppt. Schließlich waren sie kurz vor der kanadischen Grenze eingekesselt worden und sie hatte versucht, sich in der Nacht an den Soldaten vorbeizuschleichen. Sie war von einer Kugel getroffen worden, trotzdem war sie immer weitergelaufen, bis Antilopensohn sie gefunden hatte.
„Andere-Nez-Percé-fliehen-über-Medizinlinie?", fragte Antilopensohn.
„Ich-weiß-nicht! Vielleicht-wenige!" Dann dachte die Frau an die unzähligen Menschen, die im Gewehrfeuer gestorben waren und die Tragweite des Entsetzlichen wurde ihr bewusst. Vielleicht waren sie und ihr Sohn die letzten ihres Volkes. Selbst, wenn die wenigen, die noch lebten, sich am nächsten Morgen den Soldaten ergeben hatten, so war ihr Volk doch vernichtet. Tränen der Trauer liefen über ihr Gesicht und sie zog die Decke über ihren Kopf, damit niemand ihre Verzweiflung sah.

Betroffen verließen die Männer das Zelt, um der Frau Zeit zu geben, sich zu sammeln.
Kleiner-Vogel klammerte sich verstört an Antilopensohn, der das Kind auf seinen Arm nahm. „Es ist so, wie es immer war!", bemerkte er verächtlich. „Sie schießen auf Frauen und Kinder! Ich gehe nicht dorthin zurück, denn wenn ich mein Gewehr abgebe, dann kann ich nicht mehr kämpfen. Dann sind unsere Frauen und Kinder ihnen wehrlos ausgeliefert."
Traumpfeil nickte wortlos. Die Lakota hatten Glück gehabt, dass sie den Blauröcken entkommen konnten, die Nez Percé nicht. Er würde hören, was die Langmesser zu sagen hatten und ihnen die passende Antwort geben!
Gemeinsam gingen sie in das Versammlungszelt, um den anderen von den Grausamkeiten der Soldaten zu erzählen. Außerdem wollten sie der trauernden Frau mehr Zeit lassen, sich zu beruhigen.

Uinohnah zog die Decke von der weinenden Frau und streichelte sanft ihre Haare. Auch die Lakota hatten viel durchgemacht: In vielen Tipis wurde immer noch getrauert, aber sie hatten noch ihr Dorf, ihren Zusammenhalt. Diese Frau hatte außer ihren Sohn nichts mehr. Uinohnah dachte an Wah-bo-sehns, Stern-im-Auge und Kleine-rote-Blume. Auch sie hatten sich hier eingelebt! Eines Tages würde diese Frau ihren Schmerz besser ertragen können.
„Du-leben!", erklärte sie in Zeichensprache. „Dein-Sohn-leben! Also-leben-dein-Volk!"
Völlig erschöpft lehnte sich die Frau zurück und Uinohnah entfernte die Rückenstütze.
„Wie-dein-Name", fragte sie.
„Klares-Wasser-das-in-den-Bergen-fließt."
Uinohnah lehrte sie den Namen in der Sprache der Lakota, kürzte es jedoch zu Klares-Wasser ab, um die Frau nicht zu verwirren. Dann fragte sie nach dem Namen des Kindes.
„Vogel-im-Baum!"
Uinohnah lachte leise, denn sie wollte nicht respektlos erscheinen. „Wir-nennen-ihn-Kleiner-Vogel!"
„Warum?", stahl sich ein kleines Lächeln in das Gesicht der trauernden Frau.
„Machen-Mund-auf-wie-kleiner-Vogel!", erklärte Uinohnah.

Wieder schossen der Frau die Tränen in die Augen. „Viele-Tage-wir-fliehen! Kein-Essen, keine-Milch! Kleiner-Vogel-bald-nicht-mehr-weitergehen!"
Der kleine Junge hätte keinen Tag mehr überlebt, wenn Antilopensohn die beiden nicht gefunden hätte! Doch Uinohnah behielt diesen Gedanken für sich.

Ein Trupp Mounties kam in ihr Dorf, unter ihnen Sergeant Wilde und Robert Schultz, der keine Gelegenheit ausließ, um nach Rabenfrau zu sehen.
Ihre Mienen verrieten nichts Gutes und Traumpfeil bat sie beunruhigt in das Versammlungszelt. Schnell füllte sich das Zelt und die Seitenwände wurden hochgeklappt, damit auch die Umstehenden alles hören konnten. Neben Traumpfeil saßen Hitschikyata, Graua-dler, Grauer-Wolf und Tschetan-withko, die schweigend auf die nervösen Mounties blickten.
Die Pfeife wurde herumgereicht und schließlich bat Sergeant Wilde, dass Hitschikyata für ihn übersetzte.
„Wir sind auf dem Weg nach Fort Walsh, um an den Verhandlungen teilzunehmen", begann der Mountie.
„Auch wir werden einige Männer schicken", versicherte Traumpfeil. „Aber ehe ihr geht, muss ich euch etwas sagen."
Der Mountie schwitzte plötzlich. Nervös kratzte er sich an seinem Bart. Er dachte an den Spruch, dass derjenige, der schlechte Nachrichten brachte, immer als erster daran glauben musste. Er war sich keineswegs sicher, wie diese Indianer reagieren würden. Flehend blickte er auf Robert Schultz, dessen Idee es eigentlich gewesen war, hierher zu reiten, ganz entgegen der Anweisung.
Mutig ergriff Robert das Wort: „Wir sind hier, weil wir denken, dass ihr etwas wissen müsst, obwohl unsere Häuptlinge es nicht gutheißen, wenn wir euch die Wahrheit sagen!"
Traumpfeil erkannte, dass diese Männer hier waren, weil sie ihre Freunde waren, doch ihn erschreckte, dass sie solange zögerten. „Die Nachricht wird nicht besser, indem ihr länger wartet!", forderte er sie freundlich auf.
„Wir haben es eben erst erfahren ..." Der Mountie biss sich nervös auf die Lippen, suchte verzweifelt nach den richtigen Worten. Aber nichts würde die Nachricht abschwächen, so sagte er einfach die schreckliche Wahrheit: „Crazy Horse ist tot!"
Jetzt war es heraus und Robert Schultz schnaufte durch.

Völlig geschockt saßen die Indianer nur da. Crazy Horse, ihr großer Anführer und Freund! Tot! Tschetan-withko schwammen die Augen, als er mühsam versuchte, die Fassung zu bewahren. Wie oft hatten sie gemeinsam gekämpft! „Wie?", flüsterte er.
Robert schwitzte leicht vor Nervosität. „Wir wissen auch noch nicht alles! Anscheinend weigerte er sich, als Scout für die Weißen zu arbeiten. Er schien sehr aufgebracht zu sein und offensichtlich glaubten die amerikanischen Soldaten, dass er auf den Kriegspfad gehen könnte. Er widersetzte sich seiner Verhaftung und wurde mit dem Bajonett erstochen."
Traumpfeil atmete hörbar ein. Das war also der Frieden der Milahanska! Niemals, niemals würde er dorthin zurückkehren!
Alle schauten auf ihren Häuptling, der schweigend sein Messer nahm und sich vor den Augen der Mounties durch das Leder seiner Leggins in die Oberschenkel schnitt. Dann gab er das Messer an Tschetan-withko weiter. Mit leerem Blick machte dieser die rituelle Handlung nach. Blut floss über die bestickten Beinkleider. Kein Laut erklang, als alle Indianer still ihrer Trauer Ausdruck verliehen, für einen Krieger, der ihren höchsten Respekt verdient hatte.
Fassungslos sahen die Mounties diesem Ritual zu und erkannten, wie schmerzhaft diese Nachricht für die Indianer war. Alle trauerten, als wäre ihr nächster Familienangehöriger gestorben.

Traumpfeil blickte mit ruhigen Augen auf die Mounties. „Und ihr wollt, dass wir an den Verhandlungen teilnehmen? Dass wir dorthin zurückkehren? Wo unsere Häuptlinge ermordet werden! Wo uns unsere Kinder weggenommen werden! Wo unsere Frauen geschändet werden! Ich sage: niemals!"
Robert Schultz senkte den Kopf. „Niemand wird euch zwingen! Aber warum sagst du das den Blauröcken nicht selbst?"
„Du hast recht! Mein Zorn trifft die Falschen! Ich werde dorthin reiten und ihnen sagen, was ich von ihnen halte. Komm in mein Zelt! Ich habe dort eine Frau vom Stamm der Nez Percé. Sie wird dir erzählen, was mit ihrem Volk geschehen ist. Und dann urteile selbst!"
„Wir wissen davon. Es sind noch mehr Überlebende über die Grenze gekommen. Sie sind in dem Dorf von Sitting Bull! Wir wussten nicht, dass auch bei euch einige Nez Percé Zuflucht gesucht haben."
„Nur eine schwer verletzte Frau und ihr Kind. Aber wenn ihr wisst, was passiert ist, wie kann die weiße Großmutter verlangen, dass wir zurückkehren?"

Sergeant Wilde seufzte, denn diese Politik verstand auch er nicht. „Die weiße Großmutter sagt, dass sie alle ihre roten Kinder schützt, aber ihr seid nicht von hier. Ihr kommt aus dem Land der Black Hills. Jetzt seid ihr in das Land der Cree und Assiniboin eingefallen und die Regierung befürchtet, dass es Unruhen geben könnte."

„Wir sind nicht eingefallen! Wir sind hierher geflohen! Wir haben unser Wort gegeben, dass wir nicht gegen sie kämpfen."

„Das ist richtig! Trotzdem versucht Sitting Bull, die Stämme gegen die Weißen zu vereinen!"

„Wir sind nicht Sitting Bull!"

„Nein, aber ihr seid Sioux!"

Traumpfeil lächelte traurig. „Wir werden eher sterben, als zurückgehen. Nur hier haben unsere Kinder eine Zukunft."

Entsetztes Schweigen herrschte bei diesen Worten, denn vielen war noch nicht klar gewesen, dass Traumpfeil beabsichtigte, in Kanada zu bleiben. Wahrscheinlich ihm selbst auch nicht, doch die letzten Ereignisse hatten ihn überzeugt. Sergeant Wilde hob beschwörend die Hände. „Niemand wird euch zwingen zu gehen, aber es wird hart für euch werden."

„Wir sind Lakota! Wir sind Krieger! Wir werden lernen, hier zu überleben."

Sergeant Wilde schluckte. „Kämpft darum! Lasst euch nicht überreden!" Er hatte gesehen, wie diese Gruppe über die Grenze kam und er fühlte sich mit diesen Menschen verbunden. Sie wollten nur irgendwo in Frieden leben.

Über Nacht blieben die Mounties bei den Lakota im Dorf, dann brachen sie in Begleitung von Traumpfeil, Grauadler und Tschoka-sapa auf. Ohne großen Kriegsschmuck, nur mit einfacher Kleidung ritten sie neben den Rotröcken her. Diese Nachlässigkeit war als ganz klare Beleidigung gegenüber der Delegation der Amerikaner gedacht. Traumpfeil ritt überhaupt nur nach Fort Walsh, weil er Superintendent Walsh sein Wort gegeben hatte.

Traumpfeil wäre auch lieber zur Jagd gegangen, anstatt den Mounties ins Fort Walsh zu folgen. Unterwegs trafen sie auf die Abordnung von Sitting Bull, der über den Tod von Crazy Horse genauso ernüchtert war. Er hatte eine Frau in seiner Begleitung, eine absolute Respektlosigkeit gegenüber der amerikanischen Delegation, denn

normalerweise nahmen keine Frauen an Verhandlungen teil. In schlechter Stimmung erreichten sie das Fort und errichteten erst einmal ein einfaches Lager. Sie rauchten ihre Pfeifen, aßen und plauderten, als hätten sie alle Zeit der Welt.
Die Indianer ließen die Weißen mit Absicht lange warten, dann betraten sie den Verhandlungsraum, ohne die Amerikaner auch nur zu beachten. Freundlich grüßten sie die Mounties, vor allem Superintendent Walsh.
Es wurde sehr schwer, überhaupt mit den Verhandlungen zu beginnen, weil die Indianer entgegen ihrer sonstigen Zurückhaltung Witze machten und leise mit den Mounties flüsterten. Schließlich mahnte Walsh zur Ordnung, und nur, um ihn nicht zu verärgern, hörten die Indianer zu.
Die Amerikaner hätten niemand Ungeeigneteren zu den Verhandlungen schicken können: General Terry, der den Sommerfeldzug vor einem Jahr geleitet hatte, war ein verhasster Gegner. Ausgerechnet ihn zu schicken, war für die Lakota eine Beleidigung. Obwohl er beteuerte, dass er jedem Sioux Straffreiheit zusicherte, wenn dieser zurückkehrte, glaubten ihm die Indianer kein Wort.
Leider kam auch von Seiten der kanadischen Regierung klar zum Ausdruck, dass sie die Sioux hier nicht wollten und sie keinesfalls unterstützen würden.
Sitting Bull richtete sich auf und meinte trotzig: „Ich bleibe hier! Ich gehe nicht zu den Blauröcken! Wenn die Regierung der weißen Großmutter mich nicht unterstützt, werde ich für mich selbst sorgen. Ich werde den Büffel jagen, solange es ihn gibt und wenn es kein Wild mehr gibt, dann schicke ich meine Kinder zum Mäusefangen!"
Traumpfeils Augen blitzten vor Wut, als er aufstand und General Terry in die Augen blickte. Er deutete anklagend auf Tschoka-sapa. „Sage du seiner kleinen Tochter, warum sie jetzt keine Mutter mehr hat! Erkläre du unseren Söhnen, warum ihre Väter starben! Komm mit in mein Zelt und tröste die Nez-Percé-Frau, deren Volk du getötet hast! Nein! Wir kehren nicht zurück, denn wir haben gesehen, was dann geschieht. Auch Crazy Horse hat euch vertraut. Und nun ist er tot! Wirst du mich und Sitting Bull auch so schlecht beschützen? In deinen Worten ist nur Lüge!"
Blass geworden saß General Terry vor ihm, als er erkannte, dass er zu einem denkbar ungünstigen Zeitpunkt geschickt worden war. Hier standen bis aufs Blut gereizte Sioux, die nur durch die Anwesenheit der Mounties gebremst wurden. Ohne den General eines weiteren

Blickes zu würdigen, verließen die Indianer den Versammlungsraum. Unverrichteter Dinge kehrte die Kommission in die Vereinigten Staaten zurück, während die Indianer noch blieben, um einem Konzert der Polizeikapelle zuzuhören.
Die Indianer hatten so etwas noch nie gehört und waren beeindruckt von den verschiedenen Musikinstrumenten und dem Gesang der Mounties. Ihre Stimmung besserte sich und sie gaben sich der Sicherheit hin, dass die kanadische Regierung sie nicht mit Gewalt zurückschicken würde. „Wir sind viele!", dachten sie.
Dann ritt Traumpfeil in Begleitung einiger Mounties zurück zu seinem Dorf, während die anderen Mounties zu ihrem Posten bei den Wood Mountains wollten. Der Posten war inzwischen wegen der „Siouxkrise" weiter ausgebaut worden und auch Walsh hielt sich dort meistens auf, um ein wachsames Auge auf die Sioux zu haben.
Die Gruppe von Traumpfeil blieb noch einige Zeit auf der Prärie, ehe sie langsam in Richtung Moose Jaw zogen, um in den hügeligen Cactus-Hills den Winter zu verbringen.

Che-ni-win freute sich, weil sie dann ihren weißen Vater öfter sehen konnte. In der Nähe der Wood Mountains lagerten sie einige Tage, um die Heirat zwischen Robert Schultz und Rabenfrau zu feiern. Es war ganz unspektakulär: Robert brachte als „Geschenke" einen Sack Mehl, Zucker, Kaffee, Munition und mehrere blaue Decken, dann führte Sohn-des-Windes Rabenfrau mit ihrer Tochter zu ihrem neuen Mann.
Dümmlich grinsend stand Robert einfach da, herausgeputzt in seiner Paradeuniform mit einem runden Hut auf dem Kopf. Sein Herz klopfte, als Rabenfrau in einem neuen Kleid auf ihn zukam, das kleine Mädchen an der Hand. Seine Brille schlug an, als er vor Nervosität schwitzte und hastig wischte er sie sauber. Er wollte keine Sekunde dieses Ereignisses verpassen. Für diese Zeremonie hatten die Lakota ihm ein kleines Zelt aufgebaut, in das der Bräutigam mit der Braut und dem kleinen Mädchen verschwanden. Ein Festessen wurde veranstaltet und abends tanzten alle um ein großes Feuer. Es wurde respektlos gekichert und anzügliche Bemerkungen gemacht, aber eigentlich freuten sich alle, dass Rabenfrau jetzt glücklich war.
Im Zelt saßen sich Rabenfrau und „Chobäh" gegenüber und schmunzelten über das verhaltene Gelächter, das von draußen zu

hören war. Ohne Umstände zog Rabenfrau ihr Kleid aus und öffnete geschickt die Jacke ihres Bräutigams. Sie war neugierig, wie ihr weißer Mann ohne Kleidung aussah. Völlig überrumpelt wich Robert ein Stück zurück, aber Rabenfrau setzte sich einfach auf seinen Schoß und knöpfte sein Hemd auf. Kichernd streichelte sie über seine weiße Haut. „Wie der Bauch einer Eidechse!", flüsterte sie leise, aber Robert hielt es für eine Liebeserklärung, weil er ihre Sprache noch nicht verstand. Mann! Er würde den anderen Mounties auch empfehlen, eine Indianerin zu heiraten!
Die beiden hatten nur wenig Zeit füreinander, weil Robert auf seinen Posten zurückmusste. Er ließ Rabenfrau bei ihrem Stamm zurück, denn im Fort war kein Platz für eine Frau. Zumindest im Moment nicht. Da war es besser, dass sie bei ihren Freundinnen blieb und nicht die langen Wintermonate allein in einem Zelt saß. Doch er hatte nicht die Absicht, sie lange bei ihrem Stamm zu lassen. „Ich-kommen-bald-wieder!", versprach er ihr zum Abschied. Fürsorglich legte er seine Hand auf ihre tränenüberströmte Wange.

In seiner Abwesenheit lebte Rabenfrau weiterhin in dem Zelt von Sohn-des-Windes, nur wenn Robert kam, wurde das kleine Zelt für die neue Familie aufgebaut. Regelmäßig schaute er bei ihr vorbei, brachte von seinem Sold Lebensmittel und andere Waren mit und Rabenfrau begrüßte ihn jedes Mal, als ob er von einem Kriegszug heimkehrte.

Witschoni

Leben (Winter 1877 bis Sommer 78)

Die Lakota zogen den Old-Wife-See nach Norden entlang und fanden schließlich einen geeigneten Platz zum Überwintern. Etwa eine Stunde nördlich von der Ranch von Miles O'Brian bauten sie ihre Zelte auf. Miles war begeistert, dass seine Tochter in der Nähe lagerte und Rose freute sich auf die Gesellschaft. Jetzt hatte Bonny einige Kinder zum Spielen! Das war schön.

Noch jemand anderer freute sich, denn Tatokala gewöhnte sich nur langsam an seine Rolle als „Cowboy".

Ihm fehlte die Gesellschaft der anderen, obwohl Miles oft mit ihm zum Jagen ging. Vielleicht fehlte ihm ja auch nur die Anwesenheit einer gewissen Frau? Sehnsüchtig blickte er den Indianern nach, die an dem Haus vorbeizogen.

Miles weckte ihn unsanft aus seinen Träumen: „Hey! Jetzt sind sie doch den ganzen Winter in unserer Nähe! Da wird dir bestimmt nicht langweilig."

Mit einem „Red River Karren", wie das zweirädrige Gefährt genannt wurde, das Miles sich inzwischen gekauft hatte, kamen Miles und Rose bereits am nächsten Tag in das Lager der Lakota. Dublin hing in seiner indianischen Wiege auf Roses Rücken und Bonny saß bei Miles auf dem Pferd. Neugierig umringten die Lakota das neuartige Gefährt, das ähnlich einem Travois an das Pferd gespannt wurde. Sie fanden es sehr praktisch und schauten, was Rose geladen hatte. Aber Miles begrüßte erst einmal seine Tochter und bestaunte seine Enkelkinder. Maya sah genauso aus wie Bonny, doch bei Pehin-scha zeichnete sich deutlich ein rötlicher Schimmer in den Haaren ab. Miles war sichtlich stolz darauf. „Wenigstens bei einem Kind schlägt der Ire durch!", brummte er gutmütig.

„Du kannst ja noch ein bisschen üben!", meinte Che-ni-win frech.

„Ha!", polterte Miles. „Ich habe ja dich!"

Dann luden sie den Wagen ab. Miles hatte hauptsächlich Vorräte mitgebracht und Rose zeigte Che-ni-win, wie sie Fladenbrot backen konnte. Mhh! Elchkalb verdrehte die Augen vor Glück. Manchmal verwirrte ihn seine weiße Frau, aber manchmal hatte sie doch besondere Vorzüge. Einer davon hieß auf jeden Fall „Süßes Fladenbrot"!

Rose zeigte Che-ni-win den warmen Overall, den sie im letzten Winter für Bonny genäht hatte und nun für Dublin verwenden wollte.

„Die Winter hier sind sehr kalt! Es ist besser, wenn du die Kinder in warme Kleidung steckst und nicht nur in eine Decke wickelst", meinte sie fürsorglich.
Es war eine ausgesprochen gute Idee! Die Babys versuchten nämlich bereits zu rollen und spielten mit den Talismanen, die ihnen zum Schutz um den Hals hingen.
In so einen Overall konnte Che-ni-win die Zwillinge sicherlich besser warm halten. Sie zeigte auch Wah-bo-sehns den Schnitt, die sich sofort daran machte, auch so einen Anzug für ihr Ungeborenes zu nähen. Außerdem fertigten die Frauen aus einfachen Bisonroben warme Mäntel für die Männer und Kinder. Damit die Männer bei der Jagd nicht behindert wurden, ließen sie die Ärmel weg. Trotzdem waren diese Jacken, mit der Fellseite nach innen gedreht, wunderbar warm.

Stern-im-Auge hielt sehnsüchtig nach Tatokala Ausschau, doch der war auf der Ranch zurückgeblieben, um die Tiere zu versorgen, solange Miles ausblieb. Sie wagte nicht, nach ihm zu fragen, aber die Ungewissheit war unerträglich für sie. Unter einem Vorwand verließ sie das Lager und ritt zu der kleinen Ranch. Mehrmals drehte sie sich ängstlich um, besorgt, ob ihr jemand folgte. Ihr Sohn machte sich oft einen Spaß daraus, sich anzuschleichen, doch er war anscheinend mit Tschetan-withko und Wolfssohn auf der Jagd. Ihr Herz klopfte ihr bis zum Hals, als sie sich der Ranch näherte.
Tatokala lehnte lässig an einem Zaun, seine leicht asiatischen Züge verzogen sich zu einem staunenden Grinsen, als er die Frau sah. Er trug inzwischen Jeans und ein rot gemustertes Baumwollhemd, Kleidung, die Miles ihm gekauft hatte. Nur seine Füße steckten noch in indianischen Mokassins und er trug eine warme Weste, die mit einem Blumenmuster nach Art der Shoshone verziert war. Höflich nahm er den Cowboyhut herunter, an dem eine lange Adlerfeder steckte, Zeichen seines Sieges bei Little-Bighorn.
Die Hände von Stern-im-Auge wurden feucht vor Nervosität. Sie hatte sich so lange nach ihm gesehnt! Eine unbeschreibliche Angst stieg in ihr auf, dass er sie jetzt nicht mehr wollte. Sie war kein junges Mädchen mehr, hatte einen Sohn und gehörte einem anderen Mann. Vielleicht war ihm der ganze Aufwand zu viel?
Spitzbübisch schaute er zu ihr hoch und streckte ihr die Hände entgegen. „Ich hoffe, dich hat keiner gesehen?"

„Nein, nein!", versicherte sie hastig.
„Dann ist ja gut!", meinte er und trug sie in das Haus.
Seine Hände fassten unter ihr Kleid, doch sie wehrte ihn ab. „Nein! Nicht so!", bat sie leise.
„Ich habe mich nach dir gesehnt!", flüsterte er weich, sein ganzer Körper schien sich an sie zu drücken.
„Wir müssen mit Tschetan-withko reden!", forderte ihre Vernunft.
„Ich will dich!" Er musterte sie mit den Augen eines kleinen Jungen, der vor einem Weihnachtsbaum steht.
Es reizte sie, ihn ein wenig zu necken. „Du hast mich doch schon!"
„Nein! Immer! Tag und Nacht!", widersprach er ihr. Es war ihm bitterer Ernst. Er wollte diese Frau, denn sie bedeutete Sicherheit für ihn. In ihren Armen fühlte er sich geborgen und er wusste endlich, wohin er gehörte. Diese Heimlichkeiten mussten aufhören, oder er würde krank vor Sehnsucht werden.
Wieder nagte das schlechte Gewissen an ihr. „Ich weiß nicht, wie ich mit Tschetan-withko reden soll."
„Indem du ihm ehrlich sagst, was du fühlst", schlug Tatokala vor, denn so war es die Art der Lakota.
„Er hat meine Trauerzeit noch nicht beendet", erklärte sie traurig.
Sie bleiben nur kurz zusammen, denn die Abwesenheit von Stern-im-Auge würde sonst bemerkt werden. Aufgewühlt galoppierte Stern-im-Auge zurück in ihr Lager. „Tatokala", sang ihr Herz. Tatokala! Doch sie wusste, dass sie vorsichtig sein musste, denn ihr Verhalten war respektlos und beleidigte den Mann, der für sie sorgte. Sie schmiedete Pläne, wie sie am besten mit Tschetan-withko reden konnte, aber ihr fiel nichts ein, denn für ihre Situation gab es keine Lösung. Sie war Witwe und gehörte nun Tschetan-withko.
Sie schlich um ihn herum, wie der Fuchs um seine Beute, doch jedes Mal, wenn sie sich ihm nähern wollte, schenkte er ihr keine Beachtung. Es war klar, dass er ihre Annäherung nicht wünschte. Wenn er sie sah, änderte er einfach die Richtung oder schwang sich auf sein Pony, sodass ein Hinterherrufen unhöflich gewesen wäre.

Der erste Schnee fiel bereits und das weite Grasland verwandelte sich von einem schmutzigen Braungrün in weißes Papier. In der eintönigen Landschaft, nur unterbrochen von dem spärlichen Baumbewuchs, sahen die Zelte der Indianer aus wie gemalt. In wenigen

Jahren würden die neu ankommenden Siedler die wenigen Bäume abgeholzt haben.
Robert Schultz besuchte regelmäßig seine Frau, dieses Mal in Begleitung von Doktor Nevitt, der nach den Zwillingen sehen wollte. Er staunte nicht schlecht, als er die lebhaften Krabbelkinder erblickte, die sich auf dem Schoß ihrer Mutter versteckten.
„Na, alles gut?", fragte er lässig.
„Ja, ich habe angefangen, sie mit unserem Essen zu füttern, weil meine Milch nicht genügt, um sie satt zu bekommen", antwortete Che-ni-win.
„Das glaube ich gerne. Ist mit Ihrer Brust alles in Ordnung?", stellte Nevitt eine seiner wenig einfühlsamen Fragen.
Che-ni-wins Ohren bekamen eine auffällige Rotfärbung, als sie verlegen auf den Boden blickte und Elchkalb wurde sofort misstrauisch. Er würde endlich diese Sprache lernen, damit die Heiligen roten Geister keine Geheimnisse mehr vor ihm hatten! „Tokah-ho?", fragte er forschend.
Sie winkte einfach nur ab, was ihn noch ärgerlicher machte. „Tokahho?", forderte er eine Antwort.
„Er hat nur gefragt, wie es mir geht", beeilte sie sich zu antworten.
„Warum bist du dann so verlegen?"
Che-ni-win kicherte belustigt. „Na gut! Tatsächlich hat er gefragt, wie es meinen Brüsten geht."
Schockiert schaute Elchkalb auf den weißen Arzt. „Soll ich ihm das Herz herausreißen?"
„Nein, nein! Es ist doch vernünftig, dass er danach fragt. Es ist sehr anstrengend für mich, zwei Kinder zu stillen."
„Weiße Medizinmänner sind sehr ungewöhnlich", meinte Elchkalb wenig beruhigt.
„Mihigna! Dieser weiße Mann sieht mich nicht als Frau. Deshalb stellt er auch so ungewöhnliche Fragen."
„Ist er ein Winkte?", fragte Elchkalb verblüfft. Es klang nicht abwertend, eher nach völligem Unverständnis.
„Nein! Aber weiße Medizinmänner müssen einen Schwur leisten, dass sie alle Menschen gleich behandeln und die Situation einer Frau nicht ausnutzen", erklärte Che-ni-win etwas vereinfacht.
Aber das leuchtete Elchkalb ein, ein Schwur war etwas Greifbares, etwas Nachvollziehbares, das auch er kannte. Plötzlich bewunderte er den Arzt für seine Standhaftigkeit! Eine Frau zu sehen, aber ihre Weiblichkeit nicht sehen zu dürfen. Das verlangte Selbstbeherr-

schung! „Nun, dann antworte ihm!“, verlangte er von seiner Frau. „Männer“, empörte sich Che-ni-win im Stillen.

Die Mounties blieben nur kurz und schweren Herzens trennte sich Robert Schultz wieder von seiner Frau. Rabenfrau und Blauer-Donner begleiteten ihn ein Stück, doch dann zwang sie der kalte Wind zur Umkehr. Unterwegs begegnete ihnen Stern-im-Auge, die von einem heimlichen Treffen mit Tatokala zurückkehrte. Ihr wurde gleichzeitig heiß und kalt, als sie die Gefährlichkeit ihres Handelns erkannte. Wenn Rabenfrau etwas bemerkt hatte, oder Blauer-Donner? Wenn es sich im Dorf herumsprach, dass sie alleine unterwegs war? Schnell würden alle ahnen, wohin sie geritten war und sie vielleicht mit Tatokala in Verbindung bringen! Sie musste dem Gerede zuvorkommen und endlich mit Tschetan-withko reden. Bald würde Wah-bo-sehns ihr Baby bekommen und ihr wurde schlecht bei dem Gedanken, was er vielleicht von ihr forderte. Sie wollte nicht seine Frau sein! Ihr Herz sehnte sich nach Tatokala.

Schließlich war es Tschetan-withko, der eines Abends in ihr Zelt kroch. Tschaske war nicht da, weil er bei Wolfssohn übernachtete und ihr Magen verkrampfte sich.
Jetzt! Jetzt würde er sie zur Frau nehmen! Vor Entsetzen konnte sie keinen klaren Gedanken fassen, unablässig spielten ihre Finger mit den Fransen ihres Kleides. Sie wollte ihn nicht!
Tschetan-withko saß ihr gegenüber und musterte sie mit seinen schwarzen Augen. Seine Augen waren hart und ihr wurde klar, dass er genau wusste, was sie getan hatte. Er war hierher gekommen, um von ihr die Wahrheit zu erfahren. Abwartend kniete sie mit gesenkten Augen vor ihm und wartete auf seine Worte.
Tschetan-withko räusperte sich, offensichtlich fiel es ihm schwer, die richtigen Worte zu finden. „Ich bin durch mein Wort gebunden“, begann er umständlich. „Du lebst in meinem Zelt, aber du bist nicht meine Frau!“
„Wir waren beide in Trauer um Fisch“, hörte sie weiter die ruhige Stimme des Mannes. „Jetzt ist die Zeit der Trauer beendet. Fisch lebt in unseren Gedanken weiter.“
Wie gelähmt saß sie einfach nur vor ihm, keine Reaktion war zu sehen.

„Stern-im-Auge!", mahnte er eindringlich. „Ich bin Späher und du kannst deine Taten nicht vor mir verbergen. Tschaske ist nun mein Sohn! Sage mir, was ich nun tun soll?"
Stern-im-Auge wagte es nicht, den Kopf zu heben. Die Verlegenheit stand ihr ins Gesicht geschrieben. Sie hatte Tschetan-withko nicht betrügen oder beschämen wollen, aber durch ihr Verhalten hatte sie genau das getan. Er hatte jedes Recht, sie nun schwer zu bestrafen. Er konnte sogar das Leben von Tatokala fordern.
Sie knetete ihre Finger und schwieg. Dieser Mann hatte sie einmal, vor langer Zeit, gerettet. Konnte sie ein weiteres Mal auf sein Mitleid zählen?
„Was sagst du?", forderte er mit harter Stimme.
Stern-im-Auge fühlte den Trotz in sich hochsteigen. Tränen schimmerten in ihren Augen, als sie Tschetan-withko antwortete: „Fisch hatte mich geraubt! Ich schenkte ihm einen Sohn und war ihm eine gute Ehefrau. Nun ist er tot und ich empfinde wieder Liebe für einen Mann."
Tschetan-withkos Stirn legte sich in zornige Falten. „So?", fragte er gefährlich leise.
„Ja!"
„Und das gibt dir das Recht, alle Sitten zu vergessen und das Ansehen meiner Familie in den Schmutz zu ziehen?"
„Nein", wisperte sie und senkte den Blick. „Dieses Recht habe ich nicht."
Tschetan-withko machte eine unwillige Handbewegung und seufzte tief. „Nun, es ist geschehen. Ich werde deine Trauerzeit beenden und dich freigeben. Ich erwarte, dass Tatokala mir einen angemessenen Preis für dich gibt. Und ich erwarte, dass Tschaske weiterhin in meinem Zelt lebt. Er kann dich besuchen. Er soll selbst entscheiden, bei wem er leben will."
Stern-im-Auge sackte in sich zusammen. Tschetan-withko war großzügig, doch auf Tschaske zu verzichten, war hart. Sie liebte ihren Sohn! Sie wusste, dass Tschaske sich für Tschetan-withko entscheiden würde, denn der Mann ersetzte ihm den Vater.
Ohne ihre Antwort abzuwarten, erhob sich der Mann und verließ das Zelt.
Stern-im-Auge schlug die Hände vor das Gesicht und weinte. Sie schämte sich für ihr Verhalten und sie trauerte um Tschaske, den sie verlieren würde. Dann versiegten die Tränen und sie seufzte vor Dankbarkeit. Tschetan-withko hatte sie freigegeben! Sie war endlich

frei! Und er hatte an eine gute Lösung für das Kind gedacht. Bald, bald könnte sie mit dem Mann zusammenleben, den sie liebte.

Es wurde unerträglich kalt, obwohl es für kanadische Verhältnisse noch ein milder Winter war. Trotzdem legten viele Familien ihre Haushalte zusammen, um Brennmaterial zu sparen und die wertvollen Häute der Tipis zu schonen. So zog Stern-im-Auge wieder in das Zelt von Tschetan-withko, auch weil sie so Wah-bo-sehns eine bessere Hilfe war. Sie war entspannt und freundlich wie schon lange nicht mehr, lachte mit ihrem Sohn und erzählte der Familie Geschichten von den Pawnee.
Tschetan-withko hatte ihre Trauerzeit offiziell beendet und erklärt, dass er sie freigeben würde. So war es nun möglich, dass junge Männer in aller Öffentlichkeit um Stern-im-Auge warben. Manchmal kam Tatokala und wagte sich unter die prüfenden Augen von Tschetan-withko. Er fühlte sich ertappt und überlegte, wie viel der ältere Mann wohl wusste.
Tschetan-withko ließ sich nichts anmerken und erlaubte Tatokala, dass er Stern-im-Auge zum Wasserholen begleitete. Doch nachts schickte er ihn wieder zu Miles zurück und wachte über die Tugendhaftigkeit seiner Zweitfrau. Es war eine seltsame Situation und oft genug lag Tschetan-withko wach auf seinem Lager und dachte über die Träume nach, die ihn warnten. Er musste es beenden und dafür sorgen, dass Stern-im-Auge endlich bei Tatokala lebte.

Nachts schraken alle hoch, als plötzlich der Warnruf ihres Volkes erschallte. Fast gleichzeitig fielen einige Schüsse und schrilles Kriegsgeschrei war zu hören. Tschetan-withko war sofort hellwach und schlüpfte notdürftig in seine Kleidung. Nur mit Mokassins, Lendenschurz und einem Hemd bekleidet, griff er nach seinen Waffen und stürzte ins Freie. Ebenso erschrocken schreckte seine Familie hoch und mit ruhiger Stimme befahl Wah-bo-sehns ihren Kindern die Kleidung anzulegen. Hitschikyata war ebenfalls auf dem Weg nach draußen und nickte Wah-bo-sehns beruhigend zu. „Wir schützen euch!“
Im Dauerlauf folgte er Tschetan-withko durch die stockdunkle Nacht und fast augenblicklich machte sich die klirrende Kälte bemerkbar. Uh! Andere Krieger schlossen sich ihnen an und hasteten

in Richtung der Pferdeherde, aus der die Schüsse zu hören waren. Antilopensohn und Blitz-im-Winter, die zur Wache eingeteilt waren, schrien aufgeregt und inmitten des Chaos waren deutlich einige Gestalten zu sehen, die hastig das Weite suchten.
„Wakta-po!" – Passt auf! Pferdediebe!
Die Gewehrschüsse hallten als Echo durch die Nacht und manchmal blitzte Mündungsfeuer auf. Dann wurde es still und schwer atmend blieben die Krieger stehen. Drohend schwangen sie ihre Waffen gegen die unbekannten Feinde, doch diese wiederholten ihren Angriff nicht.
Stattdessen sammelten sich die Lakota um Antilopensohn, der wutentbrannt auf einen Feind, der sich am Boden krümmte, eintrat. „Du Wurm, du Nichtsnutz!", brüllte er unbeherrscht.
Immer wieder traf sein Fuß den wehrlosen Feind, bis dieser plötzlich mit einem Stöhnen erschlaffte.
„Hör auf!", bat Viele-Feinde.
„Was!? Hast du etwa Mitleid mit diesem Hundegesicht?"
„Er wehrt sich doch überhaupt nicht mehr!"
Grobe Fäuste drehten den nächtlichen Angreifer auf den Rücken und irgendjemand leuchtete ihm mit einer Fackel ins Gesicht.
Es war ein Junge von höchstens zehn und vier Wintern! Ein Creejunge auf seinem ersten Raubzug.
Blut sammelte sich an seiner Schulter und jeder konnte sehen, dass er schwer verletzt war.
„Das war sein letzter Raubzug", meinte Antilopensohn mit verächtlicher Stimme. „Ich werde ihn töten!"
Viele-Feinde schluckte schwer. „Wenn du Rache willst, dann töte ihn, aber wenn du Ehre willst, dann lass ihn leben."
Überrascht blickte Antilopensohn auf Viele-Feinde. „Hast du etwa Mitleid mit ihm? Glaubst du, dass die Cree oder Crow Mitleid mit unseren jungen Männern hätten?"
„Nein!", antwortete Viele-Feinde leise. „Das glaube ich nicht! Aber es ist etwas anderes, ihn im Kampf zu töten oder einen wehrlosen Jungen einfach abzuschlachten."
„Hohch! Und was gedenkst du nun zu tun?" Die Stimme von Antilopensohn triefte vor Hohn.
Hilfe suchend blickte Viele-Feinde auf Traumpfeil und Tschetanwithko. „Er wollte Pferde rauben! Nichts anderes!"
„Na und! Er ist alt genug, um auf einen Raubzug zu gehen. Also ist er auch alt genug, um zu sterben", zischte Antilopensohn ungeduldig.

„Ich will nicht, dass dieser Junge getötet wird! Er ist schwer verletzt. Es ist einfach nicht ehrenvoll, ihn jetzt zu töten."
Traumpfeil zögerte sichtlich, dann meinte er beeindruckt: „Wir Lakota kämpfen nicht gegen Kinder. Sollen seine Freunde nur wiederkommen! Dann kämpfen wir und zeigen ihnen, dass wir unsere Pferde zu verteidigen wissen."
Antilopensohn biss beschämt die Zähne zusammen. „Hetschetu! Zeigen wir diesen Aasfressern, dass wir tapfer sind!"
Tschetan-withko wandte sich an Hitschikyata. „Wir bringen ihn in unser Zelt, dann kannst du dich um die Verletzung kümmern."
Alle nickten zustimmend und gemeinsam trugen sie den verletzten Jungen in das Tipi.
Wah-bo-sehns schaute mit riesigen Augen auf die blutende Wunde und wurde blass. „Er ist ja noch ein Kind!"
Tschetan-withkos Lippen wurden schmal. „Ja! Ein gefährliches Kind! Er wollte unsere Pferde rauben."
Vorsichtig schnitt Hitschikyata das Hemd auf und untersuchte die Wunde. „Ein glatter Durchschuss! Die Geister haben ihn beschützt."
„Beschützt?" Für Tschetan-withko sah Schutz ein wenig anders aus.
Ohne auf ihn zu achten, legte Hitschikyata einen festen Verband um die Schulter des Jungen, dann betteten sie ihn vorsichtig auf ein Lager in der Nähe des Eingangs. Knurrend legte sich der schwarze Wolf daneben, bis Wah-bo-sehns ihn mit einem energischen Kommando zurechtwies.
„Und jetzt?", wagte sie zu fragen.
Tschetan-withko lächelte frech. „Wir pflegen ihn gesund, und dann gebe ich ihm ein Pferd, damit er zu seinem Volk zurückkehren kann!"
Wah-bo-sehns lächelte erheitert. „Ist das sinnvoll?"
„Nein, aber ich stelle mir vor, dass vielleicht eines Tages ein Feind ebenso großmütig ist, wenn Wolfssohn auf seinen ersten Kriegszug geht."

Nachdenklich war Antilopensohn in das Tipi von Traumpfeil zurückgekehrt. Seine Wut war einem Gefühl von Scham gewichen. Er war durch den Angriff der Cree überrascht worden, aber jetzt war er wieder ruhig. Die Feinde hatten einfach nicht damit gerechnet, dass jemand im Winter Wachen aufstellte und der Junge hatte dies büßen müssen. Letztendlich war er froh darum, dass Tschetan-withko ihn

daran gehindert hatte, den Jungen zu töten. Er war kein Mörder. Warum nur, war damals niemand da gewesen, um den Mord an seiner Frau und seiner Tochter zu verhindern? Ein Mann hätte genügt! Einer, der es gewagt hätte, „Nein" zu sagen!
Aufgewühlt schlüpfte er in das Tipi und sah auf die Nez-Percé-Frau. Eigentlich war auch sie ein Feind, aber damals, im Herbst hatte er nicht geschossen. Warum nicht? Sie hatte den Revolver auf ihn gerichtet, bereit ihn zu erschießen!
Die Aufregung im Lager hatte sich gelegt und so setzte auch er sich ans Feuer. Aus den Augenwinkeln beobachtete er seine Gefangene. Sie war immer noch in Trauer, das war deutlich zu sehen, obwohl sie sich bemühte, sich nützlich zu machen. Manchmal ging sie in die Einsamkeit, um ihren Gedanken nachzuhängen, doch alle begegneten ihr mit Respekt. Die Nez Percé hatten tapfer gekämpft und so wurde Klares-Wasser geachtet.
Uinohnah hatte ihr Hirschleder und Perlen gegeben, damit sie sich ein neues Kleid nähen konnte. Staunend betrachtete Antilopensohn die geschwungenen Muster, die Klares-Wasser auf ihr Kleid gestickt hatte und die ganz anders waren als die strengen geometrischen Muster der Lakota. Sie hatte sich einige Schnüre aus Hanf gefärbt und begonnen, sich einen bunten Hut zu flechten.
„Was ist das?", fragte Antilopensohn sie direkt, obwohl er sie sonst eigentlich nicht beachtete.
„Ein-Hut, wie-Frauen-meines-Volkes-tragen!", erklärte sie einfach.
„Das ist ein schönes Muster. So etwas wäre auch schön als Tasche", staunte Antilopensohn.
„Dir-gefallen, ich-machen", schlug sie vor.
Er nickte nur, denn ihre sanfte Art verunsicherte ihn. Trotzdem war er gespannt, wie wohl eine Tasche aussehen würde.
Hungrig aß er etwas Eintopf, dann fiel sein Blick auf das schlafende Kind. Mit einem Lächeln schlich er aus dem Zelt, endlich konnte er einmal ohne das kleine Kind zu seinem Freund gehen. Alle nannten ihn schon Mann-mit-dem-kleinen-Schatten, weil der Junge ständig an seinen Fersen klebte. Im Grunde hatte er nichts dagegen, denn er mochte das Kind. Deswegen störte ihn auch die Hänselei seiner Freunde nicht. Aber die Frau verunsicherte ihn!
Er dachte an Viele-Feinde, der auch vor vielen Jahren seine Frau verloren hatte. Jetzt schien er mit seiner Pawneefrau glücklich zu sein! Nachdenklich ging er zu dem Tipi von Viele-Feinde und kündigte sich mit einem Hüsteln an. Bei der Kälte war es selbstverständlich,

dass die ganze Familie anwesend war und er blickte Hilfe suchend in das kantige Gesicht des Kriegers. Er wollte mit ihm allein reden! Geschmeidig erhob sich dieser und folgte ihm in eine warme Decke gehüllt nach draußen. Doch dann schämte sich Antilopensohn plötzlich. Gehemmt schaufelte er mit dem Mokassin den Schnee auf die Seite.
Schweigend stand Viele-Feinde einfach neben ihm. Er fühlte, dass Antilopensohn über seine Trauer reden wollte und atmete tief ein. Er war kein guter Redner, er war ein Kämpfer. Nach dem Tod von Hirschmädchen hatte er den Tod gesucht, bis ihm durch einen Wink des Schicksals diese Pawneefrau mit ihrem Sohn in die Hände gefallen war. Was sollte er Antilopensohn sagen? Ohne Kleine-rote-Blume wäre er schon längst in der Geisterwelt, doch jetzt hatte sein Leben einen neuen Sinn. Es gab keinen Trost für Antilopensohn, er musste selbst einen Weg finden, mit der Trauer fertig zu werden. Sachte legte er seine Hand auf die Schulter von Antilopensohn. „Ich weiß, was du fühlst! Es gibt keinen Trost. Ich habe Hirschmädchen nicht vergessen, aber meine neue Familie macht es mir leichter. Vertrau mir! Dein Schmerz wird erträglicher. Du wirst es nicht vergessen, aber du wirst damit leben können."
Antilopensohn wechselte einen dankbaren Blick mit Viele-Feinde. Es waren ehrliche Worte, die sein Freund zu ihm sprach und sie gaben ihm Kraft.
„Das Leben geht weiter!", bestärkte ihn Viele-Feinde.

In Tschetan-withkos Zelt hatte der Creejunge zum ersten Mal seine Augen geöffnet. Erschrocken blickte er in die Gesichter seiner Feinde, sein Gesicht grau vor Schmerzen. Mühsam versuchte er sich aufzurichten, doch Tschetan-withko drückte ihn behutsam in die Felle. „Bleib-liegen!", mahnte er in Zeichensprache. „Du-schwer-verletzt!" Dunkle Augen musterten ihn verunsichert und Tschetan-withko lächelte. „Du-mutig! Aber-unser-Dorf-gut-geschützt!"
„Ich-haben-keine-Angst!", zeigte der Junge voller Stolz.
„Nein!", versicherte Tschetan-withko. „Du-hier-wie-mein-Sohn! Ich-schützen-dich!"
Der aufmerksame Blick des Jungen wanderte durch das Tipi. Er sah die hochschwangere Frau und die vielen Kinder, dann nickte er erleichtert. „Gut!"

Vorsichtig flößte Wah-bo-sehns ihm etwas Wasser ein, dann kippte der Kopf des Jungen zur Seite und er schlief wieder.
„Sollen wir ihn fesseln?", fragte Wah-bo-sehns besorgt.
Hitschikyata wehrte verächtlich ab. „Er ist so schwer verletzt, dass wir nichts zu befürchten haben."
„Wird er überleben?"
„Vielleicht!"

Es dauerte tatsächlich einige Tage, ehe der Junge überhaupt fähig war, an einer Rückenstütze gelehnt zu sitzen. In dieser Zeit wurde der Stamm mehrmals von Pferdedieben behelligt. Es waren Crow oder Assiniboin, die schnell wieder verschwanden, als sie merkten, dass in diesem Dorf die Pferdeherde bewacht wurde. Trotzdem raubte die ständige Gefahr den Männern die Kraft. Stets waren Wachen eingeteilt und die ständige Gefahr lastete auf den Nerven. Dann kamen einige Abgesandte von Sitting Bull, die keine guten Nachrichten überbrachten: In den anderen Dörfern hungerten die Menschen und fast beschämt baten die Boten um Unterstützung. Traumpfeil beschloss mit einigen Männern zu Sitting Bull zu reiten und sich ein Bild von der Lage zu machen.

Traumpfeil sorgte sich um die Sicherheit seines eigenen Dorfes und so wollte er nicht lange fortbleiben. Nach einigen Stunden erreichte er das Winterlager von Sitting Bull und suchte den Medizinmann auf. Ihr großer Anführer war sichtlich besorgt. „Die Kanadier versuchen uns auszuhungern! Habt ihr genügend Vorräte?"
Traumpfeil nickte betroffen. „Ja, noch haben wir Vorräte. Wir stießen im Herbst auf eine Herde Büffel."
Traurig senkte Sitting Bull den Kopf. „Das ist gut! Wir dagegen können hier nicht weg. Wir werden bewacht wie Gefangene. Wir bekommen auch keine Unterstützung. Wir hungern!"
„Können wir helfen?"
Nachdenklich blickte Sitting Bull ihm in die Augen. „Könnt ihr etwas entbehren?"
„Ich kann euch einige Ponys schicken!"
„Das ist gut! Dann müssen unsere Kinder nicht mehr hungern."
Traumpfeil biss sich auf die Lippen. „Was sollen wir tun? Die Mounties wollen uns auch nicht."

Sitting Bull lächelte traurig. „Ihr seid eine kleine Gruppe. Haltet euch fern und versucht eigene Wege zu gehen. Ich bin zu bekannt! Die Soldaten richten die Augen auf mich. Eines Tages werden sie mich zwingen zu gehen. Das ist einfach so!“
„Ich will dich nicht im Stich lassen“, meinte Traumpfeil verzweifelt.
„Das tust du nicht! Aber es ist für mich wie ein Sieg, wenn einige Lakota bleiben und sich nicht ergeben. Verstehst du das?“
Traumpfeil senkte traurig den Blick. „Ja, das verstehe ich! Du meinst, eine kleine Gruppe …?“
„Eine kleine Gruppe verschwindet einfach. Niemand kümmert sich um eine Handvoll Menschen.“
Traumpfeil seufzte erleichtert. „Ich danke dir! Und ich schicke dir die Ponys!“
„Hetschetu-welo!“
Mit düsteren Gedanken kehrte Traumpfeil zurück. Er hatte viele Befürchtungen, was die Zukunft ihnen bringen würde.
Er berief eine Ratsversammlung ein, um den anderen von seinem Zusammentreffen mit Sitting Bull zu berichten. Alle senkten betreten die Köpfe, als sie von der Not der anderen Lakota hörten.
„Wir sollten ihnen Nahrung schicken“, meinte Tschoka-sapa ernst.
„Ja!“, stimmte Traumpfeil zu. „Noch sind wir Lakota! Solange wir etwas haben, teilen wir es.“
„Hetschetu!“, murmelten die Männer betroffen. Ihre Ponys zu schlachten war der letzte Ausweg und zeigte ihnen, wie schwer es werden würde.

Anschließend ging Traumpfeil in das Zelt seines Schwagers, denn dieser war der Versammlung fern geblieben. „Wie geht es dir?“, fragte er höflich. Tschetan-withko warf ihm einen schiefen Blick zu und auch sonst wirkte er erstaunlich angespannt.
„Kommt das Baby?“, erkundigte sich Traumpfeil freudig überrascht.
Tschetan-withko lächelte nervös und deutete dann mit seiner Hand auf den Ehrenplatz, damit Traumpfeil sich setzen konnte. Schweigend stopfte er seine Pfeife und bot sie seinem Schwager an.
„Was macht der Creejunge?“, fragte Traumpfeil mit einem kurzen Rucken des Kopfes in Richtung des Gefangenen.
„Es geht ihm besser.“
„So? Vielleicht fesselst du ihn?“

Tschetan grinste locker. „Er ist froh, dass er überhaupt noch lebt. Er stellt keine Gefahr dar."
„Bist du dir da so sicher?"
„Ja", erwiderte Tschetan-withko kurz angebunden.
Sie rauchten eine Weile, dann erzählte Traumpfeil von seinem Besuch bei Sitting Bull. Tschetan-withko senkte seine Augen und sammelte seine Gedanken. Auch ihr Stamm würde hungern, wenn sie die Vorräte teilten. „Ich gebe dir einige Ponys. Bringe du sie zu Sitting Bull", meinte er mit ruhiger Stimme. Doch wie lange wären sie noch in der Lage, ihre Ponys oder Vorräte zu teilen? Er wollte nicht zurück und doch waren die Lakota in Kanada unerwünscht.
„Was machen wir, wenn die Mounties uns zwingen zurückzukehren?"
„Walsh sagte, dass er das nicht tun würde!"
„Wenn wir hungern, wird uns keine andere Wahl bleiben!", entgegnete Tschetan-withko ernst. „Außerdem habe ich gehört, dass Walsh weggeschickt wird. Für ihn wird ein anderer Weißer kommen. Einer, der die Lakota nicht kennt und nicht weiß, warum wir über die Grenze geflohen sind."
„Das ist schlecht! Es gibt nicht viele gute Weiße", teilte Traumpfeil die Sorgen seines Schwagers.
„Welchen Sinn hat unser Leben noch, wenn wir nicht mehr für unsere Familien sorgen können? Wir nur noch von Almosen leben? Die Weißen unsere Kinder entführen? Ich sterbe lieber, als das zu erleben! Wofür sind so viele gestorben? Nur damit wir jetzt aufgeben? Nein, kehre ich zurück, dann verrate ich Fisch, Schwarzer-Rabe und alle, die ihr Leben gelassen haben! Ich bleibe hier!"
„Hetschetu-welo!", murmelte Traumpfeil und beide Männer blickten gedankenverloren ins Feuer. Die Zeiten waren schwer!

Dann waren vor dem Zelt schlurfende Schritte zu hören und beide Männer drängten die düsteren Gedanken beiseite. Ein wenig steif zwängte sich Wah-bo-sehns in das Zelt, dann präsentierte sie ihrem Mann seinen neugeborenen Sohn.
Tschetan-withko saß völlig ruhig da. Eine innere Zufriedenheit wärmte sein Herz, als er vorsichtig seinen zweiten Sohn in seinen Armen hielt. Er lachte glücklich, als er den lustigen Anzug sah, den Wah-bo-sehns für das Baby genäht hatte. Sein kleiner Körper verschwand fast in dem dichten Kaninchenfell, aber es hielt das Kind schön warm. Wie bei Miles kam ihm der Vergleich mit einem Bären-

jungen und er wusste einen wunderschönen Namen für ihn: „Ich werde ihm den Namen meines Vaters geben! Mahto-Nunpa, Zwei-Bären! Aber solange er so klein ist, werde ich ihn Mahtola, Kleines-Bärenjunges, rufen.“
Traumpfeil nickte freundlich. „Das ist ein guter Name für deinen Sohn!“
Das Neugeborene schlug gähnend mit seinen Armen und sofort machte Tschetan-withko die Bewegung nach. Er grunzte wie ein Grizzly und schlug mit seiner Hand als wäre sie eine Tatze. „Siehst du, er ist einverstanden mit seinem Namen!“
Fröhliches Gelächter schlug ihm entgegen und voller Stolz zeigte er das Baby den anderen Kindern. Selbst der Cree lächelte freundlich und meinte in Zeichensprache: „Sohn-gut!“
„Ja, wir-haben-in-Zukunft-viele-Krieger, um-unsere-Pferde-verteidigen!“, lästerte Tschetan-withko frech und erntete ein ebenso freches Grinsen. Vorsichtig übergab Tschetan-withko das Neugeborene an dessen Mutter und müde verkroch sich Wah-bo-sehns auf ihr Lager. Aufmerksam setzten sich die Mädchen neben ihre Mutter und fragten, ob sie irgendwelche Hilfe benötigte, aber Wah-bo-sehns winkte ab. Sie war nur erschöpft und wollte ein wenig schlafen. Höflich verließ Traumpfeil das Zelt, damit die junge Mutter sich erholen konnte.

In den nächsten Tagen tobten schwere Schneestürme über das Land und Tschetan-withko verbrachte die meiste Zeit im Tipi, weil es draußen unerträglich kalt war. Selbst mit Handschuhen, Mütze und warmen Büffelmantel war es draußen zu kalt! Sogar im Tipi war es ungewohnt kühl, sodass die Menschen meist eine warme Decke um ihre Schultern schlugen. Um sich abzulenken, schnitzte Tschetan-withko wieder an neuen Pfeilen. Zufrieden beobachtete er, wie sein kleiner Sohn an der Brust von Wah-bo-sehns trank und seine glänzenden Augen staunend in die Welt sahen. Niemand würde ihm dieses Kind nehmen! Dieses nicht und auch kein anderes!

Manchmal wurde es eng im Zelt, wenn alle anwesend waren und er regelte es auf seine Weise: Brüllend stürzte er auf die Jungen, raufte mit ihnen, bis sie lachend die Flucht ergriffen und lieber im Schnee spielten.

Einmal stürzten sie dabei fast gegen Tatokala, der seine Stupsnase in das Zelt steckte, ein wenig verwundert über den Lärm, der ihm entgegenschlug. Sein großer Cowboyhut passte fast nicht durch den engen Eingang und so nahm er ihn ab. „Was ist denn bei euch los?", fragte er schüchtern.
„Ich habe Hunger!", erklärte Tschetan-withko. „Ich habe mir gerade überlegt, ob ich die Jungen nicht auffressen sollte!"
„Wan, dann sollte ich besser wieder gehen! Wer weiß, ob du nicht auch mich verspeisen möchtest", meinte Tatokala verschmitzt.
„Aber nein! Wärme dich doch erst einmal an meinem Feuer!", entgegnete Tschetan-withko freundlich.
Gut gelaunt setzte sich Tatokala ans Feuer und hielt seine Hände darüber. Sein Blick fiel auf den verletzten Creejungen, der an einer Rückenstütze lehnte und in sich hinein kicherte. „Wer ist denn das?", fragte er verblüfft.
„Oh, so ein Cree, der versucht hat unsere Pferde zu stehlen", meinte Tschetan-withko.
„Wan", staunte Tatokala.
„Wie geht es Miles?", wechselte Tschetan-withko das Thema.
„Hohch, bei Miles gibt es nicht viel zu tun und ich habe mir überlegt, ob ich endlich auf Brautschau gehe."
Wenig amüsiert richtete sich Tschetan-withko auf, während die Kinder höflich in ihren Winkel des Tipis verschwanden. „Auf Brautschau! So, so!"
Tatokala wurde rot und verlegen schaute er zu Boden. Auch Stern-im-Auge zog hastig eine Decke um sich, damit Tschetan-withko ihre Verlegenheit nicht sah.
Mit ausdruckslosen Augen zog Tschetan-withko seine Pfeife hervor, stopfte sie und bot sie Tatokala an. „Lass uns ein wenig reden!", meinte er ernst.
Dankbar griff Tatokala nach der Pfeife und nahm einen tiefen Zug, um sich Mut zu machen. Schon lange hatte er vorgehabt mit Tschetan-withko zu reden und doch fühlte er sich nun wie Dieb, der erwischt worden war. Verzweifelt versuchte er, seine Aufregung zu verbergen, hatte plötzlich Angst, etwas falsch zu machen.
„Ich freue mich über deinen Sohn!", gratulierte er Tschetan-withko.
Dieser sagte nichts, sondern ließ den jungen Mann zappeln.
Tatokala schwitzte. Mit feuchten Händen strich er sich eine Strähne aus dem Gesicht, die jedoch hinter seinem Ohr nicht halten wollte. Um Zeit zu gewinnen, reichte er Tschetan-withko die Pfeife zurück,

der einen weiteren Zug nahm. „Du gehst auf Brautschau?", half Tschetan-withko etwas nach.
Tatokalas Blick fiel auf Stern-im-Auge und er atmete durch. Er wollte diese Frau! „Ja!", meinte er mit fester Stimme. „Ich dachte an deine Zweitfrau. Stern-im-Auge!" Jetzt war es heraus und sein Herzklopfen wurde etwas besser.
„Stern-im-Auge?" Tschetan-withko tat einigermaßen verblüfft. Es musste sein, denn nur so wurde der Schein gewahrt, dass niemand die Ehre dieses Tipis verletzt hatte.
Tatokala wagte es nicht, zu antworten, sondern nickte nur.
„Stern-im-Auge ist Witwe. Sie war die Frau von Fisch, einem angesehenen Krieger. Ich war sein Kola und deshalb ist sie nun meine Frau. Wie kommst du darauf, dass du sie besser versorgen könntest?", fragte Tschetan-withko fordernd. „Ich gebe sie nur einem Krieger, der sie auch verdient! Was kannst du ihr bieten?"
Tatokalas Herz fiel tief, denn tatsächlich besaß er nichts. Nicht einmal ein Zelt nannte er sein eigen.
„Ich würde dir mein Gewehr geben", meinte er kleinlaut.
„Mit was willst du dann jagen?"
„Ich jage nicht, sondern ich arbeite! Dann bekomme ich Geld, von dem ich mir wieder ein neues Gewehr kaufen kann."
Tschetan-withko blinzelte, denn auf so eine Art seine Familie zu ernähren, war ihm neu. Das Gewehr, das Tatokala ihm bot, war ein angemessener Preis und zeigte ihm, dass es dem jungen Mann Ernst war. Fragend blickte er zu Stern-im-Auge, die feuerrot auf ihrem Platz saß und nicht zu atmen wagte. „Tatokala möchte dich zu seiner Frau. Was sagst du?"
Stern-im-Auge schwindelte vor Aufregung und sie nickte heftig. Wenn Tschetan-withko doch nur ja sagen würde!
„Wan!", meinte Tschetan-withko, dann tat er so, als müsste er angestrengt überlegen. „Vielleicht im Frühjahr? Ich denke, dass der Frühling eine gute Zeit ist, um zu heiraten."
Ein erleichtertes Grinsen huschte über Tatokalas Gesicht. „Ja! Das wäre schön! Dann kann Stern-im-Auge deiner Frau noch eine Weile mit dem Baby helfen."
„Das war auch mein Gedanke", meinte Tschetan-withko.
„Dann sei es so", erklärte Tatokala. „Im Frühling!"
„So sei es!", stimmte Tschetan-withko zu. Er war froh, dass diese peinliche Angelegenheit nun geklärt war.
Tatokala verließ in Hochstimmung das Tipi und kehrte fast be-

rauscht zu Miles zurück. Im Frühling! Ja, dann wäre Stern-im-Auge endlich seine Frau!

Tschetan-withko dachte an seine Träume und wusste, dass er richtig gehandelt hatte. Er liebte Stern-im-Auge nicht und doch war er seiner Verpflichtung nachgekommen, gut für sie zu sorgen. Tatokala wäre ein angemessener Ehemann für die Witwe von Fisch. Befriedigt lehnte er sich zurück und sah zu, wie Hitschikyata dem Gefangenen den Verband wechselte. Dem Jungen ging es merklich besser und bald würde er ihn heimschicken zu seinem Volk.

Freundlich hockte er sich vor den Cree und redete in Zeichensprache: „Deine-Schulter-heilen-gut! Du-bald-kräftig! Dann-du-reiten-zu-deinem-Volk!"

„Du-mich-lassen-gehen?", fragte der Cree überrascht.

Tschetan-withko lachte harmlos. „Aber ja! Du-wie-mein-Sohn. Wir-Freunde!"

„Cree-und-Lakota-Feinde", meinte der Cree vorsichtig.

„Ja, aber-du-und-ich, wir-Freunde! Waschté?"

„Waschté!", murmelte der Junge voller Dankbarkeit.

Kurz darauf beschloss Tschetan-withko, dass es an der Zeit für den jungen Mann war aufzubrechen, auch, weil er dann einen Esser weniger hatte. Die Vorräte wurden knapp und er hoffte auf das Ende des Winters.

Wah-bo-sehns packte einige wenige Vorräte zusammen, dann brachte Tschetan-withko dem Jungen ein Pony. „Hier! Du-wollen-stehlen! Jetzt-ich-dir-schenken!"

Der Cree wurde rot vor Verlegenheit: „Du-guter-Freund! Ich-sagen-meinem-Vater."

„So? Wer-dein-Vater?", fragte Tschetan-withko freundlich.

„Big Bear!", meinte der Junge stolz.

Überrascht riss Tschetan-withko die Augen auf. Der Junge war der Sohn eines Häuptlings! Eine gute Beute! Vielleicht sollte er ihn doch lieber als Pfand behalten? Aber dann verwarf er den Gedanken. Er hatte gesagt, dass der Junge frei wäre und er hielt sich an sein Wort.

„Geh!", meinte er freundlich.

Der Junge nickte zum Abschied. „Ich sagen, dass-Lakota-meine-Freunde! Wolfssohn-und-Mahtola-meine-Brüder!"

„Hetschetu-welo!", meinte Tschetan-withko.

Nachdenklich sah er dem Jungen nach und hoffte, dass er unversehrt bei seinem Volk eintraf.

Die Temperaturen stiegen und mit dem wärmeren, aber nassen Wetter kamen Husten und Schnupfen. Die geschwächten Menschen hatten keine Abwehrkräfte mehr und die Feuchtigkeit tat ein Übriges, um ihre Opfer zu fordern. Hitschikyata versuchte mit Kräutermischungen zu helfen, aber auch er erkannte, dass das ungewohnte Klima den Menschen zu schaffen machte. Alle hofften auf den Frühling und warteten auf die ersten Zugvögel.

Der Frühling kam dann auch übergangslos und mit ihm ganze Schwärme von Gänsen und Enten, die flatternd in den Seen und Flüssen landeten. Tschetan-withko veranstaltete eine einfache Hochzeitsfeier für Stern-im-Auge. Die Frau hatte den ganzen Winter an einem neuen Kleid gestickt und trug es nun stolz, als Tschetan-withko sie ihrem neuen Mann übergab. Eigentlich wollte Tschetan-withko das Gewehr nicht, aber es hätte den jungen Mann beleidigt, es nicht zu nehmen. Er wollte seine Schuld bezahlen.
Zum ersten Mal hatte es Tatokala geschafft, einen ordentlichen Eindruck zu machen. Er hatte seine glänzenden Haare nicht in Zöpfe geflochten hatte, sondern offen gelassen, und sah gut aus. Gelassen blickte er in das runde Gesicht von Stern-im-Auge, die nun endlich ihm gehörte. Ihre Augen spiegelten einen Sternenhimmel, als sie mit ihm zur Ranch von Miles O'Brian ritt, ihr Tipi, in dem sie mit Tatokala leben wollte, ordentlich auf dem Travois verstaut. Tschaske blickte ihr mit gemischten Gefühlen hinterher, aber im Moment lebte seine Mutter nah genug, sodass er sie besuchen konnte. Erst wenn der Stamm zur Sommerjagd aufbrach, hieß es endgültig für einige Zeit Abschied zu nehmen.

Im letzten Mond hatten die Lakota hauptsächlich Enten und Gänse gejagt, weil ihre Vorräte erschöpft waren. Es wurde Zeit aufzubrechen und anderes Wild aufzuspüren. Alle waren aufgeregt und die Aufbruchstimmung ließ Tschaske den Trennungsschmerz von seiner Mutter vergessen. Langsam zog der Stamm in Richtung des Frenchman-Flusses, um dort Antilopen zu jagen. Das Wild war durch die vielen Sioux in dem Gebiet merklich zurückgegangen und sehnsüchtig warteten alle auf die Büffel. Die Jagd mit Sapa wurde bald zum Überlebenskampf und nicht wie sonst abwechslungsreiche Spielerei. Ohne den schwarzen Wolf wäre der Kochtopf oft leer geblieben und Tschetan-withko war insgeheim froh, dass er eine Frau weniger versorgen musste. Wo blieben die Büffel? Erste Familien kehrten aus Verzweiflung in die Reservation zurück. Es war demütigend, denn sie mussten sich den Soldaten, die jenseits der Grenze warteten, ergeben. Viele hatten nicht einmal mehr Ponys und waren auf die Wagen angewiesen, die die Soldaten ihnen zur Verfügung stellten. Sitting Bull sah, wie seine Anhängerschar schrumpfte und konnte es nicht verhindern.

Wah-bo-sehns und die anderen Frau sammelten Beeren, erste Zwiebeln und Rüben, während die Männer alles jagten, was ihnen vor die Flinte oder den Bogen kam. Selbst die Kinder wurden angehalten zu angeln oder Kaninchen zu jagen. Sie hungerten noch nicht, aber die tägliche Jagd war überlebensnotwendig. Nur, wie sollten sie den nächsten Winter überleben, wenn keine Büffel kamen? Es wurde langsam wärmer und noch immer war keine Herde dieser mächtigen Tiere in Sicht. Die Lakota zogen die Grenze entlang, manchmal überschritten einige junge Krieger sie sogar, nur um zu melden, dass Patrouillen der Langmesser sie zurückgedrängt hatten.
Der Stamm veranstaltete mehrmals den Büffeltanz, jedoch ohne Erfolg. Hitschikyata betete und fastete, er glaubte, dass seine Medizin versagte und Wakan-tanka ihn verlassen hatte. Warum kamen die Büffel nicht? Hatten ihre Freunde, das Büffelvolk, sie vergessen? Hatten sie das Wohlwollen der Geister verloren?
Auch die anderen Gruppen der Lakota machten sich Sorgen, denn in der Umgebung, in der sie lebten, wurde zu viel gejagt. Aber sie konnten nicht ausweichen, denn dann kämen sie in die Jagdgründe der Cree oder Blackfeet. Es war schon erstaunlich, dass die Assiniboin still hielten! Vermutlich nur, weil die Mounties mit Nachdruck für Frieden sorgten. Diese lieferten auch eine Erklärung für das Ausbleiben der Büffel:
Robert Schultz erzählte den fassungslosen Indianern, dass die amerikanischen Soldaten die Prärie angezündet hatten, damit die Büffel nicht nach Kanada ziehen konnten. Sie wollten die geflohenen Sioux aushungern! Hitschikyata schwieg entsetzt, doch er war froh, dass nicht er schuld an dem Ausbleiben der Büffel war. Rabenfrau und Blauer-Donner ritten mit Robert Schultz zum Stützpunkt der Mounties, dort konnte sich Robert besser um seine Frau kümmern. Er hatte es satt, seine Frau nur alle paar Wochen zu sehen und stellte ihr

Zelt neben dem kleinen Posten auf. Auch dort blieb sie oft alleine, wenn Robert auf Patrouille ritt, aber zumindest wurde sie versorgt. Um sich während seiner Abwesenheit abzulenken, nähte sie für die Mounties warme Büffelfellmäntel für den Winter oder sammelte mit Blauer-Donner Beeren.

Der Stamm zog indessen zu den Cypress Hills, doch auch dort war die Jagd wenig erfolgreich. Deshalb beschloss Traumpfeil, noch weiter nach Westen zu ziehen, fort aus dem überjagten Gebiet. Doch plötzlich stellte sich ihnen wie aus dem Nichts eine Gruppe Blackfeet in den Weg. Mit finsteren Mienen saßen sie auf ihren Ponys, ihnen zahlenmäßig weit überlegen. Einige Warnschüsse pfiffen ihnen um die Ohren und ängstlich drängten sich die Frauen und Kinder zusammen, während die Krieger sich den Feinden in den Weg stellten. Che-ni-win umklammerte ihre Zwillinge, als sie die Übermacht sah. Maya und Pehin-scha spürten die Anspannung ihrer Mutter und weinten leise.
Traumpfeil näherte sich mit Tschetan-withko und Tschoka-sapa dem Anführer der Blackfeet und wartete angespannt ab. Die Zeichen waren eindeutig: Kehrt-um-oder-wir-euch-töten!
Es gab keine Verhandlungen und keinen Kompromiss. Die Lakota waren hier unerwünscht! Nur der erzwungene Frieden durch die Mounties hinderte die Blackfeet daran, diese kleine Gruppe sofort anzugreifen.
Traumpfeil ließ es nicht auf einen Kampf ankommen. Energisch wies er die jüngeren Krieger in die Schranken, die ganz gerne ihren Zorn an den mächtigen Blackfeet auslassen wollten. „Wollt ihr das Leben der Frauen und Kinder gefährden? Macht, dass ihr zurückkehrt!“, herrschte er sie an. Wie geprügelte Hunde machten sie sich auf den Rückweg und der Stolz der Krieger erhielt einen gewaltigen Dämpfer. So sah also der Frieden in Kanada aus: Feige vor den Feinden davonzulaufen!

Elchkalbs Augen waren schwarz vor unterdrücktem Zorn, aber die Sorge um seine Kinder ließ ihn seinen verletzten Stolz hinunterschlucken. Wieder suchten sie in dem hügeligen Grasland nach Wild. Manchmal fanden sie eine kleine Herde Antilopen und einmal stießen auf einige wenige Büffel, die sie noch jagen konnten. Nur weil sie überhaupt weit umherzogen, hatten sie wenigstens etwas Erfolg, während es anderen Dörfern wesentlich schlechter erging.

Es kam, wie Sitting Bull es vorausgesehen hatte. Die Lakota wurden ausgehungert! Tatsächlich gingen bereits im Sommer viele Lakota in die Reservation zurück und gaben ihre Waffen ab, denn sie fürchteten im Winter zu verhungern.
Die amerikanische Regierung war gerissen genug, die Indianer in den Reservaten zumindest zu diesem Zeitpunkt gut zu versorgen, weil sie ansonsten einen Aufstand fürchteten, solange Sitting Bull auf freiem Fuß war.
Für die geflohenen Sioux dagegen wurde die Lage verzweifelt. Die kanadische Regierung lehnte jede Unterstützung ab und obwohl die Indianer den ganzen Sommer zur Jagd gingen, konnten sie kaum Vorräte anlegen. Es genügte gerade, um den täglichen Bedarf zu decken.

Aus den Plänen von Sohn-des-Windes und Antilopensohn zu den Crow zu reiten wurde nichts, denn jeder Krieger wurde dringend gebraucht, um für die Familien zu jagen. Außerdem lauerten jenseits der Grenze Soldaten mit ihren Crowspähern, um eventuell zurückkehrende Sioux in Empfang zu nehmen. Einmal kam es zu einem Zwischenfall, bei dem Sitting Bull einem Häuptling der Crow in den Kopf geschossen hatte. Es wäre Selbstmord gewesen, zu dieser Zeit nur mit einer Frau und einem Kind die Grenze zu überschreiten und so schob Sohn-des-Windes seine Pläne auf. Obwohl er selbst ein Crow war, wusste er nicht, wie seine Stammesgenossen ihn aufnehmen würden. Wahrscheinlich käme er nicht einmal so nahe an sie heran, dass er seine Anwesenheit erklären konnte. Er wollte Morgenröte und Donnern-am-Fluss nicht dieser Gefahr aussetzen, so blieb er bei den Lakota und teilte mit ihnen seine spärliche Jagdbeute.

Ernüchtert traten die Lakota den Rückzug an und beschlossen, in der Nähe von Miles' Ranch zu lagern. Dort konnten sie wenigstens Fische zu fangen! Es war ein schweigsamer Marsch, denn jeder machte sich Sorgen, was die Zukunft bringen würde. Mit schmalen Lippen blickte Tschetan-withko auf seine Frau, die mit Mahtola auf dem Rücken vor ihm her ritt. Wie sollten sie nur durch den nächsten Winter

kommen? Ohne Büffel? Ohne Vorräte? Abends saß er schweigend vor dem Zelt und schaute zu, wie seine Frau das Baby stillte. Ihre Milch würde versiegen, wenn sie nicht ausreichend Nahrung bekam. Die Verantwortung lastete auf ihm und er grübelte schwermütig vor sich hin. Die wenigen erlegten Büffel würden kaum ausreichen, um den ganzen Stamm durch den Winter zu bringen.
Wütend warf er einen Knochen in das Feuer aus Büffeldung. „Die Langmesser wollen uns aushungern! Sie wollen uns zwingen wieder zurückzugehen! Was nützt uns die Freiheit, wenn unsere Kinder im Winter verhungern?" Die Ausweglosigkeit ihrer Situation stand deutlich vor seinen Augen. Aber er wollte nicht besiegt und gedemütigt in einer Reservation leben!
Wah-bo-sehns senkte traurig den Kopf, denn sie fürchtete um ihre Kinder. Ihr fiel eine alte Geschichte ein, über die sie als Kind bei den Crow immer so hatte lachen müssen. Lag in ihr vielleicht die Lösung? Schüchtern schaute sie auf ihren Mann, der im Moment nicht in der richtigen Stimmung für eine Geschichte war, aber vielleicht heiterte sie ihn ja doch auf. „Bei uns werden viele Geschichten über den Old-Man-Coyote erzählt", begann sie vorsichtig. Im Glauben der Crow war Old-Man-Coyote ein Schwindler und Betrüger, der seine Freunde betrog, immer auf der Suche nach Essen war oder versuchte ein schönes Mädchen zu verführen. Gleichzeitig war er aber auch der Schöpfer der Welt und oft lieferten die Geschichten einen praktischen Hinweis, wie die Menschen mit dem Leben fertig werden konnten.
Tschetan-withko seufzte laut, aber dann hörte er doch zu.
Wah-bo-sehns lächelte etwas, dann begann sie: „Es ist eine Geschichte der Cheyenne! Eine Frau, die bei uns lebte, hat sie erzählt!"
„So! Eine Cheyenne!", meinte Tschetan-withko, nun doch ein wenig abgelenkt.
„Ja! Auch die Crow rauben Frauen!"
„So, so!"
Sie schlug empört die Augen nieder, dann fuhr sie mit leiser Stimme fort: „Old-Man-Coyote lebte mit seiner Frau an einem Bach. Eines Tages sah er im Wasser wunderschöne Pflaumen schwimmen. Mitsamt seiner Kleidung sprang er in das Wasser, doch sobald er die Pflaumen berühren wollte, waren sie verschwunden. Das ist große Zauberei, dachte er. Er kletterte an das Ufer und blickte in das Wasser. Da! Dort schwammen wieder die leckeren Pflaumen. Vorsichtig schlich er sich näher und mit einem Satz sprang er in das Wasser. Wieder

verschwanden die Pflaumen! Wutentbrannt stieg Old-Man-Coyote aus dem Bach und dieses Mal schlich er sich noch vorsichtiger an. Mit einem Kopfsprung tauchte er nach den fetten Pflaumen, aber er stieß sich nur fürchterlich den Kopf am Grund des Baches. Wieder waren die Pflaumen verschwunden! Seine Frau kam heran und fragte verärgert, was er dort eigentlich machte. „Sieh nur Frau!", sagte Old-Man-Coyote. „Dort schwimmen fette Pflaumen im Wasser, aber jedes Mal, wenn ich sie holen möchte, sind sie verschwunden!" Die Frau lachte schallend und schimpfte: „Du dummer Mann! Im Wasser sind doch überhaupt keine Pflaumen! Die hängen hoch oben im Baum. Was du siehst, ist nur das Spiegelbild im Wasser."
Die Kinder lachten, aber Tschetan-withko schüttelte unwillig den Kopf. Wieso erzählte Wah-bo-sehns eine so dumme Geschichte?
„Ich denke, dass uns diese Geschichte erzählt, dass man manchmal einen anderen Weg wählen muss. Old-Man-Coyote hat nur die Pflaumen im Wasser gesehen, aber seine Frau hat den Kopf erhoben und die Pflaumen im Baum gesehen", meinte Wah-bo-sehns.
„Und wie soll uns das hier helfen?", fragte Tschetan-withko.
„Wir sehen nur die Büffel! Und wenn sie nicht kommen, starren wir in das Wasser, wie Old-Man-Coyote. Vielleicht müssen wir einen anderen Weg wählen."
Tschetan-withko starrte seine Frau sprachlos an, denn Weisheit sprach aus ihren Worten. Sie mussten einen anderen Weg wählen! Aber welchen? Seine ruhigen Augen musterten seine Frau und sie senkte verlegen den Blick, denn sie wusste auch keine Antwort.
„Tschetan-withko, ich weiß es nicht, aber wenn wir hier bleiben wollen, müssen wir lernen auch ohne Büffel zu überleben. Wir sollten mit Miles oder den Pawneefrauen oder der Nez-Percé-Frau reden, gemeinsam finden wir vielleicht einen Weg."
„Das ist eine gute Idee! Ich werde mit Traumpfeil darüber sprechen!"
Aus seiner Stimme klang wieder Zuversicht und sie lächelte erfreut. Sie mochte es nicht, wenn er verzweifelt war, denn sie brauchte seine Stärke und Kraft.
Die Kinder merkten den Stimmungsumschwung und lächelten erleichtert. Noch verstanden sie die Sorgen ihrer Eltern nicht, denn der Winter war fern und die Töpfe gefüllt.

Sonst erlegte ein kleiner Stamm fast tausend Büffel im Jahr, für die Frauen eine gewaltige Aufgabe, bei der sie gute zwei Monate mit der Verarbeitung beschäftigt waren. Jetzt hatten sie verhältnismäßig viel

Zeit und sammelten stattdessen Früchte und Gemüse. Aber selbst das würde nicht ausreichen, um sie über den Winter zu bringen.

Im Hochsommer erreichten die Lakota wieder den Old-Wife-See. Dort konnten sie wenigstens Vögel erlegen und fischen. Staunend blickten sie auf das neue Haus, das Miles gerade baute. Tatokala und Miles schwitzten bei der anstrengenden Arbeit. Ein Teil des Hauses wurde in einer Senke teils aus dem Boden gegraben. Es war die reinste Plackerei. Die Wände waren aus Grassoden und Lehm gebaut, mehrere Räume entstanden so und konnten ohne Probleme erweitert werden, wenn die Familie wuchs. Das wertvolle Holz nahm Miles nur für das Dach, aber auch dieses deckte er mit Grassoden. Er hatte sich zwei Fenster liefern lassen, in dieser Gegend ein wahrer Luxus, aber sie machten das Innere des Hauses freundlicher.

Tatokala zog mit seiner Frau in die alte Hütte ein, richtete sie jedoch wie ein Tipi her. Nur die Bettgestelle ließ er stehen, weil sie im Winter tatsächlich wärmer waren, als wenn sie am Boden schliefen. Stern-im-Auge war begeistert, weil sie die Hütte an die Erdhäuser ihres Volkes erinnerte. Liebevoll richtete sie ihr neues Zuhause ein, fegte es sauber, alles Dinge, die sie aus ihrer Kindheit kannte. Auch die erhöhten Betten waren für sie nichts Neues, denn in den Erdhäusern der Pawnee lief eine Sitzbank an der Außenwand entlang.

Miles baute eine einfache Latrine über einen Spalt im Boden, etwas, an das sich Tatokala erst einmal gewöhnen musste, weil er den Gestank verabscheute.

„Wenn du nicht willst, dass es bald überall stinkt, dann setz dich gefälligst auf die Latrine und streu Sand darüber“, erklärte Miles etwas schroff.

Das leuchtete Tatokala schließlich ein. Aber auch andere Änderungen traten in sein Leben, an die er sich erst einmal gewöhnen musste. Wo gingen weiße Frauen eigentlich hin, wenn sie ihre Menstruation hatten? Oder Rose? Stern-im-Auge zog einfach in ihr Tipi, aber wo sollte sie im Winter hingehen? Auch in das Tipi? Er beobachtete Rose scharf, aber sie ging nirgendwo hin. Vielleicht lag das aber auch daran, dass sie Dublin noch stillte?

Miles jedenfalls dachte, dass die beiden sich gestritten hätten, als Stern-im-Auge wieder für einige Tage in ihrem Tipi verschwand.

„Na, habt ihr euren ersten Streit?“, fragte er besorgt.

Kopfschüttelnd blickte Tatokala auf den weißen Mann. „Warum sollte ich mich mit ihr streiten?“
„Warum zieht dann Stern-im-Auge in ihr Zelt?“
„Sie geht dorthin, weil alle Frauen das einmal im Mond machen“, erklärte Tatokala etwas umständlich.
Miles wurde verlegen, denn natürlich kannte er den Brauch des Menstruationszeltes. Er hatte nur nicht daran gedacht.
„Macht das deine Frau nicht?“, wagte Tatokala zu fragen.
„Nein! Sie bleibt bei mir im Haus.“
„Hast du keine Angst, dass sie die Kraft aus deinen Waffen nimmt?“
„So ein Quatsch!“
Tatokala zuckte merklich zusammen. Für ihn waren es manchmal zu viele Neuerungen auf einmal. Seine schwieligen Hände zeugten von der schweren Arbeit und sein Oberkörper entwickelte kräftige Muskeln. Die körperliche Arbeit verwandelte Tatokala von einem schlaksigen Jüngling in einen kräftigen Mann. Meist trug er nur einen Lendenschurz und sein brauner Körper glänzte vor Schweiß. Haun! Die Arbeit bei Miles war anstrengend, aber wenn das Haus erst fertig war, würde es besser werden. Sein Ehrgeiz hatte ihn gepackt, denn er wollte hinter Miles nicht zurückstehen, aber über viele Dinge wollte er erst einmal in Ruhe nachdenken. Jetzt war Sommer und ob er Stern-im-Auge im Winter in der Hütte ließ, darüber konnte er später entscheiden.

Stolz zeigte er Tschetan-withko sein Haus, als dieser mit Tschaske und Wolfssohn auf einen Besuch vorbeikam. Hoh! Jetzt konnte er Stern-im-Auge immerhin etwas bieten!
Lachend umarmte Stern-im-Auge ihren Sohn und hieß auch Wolfssohn willkommen. Sie hatte die beiden Kinder sehr vermisst und machte ihnen einige süße Fladenbrote. Das Rezept hatte sie von Rose, die froh über die Gesellschaft war. Keine der Frauen musste bei ihren Stämmen allein alle Arbeiten verrichten und so entstand schnell eine Zweckgemeinschaft zwischen den beiden.
Hinter dem Haus hatten sie gemeinsam ein kleines Feld angelegt und zufrieden beobachteten sie, wie dort der erste Mais wuchs. Anfangs hatte Miles sie belächelt, trotzdem hatte er ihnen einen Beutel Saatgut mitgebracht. Inzwischen fand er die Idee ganz gut, denn der Mais erweiterte ihren Speiseplan im Winter. Er überlegte sogar, ob er

im nächsten Jahr nicht für die Pferde ein Feld Hafer anbauen sollte. Wissbegierig schauten sich die Kinder um, während Tschetan-withko mit Tatokala eine Pfeife rauchte. Leise erzählte Tschetan-withko von dem Ausbleiben der Büffel und von seinen Sorgen vor dem kommenden Winter. Tatokala senkte nachdenklich den Kopf. Er war froh, dass er für Miles arbeitete und so seine Frau ernähren konnte. Vielleicht konnte er auch Tschetan-withko ein wenig helfen.
Tschetan-withko winkte ungeduldig, fast beleidigt ab. „Noch jage ich für meine Familie! Danke! Aber wir werden lernen müssen, auch ohne Büffel zu überleben."
„Vielleicht könnten eure Frauen ein Maisfeld anbauen?", schlug Tatokala vor.
„Vielleicht", meinte Tschetan-withko wenig begeistert. Sie waren Büffeljäger, keine Pawnee oder Arikara. Andererseits konnte man ja darüber nachdenken. Letztendlich war es Sache der Frauen, ob sie so etwas tun wollten. Nachdenklich sah er hoch, als Stern-im-Auge und Rose an ihm vorbeigingen. War Mais die Lösung?

Er schlenderte zum Ufer des Sees und sah zu, wie die Kinder dort badeten. Seine Söhne hatten das Kanu von Miles erobert und versuchten sich in der Technik des Angelns, die der weiße Mann ihnen gezeigt hatte. Tschetan-withko überlegte, ob er ihnen nicht eine andere Art des Fischens zeigen sollte. Es gab uralte Geschichten, wie ihre Vorfahren einst nachts gefischt hatten, indem sie die Fische mit einem Feuer angelockt und sie dann mit Speeren aufgespießt hatten.
Zufällig kam Antilopensohn vorbei und setzte sich neben ihn. „Wo ist denn dein Schatten?", fragte Tschetan-withko.
Antilopensohn deutete mit den Lippen zum Ufer. „Dort!" Der kleine Nez-Percé-Junge hatte sich den Kindern angeschlossen und sah verstohlen zu, wie die Lakotajungen johlend im See badeten. Er blieb lieber im flachen Wasser, in der Nähe seiner Mutter, die mit abwesendem Gesichtsausdruck am Ufer hockte.
Antilopensohn runzelte unwillig die Stirn, als er sah, dass der kleine Junge am Ufer oder im flachen Wasser blieb. Offensichtlich konnte er nicht schwimmen. Aber alle Kinder mussten schwimmen lernen. „Er kann nicht schwimmen!", erklärte er überflüssigerweise.
„Dann zeig es ihm doch!", wurde er von Tschetan-withko ermuntert.
„Haun!", stöhnte Antilopensohn.
Doch dann zog der Krieger doch seinen Lendenschurz aus und watete zu dem Kind. „Halt dich fest!", bot er freundlich an und nahm den

Jungen auf seinen Rücken. Geschmeidig glitt er mit Kleiner-Vogel durch das Wasser und lehrte ihn so, möglichst flach auf dem Wasser zu liegen. Es war seltsam, sich um das Kind zu kümmern. Aber es war schön.

„Das Wasser trägt dich", erklärte er. „Du musst nur ein wenig paddeln, dann schwimmst du von ganz alleine." Neugierig tastete der kleine Junge über die tiefe Narbe, die Antilopensohns Rücken verunstaltete. „Was ist das?"

Der Krieger versteifte sich, als die Erinnerung ihn einholte. „Haun! Ein großer Bär! Ich war nicht vorsichtig genug!"

Behutsam ließ er das Kind von seinem Rücken ins Wasser gleiten und stützte ihn nur mit seiner Hand. Strahlend strampelte der Nez-Percé-Junge um ihn herum, bis der Krieger ihn ermahnte, lieber den Mund zu schließen, damit er kein Wasser schluckte. Kleiner-Vogel vertraute dem Krieger völlig und hatte in seiner Gegenwart überhaupt keine Angst. „Schau mal!", schrie er begeistert zu seiner Mutter. „Ich kann schwimmen wie ein Biber!"

Klares-Wasser stand gedankenverloren am Ufer und sah den beiden zu. Ihr Sohn hatte sich gut erholt, verschwunden war der aufgeblähte Bauch und er sprach bereits gut Lakota. Mit einer Geschwindigkeit, wie sie nur Kindern zu eigen ist, hatte er die neue Sprache gelernt. In seinem Alter verstand er überhaupt nicht, dass er jetzt bei einem anderen Volk lebte. Anfangs hatte er sich noch gewundert, dass Dinge anders genannt wurden, aber schnell hatte er sich den anderen Kindern angepasst und die neuen Wörter aufgeschnappt. Klares-Wasser dagegen verweigerte sich in ihrer Trauer nach wie vor der neuen Umgebung. Sie versorgte ihren Sohn und half Uinohnah bei der täglichen Arbeit, aber geistig hatte sie in sich zurückgezogen und lernte die Sprache nur langsam. Oft saß sie trauernd im Schilf, dachte an ihr Volk und wurde von Heimweh geplagt. Sie dachte an die Berge ihrer Heimat, an die klaren Bäche und grünen Wiesen. Hier war alles flach und die weiten Entfernungen ließen ihre Augen schwindelig werden. In der Prärie gab es nur endloses Grasland, Wolken und den ewigen Wind, der sie störte. Nur dadurch merkte sie überhaupt, dass sie noch lebte. Sie hatte Antilopensohn eine bunte Tasche aus Maisbinsen geflochten und der Krieger war so bewegt gewesen, dass er darin sein Medizinbündel eingewickelt hatte. Seine Freude hatte

kurz ihre Trauer durchdrungen und zum ersten Mal erkannte sie, dass auch er tief verletzt war. Aber sie fragte nicht warum, denn sie konnte keinen weiteren Schmerz mehr ertragen, wollte sich nicht mit anderen traurigen Geschichten belasten.
Ebenso wie Antilopensohn ließ Uinohnah sie in Ruhe, obwohl dieser die Enge in ihrem eigenen Tipi manchmal auf die Nerven ging, denn beide Menschen lebten immer noch bei ihr. Jetzt im Sommer spielte sich das Leben meist draußen ab, doch im Winter würde es wieder eng werden. Aber sie sagte nichts und es lag ihr fern, Antilopensohn zu einer Entscheidung zu drängen.

Lo Tschinpi

Hunger (Winter 1878/79)

Zu Beginn des Winters zog der Stamm zu den Wood Mountains und sie bauten ihr Dorf dort auf, wo sie den ersten Winter in Kanada verbracht hatten. Tschaske blieb schweren Herzen bei seiner Mutter zurück, aber er hatte seine Mutter den Sommer über vermisst und darum gebeten, eine Weile bei ihr zu sein.
Bei den Wood Mountains trafen sie Rabenfrau, die sich darüber freute, ihre Freundinnen zu sehen. Sie zog mit den Lakota weiter nach Süden, damit sie im Winter nicht so allein war. Robert Schultz war einverstanden, denn das Lager befand sich in der Nähe seines Postens.

Blauer-Donner sauste sofort zu Graueulenmädchen, um mit ihr zu spielen und neugierig fragte ihre Freundin sie nach dem weißen Mann aus. „Chobäh ist jetzt mein Vater!", erzählte Blauer-Donner stolz. „Wenn ich groß bin, dann heirate ich auch einen von den roten Geistern."
„Warum?", wollte Graueulenmädchen wissen.
„Sie sind tapfere Krieger. Und sie haben viele schöne Dinge!"
„So, was denn für Dinge?"
Stolz zeigte das Kind ihr neues Kleid aus buntem Baumwollstoff. „Sieh nur! Und ich habe eine neue Puppe und ich lebe in dem Haus eines Weißen."
Graueulenmädchen schwieg lieber, denn sie wusste nicht so recht, ob das nun ein Vorteil oder ein Nachteil war. Sie dachte an die verrauchte Hütte von Tatokala, in der Tschaske nun lebte. „In den Häusern der Weißen raucht es sehr", meinte sie.
„Aber im Winter ist es schön warm!", verteidigte Blauer-Donner die Errungenschaften der Weißen.
„In unserem Tipi ist es auch warm!", schoss Graueulenmädchen zurück.
Blauer-Donner zügelte ihre Zunge, denn sie merkte, dass ihre Freundin verärgert war. Sie lächelte freundlich. „Du bist meine Freundin und ich freue mich, wenn du mich besuchen kommst."
„Das ist gut!", antwortete Graueulenmädchen.
Mahtola quengelte leise und sachte nahm Graueulenmädchen ihr Brüderchen auf den Schoß. Wah-bo-sehns sammelte mit Verlorenes-

Hirschkalb Nüsse und Eicheln für den Winter, während sie das Baby betreute. Sie kaute etwas Fleisch weich und stopfte es dem Baby in den Mund. Blauer-Donner lachte bewundernd. Sie wünschte sich auch ein Geschwisterchen!
Müde und mit schmerzenden Armen vom Holzhacken kam Tschetan-withko in das Zelt. Diese Arbeit war neu, denn bisher hatten die Frauen für das Feuerholz gesorgt. Aber die Winter in Kanda waren zu kalt, um nur mit Ästen das Tipi zu heizen. Die Krieger hatten angefangen, umgestürzte Baumstämme zu zersägen und klein zu hacken, wie sie es bei Miles gesehen hatten. Sorgfältig verstaute Tschetan-withko die Axt bei seinen Waffen, dann schleifte er einen Haufen Zweige in das Zelt und schüttete sie zu einem Lager auf, das er dicht mit Fellen auslegte. „Dann wird es so warm, wie bei Miles und Tatokala", meinte er zufrieden. Die beiden Mädchen kicherten respektlos und Tschetan-withko schaute sie stirnrunzelnd an.
„Jetzt haben wir fast das Haus eines Weißen, nur dass es nicht so stinkt!", erklärte Graueulenmädchen frech.
Nachdenklich blickte Tschetan-withko auf den Rauchabzug. „Stimmt", meinte er. „Wo ist Wolfssohn?"
„Er wollte mit Takukin jagen", antwortete das Kind. Dann fügte sie hinzu: „Er vermisst Tschaske!"
„Ich auch, aber im Frühjahr kommt er wieder zu uns."
„Das ist noch so lang!"
„Ja!" Insgeheim war Tschetan-withko froh, dass Tschaske bei seiner Mutter geblieben war, denn er wusste nicht, wie er seine eigenen vier Kinder durch den Winter bringen sollte. Außer Eichhörnchen, Kojoten, Hasen und einigen Vögeln gab es nichts mehr, was er jagen konnte. Selbst die Fische im See wurden spärlich. Die Lakota tauschten einige Säcke Mehl bei dem Handelsposten, doch bald würden sie nichts mehr zum Tauschen haben, dann mussten sie eben ihre Hunde und Ponys schlachten.

Der Schnee kam und mit ihm eine unmenschliche Kälte. Alles schien zu erstarren, trotzdem wagten sich die Krieger mit Schneeschuhen an den Füßen nach draußen, um weiterhin zu jagen. Jedes Kaninchen, jedes Schneehuhn, jeder Waschbär bedeutete einen Tag länger ihre Vorräte zu schonen. In vielen Dörfern brach eine Hungersnot aus, doch die kanadische Regierung unterstützte nur die Stämme, die in den zugewiesenen Reservaten lebten, also nicht die Sioux. Einige Mounties und Trapper halfen den hungernden Menschen, aber es war immer nur ein Tropfen auf den heißen Stein. Auch Robert Schultz kam regelmäßig mit Lebensmitteln vorbei und erlebte, was es hieß, eine Lakotafrau geheiratet zu haben: Er unterstützte die gesamte Familie seiner Frau. Dazu gehörten Sohn-des-Windes und seine Frau, Tschapa mit seiner Mutter und seinem älteren Bruder, sowie eine Tante und ein Onkel. Gleichgültig, was er seiner Frau mitbrachte, er musste immer berechnen, dass sie alles mit diesen Menschen teilte. Er verbrauchte fast seinen gesamten Sold, um seine Familie zu ernähren und manchmal gaben ihm seine Kameraden auch noch Lebensmittel mit. Trotzdem magerten die Lakota erschreckend ab. Hohlwangige Kinder blickten hungrig in die leeren Töpfe und die Eltern sparten sich jeden Bissen vom Munde ab.

Morgenröte verlor ihr Baby, das im Frühjahr geboren werden sollte und Sohn-des-Windes verdammte den Hunger und das Elend. Wenn sie nur mehr zu essen gehabt hätte, aber sie gab alles ihrem kleinen Sohn und achtete nicht darauf, dass auch ihr Körper mehr Nahrung brauchte. Es wäre ein kleines Mädchen gewesen und sie hüllten es in eine bunte Decke, um sie in einer Astgabel zu bestatten. Morgenröte weinte sich die Augen aus, als das kleine Wesen so schutzlos der Kälte ausgeliefert war. Klagend schaukelte sie vor und zurück, ein abgemagertes Gespenst mit eingefallenen Wangen und spitzer Nase. Nichts war mehr von ihrer Schönheit übrig geblieben.

Sohn-des-Windes schwor sich, endlich zu den Crow zurückzukehren, denn er wollte nie wieder hungern und seine Frau so traurig sehen! Behutsam setzte er ihr Donnern-am-Fluss in den Schoß, denn wenigstens dieses Kind brauchte noch seine Mutter. Er hatte plötzlich Angst, dass sie sich einfach auflösen würde.

„Morgenröte!", bat er eindringlich. „Wir haben so viel überstanden. Wir werden auch das überstehen. Finde zu uns zurück! Dein Sohn braucht deine Liebe."

Ihre dürren Finger umklammerten den Sohn in plötzlicher Panik, auch dieses Kind zu verlieren. „Ich will nicht in Untschi Makotsche bleiben, denn hier ist nur Hunger und Kälte!"

Seine Lippen wurden schmal. „Ich werde ein Pony schlachten, damit du nicht mehr hungern musst."

„Jetzt brauche ich kein Fleisch mehr", wehrte sie verbittert ab.

„Eines Tages bringe ich dich zu meinem Volk. Dort musst du nicht hungern."

„Woher willst du das wissen? Auch in den Reservationen hungern die Menschen!"

„Wo willst du dann hin?", fragte Sohn-des-Windes mit einem Kopfschütteln.
„In ein Land, in dem es warm ist und in dem genügend Büffel leben!", wünschte sie sehnsüchtig.
„Unser Leben war immer hart. Wir werden lernen zu überleben und dann werden wir wieder ein Baby haben. Du wirst sehen!"

In dem großen Versammlungszelt wurden unterdessen hitzige Diskussionen geführt, wie man mit dem Hunger fertig werden sollte. Einige Ponys waren inzwischen geschlachtet worden und so manche Familie dachte daran, den Blauröcken nachzugeben und in die Reservation zu gehen. Noch solch einen Winter wollte niemand mehr durchstehen. Ihre Ponys waren ihr Reichtum, wie sollten sie existieren, wenn sie jeden Winter ihre Pferde schlachten mussten? Bislang hatten sie sich immer darauf verlassen können, dass im Frühjahr die Büffel zurückkehrten, doch jetzt war alles ungewiss.
„Vielleicht sollten wir ein Maisfeld anlegen?", überlegte Tschetan-withko.
Unruhe brach aus, denn sie waren keine Bauern!
Aber Traumpfeil stimmte ihm zu: „Das Wild wird immer spärlicher! Wenn wir hier überleben wollen, müssen wir unsere Lebensweise ändern."
Traurig dachte Tschoka-sapa an die hungrigen Augen seiner Kinder.
„Die Frau des weißen Mannes hat auch ein Feld angelegt. Obwohl er Pferde züchtet, überlegt er, ob er nicht ein weiteres Feld anbauen sollte. Was der weiße Mann mit seiner Shoshonefrau kann, das können wir auch."
„Hohch! Wir wissen nichts über Ackerbau!", wandte Viele-Feinde ein.
„Nein, aber deine Frau! Sie ist eine Pawnee."
Betreten senkte Viele-Feinde den Kopf. Seine Frau! Bald würde sie ihm ein weiteres Kind gebären. Er hatte eine große Angst, dass sie es genauso verlor, wie Morgenröte ihr Baby. Doch selbst, wenn es geboren wurde, wie sollte er es hier ernähren?
Tschetan-withko hatte eine noch bessere Idee: „Wir sollten mit Miles sprechen! Wenn wir in seiner Nähe Mais anbauen, dann kann Stern-im-Auge uns helfen."

„Ja, und wir könnten den Sommer über jagen und erst im Herbst zurückkehren, wie es auch die Pawnee machen", meinte Hitschikyata.
Alle schwiegen verblüfft, als auch der Medizinmann diese Pläne für gut befand. Zögernd erhob Antilopensohn seine Stimme: „Vielleicht könnte auch die Nez-Percé-Frau helfen. Auch ihr Volk bestellt den Boden."
„Wird sie denn solange bleiben?", fragte Tschetan-withko.
Antilopensohn zuckte mit den Schultern. „Wo soll sie denn hin?"
Alle blickten ihn fragend an, aber er führte den Gedanken nicht weiter aus. Sie war einfach nur da.
„Wir reden mit Miles!", beendete der Häuptling die Diskussion.
Erleichtert kehrte Tschetan-withko zu seinem Zelt zurück. Noch war nichts entschieden, aber wenigstens dachten die anderen jetzt in eine neue Richtung. Hauptsache sie redeten nicht davon, dass sie zurückkehren wollten.
Mit flinken Fingern drehte er an dem Seil, das er aus den Schwanzhaaren eines geschlachteten Ponys flocht. Manchmal schaute er zu Wah-bo-sehns, die an einem schönen Überzug für sein Gewehr stickte. Verlorenes-Hirschkalb stickte an einer Puppen-Babywiege für Graueulenmädchen. Er fand, dass es schon ganz gut aussah, was ihre geschickten Hände dort nähten. Lächelnd blickte er auf seine Tochter, die er bei den Pawnee geraubt hatte. Es war gut gewesen, sie mitzunehmen. Sie bereitete ihm viel Freude, ebenso wie Graueulenmädchen. Nie hätte er gedacht, dass er einst vier Kinder haben würde. Sie bereicherten sein Leben, aber am dankbarsten war er für Wah-bo-sehns. Obwohl sie noch stillte, lag sie mit Mahtola unter seiner Decke, so war es für alle wärmer. Es erinnerte ihn daran, wie sie Graueulenmädchen gewärmt hatten, als er sie von den Crow geraubt hatte. Ein wenig konnte er nachvollziehen, wie es Wah-bo-sehns damals ergangen sein musste. Weggerissen von ihrer Familie und dem Land, in dem sie aufgewachsen war. Er war nicht weggerissen, aber er war ein Flüchtling. Wenigstens hatte er noch seine Freunde um sich und seine Familie!
Hitschikyata lebte immer noch in seinem Zelt und Tschetan-withko war froh um den jungen Mann, denn dieser half ihm seine große Familie zu ernähren. Jetzt im Winter wäre es sowieso Verschwendung gewesen, für ihn ein eigenes Zelt aufzubauen. Es war kalt hier in Kanada! Oder wie hieß es in der Sprache der Weißen? Verdammt kalt!

So schimpfte jedenfalls Miles, obwohl es in seiner Hütte noch vergleichsweise warm war. Er nutzte jedoch nur die große Wohnküche mit dem Kamin und einen Schlafraum, in dem ein kleiner Ofen stand. Alle anderen Räume waren zu kalt!
Als die Mounties ein Zimmer als Zwischenstation einrichteten und sogar einen Ofen bereitstellten, wurde es besser. Wenn sie nicht da waren, ließ er die Kinder in dem Zimmer schlafen, ansonsten krochen sie zu ihm und Rose in das breite Bett. Auf ihren Patrouillen kamen die Mounties gerne bei ihm vorbei und brachten ihm die neuesten Nachrichten. Er machte sich Sorgen um seine Tochter, denn er wusste, dass die Sioux ausgehungert werden sollten. Er gab Sergeant Wilde etwas Geld mit, damit seine Tochter sich Mehl kaufen konnte.

Che-ni-win weinte vor Dankbarkeit. Jetzt konnte sie wenigstens den Zwillingen etwas kochen. Der ewige Hunger hatte sie ausgemergelt und ihre Brüste gaben kaum noch Milch. Elchkalb durchstreifte den ganzen Tag bei bitterster Kälte den Wald, aber sein Jagderfolg war mäßig. Ebenso erging es Wah-bo-sehns, obwohl sie nur ein Baby stillen musste. Alle hofften auf die Rückkehr der ersten Zugvögel, die ihre Not endlich lindern würden. Als Sergeant Wilde das Geld brachte, biss sich Elchkalb auf die Lippen, aber er schluckte seinen Stolz hinunter und ritt mit Tschetan-withko zum Handelsposten. Er konnte seine Familie sehr wohl ernähren! Allen ging es schlecht, weil die Blauröcke weiter Druck auf sie ausübten. Gebt auf oder verhungert, lautete der Befehl. Elchkalb wollte nicht aufgeben, lieber nahm er das Geld seines Schwiegervaters. „Für den nächsten Winter brauchen wir eine andere Lösung!", meinte er zornig.
„Wir brauchen bereits jetzt eine Lösung!", entgegnete Tschetan-withko ernst.
„Dann schlachten wir halt noch ein Pony!", trotzte Elchkalb. Für ihn gab es kein Zurück.
„Was machst du, wenn wir im nächsten Winter keine Ponys mehr haben?"
Elchkalb wusste darauf keine Antwort. Seine verträumten Augen waren schmal vor den drückenden Sorgen.
Für das Geld erhielten sie vier Säcke mit Mehl, sonst kauften sie nichts. Nicht einmal Patronen für ihre Gewehre, denn sie konnten mit Pfeil und Bogen jagen, das kostete nichts. Gerecht verteilten sie das Mehl auf alle Zelte und am Abend duftete es nach Pfannkuchen mit Stachelbeerkompott. Aber der Winter in diesem Land war lang.

Er reichte vom Mond der fallenden Blätter bis zum Mond des grünen Grases, eine Zeit, in der die Menschen an das Tipi gefesselt waren und kaum ausweichen konnten.

Eisige Winterstürme tobten über das Land und tagelang konnten die Indianer die Zelte kaum verlassen. Die Ponys drängten sich in einer Senke zusammen und Eis glitzerte in ihren zotteligen Mähnen. Alles schrumpfte vor lauter Kälte zusammen. Die Bäume beugten sich vor dem Wind, Sträucher drückten sich an den Boden, Menschen kauerten sich zusammen, am Himmel flimmerten merkwürdige Lichter. Sogar der Rauch aus den Zelten kringelte sich erst um die Tipis, ehe er nach oben schwebte.

Endlich legte sich der eisige Wind und die Sonne tastete vorsichtig nach ihren indianischen Kindern. Aber sie war tückisch, denn nicht nur wärmenden Strahlen umfingen die frierenden Menschen, sondern auch gleißende Helligkeit, die wie Nadeln in die Augen stach. Einige Jungen wagten sich heraus und sausten mit ihren Schlitten einen Hang hinunter. Hier und da trabte ein Krieger auf Schneeschuhen davon, sonst ließen sich nur Hunde blicken, oder Wölfe. Tschetan-withko und Viele-Feinde jagten mit Sapa einige Schneehühner. Der Wolf lief voran, eifrig schnüffelte er im Schnee. Er trieb einen Kojoten auf, der jaulend davonrannte. Tschetan-withkos Pfeil traf ihn sicher und gut gelaunt nahm er das erlegte Tier mit.
„Sapa ist ein guter Jäger! Fast besser als du!", bewunderte Viele-Feinde das treue Tier.
Tschetan-withko kicherte leise. „Ja, selbst jetzt haben wir durch ihn immer etwas zu essen. Deshalb ist er auch noch nicht in unserem Kochtopf verschwunden."
Der Wolf wandte sich um und hechelte ihm zu, als hätte er die Worte verstanden. Tschetan-withko lächelte. „Keine Sorge! Du bist mein Traumtier. Dich esse ich schon nicht!"
Beruhigt trottete der Wolf weiter und verblüfft schaute Viele-Feinde zwischen ihnen hin und her. „Du redest mit ihm, als könnte er dich verstehen."
„Das kann er auch. Er versteht vieles von dem, was ich sage."
„So wie ein Hund?"
„Mehr! Was ist? Wollen wir reden oder jagen?", forderte Tschetan-withko seinen Freund auf.

„Ha! Sage doch deinem Freund, dass ich jetzt gerne ein paar Hühner zum Essen hätte!"
Sie fanden noch einige Schneehasen, deren weiches Fell ein schönes Geschenk für die Frauen sein würde und machten sich auf den Rückweg. Tschetan-withko fühlte sich schlapp und war ganz froh ins Dorf zurückzukehren. Leichter Husten schüttelte ihn und er hatte einen schweren Kopf.

Anfangs wurde aus Husten nur eine leichte Erkältung und wie er es gewohnt war, versuchte er mit einer Schwitzhüttenzeremonie seinen Körper und Geist zu reinigen. Aber die Gebete halfen nichts, stattdessen verschlimmerte sich die Krankheit. Der sonst so abgehärtete Krieger lag kurz darauf verschwitzt und von Fieber gebeutelt auf seinem Lager, hustete gelben Schleim und fühlte sich so schwach wie ein Baby. Die Glieder schmerzten und sein Kopf schien zu zerspringen. Hitschikyata versuchte sein Möglichstes, flößte ihm Medizin ein und rieb seine Brust mit einer stinkenden Paste ein. Nur leise spielten die Kinder im Hintergrund oder wichen in andere Zelte aus. Das war allerdings schwierig, denn inzwischen waren viele Menschen erkrankt.
Verlorenes-Hirschkalb, die sonst gerne mit Blaufeder spielte, musste im eigenen Zelt bleiben, denn auch Tschoka-sapa, der Vater ihrer Freundin, war schwer erkrankt. So erlebte das Pawneemädchen, wie es ihrem Vater immer schlechter ging. Tschetan-withko, der Mann, der Sicherheit für sie bedeutete, der sie immer wieder aus all diesem Chaos der letzten Sommer und Winter gerettet hatte. Angst griff nach ihrem Herzen, als sie den starken Vater so schwach auf seinen Fellen liegen sah. Wer würde sie beschützen, wenn auch er zu den Sternen ging? So wie ihre Eltern? Zum ersten Mal seit langer Zeit dachte sie wieder an den schrecklichen Überfall und an die starke Hand, die sie aus der Gefahr gezogen hatte. Bittend nahm sie Tschetan-withkos Hand in ihre schmale und führte sie an ihre Wange. „Bitte, verlasse mich nicht!"
Nach einigen Tagen war der Krieger in einem Zustand zwischen Leben und Tod, seine Haut schien fast durchsichtig zu sein und er wälzte sich in Fieberträumen. Wah-bo-sehns saß mit zusammengekrampftem Herzen neben ihm, kühlte seinen heißen Körper und betete. Leiser Singsang erfüllte das Zelt, manchmal unterbrochen von dem Schlagen einer Trommel, wenn auch Hitschikyata um Beistand flehte.

Dann bekam auch Mahtola das Fieber und sein kleiner Körper glühte. Wah-bo-sehns weinte verzweifelt. Sie hatte das Kind doch warm gehalten, ihm einen warmen Anzug genäht. Wieso wurde er so krank? Verzweifelt kämpfte sie um das Leben der beiden Menschen, während Wolfssohn mit großen Augen auf seinen todkranken Vater starrte. Würde er jetzt auch seinen Vater verlieren, so wie es Tschaske ergangen war?
Hitschikyata verzweifelte. Wieso versagten seine Heilmittel? Voller Trauer hörte er auf das herzzerreißende Schreien, das aus Tschoka-sapas Zelt erklang. Der Krieger war am Morgen nicht mehr erwacht. Er hatte als Freund und Heiler versagt! Trotz aller Pflege und aller Gebete hatte das Fieber den Krieger besiegt. Tschoka-sapa war zu den Ahnen gegangen. Otter-der-die-Crow-narrt würde nun für seine Mutter und seine Schwestern sorgen müssen. Wie viel mussten Blaufeder und Crow-Bären-Mädchen noch erdulden? Sein Volk wurde wahrlich heimgesucht! Vielleicht war es nicht gut, dass sie in den letzten Sommern den Sonnentanz nicht mehr getanzt hatten? Wurde jetzt ihr Stamm bestraft? Verzweifelt biss sich Hitschikyata auf die Lippen: Ihre heiligen Zeremonien und Gebete brachten keine Linderung!
Selbst in den Büchern des Doktors fand er nichts, was er nicht schon versucht hätte. Außerdem verstand er den Sinn vieler Worte nicht. Besorgt blickte er auf seinen väterlichen Freund, bei dem er nun schon seit mehreren Wintern lebte. Er wusste, dass dieser sterben würde. Tag um Tag ging es ihm schlechter.
Doch Tschetan-withko kämpfte. Er wollte nicht sterben! Er klammerte sich an das Leben, sog rasselnd die Luft ein, aber er erlaubte seinem Herzen nicht, dass es zu schlagen aufhörte. In den dunklen Fieberträumen sah er Wah-bo-sehns, die sich mit ihren sanften Augen zu ihm niederbeugte. „Bitte, mein Mann! Verlasse mich nicht!"

Hitschikyata entschloss sich zu einer letzten Verzweiflungstat. Außer Tschoka-sapa waren bereits zwei weitere Erwachsene und zwei Kinder gestorben und er rechnete mit weiteren Toten. Er ritt zu dem Stützpunkt der Mounties und bat um Hilfe.
Zu seinem Entsetzen, war Doktor Nevitt nicht da. Die Hustenkrankheit hatte viele Stämme befallen und so war der Arzt ständig unterwegs, um nach den Kranken zu sehen. Enttäuscht kehrte Hitschikyata zurück, nur mit dem Versprechen, dass die Mounties dem Arzt Bescheid geben würden. Verzweifelt setzte sich Hitschikyata neben

den todkranken Krieger und betete für seine Seele. Wenn er ihn schon nicht retten konnte, wollte er ihn wenigstens für die letzte Reise vorbereiten.

Hufgetrappel ertönte, als zwei Tage später eine Patrouille der Mounties in ihr Dorf ritt. Doktor Nevitt klapperte unermüdlich die Dörfer und Siedlungen ab, um nach seinen Patienten zu sehen. Mit einem besorgten Grinsen schlüpfte er in das Zelt von Tschetan-withko und schüttelte den Schnee von seiner Jacke. „Hallo Medizinmann!"
In Hitschikyatas Augen schimmerte blanke Verzweiflung. „Doktor!", murmelte er unendlich erleichtert.
„Was ist denn hier los?" Geschäftig setzte sich der Arzt zu dem Kranken und zog sein Hörrohr aus der Tasche. Aber auch ohne dieses Instrument hörte er deutlich den rasselnden Atem. „Uh, das klingt nach einer Lungenentzündung!" Sorgfältig horchte er auf die Geräusche, die aus der Brust zu ihm drangen, dann tastete er vorsichtig nach Tschetan-withkos Stirn. „Na, dann wollen wir doch mal sehen", murmelte er mehr zu sich selbst.
„Hast du ein Heilmittel gegen den Geist in seiner Brust?", fragte Hitschikyata hoffnungsvoll.
„Vielleicht, wenn es nicht schon zu spät ist! Tschetan-withko hat es schwer erwischt. Manchmal wehrt sich dann der Körper nicht mehr." Er holte einen Sack hervor, in dem mehrere getrocknete Wurzeln lagen. Dann verlangte er nach einem Topf mit Wasser und bat den Medizinmann, die Wurzel auskochen zu lassen.
„Das sieht aus wie eine Senega Wurzel", wunderte sich Hitschikyata.
„Richtig!", stimmte der Doktor zu. „Kennst du sie?"
Hitschikyata nickte kurz. „Aber ja, ich nehme sie, um Klapperschlangenbisse zu heilen."
Doktor Nevitt hob erstaunt die Augenbrauen. „Na ja, und wenn man daraus einen Sud kocht, dann hilft sie gegen Husten."
„Wirklich?" Hitschikyata legte ungläubig den Kopf schief.
„Wirklich!", bestätigte der Arzt. „Du kochst einen Sud aus der Wurzel und gibst deinen Patienten mehrmals täglich einen Löffel davon. Aber mische es mit Eschensaft, denn die Medizin ist sonst sehr bitter."
„Ich habe es mit diesen Kräutern hier versucht", erklärte Hitschikyata und zeigte dem Arzt einige getrocknete Pflanzen.
„Oh, wir nennen es Echinacea! Das kannst du weiterhin geben. Es stärkt die Abwehr."

„Das kennst du auch?", wunderte sich der Medizinmann.
„Aber sicher!"
Der Arzt erhob sich und machte eine Geste in Richtung des Topfes, in dem die Wurzel kochte. „Ich schaue nach den anderen Patienten und komme dann wieder." Mit seinen Bündeln kroch er aus dem Tipi und war verschwunden.
Hitschikyata blieb bei dem Feuer und schaute misstrauisch in das brodelnde Wasser. Klapperschlangenmedizin! Der weiße Mann hatte wirklich seltsame Einfälle.
Nach einiger Zeit kehrte Nevitt zurück und rührte mit einem Löffel in dem Sud, der langsam eindickte. „Sieht gut aus!", stellte er zufrieden fest. „Habt ihr noch Eschensaft?"
Hitschikyata reichte dem Arzt einen kleinen Topf. Nevitt nahm einen Löffel, tunkte ihn in den Eschensaft und füllte ihn dann mit dem Sud. Vorsichtig beugte er sich über den Schwerkranken und flößte ihm die Medizin ein. „Wird schon wieder", murmelte er.
Unsicher schaute Hitschikyata ihm zu, überlegte, ob er dem Arzt einfach trauen sollte. Warum betete der Arzt nicht? Verzweifelt presste er die Lippen zusammen und unternahm nichts. Diese Medizin war vielleicht die letzte Rettung, denn seine Heilkünste waren erschöpft.
„Wird die Medizin der roten Geister helfen?", fragte Wah-bo-sehns besorgt. Ihr Gesicht war schmal vor Sorge und in ihren Augen saß blanke Verzweiflung.
Hitschikyata biss sich auf die Lippen, denn er wollte nicht, dass sie wieder Witwe wurde. „Ich weiß es nicht! Aber ich vertraue dem weißen Medizinmann."
„Wird er auch Mahtola helfen?"
Bittend fasste Hitschikyata nach dem Ärmel des Arztes. „Mahtola hat auch diesen bösen Geist in der Brust!"
Der Arzt lächelte amüsiert. „Hitschikyata! Du hast inzwischen so viele Bücher gesehen. Es ist kein böser Geist! Die beiden haben Fieber, weil sie geschwächt sind von dem kalten Winter und ihre Lunge hat sich entzündet."
Hitschikyata dachte wieder an das Buch. „Die Lunge? Mit der wir atmen?"
„Ja, wenn es sehr kalt ist, wird sie krank."
„Und diese Medizin hilft?"
„Ja! Jetzt geben wir Mahtola auch einen Löffel davon und warten ab."
„Und ich bete!"

Der Arzt nickte. „Ja, Gebete haben noch nie geschadet. Und gib den beiden auch von deinem Echinacea! Das wird auch helfen. Ich gehe in die anderen Zelte und gebe auch den anderen Erkrankten von diesem Sud. Morgen sehen wir weiter."
„Du kannst hier schlafen", bot Hitschikyata an.
„Gut! Es ist vielleicht besser, wenn ich bei euch bleibe. Tschetan-withko hat es wirklich schwer erwischt."

Am Morgen ging es Tschetan-withko nicht besser, aber zumindest hatte sich sein Zustand nicht verschlechtert.
Viele-Feinde setzte sich an das Lager seines Freundes. „Haun, lass mich nicht allein! Hörst du!"
Tschetan-withko hörte nichts, seine eingefallenen Züge zeugten von der Schwere der Krankheit. „Wie geht es ihm?", fragte Viele-Feinde besorgt.
Hitschikyata runzelte die Stirn. „Haun! Tschetan-withko lebt noch! Mehr kann ich nicht sagen."
Wartend wachten die Männer an dem Lager des kranken Freundes, wechselten sich ab, auch damit Wah-bo-sehns hin und wieder ein wenig dösen konnte.

Nach zwei Tagen schlug Tschetan-withko das erste Mal seine Augen auf und ein Aufatmen ging hörbar durch das Tipi. Tschetan-withko hatte immer noch Fieber, war aber bei klarem Verstand. Mit dunklen Ringen unter den Augen lehnte er schlapp an einer Rückenstütze und hielt sich bei jedem Hustenanfall die Rippen. Wah-bo-sehns weinte vor Erleichterung, den kleinen Mahtola auf ihrem Schoß, dem es auch etwas besser ging.
„Du musst ihnen die Medizin weiterhin geben, auch wenn es den Menschen besser geht. Sonst kommt der Husten zurück!", mahnte Nevitt den Medizinmann.
Hitschikyata wechselte einen kurzen Blick mit dem Arzt und dieser war lieber still. Er durfte den jungen Mann nicht wie einen unwissenden Wilden behandeln!
Hitschikyata kümmerte sich um seine Patienten und flößte allen die bittere Medizin ein. Bei den Kindern war das schwieriger, aber wenn er ihnen die Nase zuhielt, konnte er sie ihnen einfach in den Rachen kippen.
Mahtola schrie natürlich empört, aber an der Brust seiner Mutter beruhigte er sich schnell.

Nevitt lachte amüsiert. „Das gefällt dem kleinen Kerl besser! Wie alt ist er überhaupt?"
„Er zählt einen Winter."
„Hat deine Frau genügend Milch?"
Tschetan-withko erwiderte nichts, denn über Frauenangelegenheiten redete man nicht.
Lächelnd blickte Nevitt auf den kleinen Jungen, der das gleiche Grübchen am Kinn hatte, wie sein Vater oder auch der ältere Bruder. Sein Blick fiel auf das neunjährige Mädchen, das im Hintergrund saß und malte. „Deine Tochter malt gerne, mhh?", wechselte er diplomatisch das Thema.
Tschetan-withko lächelte sanft. „Ja! Ich gebe ihr gerne Stifte und Bücher."
„Darf ich das Bild mal sehen?"
Tschetan-withko winkte seiner Tochter zu und mit glühenden Wangen kroch das Kind zu dem Arzt.
Nevitt lachte so, dass ihm der Bauch wehtat: Dieses freche Ding hatte ihn gemalt, angelehnt an die Rückenstütze mit erhobenem Zeigefinger, so als würde er Tschetan-withko eine Standpauke halten. Selbst Tschetan-withko verzog das Gesicht zu einem bewundernden Grinsen, dann schüttelte ihn ein erneuter Hustenanfall und Wah-bosehns zog die Stütze weg, damit er sich ausruhen konnte.

Trotz der Medizin erholte sich Tschetan-withko nur langsam und die Tage vergingen in angenehmer Plauderei.
Schließlich brachen die Mounties wieder auf und Hitschikyata verabschiedete sich dankbar von dem Arzt. „Danke für deine Hilfe! Du hast gute Medizin!"
„Keine Ursache", antwortete Nevitt. „Im Übrigen ist es eine indianische Medizin! Also bedank dich bei den Seneca."
„Wir können gegenseitig viel lernen", meinte Hitschikyata mit einem Lächeln.
Ruhe kehrte in die Tipis ein und alle hofften auf den Frühling, hofften darauf, dass die wärmende Sonne auch die Krankheit aus den Tipis trieb.

Kurz vor Ende des Winters machte sich Miles mit seiner Familie auf, um seine Tochter zu besuchen. Er ließ die Pferde in der Obhut von Tatokala und Stern-im-Auge, nahm jedoch auf deren Wunsch hin

Tschaske mit, der Sehnsucht nach seiner anderen Familie hatte. Der Junge, der inzwischen sieben Winter zählte, wollte unbedingt zu seinem Bruder Wolfssohn, außerdem wollte er mit Tschetan-withko jagen gehen. Schweren Herzens ließ Stern-im-Auge ihn ziehen, aber sie hoffte, dass der Stamm im Sommer wieder das Lager bei ihnen aufschlagen würde.

Miles übernachtete mit seiner Familie auf der Ranch der Sinclairs. Die beiden Söhne waren begeistert über die Abwechslung und entführten Bonny zum Spielen. Der Rancher erzählte Miles derweil von seinen Sorgen. Bereits mehrfach waren bei ihm Vorratsspeicher aufgebrochen worden und Korn entwendet worden. Letztens waren sogar einige Rinder verschwunden. Er hatte nicht genügend Arbeiter, um den Diebstahl zu verhindern und schimpfte über die Situation.
„Es ist ja auch kein Wunder, wenn die Indianer sich holen, was sie brauchen. Man kann sie schließlich nicht verhungern lassen!"
Jonathan Sinclair erkannte sehr wohl, dass nicht die Indianer schuld an der Misere waren, nicht zuletzt, weil manchmal Verwandte von seiner Frau vorbeikamen und ihm ihr Leid klagten. Nicht nur den geflohenen Sioux ging es schlecht, sondern das Ausbleiben der Büffel hatte alle Indianer getroffen.
„Im Frühjahr brauche ich unbedingt Cowboys, sonst habe ich nicht genug Leute, um die Kälber zu brandmarken oder überhaupt das Vieh zu zählen", klagte Sinclair weiter.
„Wo bekommen Sie denn Ihre Cowboys her?", fragte Miles, denn eines Tages würde er dieses Problem auch haben.
„Solange die Eisenbahn nicht gebaut ist, ist es tatsächlich schwierig, Männer zu finden. Letztes Jahr habe ich den ganzen Sommer gebraucht, um das Vieh zusammenzutreiben. Sogar meine Söhne helfen bereits mit."
„Ach so?" Miles hatte eine wunderbare Idee. Wenn nun Elchkalb und einige andere Krieger als Cowboys arbeiteten? Dann könnten sie mit dem verdienten Geld im Winter ihre Familien ernähren!
„Vielleicht könnte ich meinen Schwiegersohn überreden, dass er mit ein paar Freunden bei Ihnen arbeitet", meinte er vorsichtig.
„Schwiegersohn?"
„Ja, meine Tochter und er wollen sich hier niederlassen. Wann brauchen Sie denn die Cowboys?"
„Ende Mai wäre gut! Dann wird es schon etwas wärmer."
„Na gut, dann schicke ich ihn her!"

Jonathan Sinclair war so froh, endlich Arbeiter zu bekommen, dass er keine weiteren Fragen stellte. Stattdessen setzten sich alle um den Tisch und genossen das gute Essen. Zum Nachtisch gab es Apfelkuchen und Miles beschloss endgültig, für Rose einen Herd zu kaufen. Dann könnte sie auch richtiges Brot backen!

Am nächsten Morgen zog er weiter bis zum Handelsposten und deckte sich mit Vorräten ein. Was er gehört hatte, klang nicht gut und er befürchtete, dass ihn im Dorf eine Hungersnot erwartete. Gegen Abend erreichte er das Dorf der Lakota und Che-ni-win stürzte ihm strahlend entgegen. Miles biss sich auf die Lippen, denn obwohl sie weites Wildlederkleid trug, erkannte er, dass sie abgemagert war.
„Ich habe euch einige Vorräte mitgebracht", begrüßte er seine Tochter besorgt.
„Das ist gut! Ich verteile sie gleich, dann gibt es heute Abend für alle etwas zu essen."
Ihr Vater sagte nichts, denn ihm war klar gewesen, dass sie die Lebensmittel verteilen würde.

Che-ni-win brachte ihn mit seiner Familie im Zelt ihrer indianischen Eltern unter, denn in ihrem Zelt lebte bereits die Familie von Elchkalb. Miles fand das wunderbar, denn so erfuhr er vielleicht noch mehr Einzelheiten über das Leben seiner Tochter, außerdem lernte er Grauadler und Gebrochener-Zweig besser kennen.
Er wurde still, als er sah, welch großen Familienzusammenhalt seine Tochter hier hatte. Nie war sie allein, immer war jemand da, der ihr mit den Zwillingen half. Oft saß sie mit ihrer Schwester zusammen, während der vierjährige Sieht-die-Büffel lieber zu Traumpfeil lief, um mit dem Nez-Percé-Jungen zu spielen.
Takukin, der kleine Adoptivbruder von Che-ni-win, war sowieso nie im Zelt, denn er hockte bei Wolfssohn und lauschte begierig, was Tschaske alles zu erzählen hatte.
Lächelnd bot Grauadler dem weißen Mann seine Pfeife an und erzählte wieder über Che-ni-wins Leben bei ihm. Am meisten musste Miles darüber lachen, wie sie splitternackt die neugierigen Jungen verprügelt hatte.
Che-ni-win wurde ein wenig rot. „Vater!", meinte sie tadelnd. „Erzähl doch lieber, wie du mir das Pferd geschenkt hast! Oder, wie Hit-

schikyata mich gebeten hat, ihn lesen und schreiben zu lehren."
„Das ist aber nicht so lustig!", verteidigte sich Grauadler.
„Ich weiß noch, wie Elchkalb Che-ni-win zurückgebracht hat, als sie ganz alleine geritten ist", erinnerte sich Gebrochener-Zweig kichernd.
„Jetzt hört aber auf! Ihr erzählt ja nur peinliche Dinge!", schimpfte Che-ni-win.
„Lass sie nur! Das höre ich gerne! Wie war das mit Elchkalb?", blinzelte Miles ihr verschwörerisch zu.
Er genoss die Erzählungen, er konnte überhaupt nicht genug davon bekommen. Oft war das Zelt überfüllt, weil alle die lustigen Geschichten hören wollten.
Viele-Feinde kam gerne mit seiner Tochter Morgentau-im-Gras, die sich lächelnd zu Bonny setzte, um mit ihr zu spielen. Sie bauten ihre Puppentipis auf und plapperten in einem unglaublichen Kauderwelsch aus Lakota und Englisch.
Die Männer spielten mit den Zwillingen und Dublin. Doch abends, wenn die kleineren Kinder bereits schliefen, hörten die Männer nachdenklich, was der weiße Vater zu erzählen hatte. Mit gesenkten Köpfen vernahmen Viele-Feinde, Elchkalb und Lacht-am-Boden von dem Plan, dass sie als Cowboys arbeiten sollten. Sie waren Lakota! Krieger! Auf niemanden angewiesen! Aber da machten sie sich etwas vor, denn noch so einen Winter würden sie nicht überleben.
„Was macht ein Cowboy?", fragte Elchkalb mit ausdruckslosem Gesicht.
Che-ni-win dagegen schloss betend die Augen. Ihr Mann! Sie wusste plötzlich, dass er nach einem Ausweg für sie suchte. Auch wenn er sein Leben grundlegend ändern musste.
„Ihr treibt die Kühe zusammen. Dann werden die Kälber getrennt, um sie mit einem heißem Eisen zu markieren."
„Warum macht man das?"
„Damit jeder weiß, wem die Tiere gehören. Um zu grasen, bewegen sie sich über große Entfernungen, aber an dem Brandzeichen kann man erkennen, wem sie gehören."
„Was noch?"
„Ihr reitet Pferde zu oder baut Zäune. Ihr bekommt zu essen und nach dem Frühjahr die grünen Scheine. Damit könnt ihr im Winter Essen für eure Familie kaufen."
„Wir dachten auch daran, ein Feld anzulegen", meinte Elchkalb.
„Das ist eine gute Idee!", stimmte Miles zu.

„Du verlangst viele Änderungen", argwöhnte Lacht-am-Boden.
Miles lachte dröhnend. „Ich verlange überhaupt nichts! Es ist deine Entscheidung, ob du Weidenzweig und Sieht-die-Büffel im nächsten Winter verhungern lässt."
Die Gesichtszüge des jungen Mannes wurden hart, aber der weiße Mann sprach nur die Wahrheit.
„Schau! Noch habt ihr eure Ponys! Noch seid ihr frei! Ihr arbeitet einige Zeit auf der Ranch, ansonsten geht ihr zur Jagd und lebt, wie es euch gefällt. Das ist doch vernünftig!", versuchte Miles sie zu überzeugen. Vernunft! Er verlangte Vernunft von Männern, die bisher nur gewohnt waren, das zu tun, was sie gerade wollten! Nicht einmal der Häuptling hatte diesen Einfluss und jetzt sollten sie tun, was ein weißer Rancher von ihnen verlangte? Selbst Miles hatte da seine Zweifel, doch er hoffte, dass wenigstens Elchkalb soviel Disziplin besaß, um seine Familie zu ernähren.
Er bekam Unterstützung aus einer Ecke, von der er es überhaupt nicht erwartet hatte. Viele-Feinde schaute fest in seine Augen und meinte: „Ich komme mit dir und arbeite für diesen weißen Mann. Ich frage auch Tschetan-withko, ob er mitkommt."
Völlig verblüfft schauten Lacht-am-Boden und Elchkalb auf den tapferen Krieger.
Viele-Feinde zuckte nur mit den Schultern. Er musste sich nicht erklären, er war niemandem Rechenschaft schuldig. Trotzdem verzog sich sein kantiges Gesicht zu einem leisen Lächeln, als er sagte: „Nächsten Winter hungere ich nicht! Ich bleibe in Kanada, also werde ich lernen, wie die weißen Männer zu arbeiten. Die Blauröcke mögen die Prärie anstecken, sie mögen die Büffel töten, aber mich besiegen sie nicht! Ich hole mir so einen großen Hut und winke ihnen zu!"
Alle lachten und machten sich damit gegenseitig Mut. Ja! Als Cowboys zu arbeiten, bedeutete, gegen die Blauröcke zu kämpfen! Sich nicht von dem Hunger besiegen zu lassen. Erst jetzt verstanden sie die Tapferkeit von Viele-Feinde. Bewundernd blickten sie ihn an. Seinem Vorbild wollten sie folgen.
Grauadler reichte seine Pfeife herum und schweigend nahmen die Krieger einen tiefen Zug. Sie waren gespannt darauf, was sie auf der Ranch erwartete.
„Wer könnte noch mitkommen?", fragte Miles.
„Wir werden sehen!", meinte Viele-Feinde, dann stand er auf, weil er mit Tschetan-withko reden wollte.
Ruhig hörte sich Tschetan-withko seine Worte an, dann schnaufte er

hörbar durch. „Du kommst mit merkwürdigen Ideen!“, meinte er wenig begeistert.
„Nein, denn es war deine Idee hier zu bleiben!“
„Aber nicht, dass wir für die weißen Rancher arbeiten.“
„Da ist kein Unterschied! Du hast doch auch von mir verlangt, dass ich die Sprache der Weißen lerne“, antwortete Viele-Feinde.
Tschetan-withko streckte nachdenklich seine Beine aus, dann fiel sein Blick auf die Kinder. Seine Haare, die er aus Trauer um Fisch, Wehende-Decke und Linke Hand abgeschnitten hatte, fielen inzwischen bis auf seine Schultern, aber immer noch trug er sie offen, ohne irgendwelchen Schmuck. Er wollte seine Kinder nicht mehr leiden sehen! Seine ruhigen Augen kniffen sich entschlossen zusammen, als er seine Entscheidung fällte: „Ich komme mit dir!“
„Hetschetu!“, freute sich Viele-Feinde.
Hitschikyata schüttelte ungläubig den Kopf über die beiden.
„Kommst du auch mit?“, fragte Tschetan-withko.
Abwehrend hob Hitschikyata die Hand. „Nein, ich werde hier gebraucht!“
Tschetan-withko nickte nur verständnisvoll, aber er bat seinen Neffen Blitz-im-Winter mit ihm zu reiten. Begeistert stimmte der junge Mann zu, obwohl er noch kein Wort Englisch sprach.
Im Versammlungszelt wurde lauthals darüber diskutiert, aber alle waren froh, dass einige Männer versuchen wollten, als Cowboys den Stamm zu ernähren.
„Kommt im Frühjahr zu mir, dann bringe ich euch zu der Ranch von Jonathan Sinclair“, schlug Miles vor. „Vielleicht könnten eure Frauen auch ein Feld anlegen?“
Tschetan-withko legte nachdenklich seinen Kopf schief. „Vielleicht! Wir werden mit ihnen reden.“
Miles schwieg dazu, denn er wusste aus eigener Erfahrung, dass man eine indianische Frau zu nichts zwingen konnte. Sie sagten einfach ja und machten dann doch einfach das, was sie wollten.
Ein gut gelaunter Miles ritt mit seiner Familie zurück zu seiner Ranch und bald darauf folgte ihm der Stamm.
Die Krieger wollten an dem riesigen See Vögel jagen, damit der Hunger ein Ende hatte! Südlich der Ranch schlugen die Lakota ihr Lager auf und Tatokala ging mit Elchkalb auf Antilopenjagd. Immer noch fegten eisige Winde über die Prärie, der Frühling kam hier erst spät.

Pte ole hokschila kin hena

Cowboys (Frühjahr 1879)

Ende Mai führte Miles die kleine Gruppe der Lakota zu der Ranch von Jonathan Sinclair. Miles hatte auch Tatokala gebeten, das Frühjahr über auf der Ranch zu arbeiten, damit er lernte, was ein Cowboy eigentlich zu tun hatte. Tatokala war nicht so begeistert davon, seine Frau allein zu lassen, aber er freute sich auf das Zusammensein mit seinen Freunden. Außer Tatokala begleiteten auch Tschetan-withko, Elchkalb, Viele-Feinde, Lacht-am-Boden, Blitz-im-Winter und Otter-der-die-Crow-narrt ihren Freund. Die Krieger trugen einfache, praktische Kleidung und hatten mehrere Ersatzpaare an Mokassins dabei. In ihren Haaren steckten nur wenige Federn und mit etwas Farbe in ihren Gesichtern, hätte man annehmen können, dass sie auf dem Kriegspfad waren. Alle saßen in indianischen Sätteln mit Steigbügeln und hatten selbst gedrehte Lassos dabei. Auf dem Rücken trugen sie ihre Waffen, eigentlich machten sie einen ziemlich grimmigen Eindruck und Miles hoffte, dass ihr Anblick den neuen Arbeitgeber nicht zu sehr erschreckte.

Sie erreichten die Ranch und sofort entstand ein Auflauf an neugierigen Menschen. Wachsam stand Jonathan Sinclair auf der Veranda und runzelte verblüfft die Stirn, als er den merkwürdigen Trupp musterte. Beschwichtigend deutete Miles auf Elchkalb: „Das ist mein Schwiegersohn mit ein paar Freunden!"
Ungläubig stemmte der Rancher die Fäuste in die Hüften. „Das ist jetzt ein Scherz, oder?"
Dann fiel ihm die Geschichte von der verlorenen Tochter ein und er biss sich auf die Lippen. Schließlich hatte ihm Miles davon erzählt! Er hatte nur nicht daran gedacht, als Miles von seinem „Schwiegersohn" sprach. Sollte er die Indianer wieder wegschicken? Andererseits zog er sich damit vielleicht Ärger mit dem ganzen Stamm zu? Seufzend raufte er sich die Haare, ließ sich aber ansonsten seine Bedenken nicht anmerken.
„Kommt doch herein!", lud er die Indianer freundlich lächelnd ein. Er konnte auch gut pokern und er hatte gelernt, seine Überraschung nicht zu zeigen.
Den Indianern war es genauso mulmig zumute, aber auch ihnen war das Misstrauen nicht anzusehen.

Alice verwandelte sich sofort in eine vollendete Gastgeberin und bot ihren Gästen einen Kaffee an. Als Métis war sie den Umgang mit Indianern gewöhnt und überspielte ihre Überraschung.
Miles stellte indessen seine Mannschaft vor: „Das ist Tatokala. Er wird mein Vorarbeiter. Ich dachte, dass Sie ihn ein bisschen unter ihre Fittiche nehmen."
„Ihr Vorarbeiter!", meinte Sinclair trocken. Waren hier alle wahnsinnig?
„Das ist Elchkalb, mein Schwiegersohn", überging Miles die Reaktion des Ranchers.
„Hallo! Mein Name ist Jonathan." Sinclair gab den beiden die Hand. Zögernd griffen die Indianer danach und erwiderten den Gruß des Weißen.
„Das ist Tschetan-withko und sein Freund Viele-Feinde."
Jonathan Sinclair wurde es etwas mulmig, als er in die ausdruckslosen Gesichter der beiden Krieger sah. Kurz überlegte er, wie viele Weiße die beiden wohl schon getötet hatten. Trotzdem reichte er ihnen die Hand und zu seiner Überraschung murmelten die beiden Krieger ein höfliches Hallo. Ruhige Augen musterten ihn durchdringend und er hatte das Gefühl, dass sie bis in seine Seele blickten. Ein flüchtiges Lächeln huschte über das Gesicht des älteren Mannes, während der Mann mit dem kantigen Gesicht sich ein lockeres Grinsen erlaubte.
Miles lachte aufmunternd. „Jetzt schauen Sie nicht so! Solange ihre Bäuche voll sind, werden die Indianer Sie schon nicht fressen."
Jonathan Sinclair schmunzelte. „Habe ich so erschreckt ausgesehen? Ich dachte, ich hätte mein Pokergesicht aufgesetzt! Wer sind die anderen?"
„Das ist Lacht-am-Boden, der Schwager meiner Tochter."
„Schwager?"
„Ja, meine Tochter hat eine indianische Schwester. Das ist ihr Mann!"
„Ach so!" Jonathan sagte lieber nichts mehr.
„Die beiden sind Otter-der-die-Crow-narrt und Blitz-im-Winter, der Sohn des Häuptlings."
„Die Namen werde ich mir nie merken können", stöhnte Sinclair.
„Das brauchen Sie ja auch nicht! Merken Sie sich einfach Tatokala und Tschetan-withko! Oder Elchkalb, der spricht wenigstens ein bisschen Englisch."
„Na schön! Dann zeige ich euch mal die Ranch und morgen geht's los. Wecken um fünf, Frühstück um acht!"

Verständnislos blickten die Indianer ihn an, aber Miles scheuchte sie aus dem Haus heraus. „Das heißt, dass ihr bei Sonnenaufgang aufstehen müsst", flüsterte er hastig.
Der Rancher rief nach einem breitschultrigen Mann und stellte ihn vor: „Das ist Josh, mein Vorarbeiter. Ihr macht, was er sagt! Sein Wort ist Gesetz! Klar?"
Etwas sprachlos musterte Josh die Neuankömmlinge. „Boss?"
„Jetzt schau nicht so! Das sind Sioux. Unsere neuen Cowboys. Die können bestimmt gut reiten!"
„Bestimmt!", feixte der Vorarbeiter.
„Okay, hier sind die Unterkünfte." Der Rancher zeigte auf ein niedriges Gebäude. Unschlüssig standen die Indianer davor und schüttelten unmerklich die Köpfe. In einem Haus mit ihren ehemaligen Feinden zu schlafen war nicht nach ihrem Geschmack! Es war dunkel und stickig, aber es war zu kalt, um draußen zu übernachten.
„Sollen die etwa auch hier schlafen?", fragte der Vorarbeiter konsterniert.
Sinclair nahm Josh zur Seite und funkelte ihn wütend an. „Jetzt besinn dich mal auf deine gute Manieren, sonst beschwörst du hier noch eine Krise herauf. Wir werden die Jungs arbeiten lassen und wenn sie gut sind, dann halt deine Klappe! Verstanden?"
„Jawohl!"
„Na also! Jetzt zeige ihnen die Ranch, erkläre ihnen alles und verärgere unseren neuen Nachbarn nicht!"
Seufzend zog sich Josh den Hut tiefer in sein wettergegerbtes Gesicht und trat zu den Indianern. „Sprecht ihr Englisch?"
Tatokala nickte, nur Otter-der-die-Crow-narrt, Lacht-am-Boden und Blitz-im-Winter verstanden kein Wort.
„Na gut, dann bilden wir eben Teams, in denen einer mich versteht. Wir reiten morgen los und treiben die Herde zusammen. Habt ihr so was schon mal gemacht?"
Niemand antwortete und Josh stieß einen himmellangen Seufzer aus. „Aber Pferde habt ihr schon getrieben?"
Die Indianer sahen schweigend auf ihre Mokassins. Tatokala übersetzte leise, aber immer noch rührte sich keiner. Was für eine Frage!
„Na ja, das ist fast dasselbe, nur dass die Rindviecher wesentlich sturer sind. Aber wehe, wenn sie durchgehen! Dann kann sie keiner mehr halten!"
Der Vorarbeiter führte sie weiter über die Ranch, zeigte ihnen, wo es Wasser gab oder wo sie ihre Pferde lassen konnten. Dann führte er

sie zu einer Koppel und zeigte auf einige unruhige Pferde. „Das sind unsere Broncos! Sie müssen im Herbst zugeritten werden. Könnt ihr das?"
Wieder schwiegen sie.
„Redet ihr eigentlich auch?"
„Wir hören lieber zu", meinte Tatokala und damit sprach er den anderen aus der Seele.
Kopfschüttelnd führte Josh die Krieger zum Haupthaus zurück und die Indianer brachten ihre Bündel in das Schlafhaus. Auf den ungewohnten Betten wollten sie nicht schlafen, stattdessen breiteten sie ihre Decken auf dem Boden aus.

Miles wurde eingeladen, die Nacht im Haupthaus zu verbringen und ließ die Lakota eine Weile alleine.
Währenddessen kehrten nach und nach die Cowboys zurück. Sie versorgten ihre Pferde, verschwanden dann in ihrer Unterkunft, um sich zu waschen. Mit großen Augen musterten sie die Neuankömmlinge und Josh hatte plötzlich alle Hände voll zu tun, um seine Cowboys zu beruhigen. „Das sind Lakota. Sie sind friedlich. Keine Sorge, Jungs! Jetzt kommt mal mit! Gleich gibt es Essen."
Murmelnd verließen die Cowboys ihre Unterkunft, manche flüsterten Mutmaßungen, wie lange sie wohl noch ihren Skalp auf dem Kopf haben würden. Mit ebenso mulmigem Gefühl folgten ihnen die Indianer, bereuten es bereits jetzt, dass sie sich auf dieses Abenteuer eingelassen hatten. Sie stellten sich ein wenig abseits der anderen Männer vor das Haupthaus und warteten unschlüssig auf neue Anweisungen.
Ein entsetzlicher Lärm schlug los und völlig überrascht rissen Tschetan-withko und Viele-Feinde ihre Gewehre vom Rücken, entsicherten sie und legten an. Mit der Geschwindigkeit des geübten Kämpfers suchten ihre entschlossenen Augen die Ursache des Lärms.
Alice Sinclair wagte nicht zu atmen, als sie auf die Gewehre starrte, die drohend auf sie gerichtet waren. Alles erstarrte vor Entsetzen und die Cowboys blickten wie gebannt auf die zwei Krieger. Miles hob beschwörend die Hände. „Tschetan-withko! Das ist nur die Glocke! Alice ruft damit zum Essen!"
Tschetan-withkos Augen blinzelten kurz, dann ließ er langsam das Gewehr sinken. „Glocke?", fragte er nach dem fremden Wort.

„Ja, eine Art Trommel. Sie ruft damit die Cowboys zum Essen!“
„Das wusste ich nicht!“ Tschetan-withkos Wangenmuskeln zuckten, als er die erschrockenen Augen der Frau sah. Aber auch sein Herz raste noch. Festen Schrittes ging er zu der Frau des Ranchers und meinte aufrichtig: „Es tut mir leid!“
Alice schluckte und machte eine fragende Handbewegung zu der Glocke. „Darf ich?“
Tschetan-withko blickte auf seine Mokassins und machte eine verlegene Handbewegung. Haun! Das war knapp gewesen!
Sachte schlug Alice die Glocke und Tschetan-withko wunderte sich über den seltsamen Klang. Die Weißen hatten merkwürdige Dinge!
Jonathans Blick fiel verzweifelt auf Miles, aber der zuckte nur grinsend die Schultern. „Wird schon noch!“

Jonathan dachte besorgt an den nächsten Tag. Was würde dann schiefgehen? Vielleicht sollte er den Indianern das Tragen von Waffen untersagen?
Mit heiserer Stimme stellte er die Lakota seiner Mannschaft vor: „Das sind unsere neuen Cowboys. Das ist Tatokala und der wilde Krieger hier ist Tschetan-withko. Die anderen Namen kann ich mir nicht merken.“
Nacheinander stellten sich die Cowboys vor, aber für die Indianer waren so einfache Namen wie Frank, Steven oder Roy genauso schlecht zu merken, wie umgekehrt. Sie hatten schon Mühe mit Jonathan und Josh.
Es war ein wild zusammengewürfelter Haufen, der sich am Tisch gegenüber saß: sieben Indianer, bestimmt drei oder vier Métis, ein Schwarzer und acht weiße Cowboys, hauptsächlich junge Burschen, die auf Abenteuer aus waren.
„Habt ihr gegen Custer gekämpft?“, fragte einer wissbegierig.
Tschetan-withko verschluckte sich fast an einem Bissen. „Ja!“
Staunende Augen richteten sich auf die Indianer. „Und wie war es?“
Tschetan-withkos Stimme wurde leise. „Meine Mutter wurde getötet und unser Medizinmann. Viele Kinder wurden schwer verletzt und fast die ganze Familie von Häuptling Gall ausgelöscht! Wir waren wütend und dann haben wir Custer getötet.“
Schweigen herrschte am Tisch, denn bisher war immer nur von dem Massaker an Custer und seinen Männern zu hören gewesen.
Viele-Feinde blickte auf den jungen Mann, der die Frage gestellt hatte, und meinte: „Ich sah, wie mein Freund seinen sterbenden Sohn in

den Armen hielt, bis auch er von einer Kugel getroffen wurde. Nie werde ich das vergessen! Aber jetzt sind wir hier. Wir sind des Kämpfens müde. Wir wollen nicht, dass unsere Kinder sterben. Deshalb arbeiten wir hier."

Lächelnd hielt der junge Mann dem Blick stand. „Ihr seid jetzt Cowboys. Da ist es egal, was ihr vorher gemacht habt."

„Hetschetu!", erklärte Viele-Feinde.

„Hece-was?"

„Hetschetu! Das bedeutet ‚okay' in unserer Sprache".

„Hetschetu!", stimmten alle zu. Seit diesem Tag wurde es ein geflügeltes Wort auf der Sinclair-Ranch. Niemand sagte mehr „okay", sondern alle sagten „Hetschetu!", sogar dann, als längst keine Sioux mehr dort arbeiteten und niemand mehr wusste, woher dieses Wort eigentlich stammte.

Am nächsten Morgen waren die Indianer ohne Probleme pünktlich wach. Sie hatten am Abend einfach viel Wasser getrunken und ein unerträglicher Druck auf die Blase hatte sie rechtzeitig zum Sonnenaufgang geweckt. Sie holten ihre Ponys und warteten auf Anweisungen, froh darum, dem entsetzlichen Gestank der Ausdünstungen der Männer zu entkommen. Wie viel sauberer war doch ein Tipi!

Josh strahlte von einem Ohr zum anderen. „Guten Morgen! Ein Teil von euch reitet zur Nordweide, der andere nach Osten! Ihr treibt die Tiere zum Round-up-Platz, damit wir die Kälber aussortieren können."

Tschetan-withko, Viele-Feinde und Blitz-im-Winter ritten mit Steven, während die anderen Krieger sich Josh anschlossen.

Steven fand eine kleinere Herde in der Nähe und langsam trieben sie die Tiere in Richtung Ranch. Sie schwangen ihre Lassos und schnalzten mit ihren Zungen. Wenn ein Tier ausbrach, schnitten sie ihm den Weg ab und zwangen es zur Herde zurück. Das konnten auch die Indianerponys gut, die das Treiben einer Herde von der Büffeljagd her kannten. Zum Frühstück erreichten sie mit den ersten Tieren den Round-up- Platz und setzten sich hungrig um das Feuer. Alice reichte jedem einen Becher heißen Kaffee mit viel Zucker, dazu gab es Speck und Brot.

„Und, wie machen sie sich?", fragte der Rancher.

„Ach, treiben können sie jedenfalls!"

Dann machten sie sich wieder auf den Weg. Dieses Mal suchten sie verstreute Tiere und trieben sie langsam zu einer Herde zusammen. Selbst für die Indianer war es anstrengend, obwohl sie langes Reiten gewöhnt waren. Aber hier saßen sie nicht bequem auf dem Pferderücken, sondern das ewige Angaloppieren, Wenden, Ausweichen war harte Arbeit. Außerdem war es bitterkalt und immer wieder hauchten sie in ihre Hände, um sie zu wärmen. Sie brauchten Handschuhe!
Am Nachmittag kehrten sie steif und durchfroren zurück. Sie spürten jeden einzelnen Muskel in ihrem Körper und freuten sich auf ein warmes Feuer. Sie trieben die Herde in eine Umzäunung, damit die Cowboys gleich am nächsten Morgen mit dem Brandmarken anfangen konnten.
Dann war ihr erster Arbeitstag war vorbei und sie fühlten sich hundert Winter älter. Haun! Niemals hätten sie gedacht, dass Weiße so hart arbeiten konnten. Selbst ihre Ponys ließen die Köpfe hängen.
Schweigend saßen sie abends vor der Unterkunft an einem Feuer und musterten ihre schwieligen Hände.

Die Krieger verbrachten die nächsten Tage damit, stundenlang im Sattel zu sitzen und nach versprengten Rindern Ausschau zu halten. Manchmal ritten sie eine weite Strecke in eine Richtung, nur um festzustellen, dass sie einigen Antilopen gefolgt waren. Dann erlegten sie eben diese und brachten sie zum Sammelpunkt zurück. Das Fleisch war für alle eine Abwechslung und Alice Sinclair verarbeitete das Fell.
Sinclair war zufrieden, sehr zufrieden sogar. Er erkannte sofort die Möglichkeiten, die er hier hatte. Billige Arbeitskräfte, die kamen, wenn er sie brauchte, aber die er nicht den Winter über durchfüttern musste, weil sie dann bei ihren Familien im Dorf lebten. Die Englischkenntnisse der Indianer wurden schnell besser, sodass es bereits nach kurzer Zeit zu weniger Missverständnissen kam.
Den Indianern gefiel die Arbeit, denn sie erinnerte sie an ihre Kriegerbünde. Abends sangen die Cowboys ihre Lieder, sie erzählten Witze, hatten ihre Hüte als Statussymbole und sie nahmen die Indianer freundlich auf. Wie in einer Kriegergesellschaft. Vor allen Dingen bewunderten die Cowboys die schön bestickten Messerscheiden der Indianer. „Könnten eure Frauen nicht auch für uns so was machen? Wir würden es gut bezahlen!“

Frauen waren ohnehin ein großes Thema unter den Cowboys: Aber die Lakota hatten schnell gemerkt, dass die respektlosen Witze über ihre Frauen nur lustiges Geplänkel waren, so wie man unter Männern eben Witze machte. Nur Roy blieb beharrlich und belästigte die Indianer mit durchaus ernst gemeinten Fragen. „Kannst du mir deine Frau nicht mal leihen?"
Tschetan-withko blickte Roy mit durchdringenden Augen an: „Da musst du meine Frau fragen, aber ich warne dich, sie hat ein scharfes Messer!"
Brüllendes Gelächter schlug ihm entgegen und Tschetan-withko merkte, dass er offensichtlich die richtige Antwort gefunden hatte. „Aber dann musst du auch die Kinder ernähren!", setzte er nach.
Roy lief rot an und riss unschuldig die Augen auf: „Kinder? Wie viele Kinder hast du denn?"
Tschetan-withko hob grinsend seine Hand. „Fünf!"
Aus dem Gelächter wurde lautstarkes Johlen, als Roy abwehrend die Hände hob: „Nein, nein, hast du nicht eine hübsche Tochter für mich?"
„Nicht für dich!"
Ein meckerndes „Oh" war zu hören und Roy warf sich in die Brust. „Hey, Häuptling! Ich bin ein guter Mann! Groß, stattlich, gut aussehend! Was Besseres kannst du dir nicht wünschen!"
Tschetan-withko ignorierte die Beleidigung. „Du musst noch ein bisschen warten. Sie sind noch zu jung!"
Wieder wieherten alle los und Roy wandte sich an die jüngeren Indianer: „Habt ihr nicht ein paar nette Schwestern?"
Es war nur natürlich, dass die Männer darüber redeten, denn Frauen waren hier draußen Mangelware. Es gab keine Stadt, keinen Alkohol, kein Bordell, nichts.
Steven lachte geringschätzig. „Wartet bis zum Winter! Wenn die Indianer nichts zu fressen haben, könnt ihr ihre Frauen für ein paar Dollar haben."
Entsetzt senkten Tschetan-withko und Viele-Feinde ihre Köpfe. Aber Steven hatte recht. Tatsächlich boten verzweifelte Männer ihre Frauen an, damit die Kinder nicht verhungerten.
Josh merkte, dass die Stimmung kippte und funkelte Steven wütend an. Dann meinte er beschwichtigend: „Hey, lasst die Köpfe nicht hängen! Schließlich arbeitet ihr, damit eure Frauen im Winter nicht hungern. Und wenn es nicht reicht, dann kommt ihr einfach zu mir."
Tschetan-withko blickte ihn prüfend an und sah das Mitleid in den

Augen des Mannes. „Wir arbeiten, weil wir unsere Familien ernähren wollen. Wir lassen uns nicht besiegen! Noch sind wir Krieger und wachen über die Treue unserer Frauen und Mädchen."
„Hey, Tschetan-withko, es war doch nur ein Scherz!", versuchte Roy einzulenken.
„Dann ist es gut!", funkelte Tschetan-withko zurück.
„Ihr habt es gut! In ein paar Wochen seid ihr wieder bei euren Frauen!", meinte Roy neidisch.

Dann war das Frühjahr um und ein äußert zufriedener Sinclair zahlte die Indianer aus. „Hier, das habt ihr euch redlich verdient! Kommt im Herbst wieder! Da kann ich euch gut brauchen."
Die Lakota ritten nicht sofort in ihr Dorf zurück, sondern machten sich stolz auf den Weg zum Handelsposten. Sie wollten sich von ihrem ersten selbst verdienten Geld richtige Cowboyhüte kaufen. Mit blitzenden Augen durchsuchten sie die Regale und probierten die verschiedenen Modelle. Die jüngeren Männer entschieden sich für einen Hut, Modell Calgary, der eine längliche Form hatte, während Tschetan-withko und Viele-Feinde sich einen schwarzen Laloo aussuchten, weil ihnen die runde Form gefiel. Sie entsprach ihrer Mystik, in der ein Kreis etwas Heiliges war. Wie die Kinder gaben sie die Hälfte ihres Verdienstes für diese Statussymbole aus und kauften sich zudem feste Stiefel, aber sie dachten nicht an den Winter, denn der war noch fern. Wie es ihnen Josh erklärt hatte, weichten sie die Hüte in Wasser ein und passten sie ihrer eigenen Kopfform an, dann machten sie sich gut gelaunt auf den Rückweg.
Frohen Herzens erreichten sie am Abend ihr Dorf und lächelnde Frauen begrüßten ihre Ehemänner. Neugierig drängten sich alle um die Ankömmlinge und bestaunten die Cowboyhüte und Stiefel. Tschetan-withko sammelte das übrige Geld ein und überreichte es Traumpfeil. „Hier, behalte du es für den Winter! Wir werden jetzt öfter auf der Ranch arbeiten!"
Müde verschwanden die Krieger in ihren Tipis. Sie wollten erst am nächsten Tag im Versammlungszelt von ihren Abenteuern berichten. Zuerst schlossen sie ihre Frauen und Kinder in die Arme.

Che-ni-win warf Elchkalb vor Freude fast um. „Das nächste Mal komme ich mit!"

Zu ihrer Verwunderung stimmte er gut gelaunt zu: „Hetschetu!“
Che-ni-win lachte glücklich, denn Elchkalb schien Spaß an der Arbeit zu haben. Aber seine Kleidung sah furchtbar aus! In den wenigen Wochen war sie völlig abgetragen. Für diese Arbeit, musste sie ihm unbedingt festere Kleidung nähen! Elchkalb nahm seine Kinder auf den Arm und schleuderte sie um sich herum, bis sie vor Vergnügen kreischten. Diesen Winter würde niemand hungern! Bewundernd blickte er auf seine Frau, die gesund und kräftig wirkte, keine Spur mehr von dem Hungerwinter. „Und du? Was hast du gemacht?“, fragte er freundlich.
Che-ni-win kicherte fröhlich. „Auch wir waren fleißig! Die Krieger hier fischen viel oder jagen Vögel. Wir sammeln Beeren und Wurzeln. Glaube nicht, dass nur du gearbeitet hast!“
„Ich werde dir zeigen, wer hier arbeitet!“, drohte Elchkalb mit einem gefährlichen Funkeln in seinen schwarzen Augen.
Sie schrie lachend auf, als er sie packte und auf einige Felle warf. Seine Küsse bedeckten ihren Hals und schließlich suchte er ihren süßen Mund. Begeistert stürzten sich die Kinder auf ihre Eltern. Das war ein schönes Spiel! Lachend kitzelte Elchkalb die Quälgeister und scherzte mit einem Zwinkern: „Wir setzen das heute Nacht fort!“
Knallrot geworden schob Che-ni-win ihn von sich hinunter.

Die Lakota verlegten das Dorf näher an die Ranch von Miles, weil dieser Hilfe bei der Heuernte brauchte. Die Männer waren nicht begeistert, aber sie schluckten ihre Bedenken hinunter. Sie hatten auf der Ranch gelernt, dass es viele Dinge gab, die dort von Männern gemacht wurden, einfach, weil es keine Frauen gab. Nun würden sie eben lernen, wie man Heu für die Pferde machte.

Miles mahnte, endlich mit der Heuernte anzufangen und entschlossen drückte Tatokala einigen Kriegern die Sensen in die Hände. Stirnrunzelnd blickten Tschetan-withko, Antilopensohn und Viele-Feinde auf das seltsame Werkzeug.
„Es ist ganz einfach! Stellt euch vor, ihr macht einen Kriegstanz!
Einen Schritt nach vorne!
He-ya-ya-ho-ye!
Den Feinden die Köpfe abschneiden!
Einen Schritt nach vorne!
He-ya-ya-ho-ye!
Den Feinden die Köpfe abschneiden!“

Kopfschüttelnd folgten die Männer dem Beispiel und stellten sich vor, dass sie eine neue Waffe benutzten. Es war wie ein neues Geschicklichkeitsspiel, obwohl die drehende Bewegung schnell ungeahnte Schmerzen auslöste. Blaufeder, Blitzwolke und Heller-Mond rechten das Gras zusammen, während die Männer in der Sonne schwitzten. Bei der Hitze trocknete es schnell und mit Hilfe eines Karrens brachten sie es in die Scheune.

Während der Mittagshitze verzogen sich die Indianer, denn es war einfach zu heiß zum Arbeiten. Sie dösten im Schatten ihrer Zelte oder gingen zum Baden. Die Morgenstunden nutzten sie für die Jagd, zumindest Enten und Gänse gab es hier genug. Auch Fischen war inzwischen beliebt, seit die Frauen gelernt hatten, wie man den Fisch räuchert.
Auf die Bitte von Tschetan-withko hin stickte Wah-bo-sehns an einer Messerscheide, die er an die Cowboys verkaufen wollte. Schon immer hatten die Frauen nicht nur für ihren eigenen Gebrauch gearbeitet, sondern Felle für den Tauschhandel bearbeitet. Für Tschetan-withko war es eine zusätzliche Einnahmequelle und er war stolz auf die Kunstfertigkeit seiner Frau. Gleichzeitig arbeitete sie aber auch an einer Pubertätsdecke für Verlorenes-Hirschkalb, denn sie sollte fertig sein, wenn das Mädchen das erste Mal in die Frauenhütte zog. Sie stickte an Reihen roter Perlen, die den Lebensweg einer Frau symbolisierten, in dem sie fruchtbar war.
Verlorenes-Hirschkalb saß neben ihr und arbeitete an einem Geschenk für ihren Vater. Nebenbei passte sie auf Mahtola auf, der zusammengekuschelt neben ihr in der Mittagshitze schlief. Sie hatte das Seidenband von Tschetan-withkos Cowboyhut entfernt und bestickte stattdessen ein schmales Lederband mit bunten Perlen. Ihre Wangen glühten vor Eifer und sie stellte sich das Gesicht ihres Vaters vor, wenn sie ihm den Hut gab. Wie immer war von ihrem Bruder nichts zu sehen.
Wolfssohn war mit Tschaske und Takukin seit dem Morgen spurlos verschwunden, für Knaben, die sechs Winter zählten, jedoch nichts Ungewöhnliches. Sie hatten beschlossen, einen Angriff auf ihre älteren Freunde zu wagen, der kläglich gescheitert war. Nach einer tüchtigen Abreibung im See saßen nun alle am Wasser und führten Männergespräche. Still saßen die jüngeren Kinder bei Hengstfohlen, Habichtkralle und Rote-Erde, froh darum, dass sie überhaupt hören durften, was die Älteren sprachen. Mit ihren zehn Wintern erkann-

ten diese sehr wohl, dass die Veränderungen auch sie betrafen.
„Wie sollen wir je Krieger werden, wenn wir keine Kriegszüge unternehmen dürfen?", seufzte Hengstfohlen.
„Wir dürfen auch keine Pferde rauben! Wie sollen wir dann je einen Kriegernamen verdienen?", überlegte Rote-Erde.
Habichtkralle schüttelte eifrig den Kopf und ließ die Mundwinkel hängen. „Ich verstehe nicht, warum die anderen für jene Weißen arbeiten. Das ist doch schändlich!"
Sofort verteidigte Hengstfohlen seinen Vater: „Es ist nicht schändlich! Mein Vater Viele-Feinde ist ein tapferer Mann, aber er will nicht, dass wir im Winter Hunger leiden."
Auch Wolfssohn mischte sich empört in das Gespräch ein: „Mein Vater ist ebenso tapfer!"
Nachdenklich senkten die Jungen ihre Köpfe. Ja! Viele-Feinde und Tschetan-withko waren gute Kämpfer! Trotzdem arbeiteten sie für die Weißen.
„Viele-Feinde muss nichts beweisen! Er hat bereits einen tapferen Namen. Aber uns werden sie nie mit einem Kriegernamen rufen!", bedauerte Rote-Erde.
„Wir werden auf andere Weise unser Tapferkeit beweisen!", funkelte Hengstfohlen. Seine Augen blitzten vor Begeisterung über seine grandiose Idee.
„So? Wie denn?", fragte Habichtkralle fast ein wenig wütend.
Hengstfohlen lächelte selbstbewusst. „Ich werde einmal ein Mountie, ein roter Geist! Sie sind tapfer, obwohl sie sich an die Regeln dieses Landes halten."
„Wan!", staunten die anderen. Was für eine Idee!

Traumpfeil blieb mit seiner Gruppe am Old-Wife-See. Das war weit genug von der Grenze entfernt und das erschien ihm sicherer zu sein. Immer wieder kamen feindliche Crow über die Grenze und raubten den Sioux die Pferde. Bei der Ranch von Miles hoffte Traumpfeil weit genug von den Geschehnissen entfernt zu sein. Er wollte Konflikte vermeiden und er wollte die Ponyherde schützen. Die Gruppe von Sitting Bull hatte fast alle Pferde verloren und sah einer verzeifelten Zukunft entgegen. Traumpfeil wusste, dass sie ohne Ponys kaum eine Überlebenschance hatten. Wie sollten sie sonst zur Jagd gehen oder die jungen Krieger zum Arbeiten schicken?

Die Frauen wussten von seinen düsteren Gedanken und der Gefahr, in der sie alle schwebten, aber sie zeigten eine Stärke, die manchen Mann verwunderte. Sie waren so mit ihren alltäglichen Arbeiten beschäftigt, dass keine Zeit für schwere Gedanken blieb. Frohen Herzens taten sie das, was sie schon immer taten: Sie besserten die Tipis für den kommenden Winter aus und trockneten das Fleisch von Antilopen und Hirschen. Sie mussten ihr Leben ändern, aber dafür waren sie frei!
Uinohnah dachte noch an eine weitere Veränderung. In ihrem Zelt war es eng geworden, seitdem Antilopensohn bei ihnen lebte. Aber noch einen Winter mit der Nez-Percé-Frau und dem Kind wollte sie nicht verbringen. Es wurde Zeit, dass Antilopensohn eine Entscheidung traf. Es lag ihr fern, den Mann zu drängen, außerdem ließ das die Gastfreundschaft nicht zu. So entwickelte sie sanfte Strategien, die beiden zu ihrem Glück zu zwingen. Manchmal ließ sie beiläufig eine Bemerkung fallen, wenn sie sich mit Wah-bo-sehns oder ihrer Tochter unterhielt. Flüsternd, so als wollte sie nicht, dass Antilopensohn es hörte, belächelte sie die Anhänglichkeit des Kindes. „Kleiner-Vogel ist schon fast wie sein Sohn!"
Sie hatte angefangen, für Antilopensohn ein Zelt zu nähen, denn es war abzusehen, dass es bald eine neue Familie geben würde. Auch wenn Antilopensohn vielleicht noch nicht daran glauben wollte.

Antilopensohn wusste, dass er bald eine Entscheidung fällen musste. Aber in seinem Kopf wirbelten die Gedanken umher. Wäre er bereit für eine neue Frau? Konnte er je wieder einer anderen Frau Liebe schenken? Oder sollte er Klares-Wasser wegschicken? Zum ersten Mal seit langer Zeit suchte er das Gespräch mit dem Heiligen Mann. Verlegen gab er Hitschikyata einen Beutel mit Tabak und folgte ihm zum See. Hitschikyata setzte sich mit ihm ins Schilf des Ufers und lange saßen sie nur schweigend nebeneinander, sahen den Libellen zu, die über das Wasser schwirrten.
„Hier ist vieles anders!", bemerkte Antilopensohn schließlich.
„Wahrhaftig!", stimmte Hitschikyata zu.
„Wir sind hier fremd, weit entfernt von den Bergen und Ebenen unserer Jagdgründe."
Hitschikyata senkte nur den Kopf und konzentrierte sich auf den Mann.
„Diese Nez-Percé-Frau lebt nun schon lange unter uns. Auch sie ist hier fremd", fuhr Antilopensohn in seinen Überlegungen fort.

Hitschikyata kicherte leise. „Nun, ihr Sohn hat sich gut eingelebt. Du bist ihm wie ein Vater."

„Ich bin nicht sein Vater!", wehrte Antilopensohn ab.

„Doch! Du hast die beiden gefunden. Seit fast zwei Wintern lebt die Frau nun bei uns und du kümmerst dich die ganze Zeit um das Kind."

„Aber nur, weil er mir hinterherläuft!"

Hitschikyata lachte amüsiert. „Ach so, du lehrst ihn Schwimmen und Bogenschießen und Reiten, nur weil er dir hinterherläuft? Erzähl das jemand anderen!"

Antilopensohn seufzte tief. „Na gut, aber mit der Frau ist es etwas anderes. Ich weiß nicht, was ich tun soll."

„Warum? Sie kocht und näht doch jetzt schon für dich."

„Aber das ist nicht genug! Und ich weiß nicht, ob ich schon bereit für etwas anderes bin."

„Antilopensohn! Sie empfindet die gleiche Trauer. Das verbindet euch. Gib ihr wieder ein Leben und Hoffnung."

Fassungslos starrte Antilopensohn den Medizinmann an. Er hatte immer nur seinen eigenen Schmerz gesehen, aber nicht, wie sehr die Frau unter dem Verlust ihres Stammes leiden musste.

„Wie kann ich ihr Hoffnung geben, wenn ich selbst keine habe?"

„Antilopensohn! Nimm Abschied von den Geistern! Du trauerst schon zu lange um deine Frau. Lass sie endlich zu den Sternen gehen."

Antilopensohns Stimme brach vor Trauer: „Aber mein Herz ist leer! Wie kann ich es einer anderen Frau schenken?"

Hitschikyata wurde ernst. „Ich werde dir dabei helfen! Du musst nach vorne sehen und nicht zurück. Vielleicht entscheidest du dich für eine andere Frau, vielleicht gefällt dir Klares-Wasser nicht? Trotzdem musst du eine Entscheidung fällen. Auch für sie! Bist du dafür bereit?"

Antilopensohns Blick verlor sich in der Ferne. Vielleicht hätte er schon längst eine Entscheidung treffen sollen. Hätte er sie zu ihrem Volk zurückschicken oder einem anderen Mann zur Frau geben sollen? Er biss sich auf die Lippen, weil er immer noch unsicher war, was er eigentlich mit ihr tun sollte. Nach ihren Wünschen fragen? Was wurde dann aus Kleiner-Vogel? Mit plötzlichem Bedauern dachte er an das Kind. Er würde es vermissen, wenn es nicht mehr da wäre. Außerdem hatte er sich daran gewöhnt, dass die Frau um ihn herum war und sich um seine Kleidung kümmerte. Nein! Er wollte

nicht, dass sie ihn verließ! „Ich dachte an eine Schwitzhüttenzeremonie, um Klarheit zu finden", murmelte er bedächtig.
„Das ist unser Weg!", stimmte Hitschikyata zu.

Zusammen bauten sie eine Schwitzhütte und die vertrauten Bewegungen und Gebete waren wie eine Heilung. Voller Ehrfurcht stellten sie vier Äste in den vier Himmelsrichtungen auf und hängten Adlerfedern daran.
In einer Grube wurden von Tschetan-withko, der sich bereit erklärt hatte ihr Feuerhüter zu sein, die Steine erhitzt.
Gemeinsam krochen die beiden in die absolute Dunkelheit der niedrigen Hütte und hingen ihren Gedanken nach. Die ersten vier Steine wurden hereingereicht und aromatischer Geruch breitete sich aus, als Hitschikyata erst Salbei und dann Süßgras verbrannte. Hier, bei diesem Stamm, wurde weniger seine Heilkunst, sondern seine Verbundenheit zu Wakan-tanka gefordert. Die Menschen hatten viel durchgemacht, alle waren von Todesfällen betroffen und das Stammesgefüge fehlte. Es gab keine Ältesten mehr und ihr Rat und ihre Weisheit fehlten allen. Grauadler, Grauer-Wolf und eigentlich auch Tschetan-withko gehörten jetzt zu den Ältesten, obwohl sie noch in der Blüte ihres Lebens standen, kleine Kinder hatten und im täglichen Überlebenskampf für sie sorgen mussten. Hitschikyata führte viele Gespräche, tröstete die Trauernden und sprach beruhigende Worte, denn alle spürten die Veränderungen und viele hatten Angst davor.
Während einige sich diesen Neuerungen stellten und versuchten sich anzupassen, sanken andere in einen Zustand der Lähmung. Ihr Weltbild war zerstört, ihre magischen Schutzzeremonien scheinbar wirkungslos. Immer wieder versuchten sie mit Schwitzhüttenzeremonien und heiligen Tänzen einen neuen Weg zu finden. In ihnen fanden sie neue Kraft, obwohl nicht alle Menschen damit geheilt werden konnten. Manche suchten einen Ausweg im Alkohol, den sie verbotenerweise von Händlern erhielten. Traumpfeil versuchte es zu unterbinden, aber seine Augen und Ohren waren auch nicht überall.
Auch Antilopensohn hatte einmal nach dieser Fluchtmöglichkeit gegriffen. Aber am nächsten Morgen musste er so sehr unter den Folgen einer Alkoholvergiftung leiden, dass er geschworen hatte, nie wieder dieses Heilige Wasser anzufassen. Es war nur ein kurzes Ab-

tauchen in die Vergessenheit gewesen, dann hatte ihn die schmerzliche Wirklichkeit doppelt grausam wieder eingeholt. Nein, er musste andere Wege finden, mit seinem Schmerz fertig zu werden. Vielleicht mit der neuen Frau? Würden die Träume dann verblassen?
Der heiße Dampf benebelte seine Sinne. Er schloss die Augen, schenkte den Geräuschen keine Beachtung und konzentrierte sich nur auf sein Atmen. Er stellte sich vor, dass er den letzten Atemzug seines Lebens nahm und hielt die Luft an. Vielleicht konnte er sein Herz zwingen, einfach aufzuhören zu schlagen? Dann wäre es vorbei! Keine Alpträume, keine Entscheidungen, keine Gedanken! Schwindel erfasste ihn und in Sekunden rauschten verzerrte Bilder an ihm vorbei. Gras-im-Wind vor der Nase des Bären, Gras-im-Wind mit seiner kleinen Tochter, getötete Feinde, eine weiße Frau mit Stupsnase, die blutüberströmte Kinderwiege, seine geschändete Frau ...
Schweiß lief ihm in Strömen hinunter, gleißende Lichter tanzten vor seinen Augen, seine Lunge schien zu bersten und er bekämpfte den dringenden Wunsch seines Körpers nach Luft zu schnappen. Er war ein Krieger. Er konnte sich auch selbst besiegen. Nicht atmen! Gleich wäre alles vorbei! Dann brauchte er keine Entscheidung zu treffen, keine weitere Frau zu heiraten. Klares-Wasser! Was tat er hier eigentlich? Große, braune Augen in einem kleinen Gesicht schauten ihn vorwurfsvoll an. Das Kind! Der Schreck ließ ihn einen tiefen Atemzug nehmen und seine Lungen brannten. Er hatte drei Winter überlebt, warum kamen gerade jetzt diese Gedanken? Warum war er nicht schon längst in irgendeiner Schlacht gestorben? Nein! Er wollte nicht überleben, er wollte leben; eine neue Familie haben, die er beschützen konnte. Tränen liefen über sein Gesicht und hier, in der Schwitzhütte, im Schoß von Mutter Erde, ließ er seinen tiefen Schmerz hinaus.
Hitschikyata ließ ihm Zeit, störte mit keiner Bewegung die Trauer. Erst als die Atmung des Mannes wieder ruhiger wurde, reichte er ihm die heilige Pfeife und sang mit ihm die heiligen Lieder.
Leise betete Antilopensohn zu den Geistern und nahm Abschied von ihnen. Er fühlte sich erleichtert und befreit, ohne den tiefen Schmerz. Nur die tiefe Liebe war geblieben, eine Liebe, die sein Herz füllte und die er nun weitergeben konnte.
Voller Klarheit verließ er die Schwitzhütte und watete in den See. Er kraulte, bis er vor Erschöpfung fast nicht mehr konnte, dann kehrte er mit langsamen Bewegungen zum Ufer zurück. Es wurde bereits

Abend und beide Männer setzten sich ans Ufer und sahen dem Sonnenuntergang zu. Antilopensohn fröstelte, als ein frischer Wind aufkam. Völlig ruhig zog er seine Sachen an, innerlich gereinigt. Leise wandte er sich an den Medizinmann: „Danke, mein Freund!" Das waren seine einzigen Worte.
Hitschikyata lächelte und legte die Hand auf seine Schulter: „Es ist gut, wenn du Klares-Wasser-in-den-Bergen zur Frau nimmst! Ihr werdet euch gegenseitig den Frieden geben, den ihr sucht."

Antilopensohn ließ sich Zeit. Vielleicht zum ersten Mal beobachtete er im Stillen die Frau. Ihre geschickten Hände, ihre anmutigen Bewegungen, ihr sanftes Lachen. Es gefiel ihm. Plötzlich überkam ihn eine gewisse Scheu. Vielleicht wollte sie ihn gar nicht! Mehrmals suchte er ihren Blick, doch stets schlug sie die Augen nieder. Nun, er war ein Krieger, letztendlich gehörte sie ihm. Er würde die Frau zu nichts zwingen, aber er konnte sie fragen und auf eine Antwort warten.
Entschlossen suchte er Klares-Wasser an einem sonnigen Nachmittag und fand sie am Ufer des Sees. Sie saß gerne dort und stickte oder nähte an irgendwelchen Sachen. Blinzelnd sah sie zu ihm auf und er setzte sich ungefragt zu ihr. Seine großen Augen musterten sie durchdringend, dann strich seine Hand gedankenverloren über das weiche Gras.
Ihre Hände ruhten in ihrem Schoß, schüchtern senkte sie den Blick und wartete auf seine Worte.
„Ich wollte mit dir sprechen", erklärte er leise, ohne sie anzusehen. Er atmete tief ein, ehe er fortfuhr: „Wir kämpfen beide mit einem Schmerz in unserem Herzen, deshalb habe ich nicht gewagt, mit dir darüber zu sprechen. Vielleicht war ich noch nicht bereit dafür! Aber jetzt sehe ich die Wahrheit vor mir. Ich möchte dich gerne in mein Tipi führen." Er zögerte. „Als meine Frau!"
Er schluckte schwer, als er plötzlich ihre Antwort fürchtete. Wenn sie Nein sagte?
Sie sagte überhaupt nichts und unsicher schaute er zu ihr hinüber. „Möchtest du über meine Worte nachdenken?"
Ihre Augen verloren sich in der Ferne, als sie über das Wasser schaute und über seine Worte nachdachte. Schon lange hatte sie mit dieser Frage gerechnet, sie anfangs sogar gefürchtet. Aber er hatte ihr Zeit gelassen, vielleicht auch, weil er selbst nicht bereit gewesen war und sich in seine Trauer zurückgezogen hatte. Sie würde ihren Mann, den Vater von Kleiner-Vogel, niemals vergessen, so wie auch dieser Krie-

ger niemals seine Frau und seine Tochter aus seinen Herzen verbannen würde. Manchmal überlegte sie, ob sie zu ihrem Volk zurückkehren sollte, aber ihr gefiel es hier. Nicht die Landschaft, nicht der ständige Wind, auch nicht der Hunger oder die Sorge vor dem kommenden Winter, aber ihr gefiel, dass sie hier frei war. Diese Menschen kämpften weiter und versuchten, neue Wege zu gehen. Selbst die jungen Krieger verzichteten auf Raubzüge und Überfälle, arbeiteten stattdessen als Cowboys. Sie sah hier eine Zukunft für ihren Sohn und Kleiner-Vogel liebte Antilopensohn. Wegzugehen hieße, dass er ein zweites Mal seinen Vater verlieren würde. Das wollte sie nicht. Sie mochte Antilopensohn und seine ruhige und rücksichtsvolle Art ihr gegenüber. Auch als seine Frau würde er ihr Zeit geben, sich mit der neuen Situation anzufreunden. Da war sie sich sicher. Sie brauchte nicht länger nachdenken, sie wollte auch keine Spielchen spielen, wie es junge Mädchen oft machten. Ihre Entscheidung stand fest und würde sich nicht ändern. Ihr abwesender Blick wurde wieder klar, als käme sie von weither zurück. Ihre Augen richteten sich auf ihn und ein flüchtiges Lächeln huschte über ihr Gesicht. „Nein!“, hauchte sie. „Ich möchte nicht darüber nachdenken. Ich werde in deinem Tipi leben.“
Er brauchte einige Sekunden, um die Antwort zu verarbeiten. Sie wollte mit ihm leben! Eine Woge der Erleichterung brandete durch seinen Körper und zum ersten Mal seit drei Wintern öffnete er wieder sein Herz. „Du kommst also in mein Zelt als meine Frau?“, fragte er ganz ruhig.
„Ja!“
Er schaute auf ihren komischen Hut, sah die schön geschwungenen Linien ihrer Augenbrauen, darunter ihre sanften, runden Augen und er lachte glucksend. Eine Nez Percé! Er heiratete eine Nez Percé! Wan! Und der kleine Schatten blieb ihm auch!
Sie fiel vorsichtig in sein Gelächter ein und feine Grübchen zeichneten sich um ihre Augen. Sie war so hübsch, wenn sie lachte!
„Du willst nicht zurück zu deinem Volk?“, fragte er plötzlich besorgt.
„Doch, ich habe oft Heimweh nach meinem Volk! Aber Kleiner-Vogel lebt gerne hier! Und auch ich werde meinen Frieden finden, denn jetzt habe ich dich“, antwortete sie ehrlich.
Vorsichtig nahm er ihre Hände in die seinen. „Ich werde Zeit brauchen! Vieles ist noch tot in mir.“
Sie sah ihn verständnisvoll an. „Auch in mir!“
„Wir bauen ein neues Tipi auf und dann sehen wir weiter, waschté?“

„Ja!", seufzte sie erleichtert.
Geschmeidig sprang er auf und reichte ihr die Hand. „Komm! Wir sagen es den anderen!"

Uinohnah strahlte über das ganze Gesicht, aber auch die anderen schlugen dem Bräutigam auf die Schulter. „Endlich! Eine gute Entscheidung!", rief Sohn-des-Windes begeistert.
Es wurde eine schöne Hochzeitsfeier, bei der sich alle die Bäuche vollschlugen und alle Sorgen vergessen waren. Das Leben ging weiter und viele sahen gerade in der Ehe dieser beiden Menschen eine Botschaft. Am späten Abend führte Uinohnah das junge Paar zu dem neuen Zelt, das sie in der Mitte des Dorfes aufgebaut hatte: „Das ist für euch!"
Staunend, fast ungläubig, standen Klares-Wasser und Antilopensohn davor und Tränen der Freude liefen der Nez-Percé-Frau über das Gesicht. „Das ist zu schön!"
„Aber nein! Ihr werdet es brauchen können. Ihr seid nun eine Familie! Komm, ich helfe dir, die Sachen zu holen."
Schnell war das Tipi eingerichtet und plötzlich war die neue Familie zum ersten Mal allein. Geschäftig kramte Klares-Wasser in ihren Bündeln und Packen, richtete das Lager her, räumte Dinge von vorn nach hinten und von hinten nach vorn, während er amüsiert zusah. Aber irgendwann gab es nichts mehr zu tun und sie setzte sich. Wie Fremde saßen sie sich gegenüber. Sie waren keine Jungverliebten, es war die Trauer, die beide zusammengeführt hatte. Nur das Kind glühte vor Begeisterung, jetzt wirklich einen neuen Vater zu haben. Vertrauensvoll kuschelte er sich auf Antilopensohns Schoß, bis er eingeschlafen war. Nie mehr wollte er seinen neuen Vater loslassen. Lächelnd legte ihn Antilopensohn auf das Schlaffell und meinte: „Mein kleiner Schatten!"
Dann saßen sie sich wieder schweigend gegenüber, bis Antilopensohn vor Müdigkeit gähnte. „Wollen wir schlafen?"
Sie nickte verhalten, zog scheu ihr Kleid aus und legte sich nieder. Ebenso scheu kroch er zu ihr und legte den Arm um sie. Sonst geschah nichts. Sie brauchten beide Zeit.

Wie gewohnt tauchten zwei Tage später einige Mounties bei ihnen auf. Dieses Mal war auch Superintendent Walsh unter ihnen, jetzt im Sommer in seiner Wildwestausstattung, die ein wenig an Buffalo Bill erinnerte: Fransenjacke, großer Cowboyhut, nur die Militärhose erinnerte an seinen Rang. Auch die anderen Mounties zeigten sich oft sehr salopp. Nur bei ihren Grenzpatrouillen oder zu offiziellen Anlässen ritten sie in ihren roten Uniformen. Während es bei den anderen Lakotagruppen viele Schwierigkeiten gab, weil sich die jungen Männer langweilten, hatten die Mounties mit dem Stamm von Traumpfeil keine Probleme. Deswegen kamen sie gerne hier vorbei, denn sie wurden immer freundlich aufgenommen.
Walsh verschwand im Zelt von Traumpfeil, während Doktor Nevitt Che-ni-win einen Besuch abstattete.
„Na, kleine Mama! Wie geht's denn so?", fragte er freundlich. Zwei nackte Kleinkinder steckten ihre Daumen in den Mund und musterten den Arzt unverwandt.
„Oh, habe ich euer Geschenk vergessen?", murmelte der Arzt und holte aus seiner Tasche zwei Zuckerstangen heraus.
Sofort hellten sich zwei Paar Augen auf, eines heller, eines schwarz.
„Der Junge hat wirklich die gleichen Augen wie sein Vater!", feixte der Arzt und selbst Elchkalb bemühte sich um einen freundlichen Gesichtsausdruck. Sehr zu seiner Befriedigung hatten die peinlichen Fragen des Arztes aufgehört und so siegte die Dankbarkeit, die er dem Arzt gegenüber empfand.
„Ich arbeite jetzt als Cowboy!", erklärte er stolz.
„So, als Cowboy? Das ist gut!", bewunderte Nevitt den jungen Mann. „Dann werden wir euch wohl nicht mehr los, was?"
„Nein, warum?"
„Die Regierung übt immer mehr Druck auf Sitting Bull aus, damit der in die Vereinigten Staaten zurückkehrt. Im Winter wird es hart für euch! Habt ihr keine Angst?"
Elchkalb biss wütend die Zähne zusammen. „Wir gehen nicht zurück. Wir arbeiten, um unsere Familien zu ernähren, wir jagen und unsere Frauen sammeln Beeren und Gemüse! Kanada ist jetzt unsere Heimat!"
„Ich verstehe euch gut! Ich helfe euch, wo ich kann!"

Schließlich verschwanden die Mounties und Tschetan-withko machte sich in Begleitung von Elchkalb auf den Weg zu Miles, um nach

Tatokala und Stern-im-Auge zu sehen. Die Stimmung war gedrückt, als Tschetan-withko seinem jungen Freund von dem Gespräch mit Walsh erzählte: „Der heilige rote Geist namens Walsh wird von einem anderen Mann abgelöst. Dann haben wir niemandem mehr, der uns unterstützt. Auch hier, in Untschi Makotsche sollen alle Stämme in Reservate gehen. Wir sind nicht von hier, also bekommen wir auch kein Land zugewiesen."
„Was wird dann aus uns?"
Tschetan-withko zuckte verzweifelt die Schultern. „Ich weiß es nicht. Aber ich kehre nicht zurück. Lieber sterbe ich!"
Betroffen schaute Elchkalb auf Tschetan-withko. „Und deine Kinder?"
„Sie werden mit mir sterben oder hier leben! Hetschetu-welo!"

Miles war von dem unerwarteten Besuch begeistert, obwohl er sofort die gedrückte Stimmung der beiden bemerkte. „Was ist los mit euch?"
Elchkalb biss die Lippen zusammen. „Walsh wird nicht mehr lange bleiben und die Weißen wollen, dass wir Kanada verlassen!"
Miles stemmte wütend die Fäuste in die Hüften. „Das kommt überhaupt nicht in Frage! Noch einmal entführst du mir mein Mädchen nicht! Ihr bleibt hier, und wenn ich euch alle verstecken muss!"
Elchkalb kicherte belustigt und auch in Tschetan-withkos Augen stahl sich ein kleines Funkeln. „Wir werden nicht gehen!", meinte er mit fester Stimme.
„Waschté!", brummte Miles. „Sie werden nicht auf euch schießen. Sie werden versuchen, euch auszuhungern."
Tschetan-withko schüttelte den Kopf. „Diesen Winter haben wir Vorräte!"
Miles lachte rau und schlug ihm aufmunternd auf die Schultern. „Na siehst du! Alles wunderbar!"
Rose brachte ihnen heißen Kaffee mit viel Zucker und dankbar schlürfte Tschetan-withko das Getränk. Er hatte sich inzwischen daran gewöhnt. Er könnte eine ganze Kanne trinken! Die Stimmung besserte sich zusehends und so beschloss Miles, ein anderes Anliegen vorzubringen. Er plauderte ein wenig und fragte nach den Kindern, dann brachte er zögernd seine Bitte hervor: „Ich möchte über den Sommer nach Coulton reisen und endlich mein Vieh kaufen. Wenn wir Glück haben, regnet es im Sommer nicht viel und der Missouri ist mit einer Herde zu überqueren! Aber ich brauche eine Mannschaft,

die mit mir geht. Vielleicht wären einige eurer Männer bereit, mir zu folgen? Ich würde sie gut bezahlen!"
Elchkalb wackelte mit dem Kopf. „Wir haben bereits Vorräte angelegt, also könnten wir gehen!" Er wechselte einen vorsichtigen Blick mit Tschetan-withko, der überraschenderweise sofort zustimmte. „Das wäre eine schöne Ablenkung und das Geld könnten wir brauchen, um Vorräte zu kaufen."
„Hetschetu!", freute sich Miles. „Stell mir eine Mannschaft zusammen! Vielleicht auch mit einer Frau, die kocht!"
„Waschté!"

Kupi

Heimkehr (Sommer 1879)

Nach seiner Rückkehr suchte Tschetan-withko vorsichtig das Gespräch mit seiner Frau. Leise hockte er sich neben das Feuer, über dem sie gerade kochte. Er hatte lange gezögert und nicht gewusst, wie er überhaupt beginnen sollte, nicht wegen der langen Reise, sondern weil er ein ganz anderes Anliegen hatte. Eins, das ihm schon lange auf der Seele brannte. „Miles sucht einige Männer, die für ihn im Sommer Vieh treiben", begann er harmlos.
Wah-bo-sehns lächelte erfreut. „Das ist doch gut!"
„Wir gehen über die Grenze! Wir ziehen bis an den Yellowstone. Das ist weit und wir werden den ganzen Sommer unterwegs sein."
„Oh!"
„Er möchte auch eine Frau, die für uns kocht. Ich dachte, dass du vielleicht mitkommst?"
„Ich? Aber was ist mit den Kindern?"
„Die nehmen wir auch mit. Wolfssohn ist alt genug, um die Pferde zu treiben und die Mädchen können dir beim Kochen helfen."
Verwirrt strich sie sich eine Strähne zur Seite, ahnte noch nicht, was er eigentlich wollte. „Das wäre schön! Aber ist es nicht gefährlich?"
Langsam begann Tschetan-withko zu schwitzen, irgendwie fiel es ihm schwer, die richtigen Worte zu finden. Dabei war es doch so einfach. Verlegen räusperte er sich, senkte plötzlich die Augen und hatte das Bedürfnis mit einem Stock im Feuer zu stochern. Fast nebenbei rückte er endlich mit der Sprache heraus: „Ich dachte daran, deine Familie zu besuchen!"
Ihre braunen Augen bekamen einen seltsamen Schimmer. „Meine Familie?"
„Ja! Vielleicht lebt deine Mutter noch."
„Meine Mutter?" Ihre Stimme brach ab und um Wah-bo-sehns drehte sich alles. Sie war völlig durcheinander. Was war denn in Tschetan-withko gefahren? „Das möchtest du tun?", fragte sie ungläubig.
„Ja!", erklärte er entschlossen.
Heiße Tränen kullerten ihr vor Freude über die Wangen. „Du bist so ein guter Mann!"
Tschetan-withko nahm einen tiefen Atemzug vor Erleichterung und fühlte sich gut! Richtig gut! Jetzt musste er nur noch Miles dazu bringen, dass er in Coulton eine Weile mit der Herde wartete, bis er mit

Wah-bo-sehns von dem kleinen Ausflug zurückkehrte. „Meinst du immer noch, dass es gefährlich ist?", zwinkerte er vergnügt.
„Aber nein!"

Schnell fand Tschetan-withko einige andere Männer, die mit ihm reiten wollten. Krummes-Büffelhorn und Weiße-Muschel hatten bereits als Cowboys gearbeitet und freuten sich auf das Abenteuer. Sofort nutzte Sohn-des-Windes die Gelegenheit, denn auch er wollte zu den Crow zurück. Aber auch Hitschikyata überraschte mit seiner Entscheidung, die anderen zu begleiten. „Das wird ein schönes Wiedersehen", meinte der junge Mann ungewohnt locker.
Tschetan-withko dagegen senkte nachdenklich die Augen. „Wiedersehen?"
Sofort wurde Hitschikyata ernst, wusste, was sein väterlicher Freund nun denken würde. „Ich hatte eine Vision", bestätigte er leise.
Tschetan-withko senkte traurig die Augen. „Hast du eine Antwort gefunden?"
„Ja! Die Geister sagten mir, dass ich bei meiner Familie sein werde."
Tschetan-withko atmete tief ein, dann hob er seine Augen. „Es ist gut, wenn du deinen Weg gefunden hast!"
Ihm blieb nicht viel Zeit über Hitschikyata nachzudenken, außerdem konnte er dessen Entscheidung ohnehin nicht ändern, würde es nicht einmal versuchen. Einen Mann, der gehen wollte, konnte man nicht aufhalten.
Er half Wah-bo-sehns beim Packen und machte sich in Begleitung seiner Familie auf den Weg zu Miles. Außerdem schlossen sich ihnen Blitz-im-Winter, Otter-der-die-Crow-narrt und Antilopensohn an, denn die drei hatten die Reise bereits unternommen. „Hey, vielleicht können wir auf Brautschau gehen und uns ein hübsches Crowmädchen schnappen!", freute sich Otter-der-die-Crow-narrt.
„Wehe euch! Ihr schnappt euch überhaupt nichts!", dämpfte Tschetan-withko die Erwartungen der jungen Männer. „Wir können froh sein, wenn wir ohne Verluste die Herde hierher treiben. Das riskiere ich bestimmt nicht wegen zwei liebeshungriger Krieger!"
Beschämt zogen die beiden ihre Köpfe ein. Ein Kriegszug machte wesentlich mehr Spaß, als dummes Vieh zu treiben, aber die Männer lockte der Verdienst.

Auch Miles rüstete sich für die lange Reise. Er war merkwürdig nervös, denn er steckte sein gesamtes Vermögen in die Herde, die er kaufen wollte. Aber wenn in den nächsten Jahren die Eisenbahn kam und mit ihr die Siedler, dann würde er hoffentlich ein kleines Vermögen dazuverdienen.
Dann schaute er auf den Trupp Indianer, den Tschetan-withko für ihn zusammengestellt hatte und raufte sich entsetzt die Haare. Waren jetzt alle verrückt geworden? Was sollte er denn mit Frauen und Kindern, sogar einem Kleinkind?
Nein, nein, nein, so ging das nicht! Wild mit seinen Händen fuchtelnd lief er Tschetan-withko entgegen.
„Was soll denn das! Das ist doch kein Picknick! Was soll ich denn mit Frauen und Kindern?"
„Du hast doch gesagt, dass du eine Frau brauchst, damit sie kocht!", deutete Tschetan-withko auf Wah-bo-sehns und Morgenröte.
„Ja, eine!", betonte Miles wütend. „Aber doch nicht zwei, noch dazu mit Kindern!"
Tschetan-withko ignorierte die Reaktion des Weißen. Völlig ruhig musterte er Miles und ließ sich zu einer kurzen Erklärung herab: „Ich gehe zu den Crow, damit meine Frau ihre Mutter wiedersehen kann."
„Ihr seid alle wahnsinnig! Ihr könnt doch nicht zu den Crow! Sie werden euch alle töten und skalpieren und dann habe ich niemanden mehr, der mein Vieh treibt!"
„Jeder wählt seinen eigenen Weg!", meinte Tschetan-withko. „Wir reiten alle, oder keiner."
Wütend presste Miles die Lippen zusammen. „Das ist dein Ernst, oder?"
„Ja!"
„Das ist Erpressung!"
„Stimmt!" Tschetan-withko grinste frech. „Ohne dich und die anderen wäre die Reise mit Frauen und Kindern zu gefährlich."
„Und Elchkalb?", hoffte Miles auf Unterstützung.
„Er bleibt mit Che-ni-win und den Kindern auf deiner Ranch und hilft Tatokala."
Kurz wog Miles die Risiken ab. Entweder er ging mit Frauen und Kindern oder er musste ein weiteres Jahr warten, ehe er seine Herde bekam. „Na gut", brummte Miles zögernd. Dann blickte er stirnrunzelnd auf die Indianer. So schlimm war es im Grunde nicht. Indianer waren das Reisen mit Frauen und Kindern gewöhnt. Ihm wurde nur

ein wenig mulmig, als er an die Gefahren dachte: Viehdiebe, kriegerische Crow, Soldaten, reißende Flüsse! „Lieber Gott, lass uns heil wieder zurückkehren!"

In vier Tagen erreichte der Trupp ohne Zwischenfälle die Grenze. Es war ein merkwürdiger Zug, der sich über die ausgedörrte Prärie bewegte: acht Krieger in Jeans und bunten Hemden, mit Cowboyhüten auf dem Kopf, ihre Bögen auf dem Rücken und auch sonst bis an die Zähne bewaffnet; zwei Frauen mit ihren kleinen Kindern, zwei Jungen, zwei Mädchen, angeführt von einem hünenhaften Weißen mit rotem Haar, bei dem sich bereits erste weiße Strähnen zeigten. Abwechselnd saß einer der Männer auf dem Wagen und lenkte das sperrige Gefährt. Diese Arbeit war verhasst, denn die Männer saßen lieber auf ihren Pferden. Doch Miles hatte dort Vorräte geladen, außerdem konnten zumindest die Frauen und Kinder darin schlafen. Abends spannten die beiden Frauen eine Plane an den Wagen und kochten davor.
Miles hatte es bereits bitter bereut, dass er diesem „Familienausflug" zugestimmt hatte, denn regelmäßig mussten sie eine Pause machen, damit der kleine Junge gestillt werden konnte. Ohne eine Miene zu verziehen, hielten die Krieger einfach an und warteten, bis Mahtola wieder in dem Tragetuch verstaut war. Keiner hatte es besonders eilig, außer Miles.

In Fort Peck machten sie einen Tag Rast, weil die dort lebenden Sioux gerade feierten. Überall wurden die Krieger bewundert, weil sie noch ihre Waffen und ihre Ponys hatten. Immer wieder musste Miles einen Passierschein der Mounties vorlegen, der bewies, dass die Krieger tatsächlich für ihn arbeiteten. In der Reservation dagegen herrschte Resignation. Der Boden war schlecht, die Ernte oft ein Misserfolg, und die Krieger durften die Reservation nicht zum Arbeiten verlassen. Viele tranken, manche schlugen sogar ihre Frauen und Kinder, andere langweilten sich ganz einfach.
Tschetan-withko war entsetzt. So wollte er nicht enden! Schweigend ritten die Männer am nächsten Tag weiter. Sie konnten kaum glauben, was aus ihrem Volk geworden war.
Dann standen sie am Ufer des Missouri und blickten gebannt auf den breiten Strom. Hier hatten sie ihr letztes Gefecht gegen die Weißen

geführt, hier waren Schwarzer-Rabe und so viele von ihnen gestorben. Traurig blickte Tschetan-withko auf Tschaske. „Hier hat dein Vater gekämpft, damit wir leben können!"
Tschaske kniete sich an das Ufer und dachte an seinen Vater. Er hatte fast keine Erinnerung mehr an ihn. Nur an seine Augen mit den buschigen Augenbrauen konnte er sich erinnern, und dass er ihn oft im Arm gehalten hatte, vor allem nachts. „Erzählst du mir von meinem Vater?", bat er Tschetan-withko.
Der Krieger nickte wortlos, zu sehr nahm ihn die Erinnerung mit. Er kniete sich neben das Kind und begann einen leisen Gesang zu Ehren von Fisch. Seine Stimme wurde kräftiger und lauter, bis auch Tschaske in den Gesang einfiel. Ihre Stimmen schallten über den Fluss und alle blickten bewegt auf den Mann und das Kind, die für Fisch beteten. Otter-der-die-Crow-narrt und Viele-Feinde hängten rote Stofffetzen und kleine Bündel mit Tabak in einen Busch und beteten für Viel-Schnee und die Familie von Schwarzer-Rabe.

Dann machten sie sich an die Arbeit, den Fluss zu überqueren. Jetzt im Sommer führte er wenig Wasser und sie bauten die Räder des Wagens ab und verwandelten ihn in ein kleines Floß, mit dem sie ihre Habseligkeiten hinübertransportierten. In der Mitte mussten die Tiere schwimmen, aber die Strömung war nicht so reißend, dass sie abgetrieben wurden. Ein gutes Zeichen für die Rückreise, wenn sie die Rinder über den Fluss bringen mussten.
Langsam zogen sie daraufhin den Yellowstone entlang, dabei umgingen sie die neu entstandene Stadt Miles City. Für die Indianer war allein der Name schon ein Hohn, denn er stand für sie gleichbedeutend mit einem Mörder: der Mann, der sie fast zu Tode gehetzt hatte.
Manchmal begegneten ihnen seltsame Gestalten, wenig vertrauenerweckend, aber an neun bewaffnete Männer trauten sich diese Halunken nicht heran. Noch war der Kriegsschrei der Sioux nicht vergessen und die schwer bewaffneten Krieger schreckten einzelne Diebe ab, die sonst ohne Hemmungen unerfahrene Einwanderer ausraubten. Es war ein gesetzloses Land und wer klug war, schützte sich entsprechend. Acht bewaffnete Sioux waren ein guter Schutz, fand Miles! Insgeheim lächelte er über die Gruppe, selbst die Kinder störten ihn nicht mehr, denn deren Anwesenheit machte die Krieger noch wachsamer.

Dann erreichten sie die Bretterbuden von Coulton und ritten auf ihrem Weg zu der Ranch an dem Ort vorbei. Sie wollten kein Aufsehen erregen und die Indianer waren durch die Anwesenheit so vieler weißer Menschen sowieso schon nervös genug.
Südlich der Stadt kam ihnen schließlich ein Trupp Crow entgegen und sie hielten ihre Pferde an, verblüfft darüber, ihre Feinde so nahe an ihrer Reservation zu sehen.
Auch jetzt noch boten die Crow einen eindrucksvollen Anblick: lange Haare, in denen Federn im Wind spielten, Waffen in den Händen, finstere Mienen aufgesetzt. Miles blickte ihnen mit gemischten Gefühlen entgegen und fühlte seine Hände feucht werden.
Tschetan-withko unterdrückte das Bedürfnis, seinen Bogen vom Rücken herunterzureißen. Wachsam schielte er zu seiner Frau, die mit Mahtola auf ihrem Pony saß. Vielleicht war es doch keine so gute Idee gewesen, sie mitzubringen.
Der Anführer der Crow stellte mit großer Pose sein Pferd quer und funkelte die Ankömmlinge an. Seine Haare waren nach Art der Crow nach oben gebürstet und er trug ein sorgfältig gearbeitetes Hemd. Selbst für einen Crow war er hochgewachsen und vermittelte einen eindrucksvollen Anblick. Er wandte sich fordernd an Miles: „Wieso reitest du in Begleitung dieser Halsabschneider?"
Miles blitzte ihn wütend an. „Bin ich dir irgendeine Erklärung schuldig?"
Tschetan-withko schwitzte bei diesen Worten. War Miles verrückt geworden?
Der Crow kniff die Augen zusammen und bewunderte den Mut dieses Mannes. Etwas freundlicher meinte er in seinem schlechtem Englisch: „Ich bin Plenty Coup, Häuptling der Crow! Ich will wissen, warum du mit diesen Lakota unterwegs bist."
„Na also!", bellte Miles. „Ich bin Miles O'Brian und das sind meine Cowboys."
Plenty Coup hatte noch nie gehört, dass Lakota als Cowboys arbeiteten und schaute verdutzt auf die Krieger. „Und warum führst du dann Frauen und Kinder mit?"
Während Miles noch mit der Antwort zögerte, drängte Sohn-des-Windes sein Pferd an ihm vorbei und lächelte einen Krieger neben dem Häuptling an. „Es ist gut, dich zu sehen, Onkel!", begrüßte er ihn in der Sprache der Crow.
Der Mann fiel vor Staunen fast vom Pferd. „Sohn-des-Windes? Du bist am Leben?"

Der junge Mann lachte wie befreit. „Ja! Ich lebe! Ich komme mit meiner Frau und meinem Sohn."

Für kurze Zeit waren die anderen völlig vergessen. Ungläubig blickten die Crow auf Sohn-des-Windes, dann umringten sie ihn lachend und redeten alle gleichzeitig auf ihn ein. „Schon gut, schon gut!" Sohn-des-Windes hob begütigend die Arme. Dann grüßte er einen anderen jungen Mann: „Zwei-Skalpe, wie geht es dir?"
„Dass du noch lebst! Wir dachten, dass dich die Lakota getötet hätten?"
„Fast!"
Plenty Coup blickte auf den jungen Mann. „Du bist uns willkommen, Sohn-des-Windes! Wer sind die anderen?"
„Es sind Krieger der Lakota, die das Vieh für diesen Weißen treiben. Der ältere Krieger ist Tschetan-withko. Er bringt Wah-bo-sehns zurück. Sie ist auch eine Crow. Und das ist Hitschikyata."
Unsicher trieb Hitschikyata sein Pony näher und blickte auf den Häuptling. Plenty Coup war sprachlos. „Du bist Hitschikyata, der Sohn von Medicine Stone?"
Hitschikyata nickte mühsam. All die Erinnerungen an seine Eltern kamen wieder hoch, als er die Sprache seiner Kindheit hörte.
„Wir dachten, dass die Blackfeet dich getötet hätten?"
„Nein! Ich war auf der Jagd, als die Blackfeet unser Dorf niedermachten. Dann kamen diese Lakota. Sie hatten Mitleid mit mir und haben mich aufgezogen." Die Worte kamen ungewohnt und stockend aus seinem Mund.
„Es ist gut zu wissen, dass du überlebt hast, selbst wenn du jetzt bei unseren Feinden lebst."
„Diese Menschen sind nicht mehr deine Feinde. Wir leben im Land der Großmutter und haben geschworen, nicht mehr zu kämpfen."
Der Häuptling zögerte kurz. „Ihr seid uns willkommen! Wollt ihr mich begleiten?", bot er höflich an.
„Das wäre schön!"

Hitschikyata übersetzte die Worte, aber nicht alle wollten mit zu den Crow. Blitz-im-Winter, Antilopensohn, Krummes-Büffelhorn, Weiße Muschel und Otter-der-die-Crow-narrt begleiteten Miles lieber zu der Ranch. Sie wollten Miles mit dem Geld nicht aus den Augen lassen. Miles fand das sehr rücksichtsvoll. „Das ist gut! Dann verliere ich nicht so viel Zeit! Lasst die anderen jene Crow besuchen, wäh-

rend wir uns um das Vieh kümmern!" In Englisch wandte er sich an Plenty Coup: „Ich kann mich darauf verlassen, dass ich meine Cowboys zurückbekomme?"
Plenty Coup verzog keine Miene. „Sie sind meine Gäste!"
„Na dann! In ein paar Tagen warte ich auf sie bei der Ranch der Westons! Weißt du, wo das ist?"
„Ich werde sie dir bringen!"

Schon teilte sich der Trupp und Tschetan-withko folgte mit seiner Familie, Hitschikyata und Sohn-des-Windes dem Häuptling der Crow. Die Kinder trieben die Ponys vorwärts und kopfschüttelnd blickte Plenty Coup auf Tschetan-withko. In Zeichensprache meinte er: „Du-mutig! Kommen-mit-deinen-Kindern!"
Tschetan-withko lächelte.frech. „Meine-Kinder-sind-mutig! Du-dich-fürchten!"
Plenty Coup prustete los, dann fragte er höflich: „Deine-Frau-eine-Crow?"
Tschetan-withko machte eine bejahende Handbewegung, dann winkte er seine Frau an seine Seite. „Ihr-Name-Wah-bo-sehns!"
Ein Schatten flog über das Gesicht des Häuptlings und er sagte auf Crow: „Ein seltsamer Name! Ich kannte einen Krieger, der eine Frau mit solch einem Namen hatte."
Leise flüsterte Wah-bo-sehns: „Einst war ich Micgys Frau. Das Mädchen dort drüben ist seine Tochter."
Traurig senkte Plenty Coup den Kopf. „Haben die Lakota ihn getötet?"
„Nein! Er starb an Husten, kurz bevor mich dieser Mann geraubt hat."
„Hat er dich gut behandelt?"
Sie blickte ehrlich in seine Augen. Sie hatte nichts zu verbergen. „Ja, ich liebe ihn und habe ihm zwei Söhne geschenkt."
„Dann ist es gut!", meinte Plenty Coup. „Warum bringt er dich jetzt hierher?"
„Die Ungewissheit, ob meine Mutter noch lebt, schmerzt mich so sehr. Er will mir eine Freude bereiten!"
Bewundernd blickte Plenty Coup auf den Lakotakrieger. Er staunte über dessen Selbstsicherheit, einfach mit seiner Frau und seinen Kindern zu seinen Feinden zu reiten. Er musste starke Medizin und

einen starken Schutzgeist haben. „Deine Mutter heißt Stein-im-Fluss?", wandte er sich an die Frau.
Mit bangen Augen blickte Wah-bo-sehns ihn an. „Ja", hauchte sie leise.
Plenty Coup lächelte zufrieden. „Du wirst sie heute Abend sehen!"

Tausend Steine stürzten einen Wasserfall hinunter und Wah-bo-sehns Gedanken drehten sich im Kreis. Völlig benommen versuchte sie, seine Worte zu begreifen, als sie sich am Sattel festklammerte. Ihre Ohren rauschten und ein schreckliches Schwindelgefühl erfasste sie. Ihre Mutter lebte, heute Abend würde sie ihre Mutter in die Arme nehmen! Bäche von Tränen liefen über ihre Wangen und erschrocken ließ sich Tschetan-withko vom Pferd gleiten. Hastig winkte er nach Verlorenes-Hirschkalb und reichte ihr den verstörten Mahtola. Dann hob er Wah-bo-sehns vom Pferd und nahm sie fest in die Arme. Er hatte ihre Unterhaltung nicht verstanden, fühlte nur ihre völlige Verzweiflung. Sanft wiegte er sie hin und her, hielt ihren bebenden Körper. Er zog eine Decke über ihren Kopf, um sie vor den Blicken der anderen zu schützen. „Waschté, waschté!", flüsterte er immer wieder.
Schweigend saßen die Crow auf ihren Pferden und beobachteten die beiden Menschen. Plenty Coup war völlig verwirrt, denn er hatte ihr doch nichts Schlechtes gesagt!
Wolfssohn galoppierte heran und auch Graueulenmädchen tastete nach der Hand ihrer Mutter. Tschaske saß hilflos auf seinem Pony und schaute verstört auf die weinende Frau. Was war hier geschehen?

Tschetan-withko konzentrierte sich nur noch auf Wah-bo-sehns. Er vergaß die Crow und alles um sich herum, sah nur die Tränen seiner Frau, die nicht enden wollten. Eine Ewigkeit hielt er sie in seinen starken Armen und wünschte, dass er allen Schmerz von ihr nehmen könnte. Schließlich beruhigte sie sich und lächelte ihn an. Immer noch bebte ihre Stimme. „Meine Mutter lebt! Oh, sie lebt! Sie wird meine Kinder sehen! Und dich!" Sie lachte ihren Schmerz heraus und hob die Hände in den Himmel. „Wakan-tanka! Ich werde meine Mutter sehen!" Sie löste sich aus der Umarmung und wirbelte tanzend durch das Gras.
Sohn-des-Windes nickte verständnisvoll, denn er empfand die gleiche Freude. Sie waren heimgekehrt!

Tschetan-withko seufzte wie befreit und ein Stein fiel ihm vom Herzen. Er hatte richtig gehandelt! Die Freude seiner Frau war ihm Belohnung genug. Wah-bo-sehns war vor Schwindel in die Knie gesunken und er richtete sie behutsam auf. „Bist du bereit zu ihr zu gehen?“, fragte er sanft.
Ihre glücklichen Augen leuchteten ihn an. „Ja!“
Mit weichen Knien stieg Wah-bo-sehns wieder in den Sattel und Tschetan-withko reichte ihr Mahtola. Sie hatte sich gefangen und drückte das Kind an sich. Jetzt war sie bereit, ihrer Mutter gegenüberzutreten.

Langsam ritten sie weiter, die verwunderten Crow um sich herum, die gespannt auf die Geschichten warteten, die es hier zu erzählen gab. Eine Frau, ein Krieger und ein Junge, die nach so langer Zeit heimkehrten.
Plenty Coup blieb bei Tschetan-withko, denn ihn interessierte der Krieger. „Du-riskieren-Leben, um-deine-Frau-erfreuen?“, fragte er in Zeichensprache.
Tschetan-withko lachte breit. „Ja!“
„Du-verrückt!“, meinte Plenty Coup, aber das war ja nichts Neues für Tschetan-withko.
„Mein-Name-Tschetan-withko!“, bestätigte er.
„Guter-Name!“
Schließlich erreichten sie das Dorf der Crow. Die meisten Zelte waren bereits aus Kanvas-Stoff und einige Karren standen davor, deutliche Zeichen, dass die Crow viel Kontakt zu den Weißen hatten. Viele Frauen trugen die Kleidung der Weißen, ebenso die Kinder.
Wah-bo-sehns Blick irrte über die Menschen, die sich schnell ansammelten und verblüfft auf die Ankömmlinge schauten. Plenty Coup rief augenzwinkernd: „Einst raubten uns die bösen Lakota unsere Brüder und Schwestern! Nun bringen die Feinde sie uns wieder zurück!“
Dann hatte Wah-bo-sehns nur noch Augen für eine ältere Frau, die leicht gebückt am Rande der Menschenmenge stand. Tränen stiegen in ihre Augen und alles verschwamm, als sie nach all der Zeit ihre Mutter erkannte. Sie war älter, gezeichnet vom Leben und den Verlusten, die sie erlitten hatte. Doch dann schlug die Frau die Hände vor das Gesicht, als hätte sie einen Geist gesehen.

Wah-bo-sehns saß wie gelähmt auf ihrem Pferd. Wie lange hatte sie sich danach gesehnt! Langsam ließ sie sich hinabgleiten und fiel ihrer Mutter in die Arme. Zitternd sanken beide zu Boden und Wah-bo-sehns sog tief den Duft ihrer Mutter ein. Sie war wieder Kind, versank in der Umarmung, suchte den Trost, den sie so lange vermisst hatte. Tiefer Frieden erfüllte ihr Herz und tiefe Dankbarkeit, dass Tschetan-withko sie zurückgebracht hatte. Sie hatte ihrer Mutter so viel zu erzählen! Vorsichtig löste sie sich und kicherte wie ein kleines Mädchen. „Ich lebe! Und ich bin zurückgekehrt, um dir meine Familie zu zeigen!" Lächelnd winkte sie ihre Kinder heran und stellte sie vor: „Das ist Verlorenes-Hirschkalb." Dann zog sie das andere Mädchen heran. „Meine Tochter Graueulenmädchen. Und meine Söhne Wolfssohn und Mahtola. Tschaske gehört auch zu unserer Familie." Sie wollte ihrer Mutter am liebsten alles auf einmal erzählen.
„So viele Kinder!", staunte Stein-im-Fluss.
Wah-bo-sehns lachte voller Glück. „Ja, und mein Mann Tschetan-withko!"
Ihre Mutter vermied es, den Mann anzusehen, denn auch bei den Crow gab es das Schwiegermuttertabu. „Der Mann, der dich entführt hat?", flüsterte sie.
„Ja! Aber ich war immer nur seine Frau! Nie etwas anderes!"
Tschetan-withko saß auf seinem Pferd und war froh, dass er dieser Frau nicht in die Augen schauen musste. Aber so war es eben, wenn man sich eine Frau raubte. Irgendwann musste man dafür büßen.
Dann besann sich Wah-bo-sehns wieder auf das Praktische. „Wir brauchen ein Zelt. Und die Kinder haben bestimmt Hunger."
Weiter kam sie nicht, denn stürmisch kam eine junge Frau angerannt: Hagel-Frau, ihre Schwester! „Oh, bist du groß geworden! Das letzte Mal, als ich dich sah, warst du noch ein Kind!", staunte Wah-bo-sehns.
„Ich bin längst verheiratet! Hoffentlich habe ich auch bald ein Kind!", antwortete ihre Schwester.
Es war so schön zurück zu sein. Aber es war auch traurig, denn ihre andere Schwester war an Pocken gestorben und alte Wunden rissen auf, als sie hörte, wie viele Menschen auch hier zu den Geistern gegangen waren. Tschetan-withko wagte sich endlich von seinem Pferd herunter und erinnerte seine Frau daran, dass eine hungrige Familie auf sie wartete.

Lächelnd halfen mehrere Crowfrauen bei dem Aufbau eines kleinen Tipis, während Tschetan-withko mit den Jungen die Ponys auf die Weide trieb. Sofort scharrten sich andere Jungen um sie, die abschätzend die Lakotajungen musterten. War Wolfssohn wirklich ein halber Crow? Wieso verstand er dann ihre Sprache nicht? Aber die Zeichensprache genügte zur Not auch! Bis Tschetan-withko zurückkam, stand das Zelt längst und er schaute sich nach Hitschikyata und Sohn-des-Windes um.

„Sein Cousin bringt ihn in das nächste Dorf, wo seine Familie lebt", erklärte Hitschikyata.

„Und du?", fragte Tschetan-withko.

Hitschikyata winkte traurig ab. „Alle sind damals bei dem Angriff der Blackfeet getötet worden. Und meine Großeltern leben auch nicht mehr. Ich habe noch einen Onkel in einem der anderen Dörfer, aber er ist mir fremd."

Vorsichtig fasste Tschetan-withko dem jungen Mann an die Schulter und lächelte aufmunternd. „Dann bleibst du bei uns. Wir werden immer für dich da sein."

Hitschikyata nickte schwermütig. Er wusste nicht, warum er überhaupt auf diese Reise mitgegangen war, aber irgendwie hatte er sich mehr erhofft.

Graueulenmädchen und Verlorenes-Hirschkalb bereiteten das Essen zu, während die beiden Männer nachdenklich vor dem Zelt saßen und ihnen dabei zusahen.

Plenty Coup und einige andere Männer setzten sich dazu und Tschetan-withko bot ihnen höflich eine Pfeife an.

Mit einer Handbewegung deutete der Häuptling auf Verlorenes-Hirschkalb. „Ist dieses Mädchen Micgys Tochter?"

Hitschikyata schüttelte den Kopf. „Nein, sie ist eine Pawnee, die Tschetan-withko vor einigen Jahren mitgebracht hat. Das jüngere Mädchen ist Micgys Tochter, aber sie weiß nichts davon. Beide sind jetzt Tschetan-withkos Töchter."

Interessiert musterte Plenty Coup die Mädchen, die scheu im Hintergrund blieben.

Dann kamen die beiden Jungen angesaust und mit einem freundlichen Lächeln blickte Plenty Coup auf Wolfssohn, der seinem Vater wie aus dem Gesicht geschnitten war.

„Schade, dass diese Kinder nun als Lakota aufwachsen!"

Hitschikyata lächelte freundlich. „Aber sie leben frei und Tschetan-withko ist ihnen ein guter Vater!"

Nachdenklich blickte Plenty Coup auf die sorgfältige Kleidung der beiden Mädchen und hob die Augenbrauen. Jeder konnte sehen, dass es ihnen gut ging und dass sie ihren Vater liebten. Zutraulich setzten sie sich neben Tschetan-withko und Graueulenmädchen kuschelte sich müde an ihren Vater.
„Und du selbst?", fragte Plenty Coup.
Hitschikyata dachte darüber nach. „Anfangs war ich nur ein Kind, das überleben wollte. Dann wusste ich lange nicht, wohin ich gehöre."
Plenty Coup runzelte seine Stirn. „Und jetzt?"
Hitschikyata dachte an Uinohnah und Heller-Mond und all die Menschen, die in Kanada auf ihn warteten. Seine Augen fielen auf Tschetan-withko und die beiden Mädchen, und dann auf Wolfssohn und Tschaske, die dem Gespräch lauschten, ohne es zu verstehen. Seine Vision!
Plötzlich erkannte er die Bedeutung seines Traumes. Er würde bei seiner Familie bleiben! Aber seine Familie war nicht bei den Crow. Sie war hier, bei diesen Menschen. Sein Herz hüpfte vor Freude, als er auf die Menschen blickte, die er liebte.
„Ich gehöre zu ihnen!" Tschetan-withko und Wah-bo-sehns waren jetzt seine Familie!
Er sah den fragenden Blick von Tschetan-withko und übersetzte kurz. Seine Gefühle waren plötzlich völlig klar und er war überrascht über die Ruhe, die er empfand.
Tschetan-withko sah an den Augen von Hitschikyata, dass eine Veränderung in dem jungen Mann vorgegangen war. Verschwunden war der Ausdruck eines armen Waisenjungen, der nicht wusste wohin. Seine klugen Augen strahlten Vertrauen und Zuversicht aus. Mit einem Mal war er erwachsen geworden, ein Mann, ein Medizinmann. Verwundert runzelte Tschetan-withko die Stirn. „Was ist los mit dir?"
Hitschikyata lächelte fröhlich. „Wenn ich zurück bin, werde ich Heller-Mond fragen, ob sie meine Frau wird!"
„Hohch, hast du das gerade erst beschlossen?"
„Ja!", erklärte Hitschikyata einfach.
Tschetan-withko sah die Ratlosigkeit in den Augen der Crow, die den kurzen Wortwechsel nicht verstanden hatten. Erklärend machte er die Zeichen für: Er-denken-heiraten-Lakotamädchen!
Brüllendes Gelächter schlug ihnen entgegen und die Crow klopften Hitschikyata vergnügt auf die Schulter.

Plenty Coup blickte wohlwollend auf den jungen Mann, der auch seinem Stamm Ansehen verleihen würde. Aber warum hatte er noch seinen Kindernamen? Er sah nicht so aus, als mangelte es ihm an Tapferkeit. Neugierig beugte er sich nach vorne: „Hitschikyata? Warum trägst du immer noch diesen Namen?"
Verblüfft schaute ihn der junge Krieger an, dann schaute er Hilfe suchend zu Tschetan-withko und übersetzte die Frage. Der riss nur erstaunt die Augen auf. Ja, warum? Niemand war bisher auf die Idee gekommen, Hitschikyata einen anderen Namen zu geben. Er war einfach Hitschikyata, der Medizinmann! Der junge Mann hatte schon viele tapfere Taten vollbracht, aber noch immer hatte er diesen Crownamen. Es war ein guter Name. Es war ein Name, der für einen Medizinmann angemessen war. Lächelnd deutete Tschetan-withko auf den jungen Krieger. „Er-guter-Name! Sein-Name-Hitschikyata-unser-Medizinmann!"
Beeindruckt starrten die Crow auf Hitschikyata. Wow, ein Medizinmann! „Er-viel-jung!", meinte Plenty Coup vorsichtig.
„Er-haben-Wissen-wie-von-weisem-Mann. Er-Hitschikyata, Medizinmann!", betonte Tschetan-withko.
Hitschikyata senkte verlegen seinen Kopf, dann fiel ihm noch eine andere Begründung ein: „Hitschikyata, das ist der Name, den meine Eltern mir bei meiner Geburt gegeben haben. Ich ehre sie, indem ich diesen Namen weiterführe. Ich bin Hitschikyata, der Medizinmann! Ich brauche keinen anderen Namen."
Die Crow waren sprachlos über die Selbstsicherheit des jungen Mannes und Plenty Coup legte bedächtig den Kopf schief.

Zur gleichen Zeit hockte Wah-bo-sehns mit klopfendem Herzen bei ihrer Mutter, Mahtola auf ihrem Schoß. Hagel-Frau und ihr Mann saßen daneben und lauschten neugierig auf das Gespräch zwischen Mutter und Tochter.
„Ich wusste, dass du noch lebst, mein Kind, aber nie hätte ich gedacht, dass ich dich jemals wiedersehe."
„Woher wusstest du ...?"
Stein-im-Fluss seufzte wehmütig. „Guter-Otter hat es mir erzählt! Erinnerst du dich an ihn?"
„Nein."
„Die Crow überfielen vor einigen Jahren ein Dorf der Lakota. Guter-

Otter verfolgte eine Frau mit zwei kleinen Kindern, die sich als Crow herausstellte. Erinnerst du dich jetzt?"
Wah-bo-sehns wurde etwas blass. „Ja, fast hätte er uns getötet!"
„Du hättest damals mit ihm gehen können. Warum hast du es nicht getan?"
„Mutter, damals war Wolfssohn bereits geboren. Tschetan-withko ist ein guter Mann."
Ungläubig blinzelte ihre Mutter. „Obwohl er dich geraubt hat?"
„Ja! Und nun erfüllt er mir meinen größten Wunsch", antwortete Wah-bo-sehns.
Nachdenklich senkte Stein-im-Fluss die Augen, stellte die Frage, obwohl sie die Antwort eigentlich schon wusste: „Aber du wirst mit ihm zurückkehren?"
„Ja! Ich wollte, dass du weißt, wie es mir geht und ich wollte dir meine Kinder zeigen. Es war so schrecklich, nicht zu wissen, wie es dir geht."
Ihre Mutter nickte verständnisvoll und streichelte ihre Wange. „Nun weißt du es! Ich lebe bei deiner Schwester, aber noch lieber wäre es mir, wenn alle meine Enkelkinder um mich wären. Jetzt, wo ich sie endlich kennenlerne. Warum sprechen sie kein Crow?"
„Sie sind Lakota! In dem neuen Land müssen sie vielleicht die Sprache des weißen Mannes lernen. Das ist wichtiger."
„Nein, es ist wichtig, dass sie ihre Abstammung kennen."
„Muss dann das Pawneemädchen auch Pawnee lernen? Mutter, die Kinder sind Lakota."
Nachdenklich nahm ihre Mutter den kleinen Jungen auf den Schoß. „Und welche Geschichten erzählst du deinen Kindern? Welche Lieder singst du ihnen?"
Wah-bo-sehns biss sich trotzig auf die Lippen, dann lächelte sie versöhnlich. „Du hast recht! Ich erzähle ihnen Geschichten der Crow, aber mit den Worten der Lakota."
„Das ist gut! Ich freue mich darauf, die Kinder morgen zu sehen. Geh jetzt zu deinem Mann!", forderte Stein-im-Fluss ihre Tochter auf.

Frohen Herzens ging Wah-bo-sehns zu ihrem Tipi, vor dem Tschetan-withko immer noch auf sie wartete. Er lächelte breit und deutete auf die schlafenden Kinder. „Sie waren müde!"
„Hitschikyata auch?"
Tschetan-withko flüsterte leise: „Ja, unser ältester Sohn schläft auch wie ein Bär im Winter."

„Sohn?“, wunderte sich Wah-bo-sehns.
„Ja, Hitschikyata werden wir nicht mehr los“, meinte Tschetan-withko.
Wah-bo-sehns freute sich, als sie die Bedeutung verstand. „Also geht er mit uns zurück?“
„Ja!“
„Das ist schön!“ Sie schmiegte sich an ihren Mann und er legte den Arm um ihre Schultern.
„Findet dein Herz jetzt Frieden?“, fragte er liebevoll.
„Ja!“
„Dann lass uns schlafen gehen.“
Sie legten sich auf ihre Decken, aber Tschetan-withko konnte lange nicht einschlafen. In ihm kreisten die Bilder, wie sie sich zitternd an ihn geklammert hatte und ihren Tränen freien Lauf gelassen hatte. In Kanada gab es keinen Krieg mehr, keine trauernden Frauen, keine entwurzelten Menschen. Das war schön, denn das Leben war auch ohne Krieg schwer genug und forderte seinen Tribut.

In den nächsten zwei Tagen standen die beiden Männer und Jungen im Mittelpunkt zahlreicher Wettkämpfe oder derber Späße. Es war keine ernsthaften Auseinandersetzungen, aber die Crow nutzten die Möglichkeit, sich an ihren ehemaligen Feinden zu messen. Zahlreiche Beulen und blaue Flecken zeugten von den nicht ganz ungefährlichen Spielen, nur abends, wenn alle die Pfeife rauchten, saßen sie gemütlich beisammen.
Wah-bo-sehns merkte davon nichts. Sie saß den ganzen Tag bei ihrer Mutter oder ihren wieder entdeckten Freundinnen und erzählte von ihrem Leben mit Tschetan-withko. Graueulenmädchen malte eifrig Blumenmuster auf die Ledertaschen ihrer Großmutter. Sie verstand die Unterhaltung nicht und konzentrierte sich völlig auf ihre Arbeit. Manchmal flüsterte sie mit Verlorenes-Hirschkalb, die einen Mokassin von Tschaske flickte. „Deine Kinder haben geschickte Hände“, bewunderte Stein-im-Fluss ihre Enkelkinder.

Abends neckte Tschetan-withko seine Frau etwas: „Ich glaube fast, dass ich einen Schwatzvogel geheiratet habe!“ Ein fester Schlag mit ihrer Faust hinterließ einen weiteren blauen Fleck auf seinem Arm und er stöhnte empört.

Plenty Coup lachte laut. „Du siehst, Tschetan-withko, wir haben tapfere Frauen!“
Leise übersetzte Hitschikyata das Gespräch während sie sprachen, obwohl beide Männer auch die Zeichensprache benutzten.
Nachdenklich senkte Tschetan-withko den Kopf. „Wir haben auch tapfere Frauen, trotzdem wurden wir besiegt.“
Plenty Coup deutete auf die fernen Berge. „Wir wurden nicht besiegt. Wir hatten einen guten Vertrag und jetzt leben wir immer noch hier, in unserer Heimat.“
Tschetan-withko biss sich wütend auf die Lippen. „Wir hatten auch einen guten Vertag, aber die Weißen haben ihn gebrochen. Wir haben versucht zu kämpfen, aber gegen Heuschrecken kann man sich nicht verteidigen.“
„Nein!“, stimmte Plenty Coup zu. „Das habe ich schon vor langer Zeit gesehen. Deshalb haben wir auch nicht gegen die Weißen gekämpft. Wir müssen so leben wie die Weißen, sonst sind wir verloren.“
Tschetan-withko schüttelte heftig den Kopf. „Ich will nicht eingesperrt sein wie ein Tier, nicht gefüttert werden wie ein Hund, der nach dem Knochen seines Herrn lechzt! Nein, ich will frei sein!“
„Du lebst doch nun in Kanada“, wunderte sich Plenty Coup über die Verzweiflung seines Gastes.
Tschetan-withko seufzte verächtlich. „Ja, wir sind Flüchtlinge in einem Land, in dem man uns auch nicht haben will. Aber mich werden sie nicht zurückschicken!“
Bewundernd blickte Plenty Coup ihn an. „Du bist ein guter Kämpfer! Schade, dass wir so lange Zeit Feinde waren! Inzwischen kommen immer wieder Frauen zu uns zurück und wir erleben, wie viele Verwandte wir bei den Lakota oder bei anderen Stämmen haben. Oder diese haben Verwandte bei uns. Auch wir haben Frauen geraubt.“ Er kicherte respektlos.
Tschetan-withko lächelte, dann wurde er ernst. „Ich kämpfe weiter! Aber nicht gegen die Crow. Ich kämpfe darum, dass wir dort leben können, wo wir frei sind. Niemand nimmt mir meine Ponys, meine Kinder und meine Ehre!“

Viel zu schnell kam die Zeit des Abschieds. Am Abend wurde ein großartiges Abschiedsfest gefeiert. Den ganzen Tag hatten die Frauen gekocht und Fleisch in einer Grube gegart. Dazu legten sie Holzscheite übereinander, dazwischen in mehreren Lagen das Büffel-

fleisch. Über der Grube wurde ein Feuer angezündet, bis das Fleisch darunter langsam schmorte. In seinem ganzen Leben hatte Tschetan-withko noch nie etwas so Gutes gegessen. „Kannst du mir das zu Hause auch kochen?", fragte er mit einem Schmunzeln.
Seine Frau nickte nur mit vollem Mund.

Dann versammelten sich die Frauen, um zu tanzen. Wah-bo-sehns hatte ihre Töchter in ihre schönsten Gewänder gesteckt. Für das dunklere und gedrungene Pawneemädchen wählte sie meistens rote Perlen, während sie die Kleider für das hochgewachsene Graueulenmädchen in Blau-Magenta hielt. Die Kleidung der Jungen war nur an den Nähten verziert, aber für Tschetan-withko hatte sie ein prächtiges Hemd dabei. Sie war stolz auf ihre Familie und die Kleidung zeigte, wie viel Zeit sie für ihre Kinder und ihren Mann aufwendete.
Dann tanzten die Männer und freundlich nahmen die Crow Tschetan-withko in ihre Mitte. „Wir feiern immer im Sommer ein großes Fest! Vielleicht kommst du wieder?", luden sie ihn ein.
„Ihr-wollen-mich-oder-meine-Familie?", fragte Tschetan-withko frech.
„Beides!", antwortete Plenty Coup.
Etwas schüchtern kam Hitschikyata herbei, der ein neues Hemd trug, das Wah-bo-sehns ihm gestickt hatte. Es war ebenso prächtig gearbeitet wie das von Tschetan-withko und sie konnte es unmöglich in der kurzen Zeit hergestellt haben. Es war ein Zeichen für die tiefe Liebe, die sie für den jungen Mann empfand und dessen Mutter sie jetzt war.
Hitschikyata kniete sich vor seine neue Mutter und nahm kurz ihre Hand in die seine. „Danke, Mutter", murmelte er leise, dann reihte er sich unter die Tänzer.
Plenty Coup schlug Tschetan-withko auf die Schulter. „Er-auch-dein-Sohn?", fragte er empört.
„Ja!", bestätigte Tschetan-withko entschlossen.
„Du-gefährlicher-Mann-vielleicht-gut-wenn-du-bald-gehen! Ehe-du-nehmen-alle-unsere-Kinder!", stichelte der Häuptling.
„Keine-Sorge! Ich-nehmen-nur-eure-Frauen!", lästerte Tschetan-withko zurück.

Am Morgen packte Wah-bo-sehns frohen Herzens ihre Sachen. Sie weinte nicht, sondern umarmte liebevoll ihre Mutter und ihre Schwester. Ihre Wunden waren geheilt und tiefer Frieden erfüllte

ihre Seele. Jetzt konnte sie ohne Bedauern mit Tschetan-withko gehen und lange von diesem Wiedersehen zehren.
„Pass auf deine Kinder auf und lehre sie die Geschichten unseres Volkes", flüsterte Stein-im-Fluss. Dann wandte sie sich direkt an Tschetan-withko: „Ich verzeihe dir nicht, dass du mir meine Tochter geraubt hast. Aber ich danke dir, dass du ihr ein guter Mann bist."
Leise übersetzte Wah-bo-sehns die Worte und zu ihrem Erstaunen lächelte Tschetan-withko nur. „Sage ihr, dass alle Männer einer Mutter die Tochter rauben. Vielleicht bringe ich dich eines Tages wieder hierher."
Plenty Coup brachte einige Pferde und schenkte sie Tschetan-withko mit einer großzügigen Geste. Völlig verblüfft blinzelte Tschetan-withko ihn an. „Warum?"
„Für-deine-Kinder", meinte der Häuptling. „Wir-rauben-den-Lakota-viele-Pferde!"
„Nicht-mir! Ich-können-meine-Pferde-gut-verteidigen."
„Ich-wissen", meinte Plenty Coup. „Du-haben-mutige-Kinder!", scherzte er ein wenig.
Tschetan-withko wurde ernst. „Du-guter-Häuptling-für-dein Volk!" Er meinte es so, wie er es sagte, denn Plenty Coup hatte das Beste für sein Volk erreicht. Die Crow lebten immer noch südlich des Yellowstone-Flusses, in einem Gebiet, in dem noch vor wenigen Jahren die Lakota gejagt hatten, stolz und frei. Dieser Verlust wurde ihm nun schmerzlich bewusst.
„Komm-zu-uns! Tapfere-Krieger-mit-mutigen-Kindern-wir-brauchen!"
„Ich-wissen! Aber-mein-Volk-brauchen-sie-auch."

Langsam machten sie sich auf den Weg und zu Tschetan-withkos Überraschung kam Sohn-des-Windes alleine.
„Wo sind Morgenröte und dein Sohn?", fragte er, obwohl er die Antwort schon wusste.
Der junge Mann blickte ihm ehrlich in die Augen. „Wir wollen versuchen hier zu leben. Ich habe eine große Familie und Morgenröte fühlt sich hier wohl. Sie wird schnell meine Sprache sprechen und hier leidet niemand Hunger." Er zögerte kurz. „Willst du jetzt meinen Skalp?", spielte er auf die Unterhaltung an, die Tschetan-withko einst mit Donnerherz geführt hatte.
Tschetan-withko lächelte. „Nein! Aber was machst du dann noch hier?"

„Ich helfe euch, die Herde bis an die Grenze zu treiben. Dann kehre ich um."

„Was, ganz allein?"

„Nein, mein Onkel und mein Cousin helfen euch, wenn es dir recht ist."

Tschetan-withko nickte zufrieden. „Hetschetu!"

Miles freute sich über die Verstärkung. Er hatte fünfhundert Hereford-Rinder gekauft und machte sich gewaltige Sorgen, dass Viehdiebe oder hungrige Indianer ihm in die Quere kamen. Anstelle einer Frau mit einem Kleinkind bekam er zwei Krieger, das war gut, sehr gut!

Blitz-im-Winter strahlte seinen Onkel an und Antilopensohn zeigte Tschetan-withko einen wunderschönen Appaloosa, den er an einer Leine führte. „Mr. Weston hat dieses Pferd gefunden. Wahrscheinlich ist es von den Nez Percé. Sie hatten solche Pferde, als sie gegen die Blauröcke gekämpft haben. Ich habe ihm erzählt, dass ich eine Nez Percé zur Frau genommen habe und da hat er mir das Tier geschenkt. Ich bringe die Stute zu Klares-Wasser. Sie bekommt bald ein Fohlen. Klares-Wasser freut sich vielleicht? Was meinst du?"

Tschetan-withko setzte sein Pokergesicht auf, denn schon wieder wurde er wegen einer Frau um Rat gefragt. War er schon so alt, oder warum dachten immer alle, dass nur er etwas über Frauen wusste? Doch dann sah er das glückliche Gesicht von Antilopensohn und ein Lächeln huschte über sein Gesicht. „Sie wird sich freuen, weil du versuchst, ihr eine Freude zu bereiten."

In einer gewaltigen Staubwolke machte sich der Trupp auf den Weg, begleitet von den langsam dahinzuckelnden Wagen.

Ohne Zwischenfälle erreichten sie nach einigen Wochen den Missouri. Sie schluckten Unmengen an Staub, kämpften mit störrischen Rindern und verfluchten ihre Arbeit als Cowboys. Er war etwas ganz anderes, nur auf Pferden eine weite Entfernung zurückzulegen, als eine Herde zu treiben. Oft schafften sie an einem Tag nur wenige Meilen und die lange Reise strengte alle an. Selbst die Crow bereuten den Tag, als sie sich bereit erklärt hatten, bis zum Missouri zu reiten. Dieser Fluss hätte nicht weiter entfernt sein können. Der Respekt für die Lakotakrieger stieg und die Crow erhielten einen Eindruck, wie

hart das Leben in Zukunft für die Lakota sein würde. Miles ließ die Rinder einen ganzen Tag am Missouri rasten, damit sie für die Überquerung Kraft sammeln konnten. Auch den Menschen tat die Pause gut, vor allen den Kindern.
Am Morgen halfen sie erst Wah-bo-sehns mit dem Wagen und den Packpferden über den Fluss, dann trieben sie die Pferdeherde hinüber. Tschetan-withko sicherte mit den drei Crow das andere Ufer und ließ seinen Blick über das Land schweifen.
Ein Reiter näherte sich und Tschetan-withko erkannte schon von Weitem an dem schwarzen Hut, dass es sich um Viele-Feinde handelte. Begeistert galoppierte er seinem Freund entgegen. „Hokahey, wie hast du uns denn gefunden?"
„Es gibt nicht viele Stellen, an denen ihr den Fluss überqueren könnt!", meinte Viele-Feinde.
„Wie geht es deiner Familie?", fragte Tschetan-withko.
„Gut! Hengstfohlen ist bei mir, aber er wartet ein Stück hinter dem Hügel. Ich wusste ja nicht ...!" Er deutete auf die Crow.
Tschetan-withko machte eine leichte Handbewegung. „Das sind Verwandte von Sohn-des-Windes."
„Ach so! Wo ist denn Morgenröte?"
Tschetan-withkos Gesicht verdunkelte sich etwas. „Sie bleibt bei den Crow."
„Haun!" Auch Viele-Feinde wechselte einen traurigen Blick mit Sohn-des-Windes.
„Ich möchte eine Weile bei meiner Familie sein. Vielleicht komme ich ja wieder", erklärte Sohn-des-Windes. Er sah, wie die Trauer die Augen von Viele-Feinde verdunkelte und biss sich auf die Lippen. Er war gezwungen worden, mit den Lakota zu leben, aber trotzdem war Viele-Feinde sein Freund, ebenso wie Otter-der-die-Crow-narrt, Blitz-im-Winter und Antilopensohn. Plötzlich fiel ihm der Abschied schwer. Er hatte Seite an Seite mit ihnen gekämpft und jetzt wollte er sie im Stich lassen? Verunsichert bat er um Verständnis: „Vielleicht kehre ich im nächsten Frühling zu euch zurück. Lasst mir ein wenig Zeit!"
Viele-Feinde nickte nur, dann machte er das Handzeichen für „gut". Gleichgültig, ob Sohn-des-Windes bei den Crow blieb oder nicht, er würde immer sein Freund sein.
Auf einen lauten Pfiff hin erschien Hengstfohlen und selbstsicher ritt der Junge an die Seite seines Vaters. Wolfssohn und Tschaske kamen angaloppiert und rissen ihren Freund vor Begeisterung vom Pferd.

Oh, sie hatten ihm so viel zu erzählen! Die Knaben setzten sich bereits ins Gras, um Neuigkeiten auszutauschen und Miles raufte sich entsetzt die Haare. „Was haltet ihr hier eigentlich für ein Palaver ab?“, fluchte er.
„Es gibt eine Zeit des weißen Mannes“, erklärte Tschetan-withko, „und es gibt eine Zeit der Lakota!“
„Und was soll das jetzt schon wieder bedeuten?“ Miles ahnte Übles.
„Jetzt ist eine Zeit, um mit seinen Freunden zu sprechen.“
„Oh, nein!“, seufzte Miles. Aber er hatte gelernt, dass es wenig Sinn machte, mit Indianern zu diskutieren. Aber vielleicht ließen sie sich bestechen? „Es gibt eine dritte Zeit, nämlich die der Rinder! Wir machen einen ganzen Tag Pause, wenn sie über dem Fluss sind!“
Tschetan-withkos Grinsen war so breit wie der Missouri. „Hetschetu!“
Gemeinsam machten sich alle auf den Weg, die Herde über den Fluss zu treiben. Die nächsten Stunden forderte diese Aufgabe ihre gesamte Konzentration. Rinder schwammen nicht gerne!
Es wurde eine Zeit des Abschieds, denn keiner konnte so recht glauben, dass Sohn-des-Windes mit den Crow davonzog. Aber er hatte seine Frau bereits zurückgelassen und selbst keine andere Wahl mehr.
„Ich komme doch wieder“, murmelte er betreten. Das Wiedersehen mit seiner Familie hatte ihn so beeindruckt, dass er für kurze Zeit vergessen hatte, wie viel ihm seine neuen Freunde inzwischen bedeuteten.
Selbst sein Onkel war beeindruckt und meinte: „ Du hast gute Freunde bei den Lakota gefunden.“
Mit gemischten Gefühlen durchquerte Sohn-des-Windes am nächsten Morgen den breiten Fluss. Dann drehte er sich um und hob zum Abschied seine Hand. Seine Freunde hockten auf ihren Ponys und blickten ihm lange nach.
Dann machten sich die Lakota auf den Weg zur Grenze. Sie freuten sich auf ihre Familien. Antilopensohn dachte an Klares-Wasser, die bestimmt ihren komischen Hut trug und Hitschikyata träumte mit offenen Augen von Heller-Mond.
Erst nach drei Tagen erreichten sie die Grenze, oder das, was sie für die Grenze hielten. Sie waren wieder daheim! Das Schwierigste war geschafft! Oder fast! In der Ferne wirbelte Staub auf und stirnrunzelnd deutete Viele-Feinde auf einen Trupp Soldaten, der dort patrouillierte. „Was suchen die da?“

Tschetan-withko zischte verächtlich: „Sie warten darauf, dass wir uns ergeben!“
Lachend schlug sich Viele-Feinde auf die Schenkel. „Ha! Wisst ihr, was sich unsere Enkelkinder einst erzählen werden?“
Gespannt schauten die Kinder ihn an.
„Einst warteten einhundert Langmesser auf die Lakota! Sie warteten und warteten, bis nur noch ihre Gerippe mit den blauen Uniformen übrig waren. Dort bleichen sie nun, wie die Knochen des Büffelvolkes, das sie ausgerottet haben!“
Die Kinder schmunzelten vergnügt und Viele-Feinde blinzelte Tschetan-withko herausfordernd an. „Wir sind doch schon im Land der Großmutter, oder?“
Etwas verunsichert schaute Tschetan-withko sich um. Die Herde war bereits hinter der nächsten Anhöhe verschwunden.
„Ich weiß nicht. Ich glaube schon!“
„Hast du Lust auf einen letzten Kampf?“, forderte Viele-Feinde ihn heraus. Sie grinsten sich an wie Schuljungen, die einen Streich ausheckten.
„Immer!“ Tschetan-withkos Augen leuchteten.
Sie näherten sich dem Hügel, hinter dem die Soldaten verschwunden waren und blickten triumphierend hinunter. Ihr Lakota-Kriegsschrei hallte über die Ebene und erschrocken drehten sich die Soldaten um.
Viele-Feinde ließ sein Pony steigen und schwenkte seinen schwarzen Hut. Mit überschnappender Stimme brüllte er: „Seht ihr mich? Ich bin Viele-Feinde! Seht ihr mich? Ich habe viele von euch getötet! Ich bin Viele-Feinde! Ihr habt mich nicht besiegt und ihr werdet mich nie besiegen! Niemals!“
Niemals, niemals, hallte das Echo zurück.
Ehe die Soldaten überhaupt regieren konnten, waren die Lakota davongeprescht. Lachend schlossen sie zu den anderen auf, völlig überdreht von der Hitze, die sich in ihrem Körper ausbreitete.
Miles jedoch kam zornbebend auf sie zu. „Seid ihr wahnsinnig? Wenn sie geschossen hätten! Die ganze Herde wäre uns durchgegangen!“
Tschetan-withko blitzte ihn durchdringend an. „Na und? Dann wären wir etwas schneller wieder in unserem Dorf.“ Er hatte es satt! Diesen Staub, das Essen, die langsame Reise.
Miles schluckte eine weitere Bemerkung hinunter, denn er merkte, dass die Stimmung angespannt war. Indianer als Cowboys! Er musste völlig verrückt gewesen sein! Sein ganzes Vermögen steckte in die-

ser Herde und diese Wahnsinnigen riskierten es, ohne mit der Wimper zu zucken. Die Lakota waren immer noch Krieger! Das hatte er vergessen.
Seine schlechte Stimmung war auch bis zum Abend nicht verflogen und schweigend saßen alle um das Feuer.
Miles hielt sich abseits, nachdenklich blickte er auf seine Rinder. Sein Besitz, sein Eigentum! Damit könnte er ein Vermögen verdienen. Etwas, das die Indianer einfach nicht verstanden. Auch sein Schwiegersohn nicht! Wie sollte aus ihm und seiner Jenny je etwas werden? Missmutig blickte er auf die Indianer. Eigentum bedeutete ihnen nichts. Warum waren sie überhaupt mitgeritten? Mit dem Geld konnten sie sowieso nichts anfangen. Wahrscheinlich kauften sie sich unnütze Dinge und im Winter würden sie verhungern. Wozu dieser Aufwand, wenn sie den Wert des verdienten Geldes überhaupt nicht abschätzen konnten?
„Wilde!" Verächtlich spuckte er ins Gras und dachte an seine Ranch. Tatokala war eigentlich genauso. Er arbeitete die ganze Zeit auf der Ranch und fragte nicht einmal nach Geld. Er hatte seine Frau, sein Essen, hin und wieder wollte er ein Kleid oder eine Hose. Mehr brauchte er nicht. Wie die Kinder! Nur, dass sie in Sekundenschnelle gefährliche Krieger wurden. Es wurde kalt und fröstelnd setzte er sich zu den anderen ans Feuer. Er fühlte ihre verunsicherten Blicke auf seinem Gesicht und seufzte laut. Nein, diese Indianer! Warum waren sie überhaupt mitgeritten?
Forschend schaute er in ihre Augen, aber völlig ruhig hielten sie seinem Blick stand, zuckten nicht mit der Wimper. „Ihr seid meine Cowboys!", begann er leise. „Diese Rinder sind alles, was ich habe! Ihr müsst überlegter handeln oder ihr seid keine guten Cowboys."
Tschetan-withko lächelte ihn an. „Diese Rinder sind für einen weißen Mann wichtig. Aber du bist einer von uns. Du hast eine Frau und zwei Kinder. Das ist wichtig. Du bist unser Freund. Auch ohne Rinder bist du unser Freund. Das allein zählt! Wir treiben deine Rinder zu deinem Haus, weil wir es versprochen haben."
Miles blickte ihn sprachlos an. Mit einem Mal verstand er diesen Mann. Nicht wegen des Geldes arbeiteten sie auf seiner Ranch, oder ernteten Heu, oder trieben das Vieh. Nein, sie machten diese wochenlange Reise aus Freundschaft, einfach nur aus Freundschaft! Natürlich arbeiteten sie für Sinclair, weil sie ihre Familien ernähren wollten, aber die Strapazen des Viehtrecks nahmen sie nur auf sich, weil Miles ihr Freund war.

Diese Menschen waren unglaublich! Ein herzliches Lächeln erhellte sein Gesicht im Feuerschein und er murmelte dankbar: „Ich bin ein dummer Mensch! Ich sah den Reichtum nicht, obwohl er vor mir lag. Du hast recht! Ihr seid meine Freunde und das allein zählt!"
Tschetan-withko war zufrieden. „Waschté?"
„Waschté!", bestätigte Miles.

Sie brauchten noch fünf Tage bis zu der Ranch am Old-Wife-See, dann blickten sie stolz auf die Herde, die sich am Wasser sammelte. Rose rannte mit wehenden Röcken auf ihren Miles zu und gerührt rutschte dieser vom Pferd. „Meine Rose, meine Rose!"
Bonny kam mit fliegenden Zöpfen auf ihn zugerannt, während Dublin sich hinter dem Rock von Che-ni-win versteckte. Die Zwillinge klammerten sich an den Beinen von Elchkalb fest, sodass dieser sich nicht mehr bewegen konnte. Sie jauchzten vor Freude, ihren Großvater zu sehen.
Von der Weide trabte Tatokala heran. Schon von Weitem schrie er begeistert: „Miles, Miles, komm her und schau dir die Fohlen an!"
Lachend ließ sich Miles ins Gras sinken und umarmte erst mal alle Kinder. Oh, war das schön, wieder daheim zu sein! Und seine Äpfel waren auch bald reif!
Dann wandte er sich an die Indianer: „Pilámaya! Danke für eure Hilfe!"
Mit einem kurzen Nicken verabschiedeten sie sich, denn sie wollten heim zu ihrem Volk.

Das erste, was die Gruppe sah, war ein schwarzer Schatten, der jaulend auf sie zu sauste. Gerührt rutschte Tschetan-withko von seinem Pferd und umarmte den schwarzen Wolf. Er hatte ihn bei Traumpfeil gelassen, weil er ihn auf die lange Reise nicht mitnehmen wollte. Der Wolf sah ungepflegt und abgemagert aus, sein struppiges Fell hatte allen Glanz verloren. Zärtlich knuffte Tschetan-withko ihn in die Rippen. „Hoka, dich müssen wir aber wieder hochpäppeln."
„Er wollte nicht bleiben", hörte Tschetan-withko die Stimme von Traumpfeil. „Gleich nachdem du losgeritten bist, ist er verschwunden. Wir haben nur an seinem Heulen gehört, dass er in der Nähe ist."
Kurz kraulte Tschetan-withko das struppige Fell, dann richtete er sich mit einem herzlichen Lächeln auf und fasste seinem Freund an die Schultern.

„Es ist gut, wieder zu Hause zu sein", meinte er mit einem langen Seufzen.
„Es ist gut, dass die Crow nicht eure Skalpe genommen haben. Ich habe mir schon langsam Sorgen gemacht."
„Hohch, so schlimm sind sie nicht", wehrte Tschetan-withko mit einer lässigen Handbewegung ab.
„So?"
„Am liebsten hätten sie mich bei ihnen behalten, oder zumindest die Kinder."
„Wan, gut, dass ihr zurück seid! Wir brauchen euch hier!"
Tschetan-withko musterte seine Frau und seine Kinder, dann lächelte er wie befreit. „Ja, wir sind wieder daheim. Wir bleiben hier!"

Und sie blieben! Auch als Sitting Bull längst aufgegeben hatte und mit seinen letzten Anhängern zurückgekehrt war, blieben diese Menschen. Sie schlossen sich den Hunkpapa an, die sich in der Gegend niederließen und nicht mit Sitting Bull zurückkehrten. Trotz aller Versuche der kanadischen Regierung die etwa 250 Sioux zur Rückkehr in die Vereinigten Staaten zu bewegen, weigerten sich diese, Kanada zu verlassen. Sie arbeiteten auf den Ranches in der Umgebung, gingen zur Jagd und ihre Frauen arbeiteten in den Haushalten und Feldküchen.
Erst 1909, dreißig Jahre später, erhielten sie von der kanadischen Regierung das Bleiberecht, 1913 wurde ihnen bei Wood Mountain ein Reservat zugestanden. Sie waren die einzigen Krieger der Schlacht am Little-Bighorn, die sich nie der amerikanischen Regierung ergeben hatten.

www.traumfaenger-verlag.de

Die Handlung ist frei erfunden und jegliche Ähnlichkeit mit tatsächlichen Ereignissen und Personen wäre rein zufällig.

Nachwort und Danksagung

„Der scharlachrote Pfad“ war das erste Buch, das ich geschrieben habe. Das war im Jahr 2003.
Die Idee für dieses Buch entstand aber bereits in den 80er-Jahren, zu der Zeit, als ich in Kanada lebte. Damals stieß ich in Saskatchewan auf die Reservation „Wood Mountain“.
Bei dem Besuch dort beeindruckte mich der damalige Häuptling William Goodtrack sehr. Von ihm erfuhr ich die spannende Geschichte, wie eine Gruppe von Lakota nach der Schlacht am Little-Bighorn hierher geflüchtet und schließlich geblieben war. Er erzählte anschaulich von dem dramatischen Überlebenskampf in den USA, aber auch von der Anpassungsbereitschaft seiner Vorfahren in Kanada.
Seit diesem Besuch spukte der Gedanke in meinem Kopf herum, die Geschichte dieser Gruppe als Romanvorlage zu benutzen, doch es sollte fast 20 Jahre dauern, bis ich schließlich den Mut fand, meinen ersten Roman zu schreiben und weitere zehn Jahre, ehe er nun veröffentlicht wird.
Um mehr schriftstellerische Freiheit zu haben, verzichtete ich darauf, das Schicksal der Hunkpapa-Lakota von Wood Mountain nachzuerzählen. Vielmehr entschied ich mich dafür, eine fiktive Gruppe Lakota diesen Weg erleben zu lassen. Dadurch konnte ich die Charaktere frei gestalten und spannende Nebenhandlungen einbauen oder auf geschichtliche Ereignisse eingehen, die auch andere Lakotagruppen betrafen. So sind die Protagonisten meines Romans meiner Fantasie entsprungen, auch wenn ich bei der einen oder anderen Person ganz reale indianische oder weiße Personen als Vorbild genommen haben. Auch meine „Heldin“ Che-ni-win ist somit eine Erfindung, aber es gab immer wieder Kinder, die z. B. auf dem Oregon Trail zurückgelassen und von Indianern gefunden und aufgezogen wurden. Das Schicksal von Che-ni-win hat sich mehrfach so oder ähnlich auf der Prärie abgespielt.
Auch meine Romanfigur des Miles O'Brian ist meiner Fantasie entsprungen, auch wenn ich dabei jemand ganz bestimmten im Kopf hatte. Das Verhalten meiner indianischen Romanfiguren habe ich sorgfältig recherchiert und mich an indianischen Freunden und deren Ratschlägen orientiert.
Während ich im ersten Teil, der in den USA spielt, die Geschichte frei gestaltet habe, hielt ich mich in dem zweiten Teil des Buches, das

in Kanada spielt, wieder stärker an die Geschichte der Lakota von Wood Mountain.

Da sich die kanadische Regierung für diese Gruppe Lakota bis 1913 nicht zuständig fühlte, hatten sie ein weitgehend freies Leben. Weder wurden ihre Kinder in Boardingschools geschickt, noch gab es einen Indianeragenten, der diese Gruppe bevormunden oder zu Weißen umerziehen wollte. Die Lakota von Wood Mountain hatten damit das Glück, dass sie sich dem neuen Leben eigenständig anpassen konnten und für ihr Leben selbst verantwortlich waren. Die Leistung dieser Menschen ist bewundernswert und ich hoffe, dass ich ihnen ein kleines schriftstellerisches „Denk-mal" gesetzt habe.

Für mich sind die Lakota von Wood Mountain auch ein eindrucksvolles Beispiel dafür, dass die Indianer keinen weißen Agenten dafür benötigten, um in der neuen Welt zurechtzukommen. Nach meiner persönlichen Erfahrung auf verschiedenen Indianerreservationen haben die weißen Agenten und Missionare den Indianern mehr geschadet als genutzt.

Die in diesem Buch dargestellten historischen Ereignisse sind tatsächlich so geschehen. Alle Schlachten, Kämpfe und politischen Ereignisse haben in der im Roman beschriebenen Form stattgefunden. Die Auseinandersetzungen am Yellowstone haben ebenso stattgefunden wie die Kämpfe mit den Pawnee oder die Schlacht am Little-Bighorn.

Die geschichtlich verbürgten Personen, wie zum Beispiel George Armstrong Custer, Sitting Bull, Crazy Horse, Red Cloud, James Walsh oder der Arzt Dr. Nevitt habe ich so dargestellt, wie ich sie recherchieren konnte. Dabei habe ich mich bei den indianischen Personen insbesondere auf Überlieferungen der Nachkommen, wie den Familien von Red Cloud, Crazy Horse oder Sitting Bull verlassen. Ich greife bei meinen Romanen gerne auf die umfangreichen, mündlichen Überlieferungen der Lakota zurück, die ein wahrer Schatz an Informationen sind. Die historischen Persönlichkeiten habe ich dann in die tatsächlichen Ereignisse „eingewoben", wenn sie daran teilgenommen haben.

Dass ich in meinen Romanen ganz bewusst Partei für die Indianer ergreife und aus ihrem Blickwinkel erzähle, ist beabsichtigt. Insbesondere in den USA gibt es noch genug Autoren, welche die Beinahe-Ausrottung der Indianer und die Vernichtung ihrer Kultur als Heldentat feiern.

Indianischen Freunden ist es immer wichtig, dass sie in meinen Romanen auch mit ihrer Spiritualität und mit ihren Zeremonien dargestellt werden. Ich bin immer wieder zu Ritualen eingeladen worden und es ist ergreifend zu erleben, dass im Grunde alle ihre Handlungen auf ihrer Spiritualität beruhen. Ich versuche diese Spiritualität darzustellen, vermeide aber bewusst eine genaue Beschreibung der Rituale, damit meine Romane nicht als Anleitung benutzt werden können.
Auch die Darstellung der Kulturen der vorkommenden indianischen Völker wurde mit indianischen Beratern abgestimmt.

Das Leitthema meines Buches „Der scharlachrote Pfad" ist die Veränderung. Wie reagieren Menschen darauf, wenn ihnen ihre gesamte Lebensweise weggenommen wird? In diesem Buch beschreibe ich dies anhand einiger Familien, die der Leser über zehn Jahre hinweg begleitet. Ich hoffe, dass es mir gelungen ist, meine Leser Anteil an dem Leben der Protagonisten nehmen zu lassen. Sie erleben im Roman, wie die Kinder heranwachsen, wie Familien auseinandergerissen werden und lieb gewonnene Charaktere sterben. Sie können nachvollziehen, wie hilflos die Indianer zu guter Letzt waren, als sie nach Kanada fliehen mussten und alles, was ihnen teuer war, verloren zu gehen schien. Bei meinen Büchern interessiere ich mich dabei weniger für die Kriegsführung oder die Kämpfe, auch wenn ich diese beschreibe, sondern vielmehr dafür, wie die Frauen damit umgehen, wenn sie geraubt werden oder Soldaten ihre Familienangehörigen töten. Was passiert mit ihnen und wie reagieren sie auf die dramatischen Veränderungen, die die Welt der Männer ihnen auferlegt? Dabei geht es nicht nur um die Raubzüge indianischer Männer, sondern auch um die grausame Kriegsführung der Weißen.

Ich möchte, meinen Lesern bewusst machen, dass auch die Indianer ein Recht auf ihre eigene, selbstbestimmte Lebensweise hatten. Auch wenn nicht alles, was sie taten, in unseren Augen schön oder gerecht war. So war der Raub von Frauen feindlicher Stämme durchaus üblich. Jedoch wurden solche Frauen, wenn sie die Flucht wagten, selten verfolgt und mit Gewalt zurückgebracht, wie es meine Romanfigur Fisch dann doch tut. Hiermit wollte ich eher die Veränderung in den Wertvorstellungen der Lakota zu diesem Zeitpunkt darstellen. Durch die ständigen Vertragsverletzungen und Kampfhandlungen kam es zu dieser Zeit zu einem Niedergang dieser überlieferten

Wertvorstellungen, wie auch das Gemetzel an den Pawnee zeigt, das so tatsächlich stattgefunden hat.

Erst nachdem ich mir 1000 Seiten von der Seele geschrieben hatte, überlegte ich damals, was mit dem Buch geschehen sollte. Meine damalige Agentin dachte, dass das Buch schon wegen der Länge unverkäuflich sei, und riet mir, es entweder zu kürzen oder gleich ein kürzeres Buch zu schreiben.
Ich folgte ihrem Rat und schrieb „Kranichfrau". Danach folgten drei Kinderbücher und zwei weitere Romane, ehe ich mich daran erinnerte, dass mein erstes Manuskript immer noch in der Schublade lag. Natürlich habe ich mich inzwischen auch sprachlich weiterentwickelt, sodass ich mich erst einmal an die Aufgabe machte, das Werk zu überarbeiten. Es war schön, meine Charaktere wieder zu treffen und nach so langer Zeit wieder in die Handlung einzutauchen. Und es freut mich, dass der Verlag dieses Buch nun endlich druckt!

Mein herzlicher Dank für ihre Unterstützung geht an: Robert Götzenberger, Leonard Little Finger, Mitch Walking Elk, Wade Fernandez, Henry Red Cloud, Richard und Maria Iyotte und an den Urenkel von Sitting Bull: Ernie LaPointe.

Eure Kerstin, Dezember 2013

Aktionsgruppe Indianer & Menschenrechte e.V.

Die Aktionsgruppe Indianer & Menschenrechte e.V. (AGIM) ist eine Organisation, die sich im Rahmen der Menschenrechtsarbeit der politischen und kulturellen Unterstützung indianischer Völker in Nordamerika widmet. Von indianischen Organisationen ausdrücklich beauftragt, unterstützt AGIM diese Völker in ihrem Kampf um Selbstbestimmung und Anerkennung als souveräne Nationen. Die Aktivitäten der AGIM erfolgen in enger Zusammenarbeit und gegenseitigem Austausch mit den indianischen Völkern selbst.

Seit Jahrhunderten wurden die indigenen Völker ihrer Lebensgrundlagen und ihrer Rechte beraubt – bis heute. Wir müssen uns daher unserer Verantwortung gegenüber diesen Völkern stellen. Die Tätigkeitsfelder der AGIM umfassen politisches Engagement, kulturelle Unterstützung sowie Öffentlichkeitsarbeit. Wichtiges Instrument ist dabei die 2007 verabschiedete UN-Deklaration der Rechte der indigenen Völker, die diesen erstmals auf höchster Ebene Anerkennung gewährt.
Das von AGIM herausgegebene Magazin „Coyote", das vierteljährlich erscheint, ist die einzige Periodika, die sich im deutschsprachigen Raum ausschließlich nordamerikanischen Indianern widmet.
Die Aktionsgruppe Indianer & Menschenrechte e.V. (1986 gegr.) ist ein anerkannt gemeinnütziger Verein.

Aktionsgruppe Indianer & Menschenrechte e.V.
Frohschammerstr. 14, 80807 München
Tel. 089 / 35 65 18 36
E-Mail: post@aktionsgruppe.de
www.aktionsgruppe.de

WINTERPROJEKT Pine Ridge Reservat, Süddakota USA

Jedes Jahr kehrt der bitterkalte Winter wieder nach Süddakota zurück und jeder sollte ein warmes Zuhause haben!

Der Wintereinbruch in Süddakota bedeutet für viele Familien im Pine Ridge Reservat einen neuen Kampf ums Überleben. Die letzten Winter mit Temperaturen von unter minus 20 Grad waren extrem. Die meisten Familien auf dem Pine Ridge Reservat leben weit unter der Armutsgrenze, deshalb wird es auch in diesem Winter vielen Familien nicht möglich sein, Heizmaterial zu kaufen, wie z. B. Holz oder das am meisten verwendete Propangas. Leider kommt die Gasfirma erst zu einer Familie, wenn diese für mindestens 120 Dollar Gas bestellt. Und das haben viele Familien nicht zur Verfügung. Deshalb sterben jedes Jahr im Winter viele Menschen – unter ihnen sehr oft alte Menschen – an Unterkühlung.
Über die Gesellschaft für bedrohte Völker (GfbV) werden Spenden entgegengenommen. Jede noch so kleine Spende kann sehr hilfreich sein. Die weltweit anerkannte Organisation GfbV leitet die Spenden zu 100 Prozent weiter und das Geld wird nur für Heizmaterial wie Propangas oder Holz verwendet.

Spendenkonto:
Förderverein für bedrohte Völker (GfbV)
Postbank Hamburg
WICHTIG: Stichwort „Winterprojekt"
IBAN: DE89 2001 0020 0007 4002 01

Wenn Sie eine Spendenbescheinigung benötigen, vergessen Sie nicht, Ihre Adresse anzugeben. Bis 100 Euro reicht der Überweisungsbeleg. Ansprechpartner: Andrea Cox
www.andreac.de

Lila Pilámaya ye!

Unsere Kinder- und Jugendbücher:

Blitz-im-Winter

Die Abenteuer eines Lakota-Jungen

Kinderbuch von Kerstin Groeper
(Altersempfehlung ab 9 Jahren)

9,90 € ISBN 978-3-941485-57-0

Taschunka-gleschka-win

Ein weißes Kind bei den Lakota

Kinder- und Jugendbuch
von Kerstin Groeper
(Altersempfehlung ab 9 Jahren)

9,90 € ISBN 978-3-941485-30-3

Erscheint demnächst:

Donnergrollen

im Land der grünen Wasser

Historischer Roman
von Kerstin Groeper

16,90 € ISBN 978-3-941485-55-6

Besuchen Sie unsere Homepage:
www.traumfaenger-verlag.de